红楼璧合

后四十回完璧归曹

第三部·

王继宗 著

中国书籍出版社
China Book Press

图书在版编目（CIP）数据

后四十回完璧归曹 / 王继宗著. -- 北京：中国书籍出版社，2020.7

（红楼璧合）

ISBN 978-7-5068-7872-2

Ⅰ.①后… Ⅱ.①王… Ⅲ.①《红楼梦》研究 Ⅳ.①I207.411

中国版本图书馆CIP数据核字（2020）第097043号

后四十回完璧归曹

王继宗　著

责任编辑　李国永

责任印制　孙马飞　　马　芝

封面设计　常州市秋和文化发展有限公司

出版发行　中国书籍出版社

地　　址　北京市丰台区三路居路 97 号（邮编：100073）

电　　话　（010）52257143（总编室）　　（010）52257140（发行部）

电子邮箱　eo@chinabp.com.cn

经　　销　全国新华书店

印　　厂　常州报业传媒印务有限公司

开　　本　787毫米×1092毫米　　1/16

字　　数　2050千字

印　　张　118

版　　次　2020 年 7 月第 1 版　　2020 年 7 月第 1 次印刷

书　　号　ISBN 978-7-5068-7872-2

定　　价　600.00元（全三册）

序一

淮扬菜的特色我认为是食材前处理的精细，使得平凡的菜品有了不平凡的底蕴。代表当属红烧肉。试想酒醒杨柳岸边，残留齿缝中的肉精依然能让你回味绵长。每当我见到红烧肉却常会想起王继宗。

王继宗写《红楼梦相关考》处理文字仅用了两个月时间，但相关论点却酝酿三十年。中学时与继宗兄同桌，最深刻的印象就是：某日早晨，刚进教室，书包都未放下，就激动地拉住我道："关于红楼梦，我又有了一个重大发现……"

王继宗毕业后一直从事古文献研究工作，也取得了相当的成果。每次在家乡小聚都给我一种出世的感觉，仿佛他就是为他所研究的课题而生。这也许就是为往圣继绝学的坚定。

一晃已到中年，希望能通过少许文字记录下与继宗兄相处的点滴……

为继宗兄新作序！

潘俊

2018 年 6 月

序二

好友王继宗，十几年来一直潜心整理家乡的地方志文献，亲手校定常州历代府志三百万字，发现了《永乐大典》中的"常州府"十九卷，嘉惠学林。又亲手校定江阴历代县志八百万字，复原宋《江阴志》，填补了学术空白。现在正致力于武进历代县志的整理，规模达数千万字，夜以继日，笔耕不辍。向他请教古代常州的掌故，无论是地名由来还是河道脉络，或是坊巷桥梁，问一答十，如数家珍，的确是我们家乡不可或缺的人士。

近来，王生惠赐《红楼梦》研究论著，方才知道引他进入文献研究之门的居然是曹雪芹的《红楼梦》。王生称其初中时便醉心于《红楼梦》，并订阅《红楼梦学刊》，耳濡目染其中而学到了做学问的门径。没想到的是，三十年后的今天，王生能以著书立说的方式来报答曹子和红学，堪称"功夫不负有心人"。

《红楼梦》这本书浅显易懂，脍炙人口，研究著作层出不穷。当今时代风气大开，思维创新，无所拘束，人们无不标新立异，以求惊世骇俗。而王生三十年来研究《红楼梦》，却仍用最传统的文献学的方法，只据本文与脂批立论，丝毫不敢有一丝主观臆断。书中所立观点看上去新异，其实却是最旧；看上去极惊人，其实却最平实。为什么这么说呢？因为他论证的观点就是后四十回是曹雪芹写的。

这其实是程伟元、高鹗出版程甲本《红楼梦》时的天下共识，是最老的观点，最不惊人。而民国时胡适、鲁迅、俞平伯诸大家凭张问陶一条孤证，便断定后四十回是高鹗创作，天下人无不响应，众口一词，牢不可破，后四十回非曹雪芹所著遂为定论。现在王生力反其说，貌似与当下标新立异、惊世骇俗之人相同，实则所立观点最为古拙、平实，没有丝毫标新与惊世的想法在内。

关于后四十回是否为曹雪芹所著久讼不决，王生本也无意加入这一看似无果的论辩中去。但因两个机缘所赐，遂觉得不可置身其外，而当力求真相。第一个机缘便是他以"江宁行宫"的镜像图对照前八十回完全吻合，证明书中的空间原型就是曹雪芹南京的旧家，然后又以后四十回与之对照，发现亦相吻合，这就证明后四十回与前八十回只可能是同一人所写。第二个机缘便是他在整理《武进天宁寺志》时，读到乾隆朝常州天宁寺中兴之祖"大晓实彻"禅师的传记，其中写明他是南京曹雪芹家庙香林寺的住持，这就找到常州与曹雪芹的佛学渊源，证明后四十回末尾让出家的宝玉在常州毗陵驿拜别贾政，当出自与常州有佛学联系的曹雪芹之手。正因为有以上两个实在的依据，王生才感到有必要把后四十回实为曹子所著的真相告诉给世人，让大家不要再迷信民国大家们对《红楼梦》的妄断，要像前八十回一样珍视后四十回，只有这样才能获得完整的阅读体验。

王生不光立论平实，其研究方法也极平实。他每一段立论都像做八股文章般，先引原书，再做校注、翻译的功夫，力求获得曹子原意后再来立论，处处代曹子立言以明曹子心志，恢复曹家的真相。这种研究方法与时下流行的借《红楼梦》展露胸中学识，以《红楼梦》为引子的做法大异。其书百余万字，初论"空间"，次论"时间"，末论全书后四十回与前八十回从大旨到细节的无有不合，从而把后四十回的著作权断归曹子。此书是常州人所作，又以常州与曹雪芹的佛学渊源来定案，堪称中国文化史上又一段与常州有关的人文嘉话。

"红楼"一梦，千载共谈，万年不衰，最终必定会伴随我们国家国力的强盛而影响世界。究其根本，便是因为此书旨趣高洁、描写逼真，能将人心人情传神写照，所以，此书能傲然挺立于世界文学之林，代表中国小说艺术的最高成就。

此书代表了中国的艺术水准，集中华文化之大成，书中建筑、服饰、家具、饮食等每一门类都学有专长，非通才无法驾驭，作者曹雪芹不愧是中华儿女中杰出的才子。

《红楼梦》是我们国家文化实力的优秀载体，是华夏文明的优秀结晶，我们当珍惜并弘扬此书的人文艺术之美，以此为契机，振兴中华文化、扬我华夏之光。愿王生此书有助于这一宏伟的事业。

王建伟
2018 年 6 月

目录

毗陵城格录——代后记 …………………………………… 651

●**本书凡例：**

①凡引脂批时，"侧"指侧批，"眉"指眉批，"夹"指夹批。

②《红楼梦》诸本简称：甲戌本简称"甲"，己卯本简称"己"，庚辰本简称"庚"，戚蓼生序本简称"戚"，蒙王府本简称"蒙"，列宁格勒藏本简称"列"，甲辰本仍称作"甲辰本"，舒元炜序本简称"舒"，杨继振藏红楼梦稿本简称"梦稿本"，郑振铎藏本简称"郑"。程伟元、高鹗之本简称"程本"或"程高本"，细分则为"程甲本""程乙本"。

③《红楼梦》前八十回正文基本上以"庚辰本"为主，其回目则有"甲戌本"者用"甲戌本"回目，无"甲戌本"则用"庚辰本"回目，第64、67回用"己卯本"抄配的回目。后四十回正文以程甲本为主，程乙本有重要异文则出校，其回目则据程甲本。

④笔者以文献学的方法来研究，凡一字一句皆求信而有征、有据可查，故会大量征引《红楼梦》及其他相关典籍的原文。凡引他书或他人文字者用楷体，凡引号中用宋体者乃笔者行文或用自己的话语来复述原书。

⑤书中凡标★者皆是后四十回与前八十回相合者，可以用来证明后四十回为曹雪芹所著，今将其页码汇列如下（括号内数字表示该页★的个数，括号内"注"字表示★出现在该页脚注中）：45（注）、51、96、102、118（4）、119、120（2）、121、127、145、149、150、151（4）、153、155、163（2）、164、166、167（2）、169（2）、170、172、173（2）、175（2）、176（2）、177、192、195、199、200、204、206、208、210、213、214、227、234、237、244、269、278、280、292、292（注）、299、300、321、332、333（3）、334（2）、337、338（2）、339（2）、340、341、342、343、344、345、346、348、351（2）、352（3）、354（3）、356（3）、357、358、359（2）、368、370、371、375、376、379、382、383、385、387（2）、390（2）、391（2）、401、406、408（2）、409（3）、421、435、437、438、441、453、458、508（2）、515（2）、526、531、533、536（2）、546、587（注）、590、591（4）、637、641、645。

⑥书中或曰"影射"，或曰"影写"，或曰"隐写"，其含义差不多。

⑦书中所言"抄家时十四岁人生"是指作者从出生到抄家这十四岁人生。其生于康熙五十四年，抄家于雍正六年，抄家时正好十四岁。

⑧书中所言的"圆结于常州"之"圆结"指圆满结束、圆满完结于常州之意。

⑨"芦雪广"即"芦雪庵"，两者皆可，本书讨论时常混写不分。

●**本书大旨：**

本书在前两册证明后四十回与前八十回"时空一体"（在时间与空间上都是一个完整的艺术整体）的基础上，再来从三个方面论证后四十回与前八十回"脂批不违"（后四十回基本上不违背前八十回的脂批）、"正文勘合"（正文上照应吻合、无有矛盾）、"常州得证"（用曹雪芹与常州至深的佛学联系和祖坟联系来证明后四十回是曹雪芹所著）。

第一章　脂批《梦》圆录

　　笔者《宁荣府大观园图考》《红楼时间人物谜案》这两部书，从空间和时间这两个维度，证明"前八十回与后四十回是一个统一完整的艺术整体"，为我们论证"《红楼梦》全书120回乃曹雪芹所作"这一结论，指明了方向，具有定性之功。

　　真相会在所有方面充分体现。"后四十回乃曹雪芹所作"这一真相，必然会在代表作者本意的《红楼梦》正文和脂批①中充分体现出来。在笔者这三部书之前，前辈学人都从正文和脂批来论证"后四十回是否为曹雪芹所作"这一命题，可谓是"公说公理，婆说婆理"，陷入了"剪不断、理还乱"的论难辩诘中，难以得出最终结论。笔者研究的价值，便在于提出前人未曾涉足、却极具证明力的两大证据——《红楼梦》的"时间"和"空间"。这两者无疑是论证上述命题的难以驳倒、最通俗易懂且又出奇制胜的"力证"。正是在这两大"力证"已经能得出"后四十回与前八十回乃一人所作"的印象基础上，笔者再来对能够充分代表作者原意的正文和脂批做研究，从而发现这两大领域前人尚未发现的一系列全新证据，证实"后四十回乃曹雪芹所作"这一重要结论。

　　这一论证共分两章，本章依据脂批，使《红楼梦》前八十回与后四十回得以"破镜重圆"；下章则依据《红楼梦》的正文，从全书的主线到细节、主旨到手法等，做全方位的充分而系统的论证，使《红楼梦》前八十回与后四十回得以"破镜重圆"。本章可以称为"脂批《梦》圆录"，下章便可称作"正文《梦》圆录"。

　　百年红学研究的最大弊端，便是导致"脂批"与"程高本后四十回"的日益对立：有人以"程高本"为真而以"脂批"为假，有人以"脂批"为真而以"程高本"为伪。笔者此书有志于在红学界首次打通"脂、程"两家，证明脂批为真，程高本亦真，两者其实没有任何大的分歧，偶有差异也都情有可原、断非作伪。

　　关于《红楼梦》的脂批与程高本后四十回的相合，我们先论证其中最著名的三条脂批。这三条脂批之所以出名，便在于上自俞平伯、周汝昌两位学界泰

①　脂批能代表作者的本意，请参见笔者《宁荣府大观园图考》第一章、第二节"脂批反映作者创作主旨考"的论证。

斗，下至普通读者，无论贤愚，只要读过这三条脂批，立即都会得出下面这个结论——脂砚斋所读到的曹雪芹原稿仅为110回。这就意味着《红楼梦》八十回以后的曹雪芹原稿只可能是三十回，据此便可断言：今天我们读到的程高本后四十回，乃高鹗（或另一无名氏）所作，绝非曹雪芹原稿。

而坚信程高本后四十回乃曹雪芹原稿的人，要么走上另一极端，宣称脂砚斋批语是民国人伪造；要么出来打个圆场，说曹雪芹把最初写的后三十回的稿子，改成了今天我们所能读到的后四十回。

其实，一旦读懂这三条脂批，便会明白"古之人不余欺也"的道理：不光脂砚斋的批语不假，就连程高本的后四十回乃是曹雪芹原稿也不假。因为这三条脂批在本书读来，恰可证明曹雪芹的《红楼梦》原稿就是120回（而不是众人读完这三条脂批后理解出来的110回），而且还能证明脂砚斋读到的曹雪芹的后四十回，跟我们今天读到的程高本的后四十回完全一致。

读者会很纳闷：既然脂砚斋读到的《红楼梦》后四十回与今本完全一致，为什么脂批提到的后四十回的情节，今本会没有或与之有差异呢？诚如程伟元、高鹗《红楼梦》序言所说，他们只收集到曹雪芹三十几回的原稿，比曹雪芹书首"一百二十回目录"开列的后四十回残缺了几回，他们便把曹雪芹这三十几回的残稿匀成了今天我们所能读到的后四十回；后四十回的回目（主要是匀拆部分的回目），自然也就相应地重新改掉了①。脂批所提到的今本后四十回有的情节，便在那未失的三十几回中；而脂批所提到的今本后四十回所没有的情节，便在那失去的几回中。至于所谓的"有差异"，其实基本上没有什么差异，都是后人理解有误的"误会"所致。我们下面便分五节，着力讨论脂批与程高本后

---

① 程甲本前八十回的回目，是高鹗根据曹雪芹书首"一百二十回目录"原拟的回目改定而来，与脂本（如甲戌本、庚辰本）回目相对校，改动较大处很多，如第8回甲戌本作"薛宝钗小恙梨香院、贾宝玉大醉绛云轩"，庚辰本作"比通灵金莺微露意、探宝钗黛玉半含酸"，程甲本作"贾宝玉奇缘识金锁、薛宝钗巧合认通灵"。第9回诸本皆作"恋风流情友入家塾、起嫌疑顽童闹学堂"，当是曹雪芹原稿，唯有甲辰本与程甲、程乙本同作"训劣子李贵承申饬、嗔顽童茗烟闹书房"。后四十回回目一般都会认为是高鹗重拟，当然个别字眼会是曹雪芹原拟回目中的字。但据"第二章、第四节、一、（一）"所论，后四十回仅缺2.5回，其中第110回后仅缺0.5回，不会改变原有分回格局，所以第110回后的分回与回目应当全部沿用曹雪芹原目为是；后四十回仅第110回拆为第109、110两回而补上前面某一回之缺，需要重拟回目，其前的27回只需要再匀出一回来，所以第110回前分回上的调整也极为有限，因此第110回前的后四十回回目，也应当大体沿用曹雪芹所拟。因此可以认为：程甲本的后四十回回目，除第108、109、110这三回外，基本上都可视为曹雪芹原拟的回目。此后四十回回目程乙本仍对程甲本有所改动，共有如下几处：第86回"受私贿老官番案牍"之"番"改"翻"，第94回"晏海棠贾母赏花妖"之"晏"改"宴"，第95回"以假混真宝玉疯颠"之"颠"改"癫"，以上三例都是古今字、通假字，可改可不改，实亦不必改。第87回"感秋深抚琴悲往事"之"深"改"声"；第92回"评女传巧姐慕从良"之"从"，程甲本总目作"贤"，正文回题作"从"，程乙本全改"贤"；第101回"大观园月夜感幽魂、散花寺神签占异兆"，上半句之"感"改"警"，下半句之"占"改"惊"；第106回"贾太君祷天消灾患"之"灾"改"祸"；第112回"活冤孽妙尼遭大劫"之"尼"改"姑"；第114回"王熙凤历劫返金陵"之"劫"改"幻"；以上这些，其实都不必改。这也可以看出程乙本在编辑时，有乱改底本程甲本原本通顺之字的倾向，反映出笔者《红楼时间人物谜案》"第二章、第一节、二、（三）程甲本优于程乙本的判定"所论证的"程乙本乃篡乱本"的面目来。

四十回的一致性。

第一节　三条引人误会的脂批，
恰可证明今本后四十回乃曹雪芹原稿

　　这三条引导大家"万众一心"地误会"《红楼梦》只有110回"的脂批，便是第42、第21回庚辰本的回前总批，以及第3回蒙王府本的一条侧批。

　　第42回"蘅芜君兰言解疑癖、潇湘子雅谑补余音①"，庚辰本有回前总批："钗、玉名虽两个，人却一身，此幻笔也。<u>今书至三十八回时，已过三分之一有余</u>，故写是回，使二人合而为一。请看黛玉逝后宝钗之文字，便知余言不谬矣。"一般人都会像画线部分那样标点（下文将指出这种标点其实是错的），于是只能理解为：《红楼梦》这部书写到第38回时，已过了全书的三分之一有余，则《红楼梦》全书最多只可能有38乘以3的114回。

　　第21回"贤袭人娇嗔箴宝玉、俏平儿软语救贾琏"，庚辰本有回前总批："按此回之文固妙，然未见后之卅回，犹不见此之妙。"此批语"显然也"在点明八十回之后只有三十回。（下文将指出所谓的"显然"其实也是误读而靠不住，所以行文时加上引号。）

　　至于第3回宝玉、黛玉两人初次见面后的那晚，黛玉因为白天宝玉与自己初次见面便摔玉，担心别人说她的到来不吉利，于是流下今生偿还宝玉的第一次眼泪。袭人见状劝她："姑娘快休如此，将来只怕比这个更奇怪的笑话儿还有呢！若为他这种行止，你多心伤感，只怕你伤感不了呢。快别多心！"蒙王府本侧批："后百十回黛玉之泪，总不能出此二语。②""似乎"也在点明《红楼梦》全书只有110回，八十回后诚当如上引两条脂批定为仅三十回。（下文将论明这种理解其实也是错的，故加"似乎"两字。）

　　于是乎《红楼梦》只有110回便因上述三条脂批的相互印证，成为"铁三角"般牢不可破的"定论"③。但我们已经有前两本书的时空结论作为论证的

---

① 音，据程甲乙本、甲辰本，指话外之音。而庚辰本等皆作"香"，似不通。又下回回目亦作"闲取乐偶攒金庆寿、不了情暂撮土为香"，以"香"结尾，益证本回回目最后一字当非"香"字，据意当作"音"为是。
② 袭人的那两句话是指宝玉行止怪异、黛玉多心伤感。
③ 第2回"冷子兴演说荣国府"戚序本回前总批："以百回之大文，先以此回作两大笔以冒之"，又第25回和尚解救受魔法的宝玉、凤姐后，庚辰本眉批："通灵玉除邪，全部百回只此一见"，以上两例都是举成数，把"一百二十回（或众人所理解的'一百十回'）"称作"百回"，并不能据此来证明《红楼梦》全书只有100回。

法宝，明白了后四十回与前八十回在空间上是一个完整的整体，在时间上又是一个完整的整体，从而拥有了双重证据而非孤证，来证明"后四十回与前八十回绝对只可能是同一人所作"的结论。曹雪芹全书，的确当如亲眼见过曹雪芹全书目录的程伟元、高鹗、裕瑞等人所言，是120回。于是我们不得不重新思索一下：上面三条脂批的理解与论断，是否存在逻辑上的漏洞？

正因为有了前两部书从空间与时间所论证出来的"后四十回与前八十回乃一人所作"的方向感，我们回过头来再认真反思一下上面那三条脂批，仔细想想，便会觉得有些不妥起来：

①第42回的批语为什么会提到第38回已过全书的三分之一？

②第21回的批语所言的"后卅回"为什么不可能指第51回，或八十回后的第卅回也即第110回？

③第3回脂批所言的"后百十回"为什么不可以指第110回，而一定要指全书共有110回？况且第3回的脂批如果是指全书共有110回的话，难道黛玉流泪要流到全书的最后一回吗？

由于这三条批语说的是事关全书的三大关键性情节，可谓"牵一发而动全身"，所以绝对不可以孤立地加以研究，需要联系其回前、回后的文字，放到全书的情节背景中去，在通晓全书情节发展脉络的基础上，才能作出贴合作者本意的正确理解。

所以，我们还是先把上述脂批放到《红楼梦》全书的完整情节背景中去细细理解、重加分析，然后再对"全书是否110回"作出结论。

一、第42回脂批的再分析

第42回"蘅芜君兰言解疑癖、潇湘子雅谑补余音"庚辰本回前批："钗、玉名虽两个，人却一身，此幻笔也。今书至三十八回时，已过三分之一有余①，故写是回，使二人合而为一。请看黛玉逝后宝钗之文字，便知余言不谬矣。"这条回前总批说的是钗、黛两人的关系。

俗话说："相由心生，境随心转""性格铸就命运"，钗、黛两人的敌对（相争）关系，其实由黛玉的心量狭小所致。宝钗大度，从不视黛玉为敌，更不妒忌黛玉的才情、学问；而黛玉则肚量狭小，总认为宝钗的出现是来压制自己，于是视宝钗为诗文才学上的对手、恋爱上的情敌，处处争强好胜，时时为宝钗（及其他任何女子）与宝玉的关系捻酸吃醋。第8回"探宝钗黛玉半含酸"②，初次交往便对宝钗深怀戒心，第20回"林黛玉俏语谑娇音"更是把这种"既生瑜、何生亮"的恐慌与忌妒表达得淋漓尽致：

---

① 此句话暂据众人的理解来标点，其实有误。
② 此回目庚辰本"比通灵金莺微露意、探宝钗黛玉半含酸"。甲戌本作"薛宝钗小恙梨香院、贾宝玉大醉绛云轩"。

　　只见黛玉先说道："你又来作什么？横竖如今有人和你顽，比我又会念，又会作，又会写，又会说笑，又怕你生气拉了你去，你又作什么来？死活凭我去罢了！"宝玉听了忙上来悄悄的说道："你这么个明白人，难道连'亲不间疏，先不僭后'（庚侧：八字足可消气。）也不知道？我虽糊涂，却明白这两句话。头一件，咱们是姑舅姊妹，宝姐姐是两姨姊妹，论亲戚，她比你疏。第二件，你先来，咱们两个一桌吃，一床睡，长的这么大了，她是才来的，岂有个为她疏你的？"林黛玉啐道："我难道为叫你疏她？我成了个什么人了呢！我为的是我的心。"宝玉道："我也为的是你的心。难道你就知你的心，不知我的心不成？"

　　即便有了宝玉这"亲不间疏，先不僭后"八字足以消气的话，黛玉仍不放心。特别是第26、27回，宝钗入宝玉"怡红院"闲话，黛玉尾随而至，碰巧晴雯与碧痕拌嘴赌气而不开门，黛玉被关在门外，误以为是宝玉指使，躲在墙角饮泣吞声，不久亲眼看到宝玉送宝钗出门，更是妒忌到顶点，恨透宝玉的寡情寡义，吟出哀感天地的《葬花吟》来，从此两人闹得不可开交，最突出的便是第29回宝玉怪她不知自己心中只有她，而黛玉见他一听到"金玉"两字便敏感，于是又误会他心怀"金玉良缘"的念头、而嘴上故意哄她说没有，书中写道：

　　　　看来两个人原本是一个心，但都多生了枝叶，反弄成两个心了。……如此看来，<u>却都是求近之心，反弄成疏远之</u>。如此之话，皆他二人素习所存私心，也难备述。……只顾里头闹，谁知那些老婆子们见林黛玉大哭大吐，宝玉又砸玉，不知道要闹到什么田地，倘或连累了她们，便一齐往前头回贾母、王夫人知道，好不干连了她们。那贾母、王夫人见她们忙忙的作一件正经事来告诉，也都不知有了什么大祸，便一齐进园来瞧他兄妹。……还是贾母带出宝玉去了，方才平服。

（一）宝黛从第42回开始和好

　　宝玉与黛玉的这段爱恨情仇，一直要到第33回宝玉挨打，黛玉前来探望，看到他那副挨打后的可怜模样，才算彻底原谅他。

　　但黛玉对宝钗的戒心依然深重，因为第36回宝钗看望宝玉时，宝玉正好熟睡，袭人又正好去洗衣服，宝钗便守在宝玉身边做针线，床上放着掸蝇帚，万一有小虫来，便用它驱赶。这时黛玉正好偷偷走来，在窗口看到，"林黛玉心下明白，冷笑了两声"，史湘云知道她在吃醋，便识趣地把她拉走了。几天后，黛玉前来看望宝玉，劝他一定要参加薛姨妈生日，因为"你看着人家赶蚊子分上，也该去走走"，把宝玉说得莫名其妙，袭人倒是明白了过来，解释给宝玉听了。

　　钗、黛两人的这种相争关系，在上引回前总批提到的第38回达到了顶点，即钗、黛两人在才情上争奇斗妍、各自夺魁：赏菊诗黛玉第一，接下来吃螃蟹后的螃蟹咏则宝钗第一，这便是该回回目总结的"林潇湘魁夺菊花诗、薛蘅芜讽和螃蟹咏"。

当情节发展到上引回前批所批的第 42 回开始，却是宝钗从此赢得黛玉之心，黛玉彻底臣服于宝钗，再也不把宝钗当成情敌与诗文对手，变得"大肚能容"起来。究其原因，便是此回宝钗抓住了黛玉行酒令时忘情引及《牡丹亭》《西厢记》的把柄，趁机教育黛玉：女孩子当以针黹、纺织为主，最怕读杂书移了性情，说得黛玉无言以答，求她遮掩，宝钗便"大肚能容"地包庇了黛玉。

其实这原本也算不了什么，因为宝钗如果没有读过这两本书的话，又如何知道黛玉口中说的是这两部书？况且大家族宴庆时点折子戏，常会有这两出戏的演出。《西厢记》虽说是黛玉从宝玉手中看到，而《牡丹亭》却是黛玉从"梨香院"墙角听来（均见第 23 回"西厢记妙词通戏语、牡丹亭艳曲警芳心"）。第 51 回"薛小妹（即薛宝琴）新编怀古诗"中的第九首《蒲东寺怀古》咏《西厢记》中的红娘，第十首《梅花观怀古》咏《牡丹亭》中的杜丽娘，宝钗便说："前八首都是史鉴上有据的；后二首却无考，我们也不大懂得，不如另作两首为是。"黛玉忙拦道："这宝姐姐也忒'胶柱鼓瑟'、矫揉造作了。这两首虽于史鉴上无考，咱们虽不曾看这些《外传》，不知底里；难道咱们连两本戏也没有见过不成？那三岁孩子也知道，何况咱们？"探春便道："这话正是了。"这正是第 42 回黛玉可以抢白宝钗的话，作者故意留到这儿来写，也算黛玉为自己行酒令时忘情引及的一种自我解嘲。

第 42 回宝钗之所以能让黛玉铭感五内，便是她下来说的那番开诚布公的真心话。宝钗没有像"道貌岸然"的正人君子般讲大道理，反倒先说起自己当年也看过这类艳情杂书，被父母打骂后才丢开。父母之所以要打骂，便是因为男的只有丢开了这种书，才能把心思用在正经书上，从而可以修身齐家治国平天下；女的只有丢开了这种书，才能安分守己、贞洁驯良。所以这种情色类的书还是不看为好，因为这书一旦移了人的性情，便无可救药了。黛玉这才明白：原来好多"好看的"书其实是看不得的①，于是"垂头吃茶，心下暗伏，只有答应'是的'一字②。"

黛玉由于自己没有父母的教诲，此时的心中，早已把宝钗当成语重心长的大姐姐，两人从此结成"金兰之交"（即同心姊妹），并把薛姨妈当成自己的亲妈妈看待（见第 57 回："黛玉笑道：姨妈既这么说，我明日就认姨妈做娘，姨妈若是弃嫌不认，便是假意疼我了"），黛玉看到宝钗与宝玉在一起时，也不再往宝钗喜欢宝玉上联想③。

正因为此，这第 42 回回目便拟作"蘅芜君兰言解疑癖"，这一典故出自《易·系辞上》："二人同心，其利断金；同心之言，其嗅如兰。"说的是：

---

① 正如毒品给人美和快乐的感觉，却有害无益。美色、欲望亦然。所以"存在主义、自然主义、天赋人权"如果基于人的欲望而走向另一极端的话，都是偏执不当而对人、对社会极度有害的。人的欲望需要道德、礼法的约束，古人称之为"礼节、节制"；从这个角度来说，节制欲望使之合理的"道德、礼法"，要高于保护合法欲望的"法律"。
② "一字"当作"一词"解。
③ 而不久前的第 34 回宝玉挨打后，宝钗为哥哥不明事理而哭了一晚，第二天从黛玉面前走过时，黛玉见她"眼上有哭泣之状，大非往日可比，便在后面笑道：'姐姐也自保重些儿。就是哭出两缸眼泪来，也医不好棒疮！'"便作宝钗喜欢宝玉的那种联想。

两人如果心意相同，一致行动的力量，足以像利刃般砍断任何坚硬的金属；两人若是言语上谈得来，说出来的话，便会像兰草般芬芳高雅、娓娓动听。于是后人便用"金兰"一词，比喻朋友间的情投意合、同心同德、交深情厚，进而又称结拜的异姓兄弟或异姓姐妹为"金兰交"。这第42回，便是宝钗与黛玉两人由两条心的"仇敌"变成一条心的"同心姊妹"之回。此后的第45回宝钗送燕窝给黛玉，黛玉感动得说出自己的真心话，其回目便拟作"金兰契互剖金兰语"（"金兰契"即金兰交，"金兰语"即"同心之言、其嗅如兰"），黛玉这样对宝钗说道：

　　你素日待人固然是极好的，然我最是个多心的人，只当你心里藏奸。从前日你说看杂书不好，又劝我那些好话，竟大感激你。往日竟是我错了，实在误到如今。细细算来，我母亲去世的早，又无姊妹、兄弟，我长了今年十五岁，（庚夹：黛玉才十五岁，记清。）竟没一个人像你前日的话教导我。怨不得云丫头说你好，我往日见她赞你，我还不受用，昨儿我亲自经过，才知道了。比如：若是你说了那个，我再不轻放过你的；你竟不介意，反劝我那些话，可知我竟自误了。若不是从前日看出来，今日这话，再不对你说。

　　画线部分便是说：如果是我（黛玉）抓住你（宝钗）把柄的话，我未必会去告发你，但至少也会在众人面前大大地冷嘲热讽你一番。这便说出宝钗的难能可贵和黛玉敬其有德的最大原因所在。

　　黛玉对宝钗态度发生了180°的大逆转，让深知黛玉肚量狭小的宝玉感到困惑不解，引得他特地向黛玉当面请教其中的缘由，即第49回：

　　宝钗忙起身答应了，又推宝琴笑道："你也不知是哪里来的福气！你倒去罢，仔细我们委曲着你。我就不信我哪些儿不如你？"说话之间，宝玉、黛玉都进来了，宝钗犹自嘲笑。湘云因笑道："宝姐姐，你这话虽是顽话，恰有人真心是这样想呢。"琥珀笑道："真心恼的再没别人，就只是他。"口里说，手指着宝玉。宝钗、湘云都笑道："他倒不是这样人。"琥珀又笑道："不是他，就是她。"说着又指着黛玉。湘云便不则声。（庚夹：是不知道黛玉病中相谈、赠燕窝之事也。脂砚。）宝钗忙笑道："更不是了。我的妹妹和她的妹妹一样①，她喜欢的比我还疼呢，哪里还恼？你信云儿混说？②她的那嘴有什么实据？"

　　宝玉素习深知黛玉有些小性儿，且尚不知近日黛玉和宝钗之事，正恐贾母疼宝琴她心中不自在，今见湘云如此说了，宝钗又如此答，再审度黛玉声色亦不似往时，果然与宝钗之说相符，心中闷闷不解。因想："她两个素日不是这样的好，今看来竟更比他人好十倍。"一时林黛玉又赶着宝琴叫"妹妹"，并不提名道姓，直是亲姊妹一般。……宝玉看着只是暗暗的纳罕。

---

① 指林黛玉会把我的妹妹薛宝琴当成她自己的亲妹妹。
② 即你们别信史湘云胡说。

一时宝钗姊妹往薛姨妈房内去后，湘云往贾母处来，林黛玉回房歇着。宝玉便找了黛玉来，笑道："……那《闹简》上有一句说得最好，是几时'孟光接了梁鸿案？'①……"黛玉听了，禁不住也笑起来，因笑道："这原问的好。她②也问的好，你也问的好。"宝玉道："先时你只疑我，如今你也没的说，我反落了单③。"黛玉笑道："谁知她竟真是个好人，我素日只当她藏奸。"因把说错了酒令起，连送燕窝病中所谈之事，细细告诉了宝玉。宝玉方知缘故，因笑道："我说呢，正纳闷是几时'孟光接了梁鸿案'，原来是从'小孩儿口没遮拦'就接了案了。"

（二）第42回回前批其实在批此回是钗黛由"争"到"和"的分水岭

上引第42回回前总批其实在说：第42回是全书钗、黛两人的关系由"争"到"和"的分水岭：第42回之前两人是两条心，是仇敌（情敌+诗文对手）；第42回之后两人便成了一条心的"金兰之交"，是比嫡亲姊妹还亲的"同心姐妹"。

只有了解到这一点，我们才能够理解第42回庚辰本回前批当标点为："钗、玉名虽两个，人却一身，此幻笔也，今书至三十八回。时已过三分之一有余，故写是回，使二人合而为一。请看黛玉逝后宝钗之文字，便知余言不谬矣。"

其中的"时"字当如《尔雅·释诂下》"时，是也"理解为"是、此"，即理解为"此时"。这条批语意为：把宝钗和黛玉这两个人当成两条心来写，这是幻笔。其实，在生活原型中，两人原本就是一条心的同心姊妹，作者为增加小说的戏剧冲突，故意用幻笔，把宝钗和黛玉两人一开始当成两条心来写。

"戏剧冲突"是今人的专业术语，批者脂砚斋称之为"幻笔"。这一"幻笔"（即这一"戏剧冲突"）一直要写到第38回为止（"此幻笔也，今书至三十八回"）。此时（即写此第42回时），已过了全书的三分之一，所以得（děi）写两人一条心了。请看黛玉死后宝钗的伤心表现，便可知道"我"脂砚斋批的这句话一点都没错。脂砚斋这句话指的应当是程高本第98回贾母当面向宝钗告知黛玉死讯时，"宝钗把脸飞红了，想到黛玉之死，又不免落下泪来"的伤心情景。

如果宝钗第42至第49回内怀奸心，即内心渴望得到宝玉，表面上故意装作无所谓，赢得贾母和王夫人对她"端庄得体、心中毫无儿女私情"的好评，然后又用抓到的黛玉把柄，假意"语重心长"地开导黛玉来赢得其敬畏，然后再用那甜言蜜语，加上燕窝等心理的、物质的手段进行引诱收买，使单纯无邪的黛玉改变对她的敌意，臣服于自己。则这种"藏奸"的嘴脸④，终归会有暴露

---

① 宝玉是用《西厢记》"闹简"那出戏中红娘说的话来打趣黛玉。按红娘唱道："更做道孟光接了梁鸿案。"明明是梁鸿接了孟光的案，这里故意说成孟光接了梁鸿的案，用的是反话，意为："真是太阳从西边出来了，你们什么时候变得如此相敬如宾起来？"
② 她，当指唱曲的红娘。
③ 指先前你黛玉怀疑我和她宝钗好，现在不用说，你黛玉却和她宝钗好上了，倒把我宝玉给疏远了。即：你们倒成了知心好友，你现在又不对我好，我岂非成了孤家寡人？
④ 即把奸心藏在心底，而不在言谈举止中暴露出来的那副虚伪嘴脸。

出来的一天。特别是在自己竞争对手黛玉死后，内心必然会有某种成就感，这种成就感哪怕只有一丝丝，也肯定会在不经意中流露在面容或话语中。

反之，如果她对黛玉是一片真心，则会为黛玉之死而难过。脂砚斋当是读到了八十回后宝钗为黛玉之死难过惋惜、而非得意或欠疚①的情节，因而明白宝钗第42至第49回的行为全都正大光明、发自真诚，而非别有用心、费尽心机、软硬兼施、无所不用其极。

程高本第98回，贾母向宝钗告知黛玉死讯时的情景是这样描写的：

> 贾母听了这话，那眼泪止不住流下来，因说道："我的儿！我告诉你，你可别告诉宝玉。都是因你林妹妹，才叫你受了多少委屈！你如今作媳妇了，我才告诉你：这如今你林妹妹没了两三天了，就是娶你的那个时辰死的。如今宝玉这一番病，还是为着这个。你们先都在园子里，自然也都是明白的。" <u>宝钗把脸飞红了，想到黛玉之死，又不免落下泪来。</u>

画线部分便是宝钗听到黛玉死讯后的第一反应、而非第二反应。可见，宝钗内心对黛玉之死非常难过，但却没有一丝一毫欠疚之意在内。据此可知：她对黛玉向来是真心诚意而不存在奸诈；如果她对黛玉怀有奸诈之谋，此时必定会先喜而假悲，或是万分欠疚而悲伤，在这两种情况下，"悲"便都是第二反应而非第一反应。而上引画线部分，我们丝毫看不出宝钗的悲伤是第二反应，所以说，程高本后四十回的这一情节，与脂批所言的"黛玉逝后宝钗之文字便知余言不谬（指黛玉死后宝钗的反应可以表明两人乃一条心的同心姊妹）"是完全吻合的。

就连极度贬责薛姨妈、薛宝钗为人，视此母女俩乃人间第一等伪善者的大某山民，也都认为宝钗这番反应是真心，因为他在上引画线部分做的批语是："原是好姐姐。"即宝钗的这番反应是黛玉好姐姐应有的反应②。这么不信任宝钗会对黛玉怀有真心的批者，对于宝钗上述那番反应都丝毫不感到虚伪，则宝钗对黛玉之死乃是一片真心，便可以不用怀疑了。

（三）所谓的"今书至三十八回"是指钗黛两人的相争只写到第38回

全书第38回达到"钗黛相争"的最高峰。两人势均力敌、不相上下：咏菊花黛玉夺魁，咏螃蟹宝钗为胜。而从第39回到第41回，这三回都是贾母带刘姥姥游大观园，不再写到钗黛两人的相争，第40回"金鸳鸯三宣牙牌令"已为两人相合（和好）开始做铺垫，即作者让黛玉引《牡丹亭》《西厢记》入酒令：

> 鸳鸯又道："左边一个'天'。"黛玉道："良辰美景奈何天。"<u>宝钗听了，回头看着她。黛玉只顾怕罚，也不理论。</u>鸳鸯道："中间'锦屏'颜色俏。"黛玉道："纱窗也没有红娘报。"鸳鸯道："剩了'二六'八

---

① 如果有意夺人之爱，自然会有一种内疚感。事实上，宝钗与宝玉的婚事伤害了黛玉，但这桩婚事并不由她做主，所以她也就不会为这事怀有什么内疚感。

② 我没有将"原是好姐姐"理解为"原本就是你这个'好'姐姐所致。因为我们看不出宝钗与宝玉结合中，宝钗有任何主动。她完全是被动地接受贾母与母亲薛姨妈的安排，从来没有主动过，说宝钗招致黛玉之死，于理不合。

点齐。"黛玉道:"双瞻玉座引朝仪。"鸳鸯道:"凑成'篮子'好采花。"黛玉道:"仙杖香挑芍药花。"说完,饮了一口。

有了这第 40 回的铺垫,才有第 42 回钗黛关系的峰回路转,即:宝钗的推心置腹让黛玉幡然悔悟,向宝钗坦白而诚恳地承认自己的错误和误会。

所以,回前批"今书至三十八回"是指全书两人的相争只写到第 38 回,从之后的第 42 回开始,便要写两人的相合(合好)了。

(四)所谓的"人却一身"当指两人"人却一心"

历来对这条批语存在两大误读。

一是把"名虽两个,人却一身"理解为钗黛原型只有一个,作者用"分身法"写成了两个人。这是完全不可能的。因为钗、黛两人性格迥然不同,如果两人能合二为一,这样的人岂非"人格分裂"?而且从第 42 回起,作者也并未写两人合为一人,而只是写到两人由两条心变成一条心,所以"故写是回,使二人合而为一"不可以理解为"两人合为一个人",而当理解成"两人合为一条心"。由此可知,脂批所言的"名虽两个,人却一身"绝对不可以理解成"两个人是一个人",而当理解成"身虽两个,人却一心",即钗黛两人的原型早就是结为"金兰之契"的异姓而同心的姊妹。

因此,所谓的"钗黛合一"绝非指钗、黛原型是一人,而小说将其分身,作为两个人来写;而当指:两人原本就是一条心,作者为了增加小说的可读性,有意要写两人相争的戏剧冲突,于是便把原本一条心的两个女主人公写成了一开始是两条心,这是"幻笔"(即艺术虚构①),而不符合真实原型;之所以能用不符合真实原型的"幻笔"(即艺术虚构)来写,乃是因为本书是小说而非实录。

由此可以揣知:现实原型中,钗、黛两人一直就是结为"金兰之契"的异姓姊妹,都是可以成为男主人公(也即作者)的贤妻良母②,可是由于名分的原因,只能一个是正妻,另一个是偏房,而两个人又都是大家闺秀,注定不可能有一个人做小妾,于是只能二中选一(一个嫁给自己做正妻,另一个嫁给别人做正妻),选中其中任何一个,对另一个而言都是悲剧;而古代的择偶权又并不在男主人公手中,完全由家长掌控,这就造成三人皆悲的"三输"结局而非"三赢"局面。

正因为两个人都能成为作者的贤妻良母,在作者心目中不分高下,所以,第 5 回判词便把钗、黛两人合为一诗、合为一图。同理,第 5 回《红楼梦》"十二支曲"开头两支都合咏钗、黛,两人不分上下,即《终身误》咏"空对着,山中高士晶莹雪(指薛宝钗);终不忘,世外仙妹寂寞林(指林黛玉)",《枉凝眉》咏"一个是阆苑仙葩(指薛宝钗),一个是美玉无瑕(指林黛玉)③"。

---

① 脂砚斋口中的"幻笔"就是今人所说的"艺术虚构"。
② 贤妻指作者之妻,良母指作者孩子之母。
③ 按:宝钗在第 63 回"寿怡红"时拈得"牡丹"签,题"艳冠群芳"四字,所以她也是"阆苑仙葩"下凡。而《红楼梦》称女子是水,男人是泥,即女子纯洁无瑕而男子浊臭逼人,所

因此，所谓的"钗、黛合一"既指钗黛两人是同心的"金兰契"，更指两人在作者心目中不分高下，而绝对不是指两人的原型是同一个人。

俗语有"貌合神离"之说，即两个人表面相合而内心相背、同床异梦。所以，同心之人便可称为"貌合神合"，仇敌便可说成"貌离神离"。此处的"名虽两个"就是指第 38 回之前钗黛两人的"貌离神离"，"人却一身"就是指第 42 回之后两人的"貌合神合"。换句话说，此批并未言两人的真实原型只有一个身体，而是说两人在现实原型中原本就是"貌合神合"的同心之友、金兰之契。作品有意一开始把她俩写成"貌离神离"以加强戏剧冲突，其实两人原本就"貌合神合"，所以作者从第 42 回开始，便写两人"貌合神合"而返本归真、以符实情。

第 42 回宝钗与黛玉两人由两条心变成一条心，即由"仇敌"变成"同心姊妹"。需要特别指出的是：宝钗对黛玉原本就没有任何敌意，这"仇敌"乃是黛玉假想出来的单方敌意，换句话说：两条心其实原本就是一条心，只不过黛玉把宝钗当成了假想出来的仇敌，这才有了所谓的"两条心"；现在黛玉思想上想通了，不再把宝钗当成"仇敌"，于是两人便又回到原本的一条心状态。脂批所谓的"钗、玉名虽两个，人却一身"实当作"钗、玉名虽两个，人却一心"来理解，即第 38 回之前"宝钗、黛玉名虽两条心（指书中所写），其实两人原本就是一条心（指生活原型原本如此）"。脂砚斋肯定是误会了作者对他说的这番话，写成了"名虽两个，人却一身"。

脂砚斋为什么会有两人合为一人的误会呢？这应当源自笔者《红楼时间人物谜案》"第三章、第三节、三"所讨论的：贾赦与贾敬的原型实为同一人，作者有意把他拆成两个人来写。作者写的时候仍以贾赦为主，而让贾敬不回贾府而在外修道、不理家事，这样就等于"虽写而实未写"，这才是作者"名虽两个，人却一身"的写法，即一个实写，另一个当影子来虚写，这虚写之人的有无、生死，对于全书的格局并没有丝毫大的影响，他只不过是为了混淆视听，不让知情人看破作者写的就是自己曹家家事，而制造出来的"似有实无"的角色、"虚陪出来"的影子罢了。而宝钗与黛玉与之迥然不同，两人都是作者浓墨重彩、大力塑造的主要角色，由此也可明白：宝钗和黛玉不是那种"名虽两个，人却一身"的关系。

作者应当亲口对脂砚斋说过"贾赦与贾敬是一人分身为两人来写"的话，所以脂砚斋才会在第 76 回贾母说贾敬死"已是二年多了"这句话旁边，批出"不是算贾敬，却是算赦死期"的话来。然后作者又肯定对脂砚斋亲口说过："宝钗与黛玉是一个心，而我故意写成了两个心"（作者类似之语可见第 29 回论宝玉与黛玉二人关系时所说的："看来两个人原本是一个心，但都多生了枝叶，反弄成两个心了"），由于"心"与"身"（或"心"与"人"）字音相近，所以脂砚斋便误听成了"宝钗与黛玉是一个身（或'人'），而我故意写成了

以"美玉无瑕"显然不指贾宝玉这个男性的玉，而当指林黛玉这个女性的玉。

两个身（或'人'）。"于是便把黛玉和宝钗的关系，误会成为和"贾赦、贾敬"的关系一样，于是写下了"钗、玉名虽两个，人却一身"的批语来。

其实脂批也写明钗黛是两人而非一人，而且还是两相对峙、根本就不可能融为一体的关系，见第17回贾政游蘅芜苑时说："此处这所房子，无味的很。"己卯本有夹批："先故顿此一笔，使后文愈觉生色，未扬先抑之法。<u>盖钗、颦对峙有甚难写者。</u>"画线部分便是钗、黛两人在书中应当"对峙"而非"合一"的铁证。

● **附：再论所谓的"钗黛合一"**

俞平伯先生据上述钗、黛"名虽两个，人却一身"的批语，得出"钗、黛合一"论；又据第五回判词"金陵十二钗"正钗只有十一图、十一诗，钗黛两人合为一诗、仅有一图，再次强化其"钗黛合一"论的主张（"从大处看，第五回太虚幻境的册子，名为十二钗正册，却只有十一幅图，十一首诗，黛钗合为一图，合咏为一诗"），又据第5回《红楼梦曲》第一支曲《终身误》是宝玉咏宝钗和黛玉，第二支曲《枉凝眉》独咏黛玉，再次强化"钗黛合一"的主张（"因为第一支《终身误》钗黛合写；第二支《枉凝眉》独咏潇湘，在分量上黛玉是重了一点，但次序上伊并不曾先了一步，可见作者匠心，所以非泛泛笔也"①）。由于俞先生的学术影响力实在太大了，所以笔者在此不得不对自己反驳俞先生观点的主张再加辨析：

所谓的"钗黛合一"不应当理解为同一个人。即脂批钗、黛"名虽两个，人却一身"，不应当理解成钗黛两人的原型是同一个人；而当如第29回言宝玉、黛玉两人为密友的"看来两个人原本是一个心"之文，理解为钗黛两人的原型是"身虽两个、人却一心"的好朋友。

钗、黛的原型显然只可能是两个人而非一个人，两人合图、合诗，并不能证明两人的原型为同一个人。因为作者将两人合图、合诗的目的，就是为了让两个人不分高下。即：作者心目中实在分不出钗黛两人孰优孰次，如果两人的诗分作两首，必然会有排列次序的事情发生；而作者因两人在其心目中不分上下而不愿意排序，所以便把两人合在一处，表明两者在其心目中不相上下。《红楼梦曲》钗、黛合咏，即《终身误》先咏"空对着，山中高士晶莹雪"之薛宝钗，再咏"终不忘，世外仙姝寂寞林"之林黛玉；《枉凝眉》先咏"一个是阆苑仙葩"的薛宝钗，再咏"一个是美玉无瑕"的林黛玉，便可证明钗、黛不是一个人而是两个人；如果两者为一个人，则《红楼梦》十二支曲亦当作一首来合咏，而不应当分作两首来合咏。

宝玉所见正册第一幅图："画着两株枯木，木上悬着一围玉带；又有一堆雪，雪下一股金簪。"也是两人并举，而非合为一人。其诗"可叹停机德，（甲夹：此句薛。）（戚夹：乐羊子妻事。）堪怜咏絮才，（甲夹：此句林。）玉带林中挂，金簪雪里埋。（甲夹：寓意深远，<u>皆非生其地之意。</u>）"都是两人

---

① 以上引文均见俞平伯先生《红楼梦研究》之《"寿怡红群芳开夜宴"图说》。

并举。上文所说的两首合咏的《红楼梦曲》，同样也是两人对举。而且上引画线部分用了一个"皆"字，更言明两人是两者、而非一者！

总之，"钗黛合一"的第一层意思，便是作者认为两个人同等重要，故而在第5回判词、图画、《红楼梦曲》中，全都合在一起而不分先后。"钗黛合一"的第二层意思，便是钗黛两人的容貌与才学势均力敌，性格也相互对立、各有千秋。由于黛玉的器量狭小，导致两人在第38回前，完全处于对立的状态，是"貌离神离"的两个人、两条心；到第38回时，这种对立达到顶峰，简直可以说是"有你无我、有我无你"、势均力敌而难分轩轾。但从第42回起，由于黛玉思想的转变，两人和好，从此两人"貌合神合"成为一条心，这便是所谓的峰回路转而"钗黛合一"了。

因此，脂批所谓的"钗黛合一"，其实是指第42回后，两人结为金兰之交、成为一条心，两个人简直就像变成同一个人似的，黛玉的意见、想法、性格开始向宝钗趋同。

总之，"钗、黛合一"不是说钗黛两人的原型是同一个人，不是说作者把某一个原型身上的两种对立统一的性格各自人格化而塑造成小说中的两个人。而是说：钗、黛在作者心目中同等重要；同时又在说：钗、黛在第42回后，便开始由对立走向统一，"志趣相投、貌合神合"地变成如同一个人似的一条心。

（五）所谓的"时已过三分之一有余"是指第42回而非第38回，故全书为120回

历来对这条批语的第二个误读，便是把"时已过三分之一有余"理解为"今书至三十八回时已过三分之一有余"，即《红楼梦》全书到此第38回时，已占全书的三分之一多。

这种理解其实是很令人费解的，因为"38回过全书三分之一多"，与第42回有何种关系？既然没有关系，脂批为何要在第42回批这件事？脂批为何不在第38回批这句话？有理智的人，而且又是惜墨如金的文人，不大可能在批评第42回时，写出这种毫无意义的废话来。写这种话的人用意不过一个，就是想表达全书的总回数是38的三倍不到；如果要表达这层意思，完全可以把总回数写出来，何必绕这种弯子？又何必以38回为基准而不写在第38回，却到第42回来写以38回为基准的话？况且其下文又是"故写是回，使二人合而为一"，试问全书的总回数（即38回过全书三分之一有余），与"使二人合二为一"有何种关系？若无关系，则"故写是回"中表示因果关系的"故"字便落了空。

况且此批言："全书写到三分之一多的这一回时，要让二人合为一了。"而在第38回中，两人尚在斗诗，根本就没有合二为一，唯有到本回（第42回），两人方才由"两条心"之"争"，变成了"一条心"之"和"而合二为一。故知脂批所言的"时已过三分之一有余，故写是回，使二人合而为一"，显然当指本回第42回，而绝对不可以理解为第38回。（因为第38回中两人未合，第42回两人方才相合，所以"是回"肯定不指第38回，而只可能指本回第42回！）

　　因此脂批所言的"今书至三十八回"，显然是指把原本一条心的两个好姊妹当成两条心的仇敌来写的这一"幻笔（即虚构笔法①）"写到第 38 回为止。脂批所言的"故写是回，使二人合而为一"中的"是回"，显然只可能是第 42 回而不可能是第 38 回；所以"时已过三分之一有余，故写是回"的"是回""已过三分之一有余"，只可能是第 42 回"已过三分之一有余"，所以全书是 120 回。

　　正如上文指出：第 38 回已过三分之一与第 42 回没有关系，第 38 回已过三分之一与"钗黛合一"也没有因果关系，脂批所说的"三分之一"当是讲第 42 回而非讲第 38 回。第 42 回与"钗黛合一"关系密切，因为第 42 回后，钗、黛便合一了（指和好而成为"金兰契"般的同心姊妹，而不是指合为同一个人），所以把这条批语理解为"三十八回时已过三分之一有余"乃是误读，此批当理解为："钗、玉名虽两个，人却一身，此幻笔也，今书至三十八回。时已过三分之一有余，故写是回，使二人合而为一。请看黛玉逝后宝钗之文字，便知余言不谬矣。"

　　因此，无数人据"今书至三十八回时已过三分之一有余"，断言脂砚斋所读到的《红楼梦》全书仅 110 回、而绝对不可能是 120 回，进而再来证明：今天的程高本后四十回不是脂砚斋所读到的《红楼梦》后四十回，即：今本的后四十回不是曹雪芹的原稿，而是高鹗（或是高鹗之前的另一位无名氏）所续。这些结论便统统显得不再可靠！

　　其实，"时已过三分之一有余，故写是回"中的"是回"就是本回第 42 回，因此，脂砚斋说的便是此第 42 回乃全书的三分之一有余，脂砚斋所读到的《红楼梦》全书当如高鹗序中提到的"《红楼梦》一百二十回回目"一样，是 120 回本！

　　即便今本的后四十回未必就是曹雪芹后四十回的最终定稿（指第五稿），但的确就是曹雪芹所写的某次初稿，而且很可能就是脂砚斋第一次做批时读过的第一稿，何以见得？这便离不开我们对第 21 回回前总批做认真仔细的理解，下一小节"二、第 21 回脂批的再分析"，便要对此详加分析。在开始这一新的详论之前，考虑到俞平伯先生的"钗黛合一"论，对学术界的影响真可谓"根深蒂固"，所以，我们不得不结合后四十回，再对其做一全面的论证和彻底的清算。

●附：三论"钗黛合一"
（1）脂砚斋误会"钗、玉名虽两个、人却一身"的错误观点，其实就来自今本后四十回，这同样可以证明他读到的后四十回与今本一致
　　今本后四十回中的第 120 回，甄士隐谈起通灵宝玉何以消失的原因是："那

---

① 批语所称的"幻笔"，即今人所说的"虚构笔法"。本书是小说，小说的特点便是虚构，与"实录"有别，批者称之为"幻笔"。

年荣、宁查抄之前，**钗、黛分离之日，此玉早离世：一为避祸，二为撮合。**"
画线部分便是脂砚斋"钗黛合一"论的出处所在，足以证明脂砚斋所读到的后
四十回，与今本后四十回相一致。何出此言？今详析如下：

第120回言"钗、黛分离之日"的"日"字当作"时"字来理解，其句意
为：宝钗与黛玉行将分离之际而通灵宝玉早已离世。第一回"楔子"言黛玉因
神瑛侍者下凡，宝钗率百花仙子们追随黛玉一同下凡，可见两人前世便是同心
姊妹，今世在世时也是同心姊妹。

宝玉清醒时，必定会娶黛玉而不娶宝钗，于是黛玉就不必为宝玉泪尽而逝，
这就有违第1回黛玉前身"绛珠仙草"下凡时发的誓言："他既下世为人，我
也去下世为人，但把我一生所有的眼泪还他，也偿还得过他了。"为了能让黛
玉为宝玉泪尽而逝，就得让宝玉另娶别人；而要让宝玉娶黛玉之外的人，只有
一种可能，即让宝玉丧失心志、不再通灵而疯傻。于是就要让"通灵宝玉"先
离世，方能使得宝玉失心[①]、疯傻，从而娶了并不想成为宝玉老婆、而只是遵从
母亲之命嫁给他的宝钗；这一消息便气死了一心想成为宝玉老婆、却被贾母活
活拆散的黛玉，遂使钗黛两人一生一死而分离成阴阳两隔之人，下来才有"荣、
宁查抄"之事。

"钗黛分离"（即一同下凡的宝钗与黛玉，因黛玉死而阴阳两隔）发生在"荣
宁二府"查抄之前，而通灵宝玉又失踪于"钗黛分离"之日的前面，玉石的失
踪离世，正是为了表明这块玉能够预言抄家之祸，所以便用它的离世避祸，来
昭示其能预言的通灵神性，同时又可促成宝玉、宝钗的婚姻来逼死黛玉，所以
甄士隐说："那年荣、宁查抄之前，钗、黛分离之日，此玉早离世：一为避祸，
二为撮合。"

钗黛两人原本就是同心姊妹，相当于发过"同生同死"誓言[②]的结拜兄弟，
如今一生一死、阴阳两隔，第120回所谓的"钗、黛分离"实指异世、隔世，
其反义词"钗黛合一"，便指两人一同在世而同心（即《周易·乾》所谓的"同
声相应、同气相求"）。

脂砚斋讲到第120回字面上言"钗、黛分离"，故而揣知钗黛原本合一，
而没意识到所谓的"钗黛合一"是指两人同心。由于这层意思一般人读不出来，
只有原作者才会知晓，所以脂砚斋便误会"钗黛原本合一"是指两人的原型原
本就是同一个人，于是写下"钗、玉名虽两个，人却一身"的大谬不然的批语
来。究其根源，却源自今本后四十回之第120回甄士隐总结全书之语，这便可
印证脂砚斋读过今本后四十回。

---

① "通灵宝玉"就是宝玉的命根子，也即宝玉的心智所在，"失玉"就是"失心"。"通灵宝
玉"就是宝玉命根子，见第3回宝玉初见黛玉便摔玉，这时贾母哭道："你生气，要打骂人
容易，何苦摔那命根子！"
② 指古人结拜时常说的："不求同年同月同日生，但求同年同月同日死。"

当然也有人会反过来说：后四十回是根据脂批"（宝）钗、（黛）玉名虽两个，人却一身"之语，而造出了"钗、黛分离之日"这段话来。这其实是不可能的。因为续书者如果读到脂批此语而来续写后四十回的话，肯定不会用它来只写一句话，而当用它虚构出一段故事来，从而坐实脂批此语，证明自己的续作吻合脂批；如果仅写此一句话，读者根本就读不出它和脂批的呼应关系。续书者根据脂批续书的目的，无非就是要给读者强化那种"自己所续之书与脂批无有不合"的观感，断然不可能有这种"无声无息地据脂批写句话便作罢"的道理来。所以只可能是脂砚斋读见此"钗、黛分离之日"之语而写下"（宝）钗、（黛）玉名虽两个，人却一身"之批，断然不可能是相反的情况。

（2）另有一条"似乎"能证明"钗黛合一"的脂批

第22回凤姐与贾琏商量宝钗入府后的第一个生日怎么过，贾琏说："现有比例，那林妹妹就是例。往年怎么给林妹妹过的，如今也照依给薛妹妹过就是了。"庚辰本有夹批："最奇者黛玉乃贾母溺爱之人也，不闻为作生辰，却去特意与宝钗，实非人想得着之文也。此书通部皆用此法，瞒过多少见者，余故云不写而写是也。"即作者借贾琏之言，其实已交代清楚贾母曾为林黛玉举办过生日，读者据宝钗生日便可想见往年黛玉生日怎么过，所以批者批：作者这么写，乃是"不写而写"。

庚辰本此节文字又有眉批："将薛、林作甄玉、贾玉看书[①]，则不失执笔人本旨矣。丁亥夏。畸笏叟。"即读者看此书时，把薛、林两人的关系，当作甄宝玉和贾宝玉两相对等的关系来看，便不辜负写书者的本意了。换句话说：作者本意要把薛林两人的关系，写成甄贾两宝玉那样的关系。

甄宝玉与贾宝玉都是作者的化身，贾宝玉代表作者未改好之前的形象，而甄宝玉则代表作者改好之后的形象。第42回薛宝钗言自己当年曾看过那类杂书，可证薛宝钗当年与黛玉有同样的个性、经历，后来改好了。又后四十回的第115回甄宝玉劝贾宝玉，其情形与第42回宝钗劝黛玉正相类，堪称绝配；当然，前者贾宝玉未听，而后者林黛玉听从，两者结果虽异，但奉劝的过程则类同。故疑钗黛"名虽二个、人却一身"或当作如此观：两人的关系犹如真假两宝玉都是作者这同一个人所分化出来的、两种对立个性的化身。即钗黛"名虽二个、人却一身"未必如我所言的"身虽二个、人却一心"，而的确有可能是指同一个生活原型的两种对立性格的分别化身（一个是改之前的任性，另一个是改之后的大度）。

今按：宝钗、黛玉如同甄、贾两宝玉，这肯定不是作者之意，而是脂砚斋或畸笏叟两人的领悟；他们的这一见解，并不能代表作者的本意。因为甄、贾二宝玉，作者特地用其姓之"真、假"与其名之相同，来点明两人乃"影射"关系，同时又多处强调两人的模样、性情完全相同、几无二致，连父母、社会关系都一模一样，如同真、假美猴王般，的确是"同一人而两写之"的镜像（详

---

① 指带着"把薛林二人视为甄贾两宝玉那种关系"的观念，来读《红楼梦》这部书。

笔者《宁荣府大观园图考》第一章第一节"十一"至"十三"有论）。而林、薛二人在书中，从未见到过有这样的描述，两人的名字大异，容貌、秉性迥别，社会背景也大为不同，故知以钗黛"二人乃一人"是"执笔人"（即作批者）脂、畸所悟，未必是"执笔人"作者本意。由作者无意写钗黛二人乃一人，故知这种领悟实乃误会。

后四十回的第120回言"钗黛分离"，恰可证明两人生前当是同心密友。因为能被人称作"生离死别"的两个人，如果不是同心的夫妻（夫妻也有不同心的），便当是同心的密友；两人如果不是同心的夫妻或密友，便是两不相关之人，甚至是"离心离德"之人，世人绝对不会称这样的两个人有"生离死别"之事。所以，由作者能写出"钗黛分离之日"这样的话来，便可证明二人生前确为同心密友。

想必作者在创作时告诉过脂砚斋、畸笏叟："第42回之前写二人之分，第42回之后写二人之合，第97回黛玉死而再写二人之分。"但作者并没言明他所说的"分"与"合"是何意。其实，作者口中的"分"，不是像甄、贾两宝玉那种"一人写成两人"的"分身术"；所谓"合"，也不是二人写作一人的"合身术"：所谓的"分"，是指第42回前两人不同心、相竞争的不和；所谓的"合"，是指第42回后，两人的和好如初、同心为友；至于第97回黛玉离世后两人的再"分"，也不是指一人再度分为两人，而是指两人"生离死别"后的互相思念。当然，《红楼梦》只写人间事，未写天外事（见末回第120回"天外书传天外事，两番人作一番人"语），所以只会写到宝钗思念黛玉，即脂批所言的"请看黛玉逝后宝钗之文字，便知余言不谬矣"，而未能写到黛玉思念那一同下凡而尚在人间的牡丹仙子宝钗。

可惜脂砚斋与畸笏叟都把作者这番"分合"之旨的提示，误解为是在说甄、贾两宝玉那种"一个人、两个人"的身，而不知道是在说"一条心、两条心"的心，于是写下这两条①让人莫名其妙的"似是实非、似非又是，是中有非、非中有是"的批语来。

又钗黛降世，黛为仙草，钗为百花之王牡丹，根据后四十回中第85回所演"嫦娥"戏的交代，红楼诸艳乃是牡丹花王宝钗率百花仙子们追随黛玉这株仙草下凡②，可见黛玉与宝钗前世即同心③，下凡后的今世自然也是同心（此指生活原型而言）。作者为了增添戏剧冲突的效果，故意先用虚构笔法（即脂批所谓的"幻笔"）来写二人最初的争（即"分"），再写二人的和（即"合"）。第42回便是由分至合的分水岭，所以脂砚斋要在第42回作此回前总批，其批意为：第38回之前写两人离心而争，第42回之后写两人同心而友，写离心而

---

① 即第42回脂砚斋所批："钗、玉名虽两个，人却一身。"第22回畸笏叟所批："将薛、林作甄玉、贾玉看书。"
② 详见本书"第二章、第六节、一"有论。
③ 不同心，牡丹花王焉能追随绛珠仙草下凡？

争是作者的"幻笔"，此幻笔只写到第 38 回为止；现在从这全书三分之一有余的第 42 回起，便要写两人的同心而和，这"同心之和"一直要写到第 97 回黛玉离世而两人"人天相隔"，但即便是人天两隔，两人仍在互相思念，身虽分而心仍合！

二、第 21 回脂批的再分析

上文已证明：第 42 回回前批是说全书宝钗、黛玉两人相争的"幻笔"（即艺术虚构）写到第 38 回为止，而第 39 至 41 回这三回不再写两人相争，开始为两人和好做铺垫；至第 42 回时，由于已过了全书的三分之一有余，作者需要返回作品原型的实际情形，开始写两人成为同心姊妹（书中称之为"金兰契"），使两人由"两条心"的小说幻笔，回到生活原型中的"一条心"来。因此，第 42 回回前批"时已过三分之一有余，故写是回，使二人合而为一"，说的正是第 42 回已过全书三分之一有余，恰能证明《红楼梦》全书为 120 回，与今天程高本八十回之后有四十回、全书共 120 回正相一致而无矛盾。

而本节对第 21 回脂批的再分析，不仅能证明脂砚斋所读到的《红楼梦》全书回数与程高本相一致，乃 120 回，而且更能证明脂砚斋所读到的《红楼梦》八十回后的情节，居然也和程高本相吻合，从而有力地证明"今人所读到的程高本后四十回就是曹雪芹原稿"这一结论。而胡适、鲁迅、俞平伯等先贤所疑的后四十回乃高鹗"续补、续作"说终于得以澄清，亦可谓笔者人生与《红楼梦》研究中的一大快事，今特将有关证据详论如下：

第 21 回"贤袭人娇嗔箴宝玉、俏平儿软语救贾琏"的庚辰本回前总批是：
　　有客题《红楼梦》一律，失其姓氏，惟见其诗意骇警，故录于斯："自执金矛又执戈，自相戕戮自张罗。茜纱公子情无限，脂砚先生恨几多。是幻是真空历遍，闲风闲月枉吟哦。情机转得情天破，情不情兮奈我何！"凡是书题者，不可不以①此为绝调。诗句警拔，且深知拟书底里，惜乎失名矣！
　　按此回之文固妙，然未见后之卅回，犹不见此之妙。此回"娇嗔箴宝玉"、"软语救贾琏"，后曰"薛宝钗借词含讽谏、王熙凤知命强英雄"。今只从二婢说起，后则直指其主。然今日之袭人、之宝玉，亦他日之袭人、他日之宝玉也；今日之平儿、之贾琏，亦他日之平儿、他日之贾琏也。何今日之玉犹可箴，他日之玉已不可箴耶？今日之琏犹可救，他日之琏已不可救耶？箴与谏无异也，而袭人安在哉？宁不悲乎！救与强无别也，今因平儿救，此日阿凤英气何如是也？他日之强，何身微运蹇，展眼何如彼耶？甚矣，人世之变迁如此，光阴倏尔如此！

要读懂这条批语，就先得把这一回所叙述的两大情节读透。

---

① 二字原无，据意径补。

（一）第21回"贤袭人娇嗔箴宝玉"情节

第6回宝玉与袭人初试云雨情后，"自此宝玉视袭人更比别个不同，袭人待宝玉更为尽心。"第19回"情切切良宵花解语"，宝玉听袭人说她家要来赎她回去嫁人而大为着急。其实，袭人早已说服家里不要来赎，因见宝玉"近来仗着祖母溺爱，父母亦不能十分严紧拘管，更觉放荡弛纵，任性恣情，最不喜务正。每欲劝时，料不能听，今日可巧有赎身之论，故先用骗词以探其情，以压其气，然后好下箴规。"于是趁宝玉心急的机会，与之"约法三章"，宝玉都满口答应。

第一件是不可乱说"死"字；第二件是不管真喜还是假喜，都要装作"喜欢"读书的样子，不可以把那些读书求上进的人称作"禄蠹"；第三件其实有三件事，即：不许毁僧谤道，不许调脂弄粉，不许吃人嘴上擦的胭脂①与喜欢红色②。"宝玉道：'都改，都改。再有什么，快说！'袭人笑道：'再也没有了。只是百事检点些，不任意任情的就是了。你若果都依了，便拿八人轿也抬不出我去了。'"即袭人说，宝玉只要改正错误，她便不回家去嫁别人了，宝玉答应听从她的劝谏。

结果才两天，到了第三天一大早，宝玉便把誓言忘在脑后而依然如故，这才有了第21回上半回"贤袭人娇嗔箴宝玉"的情节，即：

宝玉一大早便到黛玉房里厮混，不务正业，而且还让史湘云给他篦头，把前三天晚上袭人的教诲早已抛在脑后。

宝玉回房后，袭人和麝月故意联合起来不理他，只叫两个小丫头服侍他。宝玉看到其中一个稍大一点的丫头长得十分水灵秀气，便问她名字，一听是"蕙香"，排行第四，故意改叫她"四儿"，而且还大声说给姓"花"的袭人听："不必什么'蕙香'、'兰气'的。哪一个配比这些花③？没的玷辱了好名、好姓④！"袭人和麝月在外间听到了都抿嘴直笑。

这一天，宝玉因众人都不理睬他而自感没趣，反倒没跨出过房门一步，庚

---

① 吃胭脂事，本书"第二章、第五节、二、（二）、1、（4）、●书中的贾宝玉便是作者所树立的、与'皮肤滥淫'相对立的'好色而不淫'的'意淫'典范"有论。
② 此是针对上文而特地下的针砭。按，此回上文宝玉笑问袭人：你们家"今儿那个穿红的是你什么人？"袭人说："那是我两姨妹子"，不是两个姨妹，而是两姨亲中的姨妹。宝玉听了便赞叹两声，袭人问：叹什么？并说："我知道你心里的缘故，想是说她哪里配红的。"己卯本夹批："补出宝玉素喜红色，这是激语。"宝玉笑道：不是的，长得这么好看要是不配穿红的，谁还敢穿？可见宝玉对红色有偏爱，难怪其住的院子名为"怡红院"。而女儿用红妆人称"女儿红"，所以"爱红"就是偏爱女性妆扮的意思。古代凡是和女子有关的事物多冠以"红"字，如"红妆、红颜、红袖、红楼、红粉佳人"等，因此宝玉的爱"红"，便是爱与"红"字密切相关的女性，也即第2回贾宝玉满周岁时，贾政想预测一下儿子未来的志向和前途，"便将那世上所有之物摆了无数"让宝玉去抓，这个习俗叫"抓周"。结果宝玉对笔墨纸砚、金元宝、书本等物"一概不取，伸手只把些脂粉钗环抓来"，于是贾政勃然大怒，说他"将来酒色之徒耳"！所以"爱红"就是"好色（好女色）"的隐语。试问袭人：人的这种"爱红"即好色本性要改，谈何容易，岂非强人所难？又：本书书名"红楼梦"以"红"字冠名，显然也与作者的女性情结有关。
③ 指：哪一个有资格配得上花的名字？
④ 暗点袭人姓"花"。

辰本夹批："此是袭卿第一功劳也。"宝玉因此之故，也没心思和姊妹、丫环们胡闹，庚辰本夹批："此是袭卿第二功劳也。"宝玉又因感到无聊而拿起书来读，还动了动笔墨以解闷，庚辰本夹批："此虽未必成功，较往日终有微补小益，所谓袭卿有三大功劳也。"这三条批语都点明袭人给宝玉脸色看，终于收到点劝谏的效果了。

宝玉此日只叫四儿侍候，哪知四儿是个极聪明乖巧的丫头，见宝玉重用她，便想尽办法来笼络宝玉。庚辰本夹批："又是一个'有害无益'者。作者一生为此所误，批者一生亦为此所误①，于开卷凡见如此人，世人故为喜，余反抱恨，盖四字误人甚矣。被误者深感此批。"说的便是家里使唤的丫头、奴仆千万不可长得漂亮，漂亮便有害无益，因为主人会被其迷惑而忘了正经事业。第77回王夫人驱逐"怡红院"中宝玉身边的晴雯、四儿、芳官，原因便在于此。事后宝玉反倒要祭晴雯，完全是"受美色迷误而不知返"的少年光景。而袭人之所以受王夫人青睐，便是长相一般。此节四儿得宠，伏下第77回王夫人把她撵出"怡红院"之文②。

宝玉因冷清，本想去凑袭人、麝月两人的趣，但怕她俩得了意，将来越发会来劝自己，所以不敢去，庚辰本夹批："宝玉恶③劝，此是第一大病也。"宝玉又不愿意拿做上的规矩来镇压她们，因为这么做未免太无情，庚辰本夹批："宝玉重情、不重礼，此是第二大病也。"宝玉想到：如果她们死了，自己横竖也要过的；于是便当她们死了，心中反觉得毫无牵挂而怡然自乐起来。庚辰本夹批："此意却好，但袭卿辈不应如此弃也。宝玉之情，今古无人可比，固矣；然宝玉有情极之毒，亦世人莫忍为者，看至后半部则洞明矣。此是宝玉第三大病也。宝玉有此世人莫忍为之毒，故后文方有'悬崖撒手'一回。若他人得宝钗之妻、麝月之婢，岂能弃而为僧哉？此宝玉一生偏僻处。"所言即宝玉在《红楼梦》回末"情榜"④上被评为"情、不情"，此评语是说宝玉情到极点便会无情，即他始于多情（见一个爱一个⑤），而终于"彻悟"（斩断情根），

① 此批言明作者与批者乃两个人。批者是脂砚斋，故作者必非脂砚斋，而是曹雪芹。有言《红楼梦》一书乃脂砚斋初稿，曹雪芹改定；据此批，其说便可休矣。
② 按77回王夫人赶走"怡红院"中长得漂亮而不本分的丫环，其中就有四儿，即王夫人"因问：'谁是和宝玉一日的生日？'本人不敢答应，老嬷嬷指道：'这一个蕙香，又叫作四儿的，是同宝玉一日生日的。'王夫人细看了一看，虽比不上晴雯一半，却有几分水秀。视其行止，聪明皆露在外面，且也打扮的不同。王夫人冷笑道：'这也是个不怕臊的。她背地里说的，同日生日就是夫妻。这可是你说的？打量我隔的远，都不知道呢。可知道我身子虽不大来，我的心耳神意时时都在这里？难道我通共一个宝玉，就白放心凭你们勾引坏了不成！'这个四儿见王夫人说着她素日和宝玉的私语，不禁红了脸，低头垂泪。王夫人即命也快把她家的人叫来，领出去配人。"这是谁告的密？王夫人的耳目应当就是那位老嬷嬷吧。
③ 恶，读"厌恶"的"恶"。
④ 今本后四十回已失此榜，其实脂砚斋所见的后半部分也失此回，脂批所提到的"情榜"中的评语，当得自作者曹雪芹创作时亲口所谈的创作构思。关于"情榜"及此榜对宝玉、黛玉所下的评语，本章"第三节、九"会有详论。
⑤ 如第15回宝玉在城外乡村中偶遇二丫头，二丫头被自家老婆子叫走，"宝玉怅然无趣"，这时甲戌本有侧批："处处点'情'，又伏下一段后文。"宝玉被迫离开时，渴望再见二丫头一面，书中写宝玉"一时上了车，出来走不多远，只见迎头二丫头怀里抱着她小兄弟，同着

抛弃心爱之人而出家为僧。此条脂批言"宝钗为妻、麝月为婢"，即有如此貌美贤惠之人为妻、为妾，仍无法挽回宝玉出家之心；故宝玉看似多情，实则非常狠心。

蒙王府本有侧批："此是宝玉大智慧、大力量处，别个不能，我也不能。"指宝玉能"情极而无情"，抛弃情根、顿入空门，这是他人办不到，只有宝玉这种有大慧根的人才能做到，这就是脂砚斋所称赏的本回回前批中所说的："情机转得情天破，'情不情'兮奈我何！"

于是宝玉命四儿剪灯、烹茶，读到《庄子·胠箧》"故绝圣弃知，大盗乃止，摘玉毁珠，小盗不起"，欣然有悟，于是趁着酒兴，不揣己陋，斗胆往下续道："焚花、散麝，而闺阁始人含其劝矣。戕宝钗之仙姿，灰黛玉之灵窍，丧减①情意，而闺阁之美恶始相类矣。彼含其劝，则无参商之虞矣；戕其仙姿，无恋爱之心矣；灰其灵窍，无才思之情矣。彼钗、玉、花、麝者，皆张其罗而穴其隧、所以迷眩缠陷天下者也。"指宝钗、黛玉、花袭人、麝月这四个人都是迷人的尤物（因为她们会让男人深陷于她们的罗网和陷坑中去），今天把这四个人全都扔到一边，视其为没有（即视同她们全都死了），于是我身边便只有那种把劝谏的话含在口中而不敢说出来的人了，于是所有的女子无论美丑、无论是有才还是无才，也都"一视同仁、等无差别"了，于是我对女子的美色便都没了迷恋，对才女的才情也就不会有仰慕。蒙王府本侧批："见得透彻，恨不守此，人人同病。"即世人虽然能明白此理，却是"说得而行不得"，这是世人的通病；所以在蒙王府本批者看来，作者与宝玉此时仍未能真正打破美色这一迷关。

第二天宝玉醒来，看到袭人和衣睡在被子上，早已把昨日对袭人的恨意忘却。庚辰本夹批："可见玉卿的是天真烂漫之人也！近之所谓'呆公子'，又曰'老好人'、又曰'无心道人'是也！殊不知尚古淳风②。"即宝玉是不记仇的人，隔了一夜便全都忘记了，这是生活在上古风俗淳厚时的人才会拥有的品性。

宝玉于是推醒袭人说："起来脱衣好好地睡，不要冻着了。"即叫她脱衣、盖被来睡，以免着凉，袭人仍装作不理他，即书中写道：

原来袭人见他无晓夜③和姊妹们厮闹，若直劝他，料不能改，故用柔情以警之，料他不过半日片刻仍复好了。不想宝玉一日一夜竟不回转，自己反不得主意，直一夜没好生睡得。今忽见宝玉如此，料他心意回转，便越性不睬他。

几个小女孩子说笑而来。宝玉恨不得下车跟他去，料是众人不依的，少不得以目相送，争奈车轻马快，一时展眼无踪。"争奈，怎奈。

① 减，据庚辰本、戚序本、舒序本、甲辰本，疑当据列藏本、程甲本作"灭（减）"。蒙王府本作"减"而点改为"灭（减）"。两字形近而易误。

② 指：殊不知，此乃上古淳风。

③ 即不分晓夜、整天整夜的意思。

宝玉见她不应，便伸手替她解衣，刚解开了钮子，被袭人将手推开，（庚侧：好看煞！）又自扣了。宝玉无法，只得拉她的手笑道："你到底怎么了？"连问几声，袭人睁眼说道："我也不怎么。你睡醒了，你自过那边房里去梳洗，再迟了就赶不上。"（庚夹：说得好痛快！）

宝玉道："我过哪里去？"（庚夹：问得更好。）袭人冷笑道："你问我？（庚侧：三字如闻。）我知道？你爱往哪里去就往哪里去！从今咱们两个丢开手，省得鸡声鹅斗，叫别人笑。横竖那边腻了过来，这边又有个什么'四儿'、'五儿'伏侍。我们这起东西，可是'白玷辱了好名好姓'的。"宝玉笑道："你今儿还记着呢！"（庚夹：非浑一、纯粹，哪能至此！）

袭人道："一百年还记着呢！比不得你，拿着我的话当耳旁风，夜里说了，早起就忘了。"（庚夹：这方是正文，直勾起"花解语"一回文字①。）宝玉见她娇嗔满面，情不可禁，（庚侧：又用幻笔瞒过看官。）便向枕边拿起一根玉簪来，一跌两段，说道："我再不听你说，就同这个一样。"（蒙侧：迎头一棒！）

袭人忙的拾了簪子，说道："大清早起，这是何苦来！（蒙侧：撞心儿盟誓，教人听了折柔肠，好些不忍。）听不听什么要紧，（庚侧：已留后文地步。）也值得这种样子？"

宝玉道："你哪里知道我心里急！"袭人笑道：（庚夹：自此方笑。）"你也知道着急么！可知我心里怎么着？快起来洗脸去罢。"（庚侧：结得一星渣滓全无，且合"怡红"常事。）说着，二人方起来梳洗。

宝玉往上房去后，谁知黛玉走来，见宝玉不在房中，因翻弄案上书看，可巧翻出昨儿的《庄子》来。看至所续之处，不觉又气又笑，不禁也提笔续书一绝云："无端弄笔是何人？作践南华《庄子因》。不悔自己无见识，却将丑语怪他人！"（庚侧：不用宝玉见此诗若长若短②，亦是大手法。）（庚夹：骂得痛快，非颦儿不可。真好颦儿，真好颦儿！好诗！若云知音者，颦儿也。至此方完"箴玉"半回③。）（庚眉：又借阿颦诗自相鄙驳，可见余前批不谬。己卯冬夜。）（庚眉：宝玉不见诗，是后文余步也，《石头记》得力所在。丁亥夏。畸笏叟。）

宝玉解开袭人钮扣，是为了让她脱了衣服盖被子睡，袭人偏不从，而且还"娇嗔满面，情不可禁"，故意装出一副怒气冲冲的模样来。宝玉急得断簪以明必改之志，庚辰本侧批："又用幻笔瞒过看官"，指明宝玉这番作为同以往一样，都是假的，此后依然不会改（即俗所谓"江山易改，本性难移"是也），吓得袭人怕这是不祥之兆，忙说道："大清早起，这是何苦来！听不听什么要紧？"即宝玉你不听也没什么要紧，宝玉你不改也罢！庚辰本侧批："已留后

---

① 即第19回"情切切良宵花解语"袭人规劝宝玉的话，不过不是晚上说了第二天早上就忘记，而是三天后的早上忘记。

② 即全书不写宝玉读到此诗后的论长论短，正是作者的大手笔所在。

③ 指第21回上半回的"贤袭人娇嗔箴宝玉"情节至此方完。

文地步。"可见宝玉下来根本就没改，若是改了，也就不会有后面第 33 回"不肖种种大受笞挞"的精彩文字来。作者为了要写出全书第 21 回之后那 100 回精彩故事来，焉能让宝玉这么容易就改好？

黛玉用诗批他，指出"色不迷人人自迷"，明明是自己迷了本性，反怨美色来迷他①。此回庚辰本回前批"有客题《红楼梦》一律"言："自执金矛又执戈，自相戕戮自张罗。……情机转得情天破，'情不情'兮奈我何！"说的便是：宝玉之续与黛玉之驳，乃作者自己执矛又执盾来自相戕戮、自我解剖。脂砚斋称叹此诗说："凡是书题者，不可不以此为绝调。诗句警拔，且深知拟书底里，惜乎失名矣！"即所有为本书题诗、作评之人当中，应当算这首诗最佳，不仅诗句令人警醒，而且深知本书创作的内幕，只可惜题诗者没留姓名，故不知作此诗之人为谁。（愚以为即作者自道。）

（二）第 21 回"俏平儿软语救贾琏"情节

宝玉这边是"好色而不淫"，与宝二爷同为新一代掌家人的琏二爷这边，却是淫欲横陈。幸亏王熙凤把琏二爷管束得严紧，否则贾琏在情色之路上更加无可救药。

此第 21 回下半回"俏平儿软语救贾琏"，便写年轻欲盛的贾琏，因为王熙凤严加管束，性饥渴到饥不择食的地步。这一回是全书写得最色情的一回，作者把宝玉的重情和贾琏的好淫写在同一回中，便是作者"对峙立局、对仗构思"手法的体现，可证作者创作构思时非常注重美学上的对比。

贾琏的淫事，起因于女儿出痘后要祭祀痘疹娘娘，凤姐不可与贾琏同房，于是贾琏搬进"外书房"做斋戒。大户人家的府第以"二门"（即仪门）分内外：二门以内，外人与男仆不得入内，故"内书房"便是"二门"内的书房，而"外书房"便是二门外的书房。贾琏的"内书房"显然在"凤姐院"内，而外书房便是大门内、仪门外的大书房，是贾政、贾琏等家主人处理外务之用，所以下人（如下文所说的"多姑娘"）都可以走到。

第 2 回红楼七年冷子兴说贾琏"二十来往"，不妨视其为 20 岁，比宝玉大了 13 岁，此年为红楼十三年（宝玉 13 岁），贾琏 26 岁，性欲旺盛。全书对贾琏性欲之强早有描绘，如第 7 回"送宫花周瑞叹英莲"（程高本改作"送宫花贾琏戏熙凤"），便是午睡时与王熙凤行房事；第 23 回贾琏对凤姐说："只是昨儿晚上，我不过是要改个样儿，你就扭手扭脚的"，写出了贾琏性爱花样的繁多。由于王熙凤对他防范甚严，所以年轻的贾琏在性欲方面一直无法得到满足而处于饥渴中。

第 64 回贾蓉帮贾琏出主意娶尤二姐，贾琏"却不知贾蓉亦非好意，素日因同他两个姨娘有情，只因贾珍在内，不能畅意。如今若是贾琏娶了，少不得在外居住，趁贾琏不在时，好去鬼混之意。贾琏哪里意想及此？遂向贾蓉致谢道：'好侄儿，你果然能够说成了，<u>我买两个绝色的丫头谢你。</u>'"画线部分似乎表

---

① 理学功夫。

明贾琏身边不缺女人。但我们没看到贾琏买丫环答谢贾蓉的下文，可见这话只是贾琏表示感激而说的空话，心有余而力不足，根本就无法兑现。因此贾琏身边其实很缺女人，因为贾琏身边稍有姿色或秉性风流的姬妾，王熙凤早就把她们整死或撵走了，正因为平儿比较本分贞良，所以才能在王熙凤面前存活下来。

贾琏正因为身边极缺女人，所以一有空便要"见缝插针"地偷情，就连第44回王熙凤到隔壁"贾母院"赴自己寿宴喝酒看戏那么近的距离、那么短的时间，贾琏都会叫鲍二家的老婆，到自己和王熙凤的卧房里偷欢，可见他被王熙凤管束得何等严实而饥渴。结果被王熙凤在屋内当场逮住，大闹一场。王熙凤因在门外听到他俩称赞平儿贤惠，所以牵怒平儿，连平儿也打了两下。

正因为王熙凤对贾琏防范太紧，贾琏一般只能通过凤姐一个人来发泄性欲，现在凤姐要他斋戒好几天，便饥渴难耐，"独寝了两夜，便十分难熬，便暂将小厮们内有清俊的选来出火。"可见贾琏有外宠，也是王熙凤给逼出来的。《红楼梦》用"如今贾琏在外熬煎"的话，又用"内惧娇妻、外惧变宠"八个字，写明贾琏偷的女人其实很少，因为一旦让王熙凤知道，他偷过的女人必死无疑，鲍二家的便是明证，所以，贾琏除了老婆外，更多要靠长相清俊的小厮作为外宠。贾琏堪称是环境（妻管严）逼出来的"境遇性同性恋"的典型。①

由于内、外有别，外边的男仆王熙凤无缘接触，外边的事王熙凤自然也就看不见、听不着，外宠这种事自然也就无从管起。尽管第65回兴儿对尤二姐说："我是二门上该班的人。我们共是两班，一班四个，共是八个。这八个人有几个是奶奶的心腹，有几个是爷的心腹。奶奶的心腹我们不敢惹，爷的心腹奶奶的就敢惹。"外宠这种事恐怕连王熙凤的几个心腹也都有份，所以也就不敢往内传讯而惹火上身了。

荣国府厨子"多浑虫"的老婆"多姑娘"美貌异常、轻浮无比，贾琏也曾看到过，但因"内惧娇妻、外惧变宠"而未曾得手。多姑娘也有意于年轻有貌的贾琏，只恨没机会下手。如今听说贾琏搬到"外书房"来，而这"外书房"当在大门之内、仪门之外，相当于是家长处理对外事务的办公场所，下人们全都可以走到。于是她便没事也要去走上两趟，招惹得贾琏像饥饿的老鼠般，少不得多给心腹小厮们金银，求他们成全与遮瞒。而这些小厮贪图金银，又大都是多姑娘勾搭过的密友，自然一说便成。"多浑虫"管理厨房，天天喝得烂醉，所以当夜贾琏便溜到多姑娘家相会：

> 那媳妇故作浪语，在下说道："你家女儿出花儿，供着娘娘，你也该忌两日，倒为我脏了身子。快离了我这里罢。"（庚侧：淫妇勾人，惯加反语，看官着眼。）贾琏一面大动，一面喘吁吁答道："你就是娘娘！我哪里管什么娘娘！"（庚侧：乱语不伦，的是有之。）那媳妇越浪，贾琏越丑态毕露。（戚夹：可以喷饭！）一时事毕，两个又海誓山盟，难分难

---

① 明清男色盛行，便是因为男色不会繁殖后代。古代没有避孕措施，堕胎又属杀生，男主人借男色一道来发泄性欲，女主人因其不会产育后代，不会影响到自己地位，常会加以隐忍。殊不知这一做法有违"造物主创造性欲是为繁殖而设"的造物主的本衷，故大受天谴。

舍，（庚夹：着眼，再从前看如何光景。）（蒙侧：此种文字亦不可少，请看者自度。）此后遂成相契。（庚夹：趣闻！"相契"作如此用，"相契"扫地矣。）（庚眉：<u>一部书中，只有此一段丑极太露之文，写于贾琏身上，恰极当极</u>！己卯冬夜。）（庚眉：看官熟思：写珍、琏辈当以何等文方妥方恰也？壬午孟夏。）（庚眉：此段系书中情之痕疵，写为阿凤生日泼醋回①、及"天风流"宝玉悄看晴雯回②作引，伏线千里外之笔也。丁亥夏。畸笏。）

  小厮们把贾琏与多姑娘偷情这场露水情缘遮瞒得很好，凤姐无从得知。十来天后女儿病好，贾琏搬回卧室，见了凤姐，正所谓"新婚不如远别"。第二天一大早，凤姐往上屋去了，据下文凤姐回来"命平儿快开匣子，替太太找样子"，可证是往王夫人的上房去听候王夫人的吩咐。

  凤姐走后，平儿收拾贾琏在外穿过、用过的衣物，从枕套中抖出一绺女人的头发。平儿一眼就明白了怎么回事，连忙藏在袖中，此时庚辰本有夹批："好极！不料平儿大有袭卿之身分，可谓何地无材？盖遭际有别耳。"我们都知道，贾琏与宝玉身份相当，凤姐是贾琏的夫人，平儿是贾琏的小妾，而袭人也相当于宝玉的小妾，所以平儿和袭人是一样的身份。这条批语是在赞叹平儿和袭人一样，会顾全大局、保全男主人。

  平儿走到贾琏与凤姐的卧房，拿出那绺头发对贾琏笑着说："这是什么？"贾琏看见慌了，冲上来抢夺。平儿拿着就跑，被贾琏一把揪住，按在炕上，掰手来夺，口内笑着说："小蹄子③，你不趁早拿出来，我把你膀子撅折了。"庚辰本侧批："无情太甚！"蒙王府本侧批："此等人口中只好说此等话。"④平儿笑道："你真没良心。我好意瞒着她来问你，你倒反过来对我这般歹毒！你只管狠，等她回来后我告诉她，看你怎么办！"庚辰本侧批："有是语，恐卿口不应。"即：这话不过是你平儿随口说说罢了，你肯定"心口不一"，你平儿压根就不会向凤姐告发，因为你和袭人一样，全心全意为男主人好。

  贾琏听说，忙赔着笑脸央求说："好人，赏我罢，我再不对你狠了。"这时忽然听到凤姐从外面走来，于是贾琏连忙松开手，平儿刚站直，凤姐便走了进来，叫平儿为太太（王夫人）找东西。

  忽然又问："搬出去住的东西都收回来了吗？"平儿说："收回来了。"凤姐问："可没少什么东西吧？"平儿说："没少。"凤姐说："不少就好，只怕又多出什么别的东西来了吧？"平儿笑着说："不丢已是万幸，谁还指望添点什么东西出来？"

  凤姐冷笑道："这半个月难保干净，或有相好的丢下什么东西，比如戒指、汗巾、香袋儿，以至于什么头发、指甲等，都是东西。"庚辰本此时有夹批：

---

① 即第44回"变生不测凤姐泼醋、喜出望外平儿理妆"。
② 即第77回"俏丫鬟抱屈夭风流"宝玉悄悄来看晴雯。
③ 马裹脚称"蹄"，明清时女人裹小脚，故以"小蹄子"指年轻女性。此可证平儿裹脚。
④ 此指：作者为书中人物设计的语言，完全符合人物的个性和风格。

"好阿凤，令人胆寒。"这番"料夫如神"的话，说得贾琏脸都变黄了（指脸上没了血色，一片惨白），在凤姐背后杀鸡抹脖，使眼色叫平儿千万不要说。

平儿装作没看见他那副神情，笑着说道："怎么我和奶奶的心思一样呢？我也就怕有这些东西，所以特别留神地搜了一搜，结果一点破绽也没有。奶奶不信的话，那些东西我还没收呢，奶奶亲自翻一遍去！"这时庚辰本有夹批："好平儿！遍天下惧内者来感谢！"即贾琏这类怕老婆者，当跪谢平儿的救命之恩才是。凤姐笑道："傻丫头，（庚辰本夹批：可叹、可笑，竟不知谁傻？）他便有这些东西，哪里会让咱们翻着？"说着，寻了东西又到上房去了。

平儿巧妙地帮贾琏遮瞒了过去，贾琏对平儿感恩不尽。这时平儿指着自己鼻子，晃着头笑道："这事该怎么谢我？"喜得贾琏身痒难挠，跑上来搂住平儿，"好心肝、好肠肉"地一顿乱叫、乱谢。平儿仍拿出那缕头发来笑道："这是你一生的把柄了。你对我好的话就算了，要是对我不好的话，我就抖露出这事来。"贾琏笑道："你好生收着吧，千万别让她知道。"口里说着，瞅她不防，便把那头发一把抢了过来，笑着说："你拿着终究是祸患，不如我烧了完事！"一面说一面塞在自己的鞋靴内。

平儿咬牙道："没良心的东西！过了河就拆桥，明儿还想我替你撒谎？"贾琏见她娇俏动情，便搂着求欢，被平儿灵巧地跑出门去了，急得贾琏"弯着腰"恨声骂道："这死促狭的小淫妇！把人的欲火惹上来了却又跑了。"庚辰本夹批："丑态如见，淫声如闻，今古淫书未有之章法。"这批的是：作者笔底淡雅的淫情之文，超过任何一部粗俗的淫书。

平儿知道贾琏追不出来，因为他下面已经勃起，所以只能"弯着腰"（即批语所言的"丑态如见"、"今古淫书未有"之笔法）在屋里喊，于是在窗外笑着说："我浪我的，谁叫你动火了？"庚辰本有夹批："妙极之谈。直是理学工夫，所谓'不可正照风月鉴'也。"即：谁叫你看"风月宝鉴"正面的美女而动了心？谁叫你不去看"风月宝鉴"反面的骷髅，想到色欲过后便是骷髅，明白欲乐就是那催命的阎王？平儿说的这番话，正是揭示"色不迷人人自迷"之旨的理学功夫。

平儿又说："难道图你受用一回，叫她知道了，又不待见我。"其意指：难道为了让你快乐一回，而让我被她打一顿吗？（"待见"即喜欢、另眼看待之意。）庚辰本此处用侧批开平儿的玩笑说："阿平，'你'字作牵强，余不画押。一笑。"即：这种男女交合的事，乃双方都快活，不独"你"（指贾琏），还有"我"（指平儿）在内，所以这事其实是"你、我"双方都快乐的事，现在你平儿只说"你（贾琏）受用"，未免过于撇清自己了吧？所以批者我脂砚斋不认可你说的这句话（按："画押"即同意、认可的意思）。

庚辰本夹批又言："凤姐醋、妒，于平儿前犹如是，况他人乎？余谓凤姐必是甚于诸人。观者不信，今平儿说出，然乎？否乎？"即脂砚斋早已猜到作者笔下所塑造的这个凤姐，其占有欲远超常人，所以在男女之爱上，处处防范贾琏，不让他碰别的女人。对于贾琏完全可以碰的女人——小妾平儿——尚且如此，则其他女人便可想而知。这不由让人想到第11回贾敬生日，贾珍、贾琏等男人都躲开女眷到别处去玩，这时："凤姐儿立起身来望楼下一看，说：'爷们都往哪里去了？'旁边一个婆子道：'爷们才到'凝曦轩'，带了打十番的那里吃酒去了。'凤姐儿说道：'在这里不便宜？背地里又不知干什么去了！'（蒙侧：偏是爱吃酸醋。）尤氏笑道：'哪里都像你这么正经人呢？'"指男人不像你凤姐这般正大光明，男人难免会偷情而做那见不得人的勾当，所以男人总会避开妻子，尤氏表示可以理解。

贾琏见平儿提起凤姐的醋妒，未免显得自己惧内，现在凤姐又不在屋，于是装出一副不惧内的模样，嘴硬地说道："你不用怕她，等我性子上来，把她这个醋罐子打个稀烂，她才认得我呢！她防我像防贼似的，只许她和男人说话，不许我和女人说话。我和女人略近些，她就疑惑；她不论小叔子、侄儿，大的、小的，说说笑笑，就不怕我吃醋了？以后我也不许她见人！"庚辰本有夹批："无理之甚，却是妙极趣谈，天下惧内者背后之谈皆如此。"即怕老婆的人为了表现自己不怕老婆，总会在老婆不在时说这种大话。

平儿道："她醋你使得，你醋她使不得。她原行的正、走的正，你行动便有个坏心，连我都不放心，别说她了。"贾琏道："你两个一口贼气。都是你们行的是，我凡行动都存坏心。多早晚都死在我手里！"关于王熙凤的贞洁，平儿当非乱说。若是王熙凤有淫乱之事，平儿断不会说出上述那番"违心"的话来。

此话尚未说完，凤姐走入院来，看到平儿在窗外和窗户内的贾琏说话，便说："要说话两个人不在屋里说，怎么跑出一个来，隔着窗子，是什么意思？"（言下意，未免让下人感到我这个女主人醋妒得太厉害，连小妾和男主人讲私房话都不允许。）贾琏在窗内接着这话说道："你可问她，倒像屋里有老虎要吃她似的！"平儿说："屋里一个人也没有，我在他跟前做什么？"凤姐儿笑道："正是没人才好呢！"平儿一听，便说道："这话是说我呢？"（言下意，我可不是那种想勾搭男主人的女人！）凤姐笑道，这时戚序本夹批："'笑'字妙！平儿反正色，凤姐反陪笑①，奇极意外之文。"凤姐赔着笑脸说："不说你说谁？"平儿道："别叫我说出好话来了！"（言下意：我可要发火说出难听的话来了！）于是也不打帘子让凤姐先进，自己倒先摔帘子进房往自己屋里去了（平儿的房间要从王熙凤的正房走，在正房东侧的耳房，而王熙凤与贾琏的卧室在正房西侧的西耳房）。凤姐自己掀开帘子进屋来说："平儿疯魔了。这蹄子居然要降伏我起来，仔细你的皮要紧！"（即平儿你造反了，居然不为我打帘子！）贾琏听了，已笑得绝倒在炕上，拍手笑道："我竟不知平儿这么利害，从此倒伏她了。"贾琏连摔帘子气老婆的事都要佩服，足证他连这种表示自己生气的事都不敢在凤姐面前做，故此处庚辰本有侧批："惧内形景写尽了！"回末有诗："淑女从来多抱怨，娇妻自古便含酸。"庚辰本有夹批赞此回末诗："二语包尽古今万世裙钗。"即这一回用入画之笔，描摹尽富家子弟夫妻恩爱的典型情节，堪称妙笔生花。

---

① 此批点明凤姐理亏，故要赔笑。

第39回李纨称赞平儿、袭人是善于扶持主子的能人，即李纨"指着宝玉道：'这一个小爷屋里要不是袭人，你们度量到个什么田地？凤丫头就是楚霸王，也得这两只膀子好举千斤鼎。她不是这丫头，就得这么周到了？'平儿笑道：'先时陪了四个丫头，死的死，去的去，只剩下我一个孤鬼了。'李纨道：'你倒是有造化的。凤丫头也是有造化的。想当初你珠大爷在日，何曾也没两个人？你们看我还是那容不下人的？天天只见她两个不自在。所以你珠大爷一没了，趁年轻我都打发了。若有一个守得住，我倒有个膀臂。'"即贾府为子嗣考虑，男主人全都三妻四妾，贾珠、贾琏也不例外。唯独熙凤醋妒，把四个陪嫁的丫头要么整死，要么撵走，因见平儿老实，留着她可以堵众人的嘴，以此来证明自己也容得下丈夫纳小，但又处处防范平儿，所以平儿和贾琏一直没有生儿育女的机会。平儿早知"前车之鉴"，明白自己一旦和贾琏关系亲密，便会像之前陪嫁来的女子们那样死的死、撵的撵，所以死活也不肯和贾琏亲近。但凡贾琏碰过的女人，熙凤都要想方设法弄死（尤二姐便是明证），所以平儿说"难道图你受用一回，叫她知道了，又不待见①我"，所言即此。

又第65回兴儿在尤二姐面前评价凤姐：

"不是小的吃了酒放肆胡说，奶奶便有礼让，她看见奶奶比她标致，又比她得人心，她怎肯干休、善罢？人家是醋罐子，她是醋缸、醋瓮。凡丫头们二爷多看一眼，她有本事当着爷打个烂羊头。虽然平姑娘在屋里，大约一年、二年之间两个有一次到一处②，她还要口里掂十个过子③呢，气的平姑娘性子发了，哭闹一阵，说：'又不是我自己寻来的，你又浪着劝我，我原不依，你反说我反了，这会子又这样。'她一般的也罢了，倒央告平姑娘。④"

尤二姐笑道："可是扯谎？这样一个夜叉，怎么反怕屋里的人呢？"兴儿道："这就是俗语说的'天下逃不过一个"理"字去'了。这平儿是她自幼的丫头，陪了过来一共四个，嫁人的嫁人，死的死了，只剩了这个心腹。她原为收了屋里⑤，一则显她贤良名儿，二则又叫拴爷的心，好不外头走邪的。又还有一段因果：我们家的规矩，凡爷们大了，未娶亲之先都先放两个人伏侍的。二爷原有两个，谁知她来了没半年，都寻出不是来，都打发出去了。别人虽不好说，自己脸上过不去，所以强逼着平姑娘作了房里人。那平姑娘又是个正经人，从不把这一件事⑥放在心上，也不会挑妻窝夫的，倒一味忠心赤胆伏侍她，才容下了。"

又第44回贾琏淫乐时对鲍二家的老婆说："如今连平儿她也不叫我沾一沾了。平儿也是一肚子委曲不敢说。我命里怎么就该犯了'夜叉星'？"

---

① 待见，即看待、另眼相看、好眼色相看、喜欢的意思。
② 指一两年才会有一次可以私下里待在一起的机会。
③ 过子，回、次，来回反复的次数，此处指多次提起旧事。
④ 即上文平儿摔帘子之事。第21回平儿摔帘子之事，到这第65回才由众人之口评出，这显然也是作者"伏线千里"的笔法。
⑤ 指收在了屋里。
⑥ 指男欢女爱的情欲之事。

　　王熙凤生不出儿子，而平儿肯定能生育，但一直无出，可证平儿能够活下来，便是因为她明白色欲是自己的催命符，图片刻之娱会有性命之忧，所以也就主动拒绝贾琏的求欢。第 69 回尤二姐流产后，王熙凤"又骂平儿不是个有福的：'也和我一样。我因多病了，你却无病也不见怀胎。'"平儿不怀孕，原因便在于：①王熙凤的醋妒与严格防范；②平儿的知趣与贞洁不淫。王熙凤骂她可谓虚伪至极、无理透顶。

　　现在王熙凤看到平儿和贾琏不敢待在一个屋里说话，传出去便又是自己妒与狠的明证，所以叫他俩不要这样，假意叫平儿入房去说。平儿故意说："这是你说的？"即你允许我和贾琏单独待在一起吗？这明显是对王熙凤"既好妒、又好'不妒'之名"的娇情，表示强烈不满。

　　后来贾琏娶尤二姐，本就是为了生子，见第 66 回贾琏对薛蟠和柳湘莲"说着，便将自己娶尤氏，如今又要发嫁小姨一节说了出来，只不说尤三姐自择之语。<u>又嘱薛蟠且不可告诉家里，等生了儿子，自然是知道的。</u>薛蟠听了大喜，说：'早该如此，这都是舍表妹之过。'"而第 68 回"苦尤娘赚入大观园、酸凤姐大闹宁国府"，第 69 回"弄小巧用借剑杀人、觉大限吞生金自逝"，凤姐借秋桐那张利嘴的痛骂逼死了尤二姐。第 65 回"贾二舍偷娶尤二姨、尤三姐思嫁柳二郎"戚序本有回前总批："笔笔叙二姐温柔和顺，高凤姐十倍；言语行事，胜凤姐五分。堪为贾琏二房，所以深著凤姐不念宗祠血食，为贾宅第一罪人。《纲目》^①书法！"即贾琏娶尤二姐是为了生子，唯有生子方能传承贾琏这一支的血脉，使该支的历代祖先年年得到祭祀。凤姐不为祖宗血食考虑，意图把有孕的尤二姐谋害而死并最终得逞，天理难容，所以批者把凤姐说成是斩断贾府血脉的头号罪人。

（三）"后卅回"实指第 110 回，而非指八十回之后共有三十回

　　今此第 21 回"贤袭人娇嗔箴宝玉、俏平儿软语救贾琏"庚辰本回前总批是：

　　　　按此回之文固妙，然未见后之卅回，犹不见此之妙。此回"娇嗔箴宝玉"、"软语救贾琏"，<u>后曰"薛宝钗借词含讽谏、王熙凤知命强英雄"</u>。今只从二婢说起，后则直指其主。然今日之袭人、之宝玉，亦他日之袭人、他日之宝玉也；今日之平儿、之贾琏，亦他日之平儿、他日之贾琏也。何今日之玉犹可箴，他日之玉已不可箴耶？今日之琏犹可救，他日之琏已不可救耶？箴与谏无异也，而袭人安在哉？宁不悲乎！救与强无别也，今因平儿救，此日阿凤英气何如是也？他日之强，何身微运蹇，展眼何如彼耶？甚矣，人世之变迁如此，光阴倏尔如此！

　　　　今日写袭人，后文写宝钗；今日写平儿，后文写阿凤。文是一样情理，

────────────

① 指朱熹的《资治通鉴纲目》59 卷。其书修改了司马光的正统史观，加入浓厚的道德信念，不承认王莽政权，在三国鼎立时尊蜀汉为正统。全书以"纲目"为体，"纲"仿《春秋》，"目"仿《左传》，由朱熹完成"纲"的部分，由弟子赵师渊续成"目"的部分。此书创造了一种新的史书体裁，严分正闰之际、明辨伦理纲常，注重"寓褒贬"的《春秋》笔法。

景况、光阴，事却天壤矣！多少恨泪洒出此两回书。

此回上半回写袭人为男主人宝玉好，而想方设法来规劝宝玉；此回下半回便写平儿为男主人贾琏好，而尽力保全了贾琏。这两者显然是作者有意写到一起，对比着写出宝玉的多情不淫、贾琏的好色贪淫，同时又写出两人的姨娘袭人、平儿，都能为男主人着想而加以保全。这一回中的两大情节，能写得如此对仗而又主旨相通，笔法果然不俗，难怪脂批要盛赞此回写得高妙，同时又惋惜读者尚未能读到"后之卅回"，如果能读到的话，便能领略到此"后之卅回"的更为高妙之处。

脂批言此第21回之文固然写得非常好，只可惜读者尚未能读到"后之卅回"。一般人都会把"后之卅回"理解为"八十回之后有三十回"，即全书共有110回，然后又会把第42回回前批理解成"今书至三十八回时，已过三分之一有余"，从而证实脂砚斋读到的《红楼梦》只有110回①，进而判定今本后四十回乃高鹗所续、不是脂砚斋所读到的曹雪芹的原稿。

其实这都误读了脂批的意思。上文我们已经证明"今书至三十八回。时已过三分之一有余"，是说第42回时已过了三分之一；现在我们便来证明这"后之卅回"绝对不是说"此书八十回后有三十回"，而是在说"此书八十回后的第三十回"也即第110回。

当然，此"后之卅回"也可以理解为本回第21回后的三十回即第51回。但第51回是"薛小妹新编怀古诗、胡庸医乱用虎狼药"，与批语所说的"薛宝钗借词含讽谏、王熙凤知命强英雄"毫无关系，而且前八十回中也的确找不到哪一回有"薛宝钗借词含讽谏、王熙凤知命强英雄"的情节，由此可知：这"后之卅回"当指"八十回后的第三十回"也即第110回。

今再细按其文："按此回之文固妙，然未见后之卅回，犹不见此之妙。此回'娇嗔箴宝玉、软语救贾琏'，后曰'薛宝钗借词含讽谏、王熙凤知命强英雄'。"

此回"娇嗔箴宝玉、软语救贾琏"既然是一回，则"后曰'薛宝钗借词含讽谏、王熙凤知命强英雄'"肯定也是一回而非两回。

其第二条批语"今日写袭人，后文写宝钗；今日写平儿，后文写阿凤。文是一样情理，景况、光阴，事却天壤矣！多少恨泪洒出此两回书"，画线部分也点明此第21回与后回共为两回书，则"后曰'薛宝钗借词含讽谏、王熙凤知命强英雄'"肯定是一回而非两回②。（画线部分的"此两回书"，其实也证明了"后

① 按：110回的三分之一是36或37回，第38回时已过三分之一。
② 此批"今日写袭人，后文写宝钗；今日写平儿，后文写阿凤。"而第109回的主角正是宝钗而非袭人，第110回的主角正是凤姐而非平儿，与之相合。"文是一样情理，景况、光阴，事却天壤矣"，是说文章是一样的有情理，但事情的景况，却因时光的流逝而发生了天翻地覆般的大变化。"多少恨泪洒出此两回书"的"两回书"，当指此回书（即批语所谓的"今日写"）与后之第卅回（即批语所谓的"后文"）。即：此第21回包含着作者悔不听袭人之言的恨泪，也包含着"现在凤姐如此要强、后来如此受气这一鲜明对照"所流的同情之泪；而后回（即"后之第卅回"）书中，既包含着作者后悔不听宝钗劝的恨泪，也包含着为凤姐受气

之卅回"是在说八十回后的某一回而不是某两回，加上第21回是两回书；从而也就排除了"后之卅回"是在说八十回以后有三十回的可能性。）

　　且此处"后曰"所举的回目又对偶（"薛宝钗"对"王熙凤"，名词对名词；"借词"对"知命"，"含讽谏"对"强英雄"①，都是动宾对动宾），显然也是同一回的回目。

　　正因为有以上三重理由，所以"后曰"指后书中的一回而非两回当可定论。

　　上述批语中的"后之卅回"指的就是"后曰'薛宝钗借词含讽谏、王熙凤知命强英雄'"②。现在既然已经弄明白"后曰"仅指一回，则其前所言的"后之卅回"显然也就只可能指一回而非两回或多回，即"后之卅回"其实指的就是后书的第卅回、而非指后书有卅回，此"卅"字是意为"第三十"的序数词，而不是意为"有三十个"的基数词。

　　英语表达严密，序数词和基数词有形式上的区别，如：thirty指基数词"三十个"，而thirtieth指序数词"第三十"。汉语序数词与基数词在形式上没有差别，对其理解完全靠意会。今据脂批的上下文已可判定此"后之卅回"四字乃序数词而意指后书的"第三十回"也即第110回，而不是指基数词意为后书有三十回；所以，人们通常理解的"后书一共有三十回而全书仅110回"，便是对这句脂批的一种误读。

　　今本后四十回中的第110回是"史太君寿终归地府、王凤姐力诎失人心"，正写到王熙凤屈从于贾琏（表现为王熙凤找贾琏来商量如何办丧事，结果被贾琏一顿抢白斥责③），又写到王熙凤逞强来操办贾母的丧事（此即所谓的"强英雄"）④，最后知道这丧事没法办（此即所谓的"知命"）⑤而自取其辱，这便与脂批所说的回目"王熙凤知命强英雄"完全吻合（下详）。

　　此第110回虽然没有写到宝钗规劝宝玉，但其前一回第109回"候芳魂五儿承错爱、还孽债迎女返真元"的前半段，却是写薛宝钗与袭人规劝宝玉不要思念逝世的黛玉未获成功，因为宝玉仍痴心不改地思念黛玉，尚未能移志于读

_____

而流的同情之泪。

　　当然，硬要把"多少恨泪洒出此两回书"理解为只指卅回中的两回，即把"薛宝钗借词含讽谏"、"王熙凤知命强英雄"视为两回书的回目，加上第21回便是三回书了，则"多少恨泪洒出此两回书"便只能总结到"薛宝钗借词含讽谏"、"王熙凤知命强英雄"这两回书，而总结不到第21回；事实上，"多少恨泪"肯定要总结到第21回，所以这种理解当非。

①　强英雄，指"逞英雄"。

②　请读者回到批语中细读，便可明白这一点。

③　第110回的原文是："不多时，贾琏进来，说道：'怎么找我？你在里头照应着些就了。横竖作主是咱们二老爷，他说怎么着，咱们就怎么着。'……贾琏道：'她们的话（笔者按：指凤姐所听信的鸳鸯的话）算什么？……你想这些话可不是正经主意？据你这个话，难道都花了罢？'"

④　强英雄，即"逞英雄"之意。第110回的原文是："凤姐先前仗着自己的才干，原打量老太太死了，她大有一番作用。"

⑤　第110回的原文是："凤姐听了，呆了半天，说道：'这（笔者按：指贾母丧事这件事）还办什么！'"

书①（下详），这便与脂批所说的"后之第卅回"的回目"薛宝钗借词含讽谏"和宝玉不听劝的批语"他日之玉已不可箴耶"均相吻合。而且这第109回的回目拟作"候芳魂五儿承错爱"，回内正文中又真的出现"五儿"这个人，与本回（第21回）袭人说的："这边又有个什么'四儿'、'五儿'②伏侍"语正相接榫，的确就是曹雪芹远隔87回的"伏线千里"的笔法，这显然就是曹雪芹的原稿，而非高鹗所能续作。

因此，第21回的这条脂批，不但不能证明"八十回以后只有三十回而非四十回，今本后四十回乃高鹗续作、而非曹雪芹原稿"；而且反倒能证明"今本后四十回中的第三十回（即第110回），就是脂砚斋批书时所读到的八十回之后的第三十回"，从而证明"今本后四十回就是脂批所读到的曹雪芹的原稿"。

只不过今本的后四十回，正如程伟元、高鹗《红楼梦序》所交代，是程伟元和高鹗两人根据《红楼梦》书首120回回目所找到的缺了几回的残稿，于是高鹗便把这找到的三十几回匀成四十回③。匀时，自然会把涉及拆分重组的那几回的回目全部重拟；于是原稿的第110回，便拆成了今天我们所能读到的第109与110回两回，其回目"薛宝钗借词含讽谏、王熙凤知命强英雄"肯定也被重拟成了"候芳魂五儿承错爱、还孽债迎女返真元"、"史太君寿终归地府、王凤姐力诎失人心"。

今再详述今本后四十回中第109与第110回中的相关内容，以证明上述论断所言非虚，脂批所读到的"后之卅回"就是今本后四十回中的第109、第110这两回。

（四）第109回"候芳魂五儿承错爱"情节

话说宝钗叫袭人问出原故，恐宝玉悲伤成疾，便将黛玉临死的话与袭人假作闲谈，说是："人生在世，有意有情，到了死后，各自干各自的去了，并不是生前那样个人，死后还是这样。活人虽有痴心，死的竟不知道。况且林姑娘既说仙去，她看凡人是个不堪的浊物，哪里还肯混在世上？只是人自己疑心，所以招些邪魔外祟来缠扰了。"

宝钗虽是与袭人说话，原说给宝玉听的。袭人会意，也说："是没有的事。若说林姑娘的魂灵儿还在园里，我们也算好的，怎么不曾梦见了一次？"

---

① 第109回的原文便是宝钗说："想来他（笔者按：指宝玉）那个呆性是不能劝的。"

② 第21回袭人叫两个小丫头服侍宝玉，其中一个便名叫"四儿"。而"五儿"就是第109回长得像晴雯而顶替死了的晴雯入宝玉房的小丫头。

③ 见《红楼梦》程甲本书首程伟元序："然原目一百廿卷，今所传只八十卷，殊非全本。……不佞以是书既有百廿卷之目，岂无全璧？爰为竭力搜罗，自藏书家，甚至故纸堆中，无不留心。数年以来，仅积有廿余卷。一日，偶于鼓担上得十余卷，遂重价购之，欣然繙阅，见其前后起伏尚属接笋，然漶漫不可收拾。乃同友人细加厘剔，截长补短，抄成全部，复为镌板，以公同好，《红楼梦》全书始至是告成矣。"可见程伟元与高鹗先得二十余卷，后来又从拾破烂者手中得到十余卷，加起来共有三十余卷，尚缺几回，而"截长补短"四字便点明高鹗是把三十余卷分割成四十卷，即把完整的字数多的卷割裂后，补给那种部分有残缺或全部失去的几卷。

宝玉在外间听得，细细的想道："果然也奇。我知道林妹妹死了，哪一日不想几遍，怎么从没梦过？想是她到天上去了，瞧我这凡夫俗子不能交通神明，所以梦都没有一个儿。我就在外间睡着，或者我从园里回来，她知道我的实心，肯与我梦里一见。我必要问她实在哪里去了，我也时常祭奠。若是果然不理我这浊物，竟无一梦，我便也不想她了。"

主意已定，便说："我今夜就在外间睡了，你们也不用管我。"宝钗也不强他，只说："你不用胡思乱想。你不瞧瞧，太太因你园里去了，急的话都说不出来！若是知道①，还不保养身子？倘或老太太知道了，又说我们不用心。"宝玉道："白这么说罢咧，我坐一会子就进来。你也乏了，先睡罢。"宝钗知他必进来的，假意说道："我睡了，叫袭姑娘伺候你罢。"宝玉听了，正合机宜。候宝钗睡了，他便叫袭人、麝月另铺设下一副被褥，常叫人进来瞧二奶奶睡着了没有。宝钗故意装睡，也是一夜不宁。

那宝玉知是宝钗睡着，便与袭人道："你们各自睡罢，我又不伤感。你若不信，你就伏侍我睡了再进去，只要不惊动我就是了②。"袭人果然伏侍他睡下，便预备下了茶水，关好了门，进里间去照应了一回，各自假寐，宝玉若有动静，再出来。

宝玉见袭人等进来③，便将坐更的两个婆子支到外头。他轻轻的坐起来，暗暗的祝了几句，便睡下了，欲与神交。起初再睡不着，已后把心一静，便睡去了。岂知一夜安眠。直到天亮。宝玉醒来，拭眼坐起来，想了一回，并无有梦。便叹口气道："正是'悠悠生死别经年，魂魄不曾来入梦'！"

宝钗却一夜反没有睡着，听宝玉在外边念这两句，便接口道："这句又说莽撞了。如若林妹妹在时，又该生气了。"宝玉听了，反觉不好意思，只得起来，搭讪着，往里间走来，说："我原要进来的，不觉得一个盹儿就打着了。"宝钗道："你进来不进来，与我什么相干？"

袭人等本没有睡，听见他们两个说话，即忙倒上茶来。已见老太太那边打发小丫头来问："宝二爷昨④睡的安顿么？若安顿时，早早的同二奶奶梳洗了就过去。"袭人便说："你去回老太太，说：'宝玉昨夜很安顿，回来就过来。'"小丫头去了。

宝钗起来梳洗了，莺儿、袭人等跟着，先到贾母那里行了礼。便到王夫人那边起，至凤姐，都让过了。仍到贾母处，见她母亲也来了。大家问起："宝玉晚上好么？"宝钗便说："回去就睡了，没有什么。"众人放心，又说些闲话。

……　……

却说宝玉晚间归房，因想："昨夜黛玉竟不入梦，或者她已经成仙，所以不肯来见我这种浊人，也是有的；不然，就是我的性儿太急了，也未可

---

① 四字程乙本改作"你这会子"。
② 指：只要让我安静地休息，不要打扰我就行了。
③ 进来，程乙本改作"进去了"。
④ 昨，程乙本增加一"夜"字，实亦不必。

知。"便想了个主意，向宝钗说道："我昨夜偶然在外头睡着，似乎比在屋里睡的安稳些，今日起来，心里也觉清净些。我的意思，还要在外间睡两夜，只怕你们又来拦我。"

宝钗听了，明知早晨他嘴里念诗，自然是为着黛玉的事了，想来他那个呆性是不能劝的，倒好叫他睡两夜，索性自己死了心也罢了，况兼昨夜听他睡的倒也安静。便道："好没来由，你只管睡去，我们拦你作什么？但只不要胡思乱想，招出些邪魔外祟来。"

宝玉笑道："谁想什么。"袭人道："依我劝，二爷竟还是屋里睡罢。外边一时照应不到，着了风，倒不好。"宝玉未及答言，宝钗却向袭人使了个眼色。袭人会意，便道："也罢，叫个人跟着你罢，夜里好倒茶倒水的。"宝玉便笑道："这么说，你就跟了我来。"袭人听了，倒没意思起来，登时飞红了脸，一声也不言语。宝钗素知袭人稳重，便说道："她是跟惯了我的，还叫她跟着我罢。叫麝月、五儿照料着也罢了。况且今日她跟着我闹了一天，也乏了，该叫她歇歇了。"宝玉只得笑着出来。

宝钗因命麝月、五儿给宝玉仍在外间铺设了，又嘱咐两个人："醒睡些。要茶要水，都留点神儿。"两个答应着出来，看见宝玉端然坐在床上，闭目合掌，居然像个和尚一般，两个也不敢言语，只管瞅着他笑。宝钗又命袭人出来照应。袭人看见这般，却也好笑，便轻轻的叫道："该睡了。怎么又打起坐来？"

宝玉睁开眼看见袭人，便道："你们只管睡罢，我坐一坐就睡。"袭人道："因为你昨日那个光景，闹的二奶奶一夜没睡，你再这么着，成何事体？"宝玉料着自己不睡，都不肯睡，便收拾睡下。袭人又嘱咐了麝月等几句，才进去关门睡了。这里麝月、五儿两个人也收拾了被褥，伺候宝玉睡着，各自歇下。

哪知宝玉要睡越睡不着，见她两个人在那里打铺，忽然想起那年袭人不在家时，晴雯、麝月两个人服事，夜间麝月出去，晴雯要唬她，因为没穿衣服着了凉，后来还是从这个病上死的。想到这里，一心移在晴雯身上去了。忽又想起凤姐说五儿给晴雯"脱了个影儿"，因又将想晴雯的心肠又移在五儿身上。自己假装睡着，偷偷的看那五儿，越瞧越像晴雯，不觉呆性复发。听了听，里间已无声息，知是睡了。却见麝月也睡着了①，便故意叫了麝月两声，却不答应。

五儿听见宝玉唤人，便问道："二爷要什么？"宝玉道："我要漱漱口。"五儿见麝月已睡，只得起来，重新剪了蜡花，倒了一钟茶来，一手托着漱盂。却因赶忙起来的，身上只穿着一件桃红绫子小袄儿，松松的挽着一个鬏儿。宝玉看时，居然晴雯复生。忽又想起晴雯说的"早知担个虚名，也就打个正经主意了"，不觉呆呆的呆看，也不接茶。

那五儿自从芳官去后，也无心进来了。后来听见凤姐叫她进来伏侍宝玉，竟比宝玉盼她进来的心还急。不想进来以后，见宝钗、袭人一般尊贵

---

① 此句程乙本改作"但不知麝月睡了没有"。

稳重，看着心里实在敬慕；又见宝玉疯疯傻傻，不似先前的风致；又听见王夫人为女孩子们和宝玉玩笑都撵了，所以把这件事搁在心上，倒无一毫的儿女私情了。①怎奈这位呆爷今晚把她当作晴雯，只管爱惜起来。那五儿早已羞得两颊红潮，又不敢大声说话，只得轻轻的说道："二爷，漱口啊。"

宝玉笑着接了茶在手中，也不知道漱了没有，便笑嘻嘻的问道："你和晴雯姐姐好不是啊？②"五儿听了，摸不着头脑，便道："都是姊妹，也没有什么不好的。"宝玉又悄悄的问道："晴雯病重了，我看她去，不是你也去了么？"五儿微微笑着点头儿。宝玉道："你听见她说什么了没有？"五儿摇着头儿道："没有。"宝玉已经忘神，便把五儿的手一拉。五儿急的红了脸，心里乱跳，便悄悄说道："二爷，有什么话只管说，别拉拉扯扯的。③"宝玉才放了手，说道："她和我说来着：'早知担了个虚名，也就打正经主意了。'你怎么没听见么？"

五儿听了，这话明明是轻薄④自己的意思，又不敢怎么样，便说道："那是她自己没脸。这也是我们女孩儿家说得的吗？⑤"宝玉着急道："你怎么也是这么个道学先生！我看你长的和她一模一样，我才肯和你说这个话，你怎么倒拿这些话来遭塌她？"

此时五儿心中也不知宝玉是怎么个意思，便说道："夜深了，二爷也睡罢，别紧着坐着，看凉着。刚才奶奶和袭人姐姐怎么嘱咐了？"宝玉道："我不凉。"说到这里，忽然想起五儿没穿着大衣服，就怕她也像晴雯着了凉，便说道："你为什么不穿上衣服就过来？"五儿道："爷叫的紧，哪里有尽着穿衣裳的空儿？要知道说这半天话儿时，我也穿上了。"宝玉听了，连忙把自己盖的一件月白绫子绵袄儿揭起来递给五儿，叫她披上。五儿只不肯接，说："二爷盖着罢，我不凉。我凉，我有我的衣裳。"说着，回到自己铺边，拉了一件长袄披上。

又听了听，麝月睡的正浓，才慢慢过来说："二爷今晚不是要养神呢吗？"宝玉笑道："实告诉你罢，什么是养神！我倒是要遇仙的意思。"五儿听了，越发动了疑心，便问道："遇什么仙？"宝玉道："你要知道，这话长着呢。你挨着我来坐下，我告诉你。"五儿红了脸，笑道："你在那里躺着，我怎么坐呢？"宝玉道："这个何妨？那一年冷天，也是你麝月姐姐和晴雯姐姐玩，我怕冻着她，还把她揽在被里渥着呢⑥。这有什么的？大凡一个人，总不要酸文假醋才好。"五儿听了，句句都是宝玉调戏之意，哪知这位呆爷却是实心实意的话儿。

五儿此时走开不好，站着不好，坐下不好，倒没了主意。因微微的笑

----

① "所以把这件事搁在心上"至此，程乙本作"所以把那女儿的柔情和素日的痴心，一概搁起"。

② 你和晴雯姐姐好，是不是啊？

③ 怕人多耳杂，传出去又要被王夫人撵走。

④ 轻薄，指调戏。程乙本改作"撩拨"。

⑤ 怕被王夫人撵，故如此说。

⑥ 五字程乙本作"一个被窝儿里呢"。

着道①："你别混说了。看人家听见，这是什么意思？怨不得人家说你专在女孩儿身上用工夫。你自己放着二奶奶和袭人姐姐，都是仙人儿似的，只爱和别人胡缠。明儿再说这些话，我回了二奶奶，看你什么脸见人？"正说着，只听外面"咕咚"一声，把两个人吓了一跳。里间宝钗咳嗽了一声，宝玉听见，连忙咬嘴儿，五儿也就忙忙的息了灯，悄悄的躺下了。

原来宝钗、袭人因昨夜不曾睡，又兼日间劳乏了一天，所以睡去，都不曾听见他们说话，此时院中一响，早已惊醒，听了听，也无动静。

宝玉此时躺在床上，心里疑惑："莫非林妹妹来了，听见我和五儿说话，故意吓我们的？"翻来覆去，胡思乱想，五更以后，才朦胧睡去。

却说五儿被宝玉鬼混了半夜，又兼宝钗咳嗽，自己怀着鬼胎，生怕宝钗听见了②，也是思前想后，一夜无眠。次日一早起来，见宝玉尚自昏昏睡着，便轻轻的收拾了屋子。那时麝月已醒，便道："你怎么这么早起来了？你难道一夜没睡吗？"五儿听这话又似麝月知道了的光景，便只是讪笑，也不答言。

不一时，宝钗、袭人也都起来，开了门。见宝玉尚睡，却也纳闷："怎么外边两夜睡的倒这般安稳？"

及宝玉醒来，见众人都起来了，自己连忙爬起。揉着眼睛，细想昨夜又不曾梦见，可是"仙凡路隔"了。慢慢的下了床，又想昨夜五儿说的"宝钗、袭人都是天仙一般"，这话却也不错，便怔怔的瞅着宝钗。

宝钗见他发怔，虽知他为黛玉之事，却也定不得梦不梦③，只是瞅的自己倒不好意思，便道："二爷昨夜可真遇见仙了么？"宝玉听了，只道昨晚的话宝钗听见了，笑着勉强说道："这是哪里的话！"那五儿听了这一句，越发心虚起来，又不好说的，只得且看宝钗的光景。

只见宝钗又笑着问五儿道："你听见二爷睡梦中和人说话来着么？"宝玉听了，自己坐不住，搭讪着走开了。五儿把脸飞红，只得含糊道："前半夜倒说了几句，我也没听真。什么'担了虚名'，又什么'没打正经主意'，我也不懂，劝着二爷睡了。后来我也睡了，不知二爷还说来着没有。"

宝钗低头一想："这话明是为黛玉了④。但尽着叫他在外头，恐怕心邪了，招出些花妖月姊⑤来，况兼他的旧病，原在姊妹上情重，只好设法将他的心意挪移过来，然后能免无事。"想到这里，不免面红耳热起来，也就讪讪的进房梳洗去了。

且说贾母两日高兴，略吃多了些，这晚有些不受用；第二天，便觉着

---

① 此七字程乙本作"因拿眼一溜，抿着嘴儿笑道"。
② 仍是怕传到王夫人耳中而被撵。
③ 指无法判定他是否梦到。
④ "担了虚名"、"没打正经主意"这十个字原本是说晴雯，用在黛玉身上也非常合适。作者文笔真是高妙，这么一写，就让宝钗误会宝玉真的梦到了黛玉，这十个字是宝玉在梦中对黛玉说的；其实却是宝玉与五儿说的话，根本就没梦到黛玉。这么一写，又让宝玉和五儿都以为：宝钗、袭人、麝月全都听到他俩晚上说的那些话了。作者构思之灵妙，令人拍案称奇。
⑤ 二字，程乙本改作"柳怪"。

胸口饱闷。鸳鸯等要回贾政，贾母不叫言语，说："我这两日嘴馋些，吃多了点子。我饿一顿就好了，你们快别吵嚷。"于是鸳鸯等并没有告诉人。

　　这日晚间，宝玉回到自己屋里，见宝钗自贾母、王夫人处才请了晚安回来。宝玉想着早起之事，未免报颜抱惭①，宝钗看他这样，也晓得是个没意思的光景。因想着："他是个痴情人，要治他的这病，少不得仍以痴情治之。"想了一回，便问宝玉道："你今夜还在外间睡去罢咧？"宝玉自觉没趣，便道："里间、外间都是一样的。"宝钗意欲再说，反觉不好意思②。袭人道："罢呀，这倒是什么道理呢？我不信睡的那么安稳。"五儿听见这话，连忙接口道："二爷在外间睡，别的倒没什么，只是爱说梦话，叫人摸不着头脑儿，又不敢驳他的回。"袭人便道："我今日挪到床上睡睡，看说梦话不说。你们只管把二爷的铺盖铺在里间就完了。"宝玉听了，也不作声。宝玉自己惭愧不来，哪里还有强嘴的分儿，便依着搬进里间来。一则宝玉负愧，欲安慰宝钗之心；二则宝钗恐宝玉思郁成疾，不如假以词色③，使得稍觉亲近，以为移花接木之计。于是当晚袭人果然挪出去。宝玉因心中愧悔，宝钗欲拢络宝玉之心④，自过门至今日，方才如鱼得水，恩爱缠绵⑤，所谓"二五之精，妙合而凝"的了。此是后话。

　　上引第109回"候芳魂五儿承错爱"的情节与第108回"强欢笑蘅芜庆生辰、死缠绵潇湘闻鬼哭"密切相关，即：白天史湘云建议贾母在宝钗生日前一天给宝钗做寿。由于刚抄了家，大家心情都不好，黛玉又死了，王熙凤也因为抄家的沉重打击而口才顿失，整场寿宴乏味无趣。

　　宝玉睹宴思人，为黛玉不在人世而伤感，中途离席，袭人跟了出来，宝玉说要去看望尤氏，袭人说："尤氏不正在酒席上坐着吗？"宝玉于是说："就去看看尤氏住的房子吧。"尤氏住在惜春处，与进大观园的腰门靠得很近，于是宝玉便趁机入了园，远远望见潇湘馆的翠竹，便直奔那翠竹处的潇湘馆而来，听到黛玉的魂魄在潇湘馆哭泣，宝玉于是痛哭着对黛玉说出自己并没负心的话来（原话是："你别怨我，只是父母作主，并不是我负心"）。这时贾母叫人来找，把他俩带了回去，贾母训斥袭人："你怎么可以让宝玉去园子里？万一撞了邪怎么办？"于是贾母让宝玉回屋好好休息，打算第二天再来给宝钗过生日⑥，好好乐一下。这便有了第109回"候芳魂五儿承错爱"所写的情节，即：

　　宝玉回屋后，宝钗假装和袭人闲谈起黛玉临死的事情来，最后有意说给外面的宝玉听："人成了仙便会嫌世上肮脏，再也不会到人间来了。"袭人会意，也说："如果林姑娘的魂真的还在园子里的话，为什么不来托梦给我们？"宝玉于是要求在外间独睡，以验证黛玉的魂魄是否还在园子里。结果一晚上黛玉没

---

① 指宝玉误以为宝钗听到他昨晚调戏五儿说的那些话了（"担了虚名"、"没打正经主意"）。
② 四字程乙本作"碍难出口"。
③ 四字程乙本作"稍示柔情"。
④ 此二句程乙本改作"这宝玉固然是有意负荆，那宝钗自然也无心拒客"。
⑤ 此八字程乙本作"是雨腻云香，氤氲调畅"。
⑥ 此日是做寿的寿宴，明日才是庆生的生日宴。

能来入梦，宝玉醒来时叹口气说："正是'悠悠生死别经年，魂魄不曾来入梦'！"这吟的是白居易《长恨歌》中，唐明皇思念逝世的杨贵妃的名句。黛玉前年二月十二生日逝世，至此日正月廿一宝钗生日，可算作是一年了。

宝玉怕自己心太急，人与神魂魄相感而得梦，是不可能有那么快的，说不定今晚会来入梦，于是又想再试一次，便对宝钗说："还是在外睡着安稳"，要求再在外间睡两夜。书中写道："宝钗听了，明知早晨他嘴里念诗，自然是为着黛玉的事了，<u>想来他那个呆性是不能劝的，倒好叫他睡两夜，索性自己死了心也罢了</u>。"上文宝钗与袭人一唱一和所说的话，便是脂批所言的"薛宝钗借词含讽谏"，而此处的画线部分，便清楚点明脂批所言的：其时"之（宝）玉已不可箴"（"箴"即规劝意）。

哪知此夜宝玉越是想睡而越加睡不着。看到五儿长得和晴雯一个模样，不由得痴念重又生起。书中写：宝玉"自己假装睡着，偷偷的看那五儿，越瞧越像晴雯，不觉呆性复发"，这就更加证明宝玉"慕色"的本性难移，是规劝不好的（也即脂批所言的宝玉"已不可箴"）。

于是宝玉便叫五儿过来服侍，趁机用言语挑逗五儿，说晴雯病重时曾说过："早知担了个虚名，也就打正经主意了。"五儿回答说："那是她无耻，这是我们女孩儿说的话吗？"宝玉怕她受凉，想把她搂在怀中说话，五儿一听，便认作调戏，她不知道宝玉此时说的全是怕她受凉而没色心的实在话。于是五儿笑道："你别混说了。……怨不得人家都说你专门在女孩子身上用工夫。你自己放着二奶奶和袭人姐姐在屋里，都是仙人儿似的，只爱和别人胡缠。明儿再说这些话，我回了宝二奶奶，看你还有什么脸见人？"

正说着，只听见外面"咕咚"一声，把里间的宝钗也给惊醒了，于是咳嗽了一声，吓得宝玉和五儿熄灯睡下。宝玉猜是林妹妹来了，因为听到自己和五儿说话而故意吓他的，于是想在梦中相会一场，可是翻来覆去直到五更以后才睡着，仍未能梦见林妹妹。

起床后，他细细思量五儿说的"宝钗、袭人都是天仙一般"，一看果然不错，便怔怔地瞅着宝钗。宝钗有意用柔情来应付他，于是两人晚上便同了房，在宝钗肚中留下了贾府的血脉，也即后四十回所说的"兰桂齐芳"中的贾桂。

（五）第110回"史太君寿终归地府、王凤姐力诎失人心"情节

却说贾母坐起说道："我到你们家已经六十多年了，从年轻的时候到老来，福也享尽了。自你们老爷起，儿子、孙子也都算是好的了。就是宝玉呢，我疼了他一场——"说到那里，拿眼满地下瞅着，王夫人便推宝玉走到床前。贾母从被窝里伸出手来拉着宝玉，道："我的儿，你要争气才好！"宝玉嘴里答应，心里一酸，那眼泪便要流下来，又不敢哭，只得站着。

听贾母说道："我想再见一个重孙子，我就安心了。我的兰儿在哪里呢？"李纨也推贾兰上去。贾母放了宝玉，拉着贾兰道："你母亲是要孝顺的。将来你成了人，<u>也叫你母亲风光风光</u>。凤丫头呢？"

凤姐本来站在贾母旁边，赶忙走到眼前说："在这里呢。"贾母道："我的儿，你是太聪明了，将来修修福罢。我也没有修什么，不过心实吃亏①。那些吃斋念佛的事我也不大干，就是旧年叫人写了些《金刚经》送送人，不知送完了没有？"凤姐道："没有呢。"贾母道："早该施舍完了才好。我们大老爷和珍儿是在外头罢了；最可恶的是史丫头没良心，怎么总不来瞧我！"鸳鸯等明知其故，都不言语。

贾母又瞧了一瞧宝钗，叹了口气，只见脸上发红。贾政知是回光返照，即忙进上参汤。贾母的牙关已经紧了，合了一回眼，又睁着满屋里瞧了一瞧。王夫人、宝钗上去，轻轻扶着，邢夫人、凤姐等便忙穿衣。地下婆子们已将床安设停当，铺了被褥。听见贾母喉间略一响动，脸变笑容，竟是去了。②享年八十三岁。众婆子疾忙停床。

于是贾政等在外一边跪着，邢夫人等在内一边跪着，一齐举起哀来。外面家人各样预备齐全，只听里头信儿一传出来③，从荣府大门起，至内宅门，扇扇大开，一色净白纸糊了；孝棚高起，大门前的牌楼立时竖起。上下人等登时成服。

贾政报了丁忧，礼部奏闻。主上深仁厚泽，念及世代功勋，又系元妃祖母，赏银一千两④，谕礼部主祭。家人们各处报丧。众亲友虽知贾家势败，今见圣恩隆重，都来探丧。择了吉时成殓，停灵正寝。

贾赦不在家，贾政为长；宝玉、贾环、贾兰是亲孙，年纪又小，都应守灵。贾琏虽也是亲孙，带着贾蓉，尚可分派家人办事。虽请了些男女外亲来照应，内里邢、王二夫人、李纨、凤姐、宝钗等是应灵旁哭泣的；尤氏虽可照应，她自贾珍外出，依住荣府，一向总不上前，且又荣府的事不甚谙练；贾蓉的媳妇更不必说了；惜春年小，虽在这里长的，她于家事全不知道。所以内里竟无一人支持，只有凤姐可以照管里头的事，况又贾琏在外作主，里外他二人，倒也相宜。

凤姐先前仗着自己的才干，原打量老太太死了，她大有一番作用。邢、王二夫人等本知她曾办过秦氏的事，必是妥当，于是仍叫凤姐总理里头的事。凤姐本不应辞，自然应了，心想："这里的事本是我管的。那些家人更是我手下的人。太太和珍大嫂子的人本来难使唤些，如今她们都去了⑤。银项虽没有了对牌，这宗银子是现成的⑥。外头的事又是他办着①。虽说我现

---

① 指自己心实，虽然容易吃亏，但吃亏是福，问心无愧。
② 贾母死时安详，按照古代民间的说法，必定能托生为有福德之鬼。
③ 即第13回"二门上传事云板连叩四下"之谓。
④ 既然有钱，何以邢夫人不给，使王熙凤"巧妇难为无米之炊"羞辱而死？这倒不是说朝廷的钱不是马上就能下来，得过几天，所以要用自己家的银子来操办。而是说：根据下文"现在外头棚扛上要支几百银子，这会子还没有发出来"，可证一千两银子也不顶用，杯水车薪。
⑤ 指贾赦院中的人全被抄走，只剩下邢夫人一位；宁国府贾珍家的人也全都被抄走，只剩下尤氏、贾蓉夫妻、贾珍的两个小妾。
⑥ 凤姐还误以为贾母真有办自己丧事的银子留下来，不知那宗银子其实就是被自己和贾琏当掉的东西（见第72、74回）。

今身子不好，想来也不致落褒贬，必比宁府里还得办②些。"心下已定，且待明日接了三③，后日一早④便叫周瑞家的传出话去，将花名册取上来。凤姐一一的瞧了，统共只有男仆二十一人，女仆只有十九人，余者俱是些丫头，连各房算上，也不过三十多人，难以点派差使。心里想道："这回老太太的事倒没有东府里的人多。"又将庄上的弄出几个，也不敷差遣。正在思算，只见一个小丫头过来说："鸳鸯姐姐请奶奶。"凤姐只得过去。

只见鸳鸯哭得泪人一般，一把拉着凤姐儿，说道："二奶奶请坐，我给二奶奶磕个头。虽说服中不行礼，这个头是要磕的。"鸳鸯说着跪下，慌的凤姐赶忙拉住，说道："这是什么礼？有话好好的说。"鸳鸯跪着，凤姐便拉起来。

鸳鸯说道："老太太的事，一应内外，都是二爷和二奶奶办。这宗银子是老太太留下的。老太太这一辈子也没有遭塌过什么银钱，如今临了这件大事，必得求二奶奶体体面面的办一办才好。我方才听见老爷说什么'诗云'、'子曰'，我也不懂；又说什么'丧与其易，宁戚'，我听了不明白。我问宝二奶奶，说是老爷的意思：老太太的丧事，只要悲切才是真孝，不必糜费、图好看的念头⑤。我想老太太这样一个人，怎么不该体面些？我虽是奴才丫头，敢说什么？只是老太太疼二奶奶和我这一场，临死了还不叫她风光风光？我想二奶奶是能办大事的，故此我请二奶奶来，求作个主。我生是跟老太太的人，老太太死了，我也是跟老太太的！⑥若是瞧不见老太太的事怎么办，将来怎么见老太太呢？"

凤姐听了这话来的古怪⑦，便说："你放心，要体面是不难的。况且老爷虽说要省，那势派也错不得。便拿这项银子都花在老太太身上，也是该当的。"鸳鸯道："老太太的遗言说，所有剩下的东西是给我们的，二奶奶倘或用着不够，只管拿这个去折变补上。就是老爷说什么我⑧，也不好违老太太的遗言。那日老太太分派的时候，不是老爷在这里听见的么？"

凤姐道："你素来最明白的，怎么这会子那样的着急起来了？"鸳鸯道："不是我着急，为的是大太太是不管事的，老爷是怕招摇的。若是二奶奶心里也是老爷的想头，说：'抄过家的人家，丧事还是这么好，将来又要抄起来'，也就不顾起老太太来，怎么处？在我呢，是个丫头，好歹碍不着，

---

① 三字程乙本改"我们那个办"。指贾琏。
② 得办，好办之意，或疑"办"当作"力"字为是。王熙凤带病上阵、且低估困难，早已伏下她因为这件事而夭亡的根由。
③ 接三，也叫"迎三、送三"。民俗认为，人死三天，其魂灵正式去阴曹地府，或被神佛的使者接引升天。所以在死者去世三天的灵魂离去之际，要为他请僧众念经礼忏，或放焰口救度恶鬼，这样便能为死者赎罪、积德，也许会有升天的指望。
④ 此处程乙本补"分派"两字。
⑤ 指不要有"糜费、图好看"的念头。
⑥ 此言明自己料理完贾母丧事后，自己也会殉主而死。
⑦ 指鸳鸯的话有求死（殉主）的意思在内，即："老太太死了，我也是跟老太太的！"凤姐何等聪明，听出了这层意思来，所以说"古怪"。
⑧ 指说我什么。

到底是这里的声名！①"凤姐道："我知道了。你只管放心，有我呢。"鸳鸯千恩万谢的托了凤姐。

那凤姐出来，想道："鸳鸯这东西好古怪！不知打了什么主意。②论理，老太太身上本该体面些。嗳！不要管她，且按着咱们家先前的样子办去。"于是叫旺儿家的来，把话传出去，请二爷进来。

不多时，贾琏进来，说道："怎么找我？你在里头照应着些就是了。横竖作主是咱们二老爷③，他说怎么着，咱们就怎么着。"凤姐道："你也说起这个话来了，可不是鸳鸯说的话应验了么？"贾琏道："什么鸳鸯的话？"

凤姐便将鸳鸯请进去的话述了一遍。贾琏道："她们的话算什么？才刚二老爷叫我去，说：'老太太的事固要认真办理，但是知道的呢，说是老太太自己结果自己；不知道的，只说咱们都隐匿起来了，如今很宽裕。老太太的这种④银子用不了，谁还要么？仍旧该用在老太太身上。老太太是在南边的，坟地虽有，阴宅却没有。老太太的枢是要归到南边去的。留这银子在祖坟上盖起些房屋来，再余下的，置买几顷祭田。咱们回去也好；就是不回去，也叫这些贫穷族中⑤住着，也好按时按节早晚上香，时常祭扫祭扫。'你想这些话可不是正经主意？据你这个话，难道都花了罢？"

凤姐道："银子发出来了没有？"贾琏道："谁见过银子？我听见咱们太太听见了二老爷的话，极力的撺掇二太太和二老爷说⑥：'这是好主意。'叫我怎么着？现在外头棚扛⑦上要支几百银子，这会子还没有发出来。我要去⑧，他们都说有，先叫外头办了，回来再算。你想，这些奴才们，有钱的早溜了。按着册子叫去，有的说告病，有的说下庄子去了。走不动的有几个，只有赚钱的能耐，还有赔钱的本事么？⑨"

凤姐听了，呆了半天，说道："这还办什么！"

正说着，见来了一个丫头，说："大太太的话，问二奶奶：今儿第三天了⑩，里头还很乱，供了饭，还叫亲戚们等着吗？叫了半天，来了菜，短了饭：这是什么办事的道理？"

凤姐急忙进去吆喝人来伺候，胡弄着将早饭⑪打发了。偏偏那日人来

---

① 即我更多的是为贾府的名声考虑。其意指：丧事不大操大办，便会显出贾府不孝顺长辈。
② 还是指其隐约听出鸳鸯要死（殉主）的意思（"老太太死了，我也是跟老太太的"），从而感到鸳鸯说这话比较古怪。
③ 五字程乙本妄改作"老爷、太太们"，而下文仍作"他说怎么着"而不作"他们说怎么着"，可证仍是一个人在做主，故当如程甲本所作而无"太太们"三字为是。
④ 种，当作"宗"为是。
⑤ 指贫穷的族中之人。
⑥ 指邢夫人怂恿王夫人向贾政说。
⑦ 棚扛，旧时为丧家承办搭棚、扛抬灵柩、冥器等事宜者。
⑧ 指：我去要。
⑨ 指有钱可赚才会来，没钱可赚绝对不会来。
⑩ 指上文凤姐口中所说的"接了三"。可证此日是贾母丧事第三天，要举行"接三"仪式。而上文凤姐口中说的"且待明日接了三"，不是指明天"接三"，而是指今天"接三"，明天已过了"接三"。所以，凤姐口中说的"且待明日接了三"，是指今天接了三之后的明天。
⑪ 早饭实乃午饭。

的多，里头的人都死眉瞪眼的。凤姐只得在那里照料了一会子，又惦记着派人，赶着出来，叫了旺儿家的传齐了家人①女人们，一一分派了。

众人都答应着不动。凤姐道："什么时候，还不供饭？"众人道："传饭是容易的，只要将里头的东西②发出来，我们才好照管去。"凤姐道："糊涂东西！派定了你们，少不得有的。"众人只得勉强应着。

凤姐即往上房取发③应用之物，要去请示邢、王二夫人。见人多难说，看那时候已经日渐平西了，只得找了鸳鸯，说要老太太存的这一分家伙。鸳鸯道："你还问我呢！那一年二爷当了，赎了来了么？"凤姐道："不用银的金的，只要这一分平常使的。"鸳鸯道："大太太、珍大奶奶屋里使的是哪里来的？"凤姐一想不差，转身就走，只得到王夫人那边找了玉钏、彩云，才拿了一分④出来，急忙叫彩明登账，发与众人收管。

鸳鸯见凤姐这样慌张，又不好叫她回来，心想："她头里作事何等爽利周到，如今怎么掣肘的这个样儿？我看这两三天连一点头脑都没有，不是老太太白疼了她了吗！"哪里知邢夫人一听贾政的话，正合着将来家计艰难的心，巴不得留一点子作个收局。况且老太太的事原是长房作主。贾赦虽不在家，贾政又是拘泥的人，有件事便说"请大奶奶⑤的主意"。邢夫人素知凤姐手脚大⑥，贾琏的闹鬼，所以死拿住不放松。鸳鸯只道已将这项银两交了出去了，故见凤姐掣肘如此，便疑为不肯用心⑦，便在贾母灵前唠唠叨叨哭个不了。

邢夫人等听了话中有话，不想到自己不令凤姐便宜行事，反说："凤丫头果然有些不用心。"王夫人到了晚上，叫了凤姐过来，说："咱们家虽说不济，外头的体面是要的⑧。这两三日人来人往，我瞧着那些人都照应不到，想是你没有吩咐，——还得你替我们操点心儿才好。"凤姐听了，呆了一会，要将银两不凑手的话说出来，但是银钱是外头管的，王夫人说的是照应不到，凤姐也不敢辩，只好不言语。⑨邢夫人在旁说道："论理，该是我们做媳妇的操心，本不是孙子媳妇的事，但是我们动不得身，所以托你的，你是打不得撒手的。"凤姐紫涨了脸，正要回说，只听外头鼓乐一奏，是烧黄昏纸的时候了，大家举起哀来，又不得说。凤姐原想回来再说，王夫人催她出去料理，说道："这里有我们的，你快快儿的去料理明儿的事罢。"⑩

---

① 人，程乙本改"下"。
② 指办丧事的银子。
③ 取发，取来发放。
④ 一分，即"一份"。
⑤ 奶奶，程乙本改"太太"。贾政与邢夫人是平辈，其当称邢夫人为平辈的"奶奶"而非长辈的"太太"，作"奶奶"不误。
⑥ 指花钱大手大脚而不加节制。
⑦ 指鸳鸯不知道凤姐是因为邢夫人掣肘、不给办丧事的银子；也不知道以前给凤姐的银子财物，凤姐典当后尚未赎回。
⑧ 不给银子，又要体面，这便是无解的死局，这便是逼死凤姐的根由。
⑨ 这段话写出了凤姐因为操办丧事而弄得上下抱怨、里外不是人、有苦说不出。
⑩ 这番话总不让凤姐说出她心中的委屈，让她的话憋在心里便成了她的心病，这便是在为

　　凤姐不敢再言，只得含悲忍泣的出来，又叫人传齐了众人，又吩咐了一会，说："大娘、婶子们可怜我罢！我上头掭了好些说，为的是你们不齐截，叫人笑话，明儿你们豁出些辛苦来罢！"那些人回道："奶奶办事，不是今儿个一遭儿了，我们敢违拗吗？只是这回的事，上头过于累赘。只说打发这顿饭罢：有的在这里吃，有的要在家里吃；请了那位太太，又是那位奶奶不来。诸如此类，哪得齐全？还求奶奶劝劝那些姑娘们不要挑饬就好了。"凤姐道："头一层是老太太的丫头们，是难缠的，太太们的也难说话①，叫我说谁去呢？"众人道："从前奶奶在东府里还是署事②，要打、要骂怎么这样锋利？谁敢不依？③如今这些姑娘们都压不住了？"凤姐叹道："东府里的事，虽说托办的，太太虽在那里，不好意思说什么。如今是自己的事情，又是公中的，人人说得话。再者，外头的银钱也叫不灵：即如棚里要一件东西，传了出去，总不见拿进来，这叫我什么法儿呢？"

　　众人道："二爷在外头，倒怕不应什么？"凤姐道："还提那个！他也是那里为难。第一件，银钱不在他手里，要一件得回一件，哪里凑手？"众人道："老太太这项银子不在二爷手里吗？"凤姐道："你们回来问管事的，便知道了。"众人道："怨不得我们听见外头男人抱怨说：'这么件大事，咱们一点摸不着，净当苦差。'④叫人怎么能齐心呢？"凤姐道："如今不用说了。眼面前的事，大家留些神罢。倘或闹的上头有了什么说的，我可和你们不依。"众人道："奶奶要怎么样，我们敢抱怨吗？只是上头一人一个主意，我们实在难周到。"凤姐听了没法，只得央说道："好大娘们，明儿且帮我一天。等我把姑娘们闹⑤明白了，再说罢咧。"众人听命而去。

　　凤姐一肚子的委屈，愈想愈气，直到天亮，又得上去。要把各处的人整理整理，又恐邢夫人生气；要和王夫人说，怎奈邢夫人挑唆。这些丫头们见邢夫人等不助着凤姐的威风，更加作践起她来。

　　幸得平儿替凤姐排解，说是："二奶奶巴不得要好，只是老爷、太太们吩咐了外头，不许糜费，所以我们二奶奶不能应付到了。"说过几次，才得安静些。

　　虽说僧经、道忏，上祭、挂帐⑥，络绎不绝，终是银钱吝啬，谁肯踊跃？不过草草了事。连日王妃、诰命也来的不少，凤姐也不能上去照应，只好在底下张罗。叫了那个，走了这个；发一回急，央及一回；胡弄过了一起，又打发一起。别说鸳鸯等看去不像样，连凤姐自己心里也过不去了。

她种下夭亡的病根。

① 正照应第43回所言的贾府奴以主贵："贾府风俗，年高服侍过父母的家人，比年轻的主子还有体面。"

② 署，代理。署事，代理职事，此处指代管家事。

③ 这便是前后对比，正是第21回回前批所谓的："此日阿凤英气何如是也？他日之强，何身微运蹇，展眼何如彼耶？甚矣，人世之变迁如此、光阴倏乎如此！"

④ 指邢夫人严防死守，家人捞不到一点油水，所以大家没有积极性。

⑤ 闹，当即"弄"之意。

⑥ 四字程乙本改"吊祭、供饭"。按："上祭"即上祭品。灵柩四周挂帐、悬幔，称"丧帷"。

　　邢夫人虽说是冢妇，仗着"悲戚为孝"四个字，倒也都不理会。王夫人落得跟了①邢夫人行事，余者更不必说了。

　　独有李纨瞧出凤姐的苦处，却不敢替她说话，只自叹道："俗话说的，'牡丹虽好，全仗绿叶扶持'，太太们不亏了凤丫头，那些人还帮着吗？若是三姑娘在家还好，如今只有她几个自己的人瞎张罗，面前背后的也抱怨，说是一个钱摸不着，脸面也不能剩一点儿。老爷是一味的尽孝，庶务上头不大明白。这样的一件大事，不撒散几个钱就办的开了吗？可怜凤丫头闹了几年，不想在老太太的事上只怕保不住脸了。"于是抽空儿叫了她的人来，吩咐道："你们别看着人家的样儿，也遭塌起琏二奶奶来。别打量什么穿孝守灵就算了大事了，不过混过几天就是了。看见那些人张罗不开，便插个手儿，也未为不可，这也是公事，大家都该出力的。"那些素服李纨的人都答应着说："大奶奶说的很是，我们也不敢那么着。只听见鸳鸯姐姐们的口话②儿，好像怪琏二奶奶的似的。"李纨道："就是鸳鸯，我也告诉过她。我说：'琏二奶奶并不是在老太太的事上不用心，只是银子钱都不在她手里，叫她"巧媳妇还作的上没米的粥来"吗？'③如今鸳鸯也知道了，所以也不怪她了。只是鸳鸯的样子竟是不像从前了，这也奇怪。那时候有老太太疼她，倒没有作过什么威福；如今老太太死了，没有了仗腰子的了，我看她倒有些气质不大好了。④我先前替她愁，这会子幸喜大老爷不在家，才躲过去了；不然，她有什么法儿？⑤"

　　说着，只见贾兰走来说："妈妈睡罢。一天到晚人来客去的也乏了，歇歇罢。我这几天总没有摸摸书本儿。今儿爷爷⑥叫我家里睡，我喜欢的很，要理个一两本书才好，别等脱了孝再都忘了。"李纨道："好孩子，看书呢，自然是好的，今儿且歇歇罢，等老太太送了殡再看罢。"贾兰道："妈妈要睡，我也就睡在被窝里头想想也罢了。"众人听了，都夸道："好哥儿！怎么这点年纪，得了空儿就想到书上？⑦不像宝二爷，娶了亲的人还是那么孩子气。⑧这几日跟着老爷跪着，瞧他很不受用，巴不得老爷一动身就跑过来找二奶奶，不知'唧唧咕咕'的说些什么。甚至弄的二奶奶都不理他了，

---

① 四字程乙本改"只得跟着"。
② 口话，犹"口风"。
③ 这是李纨所说的公道话。
④ 人反常，是将死（指鸳鸯殉主）之兆。
⑤ 伏下当年邢夫人替贾赦向贾母讨鸳鸯做小老婆、而鸳鸯不肯的那场恩怨，以此来逼鸳鸯一死。第46回"鸳鸯女誓绝鸳鸯偶"贾赦想强娶鸳鸯时说："除非她死了，或是终身不嫁男人，我就伏了她！"而鸳鸯拒嫁时说："伏侍老太太归了西，我也不跟着我老子娘、哥哥去，我或是寻死，或是剪了头发当尼姑去！"
⑥ 爷爷，指贾政。
⑦ 此是为贾兰中举伏笔。
⑧ 此是与贾兰做对比。第120回，贾宝玉如此不用功却能中举人第7名，而贾兰这么用功才中举人第130名，作者以这种对比手法，写出贾宝玉是天神（即通灵宝玉）下凡，天生聪颖，不用学习也能高中。

他又去找琴姑娘①。琴姑娘也远避他，邢姑娘也不很和他说话。倒是咱们本家的什么喜姑娘咧、四姑娘咧②，'哥哥长、哥哥短'的和他亲密。我们看那宝二爷除了和奶奶、姑娘们混混，只怕他心里也没有别的事，白过费了老太太的心③，疼了他这么大，哪里及兰哥儿一零儿呢？④大奶奶，你将来是不愁的了。"李纨道："就好也还小。只怕到他大了，咱们家还不知怎么样了呢。环哥儿你们瞧着怎么样？"众人道："这一个更不像样儿了。两只眼睛倒像个活猴儿似的，东溜溜，西看看。虽在那里嚎丧，见了奶奶、姑娘们来了，他在孝幔子里头净偷着眼儿瞧人呢。⑤"李纨道："他的年纪其实也不小了。前日听见说还要给他说亲呢，如今又得等着了。嗳，还有一件事——咱们家这些人，我看来也是说不清的，且不必说闲话。后日送殡，各房的车是怎么样了？"

众人道："琏二奶奶这几天闹的像失魂落魄的样儿了，也没见传出去。昨儿听见我的男人说：琏二爷派了蔷二爷料理，说是咱们家的车也不够，赶车的也少，要到亲戚家去借去呢。"李纨笑道："车也都是借得的么？"众人道："奶奶说笑话儿了，车怎么借不得？只是那一日所有的亲戚都用车，只怕难借，想来还得雇呢。"李纨道："底下人的只得雇，上头白车也有雇的么？"众人道："现在大太太，东府里大奶奶、小蓉奶奶，都没有车了⑥，不雇，哪里来的呢？"李纨听了，叹息道："先前见有咱们家儿的太太、奶奶们坐了雇的车来，咱们都笑话，如今轮到自己头上了。你明儿去告诉你的男人：我们的车马，早早儿的预备好了，省的挤。"众人答应了出去，不提。

且说史湘云因她女婿病着，贾母死后，只来的一次，屈指算是后日送殡，不能不去。又见她女婿的病已成痨症，暂且不妨，只得"坐夜"前一日过来。想起贾母素日疼她；又想到自己命苦，刚配了一个才貌双全的男人，性情又好，偏偏的得了冤孽症候，不过捱日子罢了。⑦于是更加悲痛，直哭了半夜。鸳鸯等再三劝慰不止。宝玉瞅着也不胜悲伤，又不好上前去劝。见她淡妆素服，不敷脂粉，更比未出嫁的时候犹胜几分。转念又看宝

---

① 宝二奶奶指薛宝钗，"琴姑娘"指薛宝琴。

② "四姑娘"非惜春，乃是贾琼的妹子四姐儿，而"喜姑娘"是贾瑞的妹子喜鸾，见第71回："因贾瑞之母也带了女儿喜鸾，贾琼之母也带了女儿四姐儿，还有几房的孙女儿，大小共有二十来个。"这是后四十回与前八十回细节照应的显例。★

③ 过费，过度浪费。此句指：白让贾母过度为他（宝玉）费心了。

④ 此写出第1回《好了歌》所唱的"痴心父母古来多，孝顺儿孙谁见了？"针砭宝玉在祖母丧事上的大不孝。这段文字是不孝者的诛心之笔。作者把自己在小说中的化身写得如此不堪，是为自己未能在亲祖母丧事上表现好，而做深深的自责和忏悔。因此《红楼梦》全书是本作者自己的"忏悔录"。

⑤ 此写出好色之人的丑态。这段文字是好色者的诛心之笔。

⑥ 指贾赦院、宁国府被抄了家，车子没收了，故邢、尤二氏无车可坐，需要雇车了。

⑦ 此正应了第4回贾雨村评甄英莲与冯渊这对"薄命女偏逢薄命郎"之人时说过的话："这正是梦幻情缘，恰遇一对薄命儿女。"蒙王府本侧批于上半句下批："点明白了，直入本题。"可证全书便是写爱情之不幸、婚姻之不偶。

琴等淡素装饰，自有一种天生丰韵。独有宝钗浑身孝服，哪知道比寻常穿颜色时更有一番雅致。心里想道："所以千红万紫，终让梅花为魁。殊不知并非为梅花开的早，竟是'洁白清香'四字是不可及的了。但只这时候若有林妹妹，也是这样打扮，又不知怎样的丰韵了？"想到这里，不觉的心酸起来，那泪珠便直滚滚的下来了，趁着贾母的事，不妨放声大哭。

众人正劝湘云不止，外间又添出一个哭的人来。大家只道是想着贾母疼她的好处，所以伤悲，岂知他们两个人各自有各自的心事①。这场大哭，不禁满屋的人无不下泪。还是薛姨妈、李婶娘等劝住。

明日是"坐夜②"之期，更加热闹。凤姐这日竟支撑不住，也无方法，只得用尽心力，甚至咽喉嚷破，敷衍过了半日。到了下半天，人客③更多了，事情也更繁了，瞻前不能顾后。正在着急，只见一个小丫头跑来说："二奶奶在这里呢。怪不得大太太说：'里头人多，照应不过来，二奶奶是躲着受用去了！'"凤姐听了这话，一口气撞上来，往下一咽，眼泪直流，只觉得眼前一黑，嗓子里一甜，便喷出鲜红的血来，身子站不住，就蹲倒在地。幸亏平儿急忙过来扶住。只见凤姐的血吐个不住。未知性命如何，下回分解。

又附第111回"鸳鸯女殉主登太虚，狗彘奴欺天招伙盗"：

话说凤姐听了小丫头的话，又气又急又伤心，不觉吐了一口血，便昏晕过去，坐在地下。平儿急来靠着，忙叫了人来搀扶着，慢慢的送到自己房中，将凤姐轻轻的安放在炕上，立刻叫小红斟上一杯开水送到凤姐唇边。凤姐呷了一口，昏迷仍睡。秋桐过来略瞧了一瞧，却便走开，平儿也不叫她。只见丰儿在旁站着，平儿叫她快快的去回明白了"二奶奶吐血发晕，不能照应"的话，告诉了邢、王二夫人。④

邢夫人打量凤姐推病藏躲，因这时女亲在内不少，也不好说别的，心里却不全信，只说："叫她歇着去罢。"众人也并无言语。只说这晚亲友来往不绝，幸得几个内亲照应。家下人等见凤姐不在，也有偷闲歇力的，乱乱吵吵，已闹得七颠八倒，不成事体了。

第107回"散余资贾母明大义"是言：贾母把自己的私房钱分给贾赦、贾珍、王熙凤各三千两，又把五百两银子交给贾琏，供林黛玉的棺材运回南方老家苏州之用，还剩价值几千两银子的金货则给宝玉夫妇和贾兰母子，然后又交代江南甄家为躲避抄家而寄存在贾府的银子收在王夫人处，一定要送还人家，以免我们这边出了事，让他们"躲过了风暴又遇了雨了么"。贾母最后交代："我

---

① 二字程乙本作"眼泪"。今按：湘云为自己出嫁后夫君得痨病的薄命而哭，宝玉是为自己与黛玉爱情不成的薄命而哭，两者不是在为贾母哭，表面上哭得很孝顺，实则全都大不孝。

② "坐夜"第二天上午"出灵"。

③ 人客，即客人。程乙本改"亲友"。

④ 此句程乙本改作："平儿便说：'快去回明二位太太。'于是丰儿将凤姐吐血不能照应的话回了邢、王二夫人。"

所剩的东西也有限，等我死了，做结果我的使用。余的都给伏侍我的丫头。"即留下料理自己后事的银子，并说用不掉就分给鸳鸯等丫头。所以第110回鸳鸯来找王熙凤时说："听说老爷要把丧事办得俭朴一些。这丧事的银子是老太太身前就留下的。老太太这一辈子也没糟蹋过什么银钱，如今这件大事还求琏二奶奶体体面面地办一办才好。"又说："老太太遗言说，办丧事剩下的银子都给我们丫环，我们也不要，如果办丧事不够，只管拿这个去办。"王熙凤满口答应会办得风光。皇帝所赐的银子一千两，倒不是还没下来，而是外头光"棚扛银"就要几百两，可见皇帝那一千两赐银一赐下来便早就用完了。

王熙凤原以为老太太有办丧事的银子留下来，况且自己主内、丈夫贾琏主外，自己又主持过宁国府秦可卿的大丧，所以这丧事一定容易操办，于是便叫旺儿媳妇把贾琏叫来，想把鸳鸯的要求说给贾琏去照办。贾琏一进门便说："我正在外面忙着，你怎么找我？这丧事是老爷和太太做主，他们说怎样办，我们就怎样办，别管别人家怎么说。"即：老太太的丧事由邢氏、贾政、王夫人三个人做主，我贾琏和你凤姐其实都做不了主，其他人的话你都不要去听！但凤姐还是把鸳鸯交代的话对他说了一遍。贾琏道："她的话没用，你别听。刚才老爷叫我过去说：'老太太的丧事固然要认真办。但同时又要注意我们是抄过家的，所以不能大操大办。而且老太太要归葬南方，需要买祭田，又要建造守坟用的房屋，所以这钱得用在这上面，丧事得要从简。'"凤姐问："老太太给的办丧事的银子呢？"贾琏说："没有。去问老爷、太太，都说：'有。先垫着，回来结算。'结果下面的人一听没钱，需要下面的人先垫着，有钱的都跑掉了，剩下的全都是老弱病残的没钱之人。"凤姐听了，呆了半天，说："这丧事还怎么办啊！"

这时大太太（邢夫人）房里的丫头前来责备待客不周，凤姐忙前去催办，家人们都干答应着而不行动，一问，才知道是因为没钱发下来而办不了事。凤姐说："先办着，会给钱的。"众人只得勉强应付着。于是凤姐来太太（王夫人）那儿要钱。因为人多，不敢当着大家的面开口，于是又来找鸳鸯，想要老太太剩下的那份办丧事用的钱，鸳鸯说："就是当年你叫我偷出去给琏二爷典当换钱的那批东西，你们可赎回来没有？"这等于告诉大家，贾母临终给自己办丧事的钱，其实早已被贾琏和凤姐典当了（见第72、74回），换句话说，贾母原以为有钱给自己办丧事，其实那钱早就赎不回来而没有了。

于是凤姐哀求说："有点现钱也行。"鸳鸯说：老太太的私房钱都供邢夫人和尤氏抄家后在府内的生活之用，早已没有剩的了。凤姐于是只好再到王夫人那儿要了一份钱发下去应付。

鸳鸯看到凤姐如此惊慌失措，心想："老太太的丧事她办得这么乱，老太太真是白疼她了！"她哪里知道：邢夫人是长房媳妇，贾府所有的钱现在都由她掌控，她一听贾政主张丧事从简，巴不得多留点钱供将来生活之用；她素来又知道凤姐大手大脚惯了，贾琏这个人又会贪污，所以把那财政大权牢牢管住，一分钱也不舍得用。鸳鸯只知道贾母留给自己办丧葬用的那笔银子已经交出去了（指交给凤姐和贾琏了），即她认为凤姐早已把那份当出去的东西赎回来了（因为第 72 回贾琏向鸳鸯借时说过："不上半年的光景，银子来了，我就赎了交还，断不能叫姐姐落不是"），她不知道贾琏和凤姐根本就没财力去赎那份典当出去的东西，鸳鸯更不知道府内的经费又受制于邢夫人，而由不得凤姐贾琏两人做主，于是便认为凤姐是有钱而不用心，所以在贾母灵前哭诉，很多人都听到了，使凤姐大失人心。

邢夫人也听到鸳鸯的哭诉，她当然不会想到是自己不给凤姐钱的缘故，反倒对王夫人说："凤姐不用心为贾母办丧事！"王夫人于是把凤姐叫过来训斥一通，凤姐想辩解也没机会，只好含悲忍泣出来，大声哀求众人说："大娘、婶子们可怜我罢！我上头捱了好些说，为的是你们不齐截，叫人笑话，明儿你们豁出些辛苦来罢！"众人听了都说："老太太、太太的丫环们太难伺候。"凤姐说："我也管不了她们啊（指奴以主贵）。"凤姐又说："银钱喊不来"（指向府中申请过经费了，但难以申请下来），众人问："琏二爷不是得了（贾母给的那份）丧葬银子了吗？"（这话当是从鸳鸯在贾母灵前哭诉中得知。其实正如上文所分析的，鸳鸯是误会了。）凤姐说："没有。一样样都得申请府里。"

凤姐一肚子委屈，越想越气，天一亮，又得上去应付。丫头们看到王夫人责备凤姐，于是更加作践起凤姐来。幸亏平儿替凤姐排解："二奶奶巴不得要好，只是老爷、太太吩咐了外头不许糜费，所以我们二奶奶不能应付到了。"说过几次，才好些。

整个丧事办得很潦草，别说鸳鸯看不下去，就连凤姐自己也感到过意不去。下午实在是因为撑不下去，正忙得不知怎么办才好时，恰巧又有邢夫人的小丫头跑过来冷嘲热讽地说："原来在这里，怪不得邢夫人说照应不过来，原来是躲在这儿休息啊！"气得凤姐当场吐血昏死过去、蹲倒在地，幸亏平儿急忙过来扶她回屋躺在床上。平儿忙又叫人回报邢夫人、王夫人，她们听了还以为凤姐是故意装病、偷懒。

由此可见，贾母一倒，凤姐失势。先失鸳鸯之心，再失邢、王二夫人之心，众人见她失势，便"墙倒众人推"加以作践，所以贾母的丧事便是逼凤姐吐血而亡的导火线，凤姐便死在此回后面四回的第 114 回。

上述情节不就是脂批所提示的回目"王熙凤知命强英雄"吗？所谓"知命"就是知道自己家族气数已尽，连给家中最尊贵的人贾母办丧事的钱都没有了，而办丧事的家人能逃则逃、能敷衍则敷衍，用她的话说就是"这还办什么！（即这丧事还怎么办啊！）"可是邢、王二夫人都不管事，这副重担还得落到她肩上来逼着她去操办。于是王熙凤只好逞强、充好汉，结果因为"巧妇难为无米之炊"（即李纨说的："琏二奶奶并不是在老太太的事上不用心，只是银子钱都不在她手里，叫她'巧媳妇还作的上没米的粥来'吗"），上面的人尤其是鸳鸯怀疑她不出力，下面的人则怀疑她贪污而不舍得花钱，结果落得一个"里外不是人、吃力不讨好"的悲惨下场。

王熙凤也曾找来贾琏商量过，结果贾琏对她一顿抢白斥责，因为熙凤的后台是贾母（即第 44 回凤姐抓奸后，一向怕老婆的贾琏恼羞成怒，又"倚酒三分醉，逞起威风来"，拔剑追杀凤姐到贾母处，"乜斜着眼，道：'都是老太太惯的她，她才这样，连我也骂起来了'"），现在贾母已死，所以贾琏不再像第 21 回那般惧怕她、哄着她了。故脂批言其"他日之强，何身微运蹇"，即凤姐在第 110 回时的"逞强、充好汉"是何等身微言轻而时运不济啊！（此是第 21 回回前批，"今日"便指第 21 回，"他日"便指"后之卅回"、也即八十回后的第三十回——第 110 回。）

这便是所谓的"时势造英雄"，第 5 回凤姐判词称："凡鸟偏从末世来，都知爱慕此生才。一从二令三人木，哭向金陵事更哀。"说的便是贾府时势好时，王熙凤仗着贾母恩宠，可谓"一人之下、万人之上"，连邢、王二夫人都要让她三分，从不敢说她什么不是。一旦贾母逝世，失去靠山，王熙凤便失了势，加上贾府此时又到了抄家后的末世境地，凤姐这只"人中之凤"再有才干，也是"呼天不灵、唤地不应"，百般掣肘，再大的能耐也只有哀求奴仆给面子加以苦撑的份了。

所以《红楼梦》十二支曲中为凤姐所作的《聪明累》曲唱道："忽喇喇似大厦倾，昏惨惨似灯将尽。呀！一场欢喜忽悲辛。叹人世，终难定！"说的便是王熙凤这类身处末世的有才者的下场，连自己都始料未及。而贾母见多识广、境界高远，倒是能看透、看明白，所以在临终时特地告诫凤姐说："我的儿，你是太聪明了，将来修修福罢。"可见贾母早已洞察她积怨太深，自己（指贾母）一死，下场必惨。

凤姐可说是非常厉害能干的人了，而贾母其实比她还要能干，而且人生的涵养和境界也比她要高出好几个等次，所以一眼就能洞穿凤姐的下场。

贾母比凤姐能干的记载，见于第 35 回："宝钗一旁笑道：'我来了这么几年，留神看起来，凤丫头凭她怎么巧，再巧不过老太太去。'贾母听说，便答道：'我如今老了，哪里还巧什么？当日我像凤哥儿这么大年纪，比她还来得呢。她如今虽说不如我们，也就算好了，比你姨娘①强远了。你姨娘可怜见的，不大说话，和木头似的，在公婆跟前就不大显好。凤儿嘴乖，怎么怨得人疼她！'"

后四十回之第 108 回，贾母谈起抄家打击下，唯有李纨这个人有定力："倒是珠儿媳妇还好。她有的时候是这么着，没的时候她也是这么着，带着兰儿静静儿的过日子，倒难为她。"于是引出史湘云说："别人还不离，独有琏二嫂子，连模样儿都改了，说话也不伶俐了。"这又引出贾母夸赞像李纨一样有定力的宝钗："大凡一个人，有也罢、没也罢，总要受得富贵、耐得贫贱才好。你宝姐姐生来是个大方的人。头里她家这样好，她也一点儿不骄傲；后来她家坏了事，她也是舒舒坦坦的。如今在我家里，宝玉待她好，她也是那样安顿；一时待她不好，也不见她有什么烦恼。我看这孩子倒是个有福气的。你林姐姐，那是个最小性儿、又多心的，所以到底不长命。凤丫头也见过些事，很不该略见些风波就改了样子。她若这样没见识，也就是小器了。"点明凤姐不如自己贾母处，便在于心胸不广。第 110 回贾母临终时对凤姐说："我的儿，你是太聪明了，将

---

① 指王夫人。

来修修福罢。我也没有修什么，不过心实吃亏。"点明自己与凤姐境界不同处，还在于自己实在，从来不会耍阴谋诡计害人，奉行"吃亏是福"的宗旨。正因为贾母心胸博大、为人实在，所以更能看穿"财迷心窍、害人甚多"的凤姐下场会很惨，故而在临终时，要特地告诫凤姐以后要多多积福。

关于凤姐依仗贾母、王夫人之势，得罪了包括邢夫人在内的全府上下所有人的危险处境，曹雪芹早就借众人口碑写出，即第65回兴儿对尤二姐说："我是二门上该班的人。我们共是两班，一班四个，共是八个。这八个人有几个是奶奶的心腹，有几个是爷的心腹。奶奶的心腹我们不敢惹，爷的心腹奶奶的就敢惹。提起我们奶奶来，心里歹毒，口里尖快。我们二爷也算是个好的，哪里见得她。①倒是跟前的平姑娘为人很好，虽然和奶奶一气，她倒背着奶奶常作些个好事。小的们凡有了不是，奶奶是容不过的，只求求她去就完了。<u>如今合家大小除了老太太、太太两个人，没有不恨她的，只不过面子情儿怕她②</u>。皆因她一时看的人都不及她，只一味哄着老太太、太太两个人喜欢。她说一是一，说二是二，没人敢拦她。又恨不得把银子钱省下来堆成山，好叫老太太、太太说她会过日子，殊不知苦了下人、她讨好儿。估着有好事，她就不等别人去说，她先抓尖儿；或有了不好事，或她自己错了，她便一缩头推到别人身上来，她还在旁边拨火儿。如今连她正经婆婆大太太都嫌了她，说她'雀儿拣着旺处飞，黑母鸡一窝儿，自家的事不管，倒替人家去瞎张罗'。若不是老太太在头里，早叫过她去了。"

第5回凤姐判词"一从二令三人木"，甲戌本夹批："拆字法。"即"二令"当合作"冷"字解，"人木"当合作"休"字解，是言贾府诸人包括贾琏在内，对凤姐一开始服从而不敢违抗（"一从"），贾母一死便开始对她冷淡而不再服从（"二令"合作"冷"字而解作冷眼旁观），最后更是众人开始一起作践她起来（即上文"这些丫头们见邢夫人等不助着凤姐的威风，更加作践起她来"），加速了她的"休"即死亡（"三人木"合为"休"字而解作死亡）。因此，第110回所描述的王熙凤在贾母丧事中苦撑而落得"吃力不讨好、里外不是人"的下场，与第21回脂批所言的"王熙凤知命强英雄"完全吻合。

又第113回："这些话传到平儿耳内，甚是着急，看着凤姐的样子，实在是不能好的了。看着贾琏近日并不似先前的恩爱，本来事也多，竟像不与他相干的。平儿在凤姐跟前只管劝慰。又兼着邢、王二夫人回家几日，只打发人来问问，并不亲身来看，<u>凤姐心里更加悲苦。贾琏回来也没有一句贴心的话。凤姐此时只求速死。</u>"这便是王熙凤因受"冷"（贾琏对她的冷遇，也即判词所谓的"二令"之"冷"）而求速死（即判词所谓的"人木"之"休"）；到了次回第114回便是"王熙凤历劫③返金陵"，从而写到了她的"休"（死）。因此上引画线部分便是凤姐批词"二令三人木"的具体写照，是后四十回与前八十回相合

---

① 指哪曾想娶了这么坏的一个老婆。见，想见、想到。
② 指情面上、表面上怕她。
③ 劫，程乙本改"幻"。"劫"字写出了凤姐临终受的气和苦，更为贴切。

的点睛之笔。★

一般人都把凤姐判词中的"人木"之"休"解作贾琏休妻，其实贾琏是不可能休王熙凤的。因为此时王家虽然失了势（指第101回王子腾薨而其海疆事要由活着的王家人王子胜赔补），但贾府也失了势（指第105回元妃薨而贾府抄了家），王熙凤是王夫人的内侄女，贾琏即便有十个胆，也不敢得罪贾政和王夫人，所以"三人木"之"休"乃死亡、休矣之意（也即王熙凤《红楼梦曲》"聪明累"中所唱的"忽喇喇似大厦倾，昏惨惨似灯将尽"的"倾"和"尽"所表达出来的完蛋、死亡之意），绝非休妻之意。

最后让我们来总结一下第110回"史太君寿终归地府、王凤姐力诎失人心"的情节，其写的是：王熙凤自以为主持过秦可卿的丧事，主持自家贾母丧事时一定能得心应手（"凤姐先前仗着自己的才干，原打量老太太死了，她大有一番作用"），哪料到邢夫人、贾政、王夫人都不舍得花钱给贾母办丧事，凤姐这才明白自己处境危险而开始知命（即"凤姐听了"贾琏的话"呆了半天，说道：'这还办什么'"）。丧事期间，上面的主子邢王二夫人怪罪凤姐领导不力，导致下人不愿出力；而下面的仆人则怪怨凤姐不给银子而不愿办事，只有李纨理解她："我说琏二奶奶并不是在老太太的事上不用心，只是银子钱都不在她手里，叫她'巧媳妇还作的上没米的粥来'吗？"凤姐弄得"里外不是人"，最后忙得不知如何办才好时，恰巧又有邢夫人的小丫头跑过来冷嘲热讽地说一番："二奶奶在这里呢。怪不得大太太说：'里头人多，照应不过来，二奶奶是躲着受用去了！'"书中写："凤姐听了这话，一口气撞上来，往下一咽，眼泪直流，只觉得眼前一黑，嗓子里一甜，便喷出鲜红的血来，身子站不住，就蹲倒在地。幸亏平儿急忙过来扶住。只见凤姐的血吐个不住。未知性命如何，下回分解。"这便是脂批所说的回目"王熙凤知命强英雄"、批语"他日之强，何身微运蹇"的生动写照！

（六）今对此第21回回前总批再作详细的体会理解

现在我们再回过头来，对照第21回的回前批来理解其意思。其批：

> 按此回之文固妙，然未见后之卅回，犹不见此之妙。此回"娇嗔箴宝玉"、"软语救贾琏"，后曰"薛宝钗借词含讽谏、王熙凤知命强英雄"。今只从二婢说起，后则直指其主。然今日之袭人、之宝玉，亦他日之袭人、他日之宝玉也；今日之平儿、之贾琏，亦他日之平儿、他日之贾琏也。何今日之玉犹可箴，他日之玉已不可箴耶？今日之琏犹可救，他日之琏已不可救耶？箴与谏无异也，而袭人安在哉？宁不悲乎！救与强无别也，今因平儿救，此日阿凤英气何如是也？他日之强，何身微运蹇，展眼何如彼耶？甚矣，人世之变迁如此、光阴倏尔如此！

今根据其字面意思，详细理解并翻译如下：

本回（第21回）只从两个奴婢即宝玉房中的袭人、贾琏房中的平儿说起，后面（即"后之第卅回"）则直接写到了两房的女主人——宝玉的夫人宝钗、贾琏的夫人王熙凤。

然而问题是：此回的袭人和宝玉，就是后面那回中的袭人和宝玉①，人没有任何变化②。此回中的平儿和贾琏也就是后面那回中的平儿和贾琏，人也没有任何变化。此回的宝玉，袭人还可以正面规劝而收到点效果；而后面那回的宝玉，为何连袭人这宝玉乐意听从她话的人，都不敢正面规劝宝玉了呢？为何此回的贾琏还适合（即需要）平儿来救，而后面那回的贾琏已不适合（即不需要）平儿来救了呢？③

"规劝"和"进谏"没有差别啊，而袭人在何处呢？（言下意：袭人是可以正面规劝宝玉的，而现在却只能靠宝钗"旁敲侧击"式地来加以讽喻了，连袭人这宝玉乐意听从她话的人也不敢正面规劝宝玉了，袭人虽有而若无了。）这难道不令人感到可悲吗？

此回王熙凤强悍到贾琏需要平儿相救的地步，与后面那回王熙凤个性依然要强、依然强悍，没有差别啊。此回贾琏因平儿相救而获免，则此回王熙凤的英雄气概真是了不起啊！而后面那回王熙凤，虽然仍在贾琏和贾府所有人面前要强，但却是何等的身微言轻、命运不佳啊！

为何一展眼间④，便变成了这种情况？人世间"世态炎凉"的形势变化，真是太快、太无情了（指贾母之死令王熙凤彻底失势成了"凡鸟"，连最怕老婆的贾琏也不再把她放在眼里）！而时间流逝所造成的情势与性格方面的变化，也真是太迅速、太无情了（指黛玉之死让宝玉更加痴狂，连袭人都不敢正面规劝了）！

因此，这条批语，与后四十回中的第110回及其前的第109回，在情节上完全吻合；这是证明后四十回乃曹雪芹原稿的有力证据。这条批语同时也能证明两点：一是八十回以后当有四十回，《红楼梦》当有120回（详见本节"一、第42回脂批的再分析"的结论），所谓的《红楼梦》仅有110回，是把这条批语中的"后之卅回"错误理解为基数词、而未将其理解为序数词所致；二是脂砚斋所读到的后四十回，与今本后四十回的情节完全一致，不存在丝毫情节上

---

① 所谓"今日"即此第21回，所谓"他日"即"后之卅回"也即第110回。请注意"今日之袭人……亦他日之袭人"，实已言明袭人在第110回仍在宝玉房中而未出嫁。若袭人已出嫁而不在贾府，则今日之袭人便与他日之袭人实已不同；因为：今日之袭人在贾府而有可能来劝宝玉，而他日之袭人不在贾府而肯定不可能来劝宝玉了。故袭人若已出嫁而不在贾府，则今日之袭人与他日之袭人实已有本质上的不同（指她已变心、已不在贾府而无法劝宝玉了）。

② 包括"袭人在贾府"这一点上也没有任何变化，即袭人仍在贾府。

③ 按"今日之贾琏犹可救，他日之贾琏已不可救耶"的"可"字，绝对不是"可以"的意思。因为贾琏的人品不至于说到"无可救药"的地步。贾琏这个人第21回可以救，难道后四十回他的人品就差到不可以救的地步吗？贾琏的人品不至于差到不可救药的地步，所以这"可"字便不可以作"可以"来解。第21回贾琏威势弱于凤姐，需要救，而后四十回贾母死后，贾琏开始比凤姐强势起来，显然不需要救了；所以这"可"字应当是"适合、堪、值得、能够"的意思而解作"需要"。

④ 其实从本回第21回到第110回，相隔有整整89回，脂批称之为"展眼"，未免有点夸张。

的冲突。

（七）此脂批所言当非后四十回中的第 118、113、114、101 诸回

　　"冰冻三尺原非一日之寒"，所以后四十回中宝钗劝谏宝玉、贾琏冷淡熙凤也不止一处，但均非第 21 回回前批所言，何以见得？

　　第 118 回"惊谜语妻妾谏痴人"也有宝钗劝宝玉的情节，即宝钗见宝玉一直在读出世之书《庄子》，想道："他只顾把这些出世离群的话当作一件正经事，终久不妥！"于是两眼直盯着宝玉看（相当于怒目而视），宝玉心虚地问："为什么看我？"宝钗说："你我既为夫妇，你便是我终身的依靠。人需要以圣贤为榜样，而古来圣贤都以人品根柢为重。"宝玉说：我读《庄子》正是为了领悟圣贤所说的"不失其赤子之心"。宝钗于是借"赤子之心"来劝他："你既说'赤子之心'，古圣贤原以忠孝为赤子之心，并不是'遁世离群、无关无系'为赤子之心。尧、舜、禹、汤、周、孔，时刻以'救民、济世'为心，所谓赤子之心，原不过是'不忍'二字。若你方才所说的，忍于抛弃天伦，还成什么道理？"宝玉被驳得无言以答，只好仰头微笑。宝钗因又劝道："你既理屈词穷，我劝你从此把心收一收，好好的用用功，但能博得一第，便是从此而止，也不枉天恩、祖德①了。"宝玉听得那"从此而止，不枉天恩祖德"十个字，便一下子被她说动了（因为宝玉孝心未泯，是个大孝子），于是说道："<u>倒是你这个'从此而止'，'不枉天恩、祖德'，却还不离其宗</u>②。"而且还说："'一第'呢，其实也不是什么难事。"于是宝玉立志要通过中科举来报答父母，命令把闲书全都拿走，专心攻读起应考之书，还和贾兰谈论起八股文章，并答应可以叫甄宝玉一同来切磋（"并请甄宝玉在一处"），书中写道："那袭人此时真是闻所未闻、见所未见，便悄悄的笑着向宝钗道：'到底奶奶说话透彻！只一路讲究，就把二爷劝明白了。就只可惜迟了一点儿，临场太近了。'"可见宝钗这次劝说成功了，因此批语所说的规劝未能成功的"薛宝钗借词含讽谏"绝对不会指这一回。

　　又第 113 回虽有"宝钗初时不知何故，也用话箴规。"但并未详细展开，故知这也不是批语所说的"薛宝钗借词含讽谏"那一回，而其后的第 114 回"王熙凤历劫返金陵"写王熙凤之死，也没有"王熙凤知命强英雄"的情节，故知批语所言的后卅回之"薛宝钗借词含讽谏、王熙凤知命强英雄"不指第 113、114 回这两回文字。

　　又第 101 回："凤姐冷笑道：'你哪里知道？我是早已明白了，我也不久了。

---

①　此"天恩祖德"四字正与作者曹雪芹亲笔所拟的书首"凡例"最末一条（程高本作第一回开头）相合，即："则自欲将已往所赖天恩祖德，锦衣纨绔之时，饫甘餍肥之日，背父兄教育之恩，负师友规谈之德，以至今日一技无成、半生潦倒之罪，编述一集，以告天下人。"
②　即正合我意的意思。

虽然活了二十五岁，人家没见的也见了，没吃的也吃了，^①也算全了，所有世上有的也都有了，气也算赌尽了，强也算争足了，就是"寿"字儿上头缺一点儿，也罢了。'"倒的确是在写"王熙凤知命"了。其下又写："贾琏生气，举起碗来，'哗啷'一声摔了个粉碎"，然后对王熙凤说了一大通为凤姐胞兄王仁发火的气话来，最后又写凤姐看到宝玉、宝钗两人在一起时的恩爱模样，"想起贾琏方才那种光景，好不伤心"，这便写出贾琏"一从二令三人木"中对王熙凤"令"的感觉来，即贾琏对王熙凤由顺从进入到发号施令的阶段了^②，最后便是王熙凤离死（也即"三人木"之"休"矣）不远了，不像当日第21回的贾琏要人（指要平儿）相救，而现在却是王熙凤要请贾琏来挽救自己娘家了，这似乎与第21回回前批所说的王熙凤穷途末日的处境非常吻合。但其文有："凤姐听了，才知王仁所行如此，但她素性要强、护短，听贾琏如此说，便道：'凭他怎么样，到底是你的亲大舅儿。再者，这件事，死的大太爷、活的二叔都感激你。罢了，没什么说的，我们家的事，少不得我低三下四的求你了，省的带累别人受气，背地里骂我。'"此番情景显然不是凤姐"强英雄"^③，而是哀求贾琏，可知仍与脂批所言的回目"知命强英雄"不相吻合，所以第21回脂批所言当非此回。

值得注意的是，此回在第110回前，可证贾琏对熙凤早已改变顺从畏惧的态度，王熙凤也早已知命。换句话说，脂批所揭示的"后之第卅回'王熙凤知命强英雄'"情节，作者早在"后之第卅回"到来前，便已做了充分铺垫，但这一铺垫只描写了王熙凤"知命"的情节，其"强英雄"的情节却要到第110回来写，即：王熙凤没有考量贾府的客观形势，硬是逞强来主办贾母丧事，结果气得吐血，一举种下其短命早夭的病症，加速其死亡。

总之，"冰冻三尺非一日之寒"，所以：作者在第110回之前便已写到贾琏对王熙凤的冷淡，乃至写到他生气时对王熙凤发号施令，这都是非常正常的；作者在第109回及第109回以后，处处写到宝钗对宝玉的规劝而宝玉不听，也是非常正常的。但第21回批者所言的"后卅回"仅指一回（上已有专论），这一回便是第110回，程伟元、高鹗所搜集到的残稿其前缺了一两回，在把残稿匀成四十回时，便把这原稿的第110回拆成了今本的第109、第110两回并重拟了回目。第110回前所缺之回，很可能就是交代史湘云与丈夫卫若兰相识的"射圃"之文，以及紧跟在"抄家"那一回之后的"狱神庙"回，本章第三节"四""五"对此将有专论。

---

① 此处程乙本增加"衣禄、食禄"四字。
② 这看起来似乎是王家失势后贾琏便强硬起来，开始向王熙凤作威作福了。其实贾琏此时仍不敢如此，只不过今天正好碰在气头上才会如此。只要王夫人仍健在，他便不敢对王熙凤"颐指气使"。所以说"此时贾琏敢对王熙凤发号令、作威作福"其实是不对的，他对王熙凤只敢冷淡而已，不敢对她命令和发火，今天则是因为正好赶在气头上才会如此。因此"一从二令三人木"的"二令"不宜解作"命令"，而当用拆字法解作"冷"字为宜。即"二"字双关，既指拆"冷"字为"二令"之"二"，又指第一、第二、第三阶段的"二"。
③ 硬充好汉不服输那才叫"强英雄"。

三、第 3 回脂批的再分析

上文通过对第 42 回回前脂批的再认识，证明批中所言的"时已过三分之一有余"是指第 42 回而非第 38 回已过全书的三分之一，从而证明脂砚斋所读到的《红楼梦》全书，与高鹗所说的"《红楼梦》有 120 回"完全一致。

然后又通过对第 21 回回前脂批的再认识，证明脂砚斋所言的后卅回"薛宝钗借词含讽谏、王熙凤知命强英雄"，就是今天程高本后四十回中的第 109 回"候芳魂五儿承错爱"、第 110 回"王凤姐力诎失人心"。诚如高鹗所言：其所收集到的后四十回是曹雪芹的原稿，但已残缺了几回，于是便把这三十余回残稿匀成了四十回，原稿的第 110 回便被拆成第 109、第 110 两回并重拟了回目。

今再举第 3 回蒙王府本侧批，以此来证明脂砚斋所读到的曹雪芹原稿中的黛玉最后一次还泪是在第 110 回，此与程高本后四十回也惊人的一致，从而再度有力地证明上述的结论——程高本后四十回诚如程高二人所言，乃是他俩找到的曹雪芹三十几回残稿编纂补订而来。

（一）第 3 回脂批是言黛玉还泪结束于第 110 回

第 3 回批语说的是黛玉还泪始末，这一始末得从《红楼梦》的创作主线"黛玉还泪"的缘起说起。

全书第 1 回"楔子"交代：神瑛侍者下凡成了贾宝玉，受其甘露灌溉之恩的绛珠仙草，便追随其下凡而成了林黛玉。为了报答侍者"甘露水"的灌溉之恩[1]，绛珠仙草便立志要用自己一生的眼泪来偿还他。

第 3 回"金陵城起复贾雨村、荣国府收养林黛玉"，宝玉与黛玉初次见面，便应验了"不是冤家不聚头"的古话，引发了一场不小的风波。即：宝玉看到黛玉没有与生俱来的玉，大发脾气，把自己那块命根子"通灵宝玉"狠狠地摔在地上[2]，"满面泪痕泣道：'家里姐姐妹妹都没有，单我有，我说没趣，如今来

---

① 按本书"第三章、十二"考明："侍者"实为"罗汉"之意，则此处所言的"甘露水"实为佛法滋养的象征。

② 请读者特别注意：宝玉摔玉，其实就是宝玉一直试图用自己的行动来拆散"金玉良缘"的表现。而玉石砸不破，便象征宝玉与宝钗结婚这一命中注定的"金玉良缘"拆不散（即人的主观努力无法改变前世注定的客观命运）。反倒是第 29 回："袭人勉强笑向宝玉道：'你不看别的，你看看这玉上穿的穗子，也不该同林姑娘拌嘴。'林黛玉听了，也不顾病，赶来夺过去，顺手抓起一把剪子来要剪。袭人、紫鹃刚要夺，已经剪了几段。"穗穿玉（木穿石）便是林黛玉与贾宝玉两人"木石前盟"的象征（穗穿玉便是草木从石孔中长出，正是宝玉这位丈夫搂住黛玉这位妻子的恩爱模样），黛玉将穿玉之穗剪断，便象征"金玉良缘"拆不散而"木石前盟"却自毁。第 35 回"黄金莺巧结梅花络"："宝钗笑道：'……倒不如打个络子把玉络上呢。……把那金线拿来，配着黑珠儿线，一根一根的拈上，打成络子，这才好看。'宝玉听说，喜之不尽，一叠声便叫袭人来取金线。……进来拿金线与莺儿打络子。"宝钗丫环金莺用金线络住宝玉之玉，以代替黛玉自毁的穗子，这便是"金玉良缘"取代"木石前盟"的象征。第 56 回："宝钗道：'……怡红院有个老叶妈，她就是茗烟的娘。'……平儿笑道：'不相干，前儿莺儿还认了叶妈做干娘，请吃饭、吃酒，两家和厚的好的很呢。'"这是在借宝玉、宝钗两人之仆的相好做引子，写的是宝玉、宝钗两人的成婚乃天意。作者文心巧妙，

了这么一个神仙似的妹妹也没有，可知这不是个好东西。'"甲戌本有侧批："千奇百怪，不写黛玉泣，却反先写宝玉泣。"敏感的黛玉怕众人说她一来便招惹起贾宝玉痴狂旧病的复发；于是，当晚便为此流下今生偿还宝玉的第一场眼泪。袭人看到她哭泣，便问其中的缘故，这时：

> 鹦哥笑道："林姑娘正在这里伤心，自己淌眼抹泪（甲侧：黛玉第一次哭却如此写来。）（甲眉：前文反明写宝玉之哭，今却反如此写黛玉，几被作者瞒过。这是第一次算还，不知下剩还该多少？）的说：'今儿才来，就惹出你家哥儿的狂病，倘或摔坏了那玉，岂不是因我之过！'（甲侧：所谓宝玉知己，全用体贴功夫。）（蒙侧：我也心疼，岂独颦颦！）因此便伤心，我好容易劝好了。"袭人道："姑娘快休如此，将来只怕比这个更奇怪的笑话儿还有呢！若为他这种行止，你多心伤感，只怕你伤感不了呢。快别多心！"（蒙侧：后百十回黛玉之泪，总不能出此二语。"月上窗纱人到阶，窗上影儿先进来"，笔未到而境先到矣。）（甲辰本夹批：应知此非伤感，来还"甘露水"也。）

画线部分的蒙王府本侧批是说：全书黛玉为宝玉流泪的总根源，总超不出袭人所总结的这两句话：一是宝玉行为乖张，二是黛玉太过敏感。想必是说：宝玉秉性乖张而常会受父亲责打，黛玉心疼他便会为他流泪；或是说宝玉举止轻佻，惹得爱专一、敏感多心的黛玉为他表面上的"移情别恋"而捻酸吃醋（实则宝玉心中只爱她一个，但他生性喜聚而平等博爱，所以看上去便和所有的姐妹都很亲近）。总之，袭人的意思是说：若是为了宝玉这种狂病（痴狂本性）伤感，那恐怕是伤感不完的。

蒙王府本侧批言"后百十回"黛玉为宝玉流的眼泪总超不出上面那两句话，再加上前文所讨论的两条批语（即第42回那条"似乎"在说"第38回是全书三分之一有余"的回前批，第21回那条"似乎"在说"八十回后只有卅回"的回前批），则此第3回之批"似乎"也"白纸黑字、一目了然"地点明了《红楼梦》全书仅有110回。

其实这第3回之批与今本后四十回毫不矛盾。因为：后四十回中黛玉为宝玉泪尽而亡虽然写在第97回"林黛玉焚稿断痴情、薛宝钗出闺成大礼"与第98回"苦绛珠魂归离恨天、病神瑛泪洒相思地"这两回；但第108回"强欢笑蘅芜庆生辰、死缠绵潇湘闻鬼哭"又写宝玉坚持重游潇湘馆、而在潇湘馆门口再度听到黛玉灵魂在潇湘馆哭泣，此后就再也没有写到黛玉哭泣。换句话说，第108回是全书林黛玉的最后一场哭，也是她一生最后一次还泪给宝玉。

之后的第116回"得通灵幻境悟仙缘、送慈柩故乡全孝道"，写宝玉得玉后再度昏死过去，在昏迷中重历"警幻仙境"，从看护仙草的仙女口中得知"绛珠

处处写出"金玉良缘"即便当事人宝钗要避开、宝玉想拆散，却也纹丝不动；而自由恋爱的"木石前盟"却自毁，从而表达出人世间命定（即命中注定）的无奈。我们不要苛责作者思想的保守和落后，他就是封建社会的人，他的思想就是旧思想，并没有后世人赋予他的全新思维。

草"的来历，大胆断言此仙女口中的主人"潇湘妃子"便是她的林妹妹，因为林黛玉在人间号称"潇湘妃子"，天界中依然用此称号者，自然只可能是林黛玉、而不可能是别人。今详引其文如下：

> （宝玉）便施礼道："我找鸳鸯姐姐，误入仙境，恕我冒昧之罪。请问神仙姐姐：这里是何地方？怎么我鸳鸯姐姐到此？①还说是林妹妹叫我？望乞明示。"那人道："谁知你的姐姐妹妹？我是看管仙草的，不许凡人在此逗留。"宝玉欲待要出来，又舍不得，只得央告道："神仙姐姐既是那管理仙草的，必然是花神姐姐了。但不知这草有何好处？"那仙女道："你要知道这草，说起来话长着呢。那草本在灵河岸上，名曰'绛珠草'。因那时萎败，幸得一个神瑛侍者日以甘露灌溉，得以长生。后来降凡历劫，还报了灌溉之恩，今返归真境。所以警幻仙子命我看管，不令蜂缠、蝶恋。"宝玉听了不解，一心疑定必是遇见了花神了，今日断不可当面错过，便问："管这草的是神仙姐姐了。还有无数名花，必有专管的，我也不敢烦问，只有看管芙蓉花的是哪位神仙？"那仙女道："我却不知，除是我主人方晓。"宝玉便问道："姐姐的主人是谁？"那仙女道：<u>"我主人是潇湘妃子。"</u>宝玉听道："是了，你不知道，<u>这位妃子就是我的表妹林黛玉。</u>"

作者其实是借这段文字告诉大家：林黛玉第108回最后一次还泪后，便重返天宫成了潇湘妃子。即：第108回时，黛玉之灵仍在院中，因恨宝玉而从来都不和宝玉在梦中相见②，第108回还完最后一次泪后方才缘尽归真③，由于魂返天堂，所以宝玉从此也就不能够再度梦到黛玉了。换句话说，黛玉只可能哭到第108回，此后便宿缘已了而再无流泪之事，因此，第3回批语所谓的"后百十回黛玉之泪"，说的便是黛玉之泪流到后文的第110回，而不是说全书只有110回。

第108回写宝玉听得潇湘馆中黛玉哭泣，于是大声哭喊着说出如下这番话来："林妹妹，林妹妹！好好儿的，是我害了你了！你别怨我，只是父母作主，并不是我负心！"这等于回答了第98回黛玉临终时未曾说完的下文，即众人"猛听黛玉直声叫道：'宝玉！宝玉！你好——'说到'好'字，便浑身冷汗，不作声了。"第108回便照应了第98回之文，点明黛玉临终是怨宝玉"好负心！"

黛玉临终时的场景和说的话，早已在第98回宝玉第一次哭灵时，借紫鹃之

---

① 指：我家的鸳鸯为何会到此地来了？

② 黛玉仅在第98回死的当晚托梦给宝玉，即宝玉第二天对贾母笑道："我昨日晚上看见林妹妹来了，她说要回南去。我想没人留的住，还得老太太给我留一留她。"所谓"回南"即回"太虚幻境"，因宝玉留她，所以黛玉仍待在园中，等的就是宝玉来潇湘馆当面哭诉衷肠。

③ 黛玉之所以死后魂灵还在园中哭泣，便是因为她还没有听到宝玉亲口对她解释自己为何娶宝钗而负心。现在既然已听到宝玉向她哭诉衷肠说："你别怨我，只是父母作主，并不是我负心"，心得安慰，于是再无牵挂而魂返天界，自然也就不会再哭了。所以黛玉应当是在第108回宝玉说出"并不是我负心"这六个字时泪尽还天。难怪第109回宝玉力求做梦而梦不到黛玉，因为黛玉魂魄已经还天，再也不在园子中了。

口说给宝玉听过了①，由于"心有灵犀一点通"，宝玉深知黛玉临终前深怨他但未说出口的话是什么，所以在这第二次哭灵时，急忙告慰黛玉的在天之灵说"并不是我负心"，相当于当面回答了黛玉临终时对自己所作的质问。

第108回相当于两人在人间的最后一次见面（当然是灵与人的会面，而非人与人的见面），从而完成两人在人间的宿缘。下来便是贾母派人叫回宝玉，斥责袭人："怎么可以带宝玉入园？万一撞了邪怎么办？"再下来便是上文所说的第109回"候芳魂五儿承错爱、还孽债迎女返真元"，薛宝钗借词含讽谏，称黛玉成了仙，不会再到凡间来了，这其实是作者向读者宣告：黛玉因为听到了宝玉"未负心"的告白，灵魂得到安慰，宿缘已了，可以了无牵挂地飞升仙界了。所以，当晚及次晚宝玉想在梦中和黛玉相会，而黛玉之魂两晚都没来入梦，更加证明她的魂魄早已不在园中。因为作者很相信死后灵魂来入梦之事，如第13回秦可卿刚死，便来托梦给王熙凤交代家族后事。若此时黛玉魂在园中，当来入梦；之所以之前不来入梦，那是因为黛玉深恨宝玉负心，不愿相见②；如今既然已知宝玉身不由己、实未负心，则宝玉现在求她梦中相会一面，按照常情，黛玉之魂若在园中自当来见，现在既然没来入梦，当是其魂已不在园中的缘故。

正如第21回脂批的"后卅回"不指八十回后有三十回，而指八十回后的第三十回也即第110回；此第3回批语"后百十回黛玉之泪"所言的"后卅回"，同样也是指八十回后的第三十回也即第110回。

（二）第3回脂批所言黛玉还泪结束于第110回，与今本后四十回黛玉止哭于第108回高度吻合

第3回脂批所言，实指黛玉还泪要还到"后之第卅回"也即第110回，而程高本正好就还泪还到第110回之前不远的第108回，这不是一般的巧合，而是恰可证明"今本后四十回与脂砚斋所读到的曹雪芹原稿相一致"的铁证。

由于程伟元、高鹗找到的是残本，其前缺了两回③，所以便把第110回拆为第109、110两回，并把此回开头的"宝玉听到黛玉魂在哭泣"一节移入更前一回之尾。换句话说，第108回"死缠绵潇湘闻鬼哭"当在原稿的第110回开头；当然，也有可能是在原稿第109回的回末，但我们认为这种可能性不大，因为第108回"死缠绵潇湘闻鬼哭"篇幅很短，仅1280字，而第108回共有5872

---

① 其文曰："独是宝玉必要叫紫鹃来见，问明'姑娘临死有何话说？'紫鹃本来深恨宝玉，见如此，心里已回过来些，又见贾母、王夫人都在这里，不敢洒落宝玉，便将林姑娘怎么复病，怎么烧毁帕子，焚化诗稿，并将临死说的话，一一的都告诉了。宝玉又哭得气噎喉干。""复病"指黛玉因想嫁宝玉的心事，身体时好时坏而又病了。
② 今按：第98回林黛玉刚死时是来见过宝玉，即上引次日宝玉笑着对贾母说："我昨日晚上看见林妹妹来了，她说要回南去，我想没人留的住，还得老太太给我留一留她。"但这只是例行公事般的告辞，所以梦中相见时也只说上一两句寒暄话，其时宝玉尚不知黛玉已死，两人根本就说不到宝玉是否寡情负心的话上去。换句话说，此梦之后，黛玉依旧不知宝玉是否负心。根据此后黛玉魂在园中而不来入梦，可见她一直认为宝玉负心，所以不愿来见宝玉。
③ 其前仅缺两回，下文"（四）"有详考。

字，这段情节仅占其五分之一，不像是与该回上半回对峙构思而来的下半回，完全有可能是原稿第 110 回的开头，而高鹗将其分入前一回之尾。而且从情节上看，这段"宝玉哭灵而黛玉最后还泪"的情节，也与下来第 109 回"薛宝钗借词讽谏"劝宝玉莫再思念黛玉浑然一体，应当写在原稿的第 110 回开头为宜。

以上分析如果正确的话，则原稿的第 110 回先写到"宝玉再次哭灵而黛玉最后还泪"，然后写"宝钗借词含讽谏"，然后又写"五儿承错爱而劝宝玉好好珍惜宝钗，促成宝玉、宝钗二人次日夜里同房得子"等一系列重大情节，所以给批书人留下极其深刻的印象，难怪批书人在评点第 3 回"宝黛初次相见黛玉便为宝玉还泪"、第 21 回"袭人规劝宝玉"这两大情节时，都要点到这第 110 回，分别将其称之为"后百十回"、"后卅回"。

即便真的是上文所说的第二种情况，即"死缠绵潇湘闻鬼哭"在原稿第 110 回前一回的第 109 回之尾，批者举成数而称之为"第一百十回（后百十回）"也是不违常理的。

（三）曹雪芹创作时一回写到两回体量并非孤例

今再结合第 21 回回前批所揭明的第 110 回的回目"薛宝钗借词含讽谏、王熙凤知命强英雄"，可知原稿第 110 回的内容极其丰富：上半回由宝玉吊黛玉之灵而念念不忘林黛玉，写到宝钗"借词含讽谏"劝其忘却黛玉而直面现实、善待人生，接着又写宝玉妄想在梦中与黛玉相会而不果，遂移情于面前长得极像晴雯的俏丫环五儿、而受五儿点拨，次晚与宝钗同房而得子；然后下半回又写贾母临终交代后事而离世，王熙凤以为贾母丧事容易操办而逞强承办，结果因"巧妇难为无米之炊"而活生生被气得晕死过去，种下早夭病根，加速其后文（今本第 114 回）的羞愧而死。

或有人说：原稿第 110 回有如此众多的内容，相当于今本两回多的文字合为一回（即第 108 回末、第 109 回、第 110 回这三者合为一回），其文字总数多达 14772 字（从"宝玉也不进去，只见看园门的两个婆子坐在门槛上说话儿"起，到第 110 回结束为止），未免过多。

今按《红楼梦》前八十回约 500979 字，平均每回约 6262 字，最多的是第 19 回 7575 字，其次是第三回 7257 字，今 14772 字相当于两回，的确过多了。

但庚辰本、己卯本录自作者定稿之本（第五稿），其第 17 至 18 回未分回，两书回目皆作"第十七至十八回：大观园试才题对额，荣国府归省庆元宵"，两书回前皆有总批："此回宜分二回方妥。"下一回己卯本作"第十九回：情切切良宵花解语，意绵绵静日玉生香"，庚辰本虽无回目，但题作"第十九回"而回目空缺，也证明庚辰本原稿此为第 19 回而非第 18 回，则作者定稿时仍把其前的第 17、18 回统拟一个回目。

细思其缘由，当是作者原本就把这两回的内容统一结合起来构思，只打算写成一回，没想到放手一写，就把这一回写到了 13273 字之巨，所以不得不因字数的原因而把这一回拆分成两回，但又不愿意割裂其内容所体现出来的原有构思，于是仍把这两回的回目统一拟就（为的就是不割裂自己原有的创作思路），计算回数时则算作两回。

到戚序本、蒙王府本手中时，整理者方才将其分作两回，回目分别拟作第17回"大观园试才题对额、怡红院迷路探曲折"，第18回"庆元宵贾元春归省、助情人林黛玉传诗"，所拟的两个回目在形式上都未能做到工整对仗，在内容上也无法做到对等呼应，一看就知道不是作者曹雪芹亲笔拟就，乃是后人为分回而强拟的回目，不识作者不分回的创作苦心，同时也湮灭了作者不分回的原有构思和创作旨趣。（今按：作者为此两回统一拟就的回目，其第17回"大观园试才题对额"是春游记，以陆路游园为主；第18回"荣国府归省庆元宵"是年初的冬游记，既有水路游园，也有陆路游园，两者从内容上看也正相对照。从回目的文字来看：名词对名词，即"大观园"对"荣国府"；动词短语对动词短语，即"试才"对"归省"；动宾结构对动宾结构，即"题对额"对"庆元宵"，形式上也比较工稳。）

今统计其字数：第17回有6248字，第18回有7031字，两者相加共13273字，与上文所说的原稿第110回14772字相差不远，可证今本108回末至第110回视为曹雪芹原稿的第110回，是有第17、第18两回的先例可循，并非笔者乱拍脑袋的臆说。

同理，庚辰本第79回"薛文龙悔娶河东狮、贾迎春误嫁中山狼"与第80回虽然分回，但第80回尚未拟就回目。列藏本这两回正文更是连在一起而不分回，即庚辰本所作的"我们姑娘的学问连我们姨老爷时常还夸呢。<u>欲明后事，且见下回。第八十回</u>：话说金桂听了将脖项一扭"，其画线部分列藏本没有而并作一回，既不分回、且不分段。

而庚辰本虽然已经分回，但正如上文画线部分所引，其第80回尚无回目，只写作"第八十回"四个字。甲辰本、梦稿本第80回回目作"美香菱屈受贪夫棒、丑道士胡诌妒妇方"（梦稿本"丑道士"作"王道士"），而蒙王府本、戚序本回目作"懦弱迎春肠回九曲、姣怯香菱病入膏肓"，两种回目并不统一，显非出自作者原稿，当是后人各自所拟，故不统一。

又庚辰本第79回"池塘一夜秋风冷"诗上有一条夹批："此回题上半截是'悔娶河东①狮'，今却偏连②'中山狼③'倒装，业④下、情上、细⑤腻写来，可见迎春是书中正传，阿⑥呆夫妻是副，宾⑦主次序严肃之至。其婚娶⑧俗礼一概不及，只用宝玉⑨一人过去，正是书中之大旨①。"

---

① 四字原误"灰聚向秉"，乃形近而误，故据此回回目"薛文龙悔娶河东狮"径改。
② 此字有校改作"逢"者，恐非，故不改。
③ 此字原误"狼"，乃形近而误，故据此回回目"贾迎春误嫁中山狼"径改。
④ 业，与下文"情"字相对，故知此字即通"孽"字。
⑤ 此处原有一"下"字，当是衍文，径删。
⑥ 阿，原误"何"，乃形近而误，故据意径改。
⑦ 此字原误"殡"，乃音近而误，故径改。
⑧ 此字原误"聚"，乃形近而误，故径改。
⑨ 此处原衍一"玉"字，据意径删。

这条脂批说的是：其回题"薛文龙悔娶河东狮、贾迎春误嫁中山狼"是先薛蟠娶，再迎春嫁。而第79回的正文先写迎春即将嫁人事，再述薛蟠娶妻事；第80回的正文承接第79回之文述完薛蟠娶妻事后，再述迎春嫁人而遇恶夫事。唯有两回合在一起，方才是先薛蟠娶、再迎春嫁，而与回题"先薛蟠、再迎春"的顺序相同而不倒装[②]；如果单从第79回来看，却是先迎春、再薛蟠而与回题相反，也即批语所谓的"倒装"。因此，回题的"先薛蟠、再迎春"，其实也能证明这两回文字当如列藏本一样连在一起，作者是为这两回文字共同起一个回题。

又上引批语是说：按照回题当先写"薛蟠娶亲事"，今却先写"迎春欲嫁人"，这是因为"情"比"孽"要高一等。即作者在全书最后一回中，当把迎春归入"情榜"，而把薛蟠、夏金桂（"阿呆夫妻"）归入"孽榜"，"情"榜中人（迎春）自然要比"孽榜"中人（薛蟠、夏金桂）高贵，所以即便在先写薛蟠的第79回中，仍然要先写迎春一笔来作为引子，因为情正而孽副。

正因为此，这两回虽然薛蟠之事的文字居先、且多，但批者仍认为"宾主"当有区别性的对待，即"情主而孽宾"，也即薛蟠为宾、迎春为主。正因为薛蟠为宾、迎春为主，所以即便这两回按照回目所拟的顺序要先写薛蟠、再写迎春，但在第79回这一回中，仍然要违反回目所定的顺序而先提迎春一笔，然后再开始叙述薛蟠之事，以示作者"情尊而孽卑"的创作之旨。

又庚辰本第80回正文"薛蟠亦无别法，惟日夜悔恨不该娶这'搅家星'罢了，都是一时没了主意"句，庚辰本有夹批："补足本题。"庚辰本第80回并无回题，此处所说的"本题"显然是指第79回回目中的"悔娶"两字，这更加可以证明这两回作者曹雪芹只共同拟就一个回目。

庚辰本和列藏本显然都录自曹雪芹的原稿，由此可见，作者原本也是把这两回合在一起构思创作，后来放手一写下来，因为字数实在太多（第79回4088字，第80回5797字，总计9885字，将近一万字），所以编目时便分作两回。但作者又不愿割裂自己原有的创作构思，所以这两回的回题也不打算改拟，从而导致这两回文字仍然共享一个回题。

这么写的原因当是：曹雪芹创作原稿时，上述情节原本只想构思成一回，不打算分回，没想到放手一写，居然写成了近万字体量。编目分卷时，看到此卷体量过大，所以打算分作两回，但又不愿意为其分拟两个回目，以免割裂原有的创作构思，所以此回宜同第17、18回一样，视作"第七十九至第八十回"。

---

① 此字原误"吉"，乃形近而误，故径改。

② 第79回虽然先写迎春欲嫁人，第79、80回相合后，好像是先迎春欲嫁人、再薛蟠娶妻、再迎春嫁人，似乎仅与回题"先薛蟠、再迎春"倒装。但请千万记住："欲嫁人"与"嫁人"是两回事，第79回虽然先写迎春，但却是"迎春即将嫁人"而非"迎春出嫁事"，迎春出嫁在第80回的后半回。而且从内容上说，迎春欲嫁人篇幅极短，与后两者"薛蟠娶妻、迎春嫁人"不相对等，而回目是根据回内主要情节来起的，所以，第79、80回合在一起后，其主要情节是先薛蟠娶妻、再迎春嫁人，和回题"先薛蟠娶、再迎春嫁"相合而不倒装，如果单从第79回来看的话，先迎春欲嫁人、再薛蟠娶妻，与回题便是倒装而不相合。

"中国艺术研究院红楼梦研究所"影印列藏本时所作的序言，论述列藏本这两回不分回的原因甚恰："至于七十九、八十回两回未分开这一情况，为各本所无，至今还是《石头记》钞本中仅见之现象。大家知道，曹雪芹当年创作《石头记》，并不是按回目逐回撰写的，而是下笔一气写出好多文字，然后'纂成目录，分出章回'，因此这未分章回、未纂目录的本子，自然绝大可能是早期的本子（指其所据底本而言）。检之'庚辰本'，这两回已经分开，只是八十回尚无回目，则可见'庚辰本'这两回又似乎当晚于此钞本。由此可以想象，此钞本底本的若干部份，应是早于'庚辰本'（这部份所占比重不大，现在还只能确指七十九、八十回），而其余部份，则当晚于'庚辰本'。也即是说，此本在钞写之时，所借底本，有可能不是一个来源，而是借用几种钞本合成的，否则就难以解释以上这种矛盾现象。"其实，据本书"第二章、第八节"所论来看，脂砚斋甲戌年所批之本是第五稿，此列藏本也出自脂砚斋甲戌评本的系统，所以可以确定其为第五稿。即曹雪芹第五稿的第17第18回、第79第80回均合为一回，并不存在列藏本第79、80未分回为较早一稿的情况；至于诸本分了回，不过是后来抄录者所做的编辑处理罢了。

总之，通过上述两例（第17第18回、第79第80回均合为一回），我们便可以看出：曹雪芹创作时最初只拟写一回，因兴之所至而放手写成两回体量，这是创作时极其正常不过的事，我们在这儿所讨论的第110回同样如此。

脂砚斋所见到的后四十回肯定是曹雪芹非常早的原稿[1]，未经后人像第17第18回、第79第80回那样分回，所以上文所言的判断——程伟元、高鹗找到的曹雪芹后四十回原稿[2]中的第110回共有14772字——是合乎情理的。

（四）今本黛玉还泪结束于第108回乃高鹗匀残稿为四十回所致

上已言"高鹗找到的曹雪芹较早的原稿中的第110回共有14772字"是合乎情理的。此第110回乃两回体量而未分回，正如庚辰本、己卯本录自作者定稿，其第17、第18回在作者定稿时仍作为一回合在一起，今本虽然分作两回而回目显非作者所拟，则其拆分为两回显乃后人所为。又如列藏本第79、第80回作者定稿时仍连在一起，庚辰本所录虽已分回、但仍只题一个回目，当是抄书者所为而非较后一稿。由此可知，作者原稿的确有"把一回写成两回体量而不分回、但编目时算作两回"的情况存在。所以，此处的第110回"薛宝钗借词含讽谏、王熙凤知命强英雄"完全也可能像第17第18回、第79第80回那样，是作者所写的具有两回体量的巨回而未分回，只不过编目时算成了两回。

我们又考虑到今天脂本皆十回一卷[3]，此回若编目时算作两回便当跨卷，这恐怕就不合理了。由此可知：此回虽然写成两回体量，但因其处于卷末，所以

---

① 据本书"第二章、第八节"考，是曹雪芹五次改稿中的第一稿。
② 据本书"第二章、第八节"考，程伟元、高鹗所找到的后四十回稿，其实就是脂砚斋第一次作批时的曹雪芹五次改稿中的第一稿。
③ 见庚辰本十回一编目，每十回为一册。

仍把此回编作一回，不像第 17 第 18 回、第 79 第 80 回那样虽未分回而编目时仍计为两回。即：原稿既未将此第 110 回分回，而且还不把它算作两回来编目；换句话说，原稿编目时并未将此第 110 回算作第 110、111 两回，更未像今本后四十回那样分作第 109、110 两回。因为脂批征引此回时称之为"后之卅回（第 110 回）"，而不称之为"后之廿九回（第 109 回）"，由脂批称之为"后之卅回"，故可知此"薛宝钗借词含讽谏、王熙凤知命强英雄"在曹雪芹原稿中的第 110 回，而非第 110、111 两回，更非今本后四十回所作的第 109、110 两回。至于今本程高本排在第 109、110 两回，那是因为他们收集到的后四十回残稿其前缺了两回、而将此回向前匀成两回所致。

今按，程伟元《红楼梦序》称其先收集到《红楼梦》八十回之后的二十余回，后来又在鼓担上获得十余回，相加起来共有三十余回。今据全书字数来统计，前八十回共约 500979 字，平均每回 6262 字，以此比例来计算，则后四十回本当有 250490 字，今程高本后四十回约 234990 字，平均每回 5875 字，两相比较，可知今本后四十回比之短少了 15500 字，以前八十回平均每回 6262 字计，则共少了 2.5 回，可证高鹗所找到的本子残缺并不多。又由脂批所见第 110 回情节仍在今本 110 回左右，又可证明程伟元、高鹗两人所找到的本子，第 110 回前残缺数与第 110 回后的残缺数大致相当，故三十余回匀成四十回后，第 110 回仍在原处附近。

今据脂批可知今本后四十回所没有、也即缺失的情节不过四处：

一是史湘云与卫若兰因金麒麟而缔结姻缘的"射圃"一回（本章第三节"四"有详论），由于第 99 回提到"史湘云因史侯回京，也接了家去了，又有了出嫁的日子，所以不大常来"，可证卫若兰"射圃"一回的文字必定要在第 99 回之前。

二是脂批："狱神庙红玉、茜雪一大回文字惜迷失无稿"、"与'狱神庙慰宝玉'等五六稿，被借阅者迷失"、"此系未见'抄没'、'狱神庙'诸事，故有是批。丁亥夏。畸笏"，这三条脂批本章第三节"五"有详论，由这三条脂批便可知今本第 105 回"抄家"情节前后一两回中缺了"狱神庙慰宝玉"那一大回。

以上二者都在第 110 回前。

三是脂批提道："以此一句留与下部后数十回'寒冬噎酸虀，雪夜围破毡'等处对看。"这条脂批本章第三节"七"有详论，显然是宝玉出家后，与一僧一道云游时的处境。而今本后四十回宝玉出家于"秋闱乡试"后，第 120 回宝玉又是在大雪中拜别父亲，则此"寒冬噎酸虀，雪夜围破毡"正是"乡试出家"后、"雪中别父"前的情形。后四十回一个字都没提到宝玉出家后如何由"锦衣玉食的富贵公子的生活"，向"适应酸虀、破毡的乞丐生涯"转变的过程，这显然就是后四十回乃残本而非续书的缘故。（如果后四十回是续书，必定会根据脂批的这一提示，或据全书 120 回目中有此回目，大张其笔地来续写这一情节；正因为后四十回不是续书而是原书的残稿，所以才会把脂批或目录所标明的后四十回中必定要写的这一情节给付之阙如。）

四是脂批提到全书最末尾有"警幻情榜"。

以上二者都在第110回后。

脂批所提到的迷失的五六稿（五六回）①中包括"花袭人有始有终"而今本不缺，即今本第120回袭人出嫁事，这便是程伟元千方百计搜集到了脂砚斋所未能看到的稿子。（即曹雪芹不光把自己创作过程中的前四稿中的第一稿 120回给脂砚斋抄录作评，也会把这四稿中的120回给另外几个至为亲密的朋友抄录传阅。所以脂砚斋未能看到者，曹雪芹的其他至亲密友处可能会有。）

脂批又言"后文方有'悬崖撒手'一回"，"叹不得见玉兄'悬崖撒手'文字为恨"，则脂砚斋所残缺的五六回中还当包括全书末尾的"悬崖撒手"那一回，而今本也找到了，即今本第120回"我所游兮，鸿蒙太空。谁与我逝兮，吾谁与从？渺渺、茫茫兮，归彼大荒"情节。唯有脂批所提到的末回"警幻情榜"程高本也没有。

而脂批所提到的迷失了的"抄没"情节今本也有，即今本第105回"抄家"情节。

总之，脂批所谓迷失的五六回中，程伟元、高鹗千方百计又找到了两回（即第105"抄家"回，第120"袭人出嫁"、"悬崖撒手"回文字），实则只缺110回之前的卫若兰"射圃"、"狱神庙慰宝玉"回，以及第110回后的"寒冬噎酸斋、雪夜围破毡"回，还有书末像放《封神榜》那般放一榜"警幻情榜"（其后当还附有"孽榜"）的情节，合计起来最多不超过两三回文字。因此，上面根据字数统计出后四十回仅缺2.5回是合理的。

今再按字数来统计：①第81回至第108回宝玉入园前的文字共158717字，以前八十回每回平均6262字计，相当于25.34回，即相当于25回。②第108回宝玉入园至第110回的文字（即原稿第110回）为14772字。③第111回至第120回文字为61501字，相当于前八十回的9.82回。

由此可见：第110回前缺得多，第110回后缺得少：①今本后四十回的第110回及其前共173489字，相当于前八十回的27.7回即28回，可见第110回前当缺2回左右。②今本后四十回的第110回后，相当于前八十回的9.82回，由于总共缺了2.5回，故可知第110回后当缺0.5回左右。【注意：每回字数原本就多寡不定，上面的估算值会与真相略有出入，这也在情理之中。而且统计时总回数越多则越符合平均值，总回数越少则误差越大，第110回前有三十回，第110回后仅十回，故第110回回前比回后，可能要更接近真实情况一些。】

又上文估计出程伟元、高鹗所找到的本子第110回前与第110回后残缺的回数大致相当。今又据字数推定第110回前当缺了2回左右（即"射圃"、"狱神庙"回），第110回后当缺0.5回左右（即"酸斋破毡"、"警幻情榜"回），第110回前是2回而第110回后是0.5回，大体相差也不大。【同样要注意：每

---

① 见第20回脂批："茜雪至'狱神庙'方显正文。袭人正文标目曰'花袭人有始有终'，余只见有一次誊清时，与'狱神庙慰宝玉'等五六稿被借阅者迷失，叹叹！"

回字数原本就多寡不定。统计时，总回数越多则越符合平均值，总回数越少则误差越大：第 110 回前有三十回，第 110 回后仅十回，故第 110 回回前比回后要更接近真实情况。】

高鹗因第 110 回前缺了两回，遂将多达两回体量的第 110 回分成第 109、第 110 回两回，于是能补上一回之空缺，又将第 110 回前的 27 回文字（即原稿第 81 至 109 回这廿九回文字而缺了两回）想办法匀成 28 回（即今本的第 81 至 108 回），由原稿第 110 回前半回分出来的第 109 回也往前贡献了一点，即原稿第 110 回开头"宝玉哭灵"①那段 1280 字的文字，匀入到前一回第 108 回的回末。

总之，程高本后四十回中第 110 回之前当缺了两回左右的文字，而第 110 回之后当缺半回文字，整个后四十回一共缺了两回半左右的文字。所缺的除"酸斋、破毡"外，其余均为脂批所言的迷失之稿（即：卫若兰射圃、狱神庙慰宝玉、警幻情榜），的确可以说是"寻找无门、回天乏力"了②。程高本没有这些情节，恰可证明程高本后四十回就是曹雪芹的残稿，是原稿而非续作。（后四十回如果是续作，续作者肯定会根据脂批的提示来杜撰上述情节；今本后四十回没有，恰可证明程伟元、高鹗非常实在，后四十回乃他俩收集到的原稿，而非高鹗或其他无名氏所作的续书。）

（五）第 110 回作者原本就未分回之再探（即其另两种分回可能性的排除）

以上只分析了一种分回可能，即：第 110 回虽有两回大小的体量，完全可以在编目时分作两回，即题作"第一百十至一百十一回：薛宝钗借词含讽谏、王熙凤知命强英雄"，但由于此回在卷末（一卷十回），不宜跨卷，所以作者不得不在编目时仍将其作为一回，即此回题作"第一百十回：薛宝钗借词含讽谏、王熙凤知命强英雄"，其后之回题作"第一百十一回"而非"第一百十二回"。

当然也还有另一种可能存在，即此回原本就在第 109 回，编目时分作两回，即"第一百九至一百十回：薛宝钗借词含讽谏、王熙凤知命强英雄"。第 3 回侧批谈到黛玉最后一次还泪情节时，称之为"后之第一百十回"；第 21 回回前批称此回为"后之（第）卅回"，都是因为此回跨"一百九"与"一百十回"两回的缘故，所以可以称作"后之第一百十回"、"后之（第）卅回"，而不称作"后之第一百九回"、"后之第廿九回"。由于高鹗收集到的稿本其前有缺回，高鹗匀成四十回时，便将其开头的黛玉最后还泪情节移到上回的第 108 回中。

今按，此说之弊在于：如果作者题回目为"第一百九至一百十回：薛宝钗借词含讽谏、王熙凤知命强英雄"，则称引者只会根据回首之字称之为"后百九回"、"后廿九回"，一般不会称之为"后百十回"、"后卅回"。当然，根据成数

---

① 即宝玉入大观园，在潇湘馆门前第二次哭灵，向黛玉哭诉自己未负心。
② 程伟元、高鹗能找到脂砚斋所未见到的"抄家"、"花袭人有始有终"、"悬崖撒手"这三大段文字已令后人极度感动了，证明他俩的确已倾尽全力。所以"卫若兰射圃、狱神庙慰宝玉、警幻情榜"及"酸斋破毡"这四大段情节未能找到，当可确信乃人间真已找不到的缘故。

言其为"后百十回"、"后卅回"也可成立，但未免牵强，不如前说豁达显明。

当然还存在第三种可能，即此回原本在第110回，编目时分作两回，即"第一百十至一百十一回：薛宝钗借词含讽谏、王熙凤知命强英雄"，高鹗收集到的稿子其前缺了两回，所以把此回移前一回，又将其前诸回匀出一回，遂将本回开头的黛玉最后还泪的1280字情节移到上回第108回中。

今按，此说之弊在于：一者，作者十回为一卷，此回分作第110、第111回已跨卷，既然跨卷，断然是要为第111回重拟回目，即这两回文字便不当再共有同一个回题；而第21回回前批显然是在说这两回只有一个回题，即"薛宝钗借词含讽谏、王熙凤知命强英雄"，据此便可知此说当非。而且高鹗因其前有缺而将此回往前挪了一回，是将第110回前的空缺交给110回后的文字来匀补。我们都知道，后四十回第110回前共有三十回，而第110回后仅有十回；以十回文字来匀补三十回所缺的那一回，显然没有让三十回文字本身匀补来得自然得体，所以此说当非。

综上所述，仍当以第一说最为合理，即：第110回是与第21回对照起来构思的整部书中至为关键之回。作者曹雪芹像写大观园的第17第18回那般，倾注其满腔心血来写成这第110回，所以此回长达两回体量（达1.4万字之巨）。编目时原本应当像第17第18回、第79第80回那样算作两回，但因跨卷而必须为分出之回重拟回目，而作者又不愿因分卷分回割裂原有的创作构思，所以拒绝将此回做分卷、分回的处理，此回遂以1.4万字体量独居一回。

后人（高鹗）因其体量过大，其前又正好缺了两回（详上），便把此回分作两回而各拟回目。于是，像第17第18回的情况那样，作者原本拟就的极具作者精神风格的回目"大观园试才题对额、荣国府归省庆元宵"反倒消失，而后人拟就的境界远逊于作者的、毫无个性的回目"大观园试才题对额、怡红院迷路探曲折"，"庆元宵贾元春归省、助情人林黛玉传诗"反倒流传了下来（指画线部分。未画线部分仍是作者曹雪芹原来所拟）。

此回亦然，作者原拟的极富作者精神格局的回目"薛宝钗借词含讽谏、王熙凤知命强英雄"消失，而高鹗补缀串连后四十回稿子时拟就的、境界远逊于作者的回目"候芳魂五儿承错爱、还孽债迎女返真元"，"史太君寿终归地府、王凤姐力诎失人心"却流传了下来。幸亏脂批点及，方使作者为这"一回占两回体量"的、全书至为关键的文字所拟就的、能代表作者独特个性的回目"薛宝钗借词含讽谏、王熙凤知命强英雄"得以流传在人间。

作者在创作与分回问题上的独特个性便在于：曹雪芹认为，创作时千万不可以搞"形式主义"，应当允许作品构思时的分回与实际编目时的分回有所差异。构思时的长回，编目时即便分作两回，但其回目仍可服从创作构思时的需要而统一拟就，似分而实未分；分回拟目时，大可不必搞形式主义、为统一构思的两回分别拟回目。

这与作者为了充分体现自己创作构思时的原有思路、而"回避难点、虽写而实未写"的一贯作风①相一致。今天《红楼梦》的整理本全都依从后人分回的回目（指第 17 第 18 回、第 79 第 80 回），恰是不理解作者个性与才气的庸俗之举。

四、以上三条脂批的研究结论：今本后四十回乃曹雪芹原稿

通过上面多角度的阐述和分析，我们便可明白第 3 回蒙王府本侧批言"后百十回黛玉之泪，总不能出此二语"，不是说《红楼梦》八十回后只有三十回，其当与第 21 回的回前批一样，都是在说八十回后的第三十回也即第 110 回。其所说的黛玉最后还泪的情节，恰巧就在今本后四十回的第 108 回，与第 110 回相去不远，这便能证明：脂砚斋批《红楼梦》时所读到的八十回以后的文字，与我们今天所读到的程高本后四十回保持高度一致。这就极有力地证明：今本《红楼梦》后四十回乃曹雪芹的原稿。

通过上述一连三条脂批的详细论证，我们便可以得出如下的结论：

①第 42 回这条脂批恰可证明：曹雪芹原稿即 120 回，其八十回以后有四十回。

②第 21、第 3 回这两条脂批恰可证明：脂砚斋所读到的后四十回的情节，与我们今天所读到的程高本后四十回的情节相一致。

③诚如程伟元、高鹗《红楼梦序》中所言，后四十回是他们所搜集到的三十几回残稿匀成四十回，所以原书的第 110 回被拆成今本后四十回中的第 108 回末、及第 109 第 110 两回。

④至于脂批所言的情节今本后四十回未见者，乃是残去几回的缘故，不足以否定"脂批所见的后四十回与今本后四十回相一致"的结论。

笔者下来还将对所有前人认为与后四十回相矛盾的脂批，特别是俞平伯先生《红楼梦研究》书中"后三十回的红楼梦"一文所列举的、脂批与今本后四十回不合处做逐条驳正，又对周汝昌先生《红楼梦新证》第九章"脂砚斋批"所列举的、脂批与今本后四十回不合处做逐条驳正，最终得出的结论便是：今本后四十回没有一处违背脂批，两者保持高度一致；所谓的"不一致"，都是人们理解有误。笔者以自己诚实无欺之心来做此研究，誓无半句虚言！

---

① 即作者在空间上安排薛姨妈家住在"王夫人院"门口的空广场上，而不用改动原型的空间格局，见《宁荣府大观园图考》"第二章、第二节、二"；在时间上"拆年"而不破坏原型的时间格局，见《红楼时间人物谜案》"第二章、第二节"；在人物上把贾敬写成贾赦的影子，而不用大改原型的人物关系，见《红楼时间人物谜案》"第三章、第三节、三"。

第二节　今本后四十回与三条"似谈"袭人结局的
脂批辩证统一，并无违背之处

一、趁胜追击，证明所有脂批与后四十回相合

上文三条脂批所揭示的事实"脂砚斋所读到的后四十回与今本一致"，非常令人震惊，颠覆了学界的旧有认识。

此前主张"后四十回乃高鹗（或其他无名氏）续写"者，占据了学界主流，其根本原因便在于主张"后四十回乃曹雪芹原稿"者，无法证明"后四十回与脂批完全吻合"，甚而有人弥缝其间，认为：脂批所见到的后四十回是作者的定稿，今本所传的后四十回是曹雪芹的初稿，所以两者的情节会有差异。这就"授人以柄"，给主张"后四十回乃高鹗（或其他无名氏）续写"者以攻击的把柄。

以上三者或主张"后四十回高续"，或主张"后四十回曹著而与脂批不合"，或主张"今本后四十回为曹雪芹初稿，脂批所见的后四十回为曹雪芹定稿"。本书的观点与这三者全然不同，我们的观点便是："脂批所读到的后四十回与今本后四十回几乎完全一致，可能会有少量出入，乃是今本稍有残缺所致，不足以否定'今本后四十回与脂砚斋所见相一致'的结论。"

这是一个颠覆学界认知的非常令人震惊的观点。要想证明这一点，那就需要把所有脂批都拿出来，与今本后四十回加以对照，如果两者确无矛盾，方可坐实这一结论。而想要证明这一点，无疑就要迎难而上，以"置之死地而后生"的气概，来证明所有脂批揭示的后四十回情节线索，与今本后四十回完全一致。这是对上一节三条脂批所揭示事实的必要补充，使"脂批所见后四十回与今本后四十回完全一致"的结论，从只有三条脂批印证的孤证、寡证，走向多维证据而获得全面论证，唯有如此，方能使大众完全信服。

下面我们便"擒贼先擒王"，先辩证分析三条谈及袭人结局而与今本后四十回"似乎"严重不符的脂批，证明这三条所谓"谈及"袭人结局的脂批，其实根本就没在谈袭人结局，从而与今本后四十回袭人的结局没有任何矛盾。

然后我们再在下一节中，论证比之更易理解的其他脂批，从而证明"所有脂批都与今本后四十回辩证统一而无矛盾"的结论。

二、有三条脂批"似乎"与今本后四十回严重不符

经过比对，脂批与后四十回其实并无大的矛盾（详见本章第三节的论证），唯有谈到袭人结局的三条脂批，"似乎"证明袭人出嫁于宝玉出家之前；而今

本后四十回最末一回是写袭人紧跟在"宝玉出家"后出嫁。历来便都根据这三条谈及袭人结局的脂批，判定脂砚斋读到的后四十回与今本后四十回绝然不同，从而驳倒本书力图证明的"后四十回乃曹雪芹原著"的观点。

为了证明本书"后四十回乃曹雪芹原著"的结论，本节自然就要"首当其冲"地对这三条脂批做认真研析。这三条谈及袭人结局的脂批是：

①第20回己卯本批语："袭人出嫁之后，宝玉、宝钗身边还有一人，虽不及袭人周到，亦可免微嫌小弊等患，方不负宝钗之为人也。故袭人出嫁后，云'好歹留着麝月'一语，宝玉便依从此话。可见袭人虽去实未去也。"引文中"方不负宝钗之为人"是说麝月的品德堪与宝钗相配，也即"有其主必有其仆"的意思。这句脂批历来被用来证明袭人出嫁在宝玉出家之前。【又：此回"你既在这里，越发不用去了，咱们两个说话顽笑岂不好？"庚辰本侧批："全是袭人口气，所以后来代任。"此脂批只言麝月成为袭人的后任（袭人的身份相当于宝玉的姨娘，做其后任自然也就是当宝玉的姨娘了），由于这条脂批并未提到袭人出嫁是否在宝玉出家之前，与本书的观点不相矛盾，所以本节不单列此批做讨论。】

②第28回"蒋玉菡情赠茜香罗、薛宝钗羞笼红麝串"，庚辰本有回前批："茜香罗、红麝串写于一回，盖琪官虽系优人，后回与袭人供奉玉兄、宝卿[①]得同终始者，非泛泛之文也。"这条脂批更被用来证明蒋玉菡与花袭人结婚后，还一同供奉宝玉、宝钗夫妇到终老，这也就等于在说袭人出嫁于宝玉出家之前。因为：宝玉尚且要人供奉，而且还是和宝钗一同受人供奉，可证宝玉其时尚未出家；宝玉如果出家后受人供奉，则必定不能还和宝钗在一起。

③第21回"便权当他们死了，毫无牵挂，反能怡然自悦"，庚辰本夹批言："宝玉有此世人莫忍为之毒，故后文方有'悬崖撒手'一回。若他人得宝钗之妻、麝月之婢，岂能弃而为僧哉？"这条批语只提到麝月而没提到袭人，也似乎在说：宝玉出家时，袭人早已出嫁，麝月补了袭人之位而成为宝玉房中的大丫环（相当于姨娘）。

但真相绝非如此简单，因为脂砚斋很可能根本就没读到过"袭人出嫁"回乃至"宝玉出家"回，因此"袭人出嫁时劝宝玉好歹留着麝月"、"蒋玉菡与袭人婚后供养宝玉夫妇"这两件事便成了"无稽之谈"（即毫无根据的说法）。

况且袭人必定要在离开宝玉时，才会向宝玉交代要留着麝月；如果蒋玉菡与袭人婚后供养宝玉夫妇，则袭人尚且留在宝玉身边，又何必做这样的交代？因此，"交代留着麝月补位"与"袭人夫妇供养宝玉夫妇"其实是矛盾的。

当然，我们也可以理解为：袭人离开宝玉时有此交代，后来又迎宝玉夫妇入其家供养。但问题是，这种写法简直就不是作者本意。因为作者在前八十回中已经写明两点：

---

① 脂批称宝玉为"玉兄"，称宝钗为"宝卿"，称黛玉为"情情"或"颦颦"、"颦儿"。

一是第 20 回袭人说"八抬大轿"来娶她，她也不离开宝玉，回末脂砚斋据此批袭人有"痴忠"①，如果袭人在宝玉出家前已经出嫁，便是自食其言，其"痴忠"的形象便瞬间成伪，这不是圣人般的袭人②的所作所为。

二是宝玉说黛玉死了自己便要出家，宝玉又焉能也自食其言，与宝钗受人供养到终老？而且宝玉既然要人供养，则其家必已贫穷至极，到了这种地步，宝玉居然还这样忍辱苟且、留恋尘世而不出家，岂非大违他对黛玉发过的誓愿？由此可以断言："袭人出嫁于宝玉出家前"、"宝玉宝钗夫妇受人供养至终老"这两者绝非曹雪芹的本意。

一旦明白：①脂砚斋根本就没读到过"宝玉出家"乃至"袭人出嫁"回，②这三条批语其实都不是在说后四十回中的"袭人出嫁"事，③"上述脂批在说后四十回中袭人出嫁事"纯属后人误解脂批之意，我们便可知晓：上述三条脂批与今本后四十回实无矛盾！

三、脂砚斋当未读到过"袭人出嫁"这一回

第 20 回"芸雪出去，与昨日酥酪等事，唠唠叨叨说个不清"，庚辰本有眉批："芸雪至'狱神庙'方呈正文。袭人正文标目曰'花袭人有始有终'，余只见有一次誊清时，与'狱神庙慰宝玉'等五六稿被借阅者迷失，叹叹！丁亥夏。畸笏叟。"五六稿即五六回，可见"袭人出嫁"那一回，以及"狱神庙慰宝玉"等回，共计有五六回书稿，一同在乾隆三十二年丁亥年（1767）之前迷失掉了。

第 27 回小红说："只是跟着奶奶，我们也学些眉眼高低，出入上下，大小的事也得见识见识"，庚辰本有眉批："奸邪婢岂是'怡红'应答者？故即逐之。前良儿，后篆儿，便是确证。作者又不得可也。己卯冬夜。"庚辰本又有眉批："此系未见'抄没'、'狱神庙'诸事，故有是批。丁亥夏。畸笏。"可见脂砚斋乾隆二十四年己卯年（1759）作批时，尚未能读到"抄家"、"狱神庙慰宝玉"等回。

第一回"满纸荒唐言"诗甲戌本眉批："壬午除夕，书未成，芹为泪尽而逝。"据此可知曹雪芹卒于壬午年除夕（乾隆二十七年，1763 年初）。第 27 回的"己卯（乾隆二十四年 1759）冬夜"脂砚斋之批，批在曹雪芹逝世的壬午年之前；第 20 回、第 27 回的"丁亥"年（乾隆三十二年，1767）畸笏叟之批，批在曹雪芹逝世的壬午年（1762）之后。可证：曹雪芹生前脂砚斋作批时，尚未能读到"狱神庙"回。

而丁亥年前，此"狱神庙慰宝玉"回与"花袭人有始有终"等五六回一同迷失了（注意是一同迷失），脂砚斋既然没有读到过"狱神庙慰宝玉"回，则与之一同迷失的"花袭人有始有终"回应当也没能读到。又由 1759 年（乾隆二

---

① 脂批原文作："再袭人之痴忠，画人之惹事，茗烟之屈奉，黛玉之痴情"云云。"画人"指此回所提到的宁国府小书房中所挂的画中美人。
② 见第 77 回宝玉称袭人为"至善、至贤之人"。

十四年）脂砚斋没读到"抄没"、"狱神庙"事，则包含"花袭人有始有终"在内的五六回，应当是在1759年前便已一同迷失了。

既然脂砚斋未能读到"花袭人有始有终"回，则脂砚斋所说的"袭人出嫁时让宝玉留着麝月"，以及"袭人嫁给蒋玉菡后又供奉宝玉夫妇到终老"，自然也就不是曹雪芹原稿中的"花袭人有始有终"回的情节了。

四、脂砚斋也没读到过"宝玉出家"这一回

何以见得脂砚斋没读到过"宝玉出家"这一回？第25回和尚把着魔的宝玉救醒后，"一家子才把心放下来"，这时甲戌本有眉批："叹不得见玉兄'悬崖撒手'文字为恨。""悬崖撒手"显然就是贾宝玉出家的艺术化表达，由此可知：脂砚斋没能读到全书最末一回"宝玉出家"的情节，即此情节也在迷失的五六稿（回）中。而今本有此出家情节，当是程伟元、高鹗两人找到。

由于今本后四十回中"袭人出嫁"紧接在"宝玉出家"后（按今本后四十回宝玉出家于第119回"中乡魁宝玉却尘缘"，而袭人改嫁于第120回），所以两者显然一同在脂批所提到的"被借阅者迷失"的那"五六稿"中。脂砚斋所读到的后四十回中，两者完全可能一同迷失了。至于今本后四十回这两个情节都不缺，那是畸笏叟所言的"有一次誊清"前的曹雪芹书稿，被早于脂砚斋的人抄到而流落到程、高二人手中。当然也可能出自曹雪芹五次改稿中第五稿定稿前的某次中间稿（即第一至第四稿中的某一稿）。从文字笔法的草稿模样来看，当以前者的可能性为更大。

既然脂砚斋未能读到"宝玉出家、袭人出嫁"，则其批语所谓的"袭人出嫁于宝玉出家前"便不可以迷信了。【况且退一万步讲，脂砚斋所读到的后四十回与今本完全一致（此见上一节所论），只不过缺了最末尾的"宝玉出家"与"袭人出嫁"这一两回；上述似乎在谈袭人结局的三条脂批，真的是在说后四十回中与今本不同的袭人结局。由于袭人结局只涉及全书最末的一两回，即便其与今本有异，也不足以否定后四十回中另外三十八九回的一致；更何况我们下面还能证明：这三条脂批根本就没涉及到"袭人出嫁"之事。】

五、脂批所言的袭人结局当非作者的最初构思

脂砚斋未能读到"宝玉出家"与"袭人改嫁"回，脂批所说的有关"袭人改嫁时向宝玉交代要留下麝月照顾宝玉"、"蒋玉菡与袭人一同供奉宝玉与宝钗夫妻"，很像是脂砚斋得自作者向他谈起的原来的创作构思。而今本后四十回是作者实际写定之稿，故两者会有差异，这种差异因脂批交代"花袭人有始有终"回已迷失，遂不足以否定上一节所提出的"脂砚斋读到的后四十回与今本相一致"的结论。

此说若然，则作者最初构思是袭人在宝玉出家前出嫁，临走时交代宝玉要留着麝月，自己方可放心离开，宝玉便依从了她的这一建议。由于麝月是袭人

调教出来的（见下"八"引宝玉哭晴雯语），所以"袭人虽走而实未走"（见下"八"引"麝月又是一个袭人"语）。这明显有违第19回袭人说：只要宝玉改好，就是"八抬大轿"来抬自己回家去嫁人，自己也不会走。今本后四十回宝玉出家，袭人没有守活寡的名分（因未举办过婚娶仪式），所以王夫人便叫宝钗劝袭人回家去嫁给别人，可谓合情入理。而照脂批所言，袭人在宝玉出家前便已出嫁，袭人岂非自食其言？

当然，我们可以认为这是宝玉命她嫁给蒋玉菡的。如果是这样的话，便完全没有了今本后四十回"红绿汗巾"所带来的那种"天缘巧合"的戏剧性，索然无味。所以"袭人出嫁于宝玉出家前"，反倒更像是脂砚斋自己"望文生义"式的杜撰，连作者的最初构思都谈不上。而且袭人在宝玉在家时便已嫁给别人，岂非"不忠"？而脂批又言其"痴忠"，据此也可想见：上述若是作者的最初构思，则作者在后来创作中，也必定会由不合理改为合理，将其改成今本的情节。

又据上述脂批所理解出的又一种所谓的作者"最初构思"，便是琪官蒋玉菡与袭人婚后，供奉宝玉宝钗夫妇得同终始，即供奉宝玉宝钗夫妇到终老，这又大违作者的本意。因为宝玉两次对黛玉说："黛玉如果死了，我便去做和尚""袭人若是死了，我也去做和尚"[①]。后者固然可以视作玩笑话，而前者却是极认真的肺腑语。所以黛玉死后宝玉出家乃铁定之事。脂批本身也知道这一点，其"恨不见'悬崖撒手'"[②]，便是言宝玉最后出家的情状；其又言宝玉连"宝钗之妻、麝月之婢"都忍心"弃而为僧"[③]，更是在明言宝玉抛妻弃子[④]的出家情状。则脂批再来说"蒋玉菡、袭人供奉宝玉夫妇得同终始"，便令人有莫名其妙之感。

所以，脂砚斋这条脂批要么别解为蒋玉菡[⑤]一如初心地敬重宝玉，袭人一如初心地忠心对待宝玉夫妇；要么就得理解为：蒋、袭两人因服务侍候过宝玉、宝钗，得以成为白头到老的一对夫妻。总之，按"供奉宝玉宝钗夫妇到老"来理解则明显说不通。

因为宝玉根本就不可能和宝钗"得同终始"（指白头到老）。宝玉如果能和宝钗"得同终始"（即白头到老）而不出家，便与宝玉"黛玉死，我作和尚"的誓言不合。他竟然可以和宝钗一同受人供养，可见其时已穷困潦倒，此时尚

---

① 见第30回："宝玉道：'你死了，我做和尚！'林黛玉一闻此言，登时将脸放下来，问道：'想是你要死了，胡说的是什么！你家倒有几个亲姐姐亲妹妹呢，明儿都死了，你几个身子去作和尚？明儿我倒把这话告诉别人去评评。'"第31回："宝玉笑道：'你死了，我作和尚去。'袭人笑道：'你老实些罢，何苦还说这些话？'林黛玉将两个指头一伸，抿嘴笑道：'作了两个和尚了。我从今以后都记着你作和尚的遭数儿。'宝玉听得，知道是她点前儿的话，自己一笑也就罢了。"
② 原文即上引第25回脂批："叹不得见玉兄'悬崖撒手'文字为恨。"
③ 上引第21回脂批。
④ 指弃宝钗腹中之子。
⑤ 其名写作"蒋玉菡"、"蒋玉函"皆可。

不出家，仍安贫若素、处之怡然，岂非更有愧于黛玉而成为天下极负心之人？所以，这一所谓的"最初构思"，更加不如今本合理，作者在创作过程中也一定会扬弃这一所谓的"最初想法"。

全书刚开头的第19回已写明作者的本意就是要让袭人出嫁于宝玉出家之后而非之前，唯有如此方可保全袭人"痴忠"的名声，全书刚开头的第30回已经写明作者的本意就是要让宝玉在黛玉死后出家，而不可能与宝钗得同终始，唯有如此方才不违背宝玉"黛玉死后作和尚"的誓言，这都是作者的最初构思，则作者绝对不可能有"袭人改嫁时宝玉尚未出家"、"蒋玉菡袭人婚后一同供奉宝玉夫妻到老"这两个所谓的"最初构思"出来，所以认为以上两者"乃作者最初构思，后来在创作中扬弃而改成今本"的想法，仍是不切实际的猜想，无法令人信从。

六、脂批所言的袭人结局，当非脂砚斋所作的有违作者本意的主观臆测

"袭人出嫁于宝玉出家前"这明显有违作者的本意，脂批为何会有这样的想法呢？恐怕是因为他见第5回袭人判词说她最终要嫁给戏子蒋玉菡，而袭人又有"痴忠"的个性，脂砚斋又未能读到"袭人出嫁"那一回，于是便自己一个人想当然地认为：是宝玉命她嫁给好友蒋玉菡的，所以写出上面的批语来；这是脂砚斋的杜撰，根本就不是作者的构思。

又"宝玉居然会和宝钗白头到老"，这也明显有违作者的本意，脂批为何又会有这种想法呢？恐怕是看到第5回宝钗与黛玉的判词有："空对着山中高士晶莹雪，终不忘世外仙姝寂寞林"，遂认定宝玉必定会和宝钗白头到老，只不过婚后心中仍只思念黛玉一人罢了，这样的例子在现实生活中很多，不足为怪。而且第28回又写宝玉因看宝钗手上戴的红麝串，见其肌肤丰腴，顿生慕色之念，更让脂砚斋看到宝玉也爱慕宝钗体貌，两人将来的同居便有了爱的生理基础而可长久。

脂砚斋又看到《红楼梦》全书120回回目中言袭人出嫁那一回为"花袭人有始有终"（回目能看到，不等于正文能看到），于是认为这是在说袭人虽然出嫁，但仍然善待宝玉夫妇到最终。实不知此"花袭人有始有终"不是说白头到老的"得同终始"，而是说"始终不渝"，即袭人那种自始至终对宝玉不变心的"痴忠"，说的是袭人始言不嫁（指第19回），最终也抱着伺机求死之志出嫁，连洞房花烛夜都哭泣着不愿和新郎同房（均见今本后四十回中的第120回），可谓"有始有终"，只不过因为种种因缘巧合的安排，最终没死成罢了。所以"花袭人有始有终"，根本就不是供奉宝玉宝钗夫妇到始终的意思。

又由于脂砚斋没读到"宝玉出家"那一回，于是他又会猜想宝玉出家的"悬崖撒手"那一回肯定要在"花袭人有始有终"后。虽然今本第120回是写宝玉出家在前、袭人出嫁在后，但一般人都会认为：即便作者让宝玉出家在先，也

只是一个过场仪式，作者肯定要把宝玉最终"悬崖撒手"而参悟大道，留到袭人出嫁后的全书最末处来描写，从而收结全书。这就更容易让脂砚斋联想到袭人出嫁当在宝玉出家之前，并联想到她供奉宝玉到宝玉很老时，宝玉才"悬崖撒手"而出了家。

总之，脂砚斋有关袭人结局的批语，很像是因为袭人结局那一回已经迷失，他便根据前八十回已有文字和后四十回留下来的回目做的主观臆测。由于是他个人的主观臆测，自然也就与书中其他地方透露出来的作者曹雪芹的本意大相违背，显然不是作者的最初构思，所以我们切不可轻信这几条脂批而违背前八十回的原书。

尽管脂批知晓曹雪芹创作《红楼梦》的内情，与曹雪芹的本意常相一致，但的确也会有极个别处不一致；也即会有极个别地方脂批这么说，并不能代表原著就会这么写，其间必定会有某些今人已经无从知晓的曲折隐情在内。总之，古人言：书不可不信，但"尽信书则不如无书"，我们应当信书中的可信之处，不信书中的不可信处，这样才是真会读书。

现在我们既然已经有上一节三条脂批所指明的"脂批读到的后四十回与今本相一致"的方向感，可以想见：程伟元、高鹗两人作为出版商，必定会尽量去收集脂砚斋所读到的后四十回中的部分乃至全部；同时也会尽自己更大的努力，去收集脂砚斋阅读时因其自身原因迷失而未能读到，但曹雪芹其他至亲好友可能会抄录到的那几回稿子。在这种认识下，我们便当"强立而不返"，认定脂批所读到的后四十回与今本相一致，今本后四十回甚至比脂砚斋读到的还要更全些。至于上述三条有关袭人结局的脂批，明显不支持"脂批所读到的后四十回与今本相一致"这一结论；但这三条脂批所述之事全都在书末迷失之稿中，我们完全有理由认为：这三条脂批所言当非作者原稿（因为脂砚斋亲口承认自己看不到花袭人改稼这部分已经迷失的原稿了），乃是脂砚斋"望文生义"所作的主观臆测。

然而，我们更当相信脂砚斋的水平，和他负责任的批书态度。这种水平和批书操守，使得他绝对不会把自己明显有违作者创作构思的主观臆测作为批语写入书中。他即便真要写入书中，也不可能写得如此振振有词，而当用"愚猜测"之类的语句，提示这只是自己的某种猜测，并不代表作者的本意。现在这三条批语中没有一句这样的话，我们便可推知：上述"主观臆测"说，仍不符合脂砚斋作批语时的个性。因此，所谓"上述三条有关袭人结局的脂批属于脂砚斋望文生义所作的主观臆测"，本身就是一种缺乏依据的推测而显得不可信。

其实，脂砚斋读过今本后四十回的情节，即便他所读到的后四十回缺少第120回中"花袭人改嫁蒋玉菡"那一段，也当明白袭人是在宝玉出家后才嫁给别人，自然不会写出"袭人出嫁是在宝玉出家前"的批语来。

因此，一切问题与矛盾的关键，其实都源于我们读者对上面三条脂批做了"望文生义"式的错误理解。这三条脂批自有其另外的含义在内，需要我们作更为合理的解读。

七、第28回脂批正解

第28回元妃赐宝玉等人礼物，唯独宝玉与宝钗一样，都有红麝串，这是元妃作为贾府最有权势的人物，向贾府的最高家长贾母亮明自己的态度：在宝玉未婚妻的人选上，更欣赏宝钗的为人行事、学问水平、健康状况。而黛玉虽有极高的才貌，但因身体欠佳，被明智的元妃否决。所以"红麝串"是贾府最高官长（元妃）赐给宝玉与宝钗两人的定情信物，宝玉与宝钗的结合堪称是"奉旨成亲"。而"茜香罗"又是宝玉赐给自己奴仆袭人与蒋玉菡的定情信物（古代戏子身份低下，是侍候人的角色，与奴仆地位相等，故此处把蒋玉菡视为供奉宝玉的奴仆也未尝不可）。

第28回将"茜香罗"与"红麝串"一同写及，脂批言"非泛泛之文"，即作者如此写来，其中必定大有深意。如果让我们来批，一定会说："茜香罗与红麝串写于一回，是因为前者伏下袭人与琪官蒋玉菡的姻缘，后者伏下宝玉与宝钗的姻缘；之所以两者要写在同一回，这便是作者'对峙立局、对仗构思、和而不同'的创作手法的体现。因为两者都是定情信物，所以归并写入一回，可以收到'对立统一'之美。这两个定情信物一个是仆人袭人的，一个是主人宝玉的，两者写在一回，在逻辑和事理上也显得更为'相得益彰'。"

因此，脂砚斋批语中的"琪官……后回与袭人供奉玉兄、宝卿得同终始者"，固然可以理解为奴仆（琪官与袭人）一同伺候主人（宝玉、宝钗）一辈子，把"同终始"理解为仆人与主人同终同始，即奴仆伺奉主人到死。

但这种理解显然有违作者"宝玉在黛玉死后便要出嫁"的创作主旨，即宝玉不可能与宝钗同居太长的时间，更不可能与蒋玉菡夫妻共处到白头偕老。所以"得同终始"只可能指"琪官在后来的某一回中与袭人得同终始"，而他们俩都是宝玉、宝钗的奴仆[①]，所以批者用"供奉宝玉、宝卿"来指"他们俩乃宝玉夫妇奴仆"的身份，并不意味着他们婚后有供奉宝玉夫妇的行为。

所以，这条批语当理解为："琪官后回与袭人[因]供奉玉兄、宝卿[而]得同终始者。"即蒋玉菡为宝玉提供唱戏的娱乐服务，袭人为宝玉提供家务方面的服务，宝玉婚后袭人又为宝玉夫妇提供家务服务，后四十回"宝玉出家"后又是主人宝钗命令奴仆袭人出嫁的[②]。上面那种理解，虽然添加了两个连词

---

① 袭人是宝玉、宝钗之奴仆。而蒋玉菡以唱戏供奉宝玉，相当于宝玉是主，蒋玉菡是仆，而宝钗是宝玉的配偶，所以蒋玉菡便是宝玉夫妇之仆。

② 第120回袭人之嫂来迎袭人回家："<u>王夫人便告诉了宝钗，仍请了薛姨妈细细的告诉了袭人</u>。袭人悲伤不已，又不敢违命的，心里想起宝玉那年到她家去，回来说的死也不回去的话，'如今太太硬作主张，若说我守着，又叫人说我不害臊；若是去了，实不是我的心愿。'便哭得咽哽难鸣。<u>又被薛姨妈、宝钗等苦劝</u>，回过念头想道：'我若是死在这里，倒把太太的好心弄坏了，我该死在家里才是。'于是袭人含悲叩辞了众人。那姐妹分手时，自然更是一番不忍说。"

"因"、"而",但语序一如原来,丝毫没有违背其字面上的句意,也不违背作者的创作本意,最为妥当。

如果硬要把这条脂批理解成两人侍奉宝玉、宝钗到终身(即脂批所谓的"痴忠"),则明显有违宝玉出家的誓言,只可以把这条批语视为脂砚斋没有读到全书最后一回已经迷失的"袭人出嫁"这段情节所做的臆说;而前已论明,脂砚斋没有如此胆量做此臆说并写入批中。

因此第 28 回回前批"茜香罗、红麝串写于一回,盖琪官虽系优人,后回与袭人供奉玉兄、宝卿得同终始者,非泛泛之文也"的意思便是:琪官虽说是优伶,与贾府没有丝毫关系,但他与宝玉仆人袭人结为同终同始(即白头到老)的夫妻关系,所以放到这回中来写。他以唱戏供奉过宝玉,而袭人更在宝玉婚前供奉过宝玉,在宝玉婚后又供奉过宝钗,所以批语称琪官与袭人两人都供奉过宝玉、宝钗,所谓的"琪官与袭人供奉玉兄、宝卿"不是说两人婚后如此,而是说两人婚前如此,而且两人正是因为都曾供奉过宝玉而得以成婚,即:琪官以唱戏供奉宝玉而得到宝玉转赠的袭人的绿汗巾,袭人因侍奉宝玉而得到宝玉转赠的琪官的红汗巾(茜香罗),宝玉为两人交换了定情信物,两人皆因主人宝玉得以交换定情信物而结成白首到老的姻缘。

八、第 20 回脂批正解

第 20 回元宵节袭人生病,众人都出去玩了,只有麝月一人留守宝玉房"绛芸轩"并照顾生病的袭人。这时宝玉回来,与麝月两人对镜而谈,宝玉为其篦头,被晴雯回来取钱时碰到而冷嘲热讽了一番,麝月置之不辩、息事宁人,大有袭人风范。己卯本有批语:"闲上①一段儿女口舌,却写麝月一人。袭人出嫁之后,宝玉、宝钗身边还有一人,虽不及袭人周到,亦可免微嫌小弊等患, 方 不负宝钗之为人也。 故 袭人出嫁后,云'好歹留着麝月'一语,宝玉便依从此话。 可见 袭人虽去实未去也。"

这段引文一般都理解为:后四十回中袭人出嫁后,其时宝玉尚未出家,但已和宝钗结为夫妻;袭人走后,麝月品性与袭人一样,成为配得上宝钗贤惠品性的好助手。所以袭人出嫁时特地交代:"再怎么困难,也不能把麝月清退出府。"宝玉答应了袭人临走时的这一建议,于是袭人虽说离开了贾府,其实等于没走。

这一理解好像没有任何问题。但我想指出的是,脂砚斋在谈到后四十回情节时通常都会有"后回"这类字样,今只作"袭人出嫁之后"、"袭人出嫁后",没有"后回"这类字样。因此,从字面上其实看不出这是在谈后四十回的事。当然袭人出嫁于后四十回,所以这儿便可"想当然"地认为是在说后四十回袭人出嫁后的事情。

---

① 指说上一段闲文、写上一段闲文。闲,形容词作动词用。即第 15 回写铁槛寺"好为送灵人口寄居",庚辰本眉批:"《石头记》总于没要紧处,闲三二笔,写正文筋骨。看官当用巨眼,不为被瞒过方好。壬午季春。"

但我认为：不应当如此"想当然"地认为这是在说后四十回之事。要想理解这条批语，关键得理解上述引文中加框的三个虚词，即副词"方"、连词"故"，以及引起下文的连词"可见"。

"方"字表明其前的语句是条件，即"袭人出嫁后，宝玉、宝钗身边若是还有个不及袭人周到、但也可以免去很多微嫌小弊等祸患的人，方才不辜负宝钗的为人"。这个"方"字便表明其前不是事实，而是假设的条件。如果"方"字之前说的是事实，即"袭人出嫁后，宝玉、宝钗身边的确有一个不及袭人周到，但却可以免去微嫌小弊等祸患的人即麝月，她不负宝钗的为人"，则不当用"方"字来连接。今用"方"字来连接，表明其前乃假设的条件状语，也即英语所谓的"虚拟语气"。英语的谓语会用相应的形式，来表明其说的是事实还是假设或愿望：前者称为"陈述语气"，所陈述的是客观事实；后者称为"虚拟语气"，所陈述的不一定是客观事实，而是主观假设或主观愿望，可以和事实完全相反。因此，"方"字前面所说的"袭人出嫁之后，宝玉、宝钗身边还有一人，虽不及袭人周到，亦可免微嫌小弊等患"，只是批者想表达的一个主观条件，并不代表后四十回有此情节。

"故"字表明其前是原因，后面是结果。即：由于"袭人出嫁后，宝玉、宝钗身边如果还有个不及袭人周到，但却可以免去微嫌小弊等患的人，方才不辜负宝钗的为人"，"故"袭人出嫁时，便建议一定要留下麝月，宝玉便听从了她的话。这读上去好像后四十回真有这样一段情节。但问题是这肯定不是"袭人出嫁后"说的话，而应当是"袭人出嫁时"说的话，为什么批者写成了"袭人出嫁后"？即为什么要与批语开头的"袭人出嫁之后"相同？或许一般人都会认为这一点不重要，批者偶尔笔误，把"出嫁时"写成了"出嫁后"。那接下来让我们再看下一个足以改变我们上述认识的关键词"可见"。

"可见"表明前面是现象，后面是结论，两者有因果关系。今再来看这条批语："袭人出嫁后，宝玉、宝钗身边如果还有个人虽然不及袭人周到，但也可以免去许多微嫌小弊等祸患，这方才可以不辜负宝钗的为人。所以后四十回中袭人出嫁时，对宝玉说了'再困难都要留下麝月'这一句语，宝玉便依从了她的这句话"，于是"袭人虽然离开了宝玉，其实仍未离开（即麝月是袭人的接班人）"。按照上面的理解，便不当用"可见"这种总结性、因果性的连词，而当用表示承接关系的连词"于是"。

今用"可见"，可证"可见"之前说的是一种事实景况，由这种景况得出一个结论，即：袭人虽然离开实未离开，也即麝月是袭人第二。硬要说脂砚斋"袭人出嫁后，云'好歹留着麝月'一语，宝玉便依从此话"是后四十回中的情节，由此情节可得出"麝月是袭人第二"这一结论，未免太难索解（我们实在看不出"袭人要求留下麝月"与"麝月是袭人第二"有字面上的直接的因果关系）。倒是本回中明言"宝玉听了（麝月）这话，公然又是一个袭人"；因此，"袭人出嫁后，云'好歹留着麝月'一语，宝玉便依从此话，可见袭人虽去实未去也"这句话，其实正是脂砚斋在批本回的"宝玉听了（麝月）这话，公然又是一个袭人"这一情节。

而本回（第 20 回）的情节，正在第 19 回"袭人借姨妹出嫁，言自己当回家而不再来贾府"之后。由于袭人回家肯定是为了出嫁，所以脂批也就称之为"袭人出嫁"。因此，这条脂批根本就不是在说后四十回袭人出嫁之事，而是在说第 19 回袭人提"出嫁"这件事后，批书人脂砚斋"我"有了一些感想。

脂砚斋当然知道袭人出嫁于宝玉宝钗婚后（他所见到的后四十回与今本一致），这儿是脂砚斋假想袭人万一真的出嫁了，希望宝玉和宝钗身边还有个人，虽然不一定要比得上袭人周到，但也可以免去很多细小的祸患，这方才不辜负女主人宝钗的为人。所以，作者特地紧跟在袭人说起自己"出嫁"的第 19 回后的本回即第 20 回，写上一段如下的情节——"绛芸轩无人留守，好歹让那麝月留下来看守，并让麝月要求能和宝玉说一次属于两个人的私密话，宝玉便答应了麝月这一请求"。通过这段情节描写，我们便可以充分看出麝月的贤惠足以称得上袭人第二，袭人即便出嫁而离开了绛芸轩，其接班人麝月仍在，等于那和宝钗志趣相投的袭人没有离开。所以这条批语当理解为："闲上一段儿女口舌，却写麝月一人。袭人出嫁之后，宝玉、宝钗身边[若]还有一人，虽不及袭人周到，亦可免微嫌小弊等患，方不负宝钗之为人也。故袭人出嫁后云好歹留着麝月一语，宝玉便依从此话，可见袭人虽去实未去也。"

今对这条批语的相关情节再做详细疏解：

第 19 回"情切切良宵花解语"是说袭人白天被父母接回，要晚上才回来，宝玉便瞒着府里，白天偷偷来袭人家做客，看到她漂亮的姨妹。晚上袭人回来后，宝玉称赞她姨妹要是能生长在自己家该多好。袭人说：她是"我姨爹、姨娘的宝贝。如今十七岁，各样的嫁妆都齐备了，明年就出嫁。"庚辰本侧批："所谓不入耳之言也。"宝玉一听"出嫁"两个字，不自在地叹了两声。袭人明白他的意思，也故意叹了口气说道："只从我来这几年，姊妹们都不得在一处。如今我要回去了，她们又都去了。"其姨妹明年要嫁人，袭人比其大，岂非今年就要出嫁？宝玉一听袭人说要回去，大惊失色。袭人于是趁机要挟他改掉不爱读书、爱吃女子唇上胭脂等毛病，说："你果然依了我，就是你真心留我了，刀搁在脖子上，我也是不出去的了。"宝玉喜出望外，忙笑着全都答应下来说："都改，都改。再有什么，快说！"袭人笑道："再也没有了，……你若果都依了，便拿八人轿也抬不出我去了。"宝玉笑道："你在这里长远了，不怕没八人轿你坐。"袭人冷笑道："这我可不希罕的。有那个福气，没有那个道理。纵坐了，也没甚趣。"

这节故事通篇都在谈"出嫁"两个字，袭人由姨妹的"出嫁"，引到自己身上，说自己也快要回家去出嫁了，然后袭人又把这个话题引到宝玉身上，说他只要改掉身上的毛病，自己终身有了他这个依靠，便不用回家去出嫁给别人了（即其所发的誓言："便拿八人轿也抬不出我去了"），最后宝玉满口答应说全改掉，并答应将来给她"八人轿你坐"（即明媒正娶她），袭人笑他胡扯，因为她很明智，没有那种非分之想，只想做适合自己身份的姨娘，不想做什么夫人。己卯本对此有夹批："调侃不浅，然在袭人能作是语，实可爱、可敬、可服之至，所谓'花解语'也。"庚辰本眉批："'花解语'一段，乃袭卿满心满意将玉兄为终身得靠、千妥万当，故有是。余阅至此，余为袭卿一叹！丁亥春。畸笏叟。"即畸笏叟调侃袭人想做宝玉的姨娘，却不知命运弄人，最终成了戏子蒋玉菡的正妻（即"八抬大轿"来抬的夫人）。蒙王府侧批更于上文"你果然依了我，就是你真心留我了，刀搁在脖子上，我也是不出去的了"句作批，调侃袭人："以此等心，行此等事，昭昭苍天，岂无明见？"即讽刺她发过这誓，却没料到全书最后，刀没架在脖子上便嫁给了别人蒋玉菡；当然，她要宝玉改的毛病宝玉也都没改，袭人发的这誓言可以视作无效而不必履行。

接着这袭人谈"出嫁"之回的，便是第20回。这第20回是说袭人看到宝玉刚说要改，三天后便忘在脑后，气得一夜和衣而睡，结果着了凉、生了病，宝玉亲自服侍。此时正是元宵灯节，袭人又生了病，众人都不顾袭人的安危和绛芸轩的安全而出去玩了，只有麝月一个人留守绛芸轩并照顾生病的袭人。这时宝玉回来了，看到麝月独自一人在外间房里抹骨牌自娱自乐，宝玉笑着问："你怎不同她们玩去？"麝月假意说："没有钱。"言下意便是问宝玉要钱。宝玉道："床底下堆着那么些，还不够你输的？"麝月道："都玩去了，这屋里交给谁呢？那一个又病了。满屋里上头是灯，地下是火。那些老妈妈子们，老天拔地①，伏侍一天，也该叫她们歇歇；小丫头子们也是伏侍了一天，这会子还不叫她们顽顽去？所以让她们都去罢，我在这里看着。"这时书中写道："宝玉听了这话，<u>公然又是一个袭人。</u>"画线部分正是脂砚斋批"袭人虽去实未去也"的依据所在。

宝玉因笑道："我在这里坐着，你放心去罢。"麝月道："你既在这里，越发不用去了，咱们两个说话顽笑岂不好？"庚辰本侧批："全是袭人口气，所以后来代任。"②宝玉笑道："咱两个作什么呢？怪没意思的，也罢了，早上你说头痒，这会子没什么事，我替你篦头罢。"麝月便答应道："就是这样。"即如此正好、非常乐意。

宝玉为她篦了三五下，庚辰本侧批："金闺细事如此写"来。这时晴雯因为赌输而匆匆进屋来取钱，一看到他俩如此亲密，便忌妒得冷笑说："交杯盏还没吃，倒上头了！"庚辰本侧批："虽谑语，亦少露'怡红'③细事。"宝玉笑道："我也来替你篦一篦！"晴雯道："我没那么大福分。"说着，拿了钱便摔帘子出去了。

宝玉在麝月背后，两人在镜内温馨相视，宝玉笑着说："满屋里就只是她磨牙。"麝月忙在镜中摇手给他看，叫他要提防晴雯在偷听。果然听得"嗯"

---

① 老天拔地，形容老年人动作不灵活、年老体衰，却又付出艰苦劳动、做了很多事。
② 注意：这也不是在说后四十回中麝月代任袭人之事，而是说她堪为袭人的代任，并不涉及后四十回中的情节。
③ 此时宝玉尚未入大观园之"怡红院"，尚住在贾母院的宝玉房"绛芸轩"中，此是批者以将来的宝玉房代指现在的宝玉房也。

的一声帘子响，晴雯跑进屋来质问说："我怎么磨牙了？咱们倒得说说！"庚辰本眉批："娇憨满纸，令人叫绝。壬午九月。"麝月笑道："你去你的罢，又来问人了。"晴雯笑道："你又护着。你们那瞒神弄鬼的，我都知道。等我捞回本儿来再说话①。""瞒神弄鬼"是指上文麝月摇手叫宝玉莫多话，可见晴雯不光偷听还在偷看。这"瞒神弄鬼"四字，其实也不光讽刺他俩今天这事，据上文脂批"亦少露'怡红'细事"，恐怕也说着此前宝玉与麝月的暧昧事。

晴雯说着，一径出去了。于是有了本节所讨论的那段己卯本的夹批。然后宝玉命麝月悄悄地伏侍自己睡下，不肯惊动袭人，这便印证上批所谓的：麝月是袭人的"代任"、"袭人虽去实未去也"，即批者脂砚斋之意是说：即便没有你袭人，麝月也能照料好宝玉。

可见上引脂批当理解为："此处写上一段儿女口舌的闲文，都是为了写麝月一人（即都是为了写出她是'袭人第二'的贤惠品性来）。（上回袭人口口声声说要出嫁，）假设袭人真的出嫁后，宝玉、宝钗身边要是还有个人，虽然比不上袭人周到，但也可以免去很多小矛盾、小祸患，这样的人方才可以和女主人薛宝钗的贤惠品性相般配。所以作者在第 19 回袭人谈'出嫁'后的这第 20 回中，专门写上一段情节，即：麝月说'好歹让我留下来看守、并与你宝玉说一次悄悄话'，而宝玉便依从了她的请求。通过这场两人的对话和在一起的情节，充分写出麝月乃袭人第二；袭人即便真的出嫁、离了宝玉家，其实仍有传承她贤惠德行的人在。"联系后四十回第 120 回中的袭人出嫁情节，此时麝月当然已不服侍宝玉（因为宝玉已经出家），而是扶佐宝钗抚育宝玉的儿子贾苣成才，成为宝钗的贤助手，这正与批语上文"方不负宝钗之为人也"——即能配得上宝钗的贤惠品性——相吻合。

上引己卯本的批语乃前半段，专讲麝月，其后还有半段，专门把晴雯这主动跳入宝玉与麝月悄悄共处画面的"娇憨"之人，与女夫子们——宝钗、袭人、麝月——放在一起相提并论，用来让大家看清楚这两类人的优劣（一类是"娇憨"者，一类是"女夫子"），今特全引如下："闲上一段儿女口舌，却写麝月一人。袭人出嫁之后，宝玉、宝钗身边还有一人，虽不及袭人周到，亦可免微嫌小弊等患，方不负宝钗之为人也。故袭人出嫁后云'好歹留着麝月'一语，宝玉便依从此话。可见袭人虽去实未去也。写晴雯之疑忌，亦为下文跌扇角口②等文伏脉，却又轻轻抹去。正见此时都在幼时，虽微露其疑忌，见得人各禀天真之性，善恶不一，往后渐大渐生心矣。但观者凡见晴雯诸人则恶之，何愚也哉！要知自古及今，愈是尤物，其猜忌愈甚。若一味浑厚、大量、涵养，则有何可令人怜爱护惜哉？<u>然后知宝钗、袭人等行为</u>，并非一味蠢拙古板以女夫子自居，当绣幕灯前、绿窗月下，亦颇有或调或妒、轻俏艳丽等说，不过一时取乐买笑耳，非切切一味妒才嫉贤也，是以高诸人百倍。不然，宝玉何甘心受屈

---

① 指再来和你们俩论理。
② 指因跌扇而口角。口角，即争吵。角，音"决"，即"角斗"意。口角，即用嘴来角斗、唇枪舌战。

于二女夫子①哉？看过后文则知矣。故观书诸君子不必恶晴雯，正该感晴雯金闺绣阁中生色方是。"

　　作者与批者都把宝钗、袭人、麝月归为一类人，即"女夫子"。宝钗与袭人同类，见上引脂批"然后知宝钗、袭人等行为"云云。后四十回袭人想让宝玉娶宝钗为妻②，便是志趣相投的缘故。而袭人与麝月为同类之人，见上引麝月交代自己留守原因后，"宝玉听了这话，公然又是一个袭人"。又第77回宝玉称袭人："你是头一个出了名的至善、至贤之人，她两个（指麝月与秋纹）又是你陶冶教育的，焉得还有孟浪该罚之处？"正因为宝钗、袭人、麝月是同一类人，所以批语中"方不负宝钗之为人"便是说：袭人、麝月这类女仆的贤惠之德，堪与宝钗这位女主人相配，这说的便是"有其主必有其仆"的意思。

　　此批把宝钗、袭人、麝月归为同类之人，并称其"浑厚、大量"并且有"涵养"，而且也指出她们并非那种一成不变的、蠢拙古板的"女夫子"，偶尔也会像今天的麝月那样，宝玉叫她出去找人玩，她便说："这儿没人，正好我俩说说悄悄话。"宝玉要为她篦头，她又回答："正好要篦头。"结果篦头时被晴雯撞见，讽刺她买俏、专宠，用晴雯的话说就是："交杯盏还没吃，倒上头了！"用作者的话说便是："宝玉在麝月身后，麝月对镜，二人在镜内相视。（庚侧：此系石兄得意处。）"用批者的话说，就是这三位"女夫子"绝不蠢笨呆板，偶尔也会像今天的麝月那样"或调或妒、轻俏艳丽"。正因为此，所以能引得男主人又敬又爱。

　　与之相比，晴雯这类人则是天生尤物。因是天生尤物，所以心高气傲、恃貌凌人。遗憾的是，这类人秉性不知收敛而显得轻浮，好听点说，便是"个性轻扬"；说得不好听，便是"太直露，不知涵养包容"。就拿今天的例子来说，晴雯一见麝月，便如此造语讽刺，则其他地方晴雯心直口快、妒才嫉贤、处处招怨致谤，便可想而知了。

　　晴雯这类人出格的美貌与率直的言行，处处能惹动男主人的怜爱，却也处处招致众人的非议和妒忌。其对男主人而言是不可或缺的尤物，但对众人及男主人的家长王夫人而言，却是欲除之而后快的"眼中钉、肉中刺"。所以第5回《红楼梦曲》咏晴雯："心比天高，身为下贱。风流灵巧招人怨。寿夭多因毁谤生，多情公子空牵念。"第77回"俏丫鬟抱屈夭风流"王夫人撵生病的晴雯滚出"怡红院"后，宝玉哭问袭人："我究竟不知晴雯犯了何等滔天大罪！"袭人道："太太只嫌她生的太好了，未免轻佻些。在太太是深知这样美人似的人必不安静，所以恨嫌她，像我们这粗粗笨笨的倒好。"宝玉怀疑她告密，于是质问她：王夫人为何不专挑你和麝月、秋纹的毛病？袭人听了心头一震，低头半日，无言以答，只好笑着说："或许发落完了晴雯，再来发落我们也未可

---

① 指宝钗和袭人。
② 可参见第82回袭人恐黛玉为宝玉妻，特地前往潇湘馆，试探黛玉对小妾的态度，黛玉说出"但凡家庭之事，不是东风压了西风，就是西风压了东风"，吓出袭人一身冷汗。又第96回：贾母对贾政说要让宝玉娶宝钗的话，袭人听了"心里方才水落归漕，倒也喜欢。心里想道：'果然上头的眼力不错，这才配得是。'"

知。"宝玉知道她在说虚情话，所以笑（当是冷笑）道："你是头一个出了名的至善、至贤之人，她两个又是你陶冶教育的，焉得还有孟浪该罚之处？"宝玉接着又说了怡红院中两个与晴雯一样秉性直露而被王夫人撵出去的人来："芳官尚小，过于伶俐些，未免倚强压倒了人，惹人厌。四儿是我误了她，还是那年我和你拌嘴的那日起，叫上来作些细活，未免夺占了地位，故有今日。"又说："只是晴雯也是和你一样，从小儿在老太太屋里过来的，虽然她生得比人强，也没甚妨碍去处。就是她的性情爽利、口角锋芒些，究竟也不曾得罪你们。想是她过于生得好了，反被这好所误。"说毕又痛心地哭起来。

作书的曹雪芹，与批书的脂砚斋，对晴雯欣赏有加，指出：众人见到晴雯这种品性的人都会感到厌恶，其实是何等的愚蠢！并指出：所谓的"女夫子"们（即宝钗、袭人、麝月之流）也有买俏之时，只不过偶一为之，观书诸君子便不讨厌她们；其实观书诸君子也不必厌恶晴雯，因为宝钗为代表的"女夫子"们只敢"偶一为之"来为金闺生色，而我们正应该感谢晴雯能时时处处为金闺绣阁生色！

九、第21回脂批正解

第21回脂批只言宝玉连宝钗这样的美妻、麝月这样的贤婢都忍心抛弃，没有提到贤妾袭人，似乎宝玉出家时袭人已经出嫁，但此回回前总批："然今日之袭人、之宝玉，亦他日之袭人、他日之宝玉也；今日之平儿、之贾琏，亦他日之平儿、他日之贾琏也。何今日之玉犹可箴，他日之玉已不可箴耶？今日之琏犹可救，他日之琏已不可救耶？箴与谏无异也，而袭人安在哉？宁不悲乎！"其言"袭人还是旧日之袭人"，已明言袭人与旧时仍然相同。如果袭人已离开贾府，则肯定与旧日的袭人大为不同了。因为：袭人离开了贾府（即出嫁给别人），便是变了心、变了质，也就和之前的袭人有了质的不同。所谓"袭人安在哉"，不是说袭人不在贾府了，而是说袭人为什么不出来正面规劝宝玉了呢？这是在质问她为何不起作用了（指其不能规劝宝玉了），而不是在说她已经不在宝玉身边了。

至于"若他人得宝钗之妻、麝月之婢，岂能弃而为僧哉"的批语没有提到袭人，很容易使人认为宝玉出家前，袭人便已嫁人。其实作者在第5回已预言袭人："谁知优伶有福，哪知公子无缘？"写明她最终嫁给优伶蒋玉菡而不归宝玉所有，批者早已看过这条文字而知晓袭人最终不是宝玉贾家之人（而是蒋玉菡蒋家之人），于是谈宝玉最终结局时，便把袭人剔出宝玉家人的行列，只说宝钗为妻而麝月为婢。因此，这条批语并不意味着劝宝玉不要出家时袭人已不在宝玉身边，也不意味着袭人在宝玉出家前便已嫁人。换句话说，这条批语与今天所读到的后四十回写袭人与宝钗一同规劝宝玉不要出家，又写她在宝玉出家后才嫁给蒋玉菡并不矛盾。

今按第119回"中乡魁宝玉却尘缘、沐皇恩贾家延世泽"：

话说莺儿见宝玉说话，摸不着头脑，正自要走，只听宝玉又说道："傻丫头，我告诉你罢。你姑娘既是有造化的，你跟着她，自然也是有造化的了。你袭人姐姐是靠不住的。只要往后你尽心服侍她就是了，日后或有好处，也不枉你跟着她熬了一场。"莺儿听了前头像话，<u>后头说的又有些不像了</u>，便道："我知道了。姑娘还等我呢。二爷要吃果子时，打发小丫头叫我就是了。"宝玉点头，莺儿才去了。一时，宝钗、袭人回来，各自房中去了，不提。

又第120回：

> 原来袭人模糊听见说：宝玉若不回来，便要打发屋里的人都出去，一急，越发不好了。到大夫瞧后，秋纹给她煎药，她独各自①一人躺着，神魂未定。好像宝玉在她面前，恍惚又像是个和尚，手里拿着一本册子揭着看，还说道："你别错了主意，我是不认得你们的了。"【按：最后宝玉所说的那句话，程乙本改作："你不是我的人，日后自然有人家儿的。"】

以上后四十回的两段情节，便表明宝玉（也即作者）心目中早已不把袭人算作宝玉家门里的人了，因为她是蒋玉菡的妻子，是蒋家门里的人，而不是贾家门里的人。正因为袭人不能算作宝玉妻妾，所以第21回脂批列举宝玉美妻、贤妾时，便把袭人排除在外，而只列举宝钗这妻、麝月这婢，于是便说成了："若他人得宝钗之妻、麝月之婢，岂能弃而为僧哉？"

总之，第21回的脂批未把袭人算在内，并不意味着劝宝玉不要出家时袭人不在场；因此后四十回袭人出嫁于宝玉出家后、而非出家前，与此第21回的脂批并不矛盾。

十、总结

通过上述三条其实根本就不是在说后四十回中袭人出嫁情节的脂批的分析，进一步坚定我们对"脂批与今本后四十回并无违背"这一结论的信心。

如果今本后四十回确为曹雪芹原稿，而脂砚斋作批时又肯定看到过后四十回（当然脂砚斋看到的后四十回中有几回迷失而未见），则脂批当与今本后四十回完全吻合。下面我们便将详细分析其他脂批所言与今本后四十回的吻合。

俗话说"擒贼先擒王"，上述三条脂批乍一看，的确有否定"今本后四十回就是脂批所读见的曹雪芹所作的后四十回"的感觉。一旦证明这最难的三条脂批都与后四十回相一致，则其他脂批与今本后四十回相一致的证明，显然要比这三条脂批容易得多，可谓"势如破竹"。

---

① 各自，即独自之意。此指唯独她独自一人躺着。

第三节　后四十回与所有脂批并无违背

脂批所提到的某些情节后四十回没有，恰可证明后四十回乃曹子原稿。因为书商程伟元千方百计搜求《红楼梦》，肯定知道脂批存在，今第 37 回 "秋爽斋偶结海棠社" 贾芸来帖，末有 "男芸跪书" 四字，其后戚序本有夹批 "一笑" 两字，言此帖文字鄙俚可笑，程高本就把这两个字误入正文而作 "男芸跪书一笑"，这便可证明程伟元、高鹗所收集到的本子原本就带有脂批，出版时将其删落，这 "一笑" 两字便是混入正文而未删尽的孑遗。

后四十回如果是程伟元、高鹗自主来续，续书时必定会千方百计地搜求脂批，然后充分根据脂批的提示，来书写后四十回的情节。今其出版的后四十回并无脂批所提到的情节，也没有按照常人对脂批的理解来写（比如未据上节三条脂批众人通常的理解，写成：袭人出嫁时，交代宝玉留下麝月来替补其袭人之位；嫁给蒋玉菡后，又供养宝玉夫妇到终老），这恰可证明程、高二人根本就没有按照脂批来续写，后四十回是他们找到的曹雪芹的原稿。

如果后四十回是程高（或另外一名无名氏）续写，而他们在续写时又不参考脂批、凭空来写，世界上肯定不会有这种不善作伪的傻瓜。他们如果参考过脂批，又故意违背脂批来续，更没有这种可能。由脂批所提示的情节（或人们根据脂批所得出的通常理解）不见于后四十回，这便可证明后四十回绝对不是自主续成的续书，而当是程、高二人搜寻到的曹雪芹的原稿。

而且程伟元、高鹗所找到的曹雪芹的原稿诚如两人所言，乃是残去几回的残稿，所以没有若干脂批提到的情节，这反倒很正常，不足以否定 "今本后四十回为曹雪芹原稿" 的结论，反倒可以用来证明两人说的是真话而非谎言。

而且脂批所读到的后半部《红楼梦》，很可能是曹雪芹增删五次中的某一稿[1]；而程、高二人所找到的三十几回残稿，很可能是增删五次过程中的某一稿（或是某几次中间稿的拼凑稿）[2]。曹雪芹在创作过程中肯定会有一些增删改动，所以程高本后四十回与脂批所提示的定稿情节有可能会有所出入、或此有而彼无，这是最自然不过的事。我们应当看其主流，只要脂批所说的绝大部分情节今本后四十回全都具备，就不应当以 "细枝末节" 的不合，来否定 "今本后四十回乃曹雪芹原稿" 的结论。

---

① 据本书 "第二章、第八节" 的考论，脂批所见到的后四十回，实乃曹雪芹五次改稿中的第一稿。

② 据本书 "第二章、第八节" 的考论，今本后四十回绝大多数应当就是脂批所读到的第一稿。

脂批又提到他所看到的后四十回有五六稿（即五六回）迷失了，而这迷失之回中的"射圃"、"狱神庙"、"酸齑破毡"、"警幻情榜"这两三回，在今本后四十回中全都没有，这恰可证明今本后四十回乃原稿，而且是残稿。至于脂批提到的迷失之稿中的"抄家"、"花袭人有始有终"、"悬崖撒手"这两三回在今本后四十回中又有，那是因为脂砚斋所见之稿虽然迷失了，但程、高二人千方百计又收集到了尚未迷失之稿，这不足以证明有此情节的后四十回乃他人续成。

程、高又言其所收集到的稿子只有三十几回，匀成了四十回；既然内容已"截长补短"①地全部重新整理过，则相应内容的回目，肯定也要重新拟过，故"花袭人有始有终"的情节虽然在今本后四十回中，而其回目"花袭人有始有终"则已改掉。程、高搜集到的曹雪芹原稿第110回"薛宝钗借词含讽谏、王熙凤知命强英雄"也被匀成了第108回末和第109、第110两个整回，故其回目也被改掉而不存。换句话说，脂批所提到的后四十回回目不见于今本后四十回，反倒证明程、高序言所说的"三十几回匀成四十回"是真话而非谎言。

清人裕瑞《枣窗闲笔》之"《后红楼梦》书后"称："八十回书后，唯有目录，未有书文。目录有'大观园'、'抄家'诸条，与刻本后四十回'四美钓鱼'等目录迥然不同。盖雪芹于后四十回虽久蓄志全成②，甫立纲领，当未行文，时不待人矣。又闻其常作戏语云：'若有人欲快睹我书不难，惟日以南酒烧鸭享我，我即为之作'云。"裕瑞亲眼看到过《红楼梦》有120回回目，这证明程伟元《红楼梦序》所说的"不佞以是书既有百廿卷之目，岂无全璧"当是真话而非谎言。

裕瑞又说后四十回回目中有"大观园"、"抄家"字样，而今本后四十回回目中未见。这恰可证明程伟元《红楼梦序》所说的"乃同友人细加厘剔，截长补短，抄成全部，复为镌板，以公同好"是句实话。即程伟元只收集到三十几回，"截长补短"匀成了今天的后四十回，分回已与原来有所不同，其回目自然要重拟。所以，裕瑞见到的曹雪芹原来所拟的后四十回回目，与今本程高二人所拟的后四十回回目有所不同。两者回目的不同，不足以否定今本后四十回的正文不是曹雪芹所著，只能证明后四十回的回目已被程高二人编纂时改过。

可惜裕瑞未将其所见到的后四十回的回目抄出，若能抄出，我们据回目便能揣测后四十回的情节内容，而与今本后四十回可以做一对比，从而确定今本后四十回是否为曹雪芹原著。裕瑞只举出后四十回原来回目中有"大观园"、"抄家"两回，并说今本以"第八十一回：占旺相四美钓游鱼"开始的后四十回回目与之迥然不同。然而遗憾的是，我们发现裕瑞所说又为不确，因为在今本后四十回回目中找到了"第一百一回：大观园月夜警幽魂"、"第一百五回：锦衣军查抄宁国府"，岂非"大观园"、"抄家"字样仍见于今本后四十回回目中？这岂非恰又可印证后四十回内容属于曹雪芹原稿，只是分回与回目文字有所差异罢了？

---

① 见程伟元序："细加厘剔，截长补短，抄成全部。"
② 虽然很早就打算要全部写完。

　　而且后四十回既然是曹雪芹原稿，其情节不变而分回有异，故原拟回目中的关键字眼还会见于新拟的回目中。所以，从裕瑞所举后四十回回目与今本后四十回回目其实没有根本性差异来看（若有根本性差异，则裕瑞当加以列举，今裕瑞所举与今本其实没有差异，可证裕瑞根本就举不出两者的根本性差异，这也就证明裕瑞所见的后四十回回目与今本其实没有什么根本性差异），便也可以用来证明今本后四十回就是曹雪芹原稿。

　　而且，裕瑞所见后四十回回目体现出来的情节，如果真与今本后十回有所不同，裕瑞何以不加列举？由其不加列举，也可揣知：裕瑞所见到的后四十回回目的情节，与今本当没有大的差异。而且裕瑞不敢抄录后四十回回目，恐怕正是因为：一旦抄录传世后，大众便会读见这一回目与今本后四十回情节乃至回目都相一致，从而愈加证实程高本序言所说的"此后四十回是三十几回的曹雪芹原稿匀成四十回而重拟回目"实乃千真万确之事，从而证明裕瑞所主张的"后四十回伪续"的观点完全错误。正因为此，裕瑞所以不敢举例。

　　而且裕瑞之所以不敢开列他所看到的后四十回回目，便是因为他看到了程高本回目与之大同小异，从而认定今本后四十回应当是程高二人（或另一无名氏）据此回目伪续而来，所以据回目已无法断定后四十回内容的真伪，故不愿列举。这便是他在《枣窗闲笔》"程伟元《续红楼梦》自九十回至百二十回书后"中说的："伟元臆见，谓世间当必有全本者在，无处不留心搜求，遂有闻故生心、思谋利者，伪续四十回，同原八十回抄成一部，用以给人。伟元遂获赝鼎于鼓担，竟是百二十回全装者，不能鉴别燕石之假。……不然，即是明明伪续本，程高汇而刻之，作序声明原尾，故悉捏造以欺人者。斯二端无处可考。"

　　试想，程高二人看到过曹雪芹《红楼梦》120回回目，所得后四十回稿如果回目或情节，与程高二人所见曹雪芹120回回目大为不同的话，程高二人焉能信其为真？今程高二人信其为真，可证他俩所得之稿，与曹雪芹所定的后四十回回目当无甚差异。如果这后四十回不是程高二人收集到的他人之稿，而就是程高二人自己来伪续的话，他们必定会根据后四十回回目来创作，又焉能伪续时故意缺掉两三回，而要把伪续之稿再分为40回改掉原来的回目，他们何必如此大施"苦肉计"，反倒授予裕瑞之流"回目不同而可认定其为伪续"的把柄？

　　下文"第二章、第八节"将考明程高二人所得的后四十回，其实就是脂砚斋手中曹雪芹增删五稿中的第一稿。而裕瑞与程高二人所见的全书120回回目中的后四十回回目，显然就是曹雪芹增删五稿中的第五稿。第一稿的回目与第五稿的回目自然会有些不同，难怪裕瑞说他看到的（其实也即程高及当时很多人都能看到的）《红楼梦》120回回目，与今本以"第八十一回：占旺相四美钓游鱼"开始的后四十回回目"迥然不同"。

　　我们认为：同一个人从第一稿改到第五稿，由于历经五次改稿，其回目的变化肯定会很大，但也不会大到"迥然不同"的地步，因此裕瑞说的话明显带有夸张的成分。

　　上文"第一节、三、（四）"言明：程高二人所得的今本后四十回仅缺 2.5

回。分其为 40 回时，调整到的回目其实很有限。这就意味着：今本后四十回回目与裕瑞、与程高二人所见到的全书 120 回回目的差异，除少量因拆分 40 回所致外，其实主要还是曹雪芹第一稿和第五稿的差异。而这一差异肯定不会达到"迥然不同"的地步，这也正是裕瑞不敢抄录其所见目的原因。因为他一旦抄录出来，便能让人看出今本后四十回从回目到情节，与裕瑞所见到的曹雪芹第五稿的回目差异不大，这反倒会否定裕瑞自己所主张的"今本后四十回乃伪续"的结论。

程高本 120 回《红楼梦》刊行于世后，当时如果有人不信程高本序言之说，必定会有人从第 80 回续起。现在我们见到的清人所作的《红楼梦》续书，全都从第 120 回续起，可证当时人们几乎全都相信程高两人序言的说法确实可信①。则裕瑞力主"后四十回伪续"便属于"标新立异、哗众取宠"之谈。而他又不敢列举他所亲眼看到过的后四十回原有回目、以证今本后四十回之伪，则他的行为便更加有理由归属到"无证妄说、做贼心虚、隐瞒不利证据"这类卑陋行径中去。而且裕瑞能看到后四十回原来的回目，他同时代的人必定也有能看到者，为何没有一个人据之来谈后四十回原有回目的情节与今本后四十回有异？这更加可以证明：后四十回原有回目所体现出来的情节，应当和今本后四十回相同。我们由裕瑞不敢引后四十回回目，又不敢列举后四十回回目所反映出来的今本后四十回所没有的情节，更加可以知晓：裕瑞创立"程高本后四十回伪续"这一"新"论，当是别有用心、不足采信。②

至于后四十回有目无文，裕瑞言曹雪芹只是立了个提纲，尚未写作便亡故了，这更加是不符合小说创作惯例的臆断，这恰可证明裕瑞根本就没有写过小说，是小说创作的门外汉。因为任何人创作小说时，都是书写完后再拟定工整的回目，断然不可能把书还没写时的提纲，先提炼成工整的回目，然后再来书写正文。因此，曹雪芹拟出"一百二十回"工整的回目，便是《红楼梦》全书120 回早已写完的铁证。

至于曹雪芹之所以要在先行流传于世的前八十回书稿上，开列后四十回回目，这便是一种广告效应，是他"人穷志短"、想靠这书换点口食的体现，这便是裕瑞所引的曹雪芹亲口所说的话："若有人欲快睹我书不难，惟日以南酒、烧鸭享我，我即为之作书。"

在前八十回正文前开列全书 120 回回目，等于把后四十回回目及早公布于世，这是曹雪芹在吊读者的胃口，想靠此来牟些蝇头小利、以糊其口。其做法等于在向世人做宣传广告：凡是有文士想一睹此后四十回为快者，便请"我"曹雪芹吃顿美酒佳肴，"我"曹雪芹便让你抄上一回，四十回便可换四十顿美餐。

至于前八十回的正文何以会流传？当是其叔叔脂砚斋资助并参与创作，自

---

① 所谓的"三六桥本"与"端方本"从第八十回续起，那是孤例，而且很可能出现在程高本之前，是好事者感慨前八十回不完所作，非曹子原书。
② 我们很怀疑他有妒忌程高二人在宏传《红楼梦》中丰功伟绩的可能。

然存有其第一稿的 120 回。作者又因脂砚斋是自己叔叔，是自己创作时帮自己揭示全书字面下隐义的黄金搭档，所以允许脂砚斋过录自己已经创作定稿的第五稿的前八十回（其中其实还有少量未定的地方）。而且脂砚斋肯定也是在收取某位读书人一大笔钱财后，才允许其传抄前八十回的定稿，而传抄者又可以此来射利，遂使《红楼梦》之书渐渐流传开来。而脂砚斋获得钱财后，肯定也会分给作者一部分作为润笔之资。

况且曹雪芹创作《红楼梦》的一大宗旨，便是为自己的人生、自己的家族、自己所爱之人作传，从这一点上来说，他也需要广泛地流传此书，所以也会允许别人广为传抄。同时，流传此书的一大副产品，便可以为自己顺便牟些蝇头小利，这也是人之常情，无可苛责。①

至于后四十回未能流传，那是因为作者想吊读者胃口，暂扣不传。而且更有可能的是：后四十回的情节构思难度远远超过了前八十回，倾注了作者更大量的心血。在作者甲戌年"前八十回"第五稿定稿时，"后四十回"尚未能定稿。作者也没料到自己会在八年后的壬午年除夕溘然长逝，而导致"后四十回"第五稿的定稿湮没无传。

由于脂砚斋甲戌年作批是第二次批书（见甲戌本第一回"至脂砚斋甲戌抄阅再评，仍用《石头记》"语），而之前一次批书时拥有过全书 120 回稿（如果他第一次作批时没看到后四十回，他在前八十回中便批不出与后四十回有关的诸条批语来）。根据本书"第二章、第八节"考明，他手头第一次作批时的 120回稿应当是作者五次改稿中的第一稿，脂砚斋甲戌年第二次批书时，作者可能因为"后四十回"第五稿尚未定稿的缘故，只传抄了全书 120 回目和"前八十回"第五稿定稿的正文，"后四十回"等于是有目无文。

作者后四十回的第五稿定稿虽失，好在脂砚斋有前一次批书时的"后四十回"第一稿在手头，其上必定也会有脂砚斋所做的批语，脂砚斋由于作者"后四十回"尚未定稿的缘故而未流传此草稿。而且这第一稿的"后四十回"与第五稿的"前八十回"肯定会有所抵牾，所以脂砚斋也就不可能在作者逝世后，在"后四十回"第五稿散失的情况下，在"前八十回"的第五稿的尾部传抄这一第一稿的"后四十回"。

但脂砚斋逝世后，他手头的这部第一稿的"后四十回"便聊胜于无而显得弥足珍贵，最终被程伟元千方百计给购求到了。而且脂砚斋之外的曹雪芹的一两位至密之友，应当也有可能抄到作者增删五次中的某一次之稿、而拥有此后四十回，在一个极小的范围内传阅，后来也被有心人程伟元感动上苍和曹雪芹的在天之灵，让他在"踏破铁鞋无觅处"时"得来全不费工夫"般找到，从而得以弥补连脂砚斋作批时都没能看到过的第一稿"后四十回"中业已缺失的一两回。

程伟元将收集到的脂砚斋所藏的"后四十回"第一稿刊成今天的"程甲本"后四十回时，把后四十回中的脂砚斋批语和前八十回中的脂砚斋批语给一同删

---

① 由此可见，雪芹也是凡人，并非圣人。

落了，这是非常可惜的事情。（其原因应当是活字本无法排批注。）

总之，通过研究，脂批所提示的八十回以后的情节，今本后四十回大都具有而且相合，只有少量没有或不合。其没有者，往往是因为今本后四十回乃作者原稿的残本而非全本；其不合处，或许是因为作者仍在不断创作改稿中[①]，而且有很多所谓的"不合"其实并无不合，只不过后人理解上有偏差而感到不合罢了。

经过对脂批与今本后四十回的全面对照和认真研讨，我们最终发现：只有"卫若兰射圃"回、"狱神庙"回、末回"酸斋破毡""警幻情榜"这四大节目，乃脂批提及而今本后四十回所没有，其余皆有而且相合。除"酸斋破毡"外，另三大节目脂批早已言明其已"迷失"，所以，今本后四十回无此三大节目，恰可支持"今本后四十回乃曹雪芹原稿"的结论。至于"酸斋破毡"脂砚斋当能读到，今本因未能找到而没有，这也在情理之中[②]，故不可"以偏概全"地据此一项细节之没有，来武断"今本后四十回全部内容都不是曹雪芹所著"。

下面便详举诸家所谓的"脂批所提示出来的、后四十回当有而今本后四十回所没有的情节"来加以分析，以证上述结论之不虚。

一、脂批所言的"凤姐扫雪拾玉"，实即前二十回中作者业已删除的"良儿窃玉"情节

第49回末，平儿洗手时少了一只虾须镯，凤姐笑道："我知道这镯子的去向。你们只管作诗去，我们也不用找，只管前头去，不出三日包管就有了。"果然不久便找到，即第52回"俏平儿情掩虾须镯"平儿对麝月说：那日洗手时不见镯子，二奶奶不许吵嚷，出了园子便传唤园内各处的妈妈小心查访。最初怀疑是邢姑娘家的丫头穷而拿走，没料到是你们"怡红院"这儿的人[③]。你们这儿的宋妈拿着这镯子来上交，幸亏二奶奶不在屋，交到了我手上；宋妈说是小丫头坠儿偷的，被她看见了镯子，所以来回二奶奶。

这时平儿又说："宝玉是偏在你们身上留心用意、争胜要强的。那一年有一个良儿偷玉，刚冷了一二年间，还有人提起来趁愿[④]。这会子，又跑出一个偷金子的来了，而且更偷到街坊家去了。偏是他这样，偏是他的人打嘴[⑤]。所以我倒忙叮咛宋妈：千万别告诉宝玉，只当没有这事，别和一个人提起。第二件，老太太、太太听了也生气。三则袭人和你们也不好看。所以我回二奶奶，只说：

---

① 其实本书"第二章、第八节"考明：今本后四十回就是脂砚斋手中的后四十回，因此其不合者几乎没有。【即便有，也有可能是脂砚斋手中的后四十回不全，而今本后四十回中有部分来自脂砚斋以外的藏稿，其与脂砚斋藏稿中的后四十回属于不同稿次，故略有差异。其实我们尚未发现此种实例。】
② 即脂砚斋藏稿落入程高二人手中时，也会略有破损、遗失。
③ 可见邢岫烟"人穷而志不短"。
④ 当指宝玉的死对头赵姨娘，借此事来讽刺挖苦宝玉房里的诸人。
⑤ 此言"奸盗相连"，淫与偷难分难解。

‘我往大奶奶那里去的，谁知镯子褪了口，丢在草根底下，雪深了没看见。今儿雪化尽了，黄澄澄的映着日头，还在那里呢，我就拣了起来。’二奶奶也就信了，所以我来告诉你们。你们以后防着她些，别使唤她到别处去。等袭人回来，你们商议着，变个法子打发出去就完了。”

其处庚辰本有夹批：“妙极！红玉既有归结，坠儿岂可不表哉？可知‘奸、贼’二字是相连的。故‘情’字原非正道，坠儿原不情也，不过一愚人耳，可以传奸，即可以为盗。二次小窃，皆出于宝玉房中，亦大有深意在焉。”这不由让我们想起词语“偷情”来，可证“情”与“偷”常相连①，都是见不得人的勾当，所以平儿说：宝玉越是喜好漂亮的女孩，他房里越容易出现各种“鸡鸣狗盗”之事。这条批语点明小红为“奸”（指与贾芸有私情②），而坠儿肯为他们穿针引线（指第27回的手帕传情），也是奸邪婢。又平儿说“还有人提起来趁愿”，便是指赵姨娘把宝玉房中有人（指良儿）偷玉的事，在贾政面前诉说，以此来证明宝玉房里风气不好、奸盗相连，要让贾政严格管教宝玉，以遂自己的心愿。

这儿补充交代了“一二年”前发生过的“良儿窃玉”之事，而坠儿现在是偷到街坊邻居家里去了，证明宝玉房中的良儿偷的应当是自家贾宝玉的玉。贾宝玉没有别的玉，自然就是那块随身佩戴的“通灵宝玉”。贾宝玉时刻佩戴它，唯有晚上睡觉时会摘下，收在床褥底下，这才有了被偷的可能，即第8回“袭人伸手从他项上摘下那通灵玉来，用自己的手帕包好，塞在褥下，次日带时便冰不着脖子”，甲戌本有侧批：“交代清楚。‘塞玉’一段，又为‘误窃’一回伏线。”伏线自然是伏下文之线，可证“良儿窃玉”一回当在第8回之后，而且又当发生在第52回那年的一两年前。（据笔者《红楼时间人物谜案》“第一章、第三节”的考证，第52回是红楼十三年。）

又第15回宝玉到铁槛寺为秦可卿送殡，晚上在“水月庵”睡觉，凤姐也把“通灵宝玉”塞在自己床褥下：“凤姐在里间，秦钟、宝玉在外间，满地下皆是家下婆子，打铺坐更。凤姐因怕通灵玉失落，便等宝玉睡下，命人拿来塞在自己枕边。”

第27回红玉受凤姐青睐，问她可愿意跟着自己，红玉笑道：“愿意不愿意，我们也不敢说。只是跟着奶奶，我们也学些眉眼高低，出入上下，大小的事也得见识见识。”甲戌本侧批：“且系本心本意，‘狱神庙’回内方见。”正是说红玉真心实意地一百个愿意，而且还言明红玉要到后四十回中的“狱神庙”那回才有大段描写，而“狱神庙”那回又迷失了，所以全书也就没什么红玉的文字了。今本后四十回正没有大段红玉的情节，俞平伯先生便说这不是曹雪芹的原著③，其实这恰倒可以证明今本后四十回乃曹雪芹原著，因为曹雪芹要到“狱神庙”那回才写红玉，而此回又迷失了，所以后四十回不写红玉反倒是曹雪芹的原稿。

又此处庚辰本有眉批：“奸邪婢岂是怡红应答者，故即逐之。前良儿，后篆

---

① 按，古人认为：情欲之事都当暗中进行，不宜公开宣扬。
② 古人常称私情为奸情。
③ 见俞平伯《红楼梦辨》之《八十回后之红楼梦》之“小红应当和贾芸有一个结局”云云。

儿，便是确证。作者又不得可也①。己卯冬夜。"可证"良儿窃玉"当在第 27 回之前。而所谓的"后篆儿"便是此回之后的第 52 回"坠儿窃镯"。何以"坠儿"误作"篆儿"？当是脂砚斋记忆有误。第 52 回平儿曾说："我们只疑惑邢姑娘的丫头"偷的，而第 62 回："邢岫烟的丫头篆儿"，可证平儿最初怀疑是"篆儿"偷的，其实最终是宝玉房里的"坠儿"偷的，脂砚斋当是涉此而误把"坠儿"混作了"篆儿"。又第 52 回宝玉房里的小丫头也叫篆儿："晴雯又骂小丫头子们：'哪里钻沙去了！瞅我病了，都大胆子走了。明儿我好了，一个一个的才揭你们的皮呢！'唬的小丫头子篆儿忙进来问：'姑娘作什么？'……说着，只见坠儿也蹭了进来。"可见宝玉房里有两个小丫头，一个是篆儿，当与邢姑娘的丫头重名（重名也没什么可奇怪的），一个是坠儿，所以脂砚斋更容易把"坠儿"混作"篆儿"。况且"篆、坠"两字读音又相近，脂砚斋更加容易把两者搞混。

而第 23 回"刚至穿堂门前，（庚夹：妙！这便是凤姐扫雪拾玉之处，一丝不乱。）"画线部分前人都认为是在说后四十回中的情节，我们认为这应当就是良儿窃玉后，全府上下搜索不到，而良儿又畏惧被搜到，便把玉扔在大家都要经过的穿堂门前（据笔者《宁荣府大观园图考》：穿堂是凤姐院、王夫人院前往贾母处的必经之路，很多人都会从此经过，扔于此地便很难排查清楚是谁扔的）。疑良儿扔玉时，可能被某人看到，其人向凤姐告发，于是凤姐便亲自到现场坐镇，指挥大家扫雪，把玉扫了出来，从而人赃俱获，把良儿逐出了贾府。因此"扫雪拾玉"的脂批，说的便是前八十回业已被作者删掉的情节。

笔者《红楼时间人物谜案》"第一章、第三节"考明：第 13 至 16 回为红楼十一年，第 17 回为红楼十二年，第 18 回为红楼十三年，第 27 回是在此年的四月廿六，第 52 回是在此年年底。第 52 回平儿言"那一年有一个良儿偷玉，刚冷了一二年间"，可证良儿窃玉事应当在红楼十三年底前的一二年，其又言"那一年"而不言去年，可证发生之年不是去年红楼十二年，应当是红楼十一年的可能性为大。所以窃玉事应当发生在第 13 至第 16 回之间。而第 15 回凤姐已把玉塞在自己枕头边，足证她担心宝玉自己塞玉而被盗，才会有这种行为；所以，窃玉事更当发生在第 15 回之前为是，以发生在第 13 至 14 回之间的可能性为大。

至于失玉的情节后四十回倒是有，即第 94 回"晏②海棠贾母赏花妖、失宝玉通灵知奇祸"，把失玉后该写的各种反应都写到了（如：审贾环、叫人测字、悬赏而有人冒领等），特别是凤姐说："咱们家人多手杂，自古说的，'知人知面不知心'，哪里保的住谁是好的？但是一吵嚷，已经都知道了，偷玉的人若叫太太查出来，明知是死无葬身之地，他着了急，反要毁坏了灭口，那时可怎么处

---

① 可，当是赞许之意。这是批者言：小红与贾芸偷情是奸，作者不当称赞小红。这是批者脂砚斋对作者在书中把小红当作正面人物来描写甚为不满。他不知道：作者写林红玉与芸二爷手帕传情，是主人公林黛玉与宝二爷手帕传情的引子；若小红当贬斥，则黛玉也当贬斥了，即第 54 回"史太君破陈腐旧套"贾母借批判才子佳人小说来贬斥黛玉宝玉是一对偷情的贼。
② 晏，通"宴"，程乙本改"宴"。

呢？据我的糊涂想头，只说宝玉本不爱它，撂丢了，也没有什么要紧，只要大家严密些，别叫老太太、老爷知道。这么说了，暗暗的派人去各处察访，哄骗出来，那时玉也可得，罪名也好定：不知太太心里怎么样？"又叫贾环来说："你二哥哥的玉丢了，白问了你一句，怎么你就乱嚷？若是嚷破了，人家把那个毁坏了，我看你活得、活不得！"贾环吓得哭道："我再不敢嚷了。"赵姨娘听了，哪里还敢言语？

这第 94 回丝毫没有提到前八十回有过失玉之事，当是作者原本把失玉写在第 13、14 回左右，后来因为后四十回又要再写一次失玉的事，便把前面的"良儿窃玉"给删掉了。其实是把前面"良儿窃玉"后的反应，全都移到后四十回中的这第 94 回来写。而平儿的话便是为了印证"好①情之人便近偷"的主旨，所以，作者仍把提及这件事的平儿说的话给保留下来而未删②；同时，作者留下平儿这段原稿不删，很有可能也是想让有心人看破自己最初稿中"良儿窃玉"的真相来。

后四十回肯定要写失玉的情节，因为第 18 回元妃点的戏中有"仙缘"那一出，脂批点明是"伏甄宝玉送玉"，可证玉当失去。唯有失玉，宝玉才会不"通灵（即丧失神智）"，才会痴傻地娶了宝钗而逼死黛玉，才能让黛玉完成其人间的偿泪使命而魂归太虚幻境；唯有黛玉死了，宝玉才会出家，才可以终结全书，从而把全书升华到"人间悲剧"这一感人意境上来，升华到"宗教情结"这一至高境界上来。所以"失玉"肯定是后部书中极关键的一回。

一旦写到失玉，就势必要写到众人失玉后的各种反应。如果全书开头已经写过失玉的情节，作者便要在后四十回中重新挖空心思创作一番与前不同的失玉情节和众人反应，这难度未免太大了，所以作者便"回避难点"，将前面的失玉情节汇到后面来写。同时，如果两处都写失玉，等于是把同一主题的情节分到两处去写，可谓"两败俱伤"；还不如合在一处，可以写得更为酣畅淋漓。

毕竟作者才力再大也有限度，他自感前面已写尽了，后面再也想不出有关失玉的别的独特场景来了，莫如把前面的情节移到后面来、集中在一处写，效果会极佳。于是作者便在增删五次的创作过程中，删掉了前面的"良儿窃玉"，把其中有关"失玉"的情节，全都改到后四十回中的第 94 回"通灵宝玉自己避祸消失"中来写。

后四十回凤姐说："贼急了会毁灭证据"，而良儿便是因为府内搜寻得急而扔玉自保。至于凤姐扫雪拾玉，平儿说自己那镯子如何找到是："雪化尽了，黄澄澄的映着日头，还在那里呢，我就拣了起来"，与"良儿窃玉、凤姐扫雪拾玉"也有相重之处，作者肯定不愿意有重笔，这也是他把第 13、14 回"良儿窃玉"事删去的一个原因。

由于有雪，所以也就可以揣知"窃玉"事当发生在"红楼十一年"年初秦

---

① 好，读"喜好"的"好"。好情，即多情多欲而好色之意。

② 即前八十回原稿中写了"良儿窃玉"事后，又在第 52 回让平儿提一下这件事。在后来改稿中，作者删掉了"良儿窃玉"事，而第 52 回平儿说的话则未删，以存原稿真相。

可卿丧事之前，以发生在第 12 回贾瑞、秦可卿两人死之前的"红楼十年"年底的可能性为更大①。总之，凤姐扫雪拾玉事肯定不在后四十回中。

我认为"良儿窃玉"与"凤姐扫雪拾玉"这一情节当是脂砚斋第一次作批的曹雪芹第一稿中的情节，在脂砚斋甲戌年间作批的曹雪芹第五稿中业已删除。

只是作者既然删掉了"良儿窃玉"的情节，为何脂砚斋又在批中正大光明地提到这件事，这难道也是在为作者保存最初稿的真相吗？难道脂砚斋也是想借此来表明自己看到过作者未删前的稿子吗？这都有可能，但更有可能的还是第 52 回平儿说过"那一年有一个良儿偷玉"的话，等于作者自己在书中已经"不写之写"地提到过"良儿窃玉"这件事了，而脂砚斋又应当看到过最初稿有此情节（正如他看到过第 13 回"秦可卿淫丧天香楼"的情节而命作者删掉一样②），于是也就不管作者在第五稿定稿中写没写这件事的具体情节，正大光明地在批语中提到这件事，顺带连这次偷玉最后是如何找到的——即"凤姐扫雪拾玉"——也给提到了。（虽然作者在书中只是借平儿"雪化尽了"才看到丢失的金镯，算是把"凤姐扫雪拾玉"这一已经删掉的情节给影写了一下，连"不写之写"都算不上；但脂砚斋还是给大家透露出这一点被删节掉的真相来。）

通过此"凤姐扫雪拾玉"与"良儿窃玉"的分析，已然证明脂批所提到的前八十回找不到情节线索，很可能是前八十回中业已删除掉的情节；即脂批所提到的未见于前八十回的情节，不一定就在后四十回中，而完全有可能是前八十回中被作者删掉的情节。

下面我们再举"当票"和"四侠文"诸例，更加证明脂批所提到的后文线索，其实有很多都是前八十回中写到的情节，而未必是后四十回中要写的情节。总之一句话："脂批所言未见于前八十回的情节，未必就在后四十回中！"

二、"当票"事证明脂批所言未必指后四十回

第 7 回脂批提到的"暗伏后来史湘云之问"，其实就是第 57 回"当票"之事，因此，脂批所提到的貌似前八十回所没有的情节，未必就指后四十回。

第 7 回末焦大骂：宁国府主子贾珍与秦可卿"爬灰的爬灰，养小叔子的养小叔子"，书中写道："凤姐和贾蓉等也遥遥的闻得，便都装没听见。（甲戌本侧批：是极。）宝玉在车上见这般醉闹，倒也有趣，因问凤姐道：'姐姐，你听他说"爬灰的爬灰"，什么是"爬灰"？'（甲戌本侧批：问得妙。）（蒙王府本侧批：暗伏后来史湘云之问。）凤姐听了，连忙立眉嗔目断喝道：'少胡说！那是醉汉嘴里混唚。（甲侧：答得妙。）你是什么样的人？不说不听见，还倒细问？③等我回去回了太太，仔细捶你不捶你！'（蒙侧：熙凤能事。）唬的宝玉忙央告道：

---

① 即"良儿窃玉"事还不在上文所推测的第 13、14 回中，很可能是在第 12 回中。
② 据下一章第八节"二"考，脂砚斋当是见作者曹雪芹交给他让他作批的第一稿中的第 13 回有此"秦可卿淫丧天香楼"的情节。
③ 指你宝玉当学贾蓉和我听到了只当没听到。

'好姐姐，我再不敢了。'凤姐亦忙回色哄道：（甲侧：哄得妙。）'好兄弟，这才是呢。'"

今按清人王有光《吴下谚联》："翁私其媳，俗称'扒灰'，鲜知其义。按昔有神庙，香火特盛，锡箔锃焚炉中，灰积日多，淘出其锡，市得厚利。庙邻知之，扒取其灰，盗淘其锡以为常。扒灰，'偷锡'也。'锡、媳'同音，以为隐语。"清人李元复在《常谈丛录》中则说，扒灰即在灰上扒行，会"污膝"，故用来隐指"污媳"（"膝、媳"两字音近）。总之，"爬灰（扒灰）"是讲公公与儿媳乱伦，此处骂的是贾珍与其儿媳秦可卿有不正当关系。

上引情节是写公子哥贾宝玉不解市井俗语"爬灰"。脂批："暗伏后来史湘云之问。"或以为是史湘云又问"爬灰"之事，而前八十回无此情节，批书人很可能看到过曹雪芹写的八十回以后的文字，所以人们便怀疑八十回后当有这么一段情节，现在八十回后的曹雪芹原著已失，因此湘云到底说什么、问什么，也就成了千古悬案。

其实曹雪芹是不可能重复写到同一件事的，也就不可能再在书中写湘云问俗语"爬灰"是何意，所批之事当即第57回史湘云拾到邢岫烟丢的当票而不识，问大家什么是"当票"，书中写道：

一语未了，忽见湘云走来，手里拿着一张当票，口内笑道："这是个账篇子？"黛玉瞧了，也不认得。地下婆子们都笑道："这可是一件奇货，这个乖可不是白教人的①。"宝钗忙一把接了，看时，就是岫烟才说的当票，忙折了起来。

薛姨妈忙说："那必定是哪个妈妈的当票子失落了，回来急的她们找。哪里得的？"湘云道："什么是当票子？"众人都笑道："真真是个呆子，连个当票子也不知道。"薛姨妈叹道："怨不得她，真真是侯门千金，而且又小，哪里知道这个？哪里去有这个？便是家下人有这个，她如何得见？别笑她呆子，若给你们家的小姐们看了，也都成了呆子。②"众婆子笑道："林姑娘方才也不认得，别说姑娘们。此刻宝玉他倒是外头常走出去的，只怕他还没见过呢。"

薛姨妈忙将原故讲明。湘云、黛玉二人听了方笑道："原来为此。人也太会想钱了，姨妈家的当铺也有这个不成？"众人笑道："这又呆了。'天下老鸹一般黑'，岂有两样的？"薛姨妈因又问是哪里拾的？湘云方欲说时，宝钗忙说："是一张死了没用的，不知哪年勾了账的，香菱拿着哄她们顽的。"薛姨妈听了此话是真，也就不问了。

宝玉不识世俗之语"爬灰"，湘云不识世俗之语"当票"，两者乃曹雪芹写

---

① 乖，乖巧、聪明，此处指明白事理，与下文所说的"呆（真真是个呆子）"的意思正相反。"教你一个乖"，即告诉你一个办法、教你个本事、告诉一件你原本不知道的事、教会你一个道理。"这个乖可不是白教人的"，即这件事可不是白教你的。指：大观园的小姐们衣食无忧，不懂这个，告诉了她们，便是教会了她们一个乖，去掉了她们知识领域的一个呆。
② 指你们贾家的小姐（指迎、探、惜春和黛玉）也不识得。

的一对相互照应的情节，旨在借薛姨妈与众人之口，说出侯门的公子与千金不识人间之物、不知世道艰难。正如第27回探春请宝玉出门时为她买些小玩意儿，宝玉说："拿五百钱出去给小子们，管拉一车来。"庚辰本有侧批："不知物理艰难，公子口气也。"

不光宝玉、湘云不知世人的艰难，就连李纨也不知车可以雇的世情，见后四十回之第110回贾母出殡要用车："李纨道：'……后日送殡，各房的车是怎么样了？'众人道：'……昨儿听见外头男人们说：二爷派了蔷二爷料理，说是咱们家的车也不够，赶车的也少，要到亲戚家去借去呢。'李纨笑道：'车也都是借得的么？'众人道：'奶奶说笑话儿了，车怎么借不得？只是那一日所有的亲戚都用车，只怕难借，想来还得雇呢。'李纨道：'底下人的只得雇，上头白车①也有雇的么？'众人道：'现在大太太，东府里大奶奶、小蓉奶奶，都没有车了，不雇，哪里来的呢？'李纨听了，叹息道：'先前见有咱们家里的太太、奶奶们坐了雇的车来，咱们都笑话，如今轮到自己头上了。你明儿去告诉你们的男人：我们的车马，早早的预备好了，省了挤。'众人答应了出去，不提。"

李纨口中的"先前见有咱们家里的太太、奶奶们坐了雇的车来"，那肯定不是指贾府的太太、奶奶，当是指李纨李家的太太、奶奶。而李家有人来贾府，当指第49回李家人贾府事："走至半路泊船时，正遇见李纨之寡婶带着两个女儿，大名李纹，次名李绮，也上京。""咱们家里的太太"便是"李纨之寡婶"，而"奶奶"便是李纹、李绮。这第49回只字没有提到她们雇车前来、而被贾府之人笑话的事，后四十回的第110回如果是他人来续写的话，谁会想到要续上这个曹雪芹在前八十回根本就没提到过的细节？

后四十回有前八十回没提到的细节，这也可以证明后四十回应当是曹雪芹的原稿★。在后文补写前面未写之文，这正是曹雪芹一贯的手法，可以称作"隔山打牛"。又王希廉评第110回："李纨不知车亦可借雇，致惹人笑。借此时之冷落，形容昔日之富豪；一笔之中，两面俱到。"这便写明：大家闺秀的李纨不知车可以借，正与宝玉不识"爬灰"、湘云不识"当票"堪称全书"三足鼎立"的绝配情节。

三、"四侠文"证明脂批所言未必指后四十回

第26回末甲戌本总批："前回倪二、紫英、湘莲、玉菡四样侠文皆得传真写照之笔，惜'卫若兰射圃'文字迷失无稿，叹叹！"此条脂批提到的"四侠文"便可证明：脂批所提到的后文线索，很多在前八十回中其实已有照应，所以，脂批所说的貌似前八十回没有的情节，未必就指后四十回中当有此情节。

（一）倪二"侠"文

上引脂批所指的倪二之文，即第24回"醉金刚轻财尚义侠"中倪二仗义借

---

① 指主子们坐的挂孝幔白布的车。

钱给贾芸。其回前庚辰本有批："夹写'醉金刚'一回，是书中之大净场，聊醒看官倦眼耳。然亦书中必不可少之文、必不可少之人。今写在市井俗人身上，又加一'侠'字，则大有深意存焉。"即：书中写"醉金刚倪二"这一回，相当于戏剧中以"净面"为主角的一场，此回便是作者借鉴戏剧手法所写的、给全书增添风味的小点缀。

此倪二一直要到后四十回才又提到，即第 104 回"醉金刚小鳅生大浪"，其实仍是侧面而非正面描写"醉金刚倪二"如何兴风作浪，扳倒了堂堂"宁、荣"二国府。

其言京城府尹贾雨村出行，倪二喝醉后躺在街心不肯让路，这正是第 24 回称其为"泼皮"的真实写照。按第 24 回言：贾芸抬头一看"却是紧邻倪二。原来这倪二是个泼皮，专放重利债，在赌博场吃闲钱，专管打降①、吃酒。如今正从欠钱人家索了利钱，吃醉回来，不想被贾芸碰了一头，正没好气，抢拳就要打。"由于他仗义借钱给贾芸，所以回目拟作"醉金刚轻财尚义侠"，于是脂批便有"仗义人岂有不知礼者乎？何尝是破落户？冤杀'金刚'了"这番话来，对倪二大加颂扬（当然，倪二放债给贾芸肯定也是要放重利的）。

所以，后四十回如果是别人来续的话，见此回目，又见回中其仗义借钱的情节，再加上脂批的颂扬，早就认定倪二是来帮助"宁、荣二国府"的豪侠，谁会想到要在后四十回，把他塑造成告发并扳倒"宁荣二府"的泼皮？而今本后四十回却一反常态，写尽小人"小鳅生大浪、蚁穴溃长堤"的情状，把倪二塑造成导致"宁荣二府"抄家崩溃的"泼皮"形象，这样的手笔、构思，的确只可能是作者的原稿，而且这也正好印证了第 24 回倪二放高利贷的泼皮形象。脂砚斋由于没有读到抄家那几回（本节开头已言明脂砚斋所读到的后四十回缺了五六回，所缺的五六回中就有这抄家之回），于是便被第 24 回的表相所惑，把倪二当成义侠来批点。

第 104 回写道，差役禀告贾雨村："那人酒醉，不知回避，反冲突过来。小的吆喝他，他倒恃酒撒赖，躺在街心，说小的打了他了。"雨村对倪二说："我是管理这里地方的，你们都是我的子民。知道本府经过，喝了酒不知退避，还敢撒赖？"倪二道："我喝酒是自己的钱，醉了躺的是皇上的地，就是大人、老爷也管不得！"写出泼皮无赖的声口。

雨村怒道："这人目无法纪！问他叫什么名字。"倪二回道："我叫'醉金刚倪二'。"雨村一听就来气，命人"打这'金刚'！瞧他是金刚不是！"手下把倪二按倒，着实抽了几鞭，倪二负痛酒醒而求饶，雨村在轿内哈哈大笑道："原来是这么个金刚么？我且不打你，叫人带进衙门慢慢的问你。"众衙役拎了倪二便走，倪二哀求也不中用。这已写尽倪二所谓的"豪侠"，不过是仗酒使性、发发酒疯罢了，酒醒后连一点豪侠气度都没有。

雨村回府后，岂会把这件事情放在心上？所以一关就是好几天。街上看热闹都传说："倪二仗着有些力气，恃酒讹人，今儿碰在贾大人手里，只怕不轻饶

---

① 打降，以武力降服对方，即打架斗殴。

的。"画线部分也写出倪二往日的泼皮无赖行径。这话传到倪二妻女耳边，想到贾雨村与荣国府是一家（指都姓贾且联了宗，见第 2 回贾雨村对冷子兴大言不惭地宣称："若论荣国一支，却是同谱"，第 3 回写贾雨村"拿着宗侄的名帖"来拜望贾政，第 16 回又言：贾雨村"与贾琏是同宗弟兄"），而贾芸又受过倪二的接济，所以来请贾芸通过贾府向雨村求情。

哪知贾芸上回给凤姐送礼而凤姐不收，不好意思再入荣府；而荣府守门人都看主子脸色行事，看到主子不收他的礼就是不愿理睬之意，就算那人是本家亲戚也不再往里面通报，一律支走完事，所以贾芸连贾琏、凤姐的面都没见着。他想从大观园后门找宝玉，又见园门紧锁，只得垂头丧气回来。贾芸在路上想起："那年靠倪二借银，买了香料送凤姐，凤姐才派我种树，如今我没钱打点她，便把我拒绝。她其实也没什么能力，不过是拿着太爷留下的库银往外放'加一钱'（高利贷），我们穷亲戚连一两也借不着，她打谅能保住一辈子不穷吗？她这么做哪里知道外头的名声很不好！（伏下贾府抄家的一大罪名，便是凤姐放高利贷。）我不说罢了，若说起来，她身上的人命官司还不知有多少呢。（又伏下抄家的罪名中，可能会有类似于逼死金哥、守备公子等的人命官司事，但书中没写，可证凤姐并没有直接杀过人，都是借刀杀人，故难以追究。又：第 69 回凤姐命令来旺儿杀掉张华，来旺儿幸亏没有执行，否则凤姐死罪难逃。）"一面想、一面回到家中，见倪家母女正等着，便对她们说："已向贾府说了情，但没有用。"倪家母女冷笑几声说："难为您白跑了这么多天。"说毕出来，另托别人把倪二弄了出来，只打了几大板，也没定什么罪。

倪二回家后，他妻女把贾家不肯说情的话述说了一遍。其实这事是贾芸没面子去说，但贾芸撒的谎便成了贾府不肯去向贾雨村说情，于是倪二的火便引到贾府头上，这便伏下贾府抄家的导火线索。

倪二听完妻女说的话后，气得骂贾芸道："这小杂种，没良心的东西！头里他没有饭吃，要到府内钻谋事办，亏我倪二爷帮了他。如今我有了事，他不管。好罢咧！若是我倪二闹出来，连两府里都不干净！"他妻女忙劝道："别天天喝了酒闹事。前儿可不是醉了才闹出来的乱子？挨了打还没好呢，你又闹了！"

倪二说："我这次在监狱里结识了好几个讲义气的朋友。他们说：不单城里姓贾的多，外省姓贾的也不少，前儿监狱里还收了好几个贾家的家人，与这里的贾家也是一家的，都住在外省，已经审明白而押解进京来问罪的，我这才放心。（即：贾府有很多不法之举，元妃和王子腾在时，官府不敢过问；现在元妃、王子腾已死，贾府失去了朝中的两大靠山，官府们才敢追查，而且还是大力追查，因为可以从中大捞自己的政治资本，所以'我'倪二也就不用怕他们了，可以放心大胆地去告发他们贾府了。）现在贾二这小子（指贾芸）忘恩负义，我便和那几个仗义的朋友，说他们贾家如何欺负人（指贾赦、贾雨村逼死'石呆子'强取其古董扇子事），怎么放重利（指王熙凤放高利贷），怎么强娶活人妻（指贾琏夺张华之妻尤二姐）。吵嚷出去，有了风声到了都老爷（即下回回目中的"骢马使"也即都御史）耳朵里，这一闹起来，叫他们才认得我'倪二金刚'呢！"

倪二女人说:"你喝了酒去睡吧。他们又强占谁家的女人来着?没有的事不要混说。"倪二说:"你们在家里,哪里知道外头的事?前年我在赌场碰见小张(张华),说他女人(尤二姐)被贾家侵占了,他还和我商量,我倒劝着他,这才压住了。不知道小张如今哪里去了?有两年没见到了。如果碰着了他,我倪二太爷出个主意,叫贾二小子死给我看!一定要弄得他好好孝敬我倪二太爷才罢!"说着,倒身躺下。次日早起,倪二又往赌场中去,不提。

书中下来虽然没有正面描写倪二如何按此预谋去做,其实就是这么干的,于是便有了下一回第105回"锦衣军查抄宁国府、骢马使弹劾平安州"的抄家情节。即:

锦衣府堂官赵全负责抄家(其姓名谐音"抄全",即全抄之意),皇帝又命西平王来宣旨:"有旨意:贾赦交通外官,依势凌弱,辜负朕恩,有忝祖德,着革去世职。钦此。"西平王道:"闻得赦老与政老同房各爨的(指虽然同居一府,但财务独立,各自生火做饭,是两家人),理应遵旨(只)查看贾赦的家资。其余(指贾政家)且按房封锁,我们覆旨去,再候定夺(指皇上只下旨抄贾赦家,贾政这边是否要抄,需要问明皇上再说,皇上说要抄再抄)。"堂官赵全站起来说:"回王爷:贾赦、贾政并未分家。闻得他侄儿贾琏现在承总、管家,不能不尽行查抄。"西平王听了,也不好多说。不久,锦衣司官跪禀:"在内查出御用衣裙并多少禁用之物",这是元妃省亲时要用的,问题不大。一会儿,又有一起人来拦住西平王,回说:"东跨所抄出两箱房地契,又一箱借票,却都是违例取利的。"这就抄到了真凭实据,于是老赵马上说:"好个重利盘剥,很该全抄!请王爷就此坐下,叫奴才去全抄①来,再候定夺罢。"由此可见,抄家者便是专奔"凤姐房"的高利贷而来。

凤姐重利盘剥,贾芸已言"尽人皆知、声名不好",所以倪二也知晓而告发给了都御史。抄家者自然早已摸清情况、有的放矢,以免抄不出罪证、反倒落人把柄。后来,薛蝌来向贾政报告事情起因时说:"这里②的事,我倒想不到;那边东府的事,我已听见说:……有两位御史,风闻得珍大爷引诱世家子弟赌博,这款还轻;还有一大款是强占良民妻女为妾,因其女不从,凌逼致死。那御史恐怕不准,还将咱们家的鲍二拿去,又还拉出一个姓张的来。只怕连都察院都有不是,为的是姓张的曾告过的。"所谓"风闻",应当就是倪二叫所谓的仗义朋友去告的状,而御史(即骢马使)再去找相关的若干人证,自然也就找到对贾府怀有怨恨的家仆,如被贾珍打过的鲍二之流。薛蝌后来又打听到:"李御史今早参奏平安州'奉承京官、迎合上司、虐害百姓'好几大款。……就有我们,那参的京官就是赦老爷(贾赦),说的是包揽词讼(即贾琏经常往平安州公干,所办之事很机密,据此便可知道是包揽词讼),所以火上浇油。"

由此可见,"醉金刚"倪二才是压垮贾府的最后一根稻草。作者、批者居然把害倒自己家族的人称作"义侠",也可知曹雪芹、脂砚斋"心无挂碍、冤亲平

---

① 全抄,点明其姓名"赵全"谐音"抄全"。
② 此处程乙本增"荣国府"三字,当指荣国府凤姐放高利贷事,薛蝌之前没有听说过;而宁国府贾珍聚众赌博事,则薛蝌之前就听说过。

等"、"不恨别人告发、只恨自家为非"的宽宏大量来。

● 附：后四十回包勇侠文

上已言倪二挨打酒醒后，便毫无义侠模样，而与之截然相反的便是后四十回中的包勇，那才是作者笔下真正的义侠！

第107回言贾雨村为求自保，在贾府抄家后落井下石，撇清干系，大捞政治资本，惹怒寄居在贾府的甄家壮士包勇。他在贾雨村出行时，趁着酒兴，仗义直言，高声喊道："没良心的男女！怎么忘了我们贾家的恩了？"雨村在轿内听得一个"贾"字，便留神观看，见是一个醉汉，也不理会，过去了。这与倪二同样是醉汉冲撞府尹仪仗，写得全然不同，前者是假的"醉金刚"，这才是真正的"醉金刚"。

又第111回"狗彘奴欺天招伙盗"包勇护园，一人与数名强盗决斗，打死勾引强盗的贾府内贼何三，这才是全书唯一一处真正的豪侠之文。可惜这样的豪侠之人、豪侠之文，脂批枚数全书豪侠时居然没有提到，反去提那倪二；但这也不足以否定"今本后四十回乃曹雪芹所作"，因为脂批枚举时，难免会发生漏举的情况。

（二）冯紫英侠文

脂批言冯紫英之侠，除上面第26回那条脂批外，又见此回庚辰本眉批："紫英豪侠小文三段，是为金闺间色之文，壬午雨窗。"其后又有畸笏叟批："写倪二、紫英、湘莲、玉菡侠文，皆各得传真写照之笔。丁亥夏。畸笏叟。"

所言"紫英豪侠小文三段"，当即本回中冯紫英到来时的情景：

一是："只见冯紫英一路说笑，已进来了。"庚辰本侧批："如见如闻。"甲戌本侧批："一派英气如在纸上，特为金闺润色①也。"这是第一段英豪描写，白描而已，极为简略。

二是："薛蟠见他面上有些青伤，便笑道：'这脸上又和谁挥拳的、挂了幌子了？'冯紫英笑道：'从那一遭把仇都尉的儿子打伤了，我就记了，再不怄气，如何又挥拳？这个脸上，是前日打围，在铁网山，教兔鹘②捎一翅膀。'"庚辰本侧批："如何着想？新奇字样。"这是通过对话描上几笔，补明其打抱不平与打猎时的豪侠情景。

最后冯紫英又补上一句"大不幸之中又大幸"语，当指打猎时出了大意外，幸好无事，甲戌本侧批："似又伏一大事样，英侠人累累如是，令人猜摹。"所以下文宝玉便一再追问："你到底把这个'不幸之幸'说完了再走。"偏生冯紫英也即作者故意卖关子③，说要等专门请诸位喝酒时再说个尽兴。引得薛蟠说：

---

① 润色，即"间色"，也即点缀之意。
② 教，让。兔鹘，一种局部羽毛带褐色的白鹰。
③ 豪侠总是"神龙见首不见尾"，作者不去写究竟是怎么回事，可证其事无关于本书之大局，只是为了塑造其"神龙见首不见尾"的英雄形象而故意如此写写罢了。这相当于绘画中的"留白"。

"越发说的人热剌剌的丢不下。多早晚才请我们？告诉了，也免的人犹疑！"可见这是作者的不写之写，根本就无意写其谜底，只不过为了显示其夸夸其谈、"神龙见首不见尾"的豪侠秉性罢了；同时也是布此悬疑来吊众人胃口，好让众人下次都急着赶到他家赴宴以听下文。大家更没料到的是，他口中说的这场酒宴其实是明天就请，豪侠之人故意不说破，连明天请客今天都不说破，其故意"卖关子"可谓卖到了极致！

　　第三段便是冯紫英说"今儿有一件大大要紧的事"要回父亲去，薛蟠死拉住不放，于是冯紫英便豪爽地说："拿大杯来罚我喝两杯，总可以放我走了吧？"于是"斟了两大海。那冯紫英站着，一气而尽"。甲戌本侧批："令人快活煞！"庚辰本侧批："爽快人如此，令人美煞！"

　　此后便再也没有冯紫英的豪侠描写了。可证这个人物不过是作者因为全书皆是闺阁之文，阴柔气太重，故意写此人，来为全书增添阳刚之气。他作为全书的一种"间色"而存在（"是为金闺间色之文"），不是正文而是陪衬，所以大众切莫深究其中含义，索解出什么：冯紫英有机密大事，乃至与所谓的"强梁"柳湘莲图谋造反等等。如果真这样的话，这便不是闺阁正传的阴柔之文《红楼梦》了，这反倒成了阳刚勃发的武侠小说，大乖作者第一回"凡例"所言的"为闺阁女子作传"的创作本旨，等于是把"间色"当成了"正色"，"以间色乱了正色"。

　　总之，《红楼梦》以阴柔之色为主，阳刚之色只是点缀而已。所谓"正色"就是主色调，"间色"就是辅助色、点缀色。《红楼梦》书首"凡例"（当是作者亲笔所撰）言明："此书只是着意于闺中，故叙闺中之事切，略涉于外事者则简，不得谓其不均也。"说的便是全书"为闺阁女子作传"的创作本旨；那种富有阳刚气息的"四侠文"等所有涉及贾府以外的事，全都只是陪衬点缀、而一笔带过地加以略写。

（三）柳湘莲侠文

　　柳湘莲之文并不在本回（第26回）之前，所以，批语中的"前回倪二、紫英、湘莲、玉菡四样侠文"当理解为前回（第24回）中的倪二，本回之紫英，后回之湘莲（第47回）、蒋玉菡（第28回"蒋玉菡情赠茜香罗"）四样侠文。即此批语中的"前回"只管到倪二一个人。

　　柳湘莲事首见于第1回甄士隐《好了歌》注解："训有方，保不定日后（甲侧：言父母死后之日。）作强梁。（甲侧：柳湘莲一干人。）"所谓的"强梁"后世专指做强盗，其实古人还用这个词语来指"强劲有力、勇武"。《老子》："强梁者不得其死。"魏源《老子本义》："焦氏竑曰：'木绝水曰'梁'，负栋曰'梁'，皆取其力之强。'"可见"强梁"本意即指勇武有力、堪作栋梁而能肩负重任之人，也即"健儿"之意，并非永远都指强盗。而冯紫英、柳湘莲这批人都有豪侠之风，可以称之为"强梁"，这是取"强梁"一词的"健儿、豪侠"意。

柳湘莲的豪文见于第 47 回 "呆霸王调情遭苦打"。其回交代柳湘莲的家世出处："那柳湘莲原是世家子弟，读书不成，父母早丧，<u>素性爽侠，不拘细事，酷好耍枪、舞剑、赌博、吃酒，</u>以至眠花、卧柳，吹笛、弹筝，无所不为。因他年纪又轻，生得又美，不知他身分的人，却误认作优伶一类。"这便是所谓的 "父母死后做强梁"，非指做强盗，乃指其 "豪侠、尚武" 的个性（见上引的画线部分）。此回作者描写他痛打薛蟠，的确有模仿《水浒传》中 "武松醉打蒋门神" 的感觉，戚序本回末有总评："遭打一节，写薛蟠之呆，湘莲之豪"，这也是全书中为闺阁增添 "间色" 的点缀之文。

而第 66 回 "冷二郎一冷入空门"："薛蟠笑道：天下竟有这样奇事。我同伙计贩了货物，自春天起身，往回里走，一路平安。谁知前日到了平安州界，遇一伙强盗，已将东西劫去。不想柳二弟从那边来了，方把贼人赶散，夺回货物，还救了我们的性命。我谢他又不受，所以我们结拜了生死弟兄，如今一路进京。从此后我们是亲弟亲兄一般。到前面岔口上分路，他就分路往南二百里有他一个姑妈，他去望候望候。我先进京去安置了我的事，然后给他寻一所宅子，寻一门好亲事，大家过起来。"这又是作者惯用的笔法，即用他人之口来补叙情节，从而免去大段的正面描写（这也相当于是回避难点的 "避难法"）。上面这段情节是再度补描一下柳湘莲的豪侠情景。

柳湘莲先到都城南二百里地看望姑妈，而巧的是后四十回中第 86 回薛蟠正是 "这日想着约一个人同行，这人在咱们这城南二百多地住。大爷找他去了，遇见在先和大爷好的那个蒋玉函，带着些小戏子进城"。因此，柳湘莲很可能去看的就是久别的亲密好友蒋玉菡，而他假托是去看望姑妈。后八十回的第 86 回再次提及 "城南二百里"，与第 66 回细节照应，不是一般人所能想到，当是曹雪芹原稿。★

第 66 回柳湘莲向尤三姐要回聘礼后，尤三姐自刎，柳湘莲失魂落魄地离开贾府中的薛家①，出门后神不守舍，浑浑噩噩，信步乱行。忽见一位小厮带他进入一间新房，看到尤三姐向他哭泣诀别："妾痴情待君五年矣，不期君果冷心冷面，妾以死报此痴情。妾今奉警幻之命，前往'太虚幻境'修注案中所有一干情鬼。妾不忍一别，故来一会，从此再不能相见矣。"说毕便走，湘莲忙上来拉住再问，那尤三姐便说："来自情天，去由情地。前生误被情惑，今既耻情而觉，与君两无干涉。"说毕，一阵香风，无影无踪去了；湘莲警醒，才知是黄粱一梦，眼前竟是一座破庙，旁边坐着一个 "跐腿②道士（即跛足道士）" 在捕虱。

柳湘莲问："此系何方？仙师仙名法号？"道士笑道："连我也不知道此系何方，我系何人，不过暂来歇足而已。"这便是禅宗参禅悟道时的对答之语，禅宗称之为 "参话头"。柳湘莲听后心头猛然一震，当即大彻大悟，于是举起

---

① 薛家住在贾府中，见笔者《宁荣府大观园图考》"第二章、第二节、二"。
② 跐腿，即跛足。跐，行走时，脚向内盘。明汤显祖《邯郸记·合仙》："怎生穿红、穿绿，跐的、跛的，老的、小的？是怎的起有这等一班人物？"

那股雄剑，削发出家。原文作"掣出那股雄剑，将万根烦恼丝一挥而尽"，可证柳湘莲做的是和尚，是宝玉出家的先声和引子；随道士出家而做和尚，可证作者曹雪芹的心目中，释道合一，皆是出世法门，不分彼此，这与本书"第二章、第五节、二、（三）、（4）"考明的曹雪芹的宗教信仰"三一教"相合。

此回回末言柳湘莲"随那道士，不知往哪里去了。后回便见。"而下回言："柳湘莲见尤三姐身亡，迷性不悟，尚有痴情眷恋，却被道人数句偈言打破迷关，竟自削发出家，跟随疯道人飘然而去，不知何往。后事暂且不表。"

"后回便见、后事暂且不表"，不等于柳湘莲还要到这红尘来做什么。其已出家，当无再来之事，所谓"后事暂且不表"是说：这个人的后事我作者就不用说了（因已完结，故无可说）。后人硬要索解出：后四十回中出家而有道术的柳湘莲，又来红尘中施展法术如何如何，这真堪称不识作者狡狯笔法了。

又第36回回末宝玉送史湘云时，书中写道："宝玉连连答应了。眼看着她上车去了，大家方才进来。要知端的，且听下回分解。"而下回开头却是"这年贾政又点了学差，择于八月二十日起身"，与上文毫无关系。可见曹雪芹笔下的"下回分解"可以和上回所说的内容毫无关系。即"下回分解"不一定指上文有下文可言。此处所言的"后回便见、后事暂且不表"也可以作如是观。

当然，此处所说的"后事暂且不表"中的"后事"，也可能是指后四十回的第107回抄家后，尤二姐与尤三姐的案子旧案重提，也算又引起一点风波，在北静王的庇护下"大事化小、小事化了"而有惊无险。

●附：蒋玉菡当无侠文

蒋玉菡并无豪侠之文，若要比附，即比附下引柳湘莲描写中的画线部分："那柳湘莲原是世家子弟，读书不成，父母早丧，素性爽侠，不拘细事，酷好耍枪舞剑，赌博吃酒，以至眠花、卧柳，吹笛、弹筝，无所不为。因他年纪又轻，生得又美，不知他身分的人，却误认作优伶一类。"

所以，脂批说蒋玉菡有侠文，恐怕是严重的"文不符实"了。可能他是男性，故作者有意写入书中来为闺阁增色。写入书中时，作者又有意把他和柳湘莲视为同一类人。因为上引之文写柳湘莲被认作是蒋玉菡那类的"优伶"之人，可见两人同类，脂批遂以湘莲之"侠"来称与之同类的蒋玉菡。

但后人迷于脂批言蒋玉菡有"侠文"，硬是去索解后四十回中蒋玉菡会有何等豪侠义烈之举，比如会去设想他的豪侠行径，便是与冯紫英、柳湘莲共为强梁（强盗、造反）之事；又比如会去设想他的侠义之举，便是上文已经"证伪"的第28回脂批所谓的供奉宝玉夫妇之事。以上都堪称是被脂批所误导，即《坛经》所谓的"心迷而为《法华经》所转"[①]。须知：只要是书，便会有误笔，"尽信书则不如无书"！

---

① 按《坛经》称："心迷《法华》转，心悟转《法华》。"

四、脂批提到的已迷失的卫若兰"射圃"回蠡测

至于"四侠文"中的卫若兰，首见于第 14 回为可卿吊丧者名单："锦乡伯公子韩奇，神威将军公子冯紫英、陈也俊、卫若兰等诸王孙公子，不可枚数。"这是作者为了写卫若兰与史湘云姻缘，而在全书开头伏下的"千里伏线"之笔。（下文将考明，这是曹雪芹第一稿便已伏下，而非第五稿才伏。）

上引第 26 回畸笏叟之批言："写倪二、紫英、湘莲、玉菡侠文，皆各得传真写照之笔。丁亥夏。畸笏叟。""惜'卫若兰射圃'文字无稿。叹叹！丁亥夏。畸笏叟。"末条之批又见于甲戌本此回的回末之批："前回倪二、紫英、湘莲、玉菡四样侠文，皆得传真写照之笔，惜'卫若兰射圃'文字迷失无稿，叹叹！"这些批语应当都是畸笏叟所批，最末一条批语点明卫若兰也是冯紫英那般敢于路见不平、拔刀相助的英雄豪杰，并在"射圃"那一回中，当有像上引第 26 回冯紫英那般既有对话，又有情节的出色表现，以展示其赌射时"一掷千金"的豪爽气度，射箭时"百步穿杨"的英武技艺。

卫若兰在书中应当是史湘云的丈夫，两人的定情信物应当和"金麒麟"有关。

第 29 回贾母率全府到"清虚观"做法事，住持张道士把观中的法物送到贾母、宝玉面前供大家挑选。贾母看到有个赤金点翠的麒麟，便拿起来说："好像我看见谁家的孩子也带着这么一个。"宝钗笑道："史大妹妹有一个，比这个小些。"黛玉冷笑道："她在别的上还有限，惟有这些人带的东西上越发留心。"讽刺宝钗有金锁可以配宝玉的佩玉，宝钗装作没听见。

宝玉听说史湘云有这东西，于是连忙把那"金麒麟"揣入怀中，怕人笑他因为史湘云有这东西而拿这东西，于是手里揣着，两眼却向四周望去，想看看众人对他拿这东西的反应，这时看到只有黛玉瞅着他点头，好像有赞叹之意（应当不是想要这东西，而是想说什么来挖苦一下宝玉），宝玉便觉得不好意思起来，连忙掏出来，笑着对黛玉说："这个东西倒好顽，我替你留着，到了家穿上你带。"黛玉将头一扭，说道："我不希罕！"宝玉笑道："你果然不希罕，我少不得就拿着。"说着又揣了起来。

第 31 回"撕扇子作千金一笑、因麒麟伏白首双星"，写宝玉在自己的"怡红院"门口弄丢了刚得的金麒麟，被史湘云的丫头翠缕拾到，并且拿它来比较史湘云所佩戴的金麒麟，笑称："可分出阴阳来了。"湘云举目一看："却是文彩辉煌的一个金麒麟，比自己佩的又大、又有文彩。湘云伸手擎在掌上，只是默默不语，正自出神，忽见宝玉从那边来了，……大家进入怡红院来。……宝玉因笑道：'你该早来，我得了一件好东西，专等你呢。'说着，一面在身上摸揣，揣了半天，'呵呀'了一声，便问袭人'那个东西你收起来了么？'袭人道：'什么东西？'宝玉道：'前儿得的麒麟。'袭人道：'你天天带在身上的，怎么问我？'宝玉听了，将手一拍说道：'这可丢了，往哪里找去！'就要起身自己寻去。湘云听了，方知是他遗落的，便笑问道：'你几时又有了麒麟了？'宝玉道：'前儿好容易得的呢，不知多早晚丢了，我也糊涂了。'"湘云便物归原主而还给宝

玉，下来便是下一回第32回，写："宝玉见那麒麟，心中甚是欢喜，便伸手来拿，笑道：'亏你拣着了。你是哪里拣的？'史湘云笑道：'幸而是这个，明儿倘或把印也丢了，难道也就罢了不成？'宝玉笑道：'倒是丢了印平常，若丢了这个，我就该死了。'"即丢印罢官事小，失此"金麒麟"而弄丢与史湘云婚事有关的定情信物，罪行便重大了。

此为定情信物，见己卯本第31回末批："后数十回若兰在射圃所佩之麒麟，正此麒麟也。提纲伏于此回中，所谓'草蛇灰线，在千里之外'。"回目因此而拟作"因麒麟伏白首双星"。回目是一回的提纲，所以脂批称之为"提纲伏于此回中"，即卫若兰的婚事便伏在这一回的提纲（即回目）中。

向来有人称此回目"因麒麟伏白首双星"伏的是有公麒麟①的宝玉，与佩母麒麟的湘云将来会成为"白首到老"的一对②。据此批"后数十回若兰在射圃所佩之麒麟，正此麒麟也"，便知这是场误会。

其实这不是在说宝玉与湘云成亲，而是在说：宝玉送给卫若兰那只经过史湘云手的麒麟，因此缘故而定下卫若兰与史湘云两人的婚姻。正如宝玉把蒋玉菡用过的"红汗巾（茜香罗）"赠给袭人，又把袭人用过的"绿汗巾"回赠给蒋玉菡，便伏下了两人的婚事。所以回目中的"因麒麟"三字便是说：宝玉把这麒麟作为定情信物，为卫若兰和史湘云两人牵下了月老的红绳。

有人会问：后四十回中的"射圃"那回既然遗失，则批者何以知晓其细节？当是作者曹雪芹拟回目"因麒麟伏白首双星"，而回中并无这一情节③，作批的脂砚斋肯定会向作者当面请教，于是作者便会对他讲述后四十回的这一创作构思。所以，后四十回中的这一回，脂砚斋虽然没有读到（其批语言明"惜'卫若兰射圃'文字迷失无稿"），但知道创作内情的他，仍然会从作者那儿略知一二。

今按："双星"指牛郎、织女星，在神话中是一对恩爱夫妻，所以世人便把"双星"一词作为恩爱夫妻的象征。可是两者为银河阻隔，故知这"白首双星"不光指一般意义上的恩爱夫妻，更有可能指的是"天隔一方"的恩爱夫妻。而后四十回中卫若兰早卒，史湘云早寡，两人正是"阴阳两隔"。作者用"双星"一词不在于夫妻的恩爱上，也不在于两者的"天隔一方"而一年可以相会一次上，而在于两者被天河隔开的"生离死别"上（即用牛郎织女神话中的天河，来象征人世间的生死鸿沟）。所以，后四十回湘云早寡，与此回回目"双星"一词不相违背。

再者："白首"也非真要到白头到老，而可以指男女相爱时，发"誓愿"想

---

① 彩缕言："可分出阴阳来了"，可知其与湘云的麒麟乃一公一母。然后又借湘云的眼睛来交代它比自己的"又大、又有文彩"。自然界的公兽要比母兽大而美丽，唯有如此，方能吸引母兽，由此便可知湘云的是母，宝玉的是公。

② "三六桥本"与"端方本"便如此续。

③ 这也体现出作者拟定回目时"不拘一格"的豪放风格，即回目中会提到回内正文未曾写到的内容。这在一般人而言，是绝对想都不敢想的。

要白头偕老，见宋陈师道《送内》诗："三岁不可道，白首以为期。"①此"因麒麟伏白首双星"，说的是史湘云与卫若兰结婚时"海誓山盟"的恩爱光景，并不意味着两人真的能白头到老、恩爱相伴。因为史湘云的《红楼梦曲》是："幸生来，英豪阔大宽宏量，从未将儿女私情略萦心上。"而上文言卫若兰是冯紫英般好"打抱不平"的英豪少年，故史湘云与之婚配可谓志投意合，故下来唱道："好一似，霁月光风耀玉堂。（戚夹：堪与湘卿作照。）厮配得才貌仙郎，博得个地久天长，准折得幼年时坎坷形状。"指卫若兰与史湘云真可谓"才貌皆般配"，是人间少有的如意婚姻，如果能白头到老的话，便可弥补史湘云幼年父母双亡的不幸；其中"博得个地久天长"，正是"白首双星"之意（"白首"指发誓相爱到老，"双星"指夫妻恩爱）。但下来唱的却是："终久是云散高唐，水涸湘江。这是尘寰中消长数应当，何必枉悲伤！"言两人云情雨意难长久，而且"云散、水涸"又有元稹"悼亡②"诗"曾经沧海难为水，除却巫山不是云"之意在内③，是其丈夫早卒，自己早寡而不愿再嫁的写照。后四十回与之完全吻合。

又第1回甄士隐《好了歌》解："说什么脂正浓，粉正香，如何两鬓又成霜？"甲戌本侧批："宝钗、湘云一干人。"而宝钗肯定守寡到白头，据此批又可证明：史湘云也应当同宝钗一样，守寡到白头。则此回回目中的"因麒麟伏白首双星"可谓"一语双关"，既指史湘云与卫若兰，借宝玉赠送的、经过史湘云之手的"金麒麟"而天缘注定；又指有金的宝钗与有金的湘云是一对，她们俩都因丈夫出家或离世而早寡到白头。

有人会说，把回目理解为"因麒麟而伏宝钗湘云这两个守寡到白头的、下凡的天上星宿"固然可以，但宝钗与这麒麟没有任何关系，所以这种说法便靠不住了。其实此回的回前批交代："'金玉姻缘'已定，又写一金麒麟，是间色法也。"即此回写"金麒麟"是为了给宝钗的"金锁"做陪衬；写史湘云与卫若兰的"金麒麟"姻缘，是为了给宝钗和宝玉的"金玉良缘"做陪衬，这同样是作者对峙立局的"两山对峙"法和"有正有闰"法④的实例。所以，认为"白首双星"与第1回《好了歌解》'两鬓成霜'之句包摄宝钗、湘云两人在内"的脂批相呼应，这是很有道理的。

此"因麒麟伏白首双星"从"史大姑娘来了"写起，写到王夫人批评史湘

① 见宋陈师道《后山集》卷一。
② 悼念亡妻。
③ 元稹这句诗出自《元氏长庆集》补遗卷一《离思诗五首》之四，意为：曾经到达并亲自面对过沧海，别处的水也就不足一看了；除了巫山，别处的云也就不能称之为云了。言下意：除了爱妻以外，再也没有能让自己动情的女子；这就意味着"亡妻最好，不愿再娶"的意思。元稹此诗实本《孟子·尽心上》"观于海者难为水，游于圣人之门者难为言"句化来。
④ 见第一回脂砚斋总结作者艺术手法："事则实事，然亦叙得有间架、有曲折、有顺逆、有映带、有隐有见、有正有闰，以致草蛇灰线、空谷传声、一击两鸣、明修栈道、暗渡陈仓、云龙雾雨、两山对峙、烘云托月、背面敷粉、千皴万染诸奇。书中之秘法，亦不复少。余亦于逐回中搜剔刮剖，明白注释，以待高明，再批示误谬。"

云昔日的淘气："只怕如今好了。前日有人家来相看，眼见有婆婆家了，还是那们①着。"这一消息传开后，第32回袭人便问史湘云："大姑娘，听见前儿你大喜了。"书中写："史湘云红了脸，吃茶不答。袭人道：'这会子又害臊了。你还记得十年前，咱们在西边暖阁住着，晚上你同我说的话儿？那会子不害臊，这会子怎么又害臊了？'②"据笔者《红楼时间人物谜案》"第二章、第二节、一"，此为红楼十三年、作者人生10岁，至第80回结束时的红楼十六年、作者人生12岁时，湘云尚未成亲。而大户人家说媒成功后，是不可能隔三五年尚未娶；可证前儿有人上门来提亲，这门亲事肯定没谈成。从作者不往下写湘云议婚的下文，也可猜知这门亲事十有八九没谈成。而且此年宝玉13岁，黛玉12岁，湘云称黛玉为姐姐（见第30回湘云叫："二哥哥，林姐姐，你们天天一处顽，我好容易来了，也不理我一理儿"），则她至多才12岁（即比黛玉小几个月），更有可能才11岁乃至更小（即比黛玉小一两岁），尚未到提亲的年龄，所以作者这么写恐怕也是个大幌子，目的不过是因为回目要以"金麒麟"这一"宾"，来衬宝钗"金锁"这位"主"，强调"两金（金麒麟、金锁）"都是定情信物、都与姻缘有关，以此来急病钟情于宝玉的黛玉、而在黛玉内心种下病症③。

　　作者在这一回中为了强化"两金（金麒麟、金锁）"与姻缘有关，便故意让王夫人提起湘云的婚姻之事，又借袭人之问而湘云羞于回答再度强化其婚姻之事，更在第31回，让湘云与其丫头翠缕大谈自然界的"阴阳"，引出翠缕问佩戴的金麒麟可有阴阳而湘云说有，从而又引出"人也有阴阳"的话题，这就引到女孩子们无法启口的性爱与婚姻话题上去了，所以湘云要骂"情窦未开"的翠缕（毕竟此时湘云才十一二岁，翠缕比她大不了几岁），即书中写："湘云照（翠缕）脸啐了一口道：'下流东西，好生走罢！越问越问出好的来了！'"明明快涉及到婚姻话题了，作者笔法高妙，又岔开一笔，把这个提了而女孩子们不可展开的话题给轻轻抹掉，即让翠缕自己说出："我也知道了，不用难我。……姑娘是阳，我就是阴。"因为："人规矩④主子为阳，奴才为阴。我连这个大道理也不懂得？"引得"湘云拿手帕子握着嘴，'呵呵'的笑起来"，湘云因爱其天真而说道："很是，很是。……你很懂得！"可见这一回便是在大谈婚姻的背景中，讲湘云佩了个母麒麟，宝玉得了个公麒麟，无非是想说：这对金麒麟其实就是史湘云的定情信物，与婚姻有关；而脂批又点明这是陪客，作者要强化的"主人"却是宝钗的金锁和宝玉的那块玉是一对定情信物，从而强化两人的"金

---

① 那们，那么。
② 到底说的是什么话，作者未写，可证书中原本就有不少作者故意"卖弄关子"、而未必要在下文中交代的话。上文"三、（二）"冯紫英不交代他如何不幸受伤，与此正同。其好比是绘画中的"留白"，给人无限的想象。
③ 即此回下一回第32回："原来林黛玉知道史湘云在这里，宝玉又赶来，一定说麒麟的原故。因此心下忖度着，近日宝玉弄来的外传野史，多半才子佳人都因小巧玩物上撮合，或有鸳鸯，或有凤凰，或玉环、金佩，或鲛帕、鸾绦，皆由小物而遂终身。今忽见宝玉亦有麒麟，便恐借此生隙，同史湘云也做出那些风流佳事来。因而悄悄走来，见机行事，以察二人之意。"也即本回回前批："'金玉姻缘'已定，又写一金麒麟，是间色法也。何颦儿为其所惑？故颦儿谓'情情'。"
④ 规矩，规定。

玉良缘”乃天意。

宝钗的“金玉良缘”是主，而湘云的“金麒麟”是客，两人又都守寡到白头，所以回目“因麒麟伏白首双星”便是一语双关：一关湘云的婚事以“金麒麟”为信物（“双星”是夫妻意，指史湘云与卫若兰，故脂批要批“后数十回若兰在射圃所佩之麒麟，正此麒麟也”）；二关有“金”的宝钗与湘云一同守寡到白头（“双星”是两天仙下凡意①，指史湘云与薛宝钗，也即第 1 回甄士隐《好了歌解》：“说什么脂正浓，粉正香，如何两鬓又成霜”句甲戌本侧批所说的：“宝钗、湘云一干人”）。

第 26 回脂批提到的“射圃”，应当就是第 75 回“开夜宴异兆发悲音、赏中秋新词得佳谶”中提到的、贾珍设在“天香楼”下的、与众王孙公子赌射用的“箭道”：“原来贾珍近因居丧，每不得游顽旷朗，又不得观优闻乐作遣。无聊之极，便生了个破闷之法。日间以习射为由，请了各世家弟兄及诸富贵亲友来较射。因说：‘白白的只管乱射，终无裨益，不但不能长进，而且坏了式样，必须立个罚约，赌个利物，大家才有勉力之心。’因此在天香楼下箭道内立了鹄子，皆约定每日早饭后来射鹄子。贾珍不肯出名，便命贾蓉作局家。这些来的皆系世袭公子，人人家道丰富，且都在少年，正是斗鸡、走狗，问柳、评花的一干游荡纨裤。因此大家议定，每日轮流作晚饭之主，——每日来射，不便独扰贾蓉一人之意。于是天天宰猪、割羊、屠鹅、戮鸭，好似临潼斗宝一般，都要卖弄自己家的好厨役、好烹炮。不到半月工夫，贾赦、贾政听见这般，不知就里，反说这才是正理，文既误矣，武事当亦该习，况在武荫之属。两处遂也命贾环、贾琮、宝玉、贾兰等四人于饭后过来，跟着贾珍习射一回，方许回去。”贾珍是“醉翁之意不在酒”，名义上比赛射箭，实则是为了赌博。【此“射圃”的原型当即曹寅笔下的“西园”（大观园原型）内的“射堂”，详其《楝亭诗钞》卷二《西园种柳述感》诗：“把书堪过日，学射自为郎。手植今生柳，乌啼半夜霜。”又见卷三《射堂柳已成行，命儿辈习射，作三捷句寄子猷》诗：“前年风雪尚蓬头，几日纤条竟绿稠。”两诗分别见《楝亭集笺注》第 86、116 页。】

上引第 14 回言卫若兰是参加秦可卿丧事的王孙公子之一，他来吊唁贾珍的儿媳，可证他和贾珍关系密切，前来参加较射当在情理之中，宝玉当也正好在场（上引画浪线部分的贾政叫宝玉来射箭，便与此正相合榫，是为此而做的伏线），仰慕卫若兰“仙郎”般的才貌（见第 5 回史湘云判词），以及高超的射艺和豪放气度，正如第 28 回宝玉初见蒋玉菡，便仰慕其丰采而赠以玉玦扇坠，然后又互赠汗巾，伏下袭人与蒋玉菡姻缘；这便是宝玉仰慕卫若兰的俊帅丰采，赠以一直佩在身上的金麒麟。此麒麟已经过湘云之手，所以等于为史湘云送了两人的定情信物。作者以此“金麒麟”信物来强化两人乃“天缘注定”，也就等于强化了宝玉和宝钗的“金玉良缘”乃天缘注定，这叫“以宾衬主”，这便是上引第 31 回回前批所说的：“‘金玉姻缘’已定，又写一金麒麟，是间色法也。”（卫若兰和史湘云的这对“金麒麟”信物、“金麒麟”姻缘是宾，是间色；贾宝

———————
① 第 63 回“寿怡红群芳开夜宴”暗示宝钗为牡丹花王下凡，湘云是海棠花神下凡。

玉和薛宝钗的那对"金玉良缘"是主，是正色。)

前已言第31回史湘云虽然议婚、但婚事应当议而未成，则她和卫若兰的议婚便与第31回无关，而应当与第75回提到的"射圃"较射有关。而射圃在"天香楼"下，天香楼在宁国府的"会芳园"中，而会芳园的北部又建为大观园，大观园南门处有"怡红院"，卫若兰或像第26回贾芸那样前来"怡红院"做客也未可知。

而史湘云又秉性喜武（见上引"英豪阔大宽宏量"），或者会女扮男装参加习射（即上引"霁月光风耀玉堂"）。又第63回言及："湘云素习憨戏异常，她也最喜武扮的，每每自己束銮带，穿折袖。近见宝玉将芳官扮成男子，她便将葵官也扮了个小子。"第30回又借宝钗之口透露湘云女扮男装事："姨娘不知道，她穿衣裳还更爱穿别人的衣裳。可记得旧年三四月里，她在这里住着，把宝兄弟的袍子穿上，靴子也穿上，额子也勒上，猛一瞧倒像是宝兄弟，就是多两个坠子。她站在那椅子后边，哄的老太太只是叫：'宝玉，你过来，仔细那上头挂的灯穗子招下灰来迷了眼。'她只是笑，也不过去。后来大家撑不住笑了，老太太才笑了，说：'倒扮上男人好看了。'"这应当都是在为"射圃"回伏线。据此便可明白，"射圃"回的情节应当是：第75回宝玉一同参加习射，但射艺不佳（宝玉能文而不能武，用今天的话说，便是体育不佳），史湘云听说射箭有趣，请求宝玉带她参加，宝玉有成人之美，于是把她装扮成公子参加习射，上演了一出《红楼梦》版的"花木兰"，见到了"才貌仙郎"的卫若兰。赌射时，宝玉故意把自己的宝贝"金麒麟"立为锦标，而被卫若兰凭借其射艺赢得；卫若兰对史湘云的射艺也表示敬佩，问宝玉这是谁家的公子，宝玉笑着向他言明是自己的表妹，为两人做了媒。

后四十回贾府抄家于第105回"锦衣军查抄宁国府、聪马使弹劾平安州"，此后宁国府被抄没充公而再也没有开"习射之圃"的理由，则"卫若兰射圃"事肯定要发生在第105回前。作者八十回前已有定稿，其回不会遗失，迷失之稿必定在八十回之后，由此可知，迷失的"卫若兰射圃"事，应当就在第80回后、105回前。又第99回提道："史湘云因史侯回京，也接了家去了，又有了出嫁的日子，所以不大常来。"可证卫若兰"射圃"那回文字更当在第99回前。所以达成卫若兰与史湘云姻缘的"射圃"那一回，应当就在第81至99回之间（据笔者《红楼时间人物谜案》"第二章、第二节、一"考：第81至95回是红楼十七年、宝玉十七岁，作者曹雪芹人生的十二岁）。

后四十回如果是他人来续写，其必定会为史湘云的丈夫起个姓名，奇怪的是，后四十回从未提到过史湘云丈夫的名字，可证其乃残书而非续书。因为续书的作者可以决定续书中的一切，不可能连重要角色史湘云结婚时，其丈夫的名字也不起。而残书则编者因不知原书作者之意，所以会把残缺的情节付之阙如、而不敢擅加补缀，史湘云丈夫的名字应当正好就在残缺部分中，所以史湘云丈夫便没了名字。因此，后四十回中史湘云丈夫没有名字，恰可证明后四十回是残稿而非续作。即今本后四十回失去了史湘云与其丈夫卫若兰定情由来的"射圃、金麒麟"那一节。至于探春丈夫也没起名字，当是其无情节可写，作者惜墨如金、不愿随手起个名字的缘故；因为全书的主角是宝玉、黛玉二人，其余皆为陪客，不起名也罢。

当然也有可能是：本书"第二章、第八节"考明今本后四十回是脂砚斋手中第一次作批的曹雪芹的第一稿，而今本前八十回是脂砚斋甲戌年第二次作批的曹雪芹的第五稿。在第五稿的120回中，曹雪芹已经为史湘云的丈夫起了个名字"卫若兰"，并将其作为伏笔写入第14回中（指在参加秦可卿丧事者中提到卫若兰的名字），脂砚斋也把他批入了第31回中（"后数十回若兰在射圃所佩之麒麟，正此麒麟也"）；而第一稿的120回中，史湘云的丈夫尚未起名字，即"射圃"那一回的情节在第一稿中尚未构思。但脂批明文说到："后数十回若兰在射圃所佩之麒麟，正此麒麟也"，则脂砚斋所见到的后四十回中显然已经有"卫若兰射圃"情节，而本书"第二章、第八节"又考明脂砚斋只可能读到第一稿的后四十回，看不到第五稿的后四十回，也没能看到第二至四稿的后四十回，所以在第一稿的120回中，肯定已经有卫若兰射圃情节，而且卫若兰的名字肯定已经起好，所以还是前面所说的"残书说"为确。第14回秦可卿吊丧者名单中有卫若兰的名字，便是第一稿就已伏下而非第五稿才伏下的"千里伏线"。

第105回贾府抄家后的第106回，贾母问史家之人："'你家姑娘出阁，想来你们姑爷是不用说的了，他们的家计如何？'两个女人回道：'家计倒不怎么着，只是姑爷长的很好，为人又和平。我们见过好几次，<u>看来与这里宝二爷差不多</u>，还听得说，才情、学问都好的。'贾母听了，喜欢道：①咱们都是南边人，虽在这里住久了，那些大规矩还是从南方礼儿，所以新姑爷我们都没见过。我前儿还想起我娘家的人来，最疼的就是你们家姑娘，一年三百六十天，在我跟前的日子倒有二百多天。混的这么大了，我原想给她说个好女婿，又为她叔叔不在家，我又不便作主。她既造化配了个好姑爷，我也放心。月里出阁，我原想过来吃杯喜酒的，不料我家闹出这样事来，我的心就像在热锅里熬的似的，哪里能够再到你们家去？你回去说我问好，我们这里的人都请安问好。你替另告诉你家姑娘，不要将我放在心里。我是八十多岁的人了，就死也算不得没福的了。只愿她过了门，两口子和顺，百年到老，我便安心了。'说着，不觉掉下泪来。那女人道：'老太太也不必伤心。姑娘过了门，等回了九，少不得同姑爷过来请老太太的安。那时老太太见了才喜欢呢。'"

不久即第108回言："一日，史湘云出嫁回门，来贾母这边请安。贾母提起她女婿甚好，史湘云也将那里过日②平安的话说了，请老太太放心。又提起黛玉去世，不免大家泪落。"这又奇怪了，新婚第九日，新郎陪新娘子回娘家叫"回九"，上文史家人亦说："等回了九，少不得同姑爷过来请老太太的安"，而此处湘云丈夫没有一同"回九"，足证他必定是有什么病症发作了。所以才

---

① 此处程乙本妄增"这么着才好，这是你们姑娘的造化。只是"，为增此数字而把下文"都是南边人，虽在这里住久了，那些大"删改作"家的"两字。

② 过日，过日子，即生活。过日平安，即生活平安。程乙本以此二字费解而改作"家中"。

过几天的第 109 回便写到"迎春逝世、史湘云姑爷重病"之事来逼贾母之死："老太太想史姑娘，叫我们去打听。哪里知道史姑娘哭的了不得，说是姑爷得了暴病，大夫都瞧了，说这病只怕不能好，若变了个痨病，还可捱过四五年。所以史姑娘心里着急。又知道老太太病，只是不能过来请安。还叫我不要在老太太面前提起，倘或老太太问起来，务必托你们变个法儿回老太太才好。"下一回第 110 回贾母死后："且说史湘云因她女婿病着，贾母死后，只来的一次，屈指算是后日送殡，不能不去。又见她女婿的病已成痨症，暂且不妨，只得坐夜前一日过来。想起贾母素日疼她；又想到自己命苦，刚配了一个才貌双全的男人，性情又好，偏偏的得了冤孽症候，不过捱日子罢了。于是更加悲痛，直哭了半夜。"第 118 回王夫人说："就是史姑娘，是她叔叔的主意①，头里原好，如今姑爷痨病死了，你史妹妹立志守寡，也就苦了。"这便交代清楚史湘云的最后结局便是丈夫早卒、自己早寡。即第 37 回"秋爽斋偶结海棠社"秋天咏白海棠花，史湘云诗有"自是霜娥偏爱冷"句，己卯本夹批："又不脱自己将来形景。"批者说的便是：此诗预兆史湘云将来年少守寡的情景。

　　总之，后四十回多处提到史湘云的姑爷，但总没有具体交代其姑爷人品如何、两人如何结识等，这正是残书的模样；即史湘云姑爷的名字和两人如何定情相识的"射圃"那一回已经失去。如果后四十回是续书，断然不会写出这种没有来头的文章。因为史湘云嫁了谁也算是后四十回中的一件大事，焉能不加交代？后四十回连许多微末细节都能与前八十回相照应（见本书"第二章、第一节"），这完全可以由续书者自己来杜撰，而大多数人续书时也都会加以交代清楚的地方，怎么可能没了照应？

　　而且脂批也正透露其情节线索，即第 26 回脂批："惜'卫若兰射圃'文字迷失无稿"，第 31 回脂批："后数十回若兰在射圃所佩之麒麟，正此麒麟也"，这便把史湘云与其丈夫卫若兰相识缘由的"射圃"那一回的情节总纲给交代清楚了，而且也把史湘云丈夫的名字给交代清楚了。后四十回如果由他人来续写的话，一定会依傍这两条脂批的提示加以铺陈。

　　今本后四十回却将两人相亲的射圃情节付之阙如，连人所共知的史湘云丈夫的名字"卫若兰"都没提及，其合理的解释应当是：史湘云与卫若兰两人相识的"射圃、金麒麟"那一回应当在第 81 至第 99 回之间，早已迷失。程伟元、高鹗所找到的后四十回也缺此一回，他们是把找到的三十几回原稿匀成四十回，原稿的第 110 回拆为两回，填补并抹去全书 120 回回目中开列的"卫若兰射圃"那一回的空缺。

---

① 古人结婚反对自由恋爱，"射圃"那回史湘云、卫若兰因宝玉赠金麒麟而自主相中，但仍需经过"父母之命、媒妁之言"这道环节，即肯定要经过卫若兰上门提亲而得到史湘云家长同意这一关。由于史湘云父母双亡，便由其叔叔做主，所以此处便说成"是她叔叔的主意"，但我们并不能据此否定作者会在书中写两人射圃相识、自由恋爱的情节。

五、脂批提到的已迷失的"狱神庙"回今本后四十回正无，两者不相违背

关于脂批所提到的、今本后四十回所没有的、"狱神庙"茜雪、小红这一回情节，我们应当牢牢记住两点：

①今本后四十回无此情节反倒非常正常，与脂批不相违背。因为脂批已经言明这一大回文字已经迷失，程高本后来也未能收集到，所以付之阙如。

②既然脂批已言明这一大回文字已经迷失，则畸笏叟批语称后四十回中有"狱神庙"茜雪、小红这一回情节，便不是他看到过此回情节，而应当是从全书"一百二十回"回目中得来。因此，他称小红会有番好作为，便属于他根据回目所做的"望文生义"式的理解而未必可靠。而后人再根据畸笏叟批语引及的回目"狱神庙"三字，认定其中的"狱"字当指监狱（这一点畸笏叟可未明说），从而推测出抄家时宝玉、凤姐将入狱，则更属于主观臆测。而今本后四十回抄家诸回（第105至107回）看不出宝玉、凤姐会有入狱的可能，前人便认定这不是曹雪芹的原稿。但问题是"宝玉、凤姐将入狱"，本身就是根据很脆弱的主观臆测（因为"狱神"之"狱"未必指牢狱、而可以指山岳；"狱神"未必指牢狱神、而可以指"东岳神"），再以这一主观臆测来判断后四十回是否为曹雪芹原稿，便显得证据非常薄弱。所以"狱神庙"这一回目，不足以否定"后四十回是曹著"这一结论。

（一）"狱神庙茜雪慰宝玉"一大回文字已失，故畸笏叟的猜测不可靠

第20回李嬷嬷"将当日吃茶，茜雪出去，与昨日酥酪等事，唠唠叨叨说个不清。"庚辰本眉批：<u>"茜雪至'狱神庙'方呈正文。袭人正文①标目曰'花袭人有始有终'，余只见有一次誊清时，与'狱神庙慰宝玉'等五六稿，被借阅者迷失，叹叹！丁亥夏。畸笏叟。"</u>这条脂批证明"花袭人有始有终"与"狱神庙慰宝玉"等五六回，在畸笏叟、脂砚斋作批时已经迷失。畸笏叟何以知道有这两回？是因为有"标目"；这个"标目"就是程高二人及裕瑞所说的《红楼梦》一百二十回回目"中"有目无文"的后四十回的回目，其中就有"狱神庙慰宝玉"、"花袭人有始有终"这两回的回目。今本后四十回中的第120回有此"花袭人有始有终"的情节，当是程高本收集到的、曹雪芹后四十回初稿有此情节的缘故；但"狱神庙慰宝玉"回，程高本则未能找到其稿而仍缺。

第26回红玉与佳蕙说话，"这两句话不觉感动了佳蕙的心肠，……只得勉强笑道：'你这话说的却是。……倒像有几百年的熬煎。'"庚辰本眉批："'狱神庙'红玉、茜雪一大回文字惜迷失无稿。叹叹！丁亥夏。畸笏叟。"再次言明"狱神庙一大回文字"即一整回文字迷失不存。

据上引第20回畸笏叟批言，此回是被逐出"怡红院"的茜雪，到"狱神庙"来安慰宝玉。既然此回已经迷失，畸笏叟又是如何得知这一情节的呢？他应当

---

① 正文，指正面描写的大段情节。"袭人正文"便是后四十回中以袭人为主角的大段描写袭人情节的正面文字。

就是根据"一百二十回回目"中此回回目有"茜雪"、"狱神庙慰宝玉"、"红玉"等字样而做的情节猜测。——但由于他没有读到过这一回的内容，所以他所说的情节便是猜测而未必可靠。

第 27 回"红玉笑道：愿意不愿意，我们也不敢说。只是跟着奶奶，我们也学些眉眼高低，出入上下，大小的事也得见识见识"，甲戌本侧批："且系本心本意，'狱神庙'回内方见。"庚辰本眉批："奸邪婢岂是怡红应答者，故即逐之。前良儿、后篆儿，便是确证。作者又不得可也。己卯冬夜。"脂砚斋何以称小红为"奸邪婢"？便是因为小红情窦已开，"男女授受不亲"，她居然在第 27 回的"滴翠亭"中，把自己用过的手帕以答谢为名，作为信物，借坠儿之手送给了贾芸，相当于两人交换了定情信物、私订了终身，这在古代被视作"偷情"，所以脂砚斋便用"奸邪婢"这三个字来称呼她①。针对脂砚斋的批语，庚辰本又有眉批："此系未见'抄没'、'狱神庙'诸事，故有是批。丁亥夏。畸笏。"②言明"狱神庙"那回在"抄没"回后，而且还说小红在"狱神庙慰宝玉"这一大回中应当会有好的表现，不当以"奸邪婢"来称呼她。

由"抄没"而入狱，由入狱而见到监狱内供奉狱神的"萧王庙"，逻辑上也一脉相承，故知"狱神庙"回与"抄家"回相隔不远，宜当紧邻。但这一切仍属后人推测，因为畸笏叟并未指明"抄没"回与"狱神庙"回紧邻或有其内在联系，而且畸笏叟也未指明"狱神庙"回中的"狱神庙"一定是指监狱内供奉狱神的"萧王庙"，所以上述推测均属后人臆测，并非畸笏叟本意。但畸笏叟此批有一点可以确定，即贾府抄没后，红玉会有一番好作为。

"抄没"一回在脂砚斋与畸笏叟两人作批时都已迷失，而今本后四十回却未失，当是程高两人收集到的、脂砚斋所见稿之外的某一稿中有此情节③。从程高本幸存的"抄家"回情节来看，实在看不出撵茜雪的宝玉和小红主人王熙凤有入狱的可能，因此可以确定程高本收集到的曹雪芹最初稿中，并没有供奉监狱神的"狱神庙"这段情节。从脂砚斋批"小红为奸邪婢"来看，也可以看出：脂砚斋所读到的后四十回，也不会有畸笏叟所称扬的、小红抄家后的那番好作为，也即脂砚斋所读到的后四十回与今本相一致；如果脂砚斋读到的后四十回有小红抄家后的那番好作为，他便不会批她是"奸邪婢"。由此可知，畸笏叟称扬的小红抄家后的那番好作为，应当是他根据后四十回回目所做的观感，不能代表后四十回真有此情节。

---

① 有奸情，故称"奸"；事涉邪淫，故称"邪"。

② 此批实可证明畸笏叟与脂砚斋当是两个人，不可能是一个人。

③ 我们在"第二章、第八节"中判定：今本后四十回就是程高二人找到的、脂砚斋手中的曹雪芹的第一稿。而脂批提到的已经失去的"抄没"、"花袭人有始有终"、"宝玉悬崖撒手"这三个情节，应当出自曹雪芹第五稿定稿前的一至四稿中的某一稿。因为这三个情节的文字略显粗糙，与今本后四十回的文字风格基本相同，当是同一时期所作，而不像前八十回这曹雪芹第五稿定稿的文字风格。由于脂砚斋手中的后四十回可以确定是曹雪芹的第一稿，脂砚斋誊清时失去上述几回，这不能代表曹雪芹其他密友过录时也会失去这几回，所以程高二人所找到的脂砚斋已失的上述情节，仍有可能出自曹雪芹的第一稿；当然也有可能出自被曹雪芹密友抄出的曹雪芹增删五次时的二至四稿中的某次中间稿。

有人会说：脂砚斋很可能未读完后四十回所有情节便来批书了，因为作者是写完一部分后便交给脂砚斋来批点（论见《宁荣府大观园图考》"第一章、第二节、八"），畸笏叟此时通读完全书后，看到小红在"狱神庙"那一回中有好的表现，所以特地来纠正脂砚斋的批语，指明小红不是"奸邪婢"。但前面我们早已言明：畸笏叟自己说清楚"狱神庙"回已经迷失，他只可能根据回目来推测情节，因此他所暗示的红玉那番好作为，其实也只是他根据回目所作的推测而未必靠得住；像脂砚斋也同样能看到这回目，他却没有做这种理解，便可证明：畸笏叟的推测只是他自己的见解，未必能代表作者的意思。

（二）"狱神庙茜雪慰宝玉、□□□红玉□□"回目有存，畸笏叟据此来作批

由于一回常写两件大事，各自拟八个字作为回目，上引脂批"茜雪至'狱神庙'方呈正文。……与'狱神庙慰宝玉'等五六稿，被借阅者迷失"，这显然是在说被宝玉逐出的茜雪来安慰宝玉；根据脂批标引其回目，又可知这半回情节的回目应当是"狱神庙茜雪慰宝玉"。此回另一件事的主角当是红玉，其回目当有"红玉"两字。由于拟回目时不可以上下联言同一件事，茜雪的主人是宝玉，故知红玉事绝对与其主人凤姐有关而与宝玉无关。

由于此回以"狱神庙"开头，小红事虽然在下半回，但也称作"'狱神庙'一大回"、"'狱神庙'回内"。由于第 26 回是为红玉说的话作批，故把"红玉"放在"茜雪"前头写成"'狱神庙'红玉、茜雪一大回文字"，我们并不能据此认定红玉与"狱神庙"情节有关，或认定在那一回中是先讲红玉的事、再讲茜雪的事。由其称红玉事而将其回目仍称作"狱神庙"，可证"狱神庙茜雪慰宝玉"肯定在上半回，而下半回的回目肯定要对仗地在"茜雪"两字位置处有"红玉"两字，其余则无从考出，故今暂定其下半回的回目为"□□□红玉□□"。由于此回文字已失，仅从回目"狱神庙茜雪慰宝玉"已看不出茜雪如何安慰宝玉的具体情节，更看不出下半回红玉有何作为的情节来。

正因为畸笏叟只见过回目而未见过正文，所以也就只能笼统地提及茜雪会在"狱神庙"安慰宝玉，红玉在"狱神庙"那一回中（而非红玉本人在狱神庙中）有一大段文字描写，至于具体情节，畸笏叟接连两次用"叹叹"，（"'狱神庙慰宝玉'等五六稿，被借阅者迷失，叹叹！""'狱神庙'红玉、茜雪一大回文字惜迷失无稿。叹叹！"）表示无可奉告。则后人据"狱神"两字推测出茜雪、红玉分别来为其主人宝玉、凤姐探监等情节，便都属于主观想象而不可信从。

（三）后人由"狱神庙"三字联想出茜雪、红玉探监情节

红玉人太聪明，故晴雯等要排挤她，使她不得在宝玉面前展露，所以红玉便跟了王熙凤。后四十回"狱神庙"有茜雪、红玉一大回文字。茜雪是不敌袭人而被逐出宝玉房的大丫环，而红玉则是主动要求调离"怡红院"，两人都是宝玉房中失意被撵的奴婢。而畸笏叟的批语把"狱神庙"紧接在"抄家"回之后，极易使人认为贾宝玉与凤姐抄家后入了狱，而"茜雪慰宝玉"的回目又"似乎"可以证明茜雪、红玉这两位失意被撵的奴婢，在抄家后会来探望被拘留在供奉监狱神的"狱神庙"中、准备受审的旧主人宝玉和王熙凤，令宝玉、凤姐两人感动万分。

曹雪芹肯定写有"狱神庙"情节，并将此回回目编入全书 120 回目录中，其回目暂可拟作"狱神庙茜雪慰宝玉、□□□红玉□□"。由于"抄家"那回已失，畸笏叟不知道抄家的具体过程，遂也会认为"狱神"（监狱中供奉的监狱神）两字便能证明宝玉与凤姐入了狱。而小红的主人是凤姐，茜雪的主人是宝玉，据此回目便可推测出小红、茜雪当有不忘旧主而入狱探望旧主的仗义之举。

但问题是，畸笏叟自己言明"抄家"与"狱神庙"回已失，其情节除作者本人外，其他人根本无从知晓，所以畸笏叟有关这"狱神庙"回情节的猜测本身就靠不住。后人在其基础上所作的进一步联想，更属于"空中楼阁"。而且更当指出的是：把曹雪芹写在"一百二十回回目"中的"狱神庙"的"狱"字理解为"监狱"，这本身就值得打上一个大大的问号。

由于脂砚斋、畸笏叟所读到的后四十回失去了"抄家"那一回。而程高本收集到的脂砚斋所见本之外的某一稿并未失去此内容，据此幸存的"抄家"回便可以清楚地看出，宝玉与凤姐根本就没有入狱的可能。如果畸笏叟能读到程高本幸存的"抄家"这一回的话，恐怕也就不会作出上面那种猜测来。

当然还有一种可能，即曹雪芹最初稿中并未写宝玉与凤姐入狱的"狱神庙"情节，也即脂砚斋所见到的后四十回就是今天程高两人收集到的后四十回。曹雪芹是在最后定稿时，才把宝玉与凤姐入狱的"狱神庙"情节给追加上去，但不幸后来又因自己逝世而第五稿定稿迷失。——这一猜测应当可以否定。因为"一百二十回回目"中有此"狱神庙"情节，证明曹雪芹当在最初稿中就写有"狱神庙"情节，并将此回回目编入全书 120 回目录中，脂砚斋、畸笏叟看得到这回目，程高二人也看得到；脂砚斋、畸笏叟二人的后四十回失去了这一回，程高二人同样也未能找到这一回而付之阙如。

（四）"狱神庙"很可能是东岳庙，而与监狱无关

上述有关茜雪或红玉探监的说法，都是后人根据畸笏叟批的"狱神庙"三字所作的猜测，而畸笏叟本人并未言"狱神庙"三字一定和监狱有关。

后人这一猜测的前提是"狱神"的"狱"字指牢狱。其实，"狱神"可以指监狱中供奉的监狱神而与牢狱有关，也可以指东岳神而与人间的牢狱无关、但却与阴间的地狱有关。因为古人常写简笔字，"岳"的繁体字是"嶽"，人们常会简写作"狱（嶽）"；而且东岳大帝又掌管地狱：所以，曹雪芹最初所定的"一百二十回回目"中写的是"岳（嶽）神庙"，而传抄者抄作了简笔字"狱神庙"，这种可能性是很大的。因此，畸笏叟所引用的"一百二十回回目"中的"狱神庙"三字完全有可能是"东岳庙"，而非人间监狱中供奉狱神用的"萧王庙"。

东岳神又称"天齐仁圣帝"，其庙当即第 80 回所提到的"天齐庙"，书中写：宝玉"坐车出西城门外天齐庙来烧香还愿。……宝玉天生性怯[1]，不敢近狰狞神

---

[1] 写出宝玉秉性柔弱，不善武事。

鬼之像。这天齐庙本系前朝所修，极其宏壮。如今年深岁久，又极其荒凉。里面泥胎塑像皆极其凶恶，是以忙忙的焚过纸马、钱粮，便退至道院歇息。"由于东岳大帝掌管地狱，要想知道地狱是什么模样，看一下各地的东岳庙便可知晓，所以庙中塑像非常"狰狞"。如北京朝阳门外大街北侧的"东岳庙"，便塑有东岳大帝统领下的"幽冥地府"七十六司。

因此"狱神庙茜雪慰宝玉"很可能在东岳庙中进行，未必会在监狱中进行。因此，后四十回没写到宝玉、凤姐入狱，与畸笏叟所批的"狱神庙（实当为'岳神庙'）"三字并不矛盾。

关于"狱神庙茜雪慰宝玉"在东岳庙中发生的具体情节，本书"第二章、第五节、二、（二）、（4）、◎（4）"有蠡测。

（五）靖本两批的依据，及其造伪的判定

下面两条靖本之批，点明贾府抄家后惨到"不忍卒读"，貌似与畸笏叟所批"狱神庙"中"狱"字所提示出来的"入狱"情节相合。其实靖本有造伪之嫌，这两条批语同样是别有用心者根据畸笏叟"狱神庙"诸批，误以贾府抄家后宝玉、凤姐等人当会入狱而伪造，不可信从。

第24回回首靖本有批"醉金刚一回<u>文字伏芸哥仗义探庵</u>。余卅年来得遇金刚之样人不少不及金刚者亦复不少惜不便一一注明耳壬午孟夏。"画线部分乃靖本所独有，而未画线部分见于此回倪二借钱后庚辰本眉批："读阅'醉金刚'一回，务吃刘铉丹家山楂丸一付，一笑。余卅年来得遇金刚之样人不少，不及金刚者亦不少，惜书上不便历历注上芳讳，是余不是心事也。壬午孟夏。"

靖本历来有"作伪"之嫌，此批也极似取庚辰本之批，改"务吃刘铉丹家山楂丸一付一笑"为"文字伏芸哥仗义探庵"而来，故不可靠。而且小红与贾芸乃私订终身的夫妻，人们既然误会上文畸笏叟之批"狱神庙茜雪慰宝玉、□□□红玉□□"是言小红探主，便可猜知其未婚夫贾芸亦当同来，而且第24回脂砚斋又批贾芸："孝子。可敬。此人后来荣府事败，必有番作为。"故靖本伪造出"芸哥仗义探庵"之批，仍属有迹可寻而不足为奇。我们不可以据有"造伪"之嫌的靖本之批，来怀疑后四十回的第118回对贾芸的不堪描写（指贾芸参与卖巧姐）不是曹雪芹的原稿。

今按此第24回："贾芸恐他母亲生气，便不说起卜世仁的事来"句，庚辰本侧批："孝子。可敬。此人后来荣府事败，必有番作为。"批语中用"必"字，即"想必"意，可见未必是实事。即：此批很可能是脂砚斋据第24回贾芸孝敬母亲而做的主观猜测，未必符合后四十回的情节。正如脂砚斋惑于第24回回目"醉金刚轻财尚义侠"，便认定"醉金刚"倪二是好人，在庚辰本上写下回前总批："今写在市井俗人身上，又加一'侠'字，则大有深意存焉。"而后四十回中贾府抄家便是倪二所致，由于"抄家"诸回脂砚斋未见，所以不知此番详情，于是误认倪二是真侠义，其实作者在此回中已写明："原来这倪二是个泼皮，专放重利债，在赌博场吃闲钱，专管打降吃酒。""泼皮"便不可能侠义，作者写他仗义帮贾芸，正是在为后四十回抄家前夕，因为贾芸无法报答他而撒泼（即第104回"醉金刚小鳅生大浪"）埋伏笔，作者并非真心要写他的侠义。此处脂砚斋作批时，可能还没有读到后四十回，所以写下对贾芸孝心表示赞叹的批语，我们并不能据此认定：有贾芸参与卖巧姐这不堪描写的今本后四十回便不是曹雪芹所著。

靖本第42回又有眉批："应了这话由好，批书人焉能不心伤？狱庙相逢之日，始知'遇难成祥，逢凶化吉'，实伏线于千里，哀哉，伤哉！此后文字，不忍卒读。辛卯冬日。"这应当是批第42回刘姥姥为巧姐起名时说的："或一时有不遂心的事，必然是遇难成祥，逢凶化吉，却从这'巧'字上来。"

此第42回后的文字正当全书的高潮所在，其后文字花团锦簇，煞是好看，没有什么不忍卒读处，其意当指"狱庙相逢之日"那回之后的文字很惨，令人读不下去。

全书脂批提及"伏线"处甚多，但大多惜墨如金，未有如此大透后回内容者。如第2回："为葫芦案伏线"，又："至此了结葫芦庙文字。又伏下千里伏线。"第6回："略有些瓜葛，是数十回后之正脉也。真千里伏线。"第7回："此等处写阿凤之放纵，是为后回伏线。"既然作者要"伏"（即不想轻易让人看明白），批者揭示其所伏内容时，便也会说得含蓄些，不可能像靖本这条批语那样说那么多话，而且说的又是其所批的作者原文的重复征引，简直就像是在说废话。

而且既然最后是"遇难成祥、逢凶分吉"，可证结局不差，又何必"不忍卒读"？故知靖本这条批语自相矛盾，当属伪造，所以不可以据之认为红玉、贾芸在凤姐死后，请刘姥姥到狱神庙（也即所谓的贾芸"仗义探庵"之"庵"）来搭救巧姐。

何以知道是红玉与刘姥姥相见于狱神庙？便是因为上引靖本之批作"狱庙"，显是"狱神庙"之简称或脱字，而上文"（二）"据畸笏叟批语考明后四十回中有一回回目当作"狱神庙茜雪慰宝玉、□□□红玉□□"，而茜雪与刘姥姥没有交集，刘姥姥与凤姐有交集，小红是凤姐房中人，畸笏叟批语又说红玉与"狱神庙"有关系，而靖本又说刘姥姥与"狱（神）庙"有关系，两相结合，便知道是红玉与刘姥姥相见于狱神庙。靖本此批好像非常符合逻辑，而错误之根恰在于红玉肯定就不会在狱神庙出现，即上文"（二）"所考明的：回目"狱神庙茜雪慰宝玉、□□□红玉□□"中的上半回与下半回肯定是两件事、两处场景（唯有如此，才符合曹雪芹撰写某一回情节的惯例），畸笏叟批语说红玉在"狱神庙"中有作为，是指红玉在"狱神庙"那回中有作为，并不意味着红玉本人会在狱神庙中有作为；而后人常误会畸笏叟批语是在说红玉会在狱神庙中有作为，所以，靖本涉此误会而编造出红玉与刘姥姥"狱神庙"相逢的情节来，只不过写时掉了一个"神"字，变成了"狱庙"。正因为此，说刘姥姥与红玉会相逢于"狱神庙"的这条靖批，便可以肯定属于伪造！

六、言"元妃点戏"伏全书四大关节的脂批，实与后四十回完全吻合

第18回元妃省亲时点了四出戏，伏下全书"抄家、元妃死、黛玉死、送玉"这四大关节，其文曰：

第一出《豪宴》；（己夹：《一捧雪》中。伏贾家之败。）

第二出《乞巧》；（己夹：《长生殿》中。伏元妃之死。）

第三出《仙缘》；（己夹：《邯郸梦》中。伏甄宝玉送玉。）

第四出《离魂》。（己夹：伏黛玉死。《牡丹亭》中。所点之戏剧伏四事，乃通部书之大过节、大关键。）

己卯本夹批指明，所点四出戏暗伏全书四件大事，这四件大事乃整部书的四大关键情节。而今本后四十回写到"元妃死、黛玉死、贾家败"，唯有第三出戏是第115回和尚来送玉，似乎不合脂批所言的甄宝玉来送玉。其实仔细看一下第115回便可明白，后四十回写的是"甄、贾两宝玉相会之回，有和尚前来送还贾宝玉遗失的那块通灵宝玉"，然后下一回第116回，得玉的宝玉晕死过去而重游警幻仙境，其回目中正有"仙缘"两字（"得通灵幻境悟仙缘"），点明此处所点戏的戏名《仙缘》。后四十回与此处的脂批完全吻合，无有一丝不合，而且还把预示自己情节的前八十回的戏名给点了出来，这种细节照应简直到了"天衣无缝"的地步，这是证明后四十回是曹雪芹所著的铁证★，今对此详加论述。

《一捧雪》中的"豪宴"折，据脂批是预示贾家将来之败。《一捧雪》是清初李玉创作的名剧，讲严世蕃向莫怀古索取莫家祖传的玉杯"一捧雪"，莫怀古为此而家破人亡。后四十回贾府抄家时唯一能指实的罪状，便是贾赦向"石呆子"逼索古扇而致其自杀，见第107回北静王宣告贾府罪状时说："惟有倚势强索'石呆子'古扇一款是实的，然系玩物，究非强索良民之物可比。"《一捧雪》因古玩而家亡人散，后四十回写贾府因古玩而抄家，两相吻合。★

《长生殿》中的"乞巧"折，据脂批是预示元妃将来之死。《长生殿》是清初洪升创作的名剧，写安禄山反叛时，唐明皇被迫在马嵬坡赐杨贵妃死。而后四十回之第95回"因讹成实元妃薨逝"写元春这位贵妃薨逝，两者身份皆是贵妃，结局皆死，两相吻合。★

《牡丹亭》中的"离魂"一出，据脂批是预示黛玉将来之死。《牡丹亭》是明代汤显祖创作的名剧，写杜丽娘与梦中的书生柳梦梅倾心相爱而无法相见，遂以处子之身相思而死，化为魂魄寻找现实世界中的爱人柳梦梅，人鬼相恋，最后起死回生、与柳梦梅永结同心之好。而后四十回中的黛玉正是为宝玉相思而死，死时也像杜丽娘一样是处子之身，即第98回"苦绛珠魂归离恨天"黛玉逝世时交代紫鹃说："我的身子是干净的，你好歹叫他们送我回去。"两人都以处子之身为爱相思而死，正相吻合。★

后四十回把这四大关节中的三大关节"抄家、元妃死、黛玉死"都写到了，似乎只有"甄宝玉送玉"这一关节没有写到。

　　其实，后四十回和尚送玉，正在第 115 回甄宝玉与贾宝玉相见的"证同类宝玉失相知"那一回的后半。《红楼梦》中有脂批，高鹗辈岂能不知？如果此和尚送玉不是作者亲笔、而是高鹗续写，他一定会据此脂批，写成甄宝玉把玉送过来。今本后四十回居然有"违"脂批而写成和尚送玉，能有这种胆识者，只可能是曹雪芹自己亲笔写就。

　　作者为什么要写送玉？那便是因为贾宝玉因失玉而神智昏迷，无法应举来报答"天恩、祖德"，也就无法在完成尘世的责任使命后了断俗缘。所以作者便要在这一回，让甄宝玉送"想中举"之志给宝玉，再让和尚送"能中举"之智（即神智，也即"通灵宝玉"的通灵之性）给宝玉，两相结合，才能让宝玉恢复"能中举的神智"和"向望中举的志向"，才能去写下文宝玉"中举、出家"这两件大事来。

　　脂砚斋看过此回，依稀记得是甄宝玉和贾宝玉相见那回和尚前来送玉，况且这一回回目中就有"甄宝玉"三字，于是作批时便写成了"甄宝玉送玉"，其意不是指甄宝玉这个人来送玉，而是指《甄宝玉》这一回中和尚前来送玉。而且曲名"仙缘"，是仙来送物，甄宝玉不是仙人，是与贾宝玉一样的凡人，和尚乃仙人，由此曲名，也可知道伏的不是甄宝玉来送玉，而是和尚"茫茫大士"这位神仙来送玉。

　　此第 115 回甄宝玉与贾宝玉相见那一回和尚前来送玉，而其下一回第 116 回"得通灵幻境悟仙缘"，等于在回目中点了第 18 回第三出戏《仙缘》之名，这样的细节的确不可能是他人所续，而应当只有曹雪芹本人方才能够"伏线千里"般，在相隔近百回后（两者遥隔 98 回），把将近一百回之前的这一不为人注目的小细节——"仙缘"戏名——重又拎起加以写出，这也是证明"后四十回与前八十回乃同一人所作的、细节完全接榫的整体"，从而证明后四十回只可能是曹雪芹所写，而不可能是高鹗或其他无名氏所续。★

　　脂砚斋见第 18 回第三出戏的名字是"仙缘"，而他又参与过全书的创作，深知曹雪芹创作的底细，肯定知道作者第 116 回回目中的"仙缘"与此有关联，于是批下"《仙缘》伏甄宝玉送玉（那一回）"，其意指：甄宝玉见贾宝玉那一回（第 115 回）中，和尚来送玉而使宝玉与黛玉再结仙缘（指第 116 回）。即第 18 回这出名为《仙缘》的戏伏的是：甄宝玉来拜见贾宝玉的第 115 回中和尚前来送玉，而麝月一句话又使宝玉昏死过去而魂飞天外，与"太虚幻境"中的潇湘妃子结了第 116 回回目、此处第 8 回戏名所说的"仙缘"。因此"甄宝玉送玉"的脂批，恰可证明程高本后四十回中的第 115、116 两回是曹雪芹的原稿！

　　"仙缘"这出戏见于《邯郸梦》，据脂批是预示将来甄宝玉与贾宝玉相见时，贾宝玉丢失的那块玉会被仙人（和尚）送回。《邯郸梦》（即《邯郸记》）是明代汤显祖创作的名剧"临川四梦"中的一梦，是借《枕中记》"黄粱一梦"的故事来生动再现明代的官场，为士人们探讨如何超脱生死困扰的途径，是一部寓思想性、艺术性、哲理性为一体的名剧。明代吕天成在《曲品》中说：《邯郸梦》，穷士得意，兴尽可仙。先生提醒普天下揩大，功德不浅。即梦中苦乐①之至，犹令观者神遥，莫能自主。"

剧中写卢生在邯郸旅店住宿，入睡后做了场享尽自己一生荣华富贵的好梦，醒来时小米饭尚未煮熟，为此而大有所悟，这正与后四十回最后写"宝玉由抄家而明悟一生②荣华富贵的空幻而出家"相合。★

后世成语"黄粱美梦"、"邯郸梦"即本此故事而来。而贾宝玉正是历经人世繁华后，悟其为一梦，这便点明《红楼梦》一书的题旨便是"富贵繁华乃一梦"，同时也点明全书书名"红楼梦"，其实就滥觞于汤显祖"临川四梦"中的"邯郸梦（即《邯郸记》）"与"南柯梦（即《南柯记》）"。

又卢生是穷士得意方才出世，更预兆宝玉当中举后（即得意后）方才出家，所以，今本后四十回写宝玉中举而贾府家道复兴，便不违作者借元妃之手点这出戏的用意。则写宝玉中举而贾府家道复兴的后四十回非是高鹗续笔，乃是曹雪芹原稿原意，便可据此知晓！★

元妃薨逝而贾府失势将要抄家，这是大灾，"通灵宝玉"有报灾的功能，所以要隐藏不见，以示自己通灵、而能预知贾府即将到来的大难临头。通灵宝玉逃到天上，故黛玉之绛珠仙草也便要随之回归天界。第95回失玉后，"拐仙"即跛足道人用乩语告诉贾府诸人："入我门来一笑逢"，即贾宝玉必须出家成了仙，方才能够再度回到"太虚幻境"，才能与"返真归原"的通灵宝玉相见。

作者借甄宝玉入京，一是影射自己曹家抄家后被押解回北京，表明作者曹雪芹之家原在南京、而现在何以住在北京的原因，便是皇帝恩准，抄家后蒙恩返了玉阙。第114回"甄应嘉蒙恩返玉阙"便是"真亦假蒙恩返玉阙"，言明：甄府蒙恩入京，就是书中的贾府蒙恩入了京；也即：书中的"甄（真）家人京"，影写的就是现实世界中的"真家（原型）"曹家，蒙雍正的圣恩入了京。

下来作者便借两位宝玉的交谈，交代甄宝玉如何由好色而转入学问（即第93回包勇口中提到的"白骨观"的感化，让甄宝玉从此入了"八股"科举的正道）。甄宝玉吐露真心，劝宝玉也走仕途经济之路（本书"第二章、第五节、二、（一）"会详论后四十回劝宝玉走仕途经济之路不违曹雪芹本意），由于宝玉肯定听不进别人的劝告，所以作者故意做此幻设之笔，让宝玉自己谈自己、自己劝自己。当然，此回中的甄宝玉仍然未能奏效，但至少给贾宝玉敲了敲警钟、树了树榜样，宝玉正式被劝好，是第118回"惊谜语妻妾谏痴人"，靠宝钗的规劝，打动其固有的"孝"心，从而得以回心转意。

甄宝玉是来送科举之"志"给宝玉，而第115回和尚送玉是为了让他神智清醒而能中举，而圆房与中举便是为了报答贾府的养育之恩，留下后代与功名给贾府（指让宝钗怀孕、高中第七名举人）。

---

① 苦乐，此是偏义复词，偏在"乐"字上。其句实指：全戏写极乐之至，到了令人神往而把出世之旨全都忘却的地步。
② 在作者人生中是十四岁，在《红楼梦》书中则是十九年。

第 115 回末宝玉神智刚因得玉而清醒，又因为麝月提起宝玉砸玉事，让宝玉猛然想起第 3 回自己和黛玉初次见面，便为黛玉无玉而砸玉之事，从而想起死去的林妹妹来，顿时伤心欲绝地昏死过去，得以升天去找林妹妹。

宝玉第 116 回所见到的天上"警幻仙境"的情景，正与前八十回中第 5 回所描写的"太虚幻境"如镜像般相合；一个在全书开头第 5 回，一个在全书倒数第 5 回，正成一模一样的镜像格局、却又有了主题的升华（指"太虚幻境"坊变成了"真如福地"坊，"孽海情天"宫变成了"福善祸淫"宫，"薄命司"殿变成了"引觉情痴"殿）。后四十回让全书形成这种"镜像对称"的严整格局，其与前八十回也的确只可能是同一人手笔、而非两样文章，当系曹雪芹所写。

己卯本夹批指出，所点这四出戏暗伏全书四件大事，这四件大事都是通部书的大关键。今本后四十回写到元妃死、黛玉死、贾家败，而第 115 回"证同类宝玉失相知"这一甄贾两宝玉相会之回，和尚这位仙人前来送还贾宝玉遗失的通灵宝玉，然后宝玉又因麝月一句"幸亏当初没砸破"，让宝玉想起死去的黛玉[①]而晕死过去、重游警幻仙境，即第 116 回"得通灵幻境悟仙缘"，其回目中的"仙缘"两字再度点明此处元妃所点戏名"仙缘"，这一奇巧而不为人注目的细节，居然能在 98 回后重又提起，早已无可辩驳地证明：前八十回与后四十回乃同一人所作。由后四十回能不按脂批所批写成甄宝玉送还通灵宝玉，更可证明：后四十回绝对是曹雪芹原稿，而不可能是他人所续。★

七、脂批所提到的"寒冬噎酸齑、雪夜围破毡"回蠡测

第 19 回："彼时，她母兄已是忙另齐齐整整摆上一桌子果品来。袭人见总无可吃之物"，己卯本夹批："补明宝玉自幼何等娇贵，以此一句留与下部后数十回'寒冬噎酸齑、雪夜围破毡'等处对看，可为后生过分之戒。叹叹！"前人都认为这是抄家后不久贾府贫穷至极的场景。而上已言脂砚斋作批时，"抄没"诸事已经迷失不传，此若在抄家后不久，也应当在迷失不传之列而脂砚斋等人无缘读到，所以我们便可明白这儿所说的"寒冬噎酸齑、雪夜围破毡"应当不是抄家后不久的情景。

此"寒冬噎酸齑，雪夜围破毡"肯定不是曹雪芹所拟的后四十回回目中语，因为作者构思回目时，不可能上半回回目与下半回回目都写同一人之事[②]。而上文批语显然以此二者都是宝玉一人之事，由此可知其绝非全书"一百二十回回目"中语。所以，批语所说的宝玉落魄后"寒冬噎酸齑、雪夜围破毡"的情节，

① 指"当初"即第 3 回黛玉与自己初见面时，自己便砸玉而"幸亏当初没砸破"。
② 今观《红楼梦》120 回回目中，上半回与下半回均不写同一人之事，唯有两回例外：一是第 5 回《开生面梦演红楼梦、立新场情传幻境情》，二是第 23 回《西厢记妙词通戏语、牡丹亭艳曲警芳心》，仅此两回而已，比例仅占 1.7%，可证一般不会有上半回与下半回回目皆为一人之事的情形出现。第 5 回是因警幻那幕情节丰富，足以写到一回，故回目只能反映一件事，而第 23 回是黛玉一天中既读戏文，又听戏文，故回目中只能反映其一人之事。而"寒冬噎酸齑、雪夜围破毡"无非是宝玉一人乞丐之事，作者不可能把这么简单的情节写到一回的体量，故知其与第 5、第 23 回都不同，当非回目。

肯定就是脂砚斋读到的后四十回中的情节①，而程高二人收集今本后四十回时不幸未能找到。〖本书"第二章、第八节"考明今本后四十回便得自脂砚斋手中的曹雪芹第一稿，其当有此宝玉"寒冬噎酸斋、雪夜围破毡"情节，何以今本后四十回没有了？可证脂砚斋手中的曹雪芹第一稿，到程高二人手中时，毕竟又过了几十年而略有残缺，程高二人又千方百计地从其他途径补全，不幸未能找到这一情节。〗

今按后四十回最后一回贾宝玉身披"一领大红猩猩毡的斗篷"拜别贾政。第49回"只见众姊妹都在那边，都是一色大红猩猩毡与羽毛缎斗篷"，可见大红猩猩毡斗篷是秋冬众人常备之服，而贾宝玉参加秋试时②天气当已渐冷，故带有此斗篷（即披风）入场，出场后便迷失、出家。

宝玉出家肯定要向养育自己的人间亲人作别，即第119回其告别王夫人、李纨、宝钗说的那番话，书中写"宝钗听得早已呆了"，最后是写宝玉仰面大笑着出门说："走了，走了！不用胡闹了，完了事了！"作者又写："众人也都笑道：'快走罢。'独有王夫人和宝钗娘儿两个倒像生离死别的一般，那眼泪也不知从哪里来的，直流下来，几乎失声哭出。但见宝玉嘻天哈地，大有疯傻之状，遂从此出门走了。正是：'走来名利无双地，打出樊笼第一关。'"

所有亲人中，宝玉唯剩生育自己肉身的人间父亲贾政还需要做人世间的最后一别。而贾政又护送贾母灵柩南归，所以宝玉便当赶往南方拜别贾政。一路行来，其时当已大寒，故披此斗篷。由于他出了家，一路上与渺渺大士、茫茫真人显然都是乞丐生涯，衣服也会在行乞中凋敝，自然是"寒冬噎酸斋、雪夜围破毡"，所以这一回当在全书最末，写的是贾宝玉出家后的情景。此回今本已失，当即程高本据全书"一百二十回回目"寻找时，未能找到的那两三回之一。

今按笔者《宁荣府大观园图考》"第一章、第三节"的第119回考明，宝玉是八月初八入场参加乡试，八月十六出场走失。第120回考明宝钗当分娩于十月廿二左右，而宝玉在常州"毗陵驿"拜别父亲贾政是在十月中而宝钗尚未分娩。则此"寒冬噎酸斋、雪夜围破毡"情节，便当在第119回"宝玉出场走失"情节与第120回"常州别父"情节之间。

又第一回《好了歌解》"展眼乞丐人皆谤"，甲戌本侧批："甄玉、贾玉一千人。"不是说甄宝玉乞讨，而是说贾宝玉乞讨。甄宝玉与贾宝玉乃一人之两写③，所以在提贾宝玉时，便顺带言及其影子甄宝玉，这就好比是修辞手法中的"偏义"手法。正如人们常说："他常在背地里褒贬别人"，"褒"与"贬"是反义词，此处只取"贬"的意思；所以这儿虽然"甄玉、贾玉"并举，其实只取贾宝玉一人，即贾宝玉是主，甄宝玉不过是虚陪而已。

---

① 即这一情节不可能是脂砚斋从后四十回回目中得知。
② 按：秋试即乡试，在八月中秋时节举行。
③ 即甄、贾两宝玉都是以作者曹雪芹这同一个人为原型。作者把自己化身为两个人物写入小说之中。

八、脂批时便已逸失的末回"警幻情榜"中的宝黛评语考

第19回"没的我们这种浊物倒生在这里",己卯本夹批:"余阅此书,亦爱其文字耳,实亦不能评出此二人终是何等人物。后观《情榜》评曰'宝玉情不情','黛玉情情',此二评自在评'痴'之上,亦属囫囵不解,妙甚!"即脂砚斋看完全书也不知宝玉、黛玉二人当评何语。今见作者在书末《情榜》中评二人之语,感觉含而不露而甚妙。

根据下引脂砚斋猜测警幻仙子所放《情榜》中的"十二钗"会有谁而不准确,可证脂砚斋肯定没有读到过全书最末一回所放的情榜,此言"后观《情榜》评曰",当是作者曹雪芹创作时曾经对脂砚斋说过:"书末《情榜》,唯宝玉、黛玉二人以'情'评之,其余诸人皆评'痴'字。"可见"情痴"两字在书中很重要,作者常将这两个字并提,如第1回回前诗"更有情痴抱恨长",又该回写宝玉前身"神瑛侍者"下凡公案时提道:"想这一干人入世,其情、痴、色鬼,贤、愚、不肖者,悉与前人传述不同矣。"

脂砚斋在批语中称:《警幻情榜》中对双玉[①]的评语含而不露,有难以理解的混沌之妙,也即其中有"只可意会、不可言传"之妙。笔者斗胆,在此试对其做一详解。

(一)"情不情"正解:对无情识之物仍满怀痴情

第8回"宝玉听了,将手中的茶杯只顺手往地下一掷",甲戌本眉批:"按警幻《情榜》,宝玉系'情不情'。凡世间之无知无识,彼俱有一痴情去体贴。"此批便点明宝玉"情不情"的含义便是一种泛爱主义,即对无情之物仍满怀痴情。这与其对所有人都怀有一种"平等博爱"的个性相通,即第5回:"那宝玉亦在孩提之间,况自天性所禀来的一片愚拙、偏僻,视姊妹弟兄皆出一意,并无亲疏远近之别。"

第31回"撕扇子作千金一笑、因麒麟伏白首双星"己卯本回前批:"'撕扇子'是以不知情之物,供娇嗔不知情事之人一笑,所谓'情不情'。"又批:"'金玉姻缘'已定,又写一金麒麟,是间色法也。何颦儿为其所惑?故颦儿谓'情情'。"

佛教称无生命的非生物为"无情",因其没有心识和感情的缘故。这两条脂批便点明宝玉的痴情,当与无情识的非生物有关。而其中的第二条批语似乎又在说:宝玉的多情而不专一常伤黛玉之心,在黛玉看来便是无情;而金麒麟原非预兆宝玉与湘云之间有情,因为此回回末的脂批便特地言明卫若兰当佩此金麒麟而与湘云成亲("后数十回若兰在射圃所佩之麒麟,正此麒麟也"),偏是黛玉多心,怀疑宝玉是因为有意于湘云,方才拿了张道士给的金麒麟。这是用情太专一的人常会犯的疑心病。

这第二条批语又说黛玉对宝玉用情太过,即爱得过于钟情了,故称"情情"。所谓"情情",第二个情字当指对己钟情之人,第一个情字是钟情之意——"情

---

① 脂批称宝玉与黛玉为"双玉"或"二玉",称宝玉与宝钗为"二宝"。

情"便是指"用深情于喜爱自己的人",即只会对爱自己的人动情。宝玉对黛玉一片真情,而黛玉只对这位钟情深爱自己的人,才会爱得如此之深;正因为爱得过分,所以才会时时处处疑心他、防范他另有新欢。

第19回写宝玉突然想起宁府小书房中的画中美人无人相伴,"须得我去望慰她一回",己卯本夹批:于"极不通、极胡说中写出绝代情痴,宜乎众人谓之'疯傻'。"而蒙王府本侧批:"天生一段痴情,所谓'情不情'也。"即:宝玉用情之深,居然到了会爱上无知无识之物的地步,让人感到其头脑不正常而谓之"痴傻"。上引第5回画线部分的正文,则批宝玉的平等博爱为"愚拙、偏僻"。

第23回桃花落了宝玉一身,"宝玉要抖将下来,恐怕脚步践踏了",庚辰本夹批:"情不情。"是说宝玉多情到了对于无知无识之物也会用情的地步。"情不情"意为"用情于没有感情的事物"。黛玉之"情情"便是用情于对己深情之人(宝玉),也即"用情专一"的意思。

第70回黛玉与宝玉放的都是美人风筝,宝玉放不起来,说:"若不是个美人,我一顿脚踩个稀烂。"紫鹃把黛玉手中美人风筝的线剪断放走,宝玉说:"可惜不知落在哪里去了。若落在有人烟处,被小孩子得了还好,若落在荒郊野外无人烟处,我替她寂寞。想起来把我这个放去,教她两个作伴儿罢。"于是也把自己的美人风筝剪断放去。这儿没有脂批,我们其实也可以仿照上面几则脂批批上"情不情"三字。

第25回:宝玉打算用长相漂亮的红玉来使唤,但想道:"若要直点名唤她来使用,一则怕袭人等寒心;二则又不知红玉是何等行为,若好还罢了,若不好起来,那时倒不好退送的。"甲戌本侧批:"不知'好'字是如何讲?答曰:在'何等行为'四字上看便知。玉儿每'情不情',况有情者乎?"此处以"有情"与"不情"对举,更是明显地指出"情不情"中的"不情"是指非生物的意思。佛法称动物与人为"有情众生",称无知无识的植物、非生物为"无情"之物。此脂批是说宝玉常对无情识的事物,如桃花瓣、美人画、美人风筝等,都会十分用情,所以对于活的美人(红玉),用情自然会格外的深。可见,"情不情"便指宝玉的痴情可以深及"无情识"(即没有感情)的植物和事物。

第43回"闲取乐偶攒金庆寿、不了情暂撮土为香"回末戚序本总评:"攒金办寿家常乐,素服焚香无限情。"又批:"写办事不独熙凤,写多情不漏亡人,情之所钟必让若辈。此所谓'情情'者也。"本回是写贾母让大家凑份子钱给王熙凤过生日,由尤氏操办,而尤氏暗中退还了好几个人的份子钱,此批便是说:尤氏贤惠能干的主妇风范丝毫不亚于王熙凤。此回又写此日也是金钏生日,故宝玉一大早便到北城门外的"水仙庵"水井处,祭奠跳贾府门口大井而死的金钏儿,可谓多情人不忘已亡人,情深意重,堪与黛玉的用情专一"情情"相媲美。

此处宝玉用情于亡人，亡人自然也可视同于"无情识的非生物"，故宝玉不忘而用情于已亡人，便可称之为"情'不情'"；由于亡人也有魂，故仍是有情众生，宝玉不忘而用情于亡人，自然也可以称为"情'情'"。

因此，后文第78回"痴公子杜撰《芙蓉诔》"，写宝玉作《芙蓉诔》祭晴雯，又后四十回中的第89回"人亡物在公子填词"再度祭晴雯，其实都可以据此而批上"情不情"或"情情"这样的批语。

第43回批语中的"若辈"是指宝玉这样的人，"情之所钟必让若辈，此所谓'情情'者也。"是指：天下钟情（即多情）之人便当首推宝玉这类人为第一，这种极深情的人便是所谓的"情情"。这也就点明黛玉之"情情"乃是用情特深、特别执着专一的意思。

总之，"情不情"是指对无情之物仍满怀痴情。第一个"情"是动词，意为"用情"。后一个"情"是名词，意为"有情、有情众生、有情之物（生物）"；"不情"便指无情之植物与非生物。"情不情"是指对无情之物尚且能用情、移情、动情。作者用"情不情"三字来表明宝玉的"泛爱主义"，也即其天性中带来的生来就有的"平等博爱"。

（二）"情不情"深解：情到极处便无情

第21回"贤袭人娇嗔箴宝玉、俏平儿软语救贾琏"，庚辰本回前批："情机转得情天破，情不情兮奈我何？"本章"第一节、二"已有提及，今特阐发其意，即：宝玉因对黛玉一往情深，于黛玉死后，了悟人间"苦、空、无常、无我"之相，顿入空门，故宝玉是"情机转得情天破"，即：用情用到极致，便能明悟"情、欲乃空"的佛门之旨。

所谓"情不情"，当以此为最深之解。

●附："情不情"另一俗解：看似多情实则无情

第33回"手足耽耽小动唇舌、不肖种种大承笞挞"写宝玉挨打，回末戚序本有总评："严酷其刑以教子，<u>不情中十分用情</u>；牵连不断以思婢，有恩处一等无恩。严父、慈母，一般爱子；亲优、溺婢，总是乖淫。蒙头花柳，谁解春光；跳出樊笼，一场笑话！"

此批将"情"与"不情"并提，一是说：严父棒打爱子，表面看来似乎很无情，实则十分用情，即"无情中分外有情"；二是说：多情人看似多情（"牵连不断以思婢"、"亲优、溺婢"、"蒙头花柳"），实则无情（"有恩处一等无恩"指不孝，即对父母无情；而"总是乖淫"则点明此情"貌似"是情，实乃"淫"、而非真情）。据此，则宝玉的"情不情"亦有"看似多情、实则无情"之意在内。

（三）"情情"正解：对爱己之人用情至深至专，即"情极"之意

"情情"正解已见上文（一）之论，指对爱己的有情人用情特别深挚专一，也即"情极"之意。

●附："情情"另解：用情至深

第43回"闲取乐偶攒金庆寿、不了情暂撮土为香"回末戚序本总评："情之所钟必让若辈。此所谓'情情'者也。"点明"情情"乃是用情特深而执着专一的意思。

古人以叠字词表示复数，如《花间集》录唐韦庄《菩萨蛮》"人人尽说江南好"，便以"人人"指人们、而非一两个人；李清照《漱玉词》之《武陵春》"物是人非事事休"，便以"事事"指一切事、而非一两件事；此处"情情"用叠词，也是指用情极深、而非用情仅一点点之意。这也就是第23回黛玉葬花时说的："如今把它扫了，装在这绢袋里，拿土埋上，日久不过随土化了，岂不干净？"庚辰本有夹批："写黛玉又胜宝玉十倍痴情。"宝玉已是痴情之人，黛玉更甚其十倍，故用复数"情情"称颂黛玉用情至深、远超常人乃至宝玉。

由于黛玉评语是"情情"，所以批者径以"情情"作为"颦卿"①林黛玉的别号，见第27回"林黛玉便回头叫紫鹃道"句的甲戌本侧批："不见宝玉，阿颦断无此一段闲言，总在欲言不言难禁之意，了却'情情'之正文也。"此"情情"即颦儿的代名词。

其例又见第28回："林黛玉看见，便道：'啐！我道是谁，原来是这个狠心短命的……'刚说到'短命'二字，又把口掩住，（甲侧：'情情'不忍道出'的'字来。）长叹了一声，（庚侧：不忍也。）自己抽身便走了。"此亦以"情情"作为黛玉别号。

其例又见此第28回："黛玉听了这个话，不觉将昨晚的事都忘在九霄云外了"，甲戌本侧批："'情情'本来面目也。"庚辰本侧批："'情情'衷肠。"

九、脂批时便已逸失的末回"警幻情榜"中的"十二金钗"考

论完《警幻情榜》两大主首的评语外，再让我们来考一下《警幻情榜》中到底有什么人，即"金陵十二钗"到底有几钗？

（一）《警幻情榜》总说

上引第19回的脂批："后观《情榜》评曰'宝玉情不情'，'黛玉情情'，此二评自在评'痴'之上"，已然告诉我们：《警幻情榜》中，只有宝玉、黛玉二人能评"情"字，其余女子（包括宝钗在内）一律评以各种"痴"。因为整部书以宝玉、黛玉二人为主角，其余人（包括宝钗、贾母、王夫人、王熙凤等在内的所有人）都是陪客而已，故评"痴"字。

又由此批可知，警幻仙子当在书末放一"情榜"，用来注记这段下凡公案中所有下凡之人及其评语。执笔著录者，当是红楼诸艳中第一个死的尤三姐②，

---

① 其爱哭，眉常蹙，故书中称其为"颦卿"，如第67回"馈土物颦卿思故里"。第3回宝玉又送其外号"颦颦"。脂批又称其为"颦儿"。

② 按笔者《红楼时间人物谜案》"第三章、第一节、一、（三）"考明：原稿真相是秦可卿死

即第 66 回尤三姐向柳湘莲哭泣诀别时说："妾以死报此痴情。妾今奉警幻之命，前往太虚幻境修注案中所有一干情鬼。"正如《封神演义》最后要放一个"封神榜"，《水浒传》末回要排 108 将的座次，此"情榜"应当放在全书最后一回的末尾。

据上引脂批，此情榜中贾宝玉居首，评语是"情不情"，言其痴情到了对无情的非生物、植物都会用情、寄情、移情的地步；同时又可联系其出家，对"情不情"一词做别解，即：他这个人始于多情、终于无情，情到极致便能无情而顿悟（而走向佛教所谓的"无缘大慈、同体大悲"的博爱与大爱）。

全书第 1 回"楔子"言甄士隐听到道人说有段风流公案即将发生，有一批风流冤家即将转世投胎，一问才知道是天上的"神瑛侍者"①凡心偶炽，想下凡为贾宝玉，以享太平盛世（指大清朝康乾盛世）的荣华富贵。由于他曾经用甘露水浇灌过"绛珠仙草"，故绛珠仙子立意要追随他下凡投胎为林黛玉②，用一生的泪水来偿还他浇灌的甘露，"因此一事，就勾出多少风流冤家来陪他们去了结此案"，甲戌本在这句话旁有侧批："余不及一人者，盖全部之主惟'二玉'二人也。"可见众女子都是伴随宝玉、黛玉这"二玉"而降世的。故宝钗虽然贵为花王牡丹③，也不过是统率众花神下凡的宝玉、黛玉二人的陪衬。而后四十回中第 85 回"花朝节"演五出戏预示后文情节，第三出"冥升"，以嫦娥影射黛玉，以观音影射警幻仙子。全戏以"嫦娥下凡"来影射绛珠仙草下凡投胎为林黛玉；又以嫦娥尚未成婚便被观音大士点化升仙来影射：黛玉未婚便以处子之身仙逝、而被警幻仙子接入太虚幻境。此戏当为明初朱有燉《张天师明断辰钩月》杂剧的改编本，此杂剧有四季名花牡丹、荷、菊、梅四仙同往，正与前八十回百花仙子们随同绛珠仙草降世的构思相吻合，这也可以证明后四十回乃曹雪芹原稿★，本书"第二章、第六节、一"有详论。

凭第 1 回这段"楔子"，我们便可明了"情榜"中宝玉居首，那是因为宝玉前身是神瑛侍者，众女子（含黛玉在内）追随他而下凡，所以这段下凡公案的案首便是宝玉而非众女子中的任何一位，所以书中称宝玉为众艳之首，即第 17 回"大观园试才题对额"回前已卯本所批："宝玉系诸艳之冠④，故大观园对额必得玉兄题跋。"这句批语后人常误会为是在说宝玉是女性，或其心理上

于第 76 回的中秋节，而非书中第 13 回字面所写的冬底。尤三姐死于第 66 回，在原稿中其为第一个死去，故由其担任注记《警幻情榜》之人。如果按今本字面所写，第一个死去之人便是秦可卿，则注记之责便当是秦可卿而非尤三姐。由今本注记之责由尤三姐担当，也可知我们推测的秦可卿死于原稿的第 76 回乃是千真万确的事。

① 注意，"侍者"即高僧的侍者。由此可证：神瑛侍者前世是罗汉，是僧人。他用甘露浇灌仙草，甘露即"甘露水"，佛教中用来比喻佛法的滋养。

② "黛"为墨绿色，当即绛珠仙草的颜色。

③ 第 63 回"寿怡红群芳开夜宴"借抽签饮酒，写明红楼诸艳乃众花神下凡，宝钗为花王牡丹。

④ 冠，据戚序本、蒙王府本。庚辰本、已卯本作"贯"。第 37 回李纨对宝玉说："你还是你的旧号'绛洞花王'就好。""花王"正是"诸艳之冠"意，也即第 78 回小丫头对宝玉说的："一样花有一位神之外，还有总花神"之"总花神"。

偏向女性①，所以他对女性怀有一种"尊敬而不敢亵玩"的念头，其实这则批语与宝玉的性别倾向毫无关系。

上面那段"楔子"又言明：众女子中，唯有黛玉一人是为了用泪水还神瑛侍者甘露水而生，这段公案便是为两人②偿泪之事而起，所以众女子便以黛玉为首，众女子（以宝钗为首的众花神）皆追随她这棵仙草而下凡。其评语是"情情"，是用情太深挚、太执着、太专一之意；而追随她下凡的其余诸艳，则全都降格而不敢用"情"字，全都评为各种"痴"字。因此，黛玉居众女子之冠，而宝钗居众"痴"女子之冠。由于黛玉与宝钗两人在作者心目中同等重要，所以作者在第5回，便把预示两人命运的图画、判词、十二支曲全都合绘、合写、合唱，以示两人在宝玉（也即作者）心目中的地位不分上下。

（二）"十二金钗"总说

那"警幻情榜"有什么样的内容？其内容便是书名所说的"金陵十二钗"。
《红楼梦》书首作者亲笔所写的"凡例"最末一条称："虽我之罪固不能免，然闺阁中本自历历有人，万不可因我不肖，则一并使其泯灭也。"这就在标榜：全书是作者为自己心仪的家中诸女子作传，使她们能在文学的殿堂中得以不朽和永生。所以作者也就要把全书取名为"《金陵十二钗》"，为的就是用此书名来点明全书的这一创作主旨，同时也点明其家住在金陵、书中写的就是金陵南京"石头城"的故事

这一创作主旨同样体现在书首第一回所说的："后因曹雪芹于悼红轩中披阅十载，增删五次，纂成目录，分出章回，则题曰《金陵十二钗》。"这句话同样也就点明第一回回目"贾雨村风尘怀闺秀"所体现出来的作者的创作主旨，就是要让自己家中（其家在金陵）诸女子在人间不朽。而书名"金陵十二钗"的"金陵"两字，其实也就清楚点明：全书是作者在北京所追忆的、自己老家金陵所发生的、自己年少时的闺阁家事（而非北京之事）。

无独有偶，作者不光开门见山地在第一回回题与回中正文点此题旨，更在全书最后快要结束时的第108回，借行酒令投骰子，让鸳鸯说出："大奶奶③掷

---

① 有人据此论断宝玉心理偏向女性而有同性恋的情结，恐非是。第43回茗烟在水仙庵水井代宝玉祷告："我茗烟跟二爷这几年，二爷的心事，我没有不知道的，……二爷心事不能出口，让我代祝：……你在阴间保佑二爷来生也变个女孩儿，和你们一处相伴，再不可又托生这须眉浊物了。"庚辰本有夹批："又写茗烟素日之乖觉可人，且衬出宝玉直似一个守礼代嫁的女儿一般，其素日脂香粉气不待写而全现出矣。今看此回，直欲将宝玉当作一个极清俊羞怯的女儿，看茗烟则极乖觉可人之丫鬟也。"但这全是茗烟戏说，批语也只是疑似之间，况且茗烟又绝非丫环可比，则此处批语把宝玉比作清俊女儿无有实处，茗烟口中言宝玉仰慕成为女子亦当以戏言视之。故下来宝玉："听他没说完，便撑不住笑了，因踢他道：'休胡说，看人听见笑话。'"庚辰本在"撑不住笑了"下有夹批："方一笑，盖原可发笑，且说得合心，愈见可笑也。"在"看人听见笑话"下有夹批："也知人笑，更奇。"古代富家公子偏于阴柔，恐怕是因为其生活环境充满女子而少有男性所致。当代社会有鉴于此，故幼儿园要增加男性教师的比例。
② 指宝玉、黛玉。
③ 指李纨。

的是'十二金钗'",相当于是文末点题,与第1回开宗明义所交代的"全书又名'金陵十二钗'"遥相呼应、而再度点明全书之名和这一题旨。

作者还怕开头、结尾的双重点题尚不显眼,于是在书首亲拟的"凡例"中,更为显豁地一连用几句话来揭明自己所要写的"金陵女子①"远不止这12位:"然此书又名曰《金陵十二钗》,审其名,则必系金陵十二女子也;然通部细搜检去,上中下女子岂止十二人哉?若云其中自有十二个,则又未尝指明白系某某,及至'红楼梦'一回②中,亦曾翻出'金陵十二钗'之簿籍,又有《十二支曲》可考。"其"上中下"三字便清楚指明"金陵十二钗"是有层次和等级的。其层次等级显然就是主奴之分③。

那"警幻情榜"中的"金陵十二钗"到底有什么样的内容呢?

此前的红学研究,都据第5回的正文和第18回的脂批,判定"金陵十二钗"为五级60钗,这是只知其一,未知其二(即不知有"情榜"后所附的副榜也即"外榜"存在),更不知有三(即不知更有与"情榜"相对峙的"孽榜"存在)。而刘心武先生据《水浒传》有108将,而定《红楼梦》为九级108钗,又失之于过多。

笔者细读全书,知曹雪芹旨在为自己人生中遇到的金陵诸女子作传,故其书名起作"金陵十二钗"。这一书名所标明的全书描绘到的金陵女子,不光有"警幻情榜"的五级60钗,还有"警幻情榜"所附的副榜也即"外榜"12钗,更有"警幻情榜"之外的与之相对峙的"孽榜"12钗,整个红楼女子共分三类84钗:其"内、外"之分是据贾府之人(含贾府中人、与贾府有亲之人两类)还是贾府以外之人而分;其"情、孽"之分则是按人品的良善与邪恶来分。今将读书时的这一"一得之愚"综述于此,就教方家。

1. "情榜·内榜(正榜)"共有五级60钗

作者首先在第5回"游幻境指迷十二钗、饮仙醪曲演《红楼梦》"中,大透书名"金陵十二钗"的底细,即全书"金陵十二钗"共分正十二钗、副十二钗、又副十二钗(【】内为我之按语):

> 宝玉问道:"何为'金陵十二钗正册'?"警幻道:"即贵省④中十二冠首女子之册,故为'正册'。"宝玉道:"常听人说,金陵极大,怎么只十二个女子?如今单我家里,上上下下,就有几百女孩子呢。"警幻冷笑道:"贵省女子固多,不过择其紧要者录之。下边二橱则又次之。余者庸常之辈,则无册可录矣。"宝玉听说,再看下首二厨上,果然写着"金陵十二钗副册",

---

① 古人以"金钗"指代女子,"金陵十二钗"便是作者南京老家的12位女子的意思。作者怕读者拘泥于"十二"两字,故撰此"凡例"点明实不止12位,乃是12的七倍84位,下详。

② 指第5回"游幻境指迷十二钗、饮仙醪曲演《红楼梦》"。

③ 曹雪芹作为封建社会中人,不可避免会有这种意识,我们何必苛责?我们又何必拔高其精神境界,抹杀其书中所体现出来的等级意识?

④ 贵省,即"您"曹雪芹出生地——"江南省"的省城,也即今天的南京城。

又一个写着"金陵十二钗又副册"。宝玉便伸手先将"又副册"橱开了，拿出一本册来，揭开一看，只见这首页上画着一幅画，又非人物，也无山水，不过是水墨淘染的满纸乌云浊雾而已。有几行字迹，写的是：……【按：下文即晴雯、袭人判词①，其在又副册首，据此可知"又副册"之首实为晴雯而非袭人，袭人是第二。】

宝玉看了不解。遂掷下这个，又去开了"副册"橱门，拿起一本册来，揭开看时，只见画着一株桂花，下面有一池沼，其中水涸泥干，莲枯藕败。后面书云：……【按：下文即香菱判词，故可知香菱在副册首。】

宝玉看了仍不解。便又掷了，再去取"正册"看。只见头一页上便画着两株枯木，木上悬着一围玉带，又有一堆雪，雪下一股金簪。也有四句言词，道是：……【按：下文即"林薛元探、史妙迎惜、王巧李秦"十二人共十一首判词。林、薛两人在作者心目中不分高下，故合为一首，以示两人地位相当、才情又难分轩轾，所以十二钗仅十一首命运判词。以上十二人便构成"正册十二钗"。】

宝玉还欲看时，那仙姑知他天分高明，性情颖慧，恐把仙机泄漏，遂掩了卷册，笑向宝玉道："且随我去游玩奇景，何必在此打这闷葫芦！"宝玉恍恍惚惚，不觉弃了卷册。……

警幻道："就将新制《红楼梦》十二支演上来。"舞女们答应了，便轻敲檀板，款按银筝。听她歌道是：……【按，所唱依次是：［《红楼梦》引子］咏全书"大旨谈情"的创作主旨②。［终身误］是贾宝玉自道林黛玉、薛宝钗两人。［枉凝眉］是林黛玉、薛宝钗合曲。［恨无常］咏元春。［分骨肉］咏探春。［乐中悲］咏史湘云。［世难容］咏妙玉。［喜冤家］咏迎春。［虚花悟］咏惜春。［聪明累］咏王熙凤。［留余庆］咏贾巧姐。［晚韶华］咏李纨。［好事终］咏秦可卿。［收尾·飞鸟各投林］咏抄家结局而收结全书、顿入空门③。以上共十四支曲，去头去尾为十二支曲，此十二支曲中头二首林、薛二人皆共一曲，而宝玉咏林、薛二人又居此十二支曲之首，故脂批批宝玉为"诸艳之首"，即第17回己卯本脂批："宝玉系诸艳之冠。"脂批又涉"林、薛二人共为一曲"，于是在第42回庚辰本回前批中批出了林、薛二人实为一人的话来："钗、玉名虽两个，人却一身。""林、薛共一曲"其实是说林、薛二人在宝玉（也即作者）心目中难分上下④，并非在说两人原型为同一人，脂批所言当有误会。本书"第一章、第一节、一"之"（四）、（五）"有详论。】

---

① 曹雪芹作为封建社会中人，相信命运前定，故有此种命运判词的构思，后人不必苛求。

② 这就再度宣扬：本书没有影射历史或朝政，书中所写的全是家中琐事、闺阁情事；凡是索隐曹家家事以外的努力，都是南辕北辙、离题万里。

③ 象征宝玉顿入空门。更指作者顿悟人生而入了空门，从而把全书最终写入佛门的至空大旨中去了。

④ 即如果林、薛二人一人一首曲子的话，则排次便有先后；由于两人在宝玉也即作者心目中不分上下，排次不当有先后，莫如两人合咏两曲，既符十二支曲的总数，又不使两人有先后之异，作者这么处理可谓慧心独运、千妥万妥。

歌毕，还要歌副曲。警幻见宝玉甚无趣味，因叹："痴儿竟尚未悟！"那宝玉忙止歌姬不必再唱，自觉朦胧恍惚，告醉求卧。【可见其下还有副曲，而作者才力已竭尽于"十二正钗"之曲，难以再为"副十二钗、又副十二钗"等谱曲，读者自可谅之。这便是作者曹雪芹经常用到的回避难写之点的"避难法"的体现。】

接着，脂砚斋在第 18 回脂批中，又更进一步补明第 5 回所交代的"金陵十二钗"的信息，即此回言妙玉带发修行的"今年才十八岁，法名妙玉"句，庚辰本有眉批："妙玉，世外人也；故笔笔带写，妙极、妥极！畸笏。"即全部书妙玉基本上没有专门去写，而是带写，因为她是世外之人，本书是描写俗世生活之书，不大可能正面描写到出家人。

己卯本此处又有夹批："妙卿出现。至此细数十二钗，以贾家四艳再加薛林二冠有六，去①秦可卿有七，再②凤有八，李纨有九，今又加妙玉，仅得十人矣。后有史湘云与熙凤之女巧姐儿者，共十二人，雪芹题曰'金陵十二钗'，盖本宗《红楼梦》十二曲之义。后宝琴、岫烟、李纹、李绮皆陪客也，《红楼梦》中所谓'副十二钗'是也。又有'又副册'三断③词，乃晴雯、袭人、香菱三人而已，余未多及，<u>想为</u>金钏、玉钏、鸳鸯④、茜雪、平儿等人<u>无疑</u>矣。观者不待言可知，故不必多费笔墨。"

画线部分的"想为……无疑"这四个字便可以看出：这段批语应当是脂砚斋所作的猜测。故畸笏叟于庚辰本眉批处对脂批加以补正："树⑤处引十二钗总未的确，皆系漫拟也。至末回'警幻情榜'，方知正、副、再副，及三、四副芳讳。壬午季春。畸笏。"此已点明"警幻情榜"这一情节在全书最后一回，其实更可想见，当在全书的最末一页，故易丢失；而且还由于是全书的最后部分，所以很可能作者在脂砚斋等人作批时根本就尚未写成或定稿。（即：此情榜在作

① 去，疑当作"添"。或指秦可卿早逝，"去"有死去的之意。
② 再，疑当作"熙"。或不误，省称"熙凤"为"凤"。
③ 三断，今写作"三段"。
④ 此二字即"鸳鸯"之简写。
⑤ 树，当作"此"。按"此"字草书似"此"，"树"字草书又与"此"字草书相似，故此条批语中的"树"字可以断定是"此"字之误。

（"树"字草书）　　　（"此"字草书）　　　（"此"字草书）

者生前已经定稿，但因作者亡故而定稿散佚；而之前流传在外的定稿前的某次中间稿，因其为未定稿而尚未有此情榜的内容。）

诸钗的名讳显然是大众极感兴趣的话题，开列一下很有必要！畸笏叟如果真的看到过全书末回的"警幻情榜"，为何不在此开列一下诸钗的名讳？由此便可想见：畸笏叟所见本其实也失去了最后一回的《警幻情榜》，或是作者根本就尚未写成，所以畸笏叟本人也无法确定、无可奉告，但他指出情榜共分"正、副、再副及三、四副"共60钗，这并非读自末回"情榜"，而只可能来自作者曹雪芹创作时对他谈到的创作构思。

同理，上文脂砚斋所言的"后观《情榜》评曰宝玉'情不情'、黛玉'情情'"①，他如果真的看到过"情榜"，此处怎么会用不确定的语气"想为……无疑"来开列诸副钗的名讳？由此也可想见，脂砚斋虽然口头上在说"后观"，其实应当也是得自作者曹雪芹创作时随口提道："末回警幻仙子所放的《情榜》中，宝玉、黛玉这为首二人的评语将会是'情不情'和'情情'。"

又据上引第5回文字及下引第3回批，香菱乃副钗之首，此处脂批列其为"又副钗"，明显有误。后四十回平儿、香菱均由小妾扶正为夫人，两者地位相当，此处既已误把香菱列入又副册，所以一并连平儿也误列入又副册中去。其实平儿和香菱，当据第5回香菱排于副册，而一同由奴才晋升到排列主子的副册中去为是。

第46回"鸳鸯红了脸，向平儿冷笑道：'这是咱们好，比如袭人、琥珀、素云、紫鹃、彩霞、玉钏儿、麝月、翠墨，跟了史姑娘去的翠缕，死了的可人和金钏，去了的茜雪'"，庚辰本夹批："余按此一算，亦是十二钗，真镜中花、水中月、云中豹、林中之鸟、穴中之鼠，无数可考、无人可指，有迹可追、有形可据，九曲八折、远响近影、迷离烟灼、纵横隐现，千奇百怪、眩目移神，现千手千眼大游戏法也。脂砚斋。"这也足以证明脂砚斋不光在批第18回时没有读到过情榜，就是到了28回之后的第46回批书时，仍未能读到"情榜"。

第66回尤三姐之魂与柳湘莲诀别时说的话，其实正伏回末"警幻情榜"的旨趣："湘莲不舍，忙欲上来拉住问时，那尤三姐便说：'来自情天，去由情地。前生误被情惑，今既耻情而觉，与君两无干涉。'说毕，一阵香风，无踪无影去了。"尤三姐说：柳君莫来牵扯，我始于多情，终于彻悟人间"爱别离、怨憎会"之苦而无情（即不再受情欲的羁绊），这也正是上文宝玉"情不情"深解的旨趣（即由多情多淫而可入无情无欲的空门，可谓"殊途可同归、物极而必反"）。

佛法言欲界众生皆有欲，色界天②无欲。而欲界中又分"欲界天、人、畜生、阿修罗、地狱、恶鬼"这六道众生。欲界天的天神虽有情欲，但情爱微薄，只要拥抱、握手、微笑、对视便可满足情欲；唯有底层的帝释天、四天王天，要像人那样男女交合。众生若有情欲，降生时，其神识如果悦慕人类或畜生的交

---

① 见第19回"没的我们这种浊物倒生在这里"句已卯本夹批。此句指后文全书最末尾处的《情榜》，评宝玉曰"情不情"，评黛玉为"情情"。
② 天，指天神。色界天即色界的众天神。

合，便会进入人或畜生的胚胎，降生欲界，成为人或畜生。其人如果能清心寡欲，便可以不受这种诱惑而不进入人或畜生的胚胎、不来降生人间，得以诞生在较高的欲界天乃至色界天、无色界天。尤三姐终因多情而悟无情之旨，从此超脱情欲束缚，不会再来此人间受生、而上升较高的欲界天及色界天。佛门言人生八大苦，其中有"爱别离、怨憎会"苦，说的便是所爱会别离、所憎会相遇，其痛苦的根源不在于外境，而在于内心"有爱、有恨"的执着。心中一旦消除爱恨情仇，苦将何从而入？

顽石"通灵宝玉"乃《红楼梦》故事情节的见证人、记录者。其书第 1 回"楔子"言此下凡的顽石"高经十二丈、（甲侧：总应十二钗。）方经二十四丈（甲侧：照应副十二钗）"，首次点明十二正、副钗的名目。其写香菱（即甄英莲）父亲甄士隐"禀性恬淡，不以功名为念"时，甲戌本有侧批："总写香菱根基，原与正十二钗无异。"第 2 回写林黛玉父林如海"本贯姑苏"时，甲戌本有侧批："十二钗正出之地，故用真"，点明黛玉及其父亲的真实原型是苏州人。第 3 回黛玉称其小时候有癞头和尚说她一生不可哭，除父母外，其他所有外姓的亲友一概不可见，唯有这样，方可平安度过此生。其实和尚要说的便是：如果见了她姑表兄贾宝玉，她便要一生偿泪而夭折。其处甲戌本有眉批："甄英莲乃副十二钗之首，却明写癞僧一点[①]。今黛玉为正十二钗之冠，反用暗笔。盖正十二钗，人或洞悉可知；副十二钗，或恐观者忽略，故写，极力一提[②]，使观者万勿稍加玩忽之意耳。"以上都言明香菱是副钗之首；同时又言明黛玉乃十二正钗之首，也即众女子之首，所以黛玉的地位应当在宝钗之上。

第 19 回叙述袭人家世："当日原是你们没饭吃，就剩我还值几两银子"，己卯本夹批："补出袭人幼时艰辛、苦状，与前文之香菱、后文之晴雯大同小异，自是'又副十二钗'中之冠，故不得不补传之。"据第 5 回正文，实乃晴雯为首，所以这条批语当理解为：袭人与晴雯两人同居"又副钗"之首（即晴雯为第一，袭人为第二，同在"又副钗"的开头），所以作者要起特笔交代其来历。而第 77 回宝玉探望被赶走的晴雯，作者又起特笔详细交代晴雯的来历，也正因为她是"又副十二钗"之首的缘故。

脂批细数十二钗"正、副、又副"包括哪些人并未列举全备，而且他自己也并不确信。其第 18 回详列"正十二钗"有谁，当是从第 5 回的判词与《红楼梦》十二支曲中看出来，并非看到末回《情榜》的缘故。至于第 18、第 46 回所拟的"副册、又副册"的名单，除第 5 回所暗示者外，其余名讳全都是脂砚斋猜测而不可当真。今对《警幻情榜》中的"十二钗"做一考证和蠡测：

（1）十二正钗

脂砚斋在第 18 回脂批中，根据第 5 回定出来的"十二正钗"的名单是正确

① 指第 1 回癞头和尚来点化甄士隐："快把你怀中的英莲施舍给我，让这英莲出家吧！"
② 其意为：所以要写，而且还不是一般地写，而是极力地写明、提出来。

的。其为：林黛玉、薛宝钗、史湘云、妙玉，这四人都可以成为宝玉的妻子，所以这四人是情敌；又有"原应叹息"四姐妹，即元春、迎春、探春、惜春，这四人乃宝玉的嫡亲姐妹；此外还有王熙凤、巧姐、李纨、秦可卿，这四人全都是宝玉的至亲内眷。

（2）十二副钗

第5回只列出副钗之首的香菱，其余均不详。正钗都是主子，副钗以香菱为首，香菱的身份是薛蟠的小妾，可证此副钗当放妾。而后四十回中的第120回香菱更由妾扶正为夫人，平儿也由妾扶正为夫人，平儿自然也当放在这"副十二钗"中为是。

今据第5回列香菱为副册，又第62回香菱斗草时说出"夫妻蕙"，同时，宝玉又给她送来"并蒂菱"，再加上第63回香菱又抽到"并蒂花"的花签，这四重证据便可证明：后四十回让香菱不死而扶正为夫人，是曹雪芹的原稿和原意。

第6回全书第一次写到平儿时，甲戌本有夹批："着眼。这也是书中一要紧人。《红楼梦曲》内虽未见有名，想亦在'副册'内者也。"这应当是脂砚斋所作批语，说的便是平儿虽然第5回《红楼梦曲》和判词没有提到，但她应当就在"副册"内而与香菱地位相当。香菱扶正为妻既然是曹雪芹的原稿和原意，则后四十回写平儿在王熙凤死后被扶正为夫人而成为主子，自然也是曹雪芹的原稿和原意。

而袭人，王夫人虽然把她内定为宝玉之妾[①]，但因为她最终改嫁而未履行娶妾之礼，所以不能算入副钗中，应当仍把她视为诸房大丫环而算入"又副钗"中。后四十回中最后一回言袭人被迫改嫁后，作者写道："蒋玉函也深为叹息敬服，不敢勉强，并越发温柔体贴，弄得个袭人真无死所了。看官听说，虽然事有前定，无可奈何，但孽子、孤臣、义夫、节妇，这'不得已'三字也不是一概推委得的，此袭人所以在'又副册'也。"作者的意思便是：大众要对袭人这个被宝玉尊称为女中圣贤的人要求严格些，不可以借"不得已"这三个字来宽恕她，所以在此要贬低一下她的失节再嫁行为。这便是在交代：第6回她和宝玉"初试云雨情"后，"自此宝玉视袭人更比别个不同"，即她与宝玉已成了"事实夫妻"而当列入"副钗"，现在却又把她贬入"又副钗"中，而且还屈居"又副钗"的第二位，位于以"童贞女"身份贞洁逝世的晴雯之后，其原因便是袭人不能"守节"，当予惩戒。这也可以看出作者曹雪芹"重贞洁、尚不淫"的创作思想、创作主旨。而袭人早在第6回便已和宝玉行了淫欲之事，与司棋、潘又安的苟合本质相同，与茗烟、卍儿的行淫也无有不同，金钏与宝玉调笑而被王夫人打嘴跳井，袭人却早已和宝玉淫乱，王夫人居然还立其为妾，王夫人反

---

① 指第36回王夫人在王熙凤面前定下袭人是宝玉的房里人，给袭人姨娘标准的月例钱，但"等再过二三年再说（即正式聘娶）"。

倒去严惩而逼死仅是调笑而无淫行的"童贞女"金钏，赶走而逼死只不过长得貌美而其实并无淫行的"童贞女"晴雯，对照想来，堪可笑话，这也可以证明袭人善于伪装，故宝玉奶妈评其"狐媚子"，正可谓"歪打而正着"！（即第20回李嬷嬷辱骂袭人"一心只想妆狐媚子哄宝玉"。）

上引脂批又列出"宝琴、岫烟、李纹、李绮"四人，都是主子的姐妹，而妾乃副主子，正钗为主子，故知副钗当放副主子，凡是主子的姐妹或嫡亲女眷，像尤氏的妹子尤二、尤三姐，邢夫人的侄女邢岫烟，李纨的妹子李绮、李纹，薛宝钗的妹子薛宝琴，都当算作"副钗"。由此可见，脂砚斋所拟当不误，只是不全。

第5回警幻仙子称述自己对宝玉的施教计划便是："先以彼家上中下三等女子之终身册籍，令彼熟玩"，可见"十二正钗、十二副钗"是放置贾家的上等女子，也即所谓的主子；"十二又副钗"是放置贾家的中等女子，也即所谓的大丫环；而"十二'三副钗'、十二'四副钗'"便是放置贾家的下等女子，也即所谓的小丫环。只是警幻说了"彼家（即贾家）"两字，便有人怀疑"宝琴、岫烟、李纹、李绮"四人都是外姓女子，不当列入旨在开列"贾家"人员的"金陵十二钗"名单中去。

其实"十二正钗"中有"薛宝钗、林黛玉、史湘云"，都是外姓女子而得以列入，当是因为她们都是贾府亲戚的缘故。而"宝琴、岫烟、李纹、李绮"四人也正是贾府亲戚，所以可以列入。下文所言的"外榜（即'外副钗'）"列的是与贾府没有亲戚关系的外姓女子，而与贾府有亲戚关系的外姓女子则当列入"正榜六十钗"中去。又：妙玉是外姓女子，与贾府也没有亲戚关系，何以能列入正册？当是妙玉虽为出家之人，但修行于贾府的家庙"栊翠庵"中，而且又住在大观园内（"栊翠庵"就在大观园中），焉能再以外人视之？所以作者及宝玉等贾府中人，早已把妙玉视为自家人，故可列入"正钗"中去。

又此"宝琴、岫烟、李纹、李绮"四人，其实是作者"十二副钗"只想着力叙写香菱、平儿、尤二、尤三姐四人情节，但为了凑齐"十二钗"之数，所以得另外加出八个人来。作者因为全书篇幅所限而只有120回，这120回中又要突出"宝玉、黛玉两人为主角，宝玉、黛玉两人的爱情故事为主线"的创作主旨，不可能铺陈这主角、主线之外的更多的其他人、其他情节，于是便批量添加"宝琴、岫烟、李纹、李绮"这四个人，这也是作者"回避难点、突出主线主旨"的创作手法的体现。

其批量添加的这一"凑数"情节，便是第49回让这四个人一起到贾府来[①]，然后再写宝玉回来对房中的丫环们称叹说："你们还不快看人去！谁知宝姐姐的亲哥哥是那个样子，他这叔伯兄弟形容举止另是一样了，倒象是宝姐姐的同胞

---

① 薛、邢、李三家同时上京，而又不约而同地相遇于途，世上哪有此等巧事？由此便可看出，这一情节是作者为了批量添加四个副钗而故意这么瞎写的。

弟兄似的。（此是称赞薛蝌貌美。①）更奇在你们成日家只说宝姐姐是绝色的人物，你们如今瞧瞧她这妹子，更有大嫂嫂这两个妹子，我竟形容不出了。老天，老天，你有多少精华灵秀②，生出这些人上之人来！（这就点明宝琴、李纹、李绮三人的才貌堪比薛宝钗、林黛玉，即便列入正钗都不过分。）可知我井底之蛙，成日家自说现在的这几个人是有一无二的，谁知不必远寻，就是本地风光，一个赛似一个，如今我又长了一层学问了。除了这几个，难道还有几个不成？"晴雯等去瞧了后，回来又对袭人说："你快瞧瞧去！大太太的一个侄女儿，宝姑娘一个妹妹，大奶奶两个妹妹，倒象一把子四根水葱儿。"这又补明岫烟才貌不在宝琴、李纹、李绮三人之下。探春又来对袭人称赞薛宝琴："据我看，连她姐姐③并这些人总不及她。"点明红楼诸艳中最美的居然是薛宝琴。

探春又说正因为薛宝琴长得好，所以"老太太一见了，喜欢的无可不可④，已经逼着太太认了干女儿了"。第50回贾母问宝琴是否许配人家，薛姨妈回答：已许了梅翰林的儿子。凤姐也不等薛姨妈说完，便嗐声、跺脚地说道："偏不巧，我正要作个媒呢，又已经许了人家！"这就伏下第57回紫鹃听说贾母有意要把薛宝琴说给宝玉而忧心、于是故意用"黛玉回苏州"的话来试探宝玉是否变心的情节，结果引得宝玉发疯。宝玉恢复神智后，紫鹃向他解释为何骗他的原因便是："年里我听见老太太说，要定下琴姑娘呢。不然那么疼她？"宝玉笑道："人人只说我傻，你比我更傻。不过是句顽话，她已经许给梅翰林家了。果然定下了她，我还是这个形景了？"指宝玉心中也想娶薛宝琴，可惜人家名花有主，所以，我还是娶我那比宝琴略逊一筹的林妹妹吧。

或言宝玉是在"薄命司"中读到《金陵十二钗》的判词，则上榜之人皆当薄命，而后四十回中的第118回王夫人说："邢姑娘是我们作媒的，配了你二大舅子（指薛蝌），如今和和顺顺的过日子，不好么？那琴姑娘，梅家娶了去，听见说是丰衣足食的，很好。"言明邢岫烟与薛宝琴命运皆佳，不宜归入"薄命司"中的《金陵十二钗》中去。其实不然，因为探春在"薄命司"《金陵十二钗》中而远嫁成为贵妇，巧姐在"薄命司"《金陵十二钗》中而遇难呈祥，袭人在"薄命司"《金陵十二钗》中而得佳婿蒋玉函，以上三人都不再是薄命之人。所以《金陵十二钗》之册虽然归在"薄命司"中，但不是所有入册之人皆为薄命之人，其《册》入"薄命司"只是绝大多数人薄命，所以"少数便服从了多数"，也就一同把册子归到"薄命司"中去了。因此，我们不能根据邢岫烟与薛宝琴命运佳，便将其排除出《金陵十二钗》。事实上，第5回警幻仙子已言明："贵省女子固多，不过择其紧要者录之。下边二橱则又次之。余者庸常之辈，则无册可

---

① 宝玉对男性美的欣赏也很敏感。足证人们好色的天性深种难返。
② 独泄天机，所谓"美色"，无非是基因的编码而已，足证上天之神奇，便在于用至简之道，如"太极生两仪、两仪生四象、四象生八卦、八卦生六十四卦"般，衍生出林林宗宗、千奇百怪之物，万变而实有其宗。
③ 指薛宝钗。
④ 无可不可，犹言不知如何是好，形容情绪激动到了极点。

录矣。"指明入册的标准不是薄命与否，而在于其人才情之重要与否；即入册与"是否薄命"其实关系不大。

以上已考得八名副钗，另有四人待考，疑是贾珍的妾配凤（程高本前八十回与后四十回皆作"佩凤"）、偕鸾，以及贾瑞妹喜鸾、贾琼妹四姐儿。

第63回提道："可喜尤氏又带了配凤、偕鸾二妾过来游玩。这二妾亦是青年姣憨女子，不常过来的，今既入了这园，再遇见湘云、香菱、芳、蕊一干女子，所谓'方以类聚，物以群分'，二语不错。只见她们说笑不了，也不管尤氏在哪里，只凭丫鬟们去伏侍，且同众人一一的游顽。一时到了怡红院，忽听宝玉叫'耶律雄奴'，把配凤、偕鸾、香菱三个人笑在一处，问是什么话？大家也学着叫这名字，又叫错了音韵，或忘了字眼，甚至于叫出'野驴子'来，引的合园中人几听见无不笑倒。"

我们都知道"金陵十二钗"都是大观园中人。你瞧，作者笔底多么灵巧，让从未入园的配凤、偕鸾两人这么一写就入了大观园，等于为她们办了跻身"金陵十二钗"行列的入园手续。然后又特地在两个地方让她俩与香菱并列（即上引画双线部分），又用"方以类聚，物以群分"这八个字来点明她俩与香菱是同类之人。然后又写她俩与芳官、蕊官在一起时，因听到宝玉叫芳官的新绰号"耶律雄奴"而取笑芳官，写出她们的身份要比芳官、蕊官高，而与香菱在同一个等次上，也就等于写出她俩与香菱同属"副钗"中人。这就是作者因为副钗人数不够，故意写出上面那段情节，来让她俩以进入"大观园"的形式，加入到"金陵十二钗"的阵营中来；然后又以与香菱相并齐的形式，来让她俩成为"副钗"中的两位，从此便再也没有写到她俩的什么情节，这就更加证明：作者只不过故意拿她俩来凑一下"十二副钗"的数目罢了。

第71回又提道："贾瑞之母也带了女儿喜鸾，贾琼之母也带了女儿四姐儿，还有几房的孙女儿，大小共有二十来个，贾母独见喜鸾和四姐儿生得又好，说话行事与众不同，心中喜欢，便命她两个也过来榻前同坐。"这两个女子姓贾，是贾府中人，所以不可以列入"外副钗"。她俩又是主子的身份，所以更当列入排列副主子的"副册"中去。作者故意在第71回特笔写出这两位，又写贾母对她俩格外垂青，还让鸳鸯特地入大观园吩咐："到园里各处女人们跟前嘱咐嘱咐，留下的喜姐儿和四姐儿虽然穷，也和家里的姑娘们是一样，大家照看经心些。我知道咱们家的男男女女都是'一个富贵心，两只体面眼'，未必把她两个放在眼里。有人小看了她们，我听见可不依。"就像上文的配凤、偕鸾一样，画直线的部分便是在为喜鸾、四姐儿二人履行入"大观园"的手续而加入到"金陵十二钗"阵营中来，画双线的部分便是确立她们的地位和家里的主子姑娘一样，即让贾母"钦定"她俩的地位就排列在放置主子的"副十二钗"中。这两位其实也是作者因为副册的副主子人数尚缺两个，所以拿她俩来充数而已。

（3）十二再副钗（又作"又副钗"）

第5回只列出"又副钗"为首的晴雯与袭人两人，这透露出的信息便是"又副钗"当放各房的大丫环。第18回脂批列有"金钏、玉钏、鸳鸯、茜雪"；第46回鸳鸯列出"<u>袭人</u>、<u>琥珀</u>、素云、<u>紫鹃</u>、彩霞、<u>玉钏儿</u>、<u>麝月</u>、翠墨，跟了史姑娘去的<u>翠缕</u>，死了的可人和<u>金钏</u>，去了的茜雪"，共12人，脂批称之为"余按此一算，亦是十二钗"。

第46回是鸳鸯抗婚时，平儿私下里恭喜她要成为新姨娘了，这时"鸳鸯红了脸，向平儿冷笑道：'这是咱们好，比如袭人、琥珀、素云、紫鹃、彩霞、玉钏儿、麝月、翠墨，跟了史姑娘去的翠缕，死了的可人和金钏，去了的茜雪，连上你我，这十来个人，从小儿什么话儿不说？什么事儿不作？'"即大家身份相同则可无话不谈，一旦做了姨娘，便不能如此，还是做与大家地位平等的大丫环来得好（"这是咱们好"）。

由此可见，说话的鸳鸯本人，听鸳鸯说话的平儿，她们这二位，和鸳鸯口中列出来的12个人地位相同（"这是咱们好，……连上你我，这十来个人，从小儿什么话儿不说？什么事儿不作"），都是同一类人（即大丫环），所以第18回脂批便把"鸳鸯"列入放大丫环的"又副钗"中来。

但此处鸳鸯口中的12钗加上鸳鸯和平儿实有14钗，剔除平儿为妾则还有13钗，则鸳鸯口中的12人便不可能全都是同一类型的"又副十二钗"，至少要有一个人被剔除出去。因此，第46回脂批的猜测（即鸳鸯口中的12钗就是"又副十二钗"），由于加上说话的鸳鸯本人实有13钗而并不完全正确。

此"又副册"既然是放各房的大丫环，故当有：宝玉房内的晴雯、袭人、麝月，林黛玉房内的紫鹃，薛宝钗房内的金莺，贾母房内的鸳鸯，王夫人房内的金钏、玉钏，史湘云房内的翠缕，贾环房内的彩云[①]，迎春房内的司棋，尚缺一位。

上引脂批与鸳鸯语中画线诸人，便是我所赞同的"再副钗"，其未画线者：探春房内的翠墨、王夫人房内的彩霞、李纨房内的素云、贾母房内的琥珀，还有上批、上语未曾开列出的惜春房内的入画、探春房内的待书（后四十回作"侍书"），随元妃入宫的抱琴（见第18回），都不是很重要，只能根据她们在全书中戏分很少而归入"三副钗"中去。

诸丫环中真要选拔一位进入"又副钗"中去填补尚缺的那个位置，那还真得算凤姐房内精明能干的小红（第27回她和贾芸传帕，实为第34回宝玉、黛

[①] 彩霞、彩云疑是两人：彩云是贾环房内的大丫环，而彩霞是王夫人房内的丫环。第30回金钏儿让宝玉"你往东小院子里拿环哥儿同彩云去"，赵姨娘住在"东小院"，故知彩云是贾环及其母亲赵姨娘房内的大丫环。第39回："宝玉道：'太太屋里的彩霞，是个老实人。'探春道：'可不是。外头老实，心里有数儿。'"故知彩霞是王夫人房内的大丫环。由此可见彩霞和彩云应当是两个人。彩云在书中出现场景多，而彩霞较少，所以此处选彩云而不选彩霞入"又副钗"。

玉传帕的引子）。至于脂砚斋所列而鸳鸯提到的茜雪，由于她已经被逐出宝玉房"绛芸轩"，所以我们也就把她降格到"三副钗"中去了（毕竟撵出去也就等于失掉了大丫环的名分，而只宜视为小丫环了；而且既然已撵出去了，书中便很难再写到她的戏份了，更宜降格到"三副钗"中去）；而鸳鸯提到的"死了的可人"，因其死亡，书中只字未有其情节，自然也就不应当再算在"金陵十二钗"的阵营内了（毕竟人死则书中写不到她戏份了，没戏份便不能纳入"金陵十二钗"的体系中去了）。[①]

（4）十二"三副钗"、十二"四副钗"

　　至于"三副、四副"当是各房的丫环，包括十二个小戏子。由于戏子低人一等，所以这十二名戏子应当排入"四副钗"，剩下的"三副钗"便排列各房的小丫环，其名就难以考证确实了。而且她们在作品中的戏份也不多，所以也就不必太当真，未尝不可以视之为作者的"具文充数"而已。今略考如下：

　　其"三副钗"当是书中戏份较少的大丫环，如：上列未入"再副钗"的大丫环（指上引脂批和鸳鸯语中未画线者，加上脂批未开列者）翠墨、彩霞、素云、琥珀、入画、待书（后四十回作"侍书"）、抱琴、茜雪共八人。

　　此外还有书中比较低等的小丫环，如蕙香（四儿）、五儿等。五儿虽然在后四十回中有半回情节（即第 109 回"候芳魂五儿承错爱"），而且长得极像晴雯，她进宝玉房原本就是用来顶替晴雯的，第 109 回宝玉还把她当成晴雯来倾诉衷肠，似乎可以像晴雯那样列入"再副钗"；但她比小红的戏份要少，所以我们最终还是确定小红为"再副钗"，而定五儿为"三副钗"。

　　此外尚缺两位：一位肯定是为黛玉传来噩耗的傻大姐，另外一位应当是第 19 回与茗烟在宁国府小书房中苟合的宁国府的小丫环卍儿（万儿），她是贾府中人，所以当排入"三副册"而不当排入下面所说的"外副册"中去为是。

　　其"四副钗"当是十二个戏子：龄官、文官、宝官、玉官、芳官、蕊官、藕官、葵官、荳官、艾官、葯官、茄官。《红楼梦》"金陵十二钗"共分五等 60 钗，其以"十二戏子"作结，便是因为在古人的观念中，戏子是最低贱的行当，所以《红楼梦》"金陵十二钗"五等排位便以戏子来殿后。

　　《红楼梦》第 18 回提到："贾蔷已从姑苏采买了十二个女孩子"，在大观园中的梨香院"教演女戏"。因入了大观园，所以也就成了"金陵十二钗"中自成体系的、最低一等的"四副钗"。

　　而且第 27 回："至次日乃是四月二十六日，原来这日未时交芒种节。尚古风俗：凡交芒种节的这日，都要设摆各色礼物，祭饯花神，言：'芒种一过，便是夏日了，众花皆卸，花神退位，'……只见文官等十二个女孩子也来了。"此

---

① 而且这个"可人"与"可卿"在命名含义上相同（"可卿"即"可人"之意），很可能是同一个人。即秦可卿很可能是丫环出身。其父秦业谐"情业（情孽）"，原本就是个子虚乌有的托名，以示"美人（可人之人）大都是孽情所生"的象征含义。

日行的便是大观园中独有的风俗,即庆祝天上的花王和花仙子们退位(即下凡),降生为人间的"绛洞花王"贾宝玉和大观园中的诸女子。所以大观园中每逢此日便要为贾宝玉庆生,此日便是贾宝玉的生日。正因为此日是大观园一年一度最重大的节日,所以十二个小戏子便可以入园来游玩。上文"(2)"已言明作者曹雪芹有以入"大观园"游玩的形式、来让诸女子(如佩凤、偕鸾、喜鸾、四姐儿等)加入到"金陵十二钗"阵营中来的手法;此处其实也是作者通过让她们这十二位小戏子入"大观园"游玩的形式,来为这十二位小戏子履行加入到"十二金钗"行列中来的手续,从而点明:"十二金钗"中最后一批的"四副钗",便是这十二个小戏子。

第58回因老太妃薨逝,贾府遵奉"一年不举乐"的诏令,解散了乐班,其中愿意回老家的有四五人(原文作"所愿去者止四五人",其实仅3人),其余归大观园诸艳使用,即:

文官给了贾母(文官是戏班的领班),正旦芳官给了宝玉,小旦蕊官给了宝钗,小生藕官给了黛玉,大花面葵官给了湘云,小花面荳官给了宝琴,老外艾官给了探春,老旦茄官给了尤氏,以上总计为8人。

第58回又交代,其时小旦菂官已逝世,则回家的便是3位:"小旦龄官"(其为小旦见第36回)和"小生宝官、正旦玉官"(其为小生和正旦见第30回)。与第58回说的"所愿去者止四五人"差了一两个人,这是作者笔底一个小小的失误。

由于第58回后,这十二个小戏子成了丫环,而且绝大多数都是大观园中的丫环,故此十二名戏子更可以名正言顺地放到排列丫环的"三副钗"后,作为最低等级的"四副钗"丫环。

●附:《警幻情榜》也即"金陵十二钗"到底有几钗表

第5回总述命运	类别	第5回"判词"列明者	据书中文字推考而得者
"千红一窟(哭),万艳同杯(悲)"(这两句话点明全书"红颜薄命"之旨)	正钗	黛钗史妙原应叹息王巧李秦	林黛玉、薛宝钗、史湘云、妙玉——皆可为宝玉妻,四人乃情敌;元春、迎春、探春、惜春——四人乃宝玉嫡亲姐妹;王熙凤、巧姐、李纨、秦可卿——四人乃宝玉至亲内眷。
	副钗	香菱等	由香菱入此,可知是放主子的妾,有香菱、平儿。根据脂批,还有主子的姐妹或嫡亲骨肉,如尤氏的妹子尤二、尤三姐。邢夫人的侄女邢岫烟。李纨的妹子李绮、李纹。薛宝钗的妹子薛宝琴。另四人待考,当是:贾珍的妾配凤(程高本作"佩凤")、偕鸾,贾瑞妹喜鸾、贾琼妹四姐儿。
	又副钗	晴雯、袭人等	由晴雯、袭人入此,可见是放各房的大丫环,当有:宝玉房内晴雯、袭人、麝月,林黛玉房内紫鹃,薛宝钗房内金莺,贾母房内鸳鸯,王夫人房内金钏、玉钏,史湘云房内翠缕,贾环房内彩云,迎春房内司棋,凤姐房内小红。
	三副钗	不详	当是未列入"又副钗"的其他大丫环,如:随元妃入宫的抱琴,探春房内的翠墨、待书(后四十回作"侍书"),惜春房内的入画,李纨房内的素云,贾母房内的琥珀,王夫人房内的彩云,宝玉房内撵出去的茜雪。以及其他低等的小丫环,如:宝玉房的四儿(蕙香)、五儿,贾母房里的傻大姐,宁国府的卍儿。其中必有不确实者,在此也就不一一详考了。又:死了的可人当剔除出"金陵十二钗"的阵营。
	四副钗	不详	当是十二个小戏子:芳官、茄官、龄官、文官、藕官、药官、蕊官、玉官、宝官、艾官、葵官、豆官。

统计:《警幻情榜》"金陵十二钗"内榜(正榜)共五册60钗。

关于"三副钗"之首为宝玉房内的五儿,"四副钗"之首为宝玉房内的芳官,详见笔者《红楼时间人物谜案》"第三章、第一节、二"有论。

2. "情榜·外榜"即"情榜"副榜之十二"外副钗"

《警幻情榜》的"金陵十二钗"除上表的五等60钗之外，还当有"外副钗"，见第16回金哥与守备公子殉情时，庚辰本侧批盛赞此奇女子金哥："所谓'老鸦窝里出凤凰'，此女是在十二钗之'外副'者。"可知《警幻情榜》当仿科举考试"乡试、会试"正榜之外又有副榜的做法，除"正钗、副钗、又副、三副、四副"这五级60钗作为"正榜"外，尚有"外副"册12钗作为副榜①。其名为"外副"，则当是放置贾府亲戚之外的外姓女子，其为首者便是这第16回特笔写出的张财主之女张金哥，因为她能守节殉情、德冠群芳、烈压诸艳，故推为首。

第16回专门写及金哥事，脂批又批之，批时又称其为"凤凰"；这应当和第1回写英莲事而第3回批其为副钗之首②的情形一样。据此，更加可以证明这金哥当是"外副钗"之首。至于脂砚斋何以知晓"外副钗"之首当为金哥？当也是在作品创作时，从作者嘴里亲口得知，而不是看到书末《警幻情榜》的缘故。

外副12钗除金哥外，还当有：第1回贾雨村妻娇杏。第6回提到的刘姥姥外孙女青儿。第15回宝玉所见到的村里摇纺车的二丫头，与秦钟苟合的智能儿。第19回贾宝玉在袭人家见到的袭人的姨妹③，贾宝玉随口编造出来的林香玉。第35回傅试的妹子傅秋芳。第39回刘姥姥编出来的"穿着大红袄儿、白绫裙子"的姑娘茗玉。第53回提到的善于刺绣而18岁便逝世的姑苏女子慧娘④。她们都是外姓之人而非贾府中人，而且又和贾府没有亲戚关系，所以列作"外册"、"外榜"；相应地，正榜便可称作"内榜"，录贾府府内之人，或与贾府有亲戚关系之人。

此"外册"上文已搜得10人，尚缺2人。可以补上第52回薛宝琴口中提到的那个会写诗的"'真真国'的女孩子"。

此外还有一人，如果不是第3回周瑞老婆送宫花时碰上的周瑞女儿也即冷子兴的妻子，便是第104回提到的倪二的女儿（按：后四十回第104回"醉金刚小鳅生大浪"提到倪二"妻女"，其中倪二之女的戏份稍多，故取倪二之女而不取倪二之妻）。由于周瑞是贾府大管家，其女自然也可以视作贾府下属，或至少说是像薛宝琴那种贾府的亲戚，故不宜算作"外榜"中人，又因为其戏份太少，所以未能纳入"内榜"五等金钗中去；所以这儿"外榜"尚缺一人，当以

---

① 对此"外副"而言，"正榜"当又可以称为"内榜"。"内榜"记录贾府府内或与贾府有亲之人，"外榜"记录贾府府外与贾府没有亲戚关系之人。

② 即第3回黛玉说自己吃"人参养荣丸"时，甲戌本有眉批："甄英莲乃副十二钗之首。"

③ 第19回袭人言："那是我两姨妹子"，不是两个姨妹，而是两姨亲。第20回宝玉对黛玉说："咱们是姑舅姊妹，宝姐姐是两姨姊妹。"两姐妹的子女称为"两姨亲"（因双方子女都称对方父母为姨父母，故称"两姨亲"）。兄妹或姐弟的子女称为"姑舅亲"（因兄或弟的子女称对方父母为姑父母，姐或妹的子女称对方父母为舅父母，故称"姑舅亲"）。

④ 慧娘是苏州人，似乎不能归入"金陵十二钗"名下。但黛玉、妙玉皆是苏州人，作者因其入金陵贾府的大观园而列入"金陵十二钗"中，此处亦然，当是因为慧娘的作品入了金陵贾府，故将其列入"金陵十二钗"中。

倪二之女的可能性为大。

上引第71回提及的贾瑞妹喜鸾、贾琼妹四姐儿皆姓贾，非外姓，其乃贾府中人，当非"外副钗"；而且贾母的吩咐又让她们得到了副主子的身份，所以应当列入"副册"中去。

又第19回与茗烟苟合的宁国府的卍儿（万儿），因在贾府之内，也是贾府中人，故也当列入"三副钗"，而不当列入"外副钗"。

3. 与"情榜"对峙立局的"孽榜"12钗

第79回"池塘一夜秋风冷"诗庚辰本夹批："此回题上半截是'悔娶河东狮'，今却偏连'中山狼'倒装，'业①'下、'情'上，细腻写来，可见迎春是书中正传，阿呆夫妻是副，宾主次序严肃之至。其婚娶俗礼一概不及，只用宝玉一人过去，正是书中之大旨。"

今按庚辰本第79回"薛文龙悔娶河东狮、贾迎春误嫁中山狼"与第80回虽然分回，但第80回未拟回目，列藏本这两回正文更是连在一起而不分回。

上引庚辰本之批是在说：第79回正文先写迎春即将嫁人，再述薛蟠娶妻事；第80回承第79回述完薛蟠娶妻事后，又再述迎春嫁人而遇恶夫事：两回合在一起，方是先薛蟠娶妻再迎春嫁人而回题"薛文龙悔娶河东狮、贾迎春误嫁中山狼"不倒装；如果单从第79回来看，却是先迎春再薛蟠而与回题正好相反（即批语所谓的"倒装"）。②

上引批语是说：此第79回如果按照回题，当先写薛蟠娶亲事，今却先写迎春欲嫁人事，脂砚斋指出：作者之所以要做这样的倒装处理，便是因为"情"比"孽"要高一等。由此可以想见，作者要在全书最后一回的回末，把迎春归入"情榜"，而把薛蟠、夏金桂等归入"孽榜"。情比孽要高贵，所以在先写薛蟠娶妻的第79回中，仍要把迎春即将嫁人的事作为其引子，放在"孽榜"中人薛蟠夏金桂之前，因为"情正而孽副"。

所以全书中几个或恶毒或淫荡而不得善终的女人，当另归一榜名为"孽榜"，因为这批人无情而有孽，所以不可以列入"情榜"，当列入"孽榜"而附于"情榜"之后。

孽榜诸人显然当以戏份最重的夏金桂为首，此外还当有：夏金桂往死里迫害香菱的帮凶宝蟾，王熙凤害死尤二姐的帮凶秋桐，与贾琏通奸败露而无脸见人、上吊自尽的鲍二家的老婆，与贾琏通奸且"人尽可夫"的淫荡女子、最后服药不慎而夭亡的多姑娘（灯姑娘），一起施魔法加害宝玉、凤姐的马道婆和赵姨娘，以上共计七人，其余五人待考。作者将恶女子也上榜，充分体现出作者所怀有的佛门"冤亲平等"之旨，同时也体现出作者所秉承的、中国独有的哲学观念——《周易》中的"阴"与"阳"对立共存的理念。

又第28回"锦香院"的妓女云儿，因身陷污浊的娼门，显然也当列入"孽榜"，而不可以列入上文的"情榜外副册"，故"孽榜十二钗"实缺四位而待考。

---

① 业，与"情"相对，即"孽"。
② 本书"第一章、第一节、三、（三）"有论。

第 15 回托凤姐干涉张金哥、守备公子这对有情人婚姻，从而间接导致这对有情人殉情的"水月庵"住持净虚，后四十回中的第 88 回，死后化为厉鬼的张金哥、守备公子前来向她索命，净虚肯定是造过孽的"孽榜"中人。第 68 回受凤姐指使来服侍尤二姐的丫头善姐，用尖酸刻薄的话语气尤二姐，也当是"孽榜"中人。作者当是秉承"善者不来，来者不善"之旨，将其命名为"善姐"，由其名字，也可知其为不善之人而当归入"孽榜"。

还剩两位，疑是小蝉儿和莲花儿。第 60 回夏婆子挑唆赵姨娘来责问芳官，大闹怡红院。夏婆子的外孙女儿蝉姐儿（即小蝉儿）是探春房里的小丫头，又与芳官在大观园后门口的"内厨房"口角。第 61 回司棋派小丫头莲花儿来要碗炖鸡蛋，内厨房不给，于是司棋带小丫头们大闹厨房。然后小蝉儿和莲花儿检举五儿偷窃玫瑰露，致使五儿被拘留，后来幸亏宝玉把全部责任承担下来，不然又闹出一场大风波。

但小蝉儿和莲花儿罪过不大，检举五儿之事也够不上入"孽榜"的罪行，她俩当非"孽榜"中人。而且第 59 回春燕引宝玉的原话说："女孩儿未出嫁，是颗无价之宝珠；出了嫁，不知怎么就变出许多的毛病来，虽是颗珠子，却没有光彩宝色，是颗死珠了；再老了，更变的不是珠子，竟是鱼眼睛了。分明一个人，怎么变出三样来？"据此可知，根据作者的创作主旨来看，未婚的小丫头们还属于天真烂漫之人，做不出那种伤天理、害他人的事情来，所以曹雪芹绝对不会把她们列入"孽榜"。而上列 10 位孽榜中人，除了不可嫁人的净虚老尼、马老道婆，除了"人尽可夫"的妓女云儿外，另七位——夏金桂、宝蟾、秋桐、鲍二老婆、多姑娘、赵姨娘、善姐①——全都是已婚之人。因此还有两位要列入"孽榜"的女人，应当是同样结过婚的两个婆子：一个是挑唆王夫人撵芳官的夏婆子，一个是挑唆王夫人撵晴雯的王善保家的老婆。

第 60 回夏婆子挑唆赵姨娘来责问芳官，引得另外四个戏子一起来与赵姨娘角斗，大闹怡红院，伏下第 77 回王夫人以芳官不服干娘管教而把她撵走，芳官最终出家为尼。

第 74 回王夫人信任邢夫人的陪房婆子、得力心腹王善保家的老婆，书中写："这王善保家正因素日进园去那些丫鬟们不大趋奉她，她心里大不自在，要寻她们的故事又寻不着，恰好生出这事来，以为得了把柄。又听王夫人委托，正撞在心坎上，……王善保家的道：'别的都还罢了。太太不知道，一个宝玉屋里的晴雯。'"晴雯被赶出大观园而夭亡的罪魁祸首便是她。凤姐率王善保老婆当夜查抄大观园时，抄出了王善保老婆自家的外孙女司棋的奸情事，第 77 回王夫人便命令把司棋、晴雯、四儿、芳官四个人撵出大观园，导致晴雯夭亡、芳官出家、四儿嫁了个粗蠢的小厮，司棋最后也殉情而死。而晴雯之死的罪魁祸首，便是王善保家在王夫人面前进谗言；芳官出家的罪魁祸首，便是夏婆子的挑唆，所以这两位应当是"孽榜"中人。

因此"孽榜"12 钗应当是：夏金桂、宝蟾、秋桐、鲍二家的、多姑娘（灯姑娘）、马道婆、赵姨娘、锦香院妓女云儿、净虚、善姐、夏婆子、王善保家的，

① 书中未写丫头善姐是否嫁人，但从其尖酸刻薄的话语来看，不像是天真无邪的未婚之人。

除尼姑、道姑、妓女外，无论年轻的还是年老的，都是嫁过人的，正合上引宝玉所说的："女孩儿未出嫁，是颗无价之宝珠；出了嫁，不知怎么就变出许多的毛病来，……是颗死珠了；再老了，更变的不是珠子，竟是鱼眼睛了。"①

《红楼梦》虽然精心刻画了许多"水作"的女儿（第 2 回"女儿是水作的骨肉"），但作者同时也告诉人们：女儿（女人）中也并非一律清纯无邪。像王熙凤、夏金桂、秋桐、宝蟾，乃至赵姨娘、王善保老婆之流，都当属于女人中的恶毒者，人世间的"善、恶"绝对不能用性别来区分，作者通过自己的《红楼梦》，正告天下苍生要牢牢记住第 5 回《留余庆》那支曲子中的话："正是乘除加减，上有苍穹！"也即后四十回第 116 回拎出来的"福善祸淫"的因果报应之理。

4. 小结

由上述分析可知：作者曹雪芹笔下的"金陵十二钗"实为内、外"情榜"加上"孽榜"共三榜，其中情榜的"内榜（正榜）"又分上中下三等五级 60 钗，故"金陵十二钗"总计有三类 84 钗。"内、外"之分是据其人是贾府中人还是贾府以外之人而分，"情、孽"之分则是据女子秉性的善恶、贞淫来分。

其内榜分上中下三等五级，体现出作者作为封建社会中人不可避免的等级观念。其内榜、外榜之分，又体现出作者的"亲疏有别"观念。其情榜、孽榜之分，又体现出作者"福善祸淫"、惩恶扬善的因果报应之旨。

后四十回中第 116 回借宝玉重游太虚幻境，见"孽海情天"宫变成了"福善祸淫"宫，拎出全书"福善祸淫"之旨。前八十回第 79 回"业（孽）下情上"的脂批，暗示出书末《警幻情榜》当分"情榜"与"孽榜"，从而体现出"福善祸淫"、惩恶扬善的因果报应之旨。两者完全相合，足证：后四十回所拎出的全书"福善祸淫"之旨，与前八十回旨趣相通，是曹雪芹的大手笔。★

十、关于"十独吟"

第 64 回戚序本"十独吟"之批当非脂批，且所言当是第 78 回宝玉所作的《姽婳词》，详见笔者《红楼时间人物谜案》一书的"第三章、第三节、二、（二）、（3）"有论。

---

① 书中虽然没写明善姐是否嫁人，但由这话来看，善姐应当是嫁过人的，不然心眼不会这么坏。

第四节 对俞平伯《红楼梦研究·后三十回的红楼梦》
的逐条驳正

本节对俞平伯《红楼梦研究·后三十回的红楼梦》做逐条驳正，以此来证明今本后四十回与所有脂批全都辩证统一、无有违背。

1923 年，俞平伯先生出版其一生中第一部，同时也是奠定其一生红学地位的专著《红楼梦辨》，1952 年又在上海修订为《红楼梦研究》，由棠棣出版社出版。此书赞同胡适"后四十回乃高鹗续写"的观点，详细论述《红楼梦》后四十回与前八十回的差异，得出"后四十回与前八十回并非同一人所写，《红楼梦》只有前八十回是曹雪芹所作，后四十回是高鹗续作"的结论，与胡适一同成为"新红学"的奠基人。

但木示先生《俞平伯的晚年生活》一文[①]，写到俞先生临终时留下遗言，忏悔自己这一结论："前不久，俞平伯用颤抖的手，写了些勉强能辨认的字，一纸写：'胡适、俞平伯是腰斩《红楼梦》的，有罪；程伟元、高鹗是保全《红楼梦》的，有功。大是大非！'另一纸写：'千秋功罪，难于辞达。'他不满意他和胡适对后四十回所作的考证，不赞成全盘否定后四十回的作法。这一想法，早在他病前便曾提及，他认为能续成后四十回是一件了不起的工作，它至少使《红楼梦》变得完整，高鹗、程伟元做了一件曹雪芹未曾做到的事。当然，像'胡适、俞平伯有罪'这样的话，并不可完全认真对待，因为那毕竟是他病中的呓语，是走火入魔的极端。"

俞先生不愧是实事求是的大家，在临终时不忘廓清自己不实之论对学术界的误导。可惜先生已无年岁展开论证便溘然长逝，这一返回真相的任务便落到我们后人身上。俞先生《红楼梦研究》中有"后三十回的《红楼梦》"一文，对脂批与今本后四十回不相合处做专门研究，我们既然要证明脂批与今本后四十回完全相合，免不了要对俞先生这篇文章做逐一的辨析。下文凡"【"前的楷体字便是俞先生的原文；"【】"中的宋体字便是笔者的研析，篇幅短者即紧跟于俞先生相应文字之后，篇幅长者便另起一段而前空两格加以缩排。

八十回书雪芹虽未整理得十分完全（见另文），但他的确写了后半部，所谓后三十回是也。……【本章第一节已论证：凡是认为脂批在说"《红楼梦》八十

---

① 见《新文学史料》1990 第 4 期。

回之后为三十回"者,皆是对脂批的误读,俞先生堪称是此误说的始作俑者。】

后部的回数已经明白,而且回目也已有了。……可惜剩得不多了,两句完全的只有一回,一句完全的只有一处。一句完全的:"花袭人有始有终。"(脂庚本第二十回朱评)【本书"第二章、第一节、四"将论证:今本后四十回中的第120回袭人结局,便是脂批所谓的"花袭人有始有终"情节。】

一回完全的:"薛宝钗借词含讽谏、王熙凤知命强英雄。"(脂庚本戚本第二十一回总评)【本章"第一节、二"已论证:其即今本后四十回之第109、110回。】

不知标着第几回,不过"花袭人有始有终"应在"薛宝钗借词含讽谏"以前,因二十一回总评下文说"而袭人安在哉",可见宝钗讽谏宝玉,袭人已去了。【本章第二节已论证:第21回的脂批根本无意在说后四十回中的袭人结局,脂批所见的后四十回,完全可能和今本后四十回写的一样,袭人是在宝玉出家后改嫁。而"花袭人有始有终"情节,也当同今本后四十回一样,位于"薛宝钗借词含讽谏"情节之后。】

其它回目,零零碎碎还有三条:(1)狱神庙红玉茜雪一大回文字(脂庚本第二十六回畸笏叟墨笔眉批)。回目全文无考,但有"狱神庙"三字,因脂甲本第二十七回夹缝朱评说"狱神庙回内方见",可见"狱神庙"三字也是回目上有的。【本章"第三节、五"已论证:此"狱神庙"回今本后四十回亦失,与脂批所言正合,可见脂批此处所言仍与今本后四十回不相矛盾。而且此回既然已经失去,便无从知晓此回的情节,也就无从研判脂批所言与今本后四十回合与不合;所以,我们不可以根据提到"狱神庙"的脂批,来证明"后四十回没有狱神庙的情节便不合脂批"的结论。】

(2)记宝玉为僧,有"悬崖撒手"一回,这四个字当然是回目(脂庚本戚本第二十四回评)。原书到此已快完,却还非最后。【所谓宝玉"悬崖撒手"即第120回宝玉出家时所吟之歌。脂批所见的后四十回有缺,而今本后四十回反而不缺,乃是程、高二人在这一情节上找到了脂批所见到的有缺之稿以外的某一稿。而且"悬崖撒手"也不一定是回目,详见本书"第三章、十五"的小注。】

(3)末回是"警幻情榜"(脂庚本第十七、十八合回畸笏评)。【本章"第三节、八"已论证"警幻情榜"这段情节后四十回也失去了,与脂批正相吻合,可见脂批所言仍与今本后四十回不相矛盾。】

这儿要稍说明,作者当时写书次序很乱,有书的不一定有回目,现在八十回中还有这痕迹可证。同样,有回目不一定有书,即如"悬崖撒手"一回可能亦有目无书,所以畸笏叟说:"叹不能得见玉兄悬崖撒手文字为恨。"(脂庚本第二十五回眉评朱笔,署"丁亥夏",其时雪芹已死了四五年。脂甲本亦有此批,原文未见。)究竟是写了迷失呢,还是原本没写,事在两可之间。

至于佚文,评注中称引得极少,只有三条,真成吉光片羽了。

(1)"故袭人出嫁后云:'好歹留着麝月。'"(脂庚戚本第二十回评,详见下。)【本章第二节已详细论证:这种理解不符合袭人"痴忠"的个性,乃是误解脂批之意。这条脂批其实批的是第20回"麝月留守绛芸轩而与宝玉说私密话,以证'袭人即便不在，仍有贤人麝月补其位'"的情节。所以，根据此条脂批，其实不足以否定"今本后四十回乃曹子原稿"的结论。】

（2）"落叶萧萧，寒烟漠漠。"（脂庚戚本第二十六回）"只见凤尾森森、龙吟细细"下评曰"与后文落叶萧萧、寒烟漠漠一对，可伤可叹"。

【其实今本后四十回写到了，即第109回"死缠绵潇湘闻鬼哭"："宝玉进得园来，只见满目凄凉。那些<u>花木枯萎</u>，更有几处亭馆，彩色久经剥落。远远望见一丛修竹，倒还茂盛。宝玉一想，说：'我自病时出园，住在后边①，一连几个月不准我到这里，瞬息荒凉。你看独有那几竿翠竹菁葱，这不是潇湘馆么？'""满目凄凉"即寒烟漠漠，"花木枯萎"即落叶萧萧。作批者脂砚斋饱读古书，称引后四十回凄凉之景时，用古人诗文中的现成语句乃是最为自然不过的事，不见得一定要用后四十回原文之语；即后四十回不见得一定真有脂砚斋批的这句话。根据后四十回有无这八个字来研判后四十回的真伪，失之偏执。】

（3）"宝玉情不情，黛玉情情。"（脂庚戚本第十九回评引"情榜评"，并详下。）【其含义本章"第三节、八"已有详论。脂砚斋作批时，《警幻情榜》已失，而今本后四十回亦失。所以不足以根据后四十回无此评语来否定"今本后四十回乃曹子原稿"的结论。】

所叙情事，可考的比较多些，仍依旧作，按贾氏宝玉十二钗的次第，分别说之。

（1）贾氏抄家后破败。

第二十七回脂庚本朱批："此系末见抄没狱神庙诸事，故有是批。"

贾氏败落的原因很多，详《八十回后的红楼梦》一文中，但最大、最直接的原因是"抄没"。第二个原因便是自残，第七十四回，探春说"自杀自戕"，又本篇前引怪客题诗云"自执金矛又执戈，自相戕戮自张罗"，评者认为"深知拟书底里"，尤其明显。其结果非常凄惨，迥和高本不同，所以说："从此放胆，必破家灭族不已，哀哉！"（戚本第四回评）"使此人（探春）不远去，将来事败，诸子孙不致流散也，悲哉，伤哉！"（脂庚戚本第二十二回评）因为这个原故，所以宝玉大约也被一度关在牢狱里，后来很贫穷。（宝玉狱神庙事，见下红玉茜雪条。）【今本后四十回正写到贾家被抄后的惨状，本书"第二章、第五节、一、（一）"将有详论，与脂批所言的"抄没"相合★。至于"抄没"那一回，脂砚斋作批时已经迷失，而今天的程高本有，当是程、高二人收集到脂批所缺稿之外的某一稿中有此"抄家"情节。至于"自相戕戮自张罗"诗，本章"第一节、二"已有论，乃作者自设宾主，借宝玉、黛玉之文自相问难，与"抄家"情节无关。至于第四回批语所谓的"破家灭族"，乃是虚指的套话，不必坐实。至于"狱神庙"回，脂批已言其失，其详已不得而知，故不足以用来否定"今本后四十回乃曹子原著"的结论。】

---

① 指住在脑后的"荣禧堂"身后。宝玉说此话时，人在大观园中、面朝东，"荣禧堂"正在其脑后即西方。

（2）宝玉很贫穷。

第十九回脂庚本戚本评："补明宝玉何等娇贵，以此一句（袭人见总无可吃之物）留与下部后数十回。'寒冬噎酸斋，雪夜围破毡'等处对看。"

这和敦诚赠雪芹诗"满径蓬蒿老不华，举家食粥酒常赊"来对照，也很有趣味的。"寒冬"十字可能也是本书的佚文。【本章"第三节、七"已有论，"寒冬噎酸斋，雪夜围破毡"是宝玉出家后，追赶父亲贾政之船做人间最后一别时的情景，今本后四十回已失。此十字并非得自曹雪芹全书"一百二十回回目"中语，脂批作批时尚能看到这一情节的文字。今本后四十回未能找见这一情节也在情理之中；由于这是细微末节，研判时不宜"以偏概全"地仅凭此小情节的有无，来判断出"今本后四十回非曹子原著"的结论。】

（3）宝玉做和尚。

第二十一回脂庚戚本评："故后文方有'悬崖撒手'一回，若他人得宝钗之妻，麝月之婢，岂能弃而为僧哉。玉一生偏僻处。"（原注：周汝昌君近在《燕京学报》第三十七期发表一篇论文，以为宝钗嫁宝玉而早卒，湘云后嫁宝玉。（一四〇页）从这条脂评看来，此说甚误。周君所说，与所谓"旧时真本"合，亦足证明所谓"真本"，并非作者原书。）【俞先生驳周汝昌先生之论甚是。所谓"旧时真本"，显然就是好事者根据脂砚斋提示的第31回"白首双星"之批所作的续书而已，不足以据此论证今本后四十回的真伪。】

宝玉为什么做和尚呢？在这上文说因有"情极之毒"，但也不很明白。

同书同回评："然宝玉有情极之毒，亦世人莫忍为者，看至后半部则洞明矣。"

我们看不到后半部，故无法洞明。"情极之毒"即末回情榜所渭"情不情"也。【今本后四十回正写宝玉出家做和尚，与脂批这儿所说的"情极之毒"正相吻合。★】

（4）这块玉也曾经丢了，后来不知怎样回来的。

脂甲本第八回，袭人摘下通灵玉来，用手帕包好塞在褥下，评曰："交代清楚，塞玉一段又为'误窃'一回伏线。"

通灵玉的遗失，乃被误窃了去，跟今高本写得十分神秘不同。怎样回来的呢？这可能有两说：（1）凤姐拾玉。（2）甄宝玉送玉。我想凤姐拾玉，或者对些。在大观园失窃，怎么会到甄宝玉手里去呢？

脂庚本戚本第二十三回"刚至穿堂门前"句下评："这便是凤姐扫雪拾玉之处。"

同书第十八回《仙缘》戏目下评："伏甄宝玉送玉。"

今高本第一百十五回和尚来送通灵玉，这儿却改用甄宝玉送，想必也和宝玉出家有关，却不知是怎么一回事。【本章"第三节、一"已有论，"误窃"与"扫雪"当是前八十回被作者删掉的情节（具体而言：是前八十回中的第一稿的情节，在今天的第五稿定本中被删除了）。本章"第三节、六"又论：后四十回中的第115回，和尚正是在这"甄宝玉见贾宝玉"之回中前来送玉，所以脂批把它说成是"《甄宝玉》送玉"，意为"甄宝玉见贾宝玉"这一回中仙人（即和尚）来送玉；其戏名"仙缘"又见于第116回回目中，更加可以证明"今本

后四十回就是脂批所见到的曹雪芹原稿"。★】

（5）黛玉泪尽天卒。

脂庚本、戚本第二十一回评："以及宝玉砸玉，颦儿之泪枯，种种尊障、种种忧忿，皆情之所陷，更何辩哉？"

同书第二十二回评："若能如此，将来泪尽天亡已化乌有，世间亦无此一部《红楼梦》矣。"

一说泪枯，再说泪尽，又和宝玉砸玉作对文，可见在后半部有另一段大文章；而且说明黛玉之所以死，由于还泪而泪尽，似乎不和宝钗出闺成礼有何关连。我尝疑原本应是黛玉先死，宝钗后嫁。又钗黛两人的关系，不完全是敌对的，详下宝钗条。描写潇湘馆的凄凉光景，已见上引。【今本后四十回正写黛玉泪尽而逝，与脂批完全相合★。画线部分是俞先生所作的悬疑和猜度，不足以否定今本后四十回"黛玉死与宝钗嫁同步进行乃曹雪芹原意"的合理性。】

（6）宝钗嫁宝玉后有下列三件事：①讽谏宝玉而宝玉不听，其时袭人已嫁。②与宝玉谈旧事。③宝钗追怀黛玉。

脂庚本戚本第二十一回总评："后回'薛宝钗借词含讽谏，王熙凤知命强英雄'。今日从二婢说起，后文则直指其主。然今日之袭人之宝玉，亦他日之袭人之宝玉也。……何今日之玉犹可箴，他日之玉已不可箴耶？……箴与谏无异也，而袭人安在哉？宁不悲乎！"【本章"第一节、二"已详论："薛宝钗借词含讽谏"即后四十回中的第109回，与脂批正相吻合。★】

又曰："文是一样情理，景况光阴事却天壤矣。多少眼泪洒与此两回书中。"

第二十七回评："杜绝后文成其夫妇时，无可谈旧之情。"【今本后四十回正写宝钗与宝玉成婚后志趣不合、无可谈说、难以讽谏，与脂批正相吻合。★】

脂庚本第四十二回总评："钗玉名虽二人，人却一身，此幻笔也。……故写是回使二人合而为一，请看黛玉逝后宝钗之文字，便知余言不谬也。"

这最后一条四十二回的总评，戚本是没有的，却特别重要。这对于读《红楼梦》的是个新观点。钗黛在二百年来成为情场著名的冤家，众口一词，牢不可破，却不料作者要把两美合而为一，脂砚先生引后文作证，想必黛玉逝后，宝钗伤感得了不得。他说"便知余言之不谬"，可见确是作者之意。咱们当然没缘法看见这后半部，但即在前半部书中也未尝没有痕迹。第五回写一女子"其鲜妍妩媚有似宝钗，其袅娜风流则又如黛玉"。又警幻说："再将吾妹一人乳名兼美，字可卿者许配与汝。"这就是评书人两美合一之说的根据，也就是三美合一。【"三美合一"、"两美合一"皆系俞先生误会脂批之意，或是脂砚斋误会作者之意；作者其实说的是"两美同心"而非"身形合一"，本章"第一节、一"已有详论。】

（7）湘云嫁卫若兰，卫也佩着金麒麟。

脂甲本第二十六回总评："前回倪二、紫英、湘莲、玉菡四样侠文，皆各得传真写照之笔。惜卫若兰射圃文字迷失无稿，叹叹！"（按："侠"者，豪侠之意。脂庚本亦有此文，却分作两段，墨笔眉批，两条下各署"丁亥夏畸笏叟"。）【今本后四十回湘云丈夫无名字，当即"卫若兰射圃"回佚失的缘故，脂批正言"卫

若兰射圃"回已失。故今本后四十回在没有"卫若兰射圃"回这一点上，仍与脂批相合。】

脂庚戚本第三十一回起首总评："金玉姻缘已定，又写一金麒麟，是间色法也，何颦儿为其所惑？①"

脂庚同回回末评："后数十回若兰在射圃所佩之麒麟，正此麒麟也。提纲伏于此回中，所谓草蛇灰线在千里之外。"这三条文字里，第一条告诉我们，卫若兰射圃文字也是"侠文"。豪侠之文对于描写闺阁本来是间色法。（此说据二十六回脂庚本另条眉批）作者也已经写了出来，只是迷失了。第二条说，金麒麟对于通灵玉金锁又是间色法。所谓间色法者就是配搭颜色而已，并非正文，"何颦儿为其所惑？"不料后来补《红楼》的要使宝湘结婚，皆为其所惑也。②第三条写在回末，很可注意。戚本亦有，却写明"总评"，其实不是的，看脂庚本是没头没脑附在回末的，此评专为湘云找着了宝玉的金麒麟而发，故曰"正此麒麟也"，非总评甚明。我在《红楼梦辨》有一段话是对的。今略修节抄录之。

　　湘云夫名若兰，也是个金麒麟，即是宝玉所失湘云拾得的那个麒麟，在射圃里佩着。我揣想起来，似乎宝玉的麒麟，辗转到了若兰的手中，或者宝玉送他的，仿佛袭人的汗巾到了蒋琪宫的腰里。所以回目上说"因""伏"，评语说"草蛇灰线在千里之外"。

现在只剩得这"白首双星"了，依然费解。湘云嫁后如何，今无可考。虽评中曾说"湘云为自爱所误"，也不知作何解。既曰自误，何白首双星之有？湘云既入薄命司，结果总自己早卒或守寡之类。这是册文曲子里的预言，跟回目的文字冲突，不易解决。我宁认为这回目有语病，八十回的回目本来不尽妥善的。【"白首双星"本章"第三节、四"已有详解，"白首"一语双关：一是指夫妻山盟海誓时发的"希望能白头到老"的美好愿望，谁曾料结局却是"湘江水逝楚云飞"般一场空，最终又像牛郎、织女般为天河所隔而生离死别；二是指有"金"（金锁与金麒麟）的薛宝钗和史湘云这两位天上下凡的神仙，都守寡到白头。】

（8）凤姐结局很凄惨，令人悲感。曾因"头发"事件，跟贾琏口角。

脂甲本戚本第五回"一从二令三人木"下注："拆字法"。脂庚本戚本第十六回评："回首时无怪乎其惨痛之态。"

同书第二十一回起首总评："后回……'王熙凤知命强英雄'……但此日阿凤英气何如是也，他日之身微运蹇，亦何如是耶？人世之变迁，倏尔如此。"（此与宝钗谏宝玉连说，参看（6）宝钗项下所引两条。）

"拆字法"当然不懂，我看连高鹗也不懂，所以后四十回中毫未照应，评书人看见了原作后半，他当然懂了，所以说"拆字法"。我记得有一晚近的评本，

---

① 笔者按：这是指史湘云的"金麒麟"姻缘是宝钗"金玉良缘"的陪衬。但黛玉不明史湘云的"金麒麟"伏的是史湘云和卫若兰的姻缘，反倒怀疑史湘云的金麒麟可与贾宝玉的玉配成另一对"金玉姻缘"，故而视史湘云为又一新来的潜在情敌。

② 笔者按：所言甚是。即此金麒麟伏的是卫若兰与史湘云这对"金金姻缘"，从而为宝钗和宝玉这对"金玉良缘"作陪衬之用，不是史湘云的金麒麟与贾宝玉的玉配成又一对"金玉良缘"而让史湘云、宝玉成婚。

猜作"冷来"二字，或者是的。但冷来亦不可解。"知命强英雄"很好的回目，也应该有很好的文章写出她末路的悲哀，所以令人洒泪也。《红楼梦辨》里以为琏凤夫妻决裂，凤姐被休弃返金陵，亦想当然耳，[1]今不具论。

【今本后四十回写熙凤操办贾母丧事时，因为邢夫人掣肘，不给办丧事用的钱，导致凤姐得罪贾府从上到下之人，弄得"里外不是人"，贾琏及众人都对她冷眼相对，气得她吐血而死，可谓凄惨得很，今本后四十回与脂批所言的"惨痛之态"完全吻合。★】

此外更有"头发"事件。第二十一回，写贾琏密藏情人的头发被平儿发现了，她庇着贾琏瞒住凤姐，贾琏认为放在平儿手里，"终是祸患，不如我烧了它"，便抢了过来。

脂庚本戚本第二十一回评："妙。设使平儿收了，再不致泄漏，故仍用贾琏抢回，后文遗失，方能穿插过脉也。"

原来贾琏明说要烧，并不舍得烧，却收着，结果又丢了，被凤姐发现，想必夫妻因此大闹，或竟致于反目。

【脂批言那头发"后文"中又"遗失"而落入凤姐手中，从而引发一场家庭风波。今按：作者再蠢，也不可能写出女人的一缕头发引出这么大一场事故来。因为天下女人的头发都一样，看不出是你是我[2]，贾琏也尽可以说那头发是尤二姐的头发，凤姐也无从判断贾琏话的真伪。所以，蠢材才会写出一场由头发引起的吃醋风波来。

此第 21 回前半回是袭人爱主而进谏，下半回便写这缕头发所引出的平儿护主的情节，两者"对峙立局、相映成趣"。此缕头发在这第 21 回已完成其功用使命；脂批说它到来后又应当像袭人的"红汗巾"那样，跑出来完成另一重使命。由于天下女人的头发无法鉴定究竟属于谁，我想：这头发再度出世来掀场风波，恐怕只是脂批的想当然，应当不会是作者较为明智的创作构思。即便作者原来真有这番情节，后来也必定会把这一毫无罪状可言的情节给删掉。所以，后四十回没有这一"头发风波"的情节，反倒能证明它就是曹雪芹的原稿。因为后四十回如果是续书的话，续书之人肯定会读到这条脂批，于是便会像俞先生理解的那样，杜撰出一段由头发引发的家庭风波来。

在此我们举一个可以作比的例子。脂本有第 9 回者共有八种，其结尾不尽相同，其中舒本作："贾瑞遂立意要去调拨薛蟠来报仇，与金荣计议已定，一时散学，各自回家。不知他怎么去调拨薛蟠，且听下回分解。"第 34 回宝钗联想到她哥"当日为一个秦钟还闹的天翻地覆"，而书中薛蟠与秦钟同时登场的只有这第 9 回，所以"闹的天翻地覆"语应当是在照应舒本第 9 回回末的情节。但下一回即第 10 回开头，诸本（包括舒本）都写成："话说金荣因人多势众，又兼贾瑞勒令，赔了不是，给秦钟磕了头，宝玉方才不吵闹了。"若照舒本第 9 回回末的写法，便与此不相照应起来，所以

---

[1] 笔者按：所言甚是，贾琏不可能休弃王熙凤，见本章"第一节、二、（五）"有论。

[2] 当时没有今天的基因鉴定手段，不可能知道这头发是谁的。

诸本第9回回末都已改成贾瑞劝金荣息事宁人，向秦钟或宝玉叩头了事。

以上异文显然都出自曹雪芹之手，舒本文字当是最初稿，而其他几种都是后来的改稿。因为作者若是让薛蟠、宝玉开了斗，势必使两人友谊产生裂痕，从而使宝玉、宝钗两人的关系蒙受阴影，下来便要编排情节让宝玉、薛蟠如何弥补裂痕成为密友，这无疑要煞费作者的苦心。作者可能觉得这么写太难驾驭了，或者太难"合情入理"了，而且又游离于全书"宝玉黛玉爱情"这根主线情节之外，还不如"釜底抽薪"式地删改成金荣屈服而一了百了。

贾琏那缕头发，恐怕也因为再度出现掀场风波无法"合情入理"而被作者曹雪芹明智地删掉，正如舒本第9回末及第34回宝钗语所揭示的"薛蟠因秦钟而与宝玉大闹"的情节被作者主动扬弃一样。而脂批曾读到过有这"头发风波"的最初稿①，或在创作中曾经听作者说起过"这头发将来还有段文章要作"，所以写下上述批语。脂砚斋是读完一部分《红楼梦》就来批这部分《红楼梦》的，作批时并未能读完全书；即便读完全书回过来第二次作批时，他批完这条批语后，也不可能将来再翻一翻这第二次作批之稿，看看作者在这下一稿中，是否删掉了上一稿曾经写过的这件事，或是作者对我讲起的这一创作构思到底写到书中去没有，于是便有了这条和下文不相照应的批语留了下来。正如本章"第三节、一"所讨论的，脂砚斋写完"良儿窃玉"、"凤姐扫雪拾玉"之批后，也不可能保证作者下一稿中还保留这段情节。所以本例同样可以证明：曹雪芹在第一稿中每创作完一部分稿子（当是十回），便会请脂砚斋等人作批，脂批是层累的；由于作者创作时会不断进行改稿，所以脂批所提示的情节，会有被作者在后来创作过程中删除掉或改写掉的可能。

因此，只要脂批所揭示的后四十回中的情节绝大多数都与今本后四十回相一致，又只要脂批所揭示的前八十回所没有的情节，或与今本后四十回有异的情节数量不多的话，便不足以否定"今本后四十回乃曹雪芹原稿"的结论。】

（9）探春远嫁，惜春为尼。

脂庚本戚本第二十二回灯谜，探春的是风筝，评曰："此探春远适之谶也，使此人不远去，将来事败，诸子孙不至流散也。"

她似乎一去不归的样子。惜春的谜是海灯。

同书同回评曰："此惜春为尼之谶也，公府千金至缁衣乞食，宁不悲夫！"

所谓缁衣乞食可作比丘的词藻看。她是正式出家为尼，与册子上画的大庙正合。还有两条均见第七回，惜春跟水月庵的小姑子说话一段。

脂甲本朱评："闲闲笔，却将后半部线索提动。"戚本评："总是得空便入。百忙中又带出王夫人喜施舍事，一笔能令千百笔用。又伏后文。"

---

① 据本书"第二章、第八节"的考论，当是脂砚斋手中的作者曹雪芹"增删五次"时的第一稿《石头记》。由于今本后四十回就是脂砚斋手中的第一稿，而此头发风波未见于今本后四十回中，所以便可断定：这场头发风波应当是第一稿中前八十回的情节。

是惜春的结局，作者已有成书了。【今本后四十回正写惜春为尼、探春远嫁，无有不合★。今本后四十回惜春虽然是在家修行，但却是在大观园中的"栊翠庵"修行，与图中所画的庙宇内修行无有违背。至于"缁衣乞食"，正如俞先生自己所言，此是"作比丘的词藻"，即这是形容比丘尼的惯用辞藻，未必真指惜春要沿途乞讨，俞先生此论真乃达观之见，所以脂批"缁衣乞食"与今本后四十回惜春在家修行而不乞食并不矛盾。后人墨守脂批"缁衣乞食"四字，以今本后四十回写惜春在家修行而不乞食为与之不合，未免拘泥成规、不识灵活变通，而有"胶柱鼓瑟"之嫌。贾府如此大的家族，其女子出家，当如书中所写的妙玉那般，随身带有大量的古董宝贝，还有两个老嬷嬷、一个小丫头服侍，绝对不至于让她托钵行乞。惜春当亦与之类似，后四十回写其有紫鹃这种至亲家人服侍相伴、在家修行，虽出普通读者意料之外，但又正在情理之中。】

（10）袭人在宝玉贫穷时出家前，嫁蒋玉函。他们夫妇还供奉宝玉宝钗，得同终始。

脂庚本戚本第二十回评："故袭人出嫁后云'好歹留着麝月'一语，宝玉便依从此语，可见袭人虽去实未去也。"【本章"第二节、八"已有详论，此批是在说：第19回袭人谈自己出嫁事后的下一回（第20回）元宵节晚上，众人都出去玩了，只有麝月一人留守绛芸轩，与回房的宝玉说起私密话，通过这番对话，足以看出麝月的贤惠堪称袭人第二。这条脂批根本就不是在说"袭人出嫁给蒋玉菡后，麝月留守宝玉房"的事。】

同书第二十一回起首总评："箴与谏无异也，而袭人安在哉，宁不悲乎！"【本章"第二节、九"已有详论，此批不是在说"袭人出嫁于宝玉出家之前"。】

脂庚本第二十回眉批朱笔："袭人正文标昌（疑'明'字或'曰'字之误）花袭人有始有终。"【本书"第二章、第一节、四"将有详论，所言即第120回中的"袭人出嫁"情节。又"标昌"当是"标目曰"三字之误。】

脂甲本戚本第二十八回总评："茜香罗、红麝串写于一回，盖琪官（脂甲作'棋'）虽系优人，后回与袭人供奉玉兄宝卿得同终始，非泛泛之文也。"【本章"第二节、七"已有详论：这条脂批不应当理解成：花袭人和蒋玉菡婚后供奉宝玉宝钗夫妇到老。这条脂批是在说：本回写了主仆两对婚姻的定情信物"茜香罗"和"红麝串"，前者属于仆人，后者属于主人——蒋玉菡与袭人这对仆人，因侍奉过宝玉宝钗这对主人而结为白头到老的夫妻。因此这条脂批与今本后四十回并不矛盾。】

看这四条，袭人大约得了宝玉的许可，嫁给蒋玉函的，出嫁以后仍和宝玉宝钗来往，所以回目说她"有始有终"，评注说她"得同终始"；这又和传统的红学评家观念绝对相反的。即我在前书里亦深责袭人，不很赞成像这样的写法。现在知道，这是我们的一种偏见而已。不过却有一层，本篇为后半部辑佚，材料悉本"脂评"，而脂评与作者之意，中间是否仍有若干距离？[①]评者话虽如此，作者仍可能有微词含蓄不露而被忽略了，亦未可知。因为在八十回中作者对袭人一向褒贬互用，难道到了后三十回叙她嫁琪官，便一味的褒吗？按之情理殆

---

① 笔者按：此说甚是。

有不然。我们固应当重视"脂评"，但若径以它代作者之意，亦未免失之过于重视了。【此言脂批与作者原意仍有距离。脂批虽然可信，但尽信脂批而不信作者本意，这便有违古人所谓的"尽信书还不如无书"的至理名言。俞先生这一观点非常正确。】

（11）麝月始终跟着宝玉，直到他出家。这有两条评注：一条在第二十一回，已见本文（3）"宝玉做和尚"项下引；

【所言之批即第 21 回脂批："然宝玉有情极之毒，亦世人莫忍为者，……宝玉有此世人莫忍为之毒，故后文方有'悬崖撒手'一回。若他人得宝钗之妻、麝月之婢，岂能弃而为僧哉？"此批提及"宝钗之妻、麝月之婢"而把袭人排除在外，本章"第二节、九"已有论证，这不是在说袭人已不在贾府，而是因为袭人最终要出嫁而成为蒋家之人，所以在计算宝玉家人时，即便袭人仍在贾府，也把她排除在宝玉家人之外了。】

另一条即前引袭人说"好歹留着麝月"的上文，兹引如下：

脂庚本戚本第二十回评："闲闲一段儿女口舌，却写麝月一人。袭人出嫁之后，宝玉宝钗身边还有一人，虽不及袭人周到，亦可免微嫌小弊等患，方不负宝钗之为人也。"

这当然合于第六十三回"开到荼蘼花事了"的暗示的。揣袭人"好歹留着麝月"一语的口气，大约宝玉要把所有丫环一起遣去，袭人、麝月一并在内，袭人不得已自去，又不放心宝玉，故说留下麝月也。

【本章"第二节、八"等已有详论，以上批语指的是：袭人被遣返回家嫁人后，麝月扶佐宝钗，两人品性相投，故言"方不负宝钗之为人"；而宝玉则早在袭人改嫁前便已出家。因此以上批语与今本后四十回并不矛盾。】

（12）红玉（即小红）、茜雪在狱神庙慰宝玉。这段故事很重要，在今本后四十回是毫无影响的，在残稿里却有一大回书。未引证以前，先得谈谈茜雪。这个人在后文出现，成为一个重要角色，是非常奇怪的。因为在八十回里，茜雪已被撵了，事见第八回、第十九回、第二十回、第四十六回。第八回宝玉喝醉了摔茶钟，为大家所习知。今引十九、二十、四十六回之文以明茜雪的确已去了。

李嬷嬷道："你也不必装狐媚子哄我，打量上次为茶撵茜雪的事我不知道呢。"（第十九回）

李嬷嬷见她二人来了便诉委屈，将前日吃茶茜雪出去和昨日酥酪等事，唠唠叨叨说个不了。（第二十回）

鸳鸯红了脸向平儿冷笑道："这是咱们好。比如袭人、琥珀、素云，和紫鹃、彩霞、玉钏儿、麝月、翠墨，跟了史姑娘去的翠缕，死了的可人和金钏儿，去了的茜雪……"（第四十六回）

可见茜雪之去，远在宝玉诸人移居大观园以前，怎么在后三十回里又大显身手呢？莫非又把她叫了回来吗？还是她自动回来呢？这总是奇怪的。评书人当然知道，所以这样说："茜雪在狱神庙方呈正文。"（脂庚本第二十回）大概这是作者有意的安排，暂隐于前，活跃于后；换句话说，在第八回里所以要撵茜雪，正为将来出场的张本，眼光直注到结尾，真所谓"草蛇灰线在千里之外"了。以下更引脂评又关于红玉的三条。

脂甲本第二十七回总评："且红玉后有宝玉大得力处，此于千里外伏线也。"

同书第二十六回朱评："狱神庙红玉、茜雪一大回文字惜迷失无稿。"

同书第二十七回叙红玉愿跟凤姐去，夹缝朱评："且系本心本意，狱神庙回内方见。"

所谓于宝玉有大得力处即狱神庙也。看这第三条似乎狱神庙事并牵连凤姐，她亦曾得红玉之力。脂庚本评更有自己打架的两条：

脂庚本第二十七回眉评朱笔："奸邪婢，岂是怡红应答者，故即逐之，前良儿，后篆儿，便是却（确之误）证，作者又不得可也。己卯（一七五九）冬夜。"

同前："此系末见抄没狱神庙诸事故有是批。丁亥（一七六七）夏畸笏叟。"

相隔有十二年之久，殆系一人所批，而前后所见不同。红玉也是早先离开怡红院，后来大得其力，和茜雪的生平正相类，作者的章法固如此。评书人最初亦不解，必俟看了后文始恍然耳。在此又将抄没跟狱神庙连文，可见抄没以后，贾氏诸人关进监牢，宝玉凤姐都在内。其时奴仆星散，却有昔年被逐之丫环犹知慰主，文情凄惋可想而知。（"慰宝玉"明文在脂庚本二十回，见下引。）

【本章"第三节、五"有论：脂批言此"狱神庙"回已迷失，今本后四十回无此情节，与脂批正相吻合。而且脂批既然说这一回已经迷失，则脂批所说的这一回的情节，便应当来自全书"一百二十回回目"的观感，肯定没有读到过回内的正文，所以脂批所说的情节便属于主观猜测，未必可靠。至于俞先生再根据脂批猜想出的"红玉后有宝玉大得力处"、探监"慰主"等情节，则属于更进一步的臆测，更加不可靠，所以都不足以否定"今本后四十回乃曹雪芹原稿"的合理性。】

（13）末回情榜备载正、副十二钗名字共六十人，却以宝玉领首。每个名字下大约均有考语，现在只宝玉、黛玉的评语可知。【此"情榜"本章第三节"八"与"九"已有详论。】

脂庚本第十七、十八合回初叙妙玉下有长注，眉评朱笔："树（误字）处引十二钗总未的确，皆系漫拟也。至末回警幻情榜方知'正''副''再副'及'三''四副'芳讳。壬午季春畸笏。"

有人说："壬午季春雪芹尚生存。他所拟的末回有警幻的情榜。这个结局大似《水浒传》的石碣，又似《儒林外史》的幽榜。这回迷失了，似乎于原书价值无大损失。"（《跋脂庚本》）我的意见和他不很相同，如此固落套，不如此亦结束不住这部大书；所以这回的迷失，依然是个大损失呵。

十二钗的"正""副""再""三""四"，共计六十人。正册早有明文不成问题，副册以下，问题很多，值得注意的即上文所谓那段长注，兹节抄如左：

脂庚本（戚本）第十七十八合回注："……后宝琴、岫烟、李纹、李绮，皆陪客也，《红楼梦》中所谓副十二钗是也。又有又副册三断词，乃晴雯、袭人、香菱三人而已，余未多及，想为金钏、玉钏、鸳鸯、茜雪、（脂庚原作'苗云',两字均系抄写形误,戚本作'素云',乃后人不解妄改,以致大误。)平儿等人无疑矣。观者不待言可知,故不必多费笔墨。"

这儿提出一个很重要的事情,原来香菱不在副册,却在又副册里。我以为这个分法是对的,其理由在此且不能详说。那末,第五回宝玉看香菱的册子是怎样叙述的呢?这问题是必须回答的。兹引程甲本戚木脂庚本之文,(脂甲本不在,不能检查)在宝玉看了又副册晴雯袭人以后。

> 宝玉看了不解,遂掷下这个,去开了副册橱门,拿起一本册来,揭开看时,(程甲本)

从这书看,香菱在副册上甚明,但再看下引:

> 宝玉看了不解,遂掷下这个,又去开了一副册橱门,拿起一本册来,揭开看时,(戚本)

> 宝玉看了不解,遂掷下这个,又去开了副册,拿起一本册来,揭开看时,(脂庚本)

脂庚本有脱落,如"橱门"两字是不能少的,而"副册"上又落了一个很重要的字。戚本最好。"一"字虽系误字,但却保存了"副册"上还有一个字的痕迹,如把这"一"字校改成"又"字,便完全对了。程伟元高鹗不解此事,或者看了钞本作"一副册"而不可解,便删去"一"字,又或者他所据本根本没有这"一"字,如今脂庚本;他们以为宝玉先开又副橱门,后开副册橱门,即无所谓"又",于是把"又去开了"的"又"字一并删去;香菱从此安安稳稳归入副册,而且高居第一位,实在她是又副册里第三名呵。这段公案现在总算明白了,却因此未免多费笔墨哩。"情榜"既不可见,上引脂本的评注,因评书人既亲见这榜,自然不会错的。

【此说大误。"二"即"又","又副册"是"二副册"。而"一副册"就是副册中的第一种,即"第一副册",也即"副册",所以"一副册"是"副册"而不是"又副册"!因此戚本作"一副册"和诸本作的"副册"是一回事,绝对不可以改作"又副册",这就证明香菱是"副册"之首,而不是俞先生根据脂砚斋第18回的猜测所断定的"又副册"中人。

而且作者在全书第1回就交代香菱出处,可证其地位之高。脂砚斋在第3回交代黛玉出处时,也有脂批说香菱是副册之首:"甄英莲乃副十二钗之首,……今黛玉为正十二钗之冠,反用暗笔。盖正十二钗人或洞悉可知,副十二钗或恐观者忽略,故写,极力一提,使观者万勿稍加玩忽之意耳。"这条批语便告诉我们:凡是正册之首与副册之首的女子,其生平来历、人生出处,作者都会在书中写明,同时还会有脂批来点明:"这是在交代正册之首的来历出处,这是在交代副册之首的来历出处。"如果香菱是又副册中人,则副册之首又是何人?脂批为什么不在书中交代其来历出处的文字旁边点明她是副册之首?】

"情榜"六十名都是女子,却以宝玉领头,似乎也很奇怪,第十七回起首戚本总评,"宝玉为诸艳之冠"是也。(脂庚本作"贯"。)而且各人都有评语。现在剩得宝、黛的两个了。观下引文,知宝玉列名情榜为无可疑者。【本章"第三

节、九、（一）"已有详论，宝玉是这起下凡公案的案首，为这场公案而放的《警幻情榜》自当以之为首。】

脂庚本戚本第十九回评："后观情榜评曰'宝玉情不情，黛玉情情'，此二评自在评'痴'之上，亦属囫囵不解，妙甚。"

同书第三十一回总评："撕扇子是以不知情之物，供娇嗔不知情时之人一笑，所谓'情不情'。金玉姻缘已定，又写金麒麟，是间色法也，何颦儿为其所惑？故颦儿谓'情情'。"

别处还偶然说到，今不具引，最重要的只这两条。情榜评得真很特别，自非作者不能为也。【本章"第三节、八"已详论宝、黛二人评语"情不情"、"情情"的含义。】

上举凡十三项，我们现今所知后三十回的情形，大概不过如此，真所谓"存什一于千百"，此外便都消沉了。当时究竟写了多少，写成怎样一个光景也很难说。回目确是有的，是否三十回都有回目呢？假如都有，便是结构完全了；假如不都有，便还只有片段。揣其情理，既曰"后三十回"，似目录已全，不然评书人怎么知道这个数目字呢？不过话也难定，也许作者口头表示过，我还有三十回书如何如何。这总之都是空想。至于本文如何，更不好决定了。我想没有完全写出，至少没有完全整理好。这个揣想不会大错。因若果有成书，便可和八十回先后流传，或竟合成一部付诸抄写，不会有亡佚之恨了。即在前半部中且尚有未完文字，如第二十二回畸笏叟即叹其未成而芹逝矣，岂但"悬崖撒手"文字不能得见①已也。所以本书的未完，不成问题，不过已完成的确也太少，东鳞西爪有好几大段，不幸中之不幸，一起迷失了。

评文屡称"迷失"，这儿我又来这一套"迷失迷失"，究竟怎样会迷失了呢？我想，在读者是必有的问题。我引脂庚本朱批一段，有一部分上已分引，因为重要，不避重复再引之。

脂庚本第二十回眉评："茜雪在狱神庙方呈正文。袭人正文标昌'花袭人有始有终'。余只见有一次誊清时，与狱神庙慰宝玉等五六稿，被阅者迷失，叹叹！丁亥夏畸笏叟。"

看这段批评，我所提出两个问题都已解答了。原来雪芹生前，后三十回书有五六段的誊清稿子（可能这五六稿并连接不起来），却被一个人借看轻轻把它丢了。这位先生眼福真奇绝，却无端成为千古罪人！

这样丛残零星的稿子，因雪芹死的时候景况非常萧条，所以很快的就散失了。到高鹗续书时（一七九一）不到三十年，残迹全消，即后回之目录也不见人提起，所以程、高二子才敢漫天撒谎，说什么"原本目录一百二十卷"，在故纸堆中找到二十余卷，又在鼓儿担上凑足了十余卷，非但狗尾续貂，而且鱼目混珠自夸自赞；虽然清代也有几人点破这个（如张问陶诗），可是大家总不大去理会，只囫囵地读了下去，评家又竭力赞美这后四十回，光阴易过，不觉一混就一百多年，直到今日接连发现了几个脂砚斋评本，方始把这公案全翻了过来。我这文虽然写得很不完全，却也把有些零星的材料汇合整理一番，使读者了解

---

① 笔者按：此处疑当有一"而"字。

作者的意思比较容易一些；能够这样，在我又是意外的喜悦了。

【总结】

笔者在本书中得出的结论便是：脂砚斋所见到的后四十回与今天我们看到的后四十回相一致。

换句话说，俞先生的翻案文章真是翻错了！要知道程高本出来后，当时的人都是知情人，没有一个人（或只有极个别人）说程高本是伪续。可见，当时的公论已然承认"程高本的后四十回乃真的曹雪芹原稿"。难怪当时所有的《红楼梦》续书都从程高本的第120回续起，没有从第80回续起者，这便充分证明上面的观点——"程高本的后四十回乃真的曹雪芹原稿"——是当时的公论。如果程高本后四十回是伪续，是不可能如此一手遮天的。

而且本书第二章将从全书正文所体现出的①创作构思、②主题大旨、③艺术手法、④细节接榫、⑤情节照应、⑥谬误踵袭、⑦只有原作者才敢写出来的匪夷所思的情节等诸多方面，全面论证后四十回与前八十回是一个严密照应的艺术整体。

笔者此前的两部书《宁荣府大观园图考》、《红楼时间人物谜案》又论证清楚：后四十回与前八十回无论在空间上还是时间上，都是同一个人所作的严密完整的艺术整体。因此"今本后四十回乃曹雪芹原著"当毋庸怀疑。

还是那句古话——"古之人不余欺也"①！当时人的公论最为可靠，后人的标新立异之说（即所谓的"翻案文章"），往往是"一叶障目、以偏概全"的偏执结论，可说是"只见其木而不见其林"、"执其一端而不及其余"。

---

① 语出苏轼《东坡全集》卷37《石钟山记》。

第五节　对周汝昌《红楼梦新证·脂砚斋批》的逐条驳正

　　周汝昌先生《红楼梦新证》第九章"脂砚斋批"，从第712页起，列举他所认为的脂批提示出来的八十回以后的情节与今本后四十回不相照应者，以此来证明今本后四十回不是脂砚斋所读到的曹雪芹的原稿。

　　我们既然要证明脂批与今本后四十回相合，免不了也要像上一节那样，对周先生的考证加以逐条驳正，以证明今本后四十回与所有脂批全都辩证统一，并无违背之处。

　　同上节一样，下文凡"【"前的楷体字便是周先生的原文；"【】"中的宋体字便是笔者所作的驳正，篇幅短者便紧跟于周先生相应文字之后，篇幅长者便另起一段而前空两格加以缩排。

　　利用脂批，整理后半部事迹，已不止一个人作过。我个人搜葺的结果，与他们有不尽同处，还有写下来的必要，因为这实在是我们尝试全面认识曹雪芹的最大帮助。据我初步统计，大节小目，还不下三四十件事，现在条列于后：【笔者按：笔者上一部《红楼时间人物谜案》"第一章、第三节"末尾"（四）后四十回与前八十回细节照应处、手法相同处"共找到43例，正可与周先生所认为的脂批与今本后四十回不相合者"三四十件"相对冲，从数量上看，可谓不相上下。周先生只见其异，笔者只见其同，究竟何者贴合曹子本意？本书《后四十回完璧归曹》便旨在全方位、多角度、成系统地回答这一问题。】

　　凡只关原书正文有过暗示而脂批中未尝涉及的，除一条例外，一般不列，因为正文人人可得而有，而脂批是尚未普遍流行的材料。又一再被人提出过、而又无大问题的部分，如红玉之于狱神庙，麝月之留侍宝玉，袭人之嫁蒋玉菡，探春之远嫁，惜春之为尼，宝钗之嫁宝玉，等等，【笔者按：前三端，本章第三节、第二节皆已有专论。后三端，上一节论俞先生见解时皆已论及。】为了避免起哄，我也就不再重述。先从最细微的、倒叙至较重大的：

　　（1）第十五回宝玉因秦氏丧，随凤姐到乡郊，见村姑二丫头；她被她母亲唤走，宝玉便觉"怅然无趣"。批："处处点'情'。又伏下一段后文。"此"后文"不详何指？是即指临走时又碰见二丫头目送惜别的那几句话呢？还是后半部中这位村姑还有照应，或竟如刘姥姥之有些作用呢？一时尚难判断。我个人有时倾向于后一个想法。特意写她当面纺线给宝玉看，似非无用闲笔。

　　【"处处点'情'"，是指宝玉好色（慕色），处处动情，所伏后文即周先生自己所说的第一种想法，即：宝玉临走时不见二丫头，"一时上了车，出来走不多远，只见迎头二丫头怀里抱着她小兄弟，同着几个小女孩子说笑而来。宝玉恨不得下车跟了她去，料是众人不依的，少不得以目相送，争奈车轻马快，一时展眼无踪。"】

（2）第十九回宝玉正月到袭人家所见几个姨妹，后文还有事情。因为批说："一树千枝，一源万派，无意随手，伏脉千里。"……

【今按，此批批在第19回宝玉到袭人家时，看到"此时袭人之母接了袭人与几个外甥女儿，（己夹：<u>一树千枝，一源万派，无意随手，伏脉千里。</u>）几个侄女儿来家，正吃果茶。"所伏无非是晚上宝玉"乃笑问袭人道：'今儿那个穿红的是你什么人？'（己夹：若是见过女儿之后没有一段文字便不是宝玉，亦非《石头记》矣。）"总之，这儿所伏的并非如周先生猜想的那样是指后四十回的情节；这儿所伏的便是第19回作者借袭人姨妹要出嫁，引出袭人说起父母想把自己赎回去嫁人的话，再引出宝玉答应改正错误来换取袭人不被赎回之事。】

（3）小丫头佳蕙也被逐。佳蕙就是曾和红玉在第二十四回里说心思[①]话的一个不甚令人注意的小人物。脂批说她："乃美袭人是宝玉之爱妾也，为后文伏线。无怪后来被逐。"是怎样一个详情呢？也无法推测。我们知道后来被逐的只有个蕙香，即宝玉改称"四儿"者是；与此不知是否为一人？

【所举之批，见第26回佳蕙说："袭人哪怕她得十分儿，也不恼她，原该的。说良心话，谁还敢比她呢？"这时甲戌本有墨笔眉批："此处云'比不得袭人'，乃美袭人是宝玉之爱妾也。为后文伏线，无怪后来被逐。"此墨笔眉批的字迹与抄书者不同，显乃后来藏书家阅读时加上的批语，不是抄书者过录的脂砚斋的批语，所以这条批语不属于脂批的范畴。而且"佳蕙"与"蕙香（四儿）"当是同一人，所伏即第77回蕙香被逐事，不是八十回之后的情节。】

（4）第七十七回"一则为晴雯犹可，二则因竟有指宝玉为由，说他大了，已解人事，都由屋里的丫头们不长进，教习坏了，因这事更比晴雯一人较甚。"批："暗伏一段。"这是谁呢？一段什么呢？难道就是袭人"初试云雨情"的关系后来发作了吗？或者这竟与袭人之不留而嫁有关吗？要不就是碧痕等人？还是怎么，竟不可知。

【此是王夫人入大观园撵晴雯、四儿、芳官三人，原批作："暗伏一段'更比'，觉烟迷雾罩之中更有无限溪山矣。"此是脂砚斋在批作者曹雪芹的"不写之写"，即借众人之口，交代出宝玉房里的丫头们和宝玉的那些不检点的事情；其实也就是周先生所猜到的第31回晴雯所说的：碧痕服侍宝玉洗澡"足有两三个时辰，也不知道作什么呢。我们也不好进去的。后来洗完了，进去瞧瞧，地下的水淹着床腿，连席子上都汪着水，也不知是怎么洗了？"因此，其所伏的不是八十回之后的情节。这条脂批是在极度辛辣地讽刺：尚为处子之身的晴雯、四儿反倒被逐，而比晴雯严重的、早已不是处子之身的、早在第6回就和宝玉初试过"云雨情"的袭人，以及洗

---

① 笔者按：思，当作"里"。

澡洗到床上的碧痕，由于碧痕和袭人是一伙，而袭人又得王夫人的欢心，所以两人反倒都没有被撵走。】

（5）湘云后来似与卫若兰发生了某种交涉，最后与另一人"白头偕老"，故事发展的经过尚当颇有曲折。按脂批曾说："惜卫若兰射圃文字迷失无稿，叹叹！""后数十回若兰在射圃所佩之麒麟，正此麒麟也。提纲伏于此回中，所谓草蛇灰线，在千里之外。"……【这一点本章"第三节、四"已有专论，今本后四十回正写史湘云和卫若兰成婚①，与此脂批正相吻合★。周先生反倒臆测史湘云不应当和卫若兰成婚，无有依据。】

（6）是宝钗、湘云、还是黛玉，不知哪个作过"十独吟"。第六十四回黛玉作"五美吟"，批云："与后《十独吟》对照。"既称"十独"，应是分咏书中的十个女子的命运。【这一点笔者《红楼时间人物谜案》一书的"第三章、第三节、二、（二）、（3）"已有专论，"十独吟"就是第78回宝玉所作的《姽婳词》，并不是后四十回中的情节。】

（7）黛玉病死。第七十九回写她"一面说话，一面咳嗽"，批云："总为后文伏线。"……【这显然伏的是黛玉因病重而逝世于后四十回的第97回。后四十回写到了这一情节，与这条批语相合。★】

（8）宝玉哀悼黛玉有专回专文。第七十九回写迎春嫁后，宝玉"天天到紫菱洲一带地方，徘徊瞻顾，见其轩窗寂寞，屏帐萧然，不过只有几个该班上夜的老姬……"批云："先为对景（原误'竟'，或当作'对境'）②悼颦儿作引。"第二十六回写潇湘馆"只见凤尾森森，龙吟细细"，批："与后文'落叶萧萧、寒烟漠漠'一对，可伤可叹！此八字即'对景悼颦儿'回中正文无疑了。

【上引脂批所批二事均与今本后四十回相合，无有不合。第一条脂批所谓的"对景悼颦儿"，当即第108回贾宝玉在黛玉死后进入大观园，见园中景象荒凉而哭吊黛玉。其文写大观园中的荒凉景象是："只见满目凄凉，那些花木枯萎"，便与上引第二条脂批"落叶萧萧、寒烟漠漠"八字相合。因此，"落叶萧萧、寒烟漠漠"非是后四十回正文中语，乃是批者征引古诗词现成之语③，不足以证明后四十回正文当有此语。

又第108回写清楚宝玉未入"潇湘馆"哭黛玉，而是在前往"潇湘馆"的路上："不料宝玉的心惟在潇湘馆内。袭人见他往前急走，只得赶上。见宝玉站着，似有所见，如有所闻，……宝玉道：'我明明听见有人在内啼哭，怎么没有人？'……宝玉不信，还要听去。婆子们赶上说道：'……只是这

---

① 后四十回虽然没有提到史湘云丈夫的名字，似乎无法判定史湘云的丈夫是否就是卫若兰。但正因为没提到名字，所以史湘云的丈夫就是卫若兰的可能性便不可以排除。又因为前八十回脂批点明史湘云的丈夫就是卫若兰，所以这个没提名字的史湘云的丈夫，便可以百分之一百地断定就是卫若兰。

② 笔者认为：作"境"的可能性为大。即"竟"是"境"的简写，非是"景"之音讹。

③ 前四字出自唐杜甫《登高》诗："无边落木萧萧下，不尽长江衮衮来"，宋人陆游《剑南诗稿》卷44《枕上》诗化用作："残灯熠熠露萤明，落叶萧萧寒雨声。"后四字当出自唐李白《菩萨蛮》词："平林漠漠烟如织，寒山一带伤心碧。"宋许景衡《横塘集》卷五《即事》诗化用作："家在东南千万里，寒烟漠漠又斜阳。"

里路又隐僻，又听得人说，这里林姑娘死后，常听见有哭声，所以人都不敢走的。'宝玉、袭人听说，都吃了一惊。宝玉道：'可不是！'说着，便滴下泪来，说：'林妹妹，林妹妹！好好儿的，是我害了你了！你别怨我，只是父母作主，并不是我负心！'愈说愈痛，便大哭起来。袭人正在没法，只见秋纹带着些人赶来"，把宝玉带回。

可证宝玉是在潇湘馆门口哭黛玉，正是"对境（或'景'）悼颦儿"，如果宝玉是进入潇湘馆再哭，便称不上"对境（或'景'）"了，而当称为"入境"了，所以后四十回这段描写与脂批完全吻合。★

我原本怀疑这"对境（或'景'）悼颦儿"五字应当是曹雪芹所拟的回目，但我们本章"第一节、三、（四）"已证明这段情节其实就在曹雪芹最初稿第110回的回首，脂批特地批出其回目是"薛宝钗借词含讽谏、王熙凤知命强英雄"，故知"对境（或'景'）悼颦儿"五字绝非回目之文。当然，也有可能此八字是回目中的文字，从而证明这段描写不在原书第110回回首，而当在第109回回末；但这种可能性为小，我们的依据是：这段情节字数太少，不具备半回体量。】

（9）贾菖、贾菱有与"配药"有关的事情，详情难以想像。或者竟与黛玉之死大有关系？第三回黛玉初来，谈到吃药，贾母说："这正好，我这里正配丸药呢……"批云："为菖、菱伏脉。"

【今按第53回元宵家宴："男子只有贾芹、贾芸、贾菖、贾菱四个现是在凤姐麾下办事的来了。"可证贾菖、贾菱在贾府办事，据此批，便可知是管配药的药房之事。第56回："一时婆子们来回大夫已去，将药方送上去。三人①看了，一面遣人送出去取药，监派调服"云云，可证贾府设有药房（相当于今天大中型企事业单位中设立的医务室）。作者"随事立名"，贾菖、贾菱管府中配药，中药有"茯苓菖蒲丸"，作者涉此而把掌管府中"药房"之人的名字起成了"贾菖、贾菱"（按"菱、苓"谐音），批语中所谓的"伏脉"，不过是言"伏府中管配药的贾菖、贾菱两人得名之由来"罢了，并不伏后四十回的情节。】

（10）甄宝玉后半部才出现，有"送玉"的文字，似乎后来也穷为乞丐。一条脂批说："甄家之宝玉乃上半部不写者。"【今按：后四十回第115回"证同类宝玉失相知"正是写甄宝玉之文，与脂批所说的上半部不写而下半部写及正相吻合。】在批"金满箱、银满箱，展眼乞丐人皆谤"时则说："甄玉、贾玉一干人。"又一条说："凡写贾宝玉之文，则正为真（甄）宝玉传影。"故二人遭际可能一样。"送玉"一节，下面再专条讨论。【今按：后四十回第120回写宝玉出家，本章"第三节、七"已讨论：脂砚斋作批时，尚能读见贾宝玉出家后一路乞讨的描写，即脂批所谓的"寒冬噎酸齑、雪夜围破毡"情节，这一节贾宝玉乞讨的文字今本后四十回已经佚失了。后四十回写甄宝玉中举后并未出家，所以他肯定不会有"展眼乞丐人皆谤"的情形出现。当如周先生所言，两人是影子关系，所以脂砚斋批的这句话是在用"偏义"的修辞手法，在写贾宝玉时，

---

① 指探春、李纨、薛宝钗三位代王熙凤管家之人。

一并把他的影子甄宝玉也连带着给写了进去。所以这条脂批只是指贾宝玉乞讨，而未必指甄宝玉要成为乞丐；考虑到甄宝玉是贾宝玉影子这层特殊关系，所以这条脂批与"今本后四十回不写甄宝玉乞讨"其实不相矛盾。】

（11）柳湘莲出家后竟又作了绿林好汉？脂砚在"训有方，保不定日后作强梁"句旁批云："柳湘莲一干人。"按湘莲也是世家子弟，故云"训有方"。【本章"第三节、三、（三）"已论"强梁"乃"健儿"意，第 66 回写到柳湘莲打退抢劫的强盗而救了薛蟠，岂非健儿？所以柳湘莲为"强梁（即健儿）"的情节，前八十回早已写到。而且前八十回的第 66 回回末已交代清楚柳湘莲出了家，肯定不会再在后四十回中入世来做强盗了。所以后四十回不提柳湘莲，这种写法并不违背这条脂批。】

（12）王夫人下令，宝玉搬出园外，大观园众人风流云散。按第七十七回写到王夫人说"暂且挨过今年一年，仍旧给我搬出去心净"，有批云："……王夫人从来未理家务，岂不一木偶哉；且前文隐隐约约已有无限口舌，浸润之谮（原作'漫阔之潜'），原非一日矣，若无此一番更变，不独终无散场之局，且亦大不近乎情理。况此亦是（原作'此'）余旧日目睹亲闻、作者身历之现成文字，非搜造而成者，故迥不与小说之离合悲欢窠臼相对。……"这是贾家败落之前的内部小散局。【这条脂批其实看不出一定是指后四十回的情节。这条脂批无非是说：园中诸人的"大观园"生活最终以王夫人的"查抄大观园"来了结罢了。】

（13）贾家败落。按把这个列为一条本不甚通，因为这是全书总节目，不是一件孤立的小事情。我以为可以分为若干方面来说这节目的主要原因：

（甲）元春死，贾家先失了仗腰子的最要人物。第十八回省亲点戏第二出是"乞巧"，批："长生殿：中伏元妃之死。①"又说明此事为"通部书之大过节大关键"之一，可以消息。此处以元妃比杨妃，甚为奇怪，使人联想到第二十九回宝玉拿宝钗比杨妃怕热，宝钗稀有地"大怒"了，反唇相稽："我倒像杨妃，只是没一个好哥哥、好兄弟，可以作得杨国忠的！"这也正是暗比元妃是杨玉环，而珍、琏、宝玉一辈人中有作得杨国忠的了。其中有无微辞实指？耐人寻味。【画线部分的戏弄之语，其实也读不出一定会有什么微言大意在暗示后四十回中的情节。】

（乙）犯了政治上的重罪。如贾珍为厚葬秦氏，非要用"坏了事"的"亲王老千岁"的棺材板，贾政曾加劝阻无效。脂批："政老有深意存焉。"【笔者《红楼时间人物谜案》"第三章、第一节、一"讨论明白，秦可卿之葬影写的是作者姑姑"平郡王妃"曹佳氏之丧，自然可以睡"老千岁"这一级别的棺材板。作者写此，是想表明秦可卿所影写的"平郡王妃"的"千岁（即王妃）"身份。】

（丙）被贾雨村之累害。这里有重要的曲折，试说一下：雨村是先暴发而后得罪，脂批在"绿纱今又糊在蓬窗上"旁边说："雨村等一干新荣暴发之家。"在"因嫌纱帽小，致使锁枷杠"旁边说："贾赦、雨村一干人。"这一处特别值得注意。为什么单把雨村和贾赦并举呢？这就牵扯着雨村把石呆子诬坐致死，

---

① 笔者按：标点有误，当作：此折子戏"乞巧"在"《长生殿》中。伏元妃之死"。

抄没扇子送贾赦一案，曹雪芹在书中将此事专用特写场面，借平儿到园，支走香菱，大笔郑重说述此事，贾琏微示抗议，打得动不的，并借平儿口骂雨村"饿不死的野杂种""结交了不到十年，惹出了多少事！"含义甚深。更该注意的是第十八回戏目第一出是"豪宴"，批：《一捧雪》：中伏贾家之败。①我们必须了解"一捧雪"原是古玩名，故事的背景乃是从严世蕃为要得王家的"清明上河图"而致祸一事演变而来。我以为这正是暗比贾赦、雨村此等罪恶作为。在第十七回游园中，"又值人来回有雨村处遣人回话"，批："又一紧。故不能终局也。此处渐渐写雨村亲切，正为后文地步，伏脉千里。"这分明说出此时贾家与雨村日相接近，以致后来吃他大亏的来龙去脉。这似乎不是穿凿。

【后四十回第107回在北静王的庇佑下，贾府诸条罪状"惟有倚势强索石呆子古扇一款是实的……今从宽将贾赦发往台站效力赎罪"，点明贾府只有贾赦这桩涉及古玩的罪状是逃不了的，正与前八十回"一捧雪"、《好了歌解》这两条脂批相合，无有矛盾。

而且这古玩之罪是贾雨村主办，贾府抄家时他仍在任上，所以会把这件事的所有责任全都推到贾赦身上来逃脱对自己的追究，即第107回包勇听说府尹贾雨村在贾府被参劾时："主子还叫府尹查明实迹再办。你道他怎么样？他本沾过两府的好处，怕人说他回护一家②，他便狠狠的踢了一脚，所以两府里才到底抄了。"

而第117回写赖、林两家的子弟看到"贾雨村老爷……带着锁子，说要解到三法司衙门里审问去呢。……这位雨村老爷，人也能干，也会钻营，官也不小了，只是贪财。被人家参了个'婪索属员'的几款。如今的万岁爷是最圣明、最仁慈的，独听了一个'贪'字，或因糟蹋了百姓，或因恃势欺良，是极生气的，所以旨意便叫拿问。"正是《好了歌解》"因嫌纱帽小，致使锁枷杠"的写照，而石呆子事又正好和"恃势欺良"语相合。当是贾雨村失势后，"石呆子案"重又被御史提起而加以参究。

所以贾赦与贾雨村两人都因同一桩罪行——石呆子的古董案——拴在了一起，难怪《好了歌解》脂批"贾赦、雨村一干人"要把两人批在一起。总之，后四十回的描写，与上述"一捧雪"、《好了歌解》这两条脂批无有不合。★】

（丁）除去外鬼，还有内祟。我以为贾家致败另一主因是由于凤姐。还得分再小的子目来说：

（子）书中写凤姐对待下人苛毒狠辣处很多，正文屡有特笔表示，不能尽举。此是凤姐一致命处。第十三回写宁府理丧，责打迟误之人，批"那抱愧被打之人，含羞（而）去。"一句，说："又伏下文，非独为阿凤之威势费此一段笔墨。"可见日后不免由被打被撵之仆人身上受报。【笔者《红楼时间人物谜案》"第一章、第三节、第104回"已有论，即：抄家前夕，有贾府家人出面告发，导致贾府被抄，作者并未展开详写是哪些家人上告，只是一笔带过，但其中肯

---

① 笔者按：标点有误，当作：此折子戏"豪宴"在《一捧雪》中。伏贾家之败"。
② 怕人说他和贾家是一家人而包庇贾家。

定会有周先生所说的、第13回那位被打的女仆。】

（丑）放利事发。第十六回写平儿撒谎，瞒贾琏利钱，批云："一段平儿的见识作用，不枉阿凤生平刮目。又伏下多少后文。"【后四十回第105回抄家时，正抄出凤姐放贷罪证，与之吻合。★】

（寅）为偷娶尤二姐事，害死二姐，利用张华，勾结官府，种种耍弄，最后还要将张华置之死地。来旺儿不忍下手，放他走了。此回全回无脂批保存，但分明是一关键。按雪芹结构惯例，后文该有照应，张华不死，必还有回来"销案"的日子。【后四十回第107回写张华再度前来告状，此案在北静王的庇佑下，贾府得以无事结案。后四十回与此前八十回相合。★】

（卯）铁槛寺内弄权，受贿三千金，拆散一段姻缘，致死两条人命。此事后亦发作。脂批："凤姐另住，明明系秦、玉、智能幽事，却是为净虚攒营凤姐大大一件事作引。凤姐恶迹多端莫大于此件者，受赃退婚以致人命。"怎么事发的呢？只因叫来旺儿"找着主文相公，假托贾琏所嘱，修书一封，连夜往长安县来"勾结"节度使"云光。"修书一封"下批："不细。"则此假托的书信便是将来败露的赃证明矣。又有批说："如何消缴（原误'檄'）？造业者不知，自有知者。"凤姐却"自此胆识愈壮，以后有了这样的事，便恣意的作为起来"，批云："阿凤心机胆量，真与雨村是一对乱世之奸雄。后文不必细写其事，则知其平生之作为，回首时无怪乎其惨痛之态！"此处特别表明凤姐与雨村是一对，贾家事败，一内一外，二人为首要人物可知。其结果亦最惨。

【受款关说有权之人，令当事人退婚，致使有情人自尽，好像涉及到了人命官司。但正因为是自尽，所以再怎么追究，也追究不到凤姐头上。作者写此事只是想表达这样的意思：凤姐开始纳贿关说，以后这类不法之事会越来越多。由于曹雪芹在书中统统不写凤姐这类事，等于未埋任何这方面的罪证线索，所以后四十回贾府抄家当与凤姐的这些关说没有什么关系。贾府抄家时凤姐的罪状，应当只有"放高利贷"这一款。

凤姐和贾雨村是作者在书中树立起来的又一对典型：一个是财迷，一个是官迷，所以批语称两人为一对（"阿凤心机胆量真与雨村是一对乱世之奸雄"），但这并不是在说两人都是贾府抄家的罪魁祸首。作者在书中还着力塑造了另一对典型，即宝玉是色迷，凤姐是财迷，第2回"冷子兴演说荣国府"、第3回林黛玉进贾府时，便重点介绍此二人，这便是作者在贾府诸人中只树此二人为典型的体现。

正如宝玉的"色迷"没有导致贾府抄家，所以凤姐的"财迷"也不会导致贾府抄家。像凤姐这种放贷的事，在人间可谓司空见惯，根本不会导致抄家。贾府抄家抄出来的无法掩盖的罪行其实只有一款，即贾赦的"石呆子"案。因此贾府的抄没与凤姐的财迷和关说，其实都没什么大的关系，跟贾雨村的官迷那更是"八竿子打不到一起"而"风马牛不相及"了。

至于第105回凤姐听到自己房内放高利贷的罪证被抄时，为何晕死过去？那不是怕这件事有什么天大的罪行而导致贾府抄家，而是在为自己和贾琏这七八万两的私房钱即将被官府没收，而心疼得晕死过去。】

　　同理，下一回第106回回目虽然标作"王熙凤致祸抱羞惭"，似乎王熙凤在为自己放高利贷导致贾府被抄之祸难过。其实王熙凤不会为此羞惭的，用她自己的话来说："他们虽没有来说我，他必抱怨我。虽说事是外头闹的，我若不贪财，如今也没有我的事①。不但是枉费心计，挣了一辈子的强，如今落在人后头！我只恨用人不当②，恍惚听得那边珍大爷的事，说是强占良民妻子为妾，不从逼死，有个姓张的在里头，你想想还有谁？若是这件事审出来，咱们二爷是脱不了的，我那时怎样见人？我要即时就死。"

　　可见凤姐明白：抄家原本和她放贷没有关系，只不过正好在抄家时，从她房里抄出了放高利贷的证据，这才牵扯上了所谓的"关系"。凤姐自始至终认为自己真正闯的祸不是放贷，而是当年张华告贾琏是自己挑唆出来的。凤姐羞的是两点：一是自己"枉费心计，挣了一辈子的强"，结果赚下的钱全都充了公，成为众人的笑柄（"如今落在人后头"）；二是挑唆人来告发自己的丈夫，万一真被张华告成功了，贾琏便要入狱，"我那时怎样见人？"总之，凤姐"致祸抱羞惭"不在于自己放贷，更不在于关说，而在于钱被没收和挑唆他人来告发自己丈夫，这两者既致祸，又都将被人嘲笑；但这两者其实都和"抄家"没有什么大的关系。】

　　（戊）内部另一腐朽原因为子弟胡为。如说贾珍"把宁国府竟翻了过来，也没有人敢来管他"，批云："伏后文。"第四回一批亦言："此等人家岂必欺霸③方始成名耶？总因子弟不肖，招接匪人，一朝生事，则百计营求，父为子隐，群小迎合，虽暂时不罹祸，而从此放胆，必破家灭族不已，哀哉！"

　　【后四十回正写到贾珍胡作非为（聚赌）导致抄家，见第105回抄家时，作者借薛蝌之口来交代贾珍的罪行："风闻得珍大爷引诱世家子弟赌博，这款还轻；还有一大款是强占良民妻女为妾，因其女不从，凌逼致死。"】

　　（己）亲戚同时失势。第四回门子教导贾雨村："这四家皆连络有亲，一损皆损，一荣皆荣，扶持遮饰，皆有照应的"，批云："早为下半部伏根。"

　　【后四十回写：贾府朝中的两大靠山元妃与王子腾，分别在第95、第96回薨逝，从而拉开"贾王史薛"四大家族快速没落的一幕。即：第101回贾琏说："这如今因海疆的事情，御史参了一本，说是大舅太爷的亏本，本员已故，应着落其弟王子胜、侄王仁赔补"，写王家迅速败落。第107回贾母说："我想起我家向日比这里还强十倍，也是摆了几年虚架子，没有出这样事，已经塌下来了，不消一二年就完了！据你说起来，咱们竟一两年就不能支了？④"写明史家不用抄家便早已败落。而薛蟠出了人命官司要

────────────────

① 此二句程乙本改作："我不放账，也没我的事。"指抄家与我放账无关，但抄家时抄出我放账的证据，便与我有关了。如果我不放账的话，抄家时便抄不到我的罪状而与我无关了。
② 此七字程乙本不详其所指而删去。今按，其当指第69回凤姐让旺儿灭张华之口，旺儿谎称张华已死，凤姐说："你要扯谎，我再使人打听出来敲你的牙！"其实，幸亏旺儿没杀张华，否则凤姐定要入狱受死。
③ 笔者按：欺霸，"欺行霸市"之谓。
④ 指咱们贾府竟然支撑不了一两年。

抵命，第108回贾母道："真真是'六亲同运'：薛家是这样了①，姨太太守着薛蝌过日，为这孩子有良心，他说哥哥在监里尚未结局，不肯娶亲。你那妹妹在大太太那边，也就很苦。琴姑娘为她公公死了尚未满服，梅家尚未娶去。二太太的娘家②舅太爷一死，凤丫头的哥哥也不成人；那二舅太爷也是个小气的，又是官项不清，也是打饥荒；甄家自从抄家以后，别无信息。"后四十回以上这一系列描写，正与第4回的正文、脂批全都吻合。★】

（庚）结果抄家，下狱。抄家是先拿甄家抄家暗示，如第七十四回探春说："你们别忙，自然连你们抄的日子有呢！你们今日早起不曾议论甄家自己家里好好的抄家？果然今真抄了！"批云："奇极！此曰甄家事！"此是"内抄"。又第七十五回"王夫人说甄家因何获罪，如今抄没了家产，回京治罪。"则是"外抄"。贾母听了不自在，叹说且别管人家事，赏月要紧。批云："贾母已看破狐（原误孤）悲兔死：故不改正（原作已），聊来（原作未）自遣（原作遗）耳。"至于下狱事情自然从贾赦的"锁枷杠"就可见了。【后四十回正写到抄家与贾赦入狱，与之完全吻合。★】

（辛）天灾人祸相随。旧批家尝说开端甄士隐一段小荣枯是宝玉一生小影，不无些道理。甄士隐先虽半落，实因遭火而始一败涂地，不然哪得如此干净？第三十九回刘姥姥正"信口开河"，南院马棚里"走了水"。批云："一段为后回作引。"似乎贾家后来也遭回禄，因此才只剩下"白茫茫大地真干净"。

【"回禄"即火灾。今按，此己卯本脂批作："一段为后回作引，然偏于宝玉爱听时截住。"指作者故意用"着火"来打断刘姥姥说的话。然后作者让宝玉请刘姥姥继续往下说这抽柴仙女故事时，贾母又以"才说抽柴草惹出火来了，你还问呢。别说这个了，再说别的罢"，悍然加以打断。所以，下文宝玉只得私下里再来问刘姥姥。宝玉问清那茗玉小姐的故事后，次日便命茗烟去找刘姥姥信口编的故事中的庙。作者借宝玉这一问、一找，描写出贾宝玉那种"只要是女孩子的事情都会加以特别关心"的个性来。这也就是第19回宝玉看到袭人那漂亮的姨妹，晚上便问"今儿那个穿红的是你什么人？"这时己卯本也有夹批："若是见过女儿之后没有一段文字便不是宝玉，亦非《石头记》矣。"此处便堪称是："宝玉若是听过女儿之后没有一段文字便不是宝玉，亦非《石头记》矣。"

批语中所谓的"后回"其实就是"本回下文、本回后半部分"之意，不是指"后面几回"。至于"此批好像在说后四十回，贾府要同甄士隐家一样着火被烧"，则属于周先生一己之臆测，不足为据；如果其猜测为是，则贾府被烧而宝玉出家，便与甄士隐因家被烧而出家一模一样。问题是：曹雪芹笔不犯重，断然不会写出这种"机械式重复"的情节来。】

贾家败落，至少已有脂批所暗示的以上八层原因了。以下再看败落后的收缘结果。

---

① 此六字程乙本改作"薛家是这么着"，其下之文一直到"梅家尚未娶去"全都删去了。
② 此处程乙本补一"大"字。

（14）庭园荒落。第四十五回借老姬口写大宅夜景繁华，批云："此是大宅妙景，不可不写出。又伏下后文。且又趁（衬）出后文之冷落。"

【此是第45回宝钗命令蘅芜苑的婆子送燕窝到潇湘馆，婆子们送到后马上就告辞，这时黛玉表示理解地笑着说："我也知道你们忙。如今天又凉，夜又长，越发该会个夜局，痛赌两场了。"婆子笑答："是的。"于是庚辰本有夹批："几句闲话，将潭潭大宅夜间所有之事描写一尽。虽偌大一园，且值秋冬之夜，岂不寥落哉？今用老姬数语，更写得：每夜深、人定之后，各处灯①光灿烂、人烟簇集，柳陌花②巷之中，或提灯同③酒、或寒月烹茶者，竟仍有络绎，人迹不绝；不但不见寥落，且觉更胜于日间繁华矣。此是大宅妙景，不可不写出。又伏下后文，且又衬出后文之冷落。此闲话中写出，正是不写之写也。脂砚斋评。"最后黛玉还赏了老妈妈几百文酒钱作为小费，可见黛玉为人之善良。

脂批所说的伏后文，便是第73回的贾母查赌事。所说的"衬出后文大观园的冷落"，而后四十回的第102回正写到大观园的极其冷落："从此风声鹤唳，草木皆妖。……以致崇楼高阁，琼馆瑶台，皆为禽兽所栖"，到了要请道士作法除妖的地步。

第45回脂批写大观园秋冬夜深之时尚且人影络绎，胜于日间繁华；而后四十回上引之文写的却是大观园连白天都有禽兽出没、草木皆妖，到了需要降妖除魔的地步；这岂非和脂批所说的"衬出后文之冷落"正相吻合？★】

（15）贫穷无饭。可有二证：

（甲）大家无饭吃。第七十五回写众人侍奉贾母吃饭，取米饭已无余，"如今都是可着头做帽子了"，批云："总伏下文。"

【这肯定也是周先生误会了。这是第75回的情节，写贾母吃了半碗"红稻米粥"，便吩咐："将这粥送给凤哥儿吃去。"这也不是说贾府穷到半碗粥都舍不得丢弃，乃是因为古人认为：浪费粮食当遭天谴！所以贾母要把剩下的粥（或饭菜）给最亲密的人吃，这是被赐者的无上荣光。

贾母命尤氏一起来吃饭，探春、薛宝琴正好吃完告退，尤氏这时说："剩我一个人，大排桌的吃不惯。"贾母于是叫鸳鸯、琥珀、银蝶这三个大丫环一起上桌面来吃。这时贾母"见伺候添饭的人手内捧着一碗下人的米饭，尤氏吃的仍是白粳米饭④，贾母问道：'你怎么昏了，盛这个饭来给你奶奶？⑤'"那人回说："老太太的饭吃完了⑥。今日添了一位姑娘，所以短了些。"

---

① 此字原无，据意径补。
② 花，原误"之"，据意径改。柳陌花巷，即"柳巷花街"，古人喻指妓院或妓院聚集之处。
③ 同，会合、聚焦。同酒，一同喝酒。
④ 此可证主子吃饭时，下人要另捧一碗饭站在其身后，以免主子要添饭。
⑤ 此证明主子尤氏吃的白粳米饭当是下人吃的米饭。
⑥ 指原本当给尤氏吃贾母吃的那种好米做成的饭，可惜现在贾母吃的那种好米做成的饭已经没有了。

　　鸳鸯道："如今都是可着头做帽子了，要一点儿富余也不能的。"王夫人忙出来打圆场解释说："这一二年旱涝不定，田上的米都不能按数交的。这几样细米更艰难了，所以都可①着吃的多少关②去，生恐一时短了，买的不顺口。"

　　鸳鸯说："既这然，就去把三姑娘的饭拿来添也是一样③，就这样笨。"尤氏笑道："我这个就够了，也不用取去。"鸳鸯说道："你够了，我不会吃的。④"底下的媳妇们听说，方忙着取去了。

　　这时庚辰本有夹批："总伏下文。"那伏的是什么情节呢？是不是像上引周汝昌先生猜测的那样，伏的是贾府将来没饭吃而要讨饭？贾府真会落到周先生说的那种要讨饭的地步吗？

　　我不赞同周先生的看法，因为上述情节实在看不出贾府现在缺米、而预示将来缺米，也看不出脂批有"贾府将来穷到没饭吃"的暗示在内。上述情节只是在写：给贾母等家主们吃的上好米饭是定量做的，由于添了尤氏这位主子，那好米做成的饭便不够吃了。尤氏于是说：就吃一般下人的米就行了。而鸳鸯说：自己是不会吃那种下人吃的米，一定要吃那好米做成的饭。于是命令把准备给探春等人添饭用的好米做的饭拿过来，并没有写到贾府没饭吃。（这一细节也写出贾母大丫环鸳鸯的养尊处优，一切用度都和主子平起平坐；同时也写出鸳鸯个性上的骄横恣肆，不如尤氏那般知趣、谦抑。）

　　总之，这一情节绝对不是在说贾府缺米，脂批根本就没有暗示后来贾府要乞讨的想法在内。这一情节所伏的下文当是指：后四十回探春出嫁后，宁国府抄了家，贾母安排尤氏住在惜春居所的隔壁，见第 106 回："此时宁国府入官，……这里贾母命人将车接了尤氏婆媳过来。……贾母指出房子一所居住，就在惜春所住的间壁，……<u>一应饮食起居在大厨房内分送，衣裙什物又是贾母送去，零星需用亦在账房内开销，俱照荣府每人月例之数。</u>"据笔者《宁荣府大观园图考》"第二章、第一节、二、（2）"与"第三章、第五节、七、（5）、●又后四十回之第 105 回贾赦院抄家后"的考证，探春远嫁后，尤氏住的就是惜春隔壁的探春之屋，开销用的就是探春不用的月例钱，吃的便是大厨房送来的探春那份不吃的饭。今将其考证要点总拎如下：

　　第 7 回周瑞送宫花时交代："迎、探、惜三人移到王夫人这边房后三间小抱厦内居住，令李纨陪伴照管。"可见迎、探、惜姐妹三人住在一起。从大到小排的话，探春便住在中间而与惜春为邻，贾母让尤氏住在惜春隔壁，等于写明尤氏住的就是探春房。

---

① 可，正好，恰好。指做的饭不多不少，正好够吃。
② 关，领取、发放。
③ 指为探春准备了两小碗饭，一碗供探春吃，一碗由丫环捧着供添饭用。可以用那没吃过的供添饭用的饭给尤氏吃。
④ 此又写出鸳鸯的骄纵和作威作福，难怪不得好死。

第102回写到探春远嫁（"探春放心辞别众人，竟上轿登程，水舟车陆而去"），探春那份月例钱便没人用了。现在尤氏住探春房，贾母又命大厨房送饭、账房送月例钱给尤氏（见上引画线部分）；作者虽然没有明说，但我们也可以想见：应该是把远嫁后探春的那份饭菜和月例钱给了尤氏。

因此第75回，作者特地写明是把探春的饭给尤氏吃，影射的正是将来尤氏抄家后要住探春的房、吃探春的饭、用探春的钱。所以后四十回的这一情节，反倒与此条脂批所说的"总伏下文"完全吻合。曹雪芹《红楼梦》这部书中，情节上前后照应的创作心思达到如此缜密的地步，真令人叹为观止！★】

（乙）宝玉变成叫花子一样。可分三段演变看：

（子）第五十二回写宝玉将出门时一大段声势气派，前呼后拥，批云："总为后文伏线。"

（丑）第四十八回借薛蟠事说他："二则他出去了，左右没了助兴的人，又没有倚仗的人，到了外头，谁还怕谁？有了的吃，没了的饿着，举眼无靠，他见这样，只怕比在家里省了事，也未可知。"批云："作书者曾吃此亏，批书者亦曾吃此亏，故特于此注明。"

（寅）第十九回批："以此一句（按指'袭人见总无可吃之物'）留与下部后数十回'寒冬噎酸斋，雪夜围破毡'等处对看。"我以为这无异一幅"花子图"，所谓"展眼乞丐人皆谤"是矣。

【周先生认为宝玉最后要成乞丐。而后四十回写宝玉出家后，随一僧一道云游，自然是沿路乞讨的乞丐生涯，本章"第三节、七"已论今本后四十回失此"寒冬噎酸斋、雪夜围破毡"情节，故宝玉如何乞讨的详情便不得而知了，但绝对不会像周先生这儿所讨论的那种一大群叫花子前呼后拥的模样。至于"（丑）"，我们实在也看不出周先生所论的：脂批是在暗示乞讨；这应当属于周先生自己的臆断，可以置之不辩。至于"（子）"则详析如下：

第52回的情节实为宝玉出去时，"见一个小厮带着二三十个拿扫帚簸箕的人进来，见了宝玉，都顺墙垂手立住，独那为首的小厮打千儿，请了一个安。宝玉不识名姓，只微笑点了点头儿。马已过去。"这时庚辰本有夹批："总为后文伏线。"可见批的并非是前呼后拥的情节，而是扫地人的领班向宝玉打招呼这件事。

批者知道作者笔底从来都没有一句闲文，现在写此人，将来必定会有番作用，所以批下"总为后文伏线"的话来。至于有何作用，则正如"寒冬噎酸斋、雪夜围破毡"之回已失，则此人如何发挥作用的情节，恐怕也就在那失去的某一回中而无法考知了。因此，今本后四十回中没有这一情节也不足为怪。更何况此乃小节，无关大局，所以不能据此细小情节的不存在，便判定今本后四十回不是脂砚斋所读到的曹雪芹原稿。

而且我们认为：周先生认为这条脂批其实是批下文"宝玉将出门时一

大段声势气派，前呼后拥"的场面："于是出了角门，门外又有李贵等六人的小厮并几个马夫，早预备下十来匹马专候。一出了角门，李贵等都各上了马，前引傍围的一阵烟去了，不在话下"，这倒是非常有见地的！

这段引文是说宝玉出了这角门后，门外又有李贵等人的奴仆、马夫在等候。因此，这条脂批所谓的"为后文伏线"，便当是指后四十回中的第106回，家人们向贾政解释"花名册"上的仆人名单时所说的话："众人回道：'……老爷打量册上没有名字的就只有这个人？不知一个人手下亲戚们也有好几个，①奴才还有奴才呢。'贾政道：'这还了得！'"两者相距51回，正可谓"千里伏线"。★

所以我们怀疑：庚辰本"总为后文伏线"的夹批批的是下文"李贵等六人的小厮并几个马夫"这段情节，抄书时误把批语作为夹批抄在了"独那为首的小厮打千儿"情节后。】

（16）贾家"树倒猢狲散"。也有三证：

（甲）第二十二回批云："使此人（探春）不远去，将来事败，诸子孙不至流散也。"

（乙）第四十六回鸳鸯说："这如今因都大了，各自干各自的去了"，批云："此语已可伤，犹未各自干各自去，后日更有各自之处也，知之乎？"

（丙）第七十五回赏月贾母嫌人少，批云："未饮先感人丁，总是将散之兆。"【后四十回正写到抄家后，贾府家人全都逃走的"家亡人散"的局面，本书"第二章、第五节、一、（一）、（3）"有论，与此脂批正相吻合。★】

（17）大概贾家子孙，只有贾兰、贾菌、贾芸等人还未流为贫丐。"昨日破袄寒，今嫌紫蟒长"旁批："贾兰、贾菌一干人。"第二十四回批贾芸："孝子可敬。此人后来荣府事败，必有番作为。"

【后四十回正写到贾兰中举，走上仕途。贾菌是其志同道合之人，所以脂批批贾兰时一并将其提及，这也并不意味着后四十回真要写贾菌中举而走上仕途；正如上文（10）论明：明明只有贾宝玉一人乞讨，但由于甄宝玉是他的影子，"物以类聚，人以群分"，批者批贾宝玉乞讨时，一并把他的影子甄宝玉也给写上了，此处也是批贾兰高中时，把与他相类似的贾菌一同言及，并不意味着后四十回真要去写贾菌高中。这用的是"偏义"的修辞手法，以主带宾，宾不犯主。

贾菌是贾兰的志同道合之人，可见第9回："贾菌亦系荣府近派的重孙，其母亦少寡，独守着贾菌，这贾菌与贾兰最好，所以二人同桌而坐。谁知贾菌年纪虽小，志气最大，极是淘气不怕人的。"这都是作者曹雪芹在赞扬：母能守寡，则其子必有出息；而失节改嫁之母，祖宗不佑，其子罕有发达。】

【至于贾芸孝子之批，见第24回"贾芸恐他母亲生气，便不说起卜世仁的事来"，庚辰本有侧批："孝子。可敬。此人后来荣府事败，必有一番作为。"其用"必"字，即"想必"，则未必实有其事，此批很可能是脂砚

---

① 此句程乙本妄改："老爷只打量着册子上有这个名字就只有这一个人呢，不知道一个人手底下亲戚们也有好几个。"

斋根据第 24 回贾芸孝敬母亲的行为而做的主观猜测,未必符合后四十回的情节。

而且贾兰、贾菌之母守节不改嫁而其子有出息,贾芸母也守节不改嫁,故脂砚斋很自然地就会认为:贾芸也当像贾兰、贾菌那样有出息而为善人,这是本着作者曹雪芹《红楼梦》全书"福善祸淫"之旨所作的猜测。(按:"万恶淫为首",守寡不失节便是不淫而为万善之源,故上天要赐以福报。)

又这一主观猜测应当还源自本章"第三节、五"所讨论的,贾芸情人红玉的名字出现在全书"一百二十回"回目"狱神庙茜雪慰宝玉、□□□红玉□□"中。茜雪受袭人排挤而被逐出怡红院(即第 8 回"枫露茶"事),而红玉同样也是被晴雯等人排挤而主动调离怡红院(即第 27 回红玉答应凤姐到她身边"学些眉眼高低"),两人命运相似。茜雪救助宝玉("慰宝玉"),则红玉当亦然。因此,回目中的"茜雪慰宝玉",便会给人以处境与茜雪相似的红玉也会救助宝玉的印象。于是脂砚斋或畸笏叟等人便会根据这一由回目而得来的主观感受,猜测红玉的情人贾芸应当在荣府事败后有一番正面的作为。

今本后四十回没有写到这一情节,或者在已佚诸回中,或者就是脂砚斋、畸笏叟等人的主观臆测而并不符合事实。所以不足以据此来认定"今本后四十回中第 118 回对贾芸所作的参与卖巧姐的不堪描写与脂批不合、当非曹雪芹原稿"的结论。】

(18)凤姐早死。原因不外三者,而三者是不可分的:

(甲)恶迹一齐败露,已见上述。内中如假托书信,后来必累贾琏。

(乙)夫妻为仇。第二十一回写贾琏平儿互抢多浑虫老婆的头发表记,批云:"妙!设使平儿收了,再不致泄漏。故仍用贾琏抢回,后文遗失,方能穿插过脉也。"这已是反目的祸根,但还只是引线,主要则还在害死尤二姐一事,为贾琏最寒心、最怀恨。要看第六十九回写贾琏"只叫:奶奶死的不明,都是我坑了你!"贾蓉解劝,并"向南指大观园的界墙,贾琏会意,只悄悄跌脚说:我忽略了。终究对出来,我替你报仇!"同时另一面凤姐也"往大观园中来,绕过群山,至北界墙根下往听,隐隐绰绰听了一言半语,回来又回贾母说:如此这般。贾母道:信他胡说!"这便是将来贾琏报复的伏线。

第二十一回前批:"按此回之文固妙,然未见后之三十回,犹不见此之妙。此曰'娇嗔箴宝玉,软语救贾琏',后曰'薛宝钗借词含讽谏,王熙凤知命强英雄';今只从二婢说起,后则直指其主。……'救'与'强'无别也。甚矣,——今因平儿"救",此日阿凤英气何如是也?他日之'强',何身微运蹇,展眼何如彼耶?人世之变迁,如此光阴。……今日写平儿,后文写阿凤,文是一样情理,景况光阴,事却天壤矣。"这很好懂:阿凤英雄时,贾琏伏贴在地,要靠平儿之救,阿凤事败后,虽在贾琏面前"强"也强不上来,只得听其报复。所谓种种"回首时惨痛之态"[①],可以想见了。凤姐大庆寿时也批:"纯写阿凤,以衬后文。""衬"者,以此时全盛衬托后文至惨。

---

① 笔者按:见上文(13)之(卯)。

【上一节讨论俞平伯先生见解之"所叙情事、（8）"时，已详论头发引不起大的风波。贾琏口中说要报仇，只是安慰尤二姐亡灵的主观愿望，说说而已。更何况尤二姐死于秋桐之口，死于尤二姐自己之手（指尤二姐本人吞金自杀），与凤姐没有直接的关系，贾琏想报复也无从报复。更何况，第72回凤姐借想为尤二姐上坟事，表现出自己不忘尤二姐的旧情，以此收买到了贾琏之心，令贾琏大为感动，完全打消了他要报复凤姐的念头①。

第21回回前批，本章"第一节、二"已有详论，不是说贾琏要报复凤姐，而是说第110回凤姐在贾母丧事中"强逞英雄"，但因"巧妇难为无米之炊"而逞强逞不起来，最终吐血而晕死在地。根本就不是说凤姐和贾琏争斗之事。

至于第43回"纯写阿凤，以衬后文"，批的也不是贾琏和凤姐的关系，而是本书"第二章、第一节、一"所要讨论的赵姨娘出钱之事。前八十回的脂批居然和后四十回的正文相合，这也是证明"今本后十回就是脂砚斋所读到的曹雪芹原稿"的力证。★】

（丙）因病。第四十四回写贾琏向凤姐陪礼，见其"黄黄的脸儿"，不施脂粉，批云："大奇大妙之文！此一句便伏下病根了。"第四十三回尤氏说她："使不了明儿带了棺材里使去"，批云："此言不假，伏下后文短命。"【后四十回第114回正写凤姐因病而26岁便短命早夭，与脂批完全吻合。★】

（19）凤姐也"证道"？既是短命，怎么又证道呢？但有一条批语明言："毕竟雨村还是俗跟，只能识得阿凤、宝玉、黛玉等未觉之先，却不识得既证之后。"这还可能是泛语。最可注意的是"叔嫂逢五鬼"僧道来救时，批云："僧因凤姐，道因宝玉，一丝不乱。"这怎么讲呢？大概凤姐临死，和尚曾又出现。【正如周先生所言，脂砚斋这都是泛泛而言，未必指实，并不是在批后四十回有凤姐证道的情节。宝玉与凤姐是书中的一对活宝，一个是"色迷"的典型，一个是"财迷"的典型，"僧因凤姐，道因宝玉"，说的便是第25回一僧一道共同前来救助这一对受迷的活宝，不是说凤姐逝世时和尚又出现，本书"第二章、第五节、二、（三）、（2）"有论。】

（20）刘姥姥三进荣国府，巧姐得到归宿。此亦即全书之正归宿。刘姥姥初进时即批："且伏二进（原作'递'）三进，及巧姐之归着。"又巧姐不要柚子而要佛手时，批云："小儿常情，遂成千里伏线。"这固然也许是"由细物决定终身"，说明巧姐后与板儿为婚，但也有暗示巧姐自脱旧缘、别得接引的一层意思。初出王狗儿时说"因与荣府略有些瓜葛"，批云："略有些瓜葛——是数十回后之正脉也。真千里伏线。"

---

① 即第72回："凤姐听了，又自笑起来，'不是我着急，你说的话戳人的心。我因为我想着后日是尤二姐的周年，我们好了一场，虽不能别的，到底给她上个坟烧张纸，也是姊妹一场。她虽没留下个男女，也要'前人撒土——迷了后人的眼'才是。'一语倒把贾琏说没了话，低头打算了半晌，方道：'难为你想的周全，我竟忘了。既是后日才用，若明日得了这个，你随便使多少就是了。'"画线部分是指：尤二姐虽然没有后代，我们也要去为她烧几张纸钱，以此来遮盖一下外人的眼，看到坟前有你贾琏烧化的痕迹，知道你仍然旧情不忘而年年来祭奠她。

【后四十回正写到刘姥姥"三进"乃至"四进、五进",详本书"第二章、第四节、二、(四)、(5)"有论,与脂批相合。★

巧姐要佛手,批者"似乎"在说她和板儿将来会成亲,这也只是一种有可能的理解。其实"佛手"是指点迷津用的,这就未必不是在指第118回刘姥姥为王夫人等人指点迷津,想出"掉包计"来救走巧姐和平儿。而且大姐儿是用"香橼(香缘)"来交换佛手,其中的佛法含义更令人深思。

今按:第41回奶子抱了大姐儿来,手中抱着柚子,"忽见板儿抱着一个佛手,便也要佛手。"庚辰本夹批:"小儿常情,遂成千里伏线。"众人把柚子给板儿,换了佛手给巧姐。蒙王府本批侧:"伏线千里。"板儿看到柚子可以当球踢着玩,所以也就不要佛手了。这时庚辰本又夹批:"柚子即今香团之属也,应与'缘'通。佛手者,正指迷津者也。以小儿之戏,暗透前后通部脉络,隐隐约约,毫无一丝漏泄,岂独为刘姥姥之俚言博笑而有此一大回文字哉?"

柚子即香橼,谐"香缘",此处当指美好姻缘,而不指与佛门的香有缘。作者通过巧姐拿象征良缘的"香缘"①,来换那指点迷津用的"佛手",点明作者撰写全书《红楼梦》的大旨,便是要用佛法来指点迷津,为儿女情长者指明"色空、情空、欲空之旨"而归入佛法。】

(21)葫芦僧重现,归结全案。在雨村"到底寻了个不是,远远地充发了才罢"时即批:"又伏下千里伏线。起用'葫芦'字样,收用'葫芦'字样。"

【后四十回第103回贾雨村与甄士隐重逢时,甄士隐说:"'葫芦'尚可安身,何必名山结舍?"这便是在照应开头第一回贾雨村寄居葫芦庙的情节。上引脂批"收用'葫芦'字样"所批之事,就是第103回甄士隐说的这句话★!而不像周先生猜测的那样:葫芦僧最后又要出来报复贾雨村。】

(22)收用中秋诗。雨村作玩月诗时即批:"用中秋诗起,用中秋诗收。"【这一点笔者《红楼时间人物谜案》"第三章、第二节、四、(2)"有论,并不涉及后四十回的情节。】

(23)甄宝玉与贾宝玉出家的关系。第十八回戏目第三出是"仙缘",批云:"《邯郸梦》:中伏甄宝玉送玉。②"按"仙缘"大概即是汤显祖《邯郸记》里末一折的"合仙",而昆曲戏里通常标为"仙缘",讹作"仙圆"的。剧情是八仙会集,点度"痴人"卢生。可见这是暗示宝玉出家的事,有人来相牵引。所以我想也许是甄宝玉后来来找贾宝玉,真假会合,这才"悬崖撒手"的?总之"送玉"是送宝玉出家。这和通灵玉"误窃","凤姐扫雪拾玉"一节本是两回事,并不是像俞平伯先生所说的送玉、拾玉为两个"可能"、而且哪一个"对一点"和"不对一点"的问题。附带两句话,宝玉庆寿,芳官唱的"翠凤翎毛③扎帚叉"一曲《赏花时》,即是《邯郸记》"度世"折里的。"凤姐扫雪",躬亲贱役,恐也是"惨痛之态"的一面吧?【这一点本章"第三节、六"已有论述。元妃所

---

① 香缘,即香橼、香圆。
② 笔者按:标点有误,当作:此折子戏"仙缘"在"《邯郸梦》中。伏甄宝玉送玉"。
③ 笔者按:二字当据原书倒作"毛翎"。

点戏名"仙缘"，正见于第 116 回回目"得通灵幻境悟仙缘"中，这正是后四十回与前八十回正文乃至脂批相吻合的显例★。又"误窃"与"凤姐扫雪"事是前八十回初稿中的情节，在今天所见到的前八十回第五稿定稿中已被曹雪芹删除，详本章"第三节、一"有论。】

（24）出家与"情榜"的关系。情榜事在出家以后，因为有一条脂批慨叹宝玉虽然悬崖撒手，到底"跳不出情榜"去。这不但关系着情节次序，也可略见曹雪芹对"情"和"不情"的矛盾处理方法，而还是情战胜过无情的，因为如若不然，既出了家一切放下，全书便可戛然而止，何用还挂起"情"榜？"情"指看待事物人生的态度，好比人生观，不是狭义俗文。

【周先生所举"跳不出情榜"这条脂批，即第 22 回宝玉自感比不上黛玉、宝钗颖悟，从而放弃参禅悟道的努力，说出"我如今何必自寻苦恼"的话来，这时庚辰本眉批："此回用若许曲折，仍用老庄引出一偈来，再续一《寄生草》，<u>可为大觉大悟矣。以之上承果位，以后无书可作矣</u>。却又作黛玉一问机锋，又续偈言二句，并用宝钗讲五祖、六祖问答二实偈子，使宝玉无言可答，<u>仍将一大善知识，始终跌不出'警幻幻榜'中，作下回若干书</u>。"

这是说：第 22 回宝玉所作的偈语和填的《寄生草》曲词，表明他明明已经悟道，但宝玉若悟了道而往上接续了"阿罗汉"的果位（"可为大觉大悟矣。以之上承果位"），便没有这部和黛玉谈情说爱的故事书出来了（"以后无书可作矣"），所以作者曹雪芹故意要让黛玉、宝钗把他驳倒，仍要把贾宝玉这个本已悟道的"大善知识"跌落到"警幻情榜"中[①]，成为多情多欲而未觉悟之人（"仍将一大善知识，始终跌不出'警幻幻榜'中"），只有这样，才会有此回之后的 98 回文字（"作下回若干书"），一直要到第 120回才让他再度证悟出家。

所以"仍将一大善知识，始终跌不出'警幻幻榜'中"这条脂批，绝对不是说宝玉出家后仍跳不出"情榜"（即跳不出迷人的情欲圈子）。而是说他在第 22 回参禅悟道后，由于被黛玉打败而放弃大觉大悟的努力，所以仍然落在"情榜"中，从而下来有 97 回的荒唐情事被作者写出，从而仍能被第 120 回的"情榜"，评到他这个出家人出家之前共 119 回书的荒唐情事，而把他的名字写入"情榜"。所以全书把放"情榜"这件事写在宝玉出家之后，并不意味着宝玉出家后还未跳出"情"字。

"情榜"应当是全书最后一回的最后一页，今本后四十回已失此情节。关于"情榜"上宝玉的评语"情不情"的含义和旨趣，本章"第三节、八"已有详论。】

上面排列，事情竟不算少。若只把这些容纳在二三十回书里，也就相当充实了，何况这是"存什一于千百"。重要的问题是我们从这些里面能看出些什么呢？

第一，第八十回王夫人说："我正要这两日接她（迎春）去，只因七事八事

---

① 跌不出，即跌落到……当中去。

的都不遂心",批说:"草蛇灰线,后文方不突然。"正可见八十回后恰是激转"突"变,诸事俱发,不容措手的紧张文字;它是不可能还有闲心去写什么"占旺相四美钓游鱼",更不可能硬让宝玉向封建主义投降而去写什么"奉严词两番入家塾"的。由此一点也可见高鹗续书的结构,不但整个与曹雪芹原意很少符合,即八十一回一下手的手法,也是十分违背原书情节的发展规律的。

原来,按照曹雪芹的用意与写法,在前八十回书中他把一切伏线和准备都已布置停妥,文笔蓄势,到八十回末已是如同宝弓拉满,劲矢在弦,明缓暗紧的气氛,正所谓"山雨欲来风满楼""万木无声待雨来",倾盆暴雨的即将到来,已然为各种"警号"所昭告。第八十一回一揭开,便到了全书另换一副异样笔墨的关纽筋节,——而高鹗,这位才子,对这些全然不管,他所另起新接的,却是无比啴缓、异样无聊的"闲适""雍容"的"文章"!这个人,可以用一句话来形容他,真是"别具肺肠"。【周先生此番结论仍属一己之观感,不能用来证明今本第 81 回对后四十回与前八十回所作的衔接有欠吻合。本书"第二章、第一节、三"便有意要讨论第 81 回开头与前八十回末尾的妙合无垠。】

● 附:对周汝昌先生《红楼梦原本是多少回?》的驳正(【 】内是我的辨析)

俞平伯先生《红楼梦研究·后三十回的红楼梦》一文的第 140 页,依据第 21 回的回前批得出自己的认识:"这是后半部一共三十回的明证",从而得出《红楼梦》全书仅一百十回的结论。

而周汝昌先生《红楼梦的真故事》第 270 页有专文《红楼梦原本是多少回?》。其在文章一开头便"开宗明义"地说:"新的思路,一经探研,很快便得到了新的答案。《红楼梦》当然不是像程、高所搞成的伪'全璧'那样,是'一百二十回';但也不是像脂砚斋批语字面上所称的'百回'或'百十回'。《红楼梦》,按照曹雪芹的原著,本来应当是一百零八回的书文。"下来便摆其论据:

《红楼梦》原本的回数问题,在乾、嘉之际就传闻异词了。例如,"己酉本"舒序中就提到《红楼梦》章回是"秦关百二"之数(对于这句话毕竟应如何确解?我至今不敢下断语)。那还是乾隆五十四年的事。【此是乾隆五十四年己酉岁(1789)的人舒元炜说《红楼梦》是 120 回,周先生居然硬说当作别解,但又说不出当作什么样的别解,显然有"强词夺理"之嫌了。】

又如,后来裕瑞作《枣窗闲笔》,说什么:"《红楼梦》一书,曹雪芹虽有志于作百二十回,书未告成即逝矣。"你看,这是乾隆三十六年生人、其"前辈姻戚有与之(雪芹)交好者"的宗室裕瑞讲的,该信得过吧?——可不然,这位先生骗人不负责任的话多着呢!我在新、旧版《红楼梦新证》里都粗举过一些例子,足见一斑。据他讲,曹雪芹"有志于"作一百二十回,作到"九十回"就"逝矣"了。要信了他这种胡言乱语,就被他骗苦了[注]。

【裕瑞《枣窗闲笔》是说曹雪芹写到第 80 回逝世,并未说写到第 90

回才逝世。但由于裕瑞这篇跋文的题目写成了"程伟元《续红楼梦》自九十回至百二十回书后"，即他这篇跋文正好是在程高本《红楼梦》的第 90 至第 120 回那一册末尾作的跋，于是便给周汝昌先生"裕瑞说的是前九十回乃曹子原著，而后三十回曹子未及写完便逝世"的感觉来。

今按裕瑞此"程伟元《续红楼梦》自九十回至百二十回书后"言："《红楼梦》一书，曹雪芹虽有志于作百二十回，书未告成即逝矣。诸家所藏抄八十回书、及八十回书后之目录，率大同小异者，盖因雪芹改《风月宝鉴》数次，始成此书，抄家各于其所改前后第几次者、分得不同，故今所藏诸稿本未能画一耳。此书由来非世间完物也，而伟元臆见，谓世间当必有全本者在，无处不留心搜求，遂有闻故生心、思谋利者，伪续四十回，同原八十回抄成一部，用以绐人。伟元遂获赝鼎于鼓担，竟是百二十回全装者①，不能鉴别燕石之假，谬称连城之珍，高鹗又从而刻之，致令《红楼梦》如《庄子》内外篇，真伪永难辨矣。不然②，即是明明伪续本，程高汇而刻之，作序声明原尾，故悉③捏造以欺人者。斯二端④无处可考，但细审后四十回，断非与前一色笔墨者，其为补著无疑。"

可见曹雪芹写定前八十回，而后四十回则只有回目而无正文流传。但根据小说创作的规律，正文写完后方能提炼出回目，所以，后四十回有回目，也就意味着后四十回的正文必定早已写完，只是没有来得及定稿罢了。这便可证明周汝昌先生所说的："裕瑞说曹雪芹只完成了前九十回，后三十回还没有来得及写完"完全是周先生自己的误会。】

【上引文字："《红楼梦》一书，曹雪芹虽有志于作百二十回，书未告成即逝矣。诸家所藏抄八十回书及八十回书后之目录，率大同小异者。"这是乾隆三十六年出生的、有亲戚与曹雪芹相交好的裕瑞说《红楼梦》有 120 回，并且他还亲自看到过这 120 回的目录，只不过前八十回既有目录又有正文，而后四十回的目录则抄在前八十回目录后，目录后的正文只抄到第 80 回为止，后四十回属于有目而无文。即：作者曹雪芹让人抄了全书 120 回的目录，但正文只让人抄到第 80 回为止。

裕瑞"《红楼梦》有一百二十回"的说法，拥有舒序和程伟元序这两者作为旁证，当属可信。可是这话如果成了真，周先生这篇号称《红楼梦》原本仅 108 回的文章还怎么立足于世？于是周先生便要"千方百计"地说：凡是清人称《红楼梦》有 120 回者，统统不可信！

于是周先生只能硬着头皮、硬着嘴巴，顽固地说裕瑞这个人擅长骗人，

---

① 据程高二人之序，鼓担上仅得二十几回，非是后四十回全稿，更非百二十回全书。
② 如果不是前面那种受骗情形，便是下面这种情况——程高二人自己伪续来欺世牟利。
③ 故，故意。悉，全都是。
④ 指后四十回究竟是程高二人收集到了伪稿，还是自己续的伪稿，这两者已无法考明了。"我"裕瑞只是感觉后四十回与前八十回不像是一个人写的东西，应当是他人补续。即裕瑞是凭自己的主观感觉而定后四十回伪续。不要忘了，裕瑞同时代及至现代，还有大批人主观感觉后四十回与前八十回是同一人所写，则我们依据阅读者的主观感觉来定后四十回的真伪，这显然就是缺乏客观根据的主观臆断而不足采信。

不可信；又厚着脸皮、磨破嘴皮，说舒序有待别解、但又说不出当如何别解；更又老着脸皮、信口开合，说程伟元也是欺哄世人。总之，清人凡是说《红楼梦》120 回者，在他嘴里统统不可信，就他这位现代人说的"《红楼梦》是 108 回"反倒可信，有是理乎?

须知裕瑞《枣窗闲笔》中说曹雪芹"其先人曾为江宁织造，颇裕，又与平郡王府姻戚往来"，与曹雪芹的家世全都吻合；则裕瑞说曹雪芹"其叔脂研斋"，又说："闻前辈姻戚有与之交好者。其人（曹雪芹）身胖、头广而色黑，善谈吐，风雅游戏，触境生春。闻其奇谈，娓娓然令人终日不倦，是以其书绝妙尽致"①，也都应当属于可信。因此裕瑞所说的"《红楼梦》有 120 回"，便不可以凭周先生的一面之词加以否定。】

再有呢？当然就不能不举程伟元了，他说："既有百二十卷之目，岂无全璧？"这种话，往好里说，可以解释为当时确曾有一种传闻，认为芹书还有"四十回"，并且有人"见"过目录云云，于是程、高二人正是钻了这个传闻的空子；往坏里说，多半就是程、高造的谣，先把假回目散布开去，为给伪续造舆论、作"根据"。【这是乾隆五十六年程伟元在《红楼梦序》中说的话。周先生也轻描淡写地用自己三句两句主观臆测的话给全盘否决，未免太过于武断。】

所以，所有这些，丝毫也不能证明芹书原著是一百二十回，换言之：伪的才是一百二十回，真的本来不是一百二十回。

交代过了这些，可以更清爽地看待脂砚斋的话，免却许多纠缠，——因为正是裕瑞这等人也自称"见"过脂批本的呢！

下来周先生所举的便是本章"第一节"所讨论过的第 3、21、42 回三条脂批，得出《红楼梦》是一百十回。而我们早已全部加以驳倒，而且还能根据这三条脂批证明《红楼梦》全书是一百二十回，今本后四十回与脂砚斋所见者相一致"。则被周先生武断为妄说的舒元炜序、裕瑞跋、程伟元序这三家所说的"《红楼梦》全书一百二十回"恰恰全都是真话；而俞平伯先生所主张的"一百十回"说、周先生修正出来的"一百零八回"说，便全都可以驳倒。

下来第 273 页周先生所得出的"一百零八回说"便是："原来，按照雪芹本意：全书结构设计，非常严整，回目进展，情节演变，布置安排，称量分配，至为精密。他是将全书分为十二个段落，每个段落都是九回。"其所谓的"每九回一段"，纯属周先生自己的主观臆测、自娱自乐，不足采信，也无人信从。

该文文末周先生特地对一句话②就可以把他上述所有立论全都一笔勾销、完全驳倒的裕瑞《枣窗闲笔》"百廿回说"，做了条长注来强辞夺理：

---

① 以上引文均见《枣窗闲笔》之《后红楼梦》书后"。
② 指舒元炜、裕瑞、程伟元三家所共同声称的"他们看到过曹雪芹亲拟的《红楼梦》百廿回目录"这句话。

[注]《闲笔》的最难解处，即裕瑞的最不通处，莫过于硬说有"诸家所藏抄本八十回书及八十回书后之目录，率大同小异者，……"然而又说："余曾于程、高二人未刻《红楼梦》版之前见抄本一部，……八十回书后唯有目录，未有书文，目录有'大观园抄家'诸条，与刻本后四十回'四美钓鱼'等目录迥然不同。"这怪极了！裕瑞独不曾说他所见抄本及"诸家所藏"各抄本的"八十回书后目录"的数目与程、高本有何"不同"，这适足证明他意中的"书后目录"还是"四十回"。假使如此，则他说"曹雪芹有志于作百二十回"岂不是对了？无奈脂批中很多证据彻底否定了芹书原为"百二十回"的任何可能性。那末，"四十回"的"目录"哪里来的？如果解释为：此项曾经流传的目录即是程、高本之目录，也讲不通，因为裕瑞已说二者"迥然不同"。如果说他真的目见了这种"四十回"的与程、高本"不同"的芹书真目录，那他印象应当极为深刻，为什么他除了"大观园抄家诸条"这句极不通顺的话以外连一点滴八十回后的真本情节也举不出？况且他是力辩程、高后四十回非真的，费了极大的力气，——而他只要略举一下雪芹原目录都是何等重大情节，程、高之伪不就昭然若揭了吗？他为什么不如此做？再说，除了裕瑞以外，清代诸家记载谁也再没有半个字真正说明曾有谁见此种真目录之存在，此又何也？因此，我对裕瑞不敢尽信的心情，是至今如故。

上引画线部分表明：周先生也意识到裕瑞的"百廿回说"可以证明今天的程高本后四十回是对的，也即可以证明"《红楼梦》全本120回"是对的。所以他就要用上文所说的三条脂批来驳斥裕瑞跋与程伟元序、舒元炜序所主张的"百廿回说"。而我们已然证明这三条脂批恰可证明裕跋、程序、舒序是正确的，则周先生的反驳显然也就"满盘皆输"而全盘皆错了。

周先生也明白裕瑞所看到的后四十回目录与程高本后四十回目录有不同，周先生这条注的学术意义便在于点明："为什么裕瑞没有指出他所看到的后四十回目录和程高本后四十回目录有什么差别？"正如周先生所指出：裕瑞对于程高本后四十回的伪续，其实用不着多费口舌，只要把他所看到的真的曹雪芹后四十回目录开列一下，程高之伪便昭然若揭。

为什么裕瑞及所有看过后四十回目录的人，不用这种方式来揭露程高本之伪？在周先生看来，那便是人间根本就没有曹雪芹后四十回目录的存世（因为脂批白纸黑字地写明八十回以后只有三十回）。

而本章第一节我们正是"以其人之矛，攻其人之盾"，用周先生自己揭出的这三条脂批，来充分证明八十回后当有四十回，而不可能是俞、周两位大家理解这三条脂批时所理解出来的三十回。因此后四十回目录的存在而清人能够看到，便成了无可怀疑的事实。于是我们也就不得不换一个角度，来重新审视周先生所指出的问题。

其实笔者对这一问题的回答，便是本章第三节开头所说的：裕瑞不敢开列他所看到的后四十回目录，恰可证明今天的程高本后四十回为真。裕瑞无法根据他所看到的后四十回目录来驳倒程高本，所以不敢征引；因为一旦征引的话，大家反倒可以看出：程高本的后四十回与曹雪芹的原目录在情节上相一致，的确就是曹雪芹的原稿。至于诸家也不征引，说明诸家看到的后四十回目录与今天的程高本也大同小异，没有再加征引的必要了。

至于裕瑞说：今天程高本后四十回目录，与他所看到的程高本出版前的旧抄本的后四十回目录迥异，这也很好理解：本书"第二章、第八节"论明今本后四十回是脂砚斋手中的曹雪芹的第一稿，而今本前八十回是脂砚斋手中的曹雪芹的第五稿，裕瑞、舒元炜、程伟元所见到的"《红楼梦》一百二十回"目录显然是第五稿八十回正文前的全书目录，也即第五稿的120回目录，其"后四十回"的目录自然会和程高二人所找到的第一稿的"后四十回"目录有所差异而不可能相同。

而且本章第三节开头部分已经详细论明：程高二人所见到的《红楼梦》全书目录，原本就和裕瑞所见者相同。程高二人正是根据这一目录，来千方百计地寻找后四十回的正文。结果他们找到了三十几卷，于是便把这找到的三十几卷匀成了今天的四十卷，其回目自然也要全部改过，所以程高本后四十回的目录便会与裕瑞所见者不同起来。

而本章"第一节、三、（四）"又论明：程高二人找到的后四十回仅缺 2.5 回左右，第 110 回前缺了 2 回，第 110 回后仅缺 0.5 回。由于只缺 0.5 回，所以第 110 回后肯定也就不需要涉及回目的拆分调整。又由于第 110 回一回有两回体量之巨，所以程高二人便把这第 110 回拆成今本的第 108 回末和第 109、第 110 两回，从而可以补上其前所缺两回中的一回。换句话说，原稿第 81 回至第 109 回只要再匀出一回来即可，因此第 110 回前的回目拆分调整也不会大，应当仍然沿袭程高二人所找到的、曹雪芹第一稿后四十回的本来面目。

因此今本后四十回目录与裕瑞、程伟元、舒元炜等人所见到的"《红楼梦》一百二十回"目录的差异，主要还是第一稿与第五稿的差异，以及极少量因拆回所作的调整。由裕瑞说其差异很大来看，可证作者曹雪芹从第一稿到第五稿定稿这"五易其稿"的过程中，还是做过不小的改动和调整。

程高二人之所以不敢把他们所找到的第五稿定稿的后四十回目录开列，便因为这是双刃剑：一方面可以通过回目，看出其情节与今本后四十回相一致，从而证明今本后四十回是曹雪芹原稿；但另一方面又会因其回目有异（即裕瑞所说的差异很大），会让别有用心者据之认定今本后四十回为伪续，这就难免会授人以攻击自己的把柄。程高二人当是权衡再三而决定不予披露。

更需指出的是，今本后四十回与裕瑞、程伟元、舒元炜等人所见的"《红楼梦》一百二十回"目录虽有不同，但两者都是根据内容来拟目，只不过今本是据第一稿的内容来拟，裕瑞等人所见是据第五稿的内容来拟。由于作者曹雪芹从第一稿改到第五稿，其后四十回的情节内容肯定不会有"天翻地覆"般大的改动和调整①，所以根据情节内容所编的这两种回目仍然会大同而小异，裕瑞所说的"迥然不同"当是夸张。这时，裕瑞若是举出或抄录曹雪芹原来的目录，我们一对照今天程高本的后四十回，便能明白两者其实是一回事。于是，裕瑞此举岂非是在证明程高本后四十回就是作者的原稿？

而裕瑞早已声称其目的就是要否定程高本后四十回乃曹雪芹原稿，就是要证明其为"伪续四十回"，他自然也就不敢列举或抄录他所看到的后四十回目录。由他不敢列举或抄录这一目录，也就可以证明今天的程高本后四十回就是曹雪芹的原稿，也就可以证明裕瑞否定这一本子便是别有用心：他很可能是出于对程、高二人在传播后四十回中的功劳心存忌妒而口出此污蔑之词。

也有可能是裕瑞认为：别有用心者据传世的曹雪芹后四十回的目录编造了程高本后四十回，即上引裕瑞所说的："而伟元臆见，谓世间必当有全本者在，无处不留心搜求，遂有闻故生心、思谋利者，伪续四十回，同原八十回抄成一部，用以绐人。伟元遂获赝鼎于鼓担，竟是百二十回全装者，不能鉴别燕石之假，谬称连城之珍。"由于伪续者是根据曹雪芹后四十回的回目来伪续，如果再举曹雪芹后四十回回目，便不能证明此后四十回为伪，反倒能证明其为真，所以裕瑞也就不愿列举他所看到的后四十回回目了。

但此说的最大弊端便是：此说若然，则此伪续之人便当伪续整个后四十回，怎么可能只伪续三十几回？因为程高本的序言说得很清楚：他们只找到了三十几回。所以此说在我看来，其实亦可休矣！

---

① 因为我们"第二章、第八节、五"考明作者曹雪芹"批阅十载、增删五次"的头六七年写成第一稿，后四年改了四稿，平均每一稿只改一年，平均每回只改 3 天，这么短的改稿时间只能对文字做润饰和雅化（文言化），而不可能对情节做大的改动和调整。

第六节 本章结论:今本后四十回与前八十回脂批高度一致

一、脂批与后四十回相合,仅有少量"情有可原"的不合

通过全面梳理所有提到后四十回情节线索的脂批,并将其对照今本后四十回做辩证分析,进而又对前辈大家俞平伯、周汝昌两位先生的观点逐一商榷,我们便可发现:今本后四十回与脂批这两者高度一致,脂砚斋所读到的后四十回与今本后四十回保持高度一致,不相违背。

虽然其中也会有少量不一致的地方,但都是有原因的:

一是今人对脂批理解有误,两者其实并不存在矛盾。

二是脂批提示的后四十回已佚失的情节,今本后四十回也佚失了,虽然无从比较,但从"脂批言其佚失而今本后四十回也正好佚失"的角度来看,两者并不矛盾而相一致。这便是林语堂《平心论高鹗》所说的:"(十)程伟元所得的残本,确是雪芹原作的散稿抄本。得之并不算稀奇。<u>畸笏脂砚所谓已经迷失文字,不可强其复得。并不得据以为作伪不接应之证。</u>"

三是脂砚斋是作者写完一部分即对该部分作批,有很多批语是在并未通读完全书后就作批,所以脂砚斋批语所记录的,有可能是作者最初的创作构思、或中间某一稿的情节写法,作者在后来创作时未必就按这个来写。而今本前八十回是作者正式落笔且改定的第五稿,今本后四十回很可能是脂砚斋手中的第一稿(不排除其中会有少量其他稿次之稿),故两者会有所出入,但这一出入不足以否定"今本后四十回乃曹雪芹原著"的结论。

四是脂砚斋是在作者创作过程中加批,批语中提到的某些情节,会被作者在创作中删除、抛弃,所以脂批所提到的今本后四十回没有的情节,有可能就在前八十回中、而在后来的创作改稿中被作者扬弃了。

通过以上辩证分析,我们便可以得出"脂批与今天所见的后四十回保持高度一致,后四十回乃曹雪芹原著"的结论。

二、对脂批的反思

我们在这儿还想强调的是,脂批在绝大多数地方,都能代表作者的本意,但肯定也会有个别处,批者不能完全代替作者,批语不能完全替代原书,这是读《红楼梦》脂批时应当牢记的一点。

这是因为我们已经考证明白,作者每写完一部分稿子(估计是十回),便交由脂砚斋批阅[①]。脂砚斋肯定最终读完过全书120回(除"后四十回"中有几回佚失者外),但他最初一阅时所作的批语,便是在没有读到下面几十回(更

---

① 见笔者《宁荣府大观园图考》"第一章、第二节、八"有论。

不用说全书 120 回）便来作批，所以他对后回的说法，有些出自他根据前回中的情节线索所作的推断（如根据第 5 回判词而知：红楼诸钗的命运，"十二正钗"会有谁，袭人要嫁给蒋玉菡等）；有些来自于平时与作者曹雪芹交流时听到的、曹雪芹亲口所说的创作构思。

后者会因作者改变创作构思，而与实际情节不相符合。而前者会因主观臆测而有失误，如脂砚斋拟第 5 回判词以外的"十二副钗、又副钗"名讳时便有误，畸笏叟再度作批时，知道有《警幻情榜》存在但又迷失，所以特地在其批语后纠正说："脂砚斋所批其实不确，还是要等最后一回《警幻情榜》出来才能分晓；可惜此回已经缺失，其详连我也不得而知。"

而且脂批也会有笔误或记忆有误，如脂批会误把副钗之首的香菱说成是"又副钗"的第三位（见第 18 回脂批："又有'又副册'三断词，乃晴雯、袭人、香菱三人而已"）。其实，《红楼梦》一书于正钗之首黛玉交代其生平出处（第 2 回），又于香菱交代其生平出处（第 1 回），如果香菱是"又副钗"，而"副钗"之首为别人，则书中何不交代该"副钗"之首的生平出处？而且俞平伯先生据此脂批定香菱为"又副钗"中的第三人，引戚序本第 5 回香菱是在"一副册"中。我们都知道，副册若要排序，肯定排作"一副、二副、三副、四副"，"一副"就是"第一副册"、也即"副册"，"二副册"才是"又副册"。所以戚序本"一副册"之语，恰倒可以证明香菱是在"副册"之首，而非"又副册"中的第三人①。

而且脂砚斋作批后，作者又会修改原稿而删却情节，最明显的例子便是脂批提到的"良儿窃玉、凤姐扫雪拾玉"这两件事原本写在全书第 13、14 回中。后来因为后四十回要写"失玉"的情节，为了避免重复而删之，把"失玉"的情节全部移到后四十回中去写，该回的脂批必定要全部随之删除；而第 49 回平儿提及"良儿窃玉"这件事的正文，第 27 回提到"良儿窃玉"这件事的脂批却未删除而仍然保留。又如"秦可卿淫丧天香楼"的情节书中早已删除，但脂批仍提到"秦可卿淫丧天香楼"这一情节②，正文中也有"要删而未删却"的情节③。所以脂批所提到的情节有今本前八十回所不具备者，很有可能是作者原本有此创作构思或情节，在后来的创作过程中有所改动或删除掉了；由于今本后四十回就是作者的第一稿，如果没有这些情节的话，这便意味着：脂批所提到的今本前八十回与后四十回都没有的情节，很可能就是前八十回的初稿情节而被作者删改掉了。

总之，脂批会和《红楼梦》实际之书存在个别差异，这不足为怪。只要脂批所提到的绝大多数情节与今本后四十回相吻合，便仍然能够证明"脂批所读见的后四十回就是今本后四十回"的这一结论。

---

① 按，书中第 5 回写明又副册的第一人是晴雯，第二人是袭人；香菱若排在此又副册中，自然也就只能排在第三人了。

② 如第 13 回回末甲戌本批："秦可卿淫丧天香楼，作者用史笔也。"

③ 指第 13 回"另设一坛于天香楼上"的甲戌本侧批："删！却是未删之笔。"

第二章　正文《梦》圆录

　　本章旨在通过《红楼梦》前八十回与后四十回正文的相互勘合①，来论证"后四十回是曹雪芹原稿"的结论，从而使《红楼梦》破镜重圆，故名之为"正文《梦》圆录"。

　　上一章"脂批《梦》圆录"，我们通过脂批来证明"后四十回乃曹雪芹原稿"的结论，其论证思路是：

　　①首先找到三条骨干证据，即对第42回、第21回、第3回三条脂批做不同于前人的全新解读，证明这三条脂批并非在说《红楼梦》全书仅有110回，反倒在说《红楼梦》全书乃120回，从而证明：全书"前八十回"之后有四十回，与今本"后四十回"回数相合；而且还能证明：脂砚斋所读到的"后四十回"在情节内容上，都与今本"后四十回"相一致。这也就证明程伟元与高鹗序言中声称的情况属实，即："他们搜集了曹雪芹'后四十回'中的三十几回残稿、将其匀成了四十回"，正因为此，原书的第110回便被拆成今本的第108回末和第109、第110两回。脂批所说的情节今本后四十回未见者，很有可能就在残去的那几回中。

　　②然后又指出第28回、第20回、第21回三条脂批根本就不是在谈历来所认为的袭人出嫁于"宝玉出家"前，这便与今本"后四十回"所写的袭人出嫁于"宝玉出家"后不相违背。

　　③接着又列举所有谈到"前八十回"以外情节的脂批，如"四侠文"、"窃玉拾玉"、"甄宝玉送玉"、"卫若兰射圃"、"酸齑破毡"、"警幻情榜"等，证明后四十回与之皆不矛盾。

　　④最后对俞平伯、周汝昌两先生所指出的、与后四十回不合的脂批逐条做驳正，发现所谓的"不合"，少量是"脂批所言乃前八十回删掉的情节"，大量是"人们对脂批理解有误而导致脂批与今本后四十回'看上去'不合、其实相合"，从而得出后四十回与脂批并不违背的结论（简称为"脂批无违"），对于"后四十回乃曹雪芹原稿"这一结论具有定案之功，可谓"铁案如山翻不得"！

　　上一章是"脂批"，本章则再接再厉，迎难而上，通过"正文"来论证后四十回与前八十回的"细节接榫、情节照应、预言应验，主线贯穿、主旨相通、手法相同"，并且找到一系列只有用"曹雪芹初稿"才能解释得通的低级错误，只有用"曹雪芹所写"才能解释得通的匪夷所思的文字，由此全面而系统地论

―――――――――――――

　　① 勘合，验对符契。古时符契文书盖有印信，分为两半，当事双方各执一半。验证时，便合在一起，验对骑缝印信是否相合来作为凭证。此处便指比对前八十回与后四十回的文字和情节。

证清楚"后四十回与前八十回是同一人所作的前后照应的艺术整体",使"后四十回乃曹雪芹原稿"这一结论更加确凿可信。进而再在这一基础上,判定程、高二人在《红楼梦》序言中所说为可信,对胡适、俞平伯等红学大家"后四十回非曹雪芹所著"的主观臆断做深刻的反思。

在论证之前,我们先引清人"太平闲人"张新之《红楼梦读法》①的观点作为本章的"定海神针":(【】内为我之观感。)

有谓此书止八十回,其余四十回乃出另手,吾不能知。【这句话说的便是"别有用心、居心叵测"的裕瑞之流,而张新之对此表示不能理解、不予赞同。】但观其中结构,如常山蛇首尾相应;【这句话说的便是后四十回与前八十回在大局上的前后照应。】安根伏线,有牵一发浑身动摇之妙;【这句话说的便是后四十回与前八十回在细节上的前后接榫。】且词句笔气,前后略无差别。【这句话说的便是后四十回与前八十回在文风上的前后一致。】则所增之四十回,从中、后增入耶?抑参差夹杂增入耶?觉其难有甚于作书百倍者。虽重以父兄命、万金赐,使闲人增半回,不能也。【这段话是指:后四十回如果有掺杂,是前为真而中间与后部这三分之二有假?还是零星掺假?我太平闲人只是感到:要为残缺不全者补上其漏洞,比全由自己来"想怎么续就怎么续、想怎么创作就怎么创作"要困难上一百倍。即便有长辈的逼迫命令,或者有富翁以巨资来悬赏,叫我这位"太平闲人"来续补个半回,我也会感到无法胜任。】何以耳为目、随声附和者之多?【这句话是指:说后四十回是他人伪续者,大都是自己从未写过小说的"人云亦云、随声附和"的可怜悯者。】

关于前八十回与后四十回是否为同一人的语言风格,可以引语言权威高本汉先生的统计结果,以及后人在其思路上继续做的检验成果,证明的确是同一人的手笔,见胡文彬先生所著《红楼放眼录》:

7. 电脑与《红楼梦)后四十回作者

早在本世纪五十年代,瑞典著名汉学家高本汉先生在他的《中国文法的新探险》②一文中,就开创了以分析《红楼梦》的词语来探讨《红楼梦》后四十回作者的方法。高先生的作法是,选取《红楼梦》中的二十四个语词(大多是一、二个字),通过计算,看这些语词在120回本《红楼梦》中出现的规律,结果证明《红楼梦》的前八十回与后四十回"所用方言全同"。高氏由此断定前八十回与后四十回均为一人——曹雪芹所作。

对高本汉先生的研究结果,著名红学家吴世昌先生提出了不同意见。吴先生在1959年第十二届青年汉学家会议上宣读的论文《红楼梦中若干问题》③,从语言学的观点出发,批评了高本汉先生的结论的错误。近年来,

---

① 见《八家评批红楼梦》第76页。
② 胡先生原注:载《远东古物博物馆馆刊》第20期,第53-80页,1954年瑞典斯笃克霍姆版。
③ 胡先生原注:载《第十二届青年汉学家会议报告》,英国剑桥大学1959年印。

随着电脑技术的发展，红学界又有人运用科学新技术来研究《红楼梦》的语言构成、特点等问题。例如，赵冈先生认为高本汉先生的研究方法还有缺点，他再次应用电脑技术，统计和分析了后四十回的用词规律，得出与高本汉先生相同的结论。

这次研讨会上，威斯康辛大学的陈炳藻先生提交了一篇《从字汇上的统计论红楼梦的作者问题》的论文。他的具体作法是：将《红楼梦》前八十回折①成两个四十回，再以后四十回同这两个四十回及同时期的小说《儿女英雄传》进行文字上的比较，从所使用词汇的习惯、特点来分析后四十回与前八十回的作者究竟是否为一人。陈先生的研究结果与高、赵两人的研究结果一致，即后四十回与前八十回为同一作者的手笔。

陈先生的研究精神是令人钦佩的，但所得结论我却不敢苟同。首先，尽管电脑是当代科学技术进步的新成就，有高度的准确性，但为电脑储存信号还是要由人来做，也就是说是由人先选择了《红楼梦》的词语，然后输入到电脑中，而人在选择词语时是否带有某种主观性，电脑却是测试不出来的。其次，《红楼梦》后四十回在故事情节、人物性格的刻划等方面，明显地存在着与前八十回有矛盾外②，这一点是红学研究者们普遍承认的。对此，如何能用电脑测试呢？第三，以我所见，《红楼梦》后四十回所用词语多"儿化"，而早期抄本的前八十回却很少"儿化"，这个事实电脑又如何解释呢？因此，我认为，电脑固然很科学，但它是人发明出来而又为人所用的，我们最好还是首先相信人的研究！③

胡先生的第一个疑虑——选样是否具有客观性、随机性？这一点我想任何严谨的做试验者都会事先考虑到，所以我认为胡先生过虑了。

胡先生的第二个疑虑是后四十回的情节、人物性格与前八十回不合，本章便将证明其完全吻合、无有不合，所谓的"不合"其实都是后人的主观臆断，则胡先生的第二个疑虑，其实也根源于胡适先生倡导"后四十回伪续"说后，所形成的某种"先入为主、积非成是"的主观偏见。

胡先生的第三个疑虑是后四十回多"儿化"的口语色彩，前八十回则少"儿化"而语句文雅。其实本章第八节论明：今本后四十回是作者第一稿，今本前八十回是作者第五稿，作者最初稿中口语色彩浓厚，在五次改稿过程中，有意用文言来润色雅化，自然口语色彩淡去。同一个人既会用口语来写作，也会用文言来写作，但其词汇是固定的；所以，凭借口语色彩是否浓厚，其实不足以判定作者，而高本汉先生等语言大家不拘泥于文字表达的口语色彩与文言色彩，抓住词汇这一关键，比胡先生要来得更为准确和专业。

关于前八十回与后四十回是否为同一人的语言风格，笔者并未对此做过专门的研究，在此仅举两例以证语言风格相同。另一处文风相似的显例，可见下

---

① 折，笔者按：当作"拆"。
② 外，笔者按：当作"处"。
③ 胡文彬著《红楼放眼录》，北京：华艺出版社 1995 年版，第 322-323 页。

节"十一、（二）"。我这儿所举的两例是：

第一例：第 61 回柳嫂回答说：大观园内"包产到户"后，"今年不比往年，把这些东西都分给了众奶奶了。一个个的不像抓破了脸的？人打树底下一过，两眼就像那鹭鸡似的，还动她的果子？"无独有偶，第 81 回凤姐说起马道婆因为第 25 回未能整死凤姐而恶毒地注视过凤姐："咱们的病一准是她。我记得咱们病后，那老妖精向赵姨娘处来过几次，要向赵姨娘讨银子，见了我，便脸上变貌、变色，两眼鹭鸡似的。"

鹭鸡，鹑的一种，通体黑色，身短、尾长，凶猛善斗。前八十回和后四十回都用"两眼鹭鸡似的"这一不常见的比喻用法，来形容心怀不满、怒目而视，具有相同的用语习惯。

第二例：今人所说的"可是呢"，常表示带有反问语气的转折和否定；同理，今人所说的"可不是呢"，常表示带有反问语气的肯定和同意。《红楼梦》前八十回与后四十回则与今人的用语习惯完全相反，两者都用"可是呢"表示陈述语气的肯定，用"可不是呢"表示陈述语气的否定，在这一点上，前八十回与后四十回具有相同的语言风格。

同时，《红楼梦》前八十回与后四十回都用"可不是"来表示反问语气的肯定和同意，与今人相同，前八十回与后四十回在这一点上也相互一致，这也可以证明前八十回与后四十回具有相同的语言风格。

今分别举例如下：

后四十回之第 85 回：凤姐"因又笑着说道：'不但日子好，还是好日子呢。'说着这话，却睽着黛玉笑。黛玉也微笑。王夫人因道：'可是呢，后日还是外甥女儿的好日子呢。'"又第 102 回："周瑞家的在旁笑道：'前年李先儿还说这一回书的，我们还告诉她重着奶奶的名字，不要叫呢。'凤姐笑道：'可是呢，我倒忘了。'"以上都是后四十回用"可是呢"表示陈述语气的肯定。前八十回亦然，如第 8 回："宝玉道：'姐姐可大安了？'薛姨妈道：'可是呢。'"第 70 回末探春叫紫鹃不要去捡别人放的风筝，黛玉表示赞同："黛玉笑道：'可是呢，知道是谁放晦气的，快掉出去罢。'"后四十回与前八十回相同，证明两者有可能是同一人的语言习惯。

前八十回以"可不是呢"表示陈述语气的否定，如第 16 回赵嬷嬷说贾琏"不过是脸软心慈，搁不住人求两句罢了"。凤姐笑道："可不是呢。……他在咱们娘儿们跟前才是刚硬呢！"后四十回未提到"可不是呢"，似乎无法判断。但既然后四十回用"可是呢"表示陈述语气的肯定，则其反意词"可不是呢"肯定是表示陈述语气的否定，故前八十回与后四十回在这一用语习惯上也当一致。

前八十回以"可不是"表示反问语气的肯定，如第 41 回刘姥姥"便心下忽然想起：'常听大富贵人家有一种穿衣镜，这别是我在镜子里头呢罢。'说毕伸手一摸，再细一看，可不是。"而后四十回亦然，如第 104 回："麝月出来说：'二奶奶说，天已四更了，请二爷进去睡罢。袭人姐姐必是说高了兴了，忘时候儿了。'袭人听了，道：'可不是，该睡了，有话明儿再说罢。'"这也证明前八十回与后四十回很有可能是同一人的语言习惯。

第一节　后四十回与前八十回的"细节接榫"

　　《红楼梦》后四十回是否为曹雪芹所著，聚讼已久。后四十回如果是曹雪芹的原稿，必然会从大局到细节，与前八十回全都处处照应。笔者沉酣《红楼梦》一书三十载，向来不偏颇后四十回，在细细品读中，倒是读出一系列后四十回与前八十回"藕断丝连、血脉相通"的例子来，具体可以参见笔者《红楼时间人物谜案》"第一章、第三节"末尾"小结（四）"所开列的四十余处细节相合。今拎其卓荦巨大者，如"赵姨娘的银子"、"王太医的好脉息"等分析于下，全都是前人未曾注意到的新实例，这些例子全都是只有原作者曹雪芹本人才能拎得出、写得来的细节接榫。

　　由此可见，后四十回根本就不像此前某些研究者认为的那样："前八十回的线索、暗喻，到后四十回便齐齐中断了。"[①]林语堂、白先勇二位大家之所以敢断言"后四十回是曹雪芹原著"，便是依据这种细节方面的接榫来立论。

　　本章便从细节角度来考察后四十回与前八十回的相合，讨论后四十回与前八十回在细节方面的接榫，所举实例全都是前人未曾言及，有助于从细节角度丰富对后四十回作者问题的认识，辨明后四十回与前八十回的关系，从而在"后四十回是否为曹雪芹所著"这一问题上，得出客观公允的结论，为"后四十回乃曹雪芹原著"这一结论提供"正文《梦》圆录"方面的第一类力证。

一、王太医的"好脉息"——神妙细节唯有曹雪芹写得出

　　详见本章"第五节、三、（二）、（1）"。

二、尤氏吃探春饭——如此缜密的前后照应令人叹为观止

　　详见本书"第一章、第五节、（15）、（甲）"。

---

① 其原文是："程高本的篡改，正如张爱玲所说'狗尾续貂'，后四十回实在没有可看，原本前八十回没有一笔闲文，但到了第八十回后的高鹗续书中，前面的所有线索、暗喻齐齐中断。"见 http://www.aiyue520.com/wenda/53792.html。

三、赵姨娘的银子——第43回脂批与第81回细节呼应，证明后四十回是曹子原稿

（1）从第80与81回的衔接，谈后四十回与前八十回的"妙合无垠、天衣无缝"

第80回末写迎春"又在邢夫人处住了两日，就有孙绍祖的人来接去。迎春虽不愿去，无奈惧孙绍祖之恶，只得勉强忍情作辞了。邢夫人本不在意，也不问其夫妻和睦、家务烦难，只面情塞责①而已。终不知端的，且听下回分解。"

如果是作者以外的其他人来续写的话，看到第80回结尾描写邢夫人的反应只有那么一句，而回末又有"终不知端的，且听下回分解"这样的话，极容易认为邢夫人的反应不可能只有上面那句话，作者应该还没写完，所以下一回开头便应当接下去写邢夫人的反应，根本就不可能想到下一回开头要抛开邢夫人，另起一笔去写王夫人和贾宝玉的反应。

今本第81回恰恰就写王夫人和宝玉的反应，可谓出乎众人意料之外、但又在情理之中："且说迎春归去之后，邢夫人像没有这事，倒是王夫人抚养了一场，却甚实伤感，在房中自己叹息了一回。只见宝玉走来请安，看见王夫人脸上似有泪痕，也不敢坐，只在旁边站着。王夫人叫他坐下，宝玉才捱上炕来，就在王夫人身旁坐了。王夫人见他呆呆的瞅着，似有欲言不言的光景，便道：'你又为什么这样呆呆的？' 宝玉道：'并不为什么。只是昨儿听见二姐姐这种光景，我实在替她受不得。……'"

第81回在第80回回末没有提到王夫人的情况下，居然想到要抛开其回末提到的邢夫人而另起一笔去写王夫人，如果这是作者之外的人来续写的话，则这个人的确是见解非凡而富有想象力。

而且上引第81回开头，通读下来便会感到：在出人意表的同时，又做到了直承上文而来、妙合无垠。因此从第81回开头这一"前八十回"与"后四十回"的衔接处来看，我们不得不承认：这两者是同一人写就的"妙合无垠"之笔，根本就不像由两个人分别写就的脱节文字。

（2）第81回正文与第25回正文"伏线千里"，证明后四十回确为曹雪芹原稿

第81回不光开头与"前八十回"妙合无垠，其接下来的文字，更是一个活生生的、无法推翻的例子，可以用来证明"后四十回"不光与"前八十回"正文相呼应，而且还和"前八十回"的脂批遥相照应。这就无可辩驳地证明"后四十回"的确就是曹雪芹的手笔，从而也就更加证明第81回对第80回的承接是那种"天衣无缝"般的"妙合无垠"。★

此第81回是写麝月到黛玉处叫宝玉赶快去见贾母。宝玉生怕自己又做错了什么，连累丫环们又要像第77回那样被逐。结果一去，看到王夫人正在陪贾母玩牌。贾母向宝玉问起当年遭魔法魇住后的情景（即第25回"魇魔法叔嫂逢五

---

① 面情塞责，表面上敷衍一下。面情，即"情面"，私人间的情分、面子。塞责，对自己应尽的责任敷衍了事。

鬼、通灵玉蒙蔽遇双真"）。

宝玉回忆一下说："我记得得病的时候儿，好好的站着，倒像背地里有人把我拦头一棍，疼的眼睛前头漆黑，看见满屋子里都是些青面獠牙、拿刀举棒的恶鬼。躺在炕上，<u>觉得脑袋上加了几个脑箍似的</u>。以后便疼的任什么不知道了。到好的时候，又记得堂屋里一片金光，直照到我房里①来，那些鬼都跑着躲避，便不见了。我的头也不疼了，心上也就清楚了。"贾母对王夫人说："这就差不多对上号了。"

这时凤姐也被叫来，贾母同样问她那年中邪的情况，凤姐儿笑道："我也不很记得了。但觉自己身子不由自主，倒像有些鬼怪拉拉扯扯要我杀人才好。有什么拿什么，见什么杀什么，自己原觉很乏，只是不能住手。②"贾母问："后来好的时候怎样？"凤姐道："好的时候好像空中有人说了几句话似的，却不记得说什么来着。"

贾母说："这么看起来，竟是她了。他姐儿两个病中的光景合才说的一样③。这老东西竟这样坏心！宝玉枉认了她做干妈！倒是这个和尚、道人，阿弥陀佛，才是救宝玉性命的。只是没有报答他。"

王夫人于是向宝玉、凤姐补充说："才刚老爷（贾政）进来说起"宝玉的干妈"马道婆"用巫术害人的事终于暴露而被抓，已问了死罪，其家"抄出好些泥塑的煞神，几匣子闷香。炕背后空屋子里挂着一盏七星灯，灯下有几个草人，<u>有头上戴着脑箍的</u>，有胸前穿着钉子的，有项上拴着锁子的。柜子里无数纸人儿。底下几篇小账，上面记着某家验过，应找银若干。得人家油钱、香分④也不计其数。"

凤姐说："<u>咱们的病一准是她。我记得咱们病后，那老妖精向赵姨娘处来过几次，要向赵姨娘讨银子，见了我，便脸上变貌、变色，两眼鷩鸡</u>⑤似的。我当初还猜疑了几遍，总不知什么原故。如今说起来，却原来都是有因的。但只我在这里当家，自然惹人恨怨，怪不得人治我，宝玉可合人有什么仇呢？忍得下这样毒手？"

贾母说："焉知不因我疼宝玉、不疼环儿，竟给你们种了毒了呢？"王夫人说："这老货已经问了罪，决不好叫她来对证。没有对证，赵姨娘哪里肯认账？事情又大，闹出来，外面也不雅。等她自作自受，少不得要自己败露的。"贾母说："你这话说的也是。这样事，没有对证，也难作准。只是佛爷菩萨看的真，他们姐儿两个，如今又比谁不济了呢？罢了，过去的事，凤哥儿也不必提了。"

---

① 二字程乙本妄改"床上"。
② 此便写出灵魂附体时的感觉来。
③ 指：和两人来之前贾政对贾母、王夫人说的情况一样。比如宝玉说："觉得脑袋上加了几个脑箍似的"，而下文王夫人转引贾政的话也说：马道婆家"灯下有几个草人，有头上戴着脑箍的"。
④ 香分，即香钱。
⑤ 鷩鸡，鹑的一种，通体黑色，身短尾长，凶猛善斗。比喻人心怀不满，怒目而视。

　　此第 81 回不光开头与第 80 回妙合无垠，其所叙之事更能补明当年第 25 回"魇五鬼"时没有写到的宝玉和凤姐二人受魇情景、马道婆如何在家施魇法的场面，描述极为逼真，这显然就是曹雪芹当年不写之文留到此处来写，也就是脂批所称颂的曹雪芹最擅长的奇思妙法——"草蛇灰线"法。

　　我们知道，梦是现实世界碎片化后的随机组合，曹雪芹正是借鉴"梦"的这种思维机理，创造出这种独特的小说笔法。其法就是把某件事分在不同地方，通过不同人物的嘴穿插描述出来。我们理解时，要把分散在各处的话语关联起来，才能组合成一个完整的印象。作者没有死板地在一个地方就把一件事情写完，常常会出人意料地把一个完整的情节，分解到若干个地方去补写。《红楼梦》这种反常、独特而出人意料的笔法，就是脂批所称颂的"《石头记》的笔法"。

　　脂批屡屡把曹雪芹的独创笔法冠名为"《石头记》的笔法"，如第一回"如今虽已有一半落尘，然犹未全集"，甲戌本侧批："若从头逐个写去，成何文字？《石头记》得力处在此。丁亥春。"第 7 回"说着，便到黛玉房中去了"，甲戌本夹批："若不如此穿插，直用一送花到底，亦太死板，不是《石头记》笔墨矣。"又第 27 回正要写宝玉追赶黛玉求她给个解释时，作者忽然岔开去写"只见宝钗、探春正在那边看仙鹤"，庚辰本有侧批："二玉文字岂是容易写的，故有此截。"又有眉批："《石头记》用'截法、岔法、突然法、伏线法、由近渐远法、将繁改简法、重作轻抹法、虚敲实应法'种种诸法，总在人意料之外，且不曾见一丝牵强，所谓'信手拈来无不是'是也。"

　　此处用的便是其中提到的"伏线法"，也即第 1 回脂批所言的"草蛇灰线"、"云龙雾雨"法，详见第 1 回"徒为供人之目而反失其真传者"句甲戌本眉批："事则实事，然亦叙得有间架、有曲折、有顺逆、有映带、有隐有见、有正有闰，以致草蛇灰线、空谷传声、一击两鸣、明修栈道、暗渡陈仓、云龙雾雨、两山对峙、烘云托月、背面敷粉、千皴万染诸奇。书中之秘法，亦不复少。余亦于逐回中搜剔刮剖，明白注释，以待高明，再批示误谬。"

　　本处所言之法，便是把一件事情分在好几个地方来写，每处只写一小段，需要把全书这些片段前后贯通起来理解，才能得到完整的认识。这犹如龙在云雾中只露出某几段身子而不显现全身，故称"云龙雾雨"法；又如草中之蛇，蛇与背景（草丛）融为一体，有的地方露出蛇体，有的地方为草所隐，故称"草蛇灰线"法；又如编织成织物的彩线，有的露在布表，有的编在布的背面，从而形成各种纹样，故称"伏线法"。其中"云龙雾雨"法又作"云龙作雨"，见第 17 回："或长廊、曲洞，或方厦、圆亭，贾政皆不及进去"，己卯本夹批："伏下栊翠庵、芦雪广、凸碧山庄、凹晶溪馆、暖香坞等诸处，于后文一段一段补之，方得云龙作雨之势。"

　　此节所述的魇魔情节，可补第 25 回的"不写之写"，两者完全接榫，显然是曹雪芹的语言和笔法。因为，"魇五鬼"的景象一般人都会在第 25 回借宝玉或凤姐的眼睛写出，从来都不会有人想到那一回不写而留到后面远隔 55 回的第 81 回来写。而且一般人读过第 25 回后，也都会认为那段情节早已描写完整了，至于遭魔魇的情景没有写，那是因为这一情景谁都能想象出来，不用文字描写众人也可知晓。

换句话说，一般人读了第 25 回后都会认为：作者不在此回写受魔情景，便意味着作者无意写此情节了。因此，人们根本就想不到要在隔了五六十回后的第 81 回，再来补写马道婆如何施展巫术、宝玉与熙凤如何着魔的情节。如果让别人来续写后四十回的话，他断然不会想到要在 55 回后，重拾这一根本就不为人注意、而且还很容易被人认为是不用写的情节。现在，后四十回居然在 55 回后重拾此事加以写及，这本身就已极为反常，绝非俗人手笔，当是原作者曹雪芹的大手笔。由此便可想见：后四十回确为曹雪芹原稿。★

（3）第 81 回细节居然与第 43 回脂批呼应，更加证明后四十回是曹雪芹原稿

更为叫绝的是，这一情节的安排，作者根本就不是那种"为反常而反常"式的、随意把情节"肢解"到各处来写，人为地增加读者理解上的困难；实在是因为这儿需要重提此事，为的就是照应第 43 回凤姐过生日时一段未了的公案。关于这一点，历来都被研究者所忽略。如果作者早在第 25 回就把两人遭魔魇的情节写过，此处再提，岂非重复？由此可见，作者笔下所运用的各种创作手法都不是形式主义，而是服务其创作主旨的、合情入理的谋篇布局。

此第 81 回所照应的第 43 回"闲取乐偶攒金庆寿"的情节，便是贾母建议大家凑份子给王熙凤过生日，王熙凤建议让赵姨娘、周姨娘也出一份：

> 凤姐又笑道："上下都全了。还有二位姨奶奶，她出不出，也问一声儿。尽到她们是理①，不然，她们只当小看了她们了。"（庚夹：纯写阿凤以衬后文。）贾母听了，忙说："可是呢②，怎么倒忘了她们？只怕她们不得闲儿，叫一个丫头问问去。"说着，早有丫头去了，半日回来说道："每位也出二两。"贾母喜道："拿笔砚来算明，共计多少。"
>
> 尤氏因悄骂凤姐道："我把③你这没足厌的小蹄子！这么些婆婆、婶子来凑银子给你过生日，你还不足？又拉上两个苦瓠子作什么？"凤姐也悄笑道："你少胡说，一会子离了这里，我才和你算账！她们两个为什么苦呢？有了钱也是白填送别人，不如拘来咱们乐。"（庚夹：纯写阿凤以衬后文。二人形景如见，语言如闻，真描画得到。）

两处画线部分的脂批都在说"衬后文"。而前八十回中再度提到赵周两位姨娘出份子钱的事，仅见于这一回中尤氏还钱给她二人：

> 见凤姐不在跟前，一时把周、赵二人的也还了。她两个还不敢收。尤氏道："你们可怜见的，哪里有这些闲钱？凤丫头便知道了，有我应着呢。"二人听说，千恩万谢的方收了。

上文脂砚斋两处都批"纯写阿凤以衬后文"，所衬后文，前八十回中只有这一段或许可以勉强算得上，其余便找不到了。而且这一段"衬"得也非常牵强，

---

① 指什么事都要考虑到她们才符合道理，否则有"失礼"之嫌。
② 指说得很是。
③ 把，打（你）一巴掌。

让人感到不大对劲,即:尤氏还钱事感觉不大像是脂批所说的要衬的后文。

需要指出的倒是后四十回中有此情节上的照应,即上引第 81 回凤姐根据她不止一次看到马道婆来向赵姨娘要钱,从而断言第 25 回"魇魔法叔嫂逢五鬼、通灵玉蒙蔽遇双真"一定是赵姨娘花钱,请马道婆来施魔法让自己和宝玉得病:

> 凤姐道:"咱们的病一准是她。我记得咱们病后,那老妖精向赵姨娘处来过几次,要向赵姨娘讨银子,见了我,便脸上变貌、变色,两眼蛮鸡似的。我当初还猜疑了几遍,总不知什么原故。如今说起来,却原来都是有因的。"

脂批所谓的"衬后文"显然只可能衬这一情节,即凤姐说自己亲眼看到过马道婆不止一次向赵姨娘要银子,从而补明第 43 回凤姐的结论:我们不要小看赵姨娘,让她也出一份,因为她"有了钱也是白填送别人"。

为了让赵姨娘出"份子钱",所以一并牵连上周姨娘也得出一份[①],至于凤姐口中的"她们两个"有钱也白送人,名虽两个,实则周姨娘是"城门失火、殃及池鱼"的殃及连带者,凤姐其实说的是只有赵姨娘这一个人"有钱也白送人"。因为书中只写到王熙凤看到马道婆向赵姨娘要银子,并未看到过某某人向周姨娘要过银子。

此例与上例"尤氏吃探春饭"都是后四十回的情节与脂批相合,即前八十回的脂批批到了今本后四十回的情节(本例是第 81 回的情节吻合第 43 回的脂批"衬后文",上例是第 106 回的情节吻合第 75 回的脂批"总伏下文"),这就能表明三点:

①脂砚斋看到了后四十回这处情节,然后在前八十回中批某一情节时,指出该情节与后四十回相呼应。

②脂砚斋所看到并批到的后四十回,与今本后四十回相一致。

③今本后四十回应当大多数都是程伟元和高鹗得自脂砚斋所藏之本。此后四十回应当有脂砚斋的批语,由于程伟元、高鹗刊刻程甲、程乙本时,把前八十回和后四十回的脂批全都删除掉了,所以后四十回看上去似乎没有脂砚斋的批语。

有人会说两处"纯写阿凤以衬后文"也许可以理解为衬的是尤氏把银子还给两位姨娘的那段文字,用来反衬出尤氏的厚道、凤姐的蛮横。但第一处批"她们只当小看了她们了"、第二处批"有了钱也是白填送别人",显然都和还银无关而与用钱有关。其衬的应当不是尤氏还银,而应当是两位姨娘乱花钱的事。而在前八十回中这第 25 回的后文中,实在找不到两位姨娘乱破费的情节。因此在前八十回中,也就实在找不到这两处文字所衬之文。其所衬的,应当就是此处第 81 回所揭示的赵姨娘乱破费的情节。即此处第 81 回凤姐的话语补明了第 43 回凤姐的结论:我凤姐看到马道婆不止一次向赵姨娘要钱,赵姨娘肯定有钱,不然她怎么会给马道婆那么多次银子呢?所以我们不要小看她,让她也出一份,因为她有了钱也是白送人!

---

① 赵、周两人身份相同,不能有所偏废。

因此，第 81 回之文堪称是"草蛇灰线"的佳例，而且还"伏线千里"、"一击两鸣"，前者指相隔 55 回才又把这一细节重新拾起，后者指第 81 回的这一细节同时照应第 25、第 43 回两处之文。这种前后完全接榫的文字与笔法，如果说不是曹雪芹所写，而是高鹗（或其他无名氏）看到上述前八十回的文字及脂批，猜到曹雪芹要这么写，那高鹗（或其他无名氏）也真堪称就是曹雪芹本人了。这样的情节、笔法，除了原作者曹雪芹外，恐怕再也没有第二个人能想得出、写得来！

现在凤姐说马道婆向赵姨娘要钱，等于坐实了赵姨娘请马道婆来施展巫术。大家都知道凤姐得罪人多，赵姨娘会怨恨她；贾母又说自己宠爱宝玉、不喜欢贾环，所以赵姨娘又恨上了宝玉，因此在场之人全都断定：宝玉与凤姐遭受魔法，肯定是赵姨娘指使马道婆干的。苦于赵姨娘、马道婆这两个恶人都不会承认，所以贾母只得作罢，希望上苍能惩恶扬善。

如果这是曹雪芹写的文字，那下来肯定还会"牵丝攀藤"般引出别的情节来缠绵不绝。果然，后四十回中有第 84 回赵姨娘让贾环来探望巧姐的病，不小心弄翻了巧姐的药罐，这时"凤姐急的火星直爆，骂道：'真真哪一世的对头冤家！你何苦来还来使促狭①！从前你妈要想害我，如今又来害妞儿，我和你几辈子的仇呢？'"画线部分便与上引第 81 回之文相照应。凤姐因马道婆坏事败露而猜知赵姨娘要来害死她，所以此时也就一并疑心这次也是贾环受赵姨娘指使来害巧姐。其实贾环并无此心，所以第 85 回开头便写贾环气得将来要害巧姐（即贾环说："我不过弄倒了药吊子，洒了一点子药，那丫头子又没就死了，值的她也骂我，你也骂我，赖我心坏，把我往死里糟塌。等着我明儿还要那小丫头子的命呢，看你们怎么着！只叫她们提防着就是了"），这就伏下后文第 118 回贾环主谋卖掉巧姐的情节，可谓伏笔伏得"巧妙自然"，照应又照应得"滴水不漏"，而且还"余波涟漪"绵绵不绝、煞是好看。后四十回如此巧慧的文心，除曹雪芹以外，还能有谁？

（4）第 81 回这一情节后的"余波涟漪"

第 81 回这一情节绵绵不绝、煞是好看的"余波涟漪"，还体现在第 112 回"死雠仇赵妾赴冥曹"。

此回写的是贾政在铁槛寺向贾母的灵柩告辞回家，这时忽然看到赵姨娘跪趴在地上起不来："周姨娘打量她还哭，便去拉她。岂知赵姨娘满嘴白沫，眼睛直竖，把舌头吐出，反把家人唬了一大跳。贾环过来乱嚷，赵姨娘醒来说道：'我是不回去的，跟着老太太回南去。'众人道：'老太太哪用你来？'赵姨娘道：'我跟了一辈子老太太，大老爷还不依，弄神弄鬼的算计我。'"众人一听那画线部分的句子，便明白是鸳鸯附在赵姨娘身上说话。而赵姨娘接下来又说："我想仗着马道婆出出我的气，银子白花了好些，也没有弄死一个。"这便吐露

---

① 指：你还来使促狭，这又是何苦来？

出当年她加害宝玉、凤姐的真情来。

接下来赵姨娘又变成鸳鸯的声口说："如今我回去了，又不知谁来算计我？"赵姨娘的丫环彩云等，连忙替赵姨娘向鸳鸯哀求道："鸳鸯姐姐，你死是自己愿意的，与赵姨娘什么相干？放了她罢。"因为看到邢夫人在场，所以也不敢说出"害你的不是赵姨娘而是贾赦"的话来。

赵姨娘说："**我不是鸳鸯，她早到仙界去了**①**。我是阎王差人拿我去的，要问我为什么和马婆子用魇魔法的案件。**"说着，口里又叫道："好琏二奶奶！你在这里老爷面前少顶一句儿罢！我有一千日的不好，还有一天的好呢。好二奶奶、亲二奶奶！并不是我要害你，我一时糊涂，听了那个老娼妇的话。"贾政等都不管而先走了，只留下贾环一个人看护，宝钗便托周姨娘也留下来照应。

贾政回家后，作者又交代："凤姐那日发晕了几次，竟不能出接"，便印证了上文赵姨娘口中说的"琏二奶奶"生魂被拘押到阴曹地府去和她赵姨娘对证。

下一回第113回开头便写："话说赵姨娘在寺内得了暴病，见人少了，更加混说起来，唬的众人发怔。就有两个女人挽着，赵姨娘双膝跪在地下，说一回，哭一回。有时爬在地下叫饶，说：'打杀我了！红胡子的老爷，我再不敢了！'有一时，双手合着，也是叫疼，眼睛突出，嘴里鲜血直流，头发披散。人人害怕，不敢近前。那时又将天晚，赵姨娘的声音只管阴哑起来了，居然鬼嚎一般，无人敢在她跟前，只得叫了几个有胆量的男人进来坐着。赵姨娘一时死去，隔了些时，又回过来，整整的闹了一夜。到了第二天，也不言语，只装鬼脸，自己拿手撕开衣服，露出胸膛，好像有人剥她的样子。可怜赵姨娘虽说不出来，其痛苦之状，实在难堪。"

天亮后请大夫来看，说是无救，一摸已无脉息，"谁料理赵姨娘？②只有周姨娘心里苦楚，想到：'做偏房侧室的下场头，不过如此！况她还有儿子，我将来死起来，还不知怎样呢？'于是反哭的悲切。"于是众人"一人传十，十人传百，都知道赵姨娘使了毒心害人，被阴司里拷打死了。又说是：'琏二奶奶只怕也好不了，怎么说琏二奶奶告的呢？'"下来便写凤姐昏迷中看到尤二姐来向她索命，又写道："凤姐刚要合眼，又见一个男人、一个女人走向炕前，就像要上炕的"，这便是她间接害死的金哥与守备公子化为厉鬼，前来向她索命。由于有两重冤家前来向凤姐索命，所以下一回的第114回便写到王熙凤寿终夭亡。

赵姨娘请马道婆施魇法而遭贾母阴魂控告阴司，阴司于是发传票拘来赵姨娘生魂加以审讯。赵姨娘百般抵赖，于是不得不拘来凤姐生魂，对证她曾多次看到过马道婆来向赵姨娘要银子，赵姨娘这才无法抵赖而全部承认。于是阴司给予她相应的严刑拷打，刑毕，在生死簿上勾去名字而惨死。凤姐在这一过程中是以受害者身份来做证，所以能魂返人间。但凤姐本人也是逼死过人命的施害者，被她害死的阴魂（尤二姐、金哥等）也来向她索命，凤姐也离死不远了。作者笔下可谓"报应不爽"，这正是佛家所谓的："种瓜得瓜，种豆得豆；恶有恶报，善有善报。不是不报，时候未到；时候一到，一切都报。"也即世俗所谓

---

① 此七字程乙本删。

② 程乙本改此句为："谁管赵姨娘蓬头赤脚死在炕上。"

的：“善恶终有报，天道好轮回；不信抬头看，苍天饶过谁!”这也正是后四十回在第 116 回佛门“真如福地”内所拈出来的、全书“福善祸淫”这一源自佛门的因果报应之旨。

俞平伯先生说今本后四十回鬼神太多、不符合曹雪芹的风格①，其实，根据前八十回第 25 回写到马道婆驱鬼害人、僧道来救，第 5 回写“宁、荣二祖”请警幻开示宝玉，第 13 回写秦可卿阴魂托梦给凤姐，第 66 回“情小妹耻情归地府”写尤三姐阴魂显灵度化柳湘莲，第 75 回“开夜宴异兆发悲音”祖宗显灵，叹息贾珍不孝与淫乱，前八十回原本就神鬼充斥，可证后四十回写贾母到阴间控告赵姨娘完全符合曹雪芹的思想。

当然，贾母是有福德之鬼，不用自己告，据上文情节来看，是叫鸳鸯出面告的状。鸳鸯是特地从仙界到阴府出这趟差来完成这一使命，做完后又重返仙界（即赵姨娘口中说的：“她早到仙界去了”）。由于赵姨娘、马道婆认定没有人证，所以百般抵赖，于是阴司一并勾走凤姐生魂加以对质，难怪王熙凤这天昏迷了好几次（见上引“凤姐那日发晕了几次”）。这样的情节、笔法，也非一般人所能想到。（一般人都想不到贾母会到阴间去告状，更想不到贾母不自己告状、而让成了仙的鸳鸯来告，更想不到还要让凤姐这个活人到阴间做证词来证明她曾看到过马道婆多次向赵姨娘索要银子。）

本例便是后四十回与前八十回脂批相合的铁证★。另一个这样的事例便是第 75 回，写贾母等家主吃的好米是定量做的，因添了尤氏这位主子来吃饭，好米做的饭便不够了，鸳鸯说：“既这然，就去把三姑娘的饭拿来添也是一样，就这样笨。”尤氏笑道：“我这个就够了，也不用取去。”鸳鸯道：“你够了，我不会吃的。”底下的媳妇们听说，方忙着取去了。这时庚辰本有夹批：“总伏下文。”

这一情节绝不是说后四十回贾府抄家后穷到缺米，脂批根本就没有暗示贾府后来要乞讨的想法在内。这一情节所伏的下文当是：后四十回探春出嫁后，“宁国府”抄家，尤氏住探春房、吃探春饭、用探春的钱，即第 106 回：“此时宁国府第入官，……这里贾母命人将车接了尤氏婆媳过来。……贾母指出房子一所居住，就在惜春所住的间壁，……一应饮食起居在大厨房内分送，衣裙、什物又是贾母送去，零星需用亦在账房内开销，俱照荣府每人月例之数。”第 3 回言明迎春、探春、惜春住在“王夫人上房”后的三间小抱厦内，笔者《宁荣府大观园图考》“第二章、第一节、二、（2）”与“第三章、第五节、七、（5）、●又后四十回之第 105 回贾赦院抄家后”两处共同考明：按年龄大小，迎春最西，探春居中，惜春居东，尤氏住在惜春旁便是住探春房。探春出嫁后，贾府才抄家而尤氏入住荣国府，探春因出嫁而用不着的那份月例钱正可给尤氏用，大厨房给探春的那份伙食又可以给尤氏，等于尤氏这时是在吃探春的饭、住探春的房、用探春的钱，这是后四十回与前八十回正文和脂批都相吻合的又一显

---

① 见俞平伯《红楼梦研究》第 38 页《后四十回底批评》：“这十条都是高氏补的。读者试看，他写些什么？我们只有用原书底话，‘倏尔神鬼乱出，忽又妖魔毕露’，来批评他。这类弄鬼装妖的空气，布满于四十回中间，令人不能卒读。而且文笔之拙劣可笑，更属不堪之至。”

例。★

总之，通过这两个后四十回正文与前八十回脂批相合的事例，我们便可以完全相信：后四十回绝对就是曹雪芹的原稿。

当然，有人会说：就算这两回是曹雪芹原稿，也不能证明后四十回全部都是曹雪芹的原稿。其实，本书"第一章、第一节"通过脂批早已证明第108回至110回是原稿情节，而且这三回就是曹雪芹原稿的第110回，位置也相同，可证此回的前后左右应当都是曹雪芹的原稿。又本书"第一章、第三节、六"证明：第18回元妃点的《仙缘》戏，脂批点明是伏八十回之后"甄宝玉送玉"，与第115回甄宝玉见贾宝玉那回和尚前来送玉的情节正相吻合，而且《仙缘》的戏名还见于第116回回目"得通灵幻境悟仙缘"中，证明第115、第116回肯定又是曹雪芹的原稿。因此"后四十回是曹雪芹原稿"绝非只有本处所讨论的第81回、第106回这两回作为孤证或寡证，而是有一系列证据加以支撑，可谓"铁案如山翻不得"，今再举其例。

四、袭人的红汗巾与桃花夫人——今本后四十回的袭人结局丝毫不违背《红楼梦》的本文和脂批

（1）袭人的红汗巾

《红楼梦》第28回"蒋玉菡情赠茜香罗"，表面是写宝玉爱慕蒋玉菡的丰仪而互赠表记，其实是伏线千里，为蒋、袭两人互赠了定情信物，注定下两人的姻缘。事情经过是这样的：

宝玉出门时系了袭人的绿汗巾到冯紫英家去喝酒①。席间，诸人要拿起席上的一样东西，说了一句与之有关的古诗。轮到戏子蒋玉菡时，他拿起桌上一朵木樨花（即桂花），念了句古诗："花气袭人知昼暖"②，"袭人"两字便伏下他和宝玉大丫环袭人的千里姻缘③。薛蟠听到"袭人"两字，硬说席上没有袭人，怎么可以提起宝玉的贴身大丫环袭人来？引得蒋玉菡忙向宝玉赔不是。

席间蒋玉菡和宝玉两人还一同如厕解手，宝玉把玉玦扇坠解下，送给他做见面礼，蒋玉菡便把北静王给他的"茜香国"女国王进贡的"大红汗巾"解下来回赠。宝玉知道没了汗巾会不方便，于是又解下自己身上的"绿汗巾"回赠。

回家后，袭人见扇坠没了，宝玉随口说成是骑马时弄丢，这也在情理之中，袭人也无话可说。睡觉时，脱去外衣，袭人见他腰间系着红汗巾，便猜到了八九分，于是说："你既然有了条好汗巾，把我那条还给我吧。"宝玉这才想起白

---

① 即上文"第一章、第三节、三、（二）"论"四侠文"时所提到的：第26回冯紫英说，等请宝玉、薛蟠喝酒时，再说自己那件重要的机密事。这趟酒便是冯紫英第二天就践行诺言，来请宝玉、薛蟠赴宴。但这次宴饮根本就没提到什么机密事，可证冯紫英口中说的那件机密事要么是幌子，要么就和全书没有关系，否则喝酒时又能不提相隔仅两回而只有一天的旧话？所以探索冯紫英有什么军国大事乃至反叛阴谋，纯属不达曹雪芹创作主旨的误入歧途。
② 诗见陆游《剑南诗稿》卷50《村居书喜》诗："红桥梅市晓山横，白塔樊江春水生。花气袭人知骤暖，鹊声穿树喜新晴"云云。
③ 古人所谓："有缘千里来相会，无缘对面不相逢。"

天是拿袭人的汗巾送给了蒋玉菡，很后悔不该把女孩子的东西随便送给她不认识的陌生人，于是赔着笑脸说："我赔你一条吧。"袭人叹道："我就知道你又干那种事情去了，也不该拿我的东西随便送给那批混账人！"（据下述后四十回中第86回的描写来看，袭人也猜到宝玉是把自己的汗巾和某位妓女或戏子交换了，只是不知道宝玉其实是在为自己做月老，帮她和她的未婚夫交换了定情信物。）

次日清早，宝玉笑道："昨夜失了盗也不晓得，你瞧瞧你裤子上。"袭人低头一看，红汗巾早已系到自己腰里，便知道是宝玉夜间趁她睡着时系上的。袭人一把解下来说："我不希罕这东西，趁早拿去！"宝玉只得委婉劝解一回，袭人无法，只得又系在腰里，等宝玉出去后，便解下来扔在一口空箱子里，换了一条系上。可以想见，袭人肯定发誓今生都不要再看到这条混账人（妓女或戏子）用过的东西。可是，由于是宝玉送的，所以她也不敢随便处置掉（指扔掉），生怕万一哪天宝玉又想起来，可以有所交代。（毕竟自己说过不要的，所以，这条红汗巾的归属权仍属于宝玉，自己只是代管而已。）

这条红汗巾在第86回，被作者再度提到了一下（这也可说是"伏线千里"）。即：薛蟠在城南二百里地碰到蒋玉菡正带着一班小戏子进京①，薛蟠请他喝酒，酒店打酒的酒保爱慕男色，多看了蒋玉菡几眼，薛蟠第二天便借酒不好，拿碗砸他的脑袋，把他给砸死了，薛蟠也因此身陷牢狱。

宝玉在贾母处听到薛姨妈说起这段事由，心中思量的却是："蒋玉菡既然回了京，怎么不来看望我？"宝玉回房，因换衣服而忽然想起蒋玉菡那年给自己的红汗巾，于是问袭人："那年你没系的红汗巾还在吗？"袭人道："我搁着呢，问它做什么？"宝玉说："随口问问，并没有什么。"

袭人道："你没听见薛大爷跟这些混账人交往，才闹出人命关天的大案吗？你还提那些做什么？"（原话是："你没有听见薛大爷相与这些混账人，所以闹到人命关天，你还提那些做什么？"）看来"知主莫如仆"，第28回袭人早已猜到宝玉交往的那帮"混账人"若非妓女（娼妓），便是戏子（优伶），反正都是"倡优"一类的人。这似乎意味着袭人早已知道红汗巾是蒋玉菡的。可是宝玉从来都没有在她面前提起过这红汗巾是蒋玉菡的，所以这一说法当可排除。

袭人只知道当年第33回宝玉也为某个倡优"琪官"而挨了父亲的重打，挨打的原因便是忠顺王府的长史上门告状，说那戏子琪官的红汗巾别到了宝玉腰间（原话是："那红汗巾子怎么到了公子腰里"），这个消息肯定会传到袭人耳中。宝玉挨打后，袭人还向茗烟求证过宝玉挨打的原因，这时茗烟也说："为琪官、金钏姐姐的事。"可见：袭人在第28回还不知道那红汗巾是戏子琪官之物，但第33回便已知晓这红汗巾是戏子琪官之物。

现在她又听说薛蟠也是为了戏子而闹出人命官司。人家告诉袭人时，肯定会说那个戏子的名字是"蒋玉菡"。但袭人只知道自己的红汗巾是戏子琪官的，并不知道忠顺王长史与茗烟口中的"琪官"就是蒋玉菡的艺名，所以并不知道自己的红汗巾就是蒋玉菡的。所以她只是说薛蟠"相与这些混账人"才惹祸，

---

① 蒋玉菡因年岁变大而做了戏班老板（相当于今天的导演），自己开戏班了。

并未说"相与这个混账人"而惹祸，足以证明她还不知道琪官就是蒋玉菡，也不知道红汗巾是蒋玉菡的。

因此第 86 回袭人因戏子琪官的红汗巾而劝宝玉不要和"这些混账人"交往，并不意味着她已经知道红汗巾是蒋玉菡的，而只意味着她知道这红汗巾是与蒋玉菡职业相同的某个艺名为"琪官"的戏子的。

这条红汗巾在第 86 回只是提了一下，要到第 120 回才正式冒出来，完成其戏剧性的使命——撮合成功袭人与蒋玉菡的婚姻！

此第 120 回是写宝玉出家后，花袭人的哥哥花自芳为妹妹找了个好人家，只说是"城南蒋家"，并没有提到对方的姓名，所以袭人也不知道就是那个引得薛蟠杀人的"蒋玉菡"，更不知道就是那个被自己骂成"混账人"而引得宝玉挨打的戏子琪官。

袭人想起当年，也即第 19 回宝玉到她家去，回来后，袭人发誓说只要宝玉改好，她死也不让家里人赎她回去嫁给别人。可现在王夫人答应了哥哥花自芳的请求，袭人不敢违抗王夫人的命令，本想死在贾家为宝玉守节（毕竟第 6 回"贾宝玉初试云雨情"，她与宝玉有了事实上的婚姻），但又怕拖累贾府，于是打算到哥哥家去自尽。

结果到了哥哥家后，又见哥哥收了蒋家的聘礼，若是死在哥哥家，岂非连累大哥双倍退还定金？于是又打算过了门再自尽。到蒋家后，她看到蒋家办事认真，全都按正配的规矩迎娶，一进门便以"奶奶"相称，怕死在他家又要连累这户善良人家"人、财两空"，辜负其一番好意，所以又不敢死，只好成亲那夜一直哭着不肯同房，而姑爷却又极为尊重顺从她。

第二天开箱整理陪嫁之物，蒋姑爷看到箱中那条猩红汗巾，由于这是"茜香国"进贡的，除了王宫外，民间罕有第二条，一问方知她就是宝玉的丫环袭人。原来当初说亲时，花自芳不敢说是宝玉房里人（以免给人那种被男主人宠幸过的联想），只说是贾母的侍儿。（事实上袭人原本就是贾母房中的大丫环，贾母派她到宝玉房时，她的隶属关系仍在贾母房中，相当于是贾母安插在宝玉房中的眼线。第 36 回王夫人把袭人定为宝玉的姨娘而给袭人姨娘那份月例钱时，才把这种隶属关系由"贾母房"改为自己名下，因为那份月例钱是从王夫人房中出的。）

蒋玉菡念着宝玉待他的旧情，为自己侥幸娶得宝玉房中的顶级丫环而感到惶恐（即蒋玉菡会认为：宝玉房中的人都是有福之人，更何况还是领头的大丫环，自感自己出身低贱而配不上），于是故意把宝玉换给他的那条松花绿汗巾拿给袭人看（这说明他一直以来也将其珍藏而没用过）。袭人看了，才知道这姓蒋的姑爷原来就是引得薛蟠杀人、宝玉挨打、害人不浅、并被自己骂成"混账人"的琪官蒋玉菡！真正是"冤家路窄"，而且还是千百年前修来的"欢喜冤家"，这才相信姻缘乃前生注定、无法改变。

袭人这才把自己想死而三处皆未死成的心事说出，蒋玉菡深感叹服，敬佩其贞洁（不过在我们读者看来，这个"贞洁"想想也有点怪异可笑），不敢勉强，越发温柔体贴，弄得袭人真正是"死无其所"了，从此后，只好安心塌地地做了蒋家的"贤妻良母"。

"花袭人有始有终"回，据脂批交代，则已迷失（见本书"第一章、第二节、三"），但脂批能说出这一回目，可证程伟元、高鹗《红楼梦》序所说的《红楼梦》一百二十回回目"有此①。上述第 120 回的情节应当就是脂批所谓的"花袭人有始有终"回。"有始有终"乃始终不渝之意②。从上述描写来看，袭人是不得已而改嫁，而且抱着必死之志，不忘初心、至死不变，这便是所谓的"有始有终"。只不过由于姻缘前定，而且又是宝玉亲手为两人交换定情信物，等于他俩的婚事宝玉早已默许过③，于是也就"心安理得"地服从命运的安排，成了红楼诸女子中结局最好的一位。（按：袭人入薄命司在于"事与愿违、身不由己"地失了节，由贵家大族的小姨娘沦落成了小家民户的正夫人。）

又："有终"亦双关"终身有托"意，这是袭人一生"贤惠"所感得的大福报。从这个意义上说，袭人不应归入"薄命司"，换句话说，《十二金钗》的册子虽然放在太虚幻境的"薄命司"殿中，但只是"少数服从多数"，并不意味着册子中的人全都是薄命之人。

（2）桃花夫人

但后四十回的作者（其实也就是前八十回的作者曹雪芹），仍不免对其"不能死"加以微讽，即第 120 回交代完毕袭人无奈嫁给蒋玉菡后，作者特地评价袭人道："看官听说，虽然事有前定，无可奈何，但孽子、孤臣，义夫、节妇，这'不得已'三字也不是一概推委得的，此袭人所以在'又副册'也。"

第 5 回言袭人命运时，其命运之图画的是一床破席，上有鲜花，"破席"便是在讽刺她不是以处子之身出嫁，犹如被人睡过的旧席、穿过的破鞋。"鲜花"则象征她姓"花"，"席"又双关其名"袭人"之"袭"。

可以说，脂批所说的曹雪芹原拟的此回回目"花袭人有始有终"可谓一语三关，既表扬其始终不渝之志，又表白其最终有托的侥幸结局，更是在用反话，对其有其心但未能努力做到"有始有终"加以善意的微讽。

作者接着还引了句前人的名诗来写照袭人，即："正是前人过那桃花庙的诗上说道：'千古艰难惟一死，伤心岂独息夫人！'"这句诗出自康熙朝诗人邓汉仪

---

① 即第 20 回"茜雪出去，与昨日酥酪等事，唠唠叨叨说个不清"句庚辰本眉批："茜雪至'狱神庙'方呈正文。袭人正文标目曰'花袭人有始有终'，余只见有一次誊清时，与'狱神庙慰宝玉'等五六稿，被借阅者迷失，叹叹！丁亥夏。畸笏叟。"可证"花袭人有始有终"、"狱神庙茜雪慰宝玉"存于"标目"（即回目）中，但正文已失。即程高二人与裕瑞所说的《红楼梦》百二十回回目"中有此两回的记载，但后四十回正文未录，属于有目无文，相当于作者扣留了后四十回的正文，用全书百二十回回目来做广告、吊读者胃口。

② 始终不渝，自始至终都不改变其志向。《诗经·大雅·荡》："靡不有初，鲜克有终"，指天下事无不有其开头，但能坚持到最终者却很少。这句话用来劝人们善始善终、志向坚定。因此"有始有终"便是志向不变之意。

③ 即默认过、同意过。

的《题息夫人庙》诗："楚宫慵扫黛眉新，只自无言对暮春。千古艰难唯一死，伤心岂独息夫人！"《春秋左传·庄公十四年》："楚子如息，……遂灭息。以息妫归，生堵敖及成王焉，未言。楚子问之，对曰：'吾一妇人而事二夫，纵弗能死，其又奚言？'"①这说的是楚文王灭了息国，把息侯的老婆带回去占有并生了两个儿子，但息夫人从来没和强奸自己的楚文王说过一句话，楚文王就问她个中原因，她于是说了应该是她一生中唯一一句和楚王说过的话："我一个女人先后嫁了两个丈夫，由于不能死节，哪还敢同新丈夫说话呢？"意指："我早就是那种该死的人了，只是因为贪生怕死而不敢死（即我本该死节，但我却失了节而苟活了下来），所以我也就要像那种'活死人'的样子不言不语，您就把我当成活死人吧。"

相传息夫人容颜绝代，目如秋水，脸似桃花，所以人称"桃花夫人"（一说是她出生那天桃花都开了，故称"桃花夫人"）。她再嫁后不与新丈夫说话的做法，与袭人改嫁成亲那晚一直哭着不肯与新郎同房的做法相通，即袭人和息夫人都是想死却又怕死，但又要做出那种不愿屈从的模样来。袭人哭着不同房的做法，和息夫人终身不与后任丈夫说话的做法，未尝不失为平衡于"怕死"与"不从"两者之间、而稍稍能让自己安心一点的做法。

需要指出的是第63回众芳抽花签，袭人抽到的正好是"桃花"签，其诗句是"桃红又是一年春"，暗示她会像桃花夫人那般嫁给人生中的第二个男人，赢得人生的第二春（即世俗所谓的"梅开二度"）。

袭人再嫁的人生遭遇，以及新婚时不愿配合新郎的做法，居然和桃花夫人的人生处境、婚后做法完全相通。此处第120回用桃花夫人（息夫人）的"桃花庙"诗来讽刺袭人，便与第63回细微而不引人注目的细节——袭人抽到象征她会像桃花夫人般再嫁一人的"桃花签"——在隔了整整56回后又遥相照应，堪称全书"千里伏线"的又一经典例证，这无疑是后四十回与前八十回在细节上两相照应的又一铁证。★

后四十回"用桃花夫人庙的诗来讽刺与那桃花夫人处境和做法相同的袭人"，这一构思只可能来自前八十回的作者曹雪芹本人。如果说这一情节是他人续写的话，则这位续写者得（děi）拥有超常的领悟能力和超常的记忆力这两大特异才能。

说他领悟能力远超常人，那是因为他一看到第63回袭人抽到的"桃花签"，便能联想到字面上丝毫看不出的"桃花夫人"来，而且还知道曹雪芹是在用这"桃花夫人"来讽刺袭人再嫁。

说他记忆力超群，那是因为他能在全书最后一回的第120回书写袭人结局时，忽然就能想起遥隔56回之外的、所有人看过都会不加注意的小细节——袭人抽到了"桃花签"，而且还能想到要引一段康熙朝诗人讽刺"桃花夫人"的题诗来嘲讽一下袭人。

可见，这一情节如果是他人续写的话，这人需要有如此超常的领悟能力和记忆力，方才能够写出如此贴合曹雪芹原意，简直就是"曹雪芹第二"的情节

---

① 清人阮元校刻《十三经注疏》，北京：中华书局1980年版，第1771页。

来。

其实第 120 回"用桃花夫人诗讽刺袭人"这一贴切的"点睛之笔",根本就不是他人所写,应当就是曹雪芹本人的构思和手笔,根本就不是曹雪芹之外的任何人所能写出。所以,第 120 回的"桃花夫人诗"与第 63 回"抽到桃花签"这两大细节的遥遥相照,便能再度极有力地证明"后四十回就是曹雪芹原稿"这一结论。

关于第 20 回脂批"似乎"是言:袭人改嫁时,交代宝玉要"好歹留着麝月"来照顾宝玉;第 28 回脂批"似乎"是言:袭人与蒋玉菡婚后,一同奉养落难的宝玉宝钗夫妇;第 21 回脂批谈到宝玉出家时,只列举"宝钗之妻、麝月之婢"而不列举袭人:这三者"似乎"都在共同证明一点——袭人出嫁于宝玉出家之前。

而本书"第一章、第二节"已有详论,指出这都是后人"望文生义"式的误会,这三条脂批没有一条是在说后四十回中的袭人之事。袭人应当出嫁于宝玉出家之后,只有这样方能不违背她第 19 回发的"不嫁"之誓,她与蒋玉菡婚后也并没有供养宝玉夫妇之事,今本后四十回袭人的结局与上述三条脂批毫无相违之处。

又《红楼梦》中写了一男一女两大负心人,男的便是贾宝玉,在痴迷中上了凤姐"掉包记"的当,误把成亲对象当成黛玉而误娶了宝钗,枉送了黛玉的性命。他在第 98 回得知黛玉已死而晕绝过去,被和尚用石子打中心窝而恢复了神智,这时"又想黛玉已死,宝钗又是第一等人物,<u>方信'金石姻缘'有定</u>,自己也解了好些。……又见宝钗举动温柔,就也渐渐的将爱慕黛玉的心肠略移在宝钗身上",于是只好认命而安心娶了宝钗,而且还在五儿的点拨下,与宝钗同了房、生了子。但最后又为了追寻天界的黛玉而出家修道,以求重返天界,等于又辜负了宝钗。其一生因误娶宝钗而枉送了黛玉的性命,同时又因出家追随仙草而葬送了宝钗的终身;他既是人间第一等的痴情人,更是人间第一等的负心人,这就是《红楼梦》全书和宝玉这个主人公的悲剧意义所在。

而那女的负心人便是袭人,她也同宝玉一样为爱情而怀抱必死之志,因见红绿汗巾"始信姻缘前定",从而安心成了蒋家之妻。两者都是本着信物(金玉与汗巾)所注定的"姻缘命定"("姻缘有定"、"姻缘前定")而被迫成亲,可谓"殊途同归、异曲同工",这也是作者"对峙立局、对仗构思"的匠心体现。

作者笔下的这一男一女两大负心人,都不用背负法律与道德上的责任,作者写"身不由己"的负心,让被抛弃者都无法怪怨对方,其文心之高妙、构思之合理、悲剧之哀惋(即古人所称颂的"怨而不怒"),也真堪称感人肺腑到天下第一的地步了。

五、宝玉穿的雀金呢——这样的细节也只有曹雪芹本人拈得出

王夫人的兄弟、王熙凤的二叔王子胜,是贾宝玉的亲舅舅。第 52 回冬天快

下雪时，凤姐对宝玉说："明天是你舅老爷（王子胜）的生日，太太（即王夫人）叫你去。"第二天宝玉向贾母辞行，贾母问："下雪吗？"宝玉道："天阴着，还没下呢。"贾母便命鸳鸯把自己的"雀金呢"大衣，给他穿着去参加舅舅王子胜的寿宴。

　　第101回时值秋天，凤姐奇怪地向贾琏问起二叔（王子胜）冬天的生日怎么提前到秋天来做："二叔不是冬天的生日吗？我记得年年都是宝玉去。……如今这么早就做生日，也不知道是什么意思？"贾琏道："你还作梦呢。他①一到京，接着舅太爷的首尾就开了一个吊。他怕咱们知道拦他，所以没告诉咱们，弄了好几千银子。后来二舅嗔着他，说他不该一网打尽。他吃不住了，变了个法子，指着你们二叔的生日撒了个网，想着再弄几个钱，好打点二舅太爷不生气。也不管亲戚朋友冬天、夏天的人家知道不知道②，这么丢脸！"第二天宝玉对凤姐说："我只是嫌我这衣裳不大好，不如前年穿着老太太给的那件雀金呢好。"凤姐因怄他道："你为什么不穿？"宝玉道："穿着太早些。"凤姐忽然想起这一切都是因为自己王家厚颜无耻地敛财、把冬天的生日乱改成秋天来做所致，于是自悔失言。而且凤姐这话又难免给人以"连现在是秋天而不应该穿冬衣的常识都给忘了"的感觉。幸亏宝钗和王家是内亲，不会笑自己，只是在那些丫头们面前说错了这话，所以凤姐仍感到不好意思起来。

　　上述情节说的是王仁为了敛财，把二叔王子胜的寿宴由冬天提前到秋天来做。往年生日都在冬天，所以要穿呢大衣，现在改成秋天，穿呢大衣显得太早。王熙凤自悔失言，宝钗是自己王家的亲戚，不会笑话自己失言，而众丫头显然都会笑话她连时节都搞不清楚的糊涂。

　　第52回参加王子胜生日要穿呢大衣这种细节，一般人看过便忘，知道要把这一细节在后四十回中衔接起来的人，恐怕只可能是原作者曹雪芹本人吧。所以第101回"呢大衣"的细节也断非他人所能续出，当是曹雪芹原稿。★

六、男女两个王熙凤——"衣锦还乡、散花寺、凤求鸾"三者的全照应

（1）王熙凤的"衣锦还乡"

　　第72回旺儿妻想让儿子娶王夫人房里的彩霞为妻，于是求凤姐说媒，作者趁机让凤姐说起自己梦到一位"不是咱们家的娘娘"来抢她怀中之锦，"正夺着，就醒了"，幸亏脂砚斋在庚辰本的夹批中点明作者的用意："却是江淹才尽之兆也，可伤。"

　　"江郎才尽"的典故大家都知道：江淹梦人来取怀中的锦和笔，便是其人文才将枯之兆。"锦"象征文才，凤姐不识字，"锦"对于她而言，便象征她的口才，即世俗所谓的"锦心绣口"——文才和口才都可以用"锦绣"来形容。凤

---

① 他，程乙本改"你哥哥"，指凤姐亲哥哥王仁。
② 这儿用的是"偏义"的修辞手法，名义上说"不管亲戚们知道与不知道"，其实偏在"知道"，即：不管亲戚们全都知道的冬天的生日，居然移到秋天来做。

姐梦人来夺锦，便是预兆其口才将失，也即"斯人将亡"之兆。

第42回薛宝钗评价黛玉给刘姥姥起"母蝗虫"绰号时，便把凤姐的口才与大观园公认的最聪慧女子林黛玉的文心相媲美："宝钗笑道：世上的话，到了凤丫头嘴里也就尽了。幸而凤丫头不认得字，不大通，不过一概是市俗取笑。更有颦儿这促狭嘴，她用《春秋》的法子，将市俗的粗话撮其要、删其繁，再加润色比方出来，一句是一句。这'母蝗虫'三字，把昨儿那些形景都现出来了，亏她想的倒也快！"第54回说书艺人也盛赞凤姐口才："奶奶好刚口①。奶奶要一说书，真连我们吃饭的地方也没了。"足证凤姐"胸中有锦"是指她那"锦心绣口"的好口才。

从第72回起，作者开始铺垫凤姐死因，即："血崩"之病（第72回），尤二姐与张金哥鬼魂的纠缠（第88、113回），抄家后财产被抢（第105回），通过这一系列不如意事的重大打击，特别是贾府因自己（指凤姐）放高利贷而被抄的巨大精神压力②，日趋逼近死亡。在她第114回死亡前夕的第108回中，史湘云便评价她："别人还不离，独有琏二嫂子，连模样儿都改了，说话也不伶俐了。"此回薛宝钗生日宴上，"凤姐虽勉强说了几句有兴的话，终不似先前爽利、招人发笑"，这便是她"江郎才尽"、胸中之锦渐失而日趋接近死亡的模样。

第101回凤姐占卜所得的"王熙凤衣锦还乡"，便伏第114回其26岁夭亡。所谓的"衣锦还乡"，便是说她穿着寿衣还乡（鬼，归也，"还乡"历来就是"死亡"的委婉语）。她抽到的签中有个"锦"字，又正与第72回"夺锦"事吻合。这一常人根本不会注意到的细节（一个"锦"字），也的确只有原作者曹雪芹本人，才能够在29回之后重又拾起。曹雪芹之外的任何人，恐怕想都想不到：第72回王熙凤"夺锦"之梦，是用"江郎才尽"的典故，来伏熙凤"衣锦还乡"之死！

（2）散花寺

第54回"史太君破陈腐旧套、王熙凤效戏彩斑衣"，两个说书的女艺人声称："倒有一段新书，是残唐五代的故事"，名叫《凤求鸾》，刚开口说到两朝宰辅、金陵人王忠告老还乡，膝下只有一个独生子王熙凤时，便惹得大家哄堂大笑起来。凤姐笑着让女先生："你们只管说吧，天下重名重姓的多着呢。"于是女先生便说王忠有个姓李的世交，有位千金小姐名叫雏鸾，贾母忙说："怪道叫作《凤求鸾》。不用说，我猜着了，自然是这王熙凤要求这雏鸾小姐为妻。"下来便引出贾母对"才子佳人"小说的一通批判。

而第101回"大观园月夜警幽魂、散花寺神签占异兆"，写凤姐遇见秦可卿阴魂显灵而大受惊吓，于是到"散花寺"求签。这"散花寺"之名其实也正照应第13回秦可卿死时，阴魂托梦给王熙凤最后所说的那句话："三春去后诸芳

---

① 刚，刚强。刚口，谓言谈锋利动听。
② 见第106回"王熙凤致祸抱羞惭"：贾政"回到自己房中，埋怨贾琏夫妇不知好歹，如今闹出放账取利的事情，大家不好。方见凤姐所为，心里很不受用。凤姐现在病重，况她所有的什物尽被抄抢一光，心内郁结，一时未便埋怨，暂且隐忍不言。"

尽，各自须寻各自门。"

"三春"就是元春、迎春、探春，"三春去后诸芳尽"是说元妃去世、迎春出嫁、探春远嫁后，贾府便要因为抄家而四散（"各自须寻各自门"就是星散的意思）。第101回开头就是写凤姐"分派那管办探春行李妆奁等事的一干人"，正处于探春即将远嫁的前夕，也即三春即将去尽之际，这时秦可卿再度显灵，可谓与第13回秦可卿托梦时所说的"三春去后诸芳尽"正相呼应。作者把秦可卿再度显灵这幕情节有意写在探春这"三春"中的最后一春离家前夕，其用意正在于此。而王熙凤最后没有进入探春住的院子，反倒证明探望"探春"那是假的幌子，写秦可卿在探春远嫁前夕，再度来提醒她第13回末所说的预言"三春去后诸芳尽"，从而预告贾府即将抄家，这才是真正的目的所在。因此，凤姐入或不入"探春院"反倒成了次要，但一定要让秦可卿在"三春"最后将去之春"探春"处显灵（哪怕是在探春院门口显灵也行），只有这样，才会显得可卿这场预言抄家的显灵与"三春（第三春探春）去后"有关。这种与前文无不照应的笔法，的确只有曹雪芹本人才写得出！

而"三春"、"诸芳"都是"花"，"各自须寻各自门"说的是"星散"，所以"散花寺"之名完全是在点秦可卿第13回托梦时、最后说的那句预言诗"三春去后诸芳尽，各自须寻各自门"，也就是在为贾府即将抄家发前兆。换句话说，"散花寺"的寺名就是作者根据秦可卿"三春去后诸芳尽，各自须寻各自门"那句预言所起的名字。第101回"散花寺"的寺名与第13回完全接榫，只有曹雪芹本人才有可能拟得出，这也是后四十回与前八十回文字相合的显例。★

总之，第101回从上半回的秦可卿显灵，到下半回的"散花寺"之名，无一处不与第13回秦可卿亡灵托梦时说的预言诗相照应、相接榫的，的确只可能是曹雪芹本人才写得出。

（3）散花寺里凤求鸾

我们再来看凤姐"散花寺"中求得的签："第三十三签：上上大吉"。住持大了翻开签簿看时，见上面写着："王熙凤衣锦还乡"，凤姐看到签簿上有自己的名字，大吃一惊，忙问住持大了："古人也有叫'王熙凤'的么？"大了笑道："奶奶最是通今博古的，难道汉朝的王熙凤求官的这一段事也不晓得①？"周瑞家的在旁笑道："前年李先儿还说这一回书的，我们还告诉她重着奶奶的名字，不许叫呢。"凤姐笑道："可是呢，我倒忘了。"

说着，又瞧底下写着："去国离乡二十年，于今衣锦返家园。蜂采百花成蜜

---

① 我们的确不晓得，在座所有读者也都不晓得。第54回《凤求鸾》的故事原本就是作者所杜撰，这与第27回作者杜撰的芒种"祭践花神"风俗，第42回杜撰的《玉匣记》中"用五色纸钱"送花神的祈禳法同一旨趣。这就是第3回探春讥讽宝玉（也即作者化身）时说的："只恐又是你的杜撰。"宝玉实即作者本人笑着回答："除《四书》外，杜撰的太多，偏只我是杜撰不成？"可证小说就是虚构杜撰的故事。作者曹雪芹编谎话从不脸红，便是因为他深得今人所谓的"小说本质就是虚构"的旨趣。所以《红楼梦》一书是"自传性的小说"而非"小说性的自传"，其道理便在于作者深谙小说的虚构旨趣，并在全书的创作中自觉地加以运用。

后，为谁辛苦为谁甜？行人：至。音信：迟。讼：宜和。婚：再议。"看完后也不很明白。大了解释说：也许说的是贾政放了外任，会接家眷到南京①去玩。凤姐回来后，唯独宝钗听了，疑心这"衣锦还乡"四个字里别有缘故。

后四十回居然说男的王熙凤是汉朝人，不对照第 54 回之文，极容易误会是西汉、东汉的"汉"朝，其实是残唐五代的"后汉"，这也隐约透露出这极可能是曹雪芹的原稿。因为如果是别人来续写的话，提及这男的王熙凤时，肯定只会说他是"残唐五代"或"后汉"人，断然不可能把他说成容易引发歧义的"汉朝"人。而且第 54 回只说他是"残唐五代"人，根本就没提到"汉"或"后汉"的字样，后四十回如果是他人来续写的话，一般也只会写成"残唐五代"人，他又是从什么途径得知第 54 回所说的"残唐五代"是指残唐五代中的后汉、而说出"汉朝"人的话来？能知道男的王熙凤是汉朝人的，只可能是前八十回的作者曹雪芹本人。

而且第 54 回说的是没有实事的戏文中的故事，况且又是男性，一般人又有谁会想到：后四十回要用这个男性的虚构故事，来预言女性王熙凤的真实结局？此男性王熙凤是"才子佳人"小说中的男主人公，自然会有上京赶考中状元后"衣锦还乡"的故事发生，又有谁会想到：后四十回再提这一情节时，是用他的"衣锦还乡"来写：本小说的女主人公凤姐穿着入殓用的寿衣（"衣锦"），躺在棺材里还乡？（按："还乡"即死亡的委婉语，更指王熙凤死后躺在棺材里归葬老家金陵。）如此这般细节上的演绎，恐怕也只有前八十回的作者曹雪芹本人才敢这么想、这么写，一般人连想都不敢想、想也想不到啊。

清人王希廉独具只眼，在第 54 回评："女先儿说王熙凤故事，直伏一百一回'散花寺'神签。"指出第 54 回说书者讲古代王熙凤《凤求鸾》的故事，是为第 101 回求得的签上写有"王熙凤"名字做铺垫。这无疑也就揭示出后四十回与前八十回在这一细节上的相互照应。

更当指出的是，女艺人所说书的书名为"凤求鸾"，"鸾"可以理解为"扶鸾"，第 101 回王熙凤是抽签，与"扶鸾"略有差别，但均为求神问卜之事，所

---

① 这儿把南京即金陵说成是《红楼梦》中诸人的老家，与前八十回把南京当成贾府老家的描写完全吻合。按：第 33 回宝玉挨打后，贾母训贾政说："我和你太太、宝玉立刻回南京去！"说的正是要回老家南京的意思。第 5 回宝玉梦游太虚幻境时，作者也点明宝玉的老家在南京，即："宝玉一心只拣自己的家乡封条看，遂无心看别省的了。只见那边橱上封条上大书七字云：'金陵十二钗正册'。……宝玉道：'常听人说，<u>金陵极大</u>，怎么只十二个女子？如今<u>单我们家里</u>，上上下下，就有几百女孩子呢。'"画线的"金陵极大……单我们家里"便清楚点明：作者现在的家就在金陵南京。其实作者笔下的贾府就在南京，何来"老家又在南京"之说？曹雪芹听到你为这种问题困扰，肯定会嫌你太实在，不识他这位文人的"狡狯之笔"："老家"是指真实世界中的南京，而"贾家"这个小说中的"假家"，自然就是小说世界中的南京。笔者《宁荣府大观园图考》"第一章、第一节、九"指出：小说是现实的反映，就像镜子反映着生活；老家（即江南甄家、江南真家）就好比在镜子外面的真实世界中的南京，而小说中的贾家（假家）就好比在镜子里的南京；小说中的"长安"其实就是南京的镜像，小说中的贾府（假府）同样也是真实世界中的"真（甄）府"曹家的镜像！

以"凤求鸾"这一戏说的故事名，其实也正伏第 101 回王熙凤求神占卜的情节，即"凤求鸾"这三个字含有"王熙凤在求'扶鸾'等占卜术给自己某种启示"的意思在内。★

七、"三春去后诸芳尽"——惜春在家修行绝对是曹雪芹原稿

第 13 回秦可卿一逝世，便来托梦给王熙凤交代家族后事，最后说："三春去后诸芳尽，各自须寻各自门。"表面是说初春、仲春、晚春这春季的三个月过去后，百花都要凋谢。其实象征的是：贾府的元春、迎春、探春这"三春"按顺序全都离开贾府后（指按顺序出嫁后），贾府便要星散了（即第 5 回王熙凤《聪明累》曲所唱的"家亡人散各奔腾"）。

惜春不属于"三春"之中。第 5 回为惜春写的命运判词："堪破三春景不长，缁衣顿改昔年妆"，为惜春写的命运之曲《红楼梦曲·虚花悟》："将那三春看破，桃红柳绿待如何"，都言明"三春"是指"元、迎、探三春"而与惜春无关。

而第 79 回迎春出嫁，后四十回中的第 95 回元妃薨逝，第 102 回某个秋月（当是十月）初二日探春远嫁，第 105 回贾府抄家，第 118 回惜春在府中出家（王夫人说："我们就把姑娘住的房子便算了姑娘的静室"），可证后四十回正是在三春"元春、迎春、探春"去后（元春是出嫁并逝世，而迎春、探春是离府出嫁）方才抄了家，"各自须寻各自门"便是抄家后"家亡人散各奔腾"的艺术写照。

抄家时惜春尚在家而未出家，而且她在抄家后出家[①]时，仍在家修行而未离家。如果惜春是在抄家前便出了家，而且出家时又是离家修行，便是"四春去后诸芳尽"。后四十回把惜春写成抄家后出家，而且出家后又是在家修行，这便与前八十回秦可卿的预言"三春去后诸芳尽"完全吻合。

而后四十回如果是别人来续写的话，极容易把惜春写成像宝玉那般离家出家，甚至还会写她在抄家前便已出了家（即把她视为"三春去后诸芳尽"中的一春。人们很容易把"三春"理解为"探春、迎春、惜春"这三人），而后四十回居然没有这么写，一反常人的想法而吻合常人难以看破的曹雪芹的原意，这也足以证明后四十回应当是原作者曹雪芹的构思和手笔。

第 5 回惜春的命运之图画的是"一所古庙，里面有一美人在内看经独坐"。后四十回正写惜春为尼，但却是在家修行。前者与前八十回完全吻合，而后者便有人开始说不合，详下文所举的俞平伯先生的观点。其理由便是：图中画的是"古庙"，则惜春显然应当离家修行，而不应当在家修行，因为家中何来古庙？

其实所有人都能根据第 5 回惜春的判词，看明白惜春最终要出家为尼。"出家"固然可以理解为离家，但也可以把"出家"两字理解为"出世"；在家受戒修行，同样也可以称作"出家"。由于一般人都把"出家"理解成离家修行，于是让一般人来续写的话，肯定会续成惜春离家到某一古庙中去修行，断然不会

---

① 出家，即看破红尘而顿入空门，不一定要离家，在家修行也可以称为"出家"。

续作在家修行。后四十回胆敢如此写，与一般人的理解迥然不同，这只可能是曹雪芹的手笔。

又惜春最后在家修行的地方"栊翠庵"，肯定也是座有年代的老庙，见第113回："且说栊翠庵原是贾府的地址，因盖省亲园子，将那庵圈在里头。"又第115回惜春说："况且我又不出门，就是栊翠庵原是咱们家的基址，我就在那里修行。我有什么，你们也照应得着。"画线部分便可看出：栊翠庵不是新庙，而是有一定年代的旧庙。又第120回贾政回家后，贾珍说："宁国府第收拾齐全，回明了要搬过去。'栊翠庵'圈在园内，给四妹妹静养。"可见惜春最后是在一座古庙中修行，只不过这座古庙是"宁荣二府"宅第中原有的古庙而不在府外。所以，后四十回写惜春出家修行是在自家园内的旧庙中为尼，与第5回说她在古庙中为尼并无矛盾。

俞平伯先生《红楼梦研究·高鹗续书底依据》："后来惜春住在栊翠庵，大约是想应合那册子上底大庙了。（第一百二十回。）但栊翠不过是点缀园林的一个尼庵，似乎不可以说是大庙。我以为她后来在水月庵比较对些。"[1]今按：第5回原文说的是"古庙"，未说大庙，俞先生立论已偏。那么，"栊翠庵"到底是古庙，还是新庙？栊翠庵虽说是大观园中新造，但其根底和由来却是旧庙，已见上论。而且百年古庙新建后，人们不会称之为"新庙"，仍当称之为"古庙"，因为庙的"新"与"古"是根据此庙的历史而言，并不按照此庙建筑的新旧来说，因为古建筑每隔数十百年便要翻新一次，若以建筑新旧来论的话，则普天下的庙岂非全都是新庙而没有了旧庙？

第7回写："只见惜春正同水月庵的小姑子智能儿一处顽笑"，甲戌本眉批："闲闲一笔，却将后半部线索提动。"所有人都明白这伏的是后四十回中惜春出家事。俞先生便根据这条脂批，认为惜春应当在"水月庵"修行（即上引画线部分："我以为她后来在水月庵比较对些"）；这似乎很有道理，其实这一猜测远没有后四十回所写来得合理。

第115回写明诸庵不敢收容惜春，这倒是非常符合真实情况的。此回惜春向"地藏庵"的尼姑表示自己要出家，尼姑听了"假作惊慌"地说道："姑娘再别说这个话！珍大奶奶听见，还要骂杀我们，撵出庵去呢。姑娘这样人品，这样人家，将来配个好姑爷，享一辈子的荣华富贵——"然后"便索性激她一激"（即这尼姑仍想让惜春到自己庵中去修行，这样的话，每个月可以向贾府多要很多银子），于是便"欲擒故纵"地假意开导她说："姑娘别怪我们说错了话。太太、奶奶们哪里就依得姑娘的性子呢？那时，闹出没意思来，倒不好。我们倒是为姑娘的话。[2]"惜春仍然表示要出家，即惜春所说的："这也瞧罢咧。"这时书中写"彩屏等听这话头不好，便使个眼色儿给姑子，叫她去。那姑子会意，本来心里也害怕，不敢挑逗，便告辞出去。惜春也不留她，便冷笑道：'打量天

---

① 俞平伯《红楼梦研究》，北京：人民文学出版社，1973年版，第21页。
② 即我们说的倒是为姑娘着想的好话。

下就是你们一个'地藏庵'么？'那姑子也不敢答言，去了。"画直线的部分便言明：尼姑们虽然希望惜春入庵为自己带来丰厚的财源，但又怕得罪贾珍、尤氏，看到彩屏生了气，她便知趣地离开了。而上引画浪线的部分也已表明：哪座庵里的尼姑敢鼓动、收留惜春为尼，便将被贾府主子们赶走，所以惜春注定要在自己家内修行。

一般人都会把惜春续成在家外的尼庵出家，而后四十回写成在自己家中的尼庵静修，显然后者更符合事理，但却又完全出乎众人意想之外，这的确只可能是曹雪芹本人的手笔。

八、贾政冬底回——绝非高鹗所写而是曹雪芹原文

第70回写贾政有信回来"说'六月中准进京'等语"，于是宝玉吓得赶紧补功课。不久作者又写："可巧近海一带海啸，又遭踏了几处生民。地方官题本奏闻，奉旨就着贾政顺路查看、赈济回来。如此算来至冬底方回。"这是脂本的写法，程高本把最后四个字改成了"七月底方回"。然而程高本自己的第107回贾政亲口对北静王说："犯官自从主恩钦点学政任满后，查看赈恤，于上年冬底回家"，写明是冬底回而非七月底回。

这一方面可以证明此处程高本"七月底方回"是高鹗的篡改，而"冬底方回"是曹雪芹的原文；另一方面又可以证明后四十回根本就不是高鹗所写。如果后四十回是高鹗所写，他在第70回改成了"七月底方回"，为何由他自己写的后四十回中的第107回反倒仍然写成"冬底回家"而与脂本前八十回相合？

更何况贾政原定六月中回来，因赈灾而七月底回，等于说赈灾工作仅持续一两个月便能完成。但原文是作"近海一带海啸"，海啸显然会波及沿海数百公里的海岸线，至少会有几个州府而非一两个州府受灾。贾政从沿海回家时"顺路查看赈济"，一路上负有查看灾情、赈济灾区这两项重大任务。由于这是中央下旨查赈，可证这场海啸波及范围比较广、灾情比较重，一般是不大可能在一两个月内完成的。因此脂本作"冬底方回"，即查赈灾情的工作持续五六个月是非常合理的；而程高本作"七月底方回"，仅一两个月便完成了这一查赈使命是欠妥的，如果贾政真敢这么做的话（指七月底回），无疑会给人藐视和敷衍中央的感觉，贾政这种谨小慎微的人是不敢这么做的。由此也可明白"七月底方回"必非原文，当是高鹗臆改，而后四十回的第107回作"冬底回家"也就肯定不可能是高鹗所写，而应当是高鹗漏改的曹雪芹的原文。

九、黛玉的诗帕——堪与袭人"红汗巾"的功用相媲美

详见本章"第三节、三"。

十、小红的手帕——前八十回与后四十回的暗相照应

亦见本章"第三节、三"。

十一、其他细节照应

后四十回与前八十回的细节照应比比皆是，说服力大而震撼的十例已汇列如上，其余说服力相对较小，则略举几例附此。

（一）傻大姐

第73回"痴丫头误拾绣春囊"写道："原来这傻大姐年方十四五岁，是新挑上来的与贾母这边提水桶、扫院子、专作粗活的一个丫头。只因她生得体肥面阔，两只大脚，作粗活简捷爽利，且心性愚顽，一无知识，行事、出言常在规矩之外。贾母因喜欢她爽利便捷，又喜她出言可以发笑，便起名为'呆大姐'，常闷来便引她取笑一回，毫无避忌，因此又叫她作'痴丫头'。她纵有失礼之处，见贾母喜欢她，众人也就不去苛责。"此正为后四十回伏笔，即第96回写傻大姐无意中向黛玉透露"贾母房"中酝酿出来的贾府最高机密——让宝玉娶宝钗、让黛玉出嫁。

一般人都想不到第73回这一极痴呆无用的角色，却是作者预先布局在那儿的、对后四十回情节起关键推动作用的人物。这也就导致一般人根本就想不到要在后四十回中，用她这个傻角色，来把那件事关黛玉生死的机密消息透露给黛玉。唯有作者曹雪芹本人，才能"驾驭"这一天真而无心机的角色，在不经意中，把那足以逼死黛玉的"催命鬼"消息传递给黛玉。这也是后四十回这一情节乃曹雪芹亲笔所写，且与前八十回预伏细节两相照应的佐证。★

又第73回为红楼十六年，则傻大姐要比宝玉小一两岁，与黛玉同年或小一岁。

（二）金麒麟

第31回"因麒麟伏白首双星"写史湘云拾到宝玉丢失的金麒麟并归还给他，埋下她和卫若兰凭此"金麒麟"得成夫妻的伏笔，即己卯本回末批："后数十回若兰在射圃所佩之麒麟，正此麒麟也。提纲伏于此回中，所谓'草蛇灰线，在千里之外'。"

后四十回居然不去写脂批所批的情节，反倒用别样一种笔法来照应这一"金麒麟"细节，即第83回周瑞家的向凤姐转述外面的谣传："园子里还有金麒麟，叫人偷了一个去，如今剩下一个了。……还有歌儿呢，说是：'宁国府、荣国府，金银财宝如粪土。吃不穷、穿不穷，算来——'说到这里，猛然咽住。原来那时歌儿说道：'算来总是一场空'，这周瑞家的说溜了嘴，说到这里，忽然想起这话不好，因咽住了。凤姐儿听了，已明白必是句不好的话了，也不便追问。因说道：'那都没要紧，只是这"金麒麟"的话从何而来？'周瑞家的笑道：'就是那庙里的老道士送宝二爷的小金麒麟儿，后来丢了几天，亏了史姑娘捡着还了它，外头就造出这个谣言来了。①奶奶说这些人可笑不可笑？'凤姐道：'这些话倒不是可笑，倒是可怕的。咱们一日难似一日，外面还是这么讲究。俗语

---

① 可证宝玉是大观园中的明星人物，其一言一行马上就会有人传遍府内、府外。

儿说的，"人怕出名猪怕壮"，况且又是个虚名儿，终究还不知怎么样呢？'"

所唱之歌，感觉就像第1回甄士隐所唱的《好了歌解》："金满箱、银满箱，（甲侧：熙凤一千人。）展眼乞丐人皆谤。（甲侧：甄玉、贾玉一千人。）"又像是第4回《护官符》所说的："丰年好大雪，珍珠如土金如铁。"这也是前八十回与后四十回文风相似的显例。★

由于第31回正文并没有情节来照应回目中的"伏白首双星"这五个字，所以脂批要特地批：作者是以后文卫若兰与史湘云凭此"金麒麟"得成夫妻①，来照应此第31回的回目。即点明：回目中的"伏白首双星"这五个字不是对此回情节的总结，而是对后四十回情节的预言和伏笔。

如果是别人来续后四十回，都会认真研究前八十回的脂批和回目，从而对第31回回目与脂批所提到的"卫若兰与史湘云凭此'金麒麟'得成夫妻"的情节加以编排。

今本后四十回无视这一脂批和回目，不写"卫若兰与史湘云凭此'金麒麟'得成夫妻"的情节，而是另起炉灶来写此"金麒麟"歌谣，讽刺王熙凤"金满箱、银满箱"、"算来总是一场空"的结局，也即第106回所言的：抄家后贾琏"想起历年积聚的东西并凤姐的体己，不下七八万金，一朝而尽，怎得不疼？"也即王熙凤第101回"散花寺"求得的神签上所写的"蜂采百花成蜜后，为谁辛苦为谁甜"之旨，也即第1回甄士隐《好了歌解》所唱的："金满箱、银满箱，（甲侧：熙凤一千人。）展眼乞丐人皆谤"，及其最后所唱的："到头来都是为他人作嫁衣裳！"

这种该写的不去写，未有提示的却写到，的确不可能是他人的续写，而只可能是原作者曹雪芹本人所写。

至于"卫若兰与史湘云凭此'金麒麟'得成夫妻"的情节，即脂批所言的"卫若兰射圃"情节（"后数十回若兰在射圃所佩之麒麟"），曹雪芹不是没有写，而是今本后四十回失传了。即：曹雪芹所写的这一情节，正好就在后四十回程伟元、高鹗未能找到的那几回中。

（三）赖尚荣

第45回赖嬷嬷请凤姐等人赴其孙子赖尚荣的升官宴时说：赖尚荣"从小儿三灾八难，花的银子，也照样打出你这么个银人儿来了②。到二十岁上，又蒙主子的恩典，许你捐个前程在身上。你看那正根正苗的忍饥挨饿的要多少？你一个奴才秧子，仔细折了福！如今乐了十年，不知怎么弄神弄鬼的，求了主子，又选了出来。州县官儿虽小，事情却大，为那一州的州官，就是那一方的父母。

---

① "双星"为多义词，可指牛郎、织女两星天隔一方，即卫若兰与史湘云婚后卫若兰早丧，两人阴阳两隔，成为分隔意义上的"双星"，史湘云守寡到白头。其实，脂批所言更可指：史湘云因有金麒麟，而与同样有金（金锁）的宝钗，成为一对全都守寡到白头的媳妇；她们俩都是天仙（即星宿）下凡，故称"白首双星"，意为：一对守寡到白头的天上下凡的星宿（即仙子）。
② 指用一人高的银子，才能打造培养出赖尚荣这么个人来。

你不安分守己、尽忠报国、孝敬主子，只怕天也不容你！'"

然后，凤姐称赞赖嬷嬷："家去①一般也是楼房厦厅，谁不敬你？自然也是老封君似的了。"赖嬷嬷又说："在我们破花园子里摆几席酒、一台戏，请老太太、太太们，奶奶、姑娘们，去散一日闷。"

此是着力描写贾府一等奴才②的豪奢，不仅有高房大厦、花园别墅，还能升官发财。回末戚序本有总评："请看赖大，则知贵家奴婢身份，而本主毫不以为过分，习惯自然，故是有之③。见者当自度是否可也？"

第47回到了那天，"贾母高兴，便带了王夫人、薛姨妈、及宝玉姊妹等，到赖大花园中坐了半日。那花园虽不及大观园，却也十分齐整宽阔，泉石、林木、楼阁、亭轩，也有好几处惊人骇目的。"

回来后，第56回探春改革大观园时，问平儿："年里往赖大家去，你也去的，你看他那小园子比咱们这个如何？"平儿笑道："还没有咱们这一半大，树木、花草也少多了。"探春道："我因和他家女儿说闲话儿，谁知那么个园子，除她们带④的花、吃的笋菜、鱼虾之外，一年还有人包了去，年终足有二百两银子剩⑤。从那日我才知道：一个破荷叶，一根枯草根子，都是值钱的。"

后四十回之第116回，贾政说：扶贾母灵柩返乡的钱不够。贾琏提议："就是老爷路上短少些，必经过赖尚荣的地方，可以叫他出点力儿。"所以第120回贾政"想到盘费算来不敷，不得已，写书一封，差人到赖尚荣任上借银五百，叫人沿途迎上来，应⑥需用。那人去了几日，贾政的船才行得十数里，那家人回来，迎上船只，将赖尚荣的禀启呈上。书内告了多少苦处，备上白银五十两。贾政看了生气⑦，既命家人：'立刻送还！将原书发回，叫他不必费心。'那家人无奈，只得回到赖尚荣任所。赖尚荣接到原书⑧、银两，心中烦闷，知事办得不周到，又添了一百，央来人带回，帮着说些好话。岂知那人不肯带回，撂下就走了。赖尚荣心下不安，立刻修书到家，回明他父亲，叫他设法告假，赎出身来。于是赖家托了贾蔷、贾芸等，在王夫人面前乞恩放出。贾蔷明知不能，过了一日，假说王夫人不依的话，回覆了。赖家一面告假，一面差人到赖尚荣任上，叫他告病辞官。王夫人并不知道。"而且第117回言："赖家的说道：'我哥哥虽是做了知县，他的行为，只怕也保不住怎么样呢。'众人道：'手也长么？'赖家的点点头儿，便举起杯来喝酒。"赖尚荣估计自己此举得罪了主子，而且自己又贪污，估量着肯定保不住自己的乌纱帽，所以赶紧辞官为妙。

---

① 指回家去，即赖嬷嬷您一回到家。
② 一等奴才即上等奴才。
③ 故而会有这种情况存在。
④ 带，戴，头戴。
⑤ 剩，趁（钱），挣（钱）。
⑥ 应，供、供应。此处程乙本以之不通而加上一个"付"字，实亦不必。
⑦ 生气，程乙本妄改"大怒"，这显然把贾政的涵养给改低了。以作者曹雪芹的涵养气度来看，他所塑造的自己父亲的涵养气度，必当如程甲本所作为是。
⑧ 原书，指赖尚荣回给贾政的信。

第 45 回赖嬷嬷口口声声教育孙子赖尚荣要"孝敬主子",否则"只怕天也不容你"。而贾政有困难,向她孙子告贷五百两银子时,赖尚荣却不肯帮忙,两者形成鲜明对比、正可对看,这也是前八十回与后四十细节照应的实例。(当然这不是顺承式的正照应,而是对比式的反照应,但总归也是前后对照的实例。)

(四)冷子兴演说荣国府

第 2 回冷子兴将荣国府的人事情况演说给贾雨村听,才会有第 92 回参母珠①时,贾政对贾雨村熟悉本府情形(即下引画线部分)深表不解,这两回同样也是前后照应。按第 92 回:

> 冯紫英道:"……雨村老先生是贵本家不是?"贾政道:"是。"冯紫英道:"是有服的,还是无服的?"贾政道:"说也话长。他原籍是浙江湖州府人,流寓到苏州,甚不得意。有个甄士隐和他相好,时常周济他。以后中了进士,得了榜下知县,便娶了甄家的丫头——如今的太太——不是正配。岂知甄士隐弄到零落不堪,没有找处。雨村革了职以后,那时还与我家并未相识,只因舍妹丈林如海林公在扬州巡盐的时候,请他在家做西席,外甥女儿是他的学生。因他有起复的信,要进京来,恰好外甥女儿要上来探亲,林姑老爷便托他照应上来的,还有一封荐书托我吹嘘吹嘘。那时看他不错,大家常会。<u>岂知雨村也奇:我家世袭起,从'代'字辈下来,宁、荣两宅,人口、房舍,以及起居事宜,一概都明白。因此,遂觉得亲热了。</u>"
> 因又笑说道:"几年间,门子也会钻了,由知府推升转了御史,不过几年,升了吏部侍郎、署兵部尚书。为着一件事降了三级,如今又要升了。"

唯有了解自己作品的原作者曹雪芹本人,才能把前八十回中雨村的仕宦经历总结得如此到位,其他人根本不可能总结得如此"滴水不漏",这也足以证明这段文字只可能出自原作者曹雪芹本人之手。

十二、有丰富小说创作实践的林语堂和白先勇先生的观点,证明今本后四十回能凭此细节接榫成为无可争议的曹子原著

以上十大细节(①王太医的"好脉息"、②尤氏吃探春饭、③赵姨娘的银子、④袭人的红汗巾与桃花夫人、⑤宝玉的雀金呢、⑥男女两个王熙凤与"衣锦还乡、散花寺、凤求鸾"、⑦惜春的在家修行、⑧贾政的冬底回、⑨黛玉的诗帕、⑩小红的手帕),以及其他一些小细节,都是前八十回中极其微小的细微末节,极容易被人看过就忽视,后四十回相隔如此多回,居然知道重新拾起,而且还在情节推动方面,将其功用发挥到极致(如"赵姨娘的银子、袭人的红汗巾"两例),其"草蛇灰线、伏线千里"真可谓精妙绝伦。这也足以证明后四十回与前八十回是同一人所作。

我们正是根据此类细节上的相合,来判定后四十回是残书而非续书。作为残书,与前书是同一人所作,所以能与前八十回有大量而非偶尔细节接榫之应;

---

① 其回目作"玩母珠贾政参聚散"。

如果是续书，则与前书乃不同人所作，不可能在细节上如此密合。前后两部书大情节能接得上，这一点续书也能做到；但后书能把前书的细节一一钩沉出来全都接上，则后书与前书便只可能是同一人所作，而绝对不可能是那种分别由两个人创作而成的续书关系。

今本后四十回与前八十回在细节上的接榫照应，证明两者确为同一人手笔。在此，特引两位创作过优秀小说作品的著名作家的判断，他们的观点应当比没有写过小说的胡适、俞平伯、周汝昌等先生更加贴合曹雪芹的创作实践吧。

第一位是林语堂，他著有《平心论高鹗》一书，指明前八十回与后四十回浑然一体，从而否定"后四十回乃高鹗续写"的观点。他在书中说："（六）高本四十回大体上所有前八十回的伏线，都有极精细出奇的接应，而此草蛇灰线重见于千里之外的写作，正是《红楼梦》最令人折服的地方。在现代文学的口语说来，便是结构上的严密精细。①""（七）高本人物能与前部人物性格行为一贯，并有深入的进展，必出原作者笔下。""（九）高本文学手眼甚高，有体贴入微、刻骨描绘文字，更有细写闺阁闲情的佳文，似与前八十回同出于一人手笔。"

第二位是白先勇，在"后四十回乃曹雪芹所著"这一点上，他在《白先勇细说红楼梦》②一书中，表达了与林语堂基本一致的看法。该书"前言·大观红楼"中说："自程高本出版以来，争议未曾断过，主要是对后四十回的质疑批评。争论分两方面，一是质疑后四十回的作者。长期以来，几个世代的红学专家都认定后四十回乃高鹗所续，并非曹雪芹的原稿。因此也就引起一连串的争论：后四十回的一些情节不符合曹雪芹的原意、后四十回的文采风格远不如前八十回，这样那样，后四十回遭到各种攻击，有的言论走向极端，把后四十回数落得一无是处，高鹗续书变成了千古罪人。我对后四十回一向不是这样的看法。我还是完全以小说创作、小说艺术的观点来评论后四十回。首先我一直认为后四十回不可能是另一位作者的续作，世界经典小说，还没有一本是由两位或两位以上作者合写而成的例子。《红楼梦》人物情节发展千头万绪，后四十回如果换一个作者，怎么可能把这些无数根长长短短的线索一一理清接榫，前后成为一体？例如人物性格、语调的统一就是一个大难题。贾母在前八十回和后四十回中绝对是同一个人，她的举止言行前后并无矛盾。"

他还在《晶报》专访中谈道："我觉得世界上的经典小说，还没有一本是两个作者写的而且还这么契合。两个作家都写的这样好，没有理由一个给另一个续写，他完全可以自己创作。"作为小说家，白先生从文学创作的角度来分析，判定后四十回的人物语气、情节发展，与前八十回完全协调，而且后四十回能够呼应前面写到的那么多的细节和千里伏笔，如果不是同一个人，根本就不会

---

① 笔者按：本章第四节所揭明的：《红楼梦》全书120回的首末两回、第5与倒数第5回均呈镜像对照的格局，更加能够证明林先生的这一结论。
② 广西师范大学出版社2017年版。

想到有这些细节和伏笔存在，更谈不上加以呼应。在此他举了一个例子，即：

第 46 回"鸳鸯女誓绝鸳鸯偶"：鸳鸯"一面左手打开头发，右手便铰。众婆娘丫鬟忙来拉住，已剪下半缕来了。"而第 111 回"鸳鸯女殉主登太虚"："取出那年绞的一缕头发，揣在怀里。"白先生便根据这两回来指出：鸳鸯剪下自己一缕头发，用来表示自己的刚烈和不嫁，而相隔 65 回后的贾母逝世时，她准备自杀，又把这缕头发缠在衣服里面。这么小的细节，如果不是同一个人，是不大可能想得到的。

他还指出：林黛玉临终时烧宝玉送给她的手帕，像这样微小而与前八十回相照应的细节，在后四十回中比比皆是，远不止两三处，这就充分证明：后四十回从细节上看，的确与前八十回是一个完整整体，只可能是曹雪芹所作。①

在此有必要对林语堂先生的观点做一修正，他在《平心论高鹗》一书中认为："六四、由上述各项研究，我相信高本四十回系据雪芹原作的遗稿而补订的，而非高鹗所能作。"即他认为程伟元、高鹗确实得到过曹雪芹原作的散稿抄本，但残缺不全，所以高鹗的贡献便是做了"修补"、"补订"之事。似乎高鹗补订处很多。

而本书"第一章、第一节、三"之（三）、（四），从字数上来判断，后四十回仅缺 2.5 回左右；而且经过我们上章的分析研究，后四十回与脂批完全吻合；因此可以确信：高鹗所作的修补其实极为有限，今本后四十回可以说几乎全部（即 100%）都是曹雪芹的原稿。其与曹雪芹原稿的差别仅在于：

①缺了两三回，而由三十七八回匀成了四十回，受拆分调整的回目会重新拟定，其余回目全仍其旧。其回目与裕瑞等人所见到的曹雪芹《红楼梦》120回回目大同而小异，其不同处在于今本后四十回是曹雪芹第一稿，而裕瑞等所见是第五稿的回目，第一稿的回目肯定会与第五稿的回目有所不同。

②就程甲本而言，高鹗只是对曹雪芹原稿的残缺处稍加连缀罢了。当然也不排除高鹗会对原稿极个别字眼做修改和润色，比如会将文言字句改成通俗易懂的口语，但这一可能性其实不大。需要注意的是：笔者《红楼时间人物谜案》"第二章、第一节、二、（三）程甲本优于程乙本的判定"，证明程乙本对程甲本的进一步篡改则甚为过分，我们此处只针对程甲本而言，所以上文要说成"就程甲本而言"（即上文画线部分）。

因此，林语堂先生的观点当修正为：就程甲本而言，后四十回几乎全部都是曹雪芹的原稿，高鹗的修改和补缀极其有限，可以忽略不计。今本后四十回与曹雪芹原稿的唯一差别就在于缺了两三回。今本后四十回与曹雪芹最终定稿的差别就在于：今本应当是比较早的某次中间稿，或某几次中间稿的杂合稿，而根据本章第八节的考证，则基本可以认为是脂砚斋首次作批的曹雪芹的第一稿；在后四十回曹雪芹最终定稿第五稿已经失传的情况下，今本后四十回便是曹雪芹唯一存世的遗稿，弥足珍贵，价值连城，无可替代！

---

① 《白先勇细说红楼：你们读的是另一个梦》，深圳《晶报》2017 年 4 月 8 日专访，https://wx.abbao.cn/a/7653-5d0ee9d556160610.html。

上文诸例全都是笔者细读《红楼梦》时发现的后四十回与前八十回在细节上的神奇照应。如果说后四十回是曹雪芹之外的人所续，则这个续书人大旨全错（指未续"落了片白茫茫大地真干净"的悲惨大局），只续细微末节，这也未免令人大感意外。这其实更加让我们感到：后四十回的作者应当就是曹雪芹本人！

因为作者曹雪芹怕"文字狱"的祸及，家族惨事只打算用第 1 回甄士隐（谐"真事隐"）的《好了歌解》、第 5 回的《红楼梦曲》唱过便罢，无意在全书结尾详细展开来写，为的就是集中全书仅 120 回这有限的篇幅，来突出全书"宝黛爱情"这一主旨。

假的真不了，真的也假不了。对于后四十回是否为曹子所著，我们其实不用迷信大家们①的一手遮天，也用不着单凭脂批来做抽象的思辨，我们只需要老老实实地把后四十回与前八十回的文字细细对读一下，便能发现两者在细节上、文笔上、主旨上、情节主线上绝对是同一人的手笔而非两样文章。

上文所举的十余例，便是后四十回与前八十回细节上"血肉相连"的铁证。正如一个人的手臂虽然被刀砍下，但其血管、神经、骨骼的位置都能与躯干对接得上，只要碰到有本事的外科大夫，仍能连通其血脉、神经、骨髓而断肢得续。后四十回与前八十回如果是同一人写就的艺术整体，就必定会有这种"血脉相连"处而无法被割裂。

上文所举的十余例全都是前人未曾提及的笔者的独家发现，笔者特地将其汇成此章以飨读者，借此来为在天有灵的曹雪芹主张其后四十回的著作权，令曹子含笑九泉，同时更令《红楼梦》在胡适"标新立异"②即将百年之际，得以复归人们最初的认识③而破镜重圆！

十三、后四十回"大局不续、只续细节"并不能证明原稿被人篡改

上文指出：如果说后四十回是曹雪芹之外的人所续，则这个续书人大旨全错（指未续"落了片白茫茫大地真干净"的悲惨大局），只续了细微末节，这未免令人太感到意外了。

---

① 指胡适、俞平伯、周汝昌三位红学大家。

② 按：胡适之前的人，除裕瑞等极个别人外，均赞同程伟元、高鹗所写的《红楼梦序》，以后四十回为曹子原著，高鹗只是做了编辑上的工作，因为清朝人续《红楼梦》时全都从第 120 回而非第 80 回续起，堪为其证。唯有上世纪胡适《红楼梦考证》标新立异、首倡新说，力主后四十回非曹子所著，谬种流传，举世皆狂。"青山遮不住，毕竟东流去"，愿有识之士当从本章中为之猛醒！至于后四十回与前八十回艺术上的反差，那不是出自两个人手笔的缘故，而是前八十回乃作者曹雪芹"披阅十载、增删五次"后的定稿也即第五稿，后四十回是第五稿定稿前便流传在其密友中的某次中间稿（据本章末尾第八节的考论，实乃脂砚斋第一次作批的曹雪芹的第一稿），故艺术上显得粗糙而不精美。胡适《红楼梦考证》发表于 1921年，至笔者撰写此书的 2019 年为虚岁 99 岁，至 2020 年为虚岁 100 岁，至 2021 年为实足 100 岁，希望能在胡适此书百周年到来之前，能把胡适定"后四十回为伪续"的弥天大谬给纠正过来，同时又肯定其"考证《红楼梦》作者为曹雪芹"的砥柱丰功，代表我们这个时代对《红楼梦》这部世界名著应有的正确认识。

③ 指胡适所反的、清朝人所公认的"后四十回乃曹雪芹原稿"这一认识。

后四十回"大局不续而只续细节"，由于其该续的大局没续，所以看起来便不像是原作者曹雪芹所作，胡适、鲁迅、俞平伯、周汝昌等大家便持这样的观点。但后四十回又把前八十回一般人都发现不了的细节给全部续上了，从这个角度来看的话，后四十回的作者又非原作者曹雪芹莫属。

这么矛盾的现象，远非"后四十回乃高鹗（或曹雪芹之外的其他无名氏）续作"说所能解释。"后四十回伪续说"在这一点上的无法自圆其说，恐怕连周汝昌先生也会为之感到于心不安，于是提出了"乾隆皇帝授命程伟元作伪说"。周先生的这个"空中楼阁"式的猜想，的确有助于解释今本后四十回何以"大局不续而只续细节"，即：今本后四十回很可能是在保留曹雪芹后四十回原稿诸多细节的基础上，篡改了全书的大局和大旨。

周汝昌先生力主"乾隆皇帝授命程伟元作伪说"，见其《曹雪芹新传》"第三十八章、传后余昔"[1]：

> 第三是关于雪芹真书与伪续的问题。学界公认，雪芹原书只传下来八十回，以下的四十回是高鹗所续，伪称"全本"。此假"全本"是乾隆后期由宠臣和珅阴谋策划，得到皇帝默许的——篡改雪芹的本旨精神的。此书后由宫中武英殿修书处用木活字排印，1791年问世，原来的禁书马上风行天下！说明了是一件有政治背景的文化行为。乾隆末年1794年就来到北京的俄国宗教使团团长、汉学家，俄国科学院通讯院士卡缅斯基，在一部这种新印本上记下一行重要的字："道德批判小说。宫廷印刷馆出的。"此本正是收藏于原列宁格勒大学东方图书馆的一部高鹗伪续的一百二十回本。这个铁证据，使得许多不肯、不愿相信假全本《红楼梦》是当时官方策划并予以印制出版的人，再也无法寻找"反对"的说词了。事情就是官方设法将雪芹原书一百零八回的最后那一部分（约三十回书）毁掉，而篡改成为那一百二十回的样子的。这个假全本歪曲了雪芹的本旨精神，变成一部"三角"式的"爱情悲剧"故事。原来的为妇女普遍命运悲悼的博大无私的心灵境界，为妇女人材埋没屈枉的愤慨胸怀……连当时俄国学者曾经知道那是"道德批判小说"的这个原由，都一概消失了。

其《红楼梦的真故事》下编《"六朝人物"说红楼》[2]一文也有同样的猜测：

> 张中行先生在沪报发表文章，谬奖我是"六朝人物"；他说明撰文意在论人而不敢论学，可是他接着就写道：对于我的红学观点，如主张程高续本是有政治来由的，却"总觉得能够摧毁反对意见的理由还太少些"。张先生行文之妙，在此一例中，也足供学写作的人作为范本，可谓笔法一绝。
> 把话讲得直白一些，就是他很不相信程伟元与高鹗等人之续书是有政治背景的。其实，何止张先生一人，不信的人还多得是。只不过能象张先生这样委婉词妙的不多罢了。

---

① 周汝昌《曹雪芹新传》，北京：外文出版社1992年版，第336页。
② 周汝昌《红楼梦的真故事》，北京：华艺出版社1995年版，第326-328页。

　　张先生所不信的那个"来由"，到底有与没有？应当切磋讨论，实在必要的很。今试一说拙意。至于"摧毁"力量如何？那又焉敢自封自信，还待方家斧正。

　　这个"政治来由"并不是我捏造而生的。它是赵烈文亲聆大学者掌故家宋翔凤传述并记之于纸笔的。宋公说：《红楼梦》是乾隆晚期，宠臣和珅"呈上"，乾隆"阅而然之"的。原文可检蒋瑞藻先生的《小说考证》。①

　　什么叫"然之"？点头也，同意也，赞成也。乾隆会"欣赏"这部小说吗？一大奇谈也。再者，和珅何以忽然把这部书"呈上"——征求皇帝的意见？二大奇谈也。要知道，和珅是《四库全书》总裁，掌管删改抽毁书籍的献策人。还有，雪芹之书从一开始就是有避忌的禁书，传抄阅读，都不是公开的，而高鹗公然在《程本》卷端大书"此书久为名公巨卿鉴赏"，三大奇谈也！再次，所谓"萃文书屋"的木活字摆印（今曰排印了）版式，有人知道那"书屋"云云是烟幕，实乃皇家武英殿版是也——皇家刊书处，给印曹雪芹的抄本禁书？四大奇谈也！

　　这些奇谈，都怎么解释？不知张先生该是疑我，还是疑赵烈文与宋翔凤？难道唯独对程、高、和珅、乾隆却不去疑他们一疑？

　　乾隆时陈镛，久居北京，著书记下他亲见芹书八十回，后四十回乃刊印时他人所加！②原来，到了《四库》书后期，和珅就把注意力转移到小说戏本上来了，同样删改抽毁。至今还可看江西地方大吏奏报统查弋阳腔戏本结果的详细文件。和珅"呈上"，皇帝"然之"的，正是将芹书删改抽毁并加伪续的假全本。

　　有人又不肯相信"萃文书屋"是假名，认为它在苏州；又有人说北京也有这"书屋"，两处是本店分店的关系……总之，这是当时印书卖书的书商，云云。

　　可是，乾隆五十六年（1791）"程甲本"印出后，1794 年就有俄国第十届教团团长卡缅斯基来到了北京。他是汉学家，俄国国家科学院通讯院士，极重视《石头记》，在他指导下，俄人买得了两部抄本，带回本国。卡缅斯基又在一部《程甲本》上题记云："道德批判小说。宫廷印刷馆出的。"（见俄学者孟勃夫、李福清两氏论文所引）

　　好了！卡氏是"程本"伪全本出笼后的第三年就到北京的，那时乾隆

---

① 见一粟编《红楼梦资料汇编》第 378 页：清末常州籍文士赵烈文所著《能静居笔记》："谒宋于庭丈（翔凤）于葑溪精舍，于翁言：曹雪芹《红楼梦》，高庙末年，和珅以呈上，然不知所指。高庙阅而然之，曰：'此盖为明珠家作也。'后遂以此书为珠遗事。"末注出处："蒋瑞藻《小说考证拾遗》引。"

② 见一粟编《红楼梦资料汇编》第 349-350 页：清乾隆朝人陈镛《樗散轩丛谈》卷二《红楼梦》条："然《红楼梦》实才子书也。初不知作者谁何，或言是康熙间京师某府西宾常州某孝廉手笔。巨家间有之，然皆抄录，无刊本，曩时见者绝少。乾隆五十四年春，苏大司寇家因是书被鼠伤，付琉璃厂书坊抽换装钉，坊中人藉以抄出，刊版刷印渔利，今天下俱知有《红楼梦》矣。《红楼梦》一百二十回，第原书仅止八十回，余所目击。后四十回乃刊刻时好事者补续，远逊本来，一无足观。近闻更有《续红楼梦》，虽未寓目，亦想当然矣。"

还在位。外国的使团、教团、商团，消息灵通，又不必象清朝文士百般忌讳，清文士且慢说不易得知政治内幕，就使得知了，也不敢见于纸笔之间，因此教团成员的报告、日记、回忆等文献，一向是治清史的必备之参考要资。卡缅斯基的这一记载，是其一例。当然，他落笔之际万万不会想到这将于二百年后成为红学史上的秘闻与"佳话"！

虽然如此，虽然我个人是相信卡氏的忠实记载的，但仍然不敢强加于张中行先生。张先生是否认为卡氏之言足以"摧毁"那些怀疑派的疑点，那就更非我所敢奢望了。

《程甲本》于1791年用武英殿刊书处木活字予以摆印后，一部禁书立即传遍了天下，二年后都传至日本长崎。没有一个"政治来由"，士大夫们焉敢"人人案头有一部《红楼梦》"乎？去年为1991年，颇有一些红学家们为了纪念《程甲本》问世200周年，举行盛会，歌舞此本的价值与功绩。然而独独不见有人引用卡缅斯基的历史见证之任何迹象，则不知何故？因"纪念"已过，乃觉不妨撰此小文略为之补遗了。质之张先生，尚希有以教我。

1992 年

周先生又在该书下一篇《试表愚衷——高鹗伪续的杂议》①中继续坚持这一认识：

还回到我自己——我后来读到了蒋瑞藻先生引录的赵烈文《能静居笔记》，里面记录了清中叶大学者（掌故家）宋翔凤的谈话，大意说：乾隆末期，宠臣和珅将《红楼梦》"呈上"，乾隆帝"阅而然之"——还发表了"索隐派开山祖"的红学见解！

我那时读到此文，真如雷轰电掣，震动极大。心中纳闷：乾隆会"肯定"（然之）雪芹的原书？！那太神话了。此中定有不宣之秘。

1980年，为首次国际红学研讨会写论文，我正式提出：程高的伪续，是有政治背景和"教化"意图的，和珅所"呈上"的，是指伪续120回本炮制完成，送皇帝审阅"批准"的——所以才能有"然之"的表态。

我的论证共三万言，有人很赞同（如台湾的专家潘重规教授）。也有很反对的，说我是以"四人帮"的"左"的思想给程高"罗织罪状"。

等到1985年，前苏联汉学家李福清、孟列夫共撰的论文在我国发表，披露了一项极关重要的文献，简单地说——

伪续"全"本《程甲本》120回，首次刊行于1791年。三年后，即1794年，俄国的来华第10次教团的团长，名叫卡缅斯基，是位高明的汉学家。他对《石头记》《红楼梦》十分注意。在他的指点下，俄人收购过不下十部抄本和刊本。在今圣彼得堡大学东方系图书馆收藏的一部《程甲本》上，卡氏用18世纪的归②笔法题记云："道德批判小说，宫廷印刷馆出的。"①我

---

① 第330页至332页。

② 归，当作"旧式"。按列藏本书首李福清、孟列夫《列宁格勒藏抄本〈石头记〉的发现及

读到这些话，真比初读宋翔凤的传述时的震动还要强烈，万没想到，高鹗伪续何以能用木活字"摆印"（后世才改称"排印"）的重要谜底，早在二百年前已由俄国学者替我们留下了忠实的记载——惊人的历史奥秘！

原来，在我们国内对"程高本"之"萃文书屋"木活字版的原由是大有争论的：一种意见认为那"书屋"是书贾的称号，有人甚至指定它设在苏州——或北京的"分店"。②一种意见认为，久传"程高本"是"武英殿版"，当时并没有"萃文书屋"那个实体，也无木活字印小说的条件。笔者属于持后一意见者。但我早先无法知道俄国汉学家、教团团长卡缅斯基的纪录，所以缺少服人的力证。（当时外国使团教团记下了很多历史情况，并且是清代人不敢记之于文字的。）

卡氏所说的"宫廷印刷馆"，就是当时设在宫内的"武英殿修书处"。这是为了刊印《四库全书》而建置的木活字"皇家印刷所"。

这样，证实了我的论证：程高伪"全"本是《四库全书》修纂后期、基本工程完成、以余力来注意"收拾"小说戏本的文化阴谋中的一项；此事实由和珅（修书处总裁官）主持。当时连民间戏本都要彻查，或禁毁，或抽换篡改，即《全书》对中国历代文史哲一切典籍著作的阴谋做法。

曹雪芹的真本原著，会能得到武英殿修书处为之活字摆印的无上荣宠吗？！那可真成了"海内奇谈"。假使如此，雪芹还会贫困而卒，至友敦诚还说他是"一病无医"、"才人有恨"吗？雪芹的悲愤而逝，不正是因为他已得知有人主使，毁其原书之后部，而阴谋伪续以篡改他的心血结晶吗？

我由此益发深信：高鹗作序，公然宣称，此书是"名公钜卿"所赏，其所指就是由大学士（宰相）和珅出谋划策，纠集了程、高等人实行炮制假"全"本的不可告人的诡计。宋翔凤所述的掌故，分明就是此事无疑了③。

这，早已不再是什么"文学创作"范围与性质的事了。从文艺理论的角度和层次，是解答不了这种清代特有的历史文化现象的。

正因此故，我对高鹗伪续是彻底否定的。即使他续得极"好"，我也不能原谅他；更何况他那思想文笔又是如此的令我难以忍耐呢？

但因此，我却招来学术范围以外的破口谩骂和人身攻击——连我的亡亲父母也在被骂之列！此骂人的学者就是著有《平心论高鹗》的林语堂。

其意义》第2页："在列宁格勒大学东方系图书馆收藏的《红楼梦》老版本中，还有萃文书屋本，上面有卡缅斯基用十八世纪旧式笔法书写的题词：'道德批判小说，宫廷印刷馆出的，书名《红楼梦》'。"

① 此处原书有注："见其所著《列宁格勒藏抄本石头记的发现及其意义》。"

② 按列藏本书首李福清、孟列夫《列宁格勒藏抄本〈石头记〉的发现及其意义》第23页有注："一般认为萃文书屋系苏州印刷馆在北京的分馆，情况不详。但是值得注意的是，卡缅斯基是一七九四年抵达北京的，即小说初版后的三年，看来，那时萃文书屋尚在。"

③ 此处原书有注："关于彻查民间戏本的事，周贻白在《中国戏剧史》中就引录了地方大吏查办之后的复奏档案，可资参看。此1791年首刊的《红楼梦》假全本骗局本是'宫廷版'，乾隆批准的；但到1991年因是此宫廷御准本的200周年，所以红学界还为纪念它的出版颇为热闹了一阵，对之加以赞扬。此亦中国文化异象之一大事例。"

针对周先生深信不疑的"俄人记载证明程高本是皇家出品"这条论据,恩师李致忠先生《永嘉函询论红楼》一文第 68 页总结完"武英殿《四库全书》修书处专设的木活字及其用来排印书籍的实际情况"后,指出:"今天,用这套木活字排印的书籍还传世者多。无论取出任何一部聚珍版丛书,与程甲本《红楼梦》相勘比,都能看出它们的字体、结构、版框、版式,均毫无相同之处。事实证明,排印程甲本《红楼梦》的木活字,绝非武英殿的那套木活字。"第 69 页又指出:"当我们描述了普通木活字排版与武英殿木活字聚珍版之不同以后,再把程甲本《红楼梦》与武英殿聚珍版丛书相比照,谁都会得出两者毫无相同之处,程甲本《红楼梦》绝非宫中用聚珍版排印的结论。事实胜于雄辩,卡缅斯基的识语毫无根据。"①

沈畅先生又撰文《关于"萃文书屋"木活字本〈红楼梦〉摆印的两个问题》②,指出"俄国学者的题记未必可靠",因为:"首先,从俄国学者的叙述来看,卡缅斯基的这部萃文书屋本《红楼梦》并非直接购自武英殿修书处,而系从民间书贩手中购得。我们知道,现存各本萃文书屋活字本《红楼梦》上并无宫廷内府的任何标识,因此卡缅斯基这句'宫廷印刷馆出的'的来源只有两种来源:1.卡缅斯基自己的考证;2.书贩的告知。……我们都知道,作为商人的书贩,其口中多有不实之词。"沈畅先生在文中认为:卡缅斯基这一题记很可能来自书贩的错误告知,不能证明此书直接从武英殿修书处购来。此文也对比了武英殿修书处出版的传世之书,发现其与萃文书屋活字本《红楼梦》不同,二者并无关系。

通过两位先生的详密考证,有关"俄人记载能否证明程高本是皇家出品"的疑虑当可澄清。至于宋翔凤所言,也只能证明乾隆皇帝读过《红楼梦》,不能证明他派人篡改过《红楼梦》。这么看来,周先生根据宋翔凤之言、俄人记载这两点所提出来的"后四十回是乾隆皇帝指使程高二人篡改"的观点,因缺乏强有力论据的支撑而无法成立。

因此,有关"后四十回大局不续而细节全部续上"这一点,还是我们的解释为是:后四十回并不是"没续前八十回的大局",只不过没有按照大家③所理解的大局去续罢了,今本后四十回所续的大局明明就是曹雪芹的本意;之所以大家会有后四十回"大局不续"的观感,其根本原因便在于大家误解了前八十回所体现出来的曹雪芹的本意,大家这种误解出来的大局并非曹雪芹的本意!

---

① 文载《文献》1998 年第一期,第 59 页至 72 页。下面的引文见第 68 页至 70 页。
② 文载《红楼梦学刊》2013 年第五辑,第 109 页至 120 页。上面的引文见第 111 页。
③ 大家,一语双关,既指胡适、俞平伯、周汝昌等红学大家,更指所有读者。

第二节　后四十回"匪夷所思"的低级错误、
反常文字显为曹雪芹初稿、原稿

本节与上节均从细节立论，两者的不同之处在于：上节通过细节上的照应接榫，来证明"后四十回与前八十回在细节上是同一人所作的完整整体"。而本节讨论的，便是后四十回中只有原作者曹雪芹本人才敢写或才会写出来的、令人颇感意外的"匪夷所思"的文字。

后四十回中有一批明显有违前八十回叙述的低级错误，又有一批与前八十回叙述形成巨大反差的令人颇感意外的文字。如果后四十回是续书，续作者肯定会尽量揣测模仿前八十回的情节，不可能犯下与前书明显有违的低级错误，也不可能写出与前书如此大相径庭的话来。这两类令人颇感意外的"匪夷所思"的文字，只可能是原作者写就的原稿，原作者以外的其他续作者绝对没有胆量写出这种话来。

后四十回的这一系列反常文字的存在，让我们感到后四十回绝对不可能是他人续写的续书，而只可能是作者曹雪芹的原稿。这便是证明"后四十回乃曹子原稿"的又一重力证。

下面拟分"低级错误"和"反常文字"这两大类来加以探讨。

一、后四十回中明显与前八十回相矛盾的"低级错误"

后四十回存在一些非常低级的"错误"，证明后四十回其实就是曹雪芹的未定草稿。

前八十回一开头便提到作者曹雪芹花十年工夫将全书增删过五次，即第 1 回："后因曹雪芹于悼红轩中披阅十载，增删五次，纂成目录，分出章回，则题曰《金陵十二钗》"云云，可见今本前八十回是曹雪芹增删五次后的定稿（我们称之为"第五稿"），而今本后四十回有与之不相合的一系列低级错误，反倒可以证明程伟元、高鹗所搜集到的后四十回，应当就是作者第五次定稿前的前四稿中的某次草稿（或某几次草稿的杂合稿）。

这些所谓的"错误"，其实根本就不是曹雪芹原稿出了错，而是曹雪芹原稿本来就这么写，后来定稿时有所修改，于是导致最初的草稿与最后的定稿龃龉不合而"貌似有误"。

后四十回如果是他人来续写的话，肯定会根据当时行世的前八十回的最后定稿来续，而不可能根据他所看不到的、只存在于作者或作者密友（如脂砚斋）手中的前八十回定稿前的某次中间稿（或草稿）来续。因此，今本后四十回一系列草稿（或中间稿）模样的低级错误，只能证明这后四十回是曹雪芹的草稿（或中间稿），而绝对不可能是他人所作的续书。

（一）珍珠与袭人

《红楼梦》第3回言："原来这袭人亦是贾母之婢，本名'珍珠'。贾母因溺爱宝玉，生恐宝玉之婢无竭力尽忠之人，素喜袭人心地纯良，克尽职任，遂与了宝玉。"可见珍珠给宝玉做了贴身丫环后，就改名为"袭人"，不再称为"珍珠"；"珍珠"就是袭人，袭人就是"珍珠"，两人原本就是同一个人。

而前八十回其实也出现过一次珍珠，即第29回贾府到清虚观祈福："贾母的丫头鸳鸯、鹦鹉、琥珀、珍珠……另在一车。"前八十回中出现"珍珠"者仅此一例，而且列入贾母的丫头中，与宝玉房里的袭人显然是两个人。

更为奇怪的是，后四十回到处能见到：宝玉房里的袭人与服侍贾母的珍珠两相并存的情况。如第94回："贾母还坐了半天，然后扶了珍珠回去了"；第96回还直接写明珍珠与袭人是两个人，即"那丫头（傻大姐）道：'就是珍珠姐姐。'黛玉听了，<u>才知她是贾母屋里的</u>。……这丫头只管说道：'……我白和<u>宝二爷屋里的袭人姐姐说了一句</u>："咱们明儿更热闹了，又是宝姑娘，又是宝二奶奶，这可怎么叫呢？"林姑娘，<u>你说我这话害着珍珠姐姐什么了吗？</u>她走过来就打了我一个嘴巴，说我混说，不遵上头的话，要撵出我去。"画线部分言明袭人是宝玉房中的，而珍珠是贾母房里的，两人不是同一个人。

由于后四十回中"珍珠与袭人是两个人"的情节随处可见，所以程伟元、高鹗不得不"釜底抽薪"式地把上引第3回袭人本名"珍珠"改为"蕊珠"，但其最初刻的程甲本仍作"珍珠"，其后刻的程乙本方改为"蕊珠"，可证"蕊珠"乃是后来篡改。由于脂本早于程高本，而存世脂本此第3回全都写作"珍珠"，程甲本也作"珍珠"，程乙本所作的"蕊珠"显然只可能是高鹗发现矛盾后所作的补救之改而非原文，程高二人收集到的曹雪芹原稿必作"珍珠"。

后四十回袭人嫁给蒋玉菡的结局完全符合曹雪芹的原意，而前八十回正文与脂批都没有宝玉送给袭人的"红汗巾"会成为蒋、袭二人定情信物的暗示，而后四十回的作者居然知道要把这条"红汗巾"写成促成两人婚事的信物，可证此后四十回中的袭人结局如果是续书者（比如高鹗）所续的话，则续书者对于前八十回肯定阅读得非常仔细，对于袭人的有关情节更会着力钻研推求，否则他续写出来的袭人情节便不可能与曹雪芹的原意如此贴合，因此他肯定就会知道袭人就是"珍珠"，他所续的书中便断然不会出现服侍贾母的珍珠来。

而且后四十回中的袭人与珍珠并存，在前八十回中又有先例，即上引第29回。所以合理的解释便是：今本后四十回是曹雪芹五次定稿前的某次初稿，其时宝玉房的袭人与贾母房的珍珠尚是两个人，作者尚无意把两人合并，所以有大量的"珍珠"存在。后来定稿时，才决定把两人合并为一人，第29回有"珍珠"乃是作者合并时忘记删改的孑遗。

由此可知，后四十回作"珍珠"虽非曹雪芹最后定稿，但却肯定就是曹雪芹的初稿和原稿，绝对不可能是他人所作的续书★。程、高两人初版程甲本时尚未发现这一矛盾，后来才发现其与第3回有矛盾，由于改后四十回中如此众多的"珍珠"过于麻烦，于是在68天后再版程乙本时，选择保留后四十回的面目而将第3回改掉。

今本后四十回如果是续书，必然会研读前八十回到极其深透的地步，断然不会犯下"珍珠不是袭人"这一如此致命的常识性错误。今有这种致命错误的存在，便可证明后四十回不是续书，乃是作者原稿。其实也不是作者原稿有误，乃是最初稿就如此写就而后来的定稿有所改动，今本的后四十回尚是定稿前的初稿，所以一仍初稿中尚为两人的面目、而与前八十回合为一人的定稿发生了矛盾。

再如袭人的结局，本书"第一章、第二节"连引前八十回三条脂批，今人读后都说袭人出嫁于宝玉出家前，又说袭人出嫁后劝宝玉留下麝月来补其姨娘之位，又说袭人嫁给蒋玉菡后，两人一同奉养宝玉、宝钗夫妇到终老。后四十回如果是高鹗（或其他无名氏）来续写的话，肯定会照大众对此批语的理解来编排袭人情节。而今本后四十回却写袭人出嫁于宝玉出家后而非出家前，其时宝玉已出家，宝钗已守活寡，根本就没必要交代麝月补位之事，更不可能有供奉宝玉、宝钗夫妇的情节；由此一端，便也可以证明后四十回当非续书，实乃曹雪芹原稿。

（二）鹦哥与紫鹃

无独有偶：宝玉房内的袭人由珍珠改名而来，后四十回中珍珠却仍大量存在；而黛玉房内的紫鹃由鹦哥改名而来，后四十回中的鹦哥却同样多次出现。

第3回："黛玉只带了两个人来：一个是自幼奶娘王嬷嬷，一个是十岁的小丫头，亦是自幼随身的，名唤作雪雁。贾母见雪雁甚小，一团孩气，王嬷嬷又极老，料黛玉皆不遂心省力的，便将自己身边的一个二等丫头名唤'鹦哥'者与了黛玉。……原来这袭人亦是贾母之婢，本名'珍珠'。（甲侧：亦是贾母之文章。前鹦哥已伏下一鸳鸯，今珍珠又伏下一琥珀矣。以下乃宝玉之文章。）贾母因溺爱宝玉，生恐宝玉之婢无竭力尽忠之人，素喜袭人心地纯良，克尽职任，遂与了宝玉。"贾母把自己的心腹丫环一个送了宝玉，一个送了黛玉，可证宝玉、黛玉两人在贾母心目中同等重要；贾母送两丫环的这一情节，便是作者为了表现出祖母对孙辈当中的宝玉黛玉两人最为钟爱、比对孙辈中的其他人都要来得钟爱而写。

第8回黛玉问雪雁谁叫她送手炉来，雪雁道："紫鹃（甲侧：'鹦哥'改名也。）姐姐怕姑娘冷，使我送来的。"画线部分言明紫鹃就是鹦哥。这虽然是脂砚斋作的批语，全书正文没有明言，似乎不可靠，但第57回紫鹃对宝玉说："你知道，我并不是林家的人，我也和袭人、鸳鸯是一伙的，偏把我给了林姑娘使。偏生她又和我极好，比她苏州带来的还好十倍，一时一刻我们两个离不开。"由于鸳鸯是贾母房里的，袭人也是贾母房里人给了宝玉，所以"我也和袭人、鸳鸯是一伙的"这句话，便能证明说话的紫鹃也是贾母房里的人，她应当就是贾母房里的"鹦哥"给了黛玉，而黛玉将其改名为"紫鹃"。正因为此，脂砚斋才敢批出紫鹃即"鹦哥改名也"的话来。我们《宁荣府大观园图考》"第一章、第二节"专门论明"脂批体现作者的创作旨意"，所以，紫鹃即"鹦哥改名也"的批语，可以视为作者借脂砚斋之手，把书中正文没写到的信息交代给读者。

然而就像第29回出现"珍珠"而与袭人同时并存，此回同样出现"鹦哥"而与紫鹃同时并存："然后贾母的丫头鸳鸯、鹦鹉、琥珀、珍珠，林黛玉的丫头紫鹃、雪雁、春纤……乌压压的占了一街的车。"我们都知道鹦鹉可以叫作"鹦哥"，所以这儿的"鹦鹉"就是鹦哥丫头。此回便是前八十回中鹦哥与紫鹃一同出现、从而证明其为两人的唯一一例。

后四十回中鹦哥也与紫鹃一同出现而为两人，如第97回："紫鹃连忙叫雪雁上来，将黛玉扶着放倒，心里突突的乱跳。欲要叫人时，天又晚了；欲不叫人时，自己同着雪雁和鹦哥等几个小丫头，又怕一时有什么原故。好容易熬了一夜。"写明紫鹃与鹦哥是两个人。

第100回亦然，即黛玉死后，宝玉要紫鹃到他房里做丫环："因必要紫鹃过来，立刻回了贾母去叫她。……宝玉背地里拉着她，低声下气要问黛玉的话，紫鹃从没好话回答。……那雪雁虽是宝玉娶亲这夜出过力的，宝玉见她心地不甚明白，便回了贾母、王夫人，将她配了一个小厮，各自过活去了。王奶妈，养着她，将来好送黛玉的灵柩回南。鹦哥等小丫头，仍伏侍了老太太。"于是紫鹃留在宝玉房，而鹦哥还是回到原来的贾母屋中。第112回鸳鸯殉主后，鹦哥便成了贾母房丫环之首："邢夫人派了鹦哥等一千人伴灵。……说毕，都上车回家。寺里只有赵姨娘、贾环、鹦哥等人。"总之，后四十回中鹦哥与紫鹃一同出现，是两个人。

如果后四十回是续书，感觉真像续书时没有读懂前八十回，或是在续写前八十回定稿前的某次草稿，但这两者都是不可能的。第97回黛玉"因扎挣着向紫鹃说道：'妹妹，你是我最知心的。虽是老太太派你伏侍我，这几年，我拿你就当作我的亲妹妹。'"可证后四十回的作者早已深知紫鹃就是老太太派给黛玉的鹦哥。所以后四十回如果是续书的话，其作者肯定要在后四十回中回避"鹦哥"之名，而现在他却明目张胆地大写特写，前八十回中的第29回亦然，这只能证明后四十回的作者与前八十回的作者是同一个人，他故意写贾母把丫环给了黛玉、实际上又并没给黛玉。袭人与珍珠共存的原因也在于此，即贾母名义上把丫环给了宝玉、实则未给，这也是作者创作时的一种"梦幻笔法"。

写贾母给，那是为了表现贾母最疼爱二人而赐予自己的心腹之人，同时也可以在二人房中伏下自己的心腹眼线，宝玉或黛玉有事（特别是发生男女之间那种丑事时），便可以第一时间来向她汇报而及时预防。即第90回凤姐怪紫鹃谎报黛玉病情，而贾母笑着对凤姐说："你也别怪她，她懂得什么？看见不好就言语，这倒是她明白的地方。小孩子家不嘴懒、脚懒就好①。"贾母是说：凤姐

① "不嘴懒、脚懒"就是及时赶来汇报的意思。

你别怪紫鹃，她紫鹃见识小（不知道这病其实没什么大碍），一见到黛玉病情严重就来说，这是对的；做丫环的只要勤快而一有情况便来汇报就是好的。

作者之所以写贾母后来又未给，主要是因为：给只是作者为了表示贾母疼爱孙子宝玉与外孙女黛玉的幌子，写到便算完成了使命，所以也就不必真的要写给了。这种大胆的笔法，的确也只有"不拘一格"、豪放如曹雪芹者才写得出。①

前八十回虽然只见紫鹃，未再见鹦哥，但第29回无独有偶地出现"鹦鹉"，她就是鹦哥。可证作者明文是写贾母把珍珠给了宝玉、而宝玉后来把她改名为"袭人"，明文是写贾母把鹦哥给黛玉、而黛玉后来把她改名为"紫鹃"，其实贾母身边仍有鹦哥、珍珠在。

换句话说，写"给"那是"幻笔"，是作者为了表示出贾母最疼爱宝玉黛玉二人而故意写赐，其实并未赐予。作者写"赐"不是为了真的要写赐予，只是为了表达出贾母对他俩最为疼爱和趁机布哨罢了。

换句话说，袭人和紫鹃其实原本就不是贾母房里人，原本就不是贾母给的，她们俩原本就是一上来就派在宝玉与黛玉房里的丫环。作者这种罔顾事实的笔法并非孤例，这种荒唐破绽在前八十回和后四十回中随处可见，体现出作者所认识到的小说具有"虚构、杜撰、撒谎、假话"的特质。

有人说：贾母把珍珠、鹦哥赐人后，又补了两个丫头名叫"珍珠、鹦哥"，即大某山民《红楼梦总评》："鹦哥者，紫鹃旧名；珍珠者，袭人旧名。贾母补此二人，欲使宝、黛如在膝下也。"若然，则补上的"鹦哥"便当在贾母房、而不当在黛玉房，今本后四十回中的鹦哥却在黛玉房中，故知此说恐非。

我认为正确的说法当是：紫鹃、袭人原本就是一上来便派在黛玉、宝玉房中的丫环，作者硬说成是贾母房内的鹦哥（鹦鹉）、珍珠，这是作者撒的又一谎言；鹦哥（鹦鹉）、珍珠仍在贾母房内，她们不是紫鹃、袭人，这才是作者未撒谎的真相。

至于第97回鹦哥出现在黛玉房而不在贾母房，当是贾母因黛玉重病、而临时从自己房里抽调人手到黛玉房，写出了贾母对黛玉的深情，而今本后四十回有失这一交代，或这一交代残缺掉了。

（三）柳五儿未死

第77回："王夫人笑道：你（指芳官）还强嘴。<u>我且问你，前年我们往皇陵上去，是谁调唆宝玉要柳家的丫头五儿了？幸而那丫头短命死了，不然进来了，你们又连伙聚党遭害这园子呢！</u>你连你干娘都欺倒了，岂止别人？"看了

---

① 这正如某人害了别人，过意不去，便拿件衣服来送给他，不管对方收与不收，若是收更好，不收也没关系，反正将来都可以对人说："我为这件事过意不去，还特地拿了件衣服去送给他过的。"此处亦然，给的目的是为了表达对宝玉、黛玉两人的厚爱，表达完毕，也就不管真给还是未给了。

这话，哪个续书人还敢在后四十回让柳五儿出场？偏生后四十回到处出现柳五儿：

第87回："柳嫂儿叫回姑娘：这是他们五儿作的，没敢在大厨房里作，怕姑娘嫌腌臜。"

第92回："巧姐儿道：'我还听见我妈妈昨儿说：我们家的小红，头里是二叔叔那里的，我妈妈要了来，还没有补上人呢。我妈妈想着要把什么柳家的五儿补上，不知二叔叔要不要。'宝玉听了更喜欢。"

第94回：宝玉"忽又想起前日巧姐提凤姐要把五儿补入，或此花为她而开，也未可知。"

第101回王熙凤说："那一天，我瞧见厨房里柳家的女人，她女孩儿叫什么五儿，那丫头长的和晴雯脱了个影儿似的。我心里要叫她进来，后来我问她妈，她妈说是很愿意。我想着宝二爷屋里的小红跟了我去，我还没还她呢，就把五儿补过来。"

第102回："王夫人又说道：'还有一件事，你二嫂子昨儿带了柳家媳妇的丫头来，说补在你们屋里。'宝钗道：'今日平儿才带过来，说是太太和二奶奶的主意。'王夫人道：'是呦，你二嫂子和我说，我想也没要紧，不便驳她的回。只是一件，我见那孩子眉眼儿上头也不是个很安顿的。起先为宝玉房里的丫头狐狸似的，我撵了几个，那时候你也知道，不然你怎么搬回家去了呢。①如今有你，自然不比先前了。我告诉你，不过留点神儿就是了。你们屋里，就是袭人那孩子还可以使得。'宝钗答应了，又说了几句话，便过来了。"

后四十回还专门为柳五儿写了整整半回故事，即第109回"候芳魂五儿承错爱、还孽债迎女返真元"。

我们仍然遵循上文"珍珠与袭人"、"鹦哥与紫鹃"判断的逻辑思路，即：后四十回中"五儿未死、珍珠鹦哥仍在"这一系列有违前八十回的低级错误的存在，已然可以证明后四十回确为曹雪芹第五次定稿前的某次初稿。

即：曹雪芹最初稿中柳五儿没死，后来定稿时才改成死去，程、高二人所得的是初稿，不敢把柳五儿改成别的名字，因为后四十回有半回专门写她的故事，要改的话过于麻烦，于是不得不"退而求其次"，把第77回王夫人说柳五儿已死的那段话（即上引第77回文字中画线者）给删掉，这样便"没"了矛盾。

然而程高本要删这段话，足证其心中有矛盾，所以，第77回的文字并不可以理解成王夫人为了让宝玉死了那份让漂亮五儿进"怡红院"的心，故意把没死的五儿说成已死，后来又因为看到宝玉思念被自己逼死的晴雯而得病②，于是又不得不答应让那长得像晴雯的五儿进"怡红院"。如果真是这样的话，第77回的话完全可以"正大光明"地不加删除，以证实王夫人是假言五儿已死、而五儿其实未死。现在既然要删，说明前八十回中柳五儿果真已死，是后四十回

---

① "知道，不然你"至此，程乙本改作："自然知道，才搬回家去的。"指第77回王夫人赶走晴雯等人后，第78回宝钗向王夫人请求搬出园子回薛姨妈家住。
② 即第79回："王夫人心中自悔不合因晴雯过于逼责了他。心中虽如此，脸上却不露出。"

又让她"复活"出来。

其实"后四十回"中五儿不可以死而当"复活",还与第21回袭人说的"这边又有个什么'四儿'、'五儿'伏侍"相呼应。可见后四十回中的五儿没死,乃是曹雪芹原稿、乃至第五稿定稿中就是这么写的,这是曹雪芹惯用的"伏线千里"的笔法①。前八十回定稿时,不知何故又让五儿死去②,程高本收集到的尚是曹雪芹的初稿,故有五儿。所以我们根据后四十回中五儿未死,而且还和第21回袭人口中的"五儿"之语相呼应,便可知道今本后四十回诚然就是曹雪芹的原稿,而不是高鹗(或其他无名氏)的续稿。

由于第109回宝玉对柳五儿说起自己看望晴雯时,晴雯曾经说过"早知担了个虚名,也就打正经主意了",问柳五儿:当时可曾听到?

而第77回宝玉看望晴雯时,五儿是否到场?脂本因王夫人说五儿已死,所以写成袭人让宋妈来看望晴雯而无五儿;程高本则是五儿和她妈妈柳嫂刚好也来看望晴雯,这一情节显然也是曹雪芹初稿中的情节。

因为按照程高本改第3回"珍珠"为"蕊珠",而不敢改后四十回中的"珍珠"为"蕊珠",可证程高本改稿时,有时会有这种"宁可尽量保持文献原貌③而不愿大事更改"的息事宁人、釜底抽薪的风格。

所以,高鹗因为看到第109回有五儿能听到宝玉晴雯两人最后诀别语的情节,便到前八十回中宝玉晴雯相诀别的第77回中,加上五儿母女前来探望晴雯的情节,这种说法不大可能。

因此,程高本第77回五儿母女看望晴雯,冲散了晴雯嫂子对宝玉的勾引,应当是曹雪芹的初稿(据本章第八节考,当是脂砚斋首次作批的曹雪芹第一稿中的情节);不知何故,我们今天读到的脂砚斋第二次作批的作者第五次定稿本的前八十回,反而将这一合情入理的情节给删改掉了。

脂本五儿既然已经短命而死,如果后四十回是他人来续写的话,续书者肯定不可能没看到这一情节,断然不会让死了的人重又复活,而且还把前八十回说她已死的话给删掉,又添上她未死而去探望晴雯的情节,因为所有的续书人都不会这么做。而且这么做也过于复杂麻烦,就连一般的改稿者都嫌麻烦而不会这么改,更何况是续书之人?天下所有的续书之人都不会因为续书的需要而去篡改原书。

现在后四十回有此柳五儿,只能证明这是曹雪芹第五次定稿前的某次初稿,与第五次定稿说五儿已死的前八十回有所抵牾。而且程高二人找到的脂砚斋手中首次作批的第一稿当是120回本,在这第一稿中,第77回五儿不仅没死,而且还去看望了晴雯,与第109回宝玉说她听到晴雯说的话相合,可见两者是同

---

① 从第21回借袭人语伏下有"五儿"这人,到第102回王夫人同意让五儿补宝玉房晴雯之缺,隔了整整81回,此伏线真堪称有"千里"之长。
② 或真如上文所言,前八十回王夫人说五儿死只是为了断掉宝玉的痴心妄想,其实五儿没有死。
③ 指高鹗在改程甲本为程乙本时,为了减少活字工人的植字工作,有时会尽可能少改,这便在客观上有助于后四十回和前八十回文献原貌的保存。

一稿次。在第五次定稿中，不知何故，作者扬弃了以上五儿的情节，通过第77回王夫人之口宣布其死亡，并将其看望晴雯的情节也给删除。当然，第77回王夫人说五儿已死，也可能是打消宝玉让五儿入"怡红院"念头所说的假话，即第五稿定稿本的后四十回中，五儿应当还有"复活"而出的可能性存在。

（四）晴雯哥嫂的混乱

晴雯哥嫂的混乱，证明曹雪芹初稿本来就因草创未定而存在一些矛盾。

第21回贾琏与多浑虫妻子"多姑娘"偷欢："不想荣国府内有一个极不成器破烂酒头厨子，名叫'多官'，人见他懦弱无能，都唤他作'多浑虫'。（庚夹：更好！今之浑虫更多也。）因他自小父母替他在外娶了一个媳妇，今年方二十来往年纪，生得有几分人才，见者无不美爱。她生性轻浮，最喜拈花惹草①，多浑虫又不理论，只是有酒、有肉、有钱，便诸事不管了，所以荣宁二府之人都得入手。因这个媳妇美貌异常，轻浮无比，众人都呼她作'多姑娘儿②'。"这段情节后庚辰本有眉批："此段系书中情之痕疵，写为阿凤生日泼醋回及'夭风流'宝玉悄看晴雯回作引，伏线千里外之笔也。丁亥夏。畸笏。"脂砚斋所提到的"夭风流"回就是第77回"俏丫鬟抱屈夭风流"宝玉瞒着袭人悄悄来看晴雯那一回，下文有引。

第64回贾琏在"花枝巷"偷娶尤二姐后，叫来鲍二和他续娶的老婆"多姑娘"服侍：贾琏"忽然想起家人鲍二来。当初因和他女人偷情，被凤姐打闹了一阵，含羞吊死了，贾琏给了二百银子，叫他另娶一个。那鲍二向来却就和厨子多浑虫的媳妇多姑娘有一手儿，后来多浑虫酒痨死了，这多姑娘儿见鲍二手里从容了，便嫁了鲍二。况且这多姑娘儿原也和贾琏好的，此时都搬出外头住着。贾琏一时想起来，便叫了他两口儿到新房子里来，预备二姐过来时服侍。那鲍二两口子听见这个巧宗儿，如何不来呢？"这就言明多浑虫因嗜酒而死，其妻多姑娘改嫁了鲍二。

而上引第21回脂批提到的第77回"俏丫鬟抱屈夭风流"回，宝玉瞒着袭人悄悄来看晴雯，作者趁机交代清楚晴雯的家世，说他有姑舅哥哥多浑虫，靠着晴雯的关系入了贾府做厨子，娶了多情美貌之妻，这时写道："若问他夫妻姓甚名谁，便是上回贾琏所接见的多浑虫'灯姑娘儿'的便是了。"庚辰本夹批："奇奇怪怪，左盘右旋，千丝万缕，皆自一体也。"即：上文脂砚斋所批的第21回与这第77回是"千里伏线"的关系，只不过名字由"多姑娘"变成了"灯姑娘"。由于"多""灯"两字字音相近，同一个人有两个音近的绰号也不足为怪。由脂砚斋为第21、第77回作批，可证他已默认"灯姑娘"与"多姑娘"是同一个人的两个音近的绰号。据此便可断言，脂砚斋认可了作者第77回让多浑虫未死、多姑娘仍同多浑虫生活在一起而未改嫁鲍二的写法；正因为此，他才会让作者改第64回"多姑娘在多浑虫死后改嫁鲍二"这段情节，正因为要改，

---

① 女人也可"拈花惹草"，这在中国古代小说中不多见，作者文笔堪称豪放不羁。
② 人尽可夫，故名"多姑娘"，取其事实上的夫君"多多益善"意。此本"韩信将兵，多多益善"典故而来，影射"多姑娘"是脂粉队中能征善战的大将军，石榴裙下兵多将广。

所以他也就没有誊抄、作批，详笔者《红楼时间人物谜案》"第三章、第三节、二、（三）"的论述。

关键是第 64 回明明已说多浑虫死了，多姑娘改嫁鲍二，第 77 回多姑娘的名字虽然写作"灯姑娘"，但人应当是同一个人，这便可证明：曹雪芹原书还是草稿模样，并未统一；或是今本《红楼梦》乃后人累积曹雪芹多次书稿而来，难以统一，即裕瑞《枣窗闲笔》之"程伟元《续红楼梦》自九十回至百二十回书后"所言的："《红楼梦》一书，曹雪芹虽有志于作百二十回，书未告成即逝矣。诸家所藏抄八十回书、及八十回书后之目录，率大同小异者，盖因雪芹改《风月宝鉴》数次，始成此书，<u>抄家各于其所改前后第几次者、分得不同，故今所藏诸稿本未能画一耳</u>。"所以后四十回出现五儿未死、珍珠与袭人乃两人、鹦哥与紫鹃乃两人，以及这儿的多浑虫或死、或未死等，也就不足为怪了。这都是曹雪芹草稿尚未统一前的模样，或是今本乃后人积累曹雪芹多次书稿而来的杂合稿所致。

如果后四十回是他人所作续书的话，断然不可能犯此种低级错误，此种错误只可能来自原稿。在司法实践中，乙笔误了，甲跟着笔误，便可判定甲抄袭了乙；同理，后四十回犯如此低级的错误，也可证明它是在抄录曹雪芹之稿，从而证明后四十回就是曹雪芹所作的原稿。因为荒谬错误的继承只可能发生在同一个作者身上；如果原作者的荒谬错误又被他人所继承，只能说明那人是在抄袭原作者之文，因为同样的荒谬错误不可能由两个人一同发生。换句话说，后四十回与前八十回的明显不合，反倒可以证明后四十回的确就是原稿，而且还是初稿。

前八十回既然有此重大的矛盾，所以，程高本便把第77回中晴雯的哥哥由"多浑虫"的名字改为"吴贵"、"贵儿"，显然就是"乌龟"与"龟儿"的谐音，讽刺其任由妻子与别人淫乱、从中渔利捞好处，与开妓院的女老板"老鸨"、男老板"龟公"无异，这又和曹雪芹所擅长的"因事起名"法相合①。

这么一改，鲍二的续妻（多姑娘）便与晴雯的嫂子（吴贵妻）成了两个人。第 102 回又写道："晴雯的表兄吴贵正住在园门口。……那媳妇子本有些感冒着了，日间吃错了药，晚上吴贵到家，已死在炕上。"这与作品"福善祸淫"的主旨相合，意在让淫乱者不得好下场。

前八十回中的第 77 回，程高本与脂本除了将多浑虫之妻"灯姑娘"改成吴贵妻外，情节也大异，其重大差异在于：

一是脂本是袭人"晚间，果遣宋妈②送去"，但下来的文字却又省略未写宋

---

① 程本第 77 回："却说这晴雯当日系赖大买的。还有个姑舅哥哥，叫做吴贵，人都叫他'贵儿'。"按：晴雯与之系姑表兄妹，故晴雯不姓"吴"。

② 作者曹雪芹为人物起姓名时，擅长"随事立名"之法。故将送物之人命名为"宋妈"，谐"送物之妈"的"送妈"音。受赃纳贿而帮人私下传物者命名为"张妈"，谐"赃妈"音，见第 74 回："惜春道：若说传递，再无别个，必是后门上的张妈。她常肯和这些丫头们鬼鬼祟祟的，这些丫头们也都肯照顾她。"又凤姐在迎春处搜得的潘又安给司棋的偷情信中写：

妈来送之事；而程高本也作袭人"晚间，果遣宋妈送去"，但下来的文字却写的是柳五儿与她妈妈柳嫂来送。

二是程高本写明脂本所未提到的晴雯哥嫂"目今两口儿就在园子后角门外居住"。但脂本提到宝玉说："外头有老妈妈①，听见什么意思？"这时书中写："灯姑娘笑道：'我早进来了，却叫婆子去园门等着呢。'"可证多浑虫家确实住在大观园的后门口，两者离得很近（"去园门等着"），程高本与脂本居然暗合，足证是曹雪芹手笔。★

三是程高本言明多浑虫的职业并非脂本所说的"司庖厨"，而是"伺候园中买办杂差"。

四是晴雯嫂子进来调戏宝玉，脂本是嫂子见宝玉害羞而出于好心主动放弃，相当于试探宝玉是否淫荡。而程高本则是："把宝玉拉在怀中，紧紧的将两条腿夹住。宝玉哪里见过这个？心内早'突、突'的跳起来了。急的满面红胀，身上乱战，又羞又愧、又怕又恼，只说：'好姐姐，别闹。'"晴雯嫂子显然是在强迫宝玉就范。幸亏柳嫂带着五儿前来看望晴雯，此时正好赶到，解救了宝玉。柳嫂说："这是里头袭姑娘叫拿出来给你们姑娘的"，可证她俩是来送袭人给晴雯的东西，当然柳嫂又提起："方才老宋妈说：'见宝二爷出角门来了。门上还有人等着要关园门呢。'"则似乎是宋妈先来送过，袭人又发现还有东西要送，再叫柳嫂补送。柳嫂之所以要让五儿跟来，便是在为后四十回的第109回"候芳魂五儿承错爱"中，宝玉对五儿说"晴雯病重了，我看她去，不是你也去了么"做伏笔。

（五）水月庵与馒头庵
（1）前八十回中第15回"铁槛寺"与"水月庵"的纠缠不清

宋范成大《石湖诗集》卷28有《重九日行营寿藏之地》诗，其中有"纵有千年铁门限，终须一个土馒头"之句为人称道。《红楼梦》第63回邢岫烟引妙玉评此诗之语说："古人中，自汉、晋、五代、唐宋以来，皆无好诗。只有两句好，说道：'纵有千年铁门槛，终须一个土馒头。'"宝玉听了，如醍醐灌顶，"嗳哟"了一声笑道："怪道我们家庙说是'铁槛寺'呢，原来有这一说。"可见"铁槛寺"与"馒头庵"乃一佳对。所以第15回回目便拟成"王熙凤弄权铁槛寺、秦鲸卿得趣馒头庵"，其回言："原来这铁槛寺原是宁、荣二公当日修造，现今还是有香火地亩布施，以备京中老了人口，在此便宜寄放。其中阴、阳两宅俱已预备妥贴，好为送灵人口寄居。……即今秦氏之丧，族中诸人皆权在铁槛寺下榻，独有凤姐嫌不方便，因而早遣人来和'馒头庵'的姑子净虚说了，腾出两间房子来作下处。原来这'馒头庵'就是'水月庵'，因她庙里做的馒头好，就起了这个浑号，离铁槛寺不远。"甲戌本夹批："前人诗云：'纵有千年铁门限，终须一个土馒头。'是此意。故'不远'二字有文章。"此批言明"铁槛寺"近

"你可托张妈给一信息。若得在园内一见，倒比来家得说话。"

① 这个不是宋妈，而是宝玉来时，"宝玉将一切人稳住，便独自得便出了后角门，央一个老婆子带他到晴雯家去瞧瞧。……宝玉命那婆子在院门瞭哨，他独自掀起草帘进来。"

旁有尼庵"水月庵"，其庵又名"馒头庵"。脂批点明"铁槛寺"与"馒头庵"乃一佳对，所以两者在作者小说中相距不远而靠得很近。

此回凤姐下榻的是馒头庵。凤姐是在"馒头庵"内，从庵主净虚手中获得张家三千两银子的贿赂，托有权者干涉了张金哥与守备公子的婚事，间接逼死了这对有情人。因此其回目虽然明里写作"王熙凤弄权铁槛寺"，实则却是"弄权馒头庵"。作者为了不和下半回回目"秦鲸卿得趣馒头庵"重复，有意把"弄权馒头庵（或'水月寺①'）"改成"弄权铁槛寺"。连回目都可以和回内的正文不同②，由此也可看出曹雪芹"不拘常格"的豪放个性来。〖而且凤姐的确是众人在铁槛寺守灵期间受的贿，从这个角度来看，此回回目拟作"弄权铁槛寺"也不能算错。〗

（2）后四十回中第93回"铁槛寺"与"水月庵"的纠缠不清

此第15回凤姐弄权"水月庵"事，后四十回有照应，即作者用"伏线千里"的笔法，在第88回让平儿告诉凤姐"水月庵"师傅净虚半夜见鬼事：净虚"回到炕上，只见有两个人，一男、一女，坐在炕上。她赶着问：'是谁？'那里把一根绳子往她脖子上一套，她便叫起人来。众人听见，点上灯火，一齐赶来，已经躺在地下，满口吐白沫子。幸亏救醒了，此时③还不能吃东西。"这显然是张金哥与守备公子冤魂前来索命。凤姐听了，呆了一呆，想必也已经猜到是张金哥和守备公子化成厉鬼前来索命。正在这时，忽然又听到小丫头气喘吁吁地从后面嚷着跑到院子里来说："我刚才到后边去叫打杂子④的添煤，只听得三间空屋子里'哗喇、哗喇'的响，我还道是猫儿、耗子；又听得'嗳'的一声，像个人出气儿的似的。我害怕，就跑回来了。"凤姐骂她胡说，并说自己从来都不信有鬼的话，命她赶快滚出去。这一晚，凤姐心中因为有了鬼而一夜没睡好觉。

到了第93回"水月庵掀翻风月案"，贾芹因管"水月庵"月例钱的发放，与庵中年轻的女尼、道姑勾搭，被人到贾府大门贴了匿名揭帖（即揭发信），于是"坏事传千里"传到了凤姐耳中。贾芹管"水月庵"是凤姐答应的，见第23回："果然是小和尚⑤一事。贾琏便依了凤姐主意，说道：'如今看来，芹儿倒大大的出息了，这件事竟交予他去管办'。"

消息传来时，"凤姐因那一夜不好，恹恹的总没精神，正是惦记铁槛寺的事情。"补明凤姐是因为"铁槛寺"受贿，间接逼死两条人命，怕那两个魂灵前来

---

① "水月庵"入回目时，因下半回是"馒头庵"，故避"庵"字而作"水月寺"字。
② 正如本章"第一节、十一、（二）"指出："由于第31回正文并没有情节来照应回目中的'伏白首双星'这五个字，所以脂批要特地批：作者是以后文卫若兰与史湘云凭此'金麒麟'得成夫妻，来照应此第31回的回目。即点明：回目中的'伏白首双星'这五个字不是对此回情节的总结，而是对后四十回情节的预言和伏笔。"回目可以和本回正文不相照应，却与远在几十回后的文字相照应，这也是作者曹雪芹拟回目时"不拘常格"的文风体现。
③ 到今天这个时候为止，还不能吃东西。
④ 打杂子，干杂活儿的人。
⑤ 书中明写是"小和尚"，似为男性，实又可指女性小尼姑，详下。

索讨，所以一连几夜心神不宁而睡不安稳。实则第15回凤姐是在"水月庵"也即"馒头庵"受的贿，之所以要"罔顾事实"地称作"铁槛寺"受贿，而且第15回回目又要拟作"王熙凤弄权铁槛寺"，便是因为众人都在铁槛寺守灵，凤姐本来也应当在铁槛寺守灵，因嫌那地方不雅洁而移住"水月庵"，所以凤姐受贿其实发生在"铁槛寺守灵期间"，虽然凤姐住的是水月庵，也蒙众人"住在铁槛寺守灵"事而称之为"铁槛寺"受贿，故回目拟作"王熙凤弄权铁槛寺"。此即第15回所言的："原来这铁槛寺原是宁荣二公当日修造，……有那家业艰难安分的，便住在这里了；<u>有那尚排场有钱势的，只说这里不方便，一定另外或村庄或尼庵寻个下处，为事毕宴退之所。</u>即今秦氏之丧，族中诸人皆权在铁槛寺下榻，独有凤姐嫌不方便，（甲侧：不用说，阿凤自然不肯将就一刻的。）因而早遣人来和馒头庵的姑子净虚说了，腾出两间房子来作下处。"

我们接着上面的话，<u>征引第93回中凤姐下来的反应</u>："凤姐因那一夜不好，恹恹的总没精神，正是惦记<u>铁槛寺</u>的事情。听说'外头贴了匿名揭帖'的一句话，吓了一跳，忙问：'贴的是什么？'平儿随口答应，不留神就错说了，道：'没要紧，是<u>馒头庵</u>里的事情。'凤姐本是心虚，听见'<u>馒头庵的事情</u>'，这一唬直唬怔了，一句话没说出来，急火上攻，眼前发晕，咳嗽了一阵，'哇'的一声，吐出一口血来。[①]平儿慌了，说道：'<u>水月庵里</u>。不过是女沙弥、女道士的事，奶奶着什么急？'凤姐听是<u>水月庵</u>，才定了定神，说道：'呸！糊涂东西！到底是<u>水月庵</u>呢，是<u>馒头庵</u>？'平儿笑道：'是我头里错听了<u>馒头庵</u>，后来听见不是<u>馒头庵</u>，是<u>水月庵</u>。我刚才也就说溜了嘴，说成馒头庵了。'凤姐道：'我就知道是<u>水月庵</u>。那馒头庵与我什么相干？原是这水月庵是我叫芹儿管的，大约克扣了月钱。'平儿道：'我听着不像月钱的事，还有些腌脏话呢。'凤姐道：'我更不管那个。'"

从凤姐的反应来看，可以证实"铁槛寺"等于馒头庵，"水月庵"不等于馒头庵。由于水月庵是凤姐让贾芹管的，而铁槛寺凤姐没有派人管过，所以凤姐说"铁槛寺（即凤姐心中的'馒头庵'）"与自己无关。其实凤姐在"馒头庵（铁槛寺）"做过一件干涉别人婚姻、而把有情人逼死的事，她和馒头庵（铁槛寺）正有非同寻常的关系；但那是机密事，外人无从知晓，所以凤姐才敢硬着嘴说"馒头庵（铁槛寺）"和自己无关，这其实是"此地无银三百两"的虚伪表现。而她昧着良心说这句话之前，还在为"馒头庵（铁槛寺）"心惊肉跳，作者早已把她说这话时的心虚刻画得昭然若揭。（我们也不知道平儿是否知晓馒头庵行贿事，她紧跟在凤姐身边服侍，净虚行贿焉能瞒得了她？但平儿即便知晓，也不会戳穿凤姐这种"心口不一"的谎话和虚伪面目。）

（3）后四十回是"水月庵"与"馒头庵"为两庵的初稿，前八十回是两庵合为一庵的定稿

根据第15回的文字，馒头庵就是水月庵（"<u>原来这'馒头庵'就是'水月</u>

---

① "哇的一声"至此程乙本改作："便歪倒了，两只眼却只是发怔。"

庵'，因她庙里做的馒头好，就起了这个浑号，离铁槛寺不远"）。后四十回中第93 回的这节文字如果是别人来续写，断然不会违背前八十回的这一事实。〖前八十回中从来没有把"铁槛寺"和"馒头庵"搞混过，第15 回回目看似把两者搞混过，其实内文写得很清楚，是"弄权馒头庵"，之所以回目拟成"弄权铁槛寺"，是为了不和下半回回目中的"得趣馒头庵"相重复。而且凤姐的确是众人在铁槛寺守灵期间受的贿，从这个意义上说，这一回回目拟作"弄权铁槛寺"也不错。因此，此回回目中的"弄权铁槛寺"这五个字，便不能用来证明作者曾把"铁槛寺"与"馒头庵"这两者搞混过。〗

后四十回如果是别人来续写的话，断然不会写出"馒头庵与水月庵乃两个不同的庵"的情节来。如今犯下这种严重到纸级的错误，最合理的解释便是：在作者的原稿中，"水月庵"与"馒头庵"不同，凤姐是在"馒头庵"弄的权，而大观园诸小女尼、小道姑住在"水月庵"而由贾芹管辖；在后来的创作中，作者增删了多次，到了今人所见到的第五次定稿时的前八十回中，两庵合并成为一庵，而后四十回中的第93 回尚是两庵尚未合并的前几稿的模样。

赵冈先生《红楼梦新探》第277 页言高鹗所得原稿中，上引第93 回文字中所有的"馒头庵"原本都应当作"铁槛寺"，高鹗除第一个漏改外（指画浪线者），其余的都改成了"馒头庵"（指画直线者），这显然是不可能的。因为原来是"铁槛寺"而高鹗改"馒头庵"的话，等于高鹗心目中"馒头庵"与"水月庵"真的成了两个庵。而高鹗肯定读过前八十回"'馒头庵'就是'水月庵'"的记载，所以他肯定不会做这种明显有违前八十回的修改。

所以更为可能的情况便是：原稿是作七个"馒头庵"，高鹗因看到第15 回回目是"王熙凤弄权铁槛寺"，所以改第一个"馒头庵"为"铁槛寺"（指画浪线者），其余（指画直线者）如果改成"铁槛寺"，与"水月庵"无论字形、字音都相差太远，平儿根本就不会把两者听错或搞混，所以不如不改。因为：凤姐弄权和派贾芹管的都是"水月庵"也即"馒头庵"，说两者不同乃是原稿本身之误，不是"我"高鹗的责任，"我"高鹗也无法修改。

总之，第97 回这节文字如果是高鹗前来续写的话，根本就不会写出现这种"馒头庵不是水月庵"的矛盾情节来。如此矛盾的情节居然写得出，那肯定只有一种可能：在原作者曹雪芹的初稿中，这两座庵乃是不同的两座庵。这一矛盾情节的存在，便是能够用来证明"今本后四十回乃曹雪芹初稿"的力证。★

（4）接皇帝驾，用男僧男道各十二名；接王妃驾，用女僧女道各十名

又第18 回为大观园配备人员时："又有林之孝家的来回：'采访聘买的十个小尼姑、小道姑①都有了，连新作的二十分道袍也有了。'"第17 回贾政从大观

---

① 下文言大观园中是十二个小和尚、十二个小道士，为男性，性别与人数皆与此处大异，其原因详见本节尾，即：接皇帝驾时，要用男性的和尚、道士各十二人；接王妃驾时，要用女性的尼姑、道姑各十人：两者有等级差异。此处说的是女性的尼姑、道姑，故各为十个。按：古人以一年有十二个月，所以把12 视为最高数字，接皇帝驾要用12 这个最高数目；王

楼离开后："于是一路行来，或清堂、茅舍；或堆石为垣，或编花为牖；<u>或山下得幽尼佛寺，或林中藏女道丹房</u>"，画线部分便是小尼姑与小道姑的居所。而第18回元妃省亲游大观园，最后一站便是："忽见山环佛寺，忙另盥手进去焚香拜佛，又题一匾云：'苦海慈航'。又额外加恩与一班幽尼、女道。"所言正是这十个小尼姑、十个小道姑。

第23回："且说那个'玉皇庙'并'达摩庵'两处，一班①的十二个小沙弥并十二个小道士，如今挪出大观园来，贾政正想发到各庙去分住。不想后街上住的贾芹之母周氏，正盘算着也要到贾政这边谋一个大小事务与儿子管管，也好弄些银钱使用，可巧听见这件事出来，便坐轿子来求凤姐。凤姐因见她素日不大'拿班作势'②的，便依允了，想了几句话（庚侧：一派心机。）便回王夫人说：'这些小和尚、道士，万不可打发到别处去。一时娘娘出来，就要承应。倘或散了，若再用时，可是又费事。依我的主意，不如将他们竟送到咱们家庙里'铁槛寺'去，月间不过派一个人拿几两银子去买柴米就完了。说声用，走去叫来，一点儿不费事呢。'王夫人听了，便商之于贾政。贾政听了笑道：'倒是提醒了我，就是这样。'即时唤贾琏来。……贾琏回到房中告诉凤姐儿，凤姐即命人去告诉了周氏。贾芹便来见贾琏夫妻两个，感谢不尽。凤姐又作情央贾琏先支三个月的，叫他写了领字，贾琏批票画了押，登时发了对牌出去。银库上按数发出三个月的供给来，白花花二三百两。贾芹随手拈一块，撂予掌平③的人，叫他们吃茶罢。于是命小厮拿回家，与母亲商议。登时雇了大叫驴，自己骑上，又雇了几辆车，至荣国府角门，唤出二十四个人来，坐上车，<u>一径往城外铁槛寺去了。</u>当下无话。"引文开头第一句便交代清楚：大观园中的"玉皇庙、达摩庵"两处的"十二个小沙弥并十二个小道士"都是男性而非女性，何以见得是男性？那便是因为这批挪出大观园的小沙弥、小道士是住在"铁槛寺"，显然只可能是男性而不可能是女性，因为女性是不可以长住在寺院中的。

而大观园中只有宝玉和贾兰这两位男性，也不宜有其他男性居住，园中只可能有女性的尼姑和道姑，不可能有男性的小沙弥、小道士。

所以，这儿又是作者在故意制造混乱，即真实原型中的"江宁织造府行宫"原本是用来接康熙皇帝的驾，皇帝是男性，所以皇帝驾到的那几天，后花园中要请来铁槛寺的年轻小沙弥，又从城内某道观（当是第29回所写的"清虚观"）中请来年轻的小道士，而且各为十二个；接驾完毕后，立即退回"铁槛寺"和城内某道观。现在小说中没有写到"南巡接驾"的情节，小说中是以"元妃省亲"的情节来影写曹雪芹姑姑"平郡王妃"曹佳氏的元旦省亲，由于接的不是男性皇帝的驾，而是接女性王妃的驾，"男女有大防"，所以也就得用小尼姑、小道姑，而且各为十个，比接皇帝的驾要降一个档次。

总之，作者写园中准备十个小尼姑、十个小道姑，那是写王妃省亲时的接

妃次其一等，故要降一级而用 10 这个数目。

① 一班，即"一般"，一样、同样、一式一样的意思。

② 拿班作势，装模作样、装腔作势、摆架子。

③ 掌平，管天平的。

驾排场；文中又写十二个小沙弥、十二个小道士，那是写皇帝南巡时的接驾排场。作者在第18回"元妃省亲"场景中兼采两者，这用的也是"梦幻主义"手法，因为梦是荒诞的，我们做的梦可以把两三件事交融、嫁接、拼凑在一起而不觉其非，作者仿之来创作小说又有何不可？

（5）前八十回男僧道寄居"铁槛寺"与后四十回女僧道寄居"水月庵"的矛盾

第88回平儿传来消息说："水月庵的师父打发人来，要向奶奶讨两瓶南小菜，还要支用几个月的月钱，说是身上不受用。我问那道婆来着：'师父怎么不受用？'她说：'四五天了。前儿夜里，因那些小沙弥、小道士里头有几个女孩子，睡觉没有吹灯，她说了几次不听。那一夜，看见她们三更以后灯还点着呢，她便叫她们吹灯。个个都睡着了，没有人答应，只得自己亲自起来给她们吹灭了。回到炕上，只见有两个人，一男、一女，坐在炕上。她赶着问：'是谁？'那里把一根绳子往她脖子上一套，她便叫起人来。众人听见，点上灯火，一齐赶来，已经躺在地下，满口吐白沫子。幸亏救醒了。此时还不能吃东西，所以叫来寻些小菜儿的。'"这是凤姐与"水月庵"庵主在水月庵逼死的金哥与守备公子前来索命。书中写："凤姐听了，呆了一呆，说道：'南菜不是还有呢，叫人送些去就是了。那银子，过一天叫芹哥来领就是了。'"

一般人都会认为第23回入住"铁槛寺"的小沙弥、小道士一定是男性，而后四十回之第88回居然知道全是女孩子（见上引画线部分），这已经令人"匪夷所思"了；而且后四十回又把前八十回这些沙弥、道士所入住的"铁槛寺"改成了"水月庵"，因为女性是不可以入住寺院的，故有是改。这一改虽然合理，但却与第23回入住"铁槛寺"又大相违背起来。后四十回如果是他人来续写的话，一定不会知道第23回所谓的"小沙弥、小道士"是女性，更不会大胆地把贾芹管的"铁槛寺"改成"水月庵"。

第93回"水月庵掀翻风月案"："且说水月庵中小女尼、女道士等，初到庵中，沙弥与道士原系老尼收管，日间教她些经忏。以后元妃不用，也便习学得懒惰了。那些女孩子们年纪渐渐的大了，都也有个知觉了。更兼贾芹也是风流人物，打量芳官等出家，只是小孩子性儿，便去招惹她们。哪知芳官竟是真心，不能上手，便把这心肠移到女尼、女道士身上。因那小沙弥中有个名叫'沁香'的，和女道士中有个叫做'鹤仙'的，长的都甚妖娆，贾芹便和这两个人勾搭上了，闲时便学些丝弦，唱个曲儿。那时正当十月中旬，贾芹给庵中那些人领了月例银子，……赖大说：'大爷在这里更好。快快叫沙弥、道士收拾上车进城，宫里传呢。'贾芹等不知原故，还要细问。赖大说：'天已不早了，快快的，好赶进城。'众女孩子只得一齐上车。赖大骑着大走骡，押着赶进城，不提。"第94回："单是那些女尼、女道重进园来，都喜欢的了不得，欲要到各处逛逛，明日预备进宫。"这些文字都与第17、18回相合，唯与第23回沙弥、道士住在"铁槛寺"不合。

总之，前八十回与后四十回在"铁槛寺"与"水月庵"上大为矛盾、大相牴牾。这其中肯定有其隐情，当是作者又一个故意留下的破绽。比较合理的解释便是：皇帝接驾时用小和尚、道士（各十二个），自家王妃省亲时用小尼姑、道姑（各十个），作者用"梦幻主义"的嫁接手法，把这两件事整合到一起来写：皇帝驾临时，便从铁槛寺调小和尚、道士侍候，皇帝一走，便发回铁槛寺养着；王妃驾临时，便从水月庵调小尼姑、道姑侍候，王妃一走，便发回水月庵养着。这相当于修辞中的"互文见义"手法。

显然，后四十回这一与前八十回大相矛盾、"匪夷所思"的文字，肯定是曹雪芹的初稿，而不可能是他人续写的续稿。

（六）大姐与巧姐

（1）后四十回巧姐与大姐乃两人，同样能证明后四十回是曹雪芹原稿

第 42 回刘姥姥将大姐儿改名巧姐儿，这是作者在明文交代：大姐儿和巧姐儿是同一个人。

然而，后四十回中却出现多处大姐儿（巧姐）年龄忽大忽小、明显是两个人的情节来。这就证明后四十回显然不是续书，因为后四十回如果是续书的话，续书的作者肯定知道大姐儿和巧姐是同一个人，怎么可能续成有大有小的两个人的模样来？

何以见得后四十回中的大姐儿（巧姐）年龄忽大忽小呢？

第 84 回贾母便问："巧姐儿到底怎么样？"于是来看望生病的巧姐，见她被"奶子抱着，用桃红绫子小绵被儿裹着，脸皮趣青，眉梢鼻翅微有动意"，这显然是婴儿模样。如果巧姐已经长大，根本就不可能用棉被裹着还能让奶妈抱着。

第 88 回："那巧姐儿身上穿得锦团花簇，手里拿着好些玩意儿，笑嘻嘻走到凤姐身边学舌"，此时才学讲话，至多不过两三岁。

第 101 回："只听那边大姐儿哭了，凤姐又将眼睁开。平儿连向那边叫道：'李妈，你到底是怎么着？姐儿哭了，你到底拍着她些。你也忒好睡了。'那边李妈从梦中惊醒，听得平儿如此说，心中没好气，只得狠命拍了几下，口里'嘟嘟哝哝'的骂道：'真真的小短命鬼儿，放着尸不挺，三更半夜嚎你娘的丧！'一面说，一面咬牙，便向那孩子身上拧了一把。那孩子'哇'的一声大哭起来了。"这显然也是不会说话、不会告状的婴儿模样。如果会说话、会告状，李妈拧她，难道就不怕她说出"李妈拧我"这样的话来？而且凤姐叫李妈拍着大姐儿入睡，可证大姐儿绝对还是个婴儿，因为长大了的小孩无须拍着入睡。值得注意的是，此例引文中的这个女孩子的名字写作"大姐儿"而非"巧姐儿"。

以上三例都是婴儿模样的巧姐（大姐儿）。而第 92 回与第 117 回描写的却是明显已经长大了的巧姐，即第 92 回："巧姐道：'我妈妈说，跟着李妈认了几年字，不知道我认得、不认得。'"认了几年字则至少已有七八岁了。第 117 回贾蔷说巧姐："模样儿是好的很的，年纪也有十三四岁了。"

据笔者《红楼时间人物谜案》"第二章、第一节、一"的考证，第 81~95

回是红楼十七年，第 95~104 回是红楼十八年，第 105~120 回是红楼十九年。因此，第 84、88 回的婴儿巧姐，与第 92 回七八岁的巧姐，在红楼纪元中其实是同一年。同一年中便由婴儿变成七八岁，令人顿感"匪夷所思"；而第 92 回至少已是七八岁的巧姐，到下一年的第 101 回居然又缩回婴儿的模样，而到第 117 回又忽然暴长成十三四岁，这便是后四十回中巧姐忽大忽小而似两个人的"梦幻"般的荒诞情节。

巧的是前八十回中正有大姐儿与巧姐儿为两个人的记载，而且不止一处，实有两处，即第 27 回庚辰本："且说宝钗、迎春、探春、惜春、李纨、凤姐等并巧姐、大姐、香菱与众丫鬟们在园内玩耍，独不见林黛玉。"又第 29 回："奶子抱着大姐儿，带着巧姐儿，另在一车。"由此可见，巧姐与大姐原本就是两个人，而且还是"大姐儿"小，需要奶妈抱；"巧姐儿"大，可以独自行走。小的反而叫"大姐儿"，也的确有点"匪夷所思"（笔者认为，当是大姐儿大，巧姐儿为二姐儿）。

大姐儿改名"巧哥儿"（即改名"巧姐"）在第 42 回，即凤姐对刘姥姥说："她还没个名字，你就给她起个名字。你贫苦人起个名字，只怕压的住她。"刘姥姥问她是几时生的，凤姐儿道："正是生日的日子不好呢，可巧是七月初七日"①，即"乞巧节"生的。刘姥姥笑道："这个正好，就叫她是'巧哥儿'。这叫作'以毒攻毒，以火攻火'的法子。姑奶奶定要依我这名字，她必长命百岁。日后大了，各人成家立业，或一时有不遂心的事，必然是遇难成祥，逢凶化吉，却从这'巧'字上来。"由于这小孩还没起名字，可证她刚出生不久。

而"红楼九年"的第 6 回也即"送宫花"那一回便出现了大姐儿，当时的大姐儿是奶妈手中抱着的小孩儿，到现在"红楼十三年"的第 42 回，过去了四年，至少已有五六岁了，怎么可能还要人抱着，而且还没起名字呢？所以这个没起名字的小女孩儿，应当就是才出生不久的二姐儿。所以应当是二姐儿出生在七月初七而名叫"巧姐"，大姐儿则一直就叫"大姐儿"，并没有改名为巧姐。

对于这一矛盾的合理解释便是：作者在最初稿中原本就写凤姐生了两个女儿，大女儿名叫"大姐儿"，二女儿生在七月初七，名叫"巧姐儿"，两者相差好几岁。后来出于某种需要（下详），作者在第 42 回插入刘姥姥为大姐改名"巧哥儿（即'巧姐'）"这一情节，使两人合二为一。

至于并成一个女儿后，为什么第 27、29 回又出现两个女儿的情节来？笔者《红楼时间人物谜案》"第三章、第一节、二"已证明第 27 回写到"至次日乃是四月二十六日，原来这日未时交芒种节"，乃是作者把雍正三年自己 11 岁的事移到前面来写，第 29 回之事随第 27 回也一同移前了。

又据笔者《红楼时间人物谜案》"第二章、第二节、一"所编制的《红楼梦

---

① 相传"七夕节"年年会下雨，因为牛郎织女见面要哭哭啼啼，所以此日出生的孩子不吉祥。

作者用"十九年故事"隐写自己"十四岁人生"的叙事简表》可知：第53回至70回的红楼十四年是作者人生的 11 岁。

笔者在《红楼时间人物谜案》"第一章、第三节、第 55 回"考明：凤姐其实是在此回所在年份的"七月初七"那天生了第二个女儿，因其生在"七月初七"而起名"巧姐"。所以，作者是把此年巧姐出生后，凤姐有两个女儿的有关情节移到了第 27、29 回来写。作者在移置情节时，故意不把这两个女儿改成一个女儿，为的就是故意留下这两个破绽，让读者能看破凤姐其实有两个女儿的真相来。如果没有这两处破绽的保留，大家便看不出"凤姐的生活原型其实有两个女儿"的真相来。

〖况且大姐儿第 42 回才改名巧姐儿，第 27、29 回时尚无巧姐儿这个名字，作者有意写到"既有大姐儿、又有巧姐儿"，为的就是告诉大家这第 27、29 回是第 42 回之后移到前面来的。至于第 29 回"奶子抱着大姐儿，带着巧姐儿"，其实是大姐儿大、巧姐儿小，当作"奶子抱着巧姐儿，带着大姐儿"为是，可能作者为了强化后四十回巧姐儿长大可以嫁人，所以有意改成巧姐儿大、大姐儿小。又：作者故意在第 27、29 回中一连犯下三大荒唐，即：①第 27、29 回大姐儿与巧姐儿在书中第 42 回明明写明是一个人，今却写成两个人，为第一荒唐；②第 42 回后才出现巧姐之名，而此时便已提到，为第二荒唐；③大姐儿从名字上看，其为大女儿，当居长，反而幼小要抱；巧姐儿居幼①，反而不用抱，为第三荒唐。作者"恬不知耻、大言不惭"地在此一连犯下这三大荒唐，还这么"心安理得"，便在于这是全书书名"梦"字所标榜出来的、作者所秉持的"梦幻主义"创作手法的体现；作者本就要故意写一些能够让人"初看不觉而细思则荒唐"的破绽来。这也可以看出，作者把小说的"虚构、杜撰、撒谎、假话"的本质，在自己的创作实践中运用到了如此炉火纯青的地步。〗

至于后四十回中凤姐这个独女何以又忽大忽小变成了两个人？其合理的解释便是：后四十回尚是较早之稿，其时大姐与巧姐仍写作两个人，大姐儿是十来岁的模样，巧姐儿是两三岁的模样。高鹗得到此稿加以修改时，看到第 42 回大姐儿已改名为巧姐，于是便把后四十回中的"大姐儿"全都改成了"巧姐儿"，这就导致巧姐忽大忽小的矛盾冒了出来。由此矛盾，便可知道后四十回绝对不可能是续书，而是曹雪芹较早的初稿；因为任何续书人在知道大姐儿和巧姐是同一人的情况下，再怎么续，也续不出巧姐忽大忽小而似两个人的荒诞如梦的情节来。

至于刘姥姥为大姐儿改名巧姐，当在巧姐出生的第 55 回之后，现在却写到了巧姐出生前的第 42 回，似乎也有情节移前之嫌。我认为并非如此。这是因为：巧姐生在七月初七，所以她生下来大家都会叫她"巧姐"，换句话说，让刘姥姥为她取名巧姐乃是假话，实则她一生下来大家就这么叫她"巧姐"。那么作者为什么要说成是刘姥姥为她起名巧姐呢？那是因为：作者把大姐儿与巧姐两人合

---

① 大姐儿既然居长，则巧姐儿必定居幼。

为一人的方法便是改名，而第 5 回的巧姐判词有："偶因济刘氏，'巧'①得遇恩人"，规定了巧姐与刘姥姥必须得（děi）要有某种比较深的缘分关系。而所有缘分关系中，莫过于让刘姥姥为她取名"巧姐"来得深；同时又可以把判词中的"刘氏"与"巧"字紧密地联系在一起（即巧姐的"巧"②是刘姥姥赐予的，因此巧姐的"遇难成祥，逢凶化吉，却从这'巧'字上来"便也是刘姥姥赐予的；事实上，今本后四十回巧姐的"遇难成祥，逢凶化吉"，的确也是拜刘姥姥所赐），这就决定了为巧姐起名"巧"字的任务得（děi）要写成由刘姥姥来完成。而刘姥姥难得来一次贾府，所以也就一定要在刘姥姥"二进荣国府"时的第 42 回，来安排她完成这一重大使命。

况且作者既然要把大姐和巧姐合为一人，原稿中第 55 回后的"七月初七"巧姐出生事便当删掉，同时又把凤姐怀孕生她的事改成病了半年，于是她改名"巧姐"的事便可以随便安放在任何一回，而不必等到第 55 回后的巧姐出生后了。因此，作品中便把"大姐改名巧姐而使两人合为一人"的事情，写在了第 42 回刘姥姥"二进荣国府"时；这不是情节移前，而是作者旨在让大姐儿与巧姐儿合为一人而随意插入的"假话"。之所以插在第 42 回，便是第 5 回巧姐的命运判词决定了这一使命得由刘姥姥来完成，而刘姥姥难得来贾府一次，所以只能插在第 42 回刘姥姥"二进荣国府"时。

（2）最初稿中凤姐当于第 66 回生二女儿巧姐

我们在《红楼时间人物谜案》"第一章、第三节、第 55 回"时讨论了"作者以凤姐小月③来隐写巧姐出生"，指出：凤姐在红楼十三年（作者人生的 10 岁）十月怀孕，于第 55 回红楼十四年（作者人生的 11 岁）正月忙完年节后歇"产假"，于七月初七生下巧姐儿，然后调养到八九月份恢复元气。

凤姐二女儿（巧姐）生在此年，与后四十回三处"大姐为婴幼儿"的描写正相吻合。今按：第 55 回所在之年为作者人生的 11 岁（红楼纪元则为十四年），到第 84、88 回为作者人生的 12 岁（红楼纪元则为十七年），巧姐才虚岁两岁，所以第 84 回写到了巧姐被奶妈抱着的婴儿模样，如果长大了，根本就不可能用棉被裹着还能被人抱着；第 88 回写巧姐才开始"牙牙学语"，也正是两岁光景。到第 101 回作者人生的第十三岁（红楼纪元则为第十八年）才虚岁三岁，所以写大姐儿尚且要奶妈拍着入睡、尚且不会说话来告发李妈拧她的幼儿模样。

第 67 回袭人说凤姐"她自从病了一场之后，如今又好了"而想去看她，不出意外的话，当指凤姐"七月初七"生巧姐后"坐月子"，此是坐完月子后的八月初袭人前去看望她。因为袭人说："而且初秋天气，不冷不热"，虽然下文管葡萄架的老妈妈说："如今才入七月的门，果子都是才红上来，要是好吃，想来还得月尽头儿才熟透了呢"，似乎是在七月初。但我们在《红楼时间人物谜案》"第一章、第三节、第 67 回"已充分考明：此时乃八月初五。而且七月初正当

---

① 此"巧"字一语双关，既关巧姐之名，又关碰巧得救之意。

② 指碰巧得救。

③ 小月，即小产。

炎热，唯有八月初才可能是"初秋天气、不冷不热"。况且七月底也不可能各种果子熟透，果子熟透当在秋天的八月底；所以"才入七月的门"的"入"字当作"过"字来解。因此原稿中凤姐"七月初七"生二女儿当在第66回，因为《红楼时间人物谜案》"第一章、第三节、第66回"考明：七月初七包含在这一回的时间中。

又此回的时间考①曾考明贾琏六月初三偷娶尤二姐，这便不近情理了，贾琏不可能在凤姐怀孕时偷娶尤二姐，合理的做法当是贾琏在"七月初七"凤姐又生一女的情况下，觉得凤姐生子无望，于是决定为生子再娶一房。因此，原稿中贾琏偷娶尤二姐必定发生在第66回"七月初七"后。后来，由于作者把凤姐的两个女儿合并为一个女儿，便把凤姐生二女儿的事情改成了养病，等于凤姐没有生第二个女儿，贾琏便可以随时随地来为生儿子而娶二房（贾赦赐秋桐给贾琏为妾也是这个原因），于是作者也就把他偷娶二房（尤二姐）的事情提前到六月初三来写了。

（3）凤姐大女儿出生在红楼六年或七年

笔者《红楼时间人物谜案》"第一章、第三节、第六回"考明凤姐与贾琏在红楼六年结婚。与凤姐结婚密切相关的便是其大女儿的出生和大女儿的年龄问题。

首先凤姐能正常生育，故其婚后次年也即红楼七年时生女儿为正常，而后四十回中的第117回贾蔷说巧姐："模样儿是好的很的，年纪也有十三四岁了。"即红楼十九年王仁、贾环出卖凤姐女儿时，凤姐女儿当为13岁。据此上推，凤姐这个女儿当在红楼六年或七年出生，与我们的推断正相吻合，这也是后四十回与前八十回在时间细节上吻合的实例。★

据此可知：凤姐的大女儿当出生在红楼六年或七年，今暂定为红楼七年。因是头胎，其名自然叫"大姐儿"。所以第6回红楼九年周瑞家的送宫花时，大姐儿当为3岁，尚被奶妈抱在怀中。到第42回红楼十三年为7岁，刘姥姥改其名为"巧姐"，从而使凤姐两个女儿合为一人。第92回红楼十七年为11岁，学了几年字（巧姐说："跟着李妈认了几年字"）。到第117回红楼十九年为13岁，可以谈婚论嫁了，这时贾蔷说巧姐："年纪也有十三四岁了"，第118回王仁、贾环便主张卖掉她这个凤姐独女（原为两女，后来作者改并为独女）。由此可见，后四十回中两处大孩子模样的巧姐（实为大姐儿）的描写，也与前八十回暗合。

据此可知，凤姐大女儿的真实原型应当是十三四岁被卖，其当即第28回所写到的在宝玉（也即作者）面前唱曲的、"锦香院"妓女云儿的原型。因为全书只写到这么一位妓女，而第1回《好了歌解》说到曹家抄家后有人要做妓女（"择膏粱，谁承望流落在烟花巷"），但第5回红楼诸钗的判词看不出其中有人要做妓女。后人因锦香院妓女"云儿"之名，猜这个妓女就是史湘云沦落风尘后的

---

① 即笔者《红楼时间人物谜案》"第一章、第三节、第66回"的时间考。

形象。但第 1 回《好了歌解》"说什么脂正浓，粉正香，如何两鬓又成霜"句，甲戌本有侧批："宝钗、湘云一千人"，言明湘云与宝钗结局相同，都是高寿而白头；今由宝钗最终要守寡，故知与之结局相同的史湘云也当守寡（因为脂砚斋批她俩是"一千人"即同类人，故知两人结局当相同），因此这句诗和脂批都是在说宝钗和湘云这两个人要一同守寡到白头，这也就意味着史湘云不可能做妓女。而且宝钗有金锁，湘云又有金麒麟，故第 31 回回目"因麒麟伏白首双星"指的就是：史湘云因有金制的麒麟，而与同样有金制小玩意（金锁）的宝钗成为一对"白首双星"。即：有金制"小巧玩物"①的这两位，是同样要守寡到白头的双星。（所谓"双星"，是指两人都是天上的星宿也即仙子下凡。）

所以说，全书没有一个女子会沦落为妓女，能沦落为妓女的只有一个人，那就是后四十回中第 118 回写到的凤姐的大女儿。梦境可以颠倒错乱，所以作者会把凤姐大女儿卖为妓女后的可悲情景，用艺术创作的手法，提到全书最开头的部分，写成第 28 回"锦香院"妓女云儿的情节。

而《红楼梦》原稿第 66 回所写的凤姐生的二女儿，其原型的真实结局当是被刘姥姥收容而生活在农家，最终嫁给了农家，也即第 15 回所描写到的，在宝玉（也即作者）面前纺车的二丫头那幕情节。其名字是"二丫头"，可见她排行老二；她又从事纺织，与第 5 回巧姐的命运之图相合，可证"二丫头"肯定就是巧姐原型的结局。梦境可以颠倒错乱，作者也就用艺术创作的手法，把二姐儿（二丫头）沦为农妇后的清贫景况，提到全书的最开头部分来写。

（4）高鹗的修改

综上来看，后四十回中凡是婴儿模样的第 84、88、101 回的巧姐应当是凤姐的二女儿，其七月初七所生，故当名"巧姐儿"，高鹗所得原稿必定全作"巧姐儿"。

而后四十回中凡是长大了的第 92、117 回的巧姐应当是凤姐的大女儿，故名"大姐儿"，高鹗所得原稿必定全作"大姐儿"。

高鹗看到第 42 回刘姥姥已将"大姐儿"改名为"巧姐儿"，于是便把后四十回中年长的"大姐儿"也都全部改成了"巧姐"。至于第 101 回作"大姐儿"则是漏网之鱼，这一漏改恰可证明高鹗所得原稿必定不止一处作"大姐儿"。由于高鹗改"大姐儿"为巧姐，便出现了巧姐年龄忽大忽小的矛盾来。

奇怪的是，第 101 回应当是年幼的巧姐儿，其应当写作"巧姐儿"（或写作"二姐儿"）才对，何以写成了年长的"大姐儿"？这可能是曹雪芹原稿中的一个笔误。〖但考虑到第 29 回大姐儿幼小而需要抱、巧姐儿大而可以自己走路，则曹雪芹原稿中的确有可能故意错综，让凤姐的大女儿名叫巧姐儿，把小女儿命名为大姐儿，以显书名"梦"字所标榜的荒唐之旨，其详情也就不得而知了。〗

又前八十回中的第 27、29 回脂本"大姐"与"巧姐"并存，其在第 42 回

---

① 第 32 回黛玉思量："多半才子佳人都因小巧玩物上撮合，或有鸳鸯，或有凤凰，或玉环、金佩，或鲛帕、鸾绦，皆由小物而遂终身。"

刘姥姥改"大姐"为"巧姐"前，照理第42回前尚无"巧姐"之名，故程高本便将42回前与"大姐"并存的这两例"巧姐"给全删除掉，而只保存"大姐"。

张爱玲女士说：巧姐在前八十回中年龄便已有矛盾，续书作者发现前八十回这一矛盾，并故意因循这种矛盾，让巧姐暴长暴缩。[①]张爱玲女士的这一假设未免太过离奇，当不足采信。更合理的解释便是：作者原本就写有大的"巧姐"和小的"大姐"两个人（或是大的"大姐"和小的"巧姐"两个人），今本后四十回中巧姐年龄忽大忽小，便是高鹗将"大姐"统一改为"巧姐"所致；而其收集到的原稿必定是大的作"大姐"，小的作"巧姐"（也有可能像上文推测的那样，正好相反，大的作"巧姐"，小的作"大姐"）。"后四十回中巧姐年龄忽大忽小"这一矛盾，恰可证明后四十回乃曹雪芹原稿，而非高鹗或其他无名氏的续书。

赵冈先生《红楼梦新探》第282页仍认为后四十回是曹雪芹以外的某个人续作，并说："这位续书者如果不是根据雪芹较原始的稿本（比庚辰本还早）所续，就一定是曹家本家的人，他深知凤姐实际上是有两个女儿。"即后四十回是曹雪芹以外的某个人，很可能是他的至亲之人，不去根据曹雪芹最后的定稿，而是根据曹雪芹的某次中间稿的前八十回（此中间稿中凤姐尚为两个女儿而非定稿中的一个女儿），续写了后四十回。这显然是极为荒唐的。因为所有人都能看到前八十回的定稿，作为曹雪芹的至亲，这位续书人更不会例外，他完全可以根据定稿来续，又何必根据某次中间稿来续？

与其要像赵先生这么说，还不如直接就说：后四十回就是曹雪芹自己写的某次中间稿，根本就不是别人所作的续稿，更不是别人据曹雪芹前八十回的某次中间稿所作的续稿。资深的红学研究专家如赵冈先生，尚且会如此思考、这般说解，可见民国胡适、鲁迅、俞平伯先生所主张的"后四十回乃曹雪芹以外的其他人所续"的观点，给世人和学界的印象真是"太"根深蒂固、影响巨大了，连极资深的红学研究者都已"积重难返"，更不用说普通读者了。

（5）凤姐女儿为何要合二为一？

在作者的最初稿中，凤姐应当有两个女儿，后来作者改成只有一个女儿，这主要是因为凤姐如果有两个女儿的话，便要写两个女儿的结局，而作者本着"宝黛二人为主角，其爱情故事为主线"的创作主旨，为了避免更多的旁枝，所以也就要把凤姐女儿由两个删并成一个，这样便可以更集中地来塑造全书的主线故事"宝黛爱情"，也可以更集中地来塑造好凤姐女儿的结局。

而且"十二金钗"只有十二个正钗。凤姐的两个女儿都当列入"正钗"（主子皆当放入"正钗"中去，"副钗"放异姓主子的姐妹也即副主子，凤姐的两个

---

① 见张爱玲女士的《红楼梦魇》："续书写巧姐暴长暴缩，无可推诿。不过原著将凤姐两个女儿并为一个，巧姐的年龄本有矛盾，长得太慢，续书人也就因循下去，将她仍旧当作婴儿，有时候也仍旧沿用大姐儿名字。后来需要应预言被卖，一算她的年纪也有十岁上下了，第一百十八回相亲，也还加上句解释：'那巧姐到底是个小孩子。'"

女儿是正主子，不是副主子），可"正钗"只有十二个名额，其中留给凤姐女儿的位置也只可能是一个而非两个，这就倒逼着作者只能把凤姐的两个女儿合并成一个。

作者塑造凤姐女儿的结局，主要是为了证明全书"福善祸淫"中的"福善"之旨。也即第5回言巧姐命运的图画和文字："后面又是一座荒村野店，有一美人在那里纺绩。其判云：'势败休云贵，家亡莫论亲。偶因济刘氏，巧得遇恩人。'"甲戌本于"势败休云贵，家亡莫论亲"这句话下有夹批："非经历过者，此二句则云纸上谈兵。过来人哪得不哭？"可见画线部分的这十个字，说的便是曹家抄家后的实情。

图中的美人纺绩，不由让人想起第15回宝玉在秦可卿出殡途中遇到的"二丫头"：宝玉"又至一间房屋前，只见炕上有个纺车，宝玉又问小厮们：'这又是什么？'小厮们又告诉他原委。宝玉听说，便上来拧转作耍，自为有趣。只见一个约有十七八岁的村庄丫头跑了来乱嚷：'别动坏了！'……那丫头道：'你们哪里会弄这个，站开了，我纺与你瞧！'……说着，只见那丫头纺起线来。宝玉正要说话时，只听那边老婆子叫道：'二丫头，快过来！'那丫头听见，丢下纺车，一径去了。宝玉怅然无趣。……一时上了车，出来走不多远，只见迎头二丫头怀里抱着她小兄弟，同着几个小女孩子说笑而来。宝玉恨不得下车跟了她去，料是众人不依的，少不得以目相送，争奈车轻马快，一时展眼无踪。"

作者其实是用"梦幻主义"手法，根据梦可以颠倒错乱的机理，把凤姐女儿的结局提到全书一开头来写。正如第2回写贾雨村遇到的"智通寺"老僧，便是贾宝玉出家后的情状提到全书最开头来写，因为其处有脂批："毕竟雨村还是俗眼，只能识得阿凤、宝玉、黛玉等未觉之先^①，却不识得既证之后。"又正如全书早在第1回，便借甄士隐的《好了歌解》，写明曹家抄家后几十年的情状："陋室空堂，当年笏满床；衰草枯杨，曾为歌舞场"，这应当是作者在抄家多年后的某一年，到南京所见到的老家"江宁织造府行宫"抄家后一直空关的景况。"说什么脂正浓，粉正香，如何两鬓又成霜？"据脂批，是写宝钗、湘云的原型守寡到高寿。"昨日黄土陇头送白骨，今宵红灯帐底卧鸳鸯。"据脂批，是写宝玉的原型（也即作者本人），在心上人（黛玉原型、晴雯原型）死后，又与他人结合（指宝钗原型）。"金满箱，银满箱，展眼乞丐人皆谤"，据脂批是写凤姐原型，当然还会有宝玉原型（也即作者本人），在大富大贵后一贫如洗。"训有方，保不定日后作强梁"，据脂批，是写曹家有人抄家后造了反（即"柳湘莲"的原型）。"择膏粱，谁承望流落在烟花巷！"是言曹家有人抄家后成了娼妓（即锦香院"云儿"原型。此"云儿"不是史湘云，不出意外的话，当是凤姐的大女儿，被"狠舅、奸兄"出卖而沦为娼妓，也即后四十回中的第118回将其卖给外蕃做使女，由于是卖给外蕃，所以可以说成是"择膏粱"，其实是卖去充当低贱的使女，难保将来不再转卖为娼妓，故称作"谁承望流落在烟花巷"。当然

---

① 指第2回贾雨村在冷子兴面前夸赞宝玉与凤姐二人，其夸宝玉是："大约政老前辈也错以淫魔色鬼看待了"，其夸凤姐是："可知我前言不谬。"

后四十回写的是没卖成，但真实的原型应当是顺利成交而沦为外蕃婢女，最终又再度沦落、转卖成为妓女，即此《好了歌解》所唱）。"因嫌纱帽小，致使锁枷杠"，据脂批，是写曹家族人中因贪婪而被罢职的贾赦、贾雨村原型。"昨怜破袄寒，今嫌紫蟒长"，据脂批，是贾兰、贾菌的原型通过科举又复兴家道。

这其实都不是在预言《红楼梦》书中要写的贾府抄家后的结局，这其实不过是甄士隐口中所唱的"真事隐"。作者把唱这首歌的人的名字用"真事隐"来命名，也就表明："真家曹家抄家后的真实结局"只敢在全书最开头如此"隐写"一下，不敢到全书的结局中去"明写"了！即：作者曹雪芹只敢借"甄士隐"的口唱一遍，就算把"真事"——曹家抄家后的惨局——给"隐"写完毕，此后也就不敢再明写了。而这个"隐"字便交代清楚：《红楼梦》全书的结局，作者是不敢照此反映真事的总纲来写的；正因为不敢，所以作者便要用"家道复兴、兰桂齐芳"的假话来"撒谎编造、杜撰虚构"出《红楼梦》全书的最后结局。

贾府抄家后的结局，作者奉行全书以"宝玉、黛玉恋爱为主，其他人和事皆为陪衬"的创作主旨而不愿多写，只在第1回借甄士隐之歌一笔带过。今人硬说后四十回当按这个线索来写贾府抄家后的结局，那真是不识作者这一创作主旨所致。

这也正如作者在第5回已借判词和《红楼梦曲》，把全书最主要人物的结局全都一笔带过地写在那儿了，后四十回便同样奉行上面那条创作主旨加以一笔带过而不事铺陈。今人以后四十回未将判词与《红楼梦曲》提示的线索一一详细落实，据之来否定"后四十回是曹雪芹原稿"的结论，这同样也是不识作者这一创作主旨的缘故。

而且作者的另一个创作主旨便是"甄士隐（真事隐）与贾雨村（假语存）"。"真事"便是真实世界中曹家抄家后的事非常惨，作者不敢明写，必须得（děi）隐写；至于太惨处不是明写、隐写的问题，而是不敢写，因为写了会触犯时忌，会给人抓到"发泄不满"的把柄而招致乾隆朝盛行的"文字狱"，所以作者得（děi）在作品中用"假语存"来回避那悲惨的真实结局，改用一大套假话，在全书一开头加上颂圣之语，最后又把真实的"落了片白茫茫大地真干净"的结局改成"家道复兴、兰桂齐芳"，而把"落了片白茫茫大地真干净"那真实而悲惨的结局借两个地方点一下：一是第1回《好了歌解》，借唱歌人"甄士隐"之名，点明这么惨的情状便是我家的"真事"，但却只能这么"隐"写一下了；二是第5回最后一支《红楼梦曲》，写"好一似食尽鸟投林，落了片白茫茫大地真干净"，用艺术的语句概括惨状，升华到更高更深的艺术境界。这真实的惨状作者只敢如此点到为止，在书中的其他地方不愿再写。书中结局时，还得（děi）要特地改写成"家道复兴、兰桂齐芳"的温文尔雅式的结局。那是因为书中是"假语存"、而非"真事存"，在"抄家后的结局"这一点上，只能用"假话、反话"来写（而不能据"真事"来写），以此来寄托、保存一下作者曹雪芹和自己曹氏家族对美好未来的某种憧憬①；至于那"真事"也就隐而不再详写了，所谓"隐"

---

① 用假话存憧憬，也即"假语存"之旨。

写，就是全书第1、第5回早已点到为止在那儿了，会看书的人都会看明白的，哪用得着再铺陈开来，使全书被禁毁呢？这便是作者"不着（zháo）一字，尽得风流"的高妙笔法的重大体现。

　　由此处称纺织者为"二丫头"，也就透露出她很可能就是凤姐排行老二的小女儿。作者借巧姐的命运判词，主要是为全书的创作主旨"福善祸淫"中的"福善"两字作一注脚。全书主要写"祸淫"，与之对仗的便是"福善"，除了夫死而贞洁守寡的李纨因子而贵，算是个"福善"的事例①。但从后四十回来看，贾兰中举离李纨获得诰命还有很长的路要走（全书第1回贾雨村贫穷，在甄士隐的资助下，方能上京考中进士；上京前他必定已是举人，这就证明中举也会贫穷潦倒。所以贾兰中举并不意味着他能摆脱家业上的贫困，唯有中进士才有可能为显官，只有做了显官才可能家道复兴，所以贾兰中举离他中进士、为显官、贾府家道复兴还有很长的一段路要走）。所以《红楼梦》全书其实只是在第5回李纨判词中，提了一下这个"福善"的结局，书末根本就不可能写到（因为全书只有120回，若要铺陈开来写到贾兰中进士、为显官而让家族复兴，120回便不够了，作者只能留给将来的好事者去续写吧）。因此，光靠李纨这一事例，便看不出全书的"福善"主旨来，所以作者又得在全书第120回到来之前，树一个完整的"福善"事例出来，同时作者又只想以此来点缀一下全书，并不愿意多写此类"福善"的事例，以免冲淡他所要大写特写的真正主旨"祸淫"（即："祸淫"为主，"福善"是虚陪的，这相当于修辞手法中的"偏义"手法）。所以作者本意也就只打算树一个完整的"福善"事例便作罢。这个所树的唯一一个完整的"福善"事例，便是巧姐之事。

　　如果凤姐有两个女儿，则要树两桩"福善"之事，岂非构思上存在困难？如果并为一人，便可集中笔力只树一个"福善"的典型。

　　如果凤姐有两个女儿，这意味着：一个女儿是偶因凤姐怜老济困，救济了刘姥姥，最终得到刘姥姥救助，免于落入成为娼妓的火炕；一个女儿却被狠舅奸兄以为其找好婆家（"择膏梁"）为名，最终不免卖入妓院的结局（"谁承望流落在烟花巷"）。

　　在此有必要提一下后四十回中的第92回，此回是宝玉向巧姐讲解古代有贤德的列女②，程甲本此回回目题作"评女传巧姐慕从良"（程甲本书首目录"从"字作"贤"，但内文的回目作"从"，程乙本书首目录、内文回目全都改作"贤"），"从良"指人的从善，即由不务正业的人变成务正业的人，有改邪归正之意；旧时也常指奴婢服役期满后，被释放或被赎身成为自由民；又指妓女嫁人，终止卖淫生活。回目中用"从良"两字，与巧姐身份严重不符，令人感到万分突兀和意外，所以程乙本改"从良"为"贤良"。愚以为："从良"两字绝非高鹗

---

① "淫"为万恶之首，则：不淫的守贞便是万善之首。恶者蒙祸，善者得福，故李纨、宝钗等人守贞而儿子中举、中进士，便是作者、也即上苍让善者蒙福的"福善"之旨的体现。
② 列女，诸妇女。古代史书中有《列女传》，开列记载杰出妇女们的事迹。因此，"列女"一词便指有德行事迹可以传世的女子。

所能拟出，当是高鹗拟回目时所保留的曹雪芹的原文①，曹雪芹便以此"从良"两字来暗示：生活原型中的巧姐先被卖为娼妓、而最终被赎的结局。所以程甲本这"从良"二字，也是原型中凤姐之女被"逼良为娼"的佐证。

总之，生活原型中的凤姐两个女儿的真实结局当是：一个因年纪已大，被狠舅奸兄们卖入妓院；一个因年纪尚小，狠舅奸兄们虎视眈眈地看着她成长，想等养大后再卖，幸亏被刘姥姥的原型给接走作为养女收养。如果作者按照这一实情来写，前者是恶报，后者是善报，两相抵销，等于凤姐做的好事既有恶报又有善报，这就体现不出什么"福善"的感觉来。

如果作品中保留大姐儿，同时又为了展示凤姐做好事而有福报，不让大姐儿被卖入妓院，这等于要让刘姥姥完成两桩善事。一者，刘姥姥是否有这种"虎口夺食"的赎人财力？二者，刘姥姥在狠舅奸兄的虎口里已夺走了长女，又如何能从他们的魔爪下再得逞一次而救走第二个女儿？这未免显得"狠舅奸兄"一点也不狠、不奸。如果狠舅奸兄既狠又奸，刘姥姥想连救两次凤姐的女儿，构思起来未免过于困难。于是不如用作者最擅长的"避难法"②，釜底抽薪地把凤姐的女儿由二人合并为一人，这样便可以集中笔力只树一个"福善"典型，同时又可删去大女儿被卖的恶报之事，使凤姐女儿的结局由"善恶两报"变成纯粹的"福善之报"。

作者改凤姐的两个女儿为一人，还因为想借此来写凤姐的刻薄而绝后，即第88回贾芸求凤姐帮忙被拒后，一路在想："人说二奶奶利害，果然利害。一点儿都不漏缝，真正斩钉截铁！怪不得没有后世。"这是说凤姐绝后，注定无子。而第117回众人说："大凡做个人，原要厚道些。看凤姑娘仗着老太太这样的利害，如今焦了尾巴梢子了，只剩了一个姐儿，只怕也要现世现报呢！"这是说凤姐尚未生子，所生女儿又只有一个而非两个，说话的人认为这是她不厚道的报应。如果凤姐有了两个女儿，报应的效果便不那么强烈了，给人做话柄的感觉也就不那么突出了。作者为了写凤姐因刻薄而"恶有恶报"，写其只有一个女儿的效果会更好些。

同时，上面那句"厚道才会有好报"的话，对凤姐而言还是准的，即凤姐厚道、积德地帮助了刘姥姥，其女儿最终便免于落入做娼妓的火坑。而上文只剩了一个女儿"只怕也要现世现报呢"，既伏"恶报"——因其刻薄而导致狠舅王仁、奸兄贾环③要卖凤姐的独女；同时又通过写其未能卖成，表明行善者凤姐

① 作"从"当是程甲本所录的曹雪芹原拟之文，高鹗当嫌"从良"两字暗示巧姐要为娼妓，而故事中又没有巧姐为娼妓的情节，便臆改为"贤良"。结果，正文回目上虽然有此点改，但程甲本排活字的工人一时没看清，仍然排作"从"字，而程甲本书首总目显然是高鹗本人所誊录，故已改为"贤"字。今由书首总目改了而内文回目未改，故知曹雪芹原拟之文当作"从"字为是。到了程乙本时，内文回目也改成了"贤"。
② 回避难点之法。
③ 贾环从辈分上说是巧姐之叔，但从年龄上看，贾环比宝玉小一岁，此年是18岁，而巧姐十三四岁，仅相差四五岁，可以视为兄长。但辈分不可紊乱，故知更有可能是：巧姐的原型

最终可以避免恶报而获得"好报"。

总之，作者只保留凤姐一个女儿，既可以写其"恶有恶报"（只生一女），同时又可以集中笔力来写其"善有善报"（此女得救）；若是两个女儿，反倒要多费一番构思，而且笔墨又不能集中，效果肯定不如一个来得好。但作者又不想完全抹杀凤姐原型实有两个女儿的真相，所以又借助第27、第29回二女并存的"梦幻效果"来表达这一所隐的真事。

（七）秦可卿上吊而非病死

第13回写明秦可卿病死，但脂批点明原稿是尤氏撞见可卿与贾珍在"天香楼"上乱伦而可卿羞愧上吊死。后四十回正点明秦可卿上吊而死，与前八十回正文不合，而与前八十回的脂批相合。

任何续书人即便读到过脂批，也肯定要按作者定稿的正文来续写，绝对不可能依据脂批所说的原书初稿来写；至于说续书人不根据他肯定能看到的前八十回定稿来续，而根据他反倒不大可能看到的前八十回的初稿来续，则更为不可能。所以，后四十回点明秦可卿上吊死，也就能证明后四十回是作者第五次定稿前的某次初稿，而绝对不可能是续书。

脂批点明秦可卿上吊死，见第13回回末甲戌本有眉批："此回只十页，因删去天香楼一节，少去四五页也。"回末甲戌本又有总批："'秦可卿淫丧天香楼'，作者用史笔也。老朽因有魂托凤姐贾家后事二件，的是安富尊荣坐享人①不能想得到处。其事虽未行，其言、其意则令人悲切感服，姑赦之，因命芹溪删去。"庚辰本回末总批："通回将可卿如何死故隐去，是大发慈悲心也，叹叹！壬午春。"都言明秦可卿"淫丧天香楼"写的是作者家族内的真事，作者是用纪实之笔（"史笔"）将其写入小说。

作者虽然改秦可卿上吊为病死，但书中仍保留秦可卿"淫丧天香楼"而非病死的多处痕迹。笔者《红楼时间人物谜案》"第三章、第一节、一、（三）"的（2）至（3），即能根据书中多处"不写之写"，恢复出秦可卿"淫丧天香楼"的整个过程。特别是第5回秦可卿命运判词的画面是："后面又画着高楼大厦，有一美人悬梁自缢"，其命运之曲《红楼梦曲・好事终》首句便是："画梁春尽落香尘"，作者用画面与曲文两度点明她是悬梁自缢，那"高楼大厦"便是"天香楼"。后四十回如果是续书，以上暗示即便看出来，作为续书者，显然也应当根据前八十回正文所描述的病死来续；而绝对不可能根据正文的暗示，来续写她其实是上吊而死。

第111回贾母死后鸳鸯准备殉主时："隐隐有个女人拿着汗巾子，好似要上吊的样子。鸳鸯也不惊怕，心里想道：'这一个是谁？和我的心事一样，倒比我走在头里了。'……细细一想，道：'哦！是了，这是东府里的小蓉大奶奶啊！

真的被她的堂兄出卖，作者写入小说时，虽然写在贾环身上，但仍用"奸兄"两字点明出卖凤姐女儿的原型真相来。
① 指安富尊荣、坐享其成的人。

她早死了的了，怎么到这里来？必是来叫我来了。她怎么又上吊呢？'想了一想，道：'是了，必是教给我死的法儿。'"此后四十回鸳鸯自尽时，秦可卿以汗巾示范上吊，这便是后四十回点明前八十回所未明写的"可卿自缢"这一"淫丧天香楼"情节，而且还写明自缢的死法是用汗巾而非其他物件，这就显得令人"匪夷所思"起来。

这其实就是证明"后四十回乃曹雪芹原稿"的重要证据。因为在前八十回中，作者已经把秦可卿改成病死了，任何人来续书都不可能想到要暗示秦可秦其实是上吊而死；现在后四十回居然这么写，便同曹雪芹在第13回、第5回中多处暗示秦可卿不是病死、而是"淫丧天香楼"上吊死一样，是曹雪芹出于对家长们以"家丑不可外扬"为名，逼迫自己删掉这一真相的无声抗议，故意通过多种方式来保存这一事件的"蛛丝马迹"，从而返回该真相的本来面目。则后四十回的作者肯定只可能是前八十回的作者曹雪芹本人；因为只有曹雪芹本人才会有这种保存自己家事真相的动机，别人来续书的话，不可能有这种动机。

二、后四十回只有原作者本人才敢写出的匪夷所思的文字

（一）毕知庵与刘大夫的矛盾

为痴傻宝玉看病的大夫，后四十回为其起名"毕知庵"，谐音"必至安"，即他来看病的话，病人必定能转危为安（即：这位大夫必定是一到场病人就会好起来），这与前八十回曹雪芹"随事命名、因事立名"的起名法相一致。

按第98回："薛姨妈等忙了手脚，各处遍请名医，皆不识病源。只有城外破寺中住着个穷医姓毕、别号知庵的，诊得病源是悲喜激射，冷暖失调，饮食失时，忧忿滞中，正气壅闭：此，内伤、外感之症。于是度量用药。至晚服了，二更后，果然省些人事，便要水喝。贾母、王夫人等才放了心，请了薛姨妈带了宝钗，都到贾母那里，暂且歇息。"

而第109回："贾琏想了一想，说道：'记得那年宝兄弟病的时候，倒是请了一个不行医的来瞧好了的，如今不如找他。'贾政道：'医道却是极难的，愈是不兴时的大夫倒有本领。你就打发人去找来罢。'贾琏即忙答应去了，回来说道：'这刘大夫新近出城教书去了，过十来天进城一次。这时等不得，又请了一位，也就来了。'贾政听了，只得等着，不提。"此回看好宝玉病的"必至安"大夫"毕知庵"没来，这便预示贾母不能转危为安而快要死了。关键是：此看好宝玉病的"毕知庵"怎么又变成了"刘大夫"？

如果后四十回乃某人续写，断不可能在自己稿子中犯下如此重大的笔误；而且这两回相去又仅11回，任何续书人断然不可能在如此相近的两回中发生如此重大的抵牾。唯一的可能，便是后四十回不是续书，而是作者曹雪芹的原稿。原稿本就写成刘大夫来为宝玉看病，曹雪芹通改全书120回时，觉得第98回这位给宝玉看好病的大夫的姓名没什么深意，所以特地要改成有象征和预示含义的"毕知庵"（必至安）。他改完后，一时忘了第109回贾母看病时还提到过这位大夫一次，所以第109回仍作"刘大夫"便是因为忘改而仍保持原貌的缘故。由于曹雪芹通改全书时要改120回的稿子，回数极多，难免会有忘改，这不足

为怪；而后四十回如果是续书的话，续书者只要创作 40 回，仅为前者的三分之一，对于所写的文字肯定要比前者更易全盘掌控，不大可能会发生这种漏改。

●附：后四十回"因事立名"，是曹公前八十回一惯的起名笔法

后四十回中的第 101 回，王熙凤娘家被"御史参了一本，说是大舅太爷的亏本，本员已故，应着落其弟王子胜、侄王仁赔补"，贾琏为此事找"总理内庭都检点太监裘世安"帮忙。其名"裘世安"，谐音"求事安"，这正是曹雪芹前八十回所惯用的"因事立名"的笔法。

前八十回这一手法的例子随处可见，如称传物的老妈妈为"宋妈"，谐"送"字之音，见第 37 回袭人"叫过本处的一个老宋妈妈来"送东西给史湘云，己卯本有夹批："'宋'，送也。随事生文，妙！"第 8 回作者为贾政门下清客取名"詹光"、"单聘仁"，脂批点明是谐"沾光"与"善骗人"之音，又为买办起名"钱华"，甲戌本夹批言："亦'钱开花'之意[1]。随事生情，因情得文。"画线部分便点明作者曹雪芹起名之法便是：根据事理来联想该事的情形，然后因此事情而为施行此事情的人起名。

又如第 58 回老太妃葬在"孝慈县"，己卯本夹批："随事命名。"又第 1 回："岳丈封肃（戚夹：'风俗'），本贯大如州人氏（甲眉：托言大概如此之风俗也）。"命名之意便是说：民间风俗大概都会像这封肃这般嫌贫爱富。又第 1 回霍启抱英莲外出而谐音"祸起、火起"，说的便是英莲被拐之祸起、甄家被烧之火起。

●附：赵冈先生所揭示的高鹗的错改，也能证明今本后四十回不是高鹗所作之稿

赵冈先生《红楼梦新探》第 275—276 页列举高鹗误解原稿而错改的两例。

（1）第一例是程甲本第 101 回原作：凤姐"带了两个丫头，急急忙忙回到家中。贾琏已回来了，只是见他脸上神色更变，不似往常，待要问他，又知他[2]素日性格，不敢突然相问，只得睡了。"

而程乙本作：凤姐"带了两个丫头，急急忙忙回到家中。贾琏已回来了，凤姐见他脸上神色更变，不似往常，待要问他，又知他[3]素日性格，不敢突然相问，只得睡了。"

前者是贾琏见凤姐神色大变，而后者改加"凤姐"两字，便成了贾琏在凤姐面前神色大变。事实上，这是凤姐受了秦可卿显灵的惊吓，神色大变的应当是凤姐而非贾琏，后四十回如果是高鹗所续，他怎么会连自己的文句都读不明白而乱加篡改呢？（难道程乙本校勘之人换成了高鹗以外之人？）

（2）第二例是程甲本、程乙本第 90 回宝蟾送酒一节："宝蟾方才要走，又到门口往外看看，回过头来向着薛蟠一笑"，"薛蟠"显然是"薛蝌"之误，而

---

[1] 疑即"开销、花钱"之意。
[2] 以上三个"他"皆指凤姐，古书男"他"女"她"不分，实宜理解为"她"。
[3] 以上三个"他"皆指贾琏。

高鹗主持的更后一次排印本（不妨称之为"程丙本"）却改成了"宝蟾"，变成薛蝌主动向宝蟾微笑。（难道程丙本校勘之人换成了高鹗以外之人？）

以上两例便能证明后四十回不是高鹗所作，他只是做了编辑性的修改工作，而且他在修改过程中，还会有不理解原文而擅作妄改的情形发生。这种妄改便能证明他不是后四十回的作者，后四十回当是曹雪芹所作。

当然，在胡适、鲁迅、俞平伯等先生所倡导的"后四十回非曹雪芹所作"这一观点影响实在太大的情况下，人们很容易得出另一种结论，即：曹雪芹以外的某个人续写了今本后四十回而为高鹗所得，高鹗不明其意而乱加篡改。当然也可以说成是：高鹗续了此书，程乙本乃至更后的程丙本等改本的改动有可能是高鹗以外的人，在排活字印书时所作的妄改。

所以我们在此只把赵冈先生所举的这两个例子附列于此，并未将其作为证明"后四十回乃曹雪芹所著"的实力证据。但这后两种假设其实都是不符合事实的。其事实真相便是：后四十回是曹雪芹所作，高鹗只是编辑；因此，上两例除第二例可以视作高鹗以外的人妄改外，第一例还是很有说服力的。

（二）空间上的特殊名词"腰门"与"跨所"
（1）腰门

前八十回无论是脂本还是程高本都没有出现过"腰门"一词，而后四十回却屡屡出现"腰门"一词。

大观园通往荣国府之门，在前八十回中称作"角门"，后四十回中称作"腰门"。正如笔者《宁荣府大观园图考》考证："腰门"是对大观园而言，此门在大观园西园墙的正中，故名"腰"门（"腰"指侧面正中）；而"角门"是对王夫人内院而言，其门在王夫人院的西北角，故名"角"门。

事实上，这儿其实有两扇门隔夹道而东西对开：西侧是入府之门，在王夫人院的东北角，故称"角门"；其夹道对面的东侧是入园之门，在大观园西园墙的正中，故名"腰门"。由府入园或由园入府时，两门都要同时穿过，所以列举时只要提其中的一个便可以了（举一便是说二）。在作者的最初稿中，是列举东侧的"腰门"，而定稿时全部改为列举西侧的"角门"，两者其实是一回事。今本前八十回是定稿，故作"角门"而无腰门，而今本后四十回是之前的某次中间稿，故只有"腰门"而不作角门。如果后四十回是他人来续书，他看到前八十回称此门为"角门"，从未称过其他的名字，续书时肯定会用前八十回之名而称之为"角门"，断然不会用其他名字来给自己和别人制造理解上的混乱。

况且此角门位于大观园园墙正中，那更是只有作者曹雪芹本人才知道的事，续书者是不可能看到"大观园"原图的。我们之所以能够知道，那是经过非常细心的考证，才考明并找到"大观园"的原图；续书者是不可能花这种考证工夫的，所以续书者是不可能考证出大观园蓝图[①]来的。他既然不知道大观园的蓝图，便不知道此角门是在大观园园墙的正中而可称作"腰门"。今本后四十回居

---

① 即笔者《宁荣府大观园图考》所附的"江宁织造府"大行官的镜像图。

然称前八十回所言的"角门"为"腰门",并且又和大观园的蓝图相合。足以证明这后四十回应当是曹雪芹所作的初稿,绝对不可能是他人所续的续书。

这由园入府之门,作者在最初稿中本来全都写作"腰门",增删五次后统一改成了"角门";而后四十回尚是初稿,尚未更改,所以对这园门的称呼,后四十回没有出现过任何"角门"的字样,全都写作"腰门"。如果后四十回是续书的话,肯定没有把前八十回出现的"角门"统一写作"腰门"的必要。又程高本前八十回全作"角门"而不作"腰门",更可证明程、高二人所得到的前八十回就是脂本系统的前八十回定本(即第五稿)①,而其后四十回则是他俩所获得的脂本定稿前的某次曹雪芹的初稿(据本章第八节的考证,是增删五次中的第一稿)。

(2)跨所

前八十回无论是脂本还是程高本都没有出现过"跨所"一词,出现"跨所"一词是在后四十回中,共有两处:

第一处是第 96 回宝玉要成亲,贾政:"惟将荣禧堂后身王夫人内屋旁边一大跨所二十余间房屋指与宝玉,余者一概不管。"这也与我们所找到的"江宁织造府"大行宫的镜像图相吻合:其屋虽然在"荣禧堂"北(即荣禧堂身后),但应当从王夫人院出入;其在王夫人院西,故称"王夫人内屋旁边一大跨所"。这和我们找到的"宁荣二府图"②正相吻合。而这图正如上文所言,是续书人考不出来的;这其实也就能证明:今本后四十回中的空间,与前八十回是一个完整整体,今本后四十回就是曹雪芹的原稿。

第二处是第 105 回"西平王"原说只抄贾赦家,不抄贾政家,而堂官赵全知道贾赦的儿子贾琏住在贾政那边,于是命人应当一同查抄贾政那儿的贾琏家。于是先抄出贾赦院的禁用之物,不久又有人来报告:"东跨所抄出两箱房地契,又一箱借票,却都是违例取利的",这说的便是贾琏院,因为下文贾琏称:"这一箱文书既在奴才屋内抄出来的,敢说不知道么?"

而第 3 回王夫人带林黛玉到贾母院时,已指明凤姐住在"王夫人院"之西,而且隔了一条"南北宽夹道",其院(即"跨所"③)不在东而当在西,此言"东跨所",笔者《宁荣府大观园图考》"第二章、第一节、一、(三)、(3)"已有论,乃是:"凤姐院"虽然在"荣禧堂"的正北,但无路可通,因为:宝玉成亲的院子在"荣禧堂"后院,尚且不能从"荣禧堂"背后走,而要从"荣禧堂"东侧的王夫人院(相当于是"荣禧堂的东跨所")出入。从"堂禧堂"到"凤姐院",自然也不能从"荣禧堂"往北走,"荣禧堂"的北门当同第 53 回所言的宗祠前

---

① 但不排除程高二人又得到脂砚斋首次作批的作者曹雪芹第一稿,并据之修改前八十回。
② 即笔者《宁荣府大观园图考》所附的"江宁织造府"大行宫的镜像图。
③ "跨所"即跨院,指主院旁边的别院,"凤姐院"与"王夫人院"以"南北宽夹道"相连,出"王夫人院"的西北角门,走"南北宽夹道",便可到"凤姐院",可证"凤姐院"其实就在"王夫人院"的"西北跨所"内,而非在"王夫人院"的"东跨所"内。王夫人院正西的"西跨所"就是宝玉成亲的跨所,"凤姐院"更在其北,故可称"西北跨所"。

的"内塞门^①"一样，平时不开，唯有重大庆典方开。所以进入"凤姐院"当同第3回林黛玉进贾府时所交代的那样：从"荣禧堂"东侧的王夫人院（相当于是"荣禧堂的东跨所"）的"西北角门"入"南北宽夹道"方能走到。

由于贾府太大，抄家的人肯定一入此"潭府"便分不清"东西南北"四个方向，只知道从"荣禧堂"的东跨所（即"王夫人院"）出入，于是便径称"凤姐院"为"东跨所"。因此，抄家者口中所说的"东跨所抄出"，反倒符合抄家之人搞不清贾府这一深宅大院"东西南北"方向的府外人的身份。

总之，前八十回称东侧院为"东院"，而从未称过"东跨所"；称"东跨所"仅见于后四十回。如果后四十回是续书，断然不会写出前八十回没用过的名词"东跨所"来。今后四十回写作"东跨所"，故知后四十回当非续书，乃是原稿即如此写就。据上文"腰门"之例来判断，后四十回当是曹雪芹较早之稿。

（三）贾政年少荒唐事，绝对只有原作者曹雪芹才敢写；若是他人来续，断然不敢如此写

后四十回中还有其他一些"匪夷所思"的情节，恐怕只有熟悉主人公家族原型内幕的原作者本人曹雪芹才敢如此写。

比如贾政在前八十回中处处给人以"一本正经"的样子，后四十回若是续书，续书者断然不会写出贾政年少时的荒唐事来，因为第45回赖嬷嬷教训宝玉时："因又指宝玉道：不怕你嫌我，如今老爷不过这么管你一管，老太太护在头里。当日老爷小时挨你爷爷的打，谁没看见的？老爷小时，何曾像你这么天不怕地不怕的了？"可证贾政小时候即便有荒唐之举，也断然超不过贾宝玉。

而今本后四十回中，居然写到贾政年少时比宝玉还要荒唐，这就的确只有作者曹雪芹本人才有胆量写得出了，而其他人来续的话，断然不敢有这种想法。

按，第84回贾母当着贾政面揭发贾政小时候的荒唐：

> 几句话说得贾政心中甚实不安，连忙陪笑道："老太太看的人也多了，既说他好、有造化的，想来是不错的。只是儿子望他成人^②，性儿太急了一点，或者竟合^③古人的话^④相反，倒是'莫知其子之美'了。"一句话把贾母也怄笑了，众人也都陪着笑了。

> 贾母因说道："你这会子也有几岁年纪，又居着官，自然越历练越老成。"说到这里，回头瞅着那夫人合王夫人笑道："想他那年轻的时候，那一种古怪脾气，比宝玉还加一倍呢。直等娶了媳妇，才略略的懂了些人事儿。如今只抱怨宝玉。这会子，我看宝玉比他还略体些人情儿呢！"说的那夫人、王夫人都笑了，因说道："老太太又说起逗笑儿的话儿来了。"

最末一句便是说：众人丝毫不敢相信贾母说的这话是真的。连书中当事人

---

① "塞门"是大殿后背的格扇门，平时不开，或开其最两边的两三扇格扇供穿行之用，有大事方才打开中间的塞门。由于平时要关闭好，故称此门为"塞门"。塞，即关闭之意。
② 此处程乙本补一"的"字。
③ 合，和。
④ 指"知子莫如父"这句古话。

都不敢相信这一点，不用说书外的续书之人了。所以胆敢写出贾母对贾政如此不堪评价的人，只可能是原作者曹雪芹本人。

（四）贾珍代管荣府事，绝对只有原作者曹雪芹才敢写；若是他人来续，断然不敢如此写

第 111 回："却说周瑞的干儿子何三，去年贾珍管事之时，因他和鲍二打架，被贾珍打了一顿，撵在外头，终日在赌场过日。"何三是周瑞的干儿子，而周瑞是荣府之人，为何宁府的贾珍前来鞭打荣府之仆？

第 106 回贾政说："如今大老爷与珍大爷的事，说是咱们家人鲍二在外传播的，我看这人口册上并没有鲍二，这是怎么说？"众人回说："这鲍二是不在册档上的。先前在宁府册上。为二爷见他老实，把他们两口子叫过来了。及至他女人死了，他又回宁府去。后来老爷衙门有事，老太太、太太们和爷们往陵上去，珍大爷替理家事，带过来的，以后也就去了。老爷数年不管家事，哪里知道这些事来？"可见是因为贾政忙于公务，无暇理家，而贾母等家长又要参加国丧（指为某太妃守陵，即第 77 回王夫人所说的"前年我们往皇陵上去"），所以贾珍替荣府管家。

再追查下去，第 58 回："谁知上回所表的那位老太妃已薨，凡诰命等皆入朝随班按爵守制。敕谕天下：凡有爵之家，一年内不得筵宴音乐，庶民皆三月不得婚嫁。贾母、邢、王、尤、许婆媳祖孙等皆每日入朝随祭，至未正以后方回。在大内偏宫二十一日后，方请灵入先陵，地名曰'孝慈县'。（己夹：随事命名。）这陵离都来往得十来日之功，如今请灵至此，还要停放数日，方入地宫，故得一月光景。（己夹：周到细腻之至。）宁府贾珍夫妻二人，也少不得是要去的。两府无人，因此大家计议，家中无主，便报了尤氏产育，将她腾挪出来，协理荣宁两处事体。因又托了薛姨妈在园内照管他姊妹丫鬟。薛姨妈只得也挪进园来。"写明尤氏未上陵守坟，留在家中照管宁荣二府，薛姨妈则主管大观园。

第 63 回"死金丹独艳理亲丧"写贾敬"宾天"（"宾天"是死亡的委婉说法，并不专指帝皇晏驾，其他尊者也可以用）："尤氏一闻此言，又见贾珍父子并贾琏等皆不在家，一时竟没个着己的男子来，未免忙了"，可见贾珍原本也在守陵人当中。"且说贾珍闻了此信，即忙告假，并贾蓉是有职之人，礼部见当今隆敦孝弟，不敢自专，具本请旨。……礼部代奏：'……其子珍，其孙蓉，现因国丧随驾在此，故乞假归殓。'天子听了，忙下额外恩旨曰：'……令其子孙扶枢由北下之门进都，入彼私第殡殓。任子孙尽丧礼毕扶枢回籍'……贾珍父子星夜驰回。"

男主外，女主内，贾珍回来后，代管荣府的事自然也就由男主人贾珍担当。那么荣府尊长与管家贾琏何时回府的呢？第 64 回宝玉听人回琏二爷回来了，于是连忙起身到大门内迎接，一见贾琏便迎面跪下，口中给贾母、王夫人等请安，又给贾琏请安，二人携手到中堂（当是"荣禧堂"），与李纨、凤姐、宝钗、黛玉、迎、探、惜等相见毕，说："老太太明日一早到家，一路身体甚好。今日先打发了我来回家看视，明日五更，仍要出城迎接。"次日午饭前后，果见贾母、王夫人等回了荣府，略坐一会便到宁府哭贾敬之灵。

由此可见，早在第 64 回，贾母、贾琏等荣府家长们便已回府，除非作者另有明文交代，我们肯定会认为：贾琏回府后，尤氏也即贾珍协理荣国府的差事便可告卸。而书中的确没有明文说让贾珍继续协理荣国府，因此，如果是别人来续书的话，头脑中肯定不会有贾珍在第 64 回后还在协理荣国府的印象。

而后四十回中的第 88 回："只见小丫头子告诉琥珀，琥珀过来回贾母道：'东府大爷请晚安来了。'贾母道：'你们告诉他：如今他办理家务乏乏的，叫他歇着去罢。我知道了。'小丫头告诉老婆子们，老婆子才告诉贾珍，贾珍然后退出。到了次日，贾珍过来料理诸事。"可见后四十回居然在说：贾珍在贾母、贾琏等服国丧回来后，仍然在协管荣国府，这的确有点"匪夷所思"了。

此回接下来便发生回目中所提到的"正家法贾珍鞭悍仆"情节，即原是贾珍那边的鲍二说自己不愿再在荣国府这边管家了："求大爷原旧放小的在外头伺候罢"，因为"奴才在这里又说不上话来"，"何苦来这里做眼睛珠儿？"周瑞接口回道："奴才在这里（指荣国府）经管地租庄子，银钱出入每年也有三、五十万来往，老爷、太太、奶奶们从没有说过话的，何况这些零星东西？若照鲍二说起来，爷们家里的田地、房产都被奴才们弄完了。"贾珍心想："必是鲍二在这里拌嘴，不如叫他出去。"于是命鲍二："快滚罢！"又告诉周瑞："你也不用说了，你干你的事吧。"

结果两人一到门外，便发生了鲍二和周瑞的干儿子何三打架的事情。看门的人回报："何三本来是个没味儿的，天天在家里喝酒闹事，常来门上坐着。听见鲍二与周瑞拌嘴，他就插在里头。"贾珍于是把鲍二、何三捆了过来。贾琏正好也来到，又命把打架时先走的周瑞捆来，骂道："你不压伏压伏他们，倒竟走了？"把周瑞踢了几脚。贾珍道："单打周瑞不中用。"喝令把鲍二、何三各打五十鞭，撵了出去。处理完后，便与贾琏商量正事。

贾珍的不法勾当，以及贾赦包揽词讼后，命其子贾琏勾结平安州知州[①]干的不法勾当，鲍二岂能没数？于是便惹出鲍二向御史怒告贾珍、贾赦、贾琏的不法之事，成为抄家时的一大导火线（据第 104 回"醉金刚小鳅生大浪"可知，肯定是倪二先向都御史告发，都御史请他去找人证，于是倪二便找来心怀恨意的鲍二，把珍、赦、琏三人的不法勾当悉数举报）。而鞭打何三，则又引出第111 回"狗彘奴欺天招伙盗"，即何三怀恨在心，做了勾引外盗前来抢劫贾府的内贼，被甄家派往贾府的勇士包勇给打死了。

又第 104 回贾政赴任回家后告祭祖宗时："次日一早，至宗祠行礼，众子侄都随往。贾政便在祠旁厢房坐下，叫了贾珍、贾琏过来，问起家中事务。贾珍拣可说的说了。贾政又道：'我初回家，也不便来细细查问，只是听见外头说起你家里更不比往前，诸事要谨慎才好。你年纪也不小了，孩子们该管教管教，别叫他们在外头得罪人。琏儿也该听听。不是才回家便说你们，因我有所闻所以才说的。你们更该小心些。'贾珍等脸涨通红的，也只答应个'是'字，

---

① 加节度使衔。

不敢说什么。贾政也就罢了。回归西府。"由于宁荣二府已分家,此处贾政问家中事务,肯定是问荣国府中之事。当然有人会据下文贾政对贾珍查问"你家里"之事,又似贾政回家后先向贾琏查问荣国府事,再向贾珍查问宁国府事。其实上引第 88 回言明贾珍仍在管理荣国府事,故知贾政向贾珍、贾琏"问起家中事务"当是只问荣国府的事情,不大会去过问宁国府之事,下来所言的"你家里"是顺带着点一下自己风闻到贾珍家中的混账事。贾政问荣国府事时问到贾珍,这也可以证明贾珍此时仍在管理荣国府。

"贾珍在贾母、贾琏守灵回来后仍在协管荣国府",这种话绝对不是续书者所能写出。因为前八十回从未明写由贾珍来协理荣国府,这一点要到第 88 回才明文写出,而与前八十回的暗示(指第 63 回尤氏代管,暗示着贾珍回来后当代尤氏履行代管之责)相吻合,所以第 88 回肯定是作者原稿。

贾珍在贾母、贾琏等服国丧回府后仍协管荣府,这在前八十回中没有任何明文交代(所有人包括续书者一眼都看不出这一点,只有通过分析研究才能猜出会有这么回事),后四十回却胆敢如此写,可证其作者绝非他人,而应当就是曹雪芹本人。否则,谁有这个笔力和胆量,在前八十回与后四十回两者都丝毫没有明文交代"贾珍协管荣国府不因贾琏回府而中止"的情况下,仍敢写贾珍一如既往地协管荣国府直到抄家?

更何况荣国府最初是叫尤氏料理,唯有作者清楚:男主外、女主内,贾珍回来后,尤氏必定会叫贾珍出面料理。其他人来续书的话,由于没看到前八十回中有叫贾珍协管荣国府的文字,只看到让尤氏前来料理的文字,也断然写不出由贾珍而非尤氏来协理荣国府的文字来。

总之,第 106 回贾政查鲍二来历时所交代的请贾珍代管荣国府,这是后四十回中的大关节,而后四十回中丝毫未有明文加以交代,前八十回也只交代尤氏代管荣国府而非贾珍代管,后四十回胆敢写贾珍代管,显然只可能是曹雪芹本人的手笔。只不过曹雪芹对此有失交代。也可能是后四十回乃程、高二人所得的残稿,交代"代管"之事的文字已佚。由此便可证明:后四十回绝非续书,而是原稿,而且是带有少量残缺的初稿。

又笔者《红楼时间人物谜案》"第三章、第三节、三"证明:贾赦与贾敬实为一人,贾珍、贾琏实为兄弟,都是贾赦的儿子。

两人既然是兄弟,自然一同管家。贾赦与贾政同处一府之内,其子贾珍、贾琏管的应当就是贾赦所住的"荣国府"这一府。换句话说:荣国府与宁国府原本就是一府[①],所以一直以来原本就由贾珍与贾琏两人统管全府。

作者故意把一府写成两府,为的是"讳知者"。既然分成了两府,于是贾珍、贾琏便被拆开,让贾珍去管宁府,让贾琏专管荣府。而后四十回贾珍与贾琏尚合作共管荣府,当是作者奉"后四十回'假事将去、真事将显'"之旨(见第

---

① 见笔者《宁荣府大观园图考》"第二章、第三节、一、(一)、(1)"证明:荣国府与宁国府就是"江宁织造府"一府的两个功能分区,荣国府是官衙,宁国府是家宅。

71回"内中只有江南甄家一架大屏十二扇"句脂批语："真事将显，假事将尽"），在当写真事的第71回之后的后四十回中，透露一些自己家"江宁织造府"的原型真相来。

所以，贾珍管荣府，与其说是老太妃丧后一直在协管（这是作者表面所写的"假话"），还不如说是生活原型中，贾珍原本就一直在和贾琏共同掌管全府事务的家族真相的体现（这是作者隐藏于小说中的"真事"）。

元春

第三节　全书主线情节上的前后照应

　　《红楼梦》全书以"宝黛爱情"为主线。前八十回与后四十回在全书这一创作主线上可谓"一线贯通"，毫无违和①之感。这是证明"前八十回与后四十回是一个统一完整的艺术整体"、"后四十回是曹雪芹所作"的重要依据。

　　全书第1回"楔子"言神瑛侍者的下凡公案，绛珠仙草为报答侍者甘露水的灌溉之恩而一同下凡成为黛玉，打算用自己一生的眼泪来偿还侍者所浇灌的甘露法水，并说："因此一事，就勾出多少风流冤家来陪他们去了结此案"，甲戌本在这句话旁有侧批："余不及一人者，盖全部之主惟二玉二人也。"可见全书的主线是"宝黛爱情"，主角是宝玉、黛玉这"二玉"，其他人（如贾母等一干家长，如宝钗等一干如花美女）全都是陪衬，书中的其他事也都是"宝黛爱情"这一主线的陪衬，像"宁荣二府大观园"不过是上演"宝黛爱情"这根主线的空间舞台，贾府的荣华富贵及盛衰起伏，不过是上演"宝黛爱情"这根主线的生活背景罢了。

　　所以，我们谈后四十回与前八十回的合璧，自然就要重点详谈"宝黛爱情"这根主线。而讨论时又有两个重要物件，可以说是宝黛两人爱情的定情信物：一是宝玉的"心"，二是黛玉的"帕"。宝玉的"心"就是那块"通灵宝玉"，也即书中的"顽石"，这是宝玉力图送给黛玉、而黛玉生前想收而未能收下的东西；而"帕"是宝玉给黛玉而黛玉收下并题诗，寄托自己闺怨的两人的定情信物。"帕"是绵线或丝线织就，棉为木质，丝也是蚕宝宝食桑叶而来，也可以视为木质；通灵宝玉是石质，所以两人的这两件定情信物便是其前世"木石前盟"的写照。而宝玉与宝钗的定情信物便是元妃赐给两人的那对"红麝串"，还有就是宝玉之"玉"和宝钗之"锁"，两者注定了两人今世的"金玉良缘"。

　　在谈"宝黛爱情主线"前，我们先来重点分析一下两人的定情信物——宝玉的"心"和黛玉的"帕"。

一、人石：贾宝玉（神瑛侍者）与通灵宝玉（顽石）既是两物更是一物，是一物的两种功能分工

　　书中第1回"楔子"交代清楚神瑛侍者下凡为贾宝玉，所以"宝玉之人=神瑛侍者"，自然也就意味着"宝玉之心=神瑛侍者之心"。

---

① 违和，不协调、失常。

书中"楔子"言明女娲炼石补天时，在"大荒山、无稽崖"炼成三万六千五百零一块顽石，只用了其中三万六千五百块补天，还剩下一块未用，遗弃在此山的"青埂峰"下。此石经过女娲氏的煅炼，灵性已通，于是苦苦哀求一僧一道（渺渺大士、茫茫真人）带他下凡，僧道便将其变成一块美玉，上刻"通灵宝玉"四字，趁神瑛侍者带一批风流孽鬼下凡时，"就将此蠢物夹带于中，使它去经历经历"，这块顽石便是贾宝玉（神瑛侍者）降生时口含之玉，事见第2回冷子兴演说宝玉出生时的异事："一落胎胞，嘴里便衔下一块五彩晶莹的玉来，上面还有许多字迹，（甲侧：青埂顽石已得下落。）就取名叫作宝玉。"可证"顽石=通灵宝玉"。而下凡的神瑛侍者便因口衔此玉而得小名"宝玉"。"瑛"即美玉，"神"即通灵，其"神瑛"之名也即"通灵美玉"之意，其下凡后又名"宝玉"，可证作者是先拟出主人公名字为"贾宝玉"，然后再根据此名虚构出他前生的名字"神瑛侍者"。非是先有"神瑛侍者"再有贾宝玉，而恰是先有贾宝玉之名再有"神瑛侍者"之名。全书未言宝玉大名，其大名当从"玉"字偏旁，其当姓"贾"名"瑛"为是。

那作者名主人公"宝玉"有何深意？无非言其"无材可补天"，是块"粗蠢"之物[1]，即：自己无才，不能以文章来经世纬国而为天子所用，也即不能中举为官，这正是作者曹雪芹自身的写照[2]。又第22回宝玉参禅时，黛玉笑问："宝玉，我问你：至贵者是'宝'，至坚者是'玉'。尔有何贵？尔有何坚？"宝玉竟不能答，湘云、宝钗、黛玉三人拍手笑道："这样钝愚，还参禅呢。"已点明作者用"宝玉"来命名其主人公绝非"宝贵、坚贞"意，而是蠢钝不堪意。作者把"通灵宝玉"的原型塑造成一块顽石，自然也是象征自己"背父兄教育之恩，负师友规谈之德，以至今日一技无成、半生潦倒之罪"，再联系到第33回宝玉挨打的情节，我们便可明白，作者以"宝玉（即顽石）"来命名自己在小说中的化身，便是在标榜自己是块愚顽不化的顽石，连父亲痛施棍棒都打不好，就像茅厕里的石板又臭又硬、无可救药、死不改悔。而"背父兄教育之恩，负师友规谈之德，以至今日一技无成、半生潦倒之罪"语，是作者写在全书最开头的自悔之词；他用"顽石"来命名全书主人公这一作者自己的化身，这"顽石"两字便是作者"死不悔改"的自身写照，同时也包含着自己的无穷忏悔。

至此可明，"通灵宝玉（顽石）"与"贾宝玉（神瑛侍者）"是两物而非一物。作者将其写成两物时，又有意让两者存在一种深刻联系，即：

作者原本命名其所塑造的主人公为"宝玉"，意指他是"死不悔改、无材补天"的顽石，于是又为这一意象虚构出"女娲补天"遗弃此石不用的神话情节，并将其物化成为一块"通灵宝玉"佩戴在主人公身上。这一情节虚构得非同凡

---

① 均见第一回楔子："因见众石俱得补天，独自己无材不堪入选"，"弟子质虽粗蠢"，楔子末又有总结之诗："无材可去补苍天，（甲侧：书之本旨。）枉入红尘若许年。（甲侧：惭愧之言，呜咽如闻。）此系身前身后事，倩谁记去作奇传？"末尾两句点明全书是石头（也即主人公自己）身上的真实故事。

② 曹雪芹有诗才、文才及各种艺术才情，就是没有八股之才，故中不了举，无法补天济世，这是作者一生的惭恨。

响、空灵奇妙。

同时，作者又为自己心中最喜爱的女性（书中女主人公黛玉的原型），虚构出一段前世的因缘（即"木石前盟"），为此而有必要为男女两个主人公的前世起个芳名，于是便由今世的"通灵宝玉"虚构出含义相仿的"神瑛"两字来①，进而再虚构出神瑛侍者与绛珠仙草的神话故事，这同样虚构得超逸脱俗，不食人间烟火。

通灵宝玉（顽石）与贾宝玉（神瑛侍者），前者是石，后者是人，密切联系，但作者将两者塑造成两物而非一物，让两者在书中扮演不同的角色而各有分工：人（即贾宝玉、神瑛侍者）是故事的推动者、经历者、参与者，而石（即通灵宝玉、顽石）是故事的见证者、记录者、流传者（相当于所谓的新闻记者、摄像机、录音机），这在前八十回中写得很清楚，即第 15 回"秦鲸卿得趣馒头庵"，表面写秦钟得趣，其实更写宝玉得趣。其言秦钟在尼庵逼智能儿在黑暗中行淫，智能儿不敢叫唤而只得屈从，两人"正在得趣"时，忽然被人进来按住，只听那人禁不住"嗤"的一声笑，两人方才听出是宝玉，秦钟连忙起身抱怨宝玉不该来捉自己的奸，宝玉笑道："你倒不依，（指你做了这种事居然还敢和我犟？）咱们就喊起来！"羞的智能儿趁黑逃跑了。宝玉把秦钟拉出来假装要告发的样子说："你可还和我强？"秦钟笑道："好人，你只别嚷的众人知道，你要怎样我都依你。"宝玉笑道："这会子也不用说，等一会睡下，再细细的算账。"下来作者写道："一时宽衣要安歇的时节，凤姐在里间，秦钟、宝玉在外间，满地下皆是家下婆子，打铺、坐更。凤姐因怕通灵玉失落，便等宝玉睡下，命人拿来塞在自己枕边。宝玉不知与秦钟算何账目，未见真切，未曾记得，此系疑案，不敢纂创，一宿无话。"即"通灵宝玉"这块石头今晚被收在了凤姐床单下，看不到宝玉和秦钟的故事，所以本书也就没有这事的记载。这已交代清楚："顽石"是全书叙事的视角，是全书故事的记录者，也就是作者的化身②，所以书名"石头记"其实说的就是：此书是笔名"石头"的作者所记，即"作者=石头"。第 1 回"楔子"交代此故事镌刻在这石头身上，即是说这部书便是石头身上的故事，而"贾宝玉=石头"，所以这部书也就是贾宝玉身上的故事。由此可证"作者=石头=贾宝玉"，通过"石头"这一中介，便把作者"曹雪芹"与书中的主人公"贾宝玉"画上了等号，作者借此来点明全书带有浓厚的自传色彩③。

又第 18 回元妃省亲场面，书中忽然写道："此时自己回想当初在大荒山中，

---

① 通灵即"神"，宝玉即"瑛"。所以"通灵宝玉"与"神瑛"两字含义相通。
② 作者不就是故事的记录者吗？这就表明故事的记录者"石头"其实就是作者曹雪芹的笔名。
③ 至于全书是自传性很强的小说，还是小说性很强的自传，则"见仁见智"。笔者认为：从空间上看，以自传为主，是小说性很强的自传；但从时间、人物、故事情节的角度来看，此书便以艺术创作的小说为主，是自传性很强的小说。总体来看，小说诸要素中，空间只占其一，而时间、人物、故事情节占多，所以全书应当是"自传性很强的小说"，具有浓厚的小说艺术特色，也即作者书名"梦"字所标榜出来的小说的本质特征"虚构、杜撰、谎言、假话"。

青埂峰下，那等凄凉寂寞；若不亏癞僧、跛道二人携来到此，又安能得见这般世面？本欲作一篇《灯月赋》、《省亲颂》，以志今日之事，但又恐入了别书的俗套。按此时之景，即作一赋一赞，也不能形容得尽其妙；即不作赋赞，其豪华富丽，观者诸公亦可想而知矣。所以倒是省了这工夫纸墨，且说正经的为是。"己卯本有夹批："自'此时'以下，皆石头之语，真是千奇百怪之文。"庚辰本眉批："如此繁华盛极、花团锦簇之文，忽用石兄自语截住，是何笔力！令人安得不拍案叫绝？试阅历来诸小说中，有如此章法乎？"由此可知：书中有很多文字情节都是从宝玉佩带的"通灵宝玉"的视角中写来[1]。

所以顽石就是全书的叙事主线，全书就是"作者=顽石=宝玉"的一生经历。下面我们便把畅论作者创作大旨的书首"楔子"细加分析，以此来揭明：《红楼梦》是全书大名，"石头记"是作者署名，"风月宝鉴"是揭示此书旨在度世而富有宗教情怀的副名，《金陵十二钗》则是作者最初创作时雏形之稿的初名[2]。

书首第1回"楔子"言：一僧一道竭力劝阻顽石不要思凡，因为"那红尘中有却有些乐事，但不能永远依恃，况又有'美中不足，好事多魔'八个字紧相连属，瞬息间则又乐极悲生，人非物换，究竟是到头一梦，万境归空。（甲侧：四句乃一部之总纲。）倒不如不去的好。"但顽石执意要去，于是便由僧道携入红尘，经历本书这场幻梦后，仍然复归于"大荒山、无稽崖、青埂峰"下。

后来，有个"空空道人"访道求仙，从此经过，看到这块大石身上字迹分明，叙事清晰，"空空道人乃从头一看，原来就是无材补天，幻形入世，（甲侧：八字便是作者一生惭恨。）蒙茫茫大士、渺渺真人携入红尘，历尽离合悲欢、炎凉世态的一段故事。后面又有一首偈云：'无材可去补苍天，（甲侧：书之本旨。）枉入红尘若许年。（甲侧：惭愧之言，呜咽如闻。）此系身前身后事，倩谁记去作奇传？'诗后便是此石堕落之乡，投胎之处，亲自经历的一段陈迹故事。其中家庭闺阁琐事，以及闲情诗词倒还全备，或可适趣解闷"云云。

于是空空道人将此《石头记》（甲侧：本名。）再检阅一遍，方从头至尾抄录回来，问世传奇，因空见色，由色生情，传情入色，自色悟空，遂易名为'情僧'，改《石头记》为《情僧录》。至吴玉峰题曰《红楼梦》。东鲁孔梅溪[3]则题曰《风月宝鉴》。后因曹雪芹于悼红轩中披阅十载，增删五次，纂成目录，分出章回，则题曰《金陵十二钗》。并题一绝云：'满纸荒唐言，一把辛酸泪！都云

---

[1] 唯有第3回借黛玉视角写贾府空间，第53回借薛宝琴视角来写贾氏宗祠。
[2] 作者奉书名"梦"字所标榜的梦幻手法，而梦可以颠倒错乱，便把最初稿之名《金陵十二钗》写成了增删五次的第五稿的定稿之名，这也是作者的狡狯笔法，有"火眼金睛"者当予识破！
[3] 东鲁孔梅溪即山东曲阜孔继涵，见吴恩裕著《考稗小记——曹雪芹红楼梦琐记》"一三一、孔梅溪实有其人"："李鹤仙旧藏孔继涵所书一联，上款署'南冈'，下款署'梅溪孔继涵'。……孔继涵字体生，号蓉孟，又号滇谷，山东曲阜人，生于乾隆四年，死于四十八年，孔丘六十九代孙，孔广森之叔，乾隆辛巳（二十六年）进士，官至户部郎中。"见香港：中华书局香港分局1979年版第98页。但孔继涵在乾隆十九年甲戌本本时年仅15岁，未免过早，有人据此定此说非是。但题写书名又无须什么才学，故知此说仍不可轻易否定。

作者痴，谁解其中味？'"

　　可见：全书就是石头所记忆、并写①在自己身上的（或写②自己身上的）、枉入繁华红楼中而"乐极悲生"的一场"万境归空"之梦。所以书名"《红楼梦》"与"石头记"，前者如"邯郸梦（黄粱梦）、南柯梦"般点明全书"乐极悲生、万境归空"之旨，后者点此书乃"石头"即有顽石个性的作者所记③，所记的就是作者也即石头自己身上的故事，这两者（"《红楼梦》"与"石头记"）应当都是作者亲定之名。【后人极易根据脂本为早，程高本为晚，而脂本定书名为"石头记"，程高本定书名为"《红楼梦》"，认定"石头记"是本名，"《红楼梦》"之名乃程、高二人所定。其实，这都是没有细读此"楔子"之文的缘故。一旦细读此"楔子"之文，便能明悟：这两者都是作者同时所起之名，并无先后。"《红楼梦》"之名点明全书主旨为"乐极悲生、人非物换、到头一梦、万境归空"，"石头记"之名便是点明全书乃作者自传，是有顽石个性的作者所记，所记的便是作者也即石头身上的故事。程伟元、高鹗声称他俩获得的曹雪芹的原稿题作"红楼梦"，并且有"红楼梦一百二十回"回目，可证《红楼梦》才是作者亲定的正名。前人易惑于"脂本'石头记'为早，程高本'《红楼梦》'为晚"之说，其实两者一样早，而《红楼梦》反倒是作者亲定的正名，"石头记"三字无关全书主旨，乃是副名。两者的关系便是："红楼梦"是书名、正名，而"石头记"是署名式的副标题，其署的是作者的笔名"石头"，"石头记"便意为笔名为"石头"的作者所记。】

　　后来空空道人由空见色（即顽石下凡），由色生情（即本佛门"十二因缘"之旨④，由色界而堕入欲界），由情入色（即再本"十二因缘"之旨⑤，由欲界而悟"欲"乃后来所有而非本有，遂能超脱欲望再入色界），自色悟空（指再本"十二因缘"之旨，由色界入无色界，进而超出三界而入佛门甚深禅定终得解脱），空空道人因经历过"动情"这一劫难，但最后又拜此劫难所赐再度觉悟空旨而入了佛门，所以自己改名"情僧"，其书的署名也就由"石头记"变成了"情僧录"⑥，即由最初未悟道的石头所记⑦之书，经过历次修改，加入佛门悟道之旨，变成了悟道的情僧所记之书。空空道人上述那番悟道的过程，岂非就是顽石下凡后再度出世的过程？所以"空空道人＝情僧＝顽石（石头）"，都是作者的

---

① 写，记录。
② 写，记录。
③ 记，记忆＋记录。
④ 指顺观"十二因缘"的流转：无明缘行，行缘识，识缘名色，名色缘六入，六入缘触，触缘受，受缘爱，爱缘取，取缘有，有缘生，生缘老、死、忧悲苦恼。
⑤ 指逆观"十二因缘"的还灭：无明灭即行灭，行灭即识灭，识灭即名色灭，名色灭即六入灭，六入灭即触灭，触灭即受灭，受灭即爱灭，爱灭即取灭，取灭即有灭，有灭即生灭，生灭即老、死、忧悲苦恼灭。
⑥ 这一书名及作者的改名，象征的是作者在"披阅十载，增删五次"的创作过程中，用佛法来让自己的思想和自己的书稿有了一个"脱胎换骨"般的质变。则《红楼梦》全书带有极深的佛法内涵、佛教背景便可知矣。
⑦ 记，记忆＋记录。

笔名①；"情僧录"之名不过是细化了"石头记"中的"石头"如何悟道的过程。由作者笔名"情僧"，故知作者在创作过程中皈依了佛法，全书实本佛法大旨而作，即第 42 回宝钗对黛玉论男人当读何种书、明何种理、行何种业时说："男人们读书明理，辅国治民，这便好了"，蒙王府本对此句有侧批："作者一片苦心，<u>代佛说法，代圣讲道，</u>看书者不可轻忽。"

至于吴玉峰题名《红楼梦》，便是他看到这篇"楔子"之语，又读到第 5 回《红楼梦》"十二支曲"大透作者创作全书的本旨便是要写红尘再怎么繁华，也不过是"黄粱梦、南柯梦"（即"乐极悲生、人非物换、到头一梦、万境归空"），所以也就用第 5 回作者所命之名"红楼梦"来为全书题写书名②，并非是指吴玉峰命名此书为《红楼梦》。

何以见得作者命名此书为"红楼梦"？那便是书首作者亲笔拟就的"凡例"第一条言明："《红楼梦》旨义：<u>是书题名极多，一曰《红楼③梦》，是总其全部之名也；</u>又曰《风月宝鉴》，是戒妄动风月之情；又曰《石头记》，是自譬石头所记之事也。<u>此三名皆书中曾已点睛矣。</u>如宝玉作梦，梦中有曲，名曰《红楼梦十二支》，此则《红楼梦》之点睛。又如贾瑞病，跛道人持一镜来，上面即錾'风月宝鉴'四字，此则《风月宝鉴》之点睛。又如道人亲眼见石上大书一篇故事，则系石头所记之往来，此则《石头记》之点睛处。然此书又名曰《金陵十二钗》，审其名，则必系金陵十二女子也；然通部细搜检去，上、中、下女子岂止十二人哉④！若云其中自有十二个，则又未尝指明白系某某，及至'《红楼梦》'一回⑤中，亦曾翻出'金陵十二钗'之簿籍，又有《十二支曲》可考。"

又第 5 回警幻请宝玉欣赏其"新填《红楼梦》仙曲十二支"，甲戌本于"红楼梦"三字有侧批："点题。盖作者自云所历不过红楼一梦耳。"此回回目拟作"开生面梦演《红楼梦》、立新场情传幻境情"，表面是说此回以"新填《红楼梦》仙曲十二支"开了第 5 回这出表演之场，其实是说：全书的正式故事是从这一回开始"别开生面"地开了场；而此前的第一至第四回都非正文，第 1 回"楔子"是宝玉、黛玉两主角的下凡缘起、以及甄士隐亲眼梦见宝玉下凡，第 2 回借"冷子兴演说荣国府"交代全体演出人员，第 3 回"林黛玉进贾府"交代全府空间背景，第 4 回"护官符"交代贾府社会背景、并让第二号女主角宝

---

① 关于空空道人是曹雪芹笔名、而非另有其人，可见吴恩裕著《考稗小记——曹雪芹红楼梦琐记》"一八、空空道人所书八字篆文"："得魏宜之君藏'云山瀚墨、冰雪聪明'八字篆文，谓为雪芹所书。……下署'空空道人'，有'松月山房'阴文小印一方，刻技颇佳。……'空空道人'四字，甚好。一九六三年二月晤张伯驹先生，谓'空空道人'四字与其昔年所见雪芹题《海客琴樽图》之字迹，'都是那个路子'云。"见香港：中华书局香港分局 1979 年版第 13 页。
② 即《红楼梦》之名是作者曹雪芹写在书中的曹雪芹所起之名，吴玉峰只是题写者而已，不是命名此书之人，这一点大家一定要看明白。下文孔梅溪亦然。
③ 四字原书残破，据意补出。
④ 此已点明作者欲分"正钗、副钗、又副钗"等，以应贾府中人有上、中、下三等的等级区别。
⑤ 即指表演《红楼梦曲》的第 5 回。

钗入府。

由此三端（凡例、第5回正文与回目），便可知《红楼梦》才是作者亲拟的本书大名，其余皆非大名，而是各自传递某一方面信息与题旨的小名。

至于孔梅溪也是题写书名者，并不代表"风月宝鉴"是他所拟。此"风月宝鉴"书名之旨当是：欲界众生皆因有"欲"而降生于此欲界，"欲"是所有人入此世界、并被束缚于此世界而无法解脱的根源所在，作者想为普世众生指明一条摆脱欲界而入色界乃至无色界、空界之路，故选择借"淫、情"二事说法，于情欲描写中点明根绝欲事的法门，本章"第五节、二"之（二）与（三）将有详论。故此书表面上是描摹风月情欲之书，内里却是为根绝风月而作，即第12回"贾天祥正照风月鉴"所言的：本书乃作者本着菩萨心肠所制的一面度世救人的"风月宝鉴"，即：这面宝镜乃"出自太虚幻境'空灵殿'上警幻仙子所制，（己夹：言此书原系空虚幻设。）（庚眉：与《红楼梦》呼应。）专治邪思妄动之症，（己夹：毕真。）有济世保生之功。（己夹：毕真。）所以带它到世上，单与那些聪明俊杰、风雅王孙等看照。（己夹：所谓'无能纨绔'是也。）<u>千万不可照正面，</u>（庚侧：谁人识得此句！）（己夹：<u>观者记之，不要看这书正面，方是会看。</u>）<u>只照它的背面，</u>（己夹：记之。）要紧，要紧！"脂批"观者记之，不要看这书正面"，已点明《红楼梦》全书便是"风月宝鉴"，当透过其中的风月描写，看到其背后所设的戒除"淫、情"二欲[①]之旨。此镜乃"太虚幻境、空灵殿、警幻仙子"所制，而此《红楼梦》之书乃作者曹雪芹所幻设，故警幻仙子便是作者曹雪芹的又一化身，相当于作者曹雪芹的又一笔名，这一笔名点明作者写此书的目的便是要"警幻[②]、醒世、救人[③]"。由于孔梅溪看到了这一点，便把作者的这一创作意图清楚地题写在书首，作为全书的又一书名。

而曹雪芹又在书首"凡例"中言明：此书是"万不可因我不肖、则一并使其泯灭也"而为自己家中诸闺阁女子所作的传，这显然是作者创作的初衷、也即最初创作的本衷所在。因此，总括全书写到的作者人生中的诸女子而制定出来的书名《金陵十二钗》，很可能就是作者最初所创作的雏形之稿的书名。

曹雪芹是金陵人，写的是金陵家事，所写诸女子都是金陵女子，其据诸女子的地位分为若干等，每一等仿一年有十二个月而定为十二人，他便把这部旨在让自己家中乃至自己人生中见闻到的金陵女子流芳百世的书命名为"金陵十二钗"，一共统摄有十二"正钗"、十二"副钗"（或作十二"一副钗"）、十二"又副钗"（或作十二"二副钗"）、十二"三副钗"、十二"四副钗"等，共计五等60钗；更仿科举有副榜而立十二"外副钗"，以上正副两榜统称为"情榜"；更

---

① 淫欲、情欲。淫欲乃沉迷于肌体感觉（贪）而不可自拔，情欲乃沉迷于内心迷恋（痴）而不可自拔，皆是众生堕落欲界之根，故当拔除方能不降生于欲界。

② 警醒梦幻中人，也即警醒尘世中人、警醒情欲淫欲中人。

③ 救人，即"度人"，把世人由"此岸世界"（欲界）超度到"彼岸世界"（欲界、色界、无色界这三界之外）。

本"冤亲平等"之旨而立"孽榜"，登录无情而作孽害人的十二"孽钗"（皆是已婚的女人，或不能结婚的尼姑、道婆等老女人）。

而上引第1回言："后因曹雪芹于悼红轩中披阅十载，增删五次，纂成目录，分出章回，则题曰《金陵十二钗》"，似乎曹雪芹也只是编纂修改全书、使之定稿并题写书名之人，全书作者当另有其人。其实脂批早已点明："若云雪芹披阅增删，然则开卷至此，这一篇'楔子'又系谁撰？足见作者之笔狡猾之甚！"言明曹雪芹就是"石头"，也即"情僧"空空道人，也即制作"风月宝鉴"的警幻仙子①。

因此全书以宝玉所佩的"石头"为视角，也就是以作者曹雪芹的眼睛为视角。

再联系书中贾宝玉的原型就是作者本人，于是乎"'石头'就是'贾宝玉'"、"通灵宝玉（顽石）与贾宝玉（神瑛侍者）是一物而非两物"便可定论矣！此即第120回甄士隐口中所说的："宝玉（这人），即'宝玉（这块玉石）'也。"

作者创作时尊奉书名"梦"字所标榜的梦幻之旨，而梦中之人的事情可以是现实中人事情的"张冠李戴"，于是书中便可以用"分身法"，把一人之事写入书中数人中去，自然也就可以把自己分为："行事者"神瑛也即贾宝玉这个人，"记录事情者"通灵宝玉这块石头；识破此旨，便可明白"人=石，神瑛=顽石"。

同理，书中也可以把本是"一己之人"分身为"若干人来写"：书首"楔子"便是作者"化身他人来写"而实为"一己所写"的实例。识破此旨，便可明白上引脂批所言的"若云雪芹披阅增删，然则开卷至此这一篇楔子"就是曹雪芹本人所撰！曹雪芹不光是"披阅增删"者，更是作此书原稿之人，作者故意在此用"分身法"，分自己为曹雪芹与石头两人，字面上明言"石头著书，雪芹增删"，内里其实就是"雪芹一人著书并增删"，因为我们早已论明"曹雪芹=石头"，石头不过是曹雪芹带有自悔之意的一个笔名、而非另有其人！

二、放心：后四十回的"放心"与前八十回所言的"放心"同样"匪夷所思"，这一构思只有原作者曹雪芹才想得到、写得出

第30回"宝钗借扇机带双敲、龄官划蔷痴及局外"言黛玉与宝玉口角后，黛玉也很后悔，但又放不下架子去道歉和好，为此日夜愁闷不乐，紫鹃劝道："前日之事是姑娘有七分不是。"

这时宝玉来叫门，黛玉不让开门，紫鹃说："这又是姑娘的不是了。大热天晒坏了如何使得？"于是笑着开门说："我只当宝二爷再不上我们这门了，谁知这会子又来了。"宝玉笑道："你们把极小的事倒说大了，好好的为什么不来？我便死了，魂也要一日来一百遭。②妹妹可大好了？"

紫鹃道："身上病好了，只是心里气不大好。"宝玉笑道："我晓得有什么气。"

---

① 即作者姓曹名霑，号雪芹，谱名"天佑"，小名"宝玉"，笔名有"石头、情僧、空空道人、警幻仙子"乃至"贾雨村（假语存）、甄士隐（真事隐）"等。
② 黛玉听了绝对解气而好笑，当禁不住莞尔一笑。

（即他知道黛玉是在生自己的气。）他看到黛玉在床上哭，便挨在床沿边坐了，笑道："我知道妹妹不恼我。但只是我不来，叫旁人看着，倒像是咱们又拌了嘴的似的。若等她们来劝咱们，那时节岂不咱们倒觉生分了？不如这会子，你要打要骂，凭着你怎么样，千万别不理我。"说着，又把"好妹妹"叫了几万声①。

林黛玉心里原是再也不想理睬宝玉的，这会子见宝玉说"别叫人知道我们拌了嘴就生分了似的"这句话，说明他们俩原来就比别人来得亲近，因又撑不住哭道："你也不用哄我。从今以后，我也不敢亲近二爷，二爷也全当我去了。"宝玉听了笑道："你往哪去呢？"林黛玉道："我回家去。"宝玉笑道："我跟了你去。"林黛玉道："我死了。"宝玉道："你死了，我做和尚！"这句话可谓全书的大谶语，即"黛玉死后宝玉出家"的全书结局，早在全书的前四分之一处便已"开宗明义"地写明。

林黛玉一听这话，登时把脸放下来质问说："想是你要死②了！胡说的是什么？你家倒有几个亲姐姐、亲妹妹呢，明儿都死了，你几个身子去作和尚？明儿我倒把这话告诉别人去评评。③"宝玉自知这话说得造次了，后悔不来，脸上胀得通红，低着头不敢说一声。

林黛玉咬着牙用指头狠命地在他额头上戳了一下，"哼"了一声，咬牙骂道："你这——"刚说了两个字，便又叹了口气不说下去了，仍拿起手帕来擦眼泪。此处"你这"两字未完便止，后四十回第98回黛玉临终时"你好——"两字与此正同，皆含而不露、启人之思，显为曹公笔法，这也可以证明黛玉临终场面乃曹公原稿。★

宝玉心里原本就有无限心事，又兼说错了话④，正自后悔，见黛玉戳他一下，黛玉想说什么又说不出口，自己也伤心得滚下泪来，因忘带手帕，便用衣衫袖管去擦，林黛玉哭着把搭在枕头边的一方手帕拿来往宝玉怀里一摔，宝玉接住拭了泪，又挨近些，伸手拉了林黛玉一只手笑道："我的五脏都碎了，你还只是哭。走罢，我同你往老太太跟前去。"林黛玉将手一摔道："谁同你拉拉扯扯的。一天大似一天的，还这么涎皮赖脸的，连个道理也不知道！"画线的文字是宝玉说："黛玉只要一难过（哭），我的心便会碎"，等于说他的心早已属了黛玉，不属于自己，更不属于别人。

第32回"诉肺腑心迷活宝玉"写黛玉因清虚观做法事时，宝玉听说史湘云有一个金麒麟，所以故意拿了张道士给的金麒麟；黛玉又知道他近来看了很多

---

① 解气解气，黛玉此时当可破涕为笑矣。
② 要死，表示程度达到极点。此处是指：宝玉你做错事或说错话到了极点！
③ 即宝玉意为："我只为你黛玉一个人出家！"而黛玉偏说他骗人，可以为任何亲密的女子去出家。考其原因，宝玉在外表上"一视同仁"地和所有姊妹都像和黛玉一样亲热，所以黛玉便怀疑他心中也是如此。不成想宝玉只是面上的"一视同仁"，而内心对黛玉却是用情最深。
④ 实是真心话而未说错。只是因为说出了真心话，让人听了便知是深爱黛玉之语，而古人以德为重，反对男女之间说那种"爱"与"情"的话题，今宝玉说出那话来便是可羞耻之事。所以宝玉便会认为：自己说出爱黛玉的真心话，那是犯了天大的错误。

"才子佳人"的小说，而才子佳人都因小玩物私订终身，于是便疑心两人会有什么私密之事，所以一听到有人传信说史湘云在宝玉房中说话，便悄悄前来窥探，不想正听到史湘云劝宝玉走"经世济民"的仕途之路，宝玉说："林妹妹不说这样混账话，若说这话，我也和她生分了！"林黛玉听了这话，不觉又喜又惊，又悲又叹：

所喜者，果然自己眼力不错，素日认他是个知己，果然是个知己。

所惊者，他在人前一片私心称扬于我，其亲热厚密，竟不避嫌疑。

所叹者，你既为我之知己，自然我亦可为你之知己矣；既你我为知己，则又何必有"金玉"①之论哉；既有"金玉"之论，亦该你我有之，则又何必来一宝钗哉？

所悲者，父母早逝，虽有铭心刻骨之言，无人为我主张。

并言明自己因近日与宝玉怄气而神思恍惚，积下了痨病（"医者更云气弱血亏，恐致劳怯之症"），并言：

你我虽为知己，但恐自不能久待；你纵为我知己，奈我薄命何！想到此间，不禁滚下泪来。

这时宝玉正好出门，见黛玉在前面慢慢地走，似在拭泪，忙赶上前关心地笑道："妹妹往哪里去？怎么又哭了？又是谁得罪了你？"黛玉回头见是宝玉，便勉强笑道："好好的，我何曾哭了？"宝玉笑道："你瞧瞧，眼睛上的泪珠儿未干，还撒谎呢。"一面情不自禁地为她拭泪，黛玉忙后退几步说道："你又要死②了！作什么这么动手动脚的！"

宝玉笑道："说话忘了情，不觉的动了手，也就顾不的死活。"林黛玉道："你死了倒不值什么，只是丢下了什么金③，又是什么麒麟④，可怎么样呢？"这句话把宝玉给说急了，赶上来问道："你还说这话！到底是咒我、还是气我呢？"

林黛玉见问，方想起前日剪香囊的事来，自悔又说造次了，忙笑道："你别着急，我原说错了。这有什么的？筋都暴起来，急的一脸汗。"一面说，一面自己也像宝玉刚才那般，忘情地"动手动脚"起来："禁不住近前伸手，替他拭面上的汗"，这时"宝玉瞅了她半天，方说道'你放心'三个字。"

蒙王府本有侧批："连我今日看之，也不懂是何等文章⑤？"林黛玉听了怔了半天，方说道："我有什么不放心的？我不明白这话。你倒说说怎么放心、不放心？"宝玉叹了口气问道："你果不明白这话？难道我素日在你身上的心都用错了？连你的意思若体贴不着，就难怪你天天为我生气了。"

林黛玉道："果然我不明白'放心、不放心'的话。"宝玉点头叹道："好妹妹，你别哄我。果然不明白这话，不但我素日之意白用了，且连你素日待我之意也都辜负了。（蒙侧：第二层。）你皆因总是'不放心'的原故⑥，才弄了一身

① 指今世的"金玉良缘"。
② 要死，指：宝玉你做这事错到了极点！
③ 指有金锁的薛宝钗。
④ 指有金麒麟的史湘云。
⑤ 即看不懂"你放心"三字中有何文章，即不明白这三字中有何含义。
⑥ 即宝玉对黛玉用情，黛玉也对宝玉用情，两者本可"放心"而不必猜疑。但黛玉又疑宝

病。但凡宽慰些，（蒙侧：真疼真爱、真怜真惜中，每每生出此等心病来。）这病也不得一日重似一日。"

这时书中写：

  林黛玉听了这话，如轰雷掣电，细细思之，竟比自己肺腑中掏出来的还觉恳切，（蒙侧：何等神佛开慧眼，照见众生孽障，为现此锦绣文章，说此上乘功德法。[1]）竟有万句言语，满心要说，只是半个字也不能吐，却怔怔的望着他。此时宝玉心中也有万句言语，不知从哪一句上说起，却也怔怔的望着黛玉。两个人怔了半天，林黛玉只咳了一声，两眼不觉滚下泪来，回身便要走。（蒙侧：下笔时用一"走"，文之大力，孟贲[2]不若也。）宝玉忙上前拉住，说道："好妹妹，且略站住，我说一句话再走。"林黛玉一面拭泪，一面将手推开，说道："有什么可说的？你的话我早知道了！"口里说着，却头也不回竟去了。

宝玉还站在原地发呆地望着黛玉背影，这时袭人怕他热，赶来送扇子给他，远远望见他和黛玉站着，便不敢上前（可见袭人到时，正是两人"怔怔的望着"时、而非说话时），不一会儿黛玉走了，他还站着不动，因赶上来说道："你也不带了扇子去，亏我看见，赶了送来。"宝玉正在为黛玉出神，满心想和黛玉说那黛玉不让她说出口的话，今见有人来和他说话，还以为黛玉未走而在听他诉说那话，于是一把扯住说："好妹妹，我的这心事，从来也不敢说，今儿我大胆说出来，死也甘心！我为你也弄了一身的病在这里[3]，又不敢告诉人，只好掩着。只等你的病好了，只怕我的病才得好呢。睡里、梦里也忘不了你！"

袭人听了这话，吓得魂飞魄散，只叫："神天、菩萨，坑死我了！"便推他醒醒："这是哪里的话？敢是中了邪！还不快去！"宝玉一时清醒过来，知是袭人送扇子来，因向袭人吐露了对黛玉的爱意，羞得满面紫涨，夺了扇子，急忙抽身跑走。

宝玉这番本当对黛玉说而误对袭人说了的表白便是：自己深爱黛玉，连梦中也想着。同时又说：自己深知黛玉也爱她，并且知道黛玉怕他另有所爱而不放心（即疑她与有金锁的宝钗、有金麒麟的湘云有情），正因为不放心才会哭，正因为哭才会生出病来（即因怄气而转为气血两亏的痨病），自己又因黛玉的心病、身病也生了心病（相思之病）。

所以他对黛玉说"黛玉请你尽管放心"（即上引"宝玉瞅了她半天，方说道'你放心'三个字"），也就是叫黛玉不要哭，我心中只爱你一个，发誓一定只娶你这一个；你唯有放了心，才会去掉心病和身病，你没了病，我才会没有病。（当然他不知道自己的婚姻由不得自己做主，贾母、元妃更喜欢体态丰腴、无

玉会移情别恋，故不放心。

[1] 批语盛赞作者的这番描写，真实到了让所有人都为之感动的地步，而且其中大含真情真意。

[2] 孟贲，古代大力士。

[3] 是心病不是身病。这里，当指胸口之心。

病健康、性情端庄、了无儿女私情萦绕心头的宝钗，早已把性情率直、体弱多病、多愁善感、心中有情的黛玉给排除在外了，第28回元妃将"红麝串"赐给宝玉宝钗两人而不赐给黛玉，贾母这样的明眼人，一眼就能明白其中的含义。)

所谓"放心"，从字面上理解，大家只会理解成让黛玉把心放下来，不要担心、猜疑，而不会做别的什么理解和联想。唯有后四十回中才算写清楚，其实是把自己的心放到黛玉身中，表明自己的心只属于黛玉一个人！后四十回的情节与此处的"放心"语两相照应、完全吻合，不是一般人所能想到。

普通人见到"放心"两字，只会做最通常的理解，即请对方把心放下来，安心、心安，没有人会想到是在梦中把自己的心掏出来放到对方身体内，后四十回胆敢如此写，的确不是常人所能想得到、写得出，只可能是原作者曹雪芹本人的构思和笔法。

而且后四十回这么写，也与第57回宝玉私下向紫鹃表白自己对黛玉那片真心时说过的话相合，即："我只愿这会子立刻我死了，把心迸出来你们瞧见了。"后四十回的第82回便真的写到黛玉梦见宝玉掏心给她，与此"迸心"之语正相照应。即黛玉在梦中：

便见宝玉站在面前，笑嘻嘻的说："妹妹大喜呀。"黛玉听了这一句话，越发急了，也顾不得什么了，把宝玉紧紧拉住说："好宝玉①，我今日才知道你是个无情无义的人了！"宝玉道："我怎么无情无义？你既有了人家儿，咱们各自干各自的了。"②黛玉越听越气，越没了主意，只得拉着宝玉哭道："好哥哥！你叫我跟了谁去？"宝玉道："你要不去，就在这里住着。你原是许了我的，所以你才到我们这里来。我待你是怎么样的？你也想想。"黛玉恍惚又像果曾许过宝玉的，心内忽又转悲作喜，问宝玉道："我是死活打定主意的了，你到底叫我去不去？"宝玉道："我说叫你住下。你不信我的话，你就瞧瞧我的心！"

说着，就拿着一把小刀子往胸口上一划，只见鲜血直流。黛玉吓得魂飞魄散，忙用手握着宝玉的心窝，哭道："你怎么做出这个事来？你先来杀了我罢！"宝玉道："不怕，我拿我的心给你瞧。"还把手在划开的地方儿乱抓。黛玉又颤又哭，又怕人撞破，抱住宝玉痛哭。宝玉道："不好了。我的心没有了，活不得了！"说着，眼睛往上一翻，"咕咚"就倒了。黛玉拼命放声大哭。

只听见紫鹃叫道："姑娘，姑娘！怎么魇住了？快醒醒儿，脱了衣服睡罢。"黛玉一翻身，却原来是一场恶梦。喉间犹是哽咽，心上还是乱跳，枕头上已经湿透，肩背、身心，但觉冰冷，想了一回，"父母死的久了，和宝玉尚未放定，这是从哪里说起？"又想梦中光景，无倚无靠，再真把宝玉

---

① 即骂他"好你个宝玉"的意思。
② 前番第57回是紫鹃用黛玉要回苏州的话来骗宝玉、试宝玉，这次第82回便是宝玉用黛玉你要嫁人的话来骗黛玉、试黛玉，两者也正相对应，的确是曹雪芹方才能够构思和写出来的大手笔。

死了，这可怎么样好？一时痛定思痛，神魂俱乱。又哭了一回，遍身微微的出了一点儿汗。扎挣起来，把外罩大袄脱了，叫紫鹃盖好了被窝，又躺下去。

这便是宝玉要把自己的心掏出来给黛玉看，而且还送给了黛玉，好让她放心。（见第97回宝玉对凤姐说他的心早已交给了黛玉："我有一个心，前儿已交给林妹妹了。她要过来，横竖给我带来，还放在我肚子里头。"）

谁会想到要把"放心"这两个字演绎成血淋淋的掏心画面才叫"放心"？唯有原作者曹雪芹才敢如此想、如此创意吧。一般的人只会把"放心"理解为安心。下文"五"更将指明"通灵宝玉（石）=宝玉之心（心）"，"失玉"便是丧心病狂而痴傻（即古人所谓的"失心"），"石子打心"便象征"还玉"而恢复心智，这两段情节其实与此处的"掏心（失心）"一脉相承。

●附：袭人对宝玉"放心"之语的第一次告密①

由于第32回"诉肺腑心迷活宝玉"袭人亲眼见到、亲耳听到宝玉对黛玉如此亲密，深恐两人干出见不得人的丑事，于是打算提醒王夫人想方设法把两人分隔开，以保全两人的名声。所以第34回宝玉挨打后，王夫人单独叫袭人到自己房中问："可听说宝玉挨打是贾环向老爷贾政告的密？"下来写的却是袭人向王夫人告宝玉的密，可谓出人意料。（作者第33回写小人贾环在男主人面前告密，第34回写圣人袭人在女主人面前告密，这也体现出作者谋篇布局时"对峙立局、对仗构思"的情节编织艺术。）

上一回（第33回）回末，袭人早已听茗烟说过：琪官的事是薛蟠吃醋而挑唆外人前来告状（其实应当是阿呆兄口无遮拦，在外乱说，被忠顺王府的耳目打听到，绝非阿呆兄有意挑唆外人来告），金钏儿的事则是贾环对老爷说的。

此时袭人为了息事宁人，故意装作没听到有人说贾环告密，只说是宝玉霸占人家的戏子，所以人家上门来要，这才挨了老爷打，进而又趁机说道："论理，我们二爷也须得老爷教训两顿。若老爷再不管，将来不知做出什么事来呢。"

王夫人一听此言，便合掌念了声"阿弥陀佛"，赶紧把袭人当成亲闺女般看待，说道："我的儿，亏了你也明白，这话和我的心一样。我何曾不知道管儿子？先时你珠大爷在，我是怎么样管他，难道我如今倒不知管儿子了？只是有个原故：如今我想，我已经快五十岁的人，通共剩了他一个，他又长的单弱，况且老太太宝贝似的，若管紧了他，倘或再有个好歹，或是老太太气坏了，那时上下不安，岂不倒坏了？所以就纵坏了他。我常常掰着口儿劝一阵、说一阵，气的骂一阵、哭一阵，彼时他好，过后儿还是不相干，端的吃了亏才罢了。若打坏了，将来我靠谁呢！"说着，不由得滚下热泪。

据笔者《红楼时间人物谜案》"第一章、第三节、第30回"考明：王夫人大约是17岁生贾珠，33岁生宝玉，此年宝玉13岁，则王夫人为45岁，其称

---

① 第二次告密便在第96回她得知贾母让宝玉娶宝钗时，向王夫人第二次告密。书中写："便将宝玉素与黛玉这些光景一一的说了，还说：'这些事都是太太亲眼见的。独是夏天的话，我从没敢和别人说。'"所言"夏天的话"便是上文第32回宝玉误对她说的爱黛玉的话。

自己"快五十岁"亦属合理。宝玉对于贾母而言，算得上是"老来得孙"，王夫人顺从贾母溺爱之心，自然舍不得管教，所以蒙王府本有侧批："变转之句，勉强之言，真体贴尽溺爱之心。"

袭人见王夫人悲感，自己也陪着一起伤心落泪说："我们也知道太太心疼宝玉，但我们做下人的服侍一场，图个大家平安便算是造化。要这样下去，恐怕连平安都不能够了。我也时时处处想尽办法劝二爷，只是劝不醒①。偏生那种人又喜欢亲近他，也怨不得他会这样，都是那帮人引诱坏的，不怪宝玉②；由于有那些人存在，反倒显得我们这些正言相劝的人会惹宝玉不喜欢。"她绕了这么大一个弯子后，这才说到要说的正题上："今儿太太提起这话来，我还记挂着一件事，每要来回太太，讨太太个主意。只是我怕太太疑心，不但我的话白说了，且连葬身之地都没了。"蒙王府本侧批："打进一层。非有前项如许讲究，这一层即为唐突了。"

王夫人一听话中有因，忙问："我的儿，你有话只管说。近来我因听见众人背前背后都夸你，我只说你不过是在宝玉身上留心、或是诸人跟前和气这些小意思好，所以将你和老姨娘一体行事③。谁知你方才和我说的话全是大道理，正和我的想头一样。你有什么只管说什么，只别教别人知道就是了。"袭人说的便是想办法让宝玉搬出园外来就好。王夫人听了大惊，忙拉住袭人的手问道："宝玉难道和谁作怪了不成？"即宝玉和谁做出了见不得人的丑事不成？

袭人忙回道："太太别多心，并没有这话。④这不过是我的小见识。如今二爷也大了，里头姑娘们也大了，况且林姑娘、宝姑娘又是两姨姑表姊妹⑤，虽说是姊妹们，到底是男女之分，日夜一处起坐不方便，由不得叫人悬心，（蒙侧：远忧、近虑，言言字字，真是可人。）便是外人看着也不像。一家子的事，俗语说的'没事常思有事'，世上多少无头脑的事，多半因为无心中做出，有心人看见，当做有心事⑥，反说坏了。只是预先不防着，断然不好。二爷素日性格，太太是知道的。他又偏好在我们队里闹，倘或不防，前后错了一点半点，不论真假，人多口杂，那起小人的嘴有什么避讳？心顺了，说的比菩萨还好；心不顺，就贬的连畜牲不如。二爷将来倘或有人说好，不过大家直过⑦、没事；若要叫人说出一个不好字来，我们不用说，粉身碎骨，罪有万重，都是平常小事，但后来二爷一生的声名品行岂不完了？（蒙侧：袭卿爱人以德，竟至如此。字字逼

---

① 指第 19 回"情切切良宵花解语"、第 21 回"贤袭人娇嗔箴宝玉"，可见作者笔底没有虚文，每句话都有上下文的照应铺垫。

② 这是把祸水引到晴雯身上。

③ 即王夫人在第 36 回给袭人姨娘的月例钱，又在王熙凤和薛姨妈面前定下袭人是宝玉的姨娘，以此来作为袭人此番告密进谏的报答。

④ 倒是有，即是袭人（指第 6 回宝玉与其"初试云雨情"），其余的人倒是没有。

⑤ 二玉（宝玉、黛玉）是姑表亲，二宝（宝玉、宝钗）是两姨亲。

⑥ 指把无心之事当作有心事来说。

⑦ 直过，犹言无功无过。

来，不觉令人敬听。看官自省，切不①可阔略，戒之。）二则太太也难见老爷。俗语又说'君子防不然'，不如这会子防避的为是。太太事情多，一时固然想不到。我们想不到则可，既想到了，若不回明太太，罪越重了。近来我为这事日夜悬心，又不好说与人，惟有灯知道罢了②。"

王夫人听了这话如五雷轰顶，正触着宝玉情窦已开调戏金钏儿事，心内越发敬重袭人不尽，忙笑着说："难为你这个心胸想得这样周全，以此来保全我们娘儿俩的声名、体面，我之前竟不知道你这样好。"又说："罢了，你且去罢，我自有道理。"蒙王府本侧批："溺爱者偏会如此说。"由于贾母溺爱，所以王夫人对袭人让宝玉搬出"大观园"的建议，暂时是不敢考虑和执行的③，她接下来便说："你如今既说了这样的话，我就把他交给你了，好歹留心，保全了他，就是保全了我，我自然不辜负你。"

于是第36回，袭人的月例钱便由原来的贾母处领1两，变成了从王夫人月例钱的20两中拿出2两1吊来给她，加了一倍多。而赵姨娘、周姨娘都是2两，她们每人有两个丫头，各500钱，乘以2就是一吊。所以王夫人因此事而看重袭人，赏给她姨娘的待遇，连没配备服侍丫头也把丫头的钱算给了袭人，其目的就是要请袭人来保全宝玉，不让宝玉和薛宝钗、林黛玉以及晴雯等漂亮丫头发生什么性丑闻。（王夫人何曾料到自己的宝贝儿子早在第6回便和面前的这位准姨娘袭人"偷试云雨情"而发生了性事，只不过其事机密，加上晴雯④等人守口如瓶，未酿成丑闻罢了⑤。）由于让宝玉搬出大观园得先通过贾母，贾母肯定不会答应，所以退而求其次，就让袭人先防范着；要是实在没办法的话，便是后来第77回的做法："抄检大观园"，把晴雯、芳官、四儿等"狐媚子"全部赶出大观园，留下长相一般、不会惹人邪念的袭人这帮丫头们。

三、诗帕：宝玉、黛玉两人的定情信物"一双素帕"，前八十回、后四十回完美呼应

第34回"情中情因情感妹妹"写袭人去王夫人那儿回话的同时，宝玉悄悄命令晴雯到林姑娘那儿去看她在做什么，并说："她要是问起我，只说我好了。"晴雯说："平白无故地去，没有理由；还不如让我带句话去，也算有件事。"宝玉说："没什么话要带。"晴雯说："要不然，送件东西或取件东西也好，不然没法搭话。⑥"宝玉一想，便伸手拿了两条手帕给晴雯，笑道："也罢，就说我叫

① 此字原无，据意径补。
② 指自己一个人在灯前纠结，从来不敢说给第二个人听。
③ 要到第77回王夫人才命宝玉等："今年不宜迁挪，暂且挨过今年，明年一并给我仍旧搬出去心净。"具体实施便是：第97、98回宝玉在"荣禧堂"背后的房子里与宝钗成亲，从此以后便不回大观园的"怡红院"住；又第102回秋天探春远嫁后，"园中人少，况兼天气寒冷，李纨姊妹、探春、惜春等俱挪回旧所。"
④ 此写出晴雯的不告密，反衬出袭人反要来告晴雯的密，真可谓"恶人先告状"，可叹！
⑤ 由第31回宝玉、袭人挨晴雯痛骂："便是你们鬼鬼祟祟干的那事儿，也瞒不过我去！"可知宝玉、袭人行此事还不止一次，袭人未孕，实属侥幸。
⑥ 果是趣人。

你送这个给她去了。"晴雯道:"这又奇了。[难道]她[会]要这半新不旧的两条手帕子?她又要恼了,说你打趣她。"宝玉笑道:"你放心,她自然知道。"晴雯听了,将信将疑地拿了这两条手帕往潇湘馆来,正好看到丫头春纤在栏杆上晾手帕,蒙王府本有侧批:"送的是手帕,晾的是手帕,妙文!"黛玉问晴雯来做什么?晴雯道:"二爷送手帕子来给姑娘。"黛玉听了心中发闷:"做什么送手帕子来给我?"

她原本猜想是宝玉获得了别人送的上好的新手帕来转送给自己,于是说:"这帕子是谁送他的?[想]必是上好的,叫他留着送别人罢,我这会子不用这个。"晴雯笑道:"不是新的,就是家常旧的。"林黛玉听了越发闷住,细心寻思了好一会儿,方才大悟过来,忙说:"放下,去罢。"晴雯听了,只得放下,抽身回去,一路盘算,不解何意。读者读到这儿,也未见脂砚斋有什么批语,想必脂砚斋也不解宝玉送手帕给黛玉是何意,我们更是大感不解,几百年来一直在打哑谜。

上引第30回宝玉陪哭时,黛玉扔他一块手帕,宝玉定然没有带走的道理,因为女孩子用过的东西若是拿走便成了定情信物,所以宝玉不敢这样唐突黛玉,因此这两块帕子绝对不是为了还黛玉那块手帕。

至于宝玉要送旧手帕,为的就是不想给黛玉留下"宝玉把别人送的上好手帕转送给她"的印象,所以特意要送旧手帕,而蒙王府本那侧批:"送的是手帕,晾的是手帕,妙文",总算透露出一些信息来。即黛玉一直哭,哭得恐怕连手帕都不够了,所以宝玉送她旧手帕,而且还不止一块,是叫黛玉不要哭,再哭连手帕都不够了。

明代冯梦龙选辑的《山歌》卷十有首著名的《素帕》歌:"不写情词不写诗,一方素帕寄相思;请君翻覆仔细看,横也丝来竖也丝。"古代的手帕都是丝做的,所以可以解释为"横也丝(思)来竖也丝(思)",即横竖都是思念、时时处处都在思念。又因为是旧手帕,"旧"有长久意,自然也就是"永久相思"意。宝玉送的又是两块,更是在讲两人都在相互思念。如此看来,宝玉送的当是丝制的手帕而非棉线织的棉布手帕。

宝玉把袭人用过的绿汗巾、蒋玉菡用过的红汗巾作为两人的定情信物加以交换,此处宝玉应当也是把自己用过的一双旧手帕作为传情信物,表达自己与黛玉两人的永久思念("一双"手帕寓指两人,"旧"寓指永久,"手帕"寓指"横竖是思")。由于是宝玉用过之物,古代"男女授受不亲",宝玉以之相赠,便有了情爱的意味,实有越礼之嫌,所以黛玉便有了那种恐人看破此次"私相传递"定情信物的担心,即作者接下来写道:

这里林黛玉体贴出手帕子的意思来,不觉神魂驰荡:

宝玉这番苦心,能领会我这番苦意,又令我可喜;【即明白了宝玉送一双旧帕是两地相思意,表明他对自己的一片真心。】

我这番苦意，不知将来如何，又令我可悲；【所虑甚是。即古代儿女的婚姻不可自主，得由家长做主，所以黛玉担心结局会不如意。】

忽然好好的送两块旧帕子来，若不是领我深意，单看了这帕子，又令我可笑；【即怕宝玉只是单纯送帕，并没有什么深意在内，自己刚才那番想法便可笑了。】

再想令人私相传递与我，又可惧；【指宝玉把自己用过的东西作为定情信物私相传递，被人知道恐怕不好。】

我自己每每好哭，想来也无味，又令我可愧。【即明白宝玉送帕是让自己放心而不要哭，否则手帕都不够了。他既然对我一片真心，我如果再胡猜乱想、怀疑他移情别恋而哭，岂不显得惭愧？】

如此左思右想，一时五内沸然炙起。黛玉由不得余意绵缠，令掌灯，也想不起嫌疑、避讳等事，便向案上研墨、蘸笔，便向那两块旧帕上走笔写道：

"眼空蓄泪泪空垂，暗洒闲抛却为谁？尺幅鲛绡劳解赠，叫人焉得不伤悲？"

其二："抛珠滚玉只偷潸，镇日无心镇日闲；枕上袖边难拂拭，任它点点与斑斑。"

其三："彩线难收面上珠，湘江旧迹已模糊；窗前亦有千竿竹，不识香痕渍也无？"

林黛玉还要往下写时，觉得浑身火热，面上作烧，走至镜台揭起锦袱一照，只见腮上通红，自美压倒桃花，却不知病由此萌。一时方上床睡去，犹拿着那帕子思索，不在话下。

此回戚序本有回前批："两条素帕，一片真心；三首新诗，万行珠泪。袭卿高见动夫人，薛家兄妹空争气。自古道：情是苦根苗，慧性灵心的、回头须早！"更加可以证明这双手帕有定情信物之嫌，是宝玉说了"你放心"之语后，再用此"横也是思、竖也是思"而永不变心的止哭之物（一双旧帕）来向黛玉定情，同时劝她："莫哭！请放心，我一定会娶你！"

所以这双素帕便是两人的定情信物，就像小红与贾芸的定情信物也是一方手帕一样，下文将论：第24回"痴女儿遗帕惹相思"林红玉与贾二爷贾芸的手帕，便是此处林黛玉与宝二爷手帕的引子。

正如前文所言，女人用过的东西不能随便给男人，男人用过的东西也不能随便给女人，因为男女授受不亲，今宝玉叫人传帕，明明就是私相传递的定情信物，所以黛玉说："令人私相传递与我，又可惧"，更证明其中有定情的意味在内。

关于手帕是定情信物，还可以引黛玉自己的话为证，即第32回黛玉"心下忖度着，近日宝玉弄来的外传野史，多半才子佳人都因小巧玩物上撮合，或有鸳鸯，或有凤凰，或玉环、金佩，或鲛帕、鸾绦，皆由小物而遂终身。"

我们已经知道，宝玉送黛玉的那两方诗帕其实就是代表两人"木石前盟"的定情信物。黛玉离世而两人姻缘告终，便要毁灭此定情信物。

这双素帕和袭人与蒋玉菡两人的定情信物"红汗巾"一样：红汗巾先在后四十回中的第86回提了一下，最后又在第120回让它冒出来，正式完成其撮合袭人与蒋玉菡姻缘的戏剧性使命①；同理，宝玉与黛玉的这一定情信物也首先在第87回露了一下，然后又在第97回用毁灭它的方式，来象征"宝黛爱情"的幻灭，从而彻底完成其艺术使命。这双素帕是后四十回与前八十回在主线情节上相照应的力证。★

第87回"感秋深抚琴悲往事"中，这双两人定情信物的素帕又被作者提了出来，即：黛玉因为天冷，要穿毛衣，雪雁便把一包小毛衣裳抱来，由黛玉自己挑选，其中夹着个手绢包儿，打开看时，却是"宝玉挨打"后送来的旧手绢，上面有自己题的诗，题诗时哭泣的泪痕尚在，而这手绢里头包的便是那被自己亲手剪破的香囊、扇袋，以及被自己亲手剪断了的宝玉"通灵玉"上的穗子②。原来，这些东西在晾衣裳时从箱中取出，紫鹃怕有遗失，所以一并夹在毛衣包袱中。黛玉不看则已，看到后也不挑毛衣了，手里拿着这两方手帕，呆呆地看着那三首旧诗③，看了一回，不觉簌簌泪下，正是："失意人逢失意事，新啼痕间旧啼痕。"紫鹃见了，知是触物伤情、感怀旧事。作者便是以这双素帕来加重黛玉的病情。

第97回黛玉临终时要手绢，紫鹃叫雪雁开箱取一块白绫手绢来，黛玉瞧了瞧，扔在一边，使劲说："有字的！"紫鹃便明白是要那题诗的旧手帕，只得叫雪雁拿出来递给黛玉。紫鹃劝她莫看手帕、以免劳神，黛玉接到手中并不瞧，而是挣扎着用手狠命地撕那手绢，却撕不动，紫鹃知道她这么做是恨宝玉，也不敢说破，说："姑娘何苦自己生气？"黛玉微微点头，命令："点灯、笼上火盆"，并叫她们把火盆移到炕上，把那手绢往火上一放而焚毁，再把自己写的诗稿给烧了。黛玉以这双诗帕的毁灭，来象征自己和宝玉爱情的幻灭。可证这双诗帕便是宝黛二人的定情信物与爱情象征。作者曹雪芹笔法含蓄，焉能在第34回就把宝玉赠帕的这些用意"和盘托出"地交代给大家？

●附：宝玉、黛玉定情信物的引子——贾芸与小红以帕传情

大观园中一共发生过两起风流案，第一起便是贾芸与红玉私相传帕的私情事，在"滴翠亭"被宝钗听到；第二桩便是司棋与表弟潘又安在园门口湖山石后的大桂树下苟合，被鸳鸯撞见。而第一桩风流公案中的小丫头坠儿在"滴翠亭"为贾芸（贾二爷）与小红（林红玉）传帕，便是晴雯到潇湘馆为宝玉（宝二爷）与林黛玉传帕的引子。

"小红的手帕"得从第24回开始写起。即：贾芸认宝玉为父，为的是引出贾芸能到宝玉的外书房"绮霰斋"拜见，得以和红玉相识。此回回目拟作"痴

---

① 见本章"第一节、四"。
② 这些物件都象征着宝玉与黛玉二人"木石前盟"的自毁和不成。
③ 一双手帕有四面，一面拭泪，三面题诗。

女儿遗帕惹相思"，即秋纹、碧痕见小红为宝玉端茶，于是来小红房间质问她："怎么可以到宝玉房里去献殷勤？"小红道："我何曾在屋里的？只因我的手帕子不见了，往后头找手帕子去。不想二爷要茶吃，叫姐姐们一个没有，是我进去了，才倒了茶，姐姐们便来了。"可见此时手帕刚刚遗失，故回前王希廉总评："小红不见手帕，于秋纹、碧痕查问时说出，不露芸儿拾得痕迹，善用藏笔法。"

这方手帕在次日贾芸入"大观园"种树时拾得（可证是小红在游大观园时，不小心在树丛边丢失），见第26回："原来上月贾芸进来种树之时，便拣了一块罗帕，便知是所在园内的人①失落的，但不知是哪一个人的，故不敢造次。今听见红玉问坠儿，便知是红玉，心内不胜喜幸。又见坠儿追索，心中早得了主意，便向袖内将自己的一块取了出来，向坠儿笑道：'我给是给你，你若得了她的谢礼，不许瞒着我。'坠儿满口里答应了，接了手帕子②，送出贾芸，回来找红玉，不在话下。"

此回作者写贾芸入"怡红院"，便是为了在贾芸前往"怡红院"的路上，让小红借着和坠儿说话的机会，把自己遗失手帕的信息传递给贾芸，从而引出坠儿在第27回"滴翠亭"为贾芸做那以帕传情的事。请注意：上面引文中的画线部分，贾芸并未把小红的手帕还给她，而是换成自己的丝帕（"罗帕"）给了坠儿，所以"滴翠亭"中，坠儿为贾芸向红玉传帕，红玉一看便说"果是自己丢的那块"③，其实是红玉说的谎话，或是作者写的又一假话！

这时，坠儿又开始为贾芸向小红索要谢礼，这时书中写红玉说："也罢，拿我这个给他，算谢他的罢。"所还者是另一块手帕。贾芸归还的是手帕（而且还是贾芸自己的手帕），回赠的又是手帕（而且是红玉的手帕），这已然表明手帕是幌子，而传情才是目的，这便完成了两人定情信物"一双手帕"的私相传递——即贾芸手帕与小红手帕的交换。

但此处其实并未言明红玉所还为何物（上文只是说"拿我这个"而并未写明所拿为何物），在后四十回中方才揭开这一谜底——所还的是又一块手帕。即第88回贾政升官后主管陵工，贾芸来凤姐处想找个工程项目谋点利，小红引贾芸入门时，偷偷问他："那年我换给二爷的一块绢子，二爷见了没有？"

书中写："那贾芸听了这句话，喜的心花俱开，才要说话，只见一个小丫头从里面出来，贾芸连忙同着小红往里走。……贾芸悄悄的道：'回来我出来，还是你送出我来。我告诉你，还有笑话儿呢。'"

可惜，贾芸的请求被凤姐一口回绝，命小红领他出门，"小红见贾芸没得彩头，也不高兴，拿着东西跟出来"，贾芸自然也无心说上面想说的那件有趣事情了，只是说："我可惜不能常来！刚才我说的话，你横竖心里明白，得了空儿再告诉你罢。"即作者把那小红爱听的话留到下文去写，当在"狱神庙茜雪慰宝玉"

① 手帕所在的大观园中的人丢的。即：手帕丢在大观园中，故知是大观园中的女子丢的。
② 即接过手帕来。
③ 书中写："只听说道：'你瞧瞧这手帕子，果然是你丢的那块，你就拿着；要不是，就还芸二爷去。'又有一人说话：'可不是我那块！拿来给我罢。'"

那回的后半回"□□□红玉□□"①中去写，而今本已经失去。

但上引文字清楚表明：红玉是拿另一块手帕送贾芸的。关于这一点，前八十回没有一处地方写明，后四十回作者居然能重拾这——一般人看过都会忽视的细节——红玉有回赠之物，而且还能把这前八十回根本就没言明的回赠之物到底是何物给清楚写明，这只可能是曹雪芹本人的手笔。★

甲戌本在上引第26回文字后批："原非书中正文之人，写来间色耳。"可证贾芸与林红玉传帕，便是宝玉黛玉传帕的陪衬（间色）和引子②。贾芸与林红玉的故事原本就不是书中的正文，作者写他俩，不过要为宝玉黛玉以帕传情做个引子和陪衬罢了。

由于黛玉是主，其余为陪，所以后四十回不写小红与贾芸结合，因为他们不过是引子，借他俩写到"手帕传情"便算完成了使命，作者无意再去写他俩别的什么事了。所以今本后四十回不再展开来写贾芸、林红玉两人的爱情故事，正与此批相合。〖若是他人来续写后四十回的话，肯定会大张旗鼓地去写贾芸、林红玉两人的爱情故事，今本后四十回不写，大出众人意料之外，显然只可能是曹雪芹的原稿，而非后人的续书。〗

由此可见，滴翠亭的"手帕公案"，是以芸二爷与林红玉手帕传情作为引子，影写的便是：我们宝二爷给林黛玉的手帕其实也是私相传递的定情信物。第26回末戚序本正有总评："喜相逢，三生注定；遗手帕，月老红丝。幸得人'语说连理'，又忽见'他枝并蒂'。难猜未解细追思，闷多疑，空向花枝哭月底。"指明两处手帕公案（红玉的手帕与黛玉的诗帕），就像袭人的红绿汗巾一样，是"月老红丝"，是姻缘的媒介。

四、谣传：前八十回与后四十回两度谣传遥遥相照，浑然一体

前八十回宝玉为"黛玉要回"的谣言失心发痴，后四十回黛玉为"宝玉有娶"的谣言灰身灭智，两者遥相照应，浑然一体。特别是后四十回黛玉因后一谣言而咯血，写得哀感顽石，只有作者这种大手笔才能写出如此感人的情节。

第57回"慧紫鹃情辞试忙③玉、慈姨妈爱语慰痴颦"，写宝玉因黛玉归家而失心④，证明宝玉的心早已属于黛玉，黛玉走（既指离家返乡，也指离世还天），他便要失心发疯。与之遥遥相照的便是第89回写黛玉因宝玉有娶而立意自戕，证明黛玉之心也早已归了宝玉。这两回文字正相照应，的确是曹公笔法，他人皆没有这等慧心来构思出如此奇妙对照之文。

---

① 此回回目的拟定见本书"第一章、第三节、五、（二）"。
② 脂砚斋笔下的"间色"就是陪衬、引子的意思。其反义词"正色"便指主角与正文。
③ 忙，指"无事忙"。即第37回宝钗为宝玉起绰号："你的号早有了，'无事忙'三字恰当的很。"己卯本夹批："真恰当，形容得尽。"意为没做什么大事，却异常忙碌于小事。此回称宝玉为"忙玉"，是讲此回的这场风波真可谓"世上本无事、庸人自扰之"，点明宝玉真可谓无事找事、无事生非。
④ 古人的"失心"即指所谓的"丧心病狂"。

（一）前八十回的谣传——宝玉为"黛玉要回"的谣言而失心发痴

第57回宝玉探望黛玉，正值黛玉睡午觉，宝玉见屋外的紫鹃穿得少，便关切地伸手摸了摸，说道："穿这样单薄，还在风口里坐着，看天风馋，时气又不好，你再病了，越发难了。"紫鹃忙说："从此咱们只可说话，别动手动脚的。一年大、二年小的，叫人看着不尊重。打紧的那起混账行子们背地里说你，你总不留心，还只管和小时一般行为，如何使得？姑娘常常吩咐我们，不叫和你说笑。你近来瞧她远着你还恐远不及呢。"说着，便起身携了针线进屋里去了。

宝玉长这么大还是第一次见到这种丫环对自己"严词拒绝"的场面，心中如同浇了盆冷水，又羞愧、又心痛，直盯着庭前的竹子发呆。由于祝妈正好前来挖笋、修竹，所以宝玉只好怔怔地走出潇湘馆，失魂落魄，无知无识，任由自己前行，随便坐在了一块山石上发呆，难过得滴下眼泪，一坐便是五六顿饭的工夫（相当于两三个小时），千思万想，不知如何是好。

正好黛玉房中的雪雁从"王夫人房"里取了人参回来，路过这儿，忽然扭头看到桃花树底下的山石上坐着一个人，正用手托住腮颊在出神，仔细一看却是宝玉。雪雁心想：怪冷的，他还坐在这冰凉的石面上，想是残疾人春天都会犯病，他应该又犯痴呆病了。于是走过来蹲在宝玉面前笑道："你在这里作什么呢？"宝玉见了雪雁便说："你又作什么来找我？你难道不是女儿？她既防嫌不许你们理我，你又来寻我，倘被人看见，岂不又生口舌？你快家去罢了。"雪雁听了，以为他又受了黛玉的气，回屋后对紫鹃说："姑娘还没醒呢，是谁给了宝玉气受？坐在那里哭呢。"

紫鹃听了，忙问："在哪里？"雪雁道："在沁芳亭后头桃花底下呢。"紫鹃忙出潇湘馆来寻宝玉。两人闲聊起燕窝的事，紫鹃说："在这里吃惯了，明年家去，哪里有这闲钱吃这个？"[①]宝玉一听大惊，忙问："谁？往哪个家去？"紫鹃道："你妹妹林黛玉回苏州家去。"并说苏州有黛玉的叔伯："林家虽贫到没饭吃，也是世代书宦人家，断不肯将他家的人丢在亲戚家，落人的耻笑。所以早则明年春天，迟则秋天。这里纵不送去，林家亦必有人来接的。前日夜里姑娘和我说了，叫我告诉你：将从前小时顽的东西，有她送你的，叫你都打点出来还她。她也将你送她的，打叠了在那里呢。"宝玉听了如五雷轰顶，根本就没想到这是紫鹃在试他如何反应而编造的谎言。

这时晴雯找来，紫鹃便让她带宝玉回去。晴雯看到宝玉呆呆的，一头热汗，满脸紫胀，忙拉着他的手回了怡红院。袭人还以为是风口受了凉，只见他两个眼珠儿直起来，连口角处的唾液流出来都不知道了。奶妈李嬷嬷摸了他的脉门，又在人中处用力掐了两下他也不叫疼，李嬷嬷哭着说："可了不得了，这可不中用了！我白操了一世心了！"

---

① 此写明林黛玉家不富。可见互联网上盛传林如海死后，贾琏带回林家巨资，纯属胡说。

袭人忙到潇湘馆质问："不知紫鹃说了什么话,那呆子眼也直了,手脚也冷了,话也不说了,李妈妈掐人中也不疼了,已死了大半个了!连李妈妈都说不中用了,在那里放声大哭。只怕这会子都已死了!"

黛玉一听经过世面的老妈妈都说不中用,便知道肯定不中用了,心疼地"哇"的一声,把腹中的药全给呛了出来,心中如同撕心裂肺般疼,大声咳嗽了几阵,咳得面红耳赤,头发蓬乱,眼睛赤肿,青筋暴起,喘得抬不起头来。紫鹃连忙上来捶背,黛玉伏枕喘息半晌,推开紫鹃说:"你不用捶,你竟拿绳子来勒死我是正经!"紫鹃哭道:"我并没说什么,不过是说了几句顽话,他就认真了。"黛玉忙叫她去和呆子解释清楚,说不定还能回过神来!

紫鹃忙同袭人来到怡红院。宝玉见了紫鹃,方才"嗳呀"一声哭了出来,众人看到有反应了,也都放下心来。贾母忙拉住紫鹃让他打,哪知宝玉一把拉住紫鹃死也不放,说:"要去连我也带了去。"众人更是不解,细问起来,才知道是紫鹃说了句"要回苏州去的"玩笑话引出来的。贾母流着泪说道:"我当有什么要紧大事?原来是这句玩话。"又向紫鹃道:"你知道他有个呆根子①,平白地哄他做什么?"薛姨妈劝道:"宝玉本来心实,可巧林姑娘又是从小儿来的,他姊妹两个一处长了这么大,比别的姊妹更不同。这会子热剌剌的说一个'去'②,别说他是个实心的傻孩子,便是冷心肠的大人也要伤心。这并不是什么大病,老太太和姨太太只管万安,吃一两剂药就好了。"

这时女管家林之孝老婆来看宝玉,宝玉一听见"林"字,便满床闹起来说:"了不得了,林家的人接她们来了,快打出去罢!"贾母听了,也忙说:"打出去吧。"又忙安慰说:"那不是林家的人。林家的人都死绝了,没人来接她的,你只放心罢。"宝玉哭道:"凭他是谁,除了林妹妹,都不许姓'林'的!"贾母道:"没姓林的来,凡姓林的我都打走了。"一面吩咐众人:"以后别叫林之孝家的进园来,你们也别说'林'字。好孩子们,你们听我这句话罢!"众人忙答应,感到好笑,又不敢笑。

忽然宝玉一眼看到什锦格子上放着一只金制的西洋自行船,便指着乱叫说:"那不是接她们的船来了,湾在那里呢!"贾母忙命拿下来,袭人忙拿下来。宝玉伸手要,袭人递过,宝玉便掖在被中,笑道:"可去不成了!"一面说,一面死拉住紫鹃不放。

一时王太医来了,搭了脉,说是:"急痛迷心。系急痛所致,不过一时壅蔽,较诸痰迷似轻。不妨,不妨。"按方煎了药来服下,果觉比先前安静了。无奈宝玉只是不肯放紫鹃回去,只说:"她去了便会回苏州去的。"贾母、王夫人没办法,只好命令紫鹃留下来守着宝玉,另派琥珀前去服侍黛玉。

黛玉不时派遣雪雁来探望消息,这边事情全都知道了,心中暗自叹息,幸喜众人都知道宝玉原来有些呆毛病,自幼又是他们俩最亲密,如今紫鹃说的玩

---

① 指有个痴呆病的病根没好。
② 指说一声"去"字。

笑话又是常情，宝玉的痴病也不是一两回的稀罕事①，所以大家都不会疑到他们两人相爱的私情事上去。其实黛玉这番思量乃是自欺欺人。从贾母到薛姨妈，以及在场所有的丫环们早已明白：宝玉爱黛玉至深才会有这种情况发生，作者故意写出上面那番话来，把这众人都看明白的事，硬说成众人都不明白，为的就是让黛玉自个儿"自欺欺人"。

晚间宝玉稍稍安定下来，紫鹃、袭人、晴雯等日夜相伴。好几晚上宝玉睡去后又从梦中惊醒，不是哭了说黛玉已回去，便是说有人来接黛玉。每次惊梦时，必需要靠紫鹃安慰一番方才安宁。后来宝玉神智虽然已经大为清醒，但生怕紫鹃回去，故意仍装出佯狂之态。紫鹃自此也很感后悔，一连几夜辛苦都没有任何怨言。袭人向紫鹃笑道："都是你闹的，还得你来治。也没见我们这呆子听了风就是雨，往后怎么好？"这便是"解铃还须系铃人"。

湘云天天来瞧宝玉，把他病中的狂态表演给他看，引的宝玉自己都伏枕而笑。无人时，便拉过紫鹃来问："你为什么唬我？"紫鹃说："不过是哄你玩的，你就认真了。"宝玉道："你说的那样有情有理，如何是玩话？"紫鹃笑道："那些顽话都是我编的。林家实没了人口，纵有也是极远的。族中也都不在苏州住，各省流寓不定。纵有人来接，老太太必不放去的。"宝玉道："便老太太放去，我也不依！"紫鹃笑道："果真的你不依？只怕是口里的话。你如今也大了，连亲也定下了，过二、三年再娶了亲，你眼里还有谁了？"宝玉听了，又惊问："谁定了亲？定了谁？"紫鹃笑道："年里我听见老太太说，要定下琴姑娘呢。不然会那么疼她？"这便补出紫鹃为什么要试宝玉的原因，便是薛宝琴来了，贾母有意把宝琴嫁给宝玉，引起紫鹃的担忧，故有此一试（紫鹃其实也是为自己着急，详下文）。

宝玉笑道："人人只说我傻，你比我更傻！不过是句玩话，她已经许配给梅翰林家了。如果真的定下她，我还是这样形景吗？②先是黛玉气我'金玉良缘'的事，我发誓赌咒要把这劳什子（指通灵宝玉）给砸碎，以表示自己心中没有那种想法，你那时不也上来劝我不要砸玉而骂我疯吗？（即你不也是在场亲眼目睹此事的人吗？）③刚刚的才好上这么几天，你又来拿什么'好姻缘'

---

① 指宝玉经常会犯痴病。也即上文雪雁说的"春天凡有残疾的人都犯病"，简直就把宝玉当成了残疾人。

② 指薛宝琴人物不比黛玉差，也是宝玉心中的理想对象。

③ 按原话作"先是我发誓赌咒砸这劳什子，你都没劝过、说我疯的？"指：当初黛玉故意提宝玉和宝钗的"好姻缘"时，我宝玉不是砸玉给你们瞧，表示我为了黛玉宁愿舍弃自己的玉，从而表明自己心中丝毫不为"金玉良缘"所动。当时你紫鹃不也上来劝我不要砸，并说我疯了吗？所言便是第29回黛玉断定"人若心中无鬼，提鬼也不怕"，所以宝玉心中如果没有"金玉良缘"的想法，提起这话，他便不会有任何激烈的反应；如果他有激烈的反应，便说明他心中有鬼，于是有意在宝玉面前时常提起"金玉良缘"的事情来。而宝玉则认为她说这话便是不理解自己对她的那片真心，是在故意气他，所以一听她说起这种话便很生气。而第29回恰好又听见她说"好姻缘"三个字，越发拂逆了自己的意，气得说不出话来，便赌气从颈上抓下那"通灵宝玉"，咬牙切齿地狠命往地下一摔，怒道："什么捞什骨子，我砸了你完事！"偏生那玉坚硬非常，摔一下，竟纹风不动。宝玉见没摔碎，便回身找东西来砸。林黛玉见他如此，早已哭了起来，说道："何苦来，你摔砸那哑吧物件。有砸它的，不如来砸我。"紫鹃、雪雁等忙上前来解劝。

（指与薛宝琴的姻缘）来怄我（即气我)!"一面说，一面咬牙切齿地又说道：
"我只愿这会子立刻我死了，把心迸出来你们瞧见了，然后连皮带骨一概都化
成一股灰，——灰还有形迹，不如再化一股烟，——烟还可凝聚，人还看见，
须得一阵大乱风吹的四面八方都登时散了，这才好!"一面说，一面又滚下泪
来。

　　紫鹃忙上来捂住他的嘴，不让他再往下说，同时替他擦眼泪，又忙笑着解
释说："你不用着急。这原是我心里着急，故来试你。"宝玉听了，更是诧异，
问道："你又着什么急？"紫鹃笑道："贾母命我给林姑娘使唤，林姑娘待我极
好，比她苏州带来的雪雁还好十倍。她出嫁时我必定得跟了去。而我全家都在
这儿，我若不跟她去，又辜负了她对我的感情；如果去了，又弃了全家，所以
我急着用上面的谎话来问你，谁知你就傻闹起来。"宝玉笑道："原来是你愁这
个，所以你是傻子。从此后再别愁了。我只告诉你一句趸话①：活着，咱们一
处活着；不活着，咱们一处化灰、化烟。如何？"

　　紫鹃听了，心下暗暗筹划，据下文，当是思量这边的宝玉已试出来果是真
心，下来便当回去试那黛玉是否真的愿意。等于紫鹃是在充当《西厢记》中为
张生和崔莺莺牵线搭桥的红娘角色。（当然书中写她的私心是为了自己既能服
侍嫁人的黛玉、又不离开贾府，其实不是的；紫鹃当是出于"愿天下的有情人
都成了眷属"的公心而做这件好事。）紫鹃于是又笑着说道："你也好了，该放
我回去瞧瞧我们那一个去了。"宝玉道："正是这话。"紫鹃于是别了众人，回
潇湘馆来。

　　黛玉为宝玉又多哭了几场，添了些病症（即病情又进一步加重了），问过
紫鹃，知道宝玉已经大愈。夜里睡下后，紫鹃向黛玉说悄悄话："宝玉的心倒
实，听见咱们去就那样起来。"黛玉不答。紫鹃见她没反应，于是又自言自语
地说："一动不如一静。我们这里就算好人家，别的都容易，最难得的是从小
儿一处长大，脾气、情性都彼此知道的了。"黛玉啐道："你这几天还不乏？趁
这会子不歇一歇，还嚼什么蛆？"紫鹃笑道："倒不是'白嚼蛆'，我倒是一片
真心为姑娘。替你愁了这几年了，无父母、无兄弟，谁是知疼、着热的人？趁
早儿老太太还明白硬朗的时节，作定了大事要紧。俗语说'老健、春寒、秋后
热'②，倘或老太太一时有个好歹，那时虽也完事，只怕耽误了时光，还不得
趁心如意呢。公子、王孙虽多，哪一个不是三房、五妾，今儿朝东，明儿朝西？
要一个天仙来，也不过三夜五夕，也丢在脖子后头了，甚至于为妾、为丫头反
目成仇的。若娘家有人、有势的，还好些；若是姑娘这样的人，有老太太一日
还好一日，若没了老太太，也只是凭人去欺负了。所以说，拿主意要紧。姑娘
是个明白人，岂不闻俗语说：'万两黄金容易得，知心一个也难求。'"黛玉听
了，便说道："这丫头今儿不疯了？怎么去了几日，忽然变了一个人。我明儿

_____

① 趸（dǔn）话，概括的话。趸，整，整数。
② 老健、春寒、秋后热，指老年人的健康状况不稳定，好比春天的寒冷，那是短暂的；又
好比秋天以后忽然热起来，但毕竟到头来还是要冷下去。这是说贾母保不定哪天就过世了。

必回老太太退回去，我不敢要你了。"紫鹃笑道："我说的是好话，不过叫你心里留神，并没叫你去为非作歹，何苦回老太太，叫我吃了亏，[你]又有何好处？"说着竟自睡了。黛玉听了这话，因自己没人来为自己的姻缘做主而反倒伤感地哭了一夜。

次日，宝钗来潇湘馆看望黛玉，正好她母亲也在，黛玉向宝钗说："天下的事真是人想不到的，怎么想的到姨妈和大舅母又作一门亲家？"薛姨妈便说：自古道"千里姻缘一线牵"，都是月老注定的，"比如你姐妹两个①的婚姻，此刻也不知在眼前，也不知在山南海北呢。"宝钗便在妈怀里撒娇："也只有妈你这一个人，一说动话就拉扯上我们。"黛玉流泪叹道："她偏在这里这样，分明是气我没娘的人，故意来刺我的眼！"薛姨妈对宝钗道："也怨不得她伤心，可怜没父母，到底没个亲人。"又摩娑黛玉笑道："好孩子别哭。你见我疼你姐姐你伤心了，你不知道我心里更疼你呢。"黛玉笑道："姨妈既这么说，我明日就认姨妈做娘，姨妈若是嫌弃不认，便是假意疼我了。"薛姨妈道："你不厌我，就认了才好。"

宝钗故意说"认不得"，黛玉惊问："为什么认不得？"宝钗故意开她玩笑，说她妈想把她许配给她哥哥薛蟠，黛玉笑着想上来抓她，说："你越发疯了！"薛姨妈忙劝开说：连邢岫烟我都不舍得配给薛蟠，林丫头更舍不得了。并说："我想着，你宝兄弟老太太那样疼他，他又生的那样，若要外头说去，断不中意。不如竟把你林妹妹定与他，岂不四角俱全？"林黛玉起先还怔怔地听姨妈说邢岫烟、说宝玉，后来一听说到自己身上了，便啐了宝钗一口，红着脸拉住宝钗笑道："我只打你！你为什么招出姨妈这些老没正经的话来？"宝钗笑道："这可奇了！是我妈在说你，为什么要打我？"

这时紫鹃听见薛姨妈说要为黛玉和宝玉提亲，也急着跑过来笑道："姨太太既有这主意，为什么不和太太说去？"薛姨妈哈哈笑道："你这孩子，急什么？想必催着你姑娘出了阁，你也要早些寻一个小女婿去。"紫鹃听了，也红了脸，笑道："姨太太真个'倚老卖老'起来了。"说着便转身去了。黛玉先骂："又与你这蹄子什么相干？"后来见她害羞地退了回去，便笑起来说："阿弥陀佛！该，该，该！也臊了一鼻子灰去了！"（可叹昨晚紫鹃说的："叫我吃了亏，[你]又有何好处？"黛玉这么做真是"亲者痛而仇者快"了。）薛姨妈母女及满屋子的婆子、丫环都笑起来。婆子们因也笑着说："姨太太虽是顽话，却倒也不差呢。到闲了时和老太太一商议，姨太太竟做媒，保成。这门亲事是千妥万妥的。"薛姨妈道："我一出这主意，老太太必喜欢的。"可惜下文无果，给人的感觉好像薛姨妈这回只是说说而已，并没有履行诺言（其实不是的，详下）。

此回文字是写紫鹃见黛玉天天为宝玉流泪，知道她对宝玉一片真心，所以想成全黛玉心事，使其可以再也不哭而病好起来，只是苦于不知道宝玉对黛玉是否真心。她又见宝玉时常对女孩子动手动脚，也不知道是出于真关切还是出

---

① 指宝钗与黛玉两人。

于真好色，故意严词教训他不要碰女孩子，其实是教育宝玉爱情要专一，宝玉为此而失魂落魄；紫鹃听到雪雁说起宝玉这种光景，便明白他不是那种厚颜无耻的好色之徒（因为好色之徒无不寡廉鲜耻，不会为这种话失魂落魄起来），于是又赶来试他对黛玉是否真心，故意说黛玉要回家去，看他如何反应，结果宝玉吓傻了。至此，所有的人都明白他对黛玉是一片真心。

宝玉清醒后，私下问紫鹃为什么要骗他，紫鹃想再试他这最后一次。这时宝玉说出他死活只要娶黛玉一个人，连老太太不同意，他也不答应。紫鹃说："老太太为你找了别的'好姻缘'，你是做不得主的①。"宝玉说："我病刚好，你怎么又拿这种'好姻缘'的话来气我？我对黛玉是一片真心，我真想把自己这颗爱黛玉的心给挖出来，给你们看看是真是假，哪怕因为挖心而现在死去我也愿意！总之一句话：如愿以偿的话，你姑娘连你和我，一同生活在一起；如果不如愿，我们三个人一起去化灰、化烟（即死后火化）。"今按：后四十回黛玉死而宝玉、紫鹃两人皆出家，出家也相当于和世俗（也即人间）诀别，也就相当于死，所以后四十回所写完全没有违背宝玉这句誓言。

紫鹃说她之所以要试宝玉，是因为自己为两人的婚事着急。当然，紫鹃口中说的是自己舍不得林黛玉嫁到别人家，因为自己跟着去便放不下家里，不跟着去又不舍得黛玉，所以急着要让宝玉娶了黛玉，可以让自己两全其美。所以说，紫鹃就相当于《西厢记》中的红娘，是竭力促成宝玉、黛玉婚事之人。此时她又看到宝玉赌誓说：如果娶不了黛玉他便要死（化灰、化烟），细细思量这几天亲眼所见的情状，全都证明宝玉真心而非伪装，已经试得非常明白了，不用再试了，所以下来便要回去说动黛玉早日请人向贾母提亲。

紫鹃回潇湘馆后，晚上向黛玉悄悄说起体己话，即："我已试过，宝玉对你一片真心实意，宝玉和你又门当户对、青梅竹马。"黛玉不敢表白自己的爱意，故意骂道："还不趁早睡，瞎说什么！"紫鹃笑道："我是一片真心为姑娘，替你愁了这么多年。可惜你没父母、兄弟，不能张口提亲。现在趁着疼你的老太太还健在，要是有人来为你们俩提个亲就好了。老太太如果没了，即便你与宝玉成了亲，由于没有老太太做主，显然也会耽误好长一段时间，还是趁早、趁老太太活着时提亲为宜。姑娘如果嫁给别人，由于姑娘这边没有家族势力，只会受人欺负，所以要好好珍惜宝玉这个天赐的姻缘啊！"

显然女孩子是不能够开口为自己提亲的，所以黛玉听了骂道："你这丫头今晚是不是疯了？去了几天，便忽然变了个人似的。明天我回老太太换别人来侍候，不要你了。"紫鹃笑道："我说的全是好话，并没有让你去做什么坏事，我只不过让你留心抓住机遇，早日促成这事罢了。"黛玉一想到没人来为自己提亲便难过，所以这晚反倒因紫鹃这番建议伤心地哭了一夜。

第二天薛姨妈与薛宝钗前来看望黛玉时，黛玉有意提到邢岫烟与薛蝌那门婚事，感叹自己没妈（其透露的含蓄之意便是：没有人来为自己做主而提亲），薛姨妈连忙答应认她这个义女，并答应作为干妈，来为她这个干女儿向老太太

---

① 不幸言中，即老太太看中的是宝钗，宝玉你是做不得主的。

提与宝玉成亲的事。紫鹃激动地跑过来请薛姨妈赶快去说亲。这原本都是林黛玉心中所想，岂可在人前说破？黛玉羞得在众人面前要打宝钗出气，又骂紫鹃多嘴，惹得大家哄堂大笑。

众人也都说宝玉与黛玉这门亲事最好不过了。薛姨妈也说："这事老太太一定喜欢。"可就是没有下文。按照薛姨妈的老实品性，必定会"言出必行"，所以她在贾母面前肯定提过这门亲事，之所以没有下文，那肯定就是贾母不接薛姨妈说的话，用沉默的方式给否决了。这一方面是对黛玉体弱多病、性格不宜有所顾虑（因为大家贵妇当雍容大度，无儿女私情，身体健康）；另一方面便是元妃已用"红麝串"表明第18回省亲见到宝钗、黛玉二人时，她中意的是宝钗，贾母不会不明白其中的含义，肯定要对元妃这位贾府最高长官的旨意加以贯彻。所以，没有下文就等于在宣告：是贾母这个贾府的最高权威，终结了宝玉、黛玉两人的婚姻。

（二）后四十回的谣传——黛玉为"宝玉有娶"的谣言而灰身灭智

前八十回是写宝玉得知黛玉要离开他而失心发狂[①]，而后四十回便写黛玉得知宝玉要娶自己以外的其他人而立意自戕、毁身灭性，这样的笔法堪称绝配。第82回"病潇湘痴魂惊恶梦"、第89回"蛇影杯弓颦卿绝粒"这两回，正与上文宝玉因谣言"丧心"（丧失心智而痴狂）遥相对峙，这样的情节构思与文笔，绝对是原作者曹雪芹本人才写得出。

第82回"病潇湘痴魂惊恶梦"写宝玉奉父命入学，做那旨在中举的八股文章，袭人比较清闲，想到晴雯被逐出"怡红院"而死，不免兔死狐悲起来。又想到自己不是宝玉的正配，乃是偏房，万一娶了个王熙凤、夏金桂那样厉害的老婆，自己便是尤二姐、香菱的后身。

袭人回想起贾母、王夫人的光景，以及往常凤姐露出的话音来看，想必正配是黛玉无疑[②]，而黛玉又最是多心的人，想到这里，她便紧张得脸红心热，手

---

① "失心"即丧失神智，也即世俗所谓的"丧心病狂"。
② 按第82回袭人心想：宝玉的配偶，"素来看着贾母、王夫人光景，及凤姐儿往往露出话来，自然是黛玉无疑了。"由此可见：贾母内定宝钗为配偶，出乎所有人的意料之外；又可见：贾母非常有城府，表面上毫不透露，都是私下打发最亲信的人向薛家提亲。袭人口中所说的"素来的光景"，可以见第25回凤姐取笑黛玉："你既吃了我们家的茶，怎么还不给我们家作媳妇？"甲戌本侧批："二五事，在贾府上下诸人，即看书人、批书人皆信定[是]一段好夫妻，书中常常每每道及，岂具不然，叹叹！"（岂具不然，即"岂俱不然"，指最终都未实现。）庚辰本侧批："二五之配偶，在贾府上下诸人，即观者、批者、作者皆为无疑，故常常有此等点题语。我也要笑。"第81回宝玉当着袭人面，在黛玉处向哭着的黛玉说出"要是想我的话"来，更让袭人感到宝玉肯定是娶黛玉的了，宝玉原话是："妹妹，我刚才说的，不过是些呆话，你也不用伤心。你要想我的话时，身子更要保重才好。你歇歇儿罢。老太太那边叫我，我看看去就来。"第85回虽然在第82回之后，但也透露出凤姐此时仍然主张宝玉和黛玉相配，即此回凤姐取笑宝玉与黛玉说："你两个哪里像天天在一处的？倒象是客一般，有这些套话。可是人说的'相敬如宾'了。"由于"相敬如宾"一词是形容夫妻而非朋友，所以"说的大家一笑。黛玉满脸飞红，又不好说，又不好不说，迟了一回儿，才说道：'你懂得什么！'众人越发笑了。凤姐一时回过味来，才知道自己出言冒失。正要拿话岔时，只见宝玉忽然向黛玉道：'林妹妹，你瞧芸儿这种冒失鬼——'说了一句，方想起来，便不

中拿的针也不知戳到哪里去了（指刺了自己的手指）。

袭人于是来黛玉处，想探探黛玉对待小妾的口气，故意向紫鹃提起香菱的命苦："撞着这位'太岁奶奶'（指夏金桂），难为她怎么过！"说时又伸着两个指头（指琏二奶奶王熙凤）说："说起来，比她还利害，连外头的脸面都不顾了。"黛玉接着她的话说："她也够受了。尤二姑娘怎么死了！"（言下意：香菱真的够她受的了。夏金桂比王熙凤还厉害，王熙凤能逼死尤二姐，估计香菱比尤二姐还要惨！）

袭人道："可不是。想来都是一个人，不过名分里头差些，何苦这样毒？外面名声也不好听。"黛玉从来都没听到过袭人在背地里议论别人的坏话，今天有点反常，一听袭人说的这番话，便猜到袭人今天来自己这儿肯定事出有因，心中为之一动（估计已猜到袭人是来试探自己的），于是说道："这也难说。但凡家庭之事，不是东风压了西风，就是西风压了东风。"（言下意：正室不凶，恐怕偏房也会欺负正室。）

袭人忙说："做了旁边人，心里先怯，哪里倒敢欺负人呢？"（即偏房怎么敢欺压正室呢？事实上，偏房欺压正室的例子很多，显然黛玉说的为是，而袭人说的是心虚之语。）

正说着，薛宝钗打发一个老婆子前来送东西，进屋后不说送什么，只拿眼睛觑着黛玉瞧，看得黛玉脸上不好意思起来，因问："宝姑娘叫你送什么来了？"婆子方笑着回答说："我们姑娘叫我来给林姑娘送一瓶蜜饯荔枝。"回头又瞧见袭人，笑道："这位姑娘不是宝二爷屋里的花姑娘么？"这便又让这位老妈妈想到了宝玉。她把瓶儿递给雪雁，又回头来看看黛玉，笑着向袭人说："怨不得我们太太说：这林姑娘和你们宝二爷是一对儿。原来真是天仙似的！"

只有当薛姨妈为黛玉、宝玉提亲时，才会在众人面前说起两人般配的话来，这便照应了第57回的话。即薛姨妈说要为宝黛两人提亲的话是真心话，而且真在贾母面前提了，只可惜贾母不答应。

袭人见她说话造次，忙岔开话题说："妈妈，你走路走得疲劳了，坐坐，吃了茶再走吧。"老婆子笑嘻嘻地说："我们那里忙着张罗宝琴姑娘嫁给梅翰林的婚事呢①。我还要替宝钗姑娘送两瓶荔枝给宝二爷，不吃茶了。"这又是在用宝琴的大婚来逼黛玉的心病。

所以下来便写"黛玉虽恼这婆子方才冒撞，但因是宝钗使来的，也不好怎

言语了。招的大家又都笑起来，说：'这从哪里说起？'黛玉也摸不着头脑，也跟着讪讪的笑。宝玉无可搭讪，因又说道"云云。回末陈其泰评："宝玉闻凤姐戏黛玉之语，以为自己与黛玉真已定亲。喜极之际，故不觉想到芸儿之事。而其骂芸儿直曰'冒失鬼'者。意谓惟芸儿这种冒失乃不知：我之亲事必定林妹妹耳。孰知凤姐正是冒失鬼。眼前无非冒失鬼哉，实则自己太冒失也。"即凤姐说宝玉与黛玉像夫妻般"相敬如宾"属于言语冒失，贾芸为宝玉另提他亲属于行动冒失，宝玉听到凤姐乱说之语以为自己一定会和黛玉成亲属于想法冒失，此处一连提到"凤姐、贾芸、宝玉"三个冒失鬼，堪称眼前到处都是冒失鬼。

① 按：薛（雪）蟠与夏金桂（夏秋；桂花开于秋）结合，时令不对而成恶姻缘；薛（雪）姑娘嫁给梅翰林，可谓时令相合而成佳姻缘（梅花开于大雪之时，相得益彰）。作者给薛宝琴丈夫起姓为梅、为薛蟠妻取姓为夏，皆由来于这种"姻缘命定"的吉凶观。

么样她，等她出了屋门，才说一声道：'给你们姑娘道："费心。"'"而那婆子还只管嘴里咕咕哝哝地说着："这样好模样儿，除了宝玉，什么人攀受的起？"黛玉只装作没听见。可见这又是作者故意写给黛玉听的，旨在进一步逼出她想嫁宝玉又无法遂愿的心病来。

晚上黛玉临睡前，猛一抬头看到那瓶荔枝，想起日间老婆子说的那番混话，感到很刺心。在这黄昏人静时分，千愁万绪涌上心头，想道："自己身子不牢，年纪又大了，看宝玉的光景，心里虽没别人，<u>但是老太太、舅母又不见有半点意思，</u>深恨父母在时，何不早定了这头婚姻。"

画线部分便照应上文薛姨妈提了亲但无结果。所以黛玉不恨薛姨妈没提，而恨老太太与太太不允，因为她一听老妈妈的话，也就明白薛姨妈肯定早已为自己和宝玉提过这门亲事了，之所以没有下文，便是老太太和太太不答应。（根据下文，太太王夫人其实是答应的；而老太太贾母在薛姨妈面前应当是用一种不置可否的方式加以否决，害得王夫人也不敢表态了。）

黛玉又转念一想："倘或父母在时，别处定了婚姻，怎能够似宝玉这般人材、心地？不如此时尚有可图。"内心一上一下，忐忐忑忑，辗转缠绵，叹了回气，掉了几滴眼泪，失魂落魄地和衣睡下，不知不觉地做了个梦，梦见小丫头来说贾雨村接她回南京成亲。这时又梦见凤姐同邢夫人、王夫人、宝钗等都来道喜送行，说她父亲林如海升了湖北的粮道（其实早在第14回便已写明林如海九月初三日巳时亡故，这是在梦中，所以会和事实有所不合），娶了一位继母，因而托贾雨村做媒，把她许配给继母的亲戚，而且还是续弦。说得黛玉一身冷汗。

黛玉又梦见自己来到贾母身边，跪求贾母："老太太救我！我南边死也不去。继母又不是亲娘，我情愿跟着老太太一辈子。"贾母呆着脸笑道："这不干我的事。"并说："做了女人总要出嫁的，此地终非了局。"黛玉道："我情愿在这里做个奴婢生活下去，自做自吃也是愿意的，只求老太太做主。我娘是您亲生女儿，看在我娘分上，也该庇护些才是啊。"贾母叫鸳鸯："送姑娘出去歇歇，我被她闹乏了。"

黛玉这才明白外祖母与舅母、姊妹们平时如何好，其实都是假的。想到自己没有亲妈庇护，于是想到自尽。忽又想道："今天为何唯独没有看到宝玉？或许见他一面，他还有办法可想。"有此一念，便马上就梦到宝玉在她面前笑嘻嘻地恭喜说："妹妹大喜呀。"黛玉一听这话越发急了，也顾不得别人看见会笑话她，便把宝玉紧紧拉住说："好你个宝玉，我今天才知道你是个无情无义的人了！"宝玉说："我怎么无情无义了？你既然有了人家，咱们各自干各自的了。"（即你我分手吧。）

黛玉越听越气，越发没了主意，只得拉着宝玉哭道："好哥哥！你叫我跟了谁去？"这时宝玉试出她果然也是一片真心，于是说："你要不去，就在这里住着。你原是许了我的，所以你才到我们这里来的。我待你是怎么样的？你也想想。"黛玉仿佛以前果然曾经答应过要嫁给宝玉似的，心里忽然又转悲为喜起来，问宝玉说："我是死活打定主意的了，你到底叫我去还是不去？"

宝玉道："我说叫你住下。你不信我的话，你就瞧瞧我的心吧！"说着，就拿一把小刀在胸口一划，鲜血直流。黛玉吓得魂飞魄散，忙用手握着宝玉的心窝帮他止血，哭道："你怎么做出这种血淋淋的事来？你先来杀了我吧！"宝玉道："不怕，我拿我的心给你瞧。"还把手在划开的地方乱抓。黛玉心疼得又颤又哭，又怕人撞破，抱住宝玉痛哭。

宝玉道："不好了。我的心没有了，活不得了！"说着，眼睛往上一翻，"咕咚"一声就倒了下去。这便是写：黛玉如果嫁了别人，宝玉没了黛玉，便成了个没有心的活死人。这便预兆下文：只有当"通灵宝玉"这颗通灵的心没了，宝玉才会因为失心而疯傻，并因此而娶宝钗、不娶黛玉。

这番梦境中，宝玉是先试黛玉之心是否真的不想回家去嫁人；见黛玉真不想回家离开自己，便说自己死也要留住黛玉不让其走，不信可以看自己的心，于是掏心给她看。

作者在下文更写明宝玉与黛玉"心有灵犀一点通"，两人在这晚上一同做了这个相同的梦，第二天两人又一同因为这同一个梦而得了病，即第83回第二天袭人来探望黛玉时，先对紫鹃说："那一位昨夜也把我唬了个半死儿！……昨日晚上睡觉还是好好儿的，谁知半夜里一叠连声的嚷起心疼来。嘴里胡说白道，只说好像刀子割了去的似的。直闹到打亮梆子以后，才好些了。你说唬人不唬人？今日不能上学，还要请大夫来吃药呢。"

黛玉离得较远，没有听全，便问："刚才是说谁半夜里心疼起来？"袭人答："是宝二爷偶然魇住了，不是认真怎么样。"黛玉问："既是魇住了，不听见他还说什么？"袭人道："也没说什么。"即袭人没告诉她宝玉梦中说了些什么，所以黛玉也就没有往"两人'心有灵犀一点通'做了同样的梦"上去想。〖这便是作者的"不写之写"法，写的目的是为了让读者知道，但又不想让书中的有关当事人知道，所以又故意写书中的当事人没有听到或没听清。〗

贾母听到黛玉与宝玉都病了，因而说道："偏是这两个'玉'儿多病多灾的。林丫头一来二去的大了，她这个身子也要紧。我看那孩子太是个心细。"写出贾母开始讨厌起有心病的黛玉来。

第85回升官宴上，宝玉与黛玉病后首次见面，宝玉问她："妹妹身体可大好了？"黛玉微笑道："大好了。听见说二哥哥身上也欠安，好了么？"宝玉道："可不是！我那日夜里，忽然心里疼起来，这几天刚好些就上学去了，也没能过去看妹妹。"可惜书中写："黛玉不等他说完，早扭过头和探春说话去了。"这是作者故意写黛玉没听见，因为黛玉一旦听见了，便会知道宝玉对自己是真心，便不会有下文临终那番恨宝玉负心的话说出来了，这是作者在回避难写的黛玉听后的反应，故意写她没听见。

再说第82回黛玉在梦中见宝玉失心而死，悲痛得拼命放声大哭。只听见紫鹃叫道："姑娘，姑娘！怎么魇住了？快醒醒儿，脱了衣服睡罢。"黛玉一翻身，却原来是场恶梦。喉咙间仍在哽咽，心上还在乱跳，枕头上已经湿透，肩上、背上，从身到心都感到一阵冰冷，想了一回，"父母死的久了，和宝玉尚未放定，这是从哪里说起？"又想到刚才梦到的梦中光景，自己无倚无靠，再真把宝玉给死了，这可怎么办才好？一时间痛定思痛，神魂俱乱，又哭了一回，一夜未眠。

黛玉大清早咳起嗽来，把紫鹃给咳醒了。黛玉叫紫鹃把吐了痰的痰盒给换一下。紫鹃到外间，一看痰中有些血星，吓得失声道："嗳哟，这还了得！"黛玉忙问："是怎么回事？"紫鹃自知失言，连忙改口说是手里一滑，几乎掉了痰盒子。黛玉问："莫不是盒子里的痰有了什么吗？"紫鹃道："没有什么。"说这话时心中一酸，眼泪直掉，声音早已异样。

黛玉因喉间有些甜腥，自己早已疑惑起来，刚才又听到紫鹃在外发出诧异之声，现在又听见紫鹃说话时带着悲惨的语调，心中早已明白了八九分，便叫紫鹃进来。紫鹃答应了一声，比先前那声更为凄惨，竟是从鼻子中发出的酸楚之音，黛玉听了，心中早已冷了半截。又看到紫鹃推门进来时，尚用手绢拭眼。黛玉问："大清早起，好好的为什么哭？"紫鹃勉强笑道："没哭，是眼睛有些不舒服。姑娘今夜大概比往常醒的时候更多吧？我听见你咳嗽了半夜。"

黛玉道："可不是越要睡越睡不着？"紫鹃说："姑娘身上不大好，依我说，还得自己开解着些。身子是根本，俗语说：'留得青山在，依旧有柴烧。'况这里从老太太、太太起，哪个不疼爱姑娘？"这一句话又勾起黛玉梦中的贾母冷酷来，像一把刀刺在黛玉心头，黛玉眼前一黑，神色俱变。

紫鹃忙端痰盒让她咳，雪雁捶背，半日才吐出一口痰来，痰中一缕紫血，簌簌乱跳。紫鹃、雪雁吓得脸都黄了（指脸无血色）。偏生接下来探春、湘云又来看望黛玉，湘云看到痰盒中的血丝，吓得说道："这是姐姐吐的么？这还了得！"黛玉起初因头脑昏昏沉沉，没来得及细看，此时听到湘云这么一说，仔细一看，自己的心也早已灰了一半。

以上这些情节，全都是为了一步步紧逼黛玉"心灰求死"之志。经过这番铺垫，下文黛玉的病重而亡便水到渠成了。以上这番情节描写得如此生动，比起前八十回来都显得更为精彩，的确应当是曹公大手笔！

第89回"蛇影杯弓颦卿绝粒"写宝玉前来看望黛玉，居然开口不问其病情，已让我们感到有点意外，当是因为第85回黛玉已说过自己大好的缘故吧。

宝玉因见黛玉在抄佛经，便闲情逸志地欣赏起黛玉房中新挂的画有嫦娥的《斗寒图》来，然后又谈起琴来，问黛玉："前日所弹之琴，前面是平韵，终了时为何忽然转了仄韵，这是什么用意？"黛玉道："这是人心自然之音，弹到哪里就到哪里，本就没有一定。"宝玉说："原来如此。可惜我不是知音，枉听了一会。"

黛玉道："自古以来，能有几个人知音？"宝玉听了，自感出言冒失，寒了黛玉的心，坐了坐，心中原本也有很多话，此时却无法接着上面"没知音"的话谈下去了。在黛玉这边，也因为刚才那句话冲口而出，此时想来也觉得过于冷淡，让宝玉无法接下去，但自己又不愿当面认错，所以也就无话搭讪。宝玉越发估量着是黛玉设疑（指黛玉起了疑心，怀疑自己宝玉不愿做她的知音而在冷淡她），便讪讪地站起身来说道："妹妹坐着吧，我还要到三妹妹那里瞧瞧去呢。"黛玉请他代为问好。

宝玉因两人话不投机而走了，黛玉送到门口，自己回来，闷闷地坐着，心中想道："宝玉近来说话半吐半吞，忽冷忽热，也不知他是什么意思。"即疑宝玉冷淡自己，于是又坐在那儿发呆。

紫鹃走出屋，正好看到雪雁一个人坐在那儿发呆，便问她："有何心事？"雪雁往屋里努了努嘴，意指接下来说的话可不能让屋里的黛玉听到。于是两人悄悄走到门外的平台底下，雪雁小声说："姐姐，你听说宝玉定亲了吗？"说是探春的丫环侍书说的："东府（即宁府）里的亲戚王大爷说的亲，一说就成，是知府家的，财貌双全"（按：所言即第84回王作梅提亲，其实早已被贾母否决）。紫鹃不信，说："怎么家里没人说起？"雪雁说："侍书讲：这是老太太的意思，怕说出来后，野了宝玉的心。"此时又用手往里一指，表示不可以在黛玉面前提起这话。这时梁上挂的鹦鹉鸟叫唤她俩，于是两人进入屋内，看到黛玉气喘吁吁地刚坐到椅子上，她们便疑心刚才说的话已被黛玉偷听到了。

黛玉本就有一腔心事（想嫁宝玉而贾母不允），现在又窃听到紫鹃、雪雁的谈话，知道宝玉要娶别人了，顿时身子就像搁在大海里那般无依无靠。思前想后，竟应验了前天梦中之谶（即梦中之事意味着不是黛玉要嫁别人、便是宝玉要娶别人，总之，两人的婚姻给别人破坏了），千愁万恨涌上心头。左思右想，不如早些死掉，免得亲眼看到那种意外的事情发生（指宝玉娶了别人），到那时反倒更没趣味。

黛玉又想到自己没爹娘的苦，打算从今日开始，把身子一天天遭塌起来，一年半载便可告别红尘、身登清净[①]。于是打定主意，被也不盖，衣也不添，饭也不吃，合眼装睡。晚上紫鹃掀开帐子，看到她把被窝踢在脚后，生怕她着凉，轻轻盖上，黛玉等她才走便又褪下。第二天一大早起来，黛玉便要抄佛经，紫鹃劝她不要太劳神，黛玉说："不怕！早完了早好！以后你们见了我的字迹，就算见了我的面儿了。"如此不祥的话语说得紫鹃禁不住辛酸落泪。而黛玉说的"早完了早好"，此正呼应第1回跛足道人解自己所唱的《好了歌》时说的："好便是了，了便是好。若不了，便不好；若要好，须是了。"的确是曹雪芹的手笔。★

黛玉打定主意，从此以后有意糟蹋身子，无心茶饭，饮食一天天减少。宝

---

① 书中写此日宝玉问黛玉：那画有嫦娥的"《斗寒图》可是新挂上的？"黛玉答："昨日她们收拾屋子，我想起来，拿出来叫她们挂上的。"而此时又写黛玉立下志向："自今以后，把身子一天一天的遭塌起来，一年半载，少不得身登清净。"再加上第85回贾政"升官宴"上表演嫦娥《冥升》之戏，又言其日乃黛玉生日，让黛玉打扮得像嫦娥，以此来预告黛玉"一年半载"后的来年生日"二月十二"，会像戏中的嫦娥那般，以处子之身"冥升"离世（详笔者《红楼时间人物谜案》"第一章、第三节、第85回"的考论）。本回挂嫦娥图而黛玉立志死节，便是说黛玉立志要像第85回中的嫦娥《冥升》戏那般，以处子之身重返天界。所以挂嫦娥图而黛玉立志死节这一情节，便是呼应第85回的嫦娥《冥升》戏，再度强化：第85回的嫦娥《冥升》戏象征的便是黛玉来年生日时要"冥升"的预兆。★

玉放学后也时常抽空来问候，只是虽有千言万语，自感年龄已大，不便像小时那样柔情挑逗，所以满腔心事总是说不出口。想用真心话来安慰，又怕涉及情爱而令黛玉发怒，反添病症，所以两人见了面，也都只是在用套话相互劝慰，果然应了"亲极反疏"的古话。（这也补明上文宝玉来探望黛玉时，为何显得对黛玉比较冷淡的原因。）

　　贾母、王夫人等虽然怜恤黛玉，不过请医调治罢了。而且她们也只知道黛玉时常生病，哪里知道她生的是医不好的心病。紫鹃虽然知道黛玉的心思和心病所在，但也不敢向老太太、太太挑明。所以黛玉便一天天瘦下去，半个月后，肠胃一天比一天薄，连粥都吃不下去。在黛玉这个秉性多疑人心中，日间所听到的每句话，都像是宝玉在娶亲的话；日间遥望到的"怡红院"中的人，无论是上等的还是下等的，也全都像是宝玉即将娶亲的光景。薛姨妈来看望她，黛玉不见宝钗来，越发疑心宝玉娶的是宝钗（可证她上文偷听到的只是宝玉要成亲，至于娶谁并未听清，所以才会疑心到宝钗身上），索性不要人来看望，也不肯吃药，只求速死。睡梦中，也时常听见有人叫"宝二奶奶"。一片疑心，竟成杯弓蛇影。终于到了某一天，肠胃居然薄到连粥也不能喝、完全绝了食，恹恹一息，已是快死的光景。

　　幸亏下一回便峰回路转，即第90回侍书又传来辟谣之言，并带来"凤姐主张黛玉与宝玉婚配"的口信，黛玉偷听到后，病情忽然大好，引起贾母疑心，导致贾母痛下决心不让黛玉许配给宝玉，而让宝钗嫁给宝玉。因为黛玉病已很重，居然一听喜讯便好，可证她的病原是心病而非身病①。贾母也从少女阶段一路走过来，最忌的是"心病"。所以俞平伯先生认为黛玉病不应好得如此快，而怀疑后四十回不合理②，据此断言后四十回非曹雪芹所作；实则心病的确需要心药医，喜讯（即心药）一到，病根即去，这是合理的，而且唯有如此，方能引出贾母明白黛玉生的是心病，说出"有了心病反是不好"的见解，从此看破黛玉心事而鄙薄黛玉为人，开始对黛玉"不闻不问"起来。

　　贾母明知宝玉与黛玉两人深爱对方，而宝钗没有儿女私情、不爱宝玉，那她为何还不择定黛玉与宝玉婚配，行那"君子有成人之美"的好事？主要因为两点：一是在贾母这位深受"封建礼教"教育的卫道者看来，黛玉有心病便是心术不正；二是黛玉体弱多病，性格又不善持家、理家，家道必败。对于前者而言，宝钗无儿女私情，稳重大方，心胸豁达，用贾母的话便是"有福之人"③；

---

① 唯有心病才会如此，贾母一眼就看破了。
② 见俞平伯《红楼梦研究》第30页《高鹗续书底依据》："还有一节，也是无缘无故的文字。第八十九回，'蛇影杯弓颦卿绝粒'。写黛玉忽然快死了，忽然又好了，这算怎么一回事呢？'失玉送玉'还有可说的，至于这两回中写黛玉，简直令人莫名其妙。上一回生病，下一回大好了；非但八十回中万没有这类荒唐的暗示，且文情文局，又如何可通？……况且到第九十四回，黛玉已完全无病，尤其不合情理。黛玉底病，应写得渐转渐深，怎么能忽来忽去呢？在这一点上，高氏非但卤莽，而且愚拙。"
③ 按第108回贾母评价说："宝姐姐生来是个大方的人。……我看这孩子倒是个有福气的。你林姐姐，那是个最小性儿，又多心的，所以到底不长命。"作为家长肯定要选有福之人，所以，贾母选宝钗而不选黛玉，仍是"性格决定命运"的缘故。

对于后者而言，宝钗出身于皇商世家，善持家、理财，第56回"敏探春兴利除宿弊、时宝钗小惠全大体"已有生动的描写。

（三）后四十回的"解铃还须系铃人"

前八十回宝玉靠紫鹃这位肇事者"解铃还须系铃人"给治好了，第89回侍书妄传谣言，害得黛玉病重将死，同样也是靠这位肇事者"解铃还须系铃人"，传来辟谣喜讯，挽救濒死的黛玉，后四十回与前八十回在这一点上又堪称妙合。

第90回探春派侍书前来看望黛玉，雪雁以为黛玉已经昏睡过去、人事不知，便不顾忌黛玉是否在场，开口便问侍书："前回宝玉的亲事可有准信？"

侍书道："哪里就放定了呢？那一天我告诉你时，是我听见小红①说的。后来我到二奶奶那边去，二奶奶正和平姐姐说呢，说：'那都是门客们借着这个事讨老爷的喜欢，往后好拉拢的意思。别说大太太说不好，就是大太太愿意，说那姑娘好，那大太太眼里看的出什么人来？再者，老太太心里早有了人了，<u>就在咱们园子里的，</u>大太太哪里摸的着底呢？老太太不过因老爷的话，不得问问罢咧。'又听见二奶奶说：'宝玉的事，老太太总是要<u>亲上作亲的，凭谁来说亲，横竖不中用。</u>'"

这时雪雁说："这是怎么说？白白的送了我们这一位的命了！"即侍书你前面那条不准的消息，差点送了我们林姑娘的命。这等于向贾府与大观园中所有人宣告：黛玉是为宝玉与别人成亲而得的病。

前八十回紫鹃一句"信口开合"的话，让宝玉陷入"掐人中"都没感觉的濒死地步，而后四十回同样又是侍书一句"妄传之语"，顿时让黛玉立志绝食自尽，这样的构思堪称精妙，而且还遥相照应，当是作者曹雪芹以外的其他任何人所想不到、也写不出。

却说黛玉听见雪雁、侍书的对话，明白前面那桩亲事原是议而未成。又听见侍书说"凤姐说的：'老太太的主意，亲上作亲，又是园中住着的'，非自己而谁？"因为此时宝钗早已搬出大观园（由此可见，王熙凤也主张宝玉与黛玉成亲，反对者其实只有贾母一人；或由于宝钗曾在园中住过，所以凤姐的意思也有可能是指宝钗、而非黛玉，但这种可能性为小），大观园中能与宝玉成亲的异姓姊妹只有自己（妙玉是尼姑，当排除在外而不算）。黛玉本就是"心病还须心药医"，这么一想，"人逢喜事精神爽"，便一下子神清气爽地好了起来。恰好贾母、王夫人、李纨、凤姐听见紫鹃说黛玉病危将死而都赶来看望。

黛玉心中疑团已破，早已没了先前寻死的念头，虽然身体瘦弱，精神短少，但丝毫不像要死之人。凤姐看到后，便来质问紫鹃："你怎么这样来诈唬我们？"紫鹃道："实在是先前看着不好，才敢去通报的。回来见姑娘竟好了许多，这也就奇怪了。"贾母笑道："凤姐你也别怪她。看见不好就来说，这才叫好！②"贾母料定黛玉无妨，也就离开了。这时，后四十回的作者有句经典的评语证明黛

---

① 小红如此精明，居然也会糊涂传谣，真是害人不浅。
② 指：唯有这样，才说得上是好、是对。

玉这是心病，即"正是：心病终须心药治，解铃还是系铃人。"这句话同样可以作为前八十回中第 57 回宝玉因紫鹃谎话而"失心"病狂的评语。

接下来紫鹃奇怪黛玉怎么好得这么奇怪："病的倒不怪，就只好的奇怪。想来宝玉和姑娘必是姻缘。人家说的：'好事多磨。'又说道：'是姻缘，棒打不回。'这样看起来，人心、天意，他们两个竟是天配的了。再者，你想那一年，我说了林姑娘要回南去，把宝玉没急死了，闹得家翻宅乱；如今一句话又把这一个弄的死去活来：可不说的'三生石'上百年前结下的么？"明言此回与第 57 回这两回，原本就是作者对照起来一同构思的要紧文章、关键回目。

这时雪雁又发誓说自己以后再也不传话了，即便看到宝玉和别人成亲，她也不会吐露一句（"就是宝玉娶了别的人家儿的姑娘，我亲见他在那里结亲，我也再不露一句话了"），所以第 97 回便让雪雁来担任宝玉与宝钗成亲时的伴娘。因为她发过这誓，所以当她看到宝玉和宝钗成亲时，她也不会在宝玉面前提一句："宝玉，你娶的是宝钗"的话；如果没有发过这誓，恐怕她的良心会让她去提醒宝玉一下："你娶的是宝姑娘，你好像娶错人了！"由此可见作者构思精细而笔下没有一句闲文，居然到了这种地步！

侍书辟谣时说"哪里就放定了呢"，大某山人侧批："得此一语，又延残喘。"作者借此可以让黛玉不马上死去。下文"再者老太太心里早有了人了，就在咱们园子里的。大太太哪里摸的着底呢"，东观阁侧批："'园子里'三字是救命仙丹。"作者以此来让久病的黛玉霍然而起。大某山民更有眉批："'园子里'一层，'亲上作亲'又一层，此时雪雁亦将谓姑娘身上可诺定得八九分矣。"即大观园中所有人都认定是宝玉娶黛玉；此可证贾母城府太深，内定宝钗，但严密封锁消息到了滴水不漏的地步。再下文"又听见二奶奶说，宝玉的事，老太太总是要亲上作亲的"，大某山民侧批："谁知竟非林小姐乎？"言众人不过是把贾母心中的宝钗谣传为黛玉，歪打正着地救了林黛玉，当"竟然不是林小姐"的真相最终暴露时，便会把黛玉再度推入万劫不复的死亡深渊。黛玉命运的大起大落、"希望越大而失望越大"，令人读毕痛心之至！

（四）贾母"棒打鸳鸯"拆散有情人

不光紫鹃、雪雁两人私下里奇怪，众人也都在思量黛玉"病也病的奇怪，好也好得奇怪"，三三两两"唧唧哝哝"地议论着，不多时，连凤姐也听到了，说给老太太、太太听。邢、王二夫人也有些疑惑，倒是贾母已猜着八九分，说："我正要告诉你们。宝玉和林丫头是从小儿在一处的，我只说小孩子们怕什么。以后时常听得林丫头忽然病，忽然好，都为有了些知觉了①。所以我想他们若尽着搁在一块儿，毕竟不成体统。你们怎么说？"王夫人听了心头一怔，说："林姑娘是个有心计儿的（指不大会留下什么把柄让别人看出她喜欢宝玉）。至于宝玉，呆头呆脑，不避嫌疑是有的（指宝玉秉性太直，早已让众人看破他只喜欢黛玉来）。看起外面，却还都是个小孩儿形象（指两人都还小，都还是孩子，两

---

① 指两人情窦已开，对"情"字有点明白了，即"男大当婚、女大当嫁"了。

小无猜，根本就没有那种苟且之事）。此时若忽然或把那一个分出园外，不是倒露了什么痕迹了么？古来说的：'男大须婚，女大须嫁。'老太太想，倒是赶着把他们的事办办也罢了。"可证不光前面的薛姨妈、贾府众人、王熙凤，就连王夫人，也都赞同宝玉、黛玉两人的婚事。则上文所推断的薛姨妈在贾母面前为宝玉、黛玉两人提亲时，贾母必定是不置可否，不加否定，而且还不露出一丝一毫否定的意思来，不然对贾母言听计从的王夫人，善于观察贾母言色的王熙凤，怎么还会主张宝玉、黛玉成婚呢？

这时主宰宝玉婚姻命运的贾母皱了皱眉头，这皱眉之举其实表现出她正在痛下决心地为家族长远考虑、牺牲眼前的儿女私情。贾母最终说道："林丫头的乖僻（指爱得专一），虽也是她的好处，我的心里不把林丫头配他，也是为这点子。况且林丫头这样虚弱，恐不是有寿的。只有宝丫头最妥。"王夫人道："不但老太太这么想，我们也是这样。但林姑娘也得给她说了人家儿才好。不然，女孩儿家长大了，哪个没有心事？倘或真与宝玉有些私心，若知道宝玉定下宝丫头，那倒不成事了。"这时王夫人又"见风使舵"了。

贾母道："自然先给宝玉娶了亲，然后给林丫头说人家。再没有先是外人、后是自己的，况且林丫头年纪到底比宝玉小两岁①。依你们这么说，倒是宝玉定亲的话，不许叫她知道倒罢了。"凤姐便盼咐众丫头们："你们听见了：宝二爷定亲的话，不许混吵嚷。若有多嘴的，提防着她的皮！"此句伏下珍珠何以要打傻大姐的原因。

可见贾母此前只是疑心黛玉爱宝玉，（贾母何等聪明绝顶，若言其不疑心岂非有违常情？）这一次便因黛玉之病忽然好了，才彻底看破她的心病是从爱宝玉这一点上生起。贾母之所以明知宝玉、黛玉两情相愿而不愿把黛玉配给宝玉，就是因为从"女德"的角度而言，贾母认为黛玉出格了。

这就是俞平伯所说的"贾母的冷酷"。其实前八十回早已交代清楚：贾母最深恶痛绝那种看到清俊男孩儿便心动而不知礼法的女孩儿，所以贾母这么做反倒是曹雪芹的主张。详见本节下文"六、礼教：贾母卫道而不喜黛玉，后四十回与前八十回完全呼应"。

第 96 回袭人得知宝玉的亲事老太太、太太已定了宝钗，心中倒也喜欢，因为袭人说："这才配的是，我也造化！若她来了，我可以卸了好些担子。"但心里又想道："但是这一位的心里只有一个林姑娘，幸亏他没有听见，若知道了，又不知要闹到什么分儿了。"

想到这儿又转喜为悲，心想："这件事怎么好？老太太、太太哪里知道他们心里的事？一时高兴，说给他知道，原想要他病好——若是他仍似前的心事，初见林姑娘便要摔玉、砸玉；况且那年夏天在园里，把我当作林姑娘，说了好些私心话；后来因为紫鹃说了句玩话儿，便哭得死去活来。——若是如今和他说要娶宝姑娘，竟把林姑娘撂开，除非是他人事不知还可，若稍明白些，只怕不但不能冲喜，竟是催命了。我再不把话说明，那不是'一害三个人'了么？"

①实小一岁。所谓"小两岁"即小几岁、小一点儿的意思。

这番话，的确只有曹雪芹本人，才能把以往宝黛爱情的重大情节总结得如此到位。

于是袭人忙去提醒王夫人："宝玉和宝姑娘好，还是和林姑娘好呢？"王夫人说："他两个因从小儿在一处，所以宝玉和林姑娘又好些。"袭人道："不是'好些'。"便将宝玉素与黛玉这些光景一一说了，还说："这些事都是太太亲眼见的，独是夏天的话，我从没敢和别人说"，说的便是第 32 回宝玉"放心"的那番话（即要把自己的心放到黛玉身体里、交给黛玉）。这是袭人第二次告密，这次方才把第 32 回宝玉想对黛玉说的爱情誓言，向王夫人全盘说出。

王夫人便将宝玉喜欢黛玉的心事细细回明贾母（即第 32 回宝玉说的爱情誓言："只等你黛玉的病好了，只怕我的病才得好呢。睡里梦里也忘不了你"）。贾母听了，半日没言语。王夫人和凤姐也都沉默不语起来。只见贾母叹道："若宝玉真是这样（指非黛玉不娶），这可叫人作了难了。"

于是"智多星"凤姐想出了一个"掉包计"[①]："如今不管宝兄弟明白不明白，大家吵嚷起来，说是老爷做主，将林姑娘配了他了，瞧他的神情儿怎么样。要是他全不管，这个包儿也就不用掉了。若是他有些喜欢的意思，这事却要大费周折呢。"凤姐怕露泄机关，便向王夫人与贾母耳边轻轻地说此计策，贾母笑道："这么着也好，可就只忒苦了宝丫头了。倘或吵嚷出来，林丫头又怎么样呢？"凤姐道："这个话原只说给宝玉听，外头一概不许提起"，命令这话绝对不可以外传，特别交代不可以传到潇湘馆。

而这话之所以能传到黛玉耳朵，从而让她最终得以一死解脱，便要靠那"童真无邪"、拾到"绣春囊"而不识的、"最是无情至天真"的傻大姐。

（五）一步步紧逼黛玉之死的情节

第 96 回：一日，黛玉早饭后带紫鹃到贾母这边来请安，同时也是为自己散闷。黛玉出了潇湘馆走了几步，忽然想起忘了手帕，便叫紫鹃回去拿，自己则慢慢地往前走着等她。当走到"沁芳桥"那边山石背后当日同宝玉葬花处那一带（按：从潇湘馆到贾母房，走直线肯定不用经过"泌芳桥"东边的葬花处，此处当是为了散心的原故，同时也是为了等紫鹃来，故意走远路兜风后再去贾母房），忽然听到有人在那儿呜咽着哭。黛玉以为是谁在这葬花之地，像她葬花那般发泄真情而哭，走到跟前一看，却是个浓眉大眼的丫头"傻大姐"在哭，心中感到好笑："这种蠢货没什么情种慧根，肯定是屋里做粗活儿的丫头，应当是受了大丫环的气而哭。"

那丫头流着泪请黛玉评理："林姑娘，你评评这个理：她们说话，我又不知道，我就说错了一句话，我姐姐也不犯就打我呀？"黛玉笑问她："你姐姐是哪一个？"那丫头道："就是珍珠姐姐。"黛玉听了这才知道她是贾母房里的丫环，便问为了何事打她，她说："就是为我们宝二爷娶宝姑娘的事情。"黛玉听了这话如同惊雷劈心，东观阁有侧批："催命鬼来了。"大某山民眉批："一字一

[①] 由于新娘要盖盖头，相当于包了起来，外面看不出，故可"掉包"。

尖刀，刀刀刺心孔。"即说的全是扎心窝子的话。

黛玉此时定了定神，带这丫头来到当年葬桃花的畸角处，因为那儿僻静。傻大姐说："我们老太太和太太、二奶奶商量了，因为我们老爷要起身上任，说：'就赶着到姨太太那儿去商量，把宝姑娘娶过来吧。'头一宗，给宝二爷冲什么喜；第二宗——"这到这里，又瞅着黛玉笑了一笑说："赶着办了，还要给林姑娘说婆婆家呢。"黛玉已经听呆了。

黛玉此时心中五味杂陈，说不出是什么滋味。停了一会儿，颤巍巍地说道："你别混说了。你再混说，叫人听见，又要打你了。你去吧。"说着，动身要回潇湘馆，那身子居然像有千百斤重的感觉而拖不动，两只脚就像踩在棉花上那般早已发软，只得一步步慢慢往前挪，走了半天还没走到"沁芳桥"畔。一方面是脚发软，走得极慢；另一方面是痴痴迷迷，信着脚从那边绕了过来，多添了两箭地的路，好不容易才走到沁芳桥畔，却不知不觉地又顺着那堤绕回那畸角处去了。

这时紫鹃取了手帕来，看不见黛玉，正在那里东张西望，只见黛玉面色雪白，身子恍恍荡荡，眼睛也是直直的，在那葬花处东转西转。又看到一个丫头往前头走去，离得远，也看不出是哪一个，心中惊疑不定，只得赶过来轻轻问黛玉："姑娘，怎么又回去？是要往哪里去？"黛玉在模模糊糊中听到，随口答应说："让我问问宝玉去。"紫鹃听了，摸不着头脑，只得搀着她到贾母这边来（按：此时宝玉住在贾母房）。

黛玉走到贾母房门口，心里顿觉清醒过来，回头看见紫鹃搀扶着自己，便站住问她："你为什么带我来这儿？"紫鹃见她忘了自己刚才说的话，便知道她刚才肯定神智不清，于是赔着笑说道："我找了手帕来，看见姑娘在桥那边，我赶着过去问姑娘，姑娘没理会。"这是尊重黛玉脸面，不说是黛玉本人命令自己（紫鹃）带她来的，故意说成是自己"自说自话"地带黛玉来见宝玉的。

黛玉笑道："我打量你来瞧宝二爷来了呢，不然，怎么往这里走呢？"紫鹃见她心里迷惑，便知道黛玉必定是听见刚才那丫头说什么话来了，才会如此神智不清，于是只敢点头微笑。但又怕她见了宝玉后，那一个已经因为失玉而疯疯傻傻，这一个不知听了什么话又如此恍恍惚惚，万一说出些什么不大体统的话来，到时如何是好？心里虽然这么想，却也不敢违拗，只得搀扶她进了贾母屋。

那黛玉也反常，这时不像先前那般脚软无力，也不用紫鹃打帘子，自己掀起帘子走了进来。里面寂然无声，没有丫头侍候。袭人听见帘子响，从里屋出来一看，见是黛玉，便请屋里坐。黛玉笑道："宝二爷在家么？"袭人不知底里，正要答话，只见紫鹃在黛玉背后朝她努嘴儿，用手指着黛玉，然后摇摇手儿。袭人不解何意，也不敢说话。

　　黛玉自己走进屋来，看到宝玉在那里坐着，也不起来让坐，只是瞅着黛玉"嘻嘻"地傻笑。黛玉自己坐下，却也瞅着宝玉笑。两个人既不问好，也不说话，也不推让，只管脸对着脸傻笑起来。袭人见了这番光景，不知如何是好。

　　忽听得黛玉说道："宝玉，你为什么病了？"宝玉笑道："我为林姑娘病了。"这便和第32回宝玉想对黛玉说而未说成、却对袭人说了的那句话"我为你也弄了一身的病在这里"正相照应★！说出这番充满爱意的话来，在古代那是多么大的勇气啊！袭人、紫鹃两个顿时吓得面目改色，忙用其他话想把两人岔开，两人却不回答她们那些岔开来的话，依旧傻笑起来。

　　袭人见状，知道黛玉此时和宝玉一样心中迷惑，因而悄悄对紫鹃说道："姑娘才好了，我叫秋纹妹妹同你一起把姑娘搀扶回去歇歇吧。"因而回头对秋纹说："你和紫鹃姐姐送林姑娘去吧。你可别混说话。"秋纹笑着也不言语，便来同着紫鹃搀起黛玉。那黛玉也就站起来，瞅着宝玉只管笑，只管点头儿。

　　紫鹃又催道："姑娘，回家去歇歇吧。"黛玉道："可不是，我这就是回去的时候儿了。"（此是预兆自己将离世之言。）说着，便笑着回身离开，一路上仍旧不用丫环搀扶，自己走得比往常飞快（此乃"回光返照"般即将获得解脱的欣喜之状）。紫鹃、秋纹后面赶忙跟着走。黛玉出了贾母院门，只管一直往前快步走去，这时紫鹃忙赶上来，搀住她往潇湘馆来。离门口不远，紫鹃道："阿弥陀佛，可到了家了。"这句话还没说完，只见黛玉身子往前一栽，"哇"地吐了口血。黛玉是无家之人，寄人篱下，紫鹃说的"到家"二字分外刺她的心，难怪黛玉会为此吐血，这也预兆她离开逝世（"回家"）不远了。

　　第94回宝玉失玉，是为了让宝玉疯傻。宝玉不傻，便不可能哄他与宝钗成亲。他不成亲，黛玉便不能为他偿命而泪尽。正因为宝玉傻了，所以宝玉娶宝钗便无过错，因为这是在他"失心"（发疯）时所为，是无心之举，黛玉在天之灵也会原谅他。只是这么写，让黛玉因此而死，未免太过于悲惨了；但既然黛玉降世就注定是来偿泪的，便不能让她得到幸福，而且黛玉不死，宝玉又如何才能出家？为了能让宝玉出家而脱离红尘苦海、重返仙界去当他的"侍者"（即所谓的"还原"①），亦当让黛玉去死。这一切都是全书一开头就早已注定的悲剧。

　　〖特请注意，宝玉出家与抄家无关。宝玉是为黛玉死而出家，黛玉死，即便不抄家，宝玉也要出家，这更具有悲剧意味。全书主线情节是"宝黛爱情"，家族的繁华只是背景而已。因此，抄家在普通人心目中是大事，但对于本书而言其实很次要。作者之所以要写抄家，那是因为真实原型中自己被抄了家，而且写上抄家后再让主人公出家，更为凄惨悲凉。所以那种认为：后四十回抄家后没写到"落了片白茫茫大地真干净"这种一穷二白的地步，便不足以让宝玉这种富家公子出家，这种认识其实是欠妥的。一是后四十回写抄家其实已很惨，而非不惨，详见本章"第五节、一"有论；二是世人全都认为宝玉或曹雪芹这

---

① 即第120回一僧一道说："倒是那蠢物已经回来了。还得把他送还原所。"及最后空空道人所说的"返本还原"。

种人必须要经过抄家，由社会的顶层落入社会的底层，方才有可能信仰佛法而出家，这也就太小看宝玉与曹雪芹对爱情的专一和天生带来的灵性慧根了。》

至于第 97 回"林黛玉焚稿断痴情"，此处不再详引，写得合情入理，若非曹雪芹所写，曹雪芹看到此回也会拍案叫绝，称叹其"正合吾意"！后四十回所写的"宝黛爱情"主线在此第 97 回作结，与前八十回配在一起，可谓开头开得好（指第 3 回宝黛初次见面时宝玉便为黛玉摔玉），这结尾也结得极富情意而感人至深。第 98 回"苦绛珠魂归离恨天"黛玉临终被全府冷落，无人顾怜（除寡妇李纨、有正义感的探春外），更是写尽人情世态，可谓"入木三分"。

这第 97、第 98 两回能达到如此高的艺术成就，就连认定后四十回为高鹗续书的胡适，也承认这一黛玉结局写得无人能够超越，极其让人感动。①事实上，这根本就不是别人所写，别人根本就写不出这般动人的情节，这其实就是曹雪芹的原稿，是曹公的大手笔！

（六）宝玉心为黛玉所系的情节
（1）黛玉活着宝玉便要让她"放心"

第 97 回凤姐一大早来试宝玉说："宝兄弟大喜！老爷要给你娶亲，你可喜欢？"宝玉听了，只管瞅着凤姐笑，微微点点头。凤姐笑道："给你娶林妹妹过来，好不好？"宝玉大笑起来。凤姐看着，也吃不透他是明白还是糊涂，因又逼一句："老爷说等你好了给你娶林妹妹。你若还是这么傻，就不给你娶了。"宝玉顿时严肃起来（即不傻笑了）②，说："我不傻，你才傻呢！"说着，便站起来说："我去瞧瞧林妹妹，叫她放心。"这句话又和前八十回中的第 32 回"放心"（意为"莫哭，我会娶你"）的话相照应。★

凤姐连忙扶住他说："林妹妹早知道了。她如今要做新媳妇了，自然害羞，不肯见你的。"宝玉道："娶过来，她到底是见我不见？"凤姐又好笑、又着忙，她终于明白袭人说的话不假，宝玉对于爱林妹妹这件事丝毫不糊涂，将来知道娶的不是林妹妹，不知怎么办才好。于是忍着笑说道："你好好儿的她便见你。你若是疯疯癫癫的，她就不见你了。"

宝玉说道："我有一个心，前儿已交给林妹妹了。她要过来，横竖给我带来，还放在我肚子里头。"凤姐听着竟是疯话。不知：宝玉说的不光是前八十回中第

---

① 胡适《红楼梦考证》："以上所说，只是要证明《红楼梦》的后四十回确然不是曹雪芹做的。但我们平心而论，高鹗补的四十回，虽然比不上前八十回，也确然有不可埋没的好处。……还有那最重要的'木石前盟'一件公案，高鹗居然忍心害理的教黛玉病死，教宝玉出家，作一个大悲剧的结束，打破中国小说的团圆迷信。这一点悲剧的眼光，不能不令人佩服。我们试看高鹗以后，那许多续《红楼梦》和《补红楼梦》的人，那一人不是想把黛玉晴雯都从棺材里扶出来，重新配给宝玉？哪一个不是想做一部'团圆'的《红楼梦》的？我们这样退一步想，就不能不佩服高鹗的补本了。我们不但佩服，还应该感谢他，因为他这部悲剧的补本，靠着那'鼓担'的神话，居然打倒了后来无数的团圆《红楼梦》，居然替中国文字保存了一部有悲剧下场的小说！"
② 即他平时都傻，唯独在娶黛玉这个问题上便会神智清醒过来。

32回夏天说"你放心"那句话时说的"我的心已在你身上"（"我素日在你身上的心"），更说的是后八十回中第82回黛玉梦见宝玉掏心给她之事，宝玉在梦中借此举表明："只有黛玉来嫁给我时，我才会重新有心而不失心（即才会恢复神智而不傻）"，两人早就"心有灵犀一点通"而一同参与做成了第82回的那个梦。

凤姐不解其中奥妙，便出来看着贾母笑，意思是："您听明白了吗？"贾母早就在房外听了又是笑、又是心痛，于是对凤姐说："我早听见刚才的那番话了。如今且不用理他，叫袭人好好地安慰他，咱们走吧。"

上引第96回傻黛玉与傻宝玉的对话，以及此处所引的第97回宝玉听见要与黛玉成亲而叫凤姐告诉黛玉"请她放心"的话，正与前八十回相合（指与第32回相合）。可证后四十回乃曹雪芹之文。

（2）黛玉死了宝玉便要为之"失心"

第98回宝玉成亲时，一见不是黛玉而是宝钗，于是更加"失心"（指更加失去心智而痴呆）了。一天晚上，他叫来袭人，询问："黛玉在什么地方？"袭人骗他："林妹妹病着呢。"宝玉要去瞧她，因虚弱而起不来身子，因此哭道："我要死了！我有句心里话求你回明老太太：横竖林妹妹也是要死的，不如两个人抬在一处，活着便一处医治、服侍，死了便一处停放、安葬。你肯依我这话去说，便不枉我们俩这几年的情分！"

宝钗大声呵斥他："你要是死了，岂不辜负老太太、太太两人的苦心？我虽然薄命，也不至于年轻守寡[①]。据此三件事来看，你要寻死，天也不容你死！快安心养四五天，便能痊愈。"宝玉无言可对，半晌方笑嘻嘻地说："你好些时候不和我说话了，这会子又说这些大道理的话给谁听？"

宝钗心头火起，想到"长痛不如短痛"，索性趁势挑明，使他对黛玉一恸而永绝思念，于是说道："实告诉你说罢：那两日你不知人事的时候，林妹妹已经亡故了！"宝玉忽然坐起（请注意：上文是说他起不了身，现在居然坐了起来，可证其听到黛玉死讯后反应之激烈），大声诧异道："果真死了吗？"宝钗道："果真死了！老太太、太太知道你们兄妹俩和睦，怕你听了也要寻死，所以不肯告诉你！"宝玉听了，放声大哭，当场哭昏过去。

（3）唯有在寻找黛玉的路上宝玉方能"得心"

宝玉晕死过去，其魂如死人般走在阴司的黄泉路上，有神人对他说："你阳寿未终，何故来此？"宝玉说是来寻找林黛玉的灵魂，（人若不死，焉能来找死人的亡魂？）[②]神人告诉他："黛玉已归'太虚幻境'这一天上的仙境。你如果有心寻访，需要潜心修养（指出家成仙[③]），自然会有相见的时候。如果你不安

---

① 何如此自信哉？不知自己就是"薄命司"中的魁首，最后丈夫出家，年纪轻轻便守了一辈子的活寡。
② 此便言明宝玉为黛玉死了第一回，只不过又被众人救活了过来罢了。所以和宝玉"黛玉死后自己也死或出家"的预言并没有违背。
③ 世人出家是为了根绝情欲，此宝玉出家居然是为了寻求爱情，真正又是"南辕北辙"了，

生，便会因这种自行夭折之罪，永远囚禁在阴司地府，除了想见一下同为鬼魂的父母之面尚可（因为父母总是要死而到阴曹地府来的），要想见那成了仙的黛玉之面，便永无可能了。"

神人之意是告诉宝玉：仙人之魂非死人所能见。要想见成仙的黛玉灵魂的话，当在活着时修身养性，重返天界（即第一回所谓的"补天"，即补上天仙之位）方能相见。此即《水陆仪轨会本》"第十行、供下堂法事"之"奉供下堂十四席"中的第一席所言的："云隐峨峨之玉殿，风扬烨烨之铢衣。执妙华（花）以遨游，味甘露而厌饫。意常自逸，乐且无央。八万劫终是空亡，三千界悉从沦没。<u>受形尘世，尚知闻法得道之时；跌足幽区，何有离苦脱罪之处？</u>"画线部分便是在说：虽然贵为天神，终有报尽轮回之时，如果降生人间，尚有闻法得道之时，一旦再堕入鬼道，便无法离苦脱罪、重返天界了。

神人说完，从衣袖中取出一枚石子，打向宝玉心口。宝玉听了这话，又被石子打中心窝，吓得便想回家，只恨迷了路。正踌躇间，忽然听到有人在呼唤他的名字，睁开眼看时，正是贾母、王夫人、宝钗、袭人等围绕着他哭喊，总算把他的魂给招了回来。于是请毕知庵大夫诊治："那大夫进来诊了脉，便道：'奇怪！这回脉气沉静，神安、郁散，明日进调理的药，就可以望好了。'"点明"石子打心"便能让宝玉顿时不傻而恢复神智，大透全书也即作者曹雪芹"石子（即通灵宝玉）＝心（神智）"的玄机来。

那位神人应当就是送还"通灵宝玉"的和尚，打中宝玉心窝的石子便是那块"通灵宝玉"。宝玉因失去"通灵宝玉"而痴呆（失心），同时他的真心（肉团心）又在梦中掏给了黛玉，现在和尚特地用石子打心来"还心"于他，预兆"顽石（也即通灵宝玉）"即将回到他身边，也即下文第115回和尚前来送玉，令他恢复神智。唯有恢复了神智，才可以中举报答父母而了脱凡缘、出家修行，才能返本归真、重回天界见到那成仙的黛玉。

五、失心："心、玉同失"证明"心=玉"，这是只有原作者才敢想、才敢写的情节构思

"失心"与"失玉"同步而相应，"失玉"便是"失心"，证明"心=玉"，即"宝玉之人（神瑛侍者）的心=通灵宝玉（顽石）"，这是只有作者才想得到、写得出的又一"匪夷所思"的情节和构思。

通过上文"一"的分析，我们便可以明白，从字面上看，"通灵宝玉（顽石）"与"贾宝玉（神瑛侍者）"是两物而非一物。所以"通灵宝玉（顽石）"与"贾宝玉的身心"肯定是两物。但我们现在要提出另一个结论，即"宝玉这人的心=通灵宝玉这块顽石"，这肯定是前八十回中难以从字面上看出来的，是我们分析

故作者撰此书仍跳不脱"情天孽海"。（按第五回写太虚幻境："便是一座宫门，也横书四个大字，道是'孽海情天'。"）

出来的。

因为：宝玉一见黛玉便要把自己的玉给她，也就是要把自己的心给她（见第 3 回宝玉问黛玉："可也有玉没有？"一听没有，便"登时发作起痴狂病来，摘下那玉，就狠命摔去"）；宝玉遭了魔法，乃是玉被脂粉迷住，象征人类的心识一旦被色欲迷住便要受魔障（见第 25 回和尚捧玉颂咒："可叹你今日这番经历：**粉渍脂痕污宝光，绮栊昼夜困鸳鸯。沉酣一梦终须醒，冤孽偿清好散场**"）。所以，后四十回写宝玉掏心给黛玉之梦（第 82 回）便是其玉将失之兆，又写宝玉一失玉后，便失心而疯傻起来（第 93 回），这便是前八十回"心=玉"之旨的体现；后四十回写黛玉死后宝玉晕死过去，石子打在心上便又回过神来（第 98 回），这也与前八十回"心=玉"之旨相合。

上文"一"又论证了石子又是整个故事的见证者，即宝玉与秦钟亲昵的密事书中故意不写，乃是因为石子被凤姐拿走塞在凤姐床褥下面、无法看到两人密事的缘故（第 15 回）；元妃省亲，石子见证全局，故要自叹："若是在大荒山青埂峰中，哪能见到这番富贵场面"（第 18 回）。全书名为《石头记》，即全书是"石头"[①]亲见的、发生在自己[②]身上而存入其心中的整个故事。

所以说，"石头"有两用：一是作为整个故事的见证者和全书的叙述视角用；一是作为宝玉之心用。后者便意味着"失玉"即丧心病狂、顿时痴傻；前者便意味着"塞玉"即不得见闻、无从叙起。

"宝玉的心=通灵宝玉（顽石）"，石子即心，这是前八十回字面上丝毫看不出来的，我们是读了后四十回中的第 98 回"石子打心而宝玉恢复神智"这一情节，方才明悟作者"石子（即玉）乃心"的创作主旨。从而明白：后四十回中第 82 回"梦中失心"，便是第 94 回"失玉"的预兆；第 98 回"梦中得心"，便是第 115 回"玉回"的预兆。

"石子乃心"，这是前八十回字面上丝毫看不出来的，唯有后四十回点明这一点，我们这才知道前八十回果然早有此意（见上文所论的第 3 回摔玉、第 25 回咒玉）。如果没有后四十回，光读前八十回（包括第 3 回摔玉、第 25 回咒玉的情节），读的遍数再多，也断然想不出含有此旨在内。这同样可以证明后四十回"心=玉"乃是只有原作者曹雪芹本人才敢想、才敢写的又一"匪夷所思"的情节和构思。

光读前八十回，永远看不出"心=石（玉）"而将两物连为一体。而后四十回居然敢这么写，而且还与前八十回字面上看不出的这一蕴含之旨相合（前八十回此旨只有靠后四十回这一情节来点明方才看得出），可证后四十回的确只有原作者曹雪芹本人才写得出。

---

① 即作者的笔名。

② "自己"当然是指石头，同时也指贾宝玉这个人。因为"宝玉"这个名字就意为石头，故贾宝玉这个人就是"通灵宝玉"这块石头。

至于脂本第一回述说下凡公案时只说："此事说来好笑，竟是千古未闻的罕事。只因西方灵河岸上三生石畔，有绛珠草一株，时有赤瑕宫神瑛侍者，日以甘露灌溉。"

程甲本改作："此事说来好笑。只因西方灵河岸上三生石畔，有绛珠草一株。那时这个石头，因娲皇未用，却也落得逍遥自在，各处去游玩。一日来到警幻仙子处，那仙子知他有些来历，因留他在赤霞宫居住，就名他为赤霞宫神瑛侍者。他却常在灵河岸上行走，看见这株仙草可爱，遂日以甘露灌溉。"

程乙本改作："此事说来好笑。只因当年这个石头，娲皇未用，自己却也落得逍遥自在，各处去游玩。一日来到警幻仙子处，那仙子知他有些来历，因留他在赤霞宫中，名他为赤霞宫神瑛侍者。他却常在西方灵河岸上行走，看见那灵河岸上三生石畔有棵绛珠仙草，十分娇娜可爱，遂日以甘露灌溉。"

程高本画线部分乃其妄增，显然是高鹗的篡改，是高鹗见后四十回中"'通灵宝玉（顽石）'与'贾宝玉（神瑛侍者）'乃是一物"之旨[1]，而"自作聪明"地把前八十回中明明为两物的"通灵宝玉（顽石）"与"贾宝玉（神瑛侍者）"给"弥缝、合一"成了一物。

这么一改，便把曹雪芹"人（心）"与"石（玉）"这两者"明为两物而暗为一物"的含蓄笔法，给改成了"明为一物"的直白笔法，大违曹雪芹把这两者"明写为两物而暗写为一物"的含蓄旨趣，使得全书"人（心）"与"石（玉）""明二实一"的含蓄旨趣荡然无存，显然不是曹雪芹的大手笔。

六、礼教：贾母卫道而不喜黛玉，后四十回与前八十回完全呼应

贾母这位贾府真正的女主人不喜欢黛玉，源于贾母"卫道[2]"的礼教传统，后四十回对这一根源描写得非常合情入理，而且和前八十回完全相通相应。

第97回王希廉总评："贾母因知黛玉心病，疼爱之心顿灭，不但道理甚正，且便专办宝钗大事"，便深明此旨。而俞平伯先生可能受新思想熏陶渐久，反而认为后四十回中的"封建卫道士"贾母对待起黛玉来未免太过于冷酷了[3]。俞平伯此论也不是他的新创，实出裕瑞《枣窗闲笔》之"程伟元《续红楼梦》自九十回至百二十回书后"："再贾母、王夫人皆极慈爱儿女之人，偏要写为贾母忙

---

[1] 注意：此旨只要看过后四十回，便人人都能明白；若无后四十回，把前八十回看的遍数再多也看不出来。

[2] 卫道，守卫正道，捍卫、维护某种正统的思想体系或学说。

[3] 俞平伯《红楼梦研究》第41页《后四十回底批评》："(17)后来贾氏诸人对于黛玉，似太嫌冷酷了，尤以贾母为甚。（第八十二，九十六，九十七，九十八回。）这也是高作不合情理之处。……第九十七回，鸳鸯测度贾母近日疼黛玉的心差了些，不见黛玉的信儿也不大提起。又说：黛玉见贾府中上下人等都不过来，连一个问的人都没有。又说：紫鹃想道：'这些人怎么竟这样狠毒冷淡？'第九十八回，王夫人也不免哭了一场；贾母说：'是我弄坏了她了！但只是这个丫头也傻气。'……贾氏诸人对于黛玉这样冷酷，文情虽非必要，情理还有可通。至于贾母是黛玉底亲外祖母，到她临死之时，还如此的没心肝，真是出乎情理之外。八十回中虽有时写贾母较喜欢宝钗，但对于黛玉仍十分钟爱、郑重，空气全不和这几回相似。像高氏所补，贾母简直是铁石心肠，到临尸一恸的时候，还要责备她傻气，这成什么文理呢！"

办宝玉、宝钗姻事，遂忘黛玉；重病至死，永不看问；且言：'若是他[①]心里有别的想头，成了什么人了呢？我可是白疼了他了'云云，此岂雪芹所忍作者？"

其实贾母不喜欢黛玉，前八十回早已写到，在这一点上，后四十回符合曹雪芹的原意，显是曹雪芹所写。

（一）宝玉与黛玉因近而疏远

俗话说"相由心生、境随心转"，"性格铸就命运"，钗、黛两人的敌对关系完全由黛玉的心量狭小造成。第 8 回"探宝钗黛玉半含酸"，黛玉与宝钗初次交往便对宝钗深怀戒心，第 20 回"林黛玉俏语谑娇音"更把这种"既生瑜何生亮"的恐慌与妒忌表达得淋漓尽致，为此宝玉劝她："你这么个明白人，难道连'亲不间疏，先不僭后'（庚侧：八字足可消气。）也不知道？"虽然有此"亲不间疏、先不僭后"八个字来表明自己和黛玉的关系最为密切，足以消黛玉之气，但黛玉仍不放心。特别是第 26、27 回，宝钗入宝玉院闲话，黛玉尾随而至，碰巧晴雯与碧痕拌嘴赌气，不愿开门，黛玉被关在门外，误以为是宝玉指使丫环如此，躲在墙角饮泣吞声，不久又亲眼看到宝玉送宝钗出门，更是妒忌到顶点，恨透宝玉的"寡情"，吟出哀感天地的《葬花吟》，从此两人闹得不可开交，即第 29 回所写：

> 看来两个人原本是一个心，但都多生了枝叶，反弄成两个心了。……如此看来，却都是求近之心，反弄成疏远之。如此之话，皆他二人素习所存私心，也难备述。……只顾里头闹，谁知那些老婆子们见林黛玉大哭、大吐，宝玉又砸玉，不知道要闹到什么田地，倘或连累了她们，便一齐往前头回贾母、王夫人知道，好不干连了她们。那贾母、王夫人见她们忙忙的作一件正经事来告诉，也都不知有了什么大祸，便一齐进园来瞧他兄妹。……还是贾母带出宝玉去了，方才平服。

贾母也是从少女时期走过来的人，早已看在眼中、明在心头，说出了：

> "我这老冤家是哪世里的孽障？偏生遇见了这么两个不省事的小冤家，没有一天不叫我操心！真是俗语说的，'不是冤家不聚头'。几时我闭了这眼，断了这口气，凭着这两个冤家闹上天去，我眼不见、心不烦，也就罢了。偏又不咽这口气！"自己抱怨着也哭了。

> 这话传入宝、林二人耳内。原来他二人竟是从未听见过"不是冤家不聚头"的这句俗语，如今忽然得了这句话，好似参禅[②]的一般，都低头细嚼此话的滋味，都不觉潸然泪下。虽不曾会面，然一个在"潇湘馆"临风洒泪，一个在"怡红院"对月长吁，却不是"人居两地、情发一心"[③]？

---

① 他，即"她"，指黛玉。下一"他"字同。

② 《红楼梦》多次写到参禅。参禅，禅宗称之为"参话头"，故下文言二人"低头细嚼此话的滋味"，深透禅宗"参话头"的风味和旨趣。

③ 指人虽在两处而心思却同。一个在"沁芳池"之湖的北边往南望，一个在"沁芳池"之湖的南边往北望，两人正好面对面隔湖相望，而且还"心有灵犀一点通"，这是多么唯美多情的画面。

正因为两者关系过于亲密、太失体统，老太太才察觉到黛玉不配做宝玉的夫人，这便是太近反而不好，也就是上文画线部分所说的："却都是求近之心，反弄成疏远之。"

而宝钗大方得体，远而能近，所以在老太太心目中，早已为宝玉的婚事相中了宝钗。〖关于这一点，书中有两大例证：一是第22回贾母特地要为宝钗过生日，规格超过了黛玉，即凤姐说："老太太说要替她作生日。想来若果真替她作，自然比往年与林妹妹的不同了。"书中又说"谁想贾母自见宝钗来了，喜她稳重和平"，这时庚辰本有夹批："四字评倒黛玉，是以特从贾母眼中写出。"可见早在全书开头的六分之一处，便写明贾母早已中意把宝钗嫁给宝玉，所谓的"贾母一直想把黛玉嫁给宝玉"的说法，据此便可休矣。二是第28回元妃赐端午节礼物，唯有宝钗和宝玉相同，这便是后人所谓的"元春赐婚说"，即贾府最高行政长官元妃中意宝钗，打算把宝钗嫁给宝玉。而后四十回中的第108回贾母评价说："宝姐姐生来是个大方的人。……我看这孩子倒是个有福气的。你林姐姐，那是个最小性儿，又多心的，所以到底不长命。"作为一家之长，肯定要选有福之人，所以贾母选定宝钗而不选黛玉，仍是"性格决定命运"的缘故。〗

下引后四十回中第97回贾母说："若是她心里有别的想头，成了什么人了呢"，即黛玉若有那种心（指想嫁宝玉的心思），便成了什么人了？这句话与上文"却都是求近之心，反弄成疏远之"语正相呼应。因此贾母口中说的这句话分量虽然很重，但却完全符合曹雪芹的原意，是曹雪芹的原稿。

（二）贾母看破黛玉心病而鄙视她

第97回黛玉死前，贾母探望其病：

> 只见黛玉微微睁眼，看见贾母在她旁边，便喘吁吁的说道："老太太！你白疼了我了。"贾母一闻此言，十分难受[1]，便道："好孩子，你养着罢！不怕的。"黛玉微微一笑，把眼又闭上了。……
>
> 贾母看黛玉神气不好，便出来告诉凤姐等道："我看这孩子的病，不是我咒他，只怕难好。你们也该替她预备预备，冲一冲，或者好了，岂不是大家省心？就是怎么样[2]，也不至临时忙乱。咱们家里这两天正有事呢。"凤姐儿答应了。贾母又问了紫鹃一回，到底不知是哪个说的。
>
> 贾母心里只是纳闷，因说："孩子们从小儿在一处儿玩，好些是有的。如今大了，懂的人事，就该要分别些，才是做女孩儿的本分，我才心里疼她。若是她心里有别的想头，成了什么人了呢？我可是白疼了她了。你们说了，我倒有些不放心。"因回到房中，又叫袭人来问，袭人仍将前日回王夫人的话，并方才黛玉的光景，述了一遍。贾母道："我方才看她却还不至糊涂。这个理我就不明白了！咱们这种人家，别的事自然没有的，这

---

[1] 黛玉说的是恨贾母的话，所以贾母心中要难受，但也决定从此不管黛玉了。
[2] 指：就是万一有什么三长两短的话。

心病也是断断有不得的。林丫头若不是这个病呢，我凭着花多少钱都使得；若是这个病，不但治不好，我也没心肠了。①"

"到底不知是哪个说的"，说明贾母已猜着林黛玉是为宝玉娶宝钗而得病，只是不知道是谁透露给黛玉的。

贾母说：如果是相思病的话，这是心病，药是治不好的，我也没心思治她了②；如果不是相思病，还有药可救，我花再多的钱也会救她。女孩儿的本分便是贞洁，这样的女孩子"我"贾母才喜欢；如果一天到晚想着男人，这不是女孩儿的本分（哪怕是想着心中所喜欢的某个男人也不行），贾母"我"便不喜欢，便不会心疼她了。

可见黛玉不被贾母认可，便是因为她喜欢宝玉太过于明显。这样的女孩子不稳重，贾母更喜欢没有儿女私情的内心纯洁的女孩儿，所以她选中宝钗而不选择黛玉，根源其实就在于黛玉与宝玉两人走得太近、表现得太露骨的原故。而宝钗没有一点儿女私情，所以得贾母的喜欢③。正如晴雯与宝玉其实没有任何儿女私情，但因为表露得太过明显，导致王夫人不喜欢她而把她赶出了大观园，间接逼死了她；而袭人与宝玉早已有了儿女私情，而且还是有伤风化的淫欲之事，但因为善于隐藏，为人显得很踏实而不轻浮，反而能赢得王夫人的欢心，被提拔为宝玉的"准姨娘"而倚为心腹。

第20回晴雯骂麝月："你又护着。你们那瞒神弄鬼的，我都知道"，其处己卯本有夹批："但观者凡见晴雯诸人则恶之，何愚也哉！要知自古及今，愈是尤物，其猜忌愈甚。若一味浑厚大量涵养，则有何可令人怜爱护惜哉？"第77回宝玉哭问袭人："我究竟不知晴雯犯了何等滔天大罪！"庚辰本夹批："余亦不知，盖此等冤实非晴雯一人也。"袭人答："太太只嫌她生的太好了，未免轻佻些。在太太是深知这样美人似的人必不安静，所以恨嫌她，像我们这粗粗笨笨的倒好。"宝玉道："这也罢了。咱们私自顽话怎么也知道了？又没外人走风的，这可奇怪。"袭人道："你有甚忌讳的？一时高兴了，你就不管有人无人了。我也曾使过眼色，也曾递过暗号，倒被那别人已知道了④，你反不觉。"宝玉道："怎么人人的不是⑤太太都知道，单不挑出你和麝月、秋纹来？"即疑心袭人告发晴雯。

袭人听了这话，心头一震，低头半日，无语可答，笑着说：我们也有开玩笑过头而显得孟浪处，太太或许以后也会发落我们吧。宝玉笑道："你是头一个出了名的'至善至贤'之人，她两个又是你陶冶教育的，焉得还有孟浪该罚之处？只是芳官尚小，过于伶俐些，未免倚强压倒了人，惹人厌。四儿是我误了

---

① 指：不愿意为这种人治病了。
② 此指贾母鄙视这种女孩儿。
③ 即第63回宝钗抽到的牡丹花签说她"任是无情也动人"。又第22回贾母要为宝钗过生日："谁想贾母自见宝钗来了，喜她稳重和平"，庚辰本夹批："四字评倒黛玉，是以特从贾母眼中写出。"可见黛玉不稳重也不和平，轻佻任性而喜怒无常。
④ 指：和你对话的人都已明白了我的暗号，你却仍然忘乎所以地尽情说着，丝毫不明白我的暗示。
⑤ 指：每个人的不是。人人，每个人。

她，还是那年我和你拌嘴的那日起，叫上来作些细活，未免夺占了地位，故有今日。只是晴雯也是和你一样，从小儿在老太太屋里过来的，虽然她生得比人强，也没甚妨碍去处。就是她的性情爽利、口角锋芒些，究竟也不曾得罪你们。想是她过于生得好了，反被这好所误！"说毕，又再度痛哭起来。

第77回宝玉探望被逐的晴雯，作者补出晴雯的身世，有"千伶百俐，嘴尖、性大，却倒还不忘旧"语，庚辰本夹批："只此一句，便是晴雯正传。可知晴雯为聪明、风流所害也。一篇为晴雯写传，是哭晴雯也。非哭晴雯，乃哭风流也。"而黛玉也因为她率直地表露对宝玉的爱而被贾母一票否决，最终泪尽夭亡，与晴雯遭遇完全相同。所以脂批言：哭晴雯乃哭风流，即哭所有风流偶觉而不知检点之人，这其中又何尝不哭及黛玉呢？

黛玉被贾母忌，便是因为她和宝玉的关系过于亲密且公开化，正如袭人所言：宝玉不知什么忌讳，别人使过眼色、递过暗号，他却一点都没有知觉。最明显的例子，便是第54回宝玉拿了一壶暖酒给诸人斟酒，贾母说："他小，让他斟去，大家倒要干①过这杯。"众人都遵命干了（即喝光了），唯独到黛玉面前："偏她不饮，拿起杯来，放在宝玉唇上边，宝玉一气饮干。黛玉笑说：'多谢。'宝玉替她斟上一杯。"这时凤姐儿笑道："宝玉，别喝冷酒，仔细手颤，明儿写不得字，拉不得弓。"宝玉忙道："没有吃冷酒②。"凤姐笑道："我知道没有，不过白嘱咐你③。"这便是凤姐向他递暗号，叫他以后不可以再这种样子公开喝黛玉的酒杯了；别人都知道凤姐的意思，而宝玉还没明白过来。

黛玉曾说过："人前称扬，尚且要回避"（指第32回黛玉听到宝玉在史湘云面前表扬自己时，心中想道："所惊者，他在人前一片私心称扬于我，其亲热、厚密，竟不避嫌疑"），现在却是宝玉为她在众人面前喝交杯酒而不知道避忌。古代男女授受不亲，今连口泽都可互沾，岂非"交杯酒"般太忘情、太出格了？难怪要惹得贾母不悦，作者是借王熙凤之语来写出：连众人都看不下去了！

由于"男女授受不亲"④，而黛玉已经忘情，凤姐便好意提醒他俩不要在众人面前如此忘情。即"我"凤姐是故意"顾此言彼、借题发挥"，名义上叫宝玉你不要喝冷酒，其实就是叫你不要喝这种有违男女大防的酒！因为古代礼制：男女授受不亲，男子用过的东西不宜给女子，女子用过的东西不宜给男子；如果男女互换东西，便有私订终身之嫌。所以，宝玉当着大家的面喝完黛玉的酒，一是有违贾母的命令（贾母让大家"都要干过这杯"，不是让别人代你喝干），让贾母难堪；二是有违"男女授受不亲"的古训，越了"男女大防"的红线，着实让众人都为之难堪，连与宝玉特别亲密的王熙凤都感到难为情了。

所以接下来，贾母便借着讽刺"才子佳人"小说《凤求鸾》，来批判黛玉与宝玉这种过分、越礼的私情之举。贾母笑道："这些书都是一个套子，左不过是

---

① 干，即喝干。干杯，即喝光杯中酒。
② 宝玉斟的是暖酒而非冷酒。
③ 此句意指：为了嘱咐你而嘱咐你。
④ 指男的不能用手直接把东西递给女子，女子也不能直接用手递东西给男子。

些佳人才子，最没趣儿。把人家女儿说的那样坏，还说是佳人，编的连影儿也没有了。开口都是书香门第，父亲不是尚书、就是宰相，生一个小姐必是爱如珍宝。<u>这小姐必是通文知礼，无所不晓，竟是个绝代佳人。只一见了一个清俊的男人，不管是亲、是友，便想起终身大事来，父母也忘了，书、礼^①也忘了，鬼不成鬼，贼不成贼，哪一点儿是佳人？便是满腹文章，做出这些事来，也算不得是佳人了。</u>比如男人满腹文章去作贼，难道那王法就说他是才子，就不入贼情一案不成？可知那编书的是自己塞了自己的嘴。再者，既说是世宦书香大家小姐，都知礼、读书，连夫人都知书、识礼，便是告老还家，自然这样大家人口不少，奶母、丫鬟伏侍小姐的人也不少，怎么这些书上，凡有这样的事，就只小姐和紧跟的一个丫鬟？你们白想想，那些人都是管什么的？可是前言不答后语？"画线部分明显就是针对黛玉与宝玉刚才的出格行为做的讽刺，这也正说明贾母已把黛玉视作偷情的贼，即：见了清俊男人便想起终身大事，连所读的书、所学的礼节都忘了，不配称作"佳人"，只配称作"鬼和贼"了。

此时黛玉让宝玉喝其酒，固然可以理解为黛玉身体不好，不宜饮酒，两人又从小一起长大，情如亲兄妹，可以不照"男女授受不亲"的规范约束。但后四十回贾母一旦判明黛玉真是这种一见清俊男子便想着要嫁给他的"鬼和贼"时（即她猜到黛玉是因为听说宝玉另娶别人便病重，从而判明"黛玉就是偷情贼"这一结论），于是对黛玉的态度便开始急转直下。

贾母不喜欢黛玉，是因为她心中想着男人（宝玉）便会忘了父母、忘了女德，这是女子的大忌。贾母一旦知道黛玉心中有爱，便说黛玉"成了什么人了"？即想不到黛玉她是那种人。又说："我真的白疼她了"，即：这种人不值得疼爱。又说：我们家别的事可有，心病（即男女相思）不可有，若有，便无法治了。古人云："得礼者生，失礼者死"^②，宝钗可谓"得礼者生"，黛玉可谓"失礼者死"。所以在"贾母不喜欢黛玉"这一点上，后四十回与前八十回完全密合。

正因为此，从第97回开始，贾母便开始彻底看扁林黛玉，不再疼爱她（贾母不再疼爱黛玉的根源，其实还在于上文黛玉用"老太太！你白疼了我了"这句话与贾母绝了交）：

　　紫鹃等看去，只有一息奄奄，明知劝不过来，惟有守着流泪。天天三四趟去告诉贾母，<u>鸳鸯测度贾母近日比前疼黛玉的心差了些，所以不常去回</u>。况贾母这几日的心都在宝钗、宝玉身上，不见黛玉的信儿也不大提起^③，只请太医调治罢了。黛玉向来病着，自贾母起，直到姊妹们的下人，常来问候；<u>今见贾府中上下人等都不过来</u>^④，连一个问的人都没有，睁开眼只有

———————————

① 书礼，读过的书中所写到的道理，以及在生活中学过的礼节。

② 按《礼记·礼运》："孔子曰：夫礼，先王以承天之道，以治人之情。故失之者死，得之者生。"

③ 指贾母这几天没有派人来问信："为何这几天没看到黛玉来我这边？"

④ 此句写明世态炎凉。

紫鹃一人。自料万无生理，因扎挣着向紫鹃说道："妹妹，你是我最知心的。虽是老太太派你伏侍我，这几年，我拿你就当作我的亲妹妹。"

又第 98 回黛玉死后，贾母的表现也很平常而没有很大的悲痛，连灵都未去哭：

> 凤姐到了宝玉那里，听见大夫说不妨事，贾母、王夫人略觉放心，凤姐便背了宝玉，缓缓的将黛玉的事回明了。贾母、王夫人听得，都唬了一大跳。贾母眼泪交流，说道："<u>是我弄坏了她了。但只是这个丫头也忒像气！</u>"说着，便要到园里去哭她一场，又惦记着宝玉，两头难顾。
>
> 王夫人等含悲、共劝贾母："不必过去，老太太身子要紧！"贾母无奈，只得叫王夫人自去。又说："你替我告诉她的阴灵：'并不是我忍心不来送你，只为有个亲疏。你是我的外孙女儿，是亲的了；若与宝玉比起来，可是宝玉比你更亲些。倘宝玉有些不好，我怎么见他父亲呢？'"说着，又哭起来。
>
> 王夫人劝道："林姑娘是老太太最疼的，但只寿夭有定，如今已经死了，无可尽心，只是葬礼上要上等的发送。一则可以少尽咱们的心，二则就是姑太太和外甥女儿的阴灵儿也可以少安了。"贾母听到这里，越发痛哭起来。
>
> 凤姐恐怕老人家伤感太过，明仗着宝玉心中不甚明白，便偷偷的使人来撒个谎儿，哄老太太道："宝玉那里找老太太呢。"贾母听见，才止住泪问道："不是又有什么缘故？"凤姐陪笑道："没什么缘故，他大约是想老太太的意思。"
>
> 贾母连忙扶了珍珠儿，凤姐也跟着过来。走至半路，正遇王夫人过来，一一回明了贾母，贾母自然又是哀痛的；只因要到宝玉那边，只得忍泪含悲的说道："既这么着，我也不过去了，由你们办罢。我看着心里也难受，只别委屈了她就是了。"
>
> 王夫人、凤姐一一答应了，贾母才过宝玉这边来。见了宝玉，因问："你做什么找我？"宝玉笑道："我昨日晚上看见林妹妹来了，她说要回南去，我想没人留的住，还得老太太给我留一留她。"贾母听着，说："使得，只管放心罢。"袭人因扶宝玉躺下。
>
> 贾母出来，到宝钗这边来。那时宝钗尚未"回九"，所以每每见了人，倒有些含羞之意。这一天，见贾母满面泪痕，递了茶，贾母叫她坐下。宝钗侧身陪着坐了，才问道："听得林妹妹病了，不知她可好些了？"贾母听了这话，那眼泪止不住流下来，因说道："我的儿！我告诉你，你可别告诉宝玉。都是因你林妹妹，才叫你受了多少委屈！你如今作媳妇了，我才告诉你：这如今你林妹妹没了两三天了，就是娶你的那个时辰死的。<u>如今宝玉这一番病，还是为着这个。你们先都在园子里，自然也都是明白的。</u>"宝钗把脸飞红了，想到黛玉之死，又不免落下泪来。贾母又说了一回话、去了。

上引画线部分是说：贾母自悔弄坏了她黛玉，即贾母承认：因为自己不喜欢轻浮的黛玉，不答应把黛玉嫁给宝玉，才导致黛玉的死亡。这时贾母方才真正领悟出黛玉说的那句"老太太！你白疼了我了"话中所包含的怨恨之意。贾母于是怪她太傻气、想不开（即贾母认为这是黛玉自己害死了自己，与自己无关），最终想去哭，也被众人劝住而没去哭成，这也写出她对黛玉的轻视和淡漠。

贾母最忌女子相思，因而瞧不起黛玉一辈子；哪怕她死后，依然如此。第98回：

> 贾母道："咱们亲上做亲，我想也不必这些。若说动用的，他屋里已经满了；必定宝丫头她心爱的要你几件，姨太太就拿了来。<u>我看宝丫头也不是多心的人，不比的我那外孙女儿的脾气，所以她不得长寿。</u>"说着，连薛姨妈也便落泪。

贾母居然又数落起已死之人，贬黛玉因为多心、心胸狭窄而早夭，连薛姨妈都听不下去、为之落泪，写出薛姨妈对黛玉的一片真心。

以上这一切都是因为贾母受正统礼教思维的熏陶远比别人要来得深，而且爱憎分明、大义灭亲①，难怪能成为一家之主。像王夫人最初还是想让宝玉与黛玉成婚，见第90回黛玉听到宝玉婚约乃谣传时"人逢喜事精神爽"，病一下子好了起来，引起众人疑惑，这时王夫人便劝贾母"倒是赶着把他们的事办办也罢了"，可证王夫人也是主张黛玉嫁给宝玉的，但被贾母皱着眉头给忍痛否决了。贾母主张宝玉与宝钗婚配，王夫人马上就改口附和这一主张，由此可见，王夫人并不认为黛玉的行为有什么大不妥，其受礼教的熏陶，以及对家族的远见，远没有贾母那么深。

而第107回"散余资贾母明大义"，贾母临终时把自己的私房钱分给亲人，在贾府被抄后家庭极度拮据的情况下，她还特地拿出五百两银子给贾琏，特地交代这是供林黛玉棺材运回南方老家苏州安葬之用，由此可以看出贾母对黛玉的那片厚爱。因此贾母不允黛玉婚事当是出于家族大义，"爱黛玉"与"不允婚"两者是两码事。后人不达贾母这"大义灭亲"与不溺爱亲人之旨，全都认为今本后四十回贾母不允黛玉婚事便是贾母不爱黛玉，与前八十回深爱黛玉的贾母形象大相径庭，据此判定今本后四十回不是曹雪芹原稿，其实这都是未能"设身处地"把握贾母思想格局、心理特征所致。

---

① 第108回贾母与史湘云谈论李纨、薛宝钗安于贫贱，是有福之人，而黛玉则小心眼、不得善终，王熙凤则贪财、小器而可鄙："倒是珠儿媳妇（李纨）还好，……倒难为她。……大凡一个人，有也罢，没也罢，总要受得富贵，耐得贫贱才好。你宝姐姐生来是个大方的人，……我看这孩子倒是个有福气的。你林姐姐，那是个最小性儿，又多心的，所以到底不长命。凤丫头见也见过些事，很不该略见些风波就改了样子。她若这样没见识，也就是小器了。"从这番话中，便能看出贾母论人不管亲情，只管人品。一旦她发现凤姐心胸狭窄，连这么亲的人她也会鄙视，更何况黛玉？唯有这种论人以德（而非论人以亲）的铁面无私的人，才有资格成为一家之主。贾府的兴旺，靠的就是这种有见识的女掌门人。薛宝钗堪称贾母第二，故能成为贾母心仪的宝二奶奶人选。

从第 107 回贾母临终交代黛玉后事来看，便可知道后四十回中"贾母不允黛玉婚事便是不爱黛玉"的说法便可休矣。后四十回中的贾母和前八十回的贾母一样，既深爱黛玉，同时对于黛玉的出格行为又不姑息，敢恨敢讽，即第 54 回贾母借批评才子佳人小说来讽刺黛玉："只一见了一个清俊的男人，不管是亲是友，便想起终身大事来，父母也忘了，书礼也忘了，鬼不成鬼，贼不成贼，那一点儿是佳人？"因此后四十回中的贾母与前八十回的确就是同一个人，后四十回的确就是写前八十回的曹雪芹手笔。这就是本章"第一节、九"引白先勇先生所说的："贾母在前八十回和后四十回中绝对是同一个人，她的举止言行前后并无矛盾。"

（三）黛玉的刻薄导致自己的悲剧

再联想到第 34 回宝玉挨打后，宝钗为哥哥不通事理而哭泣，第二天从黛玉面前走过，黛玉见她"眼上有哭泣之状，大非往日可比，便在后面笑道：'姐姐也自保重些儿。就是哭出两缸眼泪来，也医不好棒疮！'"而"宝钗分明听见林黛玉刻薄她，因记挂着母亲哥哥，并不回头，一径去了。"蒙王府本侧批批得好："自己眼肿为谁？偏是以此笑人。笑人世间人多犯此症。"

正因为黛玉自己喜欢宝玉，才会把别人也都往这上面想。黛玉明明自己为宝玉而把眼睛哭得像桃子般肿了起来，偏偏又拿这个来取笑宝钗；而宝钗根本就没有为宝玉哭泣，偏黛玉小心眼，处处把和宝玉相处的女孩子都往这上面联想。难怪贾母看不起她，说"若是她心里有别的想头，成了什么人了呢"，连黛玉的丧事也不愿意参加，死后还要数落她太小心眼。

由此可见：黛玉的行为，贾母、薛宝钗这类"大家闺秀"是看不上眼的。黛玉说出上面那番话来，其实是应当被所有人耻笑的，而宝钗居然没有一丝反驳，可证宝钗肚量宏大，果然是贾母一样的人物而被贾母赏识。

这就完全应了第 21 回的批语。此回"一时宝玉来了，宝钗方出去"，庚辰本有夹批："奇文！写得钗、玉二人形景较诸人皆近，何也？宝玉之心，凡女子前不论贵贱，皆亲密之至，岂于宝钗前反生远心哉？盖宝钗之行止端肃恭严，不可轻犯，宝玉欲近之，而恐一时有渎，故不敢狎犯也。宝钗待下愚尚且和平亲密，何反于兄弟前有远心哉？盖宝玉之形景已泥于闺阁，近之则恐不逊，反成远离之端也。<u>故二人之远，实相近之至也。</u>至颦儿于宝玉实近之至矣，却远之至也。不然，后文如何反[①]'较胜、角口'诸事皆出于颦哉？以及宝玉砸玉，颦儿之泪枯，种种尊障、种种忧忿，皆情之所陷，更何辩哉？……<u>钗与玉'远中近'，颦与玉'近中远'，是要紧两大股，不可粗心看过。</u>"

这条批语告诉我们：宝钗与宝玉是"远中近"，平时远，最终能成夫妻，貌远实近；而黛玉与宝玉是"近中远"，平时近，最终正因为太近而成不了夫

---

① 反，反而。不然为何争强好胜、口角争吵等事反倒出于黛玉而不是别人？

妻，貌近而实远，这是全书极要紧的两条线，读者千万不可粗心看过。这条脂批值得细细玩味：

宝钗与宝玉最终结成了夫妻，她二人原本应当比诸人更亲近些，为何宝钗反而要处处疏远宝玉，一见宝玉来便要走开、回避？这正是宝钗的大智慧处。宝玉内心对所有女子都想亲近，对于宝钗不会有疏远之心，但由于宝钗立身严正，所以宝兄弟不敢亲近她这位宝姐姐。宝钗对待陌生人全都和平、亲切，反而对于宝玉这位姨表兄弟产生疏远的念头，乃是因为他整日沉迷于闺阁女流中间，如果和宝玉他走得太近的话，恐怕宝玉他会有失礼不恭的出格事做出来，招致非议，而以后不得不便要因此而回避。所以书中写：宝玉、宝钗两人以礼相待、保持一定距离，正可成就将来两人那种至亲至近、"相敬如宾"的夫妻关系。

而黛玉与宝钗正好相反。因为和宝玉过于接近，最后不得不让贾母在心中疏远她，而把她排除在宝玉未婚妻"宝二奶奶"人选之外，最终反而不能和宝玉生活在一起，相隔甚远，这便是因为她和宝玉过于亲近的缘故。正因为太亲近而不知收敛，所以和宝玉争强斗胜、相互斗嘴的人都是黛玉而不会有其他人，最后宝玉为此而砸玉，黛玉为此而泪枯，种种孽障，种种忧苦，都是因为两人深陷感情之中不可自拔的缘故。

此批者所批之言确为事实，所论观点也真的就是那种无可辩驳的正论。林黛玉这位宝玉的姑表亲，从原本要比宝玉的"两姨亲"宝钗占据绝对优势的地位，闹到最终落选的地步，这完全是因为她脾性不好而咎由自取，全是因为她用情太真而过于直露。所以第63回黛玉抽到芙蓉花签，上面写着"莫怨东风当自嗟"！东风即春风，是司春天之神，当即"东君"的意思，在这儿便是贾府主宰贾母的象征。这句签文便是在告诫黛玉不要怨贾母，当自我反省一下自己（"自嗟"即自叹、自悔之意）。这句签文，其实是在对后四十回中黛玉临终时怨恨贾母所说的话语——第97回"老太太！你白疼了我了"——提出告诫，也可谓是"伏线千里"。

如果说多淫人当得恶报，而黛玉之所以得到恶报便是因为她太多情。多情之人何以也得到"事与愿违"的悲惨结局？其奥妙之理，便在于上面所说的第21回的批语中。这便是作者在全书最后一回借甄士隐老先生之口所透露出来的全书大旨、也即人间的大道理："大凡古今女子，那'淫'字固不可犯，只这'情'字也是沾染不得的。"

（四）薛姨妈对两人的成全而无果

第57回"慧紫鹃情辞试忙玉"紫鹃说黛玉要回苏州而把宝玉给吓傻了，所有人一看便都能明白这是两人"两情相悦"所致，偏作者又借薛姨妈的话，把这一点给轻轻抹去了：

众人不解，细问起来，方知紫鹃说"要回苏州去"一句顽话引出来的。
贾母流泪道："我当有什么要紧大事，原来是这句顽话。"又向紫鹃道："你这孩子素日最是个伶俐聪敏的，你又知道他有个呆根子，平白的哄他作什么？"薛姨妈劝道："宝玉本来心实，可巧林姑娘又是从小儿来的，他姊妹两个一处长了这么大，比别的姊妹更不同。这会子热刺刺的说一个'去'，别说他是个实心的傻孩子，便是冷心肠的大人也要伤心。这并不是什么大病，老太太和姨太太只管万安，吃一两剂药就好了。"

这是薛姨妈在为两人打圆场，说：宝玉与黛玉只是友谊深厚，所以吓傻了，并不是两人有什么私情。而此回后半回"慈姨妈爱语慰痴颦"，薛姨妈同样在竭力成全宝黛两人的姻缘，可惜被贾母以无言的方式给否决了，即薛姨妈说：

"我想着，你宝兄弟老太太那样疼他，他又生的那样，若要外头说去，断不中意。不如竟把你林妹妹定与他，岂不四角俱全？"……紫鹃忙也跑来笑道："姨太太既有这主意，为什么不和太太说去？"薛姨妈哈哈笑道："你这孩子，急什么，想必催着你姑娘出了阁，你也要早些寻一个小女婿去了。"……婆子们因也笑道："姨太太虽是顽话，却倒也不差呢。到闲了时和老太太一商议，姨太太竟做媒保成这门亲事是千妥万妥的。"薛姨妈道："我一出这主意，老太太必喜欢的。"

在场的所有人全都心知肚明：宝玉、黛玉两人是因情而病，只可惜无人成全。薛姨妈为人良善，言出必行，之所以未能奏效，当是贾母听后不做反应的缘故。由第82回薛家老妈妈受宝钗命来送黛玉蜜饯荔枝时说："怨不得我们太太说：这林姑娘和你们宝二爷是一对儿。原来真是天仙似的！"这便是在照应第57回的话，证明薛姨妈真心实意地为黛玉和宝玉在众人面前提过了亲，不然老妈妈何以能听到这种只有提亲时才会说到的话？只可惜贾母不答应。又上引王夫人说："老太太想，倒是赶着把他们的事办办也罢了"，可证薛姨妈的建议王夫人也不反对，只是贾母每次都不作答，所以拖着，这一回是王夫人因为贾母主动问起黛玉和宝玉两人的事该怎么办时，误以为贾母想促成两人的婚事，所以说出上述那番话来。

七、贞洁：公道自在人心，连贾母也承认黛玉的用情专一为可敬

宝玉、黛玉之所以永远受人敬仰，便在于两人对爱情的忠贞，可以为爱而出生入死。在黛玉而言，便是第89回得知"宝玉定亲"的谣言而立意自戕；回末陈其泰对其的评价，把她推崇到了人间正气的地步：

黛玉知女子无"不从人"之理[1]。我心许宝玉，则非宝玉之从，而何从乎？今宝玉既娶他人，我若不死，贾母亦将以我身属之他人，我而非人[2]也则已；我而自命为人，焉有人而可以心属一人、身属一人者乎？[3]前之欲得宝玉而从之者，誓不二其心也；今之不得从宝玉而必死者，决无负我心也[4]。

---

[1] 指女子"三从"：未嫁从父、出嫁从夫、夫死从子，没有一样可以不从人。

[2] 指：如果我不算人的话，即我是道德败坏之人的话。

[3] 指：如果是有道德操守的人，肯定不会心中想着某人，而身子却嫁给另外一人，与所嫁之人同床异梦。

[4] 指：人当求"放心"（即"安心"），不负自己的初心。违背初心便不能让自己心安，便不能把自己的心放在千妥万妥处。

从一而终，不必在己出嫁之后也；以身殉节，不必在丧所天之后也①。故惟圣贤、仙佛，能不动心，则可无缠绵激烈之情②；若夫英雄、豪杰，不易动心，而不免为知己者一动其心，则常有"杀身成仁、致命遂志"之事③。及其仁之既成，志之既遂，则圣贤亦即此心，仙佛亦即此心。举凡一切忠臣孝子、义夫节妇，孰非此心之坚贞自矢、可以感天地、而光日月哉？故黛玉之心宝玉④而决于一死，<u>看来是儿女柔肠，实则是乾坤正气也！我初读之泫然而悲，再三读之，不觉肃然起敬！</u>⑤

第90回黛玉听到辟谣之言后霍然而愈，陈其泰回末又评：

汤玉茗云："生而不可以死，死而不可以复生者，非情之至者也。"我于黛玉见之矣！⑥

第116回宝玉"得玉（重得通灵宝玉）"后，为麝月一句"亏的当初没有砸破"语，勾起自己第3回初见黛玉便摔玉的往事，从而想起已死的黛玉，于是当场晕死过去，魂游"太虚幻境"后方才复活，陈其泰回末又评：

"可生而不可死者，非情之至也。可死而不可生者，亦非情之至也。生而不可以死，死而不可以复生者，犹非情之至也。"如宝玉，其庶几乎！⑦

陈其泰所引之语出自汤显祖《牡丹亭》的题记："情不知所起，一往而深，生者可以死，死可以生。生而不可与死，死而不可复生者，皆非情之至也。"真情可以让人出生入死；只有能让人出生入死的感情，方是人间第一等的至情。因此，能为爱而出生入死的黛玉与宝玉，便是人间第一等的有情人。

关于黛玉的忠贞，贾母也首肯，即第90回贾母皱了皱眉头说："林丫头的乖僻，虽也是她的好处。"所谓"乖僻"，即指爱得专一、用情专一；报谓"好处"，即优点。

相比而言，宝钗的个性在于世故圆滑，八面玲珑，即第55回凤姐评宝钗："拿定了主意，'不干己事不张口，一问摇头三不知'。"这样的人太柔美、少刚烈，自然也就多人爱、而少人敬了。而黛玉则与之相反，属于少人爱、但多人敬！正如与黛玉一样个性直露的楚霸王项羽，虽未夺得天下，但乌江岸边不忍独生而自刎以谢江东父老，赢得千秋敬仰；夺得天下的刘邦，人虽慕其富贵已极，但几乎无人对其品行表示敬重，这正是"第一章、第二节、八"引第20回脂批评价同样个性直露的晴雯所说的："观者凡见晴雯诸人则恶之，何愚

---

① 即：为爱而殉节可以在未出嫁之前。
② 指：唯有仙佛可以无情欲，凡人皆有情欲，则此情欲当深挚专一方不负"人"之称号。如果滥情，则与动物界中的禽兽无别也。
③ 如书中黛玉、司棋、尤三姐为爱而殉节，如鸳鸯因恋主情深而为主子贾母殉节，便是作者在书中塑造出来的为爱、为情而可以牺牲自己性命的两类典型。
④ 指：心属于宝玉。即把自己的心给了宝玉。心宝玉，即心中只有宝玉。
⑤ 《桐花凤阁评〈红楼梦〉辑录》第265页。
⑥ 《桐花凤阁评〈红楼梦〉辑录》第269页。
⑦ 《桐花凤阁评〈红楼梦〉辑录》第358页。

也哉！……若一味浑厚、大量、涵养，则有何可令人怜爱护惜哉？……故观书诸君子不必恶晴雯，正该感晴雯金闺绣阁中生色方是。"

探春

第四节　全书大格局与大情节上的前后照应

《红楼梦》全书开头第1回"甄士隐梦幻识通灵、贾雨村风尘怀闺秀",以甄士隐、贾雨村两人的一同出场交谈来开端;而且剔除最开头的"楔子"后(即剔除第1回所谓的"出处既明"之"出处"后),全书正以甄士隐做梦为发端。

《红楼梦》全书最后第120回"甄士隐详说太虚情、贾雨村归结红楼梦",仍以甄士隐、贾雨村两人的一同出场交谈来结束;而且剔除最后面的"尾声"部分后(即剔除贾雨村"说毕,仍旧睡下了,那空空道人牢牢记着此言"找到曹雪芹那部分文字后),全书又正以贾雨村做梦来结尾。

全书以甄士隐做梦、贾雨村做梦来起、结,正点书名"梦"字之旨。全书"楔子"讲到"曹雪芹于悼红轩中披阅十载、增删五次"而题偈语一首;"尾声"部分又述"空空道人"在梦中人贾雨村指点下,再度找到"悼红轩见那曹雪芹先生"而再作偈语,"为作者缘起之言更转一竿头":"楔子"与"尾声"这两者可谓处处照应。

总之,后四十回的末回与前八十回的首回两相呼应,均以甄士隐、贾雨村两人一同来起首、作结,正所谓"解铃还须系铃人"!而全书第5回与倒数第5回又都述及"警幻仙境"事,做一首一尾上的遥相照应。以上两者便使得全书的行文结构,如同镜像般完美对称,这便是本章"第一节、九"林语堂先生所赞誉的《红楼梦》全书"结构上的严密精细"。这断非出自两人手笔,而当是同一人所作的巧妙构思!

后四十回末尾更暗示书末有天外的另一番故事,当即"警幻情榜"而其文已失,与脂批言"书末有'警幻情榜'但已佚失"完全吻合;前八十回情节上的大预言,在后四十回中也全都能得到圆满照应,这也断非两人所能写就。

一、全书起结、开合上的大照应

(一)"警幻仙境"——全书第五回与倒数第五回的两相照应

前八十回的第5回"贾宝玉神游太虚境、警幻仙曲演《红楼梦》",让宝玉梦游太虚幻境,读到"薄命司"中诸女子的命运,以此形式来把全书主要人物——诸"金陵十二钗"的命运,全部"开门见山"地交代给读者,并由警幻仙子对宝玉实施"先导其入淫以完成传宗接代使命、再导其出淫而复归天界[①]"

---

① 其实这可以作为所有世人的人生历程,即印度教所谓的:人生有"利、欲、法、解脱"

的教化使命。而后半段的教化使命（指导其出淫而复归天界、也即书中所谓的"补天"），便点明全书由"戒淫"归入"佛法"的主旨。

无独有偶，后四十回的倒数第5回即第116回"得通灵幻境悟仙缘、送慈枢故乡全孝道"，让宝玉在晕厥中再度魂游警幻仙境，发现之前的"太虚幻境"坊反面就是"真如福地"坊①，此前所见到的坊内的"孽海情天"宫化作了"福善祸淫"宫②，"薄命司"殿变成了"引觉情痴"③殿④，这就照应了第5回警幻的教化之旨便在于导人出淫而归入"佛法的觉悟"。

于是宝玉便第二次来到这已经变成"引觉情痴"殿的原"薄命司"殿，再

四个目的，但以解脱作为人生最高、最终极的目标，因为前三项只是达到这一最终目标的中间阶段。印度教因这种观念而重视现实世界中的利欲和物质享受，主张一个人应该为子孙繁殖和富贵荣华孜孜不倦地经营自己的人生，负担起家庭的责任。同时，一个人追求和实现自己的利欲和享受，必须遵循和服从"法"（音译"达磨"）这一社会法则、道德约束和自然规律。按照上述基本思想，印度教正统派便把人的一生划分为四个阶段：青年时期拜师求学，勤学苦读，特别是学习宗教经典和祭法，称为"梵行期"（这时要严格地禁欲，事关身心健康成长的百年树人之大计）；成年时期则结婚成家，生儿育女，供神祀祖，称为"家住期"；俗务和家事完成后，离开家庭进入森林修行、习定，悟道、求真，称为"林栖期"；晚年托钵修行，云游、岩栖，作为"圣者"终此一生，称为"遁世期"。印度教通过人生四种目标和四行期的说教，把个人和社会这两者给很好地协调起来，把人生对实利的追求和最终解脱这两者给很好地统一起来，把入世实践与出世思想这两者给很好地结合了起来。

① 按第116回"得通灵幻境悟仙缘"，宝玉重游警幻仙境时，随和尚"行了一程，到了个荒野地方，远远的望见一座牌楼，好像曾到过的。"这便照应第5回他所见的"有石牌横建，上书'太虚幻境'四个大字"。这时，"那和尚拉着宝玉过了牌楼。只见牌上写着'真如福地'四个大字。"请注意画线部分，这便证明此牌楼背面写着"真如福地"，而正面当是"太虚幻境"四个字。

② 按第116回是写："转过牌坊，便是一座宫门。门上横书四个大字道'福善祸淫'。"这不是说到了牌坊背面后又过了牌坊而来到了牌坊的正面，当是这时才正式"转过"也即离开牌坊而往前走，来到了第5回所见的"孽海情天"宫。其实第116回的文字与第5回正相照应，第5回作："转过牌坊，便是一座宫门，也横书四个大字，道是'孽海情天'。"第5回与第116回两者的画线部分完全相同，这便可证明第116回的"转过"就是离开牌坊而继续往前走的意思。

③ "情榜"评红楼诸艳时，此下凡公案的那对魁首（即"罪魁祸首"）中的男子贾宝玉被评为"情不情"，此下凡公案魁首中的女子林黛玉则被评为"情情"。其余诸女子是该下凡公案的陪客，从为首的牡丹花王薛宝钗开始，全都被评为各种"痴"字。"引觉"即引领这些人走向佛教意义上的觉悟（而归还天仙罗汉之位）。被引之人便是这下凡公案的"两情、众痴"——即两位被评"情"字的男女领袖，以及其余被评为各种"痴"字的百花仙子。把这些情痴之人引向觉悟，便名为"引觉情痴"。觉，即佛（"佛"为梵文音译，意译为"觉"），所以"引觉（引向佛教意义上的觉悟）"这两个字便体现出全书以佛法为指归的创作主旨。

④ 按第5回作：宝玉"当下随了仙姑进入二层门内，只见两边配殿，皆有匾额、对联，一时看不尽许多，惟见有几处写的是：'痴情司'、'结怨司'、'朝啼司'、'夜哭司'、'春感司'、'秋悲司'。（甲侧：虚陪六个。）……宝玉喜不自胜，抬头看这司的匾上，乃是'薄命司'三字，两边对联写的是：春恨秋悲皆自惹，花容月貌为谁妍？"宝玉在此读到《金陵十二钗》判词。第116回作："宝玉恍惚，见那殿宇巍峨，绝非大观园景象，便立住脚，抬头看那匾额上写道'引觉情痴'。两边写的对联道：喜笑悲哀都是假，贪求思慕总因痴。"讲的便是有了佛法觉悟后便会觉悟"万相皆假，而多情多欲皆是痴迷"之理。宝玉在此殿中重读第5回薄命司殿中读到的《金陵十二钗》判词，便可证明第113回的这座"引觉情痴"殿，便是第5回的"薄命司"殿在走向佛法觉悟者心目中的化身。

来读一遍诸女子的命运。这就与第 5 回宝玉第一次读"金陵诸钗"命运的情节两相照应，只不过前一次是"痴儿竟尚未悟"（第 5 回警幻仙子语），而此次却是"恍然大悟道：是了，果然机关不爽"而"引自己这个情痴入了佛教的圆满大觉"，两者无疑也就两相照应，同时又有主旨的升华。

全书第 5 回与倒数第 5 回这两者不光有一般意义上的情节两相照应，而且还是"镜像"般完全对等、一模一样的情节照应，同时更有全书在主旨意义上的升华。即：第 5 回梦游仙境、读《金陵十二钗》册子，倒数第 5 回也是梦游仙境、读《金陵十二钗》册子，两者一模一样、但又有了"读懂而大悟"这一主旨意义上的升华；第 5 回的"太虚幻境"坊反一个身（指来到其反面）成了倒数第 5 回的"真如福地"坊，"孽海情天"宫化作了"福善祸淫"宫，"薄命司"殿变成了"引觉情痴"殿，两者同样是一模一样、但又有了"佛教之觉悟"这一主题意义上的升华。

从梦醒的方式来看，第 5 回是以"迷津内水响如雷，竟有一夜叉般怪物窜出，直扑而来"吓醒宝玉，从而终结；第 116 回是以"后面力士赶来，宝玉急得往前乱跑。忽见那一群女子都变作鬼怪形象，也来追捕"，其恐怖场面与前八十回的第 5 回也无有差异。唯有第 116 回最后是"那送玉来的和尚手里拿着一面镜子（当即'风月宝鉴'）一照，……登时鬼怪全无，仍是一片荒郊"，并点醒宝玉："世上的情缘，都是那些魔障"，说着便把宝玉狠命一推说："回去罢。"宝玉被他一推而一跤跌倒在地，梦中的身心受此惊吓，得以苏醒过来。梦中和尚用镜子一照而孽障消除，象征的便是：作者这本别名为"风月宝鉴"的《红楼梦》之书，其实就是依托佛法而可消除大众情欲孽障的悟道之书。在这过程中：和尚便象征佛法，镜子便象征《红楼梦》之书，魔怪象征情欲。因此，全书第 5 回与倒数第 5 回的梦醒方式虽然都是一模一样的"心魔乱舞"而虽醒仍迷，但前者的宝玉是彻底未悟，后者的宝玉却深有所悟而尚未彻悟，于是后者比之前者便又有了"警醒幻梦中人、令尘世中人为之猛省"方面的主旨升华。

前八十回的全书开头第 5 回，与后四十回的全书倒数第 5 回，在情节与结构上可谓完全照应，而且是一种完全对等的镜像般的照应，这显然是同一个人的手笔，而不可能是他人仿作。故大某山民评第 5 回："此回是大开，一百十六回是大合。此回以前之四回是缘起，一百十六回以后之四回是余波。"点明《红楼梦》全书是"开头与结尾呈镜像般[1]完全对称、结构严谨的艺术整体"，这种严整的对称绝对只可能是同一个人所作的艺术构思。如果说这是两个人的构思而能做到如此严密精细的对称照应，显然不大可能。

又本书"第一章、第一节、三、（四）"指出：后四十回程伟元、高鹗收集时仅少掉约 2.5 回，是将此三十七八回匀成 40 回；而其第 110 回之后当仅少 0.5 回，所以用不着做匀回的调整，即原来的回次应当仍在原地，其回目名称也不

---

[1] 故《红楼梦》之书别名"风月宝鉴"。"鉴"即镜子，《风月宝鉴》的书名便透露出"全书首尾乃镜像照应"、"全书空间乃原型镜像"这两大旨趣。

用重拟，难怪第 116 回仍在第 116 回，则其回目名称也应当是曹雪芹原拟。

本书"第一章、第三节、六"证明：第 18 回元妃省亲时所点第三出戏《仙缘》的脂批"伏甄宝玉送玉"，与第 115 回"甄宝玉来见贾宝玉"那一回和尚正好前来送玉给贾宝玉也相吻合，而且第 116 回回目"得通灵幻境悟仙缘"，末两字正点第 18 回所点戏名《仙缘》，这便是第 116 回回目是曹雪芹原拟回目的铁证。

这也可以证明：程伟元、高鹗把略有残缺的后四十回之稿匀成四十回时，此第 116 回仍在曹雪芹原拟回目所在的第 116 回处，所以回目不用大的改动而得以保留原字。这也就更加可以印证我们上文的推测：第 110 回前由于要匀出两回来，其回目有需要重拟的地方，而第 110 回后由于只缺 0.5 回，不用改变原有的分回格局，其回目当是曹雪芹原拟。

由于"第一章、第一节、三、（四）"言明高鹗是把原稿的第 110 回"薛宝钗借词含讽谏、王熙凤知命强英雄"拆为第 109、110 两回而弥补其前所空缺的两回中的一回，其回目需要重拟；其前二十七回文字只要再匀出一回来，所以变动也不会太大，其绝大多数回目应当仍是曹雪芹所拟。

所以我们可以认为：程甲本的后四十回回目，除第 108、109、110 三回外，基本上都可以视作曹雪芹原拟的回目。只不过由于本章第八节考明：程高二人所找到的今本后四十回，其实就是脂砚斋首次作批的曹雪芹第一稿。因此，今本后四十回的回目是曹雪芹第一稿后四十回的回目，与裕瑞和程高二人所见到的、脂砚斋第二次作批的、曹雪芹前八十回的第五稿定稿前所录的全书 120 回目录中的第五稿改稿时的后四十回目录有所不同①。

（二）甄起而甄收——全书首末两回的起结照应

第 1 回"甄士隐梦幻识通灵、贾雨村风尘怀闺秀"，而第 120 回"甄士隐详说太虚情、贾雨村归结《红楼梦》"，两者都以甄士隐、贾雨村两人的一同出场来构思全书的起结，这也正如镜像般两相照应。而且正如本节开头所言，第 1 回以甄士隐之梦起，最后第 120 回以贾雨村做梦收，梦起而梦收，一则点明全书前后照应之旨，二则点书名"梦"字之题，表明作者本汤显祖《黄粱梦》（《邯郸记》）、《南柯梦》（《南柯记》）、《牡丹亭》等"临川四梦"创作而来的作书旨趣。

贾雨村结局其实是从第 117 回开始铺垫，即作者运用"借助人物口述来'一笔带过'式地交代故事旁枝情节"的戏剧笔法，通过赖、林两家子弟之口，交代清楚贾雨村"扛枷锁"的狼狈模样及其所犯罪状："你们知道是谁？就是贾雨村老爷。我们今儿进去，看见带着锁子，说要解到'三法司'衙门里审问去呢。我们见他常在咱们家里来往，恐有什么事，便跟了去打听。……这位雨村老爷，人也能干，也会钻营，官也不小了，只是贪财。被人家参了个'婪索属员'的几款。如今的万岁爷是最圣明、最仁慈的，独听了一个'贪'字，或因糟蹋了

① 注意：第五稿的前八十回已经定稿，但第五稿的后四十回仍在改稿中而未定稿，故不可以称为"第五稿定稿时的后四十回目录"，而只可以称为"第五稿改稿时的后四十回目录"。

百姓，或因恃势欺良，是极生气的，所以旨意便叫拿问。若是问出来了，只怕搁不住；若是没有的事，那参的人也不便。"第120回便交代贾雨村因犯"贪婪索贿"的案件审明定罪，这便是第1回甄士隐《好了歌解》"因嫌纱帽小，致使锁枷杠"句甲戌本侧批所批："贾赦、雨村一干人。"这是后四十回与脂批相合的显例。★

贾雨村幸遇大赦，削职为民，叫家眷先行，自己带了一个小厮、一车行李，来到"知机县"（此名是劝其识得度化仙机）、"急流津"（此名是劝其急流勇退）、"觉迷渡"口（此名是劝其回头是岸，以上三者都是曹雪芹"随事立名"手法的体现），又碰到了道士甄士隐正在迎候他，并问他可认识尘世中贾宝玉这个人："温柔富贵乡中有一宝玉乎？"雨村道："怎么不知？近闻纷纷传述，说他也遁入空门。下愚当时也曾与他往来过数次，再<u>不想此人竟有如是之决绝</u>。"这便是第21回"便权当他们死了，毫无牵挂，反能怡然自悦"句脂批的出处所在，其脂批曰："宝玉有此世人莫忍为之毒，故后文方有'<u>悬崖撒手</u>'一回。若他人得宝钗之妻、麝月之婢，岂能弃而为僧哉？此宝玉一生偏僻处。""此是宝玉大智慧、大力量处，<u>别个不能，我也不能</u>。"上引第120回正文的画线部分，与此第21回脂批的画线部分正可对看。

甄士隐说自己在老家苏州（实为金陵①）"仁清巷"旧宅门口做梦时，已在梦中和"通灵宝玉"这块玉石"神交"过一回了；所言就是本书第1回甄士隐梦中魂游"太虚幻境"时，看到僧道手中那块玉石。雨村便向他问起宝玉如今的下落。士隐说："宝玉，即'宝玉'也。【这是全书第一次、也是唯一一次点明'宝玉这个人'就是他身上所佩戴的那块'通灵宝玉'。而上文第三节'一'和'五'，我们已经充分论证过，从前八十回的字面只可以看出'宝玉这个人（即神瑛侍者）'与'通灵宝玉（即记录全书《石头记》故事的顽石、也即作者）'是两物而非一物；唯有后四十回胆敢写'宝玉之心'就是'通灵宝玉这块石子'，从而暗示宝玉这人与宝玉这块石头就是同一事物。此处又点明'贾宝玉这人'便是那'入世的顽石'，这绝对不是他人所能索解得出，而应当就是作者曹雪芹的本意和手笔。】那年荣、宁查抄之前，钗、黛分离之日，【这便是脂砚斋第42回脂批'钗黛合一'论出处的所在，足证脂砚斋所读到的后四十回就是今本后四十回。第42回之批是：'（宝）钗、（黛）玉名虽两个，人却一身。此幻笔也，今书至三十八回。时已过三分之一有余，故写是回，使二人合而为一。请看黛玉逝后宝钗之文字，便知余言不谬矣。'此处'钗、黛分离之日'其实没说两人乃一人，其意当指：两人原为同心的姊妹，必有同生同死的誓愿，如今因一生一死而阴阳两隔。所谓的'钗、黛分离'便是同心而异世的意思，所谓的'钗、黛合一'便是同心而共世②之意。】此玉早已离世：一为避祸，二为撮合。【此处补明通灵宝玉离世的原因有二：一是为了显示自己有预言抄家之祸的神性而当避世，即第8回通灵宝玉身上所篆刻的其所具有的三大功用'一除邪祟，二疗

---

① 第一回写甄士隐生活在姑苏："当日地陷东南，这东南一隅有处曰姑苏"，甲戌本有侧批："是金陵。"
② 共世，即共处于阳世。

冤疾，三知祸福'中的'三知祸福'；二是为了撮合不愿娶宝钗的宝玉，使之得以和宝钗成婚，即：通过自己的离世来让宝玉失心病狂，在神智不清时娶了宝钗。】从此凤缘一了，形质归一。又复稍示神灵，高魁、子贵，方显得此玉那天奇地灵锻炼之宝，非凡间可比。【黛玉离世时，这'通灵宝玉'便可随之离世，但为了再度显示自身的神灵，所以又故意回归宝玉这人身边，让他在乡试中得中高第（全省第七名举人那是非常高的名次了），又生贵子（这是在暗示其子贾蓝将像李纨的儿子贾兰那般，几十年后会中进士、任高官，为宝钗赢来诰命，使贾府复兴而拥有李纨、宝钗两位诰命夫人），唯有如此方能显示出宝玉这人的'通灵宝玉'之心乃通神之物而非凡间之物。】前经茫茫大士、渺渺真人携带下凡，如今尘缘已满，仍是此二人携归本处：这便是宝玉的下落。"

雨村叹道：通灵宝玉既然如此通灵，"又何必以情迷①至此，复又豁悟如此，还要请教。"【即通灵宝玉何以情迷，而要经历如此曲折的下凡经历方才顿悟，岂非"早知如此，何必当初"？答案便是第25回和尚对贾政说："长官你哪里知道那物的妙用。只因它如今被声色货利所迷，故不灵验了。"甲戌本夹批："石皆能迷，可知其害不小。观者着眼，方可读《石头记》。"又第1回："因空见色，由色生情，传情入色，自色悟空"，前八字便是贾雨村口中所言的'"情迷"至此"，后八字便是贾雨村口中所说的'"豁悟"如此"。】士隐笑道："此事说来，先生未必尽解。'太虚幻境'即是'真如福地'。两番阅册，原始要终之道。历历生平，如何不悟？'仙草归真'，焉有'通灵不复原'之理呢？"

雨村听了，知道这是仙机，不可泄露，所以也就不敢多问下去了。于是又说：贾府的闺秀从元妃开始全都"红颜薄命"（雨村原话比较委婉，说成是"结局俱属平常"，而第5回把"金陵十二钗"都归属于"薄命司"，故知贾雨村口中所言实乃"薄命"两字），雨村问：这是什么缘故呢？士隐叹道："贵族之女俱属从'情天孽海'而来。大凡古今女子，那'淫'字固不可犯，只这'情'字也是沾染不得的。【这便补明贾母鄙视黛玉的根由来。礼教视'贞洁'为重，不光身体不可行此淫事，连心中也当守贞而不可有淫念。此处是言：行淫者固然没有好的下场，动情者（即为情欲或淫念动心者）也没有好的下场，从而点明全书'福善祸淫'之旨。这就是上引第116回，当年携玉下凡的癞头和尚，再度点醒尚在凡尘中的宝玉所说的：'世上的情缘，都是那些魔障！''淫'与'情'皆不可沾染，其实这也是作者在点明自己没有好下场。即言自己也因为多情多欲而一事无成、潦倒终身。但不如此，如何能彻悟大道而创作出这部感天动地的《红楼梦》之书来？书中写黛玉重情而夭逝，鸳鸯重情而殉节，秦可卿、鲍二妻多淫而丧生，这一系列情节便表明：作者写此书的目的，便是要体现出甄士隐所说的'"淫"字固不可犯，"情"字也沾染不得'的创作主旨来。】所以崔莺、苏小，无非仙子尘心；宋玉、相如，大是文人口孽。凡是情思缠绵的，那结果就不可问了。"【最后这段话就说到了：古代文人编造风月故事，即便能像本书这样"谈情而不淫"，结局也都不会佳。这便是作者在预言自己因为造作本

---

① 以情，因为情欲。以情迷，因为情欲而受迷惑。

书必将获得恶报。但为了拯救世人，作者也就践行"大愿地藏王菩萨"所发的大愿："我不入地狱，谁入地狱？"甘冒必下地狱的危险而撰此表面是情欲之书、其实是度化世人出离情欲之书。但此书于人、于世是否有益，全凭读者一念之间：读者迷，便是作书者的罪过；读者悟，便是作书者的福报。可惜世人迷多、悟罕，所以作书者的恶报远大于福报。希望世人能以正心、正解来读此书，使此书益人、益世，而让身处十八重地狱的作者蒙受无量福报。①】

雨村又问荣、宁两府可否复兴如初？士隐道："福善祸淫，古今定理。现今荣、宁两府，<u>善者修缘，恶者悔祸</u>，将来兰桂齐芳，家道复初，也是自然的道理。"雨村低头想了半日笑道："现在他府中有一个名'兰'的，已中乡榜，恰好应着'兰'字。适间老仙翁说'兰桂齐芳'，又道'宝玉高魁、子贵'，莫非他有遗腹之子可以飞黄腾达的么？"士隐微笑道："此系后事，未便预说。"【甄士隐口中所说的"善者修缘、恶者悔祸"，即指第 106 回"贾太君祷天消灾②患"，写贾母焚香对天默祷："皇天菩萨在上：我贾门史氏，虔诚祷告，求菩萨慈悲。我贾门数世以来，不敢行凶霸道。我帮夫助子，虽不能为善，也不敢作恶。必是后辈儿孙骄奢淫佚，暴殄天物，以致合府抄检。现在儿孙监禁，自然凶多吉少，皆由我一人罪孽，不教儿孙，所以至此③。我今叩求皇天保佑，在监的逢凶化吉，有病的早早安身。总有合家罪孽，情愿一人承当，求饶恕儿孙。若皇天怜念我虔诚，早早赐我一死，宽免儿孙之罪！""兰桂齐芳"预示贾兰和贾宝玉的遗腹子贾桂当重振家业。贾兰重振家业，可见第 110 回贾母临终时说："我想再见一个重孙子，我就安心了。我的兰儿在哪里呢？"李纨推贾兰上去，贾母放开宝玉，拉着贾兰道："你母亲是要孝顺的。将来你成了人，<u>也叫你母亲风光风光</u>。"宝玉因在"太虚幻境"中读过李纨的判词，所以第 119 回离家交代后事时，转过来给李纨作了个揖说："嫂子放心，我们爷儿两个都是必中的。<u>日后兰哥还有大出息，大嫂子还要带凤冠、穿霞帔呢</u>。"作者通过贾雨村的猜想，又用甄士隐不加否定的默认，向大家点明"兰桂齐芳"的"兰"便是指贾珠的儿子贾兰，而"桂"字便隐指宝玉出家后的遗腹子贾桂，"兰桂齐芳"四字便把贾府的复兴写得含而不露，的确是作者曹雪芹所擅长的含而不露的"春秋笔法"。由于第 5 回李纨判词言及李纨早死，而第 120 回最后尚未写到李纨逝世，这应当是残稿之故。又第 119 回宝玉临走时交代："四妹妹和紫鹃姐姐跟前，替我说一句罢④。横竖是再见就完了⑤。"即紫鹃跟着惜春在家修行，未来送行，但宝玉

---

① 这并不是说曹雪芹一定深处十八重地狱，而是说我们读者当以作者深处十八重地狱的想法，迫使自己以正知正解来解《红楼梦》，即便作者深处地狱亦当获得解脱。

② 灾，程乙本改"祸"。

③ 请对读第 44 回贾琏与下人老婆通奸，贾母笑着对捉奸的凤姐说："什么要紧的事？小孩子们年轻，馋嘴猫儿似的，哪里保得住不这么着？从小儿世人都打这么过的。都是我的不是，她（凤姐）多吃了两口酒，又吃起醋来。"抓奸的凤姐经贾母这张嘴一说，反倒成了"吃醋"而不容许丈夫纳小的罪魁。"万恶淫为首"，贾府之恶始于"淫"，而贾府的淫乱又是"乱自上作"，贾母作为最高家长，第一个要负"管教不严"之咎。

④ 即代我向出了家的惜春、紫鹃问个好。

⑤ 末句程乙本改作："她们两个横竖是再见的。"

说："最终还是要再见面的！"可见：全书最末一回的第 120 回当有对应第一回"楔子"的"尾声"情节，即放"警幻情榜"之事（正如同《封神榜》一书最后要放"封神榜"一般），其中便会写到这段下凡公案的宝玉与红楼诸女子相见于"太虚幻境（也即'真如福地'）"之事；但正如脂批所言，此《警幻情榜》今已失去。】

天机不可泄露，雨村还要再问，甄士隐已笑而不答。餐毕，甄士隐请雨村暂歇在这草庵之中，说自己要去度化小女英莲，并说："小女英莲，幼遭尘劫，老先生初任之时，曾经判断，今①归薛姓。产难完劫，遗一子于薛家，以承宗祧。此时正是尘缘脱尽之时，只好②接引接引。"士隐前往度脱刚生下儿子而死于难产的香菱，送到"太虚幻境"，让警幻仙子销案。销案毕，刚走出牌坊，便看到那一僧一道缥缈而来，士隐迎上去问讯说："大士、真人，恭喜、贺喜！情缘完结，都交割清楚了么？"那一僧一道说："情缘尚未全结，倒是那蠢物已经回来了。还得把他送还原所，将他的后事叙明，不枉他下世一回。"【此番牌坊相晤，正与第 1 回梦中"牌坊相晤"的情节如同镜像般遥相照应。仙师说："情缘尚未完全终结"，是指诸女子中尚有未回天者，如李纨、宝钗、探春、史湘云等人是也，特别是第 31 回"因麒麟伏白首双星"，伏的便是有金质小巧玩物的宝钗、湘云两人都要守寡到白头，即她俩的"还天"还为时尚早；而贾兰由中举到做大官，为母亲李纨赢来凤冠霞帔后李纨才逝世，同样也还为时尚早。诸女子中尚有未回天者，而顽石这蠢物却已回来。由此可知，其后必有与第 1 回"楔子"相照应的"尾声"情节，即脂批所谓的"警幻情榜"那一段，写诸女子都来归案时，警幻放一"情榜"，对每个人做一评语。】

士隐听了，便拱手而别。一僧一道仍把这顽石之玉携到青埂峰下，让其复还原位，又复还其粗大笨重的原形之身（即下引空空道人所谓的"返本还原"），安放在女娲炼石补天处，然后各自云游而去。从此后："天外书传天外事，两番人作一番人。"【"两番人"指入世前的仙人——神灵"神瑛侍者、绛珠仙草、牡丹花王等百花仙子"是一番人，而下凡入世后所幻化成的"臭皮囊"——贾宝玉、林黛玉、薛宝钗等红楼诸女子便是第二番人。作者在"情榜"中必定会注明世间某某即仙界某某下凡，于是两番人便又成了一番人。此"警幻情榜"是天外之书，传的是天外之事，这也可以证明后四十回当有"警幻情榜"这段仙界情节而今本已经失去，这句诗便是提示全书文末有此情节的总结之文。而脂批正提到"书末《警幻情榜》已失"，此 14 字便是证明脂批所见后四十回与今本相一致的力证。】

后来那空空道人又从青埂峰前经过，看到自己曾经抄录传世的石头身上的故事仍在，字迹如旧，又从头到尾细看一遍，见原来的最后一偈（"无材可去补苍天，枉入红尘若许年。此系身前身后事，倩谁记去作奇传"）后面又添上了很多"收缘结果的话头"（即红楼诸女子的结局故事③），便点头叹道："我从前

① 今，当作"令"。
② 只好，正好。
③ 此未必可以证明"警幻情榜"这一尾声故事当在"天外书传天外事，两番人作一番"这

见石兄这段奇文，原说可以闻世传奇，所以曾经抄录，<u>但未见'返本还原'</u>，不知何时，复有此一段佳话？方知石兄下凡一次，磨出光明，修成圆觉，也可谓无复遗憾了。只怕年深日久，字迹模糊，反有舛错，不如我再抄录一番，寻个世上清闲无事的人，托他传遍，知道'奇而不奇、俗而不俗，真而不真、假而不假'，或者：尘梦劳人，聊倩鸟呼归去；山灵好客，更从石化飞来，亦未可知。"

上引文字中画双线的这句话，似乎意味着原来的故事没写到"通灵宝玉"这块石头和贾宝玉这位"神瑛侍者"返回本来面目、回到原来住所（即天界）。但问题是，据第1回而言，前面那段故事就写在石头身上，石头如果不"返本还原"，空空道人如何得以见到其身上的故事？可证空空道人口中所说的要么是作者故意写的假话，要么就不是指石头的"返本还原"，而指李纨、宝钗、探春、史湘云这比宝玉要晚的红楼诸女子的"返本还原"。

即石头身上新增的"收缘结果"的故事并非是石头"返本还原"事，而是石头"返本还原"后所有红楼诸女子"返本还原"而放《警幻情榜》这段"收缘结果"的情节。由于石头是在李纨、宝钗、探春、史湘云等人还天之前便已还天（"返本还原"），而上已言，这四人的还天（"返本还原"）还要等上几十年。所以当年空空道人看到此石头身上的故事只写到这石头还天（"返本还原"）为止，现在又过了几十年而李纨、宝钗、探春、史湘云等所有红楼诸女子全都还天（"返本还原"）而警幻仙子放了《警幻情榜》。于是空空道人便又抄下这段"收缘结果的话头"来，想请某个慧心文人（据下文，找到的便是"悼红轩"中的曹雪芹，与"楔子"曹雪芹"于悼红轩中披阅十载、增删五次"语也正相合榫），把这段放《警幻情榜》而为诸人作评的情节，给添到业已流传在人间的《红楼梦》全书初稿的最后。

于是作者下来写：空空道人便把石头身上新增加的那"收缘结果的话头"再度抄录下来，苦于世间文人不是想着建功立业，便要糊口谋衣，没有闲情逸志来流传这部"石头所记载的故事"（此点《石头记》的书名），直到"急流津、觉迷渡口"的草庵中，看到甄士隐命其留守以待有缘人的贾雨村仍睡在那儿。空空道人看到他比较清闲，或有作书的意向，于是便摇醒他。贾雨村一看到空空道人抄来的故事，便说这事是我曾经亲见、亲历过，你抄的话没有差错，你等到某年某月某日，到那"掉红轩"中去找一位曹雪芹先生，只说："贾雨村托你流传此书"便可，说完依然睡下。①空空道人牢记此言，到那年那月之时，果有个"悼红轩"曹雪芹，他便把贾雨村的吩咐对他说了，又把这《石头记》的故事给他看，曹雪芹笑道："果然是'假雨村言'！都是荒唐虚构的故事罢了。"②后人看了这本传奇故事，也曾题过四句偈语，"为作者缘起之言更转一竿头"，即比作者第1回缘起之言"满纸荒唐言，一把辛酸泪！都云作者痴，谁解其中

总结性诗句之前，笔者在下文猜测：《警幻情榜》这段故事应当在全书最后一页而由曹雪芹后来补出。

① 此又暗点，全书不过是贾语村（即"假话、实非、胡诌人士、假语存"这一编造假故事的人，也即作者的化身）头脑中的一场梦罢了，故书名以"梦"字来命名。

② 此再度点明上一小注之旨。

味"更进一竿（指意境、含义更进一步）："说到辛酸处，荒唐愈可悲。由来同一梦，休笑世人痴！"

总之，第120回这一结局之文与第1回如镜像般完全照应，无有不合，的真就是曹雪芹的手笔，非其他人所能拟补得出。〖全书首末两回的镜像对照之例有：第1回写甄士隐看到一僧一道手中顽石所化的通灵宝玉，然后一僧一道携此玉进入"太虚幻境"的牌坊；而第120回写甄士隐度英莲后从"太虚幻境"牌坊出来时，迎面碰上一僧一道携通灵宝玉前来销号，然后送其归回原位，两者如镜像般完美照应。第1回最开头空空道人读到复归原位的顽石身上的故事，而第120回写空空道人再度读到顽石身上故事，这也如镜像般完美照应。书首第1回以甄士隐（真事隐）梦玉下凡开篇，书尾最后一回以贾雨村（假语存）梦结全书，亦一首一尾如镜像般两相照应，点全书书名"梦"字。如此严整统一、前后对照的艺术构思，不仅在中国文学史中没有，就是在世界文学史上也堪称绝无仅有。〗

而且据第1回，空空道人第一次传抄时，已让曹雪芹整理传世过，此处已是曹雪芹第二次传抄，曹雪芹怎么可能不知道有第一回传抄之事而又再度传抄一遍的道理？可证这一矛盾肯定也是作者原稿如此写就；如果这是他人来续，断无这种荒谬。我们在本章第二节已经充分证明：今本第1回（即前八十回）乃曹雪芹第五次的定稿，而后四十回尚是未定的某次中间稿（据本章结尾"第八节"考证，当是第一稿），故此第120回与第五稿定稿的第1回会有所牴牾，但这一牴牾恰恰可证明今本后四十回乃曹雪芹的未定稿，而绝对不可能是高鹗或其他无名氏所续。

其实，下来作者（即曹雪芹）便要接着上文"收缘结果的话头"，写此曹雪芹第二次整理出来的、空空道人第二次传抄出来的"天外书传天外事"中的天外之事，也即"两番人作一番人"中的第二番故事，也即天上的"警幻情榜"故事，也即所谓的石头"返本还原"后的"佳话"，也即宝玉所说的与"四妹妹和紫鹃"再见时的场景，也即与第1回楔子（女娲炼石补天）情节完全相对应的"尾声"故事——诸金陵十二钗全部还天而警幻放"情榜"的情节。

可惜今本已失，但其行文尚可看出端倪。我们今天所见到的后四十回尚是初创草稿，尚未写就"警幻情榜"这一尾声；而与今本八十回同时写就、但今已失传了的后四十回的第五次改定之稿，其所写就的"警幻情榜"这一尾声很可能是这样的：空空道人补抄成全书，贾雨村让其再找曹雪芹，他于是又再度找到曹雪芹，曹雪芹便说自己是第二次做这种事了，于是把天外之事给补录在已传世的书稿上流传于世。之所以要让曹雪芹补抄上去才能传世，象征的便是此书的作者是曹雪芹，得（děi）要经过他的手才能加以流传。

又有人据空空道人说："我从前见石兄这段奇文，原说可以闻世传奇，所以曾经抄录，但未见返本还原。不知何时，复有此一段佳话？"认为这是续书者在这儿表明这后四十回是他所续，从而认定"后四十回不是曹雪芹所著"。其实这是误会。

因为第 1 回"楔子"也言明故事是"石头"所记，空空道人（后改名"情僧"）只是抄录传世者，"后因曹雪芹于悼红轩中披阅十载，增删五次，纂成目录，分出章回，则题曰《金陵十二钗》"，即曹雪芹只是编纂改定者。

但甲戌本眉批点明："<u>若云雪芹披阅增删，然则开卷至此这一篇楔子又系谁撰？足见作者之笔，狡猾之甚。</u>后文如此者不少。<u>这正是作者用画家烟云模糊处，观者万不可被作者瞒蔽了去，方是巨眼。</u>〇能解者方有辛酸之泪，哭成此书。壬午除夕，书未成，芹为泪尽而逝。余尝哭芹，泪亦待尽。每意觅青埂峰再问石兄，奈不遇癞头和尚何！怅怅！今而后，<u>惟愿造化主再出一芹、一脂，</u>是书何幸，余二人亦大快遂心于九泉矣。甲午八日泪笔。"画线部分已清楚点明这篇"楔子"就是曹雪芹所撰，并且清楚点明：作者说"此书乃石头所记、空空道人（情僧）流传、曹雪芹编纂改定"这三者全都是作者的"狡猾"之笔。况且批语中说的是"惟愿造化主再出一芹、一脂"，而脂砚斋是评点者，与之并列的曹雪芹自然也就应当是作书者，而绝对不可能是一般性的传抄者、编纂者、整理者。脂砚斋是整个创作过程的目击者，曹雪芹死时他仍健在，所以他的话当为可信，所以：此书的作者便是曹雪芹，而"石头、空空道人（情僧）"不过是曹雪芹的笔名罢了。

此第 120 回亦然，用"画家烟云模糊"的笔法想"瞒蔽"读者，把后四十回的作者与曹雪芹、空空道人分开。而且他在上面那段话后又说："方知石兄下凡一次，磨出光明，修成圆觉，也可谓无复遗憾了。只怕年深日久，字迹模糊，反有舛错，不如我再抄录一番，寻个世上清闲无事的人，托他传遍"，可证"不知何时，复有此一段佳话"仍是"石兄下凡一次，磨出光阴，修成圆觉"后所记。这就表明：作者最初稿写作时并没有什么佛学的主张，在后来的不断修改创作中，当写到最后一稿及该稿的最后一部分①时，其佛学的内涵越来越深，然后回过头去，又在第 1 回高标全书的佛门主旨②。由这段话便可看出，后四十回仍是"石头所记、空空道人（情僧）流传、曹雪芹编纂改定"，与前八十回中的第 1 回所说的作者"群"③一模一样。特别这第 120 回最后又提四句偈语说："为作者缘起之言更转一竿头"，而第 1 回言明那缘起之偈乃是"曹雪芹于悼红轩……中披阅十载，分出章回，则题曰《金陵十二钗》，并题一绝"，此处将曹雪芹所题的这首偈语说成是"作者的缘起之言"，更是"不打自招"地供认本书的作者便是曹雪芹的"点睛之笔"！

总之，第 120 回与第 1 回一样，处处运用"画家烟云模糊"的笔法想"瞒蔽"读者，说这书不是曹雪芹所写；但又会用一两处"点睛之笔"来交代全书乃曹雪芹所写的真相；两者的"狡猾"笔法如出一辙，这也是"后四十回乃曹

---

① 指后四十回中的后五回，即第 116 回"太虚幻境"变"真如福地"，"孽海情天"变"福善祸淫"，"薄命司"变"引觉情痴"，大标全书的佛门旨趣。

② 指第 1 回："'美中不足，好事多魔'八个字紧相连属，瞬息间则又乐极悲生，人非物换，究竟是到头一梦，万境归空。"

③ 作者实为一人（即曹雪芹），但文字表面写成三个人（石头、空空道人即情僧、曹雪芹）罢了。故此处用"群"字而加引号，表明字面上是三个人，实则就是一个人（曹雪芹）。

雪芹所作、而非他人所续"的力证。

第 120 回陈其泰评："**起、结两回笔法超脱，真乃空前绝后之文**。作者自谓：'假语村言。读者切弗刻舟求剑、胶柱鼓瑟。若必寻根究底'①，作痴人说梦，则请问之茫茫大士、渺渺真人。"②画线部分指出全书第 1 回与最后一回（第 120 回）这全书的起始与结尾两回的笔法，皆高妙而今古罕见。试想，人间谁有如许大的笔力，能追踪曹雪芹第 1 回的空灵境界？故知此第 120 回必是曹雪芹本人所作！

而陈其泰又点明全书既然是虚构的小说（"假语村言"），读者便不应该处处坐实、而把书中所写当成真相来考证，否则便是"痴人说梦"，这就为后世诸"索隐"家、"考证"家③作当头一棒喝！当然书中有"真事隐"，但隐的是家事，而且是艺术加工后的家事，与纯然实录的曹雪芹家的家族真事已有相当大的差距，全书是小说（"自传性很强的小说"），读者能做到不"刻舟求剑、胶柱鼓瑟"而会心地去读，方才是作者曹雪芹的真知音④。

（三）"假去真来"——全书"真假"主旨上的大照应
（1）前八十回的"真假"主旨与所揭示的"假去真来"

第 2 回作者以江南甄家被"葫芦庙之火烧及、火及"，来影写"江南真家"也即自己江宁织造府曹家被"糊涂案牵连、祸及"。

作者在叙完甄士隐因家被烧而出家⑤这段故事后，写贾雨村"又谢甄家娘子许多物事，令其好生养赡，以待寻访女儿下落。封肃回家无话"。这时甲戌本有侧批："士隐家一段小荣枯至此结住，所谓'真不去，假焉来'也？"这指的是：

作者秉承书名"梦"字所体现出的梦中之事可以时序颠倒的特征，把"我们"曹家抄家后、如今的真实境况，放到最开头来借"江南甄家"与"甄士隐（真事隐）"的名义隐写；然后再把抄家前、往昔那段已经死掉的繁华时光，借

---

① 这指的是第 120 回曹雪芹对寻根问底的空空道人说："说你'空'，原来你肚里果然空空。既是'假语村言'，但无'鲁鱼亥豕'，以及背谬、矛盾之处，乐得与二三同志，酒余饭饱，雨夕灯窗，同消寂寞，又不必大人先生品题传世。似你这样寻根问底，便是刻舟求剑、胶柱鼓瑟了。"即小说旨在虚构，只要没有错别字及反对政府、有伤风化的言论，便可流传于世，而不必在意其所写的真假与否、原型为何。
② 《桐花凤阁评〈红楼梦〉辑录》第 374 页。
③ "曹学"即考证曹雪芹家世，"索隐"便是索《红楼梦》一书中曹雪芹家以外的历史本事。曹学这一"考证"也容易误入歧途而索中曹家本事之隐，从而与"索隐派"同流合污。
④ 按，第 89 回黛玉说："古来知音人能有几个？"这也是作者对自己书所说的话。这也就是作者曹雪芹在全书第 1 回"楔子"末尾所题的自题诗："满纸荒唐言，一把辛酸泪！都云作者痴，谁解其中味？"第一句是说书中隐有自家曹家的真事，末一句便是呼唤大家能识破三点：一是全书空间用自家的"镜像"；二是全书的时间用自己人生中的抄家时十四岁，"拆分"成小说故事中的抄家时十九年；三是人物上的"张冠李戴、一多影射"；但书中的"事体情理"却全都是真的家事（第 1 回"楔子"中"石头"也即作者化身亲口所说的："不过只取其事体情理罢了"）。能领悟此三点，便是曹子的知音。
⑤ 这影写的是曹家有人在被祸（"被火"象征"被祸"）抄家后，看破红尘而出了家。同时也是作者曹雪芹自己心境的体现，而其本人未必真要出家，可以像书中的惜春那样在家修行。

"长安贾府"与"贾雨村（假语存）"来假写。

所谓"真"，即作者我提到全书最开头来写的"真事"，也即真实世界中的曹家结局，也即第 1 回甄士隐《好了歌解》大透"真家"这一真实世界中的南京曹家抄家后的惨况。

上引画线部分的六字之批"真不去，假焉来"说的是：从这第 2 回开始，作者我提到全书最开头来写的这一"真事"（即真实的曹家结局）便要退去了，也即批语中所谓的"甄（真）家的荣枯①"要退去了；下来从这第 2 回开始，作者我便要开场演说那段"假事"，也即贾府这小说中的"曹"家抄家前那段往昔的②、空幻虚假③的"荣华富贵"的故事了。

所谓"假"，有两层意思：一指这些事是小说中描写的，是假的、虚构的，虽然有我曹家真事的影子，但已做了艺术处理，除了空间以外，其时间、人物很难再看出其真实的原型来了，只有"事体情理"是逼真的；二指一切荣华富贵的事情再怎么繁华，到落幕时，便能明白：整个过程其实都不过是一场空幻、一场虚假的泡影罢了。

第 71 回："内中只有江南甄家（庚夹：好，一提甄事。盖真事将显，假事将尽。）一架大屏十二扇，大红缎子缂丝‘满床笏’，一面是泥金‘百寿图’的，是头等的。"脂批画线部分所说的"真事将显，假事将尽"，与上引第 2 回六字之批"真不去，假焉来"正相对照，是指从这第 71 回开始：小说中的假事，也即贾府这小说中的"曹"家那段往昔的（已死的）、空虚的（荣华富贵）的繁华故事快要结束了；而真事，也即如今的、最终的真实世界中的真家（南京曹家）如何被抄家，以及抄家后的惨况，就要开场了。其所言，正与后四十回中描写到的贾府如何一步步走向衰亡并抄家的情节相合。

总之，作者笔下的"真事"便是作者我江南真（甄）家抄家后直至今日的惨况之事，作者我笔下的"假事"便是作者我江南真（甄）家抄家前的早已死掉了的荣华富贵之事。作者想说的是：荣华富贵如梦、如幻而是假（即书名"红楼梦"其实就是传奇戏"黄粱一梦、南柯一梦"的旨趣）；而抄家后"落了片白茫茫大地真干净"的心境才是人间唯一之真（即第 120 回宝玉所唱的："渺渺茫茫兮，归彼大荒"）。

（2）后四十回中点明前八十回所暗含而未明点的"真假"主旨，与前八十回遥相照应

第 103 回把全书的"真假"主旨给这样写了出来：

贾雨村升了京兆府尹，兼管税务，出都查勘开垦的地亩，"路过知机县，到了急流津，正要渡过彼岸④"，看到渡口有座小庙，于是入庙来到后殿，看到翠

---

① 荣枯，偏义词组，偏在"枯"字上。
② 所谓"往昔的"，即逝去的、逝世的，也即消逝、过往而不再的。
③ 指荣华富贵的往事虽然是真的，但到头来以抄家的形式变成一场空而有"空幻虚假"之感。
④ 象征人们由此岸世界通过悟道来到达彼岸世界，即佛、道两家所谓的"超度"。则河这边

柏的树荫下有一间茅庐（可见后殿不是殿，而是一间供修道者憩息的简陋茅屋，因在前殿之后，所以说成是后殿），有位道士正在闭目打坐，面貌很是熟悉，只是想不起在什么地方见到过，于是叫醒老道说："见老道静修自得，想来道行深通，意欲冒昧请教。"那道人说："来自有地，去自有方。"这便是佛家所谓的禅家机锋，不涉世务，超然脱俗。

雨村一听，便知含义深远，知道他有些来历，于是作揖，请教道士的来历出处："老道从何处焚修，在此结庐？此庙何名？庙中共有几人？或欲真修，岂无名山；或欲结缘，何不通衢？"那道人答道："'葫芦'尚可安身，何必名山结舍？庙名久隐，断碣犹存。行影相随，何须修募？岂似那'玉在椟中求善价，钗于匣内待时飞'之辈耶？"说的便是：自己就是当年那位住在"葫芦庙"边的人，并且还点明自己名字中有"隐"字（"庙名久隐"），又声称自己孤身一人，云游天下，何必修庙？（"行影相随，何须修募？"）不像那姓"善价"之"价（谐音贾雨村之姓'贾'[①]）、又字"时飞"的贪图荣华富贵的贾雨村，要高堂大厦才能居住！

由于提到了第 1 回贾雨村所作而仅甄士隐一人倾听到的对联："玉在椟中求善价，钗于奁内待时飞"，贾雨村何等聪明颖悟，初听那"葫芦"两字便已一惊，后来又听到自己唯独对甄士隐说过的"钗、玉"这一对联时，便一下子想起面前这位，就是自己十三年前曾经千方百计寻找过的恩公甄士隐。于是屏退随从，轻声问道："君家莫非甄老先生么？"

那道人微微笑道："什么'真'？什么'假'？要知道'真'即是'假'，'假'即是'真'。"这便点明全书"以假写真"、贾府（假府）就是"甄府、甄家"（真府、真家——甄宝玉府、甄士隐家——也即曹家）之旨。雨村听其说出"甄""贾"这两个字来，便知肯定就是，于是恳求出凡的甄士隐指点一下自己未来的荣华富贵。

道人于是站起身来回礼说："我于蒲团之外，不知天地间尚有何物。适才尊官所言，贫道一概不解。"即：自己只知道修炼出世（即只知道"蒲团"之事），不问世事（即不知道你的未来，也不过问人世间事），无法指点。雨村心想："离别来十九载，面色如旧，必是修炼有成，未肯将前身说破。"即他已经猜到甄士隐不是不知道，而是不愿意暴露自己就是甄士隐的身份，也不愿意泄露有关我贾雨村未来的天机。

而笔者《红楼时间人物谜案》"第一章、第三节、第 103 回"已经证明贾雨村认识甄士隐是在宝玉出生前一年，第 103 回的次年第 120 回"毗陵驿"宝玉别贾政时，贾政称："岂知宝玉是下凡历劫的，竟哄了老太太十九年！"点明宝玉 19 岁出家。

第 103 回贾雨村称与甄士隐相识 19 载而宝玉为 18 岁（因为其相识于宝玉出生前一年），次年的第 120 回又声称宝玉为 19 岁，这两处确凿无疑且又断然

的"知机县"与"急流津"都象征此岸世界即人世间，而贾雨村未能到彼岸便与甄士隐相遇，即象征其仍在滚滚红尘中未得解脱。

① "价"的繁体字是"價"，其为"贾（賈）"字加单人旁"亻"。

不误之语，也的确只有原作者曹雪芹本人才敢写、才写得出。笔者《红楼时间人物谜案》"第二章、第一节"将全书时间详排下来，宝玉出家之年果真就在后四十回所说的 19 岁，如此吻合，也可证明后四十回的第 103 回与第 120 回当是曹雪芹的手笔。

除第 103 回外，后四十回的第 104 回也点明全书以"贾"为假、以"甄"为真之旨，即贾政说："事倒不奇，倒是都姓贾的不好。算来我们寒族人多，年代久了，各处都有。现在虽没有事，究竟主上记着一个'贾'字就不好。"众人说："真是真，假是假，怕什么？"这一笔法同样大透全书的"真假"主旨，的确也只有曹雪芹本人才写得出。

（3）"假去真来"之旨还体现在作者把甄宝玉这个人物前八十回不去写、留到后四十回来写

前八十回不写甄宝玉而留到后四十回来写，也与前八十回脂批所提示的作者"假去真来"的创作主旨相呼应。即：

前八十回只有贾（假）宝玉的正面描写，从未有过其影子甄（真）宝玉的正面描写，这便是第 2 回脂批所提示的：从这第 2 回开始的前八十回"真去假来"之旨①；甄（真）宝玉的正面描写要到后四十回才姗姗来迟，而且甄（真）宝玉是来劝贾（假）宝玉中举的，贾（假）宝玉中举后便出家离去了，只剩下了甄（真）宝玉，这便是第 71 回脂批所提示的：此第 71 回以后的后四十回"假去真来"之旨②。今对此做一详细分析：

第 2 回贾雨村向冷子兴，其实也就是在向所有读者，介绍那前八十回不打算正面描写的南京甄家宝玉的荒唐故事。这时甲戌本有侧批："甄家之宝玉，乃上半部不写者，故此处极力表明，以遥照贾家之宝玉；凡写贾家之宝玉，则正为真宝玉传影。"蒙王府本侧批："灵玉却只一块，而宝玉有两个，情性如一，亦如'六耳、悟空'之意耶。"指出"甄、贾"两位宝玉就像六耳猕猴与孙悟空那般一模一样，名义上是两个人，其实就是同一个人，两人的关系就好比某个人和自己镜子中镜像的关系一样，所以第 56 回便写到贾宝玉梦见甄宝玉便是因为看到了镜中自己影相的缘故，再度点明蒙王府本这一侧批之旨——甄、贾两宝玉是同一个人的镜像关系（也可以视为是真身与影子的关系，因为镜像就是镜中的人影）。

前八十回中大段写到甄宝玉者仅此两处：一是第 2 回贾雨村说甄宝玉荒唐事，共四百五六十字，还有就是第 56 回宝玉听说南京的甄宝玉和自己一模一样，于是梦到此甄宝玉，共六百八九十字，字数虽然增多，但体量其实与前一处差不了多少，而且又是梦见，亦非正面描写，所以同第 2 回一样，被脂批视为虽

---

① 即上引第 2 回脂批："真不去，假焉来也？"其是之后的前八十回的总纲，即"真去假来"之旨。

② 即上引第 71 回脂批："真事将显，假事将尽。"其是之后的后四十回的总纲，即"假去真来"之旨。

写而实未写。

总之，第 2 回的甲戌本脂批是说：甄宝玉是前八十回中没写到的（指从未正面描写过），这是完全正确的。其言下之意便是在说：甄宝玉要到后四十回中来做正面描写。而后四十回中先借第 93 回"甄家仆投靠贾家门"的甄家仆人包勇，讲述甄宝玉如何被警幻仙子在梦中教育好，从此安心于"仕途经济"之学，文字虽然也不多，只有三百一二十字，而且也不是正面描写（而是通过人物之口来做侧面交代），但却是在为第 115 回甄宝玉的出场做铺垫。而第 115 回"证同类宝玉失相知"便让甄宝玉正式出场来规劝贾宝玉，用了半回 1850 余字的大体量文字来对甄宝玉做正面描写，这便是上引第 2 回脂批所谓的"甄宝玉上半部不写而留到下半部来写"之旨，这也是后四十回正文与前八十回脂批相合的实例，证明后四十回中甄宝玉那一部分的文字乃是曹雪芹原稿。★

二、全书情节上的大预言与大照应

（一）后四十回与第 1 回甄士隐《好了歌解》及其脂批完全吻合，无有违背

上文我们其实已多处言明[①]：作者不敢直接写到自家曹家抄家后的惨况，主要是通过第 1 回甄士隐《好了歌解》来"一笔带过、点到为止"地大透"真相"。作者让"甄士隐（真事隐）"来唱这首歌，本身也就用其姓名来点明：唱的便是隐藏在其中的、我们曹家的真事和真实惨况。

当然作者只打算把全书写成 120 回的格局，不愿多写，这就决定写的时候只能突出全书的主线情节"宝黛爱情"，至于其他人、其他事全都一笔带过，所以第 1 回甄士隐《好了歌解》所大透的"真家"（南京曹家）抄家后的惨况，便只能在后四十回中"一笔带过"地来写。因此，第 1 回甄士隐《好了歌解》所揭示的"真家"的大结局、大预言，除了作者无意（不愿）写到的少数几条外，其余在后四十回中也都写到了（当然是在后四十回中"一笔带过"地提到，而没有展开来写）。因此，后四十回与第 1 回的全书大预言《好了歌解》同样有非常好的照应，无有违背（即下文标★者）。今详析其歌如下：

陋室空堂，当年笏满床，（甲侧：宁、荣未有之先。）衰草枯杨，曾为歌舞场。（甲侧：宁、荣既败之后。）【此写盛衰循环，周而复始。"陋室空堂、衰草枯杨"是衰景，既是"宁、荣未有之先"，也是"宁、荣既败之后"；而"当年笏满床、曾为歌舞场"便是宁、荣二府存在时的繁盛景象。前者是作者笔下的"真事"，即作者写书时故地重游南京旧家"江宁行宫"所见到的真况；后者便是作者笔下的"假事"，即作者在北京追忆起的、南京那段年少时住在南京旧家"江宁行宫"的繁华景况恍如梦中，正所谓"梦回江南年少时"也。】

蛛丝儿结满雕梁，（甲侧：潇湘馆、紫芸轩等处。）【此言大观园荒废之状，属于修辞中以首要之物来指代全部的"借代"用法。大观园两大主角是宝玉、黛玉，故以其居所紫芸轩、潇湘馆来借代全园。】

---

① 特别是本章"第二节、一、（六）、（5）"。

绿纱今又糊在蓬窗上。（甲侧：雨村等一干新荣暴发之家。）（甲眉：先说场面，忽新、忽败，忽丽、忽朽，已见得反覆不了。）【此写新贵发家之状，暗示兴衰更替不已，伏第13回秦可卿所言的："否极泰来，荣辱自古周而复始"之旨，又伏后四十回中的第120回"兰桂齐芳、家道复兴"之旨。】

说什么脂正浓，粉正香，如何两鬓又成霜？（甲侧：宝钗、湘云一干人。）【此写宝钗、湘云守寡到满头白发。而后四十回正写湘云、宝钗早寡，与此吻合★。今本后四十回虽然只写两人早寡，没写到两人守寡到老，当是最末的"警幻情榜"遗失；如果未失的话，则放"警幻情榜"时必有此种交代。】

昨日黄土陇头送白骨，（甲侧：黛玉、晴雯一干人。）【此句即宝玉《芙蓉女儿诔》中语。按：第79回宝玉祭晴雯之《芙蓉女儿诔》原文作"红绡帐里，公子多情；黄土垄中，女儿薄命"，宝玉当着黛玉面改成了"茜纱窗下，我本无缘；黄土垄中，卿何薄命"。宝玉把"公子"诔"女儿"，改成为"我"诔"卿（即'你'）"，所以脂批点明：此《诔》实诔其所面对的"卿（你）"——黛玉。】

今宵红灯帐底卧鸳鸯。（甲眉：一段妻妾迎新送死，俟恩俟爱，俟痛俟悲，缠绵不了。）【后四十回之第97回"林黛玉焚稿断痴情、薛宝钗出闺成大礼"，正写黛玉为宝玉咽气之际，便是宝玉迎娶宝钗的新婚之时，与此处"昨日黄土陇头送白骨，今宵红灯帐底卧鸳鸯"完全吻合。★】

金满箱，银满箱，（甲侧：熙凤一干人。）展眼乞丐人皆谤。（甲侧：甄玉、贾玉一干人。）【后四十回之第106回写抄家时，王熙凤历年积蓄全部被抄走，即：贾琏"及想起历年积聚的东西并凤姐的体己，不下七八万金，一朝而尽，怎得不疼？"这便是王熙凤"金银满箱"而最后却"竹篮打水一场空"，用书中的话说，便是："都是为他人作嫁衣裳"（下文此《好了歌解》的总结语），"蜂采百花成蜜后，为谁辛苦为谁甜？"（第101回语。）与本处的诗句正相吻合★。】

【贾宝玉由富贵变成乞丐，所言当是脂批所提到的后四十回中的"寒冬噎酸斋，雪夜围破毡"那一回，写贾宝玉出家后，随一僧一道云游而追赶贾政之船，为的是要见人间的生身父亲最后一面加以拜别，从而辞世出尘；这一路上自然过的是乞丐生涯。人们都知道他是由富家公子沦为乞丐，所以加以嘲笑（即"展眼乞丐人皆谤"）；今本后四十回未见此回，乃是残缺之故。】

【后四十回写甄宝玉中举为官，肯定不会成为乞丐，则脂批言甄宝玉为丐，后四十回似乎与之不合。但本书一再论明甄宝玉就是贾宝玉的影子，作者写甄宝玉中举那是掩盖真相的"假话"，真相当是作者笔下所写的贾宝玉的出家乞食（出家便意味着乞食而成为乞丐）。批者因甄、贾两宝玉是一模一样的镜像关系，所以写贾宝玉时便一同连及甄宝玉。读者唯有知道两人是形影关系（即真形和镜像的关系），方能不为此批语的字面文字所迷，识破此处是批书之人用"偏义"的修辞手法，其实只说贾宝玉一人，而甄宝玉不过是顺带言及的虚陪之客。正如古人所言的"避利害"，实则是只"避害"而不"避利"，此处亦然：名义上举甄、贾两个宝玉，其实是以贾宝玉为主，甄宝玉乃虚陪。事实上，甄宝玉就是贾宝玉的影子，正如影随其人、形影不离，所以举贾宝玉出家乞食时，便顺带举到其"如影随形"的影子甄宝玉。因此后四十回与脂批所言不相矛盾。】

正叹他人命不长，哪知自己归来丧！（甲眉：一段石火光阴，悲喜不了。风露、草霜，富贵、嗜欲，贪婪不了。）【此句所唱乃常情，故脂批也不点明是何人，表明作者在书中并没有把这句诗落实到某人某事上来写。】

训有方，保不定日后（甲侧：言父母死后之日。）作强梁。（甲侧：柳湘莲一干人。）【本书"第一章、第三节、三、（三）"已有论，"强梁"不专指强盗，而可以指豪杰之意，此处是指柳湘莲在父母死后行"行侠仗义"的豪杰之事而成为侠义之人，未必指做强盗。】

择膏粱，谁承望流落在烟花巷！（甲眉：一段儿女死后无凭，生前空为筹划计算，痴心不了。）【此事并无实指，故脂批不言所指何人，后四十回没有这种情节，恰与脂批相合。又据本章"第二节、一、（六）"考，疑此句是指凤姐大女儿被卖为妓，即书中锦香院妓女"云儿"的原型。】

因嫌纱帽小，致使锁枷杠，（甲侧：贾赦、雨村一干人。）【后四十回正写到抄家后，因"石呆子"案而贾赦扛枷锁流放（第107回）；不久，贾雨村也因"婪索案"而扛枷锁入狱（第117回），贾雨村的罪行可能也会牵涉到"石呆子"案，详本书"第一章、第五节、（13）、（丙）"有论。因此两人的得罪当有共同的牵涉，即"石呆子"案；所以此处的脂批便把两人一同提及，后四十回所写与此诗句完全吻合。★】

昨怜破袄寒，今嫌紫蟒长。（甲侧：贾兰、贾菌一千人。）（甲眉：一段功名升黜无时，强夺、苦争，喜、惧不了。）【后四十回写到贾兰中举，与此脂批正为相合。★】

【后四十回没写到贾菌中举，似乎与此脂批不合。今按第9回："贾菌亦系荣府近派的重孙，其母亦少寡，独守着贾菌，这贾菌与贾兰最好，所以二人同桌而坐。谁知贾菌年纪虽小，志气最大"，可见贾兰、贾菌两人志气相投，故本条脂批有是语而将两人一并提及，未必就指后四十回真要写到贾菌中举为官事。正如上文脂批言及贾宝玉为乞丐时，一并联及其"如影随形"的影子甄宝玉，此处也是举贾兰时一并联及其"形影不离"的好友贾菌。因此后四十回没写到贾菌中举，与这条脂批不相违背。】

【又：贾雨村是典型的"昨怜破袄寒，今嫌紫蟒长"，因已批在前句"扛枷锁"中，故此处不再例举其名；又由脂砚斋没把贾兰批在"锁枷杠"之列中，可证贾兰为官善终。】

乱烘烘你方唱罢我登场，（甲侧：总收。）（甲眉：总收古今亿兆痴人，共历幻场，此幻事扰扰纷纷，无日可了。）【此句及以下两句全都是总结之语，没有实指。】

反认他乡是故乡。（甲侧：太虚幻境"青埂峰"一并结住。）【后四十回中的第 116 回将"太虚幻境"变成了"真如福地"，所以这条脂批说的便是：世人一旦明悟真相，识破这人间和仙界原来就是"太虚幻境"（意指：识破欲界、色界、无色界这三界都是虚空幻境），则眼前的尘世（包括仙界）便顿时化为佛国。只有佛国才是人类的故乡，而尘世与仙界皆是他乡；但这世界（尘世与仙界）既是"他乡"又是"故乡"——若是迷于"幻境"，便是他乡（此岸世界）；觉悟了凡，便是故乡（彼岸世界）。】

甚荒唐，到头来都是为他人作嫁衣裳！（甲侧：语虽旧句，用于此妥极、是极。苟能如此，便能了①得。）（甲眉：此等歌谣原不宜太雅，恐其不能通俗，故只此便妙极。其说得痛切处，又非一味俗语可到。）（戚夹：谁不解得世事如此，有龙象力者方能放得下。）【末批是指"说来容易、行来难"，即所谓的"说易行难"。】

（二）后四十回与第 1 回"好防佳节元宵后"的抄家预言完全吻合，无有违背

第 1 回僧人度化甄士隐所抱之女英莲，口说谶词："好防佳节元宵后，（甲侧：'前'、'后'一样，不直云'前'而云'后'，是讳知者。）便是烟消火灭时。（甲侧：伏后文。）"所伏后文便是将来某年"元宵节"后的三月十五葫芦庙失火，延烧到甄士隐家。书中写道："此方人家多用竹篱木壁者，大抵也因劫数，于是接二连三，牵五挂四，将一条街烧得如火焰山一般。"甲戌本有眉批："写出'南直'召祸之实病。"南直，即明朝的"南直隶"南京，清代降格为江南省省会，改称"江宁"，但民间仍沿袭明朝的名号称之为"南京、南直"，曹家住在南京。

书中又写四大家族彼此相连，"一荣俱荣，一损俱损"，则此批语所言当指：与曹府有姻亲关系的某府出了事，受其"糊涂案"的牵连，累及贾府一同被抄。"葫芦庙"是火起处，而"葫芦"两字谐"葫芦提"音，即"糊涂"意。故"江南甄家被葫芦庙之火烧及"这一情节象征的便是：江南真家（即江宁曹家）受某一"糊涂案"的牵连而祸起、祸及、被抄了家。

此"好防佳节元宵后，便是烟消火灭时"句，表面是写某年"元宵节"后"甄家"受牵连被火，其实是写"真家（即作者之曹家）"受连累而被祸。甲戌本侧批："'前'、'后'一样，不直云'前'而云'后'，是讳知者。"言明曹家被抄是在"元宵节"前，因怕知情人看破，故意在这儿说成是"元宵后"被火（被祸）。雍正五年十二月二十四日下旨抄曹家②，正在"元宵节"前；江苏省

---

① 了，指了凡出尘。也即跛足道人唱完那首供甄士隐作解的《好了歌》后说的："世上万般，好便是了，了便是好。若不了，便不好；若要好，须是了。我这歌儿，便名《好了歌》。"大透佛法与道家的出世旨趣。

② 按《永宪录·续编》"冬十二月、壬午朔"、"乙酉"（初四日）记载："督理江宁、杭州织造曹𫖯、孙文成并罢。"即雍正五年十二月初四日下旨罢免曹𫖯之官。《关于江宁织造曹家档案史料》第 182 页有《上谕：织造差员勒索驿站，著交部严审（雍正五年十二月初四日）》。第 184 页有《上谕：著李秉忠、绥赫德接管孙文成、曹𫖯织造事务（雍正五年十二月十五日）》。第 185 页有《上谕：著江南总督范时绎查封曹𫖯家产（雍正五年十二月二十四日）》："奉旨：

的地方官（"江南总督范时绎"）收到此圣旨当在十几天后，所以要到雍正六年的正月才实施抄家，其时当在"元宵节"前。由此可见，上引脂砚斋批语批的就是曹家被抄家这件事，它是曹家的转折点，发生在元宵节前。脂砚斋批语是说：曹雪芹故意在书中写成"甄家被火（即真家被祸）"发生在"元宵后"，这是在"讳知者"，即不想让知情人看破全书写的是自己曹家的家事，以免给人"此书乃影射朝政真事之书"的感觉而惹上"文字狱"。

后四十回中描写贾府抄家，虽然没有正式明说抄家发生在何月（这也是作者出于躲避"文字狱"的考虑而不敢明写），但从上下文仍可推得是在"元宵节前"。即第106回贾府抄家的第二天，史家派了两个女人前来问候贾母说："我们家老爷、太太、姑娘打发我来说，……我们姑娘本要自己来的，因不多几日就要出阁，所以不能来了。"然后就是贾母谈到史湘云和她未来姑爷的事，贾母曾说："月里头出阁，我原想过来吃杯喜酒。"史家来的女人又接着说："等回了九，少不得同着姑爷过来请老太太的安。"（"回九"是指新婚第九日，新郎陪新娘子回娘家。）

第108回史湘云出嫁"回门"，来贾母这边请安，贾母想打起精神热闹一下，史湘云就提议说："宝姐姐不是后儿的生日吗？我多住一天，给她拜过寿，大家热闹一天。"下来接着就写贾母为宝钗过生日的"强欢笑蘅芜庆生辰"那一段。宝钗生日是在正月廿一日，湘云说"宝姐姐不是后儿的生日吗"时肯定是正月十九。正月十九日湘云来看望贾母已是婚后第十天乃至更后（"等回了九"指湘云婚后第九天"回九"时，肯定要先回自己史家，然后过一两天再来贾府），故知史湘云当是在正月初十乃至更前结的婚。而贾府抄家第二天，史家派人来通报史湘云的婚事是在几天之后（"不多几日就要出阁"），贾母又说史湘云是"月里头出阁"，则报喜之日（贾府抄家第二天）与出阁之日必定同在一月而在正月初，则贾府抄家必定在正月初。这便和现实世界中的曹家"元宵节"之前的正月初抄家正相吻合。作者之所以不敢在后四十回中明写何月何日抄家，同样是出于脂批所言的"讳知者"的考虑，即忌讳让明白内情的人看破作者写的就是自己曹家的家事。〖正因为作者隐藏得很成功，所以乾隆审阅全书时，便没看出其书写的就是江宁曹寅家的事，而误以为是康熙朝宰相明珠家的事，详见笔者《宁荣府大观园图考》"第二章、第三节、一、（二）、（2）"有论。何以见得作者隐蔽得很成功，便在于书中的贾府大观园，就是现实世界曹家"江宁织造府"建造而来的"江宁行宫"，乾隆"六下江南"六次住在书中的贾府大观园中，并为大观园题过《江宁行宫八咏》诗，详见《宁荣府大观园图考》"第三章、第八节"，他都没意识到书中写的就是曹家的事。〗

虽然前八十回的第一回说过"好防佳节元宵后，便是烟消火灭时"，但这句

江宁织造曹𫖯，行为不端，织造款项亏空甚多。朕屡次施恩宽限，令其赔补。伊倘感激朕成全之恩，理应尽心效力。然伊不但不感恩图报，反而将家中财物暗移他处，企图隐蔽，有违朕恩，甚是可恶！著行文江南总督范时绎，将曹𫖯家中财物，固封看守，并将重要家人，立即严拿。家人之财产，亦著固封看守。候新任织造官员绥赫德到彼之后办理。伊闻知织造官员易人时，说不定要暗派家人到江南送信、转移家财。倘有差遣之人到彼处，著范时绎严拿，审问该人前去的缘故，不得怠忽！钦此."诸"著"字读 zhuó。

话明里是写第一回此句下文的甄士隐家祸事，看不出要隐写贾府抄家的事，所以后四十回如果是其他人来续写的话，根据正文他便没有理由知道要把抄家写在元宵节前（或后），现在后四十回把抄家写在元宵节前，居然与曹家抄家于元宵节前的家世相吻合，而与第 1 回正文"好防佳节元宵后"的预言正好相反，却又与此句脂批"前、后一样，……是讳知者"把作者第 1 回明文所写的"甄（真）家元宵节后着火"纠正为"真家（曹家）元宵节前受祸"相合，这便只能证明：写这后四十回的人熟悉曹家家世到了极其惊人的地步，其非作者本人又当是谁？ ★

（三）后四十回与第 13 回"三春去后"各自散的抄家预言、第 5 回"十二金钗"中"四春"的命运预言完全吻合，无有违背

第 13 回秦可卿一逝世便来托梦给王熙凤交代家族后事，最后说："三春去后诸芳尽，各自须寻各门门。"表面是说初春、仲春、晚春这春季的三个月过去后，百花都要凋谢；其实象征的便是：贾府的元春、迎春、探春这"三春"按顺序全都离开贾府后，贾府便要星散（即"家亡人散各奔腾"）了。

作者正是先定了这句"三春去后诸芳尽"之语，然后便为宝玉的三位姐姐、一位妹妹定其名字都带有"春"字。脂批又点明：作者定这四人之名乃是谐"原应叹息"这四字之音，第 5 回又让宝玉在"薄命司"中看到这四位女子的命运，从而指明这四位女子都是"红颜薄命"（因为她们的名字全都列在"薄命司"中），她们的命运都值得人们为之叹息伤感。

点四人之名谐"原应叹息"四字之批，见第 2 回："子兴道：……政老爹的长女，名元（甲侧：'原'也。）春，……二小姐乃赦老爹之妾所出，名迎（甲侧：'应'也。）春，三小姐乃政老爹之庶出，名探（甲侧：'叹'也。）春，四小姐乃宁府珍爷之胞妹，名唤惜（甲侧：'息'也。）春。（辰夹：贾敬之女。）……只因现今大小姐是正月初一日所生，故名'元春'，余者方从了'春'字。"

"三春"即元春、迎春、探春，"三春去后诸芳尽"即是说：元妃出嫁并去世、迎春出嫁、探春远嫁之后，贾府即将因抄家而星散（"各自须寻各自门"即星散之意）。而后四十回正是在"三春去后"写到贾府抄家（即在第 95 回元春死去、第 79 回迎春出嫁、第 102 回探春远嫁后，方才写到第 105 回的抄家）。

更当指出的是，后四十回中的第 101 回"大观园月夜警幽魂、散花寺神签占异兆"，正与第 13 回秦可卿托梦时所说的那句预言"三春去后诸芳尽"完全照应。

其上半回"大观园月夜警幽魂"是写凤姐在探春将去前夕，见到秦可卿的鬼魂再度向她显灵，重申第 13 回"立万年永远之基"的忠告。其开头写到凤姐"分派那管办探春行李妆奁事的一千人"，可见此时正是探春远嫁的前夕，也即"三春"即将全都"去"尽之际，与第 13 回秦可卿托梦给凤姐时说的"三春去后诸芳尽"语正相呼应；作者把秦可卿再度显灵这幕情节，有意写在探春这"三春"中最后一春的离家前夕，其用意正在于此。而王熙凤最后没有进入探春住

的院子，反倒证明探望"探春"那是假的幌子，写秦可卿在探春远嫁前夕再度来提醒自己最后说的那句预言"三春去后诸芳尽"，从而预告贾府即将抄家，这才是作者写这番情节的真正目的所在。因此，凤姐入或不入"探春院"反倒成了次要，但一定要让秦可卿在探春处显灵（哪怕是在探春院门口显灵也行），才会显得：这场旨在预言抄家的显灵，和"三春去后"有关。这种与前文无不照应的笔法，的确只有曹雪芹本人才写得出。★

而下半回"散花寺神签占异兆"写凤姐受秦可卿阴魂显灵的惊吓，到"散花寺"求签，这"散花寺"之名其实也在点秦可卿最后交代的那句诗，即："三春"与"诸芳"都是"花"，"各自须寻各自门"是说"星散"，所以"散花寺"之名完全是在点秦可卿最后托梦时所说的那句预言诗，为贾府即将在"三春去后"的第105回抄家发前兆。换句话说，"散花寺"的寺名就是作者根据秦可卿"三春去后诸芳尽，各自须寻各自门"那句预言诗起的寺名，"散花寺"的寺名是后四十回与前八十回文字相合的显例！★

总之，第101回从上半回的秦可卿显灵到下半回的"散花寺"之名，无一处不与第13回秦可卿亡灵托梦时所说的预言诗相照应、相接榫，的确只可能是曹雪芹本人才写得出！

下面证明后四十回与第5回"原应叹惜"四春的命运判词完全吻合。

（1）元春

第5回元春命运之图的画面是："只见画着一张弓，弓上挂一香橼"，弓（宫）是元妃入宫之相，橼（元）点元妃之名。其命运判词是："二十年来辨是非，榴花开处照宫闱。三春争及初春景，虎兔相逢大梦归。"后四十回第95回写元妃在虎年、兔年之交薨逝，贾府因失去这一朝中靠山而于来年被抄，与前八十回此预言诗"虎、兔相逢大梦归"完全吻合；"大梦归"便是指贾府这一家族及贾宝玉人生的"繁华迷梦、红楼幻梦、黄粱美梦、南柯一梦"，终于在虎年、兔年之交的抄家刺激下可以清醒了！

又此预言诗点明：《红楼梦》中"三春"之名，是从春天的初春、仲春、晚春之月而来。由初春为"寅"月而影射曹寅，故知仲春"迎春"当是影射第二代江宁织造曹颙，晚春"探春"当是影射第三代江宁织造曹頫。

关于①元春既影射"曹寅"这曹府的第一季繁华，同时又影射"曹佳氏"这位曹家的王妃，而且②元春的年龄还在影射曹家三代江宁织造的为官总年数，以及③元春的生卒年月考等，笔者《红楼时间人物谜案》第三章第二节"二、平郡王妃曹佳氏考"、"四、'三春'考"、"五、元妃年寿考"均有详论，此处不再赘述。

第5回元春的命运之曲《恨无常》："喜荣华正好，恨无常又到。眼睁睁，把万事全抛；荡悠悠，把芳魂消耗。望家乡，路远山高。故向爹娘梦里相寻告：儿命已入黄泉，天伦呵，须要退步抽身早！"显然是唱元妃逝世时托梦给父母的光景。由此曲便可知道两点：

一是"望家乡，路远山高"，而书中写贾府与元妃同在天子脚下的首都，则这句话便完全不符合书中的描写，所以可以断言，书中所写乃假话，此曲所唱乃真事。我们一旦明了两大事实：①贾府实在南京，②元妃影写的平郡王妃曹佳氏在北京，便能豁然开朗。所以"望家乡，路远山高"便是能够用来证明"作者笔下所写的贾府就是在影写南京的曹家"、"作者笔下的元妃就是在影写平郡王妃曹佳氏"这两大结论的铁证。★

二是"天伦呵，须要退步抽身早"，这元春临终托梦所说的话居然和第13回秦可卿临终托梦给王熙凤所说的话没有两样。按第13回秦可卿对王熙凤说："常言'月满则亏，水满则溢'；又道是'登高必跌重'。如今我们家赫赫扬扬，已将百载，一日倘或乐极悲生，若应了那句'树倒猢狲散'的俗语，岂不虚称了一世诗书旧族了！……否极泰来，荣辱自古周而复始，岂人力能可常保的。但如今能于荣时筹画下将来衰时的世业，亦可谓常保永全了。即如今日诸事都妥，只有两件未妥，若把此事如此一行，则后日可保永全了。……若目今以为荣华不绝，不思后日，终非长策。眼见不日又有一件非常喜事，真是烈火烹油、鲜花着（zhuó）锦之盛。要知道，也不过是瞬息的繁华，一时的欢乐，万不可忘了那'盛筵必散'的俗语。此时若不早为后虑，临期只恐后悔无益了。"画线部分便是元妃所谓的"须要退步抽身早"。

据此曲便可知，秦可卿逝世时，亡灵托梦给凤姐，告以家族未来的大计，是书中的假话，而在作者最初稿中，应当是元妃托梦给其父母贾政、王夫人；而生活中的原型真事，当是平郡王妃曹佳氏逝世时，托梦告知其南京的弟弟、当时的"江宁织造府"曹頫①。元妃口中的"天伦"是指父母、子女、兄弟间的关系，原本就不只指父母而言，对兄弟也可以用"天伦"来称呼。所以，"天伦呵，须要退步抽身早"，便是作者以秦可卿之丧来影写平郡王妃曹佳氏之丧的铁证★！〖关于"作者用秦可卿之丧来影写平郡王妃曹佳氏之丧"，可参见笔者《红楼时间人物谜案》"第三章、第一节、一、（二）"。〗

（2）迎春

第5回迎春命运之图的画面是"恶狼追扑一美女，欲啖之意"，其命运判词是："子系中山狼，得志便猖狂。金闺花柳质，一载赴黄粱。"其命运之曲《喜冤家》："中山狼，无情兽，全不念当日根由。一味的骄奢淫荡贪还构②。觑着那，侯门艳质同蒲柳；作践的，公府千金似下流。叹芳魂艳魄，一载荡悠悠。"显然是她婚后受丈夫虐待欺凌的情景。

第79回回目"贾迎春误嫁中山狼"已点明其命运是嫁人不淑，后四十回第109回正写到迎春嫁给"中山狼"孙绍祖后受其欺凌而死。作者是以迎春之死来暗示和逼近贾母之死（犹如大树将倒，先写其枝叶之枯）。

后四十回写迎春受丈夫欺凌而死，与第5回迎春命运之图、命运判词、命

---

① 笔者《红楼时间人物谜案》"第三章、第二节、二、（三）、（2）"，据书中内证考明：平郡王妃曹佳氏卒于康熙六十一年壬寅岁，其年的"江宁织造"是其弟弟曹頫。
② 构，图谋。或通"勾"，勾引。

运之曲这三者的预言全都完全吻合。★

（3）探春

第5回探春命运之图的画面是两人放风筝，一片大海，一只大船，船中有一女子掩面泣涕，其命运判词是："才自精明志自高，生于末世运偏消。清明涕送江边望，千里东风一梦遥。"是女子远嫁海疆之兆。其命运之曲《分骨肉》，便是后四十回探春远嫁时，对父母所说的告别之话（即戚序本夹批："探卿声口如闻"）："一帆风雨路三千，把骨肉家园齐来抛闪。恐哭损残年，告爹娘，休把儿悬念。自古穷通皆有定，离合岂无缘？从今分两地，各自保平安。奴去也，莫牵连。"后四十回中第102回探春远嫁时，作者不让她对家人说上一句话，其原因便在于已经说在第5回了，作者曹雪芹可谓笔不犯重、惜墨如金。

一般认为，探春判词是指她在清明时节远嫁他乡。这是谁都看得出来的，后四十回如果是他人来续的话，也一定会续成清明时节远嫁。而后四十回的第102回让探春秋天出嫁，这显然就是作者曹雪芹的手笔。因为：风筝都是清明时节放的，探春远嫁以"放风筝"作为象征，自然会在诗中提到清明时节，但作者在判词中只取"放风筝"这一意象来象征远嫁，并不取其清明时节来象征远嫁时间，所以根据判词，其实无法证明探春远嫁一定就发生在清明。因此，后四十回写探春远嫁不在清明，我们不可以据此来证明"后四十回不是曹雪芹原意、而是他人伪续"。

第63回"寿怡红群芳开夜宴"行酒令时，探春抽得杏花签，签上题"瑶池仙品"，签上的诗句是"日边红杏倚云栽"，这句诗说她将得贵婿，众人笑道："我们家已有了个王妃，难道你也是王妃不成？大喜，大喜！"

后四十回中第87回有探春远嫁南边的预兆，相当于是在为她第102回的远嫁做伏笔：

> 湘云道："三姐姐①，你也别说。你可记得'十里荷花，三秋桂子'？在南边正是晚桂开的时候了，你只没有见过罢了。等你明日到南边去的时候，你自然也就知道了。"探春笑道："我有什么事到南边去？况且这个也是我早知道的，不用你们说嘴。"李纹、李绮只抿着嘴儿笑②。黛玉道："妹妹，这可说不齐。俗语说：'人是地行仙。'今日在这里，明日就不知在哪里。譬如我原是南边人，怎么到了这里呢？"湘云拍着手笑道："今儿三姐姐可叫林姐姐③问住了。不但林姐姐是南边人到这里，就是我们这几个人就不同：也有本来是北边的；也有根子是南边，生长在北边的；也有生长在南边，到这北边的。今儿大家都凑在一处，可见人总有一个定数。大凡地和人，总是各自有缘分的。"众人听了都点头，探春也只是笑。又说了一会

---

① 探春排行第三，史湘云口中的"三姐姐"即探春，此可证史湘云比探春年幼。

② 这是作者在用女孩子羞于启齿的笑，来暗示"到南边去"四字中有性爱和婚姻的含义在内，即点明探春会因姻缘而远嫁南方。

③ 此又证明史湘云比林黛玉年幼。

子闲话儿，大家散出。

后四十回写探春远嫁海疆，即第114回贾政说："那年在江西粮道任时，将小女许配与统制少君，结祸已经三载。"与前八十回中的第5回预言探春当远嫁相合。

至于前八十回中的第63回说她应当嫁为王妃，后四十回似与之不合。但第63回所言乃戏言，是作者借李纨之口来交代：作品中贾府的原型"江宁曹家"曾经出过两个王妃①。而《红楼梦》这部作品作为虚构的小说，并非完全要按照现实原型来写，更何况这儿说的又是众人开玩笑的戏言，未必当真。况且贵官之妻也可以比作王妃，亲王也可以担任统制②，正如第120回陈其泰评语所言："作者自谓'假语村言'。读者切弗刻舟求剑、胶柱鼓瑟。"所以后四十回写到探春远嫁为统制之媳，与前八十回第63回说她将为王妃，其实不可以视为违背。

第70回放风筝："探春正要剪自己的凤凰，见天上也有一个凤凰，因道：'这也不知是谁家的。'众人皆笑说：'且别剪你的，看它倒像要来绞的样儿。'说着，只见那凤凰渐逼近来，遂与这凤凰绞在一处。"凤凰象征王后，有人根据探春放的是凤凰风筝，便说她应当成为王妃，亦属牵强。

王熙凤名为"凤"，是人中之凤，第56回"敏探春兴利除宿弊"，探春才干不让凤姐，自然也可比作人中之凤，这儿作者让探春放凤凰风筝，只是在象征她的非凡才干罢了。

又"孔雀东南飞"，所谓的凤凰其实就是红色的孔雀（朱雀），蛟龙便是巨型的海生鳄鱼，而麒麟便是麋鹿，玄武便是大海龟，白虎便是罕见的白毛之虎，都不过是人间实有但又罕见的动物罢了。作者此处又是在用"凤凰风筝"来象征探春这只人中的凤凰（即"孔雀"）当往"东南飞③"（而嫁往东南的海疆），后四十回与之正相吻合。★

妙的是上文两只凤凰绞在一起后，作者接下去写："众人方要往下收线，那一家也要收线，正不开交，又见一个门扇大的玲珑喜字带响鞭，在半天如钟鸣一般，也逼近来。众人笑道：'这一个也来绞了。且别收，让它三个绞在一处倒有趣呢。'说着，那'喜'字果然与这两个凤凰绞在一处。三下齐收乱顿，谁知线都断了，那三个风筝飘飘摇摇都去了。众人拍手哄然一笑，说：'倒有趣，可不知那'喜'字是谁家的，怂促狭了些。'"探春这只雌凤与另一位人中之凤结合成一对，而被"喜"字带着喜庆的爆竹声给带走了，这便是在预兆探春这只人中之凤，被大红"喜"字所象征的婚事，伴随着一路上的鞭炮迎娶声，被另一只男中之凤给远远地带走（也即娶走）了。众人说"可不知那'喜'字是谁家的，怂促狭了些"，即是说：不知探春嫁给了哪家有福之人，只可惜太远而显

---

① 见笔者《红楼时间人物谜案》"第四章、三、（八）"。

② 见笔者《红楼时间人物谜案》"第一章、第三节、第78回"后"●附：红楼花神考"处有论。

③ 按，东汉《古诗》："孔雀东南飞，五里一徘徊。"

得有点不幸（即所谓的"促狭了些"）。作者笔底所写，全是象征和预言。

（4）惜春

第 5 回惜春命运之图的画面是："一所古庙，里面有一美人在内看经独坐。"其命运判词是："堪破三春景不长，缁衣顿改昔年妆。可怜绣户侯门女，独卧青灯古佛旁。"这无非是说惜春入空门而出了家。第 7 回写道："只见惜春正同水月庵的小姑子智能儿一处顽笑"，甲戌本眉批："闲闲一笔，却将后半部线索提动。"即伏后四十回中惜春出家事。

后四十回正写惜春为尼，但却是在家修行。前者与前八十回完全吻合，而后者便开始有人说不合，其理由是：图中画的是"古庙"，则惜春显然应当离家修行，不应当在家修行，因为家中何来古庙？（详下文所举俞平伯的观点。）

今按：所有人都能看出惜春最终要出家为尼。"出家"固然可以理解为离家，但也可以理解成"出世"，在家受戒修行也可以称作"出家"。由于一般人都把出家理解为离家修行，所以一般人来续写后四十回的话，肯定会续成惜春离家到某一古庙中去修行，断然不会续成在家修行。后四十回胆敢如此写，而与一般人的理解大为不同，只可能是曹雪芹的旨意。

后四十回正是在三春"元春、迎春、探春"去后（元春是逝世，迎春、探春是离府出嫁），方才写到第 105 回的抄家，然后再写到第 118 回惜春在府中出家（王夫人说："我们就把姑娘住的房子便算了姑娘的静室"）。即：抄家时惜春尚在家而未出家；而且惜春在抄家后出家时，仍是在家修行而未离家。如果她在抄家前出了家，而且出家时又是离家修行这种方式、而非在家修行的话，便是"四春去后诸芳尽"，而非第 13 回秦可卿所预言的"三春去后诸芳尽，各自须寻各自门"（后半句便是第 5 回王熙凤命运之曲所唱的、抄家后"家亡人散各奔腾"的艺术写照）。

今本后四十回把惜春写成抄家后出家，而且出家后又是在家修行而未离家修行，这便和秦可卿的预言完全吻合。如果是别人来续《红楼梦》的话，极容易把惜春续成像宝玉那般、以离家修行的方式来出家，甚而还会续成惜春在抄家前便已出家（即把她视为"三春去后诸芳尽"中的一春。因为人们很容易把"三春"理解为"探春、迎春、惜春"三人）。而后四十回居然全都没有这么写，一反常人之想，恰与前八十回中第 13 回秦可卿预言所隐含的旨趣相合，也就能有力地证明：后四十回对惜春结局的描写，应当就是原作者曹雪芹的构思和手笔。★

又惜春最后在家修行的地方"栊翠庵"肯定是座有年代的老庙，见第 113 回："且说栊翠庵原是贾府的地址，因盖省亲园子，将那庵圈在里头。"又第 115 回惜春说："况且我又不出门，就是栊翠庵原是咱们家的基址，我就在那里修行。我有什么，你们也照应得着。"画线部分便可看出"栊翠庵"不可能是座新庙，而是座有一定年代的旧庙。又第 120 回贾政回家后，贾珍说："宁国府第收拾齐全，回明了要搬过去。'栊翠庵'圈在园内，给四妹妹静养。"可见惜春最后是在一座古庙中修行，只不过这座古庙是"宁荣二府"宅第中原有的古庙、而不在府外罢了。所以后四十回写惜春在家修行是在自家园子里的老庙中为尼,与第 5 回说她在古庙中为尼毫无矛盾。

而俞平伯先生《红楼梦研究》第 21 页《高鹗续书底依据》:"后来惜春住在栊翠庵,大约是想应合那册子上底大庙了。(第一百二十回。)但栊翠不过是点缀园林的一个尼庵,似乎不可以说是大庙。我以为她后来在水月庵比较对些。"今按:第 5 回原文说的是"古庙",并未说大庙,俞先生的立论已经有偏。那栊翠庵到底是古庙还是新庙?栊翠庵虽说是大观园中新造,但其由来却是旧庙,已见上论。而且百年古庙新建之后,人们不会称之为"新庙",而当仍然称之为"古庙",因为庙的"新"和"古"是按此庙的历史而言,并不按此庙建筑的新旧而言;古建筑每隔数十百年便要翻新一次,如果以建筑的新旧来论的话,则普天下的庙便全都是新庙而没有古庙了。

又俞先生根据第 7 回写"惜春正同水月庵的小姑子智能儿一处顽笑"的脂批说:"闲闲一笔,却将后半部线索提动",认为惜春当在"水月庵"修行(即上引画线部分:"我以为她后来在水月庵比较对些"),似乎很有道理,其实这一猜测远没有今本后四十回写得合理。

因为第 115 回写明诸庵不敢收容惜春,这倒是非常符合真实情况的。第 115 回惜春向"地藏庵"的尼姑表示自己要出家,尼姑听了"假作惊慌"地说道:"姑娘再别说这个话!珍大奶奶听见,还要骂杀我们,撵出庵去呢。姑娘这样人品,这样人家,将来配个好姑爷,享一辈子的荣华富贵——"然后"便索性激她一激"(即这尼姑仍然想让惜春到自己的尼庵中来,这样可以向贾府要这要那而增加很多收入),于是"欲擒故纵"地开导她说:"姑娘别怪我们说错了话。太太、奶奶们哪里就依得姑娘的性子呢?那时,闹出没意思来,倒不好。我们倒是为姑娘的话。①"惜春仍然表示要出家,即她说:"这也瞧罢咧。"这时书中写:"彩屏等听这话头不好,便使个眼色儿给姑子,叫她去。那姑子会意,本来心里也害怕,不敢挑逗,便告辞出去。惜春也不留她,便冷笑道:'打量天下就是你们一个"地藏庵"么?'那姑子也不敢答言,去了。"画直线的部分言明:尼姑虽然希望惜春入庵,为自己带来充足的财源,但又怕得罪贾珍、尤氏,看到彩屏生了气,便知趣地离开了。

而上引画浪线部分也已表明:哪座庵的尼姑敢鼓动、收留惜春为尼,便将被赶走,所以惜春注定要在自己家内修行了。这也与本章"第五节、二、(三)、(4)"考明的曹雪芹所信奉的"三一教"的宗教思想有关,即:此教派不主张出家修行,主张在家修行。一般人都会把惜春续成在家外的尼庵出家(俞平伯先生所解便是其代表),而后四十回写成在家中的尼庵修行,更为符合事理,但又出乎众人意想之外,的确只可能是曹雪芹本人的手笔。★

而且更当指出的是,上文"(1)"中论明元春为"寅"月而影射曹寅,故知仲春二月的"迎春"当是影射第二代江宁织造曹颙,晚春三月的"探春"当是影射第三代江宁织造曹頫,则入夏四月的"惜春"便是影射第三代江宁织造的

---

① 即我们说的倒全都是为姑娘着想的话。

继承人曹雪芹。而曹雪芹信奉在家修行的"三一教"，所以他就把象征自己的"惜春"写成在家修行。第120回宝玉出家，其实影写的是自己曹家在抄家后出家的另一个姓曹的至亲族人，作者把他离家修行的出家之事，写到了以曹雪芹为原型的宝玉身上。事实上，作者曹雪芹没有出家，以曹雪芹为原型的宝玉身上的出家之事，肯定影写的是另一位曹家之人。曹雪芹又自名为"情僧"，可证他的确是修行之人，只不过没有出家而在家修行罢了。元春、迎春、探春都是以女性来影射男子（指影射曹寅、曹頫、曹頎这三代江宁织造[①]），所以曹雪芹便把自己在家修行的事情写到了第四春惜春这位女子身上。

（四）后四十回与第5回所预言的"十二金钗"的结局皆合、无有违背

红楼诸钗中除去上述"四春"外，其余诸钗的命运，后四十回与第5回的预言也都吻合，今讨论如下。

其中：秦可卿、晴雯前八十回已终结，实可不论；黛玉死后宝玉出家，袭人改嫁，均已详论于上，下文讨论此二人时也可以不加重复。

（1）黛玉

第5回黛玉命运之图的画面是"两株枯木，木上悬着一围玉带"，其命运判词是："堪怜咏絮才，……玉带林中挂"，甲戌本夹批："寓意深远，皆非生其地[②]之意"，点明作者画此图、写此语的目的，便是要表明黛玉这根"玉带"（谐"黛玉"两字之音）挂错了地方。

其命运之曲《终身误》是以宝玉的口吻来合咏宝钗、黛玉两人而唱："都道是金玉良姻，俺只念木石前盟。空对着，山中高士晶莹雪；终不忘，世外仙姝寂寞林。叹人间，美中不足今方信。纵然是齐眉举案，到底意难平。"画线部分表达的是：宝玉与所爱之人黛玉不能结合，导致爱人黛玉抑郁而亡，进而导致自己出家的悲凉结剧。这就是佛家所谓的"爱别离苦"、"求不得苦"[③]。后四十回所写与之完全吻合。

黛玉之死，然后才有宝玉出家，这是全书最主线的情节，在全书最开头便已写清楚，即第30回宝玉对黛玉说："你死了，我做和尚！"后四十回宝玉出家便是这一预言的大应验★。这原本是句真心话，但作者故意又用下文轻轻抹去：

---

① 按："四春"是以曹雪芹的姐妹、曹頎的姐妹为原型，但在某些方面，作者又借"四春"来影射三代江宁织造和自己。即作者笔下的人物是艺术的综合，存在"一对多"的影射关系。

② 非生其地，当作"生非其地"。

③ 前者指爱对方却不能和对方在一起的那种痛苦，后者指追求某人（或某物）而无法得到的痛苦。可见《红楼梦》一书得以塑造成悲剧，被胡适先生誉为"居然打倒了后来无数的团圆《红楼梦》，居然替中国文字保存了一部有悲剧下场的小说"，便是拜作者曹雪芹所信奉的佛教信仰所赐，也即佛法所谓的"四大皆空、诸受是苦"。可以说，是伟大的佛教成就了《红楼梦》这部中国古代唯一一部伟大的悲剧性小说。这是所有人都始料未及的，因为佛教主张禁欲，何以能导致这部爱情为主题的伟大作品产生？其实佛法不离世间万物，其中就包括情欲；道不远人，道也不远万事万物，情欲中也有佛法，也需要用佛光来注照，明白此点，对"佛法能孕育证道的爱情作品"也就不足为怪了。

"宝玉自知这话说的造次了，后悔不来，登时脸上红胀起来，低着头不敢则一声。幸而屋里没人。林黛玉直瞪瞪的瞅了他半天，气的一声儿也说不出来。"可见作者的文笔多么"含而不露"。

而且这句话出自 13 岁的小儿女口中，更加像是句小孩子不可当真的戏言，因为才一天后的第 31 回五月初五，宝玉便又在黛玉面前安慰受气的袭人说："你死了，我作和尚去。"书中这时写："林黛玉将两个指头一伸，抿嘴笑道：'作了两个和尚了。我从今以后都记着你作和尚的遭数儿。'"点明宝玉口中的"你死了，我做和尚"不像是句誓言，更像是他安慰女孩子们时常挂在口头的"口头禅"，所以越发不可当真。

而第 33 回贾政怒打宝玉之前警告众人说："今日再有人劝我，我把这冠带家私一应交与他与宝玉过去！我免不得做个罪人，把这几根烦恼鬓毛剃去，寻个干净去处自了，也免得上辱先人下生逆子之罪。"画线部分便是连不信神道佛菩萨的贾政，也说得出自己要做和尚（"自了汉"）的话来，可证做和尚这种话更像是每个人发急时都会说出来的口头禅，更加不可当真。

正因为此，作者才要写第 91 回宝玉借参禅来向黛玉表达爱意，最后说出那句"有如三宝"的重誓来，即请"佛、法、僧"三宝做证，相当于再度重申上面那句誓言："你死了，我做和尚！"如果没有后四十回这一重申，人们只会认为前八十回的两处"你死了我作和尚"是宝玉的"口头禅"而不可当真。

关于第 91 回的参禅示爱，详见本书"第三章、五"有论。

（2）李纨

李纨判词便能证明：今本后四十回写贾兰中举而贾府"兰桂齐芳、家道复兴"是曹雪芹的本意★。（请参见本章"第五节、一、（二）"家道复兴之旨的讨论。）

曹雪芹的原意就是要写"兰桂齐芳、家道复兴"的，这从李纨判词中可以清楚地看出来。

第 5 回贾宝玉在警幻仙子的"太虚幻境"读到红楼女子们的命运判词，李纨的命运之图画的是一盆茂盛的兰草，旁边有位凤冠霞帔的美人，其命运判词是："桃李春风结子完，到头谁似一盆兰？如冰水好空相妒，枉与他人作笑谈。"第一句是说李纨终于把儿子养大成人，到头来贾家数贾兰最有出息。第二句是说李纨命苦，丈夫早逝而青春守寡，好不容易把儿子养大成人，做到高官，为自己赢来诰命（古代五品及以上授诰命，六品及以下授敕命，此指贾兰做到了五品官），自己却已到了风烛残年（详下《晚韶华》之论），没几天就要逝世了，被人传为笑柄。

李纨的命运之曲名为《晚韶华》，指要到人生的晚年才会有荣华富贵（"韶华"即荣华）。曲中说她："镜里恩情（指丈夫早逝，夫妻之欢成空，夫妻恩爱有影无实，就像镜中花、水中月），更哪堪梦里功名（指儿子贾兰中举后经过多年的奋斗成了清正廉明的五品官，自己却又要离开人间了，儿子给自己赢得凤冠霞帔的功名，就如同梦一般空幻不实），那美韶华去之何迅（那美好的荣华富贵这么晚才来，却又离开得如此之快，真如梦幻般空虚不实）。"

曲中又说："气昂昂头戴簪缨（'簪缨'是古代达官贵人的冠饰，后人用来代借高官显宦，这是在说贾兰后来做了高官；又古代新科进士都簪花一枝，唯有状元所簪之花是用白银打造，有别于其他进士，所以这句话或也暗指贾兰中举后又高中进士），光灿灿胸悬金印（此乃袭封公侯、荣耀门庭之象），昏惨惨黄泉路近（此言李纨却无福享受，因为她快要离世了）。"

由此可见：贾兰后来高中进士，袭了公侯，做了高官，他又是逝世贵妃的内侄，所以贾府从此又家道复兴，正应了第13回秦可卿临终时，托梦给王熙凤的那句预言家事的话："物极必反，周而复始。"由此可证：后四十回的"兰桂齐芳、家道复兴"正是曹雪芹的原意。★

今按后四十回第119回写宝玉"中了第七名举人"，而"贾兰中了一百三十名"，名次不高，然后又写皇帝因为宝玉的文章好，又顾念贾妃的恩情，于是"大老爷的罪名免了，珍大爷不但免了罪，仍袭了宁国三等世职。荣国世职仍是老爷（贾政）袭了，侯丁忧服满，仍升工部郎中。所抄家产，全行赏还。二叔的文章，皇上看了甚喜，问知是元妃兄弟，北静王还奏说人品亦好"，第120回又"赏了（宝玉）一个'文妙真人'的道号"。这便是第120回甄士隐口中预言的贾府"兰桂齐芳、家道复初"的发轫。作者在前八十回一直把贾兰塑造成从小文雅有志、好学上进的形象，后四十回写贾兰中举便与之相合，又与第5回预兆李纨命运的图画、判词、《红楼梦曲》这三者的意思密切照应，这完全是曹雪芹的本意，是曹雪芹本人所写。

而按照第5回的谶语，后四十回当有李纨得诰命不久即死之文，现在没有了，足以证明今本后四十回是曹子之书，不是续书（续书不可能不续此谁都能据第5回预言猜到的情节），今本后四十回之所以没有这一情节，乃是因为今本作为残稿已有所不全，缺了"兰桂齐芳"这一李纨的结局。这一缺失的情节应当是：贾兰中举后，又经过多年的努力高中进士，然后再经过多年奋斗，升为五品官员，为母亲赢得诰命夫人的华服，此时李纨不幸逝世。这一情节应当在第120回"警幻情榜"中一笔带过地叙及，今本缺"警幻情榜"，所以没有了这段情节。

第11回贾敬生日时宁国府演戏："方接过戏单，从头一看，点了一出《还魂》，一出《弹词》，递过戏单去说：'现在唱的这《双官诰》，（蒙侧：点下文。）唱完了，再唱这两出，也就是时候了。'"《双官诰》写三娘教子，其子高中状元，与做了御史的父亲一同回乡，为三娘赢得双份诰命。《还魂》是《牡丹亭》中柳梦梅开棺让杜丽娘复活。《弹词》是《长生殿》中李龟年弹琵琶，倾诉安史之乱的兴亡之感。

这三出戏先演《双官诰》，便是预言李纨子贾兰高中而李纨得诰命，同时，贾宝玉出家后的遗腹子贾茝也中举、中进士，又为贾府迎来第二份官诰，即贾茝为母薛宝钗赢得的官诰。这便是第120回薛姨妈对王夫人说，宝钗有了身孕，将来一定会像李纨一样有个中举为官的儿子：宝钗"幸喜有了胎，将来生个外孙子，必定是有成立的，后来就有了结果了。你看大奶奶，如今兰哥儿中了举人，明年成了进士，可不是就做了官了么？她头里的苦也算吃尽的了，如今的甜来，也是应①为人的好处。我们姑娘的心肠儿，姐姐是知道的，并不是刻薄轻佻的人，姐姐倒不必耽忧。"由于三娘是同时获得其夫、其子为其赢得的双份官诰，所以贾府贾兰为李纨、贾蔷为宝钗赢得的官诰当是同一天降临，此日贾府双喜临门、双诰加身，故名"兰桂齐芳"！

下来《还魂》当是预示贾府抄家后的复兴（正如同剧中人死而得以还魂）。再下来的《弹词》便象征作者所要表达的那份贾府"抄家后又中兴起来"的兴亡之感。

或有人根据《弹词》通篇是写李龟年亲眼目睹到的、长安经历安史之乱后的荒凉景象——即剧中所唱的："唱不尽兴亡梦幻，弹不尽悲伤感叹"，从而认为曹雪芹借此《弹词》戏目，抒发的应当是自己家族被抄家之后"昔日繁华、如今凄惨"的痛苦感受，应当毫无复兴的希望寄托在内，从而判定今本后十回写"家道复兴"与前八十回不合。其实不然。

《弹词》是康熙二十七年（1688）洪升所作昆曲《长生殿》的第38出，写安史之乱后，梨园子弟李龟年流落江南金陵卖唱，其下一出"私祭"便写李龟年卖唱不久，在金陵巧遇一同流落在江南的宫女，宫女向他问起唐明皇的近况，李龟年答："近因郭元帅复了长安，兵戈宁息，方始得归。想上皇不日也就回銮了。"可见此时已是重返太平的中兴之时。因此，《弹词》李龟年虽然唱的是一片废墟衰败景象，但国家其实已经平安度过动乱而开始走上恢复的轨道；所以，曹雪芹完全可以用《弹词》这一戏目来预示贾府平安度过抄家动乱后，日渐开始恢复的中兴气象。

第1回甄士隐《好了歌解》："昨怜破袄寒，今嫌紫蟒长"句甲戌本侧批："贾兰、贾菌一干人。"甲戌本眉批："一段功名升黜无时，强夺、苦争，喜、惧不了。"也可证明贾兰后来发达。最末四字便点明为官之家"兴盛时喜，抄家时惧；盛衰不已，周而复始；或喜或惧，循环不已，永无了结之时"，饱含非常深重的兴衰之感。

（3）宝钗

第63回"寿怡红群芳开夜宴"行酒令时，宝钗得了牡丹签，题"艳冠群芳"，证明她是"十二正钗"之首（指与黛玉并列第一，不分上下：黛玉也是第一、不是第二，宝钗也是第一、不是第二）。其花签上的诗句是："任是无情也动人。"既写其无儿女私情而为贾母所喜，又写其像莲花般"可远观而不可亵玩"而为宝玉所敬爱，更写其"动人而无情"，即：她虽然貌美动人，但她与宝玉的婚姻却没有感情基础而有名无实。

---

① 应，应了，即报应的意思，指善有善报。程乙本以为不通而妄改作"他"（即"她"，李纨）。

第5回宝钗的命运之图的画面是"又有一堆雪，雪下一股金簪"，命运判词是："可叹停机德，……金簪雪里埋"，甲戌本夹批："寓意深远，皆非生其地①之意"，点明作者画此图、写此语的目的，便是要表明宝钗这根钗子插错了地方，也即嫁错人，嫁给了一个不爱她、她也不爱的人，她与他的婚姻没有感情基础。

其《红楼梦曲》（也即其命运之曲②）名为"终身误"，也即未能"终身有托"而嫁对人的意思。其曲以宝玉的口吻来合唱宝钗与黛玉两人："都道是金玉良姻，俺只念木石前盟。空对着，山中高士晶莹雪；终不忘，世外仙姝寂寞林。叹人间，美中不足今方信。纵然是齐眉举案，到底意难平。"即：宝玉心爱林黛玉，不爱"举案齐眉"的贤惠妻子薛宝钗；面对着不爱的薛宝钗，宝玉心中想的是林黛玉，这与后四十回的描写完全吻合★，如：

第98回宝玉思念黛玉，这时"宝钗知是宝玉一时必不能舍，也不相劝，只用讽刺的话说他。宝玉倒恐宝钗多心，也便饮泣收心。歇了一夜，倒也安稳。"又第45回宝玉刚离开黛玉房："又翻身进来问道：'你想什么吃，告诉我，我明儿一早回老太太，岂不比老婆子们说的明白？'"庚辰本夹批："直与后部宝钗之文遥遥针对。"这便是以前八十回中宝玉对黛玉如此热心，来与后四十回中宝玉婚后对宝钗如此冷淡形成鲜明对比。

宝钗的不幸是她在"封建家长制"下，秉承"父母之命"来接受包办婚姻所导致的悲剧。第95回薛姨妈问宝钗可愿意嫁给宝玉时，宝钗说："女孩儿家的事情是父母作主的，如今我父亲没了，妈妈应该作主的，再不然问哥哥。怎么问起我来？"点明古代男女婚姻都不可以由自己做主③，这便是宝钗婚姻悲剧的根源所在。

贾母看中她还因为她有金锁可以为宝玉冲喜。第96回："我昨日叫赖升媳妇出去叫人给宝玉算算命，这先生算得好灵，说：'要娶了金命的人帮扶他，必要冲冲喜才好，不然只怕保不住。'"全书中写的"金命"肯定是指宝钗，而"木命"便是指林黛玉。全书第1回一开头的"楔子"便已说清：林黛玉是追随神瑛侍者前来还债的，自然两人是不能成婚的，否则黛玉也就不会哭而只会笑了，也就没有眼泪来还债了。所以薛宝钗与贾宝玉两人的亲事，乃是下凡时便已注定的事：所谓的"金玉良缘"，其实为的就是成全黛玉的还泪誓愿！④这是大家所始料未及的事（即想不到人世间的敌人恰是上天派来成就自己的），这也正是全书的悲剧意蕴所在。

---

① 非生其地，宜作"生非其地"。
② 按第5回所谓的《红楼梦曲》就意为《红楼梦》这部书中诸女子们的命运之曲"。
③ 按：古代男女婚姻都不可以由自己做主，否则便是私情苟合，即脂砚斋第27回批自由恋爱的小红为"奸邪婢"！也即第1回谐音"侥幸"的娇杏，因偷窥而"慧眼识英雄"，自择了夫君，作者便要用那"错"字而非"对"字来评价她："偶因一着错，便为人上人。"甲戌本侧批批上半句何以要用"错"字来评价她："妙极！盖女儿原不应私顾外人之谓。"同时又有侧批批下半句的"人上人"："更妙！可知守礼侯命者终为饿莩。"可证守礼往往会导致舍生取义的结局，与屈从欲望、追求荣华富贵的道路完全背道而驰。脂砚斋此批调侃世人不小。
④ 即"金玉良缘"就是来成全黛玉还泪誓愿的！

　　宝钗与宝玉最初是冲喜而非同房，因为宝玉此时在姐姐元妃的丧服中，是不可以娶亲同房的，这也就是此回贾母说的"先冲喜、再办酒"："况且宝玉病着，也不可教他成亲：不过是冲冲喜。我们两家愿意，孩子们又有'金玉'的道理，婚是不用合的了，即挑了好日子，按着咱们家分（fèn）儿过了礼。赶着挑个娶亲日子，一概鼓乐不用，倒按宫里的样子，用十二对提灯，一乘八人轿子抬了来，照南边规矩拜了堂，一样坐床撒帐，可不是算娶了亲么？宝丫头心地明白，是不用虑的。内中又有袭人，也还是个妥妥当当的孩子，再有个明白人^①常劝他，更好。她又和宝丫头合的来。再者，姨太太曾说：'宝丫头的金锁也有个和尚说过，只等有玉的便是婚姻。'焉知宝丫头过来，不因金锁倒招出他那块玉来，也定不得。从此一天好似一天，岂不是大家的造化？这会子只要立刻收拾屋子，铺排起来，这屋子是要你派的。一概亲友不请，也不排筵席。待宝玉好了，过了功服，然后再摆席请人。这么着，都赶的上，你也看见了他们小两口的事，也好放心的去。"所以，这次成亲其实不是正式的成亲，只是"冲喜"而不同房，但也要像成亲那样有"拜堂"、"坐床撒帐"的仪式，只是未办酒而不周知亲友，正式成亲（即入洞房）时才办酒（"摆席请人"）。

　　笔者《红楼时间人物谜案》"第一章、第三节、第98回"考明，要到此年八月十九以后，宝玉才满元妃的丧服而可以正式办酒成亲并"圆房"（即同房），见第98回：过了元妃的"功服，正好圆房"；书中没有再对这次正式成亲加以描写。

　　宝玉婚后已立志出家，见第109回："两个答应着。出来看见宝玉端然坐在床上，闭目合掌，居然像个和尚一般，两个也不敢言语，只管瞅着他笑。宝钗又命袭人出来照应。袭人看见这般，却也好笑，便轻轻的叫道：'该睡了。怎么又打起坐来了？'宝玉睁开眼看见袭人，便道：'你们只管睡罢，我坐一坐就睡。'"这便是宝玉所说的："黛玉死后，他（宝玉）便要出家"的前兆。

　　后四十回中的最后一回（第120回）宝玉出家后："宝钗哭得人事不知。所有爷们都在外头。王夫人便说道：'我为他担了一辈子的惊，刚刚儿的娶了亲，中了举人，又知道媳妇作了胎，我才喜欢些，不想弄到这样结局！早知这样，就不该娶亲，害了人家的姑娘。'薛姨妈道：'这是自己一定的。咱们这样人家。还有什么别的说的吗？幸喜有了胎，将来生个外孙子，必定是有成立的，后来就有了结果了。你看大奶奶，如今兰哥儿中了举人，明年成了进士，可不是就做了官了么？她头里的苦也算吃尽的了，如今的甜来，也是应为人的好处。我们姑娘的心肠儿，姐姐是知道的，并不是刻薄轻佻的人，姐姐倒不必耽忧。'王夫人被薛姨妈一番言语说得极有理。"画线部分便预兆后四十回回末"警幻情榜"所要提到的"兰桂齐芳"的情节（今本后四十回已经失去）。而王夫人说宝钗有了身孕，这便补明第109回作者写宝钗怀上宝玉的胎不是虚言。（按第109回："宝玉因心中愧悔，宝钗欲拢络宝玉之心，自过门至今日，方才如鱼得水，恩爱缠绵^②，所谓'二五之精，妙合而凝'的了。此是后话。"）

───────────────

① 指再有袭人这个明白人常在宝玉的身边劝他，她（袭人）又和宝钗合得来。
② 此八字程乙本作"是雨腻云香，氤氲调畅"。

前八十回中的第 5 回《飞鸟各投林》曲中有"老来富贵也真侥幸"句，显然说的是李纨、宝钗两人①，这是在说她们幸而都有个好儿子，一个名叫贾兰，一个便名叫贾莘。"莘"字谐"桂"字之音。

古人有"蟾宫折桂"一词，典出《晋书·郤诜传》郤诜回答晋武帝说："臣举贤良对策，为天下第一，犹桂林之一枝，昆山之片玉。"由于最著名的桂树是蟾宫中的桂树②，所以唐代以后便牵合这两件事，用"蟾宫折桂"来称颂在科举考试中及第。《红楼梦》第 9 回："彼时黛玉在窗下对镜理妆，听宝玉说上学去，因笑道：'好，这一去，可是要蟾宫折桂了，我不能送你了。'"而且"桂"字谐"贵"之音，中了科举③，才有做官的资格，从而有可能由平民百姓变成达官显贵。所以古人历来都把"桂"树视为中科举、做贵官的象征。

作者在第 120 回中特地让甄士隐交代宝玉要"高魁、子贵"、贾府要"兰桂齐芳"，然后又借贾雨村说："是了，是了。现在他府中有一个名兰的，已中乡榜，恰好应着'兰'字。适间老仙翁说'兰桂齐芳'，又道宝玉'高魁、子贵'，莫非他有遗腹之子可以飞黄腾达的么"，以此来暗示贾宝玉的儿子当名"贾桂（莘）"。

作者给他起"桂（贵）"这个名字，便意味着他能像贾兰那样中科举、做贵官。"兰桂齐芳"便是说：贾兰和贾莘两人都在中举后又中了进士，贾家家业复初，其母亲李纨、宝钗都能在儿子长大成才的晚年享受荣华富贵。

正因为"桂"字有科举意，而"莘"字没有，所以，甄士隐明知贾宝玉的儿子名叫贾莘，也要说成"兰桂齐芳"，而不说成是"兰莘齐芳"；想必聪明的读书人都会根据贾宝玉儿子这一辈都要有草字头，所以会明白其子的名字其实是"贾莘"，而非"贾桂"。

（4）王熙凤

第 5 回王熙凤的命运判词："一从二令三人木，哭向金陵事更衰"，第一句"三人木"下甲戌本有夹批："拆字法。"历来都根据这条批语，把"人木"两字合成"休"字而作"休妻"解。即把这句话理解为：贾琏对王熙凤始而服从，后来命令，继而休弃，最后王熙凤羞愤而死，归葬金陵。（按："哭向金陵事更衰"句指她死后归葬金陵。）

其实贾琏是不可能休王熙凤这位妻子的。因为抄家后王家虽然失势，但贾府也失了势，王熙凤是王夫人的内侄女，贾琏即便有十个胆也不敢得罪贾政和王夫人。现在既然已经明白贾琏绝不可能休弃王熙凤，所以"人木"合成的"休"字便不可以作"休妻"解，而当解作"休矣"，即完了、死去，也即凤姐的命运之曲《红楼梦曲·聪明累》中唱她的："忽喇喇似大厦倾，昏惨惨似灯将尽"之

---

① 这句话说不到史湘云。虽然第 31 回回目"因麒麟伏白首双星"说：有金制小巧玩物金麒麟和金锁的史湘云、薛宝钗这两个人，是一对守寡到白头的下凡天仙。但由于后四十回写明史湘云在丈夫逝世时没有后代，所以她也就没有"老来富贵"的可能性了。
② "蟾宫"即月宫，相传月中有一只三条腿的蟾蜍，故称月宫为"蟾宫"。
③ "科"指科目，"中科目"即中进士。"中举"即中举人。

意。

而"二令"也当遵循"拆字法"之批而作"冷"字来理解，即"二"乃双关，既是"一、二、三"表次序、阶段之词，又是析"冷"字为"二令"的"二"字（诗句字数力求精简，故"一字双关"乃常用的修辞手法）。其命运判词是说：王熙凤这个人，开始时众人对她"言无不从"（此众人包括贾琏乃至王夫人在内）；贾母死后，王熙凤失势而"言无人从"（此众人也包括贾琏、王夫人在内），王熙凤因众人冷淡她（"言无人从"），气得羞愤而死，这正是其命运之曲《红楼梦曲·聪明累》唱她的："机关算尽太聪明，反算了卿卿性命；生前心已碎，死后性空灵"，即她为贾府这个家操碎了心，却落得个众人全都怨恨而自己被活活气死的结局，最后归葬金陵。

后四十回中第 110 回"史太君寿终归地府、王凤姐力诎失人心"的描写，与此判词完全吻合，详本书"第一章、第一节、二、（五）"。★

又第 54 回"史太君破陈腐旧套、王熙凤效戏彩斑衣"，提到女先生新编的传奇故事《凤求鸾》的男主人公也名叫王熙凤，与后四十回的第 101 回"大观园月夜警幽魂、散花寺神签占异兆"写王熙凤到"散花寺"求得以此"凤求鸾"故事内容制作的签，可谓伏线千里，详本章"第一节、六"有论★。此第 101 回最后写凤姐求得此签后不详其何意，而宝钗对宝玉说恐有不祥：

宝钗笑道："我给凤姐姐瞧一回签。"宝玉听说，便问是怎么样的。宝钗把签帖念了一回，又道："家中人人都说好的，据我看，这'衣锦还乡'四字里头还有缘故，后来再瞧罢了。"宝玉道："你又多疑了，妄解圣意。'衣锦还乡'四字，从古至今都知道是好的，今儿你又偏生看出缘故来了。依你说，这'衣锦还乡'还有什么别的解说？"

而第 114 回"王熙凤历劫返金陵、甄应嘉蒙恩还玉阙"：

却说宝玉、宝钗听说凤姐病的危急，赶忙起来，丫头秉烛伺候。正要出院，只见王夫人那边打发人来说："琏二奶奶不好了，还没有咽气，二爷、二奶奶且慢些过去罢。琏二奶奶的病有些古怪，从三更天起，到四更时候，琏二奶奶没有住嘴，说些胡话，要船、要轿的，说到金陵归入册子去。众人不懂，她只是哭哭喊喊的。琏二爷没有法儿，只得去糊船、轿，还没拿来，琏二奶奶喘着气等着呢。①叫我们过来说，等琏二奶奶去了，再过去罢。"宝玉道："这也奇，她到金陵做什么？"袭人轻轻的和宝玉说道："你不是那年做梦，我还记得说有多少册子？不是琏二奶奶也到那里去么？"宝玉听了点头道："是呀，可惜我都不记得那上头的话了。这么说起来，人都有个定数的了。但不知林妹妹又到哪里去了？我如今被你一说，我有些懂的了。若再做这个梦时，我得细细的瞧一瞧，便有未卜先知的份儿了。"……两个正说着，宝钗走来，问道："你们说什么？"宝玉恐她盘诘，只说："我们谈论凤姐姐。"宝钗道："人要死了，你们还只管议论人。旧年你还说我咒人，那个签不是应了么？"宝玉又想了一想，拍手道："是的、是的，这

---

① 此处程乙本补"太太"二字。

么说起来，你倒能先知了。我索性问问你，你知道我将来怎么样？"

此第 114 回回目"王熙凤历劫返金陵"及上引情节，正点明第 5 回的判词"哭向金陵事更哀"。同时又借宝钗的话（指上引最后一处画线语），点明其死法便是第 101 回签文"王熙凤衣锦还乡"的应验。即王熙凤所求得的"衣锦还乡"签，显然就是在指她穿着寿衣回葬金陵老家（民间以"回老家"寓指逝世）。第 101 回与第 114 回的凤姐情节，都和前八十回凤姐的判词相照应。★

（5）巧姐

第 5 回巧姐的命运判词说她将会得到刘姥姥的搭救，后四十回与之无有不合，本章"第二节、一、（六）"已有详论。★

而且第 6 回"贾宝玉初试云雨情、刘姥姥一进荣国府"回前甲戌本有总批："此回借刘妪，却是写阿凤正传，并非泛文，且伏'二进'、'三进'及巧姐之归着（zhāo）。"刘姥姥"二进荣国府"是来游玩大观园的，见第 39 回"村姥姥是信口开合、情哥哥偏寻根究底"。而后四十回果然写到刘姥姥的"三进"乃至"四进、五进"，而且巧姐的归宿便与此有关，与脂批可谓无有不合。★

而且后四十回这"三进、四进、五进"一气呵成，环环相扣、紧密相连，所以脂批也就不加细分地统称为"三进"①了，其实这第三进中又有三进②在内。

如果后四十回是他人来续写的话，看到脂批只说刘姥姥"三进"贾府，焉敢再续出四进、五进之文来？而且又焉能使所续的后两进又是第三进中细分出来的四进、五进？今本后四十回写四进、五进，而这两进又可以统辖于"第三进"中，这种明显有违"脂批"的手笔（指不光有三进，更有四进、五进），显然只有原作者曹雪芹本人才敢写得出。而且这其实只是表面上有违于脂批，细思则其实又和脂批所言相合（即后二进实可概括到第三进中去③），这样高妙的文笔更是只有原作者本人才能写得出，这便能更为有力地证明"今本后四十回乃曹雪芹原稿"。

按今本后四十回中"三、四、五进"的情节是：

第 113 回王熙凤一听刘姥姥带着外孙女青儿来了，连忙请她们进屋。由于凤姐一闭眼就看到金哥、守备公子等冤魂向她索命，所以恳求刘姥姥回去后，到村里最有灵验的菩萨面前为自己祷告，说："姥姥，我的命交给你了。我的巧姐儿也是千灾百病的，也交给你了。"这便是"凤姐托孤"。刘姥姥答应现在就回家，下午就能赶到村子里去为她做祷告④，希望明天就会好起来。

凤姐一面请刘姥姥快点回家给她烧香拜神，一面又请求把青儿留下来，这

---

① 意为第三进。
② 意为进了三次。
③ 因为四进离三进只有几天，五进离四进也不远；而且三进伏下四进的近因便是接青儿，四进伏下五进的近因便是把巧姐、平儿在贾琏回府后送回，可证四进、五进与三进是"一气呵成"的一连串的情节，故可视为同一件事。
④ 这证明刘姥姥家离城（南京城）不远。

便伏下刘姥姥"四进"的缘由来。"刘姥姥见凤姐真情，落得叫青儿住几天，又省了家里的嚼吃。只怕青儿不肯，不如叫她来问问，若是她肯，就留下。于是和青儿说了几句。青儿因与巧姐儿玩得熟了，巧姐又不愿她去，青儿又愿意在这里。刘姥姥便吩咐了几句，辞了平儿，忙忙的赶出城去，不提。"可见刘姥姥这一去是要好几天的。

第118回"记微嫌舅兄欺弱女"写狠舅（王仁）、奸兄（贾环、贾芸①）要卖巧姐，这时正好刘姥姥前来接青儿，见众人眼圈通红，便问："太太、姑娘们必是想二姑奶奶了。"二姑奶奶，就是琏二奶奶王熙凤。书中虽然没有写到刘姥姥如何得知凤姐病故之事，不过这问题不大，因为进贾府时，必定有人已告诉过她。平儿说："你既是姑娘（指巧姐）的干妈，也该知道的。"便一五一十地把有人要卖巧姐的事告诉了她。刘姥姥也吓呆了，等了半天，忽然笑道："扔崩一走，就完了事了。"又说："只怕你们不走，你们要走，就到我屯里去。我就把姑娘藏起来，即刻叫我女婿弄了人，叫姑娘亲笔写个字儿，赶到姑老爷那里，少不得他就来了，可不好么？"于是买通看后门的人雇了车来，平儿把巧姐装扮成青儿的模样，跟随刘姥姥上了车，平儿也假装送人，趁大家不注意时也跨上了车。这便是"四进"。

第119回此事平息后，刘姥姥让板儿打听，听说："宁、荣两府复了官，赏还抄的家产，如今府里又要起来了。只是他们的宝玉中了官②，不知走到哪里去了？"刘姥姥忙向巧姐贺喜。贾琏得信后，将巧姐、平儿接回，贾琏因此事而把平儿扶为正室。书中又写："巧姐等在刘姥姥家住熟了，反是依依不舍，更有青儿哭着，恨不能留下。刘姥姥知她不忍相别，便叫青儿跟了进城，一径直奔荣府而来。"这便是刘姥姥的"五进"。

又"四进"时刘姥姥显然是来接青儿的，但行文中只字未提青儿，如果这是他人所作的续书，断然没有这种不加交代的道理，现在居然不加交代，显然是作者草稿未及仔细润色的缘故。又"五进"时写刘姥姥家"更有青儿哭着，恨不能留下"，此青儿又是何时接回了刘姥姥家？这如果是他人来续书的话，岂能留下这个天大的破绽？唯有曹雪芹，由于整部书的草稿有120回，删改时不大容易做到润色周全、前后照应，所以才会有这种可能。如果是他人前来续写的话，他只需要驾驭这后四十回的书，规模不大，应当不会留下这种前后失应的天大破绽来。

（6）香菱

香菱是副钗之首，第5回预示其命运的图像画的是："一株桂花，下面有一

---

① 贾环非其兄，贾芸是其兄。但贾环比十三四岁的巧姐大不了几岁，也可以视其为兄，即此"兄"字是据年龄而言，不是据辈分来说。更有可能的是：巧姐的生活原型真的是被她的堂兄卖入妓院，作者写入小说时，虽然写在贾环这个"奸叔"身上，但仍用"奸兄"两字点明卖凤姐女儿的原型真相来，详见本书"第二章、第二节、一、（六）、（5）"。为了坐实是"奸兄"卖的巧姐，所以又得拉上其堂兄贾芸，让他参与这件事。

② 中举后便可以做官，故连称"中了官"。

池沼，其中水涸泥干，莲枯藕败。"其命运判词是："根并荷花一茎香，（甲夹：却是咏菱妙句。）平生遭际实堪伤。自从两地生孤木，（甲夹：拆字法。）致使香魂返故乡。"

"两地生孤木"用的是"拆字法"，合起来便得"桂"字，即夏金桂。其又姓夏，与"冬雪（薛）"之薛蟠相配，堪称是"冤家对头"①。历来都说这判词是在预言夏金桂逼死了香菱。今本后四十回写香菱遭到夏金桂的极度迫害，奄奄一息，被宝钗搭救下来，远离了夏金桂的折磨；后来，夏金桂在香菱碗中放了毒，被宝蟾暗中调换，导致夏金桂自己服下毒汤身亡，香菱则赖宝蟾的调换而大难不死，最终被薛蟠立为正室，在生儿子时，因夏金桂迫害所致的干血症难产而死。由此可见，香菱虽然不是夏金桂直接迫害而死，但其死因仍是夏金桂迫害所致，因此后四十回的香菱结局仍然没有违背第5回香菱命运判词的意思（其判词意指：名中有"桂"之人导致香菱魂返仙界）。★

而且香菱的命运之图，画的是有桂之时池干莲枯，既是说夏金桂生前（即薛蟠娶妻而薛家有夏金桂之时）迫害她得了干血之症（"水涸泥干"），同时也预示夏金桂死后（即无桂之时），香菱当没有这种处境而得转机。而且后四十回写香菱未死于夏金桂之手，又写她被薛蟠扶为正室并生子，同样符合前八十回中第62回写的"夫妻蕙、并蒂菱"和第63回她抽到的"并蒂花"签（详下）。★

第79回香菱高兴地告诉宝玉：薛蟠娶的是"长安"（即都中②）有名的"桂花夏家"，庚辰本夹批："夏日何得有桂？又桂花时节焉得又有雪？三事原系'风马牛'，今若强凑合，故终不相符。来此败运之事，大都如此，当局者自不解耳。"这便是在点判词中的"自从两地生孤木"。

"自从两地生孤木"正是在写桂花大开的八月时节，其时菱花渐无而果实结成③。"香魂"可以指花香，所以"香魂返故乡"是指菱花的花香随其花瓣的谢去而消失。因此"自从两地生孤木，致使香魂返故乡"这一咏菱之句，是在说菱到桂花开时便已日渐无花。但其花渐无的同时，其果实却日益增多。这首象征香菱命运的咏物诗只是在说香菱失了时节、不得志，未必就一定是在指她要去死。第80回金桂不允许她叫香菱，改其名为"秋菱"，也就应了所谓的"香返故乡"（即其名字中的"香"字消失而没有了，"返故乡"即消失没有之意）★。所以第5回的判词并不是香菱结局的真谛，而第62回的"夫妻蕙、并蒂菱"、第63回的"并蒂花"签才是预言香菱命运结局的真谛。

今本后四十回写香菱不死而扶为正妻，貌似与第5回"致使香魂返故乡"的香菱判词不相合，其实这恰可证明今本后四十回应当是曹雪芹所作。因为如果是别人来续写的话，一定会依从第5回香菱判词之言，理解成夏金桂逼死香

---

① 而薛宝琴和梅翰林婚配，梅与雪相得益彰，故为佳姻缘。

② 笔者《宁荣府大观园图考》"第一章、第一节、九"一再论明：《红楼梦》出于"讳知者"的考虑，把书中描写的南京城写作"长安"两字。所以这"都中"也是南京之意，而非天子脚下的北京，更非陕西西安。

③ 菱于阳历5至10月开花，7至11月结果，即阴历四至九月开花，八月桂花开时，菱花渐谢而菱的果实逐渐结成。

菱，从而根据这一理解来撰写情节。

宝玉因为在第 5 回读过这首诗，而且是在一开头的第三首读到，所以会有所感触和印象，正因为此，他在第 79 回听香菱说薛蟠娶夏金桂后，会不由自主地冷笑了一下（即他好像想起了那句"自从两地生孤木，致使香魂返故乡"来）。这时庚辰本有夹批："忽曰'冷笑'二字，便有文章。"

宝玉冷笑着说："虽如此说，但只我听这话不知怎么倒替你耽心虑后呢！"庚辰本夹批："又为香菱之谶。偏是此等事体等到①。"这说的便是"事与愿违"，香菱满心为薛蟠娶了正妻而高兴，哪知道自己等到的却是自己差点被迫害而死的事情。

香菱听了宝玉的话，反而怪怨宝玉说话时，总不会顺着别人的话说那种应景好听的话，于是说："怪不得人人都说你是个亲近不得的人"，转身便走了。这便是写宝玉心中隐约联想起第 5 回册子上的咏菱之诗，面对眼前香菱的命运有某种不祥的预感。

第 79 回的这一描写似乎在说宝玉已预感到香菱可能要被夏金桂折磨而死了，但这首先只是我们的观感，并不代表宝玉真有这种想法而作者在后四十回中真要这么写。即便宝玉真有这种想法，由于册子上的预言宝玉读不明白，所以，他的担心只是他自己的理解，而这种理解有可能是宝玉的一种误会，所以并不能代表真的就有这样的事情会发生。换句话说，宝玉此刻预先为香菱所作的担心，并不意味着作者就一定要在书中写香菱被夏金桂折磨而死。

第 62 回斗草时："众人没了，香菱便说：'我有夫妻蕙。'"豆官说自己从来没有听说过这种类型的蕙存在，香菱说："一箭一花为兰，一箭数花为蕙。凡蕙有两枝，上下结花为'兄弟蕙'，有并头结花者为'夫妻蕙'。我这枝并头的，怎么不是？"豆官笑道："若是这两枝一大一小，就是'老子儿子蕙'了。若两枝背面开的，就是'仇人蕙'了。你汉子去了大半年，你想夫妻了，便扯上蕙也有夫妻，好不害羞！"香菱气得拧她嘴巴，一不小心把自己的裙子给弄脏了。

宝玉看到她们在斗草，也寻了些花草来凑趣，忽然看到她们都跑开了，只剩下香菱一个人在原地，于是上前来询问，香菱说："我有一枝夫妻蕙，她们不知道，反说我诌，因此闹起来，把我的新裙子也脏了。"宝玉笑道："你有'夫妻蕙'，我这里倒有一枝'并蒂菱'。"嘴里一边说，手里一边真的拈出一枝并蒂菱花来，然后又把那枝夫妻蕙拈在自己手中。最后香菱看到"宝玉蹲在地下，将方才的'夫妻蕙'与'并蒂菱'用树枝儿抠了一个坑，先抓些落花来铺垫了，将这菱、蕙安放好，又将些落花来掩了，方撮土掩埋平服"，这便是宝玉"情不情"的本真面目。

香菱得了"夫妻蕙"，贾宝玉又向她出示了"并蒂菱"，一个"菱"字便合香菱之名，而"并蒂菱"、"夫妻蕙"两词便预示着：香菱能扶正，从而与薛蟠结成正式夫妻。正因为此，大某山民眉批："并蒂者偏是菱花"，又作侧批："与

---

① 指香菱满心想着自己得了夏金桂这个好的主子奶奶，却未曾料到：自己等到的反而是那种差点要了自己性命的不幸事情。事体，即事情。

香菱巧合。"所以后四十回写香菱扶为正妻，正是曹雪芹原意的体现。★

后四十回写香菱不死而得以扶正为妻，还有第 63 回"寿怡红群芳开夜宴"行酒令时，香菱抽到的花签为证。

这一回中，宝钗抽得牡丹签，题"艳冠群芳"，证明她是十二正钗之首。其诗为："任是无情也动人"，交代她和宝玉的婚姻有名而无实（没有感情基础）。探春抽到的是杏花签，题"瑶池仙品"，诗为"日边红杏倚云栽"，言其得贵婿，众人笑说："我们家已有了个王妃，难道你也是王妃不成？大喜，大喜！"李纨得的是老梅签，题"霜晓寒姿"，诗为"竹篱茅舍自甘心"，与其处境、品性、居所"稻香村"皆相吻合。湘云得的是海棠签，题"香梦沉酣"，诗为"只恐夜深花睡去"，与其日间在海棠花下醉眠的事情正相吻合（湘云这一日间醉眠的情节，便是专门凑这句诗而编的），让上家黛玉和下家宝玉同饮了酒，暗示两人是"天生的一对、地设的一双"。

麝月得的是荼蘼花签，题"韶华胜极"，诗为"开到荼蘼花事了"，荼蘼开花的时间最长，别的花都凋谢了，只有荼蘼花还开着，这是讲：花袭人出嫁后（"花事了"），守着宝钗一同守寡的是麝月，与后四十回也不矛盾（后四十回最末一回袭人出嫁时，秋纹、麝月都还在宝钗身边而未嫁）。★

香菱抽到的是"并蒂花"签，题"联春绕瑞"，诗为"连理枝头花正开"，可见她最后的确被扶正为薛蟠妻子（"并蒂花"、"连理枝"），而且还为薛家留下血脉来（"绕"字有根脉蔓延之意）。

总之，后四十回写香菱不死而扶正，因难产，生下儿子后便亡故，虽然和第 5 回香菱命运判词字面上的"被夏金桂折磨而死"不合，但却与第 62 回"并蒂菱、夫妻蕙"、第 63 回"并蒂花"所体现出的曹雪芹的原意完全吻合。★

而且香菱虽然不是夏金桂直接迫害而死，但却是夏金桂间接迫害而死，所以后四十回的描写仍然和第 5 回香菱命运判词字面上的"被夏金桂折磨而死"相吻合。

第 5 回香菱命运判词："根并荷花一茎香，（甲夹：却是咏菱妙句。）平生遭际实堪伤。自从两地生孤木，（甲夹：拆字法。）致使香魂返故乡。""两地生孤木"，即"桂"字，字面上是说秋天桂花开后，荷与菱便要死了。书中薛蟠娶的老婆姓夏，与"薛（雪）"之姓正相矛盾（有夏无雪，有雪无夏，势不两立，其矛盾不可调和）。夏氏名金桂，金为秋，即秋天的桂花，秋天的菱和荷都日渐无花而有果[①]。"致使香魂返故乡"，这只是说薛蟠娶了夏金桂后香菱要死，并不一定是说夏金桂直接害死了她。后四十回写夏金桂死后香菱被扶正为妻，因生子时难产死，其病因却是夏金桂往昔的迫害所致，所以香菱仍是被夏金桂间接害

[①] "致使香魂返故乡"便是香气消失，也即菱花谢去、将要结果（即扶为正妻而生子）之意。作者更让夏金桂改"香菱"之名为"秋菱"，以此来用明文点明：夏金桂象征的秋天来了，菱将无香花而要结实成为"秋菱"了，而"结实"便是香菱此人即将扶为正妻而为薛家生子的象征。

死，后四十回所写的香菱结局与此诗句并不矛盾★。总之，"致使香魂返故乡"是言夏金桂是致香菱于死地的原因所在，并不是说夏金桂直接弄死了香菱。

第80回夏金桂想弄死香菱，幸而为宝钗搭救，这是前八十回的文字，香菱既然得以生活在宝钗身边，自然也就免去了夏金桂的迫害，作者早在前八十回便已为香菱开了一条生路，但之前夏金桂的迫害，仍让香菱种下导致其将来难产而死的病症：

> 自此以后，香菱果跟随宝钗去了，把前面路径竟一心断绝。虽然如此，终不免对月伤悲，挑灯自叹。本来怯弱，虽在薛蟠房中几年，皆由血分中有病，是以并无胎孕。今复加以气怒伤感，内外折挫不堪，竟酿成干血之症，日渐羸瘦作烧，饮食懒进，请医诊视、服药，亦不效验。

夏金桂误把自己毒死后，第120回写薛蟠被赎归来，扶香菱为正妻：

> 且说薛姨妈得了赦罪的信，便命薛蝌去各处借贷，并自己凑齐了赎罪银两。刑部准了，收兑了银子，一角文书①，将薛蟠放出，他们母子姊妹弟兄见面，不必细述，自然是悲喜交集了。薛蟠自己立誓说道："若是再犯前病，必定犯杀、犯剐！"薛姨妈见他这样，便要握他嘴，说："只要自己拿定主意，必定还要妄口巴舌、血淋淋的起这样恶誓么？只香菱跟了你，受了多少的苦处！你媳妇已经自己治死自己了②。如今虽说穷了，这碗饭还有得吃③，据我的主意，我便算她是媳妇了。你心里怎么样？"薛蟠点头愿意。宝钗等也说："很该这样。"倒把香菱急得脸胀通红，说是："伏侍大爷一样的，何必如此？"众人便称起"大奶奶"来，无人不服。
>
> ……
>
> 士隐道："老先生有所不知：小女英莲，幼遭尘劫，老先生初任之时，曾经判断，今④归薛姓。产难完劫，遗一子于薛家，以承宗祧。此时正是尘缘脱尽之时，只好接引接引。"

"干血"即无月经，难以受孕，即便受孕也会难产。上引第80回已言明香菱的"干血之症"与夏金桂的迫害有直接关系。"自从两地生孤木，致使香魂返故乡"便是说"导致香菱死亡的病因其实是由夏金桂种下的"，而不是指要由夏金桂亲手来结束香菱的性命。换句话说，"致使香魂返故乡"的"致"不一定是直接导致，而可以是间接导致。

（7）晴雯

晴雯的故事前八十回已经终结，谈后四十回与前八十回的相合可以不用涉及她了。此处只是接着上面香菱的签，来谈第63回"寿怡红群芳开夜宴"行酒令时，香菱之后的那几个人抽到的花签。

---

① 角，旧时指公文的件数，"一角公文"即一件公文。

② 说得好！足证善恶有报。

③ 指家里虽然穷了，但日子还算过得下去，还有碗饭吃。这是说薛家还有一些家底，还没到那种穷到精光、无法立足的窘境。

④ 今，当作"令"。

下来黛玉得了"芙蓉花"签，题"风露清愁"，写黛玉多泪之状极为贴切。其诗是"莫怨东风当自嗟"，伏宝玉的《芙蓉女儿诔》名义上是悼晴雯之亡，实悼黛玉之亡，而且还让黛玉自己参与创作，等于是自己诔自己，自己嗟叹自己和宝玉"有命无运、有缘无分"。

我们都知道第78回中写明晴雯是"芙蓉花神"，而现在居然让黛玉抽到晴雯的"芙蓉花"签，让晴雯无签可抽，便是因为黛玉逝世时，宝玉因为失玉而痴傻，不可能有神智来写祭悼黛玉的诔文了，所以作者便要用"梦幻主义"笔法，把这篇诔文嫁接到在第78回死去的晴雯身上。所以也就故意在抽花签时让黛玉抽到晴雯之签，让黛玉也打上"芙蓉花神"的标签，为下文作者能用《芙蓉女儿诔》来诔她这位假"芙蓉花神"而挂上钩。

第79回黛玉偷听完宝玉读诵的《芙蓉女儿诔》后，出来为其润色：

> 宝玉道："我又有了，这一改可妥当了。莫若说：'茜纱窗下，我本无缘；（庚夹：双关句，意妥极。）黄土垄中，卿何薄命。'"（庚夹：如此我亦谓妥极。但试问当面用"尔""我"字样究竟不知是为谁之谶，一笑一叹。○一篇《诔》文总因此二句而有，又当知虽诔晴雯而又实诔黛玉也。奇幻至此！若云必因晴雯诔，则呆之至矣。）黛玉听了，忡然变色，（庚夹：慧心人可为一哭。观此句便知《诔》文实不为晴雯而作也。）心中虽有无限的狐疑乱拟，（庚夹：用此事更妙，盖又欲瞒观者。）外面却不肯露出，反连忙含笑点头称妙。

可见作者笔法有多么高妙，居然能让死者在生前就听到对方为自己所作的《诔》文，还让死者自己来做评语并参与创作；更绝的是，还让当事人宝玉把整篇文章的主题句给提炼出来——"茜纱窗下，我本无缘；黄土垄中，卿何薄命"，以此来预言"悼亡"①的这两位当事人"有命无运、有缘无分"！

（8）袭人

后四十回与第5回袭人的命运判词相合，已见于本章"第一节、四"★。此处只是接着第63回抽花签，谈袭人的花签。

黛玉抽到芙蓉花签后，便是袭人抽得桃花签，题"武陵别景"，诗为"桃红又是一年春"，显示出她像桃花般娇艳与轻浮。毕竟她与宝玉行过房事，又再嫁蒋玉菡，是梅开二度（"又一春"即再嫁之意），所以得（děi）允许我们用"轻浮"两个字来称呼她。

其签命令"杏花陪一盏，坐中同庚者陪一盏，同辰者陪一盏，同姓者陪一盏。"众人笑道："这一回热闹有趣"，大家算下来，香菱、晴雯、宝钗三人皆与她同庚，黛玉与她同辰，只是没有同姓之人，这时芳官忙道："我也姓花，我也陪她一钟。"②于是大家斟了酒，黛玉因向探春笑道："命中该着招贵婿的，你是

---

① 悼亡，古人专指丈夫悼念亡妻。
② 芳官当是"四副钗"十二个戏子之首。芳官姓"花"，便意味着她是她那一等次的百花仙子之首。正如黛玉二月十二日"花朝节"生日，便是百花生日时降世，也就意味着百花随着她降世；花袭人与之同生日，也就意味着她所在的"又副钗"那十二朵花当以她为首、随她

杏花，快喝了，我们好喝。"探春笑道："这是个什么？大嫂子顺手给她一下子。"李纨笑道："人家**不得贵婿**反挨打，我也不忍的。"说得众人都笑了。上引李纨话中画线的"不得婿"三字，也就点明后四十回中黛玉以处子之身离世而未嫁。

为何作者要如此多的人来为袭人喝酒？无非点明一点，花袭人要改嫁别人了，所以大家一同为她饯行吧。（参见笔者《红楼时间人物谜案》"第三章、第一节、二"有论。）

（9）史湘云

第5回史湘云的判词言其早寡到白头，后四十回与之完全照应，详见本书"第一章、第三节、四"。★

此处再举第108回她所吟的"白萍吟尽楚江秋"，正与第5回她的命运之曲"湘江水逝楚云飞"完全照应，的真是曹雪芹手笔：

> 鸳鸯叫道："不要'五'！"那骰子单单转出一个"五"来。鸳鸯道："了不得！我输了。"贾母道："这是不算什么的吗？"鸳鸯道："名儿倒有，只是我说不上曲牌名来。"贾母道："你说名儿，我给你诌。"鸳鸯道："这是'浪扫浮萍'。"贾母道："这也不难，我替你说个'秋鱼入菱窠'。"鸳鸯下手的就是湘云，便道："'白萍吟尽楚江秋'。"众人都道："这句很确。"

众人赞她说得很准确，其实说的是：这句话形容她自己的命运很准确！

（10）妙玉

第5回妙玉判词言其遭劫而有可能受玷污，后四十回与之完全吻合，详见本章"第六节、一"。★

又妙玉实未受玷污，不屈贞烈而死，详下文"（五）"论妙玉结局时的页底小注。

（五）后四十回人物结局草率，与曹雪芹"宾不犯主"的创作主旨相吻合

全书第1回"楔子"言全书缘起的"公案"便是：神瑛侍者下凡为宝玉，绛珠仙草为报其甘露水灌溉之恩而一同下凡为黛玉，用其一生的眼泪来偿还他所灌溉的甘露法水，书中说："因此一事，就勾出多少风流冤家来陪他们去了结此案"，甲戌本在这句话旁有侧批："余不及一人者，盖全部之主惟二玉二人也。"可见全书的主角是宝玉、黛玉，主线是两人的爱情，其他人全都是陪客、其他事全都是陪衬，作者全都不愿多费笔墨而一笔带过、草草了之。

所以，第1回甄士隐唱的《好了歌解》，第5回红楼诸艳的命运判词、十四支《红楼梦曲》，这三者所共同提示出来的《红楼梦》中黛玉以外的其他人物的

降世。同时，花袭人作为宝玉房里的大丫头，本当是"又副钗"之首，因其失贞、失节，故降为第二，由宝玉房排名第二的大丫头、童贞女晴雯为第一。此处芳官与花袭人同姓"花"，也就意味着她那一等次的百花仙子以之为首，即"金陵十二钗"第五等的"四副钗"十二个小戏子当以芳官为首。事实上，芳官又是十二个戏子中唯一派在宝玉房者，宝玉是众芳的领袖，奴以主贵，故芳官自然也就成了"四副钗"之首。

结局，除尤三姐、晴雯、秦可卿外，全都是在后四十回结束的那三回中一笔带过、点到为止，未再过多地加以展开。

如第117回借众人笑谈说："恍惚有人说是有个内地里的人，城里犯了事，抢了一个女人下海去了。那女人不依，被这贼寇杀了。那贼寇正要跳出关去，被官兵拿住了，就在拿获的地方正了法了。"并借贾芸嘴坐实说："前日有个人说她庵里的道婆做梦，说看见是妙玉叫人杀了。"这样便算交代完"十二正钗"中的妙玉结局。需要说明的是妙玉被劫苏醒后的反应，作者其实早已本着书名"梦"字所标榜的梦幻之旨，根据梦可以时序颠倒，写在了其未被劫持的第97回中。即妙玉因日间看到貌美的宝玉心动三次、脸红三次，晚上又因猫儿叫春引动淫思、走火入魔，在梦中看到"<u>又有盗贼劫她，持刀执棍的逼勒，只得哭喊求救</u>。早惊醒了庵中女尼、道婆等众，都拿火来照看。只见妙玉两手撒开，口中流沫。急叫醒时，只见眼睛直竖，两颧鲜红，骂道：'<u>我是有菩萨保佑，你们这些强徒敢要怎么样？</u>'众人都唬的没了主意，都说道：'我们在这里呢，快醒转来罢！'妙玉道：'我要回家去！你们有什么好人？送我回去罢！'道婆道：'这里就是你住的房子。'"表面上写的是妙玉在梦中与强人对答，其实正是作者交代其被劫后情节的"不写之写"。具体来说：画直线者便是写妙玉被闷香迷倒后被劫的情形"有盗贼劫她"，然后便是她醒来后见到的强盗"持刀执棍的逼勒"的场面，以及妙玉当场的反应"只得哭喊求救"。而画双线的部分便是妙玉对强盗说的质问之语，然后强盗肯定哄她说要把她奉为压寨夫人，可以有荣华富贵；画浪线的部分便是妙玉严词拒绝强盗说的这话，妙玉便因为严词拒绝、誓不受辱而被杀①。作者用梦幻主义手法，把妙玉被劫后的情景全都写到被劫之前，所以全书结尾的第117回也就不展开来描写妙玉被劫之事，只是在第117回，借众人之口交代清楚她因不从强盗而被强盗所杀，强盗也因此被正法。作者用梦境把人物结局预先写到，写得这么贴切自然，毫无破绽，神不知而鬼不觉，在世界文学史上恐怕也难以找到第二家。

又第118回作者借王夫人说："邢姑娘是我们作媒的，配了你二大舅子（指薛蝌），如今和和顺顺的过日子，不好么？那琴姑娘，梅家娶了去，听见说是丰衣足食的，很好。就是史姑娘，是她叔叔的主意，头里原好，如今姑爷痨病死

___

① 若妙玉真被强人玷污，强人何必还要杀死她？正因为妙玉秉性刚烈、誓死不从，强徒才要杀死她。因此第5回妙玉的命运判词："欲洁何曾洁？云空未必空"，是言妙玉对宝玉动心感来被劫恶报，这是其淫念的报应。其命运之图："一块美玉落在泥垢之中"，其命运之词："可怜金玉质，终陷淖泥中"，其命运之曲《世难容》："到头来，依旧是风尘肮脏违心愿。好一似，无瑕白玉遭泥陷，又何须，王孙公子叹无缘"，均暗示其被强人玷污，其实皆是貌似，而作者恐亦未必真要如此写。愚以为：作者以美玉称此人，则此人必不受玷污，故知妙玉当誓死不辱；唯有如此，作者才会用美玉来称颂妙玉的贞烈。因此第112回作者言："不知妙玉被劫，<u>或是甘受污辱，还是不屈而死，不知下落，也难妄拟</u>"，其正确答案当如第113回宝玉所言，<u>乃"不屈而死"、而非受辱而死</u>。即妙玉被劫之事"渐渐传到宝玉耳边，说：'妙玉被贼劫去。'又有的说：'妙玉凡心动了，跟人而走。'宝玉听得，十分纳闷：'想来必是被强徒抢去。<u>这个人必不肯受，一定不屈而死。</u>'"又第112回贼人来抢被"迷魂香"迷倒妙玉时："此时妙玉心中却是明白，只不能动，想是要杀自己，索性横了心，倒也不怕。"可证妙玉不怕死，必能以一死来捍卫自己的贞操，不使强徒得遂其淫欲。

了，你史妹妹立志守寡，也就苦了。"王希廉评此回："借王夫人说话中，补明宝琴已嫁、湘云已寡，简净得法。"这样便算是把"十二正钗"中的史湘云结局、"十二副钗"中邢岫烟薛宝琴两人的结局给一笔带过而交代完毕。

又第120回作者借贾珍说："宁国府第，收拾齐全，回明了要搬过去。'栊翠庵'圈在园内，给四妹妹静养"，又借贾琏说："巧姐亲事，父亲、太太（指贾赦与邢夫人）都愿意给周家为媳。"这样也就算一笔了结掉"十二正钗"中惜春、巧姐两人的结局。然后作者又写花自芳来接袭人回家嫁给蒋玉菡，了结了"十二又副钗"中排名第二的袭人结局。最后又借甄士隐说："小女英莲，幼遭尘劫，老先生初任之时，曾经判断，今^①归薛姓。产难完劫，遗一子于薛家，以承宗祧。此时正是尘缘脱尽之时，只好接引接引。"于是前往度脱香菱，送到太虚幻境，这样便又了结掉"十二副钗"之首的香菱结局。王希廉第120回评："甄士隐说'福善祸淫'、'兰挂齐芳'，是文后余波、劝人为善之意，不必认为真事。了结香菱，简净跳脱，又是一样文法。"

甄士隐出来时碰见一僧一道携"通灵宝玉"那块顽石回来，并对甄士隐说："情缘尚未全结，倒是那蠢物已经回来了。"画线部分所言红楼诸女子中尚有未回天者，便是李纨、宝钗、探春、史湘云四人。李纨当在贾兰奋斗十数年后做到五品大官可赐诰命时才死，而守寡到白头的那一对——无子凄凉的史湘云、有子而贵的薛宝钗则活得更长。这都是后话了，作者只愿写到第120回，会在最后借警幻仙子放"情榜"时，一笔带过地将她们全部总结到。

后四十回如果是别人来续写的话，他肯定知道"十二金钗"地位相当，不当偏枯，于是肯定会把妙玉、湘云、惜春、巧姐、袭人等人的结局全都花点心思铺陈开来续写；今本后四十回居然全都一反常态，"十二金钗"毫无构思便草草收场，恰可证明这不是其他人所续，当是曹雪芹本人的原稿。

清人王希廉《护花主人总评》便深谙全书的主宾关系，其曰："《石头记》虽是说贾府盛衰情事，其实专为宝玉、黛玉、宝钗三人而作。若就贾、薛两家而论，贾府为主，薛家为宾。若就宁、荣二府而论，荣府为主，宁府为宾。若就荣国一府而论，宝玉、黛玉、宝钗三人为主，余者皆宾。若就宝玉、黛玉、宝钗三人而论，宝玉为主，钗、黛为宾。若就钗、黛二人而论，则黛玉却是主中主，宝钗却是主中宾。至副册之香菱，是宾中宾；又副册之袭人等，不能入席矣。读者须分别清楚。"

脂砚斋常把陪客称作"间色"或"润（闰）色"，即：

（1）第24回"醉金刚轻财尚义侠"中倪二仗义借钱给贾芸，其回前庚辰本有批语："夹写'醉金刚'一回，是书中之**大净场**，聊醒看官倦眼耳。然亦书中必不可少之文，必不可少之人。今写在市井俗人身上，又加一'侠'字，则大有深意存焉。"

这条批语说的是：写"醉金刚"倪二这一回，便相当于是戏剧中以"净面"

---

① 今，当作"令"。

为主角的一场。作者曹雪芹是借鉴戏剧手法来创作此回，此回便是为全书增添风味的小点缀。

又"只见冯紫英一路说笑，已进来了"句，甲戌本有侧批："一派英气如在纸上，特为金闺润色也。"又"紫英答道：家父倒也托庇康健。近来家母偶着了些风寒，不好了两天"句，庚辰本有眉批："紫英豪侠小文三段，是为金闺间色之文，壬午雨窗。"以上说的都是：全书以写闺中生活为主（即所谓的"正色"），写冯紫英的豪侠，不过是用来作为正色的"润色"（即点缀色、间色）。

（2）贾芸贾二爷与小红林红玉传帕，便是宝玉宝二爷与林黛玉传帕的引子，见第26回坠儿为贾芸、红玉传帕："坠儿满口里答应了，接了手帕子，送出贾芸，回来找红玉，不在话下。"其下甲戌本有夹批："原非书中正文之人，写来间色耳。"可证贾芸与林红玉传帕，便是宝玉黛玉传帕的陪衬也即引子。

（3）第31回"因麒麟伏白首双星"，己卯本回前总批："'金玉姻缘'已定，又写一金麒麟，是间色法也。何颦儿为其所惑？故颦儿谓'情情'。"也写明史湘云、卫若兰的金麒麟姻缘，便是宝玉、宝钗"金玉良缘"的陪衬（间色）。

由此可知：林小红（林红玉）是林黛玉的"间色（引子）"，史湘云是薛宝钗的"间色（引子）"，正因为都是陪客，所以在后四十回中，史湘云这么重要的角色，其结局也不过寥寥数笔；正因为是陪客，我们也不可能期待在后四十回中读到巧慧丫头林小红与英俊小生贾芸的完满结局。俞平伯先生认为后四十回只写了"黛玉之死"和"宝玉中举而做了和尚"这两件事，此外其他"诸人底结局"是"很草率的结局"，并认为这不是作者曹雪芹的原意[①]，这显然是未达作者创作主旨所致。

《红楼梦》人物众多，我们想要在后四十回中一一看到每个主要人物的详细结局，此书恐怕写到第150回都收不了场（本页页底注所引俞平伯先生的画线部分的观点甚是）。但作者只想写到第120回为止（这以裕瑞和程高二人所见到的作者第五稿定稿的前八十回前所开列的全书120回的目录可证）。书中写到"黛玉归天、宝玉出家"这两大主角的事情完毕，就算完成了全书的整个使命，至于其他人的结局只好草率了之，这叫作"宾不犯主"。

由于全书的主角是宝玉、黛玉，主线是"宝黛爱情"，其他人物都是陪客，其他人物的故事情节都是陪衬，正因为是陪客和陪衬，所以作者便都一笔带过，我们不能因为今本后四十回"一笔带过"，便认为这不是曹雪芹原稿；相反，"一笔带过"不仅不违背曹雪芹的原意，而且恰恰就是曹雪芹创作主旨的体现。

---

① 俞平伯《红楼梦辨》之《后四十回底批评》："'因为雪芹是亲见亲闻，自然娓娓言之，不嫌其多；兰墅是追迹前人，自然只能举其大概了结全书。……总之，《红楼梦》全书若照雪芹做法，至少亦不止一百二十回，兰墅补了四十回是最少之数了。所以有些潦草了结的地方，我们尽可以体谅兰墅的。'……以我底眼光看，四十回只写了主要的三件事，第三项还是零零碎碎的，其实最主要的只有两项：（1）黛玉死，宝玉做和尚。（2）宝玉中举人。（3）诸人底结局，很草率的结局。第三项汇聚拢来可算一项，若分开来看，却算不了什么。因为向来的观念，无论写什么总是'有头有尾'才算完结；所以高氏只得勉强将书中人底结局点明一下。至于账簿式的结局，那就不在他底顾虑中了。"

第五节 全书主旨上的前后照应

作者创作《红楼梦》一书时，除了"寄托自己审美"这一艺术追求外，在内容主旨方面更有三端：

一是为家族尽孝而传家事（当然是只传自己家的空间和"事体情理"，时间与人物则全都做了艺术虚构，让人很难再看出原型来，从而成功地欺瞒住以乾隆皇帝为代表的第一批读者、以及以后的一辈又一辈读者。比如作者成功地让乾隆皇帝认为书中写的是明珠家事，比如成功地让民国至今的索隐派们从书中索解出林林种种稀奇古怪的历史本事来）。

二是为世人立学以传高见。

三是为众生指迷以归信仰。

前者是私衷，有传史之功；后者是言志，有立言之效；最后便是载道，有立德之懿。

而这最后一项犹为关键，普通人迷于书中表面所写的爱情故事，往往会忽视书首与书尾揭示出来的佛门空旨与"福善祸淫"这一全书的创作宗旨，但仍有超卓的识见者，如俄国人卡缅斯基，他所购置的程高本《红楼梦》上，有其"用十八世纪旧式笔法书写的题词：'道德批判小说'"（引文详见"列藏本"书首李福清、孟列夫《列宁格勒藏抄本〈石头记〉的发现及其意义》第2页）。

需要指出的是：在上述三大主旨上，今本后四十回与前八十回前后照应、一以贯之。这是从全书主旨上证明后四十回与前八十回乃一人所写的又一重力证。

一、家族盛衰之旨的前后照应

《红楼梦》是作者感叹自己身世与家事之作，满怀兴亡之感，力图通过追悼自己家族，来为普天下世家大族思考"持盈①、保大②"之道。今本后四十回与前八十回在这一主旨上前后贯通。

（一）"落了片白茫茫大地真干净"——描写家族败落之旨

鲁迅《中国小说史略》论《红楼梦》时，便承认后四十回写到了第5回所

---

① 持盈，保守成业，语本《老子》："持而盈之，不如其已。""持盈守成"是指保持已成的盛业。"持盈保泰"是指处于极盛时，要谦逊谨慎，以保持平安。
② 保大，安稳地居于高位。《文选·陆机〈汉高祖功臣颂〉》："元凶既夷，宠禄来假。保大全祚，非德孰可。"吕延济注："安于大位而能全福者，非德不可也。……保，安；祚，福。"

唱的"落了片白茫茫大地真干净"的悲惨结局和荒凉景象，即："后四十回虽数量止初本之半，而大故迭起，破败死亡相继，与所谓'食尽鸟飞独存白地'者颇符，惟结末又稍振。"正如鲁迅先生所言，后四十回抄家后的悲痛场景，与前八十回的伏笔和预言完全照应。至于鲁迅先生所责备的"惟结末又稍振"，其实"家道复兴"的笔墨不过廖廖两三句违心假话而已，很难冲淡真结局的悲惨意趣、悲凉意境。

让我们先来回顾一下后四十回所描写的最悲惨情节——抄家。

●后四十回中的抄家情节

第105回"锦衣军查抄宁国府、聪马使弹劾平安州"与第106回"王熙凤致祸抱羞惭、贾太君祷天消灾患"便记叙贾府抄家之事。

西府"荣国府"的抄家由西平王主持，西主秋，乃司寇之官，主杀。承办人是赵全：赵，抄也；赵全，即其亲口所说的"全抄"（第105回赵全说："好个重利盘剥，很该全抄！请王爷就此坐下，叫奴才去全抄来"[1]）。由于北静王与西平王的保全，赵全的"全抄"未能如愿，只抄了荣国府中的"贾赦家"。由于贾琏是贾赦之子而为一家，所以荣国府中的"贾琏房"也一并被抄。

书中借东府"宁国府"焦大之口，写出宁国府全部被抄的"一败涂地"的惨状（"一败涂地"四字见下引第105回贾政语），这是用戏曲笔法，借人物之口交代旁枝情节而一笔带过，这样可以突出全书主线，不事枝蔓。

接着，作者又借薛蝌之口，打听到抄家之罪主要有二：一是强占良民妻女为妾，这是贾珍、贾琏所犯之事，当是倪二挑唆张华告发，结果因此抄了宁国府。此事起因于当年王熙凤挑唆张华告发，都察院收下贾府（贾珍、贾蓉）之贿，循私枉断，不了了之[2]，所以连都察院都有不是，故下回回目称"王熙凤致祸抱羞惭"。二是贾赦交通平安州知州（加节度使衔）包揽词讼而被抄。故贾府被抄的罪魁祸首有二：一是凤姐，二是贾赦。今详引第105、第106两回抄家之文如下：

◎第105回描写抄家情形：

赵堂官即叫他的家人："传齐司员，带同番役，分头按房，抄查登账！"这一言不打紧，唬得贾政上下人等面面相看；喜得番役、家人[3]摩拳擦掌，就要往各处动手。西平王道："闻得赦老与政老同房各爨的，理应遵旨查看贾赦的家资。其余且按房封锁，我们覆旨去，再候定夺。"赵堂官站起来说："回王爷：贾赦、贾政并未分家。闻得他侄儿贾琏现在承总管家，不能不尽行查抄。"西平王听了，也不言语。赵堂官便说："贾琏、贾赦两处，须得奴才带领去查抄才好。"西平

---

① 作者（其实就是曹雪芹）便"因事立名"，据其要全抄贾府，而命名其为"全抄"两字颠倒后的"抄全"两字的谐音"赵全"。

② 按第68回："凤姐都一一尽知原委，便封了二十两银子与旺儿，悄悄命他将张华勾来养活，着他写一张状子，只管往有司衙门中告去，就告琏二爷'国孝、家孝之中，背旨瞒亲，仗财依势，强逼退亲，停妻再娶'等语。"第69回："贾蓉打听得真了，来回了贾母、凤姐，说：'张华父子妄告不实，惧罪逃走，官府亦知此情，也不追究，大事完毕。'"

③ 指赵全手下的番役和赵全家的家人，即下文所言的"老赵家奴、番役"。

王便说："不必忙。先传信后宅，且请内眷回避，再查不迟。"一言未了，老赵家奴、番役已经拉着本宅家人①领路，分头查抄去了。王爷喝命："不许罗唣，待本爵自行查看！"说着，便慢慢的站起来要走，又吩咐说："跟我的人一个不许动，都给我站在这里候着，回来一齐瞧着登数。"

正说着，只见锦衣司官跪禀说："在内查出御用衣裙并多少禁用之物，不敢擅动，回来请示王爷。"一回儿，又有一起人来拦住王爷就回说："东跨所抄出两箱房地契，又一箱借票，却都是违例取利的。"老赵便说："好个重利盘剥，很该全抄！请王爷就此坐下，叫奴才去全抄来，再候定夺罢。"说着，只见王府长史来禀说："守门军传进来说：'主上特命北静王到这里宣旨，请爷接去。'"赵堂官听了，心里喜欢说："我好晦气，碰着这个酸王。如今那位来了，我就好施威。"【此是赵全因西平王偏袒贾府大为不满，以为北静王到来会支持自己，哪知事实正好相反，北静王是来庇护贾府，命令赵全回去审问贾赦，抄家之事由西平王承办，从而在抄家中极大地保全了荣国府。】……

听见外面看守军人乱嚷道："你到底是哪一边的？既碰在我们这里，就记在这里册上。拴着他，交给里头锦衣府的爷们。"贾政出外看时，见是焦大，便说："怎么跑到这里来？"焦大见问，便号天、蹈地的哭道："我天天劝这些不长进的爷们，倒拿我当作冤家！连爷还不知道焦大跟着太爷受的苦？今朝弄到这个田地！珍大爷、蓉哥儿都叫什么王爷拿了去了，里头女主儿们，都被什么府里衙役抢的披头散发，搁在一处空房里，那些不成材料的狗男女，却像猪狗似的拦起来了。所有的都抄出来搁着，木器钉②的破烂，磁器打的粉碎。他们还要把我拴起来！我活了八九十岁，只有跟着太爷捆人的，哪里倒叫人捆起来？我便说我是西府里，就跑出来。那些人不依，押到这里，不想这里也是那么着。我如今也不要命了，和那些人拚了罢！"……贾政听明，虽不理他，但是心里刀绞似的，便道："完了，完了！不料我们一败涂地如此！"

正在着急听候内信，只见薛蝌气嘘嘘的跑进来说：……"今朝为我哥哥打听决罪的事，在衙内闻得有两位御史，风闻得珍大爷引诱世家子弟赌博，这款还轻；还有一大款是强占良民妻女为妾，因其女不从，凌逼致死。那御史恐怕不准，还将咱们家的鲍二拿去，又还拉出一个姓张的来。只怕连都察院都有不是，为的是姓张的曾告过的。"贾政尚未听完，便跺脚道："了不得！罢了，罢了！"叹了一口气，扑簌簌的掉下泪来。

薛蝌宽慰了几句，即便又出去打听，隔了半日，仍旧进来，说："事情不好。我在刑科打听，倒没有听见两王覆旨的信，但听得说，李御史今早又参奏平安州奉承京官、迎合上司，虐害百姓，好几大款。"贾政慌道："哪管他人的事！到底打听我们的怎么样？"薛蝌道："说是平安州就有我们，那参的京官就是赦老爷。说的是包揽词讼，所以火上浇油。就是同朝这些官府，俱藏躲不迭，谁肯送信？就如才散的这些亲友们，有的竟回家去了的，也有远远儿的歇下打听的。可恨那些贵本家都在路上说：'祖宗挣下的功业，弄出事来了，不知道飞到

---

① 指强迫贾府下人带路。带路之人不是自愿的。
② 钉，指用木棍像用锤子敲钉那般敲得粉碎。

哪个头上，大家也好施威①。'"

◎第106回描写抄家后的情形：

那长史去了。少停，传出旨来："承办官遵旨——查清，入官者入官，给还者给还。将贾琏放出，所有贾赦名下男妇人等造册入官。"可怜贾琏屋内东西，除将按例放出的文书发给外，其余虽未尽入官的，早被查抄的人尽行抢去，所存者只有家伙、物件。贾琏始则惧罪，后蒙释放，已是大幸，及想起历年积聚的东西并凤姐的体己，<u>不下七八万金，一朝而尽，怎得不痛？</u>且他父亲现禁在锦衣府，凤姐病在垂危，一时悲痛。……

凤姐道："你也是聪明人。他们虽没有来说我，他必抱怨我。虽说事是外头闹的，<u>我若不贪财，如今也没有我的事②。</u>不但是枉费心计，挣了一辈子的强，如今落在人后头！我只恨用人不当③，恍惚听得那边珍大爷的事，说是强占良民妻子为妾，不从逼死，有个姓张的在里头，你想想还有谁？若是这件事审出来，<u>咱们二爷是脱不了的，我那时怎样见人？我要即时就死，又耽不起吞金④、服毒</u>的。你到⑤还要请大夫，可不是你为顾我、反倒害了我了么？"……

又加了宁国府第入官，所有财产、房地等，并家奴等，俱造册收尽。这里贾母命人将车接了尤氏婆媳过来。<u>可怜赫赫宁府，只剩得她们婆媳两个，并佩凤、偕鸾二人，连一个下人没有。</u>……

那贾赦、贾珍、贾蓉在锦衣府使用，账房内实在无项可支。<u>如今凤姐儿一无所有，贾琏况又多债务满身。</u>贾政不知家务，只说："已经托人，自有照应。"贾琏无计可施，想到那亲戚里头：薛姨妈家已败，王子腾已死；余在⑥亲戚虽有，俱是不能照应，只得暗暗差人下屯，<u>将地亩暂卖数千金，作为监中使费。</u>贾琏如此一行，那些家奴见主家势败，也便趁此弄鬼，并将东庄租税也就指名⑦借用些。此是后话，暂且不提。

且说贾母见祖宗世职革去，现在子孙在监质审，邢夫人、尤氏等日夜啼哭，凤姐病在垂危，虽有宝玉、宝钗在侧，只可解劝，不能分忧，所以日夜不宁，思前想后，眼泪不干。一日傍晚，叫宝玉回去，自己扎挣坐起，叫鸳鸯等各处佛堂上香；又命自己院内焚起斗香，用拐柱着，出到院中。琥珀知是老太太拜佛，铺下大红短毡拜垫。贾母上香跪下，磕了好些头，念了一回佛，含泪祝告天地道："皇天菩萨在上：我贾门史氏，虔诚祷告，求菩萨慈悲。我贾门数世以来，不敢行凶霸道。我帮夫、助子，虽不能为善，也不敢作恶。必是后辈儿孙

---

① 威，当据程乙本作"为"，此乃初排本"程甲本"音近而误处。按，此句程乙本作："不知道飞到哪个头上去呢，大家也好施为施为。"

② 此二句程乙本改作："我不放账，也没我的事。"指抄家与我放账无关，但抄家时抄出我放账的证据，便与我有关了。如果我不放账的话，抄家时便抄不到我的罪状了。

③ 此七字程乙本不详其所指而删去。今按，其当指第69回凤姐让旺儿灭张华之口，旺儿谎称张华已死，凤姐说："你爱扯谎，我再使人打听出来敲你的牙！"

④ 此让人联想起被凤姐害得吞金自杀的尤二姐。服毒，当指夏金桂自己治死了自己。

⑤ 到，通"倒"，反倒、反而。

⑥ 在，程乙本改"者"。余在亲戚，当指剩下的亲戚。

⑦ 指名，指个名目，即找个理由来透支。

骄侈暴佚，暴殄天物，以致合府抄检。现在儿孙监禁，自然凶多吉少，皆由我一人罪孽，不教儿孙，所以至此。我今即①求皇天保佑，在监②违凶化吉，有病的早早安身。总有合家罪孽，情愿一人承当，只求饶恕儿孙。若皇天见怜，念我虔诚，早早赐我一死，宽免儿孙之罪！"默默说到此，不禁伤心，呜呜咽咽的哭泣起来。鸳鸯、珍珠一面解劝，一面扶进房去。

只见王夫人带了宝玉、宝钗过来请晚安，见贾母悲伤，三人也大哭起来。宝钗更有一层苦楚：<u>想哥哥也在外监，将来要处决，不知可减缓否；翁姑虽然无事，眼见家业萧条；宝玉依然疯傻，毫无志气。想到后来终身，更比贾母、王夫人哭的更痛。</u>【此当是宝钗顿感自己"竹篮打水一场空"而伤心。】

宝玉见宝钗如此，他亦有一番悲戚，想的是："老太太年老不得安，老爷、太太见此光景，不免悲伤；众姐妹风流云散，一日少似一日。追想在园中吟诗起社，何等热闹；自从林妹妹一死，我郁闷到今，又有宝姐姐过来，未便时常悲切。见她忧兄、思母，日夜难得笑容。今见她悲哀欲绝，心里更加不忍。"竟嚎啕大哭。

鸳鸯、彩云、莺儿、袭人见他们如此，也各有所思，便也呜咽起来。余者丫头们看的伤心，也便陪哭。竟无人解劝。<u>满屋中哭声惊天动地</u>，将外头上夜婆子吓慌，急报于贾政知道。

那贾政正在书房纳闷，听见贾母的人来报，心中着忙，飞奔进内。远远听得哭声甚众，打量老太太不好，急的魂魄俱丧。疾忙进来，只见坐着悲啼③，神魂方定。说是："老太太伤心，你们该劝解，怎么的齐打伙儿哭起来了？"众人听得贾政声气④，急忙止哭，大家对面发怔。贾政上前安慰了老太太，又说了众人几句。各自心想道："我们原恐老太太悲伤，故来劝解；怎么忘情，大家痛哭起来？⑤"

●抄家后受北静王庇护的情节

第107回写贾府抄家后，在"官官相护"中得以"大事化小、小事化了"。为何会如此？除了北静王爷的庇护外，还有就是上引第106回"贾太君祷天消灾患"。即：贾母向上天所说的祷告之词表明贾府素日行为良好，有很多善行，贾母祈祷与忏悔的诚意感动了上苍，使得贾府的命运有了转机。这就是第120回甄士隐所说的："福善、祸淫，古今定理。现今荣、宁两府，善者修缘，<u>恶者悔祸</u>，将来兰桂齐芳，家道复初，也是自然的道理。"

抄家需要有名头，而贾府前八十回所犯之事早已开列于上，并无一项够得上抄家。书中"大事化小、小事化了"，写的便是贾府原本就没有什么重大罪行

---

① 即，当据程乙本改"叩"。此乃初排本"程甲本"形近而误处。
② 此处当据程乙本补一"的"字。下一"违"字程乙本改"逢"，实不必改。违凶，即避免凶事。
③ 只见贾母坐着哭泣并无意外，这才放下心来。
④ 指一听是贾政的声音。
⑤ 指众人这时才想起：大家原本是来劝贾母莫哭；纳闷自己为何却受贾母感染而全都痛哭起来？可见贾母有领袖之风，一言一行皆能被人追随。

可以抄家。后四十回胆敢如此写，应当是曹雪芹的原笔，影射的便是现实世界中，自己曹家并无大罪而被雍正皇帝抄家的冤屈。今详引第107回抄家后从轻发落之文如下：

◎第107回贾府抄家后受北静王庇护而从轻发落：

话说贾政进内，见了枢密院各位大人，又见了各位王爷。北静王道："今日我们传你来，有遵旨问你的事。"贾政即忙跪下。众大人便问道："你哥哥交通外官、【此指贾赦命贾琏交通平安州知州事。】恃强凌弱、【此指贾赦命贾雨村迫害'石呆子'事。当然，贾雨村已把责任全部推卸到贾赦头上而与己无关。】纵儿聚赌、【这是贾珍事。贾珍是贾赦侄儿，叔伯与侄儿不是一家人，谁也不会把叔伯纵容侄儿聚赌视为叔伯之罪，而只会把父亲纵容儿子聚赌视为父亲之罪，由此便可证明笔者《红楼时间人物谜案》'第三章、第三节、三'的结论：贾赦与贾敬的原型为同一人，贾珍是贾赦之儿。】强占良民妻女不遂逼死的事，你都知道么？"【指贾赦子贾琏夺张华未婚妻尤二姐，婚后尤二姐之妹尤三姐自刭身故，被外面误会，谣传或诬告成被贾府逼死。】

贾政回道："犯官自从主恩钦点学政任满后，查看赈恤，于上年冬底回家，又蒙堂派工程，后又任江西粮道，题参回都，仍在工部行走，日夜不敢怠惰。一应家务，并未留心伺察，实在糊涂。不能管教子侄，这就是辜负圣恩。只求主上重重治罪。"

北静王据说转奏①。不多时传出旨来，北静王便述②道："主上因御史参奏贾赦交通外官，恃强凌弱，——据该御史指出平安州互相往来，贾赦包揽词讼——严鞫贾赦，据供：平安州原系姻亲来往，并未干涉官事，该御史亦不能指实。

【这便写出贾琏经常往平安州公干，原来是"包揽词讼"。按第66回："大家正说话，只见隆儿又来了，说：'老爷有事，是件机密大事，要遣二爷往平安州去。不过三五日就起身，来回也得半月工夫。今日不能来了。'"贾琏往平安州公干，前八十回并未写到其具体内情，从前后文字中也丝毫看不出是包揽词讼；而后四十回居然敢点出前八十回从未提到过的公干内容是"包揽词讼"，又与前八十回"是件机密大事"语暗合，等于是在暗透前八十回"机密大事"的内容，这种暗合、暗透的笔法，唯有原作者曹雪芹本人明了，其他人无从知晓，故知后四十回当是曹雪芹所写。★】

惟有倚势强索石呆子古扇一款是实的，然系玩物，究非强索良民之物可比③。虽石呆子自尽④，亦系疯傻所致，与逼勒致死者有间。今从宽，将贾赦发往台站效力赎罪。

---

① 据贾政自己所说而当面上奏给皇帝。

② 指转述皇帝的处理意见。

③ 指贾雨村是拿石呆子家的古玩来变价，归还拖欠官府的债务，并没有拿石呆子赖以活命的粮食等钱物来还债。换句话说，这一变卖举措不会导致石呆子生活困难，是他自己想不开而自杀。

④ 虽然石呆子因此事而自杀，但不是有人逼他死的，乃是他自己精神有病（疯傻）所致。其外号"呆子"，可见其精神上有点问题。

　　【"石呆子"事是贾雨村在御史任上所办[1]，由于贾雨村现在正在京兆府尹的任上，自然想"大事化小"，于是向上声称："石呆子之死是疯傻所致"，又声称："强索古扇不属于强索良民赖以谋生之物"，开脱贾府的罪行也就是为了开脱自己的罪行。第48回"贾琏挨打"的文字正可与第33回"宝玉挨打"的文字相对照。第48回是借平儿之口，交代出贾雨村迫害石呆子之事的详细经过，又交代出贾琏因讽刺贾雨村的恶毒做法而遭贾赦毒打。今特引其文以明贾赦、贾雨村之罪："平儿咬牙骂道：都是那贾雨村什么风村，半路途中哪里来的饿不死的野杂种！认了不到十年，生了多少事出来！今年春天，老爷不知在哪个地方看见了几把旧扇子，回家看家里所有收着的这些好扇子都不中用了，立刻叫人各处搜求。谁知就有一个不知死的冤家，混号儿世人叫他作'石呆子'，穷的连饭也没的吃，偏他家就有二十把旧扇子，死也不肯拿出大门来。二爷好容易烦了多少情，见了这个人，说之再三，把二爷请到他家里坐着，拿出这扇子略瞧了一瞧。据二爷说，原是不能再有的，全是湘妃、棕竹、麋鹿、玉竹的，皆是古人写画真迹，因来告诉了老爷。老爷便叫买他的，要多少银子给他多少。偏那石呆子说：'我饿死、冻死，一千两银子一把，我也不卖！'老爷没法子，天天骂二爷没能为。已经许了他五百两，先兑银子后拿扇子。他只是不卖，只说：'要扇子，先要我的命！'姑娘想想，这有什么法子？谁知雨村那没天理的听见了，便设了个法子，讹他拖欠了官银，拿他到衙门里去，说：'所欠官银，变卖家产赔补！'把这扇子抄了来，作了官价送了来。那石呆子如今不知是死是活。老爷拿着扇子问着二爷说：'人家怎么弄了来？'二爷只说了一句：'为这点子小事，弄得人坑家、败业，也不算什么能为！'"】

　　所参贾珍强占良民妻女为妾、不从逼死一款，提取都察院原案，看得：尤二姐实系张华指腹为婚、未娶之妻，因伊贫苦，自愿退婚，尤二姐之母愿给贾珍之弟[2]为妾，并非强占。再尤三姐自刎掩埋、并未报官一款，查：尤三姐原系贾珍妻妹，本意为伊择配，因被逼索定礼，众人扬言秽乱，以致羞忿自尽，并非贾珍逼勒致死。【指：尤三姐自刎，尤二姐吞金自尽，皆非逼死，都与贾珍无关。】但身系世袭职员，罔知法纪，私埋人命，本应重治；念伊究属功臣后裔，不忍加罪，亦从宽革去世职，派往海疆效力赎罪。【张华向都御史控告尤二姐、尤三姐事，是'醉金刚'倪二挑唆，贾珍因此流放海疆。泼皮破落户，撼倒宁国府；真可谓：时势能造英雄，蚍蜉终究也有撼倒大树时。】贾蓉年幼无干，省释。

　　【贾蓉的罪状在于第75回贾珍以其名义在府内聚赌："贾珍不肯出名，便命贾蓉作局家。"上引第105回薛蟠已打听到抄家罪状的第一款便是："风

---

① 何以知道是贾雨村在御史任上办的案？可参见《红楼时间人物谜案》"第一章、第三节、第92回"的考论。

② 此言贾琏乃贾珍弟，大透琏、珍为亲兄弟，琏父贾赦与珍父贾敬乃同一人的奥秘，详见笔者《红楼时间人物谜案》"第三章、第三节、三"有论。

闻是珍大爷引诱世家子弟赌博，这款还轻。"由于聚赌罪行不重，贾府又花钱行了贿，再加上北静王的庇护，所以最后不提聚赌之事，贾蓉可以释放。】

贾政实系在外仕多年，居官尚属勤慎，免治伊治家不正之罪。"贾政听了，感激涕零，叩首不及，又叩求王爷代奏下忱。北静王道："你该叩谢天恩，更有何奏？"贾政道："犯官仰蒙圣恩，不加大罪，又蒙将家产给还，实在扪心惶愧。愿将祖宗遗受重禄、积余置产，一并交官。"北静王道："主上仁慈待下，明慎用刑，赏罚无差。如今既蒙莫大深恩，给还财产，你又何必多此一奏？"众官也说不必。贾政便谢了恩，叩谢了王爷出来，恐贾母不放心，急忙赶回。……

贾母又道："我这几年老的不成人了，总没有问过家事。如今东府里是全抄去了，房屋入官不消说的；你大哥那边、琏儿那里，也都抄去了。咱们西府银库，东省地土，【'西府'是荣国府，'银库'当即账房，据笔者《宁荣府大观园图考》'第二章、第一节、三、（1）'的考证，荣国府'贾政王夫人院'的院门东侧是'账房'，院门西侧是'里书房'。】你知道到底还剩了多少？他两个起身，也得给他们几千银子才好。"贾政正是没法，听见贾母一问，心想着："若是说明，又恐老太太着急；若不说明，不用说将来，现在怎样办法？"定了主意，便回道："若老太太不问，儿子也不敢说。如今老太太既问到这里，现在琏儿也在这里，昨日儿子已查了：<u>旧库的银子早已虚空，不但用尽，外头还有亏空。</u>现今大哥这件事，若不花银托人，虽说主上宽恩，只怕他们爷儿两个也不大好，就是这项银子尚无打算。<u>东省的地亩，早已寅年吃了卯年的租儿了，一时也算不转来，</u>

【东省，明清指山东，此处当指与山东隔渤海相望的东北。"东省的地亩"，当指曹家在关外（东北）的土地。第53回宁府"黑山村的乌庄头"乌进孝来进贡地租、土特产时，说他儿子们"都愿意来见见天子脚下世面"，表面是写天子脚下的北京，其实说的是假话，真相是到南京来交租。

贾珍问："你走了几日？"乌进孝答："走了一个月零两日。"乌进孝笑说："娘娘和万岁爷岂不赏的？"即皇帝会看在元妃的面子上赏赐贾府。贾蓉忙笑道："你们山坳、海沿子上的人，哪里知道这道理！"言明贾府的庄园是在"山坳、海沿子上"，与东北"地处沿海而多山"的地理形势正相吻合。

从东北到北京，以沈阳至北京为例，仅一千里，日行百里，十日可到；从北京到南京二千里，日行百里，二十日可到，故从东北到南京，以沈阳为例，三十日可到。所以第53回表面是写入北京交租，实为到南京交租。这也可以用来证明贾府在南京而非北京。

前八十回从未提到贾府的庄园在东北，后四十回居然敢写"东省"，而且还与前八十回所说的"山坳、海沿子"语相合，这的确只有原作者曹雪芹本人才写得出，不可能是他人续写，这也证明后四十回乃曹雪芹原稿。★】

只好尽所有的——蒙圣恩没有动的衣服、首饰——折变了，给大哥、珍儿作盘费罢了。过日的事只可再打算。"贾母听了，又急的眼泪直淌。说道："怎么着？①咱们家到了这样田地了么？我虽没有经过，我想起我家向日比这里还强十倍，也是摆了几年虚架子，没有出这样事，已经塌下来了，不消一二年就完了！据你说起来，咱们竟一两年就不能支了？"

【此是贾母在说自己娘家史家要比贾家强上十倍，一两年下来，没有抄家便已彻底衰败，而现在我们贾家只有史家十分之一的财力，而且还抄了家，肯定是一两年都支撑不下去了。

画线部分言史家彻底败落，正与第 32 回湘云要亲自动手织补相照应。按第 32 回宝钗对袭人说："我近来看着云丫头神情，再风里言、风里语②的听起来，那云丫头在家里竟一点儿作不得主。她们家嫌费用大，竟不用那些针线上的人，差不多的东西多是她们娘儿们动手。为什么这几次她来了，她和我说话儿，见没人在跟前，她就说家里累的很。我再问她两句家常过日子的话，她就连眼圈儿都红了，口里含含糊糊待说不说的。想其形景来，自然从小儿没爹娘的苦。"可见史家早在第 32 回时，便已开始走下坡路而日渐贫穷。后四十回的这第 107 回，便借贾母之口交代史家彻底败落，两者相隔 75 回，堪称"伏线千里"。★

此处贾母说史家败光，贾母的这番话不是作者曹雪芹以外的其他人所敢写的。这番话如果是作者曹雪芹以外的人所续写，则这位续书人堪称非常大胆。因为谁会由第 32 回"红楼十三年"史家命令自家小姐亲自"动手"织补，联想到"红楼十九年"史家便已彻底完结？史家会在短短六年中彻底败光，书中并没有任何情节上的暗示，后四十回胆敢如此写，只可能是曹公手笔。

而且从第 32 回宝钗说的话中，我们其实也读不出史家走下坡路的观感。我们读后完全可以认为：那是因为史湘云从小没有父母的疼爱，史家才会命令她这位大家闺秀通过织补来练习女红。我们根本就想不到：宝钗这番话是在说史家已经衰败。】

贾政道："若是这两个世俸不动，外头还有些挪移。如今无可指称③，谁肯接济？"说着，也泪流满面，"想起亲戚来，用过我们的，如今都穷了；没有用过我们的，又不肯照应了。昨日儿子也没有细查，只看了家下的人丁册子，别说上头的钱一无所出，那底下的人也养不起许多。"

通过上面与抄家密切相关的三回文字，我们便可以清楚看出贾府抄家后"地也空、财也空、人也空"的"白茫茫大地真干净"的荒凉景象来。

（1）地之空：官地不可卖，私地全部抵押在外而赎不回

第 116 回贾政和贾琏商议：扶贾母柩回乡安葬的钱如何筹措？贾琏建议：

---

① 怎么着，意为："（这是）怎么回事？"其"么"字程乙本妄改"样"。若作"怎样着"，则当理解为："（这是）怎么样了呢？"
② 指风闻，即听到传言、舆论。
③ 指世俸若在，借钱时还可以对人说："我们每年有工资可以还"，从而借得到钱。

"只好拿房地文书出去押去。"贾政道:"住的房子是官盖的,哪里动得?"贾琏道:"住房是不能动的。外头还有几所可以出脱的。"

抄家时"贾赦院"与"宁国府"都已抄走,只有"荣国府"未抄,却是官中之地(即官衙),不属于贾家私有。贾家拥有产权的房子倒是还剩几所,但为了安葬贾母,都要抵押出去,等于所有的地产都快没了,因为:安葬贾母肯定要用钱而无产出,所以抵押出去的地产肯定是赎不回来了。这就是"落了片白茫茫大地真干净"在地产上的体现。

(2)钱之空:抄家又被抢,"屋漏偏逢连夜雨",金银全散尽

第106回写明即便不抄家,贾府也早已进入"亏空无银"的窘境:

可怜贾琏屋内东西,除将按例放出的文书发给外,其余虽未尽入官的,早被查抄的人尽行抢去,所存者只有家伙、物件。贾琏始则惧罪,后蒙释放,已是大幸,及想起历年积聚的东西并凤姐的体己,不下七八万金,一朝而尽,怎得不痛?……

贾琏跪下说道:"侄儿办家事,并不敢存一点私心,所有出入的账目,自有赖大、吴新登、戴良等登记,老爷只管叫他们来查问。现在这几年,库内的银子出多入少,虽没贴补在内,已在各处做了好些空头,求老爷问太太就知道了。这些放出去的账,连侄儿也不知道哪里的银子,要问周瑞、旺儿才知道。"……

贾政叹气连连的想道①:"我祖父勤劳王事,立下功勋,得了两个世职,如今两房犯事,都革去了。我瞧这些子侄没一个长进的。老天啊,老天啊!我贾家何至一败如此!我虽蒙圣恩格外垂慈,给还家产,那两处食用自应归并一处,叫我一人哪里支撑的住?方才琏儿所说,更加诧异,说不但库上无银,而且尚有亏空,这几年竟是虚名在外。只恨我自己为什么糊涂若此?倘或我珠儿在世,尚有膀臂;宝玉虽大,更是无用之物。"……

问起:"历年居家用度,共有若干进来?该用若干出去?"那管总的家人将近来支用簿子呈上。贾政看时,所入不敷所出,又加连年宫里花用,账上有在外浮借的也不少②。再查东省地租,近年所交不及祖上一半,如今用度比祖上更加十倍。

贾政不看则已,看了急的跺脚道:"这了不得!我打谅虽是琏儿管事,在家自有把持,岂知好几年头里,已经'寅年用了卯年'的,还是这样装好看,竟把世职、俸禄当作不打紧的事情,为什么不败呢?我如今要就省俭起来,已是迟了。"

第117回贾政对贾母坦陈:"家内无银而且还欠外债,田租亏空。"贾母则说:"自己史家比贾家富十倍,不抄家也只支持了一两年便穷光了。现在贾家抄了家,可见一两年也支撑不下去,眼下就要穷尽",其文曰:

---

① 贾政一连叹了几口气,在叹气时想到。
② 此句程乙本改作:"账上多有在外浮借的。"

贾母又道："我这几年老的不成人了，总没有问过家事。如今东府里是全抄去了，房屋入官不消说的；你大哥那边，琏儿那里，也都抄去了。咱们西府银库、东省地土，你知道到底还剩了多少？……"

贾政正是没法，听见贾母一问，心想着："若是说明，又恐老太太着急；若不说明，不用说将来，现在怎样办法？"定了主意，便回道："若老太太不问，儿子也不敢说。如今老太太既问到这里，现在琏儿也在这里，昨日儿子已查了：旧库的银子早已虚空，不但用尽，外头还有亏空。现今大哥这件事，若不花银托人，虽说主上宽恩，只怕他们爷儿两个也不大好，就是这项银子尚无打算。东省的地亩，早已寅年吃了卯年的租儿了，一时也算不转来，只好尽所有——蒙圣恩没有动的衣服、首饰——折变了，给大哥和珍儿作盘费罢了。过日的事只可再打算。"

贾母听了，又急的眼泪直淌。说道："怎样着？咱们家到了这个田地了么？我虽没有经过，我想起我家向日比这里还强十倍，也是摆了几年虚架子，没有出这样事，已经塌下来了，不消一二年就完了！据你说起来，咱们竟一两年就不能支了？"

于是下来便是此回回目中所说的"散余资贾母明大义"的情节：贾母把自己的私房钱分给贾赦、贾珍、王熙凤各三千两，又拿出五百两银子给贾琏，作为送林黛玉的棺材回其南方老家苏州之用，然后又对贾政说："你说现在还该着人的使用[1]，这是少不得的，你叫拿这金子变卖偿还"，可见贾母为人的仗义。

贾母还剩下几千两银子的金货，便给了宝玉和贾兰母子。然后又交代：江南甄家为躲避抄家而寄存在贾府的银子收在王夫人处，虽然不多，但一定要送还给人家，以免我们这边出了事，让他们"躲过了风暴又遇了雨了么"，同样写出贾母的诚实守信。

贾母最后交代："我所剩的东西也有限，等我死了，做结果我的使用。余的都给我伏侍的丫头[2]。"即：贾母留下了料理自己后事的银子，并说用不掉就分给鸳鸯等丫头，写出贾母的仁至义尽。第110回鸳鸯来找王熙凤说："老太太遗言说，办丧事剩下的银子都给我们丫环，我们也不要，如果办丧事不够，只管拿这个去办。"

虽然皇帝还为贾母的丧事赐了一千两银子，可能还没领到，也有可能一发下来便早已用光了，因为光是外头的"棚扛"就要几百两银子，可见这宗赐银即便发下来，也早已用光。

由于下面人没钱不办事，凤姐又不敢向邢王二夫人要上头的钱，于是来找鸳鸯要老太太留下的办丧事用的私房钱。鸳鸯说："就是当年你叫我偷出来当钱的，你们可赎回来没有？"这等于告诉大家，贾母临终给自己办丧事用的钱，其实早已被贾琏和凤姐典当了，由于贾府经济形势不佳加上现在又抄家，这钱

---

[1] 该，欠。该账，即欠账。此句是指：我们还欠着别人家的账，而别人家正等着我们还钱给他们用呢。此句程乙本改作："你说外头还该着账呢。"
[2] 指都给那服侍我的丫头，程乙本改此句为："下剩的都给伏侍我的丫头。"下剩，剩下。

早就赎不回来而没有了。

至于贾母剩下的给宝玉和贾兰母子的几千两银子，在第 111 回"狗彘奴欺天招伙盗"中全被强盗抢劫一空，这就意味着宝玉出家后，宝钗和李纨两人的守寡都将非常清贫。

尽管第 119 回皇帝把"所抄家产，全行赏还"，由于上文言明贾府的银库早已无银，其田租又透支了好多年，外面还欠下很多外债，即便不抄家也支撑不了一两年，现在又抄了家，即便发还，也只有房产发还，而没什么银子发还，而且贾母留下的大宗银子又被强盗抢走，可谓"遭了风暴又遇雨"，比江南甄家还要凄惨。这都意味着：贾府最后只剩下无法变卖的房产（因为是官衙，所以无法变卖），田地又因透支而下来几年将无租可收，往后的日子将非常辛苦。这就是"落了片白茫茫大地真干净"在财务上的体现。

（3）人之空："树倒猢狲散"，家人将跑尽

第 92 回程甲本只作："冯紫英道：'人世的荣枯，仕途的得失，终属难定。'贾政道：'像雨村算便宜的了。'"而程乙本在画线的"贾政道"三字后添加了一段对冯紫英所演示的"母珠"的感触："天下事都是一个样的理哟。比如方才那珠子，那颗大的就像有福气的人似的，那些小的都托赖着它的灵气护庇着。要是那大的没有了，那些小的也就没有收揽了。就像人家儿当头人有了事，骨肉也都分离了，亲戚也都零落了，就是好朋友也都散了。转瞬荣枯，真似'春云、秋叶'一般。你想：做官有什么趣儿呢？"所以这一回的回目拟作"玩母珠贾政参聚散"，以"母珠"比喻贾母，以"小珠聚于母珠"之事，来象征：贾府即将抄家，一抄完家贾母便要亡故，贾母一亡故，全府便要家亡人散。程甲本没有这一段，其回目"玩母珠贾政参聚散"便无从着落，所以高鹗在程乙本中特地加上这一段，使回目得以落实。这虽然写得很精彩，但由于程甲本没有，所以我们仍然作出如下的判断——尽管这是高鹗改得比较精彩的一段，但却非曹雪芹的原文。

关于家人逃散的情景，作者本着全书"主角为宝黛、主线为宝黛爱情"，其他一律惜墨如金而不事铺陈的原则，所以也就没有做正面的描写，主要是借两个地方从侧面来写：一是第 106 回借贾政之口怒骂道："放屁！你们这班奴才最没良心的。仗着主子好的时候，任意开销；到弄光了，走的走、跑的跑，还顾主子的死活吗？"二是第 110 回借贾母丧事稍微点一下，即：凤姐"便叫周瑞家的传出话去，将花名册取上来。凤姐一一的瞧了，统共只有男仆二十一人，女仆只有十九人，余者俱是些丫头，连各房算上，也不过三十多人，难以点派差使。"下来又写贾琏说："你想，这些奴才，有钱的早溜了。按着册子叫去，有说告病的，有说下庄子去了的。走不动的有几个①，只有赚钱的能耐，还有赔钱的本事么？"指明剩下的全都是老弱病残；有油水可捞时，才会有人来听差，没钱可赚时，全都跑走。这时"凤姐听了，呆了半天，说道：'这还办什么！'"

---

① 此句程乙本改作："剩下几个走不动的。"

这便写出前八十回正文与脂批一再提到的曹寅的口头禅"树倒猢狲散",也即第5回最后那支写照贾府(也即作者曹家)家族命运的《红楼梦曲·收尾·飞鸟各投林》所唱的"好一似食尽鸟投林,落了片白茫茫大地真干净",这便是贾府抄家后"家亡人散"局面的真切写照。

由上述"人、财、地三空"我们便可明白:后四十回已真实可信、非常到位地描写到贾府抄家后"一败涂地、一无所有"的情景,完全符合第5回"落了片白茫茫大地真干净"的家族命运的预言。★

(4)六亲同运,一损俱损

第4回言贾王史薛"这四家皆连络有亲,一损皆损,一荣皆荣,扶持遮饰,俱有照应的",甲戌本有侧批:"早为下半部伏根。"即这是在为下半部"贾王史薛"四大家族的败落而贾府被抄家做伏笔。由于四大家族的没落是"主角、主线"以外的事,作者同样惜墨如金、一笔带过、点到为止,并未展开来做详尽的描写,全都只通过人物之口的交代来作白描而已。

关于四大家族的没落,除了上引贾母口中的史家贫穷外,全书最开头的第2回便借"冷子兴演说荣国府"说到了贾府的衰败:"如今的这宁、荣两门,也都萧疏了,不比先时的光景。……古人有云:'百足之虫,死而不僵。'如今虽说不及先年那样兴盛,较之平常仕宦之家,到底气象不同。如今生齿日繁,事务日盛,主仆上下,安富尊荣者尽多,运筹谋画者无一,(甲侧:二语乃今古富贵世家之大病。)其日用排场费用,又不能将就省俭,如今外面的架子虽未甚倒,(甲侧:'甚'字好!盖已半倒矣。)内囊却也尽上来了。(蒙侧:世家兴败,寄口与人,诚可悲夫。)"第74回再度写到冷子兴所说的贾府末世光景,即王夫人叹道:"从公细想①,你这几个姊妹也甚可怜了。也不用远比,只说如今你林妹妹的母亲,未出阁时,是何等的娇生惯养,是何等的金尊玉贵,那才像个千金小姐的体统。如今这几个姊妹,不过比人家的丫头②略强些罢了。"

第78回写出薛家败落,即宝钗对王夫人说:"况姨娘这边历年皆遇不遂心的事故,那园子也太大,一时照顾不到,皆有关系,惟有少几个人,就可以少操些心。所以今日不但我致意辞去之外,还要劝姨娘如今该减些的就减些,也不为失了大家的体统。据我看,园里这一项费用也竟可以免的,说不得当日的话。姨娘深知我家的,难道我们当日也是这样冷落不成?"

而王家的败落,自然是因为第96回王子腾的薨逝。王子腾薨逝还没几个月,第101回便借贾琏口交代:"这如今因海疆的事情,御史参了一本,说是大舅太爷的亏空,本员已故,应着(zhuó)落其弟王子胜、侄王仁赔补。爷儿两个急了,找了我给他们托人情。"

作者最后是借第108回贾母之口来总结四大家族的惨况:"你还不知道呢:昨儿蟠儿媳妇死的不明白,几乎又闹出一场大事来。……你说说,真真是'六亲同运':薛家是这样了,……二太太的娘家舅太爷一死,凤丫头的哥哥也不成

---

① 从公平的角度来比照过去和现在,作一仔细的评断和分析。
② 只比权贵人家的大丫环好些,比权贵人家的小姐那是差远了。

人；那二舅太爷也是个小气的，又是官项不清，也是打饥荒；甄家自从抄家以后，别无信息。”

（二）兰桂齐芳、家族复兴的途径——秦可卿临终交代的落实

后四十回写“兰桂齐芳、家道复兴”，也与前八十回相通、相应。

关于这一点，有李纨的命运判词及其命运之曲《红楼梦曲·晚韶华》为证①，更有下引第13回秦可卿所言的：“否极泰来，荣辱自古周而复始”这十二字为纲，这都足以证明：后四十回在抄家“落了片白茫茫大地真干净”后，又在第120回点明其未来有可能“兰桂齐芳、家道复兴”，乃是符合前八十回曹雪芹原意的原稿。★

第13回秦氏托梦给凤姐，为普天下的世家大族指明了“持盈、保大”的良策，指明了家族复兴的途径：

> 不知不觉已交三鼓。平儿已睡熟了。凤姐方觉星眼微蒙，恍惚只见秦氏从外走来，含笑说道：“婶婶好睡！我今日回去，你也不送我一程。因娘儿们素日相好，我舍不得婶子，故来别你一别。还有一件心愿未了，非告诉婶子，别人未必中用。”（甲侧：一语贬尽贾家一族空顶冠束带者。）
>
> 凤姐听了，恍惚问道：“有何心事？你只管托我就是了。”秦氏道：“婶婶，你是个脂粉队里的英雄，（甲侧：称得起。）连那些束带顶冠的男子也不能过你，你如何连两句俗语也不晓得？常言‘月满则亏，水满则溢’；又道是‘登高必跌重’。如今我们家赫赫扬扬，已将百载，一日倘或（甲侧：‘倘或’二字酷肖妇女口气。）乐极悲生，若应了那句‘树倒猢狲散’的俗语，（甲眉：‘树倒猢狲散’之语，今犹在耳，屈指三十五年矣。哀哉伤哉，宁不痛杀！）岂不虚称了一世诗书旧族了！”【此番口气绝似家长交代后事，影写的当是作者的家长曹寅临终交代后事。更有可能如本章“第四节、二、（三）、（1）”所论：此处是以秦可卿的丧事来影写作者姑姑平郡王妃曹佳氏之丧，此处的秦可卿亡魂托梦，影写的是平郡王妃曹佳氏临终托梦给弟弟“江宁织造”脂砚斋曹頫，告以家族大计。】
>
> 凤姐听了此话，心胸大快，十分敬畏，忙问道：“这话虑的极是，但有何法可以永保无虞？”（甲侧：非阿凤不明，盖古今名利场中患失之同意也②。）秦氏冷笑道：“婶子好痴也。否极泰来，荣辱自古周而复始，【此十二字便暗示书末‘家道复初’之旨。】岂人力能可常保的？但如今能于荣时筹画下将来衰时的世业，亦可谓常保永全了。即如今日诸事都妥，只有两件未妥，若把此事如此一行，则后日可保永全了。”
>
> 凤姐便问何事。秦氏道：“目今祖茔虽四时祭祀，只是无一定的钱粮；第二，家塾虽立，无一定的供给。依我想来，如今盛时固不缺祭祀供给，但将来败落之时，此二项有何出处？莫若依我定见，趁今日富贵，将祖茔附近多置田庄、房舍、地亩，以备祭祀；供给之费，皆出自此处，将家塾

---

① 详本章“第四节、二、（四）、（2）”有论。
② 指留恋名利而患失之人，全都一同会有凤姐这种“当局者迷”的想法。

亦设于此。合同族中长幼，大家定了则例，日后按房掌管这一年的地亩钱粮、祭祀供给之事。如此周流，又无竞争，亦不有①典卖诸弊。<u>便是有了罪，凡物可入官，这祭祀产业连官也不入的。便败落下来，子孙回家读书务农，也有个退步，</u>（戚夹：幻情文字中忽入此等警句，提醒多少热心人。）祭祀又可永继。【画线部分便交代了复兴途径，即祖宗得到祭祀，可以在阴间庇护阳间的子孙；阳间的子孙有书可读，将来可以走上中举、中进士之路来复兴本家族。】若目今以为荣华不绝，不思后日，终非长策。眼见不日又有一件非常喜事，真是烈火烹油、鲜花着（zhuó）锦之盛②。要知道，也不过是瞬息的繁华，一时的欢乐，万不可忘了那'盛筵必散'的俗语。（蒙侧：'瞬息繁华，一时欢乐'二语，可共天下有志事业功名者同来一哭。但天生人非无所为，遇机会，成事业，留名于后世者，亦必有奇传、奇遇，方能成不世之功。此亦皆苍天暗中扶助，虽有波澜，而无甚害，反觉其铮铮有声③。其不成也，亦由天命。其奸人倾险之计，亦非天命不能行④。其繁华欢乐，亦自天命。人于其间，知天命而存好生之心，尽己力以周旋其间，不计其功之成否⑤，所谓心安而理尽，又何患乎'一时、瞬息'？随缘遇缘，乌乎不可！）此时若不早为后虑，临期只恐后悔无益了。"（甲眉：语语见道，字字伤心，读此一段，几不知此身为何物矣。松斋。）

　　凤姐忙问："有何喜事？"秦氏道："天机不可泄漏。⑥（甲侧：伏得妙！）只是我与婶子好了一场，临别赠你两句话，须要记着。"因念道："三春去后诸芳尽，各自须寻各自门。（甲侧：此句令批书人哭死。）（甲眉：不必看完，见此二句，即欲堕泪。梅溪。）"

第101回凤姐在探春门口碰到秦氏显灵，一时想不起是谁，那灵魂便说："<u>婶娘只管享荣华、受富贵的心盛，把我那年说的'立万年永远之基'，都付于东洋大海了！</u>"凤姐这才想起眼前的这位亡灵就是贾蓉的先妻秦氏。画线部分与上引前八十回中第13回的画线部分正相照应，再次强调出贾府当走的复兴之路。

而第92回冯紫英向贾府推销宝物，共要卖二万两银子，凤姐说："我已经想了好些年了，像咱们这种人家，必得置些不动摇的根基才好：或是祭地，或是义庄，再置些坟屋。往后子孙遇见不得意的事，还是点儿底子，不到一败涂地。我的意思是这样，不知老太太、老爷、太太们怎么样？若是外头老爷们要买，只管买。"贾母与众人都说："这话说的倒也是。"可见，在第101回秦氏显灵前，凤姐便已经开始响应并落实第13回秦可卿的建议了。

---

① 不有，不会有，没有。

② 指元春成为贵妃而回家省亲。而可卿之丧隐写曹佳氏之丧，下来元妃省亲影写曹佳氏省亲，作者本书名"梦"字所体现出来的梦幻之旨，时序可以倒流，居然把曹佳氏丧事写在其人活着时的省亲之前，足证全书构思时仿效人类做梦的梦幻旨趣。

③ 指人能在风波中顺利度过，皆是上天默佑。

④ 此言"万般皆是命，半点不由人"，"命里有时终须有，命里无时莫强求"，劝人随遇而安，触处皆春，无可无不可。

⑤ 即所谓："但行好事，莫问前程；追随初心，无问东西。"

⑥ 指元春即将晋升为贵妃而回家省亲。

又第 110 回为史太君办丧事时，贾琏传达老爷与太太的意思："老太太是在南边的，坟地虽有，阴宅却没有。老太太的枢是要归到南边去的。留这银子在祖坟上盖起些房屋来，再余下的，置买几顷祭田。咱们回去也好；就是不回去，也叫那些贫穷族中住着，也好按时按节早晚上香，时常祭扫祭扫。"第 120 回贾政扶贾母灵枢回原籍安葬后，便置办坟田，即："且说贾政扶贾母灵枢，贾蓉送了秦氏、凤姐、鸳鸯的棺木到了金陵，先安了葬。贾蓉自送黛玉的灵也去安葬。贾政料理坟基①的事。"可见前八十回秦可卿交代的复兴途径，终于在后四十回的结尾得到了落实和响应，这等于为贾府的"家道复兴"之路开启了良好开端。

无独有偶，作者在第 13 回借秦可卿之口为世家大族揭明保持强盛、立"万年永远之基"的这一良方后，又在此回末借凤姐的反思，指明世家大族五大弊端："头一件是人口混杂，遗失东西；第二件，事无专责，临期推委；第三件，需用过费，滥支冒领；第四件，任无大小，苦乐不均；第五件，家人豪纵，有脸者不服钤束，无脸者不能上进。"感动得三十年前开始当家而十四年后便被抄家的脂砚斋曹頫，在甲戌本这段话上批下眉批："旧族后辈受此五病者颇多，余家更甚。三十年前事见书于三十年后，令余悲痛血泪盈面。"又批下庚辰本眉批："读五件事未完，余不禁失声大哭，三十年前作书人在何处耶？"指明作者写此书的一大创作主旨，便是要从自己家族的败亡中，为古往今来、普天下的世家大族好好地总结出经验教训。推而广之，大到一个国家，也存在上述五弊，则作者曹雪芹胸中的治国之策，于此便可一见端倪。

第 13 回秦可卿托梦时所说的"乐极生悲"、"否极泰来"、"荣辱周而复始"蕴含着深刻的道理，即：

贾府祖先出生入死，打下赫赫家业。不到百年，后代儿孙便只知道安富尊荣、骄奢荒淫，便要落到抄家败落的境地，使祖宗基业得而复失，这便是"乐极生悲"。这便是俗所谓"富不过三代"、盛不过百年。（于国家亦然。）

经过这番惨痛教训后，如果能痛改前非，又有李纨、宝钗这样的贤妻良母教育出的贾兰、贾葑这种读书人才，通过科举来"兰桂齐芳"，必能重振家业，失而复得，这便是"否极泰来"。

这"得、失、得"的过程，便是"荣辱周而复始"的过程，其中蕴含的深刻道理，便是第 120 回甄士隐所说的："福善、祸淫，古今定理。现今荣、宁两府，善者修缘，恶者悔祸，将来兰桂齐芳，家道复初，也是自然的道理。"后四十回这番"福善祸淫"的告诫，完全合乎古训"生于忧患，死于安乐"、"成于勤俭、败于淫奢"、"积善之家必有余庆、积不善之家必有余殃"，与前八十回中第 13 回体现出的曹雪芹的思想完全一致，同样能证明后四十回乃曹雪芹所著。

---

① 基，其意本通，程乙本妄改"墓"。

二、作者改邪归正之旨的前后相合

我们在《宁荣府大观园图考》"第一章、第一节、六"指明全书以顽石"宝玉"来命名主人公，又以顽石"石头"作为作者的笔名，表达的是作者对往昔自己"死不悔改、无可救药"的深深悔意，也即书首凡例所言的："当此时，则自欲将已往所赖——上赖天恩、下承祖德，锦衣纨绔之时、饫甘餍美之日，背父母教育之恩，负师兄规训之德，以致今日一事无成、半生潦倒之罪，编述一记，以告普天下人。"

作者创作此书，也就是要为普天下的不肖子弟（脂批称之为"无能纨绔"），探索一条"改邪归正"之路，即第3回描写宝玉的《西江月》词的最末一句："天下无能第一，古今不肖无双。<u>寄言纨绔与膏粱：莫效此儿形状！</u>"也即第12回称作者此书就像那把"风月宝鉴"之镜，旨在"<u>专治邪思妄动之症，有济世保生之功。</u>……单与那些聪明俊杰、风雅王孙等看照。（己夹：所谓'无能纨绔'是也。）"

作者此书所揭示的改邪归正之路便是："走正道（科举）、离邪道（戒淫）、证真道（佛法）"。用今天的话说，便是读书明理，洁身自好，参悟宇宙和人生的大道。

作者首先用儒家的入世之旨，教化世人当走科举之路以"补天"，通过立德、立功、立言以扬名不朽，这便是"代圣立言"；然后又用佛道两家的出世之旨来根治欲界众生的欲念，警醒尘世幻梦中的芸芸众生，使欲界众生们得以净化心灵，托生更高的色、无色界，乃至大彻大悟而进入成佛的境界，这便是"代佛教化"。

前者便是第42回宝钗教育世人当读何种书、当如何读书时所说的"男人们读书明理，辅国治民，这便好了"，后者便是此句蒙王府本所作的侧批："作者一片苦心，<u>代佛说法，代圣讲道</u>，看书者不可轻忽。"

以上这些旨趣，后四十回与前八十回皆相照应，证明后四十回确为曹雪芹手笔。

（一）走正道：用"科举、八股、仕途经济"来补天，前后照应

贾府的"由衰转盛、由悲再喜"的关键有二：第一便是前文所说的以贾母为代表的府中家长这老一辈的忏悔，第二便是以贾宝玉、贾兰为代表的年轻一代的中科举。

后四十回所描写的宝玉居然改邪归正，开始谈习八股，走上了科举的"仕途经济"的正道之路，这一写法的确令人惊诧不已。这貌似突兀而有违宝玉人物的个性，其实正符合前八十回所体现出来的雪芹本意，也符合前八十回所体现出来的贾宝玉这个人物的独特个性★，试析如下：

（1）后四十回妥善写到宝玉仍然反感八股，只不过出于孝道而遵命入学，并非其幡然改悟

我们都知道，前八十回一再写明宝玉讨厌八股文章，厌恶走"仕途经济"

的人生道路。后四十回处理宝玉上学事，便与此照应得非常好，写出宝玉由反感"八股"到入学念书、习作八股文章，再到准备科考而入场应试，导致这一系列转变的关键其实只有一个字——"孝"！

第78回写明：贾政本已想开，不再逼宝玉走科举之路，只要宝玉喜欢读书，会写诗作赋即可：

> 近日贾政年迈，名利大灰，然起初天性也是个诗酒放诞之人，因在子侄辈中，少不得规以正路。近见宝玉虽不读书，竟颇能解此，细评起来，也还不算十分玷辱了祖宗。就思及祖宗们，各各亦皆如此，虽有深精举业的，也不曾发迹过一个①，看来此亦贾门之数。况母亲溺爱，遂也不强以举业逼他了。所以近日这等待他。又要环、兰二人举业之余，怎得亦同宝玉才好；所以每欲作诗，必将三人一齐唤来对作。（庚夹：妙！世事皆不可无足餍，只有"读书"二字是万不可足餍的。父母之心，可不甚哉！近之父母只怕儿子不能名利，岂不可叹乎！）

才过了三回的第81回，作者便又写贾政突然改变主意，由第78回奖励宝玉发展诗才，改为逼迫其从事举业，其关键的缘由同样是个"孝"字，即下引文字中画线部分提到的"生儿若不济事，关系非浅"。这显然出自对祖宗负责的"孝道"考虑，用现代的话说，就是"家族责任感、使命感"的体现。其文曰：

> 王夫人把宝玉的言语笑述了一遍。贾政也忍不住的笑，因又说道："你提宝玉，我正想起一件事来。这孩子天天放在园里，也不是事。生女儿不得济，还是别人家的人；<u>生儿若不济事，关系非浅。</u>前日倒有人和我提起一位先生来，学问、人品都是极好的，也是南边人。但我想南边先生，性情最是和平。咱们城里的小孩，个个踢天、弄井，鬼聪明倒是有的，可以搪塞就搪塞过去了，胆子又大。先生再要不肯给没脸②，一日③哄哥儿似的，没的白耽误了。所以老辈子不肯请外头的先生，只在本家择出有年纪、再有点学问的，请来掌家塾。如今儒大太爷④虽学问也只中平，但还弹压的住这些小孩子们，不至以颠顶了事。我想宝玉闲着总不好，不如仍旧叫他家塾中读书去罢了。"

由于外请的教师不敢管束富家子弟，所以还得请本家尊长为师，方能严格管教，因此贾政决定还是让宝玉到贾代儒掌管的"贾氏义学"上学读书，不敢在家中请家教，于是把宝玉叫来训话：

> 贾政道："你近来作些什么功课？虽有几篇字，也算不得什么。我看你近来的光景，越发比头几年散荡了，况且每每听见你推病不肯念书。如今可大好了？我还听见你天天在园子里和姊妹们玩玩笑笑，甚至和那些丫头们混闹，把自己的正经事总丢脑袋后头。就是做得几句诗词，也并不怎么样，有什么稀罕处？比如应试、选举，到底以文章为主，你这上头倒没

---

① 可见古代中科应举（相当于今天获博士、硕士学位）之难。反衬今日博、硕士文凭之滥。
② 给没脸，即不给好脸色看，发怒。
③ 一日，整天。
④ 指贾代儒。

有一点儿工夫！我可嘱咐你：自今日起，再不许做诗、做对的了，单要习学八股文章。限你一年，若毫无长进，<u>你也不用念书了，我也不愿有你这样的儿子了。</u>"

贾政让宝玉入学出于孝道，而此画线部分同样表明：宝玉入学也是出于"孝道"，而不是自己主动接受了"八股"，更不是立意要通过读书来"蟾宫折桂"。

宝玉来到塾中，看到小学生们全都长得粗丑可鄙，忽然想起当年貌美可人的秦钟（但却没有想起下文所引的秦钟的临终告诫），为没有这样的同学伴读而凄然不乐，只好闷头看书。

欲界众生皆好色，能以好色之心追求道德学问的几乎没有。《诗经》中所有的爱情诗都要经过"比德"处理，方能让学者"思无邪"。第21回宝玉叫来"水秀"的四儿代替袭人服侍，"谁知四儿是个聪敏乖巧不过的丫头"，庚辰本夹批："又是一个有害无益者。作者一生为此所误，批者一生亦为此所误，于开卷凡见如此人，世人故为喜，余反抱恨，盖四字[1]误人甚矣。被误者深感此批。"这说的便是：世家子弟身边的丫环或僮仆长得漂亮皆非好事。同理，唯有同学长得粗丑，方能安心读书吧。作者之所以要写同学丑，就是为了能让宝玉有一个可以安心读书的环境吧。

宝玉被迫入学是出于孝道，而宝钗劝他安下心来读书应举之所以能够成功，同样也是出于孝道，由此可见宝玉虽说"天下无能第一，古今不肖无双"[2]，其实是个大孝子，一个人如果孝，便可救药，即古人所谓的"百善孝为先"。即第118回"惊谜语妻妾谏痴人"：宝钗看到宝玉一直在读出世的《庄子》之书，不愿读入世的八股文章。宝玉申辩说：读《庄子》正是为了体悟圣贤所说的"不失其赤子之心"！宝钗便说："忠孝、救民、济世"这类为世人补天的"天伦"，便是大人物们心系百姓的"赤子之心"。又说："忍于抛弃（上面所说的）天伦，还成什么道理？"宝玉被她驳得无言以对，只好仰头微笑，宝钗因又劝道："好好的用用功，但能博得一第[3]，便是从此而止[4]、也不枉天恩祖德了。"最末的"天恩祖德"四字，便与上引前八十回作者亲拟的书首凡例"所赖天恩祖德"语相一致。宝玉一下子被这饱含"孝道"的字眼所打动，于是说："倒是你这个'从此而止'、'不枉天恩祖德'却还不离其宗"，言宝钗这话说得正合"我"宝玉之意。还说："'一第'呢，其实也不是什么难事。"于是立志要通过中科举来报答父母，命令丫环们把闲书拿走，专心攻读那应考之书，并和贾兰谈起八股文章来，而且还打算请甄宝玉一同来切磋（"并请甄宝玉在一处"）。

宝玉下考场中科举，同样也是秉承父亲之命的"孝道"体现。即第116回

---

[1] 指上引"聪敏乖巧"四字。
[2] 第三回语。
[3] 指科举名第这一可以出来做官的名分。
[4] 指过往之误到此便可停止，你可以改恶从善，万象更新，从头开始了。

贾政扶贾母灵柩回金陵安葬，临行时特别交代："兰儿是孙子，服满了①，也可以考的，务必叫宝玉同着侄儿考去，能够中一个举人，也好赎一赎咱们的罪名。"所以宝玉下考场应试乃是遵从父亲贾政的命令，并非出于自愿。因此，宝玉中举完全出于"孝道"，宝玉是以此举来赎自己的罪，是以此举来报答父母的养育之恩，他在心里仍然是前八十回表现出来的喜读书但厌恶名利的思想。所以后四十回写他"读八股、应科举"与前八十回并不违背。

作者在宝玉入学读书后，一连用三回书来写他如何学做举业文章，为他最后能中举做功课上的铺垫，这三回分别是：第81回"奉严词两番入家塾"，写宝玉奉严父之命再度入学；第82回"老学究讲义警顽心"，写贾代儒教育他如何分析题意；第84回"试文字宝玉始提亲"，写贾政查他几个月来的功课，并亲自传授八股文的写作技巧。

然后，第88回"博庭欢宝玉赞孤儿"，写宝玉在贾母面前称赞贾兰功课好；第110回"史太君寿终归地府"，写贾兰在贾母丧事中仍然认真读书，而宝玉则找"奶奶、姑娘们混"，没有痛哭之状，更无孝顺之心！贾环则更不像样子，"见了奶奶、姑娘们来了，他在孝幔子里头，净偷着眼儿瞧人呢"！这两回都是在为贾兰中举做情节铺垫。

最后，第118回"惊谜语妻妾谏痴人"，写宝钗开导宝玉考前认真备考；第119回"中乡魁宝玉却尘缘"，写宝玉奉父命下考场而高中"第七名举人"，贾兰则"中了一百三十名"。

作者第88回、第110回表面是写贾兰努力学习，其实也是为反衬宝玉而写。即用贾兰如此用功才"中了一百三十名"，反衬出宝玉一点也不用功，简直就是"临时抱佛脚"，居然还"中了第七名举人"，从而写出宝玉乃天神下凡的天才禀赋，即第120回贾政赞宝玉："大凡天上星宿，山中老僧，洞里的精灵，自具一种性情。你看宝玉何尝肯念书？他若略一经心，无有不能的。"

上述这几回文字都是在为全书的关键情节"宝玉中举"做铺垫、做描述。宝玉唯有通过中举报答了父母的深恩方才可以出家，所以写宝玉由"厌恶功名"到"读书应举"，乃是作者原本就不得不写的情节。妙在作者能把这一过程写成：宝玉纯然是出乎"孝道"而违647应举；这就丝毫不违背前八十回宝玉不愿中举的内心志向。如此高妙的笔法，绝对不是他人所能想得到、续得出，当是曹雪芹手笔！ ★

（2）后四十回让黛玉赞八股、劝宝玉求功名，看似突兀，实亦自然

第73回写宝玉评论八股文："更有时文八股一道，因平素深恶此道，原非圣贤之制撰，焉能阐发圣贤之微奥，不过作后人饵名钓禄之阶。虽贾政当日起身时选了百十篇命他读的，不过偶因见其中或一二股内，或承起之中，<u>有作的或精致，或流荡，或游戏，或悲感，稍能动性者</u>，偶一读之，不过供一时之兴趣，究竟何曾成篇潜心玩索？"庚辰本夹批："妙！写宝玉读书非为功名也。"

---

① 指贾兰到乡试时，该为曾祖母贾母服的丧服已满，也是可以入场考试的。贾兰是贾母曾孙，曾孙也是孙，故可笼统地称作"兰儿是（贾母的）孙子"。

画线部分可见宝玉自己也说过"八股"中有好文章。

第82回：

> 黛玉微微的一笑。因叫紫鹃："把我的龙井茶给二爷沏一碗。二爷如今念书了，比不的头里。"紫鹃笑着答应，去拿茶叶，叫小丫头子沏茶。宝玉接着说道：<u>"还提什么念书？我最厌这些道学话！更可笑的是八股文章，拿他诓功名混饭吃也罢了，还要说'代圣贤立言'。好些的，不过拿些经书凑搭凑搭还罢了；更有一种可笑的，肚子里原没有什么，东拉西扯，弄的牛鬼蛇神，还自以为博奥。这哪里是阐发圣贤的道理？</u>目下老爷口口声声叫我学这个，我又不敢违拗，你这会子还提念书呢！"黛玉道："我们女孩儿家虽然不要这个，但小时跟着你们雨村先生念书，也曾看过。<u>内中也有近情近理的，也有清微淡远的。那时候虽不大懂，也觉得好，不可一概抹倒。</u>况且你要取功名，这个也清贵些①。"宝玉听到这里，觉得不甚入耳，因想："黛玉从来不是这样人，怎么也这样势欲熏心起来？"又不敢在她跟前驳回，只在鼻子眼里笑了一声。

首先我们要认识到：宝玉说的画浪线部分的话，与前八十回宝玉反对厌恶八股的立场完全一致，这是后四十回与前八十回作者主旨的相合不背处。

然后我们要认识到：宝玉说的画双线部分的话，表明他入学读书、学写八股文章都是出于孝道，不代表他放弃了自己一贯的反八股的立场个性，这同样也是后四十回与前八十回宝玉性格的相合不背处。

然后我们要重点分析一下黛玉所说的画直线部分的话：八股文"内中也有近情近理的，也有清微淡远的。那时候虽不大懂，也觉得好，不可一概抹倒"，这话正和宝玉自己说八股文"有作的或精致，或流荡，或游戏，或悲感，稍能动性者"的话相通。黛玉原本就说是"内中也有"而非全部，宝玉这时觉得不甚入耳，当是他自己没听清是"内中"而非全部。

黛玉上述那番话，历来被视为后四十回违背作者原意处，我看正合作者在前八十回流露出来的原意，而且也符合前八十回中宝玉自己称赞八股的原意★，只不过宝玉此时有点误会黛玉的意思罢了。

前八十回宝玉自己都称赞过八股，为什么就不允许历来与宝玉志趣相投的黛玉，在后四十回中"有条件"地称赞一下八股？因此，黛玉赞八股，不足以证明后四十回不是曹雪芹所作。

当然，宝玉还对黛玉说的"你要取功名，这个也清贵些"觉得不甚入耳。因为第32回湘云劝宝玉："还是这个情性不改。如今大了，<u>你就不愿读书去考举人、进士的，也该常常的会会这些为官做宰的人们，谈谈讲讲些仕途经济的学问，</u>也好将来应酬世务，日后也有个朋友。没见你成年家只在我们队里搅些什么！"宝玉听了道："姑娘请别的姊妹屋里坐坐，我这里仔细污了你知经济学问的。"袭人补充说："云姑娘快别说这话。上回也是宝姑娘也说过一回，他也不管人脸上过的去过不去，他就咳了一声，拿起脚来走了。"宝玉又说："林姑

---

① 指靠中科举来做官，要比靠祖荫来做官更为清贵。

娘从来说过这些混帐话不曾？*若她也说过这些混帐话，我早和她生分了！*"可证前八十回中黛玉从来都没劝过宝玉求功名、考举人的话，否则宝玉肯定也就不理她了。

此处第82回黛玉对宝玉说："况且你要取功名，这个也清贵些"，便是书中林黛玉第一次奉劝宝玉要认真读书、求取功名，这便说起了让宝玉极度反感的史湘云曾经说过的"去考举人、进士"的话来，难怪下来宝玉要"觉得不甚入耳，因想：'黛玉从来不是这样人，怎么也这样势欲熏心起来？'又不敢在她跟前驳回，只在鼻子眼里笑了一声。"这一反应与前八十回中第32回他对史湘云的反应完全吻合，也与第32回他说的"若她（黛玉）也说过这些混帐话，我早和她生分了"，这也是后四十回与前八十回宝玉个性的相合不背处。

黛玉此处劝宝玉求功名、考举人的话，似乎和前八十回中第32回写到的黛玉从未说过这种话的性格完全不合。其实，第34回宝玉因其叛逆个性遭到贾政暴打后，与其志趣个性相同而可以视为知己的林黛玉，见到他说的第一句话便是："你从此可都改了罢！"宝玉回答："你放心，别说这样话。就便为这些人死了，也是情愿的！"即表示死也不改。可证：林黛玉毕竟是女性，性格比较柔弱，她怕宝玉再挨打，所以劝他改掉原来的个性，以此来符合封建家长贾政对他的要求，不激化父子矛盾；但宝玉向她表示死也不改。

此处第82回亦然，贾宝玉是府内明星，一举一动早已传遍府内，所以林黛玉应当早已知道：他是奉父亲贾政之命被迫上学念书，如果念得不好，贾政说过"若毫无长进，……我也不愿有你这样的儿子了"的话。而且贾府上下肯定会宣传贯彻过贾政这番旨意，正告所有丫环、小姐们不可以招惹宝玉，以免分了他读书求上进的心。和第34回一样，林黛玉性格比较软弱，不愿再坚持自己原来的志趣和个性，开始奉劝宝玉要认真读书，用自己的实际行动来符合封建家长贾政对他的要求，不激化父子矛盾。而宝玉虽然"不敢在她跟前驳回"，但用自己头脑中的想法"觉得不甚入耳"，用自己心中对黛玉的鄙视"怎么也这样势欲熏心起来"，还有用当面的行为"在鼻子眼里笑了一声"——这一连串的反应，表示了同第32回一样的死不悔改之志。

因此，第82回林黛玉改变自己以往个性，奉劝和鼓励宝玉遵从父亲意愿来求取功名，这也完全在情理之中，这与其女性所难免的那种柔弱本性正相吻合。而且下引第16回与宝玉志趣同样相投的秦钟，临终前也一反常态，告诫密友宝玉所说的自己一生中最郑重的话，居然也是："以后还该立志功名，以荣耀显达为是。"则同样是宝玉密友且与之志趣相投的"宝玉知己"黛玉，在第82回说出鼓励宝玉"求取功名以求清贵"的话来，又有何不妥？

当然，正如第34回宝玉秉性倔强而不愿听从黛玉之劝，此处第82回及第16回亦然，宝玉也没有听从知己黛玉、密友秦钟"有志于功名"之劝，因为他们都没找到第118回薛宝钗所找到的"孝"这个理由，所以宝玉之心不为所动。

总之，第82回黛玉赞八股、劝宝玉求功名，不足以证明这不是曹雪芹的手笔。

　　俞平伯先生《红楼梦研究》第 39 页《后四十回底批评》："(15) 黛玉赞美八股文字，以为学举业取功名是清贵的事情。（第八十二回。）这也是高氏性格底表现。原文实在太可笑了，现在节引如下：'黛玉道：……内中也有近情近理的，……只在鼻子眼里笑了一声。'这节文字，谬处且不止一点。<u>(1) 黛玉为什么平白地势欲熏心起来？(2) 黛玉何以敢武断宝玉要取功名？</u>在八十回中，黛玉几时说过这样的话？<u>(3) 以宝黛二人底知心恩爱，怎么会黛玉说话，而宝玉竟觉得不甚入耳，在鼻子眼里笑了一声？</u>在八十回中曾否有过这种光景？(4) 宝玉既如此轻蔑黛玉，何以黛玉竟能忍受？何以黛玉在百二十回中，前倨后恭到如此？"

　　以上驳难，真堪称细到了"吹毛求疵"的地步。

　　关于画直线部分的两点，俞先生首先应该驳一驳第 73 回宝玉赞八股之文的话，驳一驳第 34 回黛玉劝挨打的宝玉改掉以往叛逆个性以符封建家长对他要求的话，驳一驳第 16 回与宝玉志趣相投的好友秦钟临终奉劝宝玉应当有志于功名的话，然后再来驳黛玉上面的那番话为是。

　　至于画浪线部分的两点，俞先生应该先驳一驳第 32 回宝玉说的："林姑娘……若她也说过这些混帐话，我早和她生分了！"表明林黛玉只要一说求功名的话，宝玉我便也会生她的气。毕竟因为宝玉与黛玉有俞先生所指出的"知心恩爱"，所以宝玉才不敢像对湘云那样"在她跟前驳回"，更不敢像在宝钗面前那样一走了之，而只敢"在鼻子眼里笑了一声"，因此第 82 回这一情节描写，恰是后四十回在符合人物个性的细节方面与前八十回相照应的佳例，只不过不是"正照应"，而是对比式的"反照应"罢了。①★

　　上文已充分证明：黛玉赞八股之语，和前八十回所表现出来的作者本意、宝玉原意相同；上文也充分证明：黛玉劝宝玉求取功名之语，和前八十回所表现出来的黛玉那种女性所会具有的柔弱个性、与好友秦钟临终时"人之将死其言也善"的劝告相合。因此黛玉说的上述那番话，全都是很正常的"人之常情"，曹雪芹原稿如此写一点都没错，并不代表黛玉是"势欲熏心"之人。

（3）后四十回大谈"仕途经济"之道，其实与前八十回所体现出的作者本意相合

●前八十回中作者通过凡例、秦钟、警幻三度表达要走"仕途经济"才是人间正道

　　本书第一回"楔子"前作者亲笔所拟的"凡例"（其凡例中有"作者自云"语，故可视为作者亲拟）："此书开卷第一回也，作者自云：……当此时，则自欲将已往所赖——上赖天恩，下承祖德，锦衣纨绔之时，饫甘餍美之日，背父母教育之恩，负师兄规训之德，以致今日一事无成、半生潦倒之罪，编述一记，以告普天下人。"

---

① 指宝玉敢在湘云与宝钗面前直接表示反对，而在黛玉面前只敢委婉地表示不同意，反衬出宝玉对黛玉的关系，远比对宝钗和湘云要亲密得多。

可见作者写《红楼梦》便是忏悔自己当初未听父母教诲，未能走上仕途经济之道，也即上引第81回宝玉父亲贾政所虑的"生儿若不济事，关系非浅"。所以后四十回写宝玉"读八股、中科举"，是符合作者把此书写成"忏悔书"这一本旨的。

作者既然已在现实世界中，为自己未能读书中举而忏悔；则他写虚构的小说时，寄托这种现实的悔意，让自己在小说中的化身贾宝玉，能在小说的虚构情节中认真读一次书、中一次举，这是完全符合作者这一忏悔主旨的。这不可能是他人所作的续笔，而应当就是曹雪芹的原稿。

上引文字中"背父母教育之恩"让人联想起第33回"手足耽耽小动唇舌、不肖种种大承笞挞"的"宝玉挨打"那一回，其回末戚序本有总评："严酷其刑以教子，不情中十分用情。……严父、慈母，一般爱子。"这便是说：贾政这位严父拷打儿子，看似无情实为真情，不情中分外用情！而王夫人这位慈母，由于舍不得拷打自己的儿子，其教育方式便是对宝玉做苦口婆心的一劝再劝，见下一回第34回王夫人对袭人说："我常常掰着口儿劝一阵，说一阵，气的骂一阵，哭一阵，彼时他好，过后儿还是不相干，端的吃了亏才罢了。"

而上引文字中"师兄规训之德"，不由让我们想起秦钟临死时对宝玉的告诫，见第16回：

> 宝玉忙携手垂泪道："有什么话，留下两句。"秦钟道："并无别话。以前你我见识自为高过世人，我今日才知自误。以后还该立志功名，以荣耀显达为是。"（庚侧：此刻无此二语，亦非玉兄之知己。）（庚眉：观者至此，必料秦钟另有异样奇语，然却只以此二语为嘱。试思若不如此为嘱，不但不近人情，亦且太露穿凿。读此则知全是悔迟①之恨。）说毕，便长叹一声，萧然长逝。

秦钟临终对宝玉说的，肯定也就是秦钟所认定的自己一生中最重要的话、最重要的经验教训。

秦钟的这番话又让人想起警幻仙子最后也劝宝玉要走仕途经济之路，见第5回宝玉梦入"太虚幻境"，警幻声称自己是受宁、荣二祖之托前来点化他："宁、荣二公之灵嘱吾云：'吾家自国朝定鼎以来，功名奕世，富贵传流，虽历百年，奈运终数尽，不可挽回者。故遗之子孙虽多，竟无可以继业。其中惟嫡孙宝玉一人，禀性乖张，生性怪谲，虽聪明灵慧，略可望成，无奈吾家运数合终，恐无人规引入正。幸仙姑偶来，万望先以情欲声色等事警其痴顽，或能使彼跳出迷人圈子，然后入于正路，亦吾兄弟之幸矣。'如此嘱吾，故发慈心，引彼至此。"最后说："今既遇令祖宁、荣二公剖腹深嘱，吾不忍君独为我闺阁增光，见弃于世道，是特引前来，醉以灵酒，沁以仙茗，警以妙曲，再将吾妹一人，乳名兼美、字可卿者，许配于汝。今夕良时，即可成姻。不过令汝领略此仙闺幻境之风光尚然如此，何况尘境之情景哉？而今后万万解释，改悟前情，将谨勤有用的工夫，置身于经济之道。"即"我"警幻仙子今天奉你祖先之命，用仙界的茶酒饮馔、美色欲乐前来供奉你，让你明白仙界五欲之乐的享受也不过如此，何

---

① 悔迟，指后悔已晚、后悔已来不及。

况人间的欲乐呢？从此你就可以从人间的欲乐中解脱出来①，把你所有身心全都用到仕途经济之道上来。戚序本此处有夹批："说出此二句，警幻亦腐矣，然亦不得不然耳。"

秦钟与警幻最后的告诫，说明后四十回中写到"仕途经济"之道是自然而然、不得不写之事（"亦腐矣，然亦不得不然耳"）。正如秦钟"人之将死，其言也善"，作者在全书临终时，肯定也会有秦钟这番善意善言表达出来。警幻又是作者的化身，第5回警幻最终以"仕途经济"之道奉劝贾宝玉，也就代表了作者要让宝玉在全书最后部分的后四十回走上仕途经济之道——即要在后四十回写上宝玉去上学读书、学作八股文章，然后再写上宝玉下了考场、中了举人；后四十回这么写，显然不违背作者曹雪芹的本意。★

●后四十回中甄宝玉大谈"仕途经济"之道并不违背前八十回作者之意

由于警幻在第5回中全用淫欲来诱惑宝玉，我们读者实在难以想象：她如何才能让宝玉像她口中说的那样"以欲止欲，由极欲而无欲"来？这便要靠后四十回的甄宝玉来补足。如果没有包勇口中所说的、警幻仙子用"白骨观"对甄宝玉施教成功那一回（第93回），则警幻仙子真成了"导淫"而非"止欲"的邪师。由此也可证明：后四十回与前八十回是一个完整的艺术整体，都是曹雪芹的原稿，因为缺了后四十回的话，前八十回警幻所代表的作者"宣道、戒淫"的主旨便不能明白，前八十回真的一点都离不开后四十回的映证②！★

何以见得前八十回一点都离不开后四十回的映证？

正如第5回贾宝玉被迷津中的夜叉拖下水而惊醒，使得警幻仙子的施教计划功亏一篑。第12回警幻便命道士用"风月宝鉴"之镜来救贾瑞，让其正面照见美女而反面观照骷髅，以此来补明宝玉如果未醒的话，她会对宝玉施教的内容便是如此——即让宝玉用自己心中那面智慧之镜，反观美人就是白骨。可惜，如果没有后四十回中的第93回甄宝玉之事，后人便看不出这第12回其实就是第5回警幻未来得及向贾宝玉施教的内容。

又如第5回警幻对宝玉只进行了导淫的教育，未能实施宁荣二祖所交代的戒淫教育，等于施教完全失败。第12回警幻"风月宝鉴"之镜的教育，同样也以完全失败而告终，因为贾瑞照镜后反而迷恋正面、不思背面③，加速了他的死亡。正如读者只看到《红楼梦》中的淫欲欢情，无法看到作者深寄的戒淫之旨，则作者即便在书中一再高标"戒淫"之旨，其结果却只能适得其反而有"诲淫"功效，遂使《红楼梦》一书成为清政府严厉禁止之书。唯有靠后四十回中的第93回，方能让人明悟警幻第5、第12回不是"导淫、诲淫"，而是"戒淫"教育的失败；从而坚信作者此书乃"戒淫"之书、而非"诲淫"之书的创作主旨。

---

① 这用的是"以毒攻毒，以欲止欲"、"曾经沧海难为水，除却巫山不是云"之法。
② 映，指衬托；证，指印证、证明。
③ 即第12回贾瑞对着镜中美人"底下已遗了一滩精"的蒙王府本侧批："此一句力如龙象，意谓：正面你方才已自领略了，你也当思想反面才是。"正如同世人恣行各种淫欲之事，只享其中之乐，而忘却其中繁衍人类的使命。

正因为甄宝玉用警幻仙子的"白骨观"治好了自己的色欲，所以第 115 回甄宝玉便来补警幻第 5 回没来得及给贾宝玉上的那堂"置身于经济之道"的课，即把"要中举"的心志注入宝玉体内，落实警幻最后对宝玉所说的告诫："今后万万解释①，改悟前情，将谨勤有用的工夫，置身于经济之道。"

当然，要让宝玉完全接受甄宝玉这个心志还得有个过程，宝玉要到第 118 回宝钗劝谏才正式奏效，但甄宝玉此次劝诫肯定也收到一定的效果。正如"冰冻三尺非一日之寒"，要让厚冰解冻那得一再鼓吹东风，后四十回中，上述第 82 回林黛玉这一"宝玉知己"劝宝玉求功名，便是吹了第一阵风，无效；第 115 回甄宝玉便是吹这第二阵风，仍然无效；第 118 回薛宝钗则吹了第三阵风，由于点到了"孝"这个感人字眼而立马奏效，薛宝钗的奏效其实也离不开林黛玉、甄宝玉的前奏。这便是作者曹雪芹所擅长的"三染法"②。

作者文笔狡猾，第 5 回警幻没来得及对宝玉做的施教，居然分在第 12 回风月宝鉴、第 93 回包勇转述、第 115 回甄宝玉施教、第 118 回薛宝钗讽谏来写，这已不是"三染"，而是"四染、五染"了。正如第 27 回宝玉追黛玉想问明黛玉生气缘由，这时作者故意写"宝钗、探春正在那边看仙鹤"，先让她俩把黛玉截住来一起说话，然后再放走黛玉，截住宝玉说话，最后再写宝玉听到黛玉在远处葬花。在上引文字后，庚辰本有侧批："二玉文字岂是容易写的？故有此截。"作者善于将一个完整的情节分为几截，用其他情节将其打断（"截住"）。此即本章"第六节、三、（二）"引第 74 回戚序本回前总批"文气如黄河出昆仑，横流数万里"所论的"云龙雾雨法"。

我们下来便来看那甄宝玉是如何代警幻仙子来给贾宝玉上这堂课的呢？

第 115 回甄宝玉来京应举，贾政见过后，特意先走，让他和贾宝玉可以单独切磋。

两人早在梦中便已会过面。即第 56 回贾宝玉梦到金陵，看到甄宝玉正对他的侍儿们说："我才梦到长安都中，见了贾宝玉，可惜不知道他的真性到哪儿去了。"甄宝玉一问面前的贾宝玉，才知道贾宝玉的真性灵原来是来南京看望自己来了。由此可知，两人早在梦中便已见过。

"贾宝玉见了甄宝玉，想到梦中之景，并且素知甄宝玉为人，必是和他同心，以为得了知己。"而"甄宝玉素来也知贾宝玉的为人，今日一见，果然不差。"由于两人就像第 82 回宝玉、黛玉二人共同参与做了同一个梦，此二位在第 56 回也一同参与做了同一个梦。由于两人在那梦中早已交谈过，所以甄宝玉深知贾宝玉的本性和自己未悟之前一模一样，于是心中想到贾宝玉："只是可与我共学，不可与你适道。他既和我同名、同貌，也是'三生石'上的旧精魂了。既③我略知了些道理，怎么不和他讲讲？但是初见，尚不知他的心与我同不同，只好缓缓的来。"

---

① 解释，抛开、解脱各种欲望的羁绊。
② 关于此法，详本章"第六节、三、（三）"。
③ 既，既然。程乙本以之不通而妄删。

于是甄宝玉道："弟少时不知分量，自谓尚可琢磨；岂知家遭消索，数年来更比瓦砾犹贱。虽不敢说历尽甘苦。然世道人情，略略的领悟了好些。世兄是锦衣玉食，无不遂心的，必是文章经济高出人上，所以老伯钟爱，将为席上之珍。弟所以才说尊名方称①。"

贾宝玉一听，与自己之前见到过的"禄蠹"们一个模样，偏贾兰听了这话甚觉合意，说道："世叔所言，固是太谦，若论到文章经济，实在从历练中出来的方为真才实学。在小侄年幼，虽不知文章为何物，然将读过的细味起来，那膏粱、文绣，比着令闻广誉，真是不啻百倍的了！"

贾宝玉一听贾兰的话，越发不合自己的心意，想道："这孩子从几时也学了这一派酸论！"于是说："弟闻得世兄也诋尽流俗，性情中另有一番见解。今日弟幸会芝范，想欲领教一番超凡入圣的道理，从此可以洗净俗肠，重开眼界。不意视弟为蠹物，所以将世路的话来酬应。"

甄宝玉听说，心里晓得："他知我少年的性情，所以疑我为假。我索性把话说明，或者与我作个知心朋友，也是好的。"便说："世兄高论，固是真切。但弟少时也曾深恶那些旧套陈言，只是一年长似一年，家君致仕在家，懒于酬应，委弟接待。<u>后来见过那些大人、先生，尽都是显亲扬名的人；便是著书立说，无非言忠、言孝，自有一番立德、立言的事业，方不枉生在圣明之时，也不致负了父亲师长养育、教诲之恩。</u>所以把少时那一派迂想、痴情，渐渐的淘汰了些。<u>如今尚欲访师、觅友，教导愚蒙。幸会世兄，定当有以教我。适才所言，并非虚意。</u>"画双线部分的文句，便与作者曹雪芹在前八十回书首"凡例"中所言的"背父母教育之恩，负师兄规训之德"完全相同，可证这段肺腑之言确为曹雪芹自己亲笔所写，正可与《红楼梦》书首"凡例"这作者亲笔所写的作书宗旨相参看。而作品中的贾宝玉自然是越听这话越不耐烦，又不好冷淡，只得将言语支吾。

这时众人听说两个宝玉在交谈，都来瞧看，说道："真真奇事！名字同了也罢，怎么相貌、身材都是一样的。亏得是我们宝玉穿孝，若是一样的衣服穿着，一时也认不出来。"内中紫鹃一时痴意发作，因想起黛玉来，心里想道："可惜林姑娘死了，若不死时，就将那甄宝玉配了她，只怕也是愿意的。②"后来甄宝玉娶的是李绮。

当初宝玉见了甄宝玉之父，知道甄宝玉要来京，日夜盼望。今天一见，原本想得个知己朋友，哪知交谈了半天，竟是"冰炭不投"，闷闷不乐地回到房中，也不言，也不笑，只管发怔。

宝钗问他："你和甄宝玉两人可长得像？"宝玉道："相貌倒还是一样的，只是言谈间看起来，并不知道什么③，不过也是个'禄蠹'。"宝钗问："何以见

---

① 此句是补充说明甄宝玉一见面时对贾宝玉说的话："忝附同名，殊觉玷辱了这两个字。""尊名方称"意为：唯有你贾宝玉才符合您名字的"宝玉"两字，而我甄宝玉是担当不起"宝玉"这个名字的。
② 其实应当让黛玉嫁贾宝玉，宝钗嫁甄宝玉方才志趣相投，紫鹃所言仍不合适。
③ 指没有明心见性的悟道之谈。

得他是个'禄蠹'呢？"宝玉说："他说了半天，并没个'明心见性'之谈，不过说些什么'文章经济'，又说什么'为忠为孝'。这样人可不是个禄蠹么？只可惜他也生了这样一个相貌。我想来，有了他，我竟要连我这个相貌都不要了。"

宝钗见他又说呆话，便说道："人家这话是正理，做了一个男人，原该要立身扬名的，谁像你一味的柔情私意？不说自己没有刚烈，倒说人家是'禄蠹'。"这时书中写："宝玉本听了甄宝玉的话，甚不耐烦，又被宝钗抢白了一场，心中更加不乐，闷闷昏昏，不觉将旧病又勾起来了，并不言语，只是傻笑。……袭人等怄他，也不言语。过了一夜，次日起来，只是发呆，竟有前番病的样子。"可见甄宝玉的那番话在宝钗的点拨下，开始对宝玉的内心产生巨大的杀伤力，使宝玉的情绪大受影响，又开始呆傻起来，只会傻笑、发呆，袭人逗他、气他也不言语。

甄宝玉之劝便是第16回秦钟临终之劝、第82回黛玉清贵之劝，这方才是作者的知心朋友所说的肺腑忠告，可以帮贾宝玉打破迷关，知"仕途经济"乃人间正道。作者悔之已晚，故作此忏悔之书，一为自己的情欲做忏悔，二为自己的无能做忏悔，总之是忏悔自己的"不肖"。上引甄宝玉话中的画线部分指明：报答父亲师长的养育教诲才是人生的大事业，少年情爱全都是没有用的"迁想"和"痴情"。甄宝玉的忏悔便是作者的忏悔，反而惹得贾宝玉厌倦，这就相当于自己劝不了自己。①

贾宝玉被宝钗抢白，则宝钗与甄宝玉便是同道中人，堪可婚配；而林黛玉与贾宝玉情投意合，两相婚配方为满意。可惜天意弄人，把"志不同、道不合"的人配在了一起，偏生不让"志同道合"的薛宝钗配甄宝玉、林黛玉配贾宝玉。紫鹃主张以林黛玉配甄宝玉，其实也不合适。

第16回秦钟劝宝玉，宝玉未表示听不进，那是在将死之人面前何忍驳诘？所以，宝玉未驳秦钟，并不代表宝玉接受了秦钟之论。第82回黛玉劝宝玉，宝玉同样觉得不入耳而开始鄙夷黛玉，又因为年纪大了要注意男女间的礼防而关系慢慢开始疏远②；第115回甄宝玉劝与宝钗劝，宝玉也明确表示听不进；后四十回这么写，正与前八十回的宝玉个性完全吻合。★

幸亏最后（第118回）宝钗用"孝道"把宝玉给劝好了，而我们上文"（1）"已言明"宝玉学八股、中科举"并非其个性改变，乃是出于"孝道"。由此可见，前八十回与后四十回的宝玉个性完全贯通，并没有任何变化★。凡是根据后四十回宝玉中举来断言后四十回的宝玉个性与前八十回截然不同，前八十回与后

① 书中"贾宝玉"是作者的化身，作者便是书中"假（贾）宝玉"的原型"真（甄）宝玉"，所以"甄宝玉＝作者＝贾宝玉"。作者用甄宝玉劝贾宝玉，象征的便是自己在内心深处为"走还是不走仕途经济之路"所作的激烈斗争。当然在现实世界中，作者曹雪芹没有走上这条路，所以如今要为之忏悔。曹雪芹不走这条路，源于对八股文章扼杀才情的本能厌恶。
② 即第89回：黛玉感到"宝玉近来说话半吐半吞，忽冷忽热，也不知他是什么意思？"又："黛玉虽有万千言语，自知年纪已大，又不便似小时可以柔情挑逗，所以满腔心事，只是说不出来。宝玉欲将实言安慰，又恐黛玉生嗔，反添病症。两个人见了面，只得用浮言劝慰，真真是亲极反疏了。"

四十回不是同一人所作，便是没有读懂后四十回的表现——即：他们没有读懂后四十回的宝玉其实是出于孝道而读书应举，并非其个性改变使然。

（4）高鹗对前八十回、后四十回的修改，证明他反对宝玉走"仕途经济"之道来中举

前八十回高鹗的修改，证明后四十回让宝玉中举而步入仕途经济之道，令高鹗无法接受、大为反感，这也足以证明写宝玉读书中举的后四十回，绝对不可能出自高鹗之手！

第16回"秦鲸卿夭逝黄泉路"写秦钟早夭，在黄泉路上哀求鬼差让其魂魄重返人间，和宝玉说上最后一句事关宝玉人生的要紧话再走。官判主张放回，小鬼却说宝玉是阳间人，我们是阴间鬼，两不相关，这时脂本写："都判道：'放屁！俗语说的好："天下的官管天下的事"，自古人鬼之道却是一般，阴阳本无二理。别管他阴也罢，阳也罢，敬着点没错了的。'众鬼听说，只得将秦魂放回，'哼'了一声，微开双目，见宝玉在侧，乃勉强叹道：'怎么不肯早来？再迟一步也不能见了。'宝玉忙携手垂泪道：'有什么话，留下两句。'秦钟道：'并无别话。以前你我见识自为高过世人，我今日才知自误。以后还该立志功名，以荣耀显达为是。'说毕，便长叹一声，萧然长逝。下回分解。"

而程高本中，高鹗反将上述所引大段文字删节为："①毕竟秦钟死活如何，且听下回分解。"而下回首脂本、程高本皆作："话说秦钟既死，宝玉痛哭不已"（程高本末字作"止"），则程高本显然不相衔接。可证程高本是把秦钟临终"人之将死、其言也善"的那番交代宝玉"当走仕途经济"的话全部给删掉了。

所以，高鹗删除秦钟"立志功名"的临终告诫，这就能证明他不愿意读到宝玉密友劝宝玉走仕途的人生忠告，表明他不愿意让宝玉走"势欲熏心"②的仕途科举之路。这便证明后四十回如果是高鹗来续写的话，他肯定不会让宝玉违背宝玉自己最初的心愿走上科举仕途之路，这就证明写宝玉中举的后四十回肯定不是高鹗手笔，而应当就是曹雪芹原稿★。这也足以证明今本后四十回中写宝玉读书应举的想法不是高鹗所能理解，则写"宝玉读书中举"情节的后四十回自然也就不可能是高鹗所续，而应当是作者曹雪芹的手笔。★

（二）离邪道：全书写"祸淫"、劝"戒淫"的"福善祸淫"之旨前后相应

全书"风月笔墨、涉性情节"所体现出的作者曹雪芹的"情爱观、戒淫观"，证明前八十回与后四十回是同一人所作。

1．后四十回所揭示的全书"福善祸淫"之旨与前八十回相通
（1）后四十回拈出"祸淫"之旨，让众人大感意外，恰可证明后四十回是曹雪芹所写

《鲁迅全集·集外集拾遗补编·〈绛洞花主〉小引》说：《红楼梦》一书"道

---

① 此是据程甲本，而程乙本此处又添了一句："那都判越发着急，吆喝起来。"
② 第82回宝玉评黛玉让他走仕途之路语。

学家看见淫"。

诚如鲁迅先生所言,《红楼梦》问世后的清朝历届统治者,都把它当成淫书来禁毁。而后四十回中的第116回把"太虚幻境"宫门原来所题的"孽海情天"四个字换成了"福善祸淫",等于标榜:全书的主旨要由描写男欢女爱的风月故事("孽海情天"),改成劝人戒淫的劝善书("福善祸淫①"),这很让读者感到诧异。

在前八十回乃至后四十回中,很难看出全书的旨趣是在描写淫欲招致祸患的"祸淫、戒淫"。大家把书读完,全都沉浸在宝玉黛玉这对男女主人公的柔情蜜意中。第23回"西厢记妙词通戏语、牡丹亭艳曲警芳心",更让人读到书中对"诲淫"之书《西厢记》《牡丹亭》的正面赞赏,看不出对这些"淫词艳曲"有何贬斥。虽然第42回作者借宝钗之口教训黛玉:"不过拣那正经的看也罢了,最怕见了些杂书,移了性情,就不可救了",其贬斥效果也毫不强烈。

而且从前八十回的情节来看,也看不出行淫者有何恶报。像贾赦、贾珍、贾蓉、贾琏、薛蟠、孙绍祖之流,非官、即富,恣行淫欲,都是荒淫的典型,却看不出有任何惨痛的报应。而以色事人的蒋玉菡,才艺双绝,左右逢源,也未见有任何报应,反而立业成家,生活圆满。

前八十回很难看出全书会有"祸淫"之旨,更看不出全书会有"戒淫"之旨。虽然第12回"贾天祥正照风月鉴",借"风月宝鉴"正面是美人、反面是骷髅,略微透露出作者"戒淫"的旨趣来。但造这面镜子的警幻仙子,在第5回却向贾宝玉传授男欢女爱的云雨秘诀,其所作所为实乃"导淫"而非"戒淫",直可以邪教目之②,更让人觉得她造"风月宝鉴"这面镜子给贾瑞,名义上是在"戒淫",其实还不如说是在"导淫",因为贾瑞就是只看此镜正面的美女,不看反面的骷髅,加速了自己的死亡。警幻的"戒淫"之说,早已被她对宝玉所做的言传身教的"诲淫"工作,被她致使贾瑞纵欲暴亡的"误导"效果,给冲刷得荡然无存。

至于今本后四十回,其实也没写到什么淫事,前八十回中的淫人淫事也没能在后四十回中写出什么大的报应。现在后四十回居然好意思拈出"福善祸淫"四个字来作为全书主旨,未免让人感到"牛头不对马嘴"、牵强附会。显然更像是高鹗通过续书来篡改全书主旨,用世俗的"因果报应"来取代曹雪芹歌颂爱情("大旨谈情")的反封建的叛逆主张,通过加上"祸淫"这顶帽子,来让全书更加符合封建卫道士的口味。历来也把这一点视为"后四十回不是曹雪芹所著、而是高鹗所续"的证据。

---

① 按:"万恶淫为首",可证"恶=淫"。因此"祸淫"=戒淫=戒恶=劝善="福善"。
② 指清人徐凤仪《红楼梦偶得》:"第五回警幻'如今后'数语,譬如传邪教者,授受之时必有'不许犯淫欲'之戒,孰又戒欤?"(见一粟《红楼梦资料汇编》第77页。)说的便是:传邪教者说一套做一套,口头说要戒淫,其实内心仍然抵挡不住肉欲的诱惑而难以戒淫,反而纵欲宣淫。

其实作者笔法含蓄，深藏不露，前八十回到处在写"祸淫"，并写有"戒淫"之法，只是不经过仔细的阅读和分析，便看不出这两重旨趣。曹雪芹若能让读者一眼洞穿其主旨，也就不是曹雪芹了，也就不是《石头记》的笔法了。曹雪芹最擅长的笔法，就是把自己的真正主旨隐在不为人注目处；凡是书中正面所写的，全都是欺瞒世人的"假话"，作者在正面只会用一两句点睛之笔来透露其主旨，而真正要写的代表其主旨的详情，全都是用暗笔写在不引人注目处，这正是金人元好问论诗时所说的："鸳鸯绣出从教看，莫把金针度与人。"①

以"戒淫"主旨来说，警幻第 5 回其实就是"以淫止淫"，只不过还没来得及实施下一步的"止淫"法门，宝玉便已惊醒；而其下一步的教化，便要通过第 12 回贾瑞照的镜子、后四十回中第 93 回包勇口中转述的甄宝玉如何在警幻教育下戒淫来和盘托出。第 5、12、93 这三回统为一体，内藏作者"戒淫"法门，点明全书又名"风月宝鉴"的"祸淫、戒淫"的创作主旨。作者文笔含蓄、深藏不露，这两个众人丝毫看不出的"祸淫、戒淫"之旨②，而后四十回居然能拈出来，恰能证明后四十回应当就是原作者曹雪芹本人所写，而非高鹗或其他无名氏所作的续书。

为此，本节的思路便是：

①详细分析《红楼梦》貌似淫书而实非淫书，证明全书从创作理论到创作实践，都一反历来淫书的主张，高标自己"祸淫、戒淫"之旨。全书由于要写"祸淫、戒淫"而不得不写到淫，写到"淫"不等于是淫书。

②详细分析书中的情欲描写，指出作者基本上都写出其恶报，从而证明全书"祸淫、戒淫"之旨并非后四十回强加，乃是作者曹雪芹的本意。

③详细分析作者借"警幻"这一角色所传达的"戒淫"法门，以及作者对人类情欲的反思，为世人寻找不为肉身所惑、摆脱欲海、净化心灵、获得精神解脱的途径。

④证实全书笔法含蓄高妙，其所具有的"祸淫、戒淫"之旨需要人们清心寡欲方能领悟读出，而后四十回能拈出这一主旨，便能证明它是原作者曹雪芹所写，绝非高鹗或其他无名氏所续。

（2）《红楼梦》不是淫书，其从创作理论到创作实践，都反对历来"淫书"的主张

●历来淫书的特点，《红楼梦》与之截然不同

《红楼梦》一书虽然有大量爱情的描写，但与淫书的旨趣大为不同。

---

① 此句实出宋释觉范《石门文字禅》卷十五《与韩子苍六首》之五。金人元好问《遗山集》卷 14《论诗三首》之三引作："鸳鸯绣了从教看，莫把金针度与人。"

② 众人之所以看不出，一是因为作者写在暗处，"不把金针度与人"，更主要还是因为世人都像贾瑞般欲根深种，只看到此书正面、而看不到此书反面所写。能清心寡欲，不以欲心来读《红楼梦》之书，透过其表面所写的情爱文字，发现其背面深藏的"戒淫"旨趣，这样的人需要极高的灵性和觉悟，在人间少之甚少。有人"生而知之"，有人"学而知之"，有人"困而知之"（均引《中庸》语），世人能做到困而知之已是很不错了。

去古久远，人类孝顺天道自然的本心渐为肉体嗜欲之好所侵蚀，越染越污；至明清时代，去古极远，故淫欲之风开始盛行[①]，涌现出大量以《金瓶梅》为首的淫书，其特点有二，而《红楼梦》皆反其道而行之。

历来淫书的第一个特点，便是书中津津乐道于性事的描摹，结尾再加上一两句"淫者得恶报"的因果报应式的结局。前人形象地称之为"劝百讽一"[②]，即劝淫、赞淫的部分，反倒是讽刺淫欲的一百倍，从而大大稀释全书的"戒淫"旨趣和效果。这类书不过是打着"戒淫"的幌子来行"倡导淫风、刺激世人纵欲"之实，是"淫书"而非戒淫止淫之书。

而《红楼梦》全书对于性事的描写全都一笔带过。其写淫事最突出者莫过于第12回贾瑞对着"风月宝鉴"中的美人影像手淫，还有就是第21回贾琏与多姑娘淫乱，作者这两处全都一笔带过。后者庚辰本更有眉批："一部书中，只有此一段丑极太露之文"，点明作者根本就不想铺陈性事，只写这么一两段淫事。作者之所以要写到淫事，那是因为情节需要而不得不写。由此可见，《红楼梦》与一般淫书对淫事的描写有本质的不同，一般淫书是为了写淫而写淫，而《红楼梦》是因为情节的需要，而对淫欲只做点到为止的描写，不可以视为淫书。

而且淫书全都"劝百讽一"，《红楼梦》却写有每次淫欲后的恶报（下详），所以是"劝一而讽一"。其性事的描写又极为简略，根本就不会像"劝百讽一"的淫书那样，掩盖住或稀释尽"劝戒淫欲"的旨趣和效果，真正做到了为写"淫事有恶报"而写淫事。全书的性爱描写全都是为"止淫"而作，所以《红楼梦》不但不是"淫书"，更当视为"戒淫"之书。

历来淫书的第二个特点便是：其书旨在射利。淫书迎合读者口味、把淫欲色情铺陈开来描写，其目的无非为了畅销牟利。同时，为了掩盖自己这一"见利忘义"的不道德行径，撰写和出版淫书之人，便开始千方百计地为自己创作淫书寻找"存在的合理性"，这就等于在为世人的欲望放纵寻找"道德与逻辑上的合理性"，于是形成一整套有关"纵欲的理论"，在书中加以宣扬。如把"好色"说成是人的一种天然本性，把性欲的发泄视为"人之为人"的一种天赋人权（即所谓的"人道"），把性爱描写当成是"顺其自然"的家常便饭，从而可以让作者"心安理得"地在书中充斥纵欲的描写，让读者可以"心安理得"地购阅此类书籍，于是世人廉耻丧尽、是非颠倒，社会礼防崩溃、淫风弥漫。[③]

下面我们便讨论《红楼梦》对淫书所鼓吹的"纵欲理论"的批判，证明其绝非淫书、而是戒淫之书的创作旨趣。

---

① 一直延续至今，即所谓的世风日下，无可挽回。

② 劝，即鼓励、赞赏；讽，即讽刺、谏止。劝百讽一，指规讽正道的言辞远远比不上劝诱奢靡淫逸的言辞，其本意是想让人警戒，但结果却适得其反。对淫书而言，性事描写很多，告戒（警告劝戒）之语仅其百分之一，根本就无法奏效。

③ 这也就是西方所秉承的"存在即合理"的哲学主张，让文学出现纵欲主义、自然主义的描写。其实"存在未必合理"，合理与存在无关，正如毒品虽美却被各国政府严厉禁止。中华有至理名言："傲不可长，欲不可纵，志不可满，乐不可极"（《礼记·曲礼上》）。

●《红楼梦》从理论到创作实践，都反对明清以来盛行的淫欲之书

《红楼梦》第5回借警幻之口批评世人："尘世中多少富贵之家，那些绿窗风月，绣阁烟霞，皆被淫污纨绔，与那些流荡女子，悉皆玷辱。（甲侧：真极！）更可恨者，自古来多少轻薄浪子，皆以'好色不淫'为饰，又以'情而不淫'作案①，（戚夹：'色而不淫'四字已滥熟于各小说中，今却特贬其说，批驳出矫饰之非，可谓至切至当，亦可以唤醒众人勿为前人之矫词所惑也。）此皆饰非掩丑之语也。好色即淫，知情更淫。是以巫山之会、云雨之欢，皆由既悦其色、复恋其情所致也。（甲侧：'好色而不淫'，今翻案，奇甚！）吾所爱汝者，乃天下古今第一淫人也。（甲侧：多大胆量敢作如此之文！）"

又说："淫虽一理。意则有别。如世之好淫者，不过悦容貌、喜歌舞，调笑无厌、云雨无时，恨不能尽天下之美女，供我片时之趣兴，（甲侧：说得恳切恰当之至！）此皆皮肤淫滥之蠢物耳。"

上引脂批点明：历来淫书都把"好色不淫"、"情而不淫"这八个字作为自己的理论基础（"'色而不淫'四字已滥熟于各小说中"），即"好色"乃人之天性，而"情爱"至为高尚，情爱须借助欲事来表达，所以欲事是多情与高尚的表现，是"人之为人"的天然本性的表现，毫无粗俗可言。

而《红楼梦》借警幻仙子之口，点明这八个字其实都是男男女女因有了自己的身体②而无法抵御肉欲的诱惑，从而为自己行淫纵欲所找到的冠冕堂皇的借口。一切淫欲其实都是"皮肤"之乐，都是"蠢物"之行（即都是和动物没有本质差异的低层次的、本能的生理反应），只会令人"欲令智昏"，背离自己高尚而理性的精神追求，堕落成为追求生理刺激的感官动物。

《红楼梦》这番话等于用宣言的形式，把自己与所有的淫书做了理论上的决裂，所以脂批用"多大胆量敢作如此之文"的话，来称颂作者这一壮举。同时，《红楼梦》不光有此宣言，更在创作实践上，与所有的淫书做形式上的决裂，即上文第一个特点所说的：书中毫不铺陈"皮肤淫滥"的性事描写。

《红楼梦》更借警幻之口严正指出"巫山之会、云雨之欢"，这类古人津津乐道的所谓极高雅的风流韵事，其实也与最普通的纵欲没有本质的区别，应当加以贬斥。这一点，作者在后四十回的第120回，借甄士隐之口发扬得更好，即贾雨村问"但③敝族（即鄙族、也即我贾家）闺秀如是④之多，何元妃以下，算来结局俱属平常⑤呢？"甄士隐叹口气回答说："贵族（你贾家）之女，俱属'情天孽海'而来。大凡古今女子，那'淫'字固不可犯，只这'情'字也是沾染不得的。所以崔莺、苏小，无非仙子尘心；宋玉、相如，大是文人口孽。

---

① 指：明明是自己好淫（贪爱肉欲的感觉），却避口不谈，只说自己是"好色多情"。

② 此即老子《道德经》所说的："吾所以有大患者，为吾有身，及吾无身，吾有何患？"意为：对我来说，最大的祸患就是我拥有自己的身体，如果我能超脱肉体的羁绊束缚，我便没有了祸患。

③ 但，程甲本原误"接"，据程乙本改。

④ 是，程甲本原误在上文"敝族"两字前，据程乙本移于此。

⑤ 常，程甲本原无，据程乙本补。其实无此字亦通。

凡是情思缠绵的，那结果就不可问了。"

作者借这番话点明：历来被视为写得极高雅的"诲淫"之书，如元稹记载自己（书中化名为张珙）和表妹崔莺莺风流韵事的爱情传奇《西厢记》（即《会真记》），司马相如为追求卓文君所创作的琴曲《凤求凰》，那都是"文人"制造出来的"口孽"（即文人用文字造作的罪业），都是对纯洁心灵的精神污染（"尘心"），都应当加以贬斥。所以上文脂批说："'色而不淫'四字已滥熟于各小说中，今却特贬其说，批驳出矫饰之非，可谓至切至当，亦可以唤醒众人勿为前人之矫词所惑也。"指明后人不当被各种无论是高雅的还是低俗的情爱文字所迷惑。

所以，作者早在前八十回中，便已一方面在第23回写他对《西厢记》的歌颂，另一方面又在第5回对它加以贬斥，这其实并不矛盾，这便是第116回写："太虚幻境"牌坊上的这四个字，到了全书最后便要反个身变成"真如福地"；宫门上的"孽海情天"四个字，到全书最后便要化作"福善祸淫"；其意即指：人若迷时，便会觉得这类情欲文字很美；人若悟时，便会顿觉其非——前者便如同在梦中的"太虚幻境"，后者便是身处梦醒时分的"真如福地"。第23回是写作者年少未悟时的化身——痴儿宝玉、黛玉眼中的《西厢记》，而第5回、第120回写的是作者觉悟后的化身——"警幻仙子"与甄士隐眼中的《西厢记》，所以两者并不矛盾。

总之，作者在书中，从创作理论到创作实践，都反对明清以来盛行的淫欲之书，并以宣言的形式，郑重向全世界宣告自己"祸淫、戒淫"的创作主旨。

●《红楼梦》从理论到创作实践，都反对明清以来盛行的"才子佳人"类言情小说

除了淫欲之书外，明清还盛行言情的"才子佳人"小说，比起淫欲之书要显得文雅而不粗俗，但作者同样在第54回借贾母之口，把《西厢记》为首的所有"才子佳人"小说统统加以批判："这些书都是一个套子，左不过是些佳人才子，最没趣儿。把人家女儿说的那样坏，还说是佳人，编的连影儿也没有了。开口都是书香门第，父亲不是尚书、就是宰相，生一个小姐必是爱如珍宝。这小姐必是通文知礼，无所不晓，竟是个绝代佳人。只一见了一个清俊的男人，不管是亲是友，便想起终身大事来，父母也忘了，书礼也忘了，鬼不成鬼，贼不成贼，哪一点儿是佳人？便是满腹文章，做出这些事来，也算不得是佳人了。比如男人满腹文章去作贼，难道那王法就说他是才子，就不入贼情一案不成？可知那编书的是自己塞了自己的嘴。再者，既说是世宦书香大家小姐，都知礼读书①，连夫人都知书识礼，便是告老还家，自然这样大家人口不少②，奶母、丫鬟伏侍小姐的人也不少③，怎么这些书上，凡有这样的事，就只小姐和紧跟的一个丫鬟？你们白想想，那些人都是管什么的？可是前言不答后语？"

---

① 既然说是世家大族或书香门第的小姐，应该全都知书明礼。
② 这样的大户人家，人口自然不会少。
③ 服侍小姐的奶妈和丫环也不会少。

　　这就点明：作者所要批判的这类"言情小说"，本质上都是反对封建礼教的，所以才会受到贾母为代表的封建卫道士的仇恨。

　　这就点明作者自己这本书"捍卫封建礼教"的主旨，点明自己这本书中绝对不会歌颂成了偷情"贼"的黛玉、小红、司棋、袭人，而只会歌颂"任是无情也动人"的宝钗，歌颂那毫无儿女私情、忠心殉主、誓死不嫁的鸳鸯，歌颂那貌美多情但却守身如玉、与宝玉从未有过淫欲之事的童贞女晴雯。

　　正因为此，作者虽然也标榜自己是言情之书，见书首第 1 回空空道人评价此书："虽其中**大旨谈情**，亦不过实录其事，又非**假拟妄称，一味淫邀艳约、私订偷盟**之可比。"画直线的四个字便点明自己也是言情之书；而画浪线的部分，则与贾母对历来言情小说所作的批判完全吻合，作者借此句，便把自己这部言情之书与前人的言情小说划清了界限，即：在主题上，它们全都反礼教（"一味淫邀艳约、私订偷盟"），而我则捍卫礼教；在手法上，它们全都脱离现实、凭空虚构（"假拟妄称"、"编的连影儿也没有"），而我则扎根现实、真实可信。

　　作者所贬斥的这四个人中，黛玉的过错在于她在这第 54 回中，忘情地让宝玉在众人面前帮她喝酒，上文贾母那篇宏论便由此引发，是特地对黛玉出格行为做的辛辣讽刺。而第 26 回"蜂腰桥设言传蜜意"，写小红与贾芸眉来眼去，第 27 回脂批便骂她是"奸邪婢"。第 71 回司棋与表弟苟合，所以第 77 回便被逐出大观园。袭人第 6 回与宝玉初试云雨情，偷情罪过与司棋一样重大，于是作者便要在第 20 回，借李嬷嬷之口痛骂她是"小娼妇"、"妆狐媚子哄宝玉"！

　　当然黛玉、小红、司棋皆能从一而终，故作者在"贞洁"这一点上，仍对这三位给予高度评价。而袭人失身于宝玉后再嫁蒋玉菡，不贞且失节（前者指与宝玉"偷试云雨情"为不贞，后者指其再嫁而失节），作者便对她颇有讽刺。即其第 5 回谶语之图是床破席，指其已非处子之身，婚前已被宝玉玷污（破了身子①），同时又把她由排列主子小妾的"副册"，贬入排列各房大丫环的"又副册"中，而且还让她这位宝玉房里的首席丫环，排在童贞女晴雯后，屈居第二而非首位，贬谪之意更为明显。后四十回的第 120 回又起特笔，写出作者对她再嫁的讽刺性评语："看官听说，虽然事有前定，无可奈何；但孽子、孤臣，义夫、节妇，这'不得已'三字，也不是一概推委得的，此袭人所以在'又副册'也，正是前人过那桃花庙的诗上说道：'千古艰难惟一死，伤心岂独息夫人！'"

　　通过以上分析，便能充分证明，前八十回其实早已体现出：作者是本着"封建礼教的卫道传统"来歌颂贞洁、贬斥淫荡而创作此书。其书不光与宣扬淫欲的淫书不同，而且还与"有违封建礼教"的"才子佳人"式言情小说也有本质的区别。

● 《红楼梦》为什么要借情爱主题来反情爱呢？

　　作者既然反对淫欲、宣传戒淫，那作者为什么又要以情爱作为全书主题来写风月故事呢？这是因为：

------

① 与蒋玉菡成婚之前，已被别的男人（贾宝玉）睡过而成了破席、破鞋。

一者，作者旨在流传令自己刻骨铭心的爱人（林黛玉的原型），以及流传自己家中所有可亲可敬的诸女子的故事（诸"金陵十二钗"的原型），所以最初的书名便起作《金陵十二钗》，这就不可避免要写到爱情的主题。①

二者，作者旨在借此书让自己的家族不朽，而一般人只喜欢阅读风月故事，借助人人所喜欢阅读的情爱主题，更能让自己家族伴随这些风月故事，最为广泛、深远地流传下去。

第三，作者旨在写淫欲的恶报，肯定要先写情欲故事，然后才能写情欲的报应。为了全书"祸淫、戒淫"的主题，作者也就肯定要写"情欲"的主题。

第四，作者旨在弘扬佛法，佛法好比是苦口的良药，为使众生能服此药，便当加入甜蜜的成分。佛法又不离世间，世间万事万物都包含和体现佛法的道理，情欲也不例外。而情爱又是欲界众生全都感兴趣的话题，欲界众生正是因为有情欲才会降生到这个世界上来。所以，揭示情爱中包含的佛法大旨，更能让读者在不知不觉中领受佛法的熏陶，并能对机谈法，让欲界众生明悟情欲的虚妄和可怖，产生出离之思，有助于众生的解脱。

第五，由于欲界众生欲根深种，所以淫欲的情节最能吸引欲界众生。而描摹性事、描写人的欲念既非难事，又能投大众所好，导致此类淫书在明清两朝铺天盖地、极为盛行。正因为描写内容浅俗，所以这类淫书很容易创作，艺术性都不高，无非就是用人的生理反应，来写男男女女之间的交合，连情节都可以忽略。反之，不用淫欲来吸引读者，用人与人之间的真情来打动世人，这一爱情的主题却远非一般作者所能驾驭。于是作者曹雪芹便想尝试一下，看看自己有没有这种能力，用毫无淫欲的纯爱情的文字来打动读者，而且还要让其拥有比淫书更能吸引读者的感人效果，这是作者创作其作品的一大动机。所以，《红楼梦》这一情爱主题的小说创作，体现出创作者曹雪芹一种高尚的审美追求、艺术追求。

第六，至于《西厢记》这类已经写得极唯美的爱情经典名作，虽然也能打动读者到极致，但却是"脱离实际、有违现实"的艺术虚构，现实生活中很难存在（见上引贾母所论），人物的塑造也显得过于矫情而不真实。更为致命的是，这类作品为了爱情而违背礼教传统，有伤风化，虽然极美却不至善。于是作者又要给自己一个全新的挑战，即：写爱情而不违礼教，同时又要把人物和环境都塑造得完全符合现实，在"真实"与"有德"中塑造爱情，与此前的"才子佳人"式小说划清界线，达到"尽美尽善且至真"的艺术境界和道德高度。塑造出一系列真实而典型的爱情人物形象，如为真爱而献身的林黛玉，在爱情中丝毫不违礼教但也因此而牺牲自己幸福的"人中完人"薛宝钗②，重情而不涉于

---

① 书首第一回"楔子"言明：作者"增删五次"最后定稿的第五稿书名是《金陵十二钗》，此处言作者最初草稿，也即本章"第八节"所言的增删五稿中的第一稿《石头记》之前的、二十几岁时所写的最初草稿名为《金陵十二钗》，这两者并不矛盾。即：作者最后仍用最初草稿的名字，以示"不忘初心"的"归源"（回归本原）之旨。

② 拥黛派皆言宝钗是人间第一等的伪善之人。其实作者无意把薛宝钗塑造成伪善之人，他只想把她塑造成"女中圣人"，结果由于现实世界中很少有这种既貌美，又博学，而且还擅长经济之道，更通人情世故，有时也会圆滑处世的奇女子，所以也就显得虚伪而不真实了，

淫乱的贵家公子贾宝玉等。

正是出于以上六点考虑，作者便甘愿冒着被统治者视为"诲淫"的"大罪"，甘愿冒着毒害世人的风险（这种风险，其实是读者因自身欲根深种、痴迷不悟而陷溺书中情欲情节①，方才使得自己这本书沦为所谓的"淫书"、而有毒害世人之效出来，正如警幻叫道士把"风月宝鉴"送给贾瑞，本是为了救他，反而收到了害他的相反效果），仍要一试自己的文笔，看看自己能否写出一部真正毫无淫欲、至为真实，且又极富道德高度与宗教旨趣的爱情名著出来。

这便是书中第1回空空道人审查石头身上所记的这段故事——也即审查本书《石头记》时，"石头"也即作者对他所作的那番告白："再者，市井俗人喜看理治之书者甚少，爱适趣闲文者特多。历来野史，或讪谤君相，或贬人妻女，（甲侧：先批其大端。）奸淫、凶恶，不可胜数。【这是作者在批判前人因发泄不满，而借小说创作的方式来污蔑自己痛恨之人。如《金瓶梅》，相传是宋代有人仇恨山东阳谷县县令武大郎（武植），故意编造其妻潘金莲与西门庆通奸的故事，从而达到污蔑武大郎的目的。】更有一种风月笔墨，其淫秽污臭，涂毒笔墨，坏人子弟，又不可胜数。【这是作者在批判那种旨在射利而专门描摹男女性事、鼓吹纵欲的淫书。】至若佳人才子等书，则又千部共出一套，且其中终不能不涉于淫滥，以致满纸潘安、子建，西子、文君，不过作者要写出自己的那两首情诗艳赋来，故假拟出男女二人名姓，又必旁出一小人其间拨乱，（蒙侧：放笔以情趣世人，并评倒多少传奇。文气淋漓，字句切实。）亦如剧中之小丑然。且鬟婢开口即'者也、之乎'，非文即理。故逐一看去，悉皆自相矛盾，大不近情理之话。【这是作者在批判历代'才子佳人'式言情小说的最大通病——脱离现实，与前引贾母的论断正相吻合。这两处都是作者在展露自己的批判性高论，指明此前爱情类小说创作上的不足之处。】竟不如我半世亲睹亲闻的这几个女子，虽不敢说强似前代书中所有之人，但事迹原委，亦可以消愁破闷，也有几首歪诗熟话，可以喷饭供酒。至若离合悲欢，兴衰际遇，则又追踪蹑迹，不敢稍加穿凿，徒为供人之目而反失其真传者。【这是作者在标榜自己这部爱情力作，与此前'才子佳人'式小说的不同处，便在于绝对逼真地再现生活——也即所谓的'写实性'。】今之人，贫者日为衣食所累，富者又怀不足之心，纵然一时稍闲，

于是人们便怀疑宝钗每件事都有奸心，非出实意。其实这都是不明白宝钗这个人物其实在现实世界中不存在，她只不过是作者所塑造的一个"女中完人"的艺术典型罢了。同理，黛玉也是作者所塑造的又一个任性自我、孤高敏感、才思敏捷的"才女"典型，源于现实而又高于现实，现实中并未真的就存在过这么个人。同理，宝玉便是作者所塑造的既多情、又鄙视玩弄女性的贵家公子的艺术典型，取材于作者自身，同时又兼采此种类型的其他人物，同样也是一个艺术的典型、而在现实世界中不存在。"索隐派"误入歧途，考证书中某某是曹家以外的历史上的某人，而"考证派"同样也会误入索隐派的歧途，索隐书中某某就是生活原型中的曹家某人，这都是没有创作过小说的门外汉——历史学家——来研究《红楼梦》的必然结果，皆是误入歧途。

① 《红楼梦》全书的淫欲描写其实很简练、很素雅，而且全都是白描，给人情欲联想的都是其情节而非文字描写本身。书中带给人的情欲联想，其实都是读者在理解时用自己的淫念参与其中的结果。所以，读者不是为此书所迷，而是读者为自己的淫念所迷，古人所谓"色不迷人人自迷"是也。

又有贪淫恋色、好货寻愁之事，哪里有工夫去看那理治之书？【这是作者在标榜：自己如果不写小说，或者写了小说而不写爱情题材的话，比如去写那种教人应当清心寡欲的思想书、哲学书（即道学书），必将难以影响世人，因为世上没有几个人愿意读这类理治（即道学）之书。为了影响更多的世人，所以作者'我'得把自己的家事写成爱情小说，让人们明白'情欲的虚幻、淫欲的可怖'这一道理，反倒更能让人在不知不觉中得到情欲方面的教化和思想的净化。】所以我这一段故事，也不愿世人称奇道妙，也不定要世人喜悦检读，只愿他们当那醉淫饱卧之时，或避世去愁之际，把此一玩，岂不省了些寿命筋力？就比那谋虚逐妄，却也省了口舌是非之害、腿脚奔忙之苦。【这是作者在标榜自己这一小说创作可以填补世人精神的空虚，供世人消遣之用。】再者，亦令世人换新眼目，不比那些胡牵乱扯，忽离忽遇，满纸才人淑女、子建文君、红娘小玉等通共熟套之旧稿，我师意为何如？【这是作者再度标榜自己之书与此前'才子佳人'式小说的绝然不同处，便在于逼真地再现现实，达到了新的艺术高度。】（甲侧：余代空空道人答曰：'不独破愁醒盹，且有大益。'）【这是批者代作者再度标榜其书有净化世道人心、社会风气的道德功效。】"

这时空空道人又将其书再细心检阅一遍，甲戌本侧批："这空空道人也太小心了，想亦世之一腐儒耳。"这时书中写：空空道人"因见上面虽有些指奸责佞、贬恶诛邪之语，（甲侧：亦断不可少。）亦非伤时骂世之旨，（甲侧：要紧句。）及至君仁、臣良、父慈、子孝，凡伦常所关之处，皆是称功颂德，眷眷无穷，实非别书之可比。【这是作者在标榜自己之书不仅不批判时政，反倒要有很多歌颂当今圣明、与传统伦理道德相一致的话来。】虽其中大旨谈情，亦不过实录其事，又非假拟妄称，〔甲侧：要紧句。）一味淫邀艳约、私订偷盟之可比。【这是作者再度标榜自己之书虽然也在描写爱情，但与此前那种有违纲常伦理的'才子佳人'式小说，在主题和手法上都有绝然的不同。】因毫不干涉时世，（甲侧：要紧句。）方从头至尾抄录回来，问世传奇。【这是作者再度标榜自己这部书丝毫无意于'干涉时政、指斥世风'，标榜自己写的不过是自己家族之事：一是家族盛衰；二是家中诸钗；三是发生在自己身上及周围的少男少女们的恋爱故事，四是家中一切真实的生活细节，总之全都没有离开过自己的家庭。所以，书中除了前四回的引子（即主线情节开始前的铺垫），以及最后一回尾声（即主线情节的大结局）外，其余115回所描写的空间全都在贾府内，从未离开过京城（南京）一步。】"

（3）前八十回对"祸淫、戒淫"之旨的点明，证明后四十回"祸淫"主旨是曹雪芹原意

①书名"风月宝鉴"的戒淫之旨

第1回交代全书又名"风月宝鉴"，这便点明全书"祸淫、戒淫"之旨。

因为"风月"历来被视为"淫"的文雅称呼，"鉴"为告诫意，含有"戒"的成分在内，所以"风月宝鉴=淫之戒=戒淫"，从而体现出全书的"福善祸淫"之旨。

换句话说，后四十回最后所总结出的全书"福善祸淫"四字之旨，其实早在全书最开头交代此书别名"风月宝鉴"时便已点明，这是全书"首尾照应"的一大显例。★

②书首用"好事多魔"四个字来点明戒淫之旨

全书早在第1回的最开头，便用"好事多魔"四字来点明全书"祸淫、戒淫"之旨。

顽石恳请一僧一道带它下凡享受人间的荣华富贵、男欢女爱时说："携带弟子得入红尘，在那富贵场中、温柔乡里受享几年，自当永佩洪恩，万劫不忘也。"

这时"二仙师听毕，齐憨笑道：善哉，善哉！①那红尘中有却有些乐事，但不能永远依恃，②况又有'美中不足，好事多魔'八个字紧相连属，③瞬息间则又乐极悲生、人非物换，④究竟是到头一梦、万境归空。（甲侧：四句乃一部之总纲。）倒不如不去的好。"即：有些事情还不如不做，以免将来会有"早知今日何必当初"的后悔。

脂批"四句乃一部之总纲"，点明上述引文中标"①②③④"的那四句话便是整部《红楼梦》的总纲。这四句话其实揭示的是佛家所说的此岸世界"苦、空、无常、无我"这四大真相，其中又特别强调"无常"和"诸受是苦"这两点。

其第②句中的"好事多魔"四字更是直接点明全书"祸淫、戒淫"之旨。因为人间最美、最快乐的"好事"莫过于淫欲之乐，也即孟子所谓的"食、色性也"的色欲。人间最美好的"好事"以淫乐为首；"魔"即魔难，也即得到恶报——"好事多魔"便是"美（淫）=魔"，说的便是淫乐会招致不祥之祸：大则会死，即"美（淫）=魔"之"魔"乃白骨骷髅；小则致祸，即"美（淫）=魔"之"魔"乃磨难、灾祸。

在此需要解释一下佛教"四谛"中的"苦谛"——"诸受是苦"，从而明白"乐亦是苦"的道理。

"诸受是苦"这四个字便意味着：包括快乐在内的一切感受，本质上都是痛苦的。这就令人感到非常奇怪——为什么"诸乐也是苦"呢？即快乐为什么会是痛苦的呢？这就不得不佩服佛教见识的广博超卓。

"受"是领受意，人体的感官与心灵称为"六根"，接触体外的"六境"便能领受三种感觉：第一种是"苦受"，又作"苦痛"，领受的是违情的境相，令身心逼迫；第二种是"乐受"，又作"乐痛"，领纳到的是顺情的境相，令身心舒适愉悦；第三种是"舍受"，又作"不苦不乐受、不苦不乐痛"，即遭遇到的境相很是平和，对身心既谈不上逼迫，也谈不上舒适。

其中，喜乐的感受是一切善业所导致的果报。而喜乐感受中至高的快乐享受，便是佛教所总结的"三乐"：一是"天乐"，指修十善业而上生天界所受的快乐；二是"禅乐"，指进入禅定境界所感受到的平静之乐；三是"涅槃乐"，又作"寂灭乐"，指涅槃所得的寂静之乐。佛法"诸受是苦"的"苦谛"告诉我们：一切感受包括乐受，从终极意义上说都是苦的，唯有最后一种"涅槃寂静"才是最究竟的快乐。

佛教把世间的一切苦归纳为三类，统称为"三苦"：第一类是"苦苦"，即人们所认为的老、病、死等各种"苦"是苦。二是"坏苦"，指快乐幸福终将被破坏、或难免要失去而产生的怅惘、空虚、失落之苦，这就是《正法念处经》卷57所谓的"乐者必受苦"。三是"行苦"，指身心一切活动全都无常变易、无法永恒，从根本上来说也是一种苦。

人生苦乐交杂，追求乐、享受乐、需要快乐的滋养，是人类心识的本性。但从终极（也即究竟）的角度而言，除了"涅槃寂静"这种最究竟的快乐外，人生的其他一切快乐全都是苦，即"诸乐是苦"，这便是因为有上述"三苦"存在的原故。具体而言便是：

（A）乐与苦不相舍离。乐不会单独产生和存在，乐总是和苦纠缠不离，如：因饥寒之苦方有保暖之乐，因别离相思之苦才会有重逢欢聚之乐。而且快乐过后往往有苦接踵而至，如：俗语所谓的"乐极生悲"，欢聚过后必然会有分手时的寂寞失落之苦。《大般涅槃经》卷13佛言：譬如世人生活所必须的女色、美酒、美食、衣服璎珞、象马车乘、奴婢僮仆、金银琉璃、珊瑚真珠、仓库谷米等物，以及渴时得水、寒时遇火等"能为乐因，故名为乐"，然而"如是等物，亦能生苦"，比如：男子会因女人而忧愁悲泣，乃至自杀；饮酒和享用美食，乃至享用库藏钱财等宝物，也会令人产生大忧恼。因此，"以是义故，一切皆苦，无有乐相"。人一生中虽有快乐，但所有的乐和苦总是相互依存，有乐必有苦，快乐坏失必生忧苦，这就是"三苦"中的"坏苦"。

（B）乐必依因缘而生，实质也是苦。快乐不能无条件地自己生起或自主存在，快乐总是依赖足以产生它的诸多条件。如：保暖之乐必须依赖可意充足的衣食，爱情之乐必须来自所爱对象的爱意回馈，乃至禅定之乐也需要依赖入定所必需的各种条件。既然依赖其他条件，这种快乐便是"依他、属他"而不能自主自在，这便是一种苦。佛在《大般涅槃经》卷10中说："一切属他，则名为苦；一切由己，自在安乐。"

（C）诸乐无常，本质是苦。依赖一定条件所产生的诸种快乐，产生后都不能常恒久驻、伴随一生，总是在条件过后便消失没有，有的甚至还转瞬即灭。不仅一般人依赖物质条件所生起的种种快乐是无常的，就是修道者在禅定中享受到的内心深处那种深吸绵长的禅定之乐，似乎寂静不动、超越时空，实际上仍然属于无常。因为既然有入定，便有出定而失去定乐之时。"无常"是一切感受（包括快乐感受在内）共同具有的、不可逆转的自然本性[①]。这种"无常变易，不能常保"的自然本性，与人内心深处"希望快乐能够永恒"的本性需求相违背，所以人生的一切感受从本质上来讲，都是一种违背意愿的痛苦，这就是三

[①] 所谓不可逆转，即自然界万物从诞生那天起，经过短暂的生长繁荣后，便日渐走向灭亡。即物理学中的"热力学第二定律"之"熵增原理"：在自然过程中，一个孤立系统的总混乱度（即"熵"值）永远不会自动减少，熵在可逆过程中不变，在不可逆过程中只会增加，从而走向混乱和灭亡。

苦中的"行苦"。"行"指迁流变易、运动变化。

③ "美=魔难"的戒淫之旨

书中第 25 回借"通灵宝玉"不通灵而受魔法加害事，再度透露全书"好事多魔"的"祸淫、戒淫"旨趣。此回和尚说："粉渍脂痕污宝光，绮栊昼夜困①鸳鸯。沉酣一梦终须醒，（甲侧：无百年的筵席。）冤孽偿清好散场！"和尚说的便是：为何"通灵宝玉"原本可以避邪祟，而此时却又中邪而不"通灵"了呢？那便是怀有这"通灵宝玉"的主人，因为那男欢女爱、多情多欲的男女间的好事（"粉渍脂痕"）而染污了性灵（"污宝光"），自然要大受魔难。这说的正是"好事多魔"这四个字。

④ "美=魔鬼"的戒淫之旨

作者善于对峙立局、对仗构思，第 44 回便是他本着这一"对峙"的表达手法，写贾琏要在自己房内和鲍二老婆通奸才能满足性欲，而宝玉却只要在自己房内看着平儿梳妆便能获得美的感受，从而写出这对富贵青年不同的好色情状来。所以回末戚序本有总评："富贵少年多好色，哪如宝玉会风流？'阎王、夜叉'谁曾说？死到临头身不由。"也即回中宝玉所说的"忽又思及贾琏惟知以淫乐悦己，并不知作养脂粉"，对峙地写出自己和贾琏两者的本质区别，便在于自己重情（善待脂粉）而无淫，贾琏重淫而寡情（唯知淫乐悦己）。

戚序本评语中提道："'阎王、夜叉'谁曾说？死到临头身不由。"是指此回凤姐捉奸时，在门外听到鲍二老婆说："多早晚你那阎王老婆死了就好了。"又听到贾琏说："我命里怎么就该犯了'夜叉星'？"作者故意在书中借这对身行淫事而口说"阎王、夜叉"的淫人来告诉世人：行淫事便是阎王、夜叉前来勾魂催命之时！

行淫者不知口中所说的"阎王、夜叉"（即王熙凤）早已来到门口，便象征行淫者不知勾魂催命的阎王、夜叉（即勾命无常、也即死神）早已到了门口。最后鲍二老婆为这趟淫行而上吊自杀，可证两人的对答"一语双关"，既指其口中提到的凤姐是"阎王、夜叉"般的凶婆娘，更指两人的行淫便是"阎王、夜叉"这死神前来索命之时。可证淫乐与死亡相伴，这就是古人所谓的"淫近杀"之旨，也即"美=魔鬼"。

"美色如魔"（貌美之人就是索命阎王、勾魂夜叉），"好事多魔"（淫乐这人间至美的乐事易让行淫者遭受魔难），奉此主旨，作者便写了第 39 回宝玉让茗烟按照刘姥姥口中胡编的地址，去找茗玉小姐成仙后的祠庙，结果茗烟回来说："哪里有什么女孩儿？竟是一位青脸红发的瘟神爷！"王希廉此回总评："焙茗寻美女庙，偏遇见瘟神像，暗中点醒痴人。是先后《红楼梦》中美人俱变为夜

---

① 困，通"睏"。困鸳鸯，即像鸳鸯雌雄同眠般男女同睡。

叉、海鬼、牛头、马面。"作者再度用"瘟神"两字点明"美色就是死亡、魔鬼、瘟神"的旨趣。

这与现代日本作家三岛由纪夫小说中处处体现出来的"爱到极致即是死亡"、"美就是死亡"的主题有共通之处,这也让我们深切感受到:作者所写的这一主旨切合佛理,故能"放之四海而皆准","心有戚戚者"遍寰宇而亘古今。

王希廉口中所说的"是先后《红楼梦》中美人俱变为夜叉、海鬼、牛头、马面",其"先《红楼梦》中"便是指前八十回中的第12回贾瑞照"风月宝鉴"这面镜子时,正面是美人,反面是白骨,美人变枯骨;而"后《红楼梦》中"便是指后四十回中的第93回包勇口中转述的:警幻让美人变鬼怪、白骨,警醒了好色的甄宝玉,这两个情节同样也是在表明"美=魔鬼"之旨。

⑤第4回"薄命儿女、梦幻情缘"八字点明全书"戒淫、超脱情欲"的主旨

第4回写"薄命女(甄英莲)逢薄命郎(冯渊,其谐音'逢冤')",门子介绍冯渊一案时说:"这个被打之死鬼,乃是本地一个小乡绅之子,名唤'冯渊',(甲侧:真真是冤孽相逢。)……长到十八九岁上,酷爱男风,最厌女子。(甲侧:最厌女子,仍为女子丧生,是何等大笔!不是写冯渊,正是写英莲。)①这也是前生冤孽,可巧(甲侧:善善恶恶,多从'可巧'而来,可畏、可怕!)遇见这拐子卖丫头,他便一眼看上了这丫头,立意买来作妾,立誓再不交结男子,(甲侧:谚云:'人若改常,非病即亡。'信有之乎?②)也不再娶第二个了③,(甲侧:虚写一个情种。)(蒙侧:也是幻中情魔。)所以三日后方过门。谁晓这拐子又偷卖与薛家",于是冯公子便来薛家争这英莲,结果被薛蟠打死。

贾雨村听后作评:"这也是他们的孽障,遭遇亦非偶然。不然这冯渊如何偏只看准了这英莲?这英莲受了拐子这几年折磨,才得了个头路,且又是个多情的,若能聚合了,倒是件美事,偏又生出这段事来。这薛家纵比冯家富贵,想其为人,自然姬妾众多,淫佚无度,未必及冯渊定情于一人者,这正是梦幻情缘,(蒙侧:点明白了,直入本题。)恰遇一对薄命儿女。"

画线部分便点明:作者创作《红楼梦》的目的并非是在宣扬爱情,其最终的目的乃是本着佛法之旨,向世人点明:世上的一切情缘都是"梦幻泡影、转瞬即逝",所有多情多欲的儿女都是薄命儿女。所以全书书首凡例标榜出来的全书"大旨谈情"的主旨,绝非是在鼓吹"愿普天下有情人的都成了眷属"(《西厢记》第五本"张君瑞庆团圆杂剧"语),而恰是以"薄命儿女、梦幻情缘"这八个字来"戒情",以"好事多魔"这四个字来"戒淫",代佛说法、代圣传道,引导"重情而多欲"的欲界众生摆脱欲界的"情天孽海",得生天界,趋归佛法的空门(真如之门),这也就是俄国人卡缅斯基批《红楼梦》是"道德批判小说"的根由所在。

---

① 这是说英莲貌美,能令好男色者都爱慕其美色而至死不舍。
② 脂砚斋调侃不小。
③ 既然不再娶第二个,为何还让香菱做妾?或其已婚而有正妻乎?

又上文门子说冯渊被薛蟠打死:"这冯公子空喜一场,一念未遂,反花了钱,送了命,岂不可叹!"甲戌本有眉批:"又一首《薄命叹》。英、冯二人一段小悲欢幻境,从葫芦僧口中补出,省却闲文之法也。所谓'美中不足,好事多魔',先用冯渊作一开路之人。"指明作者写冯渊("逢冤")与英莲这段逢冤(冤孽相逢)的故事,无非就是为了引出贾雨村口中的"薄命儿女、梦幻情缘"这八字之叹,来为全书做主旨罢了。脂批更点明:这八个字其实又是第一回所揭示的全书主旨"美中不足、好事多魔"这一总纲,在情欲主题上的落实;从而沟通起"薄命儿女、梦幻情缘"、"美中不足、好事多魔"这两大主旨之间的联系。

冯渊好男风,注定无妻①,偏又只爱香菱一个而被薛蟠打死,他如果能爱第二个②便可以另换一个而不死,所以贾雨村要说:冯渊的冤业便在于他只爱香菱一个的缘故。

⑥作者"具菩萨之心、秉刀斧之笔"来点明全书"祸淫、戒淫"的主旨

第42回作者借薛宝钗之口教人莫读起人淫念之书,当读圣经贤传:"男人们读书明理,辅国治民,这便好了。"此时蒙王府本有侧批:"作者一片苦心代佛说法、代圣讲道,看书者不可轻忽。"揭明全书以包括佛法在内的"儒释道"三家圣人之旨来救度世人,其中极重要的一项主旨便是"戒淫"。

第5回《红楼梦曲》中咏秦可卿命运之曲的"第十三支《好事终》":"擅风情,秉月貌,便是败家的根本。箕裘颓堕皆从敬,(甲侧:深意他人不解。)家事消亡首罪宁。宿孽总因情。(甲夹:是作者具菩萨之心、秉刀斧之笔撰成此书,一字不可更、一语不可少。)"画线部分便点明:作者曹雪芹创作《红楼梦》全书的大旨,便是"代佛说法、代圣立言"。由其批在"宿孽总因情"五字下面,这就点明:全书的主旨便是要揭露淫欲的害人、而欲探索戒淫的法门。

贾珍的胡作非为便是宁国府家长贾敬一心修道、不理家政、疏于管教的结果。由于贾敬的撒手不管,导致子孙的淫乱及其他一切恶行。而"万恶淫为首",淫是恶行中最大者,贾府家事的消亡便是以"邪淫"为首的一切恶行所致。

笔者《红楼时间人物谜案》"第三章、第三节、三"更证明贾赦与贾敬的原型实为同一人,所以"箕裘颓堕皆从敬"实指贾赦的"荒淫、贪财"导致了抄家。第5回的秦可卿命运判词称"情天情海幻情身,情既相逢必主淫。漫言不肖皆荣出,造衅开端实在宁","不肖"是指荣国府出了贾宝玉这个无法继承祖业的不肖子孙,但犯罪而招致抄家的却是宁国府的贾赦(贾敬)和贾珍。后四十回写贾府因贾赦、贾珍以"邪淫"为首的各种恶行而抄家,与这两句话("箕裘颓堕皆从敬""造衅开端实在宁")完全吻合。由这两句诗,便可明白:《红楼梦》后四十回第116回"太虚幻境"宫门上题写的"福善祸淫"四个字,的确

---

① 同性恋者因其前世的因果、今世的积习,导致其性取向有违造物主(即西方所谓的上帝、科学所谓的大自然)创造人类、发明性欲以繁衍后代的宗旨,自然(即造物主)也就要让他绝后而不得妻。
② 但其生平厌恶女子,故能爱上这一个已经很不容易,想爱上第二个极为困难。

就是作者曹雪芹所秉持的创作主旨。★

第8回："这秦业现任'营缮郎'"，甲戌本有夹批："官职更妙，设云因情孽而缮此一书之意。"这便点明作者因"情业"（指风月有恶果）而编纂了《红楼梦》这本书，所以他要让书名又叫"风月宝鉴"，以此来点明全书"祸淫、戒淫"的主旨。

然后作者又写秦业（情孽）抱养了一个名叫"可儿"的美女。"可儿"就是"可人"的意思，意为可爱的人、美人。作者给她取名"可卿"，就是取"可儿（美人）"之意，由来于她是人见人爱的美人。脂批在"因情孽而缮此一书之意"中点明：作者在秦业（情孽）抱养可卿这一情节中，寄托了很深的创作主旨。即作者写：

秦业"因当年无儿女，便向'养生堂'抱了一个儿子并一个女儿。谁知儿子又死了，只剩女儿，小名唤'可儿'，长大时，生的形容袅娜，性格风流。"甲戌本在"名唤可儿"四字下有夹批："出名。秦氏究竟不知系出何氏，所谓'寓褒贬、别善恶'是也。秉刀斧之笔、具菩萨之心，亦甚难矣；如此写出可儿来历，亦甚苦矣。又知作者是欲天下人共来哭此'情'字。"又有甲戌本眉批："写可儿出身自'养生堂'，是'褒中贬'；后死封龙禁尉，是'贬中褒'：灵巧一至于此。"

养生堂，就是古代收留弃婴的地方，相当于今天的孤儿院。第一处批语是说：作者把这位美女用意为美人的"可人、可儿"来命名，但其究竟出自何姓却又不知道，可证天下很多美人胚子都是私生子、私生女（即全都是乱伦、通奸等不正当性关系的产物，从而点明美色的来历令人细思可恐），这其中包含着作者对世事所寄寓的褒贬，有一种"惩恶扬善"的志趣在内。

他设计秦可卿这个"秦业（即情孽、孽情）的儿女"不知何姓，无非是说她作为"孽情所生的儿女"自然是不知姓氏的。（作者以此来象征的是：乱伦、通奸等不正当性关系产下的孽种，很多连生她的母亲都不知道生父是谁。）作者所写正是第5回《红楼梦曲》秦可卿命运之曲所唱的"宿孽总因情"，其有脂批："具菩萨之心，秉刀斧之笔，撰成此书，一字不可更，一语不可少。"而本处的脂批也像批《红楼梦曲》"宿孽总因情"这五个字一样，批作："秉刀斧之笔、具菩萨之心"，与之文字全同（指画线部分）。

"刀斧"即刀和斧子，是古代的刑具，借指严刑，意指作者用极严酷之笔来撰写此书。书中并没看到有什么严酷之笔，若说有严酷之笔，便是下面所讨论的——书中所写的淫欲之事皆有其恶报，所谓"刀斧笔"当指此。

则此批是在说：作者完全本着佛菩萨教人"断淫"的大愿，用严酷的笔法来写淫欲的恶报，所撰成的这本书字字认真、千锤百炼，没有一点妄语（即不可以妄加篡改，全是真实之语），没有一丝冗笔（即不可以随便删削，全书没有一句多余的废话）。作者为此"祸淫、戒淫"主旨所作的处心积虑的构思，真可谓用心良苦、一丝不苟！

由此可见，作者写秦可卿的产生与结局（始诞于淫欲而又终结于纵欲），是想让天下所有人都来为造就孽种的那段孽情来痛哭，为孽种降世而又带来新的孽情而痛哭。由于每一次不贞洁的性生活都会制造出一个孽种来（古代没有避孕措施），只能送入"孤儿院"（养生堂）被人领养；父母不能拥有自己亲生的骨肉，而子女又找不到自己的生身父母，这是人间多么可悲的事啊！

第二处甲戌本眉批批到作者褒贬并用，其意是指：

第5回作者一上来塑造秦可卿时，便借贾母的话来夸赞她："贾母素知秦氏是个极妥当的人，生的袅娜纤巧，行事又温柔和平，乃重孙媳中第一个得意之人。"第13回秦可卿亡故后，书中又写众人对她的哀思："那长一辈的想她素日孝顺；平一辈的，想她平日和睦亲密，下一辈的想她素日慈爱，以及家中仆从老小想她素日怜贫惜贱、慈老爱幼之恩，莫不悲嚎痛哭者。"这两处描写无不充满褒意。而此第8回交代秦可卿来历时，却又写她是"孤儿院"中抱来的孽种，这便是"褒中贬"。

第13回交代可卿结局时，脂批点明她其实不是书中写的病死，而是和公公贾珍在"天香楼"淫乱，被婆婆尤氏撞破而上吊自杀，这便是批语中所说的"淫丧天香楼"（见第13回末甲戌本的总批）。而到她出殡时，却因丈夫贾蓉花钱捐了个五品职衔的"龙禁尉"，得了五品宜人的封诰，遵从当时的风俗，丧事时又可以再升一级而成为四品的"恭人"。

作者在褒奖此人能干貌美时，却又不忘借她出生的不正，让她蒙受"淫"的贬斥；而在此人因淫事暴亡之际，却又让她因为临终嘱托家族大事，从而让她得到意外的褒赠（即四品"恭人"的封赠）。该褒时却贬，该贬时却褒，——作者曹雪芹的文笔，向来就喜欢这种出人意料、让人难以捉摸的效果。

⑦作者借警幻的"慈悲设教"与王熙凤的"毒辣施教"来点明全书的两类戒淫法门

全书的戒淫法门，第一类便是第5回警幻以"天人之淫"引导贾宝玉出"世俗①之淫"，可惜这一施教过程被夜叉（象征欲魔）打断；然后第12回警幻又以"风月宝鉴"的"白骨观"引导贾瑞出淫，可惜又大败无功、适得其反；然后第93回又借包勇之口，交代警幻仙子用"白骨观"教导甄宝玉出淫入世②而获得成功：以上三者便是警幻为代表的"文"式的"慈悲教化"。除此以外的第二类，便是第12回"王熙凤毒设相思局"中，作者借王熙凤这一人物，来对即将践入淫行的贾瑞做"武"式的"惩罚教诫"。

王熙凤的惩罚之法，第一次是让贾瑞在大冬天的穿堂中白等一夜："这屋内又是过门风，空落落；现是腊月天气，夜又长，朔风凛凛，侵肌裂骨，一夜几乎不曾冻死。"蒙王府本侧批："教导之法、慈悲之心尽矣，无奈迷径不悟何！"

可惜"贾瑞前心犹是未改，再想不到是凤姐捉弄他。过后两日，得了空，

---

① "天人"指仙界，"世俗"指人间。
② 入世，即指步入社会、投身社会，也即承担起复兴家族的世俗使命。

便仍来找凤姐。……凤姐因见他自投罗网，少不得再寻别计令他知改"，庚辰本侧批："四字是作者明阿凤身份，勿得轻轻看过。"以上批语证明：这一回表面是写凤姐设毒计害死贾瑞，其实正是写王熙凤用各种严酷手段，来让犯淫之人知错悔改。作者是借凤姐这一人物，以菩萨心肠，化身为面目恐怖的金刚明王来救度行淫之人。可惜贾瑞死不悔改，所以凤姐不得不再设更毒之计，以求第二次能让他幡然悔悟。

当"'哗拉拉'一净桶尿粪从上面直泼下来，可巧浇了他一头、一身，贾瑞撑不住'嗳哟'了一声，忙又掩住口，不敢声张，满头满脸浑身皆是尿屎，冰冷打战"时，蒙王府本有侧批："总是慈悲设教，遇难教者，<u>不得不现三头六臂，并吃人心、喝人血之相，以警戒之耳</u>。"可惜贾瑞欲根深重，至死不改。这也就宣告"惩罚"并没有"明理"来得可行，所以书中便着力去写第5、第12、第93回所体现出来的、"警幻仙子"用佛法诱导来救度淫人的法门。

⑧第5回判词与《红楼梦曲》点明全书"福善祸淫"之旨

第5回判词中的巧姐判词点明"福善"之旨，可卿判词点明"祸淫"之旨，与后四十回的"福善祸淫"宗旨正相吻合。★

第5回《红楼梦曲》最后一支"第十四支·收尾·飞鸟各投林"唱道："有恩的，死里逃生；无情的，分明报应。"前一句便是言凤姐怜老惜贫的善行，换来刘姥姥把凤姐女儿巧姐拯救出火炕的"福善"之旨。后一句便是秦可卿、鲍二老婆等人因淫丧身的"祸淫"之旨。这两句话正点明后四十回拎出来的"福善祸淫"的宗旨★，今详析如下：

"有恩的死里逃生"，便是说尽孝道而怜老惜贫的人便可以死里逃生，书中此乃陪衬①，所以只写一件事，即凤姐怜老惜贫、乐于助人，救济过老者刘姥姥，其女儿巧姐便获得刘姥姥搭救，从而得免那给人做小老婆或沦为娼妓的火坑。

"无情的"便是有淫而无情。第5回警幻曾言："淫虽一理。意则有别。如世之好淫者，不过悦容貌，喜歌舞，调笑无厌，云雨无时，恨不能尽天下之美女供我片时之趣兴，此皆皮肤淫滥之蠢物耳。<u>如尔则天分中生成一段痴情，吾辈推之为'意淫'。'意淫'二字，惟心会而不可口传，可神通而不可语达</u>。"可证"情"与"淫"这二者实有不同："淫"非"有情"，"淫"乃"无情"，当得大报应。

与"淫乃无情，无情乃淫"相反的，便是"不淫便能有情，有情便能无淫"，这也就是后四十回中第110回鸳鸯说的："我是个最无情的，怎么算我是个有情的人呢？"可卿道："你还不知道呢。世人都把那淫欲之事当作'情'字，所以作出伤风败化的事来，还自谓风月多情，无关紧要。不知'情'之一字，喜怒哀乐未发之时，便是个'性'；喜怒哀乐已发，便是'情'了②。至于你我这个'情'，正是未发之情，就如那花的含苞一样。欲待发泄出来，这情就不为真情了。"后四十回这番"情非淫、淫非情"论，正与第5回警幻仙子"视淫非情、

---

① 指福善是祸淫的陪衬。
② 从正性而发的情便是真情，不从正性而发的情欲便是邪情，淫是邪情的一种。

'无情'之淫当受报应"的宗旨相合，的确是曹雪芹所论。而且警幻与可卿原本就是姐妹一对（第5回警幻对宝玉说："再将吾妹一人，乳名兼美，字可卿者，许配于汝"），后四十回让秦可卿说出其姐姐警幻仙子没说完的"情、淫"之论，与前八十回中警幻之论完全衔接，的确就是作者曹雪芹的大手笔。★

今观《红楼梦》全书，没读到一般意义上的"无情无义"之人受报应，书中只读到行淫之人受报应，可证《红楼梦曲》所唱的"无情的分明报应"，需要用《红楼梦》作者自己的话语体系——也即姐姐警幻的言论和妹妹可卿对鸳鸯所说的言论——把"无情的"理解为"有情不淫、无情为淫"，而不可以做一般意义上的"无情无义"来理解。所以，"无情的分明报应"这句话是说"行淫的分明报应"。

由此可见：第5回《红楼梦曲》所唱的"有恩的死里逃生，无情的分明报应"，上半句是在说"福善"，而下半句是在说"祸淫"；后四十回拎出的"福善祸淫"之旨，正与第5回这总结全书的句子相照应，更可证明：后四十回这"福善祸淫"四字之旨绝对就是曹子的宗旨，标举此四字之旨的后四十回绝对就是曹雪芹的原文。★

正因为淫欲与死亡相伴（见上文④），所以，第21回平儿拒绝贾琏求欢，而有"我浪我的，谁叫你动火了？难道图你受用一回，叫她知道了，又不待见我"，庚辰本侧批："阿平，'你'字作牵强，余不画押。一笑。"即性爱这事是男女双方都快乐的事，只用"你"字，好像这事只有贾琏快乐而"你"平儿不快乐，"我"脂砚斋便不同意"你"平儿的这种说法。

作者是借平儿之口，说那淫欲之事不可行，因为：图两人受用一回，老天爷（此处是以凤姐象征司命运之神）便不再用好眼色看待我们了，因为我们不是为了繁衍而是为了淫乐行此事，我们俩便要折损福运而不顺倒霉了。

所以作者全书凡是写淫处，皆写有淫事的报应，都是在"借淫说法、借淫止淫"，向世人点明淫欲的可怕，要为世人指一条根绝色欲之路，探索寻找摆脱色欲的法门，这与后四十回旨在标榜"百善孝为先、万恶淫为首"的"福善祸淫"的主旨，以及作者为全书起"风月宝鉴"书名的题旨完全吻合，这也可以充分证明：后四十回提出来的"福善祸淫"之旨乃是作者曹雪芹之旨，后四十回乃是作者曹雪芹的原稿。★

（4）详细分析书中的情欲描写基本上都写有其恶报

第5回秦可卿判词的第一句"情天情海幻情身"，这是根据佛家的空旨，来点明一切情欲本质上都是空幻不实、无可留恋的。其第二句"情既相逢必主淫"，点明欲界众生打着"情"的幌子，行的不是真情而是恣行淫欲，"情"只不过是"淫"的遮羞布罢了①，"情"沦落为"欲"的托词和借口，这样的"多情"便

---

① 此即上引第5回警幻评点世人时所说的："尘世中多少富贵之家，那些绿窗风月，绣阁烟霞，皆被淫污纨绔与那些流荡女子悉皆玷辱。更可恨者，自古来多少轻薄浪子，皆以'好色不淫'为饰，又以'情而不淫'作案，此皆饰非掩丑之语也。好色即淫，知情更淫。是以巫

是"多淫"而必当遭到（作者曹雪芹笔下的）报应[1]。

作者秉菩萨心，开示"戒淫"法门，首先便去写淫欲皆有恶报[2]，即后四十回所揭示的"福善祸淫"中的"祸淫"之旨。大家初看此旨，便会觉得与前八十回并不相合。因为前八十回从表面上实在看不出淫者受祸的"祸淫"旨趣。因为前八十回中似乎只有寥寥几桩淫事有报应，很多淫欲之行看不出有任何报应，所以前八十回给人以"淫欲罪小而基本无报应"的感觉来；正因为此，大家才会对后四十回所拈出的"全书乃'福善祸淫'之旨"大感意外。

其实作者既然已经在前八十回中一再点明全书"好事多魔"、"具菩萨心"的"祸淫、戒淫"主旨，则这一主旨必定会在小说情节中有充分的展现。经过仔细分析，我们便会发现：作者其实在书中每场情欲描写后，都会写出其恶报来，唯有夫妻之间或梦中想象者可以除外而无报应。

今将前八十回中涉及情色描写者开列如下：（注意：凡是标"【】"，即标方括号而括号内没有文字者，便是行淫而未有恶报者，其后再加圆括号，论其没有恶报的原因。）

◎（1）第1回贾雨村初见甄家丫环娇杏（谐音"侥幸"[3]）时"不觉看的呆了"，这时甲戌本有侧批："今古穷酸，色心最重。"点明：好色贪淫之人必定会穷困潦倒的人生结局。即便此前非常富有，也会因淫欲而消损福报，最后变成穷酸（这也可以视为作者曹雪芹与批者脂砚斋的自况）。而穷酸之人何以穷酸？其根由便在于心中好色。这句话真可说是天下穷困潦倒而又好色者的诛心之语。

此时娇杏也"不免又回头两次"来看他，给雨村以"慧眼识英雄"的惺惺相惜之感，所以第2回贾雨村中了进士、为官做宰后，便要来娶她。书中称赞娇杏这段姻缘是："偶因一着错，（甲侧：妙极！盖女儿原不应私顾外人之谓。）便为人上人。（甲侧：更妙！可知守礼俟命者终为饿莩。其调侃寓意不小。）"【这倒是作者所写的一桩好报应，即女子"慧眼识英雄"而终身有靠，写出"私订终身"的女子们当中，偶尔也会有一两桩是"红拂女私奔李靖"般的好结局。】

◎（2）第4回写好男风的冯渊（谐音"逢冤"）被薛蟠打死。【其报应乃死亡。这是冯渊好男色的大恶报。因为男色不能产育后代，有违上天（即大自然）造人与创造性爱的本衷，故受如此可惨之报。】

◎（3）第5回宝玉在春梦中，聆听警幻仙子秘授男欢女爱的云雨之事，而在梦中与自己的"梦中情人"秦可卿成淫、发生梦遗。【】（梦中之事，不由自主，且无影无形，没有实际行为发生，故无报应。若说有报应，便是第13回秦可卿死讯传来时，宝玉的第一反应便是心痛得吐了口血："只觉心中似戳了一刀

山之会，云雨之欢，皆由既悦其色，复恋其情所致也。"

[1] 为何要加上括号里的定语呢？这是指：在现实世界中可以去掉括号中的话，表明凡是淫行皆有其报应；而在《红楼梦》这部书中，则表现为作者曹雪芹笔下的淫行皆写有其报应，故要加括号里的定语。

[2] 其次便是写戒淫法门。

[3] 按：娇杏结局好，故作者以"侥幸"之音来命名她。冯渊结局惨，故作者用"逢冤"之音来命名他。

的不忍，哇的一声，直奔出一口血来。……宝玉笑道：'不用忙，不相干，这是急火攻心，血不归经。'"）

◎（4）第6回宝玉与袭人"初试云雨情"。【报应一：第20回袭人挨李嬷嬷痛骂："忘了本的小娼妇！……一心只想妆狐媚子哄宝玉。"这时庚辰本有侧批："看这句，几把批书人吓杀了。"袭人虽然是和宝玉云雨过的"狐媚子"，但李嬷嬷并不知道这件事，她骂的是袭人居然胆敢不出来迎接她，因此李嬷嬷骂这话其实是"歪打正着"】。【报应二：第31回宝玉、袭人挨晴雯痛骂："便是你们鬼鬼祟祟干的那事儿，也瞒不过我去！"这是晴雯洞察袭人勾引宝玉的"狐媚子"奸行而怒骂之语，难怪后来袭人要让王夫人逐出晴雯。】

第6回宝玉与袭人偷试云雨情后的报应，是作者在书中着力描写的一场行淫后的报应，值得详细分析：

第8回"贾宝玉大醉绛云轩"，写李嬷嬷拿走宝玉留给晴雯的豆腐皮包子，喝了宝玉留给自己（宝玉）与黛玉两人一起喝的"枫露茶"，宝玉于是摔了茶钟，大骂给李嬷嬷喝茶的茜雪："她是你哪一门子的奶奶，你们这么孝敬她？不过是仗着我小时候吃过她几日奶罢了。如今逞的她比祖宗还大了。如今我又吃不着奶了，白白的养着祖宗作什么？撵了出去！大家干净！"接着写道："说着便要去立刻回贾母，撵他乳母。……早有贾母遣人来问：'是怎么了？'（甲侧：断不可少之文。）袭人忙道：'我才倒茶来，被雪滑倒了，失手砸了钟子。（甲侧：现成之至，瞧他写袭卿为人。）（蒙侧：袭人另有一段居心、一番行止。）"

袭人为了息事宁人，便把过错揽到自己头上，似乎没茜雪的事了。但仔细一想，宝玉是在屋里摔的杯子，而袭人回说是自己倒茶时被雪滑倒；倒茶显然发生在屋内，怎么可能被雪滑倒呢？所以贾母一听便不会信，第二天肯定还是要来查问个究竟。而且贾母既然听得到摔茶杯的声音，也一定能听到醉酒宝玉那声气急败坏、高声叫骂的"撵"字，第二天肯定会来追问："到底要撵谁？"宝玉原本说是要撵李嬷嬷，当然下文没发生撵李嬷嬷的事，我们可以做一合理的推测，即：第二天追究时，袭人的谎圆不上了，最后还是要落到茜雪头上，这事便成了茜雪不小心摔了茶杯。而贾母又问起要撵谁时，下面的人当然不敢回说宝玉要撵他的奶妈（因为那样的话，宝玉便成了忘本的不孝之人）[①]，茜雪便又成了替罪羊。于是宝玉摔茶钟便被说成是："茜雪服侍有误而摔了茶钟，所以宝玉要撵她"，结果茜雪便被撵走了。所以上文袭人撒的谎明显是在嫁祸茜雪，因为她没说那茶杯是宝玉自己摔的，经袭人那谎一说，那杯子便成了不是宝玉摔的。袭人既然被贾母识破未摔杯子，那这杯子又是她和宝玉之外的谁摔的呢？于是便成了茜雪摔的。本来是宝玉摔的杯子，经过袭人那句谎一说，便成了茜雪摔的，所以袭人岂非有心嫁祸于人？难怪下来李妈妈要来为茜雪申冤，痛骂袭人嫁祸于人！袭人通过这种事，一举把宝玉房中和自己平起平坐的竞争对手茜雪给扫地出门，可谓完胜。

---

① 而且贾府的原型曹家是靠康熙的奶妈发家，奶妈在曹家的地位自然很高，从上到下更不敢说主子长大后可以撵奶妈的忘本的话。

第 19 回宝玉为袭人留了碗好吃的酥酪，李嬷嬷拿起匙来就吃，有丫头道："快别动！那是说了给袭人留着的，回来又惹气了。（己夹：照应茜雪'枫露茶'前案。）你老人家自己承认，别带累我们受气。"己卯本夹批："这等话语声口，必是晴雯无疑。"李嬷嬷一听是为袭人留的，而且又说起上回"枫露茶"的事来，更气、更愧，气的是宝玉给袭人留好吃的而不给自己留（老奶妈吃宝玉未婚妾醋的醋劲还真不小），而且上回还因为自己喝了他一杯茶，就大发雷霆，撵走了给自己喝茶的茜雪，于是说道："我不信他这样坏了！别说我吃了一碗牛奶，就是再比这个值钱的，也是应该的。难道待袭人比我还重？难道他不想想怎么长大了？我的血变的奶，吃的长这么大，如今我吃他一碗牛奶，他就生气了？我偏吃了，看怎么样！你看袭人不知怎样，那是我手里调理出来的毛丫头，什么阿物儿！"一面说，一面赌气把酥酪全给吃光了。

这时又有个丫头笑道："她们不会说话，怨不得你老人家生气。宝玉还时常送东西孝敬你老去，岂有为这个不自在的？"己卯本夹批："听这声口，必是麝月无疑。"李嬷嬷道："你们也不必妆狐媚子哄我，打量上次为茶撵茜雪的事我不知道呢？"己卯本于有夹批："照应前文，又用一'撵'，屈杀宝玉，<u>然李媪心中、口中毕肖。</u>"画线部分点明：宝玉原本是要撵李嬷嬷，被众人在贾母面前一传而传成了撵茜雪，李嬷嬷不可能知道这些详情，心中一直认为宝玉是因为茜雪给自己茶喝而撵走了她。

李嬷嬷接着又说："明儿有了不是，我再来领！"说着，赌气去了。己卯本夹批："过至下回。"即此回袭人因回娘家，此时尚未回宝玉房，所以李嬷嬷便先回去，等袭人回来后再来痛骂她。正因为此，第 20 回李嬷嬷等袭人一回来，便来宝玉房骂她，庚辰本有侧批："活像！过时奶妈骂丫头。"即作者写过时奶妈骂得势丫头写得真是太逼真了。

李嬷嬷痛骂道："忘了本的小娼妇！（庚侧：在袭卿身上，去叫下撞天屈①来。）我抬举起你来，这会子我来了，你大模大样的躺在炕上，见我来也不理一理。一心只想妆狐媚子哄宝玉，（庚侧：看这句，几把批书人吓杀了。）哄的宝玉不理我，听你们的话。（庚侧：幸有此二句，不然我石兄、袭卿扫地矣。）你不过是几两臭银子买来的毛丫头，这屋里你就作耗，如何使得！好不好，拉出去配一个小子，（庚侧：岂写得酷肖，然唐突我袭卿，实难为情。）看你还妖精似的哄宝玉不哄？"

批者很调皮，一听李嬷嬷骂出"妆狐媚子哄宝玉"，还以为袭人和宝玉第 6 回"偷试云雨情"的事被李嬷嬷知道了，那可真是桩见不得人的大丑事，所以批书者言："听了这句话，我和袭人心中都吓坏了：'莫不是李嬷嬷知道那件和宝玉见不得人的云雨丑事不成？'"幸亏下来李嬷嬷说："哄的宝玉不理我，听你们的话"，袭人提到嗓门口的心这才放了下来——原来这李嬷嬷不知道那件羞死人的事，说的是这件不关痛痒的小事。如果真被人说出"偷试云雨情"那件事情来，则宝玉和袭人便真的颜面扫地了，袭人也就得乖乖地像茜雪一样被扫地出门了。

---

① 撞天屈，冲天的冤枉、天大的冤屈。

尽管李嬷嬷也知道自己是无心的"上纲上线"之骂，但既然第 6 回袭人与宝玉"初试云雨情"之事真的已经发生过，其实这通乱骂反倒也就"歪打正着"而骂得实有其事了！只不过李嬷嬷并不知道自己的乱骂反倒骂对罢了。所以庚辰本在上面李嬷嬷骂完后作侧批："若知'好事多魇'，方会作者这意。"即作者本着"福善祸淫"之旨，凡淫人淫事皆有其恶报而当写出来，司棋偷情而撞墙自杀，宝玉情窦已开调戏金钏儿而挨父亲重打，金钏儿主动与宝玉调情被撵而跳井自杀，袭人与宝玉行云雨之事焉能没有其报应？这报应便是招致李嬷嬷一顿痛骂，批者称之为"好事多魇"，说的便是：淫欲这种乐事是要有痛苦作为代价的。有一乐，便有魇来让你苦一苦；乐愈重，着魇愈深而苦愈深。第 6 回袭人是被迫和宝玉行淫，所以苦报轻，招致一骂而已（宝玉是淫行的主动者，亦当受报，详下）；司棋偷情罪重，苦报重而被撵出大观园，最终殉情而死，这死倒不是恶报，而是贞烈，为世人树了个好榜样，但由于起因不正，所以这烈绩也就被人视作其惨报了。第 21 回平儿"浪"（指救贾琏时引得贾琏动火），于是第 44 回便被王熙凤打了几下耳光；而鲍二的妻子与贾琏偷欢罪重，便上了吊。作者笔下的淫欲之报可谓"铢锱必较、斤量分明"。

书中写袭人听见李嬷嬷骂她"哄宝玉"、"妆狐媚"、"配小子"等，不由得又愧又委屈，禁不住哭了起来。其实这是自己的淫行有恶报，袭人也不必为此感到委屈，当感到惭愧为是。而李嬷嬷那番话全用孝道来压袭人之"淫"（狐媚），即袭人是自己抬举出来的，理当孝顺、敬重我而来出来迎接；这正是本"百善孝为先、万恶淫为首"之旨而来。大某山民为全书作总评："指袭人为狐妖，李嬷嬷自是识人。"又其《读红楼梦纲领》："王①嬷嬷'妖狐'之骂，直诛花姑娘之心；蟠哥哥'金玉'之言，能揭宝妹妹之隐②，读此两节，当满浮三大白。"

这时宝玉上来护着袭人说话，李嬷嬷便说："我只和你在老太太，太太跟前去讲了：'把你奶了这么大，（庚侧：奶妈拿手话。）到如今吃不着奶了，把我丢在一旁，逞着丫头们要我的强！'"庚辰本有眉批："特为乳母传照，暗伏后文倚势奶娘线脉。《石头记》无闲文并虚字在此。壬午孟夏。畸笏老人。"前八十回从第 20 回以后，再没有写到倚势奶娘的事，后四十回也没有，不详脂批所指。

由于李嬷嬷是为茜雪事而骂袭人（相当于为茜雪报仇雪恨，令读者为之大快人心），所以下来李嬷嬷便向黛玉、宝钗哭诉：李嬷嬷"便拉住诉委屈，将当日吃茶，茜雪出去，与昨日酥酪等事，唠唠叨叨说个不清"，庚辰本眉批："茜雪至'狱神庙'方呈正文。袭人正文标目曰'花袭人有始有终'，余只见有一次誉清时，与'狱神庙慰宝玉'等五六稿被借阅者迷失，叹叹！丁亥夏。畸笏叟。"则此倚势奶妈事如果是在后四十回，恐怕也就在已经失去的茜雪登场的"狱神庙慰宝玉"那一回中了。由于这一回已经迷失，脂砚斋和畸笏叟都没能看到，据脂砚斋这条批语的提示，好像是作者曾经把这一创作构思告诉过他。根据脂

---

① 王，当作"李"为是。
② 指第 34 回末薛蟠说："宝钗因为和尚赠她金锁时，说她将来要嫁个有玉的，所以也就帮宝玉说话，来气自己薛蟠！"

批的提示，"狱神庙慰宝玉"那一回好像与赵嬷嬷此处受气有关。疑是抄家后，赵嬷嬷倚势责骂宝玉忘本，想不到也有今天这种下场！与之作为反衬的，却是茜雪上前向李嬷嬷证明：当初自己被撵，并非是宝玉要撵她走，从而澄清了事实真相。所以，前八十回一直不写茜雪如何被撵，当是要留待后四十回她安慰宝玉时的"狱神庙慰宝玉"那一回再来写。

更需指出的是，前八十回中的第8、第19、第20回已经三次把倚势奶妈的情状给写绝了，后文不写反倒正常。其后文如果再写的话，难免显得重复。或是作者原本打算在后文又写这一主题，在后来的创作改稿中，改变了原来的创作思路，有意把倚势奶妈的情节全都集中到前面来写而不重复。所以，今本后四十回没有"倚势奶娘"的情节，要么是在残缺的"狱神庙"回，要么就是作者创作时思路有所改变，不再打算在前八十回或后四十回中写及，这两者都有可能。由于"狱神庙"那一回脂砚斋看不到，所以更合理的解释当是：脂砚斋读到的作者初稿，其第21回至第80回之间有过"倚势奶娘"的情节，今天我们看到的前八十回定稿中删掉了，脂砚斋作批时，头脑中仍保留着前一稿的情节，所以批下这条在前八十回和后四十回中都没有照应的批语来。

后四十回没再写到脂批所提到的后文当写的倚势奶娘的情节，我们不能因此来否定后四十回是曹雪芹的原稿。因为作者在不断改稿的过程中，曾经想写的情节不写了，或者已经写好的情节被删除掉了，这两者都是有可能的。我们应当"看主流而略末节"，只要脂批所提示的全书主旨和绝大多数情节在后四十回中都具备，便可判定今本后四十回是曹雪芹的原稿，至于少量情节或微小细节在后四十回中没有，这很正常。

按照贾府的规矩，妈妈的地位很高[①]，见第43回："贾府风俗，年高服侍过父母的家人，比年轻的主子还有体面，所以尤氏、凤姐儿等只管地下站着，那赖大的母亲等三四个老妈妈告个罪，都坐在小杌子上了。"而第45回赖嬷嬷还敢以老主子的身份，教训未来的家主人贾宝玉：她"因又指宝玉道：不怕你嫌我，如今老爷不过这么管你一管，老太太护在头里。当日老爷小时挨你爷爷的打，谁没看见的？老爷小时，何曾像你这么天不怕地不怕的了？"所以贾母问起宝玉要撵谁时，没一个人敢回宝玉要撵他的奶妈。这第43、第45两回的情节，也可能就是脂批所批的"暗伏后文倚势奶娘线脉"的情节。

下来晴雯痛骂宝玉与袭人，便又是宝玉、袭人两人"偷试云雨情"的第二场大报应。

第31回袭人因日间被宝玉误踢而晚上吐血，次日午宴宝玉回来后，晴雯撵坏了扇子（显然是在为宝玉关心生病的袭人而吃醋，故意在宝玉面前拿扇子撒气），宝玉说了她一句，晴雯便反唇相讥，袭人忙上前来劝晴雯说："好妹妹，你出去逛逛，原是我们的不是。"书中写："晴雯听她说'我们'两个字，自然

---

① 因为作者曹雪芹的祖上便是靠康熙皇帝的奶妈起家而发达，故书中写明：凡是与母亲同辈分的奶妈、老妈子，子女们都要当成母亲辈来敬重。

是她和宝玉了，不觉又添了酸意①，冷笑几声，道：'我倒不知道"你们"是谁，别教我替你们害臊了！便是你们鬼鬼祟祟干的那事儿，也瞒不过我去，哪里就称起"我们"来了，明公正道②；连个姑娘还没挣上去呢，也不过和我似的，哪里就称上"我们"了？'袭人羞的脸紫胀起来，想一想，原来是自己把话说错了。宝玉一面说：'你们气不忿，我明儿偏抬举她。'③"今按第6回宝玉和袭人初试云雨情后，"自此宝玉视袭人更比别个不同，（甲夹：伏下晴雯。）袭人待宝玉更为尽心。"此处便是第6回以来，晴雯吃袭人与宝玉夫妻般亲密关系的醋意总爆发，所以她才会和袭人、宝玉两人闹事争吵。这也是袭人、宝玉两人"偷试云雨情"（即晴雯所说的"你们鬼鬼祟祟干的那事儿，也瞒不过我去"）的报应。

这时黛玉正好走来，拍着袭人的肩膀笑道："好嫂子，你告诉我。必定是你两个拌了嘴了。告诉妹妹，替你们和劝、和劝。"也把袭人和宝玉两人说成小夫妻，羞得袭人忙推她道："林姑娘你闹什么？我们一个丫头，姑娘只是混说！"须知晴雯正是为这吃醋。黛玉笑道："你说你是丫头，我只拿你当嫂子待。"点明黛玉心目中袭人地位之高，也写出宝玉为人粗放而不善掩藏，把他和袭人的亲密关系早已全部暴露在众人面前，让晴雯、黛玉等所有人全都看明白了。即第77回袭人对宝玉说："你有甚忌讳的？一时高兴了，你就不管有人无人了。我也曾使过眼色，也曾递过暗号，倒被那别人已知道了，你反不觉。"

又袭人的狐媚，曾经连她同一帮派的麝月都看不下去，见后四十回中的第92回麝月讽刺袭人说："二爷上学去了，你又该咕嘟着嘴想着，巴不得二爷早一刻儿回来，就有说有笑的了。这会儿又假撇清，何苦呢？我都看见了。④"大某山民侧批："明目张胆言之。袭人何尝不是'狐狸精'？"

◎（5）第7回贾琏与凤姐白昼行房事。【】（夫妻之事，无须报应。）
◎（6）第7回焦大醉骂贾珍奸污儿媳秦可卿，又骂秦可卿与小叔子贾蔷有染。【报应便是秦可卿死亡。今书中是写秦可卿听到焦大痛骂之后，心中阴影重重而开始得病，又因与贾珍等人的不洁性事引起严重的妇科疾患，月经紊乱，最终病重而亡。而原稿乃是秦可卿被此一骂"先声夺魂"，心中开始阴影重重，最后因八月十六日凌晨与贾珍在"天香楼"行淫时，被尤氏撞破奸情，心理防线彻底崩溃，在行淫的"天香楼"上悬梁自尽，即脂批所谓的"秦可卿淫丧天香楼"情节。】
◎（7）第9回秦钟与漂亮的男孩儿香怜，在后院说体己话被金荣撞破，此回又提到薛蟠与金荣、香怜、玉爱等行男风之事，贾蔷与贾珍、贾蓉行男风之

---

① 可见之前便是在为宝玉、袭人两人的小夫妻情状的亲密关系吃醋，现在袭人的话更增一分醋意。
② 指堂堂正正地公开以姨娘自居而称起"我们两个人"来了。
③ 指我偏要公开和袭人的夫妻关系。晴雯听了，醋意更将大涨十分。
④ 指连我都看出来了，觉得太不像样子了。可惜王夫人看不到袭人的丑态。

事。【报应一：引发因秦钟而起的闹学风波，据第 10 回尤氏交代，秦钟把这件事告诉姐姐，导致秦可卿病情加重。】【报应二：男风的当事人金荣在第 9 回回末跪地道歉，颜面扫地。】【】（贾珍、贾蓉、贾蔷皆无报应，当是因为他们是家主人，有前世的福德在。但淫欲会导致福德日损，后四十回最终抄家便是其报应。福德消损也是淫欲的一种报应方式，这便是古人所谓的："不是不报，时候未到；时候一到，一切都报。"）

◎（8）第 11 回贾瑞调戏凤姐。【报应便是贾瑞中凤姐圈套，得病而亡。】

◎（9）第 12 回贾瑞为凤姐单相思而"指头告了消乏"（指手淫），后又在黑暗中误把贾蓉当成凤姐"亲嘴、扯裤子，满口里'亲娘'、'亲爹'的乱叫起来。（蒙侧：丑态可笑。）那人只不做声，（庚侧：好极！）贾瑞拉了自己裤子，硬帮帮的就想顶入。"后来又面对"风月宝鉴"中的凤姐影像"云雨一番，……贾瑞自觉汗津津的，底下已遗了一滩精。"此回是全书描写性事最多的一回，但都一笔带过而不铺陈，显示出作者创作此书并非淫书的旨趣。【报应便是贾瑞精尽人亡，做了鬼还在叫："让我拿了镜子再走！"蒙王府本侧批："在贾瑞则是求仁而得仁，未尝不含笑九泉。虽死亦不解脱者，悲矣！"调侃他"牡丹花下死，做鬼也风流"的至死不悟。】

◎（10）第 15 回秦钟在馒头庵与智能儿苟合，被宝玉捉奸，晚上宝玉与他在被子底下算账（即同性亲昵）。【报应便是秦钟死亡。即第 16 回秦钟病重，智能儿前来探望而被秦业赶走。秦业痛打秦钟致其早夭，秦业也被气死，一门死绝。秦钟这番淫乱占了该死的三大绝：一是在亲姐姐丧事中行淫，二是和佛门中的出家人尼姑行淫，三是在与女子行淫后又与男子行淫。贾珍在父亲贾敬、贾蓉在祖父贾敬大丧中与尤二姐、尤三姐淫乱，秦钟与之相比，只是五十步与一百步的差距而没有本质的差别，甚至还有过之而无不及，所以秦钟要受死亡这一极惨重的大恶报。第 15 回王希廉总评："秦钟与智能偷情及与宝玉苟且情事，是夭亡根据。妙在一是明写，一是暗写。"作者为了写宝玉与秦钟这一见不得人的秘事，不得不在第 12 回末，以林如海病重为由支走林黛玉。作者在第 16 回回末林黛玉刚回来便写秦钟离世，显然就是因为秦钟与林黛玉是"鱼与熊掌不可兼得"的关系，有林则无秦，有秦则无林，所以不得不让秦钟谢幕，下来才可以放笔来写"宝、黛爱情"这一全书主线。】

◎（11）第 16 回宝玉"收拾了外书房，约定与秦钟读夜书"，因秦钟生病而"扫了兴，只得付于无可奈何，且自静候大愈时再约"，这时甲戌本有侧批："所谓'好事多磨'也。""好事"两字便点明宝玉心怀不轨。【报应便是宝玉不遂愿，即想与秦钟亲昵的邪念未能得逞。】

◎（12）第 19 回茗烟与万儿在宁府小书房中苟合，被宝玉捉奸，被迫带路引宝玉到袭人家。第 56 回探春改革大观园时说："有个老叶妈，她就是茗烟的娘。……她又和我们莺儿的娘极好，……前儿莺儿还认了叶妈做干娘，请吃饭、吃酒，两家和厚的好的很呢。（己夹：夹写大观园中多少儿女家常闲景，此亦补前文之不足也。）"这就伏下茗烟与莺儿的姻缘，为他俩的主人宝玉与宝钗的姻缘做引子。但茗烟已失童贞在先，有愧于未失贞的金莺。【（茗烟与万儿已到婚嫁年龄且均未婚，两人的行为可以视作自由恋爱，罪过不大，书中未写其报应。）

◎（13）第21回巧姐出痘，贾琏"独寝了两夜，便十分难熬，便暂将小厮们内有清俊的选来出火"，指发泄欲火。又与美貌异常的多姑娘淫乱："贾琏一面大动，一面喘吁吁答道：'你就是娘娘！我哪里管什么娘娘！'（庚侧：乱语不伦，的是有之。）那媳妇越浪，贾琏越丑态毕露。（戚夹：可以喷饭！）"庚辰本有眉批："一部书中，只有此一段丑极太露之文，写于贾琏身上，恰极当极！己卯冬夜。"这一回也是全书写性事最多的一回，但都一笔带过而不铺陈，显示出作者创作此书并非淫书的旨趣来。脂批言全书只有这段极丑之文，其实第12回贾瑞之文与之不相上下，但贾瑞是一己行淫，此是男女行淫，丑态比之更重。【（暂未有报应。贾琏与贾蔷、贾珍、贾蓉同为一家之主，其淫行会消损福德，报应实在后四十回抄家之时。）

◎（14）第21回贾琏因平儿搭救而"喜的个贾琏身痒难挠，跑上来搂着，'心肝、肠肉'乱叫乱谢。……贾琏见她娇俏动情，便搂着求欢，被平儿夺手跑了，急的贾琏弯着腰恨道：'死促狭小淫妇！一定浪上人的火来，她又跑了。'"此写贾琏勃起后不敢站直的模样，是古今中外小说中未曾见过的奇想奇文①。【（这是丈夫与小妾的正当性行为，无有报应。）

◎（15）第23回凤姐请贾琏答应把管小和尚的差事派给贾芹，这时贾琏趁机要挟晚上应当改个性交样式："果这样也罢了。只是昨儿晚上，我不过是要改个样儿，你就扭手扭脚的。"庚辰本侧批："写凤姐风月之文如此，总不脱漏。"其实批错了，当改成"写贾琏风月之文如此，总不脱漏"，因为下来凤姐的反应是："凤姐儿听了，'嗤'的一声笑了，向贾琏啐了一口，低下头便吃饭。"作者笔下凤姐的娇羞模样，证明凤姐在性生活上很保守，贞洁而不淫，不大愿意按照"春宫图"来变换性交式样。【（此是夫妻之事，无有报应。）

◎（16）第24回"痴女儿遗帕惹相思"，写小红为英俊标致的贾芸害相思而做春梦。贾芸的标致见此回宝玉口中说他："你倒比先越发出挑了。"【（梦中之事，无影无形，无实际行为发生，不用报应。）

◎（17）第28回宝玉与漂亮的戏子蒋玉菡交换贴身的汗巾（古人常用汗巾来作系束内衣的腰带）。蒋玉菡提到其红汗巾是"昨日北静王给我的"，暗示他与北静王有男风关系。第33回忠顺王府的长史上门来找蒋玉菡，引王爷的话说："若是别的戏子呢，一百个也罢了；只是这琪官随机应答，谨慎老诚，甚合我老人家的心，竟断断少不得此人。"暗示琪官（蒋玉菡）是忠顺王爷的男宠。【宝玉的报应便是挨打。即宝玉因与"以色事人"的男戏子交往密切，招致第33回忠顺王府上门讨人（即向宝玉讨要琪官蒋玉菡），致使宝玉与蒋玉菡两人那非同寻常的密切关系，在贾政面前彻底暴露，挨了贾政一场毒打。耳目如此众多的忠顺王府都打听不来的、蒋玉菡住在何处的密事，宝玉却知道，由此可知宝玉与蒋玉菡关系的密切，故贾政要痛下板子。】【蒋玉菡的报应便是被抓。即第34回："宝玉昏昏默默，只见蒋玉菡走了进来，诉说忠顺府拿他之事。"】【（北

---

① 另一处便是上文"（9）"第12回贾瑞"硬帮帮的就想顶入"。

静王、忠顺王无报应，当是有其前世的大福德可供消损，尚未到报应的时候。）

◎（18）第 30 回宝玉与母亲的婢女金钏儿相互调笑，事涉调戏。【金钏儿的报应便是被王夫人怒打一巴掌而立刻被撵出贾府，第 32 回金钏儿便为此事跳井自杀，报应可谓惨烈，成了《红楼梦》"金陵十二钗"中第一个殒命还天者。】【宝玉的报应之一：第 30 回发生宝玉淋雨、踢伤袭人两件不顺心事。宝玉的报应之二：第 32 回金钏儿为此事跳井，第 33 回宝玉因此而挨父亲贾政一场暴打，报应可谓惨烈。】

宝玉这件事的报应，作者也写得极为详细，值得像上文第 6 回他和袭人初试云雨情后的报应那样仔细分析：

第 28 回宝玉与漂亮的男戏子蒋玉菡交换汗巾，虽然书中没写到两人有什么不正当的关系，但这事无论有无皆是表相，其所代表的"确定不移"的实质便是：宝玉欲窦已开，淫情渐起，必有一系列报应要发生，这便是：

①第 30 回一大早，宝玉向林黛玉为昨天的争吵道歉，但说出了"你死了我做和尚"的话，林黛玉登时放下脸来怒斥，这便是此日第一桩小报应——宝玉又惹黛玉生了新气。宝玉也为自己造次说错了话而后悔流泪，黛玉扔手帕给他擦眼泪，算是原谅了他。

②然后凤姐拉他俩去见贾母，宝玉又在宝钗面前说宝钗长得胖而怕热，就像历史上的杨贵妃，惹得宝钗大怒，反唇相讥：我宝钗可不是那杨贵妃，你宝玉倒有个贵妃姐姐而可以做那杨国忠！

③然后宝玉到母亲王夫人处与金钏儿调情，又惹得王夫人怒打金钏儿一巴掌，宝玉没趣，跑了出来，这是此日第三个大报应，可谓"好事多魔"（指一有风月之事，便会招来祸患）。

④他跑到大观园中，看到有人在蔷薇架处哭着抠土，正想说话时，忙"将口掩住，自己想道：'幸而不曾造次。上两次皆因造次了，颦儿也生气，宝儿也多心，如今再得罪了她们，越发没意思了。'"点明今天已闯了两三场祸。他忘情地看着那人（即龄官）画"蔷"，不幸又淋了雨，也算是小报应。

⑤他因淋雨而急着跑回"怡红院"，敲了半天门而无人来开，又增加一桩不顺心事——因开门迟而多淋了雨。

⑥于是宝玉在门开时，也不管是谁，便愤怒地一脚踢了过去，结果发现踢的是袭人胸口而把袭人踢坏，袭人晚饭后还为此吐了血，这便是宝玉调戏金钏儿的最大恶报，误伤了自己最亲密的未婚小妾。

第 30 回末陈其泰评："宝玉虽与黛玉说开，而一肚子委曲总不曾畅快说出，偏又惹得宝钗生气，适与金钏儿私语，被王夫人听见，更觉没趣。种种郁结懊恼，遂致怒气勃发，有踢伤袭人之事。"[1]第 31 回写袭人晚上因被踢而吐血。事情到此还未结束：

⑦次日午宴宝玉回来后，晴雯跌了扇子，宝玉说了她一下，晴雯反唇相讥，而袭人上来劝说时又误说出"我们"两字，引得晴雯讽刺两人"偷试云雨情"

---

[1] 《桐花凤阁评〈红楼梦〉辑录》第 122 页。

（"你们鬼鬼祟祟干的那事儿，也瞒不过我去"），这场与晴雯的纷争也算得上是宝袭二人"偷试云雨情"的大报应。而最大的报应还在于：

⑧第33回宝玉因与戏子蒋玉菡交往密切，调戏母婢金钏儿导致她跳井，最终双罪并罚而遭父亲毒打，可谓现世报应，用第34回袭人的话来说，便是："论理，我们二爷也须得老爷教训两顿。若老爷再不管，将来不知做出什么事来呢。"故第33回的回目便作"不肖种种大承笞挞"。

◎（19）第44回凤姐参加贾母院为自己举办的那场生日宴会，贾琏则在自己与凤姐两人的卧室内和鲍二老婆通奸，被凤姐回来撞破，这便写出贾琏这个人的荒淫与性饥渴。【鲍二老婆的报应便是上吊自杀，可谓惨烈。】【而贾琏的报应便是在第44回被迫当着众人面向凤姐道歉，颜面扫地；第48回又借平儿之口交代：贾琏因夺"石呆子"古扇事不力，被贾赦暴打一场，这也可以视为他和鲍二老婆淫乱的恶报。】

◎（20）第46回贾赦年事已高，还想娶年轻的鸳鸯，被鸳鸯严词拒绝，怀恨在心，第47回"费了八百两银子买了一个十七岁的女孩子来，名唤嫣红，收在屋内"，这便写出贾赦这个人的荒淫来。【贾赦荒淫的报应，便是第47回贾母因邢夫人来为贾赦说娶鸳鸯之事而痛骂邢夫人，贾赦为此生气，见此回邢夫人对贾琏说："你还不好好的呢，（他贾赦）这几日生气，仔细他捶你。"贾赦荒淫的报应还体现在福德日损，最终落到后四十回抄家流放的地步。】

◎（21）第47回薛蟠调戏长相漂亮的柳湘莲而遭柳湘莲一顿暴打。【报应便是薛蟠挨打。这是好男色者的报应。】

贾瑞好女色而丧命，薛蟠好男色而挨打，这也是作者"对峙立局"构思出的一对"癞虾蟆想吃天鹅肉"情节。大某山民《读红楼梦纲领》言："贾瑞之於凤姐，薛蟠之於柳，真所谓'癞虾蟆'者，其受祸也宜矣。"第47回"呆霸王调情遭苦打"大某山民总评："湘连之诱薛蟠，与凤姐之诱贾瑞同一机杼，而又有别。瑞识凤姐而不自谅，若蟠则全不识人，罔之生也幸而免[①]。""前文贾瑞于凤姐喜得抓耳挠腮；此处薛蟠于湘莲喜得心痒难搔，居然成对。""天祥、文起[②]，淫心同炽，而受报攸分，缘所遇者异耳：柳为爽直，凤则阴毒矣；且男色、女色亦殊。古来《感应书》，好龙阳而获谴者尚少；其阴隲、罪过，或从末减事。"由作者写好男色的冯渊与酒店侍者皆被薛蟠打死（分别见第4、第86回），秦钟又早夭，可见作者笔下男色受报的惨烈程度绝不亚于女色，故批者言"或从末减"恐不贴合作者本意。又王希廉总评第47回："宝玉因在冯紫英家私同蒋琪互换腰中，致受痛责；薛蟠亦因在赖大家误认湘莲，致遭毒殴，遥遥相照。"点明作者笔法高妙，宝玉挨打与薛蟠挨打迥然不犯，而且都是为了戏子！

◎（22）第63回贾珍、贾蓉奔丧途中听到尤二、尤三姐来府中帮着看家时，

---

① 语出《论语·雍也》："子曰：人之生也直，罔之生也幸而免。"罔，诬罔不直之人。其意指：人当凭着自己的正直生存在这世界上。如果不正直的人也能生存，那全是靠他前世修来的福分而侥幸躲过了祸害吧。

② 贾瑞字天祥，薛蟠字文起。

相视而笑，写出四人"聚麀"丑行。又第64回写贾琏"每日与二姐、三姐相识已熟，不禁动了垂涎之意。况知与贾珍、贾蓉等素有聚麀之诮"，再度坐实这种乱伦丑行。贾蓉迫不及待地回府调戏尤二姐，并说"西府"（即荣国府）贾琏与贾赦之妾相勾搭："琏叔还和那小姨娘不干净呢。"又说："凤姑娘那样刚强，瑞叔还想她的账。"但第69回言明："况素习以来因贾赦姬妾丫鬟最多，<u>贾琏每怀不轨之心</u>，只未敢下手。如这秋桐辈等人，皆是恨老爷年迈昏愦，贪多嚼不烂，没的留下这些人作什么[1]，因此除了几个知礼、有耻的，余者或有与二门上小幺儿们嘲戏的。甚至于与贾琏眉来眼去相偷期的，<u>只惧贾赦之威，未曾到手。这秋桐便和贾琏有旧，从未来过一次</u>。今日天缘凑巧，竟赏了他，真是一对烈火干柴，如胶投漆，燕尔新婚，连日哪里拆的开？那贾琏在二姐身上之心也渐渐淡了，只有秋桐一人是命。"画线部分便可证明：贾琏是"有贼心而无贼胆"，贾蓉说"琏叔还和那小姨娘不干净呢"是诛心之语[2]，即贾琏早有此淫乱不孝之心，只是尚未付诸实际行动罢了。【尤二、尤三姐的报应便是惨死，详下。而贾珍、贾蓉的报应便是福德日损而迎来抄家惨报。】【】（贾琏有淫心而无贼胆，没有实际行动，所以没有报应。且因其有心无胆而未乱伦，故上天特借贾赦之手，赏秋桐给他为妾作为奖励。贾琏只是没有料到，秋桐反成凤姐杀人之剑而逼出尤二姐之死。）

◎（23）第64回贾珍在丧服中与尤二、尤三姐淫乱，即书中写贾珍"仍乘空寻他小姨子们厮混"。贾琏以"九龙佩"与尤二姐调情。【尤二姐的报应便是吞金自杀。】【而尤三姐的报应便是第66回，因淫行被柳湘莲退婚而自刎。尤三姐是因为自己的"淫"名而自杀，报应可谓惨烈。】今按：第69回尤二姐自杀前，尤三姐对她说："此亦系理数应然，你我生前淫奔不才，使人家丧伦、败行，故有此报。"尤二姐哭着向尤三姐表示悔过自新之愿："妹妹，我一生品行既亏，今日之报既系当然，何必又生杀戮之冤？随我去忍耐[3]。若天见怜，使我好了，岂不两全？"而尤三姐点醒她："姐姐，你终是个痴人。自古'天网恢恢，疏而不漏'，天道好还。你虽悔过自新，然已将人父子兄弟致于麀聚之乱，天怎容你安生？"这便是尤三姐正告世人：凡是大的淫行，终将恶有恶报，忏悔改正也没有用，正如尤三姐自己虽然改悔，而最终仍不能免除自己因为自己淫名而自杀的报应。这时尤二姐哭泣道："既不得安生，亦是理之当然，奴亦无怨！"而自甘一死。作者借尤三姐之语写明：淫行虽悔改亦当有报，世人皆当为之猛醒矣！作者笔下"淫恶之人，上苍铁锚必报"的"祸淫"之理、"戒淫"之旨，便与后四十回第116回拈出的"福善祸淫"这四个字完全吻合，从而证明：后四

---

[1] 这正照应上文"（20）"所说的：第46回贾赦年寿已高，却还想强娶年轻的鸳鸯，第47回被贾母驳回而被迫改买媚红。

[2] 指"诛心之论"，即不问某人实际罪行有没有发生，只根据他怀这种犯罪的用心，便来认定他犯有这种罪行。后世便把凡是能揭穿某人动机的评论，全都称之为"诛心之论"。此处是指：贾琏既然怀有染指父亲小妾的心，则不管其有无这种真实行为的发生，都是可鄙而有罪的。

[3] 指我甘愿受报、忍辱偷生，而不反抗，我不会去杀要弄死我的凤姐，希望老天因我这般良善而放我一马。

十回这"福善祸淫"四个字便是曹雪芹之旨，后四十回的文字便是曹雪芹的原稿。★

◎（24）第 65 回贾珍、贾琏与尤三姐淫乱时，被尤三姐大为戏弄。【尤三姐的报应便是因"淫乱"的名声而刎颈自杀，报应惨烈！】【贾珍、贾琏参与淫乱，尤三姐死后，贾珍、贾琏皆有为之破财之累。而且后四十回第 107 回抄家时，又被人告发"罔知法纪，私埋人命"，差点惹上官司。】

◎（25）第 65 回贾珍僮仆喜儿、寿儿，与贾琏僮仆隆儿一起喝酒，喜儿喝醉后说："咱们今儿可要公公道道的贴一炉子烧饼，要有一个充正经的人，我痛把你妈一奋。"写明贾府主仆之间盛行男风。【（作者奉行以"宝黛爱情"为主线的创作主旨，无意写到下人之事，所以书中未写僮仆男风的报应，但这不等于他们没有报应，只是作者没写到罢了。）

◎（26）第 66 回贾琏向贾珍报告柳湘莲与尤三姐定亲之事，"贾珍因近日又遇了新友，将这事丢过，不在心上，任凭贾琏裁夺"，这便写出贾珍这个人的荒淫来。柳湘莲对宝玉说："你们东府里除了那两个石头狮子干净，只怕连猫儿、狗儿都不干净。我不做这'剩忘八'。"【】（贾珍、贾蓉乃主子，淫行会消损其福德，最终借后四十回的抄家流放来做总报应，即第 5 回两人的聚麀对象秦可卿的命运之曲所唱的："家事消亡首罪宁，宿孽总因情。"指出"万恶淫为首"——抄家便因家主人以淫乱为首的诸种恶行所致。）

◎（27）第 71 回司棋与姑表弟潘又安在大观园苟合，被鸳鸯撞破。【报应便是第 73 回傻大姐拾到司棋与潘又安苟合时不慎遗落的"绣春囊"，第 74 回便因此绣春囊而查抄大观园，抄出司棋和潘又安的奸情实证（一双潘又安的鞋袜和一封两人约会的信）。第 77 回司棋被逐，后四十回的第 92 回司棋与潘又安双双殉情，报应可谓惨烈。】

◎（28）第 75 回贾珍口称自己是"孝家"，即守孝之家，白天以射箭为名来豪赌，晚上再夜以继日地摆设豪宴继续豪赌，夜宴中还有"龙阳"（以色事人的少年男子）为伴，天天如此。【报应便是第 75 回"开夜宴异兆发悲音"，宗祠中的祖宗在天有灵，为之叹息，预告秦可卿次日深夜将"淫丧天香楼"。】原书本当在次日的第 76 回中，写此中秋夜的八月十六凌晨，贾珍与秦可卿在天香楼共度良宵、偷欢苟合，破了守丧的规矩。【报应便是两人奸情被尤氏爬上"天香楼"而撞破，秦可卿在"天香楼"上吊，报应极为惨烈。贾珍如丧考妣，倾其所有地来为可卿办丧，其报应便是宁府大破财。】

◎（29）第 77 回"俏丫鬟抱屈夭风流"，晴雯、四儿、芳官因为貌美，被王夫人听信袭人之流的谗言，赶出大观园"怡红院"。【三人因貌美而锋芒毕露，报应便是：被逐之后，晴雯因重病期间被逐而夭亡，芳官为尼，四儿嫁给庸奴，三人皆红颜薄命。】

◎（30）第 77 回晴雯嫂子"多姑娘"（又名"灯姑娘"）"恣情纵欲，满宅内便延揽英雄，收纳材俊，上上下下竟有一半是她考试过的。若问她夫妻姓甚名谁，便是上回贾琏所接见的多浑虫、灯姑娘儿的便是了。"此"多姑娘"看到宝玉前来探望晴雯，也想"考试"一下宝玉的定力，于是"灯姑娘便一手拉了宝玉进里间来，笑道：'你不叫嚷也容易，只是依我一件事。'说着，便坐在炕沿上，却紧紧的将宝玉搂入怀中。宝玉如何见过这个？心内早突突的跳起来了，急的满面红涨，又羞、又怕，只说：'好姐姐，别闹！'（庚夹：如闻如见，'别闹'二字活跳！）灯姑娘乜斜醉眼，笑道：'呸！成日家听见你风月场中惯作工夫的，怎么今日就反讪起来？'宝玉红了脸，笑道：'姐姐放手，有话咱们好说。外头有老妈妈，听见什么意思？'灯姑娘笑道：'我早进来了，却叫婆子去园门等着呢。我等什么似的，今儿等着了你。虽然闻名，不如见面，空长了一个好模样儿，竟是没药信的炮仗，只好装幌子罢了，倒比我还发讪、怕羞。可知人的嘴一概听不得的。就比如方才我们姑娘下来①，我也料定你们素日'偷鸡盗狗'的②。我进来一会，在窗下细听，屋内只你二人，若有'偷鸡盗狗'的事，岂有不谈及于此？谁知你两个竟还是各不相扰。可知天下委屈事也不少。如今我反后悔错怪了你们。既然如此，你但放心。以后你只管来，我也不罗唣你。'"这女子可谓有正气而善恶分明，通过此事判定宝玉是重情义的君子人，可谓有"慧眼识英才"的眼光，这种女中豪杰不当有其恶报，反倒要因这次主动放弃来成全宝玉心意的义举而得到奖励为是。

当然，以上是脂本的写法，而程高本则是她"把宝玉拉在怀中，紧紧的将两条腿夹住。宝玉哪里见过这个？心内早突突的跳起来了。急的满面红胀，身上乱战，又羞、又愧、又怕、又恼，只说：'好姐姐，别闹！'"这写的就是强迫宝玉就范了。这时幸亏柳嫂带着女儿"五儿"前来看望晴雯，解救了宝玉。因此，程高本笔下的多姑娘便是极淫荡的女人，所以才要遭到大恶报。【其报应便是程高本后四十回的第102回写：吴贵（谐音"乌龟"）的妻子，也即此处晴雯的嫂子"多姑娘"，得病暴亡，被大家传成了被妖怪吸走精魂而死，即她"有些感冒着了，日间吃错了药，晚上吴贵到家，已死在炕上。外面的人因那媳妇子不大妥当，便都说妖怪爬过墙来吸了精去死的。"吸了精，指吸了精魂、吸了魂。这是作者秉承"福善祸淫"之旨，有意让淫人皆不得善终！】

◎（31）第80回薛蟠与宝蟾勾搭，被香菱撞见。【薛蟠的报应便是家内不和，被迫离家，在外又因蒋玉菡而犯下杀人死罪，见下（33）。】

◎（32）第80回迎春回娘家，说自己丈夫孙绍祖"一味好色，好赌、酗酒，家中所有的媳妇、丫头将及淫遍。略劝过两三次，便骂我是'醋汁子老婆拧出来的'。"【】（孙绍祖是主子，有福德在。其福德被其滔天淫行消尽之时，便当有其恶报出来。作者在书中不愿岔开来多写，故而没有写到。）

●后四十回中的淫色情节相对较少：

◎（33）第85回好男风的酒店侍者，因动情地多看了漂亮的蒋玉菡儿眼，第二天便被吃醋的薛蟠给打死。【报应便是：酒店侍者被打死，薛蟠犯了死罪；这都是好男色惹起的恶报，报应可谓惨烈。】

---

① 指晴雯被逐出来。
② 此便言明：府内众人皆误会晴雯是因为勾引宝玉而被逐，即晴雯临终所说的："只是一件，我死也不甘心的：我虽生的比别人略好些，并没有私情密意勾引你怎样，如何一口死咬定了我是个狐狸精！我太不服。今日既已担了虚名"云云。

◎（34）第87回妙玉见宝玉而心动脸红，晚上坐禅时，因为猫儿叫春而引起对宝玉的思慕，走火入魔，被惜春耻笑（即回末惜春因想："妙玉虽然洁净，毕竟尘缘未断"）。【妙玉的报应便是走火入魔，引起强盗劫色之心而被害死。即：正因为妙玉走火入魔的消息传开后，才会有第112回强盗忽然想起来说："必就是贾府园里的什么'栊翠庵'里的姑子。不是前年外头说她和他们家什么'宝二爷'有原故，后来不知怎么又害起相思病来了，请大夫吃药的，就是她。"于是强盗才会动念前来迷晕妙玉将其劫走。又：妙玉清醒后，身陷贼窝，因不肯屈从众贼而被杀，见第117回："恍惚有人说是有个内地里的人，城里犯了事，抢了一个女人下海去了。那女人不依，被这贼寇杀了。那贼寇正要跳出关去，被官兵拿住了，就在拿获的地方正了法了。"劫色强盗的报应便是被正法。】

◎（35）第93回贾芹与他所管理的"水月庵"的小尼姑、小道姑淫乱。【报应便是此回与下一回写贾芹被撤职查办，尼姑、道姑则全部遣散。】

◎（36）第100回夏金桂调戏薛蝌而被香菱撞破。第103回夏金桂"原是个水性人儿，哪里守得住空房？况兼天天心里想念薛蝌，便有些饥不择食的光景。无奈她这一干兄弟（指过继给她妈妈做干儿子而成为其兄弟的夏三）又是个蠢货，虽也有些知觉，只是尚未入港，所以金桂时常回去，也帮贴他些银钱。"【夏金桂的报应，便是自己误服自己亲手下在香菱碗里的毒药而死。即：夏金桂为薛蝌和香菱关系友好而吃醋，命夏三买来毒药想毒死香菱，结果鬼使神差地被宝蟾换了汤，自己反倒喝了那碗下药的毒汤身亡。】

◎（37）第110回：李纨问贾母丧事中："环哥儿你们瞧着怎么样？"众人道："这一个更不像样儿了。两只眼睛倒像个活猴儿似的，东溜溜，西看看。虽在那里嚎丧，见了奶奶、姑娘们来了，他在孝幔子里头净偷着眼儿瞧人呢。"这是作者写好色的极精彩之笔，可说是天下所有好色之人的诛心之笔。此时作者借李纨之口，对贾环身处"男婚女嫁"年龄而有这种表现深表同情和理解："他的年纪其实也不小了。前日听见说还要给他说亲呢，如今又得等着了。"【报应便是：由于生母赵姨娘死亡，他要为生母守丧三年。有好色之心而天不从其愿，需要守丧三年才能娶亲，这也算是一种不如意的报应。】

◎（38）第112回强盗用闷香迷倒妙玉后，"将妙玉轻轻的抱起，轻薄了一会子，便拖起背在身上。此时妙玉心中只是如醉如痴。可怜一个极洁极净的女儿，被这强盗的闷香熏住，由着他撮弄了去了。"【报应便是强盗被正法，即上文"（34）"所引第117回："就在拿获的地方正了法了。"妙玉身陷贼窟，醒来后不愿屈从众贼而被杀害，贞烈可钦。】

◎（39）第120回袭人原本想殉节，最后还是失节，嫁给了蒋玉菡。书中写："蒋玉菡也深为叹息敬服，不敢勉强，并越发温柔体贴，弄得个袭人真无死所了。"作者评价道："千古艰难惟一死，伤心岂独息夫人！"对袭人做极辛辣的讽刺。【（袭人第19回说：只要宝玉答应她三个条件而改好，她便"八抬大轿"来抬，也不会离开贾府——意为：从此不再嫁给别人，死心塌地做宝玉的房里人。由于宝玉第三天便旧态复萌，根本未改，所以这誓言等于无效而袭人可以改嫁，故无报应。）

●**对上述事件做统计：**

这39件风月故事中，前八十回有32件，占82%，后四十回有7件，仅18%。前八十回诸事的报应基本上都发生在前八十回中。

这39件风月故事中，有好报者为2件（1、39，正好是全书的一首一尾，这也可能是作者的有意构思）。夫妻之事而无须报应者3件（5、14、15）。梦中之事无实际行为发生而无须报应者2件（3、16）。自由恋爱无大罪过而无须报应者1件（12）。

除此8件以外的另外31件中：

有"大恶报"者，即当事人因淫而死者，多达17件（2、6、8、9、10、18、19、22、23、24、27、28、30、33、34、36、38），占55%，超过一半以上，可证行淫而面临死亡的机率非常高，正应了"淫近杀"的古训。

有"中等恶报"者7件，占23%：一是挨打4件（17、18、19、21），二是被逐1件（29），三是撤职1件（35），四是家内不和1件（31）。

有"小恶报"者9件，占29%：一是被骂2件（4、20），不遂愿、不如意2件（11、37），损福德而看上去无报、实则最后当有报应者4件（7、13、26、32），作者未写而不见得没有报应者1件（25）。

又上述31件风月淫行中，同性恋的男风达10件（2、7、10、11、13、17、21、25、28、33），占32%，从一个侧面看出古代男风的盛行。而这10件男风中，致死的"大恶报"有4件（2之冯渊，7与10之秦钟，25之被打死的酒店侍者与判死刑的薛蟠，当然薛蟠最后得到赎免），占40%，不可谓不重。挨暴打的"中等恶报"2件（17之宝玉，21之薛蟠），占20%。不遂愿者1件（11之宝玉），书中未写报应不等于没有报应者3件（13之贾琏、28之娈童、33之贾珍贾琏的僮仆们），此类"小恶报"者占40%。

●**书中所树立的"皮肤滥淫"的荒淫纵欲的典型有：**贾赦、贾珍、贾蓉、贾琏、孙绍祖、薛蟠。与之相对立的，便是尊重女性、从未玩弄过女性的"好色而不淫"的"意淫"典范贾宝玉。

第97回尤三姐持剑对宝玉说："你们弟兄没有一个好人：败人名节，破人婚姻，今儿你到这里，是不饶你的了！"所言即贾赦、贾珍、贾蓉、贾琏这四人。而笔者《红楼时间人物谜案》"第三章、第三节、三"考明贾赦与贾敬实为同一人，所以这四个人其实都是同一家庭之人，贾府抄家便拜他们这四个人的"荒淫、贪婪"罪行所赐，他们所住的地方就是书中的"宁国府"，这便是第5回秦可卿判词所谓的"造衅开端实在宁（宁国府）"，也即秦可卿的《红楼梦曲》所唱的："箕裘颓堕皆从敬（贾敬即贾赦），家事消亡首罪宁（宁国府）。"

而"荣国府"宝玉这一房的贾政、贾珠、贾宝玉、贾兰这四人全都正直寡欲（今已将此房非正人端士的贾环剔除在外而不加讨论），与上述"宁国府"的四人形成鲜明对照。其中：贾政可与贾赦形成鲜明对照，贾宝玉、贾珠可与贾珍、贾琏形成鲜明对照，而贾兰则与贾蓉形成鲜明对照，作者借此指出：家族的抄家皆起因于宁府四人，而家族的希望便寄托在荣府贾兰和宝玉的遗腹子贾莨身上。

●书中极度辛辣地讽刺了贾府那"从上到下的淫乱"导致家族败亡！

作者本着"福善祸淫"之旨，怨而不怒、含而不露、温文尔雅、含蓄有致地把贾府的淫乱，在"不知不觉"中给写了出来。

比如第 44 回贾琏与下人老婆（鲍二家的）通奸，而贾母笑着对捉奸的凤姐说："什么要紧的事？小孩子们年轻，馋嘴猫儿似的，哪里保得住不这么着？从小儿世人都打这么过的。都是我的不是，她（凤姐）多吃了两口酒，又吃起醋来。"抓奸的凤姐经贾母的嘴一说，反倒成了"吃醋"而不容许丈夫纳小的罪魁。所以贾府的淫乱，感觉上便是"乱自上作"，贾母作为最高家长，第一个要负"管教不严"之咎。

书中又写贾府表面上的"孝道"与"中规中矩"，即第 64 回贾珍与贾蓉奔丧到铁槛寺："贾珍下了马，和贾蓉放声大哭，<u>从大门外便跪爬进来，至棺前稽颡泣血，直哭到天亮喉咙都哑了方住。</u>"令人称叹贾珍、贾蓉真是好孝道！其实，在看不见的地方，便是淫乱不堪。即：奔丧途中，贾府迎接者告知尤二姐、尤三姐被请来看家，这时"贾蓉当下也下了马，听见两个姨娘来了，便和贾珍一笑"，大某山民眉批："孝服在身上而笑容满面，何也？"点明两人心中的淫念已露于脸色之中。此回大某山民总评："闻祖父之死，不闻其哭；闻姨娘来家，笑容满面：蓉儿之居心可知矣！"

而贾珍奔丧到铁槛寺哭到天亮后，"一面先打发贾蓉家中料理停灵之事。<u>贾蓉巴不得一声儿，先骑马飞来至家，</u>忙命前厅收桌椅，下槅扇，挂孝幔子，门前起鼓手棚、牌楼等事。又忙着进来看外祖母两个姨娘。……贾蓉且嘻嘻的望他二姨娘笑说：'二姨娘，你又来了，<u>我们父亲正想你呢。</u>'尤二姐便红了脸，骂道：'蓉小子，我过两日不骂你几句，你就过不得了。越发连个体统都没了。还亏你是大家公子哥儿，每日念书学礼的，越发连那小家子瓢坎的也跟不上。'说着顺手拿起一个熨斗来，搂头就打，吓的贾蓉抱着头滚到怀里告饶。尤三姐便上来撕嘴，又说：'等姐姐来家，咱们告诉她。'贾蓉忙笑着跪在炕上求饶，她两个又笑了。贾蓉又和二姨抢砂仁吃，尤二姐嚼了一嘴渣子，吐了他一脸。贾蓉用舌头都舔着吃了。众丫头看不过，都笑说：'<u>热孝在身上，老娘才睡起觉，她两个虽小，到底是姨娘家，你太眼里没有奶奶了。回来告诉爷，你吃不了兜着走。</u>'贾蓉撇下他姨娘，便抱着丫头们亲嘴：'我的心肝，你说的是，咱们馋她两个。'丫头们忙推他，恨的骂：'短命鬼儿，你一般有老婆、丫头，只和我们闹。知道的说是顽；不知道的人，再遇见那脏心烂肺的爱多管闲事、嚼舌头的人，吵嚷的那府里谁不知道，谁不背地里嚼舌说咱们这边乱账？'"生动地描绘出贾蓉"爷爷的热孝在身"却肆无忌惮淫乱的丑行。

又第 64 回贾母刚到家，便来宁府哭贾敬之灵，此时贾珍、贾蓉二人把场面规矩演给众人看，的确极为孝敬："当下贾母进入里面，早有贾赦、贾琏率领族中人哭着迎了出来。他父子一边一个挽了贾母，走至灵前，<u>又有贾珍、贾蓉跪着，扑入贾母怀中痛哭。</u>贾母暮年人，见此光景，亦搂了珍、蓉等痛哭不已。贾赦、贾琏在旁苦劝，方略略止住。又转至灵右，见了尤氏婆媳，不免又相持大痛一场。"画线部分大某山民侧批："外面规矩甚好。"而内里却是另一番场面，即第64回一开头便交代贾敬丧事期间："贾珍、贾蓉此时为礼法所拘，不免在灵旁藉草、枕块，恨苦、居丧。人散后，<u>仍乘空寻他小姨子们①厮混。</u>"可谓表里不一、讽刺辛辣！

又贾珍第75回仍在贾敬丧期中（即贾珍声称自己是"孝家"），却夜夜设宴聚赌、狎龙阳，不孝至极。其"中秋"前夜，贾珍又在花园中，令"佩凤吹箫，文处唱曲，喉清、嗓嫩，真令人魄醉魂飞。"东观阁侧批："居丧之礼，如是如是。"对贾珍居丧时如此行事深表震惊。难怪与此花园仅一墙之隔而能聆听到如此寻欢作乐的"祠堂"内的老祖宗，要为贾珍不孝已极长叹一声，所以这一回的回目便拟作"开夜宴异兆发悲音"，而大某山民则眉批："居丧之仪，吹箫、唱曲，俾珍儿魄散魂消移时；墙边长叹，祠堂有声，更当何如？"

●书中的贾宝玉便是作者所树立的、与"皮肤滥淫"相对立的"好色而不淫"的"意淫"典范。

第44回"变生不测凤姐泼醋、喜出望外平儿理妆"，便是作者把淫人贾琏的"皮肉之淫"，与不淫之人贾宝玉的"意淫"之事对峙起来构思的一回。

此回上半回写贾琏与鲍二老婆通奸被王熙凤撞破，殃及平儿，下半回便写宝玉让平儿到"怡红院"中来补妆，为自己能看到平儿用自己房中的化妆品理妆而喜出望外。回末戚序本有总评："富贵少年多好色，哪如宝玉会风流？"点明宝玉和贾琏都好色，但宝玉好色重情而不淫，而贾琏好色重淫而寡情，重淫之人自然比不上重情的宝玉会风流。

笔者《红楼时间人物谜案》"第三章、第三节、四、（五）"专论"王熙凤贞洁不淫"，指出宝玉和凤姐是作者曹雪芹塑造的贾府中最重要的一对"活宝"：宝玉是色迷，而凤姐是财迷，两人皆不淫（指不"皮肤滥淫"）。其处已论凤姐之不淫，此处便专论宝玉之不淫。

第19回宝玉与黛玉同床共枕，而且还闻到黛玉体香："只闻得一股幽香，却是从黛玉袖中发出，闻之令人醉魂酥骨。（己夹：却像似淫极，然究竟不犯一些淫意。）"脂批点出本书与一般淫书绝然不同，便在于一般淫书打着"好色而不淫"的幌子专写淫事，而本书一反"好色而不淫"的论调，反倒能真正做到写情色而不淫。同时此批也点明作者书中所写的恋情文字貌似淫极，其实宝玉心中并无一丝淫意在内（如果读者感到淫，那是读者自己的淫念参与其中的结果）。因为后四十回的第97回黛玉临终时说过："我的身子是干净的"，证明她和宝玉虽然从小"耳鬓厮磨、同床共枕"，其实心思纯洁，毫无淫欲之事发生。

---

① 小姨子们，显指尤二姐、尤三姐。

　　第 19 回袭人规定宝玉不许吃别人嘴上擦的胭脂,因为这么做会让人联想到他是在借此为名,强行和女孩子接吻(即今人所谓的"索吻")。倒是黛玉对宝玉这些行为深表理解,即第 19 回她发现宝玉左边腮上沾着一点胭脂印,便一边用手帕替他擦拭,一边说:"你又干这些事了。干也罢了,必定还要带出幌子来。便是舅舅看不见,别人看见了,又当奇事、新鲜话儿,去学舌讨好儿,吹到舅舅耳朵里,又该大家不干净、惹气。"所说的"别人",便是贾环的母亲赵姨娘。黛玉这番话堪称是宝玉的知己之语,即:黛玉知道宝玉只不过是喜欢胭脂的红艳色彩、清雅香气、甜润味感①才这么做,并没有一丝色情的想法在内。

　　第 28 回宝玉要看宝钗戴的红麝串,见"宝钗生的肌肤丰泽,……宝玉在旁看着雪白一段酥臂,不觉动了羡慕之心,暗暗想道:'这个膀子要长在林妹妹身上,或者还得摸一摸,偏生长在她身上。'正是恨没福得摸,忽然想起'金玉'一事来,再看看宝钗形容,只见脸若银盆,眼似水杏,唇不点而红,眉不画而翠,比黛玉另具一种妩媚风流,不觉就呆了,(甲侧:忘情,非呆也。)宝钗褪了串子来递与她,也忘了接。"但两人也没有私情,因为后四十回的第 109 回方才写到宝玉、宝钗两人"自过门至今日,方才如鱼得水,恩爱缠绵②,所谓'二五之精,妙合而凝'的了。此是后话",可证两人此前并没有欲事发生过。

　　第 31 回晴雯揭露碧痕打发宝玉洗澡:"足有两三个时辰,也不知道做什么呢,我们也不好进去。后来洗完了,进去瞧瞧,地下的水淹着床腿子,连席子上都汪着水,也不知是怎么洗的。笑了几天。"有人由此联想,说:"宝玉和碧痕洗澡洗到了床上,很可能会有性爱的事情发生。"这也是不可能的,因为从书中的描写来看,我们看不出宝玉对女性有一丝肉欲的邪念;既然心中没有这种念头,自然也就不会有这种行为出来。

　　宝玉与晴雯也无淫欲之事。因为第 77 回晴雯说:"我虽生的比别人略好些,并没有私情密意勾引你怎样,如何一口死咬定了我是个'狐狸精'?我太不服!今日既已担了虚名,而且临死,不是我说一句后悔的话,早知如此,我当日也另有个道理。不料痴心傻意,只说大家横竖是在一处。不想平空里生出这一节话来,有冤无处诉。"于是"伸手向被内将贴身穿着的一件旧红绫袄脱下,并指甲都与宝玉道:'这个你收了,以后就如见我一般。快把你的袄儿脱下来我穿。我将来在棺材内独自躺着,也就像还在怡红院的一样了。论理不该如此,只是担了虚名,我可也是无可如何③了。'宝玉听说,忙宽衣换上,藏了指甲。晴雯又哭道:'回去她们看见了要问,不必撒谎,就说是我的。<u>既担了虚名,越性如此,也不过这样了</u>。'(列夹:晴雯此举胜袭人多矣,真一字一哭也,又何必'鱼水相得'而后为情哉?④)"这就点明两人并无淫欲之事。上文"(30)"引第 77 回晴雯嫂子多姑娘(灯姑娘)考验宝玉,也能清楚证明宝玉是"虽然闻名,不

---

① 古代的胭脂是植物做的,如用"胭脂花(地莲花)、玫瑰花"制胭脂,所以可以吃。今天的胭脂是化学制品,不可以食用!

② 此八字程乙本作"是雨腻云香,氤氲调畅"。

③ 如何,读作"奈何"。

④ 暗讽袭人与宝玉有鱼水之欢(即发生过性关系),而晴雯与宝玉没有过鱼水之欢,但两人今世的深情却不比袭人来得差。

如见面，<u>空长了一个好模样儿，竟是没药信的炮仗，</u>只好装幌子罢了，倒比我还发讪、怕羞。可知人的嘴一概听不得的。就比如方才我们姑娘下来，我也料定你们素日'偷鸡盗狗'的。我进来一会在窗下细听，屋内只你二人，若有'偷鸡盗狗'的事，岂有不谈及于此，谁知你两个竟还是各不相扰。可知天下委屈事也不少"，终于为宝玉一洗清白，这也就能证明：他洗澡时，与碧痕在床上也只有天真无邪的玩耍之心、而无欲念之事。

● **前八十回中宝玉的三次淫事。**

前八十回与宝玉发生过性关系的除了袭人外，还有一对男女，而且是宁国府中人，而且还是一对姐弟，他们便是秦可卿与秦钟。袭人与宝玉有夫妻之分，故其行淫可以不做大的报应，而二秦皆死，报应可谓惨烈。

全书本"祸淫"之旨，写宝玉淫欲之事其实很少。作者先写宝玉只会对黛玉的体香、宝钗的臂膀、女子唇上的胭脂发生"意淫"的联想，而没有一丝肉欲的念头在内[1]，也从来没有行过"肉淫"之事（除与袭人初试云雨外），反倒被众人称作"色鬼"，即第2回冷子兴引贾政语："将来酒色之徒耳！"唯有贾雨村"罕然厉色忙止道：'非也！可惜你们不知道这人来历。大约政老前辈也错以淫魔色鬼看待了。若非多读书识事，加以致知格物之功，悟道参玄之力，不能知也。'"贾雨村倒是识得宝玉"未证悟时（也即出家之前）便已是心无邪念的人中豪杰"。

作者塑造秦可卿与秦钟都貌美而性淫，这两位都是作者用来引诱宝玉行淫的角色。前者引诱宝玉生平第一次在梦中和女子行淫，即第5回；后者引诱宝玉生平第一次和男子行淫，即第15回。可证宝玉的堕落都是从宁国府中人开始。正因为此，第5回秦可卿的判词要说："情天情海幻情身，情既相逢必主淫；漫言不肖皆荣出，造衅开端实在宁。"点明书中两个姓"秦（情）"的，与全书的男主角宝玉一相逢便会发生淫行。宝玉这位"古今不肖无双"之人固然是从荣国府走出来的（"漫言[2]不肖皆荣出"），但他在淫欲上的堕落却是从宁国府的秦可卿卧房开始，从宁国府秦钟身上的亲昵开始（这两者便是所谓的"造衅开端实在宁"）。所以第5回秦可卿的《红楼梦曲》唱道："家事消亡首罪宁，宿孽总因情"，即贾宝玉在情欲上的造孽导致他无法重振家业，其根源便是从宁国府的"二秦"身上开始。这是作者曹雪芹一生痛定思痛：自己一生一事无成的根源就在这儿。

宝玉与秦可卿的淫事，书中其实没有任何正面描写。第5回警幻仙子在梦中只是让宝玉见到"早有一位女子在内，其鲜艳妩媚，有似乎宝钗；风流袅娜，则又如黛玉。（甲侧：难得双兼，妙极！）正不知何意"，这时警幻介绍说：由于你不会世俗的皮肉之淫（即肉欲之事）而无法传宗接代（其原因详见本节下文

---

[1] 请注意，这是作者创造的艺术典型，在现实生活中未必存在。
[2] 漫言，既指随便地乱说，又可指莫言。此处当指莫言。当然也可以指众人对宝玉所作的众口一词的误会和诬蔑。

"2、（1）、①"有专论），所以我特地"再将吾妹一人，乳名兼美、（甲侧：妙！盖指薛、林而言也。）字可卿者，许配于汝。今夕良时，即可成姻。不过令汝领略此仙闺幻境之风光尚然①如此，何况尘境之情景哉？……说毕，便秘授以云雨之事，（戚夹：这是情之未了一着②，不得不说破。）推宝玉入帐。那宝玉恍恍惚惚，依警幻所嘱之言，未免有阳台、巫峡之会。（戚夹：如此方免累赘。）数日来，柔情缱绻，软语温存，与可卿难解难分。"最后宝玉惊醒之时，秦可卿"又闻宝玉口中连叫：'可卿救我'，因纳闷道：'我的小名这里没人知道，他如何从梦里叫出来？'"点明宝玉其实是因为渴慕侄媳秦可卿的貌美，在她卧房中以她为对象，做了场意淫她的春梦，从而发生了他人生中的第一次性冲动而梦遗。

第7回周瑞家的赞英莲"倒好个模样儿，竟有些像咱们东府里蓉大奶奶的品格儿。（甲夹：一击两鸣法，二人之美，并可知矣。）"然而书中从来都没写到过英莲长得像黛玉或宝钗，所以宝玉梦中那位"可卿"究竟是秦可卿，还是另外一位同名的"可卿"而非姓秦的可卿，这就很难说了。好在第111回鸳鸯"只见秦氏隐隐在前，鸳鸯的魂魄疾忙赶上，说道：'蓉大奶奶，你等等我。'那个人道："我并不是什么'蓉大奶奶'，乃警幻之妹可卿是也。'"这便证明秦氏就是宝玉梦中云雨过的警幻之妹可卿。

而且第13回秦可卿死亡消息传来时，宝玉的第一反应便是："如今从梦中听见说秦氏死了，连忙翻身爬起来，只觉心中似戳了一刀的不忍，哇的一声，直奔出一口血来。（甲侧：宝玉早已看定可继家务事者可卿也，今闻死了，大失所望。急火攻心，焉得不有此血？为玉一叹！）袭人等慌慌忙忙上来搂③扶，问是怎么样，又要回贾母来请大夫。宝玉笑道：'不用忙，不相干，（庚侧：又淡淡抹去。）这是急火攻心，（甲侧：如何自己说出来了？）血不归经。'说着便爬起来，要衣服换了，来见贾母，即时要过去。（庚眉：如此总是淡描轻写，全无痕迹，方见得有生以来，天分中自然所赋之性如此，非因色所感也。）袭人见他如此，心中虽放不下，又不敢拦，只是由他罢了。贾母见他要去，因说：'才咽气的人，那里不干净；二则夜里风大，明早再去不迟。'宝玉哪里肯依？贾母命人备车，多派跟从人役，拥护前来。"

这段情节很重要，交代清楚宝玉一听到秦可卿死讯，便急火攻心地吐了口血，贾母命令他天亮再去吊唁，他也不听而执意马上要去，这都证明他和秦可卿是"梦中情人"的关系，绝非一般的亲戚关系。

而批者却故意在为宝玉一路上做开脱，说他吐血是因为看重秦可卿是可以持家之人，她死后"宁国府"便失去了顶梁柱，所以要吐血，这显得太牵强了。

---

① 尚，据己卯本，庚辰本脱。尚然，不过。

② 着（zhāo），下棋落子，计策、手段。即宝玉重情而不淫，所以不得不把"用情"的最后一步、也即最堕落的一步"淫事"来教会宝玉。换句话说，在情与欲上，宝玉尚秉持下凡前天上仙人的习气，只善于用情，尚未堕落到对人间欲事有所了解的程度，对于人间的淫欲非常陌生，需要有人来传授，否则不会，原因本节下文"2、（1）、①"有论。

③ 搂，据甲戌本。庚辰本此字右半误"留"，点改为"挽"，非原文。按："搂"字意为抓、持。

（毕竟宝玉何时关心过家事？故知此处批者把宝玉为可卿吐血的理由归结为家事，并不妥当。同理，第13回贾珍为可卿之死如丧考妣："贾珍哭的泪人一般"，作者也用他自己的话说出其中理由："谁不知我这媳妇比儿子还强十倍。如今伸腿去了，可见这长房内绝灭无人了！"同样也是用家事之忧，来掩盖自己为淫欲对象的离世而悲痛欲绝。此处脂砚斋之批，正是仿作者这一写贾珍的"真事隐、假语存"的笔法和思路，用家事来掩盖宝玉与可卿之间的"梦中情人"关系。）

袭人问他为何吐血时，宝玉说没事，批者批"淡淡抹去"四个字，即作者其实要写他和可卿情深，故意用"没事"这样的反话来轻轻抹去，不让人看出。可惜宝玉下来又说自己是"急火攻心"。一个人为另一个人之死而吐血，只能证明两人的关系非同寻常，所以这"急火攻心"四个字不就等于向袭人和所有读者公开承认自己和可卿关系密切吗？叔叔为侄媳吐血，所有人都明白这是不正常的，所以批者感慨地说："你既然已经说过'没事'，这等于可以抹去你和她的关系了，你又为什么要用'急火攻心'这四个字给重新点出来呢？"

下来宝玉又执意要立即过去，明摆着他和秦可卿的关系异乎寻常，但批者仍为他做最后一次遮掩，说这是他天生重情，不是因为可卿长得漂亮（"非因色所感也"），似乎任何至亲之人死时，宝玉的第一反应都会吐血或执意要第一时间到场。但我们在贾敬丧、贾母丧中，却丝毫看不出他有这种第一反应，由此可证：这都是脂批一路上在为他做掩盖。

至此我们便可明白，作者在他十来岁时，便在心中"意淫"过比自己大好几岁的侄媳秦可卿，甚至在她卧室中睡觉时，发生了为她而起的人生第一次性冲动从而梦遗。至于两人有无私情，由于作者抄家时不过14岁，正因为太幼小，所以可以明确地告诉大家，应当没有实际的淫行发生，秦可卿只是作者也即宝玉的"梦中情人"罢了。

由书中从来都没写过秦可卿长得像黛玉与宝钗，也没写过长得像秦可卿的香菱[①]与黛玉、宝钗二人的相像，因此上文写梦中可卿的容貌似宝钗而身形似黛玉，便不能代表现实世界中的可卿果真就如此（因为梦境与现实显然可以有所不同）。所以，作者让"梦中情人"兼有自己未来的未婚妻黛玉和妻子宝钗之美，不能代表作者是把自己的"梦中情人——秦可卿"的身形和容貌，分别赋予自己小说的第一与第二号女主角。换句话说，这一情节不能代表小说中的黛玉、宝钗两人的原型是同一个人——秦可卿。

宝玉和秦钟的淫事始于第9回"恋风流情友入家塾"："不上一月之工，秦钟在荣府便熟了。<u>宝玉终是不安分之人，</u>（戚夹：写宝玉总作如此笔。）竟一味的随心所欲，因此又发了癖性[②]，又特向秦钟悄说道：'咱们俩个人一样的年纪，况又是同窗，以后不必论叔侄，只论弟兄朋友就是了。'（蒙侧：<u>悄说之时何时？舍尊就卑何心？随心所欲何癖？相亲爱密何情？</u>）先是秦钟不肯，

---

① 见第7回"送宫花周瑞叹英莲"周瑞老婆拉了香菱的手"细细的看了一会，因向金钏儿笑道：'倒好个模样儿，竟有些像咱们东府里蓉大奶奶的品格儿。'"
② 癖性，个人所特有的癖好和习性。

当不得宝玉不依，只叫他'兄弟'，或叫他的表字'鲸卿'，秦钟也只得混着乱叫起来。"批者脂砚斋有意和作者对着干：上文秦可卿与宝玉的淫事作者明写，而批者便有意要在作者明写的宝玉对可卿之死的异常反应中，掩盖两者的异常关系；秦钟与宝玉的密事作者暗写，而批者却用上面那串批语（画浪线部分），一路上都在点明宝玉对秦钟的邪念（即对秦钟的那种好色而多欲之心）。

第15回"秦鲸卿得趣馒头庵"，明写秦钟得趣馒头庵，其实更是写宝玉得趣馒头庵。秦钟对智能儿说："好人，我已急死了。你今儿再不依，我就死在这里。"而宝玉抓住两人奸情时，对秦钟说："你可还和我强①？"证明之前秦钟性格倔犟，没有顺从过宝玉的邪念和非分之想，今天终于被宝玉逮到逼迫秦钟就范的机会了。这时智能儿趁乱逃走，秦钟因被宝玉抓住把柄，于是赔笑道："好人，（庚侧：前以二字称智能，今又称玉兄，看官细思。）你只别嚷的众人知道，你要怎样我都依你。"宝玉笑道："这会子也不用说，等一会睡下，再细细的算账。"这才是宝玉人生的第二次行淫（第一次是与袭人。与秦可卿是在梦中，不算在内）。下来宝玉准备书房（第16回："却说宝玉见收拾了外书房，约定与秦钟读夜书"），想借读书为名，与秦钟继续亲昵，因秦钟受报夭亡而无果。秦钟不死，宝玉犯的淫行错误会更多，所以秦钟之死未尝不可以视为上天对宝玉的一种救护。

●**在女性方面，书中所立的淫妇典型有**：秦可卿、多姑娘（灯姑娘）、鲍二老婆，夏金桂与宝蟾，还有尤二姐与尤三姐。而书中所树立的贞洁典型则有：王熙凤、平儿、鸳鸯、黛玉、宝钗、张金哥、晴雯、司棋，以及改恶从良的典型尤三姐。

①王熙凤：从一而终，贞洁不淫，详笔者《红楼时间人物谜案》"第三章、第三节、四、（五）"的"凤姐不淫论"。

②平儿：视淫欲为催命符，详见本书"第一章、第一节、二、（二）"平儿对贾琏所说的"难道图你受用一回，叫她知道了，又不待见我"的分析。

③鸳鸯：矢志不嫁、忠心殉主。

作者早已写过鸳鸯不愿嫁宝玉，即第24回：宝玉"猴上身去涎皮笑道：'好姐姐，把你嘴上的胭脂赏我吃了罢。'一面说着，一面扭股糖似的粘在身上。鸳鸯便叫道：'袭人，你出来瞧瞧。你跟他一辈子，也不劝劝，还是这么着！'"清人王希廉此回总评："鸳鸯绝无怜爱宝玉意，与众不同；其结果亦与众不同。"正因为此，鸳鸯死后成为烈女而受人敬仰。

金钏儿则是作者所塑造的、与鸳鸯绝然相反而不得善终的人物。她早在第23回就挑逗宝玉说："我这嘴上是才擦的香浸胭脂，你这会子可吃不吃了？"大某山民对此淫艳情节有眉批："此淫书也。却处处含蓄有味，非别小说可比。"指出曹雪芹对淫欲的描写与一般淫书截然不同，一般的淫书字面上就有淫，而《红楼梦》的"淫"，那是需要读者用自己的淫念去参与方能感受得到，对于

---

① 强，读"犟"。

清心寡欲的读者而言，《红楼梦》淡而无淫。〖这是笔者撰著本章的一大总纲，即《红楼梦》的性爱描写其实很淡薄，而且是为了写淫欲的恶报而不得不写到淫，作者能不写淫便尽量不去写，写淫时也尽量淡化而用白描之笔一笔带过。而且作者还在书中塑造了宝玉这个色迷、凤姐这个财迷、雨村这个官迷，作者均无意塑造此三人之淫。可是读者因为自己的淫念，会把书中写的不多且淡化处理过的淫事给淫欲化，于是便把此书看成淫书，而且还会把作者无意写淫的主人公宝玉、凤姐视为最淫荡的男女魁首。宝玉固然有第 5 回警幻评其之语"吾所爱汝者，乃天下古今第一淫人也"，似乎可以坐实这一点了，但下文警幻明言宝玉只是"意淫"而非"皮肤淫滥"之蠢行，所谓的"第一"恰是不行世俗之淫、而行天上仙人那种以意为主的淫，在人间反倒是"不淫"之意，所谓"第一"是称赞宝玉能做到这种不淫乃是难能可贵的人中翘楚！而凤姐则因第 12 回贾瑞在"风月宝鉴"这面镜子中照见了她，而且全书正面描写到的"风月宝鉴"中照见的女子只有她一个人，于是大某山民便批："凤姐固'风月宝鉴'中第一人也。"①陈其泰又在第 12 回末做总评："人不风月，则'风月鉴'中胡为乎来哉？神仙之鉴，如温峤之犀，魑魅、罔两莫能遁也。"②笔者《红楼时间人物谜案》第三章、第三节、四、（五）"王熙凤贞洁不淫考"，已全面剔除历来批者对王熙凤情节所作的性联想。由此可见：只要怀有淫念来读《红楼梦》这部书，则书中本无淫行之人便会变成淫人，书中淡而高洁之事便会变成淫行，于是书中戒淫之理便无人能见，而此戒淫之书顿时变成了诲淫之书而当禁毁。书中作者曹雪芹本着"百善孝为先、万恶淫为首"之旨而生发出来的"福善、祸淫"这一"善者蒙福而淫者得祸"、"福因善起而祸因淫致"的主张，也就无人能会了。其根由便在于：读者作为欲界众生，心识之中欲根深种！举一可以反三，《红楼梦》中所有涉及性爱及爱情的情节，皆当作如是观为宜。〗

第 30 回宝玉调戏金钏儿时，她又笑着说："你忙什么！'金簪子掉在井里头，有你的只是有你的'，连这句话语难道也不明白！"即其早已有心嫁给宝玉成为宝玉的房里人（姨娘）；结果被王夫人怒打一巴掌，驱逐出去跳了井，正应了她自己说的"金簪子掉在井里头"这句不祥预言，而宝玉也为此挨了贾政一顿毒打。

"多情、多淫"人（金钏儿等）不得善终，何以"有情（指怀有忠心为主之情）而不淫"的鸳鸯也不得善终（指其为贾母自缢殉节）？作者正要借此来阐明全书最末一回甄士隐总结全书诸女子命运时所说的道理："贵族之女，俱属从情天孽海而来。大凡古今女子，那'淫'字固不可犯，只这'情'字也是沾染不得的。所以崔莺、苏小，无非仙子尘心；宋玉、相如，大是文人口孽。凡是情思缠绵的，那结果就不可问了。"贵族，即"贵府、尊府"之意，是对"贾府"的尊称。

鸳鸯不淫，对贾母忠心耿耿，属于有情之人，其"为情殉主"而结局不佳，

---

① 其批批在第 13 回凤姐因贾琏送黛玉到扬州探望重病之父而离家，凤姐"心中实在无趣"句下。
② 《桐花凤阁评〈红楼梦〉辑录》第 80 页。罔两，即"魍魉"。

正是证明甄士隐也即作者"只这'情'字也是沾染不得的"之旨。用佛教的话来说：凡是有"情""欲"者都要降生在"欲界"，而超脱"情（欲）"而有智慧之"想"者，方能投生"色界天"和"无色界天"。"欲界"从地狱到人间再到天堂，全都逃不出曹雪芹第1回所说的"好事多魔"、"乐极悲生"这八个字，最终结局都好不到哪儿去，因为佛法"诸受是苦"的"苦谛"已经言明诸乐也是苦！

④黛玉：其从一而终，以处子之身为所爱之人而死，感人至深，本章"第三节、七"已有论。作者在《情榜》中对黛玉所作的评语是"情情"，即赞誉其情深而无欲、真情而不淫。但作者在第5回借警幻之口说出"好色即淫，知情更淫"的话来，第120回又借甄士隐之口说出："大凡古今女子，那'淫'字固不可犯，<u>只这'情'字也是沾染不得的。……凡是情思缠绵的，那结果就不可问了。</u>"已点明用情极为深挚的黛玉，其结局最为不佳。

因为在卫道士（即道学家）和佛道两家看来，"知情更淫"，这个"淫"是指深陷意，也即心迷而贪、嗔、痴之意。这便是第118回宝钗劝宝玉要像"自古圣贤（那样）以人品根柢为重"而读书时，宝玉以三教圣人之旨来反驳她而说的："据你说人品根柢，又是什么古圣贤，你可知古圣贤说过'不失其赤子之心'。那赤子有什么好处？不过是无知、无识、无贪、无忌。<u>我们生来已陷溺在贪、嗔、痴、爱中，犹如污泥一般，怎么能跳出这般尘网？如今才晓得'聚散浮生'四字，古人说了，曾不</u>①<u>提醒一个。</u>既要讲到人品根柢，谁是到那太初一步地位的？"这段话便是作者本着儒家"道学"、老庄道家、佛门释家这三家圣人之旨，对人生所作的大彻大悟。画线部分便指明高尚的情爱与低级的淫欲都是对人心的染污，本质没有差别，都当舍离而回到人心最本原的状态，也即佛门《佛前忏悔发愿文》最后所发之愿："诸恶消灭，<u>三障</u>②<u>蠲除。复本心源，究竟清净。</u>"

正因为在卫道士（道学家）看来"知情更淫"，所以贾母要鄙视黛玉而不愿成全她和宝玉的婚事，黛玉因此而早夭。那"任是无情也动人"的"无情"宝钗，反倒雀屏中选而得婚，这也正是作者"福善祸淫"之旨的体现。这个"祸淫"之"淫"，包括深陷"情"与"欲"两者在内，而不单指"淫欲"一者。

⑤宝钗：其"任是无情也动人"（见第63回她抽到的牡丹花签）。唯其"无情"即无儿女私情，所以深受贾母珍重，得与宝玉成婚。同样的，第5回史湘云的《红楼梦曲》也称史湘云："从未将儿女私情略萦心上"，她和宝钗性格相通，所以两人引为知己。史湘云是宝钗的间色（陪衬），所以两人都守寡到白头，都有金制的小巧玩物；唯一不同处在于：宝钗有子而得贵显，湘云无子而显凄凉。

⑥张金哥：其与守备公子在第16回从一而终、双双殉情，成为"烈女"。

① 曾不，一点也不、一点也没；曾不提醒一个，指一个也没提醒到。程乙本以此二字不通而将其倒作"不曾"。按《诗经·卫风·河广》："谁谓河广？曾不容刀。"
② 三障，障正道而害善心的三种障碍：一是"烦恼障"，贪、欲、嗔、恚、愚、痴等之惑；二是"业障"，五逆十恶之业；三是"报障"，地狱、饿鬼、畜生等之苦报。

⑦晴雯：其不淫已见于上，故死后封为"芙蓉仙子"，"出淤泥而不染"之谓也，第78回宝玉特地作《芙蓉女儿诔》祭她。

⑧尤三姐：虽然先前失足而蒙"淫妇"之丑名，但第65回"尤三姐思嫁柳二郎"后，便在第66回中立志："自己说了：这人（柳湘莲）一年不来，她等一年；十年不来，等十年；若这人死了再不来了，她情愿剃了头当姑子去，吃长斋、念佛，以了今生"，自此以后，尤三姐便真心忏悔，顿洗前非，改恶从良，贞洁不淫。

由于柳湘莲听到她过去名声不好而悔婚，于是尤三姐拔剑自刎，这便再度印证甄士隐"只这'情'字也是沾染不得的"的评语，体现出全书"福善祸淫（'淫'包括深陷'情''欲'两者在内）"之旨。

尤三姐自刎后，又在柳湘莲面前显灵而哭诉道："妾痴情待君五年矣，不期君果冷心冷面，妾以死报此痴情。"又说："来自情天，去由情地。前生误被情惑，今既耻情而觉，与君两无干涉。"因其能最终悔悟而尽洗前污，所以能证果返天，"奉警幻之命，前往太虚幻境，修注案中所有一干情鬼"。

这便是作者曹雪芹怀"大乘佛法"之旨，借尤三姐这一角色，为天下淫人网开一面，为失足妇女的自新树一个榜样，告诉世人：哪怕是人间至淫之人，只要真心忏悔，过往罪行受报之后①便可全部蠲除，乃至可以重返仙界。这也正是古人所谓的"过无惮改"②，放下屠刀便可立地成佛！

⑨司棋：作者把司棋、潘又安这对野鸳鸯，和第46回"誓绝鸳鸯偶"而发誓终身不嫁的鸳鸯放在一起③，构思出第71回"鸳鸯女无意遇鸳鸯"的回目来。

司棋虽然谐音"私期"④而与心上人偷情，但这就是今人所谓的男女自由恋爱，没有必要给予报应，上天也当成全。可惜王夫人为首的封建卫道士，以及贪图荣华富贵的司棋母亲，扼杀了这对自由恋爱，逼得司棋最终与所爱之人双双殉情，成为"烈女"。

因司棋能为情而死，而且又是从一而终，所以作者也就给予她极高的评价。即第74回抄捡大观园时，抄出司棋与潘又安私情赃证时，书中写："凤姐见司棋低头不语，也并无畏惧惭愧之意，倒觉可异。"司棋何以没有惭愧？这就得靠后四十回的情节来证明。

第92回潘又安回来娶司棋，司棋妈"见了，恨的什么似的，说他害了司棋，一把拉住要打。那小子不敢言语。谁知司棋听见了，急忙出来，老着脸和她母亲道：'我是为他出来的，我也恨他没良心。如今他来了，妈要打他，不如勒死了我。'她母亲骂她：'不害臊的东西，你心里要怎么样？'司棋说道：'一个女人配一个男人。我一时失脚上了他的当，我就是他的人了，决不肯再失身给别人的。我恨他为什么这样胆小，一身作事一身当，为什么要逃？就是他一辈子

---

① 在尤三姐便是自刎之痛。
② 语出《论语·学而》："子曰：君子不重则不威，学则不固。主忠信，无友不如己者。过则勿惮改。"
③ 曹雪芹把"誓绝鸳鸯偶"的女子起名为"鸳鸯"，令天下所有与愿违者哭死！
④ 私期，即古人所谓的"暗约私期、期约密约"。约，约定；期，约会；都指私自暗中约定见面，其即"约会、偷情"之意。

不来了，我也一辈子不嫁人的。妈要给我配人，我原挤着一死的。今儿他来了，妈问他怎么样。若是他不改心，我在妈跟前磕了头，只当是我死了，他到哪里，我跟到哪里，就是讨饭吃也是愿意的!'"由于母亲坚决不答应这门亲事，司棋便撞墙而死，其表弟潘又安则自刎殉情、同穴而眠。"凤姐听了，诧异道：'哪有这样傻丫头，偏偏的就碰见这个傻小子! 怪不得那一天翻出那些东西来，她心里没事人似的，敢只是这么个烈性孩子!'"画浪线部分便是前八十回与后四十回细节上相互照应的又一显例，这也是后四十回与前八十回乃同一人所作的力证。★

司棋自主择偶，并非那种"见异思迁、人尽可夫"的淫乱，而是抱定"从一而终"的"嫁鸡随鸡、嫁狗随狗"之志，见上引画直线部分，其道理甚正，此志向便是自古以来一直为我中国人所称颂的女子"矢死靡它"之志，与黛玉以处子之身"心属某人则身不愿再属他人"的求死之志完全相同，都极为感人，这便是曹雪芹笔下所崇扬的"守节"。

司棋最后为守节而殉情死，这更是"贞烈可风、人皆当敬"。虽然她偷情被逐出大观园是件不光彩的事，但已有了大报应（指被逐出），而且她没有"一错再错"，而是用自己的节烈，把过往的错误质变为"高尚和贞洁"，修成了正果。

当然，她这场姻缘最后以死作结，可谓惨烈，看上去又像是偷情的恶报，体现出作者"好事多魔"（情、欲之事皆不得善终）、"薄命儿女、梦幻情缘"的旨趣来。

⑩书中"福善"之旨，除写凤姐救济刘姥姥而使女儿巧姐得遇恩人外，便是写节妇有贵子，即：李纨守寡而其子贾兰中举发家，宝钗守寡而贾菪也高中发家。古人有言"万恶淫为首"，反之，寡妇守节这种不淫之行，便也可以称得上是兴家旺子的"万福之首"了。

●总结

由此可见，前八十回早已处处写到淫乱的恶报，不论男女，无论地位尊卑大小，皆有其报；一淫便有一报，如影随形。"淫男"的典型贾瑞纵欲暴亡，"淫女"的典型秦可卿乱伦暴亡。在姐姐丧事中与尼姑和宝玉两度"淫乱"的秦钟得病夭亡。鲍二妻与贾琏通奸而上吊。尤三姐幡然悔改，仍因旧时淫声而自刭。尤二姐与贾珍、贾蓉聚麀，天理难容，最终落入凤姐魔爪吞金自杀。袭人偷试云雨情，立即被骂"狐媚"；宝玉才与戏子结交、才与母婢调戏，便遭父亲暴打。金钏与宝玉调笑而被逐跳井，病重的晴雯因妖娆而被逐夭亡。司棋自由恋爱因行淫而被逐殉情。……以上种种，无一不是因淫得祸、现世得报。作者秉"菩萨心"，撰此一部劝世书，幸赖后四十回拈出"福善祸淫"四字之旨，否则世人难明作者这片良苦用心，直把《红楼梦》当成"风月情欲"之书来读，自误、误人，永不得悟。

全书"福善祸淫"之旨，一般人只读前八十回的正文很难看出。相反，大家把前八十回读下来，反倒觉得通篇都在描写宝玉的好色多情和意淫，令人浮想联翩；通篇都在措摹刻画钗黛等红楼艳女，令人美不胜收。陈其元《庸闲斋笔记》言此书："描摹痴男女性情，其字面绝不露一淫字，令人目想神游而意为之移。所谓'大盗不操干矛'也。"书中随处皆能引起读者美色与情爱方面的联想，又常常点缀贾琏、贾珍、贾蓉等人的皮肉淫行，以及宝玉的荒唐意淫，全都看不出有何报应，读这书的人无不感到这是一部给人以美色和情欲联想的"诲淫"之书，难怪鲁迅称道学家们从这部书中看到了"淫"的可怕，而淫人则从这部书中读到了"淫"的低级趣味。所以，此书一问世，便受到清政府的严厉禁毁，这也就能证明：从读者的反应来看，世人全都认定这部书是"导淫"之书而非"戒淫"之书。而后四十回胆敢拈出"福善祸淫"四字，岂非高鹗强加？所以也就有人把这四个字看成是"高鹗篡改曹雪芹原书旨趣"的铁证，看成是"后四十回乃高鹗所作，而非曹子原稿"的铁证。

今详述前八十回荒淫有报的一系列"祸淫"情节，证明后四十回所拈出的"福善祸淫"四字主旨确为曹雪芹原意。曹雪芹之所以要写淫，乃是因为他要写"淫有恶报"而不得不先写到淫，此与淫书津津乐道地写淫绝然不同，此是"戒淫"之书而非"宣淫"之书。世人皆不明悟此旨，而用自己心中的淫念，把书中一笔带过的白描式的风月情节在头脑中扩展开来，把这"戒淫"之书当成情欲的低级之书来读，清政府的禁毁便可为证。其实这一切早已被作者写到书中，不禁令人感叹作者料世如神的远见卓识，即第13回所写的贾瑞照镜的象征：

> 那道士……从褡裢中取出一面镜子来——两面皆可照人，镜把上面錾着"风月宝鉴"四字——递与贾瑞道："这物出自太虚幻境空灵殿上，警幻仙子所制，（己夹：言此书原系空虚幻设。）（庚眉：与'红楼梦'呼应。）专治邪思妄动之症，（己夹：毕真。）有济世保生之功。（己夹：毕真。）所以带他到世上，单与那些聪明俊杰、风雅王孙等看照。千万不可照正面，（庚侧：谁人识得此句！）（己夹：观者记之，不要看这书正面，方是会看。）只照它的背面，（己夹：记之。）要紧，要紧！……"……
>
> 代儒夫妇哭的死去活来，大骂道士，"是何妖镜！（己夹：此书不免腐儒一谤。）若不早毁此物，（己夹：凡野史俱可毁，独此书不可毁。）遗害于世不小！"（己夹：腐儒。）遂命架火来烧，只听镜内哭道："谁叫你们瞧正面了！你们自己以假为真，何苦来烧我？"（己夹：观者记之。）正哭着，只见那跛足道人从外跑来，喊道："谁毁'风月鉴'？吾来救也！"说着，直入中堂，抢入手内，飘然去了。

画直线部分便点明：此书千万不要只看正面的美色和情欲，而当看到背面的"好事多魔"之旨而戒淫。如果读者不懂得要这么来看此书，而只看这书的正面，看不到其反面，便会自误，带累此书成为淫书而当被禁毁。其实，此书是宣扬戒淫的书，所有宣扬淫欲的野史（即旨在射利的淫书）都可以烧毁，而此书不可毁。因为此书包含有戒淫之旨与戒淫法门，是专门用来教育富家公子不可妄动风月之情的、有益其身心健康之书。所以，其他杂书都可以烧毁，唯独此书绝对不可以烧毁，凡视此书为淫书而欲烧毁者，便是腐儒。

由于全书的"祸淫"主旨因为人们的淫念而被误读，导致只有原作者本人才会知道这一主旨的存在并加以揭示。而且前八十回写淫欲的报应并不明显，常常会被人忽视[①]；要是没有后四十回揭示出这"福善祸淫"四字来作为全书大旨，人们从前八十回中很难看破其中蕴藏的"祸淫"这一主旨[②]。今天后四十回胆敢揭出这四字来作为全书大旨恰为正确而非妄加，这四字主旨可谓既出人意料，但又真切贴合前八十回的本旨，则揭示此四字主旨之人便只可能是前八十回的作者曹雪芹本人。这便可证明：揭示此四字主旨的后四十回，只有原作者曹雪芹本人才写得出。★

"福善"这一主旨全书主要只写了一件事，即凤姐和贾母接济过刘姥姥，巧姐因此得到刘姥姥的救命之恩，从而表明全书"善有善报"的"有恩的死里逃生"之旨。全书"福善"仅此一处，很难作为主旨拎出，所以"福善"其实是"祸淫"主旨的陪衬。换句话说，本书的主旨其实只有"祸淫"两个字。此"祸淫"主旨如果不是书名"风月宝鉴"、书首"好事多魔、梦幻情缘"加以点明，如果不是后四十回的明白揭示（指第116回所揭示的"福善祸淫"之旨，第93回借包勇之口来转告警幻"白骨法"这一"戒淫"法门），一般人只会觉得全书是在"导淫、宣淫"，而非"祸淫、戒淫"。因为全书淫行最重的人贾赦、贾珍、贾琏、贾蓉、贾蔷等，书中大家全都没有看到他们淫行的报应（特别是在前八十回中看不出他们淫行的报应。即便在后四十回中，他们受到的抄家报应，看上去似乎也和淫行无关[③]）。

实则不然，书中写的就是"好事多魔"，一淫便会有一报，如影随形[④]。而第5回《红楼梦曲》最后的总结之曲唱的便是："有恩的死里逃生，无情的分明报应"，前半句是讲"福善"（善有善报），后半句的"无情"便是"淫"[⑤]，后半句是在讲"祸淫"（上文"（3）、⑧"有论）。后四十回拎出的"福善祸淫"之旨正好就和第5回总结全书之曲相照应，全书书名又作"风月宝鉴"，书中行淫

---

① 如果没有本书依据后四十回第116回"福善祸淫"四字而做的上述那番揭示，读者恐怕至今仍未能读出。

② 即便有后四十回中的第116回揭示此"福善祸淫"四字来作为全书主旨，如果没有本书上文那番揭示证明，人们恐怕仍然读不出全书120回"诸淫事皆有恶报"的旨趣来。正因为此，人们还会误会"福善祸淫"这四字主旨是高鹗伪续后四十回时强加给《红楼梦》全书百二十回。

③ 实则有关，即"万恶淫为首"，以淫为首的各种恶行消损了家长与家族的福德，从而招致抄家。

④ "好事"即"淫"，"多魔"即多报应。因此"好事多魔"就是一淫有一报、淫欲之报如影随形之意。

⑤ 在作者曹雪芹也即《红楼梦》的话语体系中，淫＝无情，真情＝无淫。

之人全都不得好报，更加可以证明：后四十回此"福善祸淫"四字之旨绝对就是曹子之旨，标举此四字主旨的后四十回绝对就是曹雪芹的原文。★

反观《红楼梦》全书，"福善"是虚陪，而"祸淫"才是正文，全书乃一部"福善祸淫"之书应当无可疑议。后四十回揭出这"福善祸淫"四字来，大出所有世人意料之外，显然只可能是作者曹雪芹才敢写出的大手笔，这一宗旨断然不是其他人所能续写得出！这正是第五回脂批称颂其书："多大胆量敢作如此之文！"①

2．全书"戒淫"主旨即警幻"戒淫"法门的前后照应

清人诸联为《红楼梦》所写的《明斋主人总评》说："或指此书为导淫之书，吾以为戒淫之书。"然而，能认识到这一点的人，自古以来可谓凤毛麟角。这也难怪所有读者都会被此书色相所迷而受其毒害，不蒙其益，反有性命之忧。正如正照"风月鉴"的贾瑞有性命之忧，凡是正面读《红楼梦》情欲情节者，沉迷其中，不思书中字面之下（即文字背面）蕴藏的"祸淫、戒淫"之旨，也会有性命之忧②。今特揭明全书"戒淫"主旨，也即警幻"戒淫"法门，以期世人读《红楼梦》时能有正确的领悟，不再辜负作者曹雪芹的良苦用心。

何以世人皆为本书色相所迷？其原因便在于单纯读前八十回，在没有注意到后四十回中第93回包勇来告甄宝玉"戒淫"事之前，所有人都会认为：前八十回中第5回所写的警幻"戒淫"主张，乃是作者"虚晃一枪"的矫情之言。

① 见第五回"吾所爱汝者，乃天下古今第一淫人也"句甲戌本侧批。
② 清道光朝人陈其元《庸闲斋笔记》卷八"红楼梦之贻祸"条："淫书以《红楼梦》为最，盖描摹痴男女情性，其字面绝不露一淫字，令人目想神游，而意为之移。所谓'大盗不操干矛'也。丰润丁雨生中丞巡抚江苏时，严行禁止，而卒不能绝，则以文人学士多好之之故。余弱冠时，读书杭州，闻有某贾人女明艳、工诗，以酷嗜《红楼梦》，致成瘵疾。当绵缀时，父母以是书贻祸，取投诸火，女在床乃大哭曰：'奈何烧杀我宝玉！'遂死。杭州人传以为笑。此书乃康熙年间江宁织造曹楝亭之子雪芹所撰。楝亭在官有贤声，与江宁知府陈鹏年素不相得，及陈被陷，乃密疏荐之，人尤以为贤。至嘉庆年间，其曾孙曹勋，以贫故，入林清'天理教'。林为逆，勋被诛，覆其宗。世以为撰是书之果报焉。"（见一粟《红楼梦资料汇编》第382页。）清乾隆朝人陈镛《樗散轩丛谈》卷二《红楼梦》条："《牡丹亭》杜丽娘死于梦，《疗妒羹》小青死于妒，二者不外乎情，然皆切己之事也。昨晤江宁桂愚泉，力劝勿看《红楼梦》。余询其故。因述常州臧镛堂言：'邑有士人贪看《红楼梦》，每到入情处，必掩卷瞑想，或发声长叹，或挥泪悲啼，寝食并废，匝月间连看七遍，遂致神思恍惚，心血耗尽而死。'又言：'某姓一女子，亦看《红楼梦》，呕血而死。'余曰：此可云隔靴搔痒，替人耽忧者也。然《红楼梦》实才子书也。初不知作者谁何，或言是康熙间京师某府西宾常州某孝廉手笔。巨家间有之，然皆抄录，无刊本，囊时见者绝少。乾隆五十四年春，苏大司寇家因是书被鼠伤，付琉璃厂书坊抽换装钉，坊中人藉以抄出，刊版刷印渔利，今天下俱知有《红楼梦》矣。《红楼梦》一百二十回，第原书仅止八十回，余所目击。后四十回乃刊刻时好事者补续，远逊本来，一无足观。近闻更有《续红楼梦》，虽未寓目，亦想当然矣。"（见一粟《红楼梦资料汇编》第349至350页。）其言后四十回乃他人伪续，当出自"想当然"，笔者撰《宁荣府大观园图考》《红楼时间人物谜案》及本书特加驳正。其言《红楼梦》是常州举人所著，令鄙邑蒙光，然实非也，当是《红楼梦》续书甚伙，其中就有常州举人撰著者，后人误传所著为《红楼梦》。

因为就在这一回中，警幻特地向宝玉传授了"云雨"这一淫事，然后说："而今后万万解释，改悟前情，将谨勤有用的工夫，置身于经济之道。"警幻在大幅导淫中缀以一两句戒淫之语，岂非欲擒故纵、南辕北辙、前后矛盾，与历来淫书"劝百讽一"的手法如出一辙？而世人多情多欲，显然更会关注警幻的导淫成分，而忽视其戒淫忠告，难怪清人徐凤仪《红楼梦偶得》对警幻这一矛盾之举作批说："第五回警幻'如今后'①数语，譬如传邪教者授受之时，必有'不许犯淫欲'之戒，孰又戒欤？"指出作者这么写、警幻如此说，真像是传邪教者表面说要戒淫，而私底下却仍抵挡不了肉欲的诱惑而行纵欲之事般虚伪；就像作淫书者"劝百讽一"，于结尾处用一两句因果报应的话来掩盖全书淫欲秽笔般可笑，这就更加给人以曹雪芹此书乃导淫之书而非戒淫之书的印象来。

陈其泰评第 5 回时也说："警幻言：'好色即淫，知情更淫'，乃复导宝玉以淫，何耶？"②也认定警幻戒淫之语乃"虚晃一枪"而不可信。张新之更直截了当、直白露骨地批："《红楼梦》面子是淫书，作者已直认不讳！"即作者表面借警幻之口说些"戒淫"主张，从本质上看，其书仍是宣扬情欲的淫书。

而上文我们一再指出：前八十回到处在写淫欲致祸的"祸淫"情节。因此，警幻第 5 回真的是在"以淫止淫"，只不过她尚未来得及实施下一步的"止淫"教化，贾宝玉便被"迷津"中的夜叉惊醒。于是警幻便要把她对宝玉下一步实施的"止淫"教化，通过第 12 回贾瑞所照之镜，以及后四十回中第 93 回包勇转述甄宝玉梦中成功领受警幻戒淫教法这两件事来"和盘托出"。所以要把第 5、12、93 这三回书加起来，才能完整建构出作者所统一构思的、旨在体现其戒淫法门、点明全书别名《风月宝鉴》这一"戒淫"题旨的艺术整体③。

由于这一构思主旨分散在不相连的三回，而且还分布在前八十回与后四十回这被今人"人为"分开的两大部中。清朝人固然大多接受后四十回为真本，但由于"戒淫"这一构思主旨分布在不相连且相去甚远的三回，所以能看破的人也很少。而民国自胡适以来，又视后四十回为伪续，前八十回与后四十回被一道无人敢越的"鸿沟"人为割裂，这一割裂至今已有百年，影响根深蒂固，更加没人敢越雷池半步而把后四十回与前八十回连贯起来，整体地加以参看和讨论；全书"戒淫"这一构思主旨，便因分布在前后两部而割裂不完，更加没人能读出并揭示。

下面我们便对这三回作深入分析，以揭示作者曹雪芹对人类情欲的反思和对人类解脱情欲法门的探索。同时又由第 93 回对第 5、12 回警幻教化的揭示之功，证明后四十回与前八十回只可能是同一人所作的不可分割的艺术整体。

---

① 如今后，上引《红楼梦》原文是作"而今后"。
② 《桐花凤阁评〈红楼梦〉辑录》第 62 页。
③ 这也是作者所最擅长的"草蛇灰线"、"云龙雾雨"法的体现。

（1）第5回体现出的警幻教化的第一步"导淫"——"天人法"

警幻仙子的戒淫法门便是"以淫止淫，借淫说法，先导淫再导其出淫"。

其第一步是"导淫"，第二步是"出淫"，不导则不能入，不入焉能出？

这就涉及两个问题：

一是宝玉为何需要警幻仙子来"导淫"？原因便在于他是天人①下凡，这其中有深刻的佛理在内。

二是警幻为何想到要用"导淫"②之法来教导宝玉？因为这么做可以收到"曾经沧海难为水"般"以淫止淫"的效果。这一顺应众生"好③欲根机"所作的权巧方便的教化法门，便仿自佛陀教化难陀的"天人④法"。

第5回警幻仙子为何要在梦中教化宝玉？警幻拉着宝玉的手，向众仙姬笑着这样解释："你等不知原委。今日原欲往荣府去接绛珠⑤，适从宁府经过⑥，偶遇宁、荣二公之灵⑦，嘱吾云：'吾家自国朝定鼎以来，功名奕世，富贵流传，已历百年。奈运终、数尽，不可挽回；我等之子孙虽多，竟无可以继业者。惟嫡孙宝玉一人，禀性乖张，用情怪谲；虽聪明灵慧，略可望成；无奈吾家运数合终，恐无人规引入正。幸仙姑偶来，<u>望先以'情欲、声色等事'警其痴顽</u>，或能使他跳出迷人圈子，入于正路，便是吾兄弟之幸了。'如此嘱吾，故发慈心，引彼至此。先以他家'上、中、下三等女子'的终身册籍令其熟玩，尚未觉悟；故引了再到此处⑧，遍历那饮馔、声色之幻，或冀将来一悟，未可知也。"

可见宁荣二祖嘱托警幻对宝玉所行的教化之事实有三步：第一步，以"情欲、声色等事"来引导宝玉要食人间烟火，警幻在前八十回的此回中完成了这一施教，但未收到积极的效果。第二步乃"警其痴顽"，前八十回警幻未能实施到这一步，宝玉便已惊醒。第三步"或能使他跳出迷人圈子，入于正路"，即宁荣二祖是要宝玉通过中举来挽救贾府的衰落，希望宝玉坠入"迷津"（"情欲、声色等事"）后，能凭借其灵气再度跳出"迷津"来挽救整个家族（即改恶从善、

---

① 天人，指天上之人，也即神人。

② 古有"诲奸导淫"一词，指引诱人做奸恶淫荡等坏事。

③ 好，读"喜好"的"好"。

④ 此"天人"指"惊若天人"之"天人"，指天上的美女、而非人间的美女。佛告诉世人：天人要比人间的美人美上无量数倍。

⑤ 指接林黛玉午睡之魂到"太虚幻境"中来游玩。也即警幻仙子本来打算在梦中让林黛玉梦游仙境，结果反倒让宝玉游了仙境，作者笔法可谓巧妙。

⑥ 宁府在东，荣府在西，警幻由宁府去接荣府之黛玉，可证警幻是由东往西而来，这就证明"太虚幻境"在"宁荣二府"之东。而现实世界中的"汉府"正在"江宁织造府"东，小说所写的是镜像，"太虚幻境"（汉府）当在"宁荣二府"（江宁织造府）之西为是。或是"太虚幻境"原本就不是汉府（这一可能性为小），或是作者忘了做"东西相反"的镜像处理，没有把原型中的在东改成小说镜像中的在西（这种可能性为大）。按："太虚幻境"即汉府，详笔者《宁荣府大观园图考》"第一章、第四节、五"。

⑦ 宁荣二公之灵，显然在贾府的宗祠中，而据《宁荣府大观园图考》"第二章、第三节、一、（二）"考，"贾府宗祠"正在"宁、荣二庑"之间，从宁国府往西至荣国府，正要经过宗祠，遂与宗祠"祖先堂"上的宁荣二公的在天之灵相遇。

⑧ 引了他再到这后院中来。

振兴家族），所以后四十回写"宝玉中举而贾家复兴"，便与前八十回此处所言正相吻合。★

由于宁荣二祖嘱托警幻用"情欲、声色等事"警宝玉之痴顽，所以警幻先用"红颜薄命"的册子警其对色相之迷（即让宝玉认识到美色的幻妄和不幸），再用"群芳髓"之香，"千红一窟（哭）"之茶，"万艳同杯（悲）"之酒，那名为《红楼梦》的十二支曲（曲名《红楼梦》实寓"红颜薄命"之旨）①，再度警醒他对色相的迷妄（以上过程就是下引警幻所说的："醉以灵酒，沁以仙茗，警以妙曲"，妙曲也就是宁荣二祖所嘱托的"声色"之事②）。可惜宝玉甚无趣味，警幻因此叹息着说道："痴儿竟尚未悟！"正因为还没有觉悟，所以下来便要实施警幻所说的"再将吾妹一人……许配于汝"这一宁荣二祖所嘱托的"情欲"之事的教化。那宝玉为何需要有人来教导他性爱之事呢？

由于宝玉只会"意淫"，不识人间的性爱，于是警幻便不得不应宁荣二祖的嘱托，教会宝玉行"人道"之事，想以享受淫欲之乐的方式，来改变宝玉此前的孩子气（即天真幼稚的心态），成长为有责任担当的男子汉，从而能肩负起振兴家族的责任使命。少年的"成人仪式"，莫过于通过性爱来让少年成为男人。

为了达成这一目的，警幻便引宝玉来到一所闺阁中，看到有位美女兼有宝钗、黛玉之美，警幻说："尘世中多少富贵之家，……皆被淫污纨绔与那些浪荡女子悉皆玷辱。更可恨者，自古来，多少轻薄浪子，皆以'好色不淫'为饰，又以'情而不淫'作案，此皆饰非掩丑之语也。<u>好色即淫，知情更淫。</u>是以巫山之会、云雨之欢，皆由既悦其色，复恋其情所致也。吾所爱汝者，乃天下古今第一淫人也。"

宝玉听了，吓得忙说："仙姑差矣。我虽懒于读书，但深受父母垂训，岂敢冒此'淫'字？况且年纪尚小，不知'淫'为何物。"所言不假，宝玉的确不知"皮肤之淫"为何物。

警幻道："非也。淫虽一理。意则有别。如世之好淫者，不过悦容貌、喜歌舞，调笑无厌、云雨无时，恨不能尽天下之美女，供我片时之趣兴：此皆皮肤淫滥之蠢物耳！如尔，则天分中生成一段痴情，吾辈推之为'意淫'。'意淫'二字，惟心会而不可口传，可神通而不可语达。汝今独得此二字，在闺阁中固可为良友，然于世道中未免迂阔怪诡，百口嘲谤，万目睚眦。今既遇令祖宁荣二公剖腹深嘱，<u>吾不忍君独为我闺阁增光，见弃于世道，是</u>特引前来，醉以灵酒，沁以仙茗，警以妙曲，再将吾妹一人，乳名兼美【兼薛、林之美】、字可卿者，许配于汝。今夕良时，即可成姻。不过今汝领略此仙闺幻境之风光尚然如此，更何况尘境之情景哉？而今后万万解释，改悟前情：将谨勤有用的工夫，置身于经济之道！"

说毕，警幻向宝玉秘授男女交合的云雨之事，推宝玉入帐。宝玉与可卿不

① 此十二支曲唱的全都是"薄命司"中美人的事情，总名"红楼梦曲"，可证"红楼梦=红颜薄命"。
② 声色，即美女唱歌跳舞之意。

可避免要发生那种楚王与巫山神女相会在"巫山（阳台山）、巫峡"所行的云雨之事①，一连数日柔情缱绻，软语温存，难解难分。警幻见状，便当实施更下一步"戒淫"的宣教，让其能从淫欲中警醒，将其有生之年的全副身心用于正道，唯有如此，方能让宝玉这位下凡的神人完成家族使命后，又能最终重返天界。

①宝玉为何要人教导其行淫的佛法解释

警幻的第一步教化便是"导淫"，那宝玉为何要别人来教导他行淫呢？这曾是笔者百思不得其解的问题，恨无缘起曹子于九原而问之，后来终于想通，这得用佛法的"六道轮回"来解释。

宝玉原本是天上的"神瑛侍者"下凡。神瑛与绛珠在"太虚幻境"中日久生情，"情"与"欲"相通，故"太虚幻境"相当于佛教所说的"欲界诸天"的范畴。"天"即天神，"欲界诸天"即尚未彻底摆脱情欲的天神们。

这类有情欲的天神如何来满足自己的情欲？佛门在禅定中能观察诸天的生存状态，所以，佛经《长阿含经》卷20、《俱舍论》卷11便载有"欲界诸天"满足情欲的方式（相当于人间所谓的"行淫"方式），自低至高共有五种：

①最低层的是居于须弥山腹的"四王天"和居于须弥山顶的"忉利天"，全都与地相连，故为地居诸天，淫事与地居的人类无有差别。

再往上去的②"夜摩天"，于欲境知"时分"，即到某一时刻才会有行此欲事的欲望冲动，非常有节制，以相抱成淫。

再往上去的③"兜率天"，于诸欲境知"止足"，以握手成淫。

再往上的④"乐变化天"欲心微薄，以相互微笑成淫。

最顶上的⑤"他化自在天"欲念渐尽，故以相视成淫。

换句话说，除了最底层的天神要像人类那样，通过男女二根的研摩交合来获得情欲释放外，其上诸天只需要拥抱、握手，乃至微笑、注视，便可获得远超肉欲的、基于心灵的情感满足②，从而也就彻底摆脱人间那种"欲气粗浊、腥臊交媾、脓血杂乱"③的淫欲烦恼，这便是书中所谓的"意淫"。

第5回警幻仙子对宝玉说："淫虽一理，意则有别。如世之好淫者，不过悦容貌、喜歌舞，调笑无厌、云雨无时，恨不能尽天下之美女，供我片时之趣兴，此皆皮肤淫滥之蠢物耳。"这说的便是人间的行淫。

---

① 按战国时楚国人宋玉《高唐赋》："昔者楚襄王与宋玉游于云梦之台，望高唐之观，其上独有云气，……玉曰："昔者先王尝游高唐，怠而昼寝，梦见一妇人曰：'妾，巫山之女也。为高唐之客。闻君游高唐，愿荐枕席。'王因幸之。去而辞曰：'妾在巫山之阳，高丘之阻，旦为朝云，暮为行雨。朝朝暮暮，阳台之下。'"

② 可见底层生命继承了上层生命的性爱方式，所以人类的性爱方式能集其上诸天所有性爱方式的大成，而人类更往下的畜生、饿鬼、地狱道众生更能集人类的性爱方式而又增添新的内容。这也强烈暗示出：底层生命其实来自于上层生命的堕落，而上层生命来自底层生命扬弃肉欲后的心灵的纯净与升华。

③ 《楞严经》中语。

她又对宝玉说："如尔则天分中生成一段痴情，吾辈推之为'意淫'。'意淫'二字，惟心会而不可口传，可神通而不可语达。汝今独得此二字，在闺阁中，固可为良友；然于世道中，未免迂阔怪诡，百口嘲谤，万目睚眦。"说的便是宝玉乃天神下凡，而黛玉、宝钗等亦然，所以他们全都只会天上的"意淫"（拥抱、握手，乃至微笑、注视便能获得情感的满足），而不会像人类或畜生行那种皮肤滥淫的"肉欲"之事，这便无法完成人间传宗接代的使命（也即无法实行"人道"①之事），所以宁、荣二府的祖先要恳求警幻仙子："幸仙姑偶来，万望先以情欲声色等事警其痴顽"，即让警幻仙子来对宝玉做一番"人间性爱"的启蒙工作。

宝玉是天上的神瑛侍者，而天人情欲的满足，除最底层的帝释天、四天王天与人类一样行房事外，其余诸天只要拥抱、握手、微笑、对视，便可满足自己的情欲，乃至没有情欲。贾宝玉便是这种天人（天上之人）下凡，所以只知道天上的"意淫"，不会实行人间的肉欲之事（即警幻所言的"皮肤淫滥"之事），于是也就需要有人（警幻仙子）来教会他行人间的"人道"之事。

作者这番描写完全符合"楔子"所说的宝玉乃神人下凡的事实，绝非作者随手所写的现实世界中并不存在的"矫情"情节。曹雪芹自称自己这部《红楼梦》名为"情僧录"，声称自己是位有佛法觉悟的"情僧"，所以《红楼梦》一书原本就有极其深厚的佛学文化背景，而其本人也有从十岁左右的少年时期便已开始的很深的佛学修为功底。书中提到的"意淫"也和佛法相合，透露出神人关系的巨大哲学命题（下详）。第42回脂批说全书是"作者一片苦心，代佛说法，代圣讲道"，所以全书"情僧录"的书名，也就指明《红楼梦》其实是为弘扬佛法而作，是用小说来印证和阐扬佛法中的"福善祸淫"这一因果报应之旨。我们很有必要用佛学的观点来重新审视《红楼梦》这部伟大的作品，填补该领域的研究空白。

今将书中"意淫"背后所蕴藏的"神、人、魔"关系的哲学命题试阐述如下：
（a）"六道"的区别在于德行的修为
佛教认为：凡是有"欲"有"情"的生灵都要降生"欲界"，而无"情（欲）"有"想"的生灵②方能投生更高层次的"色界天、无色界天"，乃至最高层次的三界之外（即通过"觉悟"到达"彼岸世界"而成"佛"），语见《楞严经》卷八："●纯想即飞，必生天上；若飞心中兼福、兼慧，及与净愿，自然心开，见十方佛一切净土，随愿往生③。●情少想多，轻举非远，即为飞仙、大力鬼王、飞行夜叉、地行罗刹，游于四天，所去无碍。其中若有善愿、善心，护持我法；或护禁戒，随持戒人；或护神咒，随持咒者；或护禅定，保绥法忍；是等亲住

---

① 人道，指男女交合。
② 即超脱"情、欲"（即肉体羁绊）而有智慧之想（即灵性觉悟）。
③ 此即"到彼岸"的意思。

如来座下。①●情想均等，不飞、不坠，生于人间。想明斯聪，情幽斯钝。②●情多想少，流入横生，重为毛群，轻为羽族。③●七情三想，沉下水轮，生于火际，受气猛火；身为饿鬼，常被焚烧；水能害己，无食、无饮，经百千劫。④●九情一想，下洞火轮，身入风火二交过地。轻生有间、重生无间二种地狱。●纯情即沉，入阿鼻狱。若沉心中有谤大乘，毁佛禁戒，诳妄说法，虚贪信施，滥膺恭敬，五逆、十重，更生十方阿鼻地狱。"

所谓"想"，即由"戒、定"两者所修得的"慧"根——"澄心观想"；所谓"情"，便是不知"戒"和"定"而习染的"欲"根——包括"情"和"欲"两者在内。"十想无情"为佛，"情少想多"为天仙，"五情五想"为人类，"六情四想"为畜生，"七情三想"为饿鬼，"九情一想"乃至"十情无想"入地狱。前者属三界之外，第二者分布于无色界、色界、欲界这三界中。天仙中情分多者以及后四者属欲界。

可见：三界之外的"佛"，与三界中的"六道群灵"（天、人、阿修罗、畜生、饿鬼、地狱）并无差别，其差别只在于道德修为的高低。故每个人（即每个个体生命）不可以不修行，修行的关键便在于"修道德"，不修行便失德而堕落，修行则有德而日渐上升。人间之所以需要"宗教"，便在于宗教是众生上升的通道，可以绝地而通天。

（b）"三教"的区别在于为善的高低

按照佛教"六道轮回"的观点：人处于"六道"的中间层：上有天神，下有畜生、饿鬼、地狱这"三恶道"众生（"阿修罗"道遍布于另五道中，故不单列）。前者（天神）欲心淡薄乃至根除，后者（"三恶道"众生）欲根深染而无法解脱。

对于从神界下凡之人而言，其欲心淡薄乃至无有，富有神性而缺乏人性（所谓"人性"，可以理解为行"人道"之事的性交欲望，以及人类那种比天神要低的道德观念），所以需要增加一点人性的欲望和人道的习气，才能算作人，才能由神转化为人（比如像宝玉那样，需要有人来引导他行传宗接代的人道之事）。

而对于从阴曹地府由畜生、饿鬼、地狱道投生来的人而言，他们欲根深种，缺乏神性和人性，这便是警幻仙子口中所说的"皮肤淫滥之蠢物"，所以要增加一点神性，少一点欲望，多一点"人之为人"的道德观念（即"人性"），处处要以"道德"来对欲望做自我节制。

正因为人类处于上下的正中，可上可下：多了神性，便无法适应"人道"的生活；少了人性，只知"食色"两种欲望⑤，而无道德礼法的节制，便成了今世的禽兽、来世的畜生而沦为"非人"。

---

① 这便是护卫佛法的"天龙八部"等神明。
② 此指出了"欲令智昏"的道理，即：清心寡欲者方能开智慧。
③ 此指出：淫欲不除，堕为畜生。
④ 此指出：欲根深重则为鬼类，乃至打入地狱，不得超生。
⑤ 古人又称之为"饮食、男女"。

所以为人之道便在于"灵"与"肉"平衡。人之为人、社会和谐安宁的关键便在于"取中道",这便是儒家所倡导的"中庸之道",也即孔子"克己①复礼"所主张的用"礼节"来节制欲望、教化世人、治理世间的"礼治"思想,也即理学家"存天理、节人欲"的主张②。

而佛、道两家旨在出世,旨在复还天界,佛教更主张超出三界之外而成佛,故其教导之法增加神性而减除人道,所以会被主张"中庸之道"的儒家力加排斥。

其实"儒、释、道"三教皆教人为善,儒家"教人为人",道家及西方的基督教"教人为神(天神)",佛教则"教人成佛"而超出三界之外,各有其目的主张,但皆以"教人为善"为手段,反对纵欲所受肉身的蒙蔽,只不过为善与超脱肉体束缚的层次有低、中、高之别而已。

(c)宗教与魔说的区别在于灵与肉的此长彼消

世界各大宗教无不"教人为善",其目的便在于让人能保其人身,进而能修得更好、更美、更善的天身,乃至觉悟而成至真至美至善的佛身。其关键便在于重视自己的灵魂而节制自己的肉欲。

而天魔不愿"人之为人",更不愿其"为神、成佛"。故今日世界"纵欲"之说盛行,物欲横流,处处教人恣行淫欲、食欲,无非就想让芸芸众生堕入"畜生、饿鬼、地狱"这三恶道,供天魔役使而不得自由,目的就是要壮大魔界的势力,削减神界的影响。

故释迦牟尼29岁出家,35岁成道将入涅槃而成佛之际,天魔首领"魔王波旬"(即基督教的撒旦),以美女、荣华富贵,引诱释迦牟尼沉迷世间五欲之乐而莫成佛③,这样便可以让释迦牟尼及其信徒全都沦为天魔的附庸而无力与天魔抗衡,结果遭到佛的严词拒绝。

然后,天神的首领"大梵天"(即基督教的上帝)④,则到佛面前跪拜,请求佛千万不要这么快就成佛离世,而当在人间布道,这样便能让更多的众生明

---

① 己,指一己私欲。

② 宋明理学倡导"存天理、灭人欲",但灭除人欲乃天道而非人道,失之于"过分",有违孔子"中庸之道",故此处修正为"节人欲"。

③ 其事全同耶酥成道时,撒旦前来诱惑耶酥;这是证明犹太教、基督教与佛教皆通真理的实证。按《圣经》的"马太福音":撒旦化身为试探者,前来对耶酥说:"你若是神的儿子,可以吩咐这些石头变成食物。"耶稣回答:"《经》上记着说:'人活着,不是单靠食物,乃是靠神口里所出的一切话。'"魔鬼又带他进了圣城,叫他站在殿顶上,然后对他说:"你若是神的儿子,可以跳下去,因为《经》上记着说:'"主"要为你吩咐他的使者用手托着你,免得你的脚碰在石头上。'"耶稣对他说:"《经》上又记着说:'不可试探"主"、你的神。'"魔鬼又带他上了一座最高的山,将世上的万国与万国的荣华都指给他看,对他说:"你若俯伏拜我,我就把这一切都赐给你。"耶稣说:"撒旦退去吧!因为《经》上记着说:'当拜"主"、你的神,单要侍奉他。'"魔鬼无计可施地离开耶稣,于是有天使前来伺候耶稣。

④ 美国华裔佛教居士冯冯《"耶稣神秘失踪的十八年"疑案——佛教与基督教的渊源探原之一》曾经考明:犹太教祖先亚伯拉罕为"阿婆罗门"的音译(见http://bbs.tianya.cn/post-647-18034-1.shtml),意为人间最虔诚的婆罗门信徒(阿,即字母A,在所有字母中排第一,故有"最"之意),这位"阿婆罗门"从古印度把婆罗门教传到西亚,

悟积德修善之路而上升天界，壮大神界的力量以抗衡魔界。释迦牟尼欣然接受上帝的请求，在人间布道45年，于79岁决定涅槃成佛。

此时，天神与凡人皆为之悲泣，唯有魔王波旬兴高采烈地来到佛的面前，请求佛赶快入灭成佛而获解脱，因为这样的话，就可以让人间再也听不到佛亲口宣扬的教化，魔说便可横行，人类便可成为魔民、魔徒，天堂为之日空，天地之间魔多而神少，魔界便能压倒上帝及其下属帝释天所构成的、维系下界平安的神界体系，在未来魔界与神界相抗争的最后一战中获胜。

释迦牟尼佛爽快地答应天魔的请求而入涅槃，但临终时告诫弟子：要把自己这位觉悟者亲口所说的"觉悟世间真相的佛法"流传到后世，并命令一代代的弟子们全都要以"戒"为师，教化世人供奉"佛法僧"三宝，并通过"戒定慧"三者来修行。这样的话，佛虽然涅槃离世，而"佛法僧"三宝仍然驻世，佛法依然能驻留世间来救度众生进入更高境界，魔王依然难得其逞。①

②警幻"曾经沧海难为水"的"导淫"教法

佛门言五欲之乐乃"眼耳鼻舌身"之乐。"六根"中除此五根外，尚有一"意"根。"意"可以指挥另五根，"六根"以"意"为主："意根"清净，则"眼耳鼻舌身"五根全都能得到清净，所以修行便要"擒贼先擒王"，从净化"意根"下手而做到"六根清净"；反之，"意根"陷于淫念之中，则"五根"便会沉迷于淫欲之中，这便是六祖慧能《六祖坛经》中说的"邪迷之时魔在舍"。故警幻仙子要特地拈出能沉迷于意根之乐、而使五根彻底沦丧于淫乐之中的"意淫"两字来，作为点化宝玉的枢机。

五欲之乐以性爱为极乐，是人世间最快意的享乐，能全面涵盖此六根之乐。警幻本着迎合众生"趋乐避苦"这一本性的初衷，来设计其善巧方便的教化法门，在迎合众生心意的过程中，慢慢引导其明悟"快乐空幻、其实乃苦"的真相②。所以她也就要用美色来对宝玉的眼根之乐，以仙乐《红楼梦曲》来对宝玉的耳根之乐，用"群芳髓"之香来对宝玉的鼻根之乐，用"千红一窟（哭）"之茶、"万艳同杯（悲）"之酒来对宝玉的舌根之乐，最后更以兼有黛玉、宝钗两人形容、体态之美，也即人间所无、仙界才有的③"惊若天人①"的天上美女与之交合，以交合中产生的"以身触为主、而眼耳鼻舌意皆参与其中的淫欲之乐"，来对宝玉的六根，从而让宝玉获得人间远逊、天界才有的淫欲之乐。

警幻便以这种人间无法享受到的、仙界才有的"五欲六根的至乐"来感化宝玉，让宝玉明白：他早已享受过天界的极乐，对于人世间的五欲之乐早已不必留恋，从此以后便可息心于世俗一切"五欲六根之乐"，专心致志于正经之道，不为人世间"五欲六根之乐"，尤其是美色淫欲之乐所惑。这便是警幻所言的："不过令汝领略此仙闺幻境之风光尚然如此，更何况尘境之情景哉？"这便是唐代大诗人元稹哀悼亡妻所写的"悼亡"诗中"曾经沧海难为水，除却巫山不是云"之旨的体现。（按：元稹此诗实本《孟子·尽心上》"观于海者难为水，游于圣人之门者难为言"句化来，儒家亚圣孟夫子才是"曾经沧海难为水"的发明者！）

而且其香是"群芳髓"，茶酒是"千红一哭、万艳同悲"，《红楼梦》十二支曲又都是"薄命司"中"红颜薄命"的女子们的可悲感之曲。诸位美女虽美，但警幻早已让宝玉读到她们的判词，明白诸位美艳女子的结局全都"红颜薄命"而可悲。

可惜宝玉对以上香、茶、酒、曲、词、美人这六者所处处点明的"红颜薄命"之旨[2]全都没有领悟到。根据今本后四十回，宝玉要到第116回再游"太虚幻境"时才有所领悟，此时"太虚幻境"也因其即将觉悟而化作"真如福地"。正因为宝玉对警幻此次教化未有领悟，自然也就会招感出下面那番"迷津"境界（见下文④）。

③警幻"以淫引导宝玉出淫"教法的佛教渊源——仿自佛陀教化难陀的"天人法"

警幻以淫引导宝玉出淫，作者的这一构思应当仿自佛陀度化难陀的"天人法"。

难陀长相俊美，又娶释迦族最美的女子孙陀利为妻，不愿出家。一次，世尊释迦牟尼向他化缘，他端出饭菜，佛却不接受他的供养扬长而去。难陀很奇怪，于是手捧这碗供佛的饭菜，尾随释尊，送到精舍中来。佛留他和僧众们一起用膳，释尊问他："你到我们精舍来，是不是愿意出家了？"难陀不敢拒绝，但落发后又一直想回家，对妻子百般思念，甚至把妻子的容貌画在石板上念念不忘。

释尊见他无法从爱欲中自拔，于是问他："你果真认为孙陀利的美无人能及吗？"释尊这时指着园中一只老母猴对他说："从真相上说，她其实和这只母猴长得一样[3]。"难陀当然不信。释尊笑着带他进入天上的"忉利天宫"，看到宫中

---

① 此"天人"可以用佛法中所谓的"玉女宝"来比附。所谓"玉女宝"即：此女颜貌端正，色相具足，身则冬温夏凉，诸毛孔中出栴檀香，口出青莲花香，言语柔软，举动安详，食自消化，不同于世间女子再美，其身也会有种种不净流出。

② 按：群芳髓、千红哭、万艳悲、薄命司都在点"红颜薄命"之旨。

③ 众生平等，都是基因造就，构成的原料完全相同，只不过基因的编码顺序有所不同罢了。

的天女们有的在散花，有的在舞蹈，有的在奏乐，个个身姿袅娜、妖媚绝伦。难陀称赞说："这都是人间从未看到过的美女啊！"释尊叫他去问："如何才能降生在这儿？"天女们回答说："我们这儿是忉利天宫中的一所天宫，别的天宫都有天子了，我们殿的天子位置还空缺在那儿。人间'迦毗罗卫国'佛陀的弟弟难陀，因为出家修行的功德，将会托生在这儿，我们都是他的妃子。这儿的天人能享受五欲方面的极乐，寿命3650万年，有享不尽的荣华富贵。"

于是佛问难陀："这些天女的容貌与孙陀利相比，如何？"难陀激动地回答说："孙陀利要是和这些天女相比，简直就像您刚才说的那样——和老母猴一样丑！我还是赶快回去修行吧。"

释尊告诉众比丘："不要接近难陀，因为他是为了得到仙女而修梵行①。"难陀感到孤独，于是问阿难："你们为什么不理睬我？"阿难说："因为你想得到的是仙女，而我们想得到的是解脱。"难陀非常悲哀。

于是释尊开始对难陀实施第二步教化，即带难陀前往"铁围山"的地狱。只见那儿阴风凄凄，黑雾中有无数刀山、剑树、铁煲、铜柱、油锅、血河，无数受苦的众生狼嚎般凄惨吼叫，鬼王、鬼卒们用钢鞭和狼牙棒驱打他们。难陀感到极度恐怖，释尊笑道："难陀，不要害怕，你只是来参观的，他们奈何不了你。"

难陀在参观中看到一口大锅中的沸油烧得"吱吱"作响，却没看到受刑之人，鬼卒回答说："'迦毗罗卫国'的二王子难陀好色，先娶美女孙陀利，后又发愿修行，要到天上享受五欲。等他3650万年的天福享尽，身上只剩罪孽，他便会堕入这层地狱，这口大油锅便是为他准备的。因为每个人的身上，原本就因善行而有福报，因恶行而有孽报；由于天上只有福享，没有罪受，所以他身上的福报全部享尽后，便只剩下浑身的罪孽了，于是多么高的一层天，便会堕入多么深的那层地狱，两相对应，丝毫不爽。地狱众生没有'死'，只有死了再活、活了再死，就如同睡梦中的人，梦到自己被痛苦地杀死，醒来却仍然活着。地狱中受的酷刑，就像梦那般可怖地死了又生、生了又死，永不停息，痛苦不已。"

这便是《水陆仪轨会本》"第十行、供下堂法事"之"奉供下堂十四席"中的第七席所言的："伏以善心初发，上天之宝殿先成；恶念才萌，下地之火城已具。故知现起之业行，可卜未来之报缘。"即难陀随佛出家，而天上忉利天宫中的宝殿已经形成；但难陀为美色出家，邪念才起，而地狱中为他准备的油锅又已出现。

又《水陆仪轨会本》"第八、为下堂说冥戒"之"为六道行'大乘忏悔法'②"言："至于行十善道，修世禅定，是为天业因，当得天趣报。然天中有五衰③，耽著欲乐，而不修行，福尽还堕。甚有直从上界，入地狱者。应须忏悔，

从实质来说，全都是造物主（大自然）的杰作，等无差别。

① 梵行，通过清心寡欲而能让人上升天界的一切清净、尊贵、值得赞叹的行为。

② 指为六道众生实行忏悔法事。

③ 五衰，即"天人五衰"，指欲界、色界天仙寿命将尽时表现出来的五种异象：(1)衣服垢秽，

灭除业障。"指前世修"十善道"而感得今世成为天仙者，由于天仙只有享乐，不似人间有痛苦而可修行，所以天上的福报享尽后，身上只剩下旧有的孽债，于是便要堕落到下界，甚至有的天仙会从天界一直堕入"六道"中最底层的地狱，所以天仙也要通过忏悔来灭除孽障。

难陀听后魂飞魄散，方知一切无常，连天福也有享尽来报之时，于是飞奔出地狱大门，朝释尊放声痛哭。释尊知道难陀已觉悟到"苦、空、无常"，便抚着他的肩膀说："难陀，不要害怕，专心修道吧！要知道，爱欲就好像执着火炬逆风而行。愚者不知道放下火炬，所以肯定会有烧手、烧身之患。贪、嗔、痴三毒不及早除之，必然会殃及自身。古来淫欲之人，没有一个有好下场！"

于是佛和难陀返回舍卫城，佛向难陀及五百弟子讲授《难陀入胎经》，难陀得以悟入圣道。随即佛又带众弟子来到瞻波林，在"仙人池"边再度向五百弟子宣讲《难陀入胎经》，难陀得以获证阿罗汉果位，成为"禁身者第一"，被诸比丘誉为"调和诸根第一"。①

④警幻也像佛那样，在导淫后实施教化，可惜未果

把第 5 回警幻教化宝玉之文，与上引佛陀教化难陀的情节两相对照，便可看出作者的构思，显然是在模仿佛经中的难陀故事，用天上的极乐来诱导宝玉履行"清心寡欲、修齐治平的清静梵行"。佛接下来用第二步的地狱场景来警醒难陀，而警幻同样也要用第二步的地狱场景来警醒宝玉，于是作者便写到了地狱般凶险至极的场景，即：

宝玉受警幻"云雨"性事之教后，与可卿不免有"阳台②、巫峡"之会，一连数日柔情缱绻，软语温存，难解难分。警幻见状，便像佛用地狱来教化难陀那样，实施更下一步"戒淫"的宣教，让宝玉能从淫欲中警醒过来，从而将其有生之年的全副身心用于正道，最终得以重返天界。③

于是有一天，警幻携宝玉、可卿闲游，至一所在，荆榛遍地，狼虎同群，凶险至极。忽有大河阻路，黑水淌洋，无桥可通，这便如同佛陀教化难陀的"铁围山地狱"般的场景。

宝玉正自彷徨，只听警幻说道："宝玉休前进，作速回头要紧！"这是在点醒世人：欲海无涯，"回头是岸"！宝玉止步忙问："此是何处？"警幻道："此即'迷津'也。深有万丈，遥亘千里，中无舟楫可通，只有一个木筏，乃木居士掌舵，灰侍者撑篙，不受金银之谢，但遇有缘者渡之。如果你堕落此黑暗的生死大海中，便深负我从前那番'以情悟道、守理衷情'之言矣。"宝玉正要答

---

(2)头上花萎，(3)腋下流汗，(4)身体臭秽，(5)不乐本座。又有"小五衰"：(1)乐声不起（即不再有天乐伴随），(2)身光忽灭，(3)浴水着身，(4)著境不舍（即耽恋于可乐之境，其心不再自由），(5)眼目数瞬。五种小衰相显现，如遇殊胜善根，仍有转机之可能，而大五衰相起，则必死无疑矣。

① 以上出《巧度难陀》，见 http://blog.sina.com.cn/s/blog_b239a33f01015cs1.html。

② 阳台，即"阳台山、巫山"，代指男女幽会、云雨，语出宋玉《高唐赋》。

③ 不导淫，宝玉不能行淫欲之事以传宗接代报答祖先；不出淫，宝玉不能复归天界功德圆满：警幻既要导淫，又要导其出淫，原因便在于此。

话，忽听得"迷津"之中雷鸣般一声巨响，竟然有一个夜叉模样的怪物窜出，直扑而来，吓得宝玉汗如雨下，失声喊叫着从梦中醒了过来。

警幻携宝玉、可卿闲游，便象征宝玉不知警醒地、任由这种迷恋"五欲声色"的生活继续发展下去而不思出离，这样便会进入一个人生的险境（即来到一处"凶极"①的所在）。警幻叫他"回头是岸"，便是叫他幡然警醒，否则便会深陷此万丈深渊的生死苦海而无法解脱（"堕落此黑暗的生死大海中"）②。

所谓"迷津"，其实就是佛家所谓的：欲界众生因有欲望而"生生死死、轮回不息、无有出期"的生死苦海。作者这番话语便在向世人点明："五欲六根之乐"是众生沉沦于欲界"天、人、畜生、饿鬼、阿修罗、地狱"六道的根源所在。

警幻说：一旦堕入此欲界生死轮回的"迷津"苦海中，无人能救，有再多的金钱和权势也都无法解脱（这象征的便是人间最富有的人、最有权势的帝王将相、亿万富翁，都不能想生就生、想超脱就超脱而了生脱死③）。唯有那"形如枯木、心如死灰"者④，也就是有深度修行的苦行僧，方可渡过这生死苦海而了生脱死。这就指明：宝玉唯有出家为僧，方能出离这生死苦海而重返天界。这就为世人指明：出离此欲界生死苦海之法，唯有靠自己"形如枯木、心如死灰"⑤，以"禅定"为核心，通过"戒定慧"三者并进的佛家修行⑥，方可自己拯救自己的灵魂，超脱欲界而进入色、无色界，乃至超出三界，成为"正等正觉、自觉觉他"的觉悟者——"佛"，或成为果位稍低的"自我觉悟、应世度化"的"阿罗汉"。

上引画线部分的"以情悟道、守理衷情"这八个字，是指通过入世之情，来悟出世之道；然后又将所悟的出世之道（即"理"），融入世间之情，来度化更多的世人。警幻"先导淫、再导人出淫"的做法，正是曹雪芹创作《红楼梦》时所秉承的"借淫事来说法，指明'祸淫、戒淫'之旨"的创作主旨的体现。

警幻告诫宝玉：人一入生死苦海便难出离，所以希望你今世能悟道而返回仙界。如果你不修行悟道而堕入生死苦海，便深负我上文那番对你的教导了。

---

① 第五回"但见荆榛遍地，狼虎同群"句戚序本夹批："凶极！试问观者此系何处？"其即人间迷于欲乐的顺境所导致的结局。

② 象征人类只要自己的内心耽迷于欲乐而不思出离，其灵魂便会永远沉沦于情欲性爱所导致的生生死死的苦海中轮回不已、无法止离。可见"心"之迷否，是轮回还是解脱的关键所在。禅宗"明心见性"而顿悟的关键，便在于此。

③ 高僧与仙人能做到人间的了生脱死，但仍不能做到天仙的了生脱死。佛能做到天仙的了生脱死。

④ 即上文警幻所说的"木居士、灰侍者"，也可以对应书中所写的一僧一道。语出《庄子·齐物论》："形固可以如槁木，而心固可使如死灰乎。"

⑤ 即上文警幻所说的"中无舟楫可通，只有一个木筏，乃木居士掌舵，灰侍者撑篙，不受金银之谢，但遇有缘者渡之。"即：渡过生死苦海全要靠自己"形如枯木、心如死灰"的修行，没有别的途径。想要渡过"孽海情天"的迷津，就必须让自己达到"形如槁木、心如死灰"的修行境界。

⑥ 道家法门也能做到，佛教的层次更高。

希望我的教导能引领你超脱尘世，重返我这儿的天界。

由此可见，警幻实有双重使命：

一是受"宁荣二府祖宗"之托，这是因为"富不过三代、盛不过百年"，贾府行将灭亡，贾府祖宗希望警幻仙子能引导宝玉享受"人道"中的五欲声色之乐，从而步入"仕途经济"的正经轨道中来①，这是入世之道②。所以，后四十回写宝玉走科举之路而让贾府"家道复兴"，正是警幻不负"宁荣二祖"之托的使命所在，后四十回这么写乃是作者曹雪芹的本意。而警幻完成这一使命，用的便是"曾经沧海难为水、除却巫山不是云"的"以淫止淫"的、佛陀教化难陀的"天人法"这一法门。

二是警幻在神瑛侍者从自己这儿的"警幻仙境"下凡后，还担负着度化他再度返回此仙界的使命，这便是"迷津"那番话的宗旨所在。即：警幻仙子叫宝玉在享受过"富贵繁华、五欲之乐"后的有生之年当"回头是岸"，从欲界这生死不休的茫茫苦海中解脱出来，再入天界（欲界天、色界天、无色界天），否则一旦死亡轮回，便无法再重返仙界了。所以"宝玉出家"乃是警幻的第二重使命。

这第二重使命显然不得破坏第一重使命，所以宝玉肯定要先中举、先有遗腹子，使"家道复兴"有望，然后才可以出家。今本后四十回所写皆本此而来，的确就是作者曹雪芹的本意所在。

但由于宝玉被"迷津"中跳出来拉他下水的魔鬼（即欲魔、魔王波旬、魔鬼撒旦的象征）惊醒，打断了警幻施教度化的进程，导致整场施教"有头无尾"，而且还让宝玉明白了男女之事，下来便与袭人行了人生第一场男欢女爱（第二场便是与秦钟被底算账，第三场便是婚后与宝钗再行此事而留下贾府血脉）。

袭人是宝玉身边唯一一个与宝玉做过这种丑事的人③，而且还可能不止一次，她居然好意思向王夫人献计来防范宝玉与其他女子（如黛玉、宝钗、晴雯）做出丑事来，堪可一笑。而晴雯与宝玉从未发生过见不得人的丑事，居然被王夫人撵走，袭人与宝玉早已行过这种非分之事，连碧痕都与宝玉有过男女共浴、水漫床上的荒唐事，即第77回王夫人亲自来"怡红院"查抄时，王夫人心中所想的："王善保家的去趁势告倒了晴雯，……今日特来亲自阅人。一则为晴雯犹可，二则因竟有人指宝玉为由，说他大了，已解人事，都由屋里的丫头们不长进教习坏了。<u>因这事更比晴雯一人较甚</u>"，画线部分便指出：王夫人心中也知道

---

① 通俗地说，就是让他享受过人间的五欲之乐后，他便会走上想办法做大官、发大财这一人间"荣华富贵"的正道上来，在家道复兴的过程中，更好地满足自己的五欲之乐。

② 也即本章"第四节、一、（一）"一开头页底小注所言的：印度教认为人生有"利、欲、法、解脱"四个目的，但以解脱作为人生最高、最终极的目标，前三项是达到这一最终目标的中间阶段。印度教因有这种观念而非常重视现实世界中的利欲和物质享受，主张一个人应该为子孙繁殖和富贵荣华孜孜不倦地经营自己的人生，负担起家庭的责任。

③ 这丑事用宝玉自己的话来说，便是第19回："<u>却是茗烟按着一个女孩子，也干那警幻所训之事。</u>"

宝玉身边的丫环还有比晴雯更甚之事，所以庚辰本有夹批："暗伏一段'更比'，觉烟迷雾罩之中更有无限溪山矣。"所言便是碧痕"男女共浴"等比晴雯更为严重的丑闻。正因为晴雯不是最出格的，所以晴雯临终时要说出"早知有名无实"的话来①。好在袭人与宝玉的偷试没有怀孕，否则宝玉与她的名声真的也就毁于一旦了。

警幻所要实施而未来得及实施的第二步教化，作者当然没有照搬佛陀教化难陀所曾用过的地狱场景来恐吓宝玉，而是用自己所发明的本节上文"二、（二）、1、（3）"所揭示的"好事多魔"之旨，用"红粉背后就是骷髅，淫乐门外便是阎王和夜叉前来索命，淫事背后即是魔鬼"的场景，让世人洞穿色欲之迷人与实质之可怖，同样能收到一些"戒淫"的效果。这便是下来所要讨论的警幻教化的第二大法门"白骨法"。

（2）第93、12回体现出的警幻教化的第二步"出淫"法门——"白骨法"

警幻戒淫法门的第二步便是"出淫"，其具体方法体现在两处：一是包勇口中传述的：甄宝玉在梦中蒙受警幻仙子"白骨观"的教导而奏效，幡然悔悟；二是贾瑞在"风月宝鉴"这面镜子中，领受警幻仙子"白骨观"的教导而适得其反，"痴迷的枉送了性命"②。作者"白骨观"这一教法同样源自佛门，即文殊菩萨教化富家公子的"白骨法"。

①第93回警幻的"白骨观"

警幻如何警醒宝玉及众人之痴迷，也即警幻对宝玉施以"声色之幻"③后，如何进一步感化、引导宝玉走出"人之为人"的色欲④而成为出世的仙人？这却要到后四十回才有照应，即第93回：

江南甄家派包勇前来送信，贾政拆开一读，原来是江南甄家举荐包勇前来贾府当差。贾政问包勇："为何要离开甄家？"包勇道："小的原不肯出来，只是家老爷再四叫小的出来，说是别处你不肯去，这里老爷家里只当原在自己家里一样的，所以小的来的。"这番话无非讲明，作者写包勇来贾府的目的不为别的，只不过要借包勇之口来交代给读者下面这件事：江南甄宝玉是如何由与贾宝玉相同的秉性，转变成"宁荣二祖"心目中"走仕途经济"的理想状态从而改好的事情。这等于把第5回警幻仙子没有来得及对贾宝玉实施的教化，补充交代给了读者。能把第5回未完的线索，在88回之后的第93回重又拾起并完满结局，这也堪称是"伏线千里"了，这也足以证明后四十回是曹雪芹所著，

---

① 按：晴雯之所以被逐，其言行虽然出格，但正如上引王夫人心中所想，从行为上看，晴雯仍算不上是最出格的。晴雯之所以被逐，不是因为她言行上的最出格，而在于她容貌上的最出格，令王夫人生出"深山大泽、实生龙蛇"的恐惧感来。
② 语见第五回总结全书的最后一支《红楼梦曲》"收尾·飞鸟各投林"。
③ 见第5回警幻语："令其再历饮馔声色之幻，或冀将来一悟，亦未可知也。"
④ 指人类靠色欲来繁衍，好色与淫欲乃"人之为人"的天性，走出这一人性方能重返天界。

因为这一"任重道远"的使命不是他人所能肩负得起。★

　　贾政特别关心一点，就是甄家宝玉长得和我们家的宝玉一样，不知品性可也和我们家的一样？于是便问包勇：甄宝玉可用功读书？包勇道："老爷若问我们哥儿，倒是一段奇事。哥儿的脾气也和我家老爷一个样子，也是一味的诚实，从小儿只管和那些姐妹们在一处玩。老爷、太太也狠打过几次，他只是不改。【这便照应前八十回中第33回贾政拷打贾宝玉事。】那一年太太进京的时候儿，【这便照应前八十回中第56回'江南甄府里家眷昨日到京，今日进宫朝贺'事。】哥儿大病了一场，已经死了半日，把老爷几乎急死，装裹都预备了。幸喜后来好了，【这与前八十回中第25回'魇魔法叔嫂逢五鬼、通灵玉蒙蔽遇双真'一僧一道来拯救受马道婆魔法而快死的宝玉、凤姐事相对看。】嘴里说道：走到一座牌楼那里，见了一个姑娘，领着他到了一座庙里，见了好些柜子，里头见了好些册子。【这与前八十回中第5回'贾宝玉梦游警幻仙境'事相对看。】<u>又到屋里，见了无数女子，说是多变了鬼怪似的，也有变做骷髅儿的。他吓急了，就哭喊起来。</u>【这与前八十回中第12回'贾天祥正照风月鉴'贾瑞照'风月宝鉴'之事相对看。贾瑞资质陋劣、欲根深重，照'风月宝鉴'而为之喜，故无救，临死时还舍不得走，留下一句：'让我拿了镜子再走！'已卯本夹批：'可怜！大众齐来看此。'可见这是作者为多欲众生树的一个大典型！而甄宝玉资质佳、欲根浅，照'风月宝鉴'而为之惧，只求速速出离，故有救，两者正相对照。】老爷知他醒过来了，连忙调治，渐渐的好了。老爷仍叫他在姐妹们一处玩去，他竟改了脾气了：好着时候的玩意儿一概都不要了，惟有念书为事。就有什么人来引诱他，他也全不动心。如今渐渐的能够帮着老爷料理些家务了。"

　　这时，书中写贾政听后，"默然想了一回，道：'你去歇歇去罢。'"贾政会想什么呢？不就是在想：自己家的宝玉怎么和这甄家宝玉从性格到遭遇完全一模一样呢？[1]（指一味的诚实及爱和姐妹玩的性格完全一样；被父母狠打过好几次就是死不悔改的性格也完全一样；第25回受魔法时大病一场快要死了、连棺材都备好了的遭遇也完全一样。）为什么他们家的宝玉就能改好，而我们家的宝玉却没改好呢？是不是可以用梦中神仙教化甄宝玉的"白骨观"来教育我们家的宝玉呢？

　　到了第117回"包勇又跟了他们老爷去了"，即包勇追随到京的甄家离京上任去了，说明包勇纯粹就是作者笔下用来向贾府传递"甄宝玉如何改好"这个消息的道具罢了；到第117回时，包勇所要发挥的两大功用（指第93回来告诉贾政（也即读者）甄宝玉如何改好的详情，第111、112回打退抢劫贾府的强盗）已经发挥完毕，可以不用他来推动情节发展了，于是作者便打发他离开贾府，从书中消失。

②第12回警幻的"白骨观"

　　有了包勇这番提示，我们便知道：作者第5回没来得及实施的教法，其实

---

[1] 笔者《宁荣府大观园图考》"第一章、第一节、十二"考明甄、贾两宝玉是"一人而两写之"的镜像，故全都一模一样。

就是第 12 回对贾瑞的教法，也即道士用"风月宝鉴"这面镜子，想让贾瑞明白"好事多魔"的"美=骷髅"之旨而得救治，可惜贾瑞这类"芸芸众生"不可救药。其经过如下：

贾瑞一把拉住，连叫："菩萨救我！"那道士叹道："你这病非药可医！我有个宝贝与你，你天天看时，此命可保矣。"说毕，从褡裢中取出一面镜子来（己夹：凡看书人从此细心体贴，方许你看，否则此书哭矣。）——两面皆可照人，镜把上面錾着"风月宝鉴"四字，递与贾瑞道："这物出自太虚幻境空灵殿上，警幻仙子所制，（己夹：言此书原系空虚幻设。）（庚眉：与《红楼梦》呼应。）【这条批语点明'曹雪芹《红楼梦》这本书就等于是"风月宝鉴"这面镜子'的'戒淫'之旨；同时也点明'警幻'就是作者曹雪芹的又一化身和笔名。】专治邪思妄动之症，（己夹：毕真。）有济世保生之功。（己夹：毕真。）所以带它到世上，单与那些聪明俊杰、风雅王孙等看照。（己夹：所谓无能纨绔是也。）千万不可照正面，（庚侧：谁人识得此句！己夹：观者记之，不要看这书正面，方是会看。）只照它的背面，（己夹：记之。）要紧，要紧！【以上表面是说'风月宝鉴'这面镜子的功用，其实说的就是《红楼梦》这部书的功用，其功用便是'戒淫'。】三日后吾来收取，管叫你好了。"说毕，佯常而去，众人苦留不住。

贾瑞收了镜子，想道："这道士倒有些意思，我何不照一照试试。"想毕，拿起"风月鉴"来，向反面一照，只见一个骷髅立在里面，（己夹：所谓"好知青冢骷髅骨，就是红楼掩面人"是也。作者好苦心思。）【画线部分便是"美人与白骨无二"的佛家"不二法门"之旨，也即上文所说的"好事多魔"之旨，让世人明白：①红粉背后就是骷髅；②淫乐门外便是"阎王、夜叉"前来索命；③淫事背后即是魔障，从而让世人洞穿色欲之迷人及其实质之可怖。】唬得贾瑞连忙掩了，骂："道士混账，如何吓我！我倒再照照正面是什么。"

想着，又将正面一照，只见凤姐站在里面招手叫他。贾瑞心中一喜，荡悠悠的觉得进了镜子，与凤姐云雨一番，凤姐仍送他出来。到了床上，"嗳哟"了一声，一睁眼，镜子从手里掉过来，仍是反面立着一个骷髅。贾瑞自觉汗津津的，底下已遗了一滩精。（蒙侧：此一句力如龙象，意谓：正面你方才已自领略了，你也当思想反面才是。）【此批便是第 2 回作者所写的'身后有余忘缩手，眼前无路想回头'之旨。】心中到底不足，又翻过正面来，只见凤姐还招手叫他，他又进去。如此三四次。

到了这次，刚要出镜子来，只见两个人走来，拿铁锁把他套住，拉了就走。贾瑞叫道："让我拿了镜子再走！"（己夹：可怜！大众齐来看此。）（蒙侧：这是作书者之立意，要写情种①，故于此试一深写之。在贾瑞则是求仁而得仁，未尝不含笑九泉，虽死亦不解脱者，悲矣！）——只说了这句，就再不能说话了。

_____

① 贾瑞也是作者笔底的情种，不过情也可分"正、邪"，宝玉是正情的"情种"，而贾瑞是邪情的"淫种"。作者曹雪芹构思这一正一邪两个情种来"对峙立局"。

　　旁边伏侍的贾瑞的众人，只见他先还拿着镜子照，落下来，仍睁开眼拾在手内，末后镜子落下来便不动了。众人上来看看，已没了气，身子底下冰凉渍湿一大滩精，这才忙着穿衣、抬床。代儒夫妇哭的死去活来，大骂道士，"是何妖镜！（己夹：此书不免腐儒一谤。）【以上情节再度点明作者'《红楼梦》这本书就是"风月宝鉴"'的戒淫之旨，再度点明制镜人'警幻'就是制作此书的作者曹雪芹的又一笔名。作者为戒淫而不得不写淫事作为引子，可惜芸芸众生都用心中的淫念来观照此书，便会像贾瑞那样只照正面，不思背面（也即全书字面底下）隐藏的祸淫、戒淫旨趣，于是这部书便由戒淫之书沦为淫欲之书，从而被腐儒视为害人的淫书而要加以禁毁。】若不早毁此物，（己夹：凡野史俱可毁，独此书不可毁。）遗害于世不小。"（己夹：腐儒。）遂命架火来烧，只听镜内哭道："谁叫你们瞧正面了！你们自己以假为真，何苦来烧我？"（己夹：观者记之。）【以上情节点明'色不迷人人自迷'，此书的有益还是有害，全在读者的一念之间。又：画线部分已点明作者表面上写'风月宝鉴'是面镜子，其实就象征《红楼梦》这本书。因为：如果'风月宝鉴'真是一面镜子的话，毁灭时当用'砸、摔'即可，不必架起火来烧；只有这'风月宝鉴'是书的话，方才要烧。这便可证明：作者笔下的'风月宝鉴'其实就是《红楼梦》这本书，读者请务必牢牢记住这一点！这就印证了全书最开头就点明的：《红楼梦》这本书的别名又叫'风月宝鉴'。同时也证明书中的制镜人警幻，其实就是作书人曹雪芹的笔名和化身。】正哭着，只见那跛足道人从外跑来，喊道："谁毁'风月鉴'，吾来救也！"说着，直入中堂，抢入手内，飘然去了。【再度点明这本书是戒淫之书，不可以禁毁。】

　　这段情节一再言明《红楼梦》全书的"戒淫"之旨，也即后四十回所揭示出的"福善祸淫"①中的"祸淫"之旨，向世人揭明造物主造人以后，生人、死人、兴人②的权柄来③，也即西方基督教所谓的：上帝造人后为何又要立"十诫"来叫人莫淫④的根由所在。

------

① 即第116回宝玉在"太虚幻境"看到：原先宫门上的"孽海情天"四个字，已变成了"福善祸淫"这四个字。
② 生人、死人、兴人，指造物主（大自然）使人生、使人死、使人兴旺发达这三者都和淫欲有关：人因淫欲而生，又因淫欲损耗生命的精华而日趋衰老走向死亡；淫欲会消损人的福德，不淫便可兴家立业。
③ 性爱的快乐伴随体内精华物质的走泄，所以人情窦始开而未开的十二三岁时，达到生命元气最旺盛的顶点；人情窦初开后便开始走上日渐老去之路，其根由便在于这种精华物质的丧失。难怪儒家要叫人"节欲"，道家要叫人"保精"，佛家要叫人"戒淫"，都是这个道理。总之，生命孕育了性爱，而性爱会导致衰老，"生老病死"背后的总根源便是"欲"念，这是欲界众生永远无法超脱轮回的根子所在，所以此界众生要以"欲"字来冠名。难怪弗洛伊德说：人的一切活动和人类的一切社会活动全都基于人的性本能（即：人行为的动力是性本能的冲动；性本能的冲动和对它的压抑，构成了一切心理活动的内容；性本能在意识领域的升华，是人类一切精神创造的源泉）。
④ 指"摩西十诫"中的第七诫"不可奸淫"，又第十诫："不可贪邻居的房屋；也不可贪邻居的妻子、仆婢、牛驴，和他一切所有的。"

　　造物主造出美色与欲念，本为人类繁衍后代而设，但"色不迷人人自迷"，世人不由自主地会把令人愉悦的美色和欲念当作享乐之用，而不知其乃生理现象而当为生殖而设。于是便会好色贪淫，这种痴病无药可救、不死不休，所以道士要感叹贾瑞之病扎根于内心之迷、非药可医，而且是"虽死亦不解脱者"（上引画线部分的脂批语）。所以作者便要撰此《红楼梦》一书，写明纨绔子弟好色贪淫的下场便是一事无成、穷困潦倒①，而且还会过早地夭逝。

　　偏偏读此书的人不读这类话，专挑书中情爱欲念的文字来看，把《红楼梦》当成"淫书"来读，结果反而害了自己，误了作书人"戒淫"的一番好意②。正如这"风月宝鉴"正面一照，则现"美女身"，诱人恣行淫欲；反面一照，则现"骷髅相"，警醒世人"深山大泽、实生龙蛇"而知美色之可怖③。道士告诫贾瑞只可看反面，不可看正面，唯有识得"美色即是枯骨"而知美色之无可恋，识得"枯骨便是美色纵欲而成"而知好色贪淫必成枯骨，方才有得救的希望。偏生贾瑞难断千百世来深种五内的好色之心、贪淫之念，只愿看正面，憎恶看反面，结果与那白骨结了良缘，自己也化作了枯骨，反使这面镜子（象征《红楼梦》这部书）成了害人之物而将被世人毁灭。

　　可见"色不迷人人自迷"，人若迷时，甘露也是毒药，吃什么都是死；人若悟时，苦口也是良药，横竖皆能生：生与死原本就在人一念之间。《红楼梦》之书有益还是有害于世，也只在读者心头的一念之间。故己卯本有夹批："凡看书人④从此细心体贴，方许你看，否则此书哭矣。"若是不会看，这看书人便会适得其反，反而被这书毒害。若是会看，读过此书便能明白：白骨就是当年的公子王孙、就是当年的红颜佳人，便不会邪思妄动；便能明白：邪思妄动之后，王孙公子、红颜佳人便将成为白骨。总之，不淫欲便能保生，便能有正性情治国平天下、利家利世，这便是这条脂批所点明的全书主旨。

　　后人若不明悟此点，只看到书中的红颜佳人，看不到书中的白骨累累；只沉迷于书中情爱欲念的描写，忽视书中写到的"真如福地、通灵本性、参禅悟道"，便是只看了正面，忘却了反面，必然会受邪念诱惑，此书便毒害了他。这

---

① 即第1回贾雨村看见娇杏时："雨村不觉看的呆了"，甲戌本有侧批："今古穷酸，色心最重"，此乃色心之人的诛心语，言明好色便会感得穷酸之报且有性命之忧。

② 作者为了戒淫，自然得先写淫、再写戒，可惜世人不明此旨，只见书中之"淫"，未曾看到作者接下去所写的"淫之祸、淫当戒"。只见到前者，此书便是淫书；能看到、悟到后者，此书便是戒淫之书。所以在受淫之人眼中，此书便是导淫之书，便是"太虚幻境"，而当禁毁；在觉悟者眼中，此书便是教人摆脱欲望的救世书，便是"真如福地"，值得宣扬。所以说：此书是否益世，全在读者一念之间。正如造物主（大自然）创作了性爱，却无法保证人类不受性爱的诱惑而滥用性爱，作者造作此戒淫之书也无法保证读者不沉迷于书中的色欲情节；所以说，作者曹雪芹和造物主上帝（大自然）一样无奈。

③ 《左传·襄公二十一年》："叔向之母妒叔虎之母美，而不使；其子皆谏其母。其母曰：'深山大泽，实生龙蛇。'彼美，余惧其生龙蛇以祸汝。"作者为了戒淫不得不写淫，作者又深怕世人沉迷于其一笔带过、轻描淡写的诸淫事，所以特地在第12回借"风月宝鉴"这面镜子，教人不要为这书正面的美色欲念所惑，而当看到此书背面（即字面底下）美色与欲念的可怖，一再告诫读者当透过正面读到背面，莫为表相所迷，当领悟表相之下的真相，方是会读此书。

④ 凡看书人，指凡是看此书的读者。

便是书中第 2 回所说的："眼前无路想回头，身后有余忘缩手"，能回头方有好结局，可惜世人总是在眼前有路时想不到要缩手、不知道要回头，不明白第 1 回所说的"好便是了，了便是好"、"一好便了，一了便好"的"了却（超脱）方才大好"之旨。

孔圣人言"克己复礼"，就是"克（节制）人欲而存（遵行）天理"之意。《礼记·礼运》："孔子曰：夫礼，先王以承天之道，以治人之情。<u>故失之者死，得之者生</u>。《诗》曰：'相鼠有体，人而无礼！人而无礼，胡不遄死！'"说的便是"守礼与节制（礼节）"是保生的关键。

③第 93 回"白骨观"对于全书"戒淫"主旨的点明之功

作者在全书正式情节拉开序幕的第 5 回[①]让警幻出场，承载了太多的内容：首先是把全书的纲目（即诸人的结局和整个家族的结局）全部通过曲文表演给大家，然后再对宝玉进行传宗接代方面的性爱启蒙（因为他只会意淫，不会皮肤之淫而令祖先为之心焦，故警幻有此一教），再对宝玉有可能因此而沉迷于肉欲（即走上"皮肤滥淫"堕落为禽兽[②]）的另一极端加以补救，体现全书"福善祸淫"中的"祸淫"之旨，以此来教化世人：造物主（上帝[③]）既给人以生儿育女之道，又不忘教人莫要沉迷其中而自取毁灭。

可惜警幻只对宝玉实施了前半段教法，后半段教法尚未来得及实施，便因宝玉惊醒而被迫中止。我们正要靠后四十回中第 93 回包勇之口的交代，方才明白贾瑞照"风月宝鉴"之镜，便是警幻所要施教的下一步。

如果没有这后四十回中的第 93 回，我们再怎么读，也看不出第 5 回的"太虚幻境"与第 12 回的"风月宝鉴"是一前一后的顺接关系。正如第 3 回脂批所言的"一语过至下回"（即贾雨村"择日上任去了"句，甲戌本有侧批："因宝钗故及之，一语过至下回"），是说这句话的下文暂时被别的情节给打断了，读者可以跳着去看第 4 回贾雨村审案而薛家投靠贾府，情节便能衔接上。此处亦然，当从第 5 回接着去看第 12 回，情节便能衔接上。具体来说便是：

第 5 回末宝玉被夜叉惊醒，警幻没有来得及施教。要是来得及施教的话，警幻下来施教的内容，便应当是第 12 回所说的美女化作骷髅，即跛足道士赐给贾瑞"风月宝鉴"之镜时说："这物出自太虚幻境空灵殿上，警幻仙子所制，专治邪思妄动之症，有济世保生之功。所以带它到世上，单与那些聪明俊杰、风雅王孙等看照。千万不可照正面，只照它的背面，要紧，要紧！"然后贾瑞"向反面一照，只见一个骷髅立在里面，……又将正面一照，只见凤姐站在里面招手。"

无独有偶，第 93 回包勇说甄宝玉如何在梦中被警幻仙子教好，也是用这美女化作骷髅之法，即甄宝玉"见了无数女子，说是多变了鬼怪似的，也有变做

---

① 《红楼梦》全书开场于第 5 回，笔者《红楼时间人物谜案》"第二章、第二节、六、（三）"有论。

② 即书中第 80 回写到的孙绍祖之流。孙，猢狲、猴子，沐猴而冠、衣冠禽兽。

③ 造物主，外国人自古称之为"上帝"，中国人自古称之为"天帝"，是一回事。上，即"天"。

骷髅儿的。他吓急了，就哭喊起来。老爷知他醒过来了，连忙调治，渐渐的好了。老爷仍叫他在姐妹们一处玩去，他竟改了脾气了：好着时候的玩意儿一概都不要了，惟有念书为事。就有什么人来引诱他，他也全不动心。如今渐渐的能够帮着老爷料理些家务了。"后四十回（第93回）如此构思，完全符合前八十回（第12回）"风月宝鉴"的构思，完全符合前八十回"好事多魔"的"福善祸淫"主旨，的确是只有原作者曹雪芹本人才能写得出的构思和手笔，这是后四十回乃曹雪芹所著的显例。★

上文第5回警幻仙子叫宝玉不要陷入"迷津"，肯定要有其下文，否则警幻便是在"导淫"而非"警幻"。（警幻受祖宗之托，焉能只导淫而害了宝玉？）而且，假设警幻万一真从夜叉手中救回了宝玉，即宝玉未被夜叉惊醒而仍在梦中，警幻下来会说什么话，又会有何举措？我们要到第93回，方才由甄家仆人包勇的口中得知：当是让那位兼有宝钗、黛玉之美的名叫"可卿"的女子，顿时化作骷髅，贾宝玉霎时如甄宝玉般明悟而回心向学。可惜警幻此处对贾宝玉的施教被夜叉打断。事实上，如果不打断而宝玉得以明悟，也就没有《红楼梦》后面那115回书了；为了要把这120回故事写完，作者肯定也就要让夜叉出场来把警幻的施教给打断，从而使宝玉仍旧执迷不悟。

由此可证，拥有这第93回的后四十回应当就是曹雪芹所写。因为一般人想不到要接续88回之前的第5回警幻施教之文来写这一回。因为警幻教育宝玉之梦早已被夜叉打断，所有人都不会想到要在后四十回的甄宝玉身上来接着做这个贾宝玉身上的"断头梦"。而且警幻在第5回中的所作所为，在没有第93回情节出现的情况下，只会给人以一种"诲淫"的感觉，所有人来续前八十回的话，都不可能想到要让这前八十回中"诲淫"的警幻，来实施一场旨在"戒淫"的教化。

同理，如果没有第93回甄宝玉之事，我们也根本不可能明白：第12回警幻命道士赠给贾瑞"风月宝鉴"这面镜子的真正用意是在帮贾瑞戒淫。因为第5回警幻有"诲淫"之嫌，而第12回贾瑞又被警幻所赠镜子中的美女影像给引诱"害"死，更加让人会有第12回中的警幻同样[1]是在"诲淫"而误人子弟的观感。

总之，如果没有第93回情节的话，前八十回中的"警幻"便是"诲淫"的角色、而非"止淫"的圣人；如果我们真要把她当成施教者的话，我们也只能说她是位误人子弟的失败的教育者。因为她在第5回中，本意是要教导宝玉出淫，结果反而教会了宝玉行淫，导致他和袭人偷试云雨情，开启了他的欲窦，也就开启了他多情多欲的不幸人生！而她在第12回中，本意是要教导贾瑞出淫，结果反而教育得贾瑞在淫欲中丧了生！这两大失败，便能证明"警幻"是位"适得其反、不如不教"的极不称职的反面教官。我们甚至可以把这两件事看成是她的两大反面成绩，把她看成是打着"戒淫"幌子的邪教教主，是圈养

---

① 指和第5回一样。

大批美女来引诱世人"行淫"的女魔头①，于是作者这书便彻头彻尾地成了高标"戒淫"、实为"纵情声色"的淫书，也即张新之所批的："《红楼梦》面子是淫书！"

所以说，第93回真的太重要了！作者全要靠这一回来直透全书所秉持的"戒淫"本旨，这一回是把警幻（其实就是作者的化身）给人的形象由"导淫"点化为"戒淫"的关键。这也就证明后四十回中的第93回绝对是曹雪芹主旨的体现，是曹雪芹亲笔所写的大手笔。

唯有看完第93回这一段，我们方能明白警幻仙子如何教化宝玉的法门；如果没有这一段，前八十回中警幻仙子的所作所为便是"导淫"而非教化。正因为此，宝玉在书中的下一回（第6回）便和袭人"初试云雨情"而开始深陷"情天孽海"的"迷津"，这表现为：第19回与黛玉同床共枕闻及黛玉体香，第23回如饥似渴地阅读茗烟买来的"粗俗过露的""传奇角本"，第28回看宝钗戴的红麝串时迷恋其肌肤，第29回又说到宝玉他"自幼生成有一种下流痴病，……及如今稍明时事，又看了那些邪书僻传"而爱慕黛玉，第30回为金钏儿美貌而忘情地调戏她……从此更加无心于学业，可见警幻的教导确实很失败，极大地辜负了宁荣二祖的嘱托。

而甄宝玉与贾宝玉实乃同一人的两个化身，所以后四十回便借甄宝玉来写明第5回警幻本当在贾宝玉领受"五欲之乐"后，施以"白骨观"的教法来对治其欲念，使之消除欲念而专心于正经事业。只可惜这一教化在贾宝玉身上还没有来得及实施，他便被欲魔惊醒，这也正是"好事多魔"之旨的体现——即：道术再高超的仙子警幻，其教化世人的好事业，也会被欲魔（撒旦）给破坏掉。如果贾宝玉在第5回能像甄宝玉那般领受警幻这番教化，他肯定也能像其影子甄宝玉那样被教育好，也就不会有《红楼梦》这部书了。②为了有这部书出来，作者也就肯定要写贾宝玉无法领受这番教育而未改悔，然后又在贾宝玉的影子甄宝玉身上巧妙地补上一笔，来寄托那理想中的教好局面。

而作者笔下警幻仙子所要实施的这一教化法门，其实就模仿自佛门中文殊菩萨成功教化一对"影星美女"与"富二代公子"而来。

④警幻的"白骨法"仿自佛法中的文殊教化

前面已经说过：警幻以淫来引导宝玉出淫，作者的这一构思应当仿自佛陀度化难陀的"天人法"。而警幻用来警醒宝玉与众生痴迷所作的"白骨法"，同样源自佛经，即《大庄严法门经》二卷，又名"文殊师利神通力经"、"胜金色

① 以上所有警幻的作为，其实就是作者人（即作者）曹雪芹的自况。
② 此即第22回宝玉因被黛玉驳倒而不敢参禅，庚辰本有眉批："此回用若许曲折，仍用老庄引出一偈来，再续一《寄生草》，可为大觉大悟矣。以之上承果位，以后无书可作矣。"即是说：如果让宝玉第22回未被驳倒而大彻大悟，便无《红楼梦》这部书了。故批者下来要说：作者故意要让黛玉将其驳倒，方才可以有第22回之后那98回书写出来，即："却又作黛玉一问机锋，又续偈言二句，并用宝钗讲五祖、六祖问答二实偈子，使宝玉无言可答，仍将一大善知识，始终跌不出'警幻幻榜'中，作下回若干书。"

光明德女经"，隋代那连提黎耶舍译。

此经言：王舍城有位人见人爱的美女明星"胜金色光明德"，又有位腰缠万贯的年青富二代"上威德"公子。后者为了追求前者，不惜花费巨资，请这位女明星坐上自己的宝车到城外游玩。

文殊菩萨想度化二人，于是在路边等候，身上的衣服放出大光明。胜金色女爱慕他那光辉灿烂的衣服，下车乞求，文殊菩萨说："贤妹，如果你能发出成佛的'无上正等正觉'之心，我便把这件衣服赠送给你。"于是他向胜金色女面授佛法，胜金色女听完后踊跃欢喜，心得清净，即刻悟道而得菩提果。

文殊菩萨再以"大乘佛法"度化她说："自我觉悟，不算真的出家。真的出家修行，就要用'善巧方便'的法门，来让其他人也得到觉悟。如果你能度化你车上的男朋友，才算真正毕业而出了家。"

于是胜金色女回到车上，打算度化他的男朋友一同出家。他的男朋友因为业障的缘故，没有听闻眼前文殊菩萨对他女友所作的教化。

两人到达园林，歌舞宴乐完毕，众人知趣地退下，让两人有私密相处的机会。这时胜金色女头枕在男友的膝盖上睡着，以自己悟道的神通力，显现出"死相"这一死亡的模样来：身体忽然膨胀臭烂，无法接近；不一会儿肚子胀破，肝肠流出，五脏六腑迸露，臭秽可厌；肛门与阴道流出肮脏的液体，眼、耳、鼻，以及身体每个毛孔都有脓血流出；口出臭气，身体的腐臭充满树林；忽然头骨破烂，脑浆流了一地，所有骨节也都散落一地；青蝇叮咬，蛆虫乱钻，种种污秽可厌的情形难以名状！

富二代从小到大，从未看到过这副死人的模样，而且众人肯定会认为是他杀害了这位女明星，死罪难逃，心中大为恐怖，于是大声求救。这时，文殊菩萨让树林神对他口说偈言："一切法体性，如长者所见。三界悉虚妄，如幻皆不实。【一切法的真实本性，就像您眼前所看到的那样：欲界、色界、无色界这三界都如同人的幻觉般虚妄不实。】皮覆恶不净，凡夫无羞耻。恶觉因缘故，妄想生贪著。【再美的人体，也都是皮肤包裹着脓血等腥臭不干净的东西。不识真相的世人，不以肉体为可羞耻，反以为荣耀而加以爱慕。由于心中怀有各种违背真理的错误想法，便会导致头脑中产生各种妄想，对肉体产生贪念。】譬如满瓶粪，外假画庄严。愚痴不知故，取瓶头戴行。【就像一瓶粪，把瓶画得很漂亮，愚痴的世人便以之为美，拿过来顶在头上带回了家（这用来比喻人们爱好并追求美色的荒唐）。】堕地即便破，不净皆充满。种种臭难近，心悔求舍离。【这画瓶一不小心摔破在地，人们这才发现其中全是不干净而恶臭的东西，难以接近，这时才后悔而要抛弃它（这用来比喻美人年老色衰后遭人遗弃）。】如是诸凡夫，横分别女色。见长短赤白，恶觉故爱染。【所有的世人都是在对美色妄加分别，看到形状与体色的不同，便认为这样的形状是美好的，那样的体色是美丽的，由于心中怀有这种错误的认识，才会导致人类对美色的贪爱，从而玷污那本来空灵的内心。】若见身实性，汝身亦如是。谁有实见人，于臭尸生著？【当你看到上述肉体那可恶可怕的本来面目，你其实也当认识到自己的肉体也是如此。

有正确认识的觉悟者，会像人类讨厌臭尸般，不会对任何肉体产生贪爱。】汝今不应怖：此法体性空，一切非真实。汝先所贪著，云何今怖畏？【你现在对臭尸也不要害怕。因为世界上一切事相的本性都是空虚不实（即《心经》所谓："色即是空"），臭尸也是如此。你以前贪爱的，为何今天感到恐惧？（这就证明美色不是永远可爱的，这同时也就证明臭尸也不是永远可怕的；觉悟了，美色便不可爱，臭尸也不可怕。）】导师释迦文，能施汝安乐，说法中最胜。【世界上最伟大的导师是释迦文佛，他能够赐予你安乐，他的说法最为殊胜。】说诸欲无常，譬如云雾电，五欲诳不实，智者谁贪著？【他会向你这样说法：欲望导致的快乐全都无法永恒，就像云雾般虚无缥缈，又会像闪电般转瞬即逝，'眼耳鼻舌身'五根的快乐都是骗人而非真实，觉悟的智者有谁会贪爱这种幻觉？（言下意，凡是贪爱欲乐者，便都是不明真相的可怜悯者。）】犹如风鼓水，能令起泡沫。彼中无实作，因缘合故生。【就像风吹过水面会起泡沫，其实泡沫本身并不是一种真实的存在，它只不过是条件叠加在一起时的一种结果罢了。（这说的是风吹过水面而产生泡沫，泡沫不久便会破灭而不长久。）】如是名色法，亦无有实作。业力故不失，诸法和合生。【'色受想行识'这五蕴所构成的一切事物，其实都没有实际地存在过（都是'四大、五蕴'的堆积，内中并没有一个实体存在），只不过因为作用力尚未消失，所以此时仍然存在，这种存在是各种因素叠加在一起的结果。】本所见妙色，于今何处去？此恶色何来，而生大怖畏？【你刚才所看到的美色现在到哪里去了？面前这丑陋的臭尸又是从何处而来，而让你感到如此可怕？（言下意：眼前的臭尸就是由之前的美女演变而来，美色就是臭尸：当美色的因缘条件存在时，它便以美色的面目存在；一旦条件消失，便成了臭尸，美色与臭尸是一非二，这就是佛教'不二法门'之旨。臭尸也是臭尸条件存在的结果，臭尸条件最终消失时，这臭尸也会没有。既然一切都会消失，所以没有必要为之爱恋或恐惧：美色不值得爱恋，臭尸也没什么可怕。）】是法不住方，亦不余处来。不去至未来，集起故可见。【这一'因缘聚合便产生，因缘离散便消失的规律'不会停留在一处，也不会从别的地方到来（即：一切现象都是事物本身内部发展的结果，而非从外部强加而来）。凡是现在存在而不消失的现象，或是现在尚未出现的现象，一旦因缘条件聚集在一起时，该消失的便会消失，该出现的也会到来。】彼中无作者，亦无实受者。离于作受法，如幻空无实。【这一过程中并没有实际的支配者（即主体），也没有实际的承受者（即客体）。心中没有了'主、客体实际存在'的想法，便能明白这一切全都像人的幻觉般，空洞而没有任何实在的东西在内。】汝于他人身，不应生怖畏。若能自观察，汝身亦如是。【你对别人的臭尸不要恐惧，如果你用佛法来观察一下你自己，你会发现你和她也一样，所以不必害怕。（反之，你对别人的身体也不要贪爱，如果你能用佛法来观察一下你自己，你就会发现她和你也一样，所以不必爱恋。）】如梦中欲乐，踊跃大欢喜。寤人著欲乐，如梦等无异。【就像梦中碰到高兴的事，你会高兴得跳起来，其实并没有任何实质性的快乐之事发生。人们在梦以外的清醒时分贪爱眼前高兴的事，其实就像梦中为梦幻中的高兴事喜悦那般，空幻而不实。（注：寤，通'悟'，睡醒而不做梦的意思。寤人，即睡醒之人，也即梦醒时分的正常人。）汝怖无能除，亦无安慰者。汝今应速往，如来大师所。【你心中的恐怖因愚痴而来，除了释迦如来以外，没有人能为你清除，也没有人能给你真正的安慰。你现在应当快快到释迦如来那儿去，他能为你消除这种恐怖，他能给你带来大的安慰。】"

于是这位富家公子便抛弃死尸，从树林中逃了出来，拜见佛陀。佛先教他远离怖畏之法，然后又说："如是一切诸法，无常败坏，苦空不实，但是虚诳。【世间所有的现象都处于变化当中，痛苦、虚幻而无实性，全都不过是虚妄错觉罢了。】愚痴不知，业缘生故。【愚痴之人不明白如下这一系列的道理：一切现象都是业力和因缘所致，并无实体。】如幻不实，离色相故。【一切现象就像幻觉般没有实性，所以要远离而不贪爱一切色相、感觉。】如梦喜乐，无实乐故。【一切喜乐就像梦中的喜乐般虚幻不实，所以世上没有真实的快乐。】如热时炎，非水水想故。【就像热沙漠中出现的'海市蜃楼'，明明不是水，而想水的人把它看成了水（其实'海市蜃楼'是蓝天倒影在地表那层灼热的空气中，给人以湖海的错觉罢了）。】亦如水光，影发照壁，水动则动，无来去故。【就像水波反射在墙壁上，水动则墙上的波影跟着在晃动，其实除了你眼睛的感觉外，根本就没有任何东西在动。】如镜中像，业力生故。【就像镜中的影像，因为某种作用力而产生，镜中根本就没有那种形像的实体存在在那儿。】如水中月，水静则现，无来去故。【就像水中那月亮的倒影，水面平静时便会显现出来，水波一动荡它便会消失而看不到，其实根本就没有月亮进入水中而有月影，也没有月亮离开水面而使水中无影。】如响从声生，不可说实故。【就像发声导致声响，却无法说出那声响在何处。】如影，不可作故。【就像影子无法从地上站起身来（即无实体可以呈现）。】如幻，体性空故。【就像头脑中的幻觉那般本性空虚。】如风，性不可捉故。【就像风一般没有实体可以抓住。】如是一切法，虚假不实，不增不减故。【总之，世间一切事相全都虚幻不实，根本就没有产生，也没有消失过。】如是长者子，当知一切法无主、无作、无有执者。【所以您这位富家公子当明白：世间一切事相其实都没有主体，世上其实没有任何行为发生过，世上没有任何东西可以执着。】"

这位富家公子蒙佛教诲，而明悟了包括美色与丑恶在内的一切世相的真相，从而获得解脱。

（3）打通警幻"戒淫"与各大宗教解脱欲望的法门及"情欲观"

警幻在第一步"导淫"后，下来所要实施的第二步教化便是"戒淫"，具体做法便是用"风月宝鉴"之镜，让好色者明白"书中所写的红颜美人，其实就是青冢里的骷髅骨"这一全书主旨①，从而收到"戒淫"的效果。

---

① 见上文"（2）、②"引第12回贾瑞"拿起'风月鉴'来，向反面一照，只见一个骷髅立在里面"，已卯本有夹批："所谓'好知青冢骷髅骨，就是红楼掩面人'是也。作者好苦心思！"

作者把这一主旨构思成第12回贾瑞的照镜和第93回甄宝玉的做梦。贾瑞照不好，而贾宝玉的影子甄宝玉却在梦中被教育好，便是因为贾宝玉乃天神下凡，灵根（"通灵宝玉"）不昧；而贾瑞照不好，则是因为他资质顽劣、无药可救：这也表现出警幻教法的局限性。作者虽然在作品中思考并探索出如何让欲界众生摆脱欲望的法门，但实际效果仍无法保证。

甄宝玉能被警幻调治好，贾瑞却未能治愈而无可救药。贾宝玉则是还没有来得及实施开导，便被恶梦惊醒，所以贾宝玉是未能得治，并非治不好。如果警幻仙子对他实施"白骨观"，他应当也能像他的影子甄宝玉那样被治好。贾瑞由于没有甄、贾两宝玉那样的慧根，是耽恋"皮肤滥淫的蠢物"，贪图肉体的刺激而沉迷于肉欲之海、不可自拔，终成骷髅。甄、贾两宝玉则"通灵之本性"未泯，对于淫欲有天然的防范力——贾宝玉除与袭人初试云雨情、与秦钟同性亲昵之外，其后一直到与宝钗成婚圆房，书中再也没有对他有过性爱描写。虽然其间也曾有过一些性欲方面的冲动，但书中都写得极轻极淡，显然都能被他自己的理智所驾驭和克制。

甄、贾两宝玉的资质比贾瑞要好，这也证明警幻戒淫救人的法门，也即作者写的这本"风月宝鉴"之书，只能拯救天质①好、欲根浅的人，对于欲根深重者不但无能为力，而且还会适得其反，会像贾瑞那般，反而因为这部书受惑更深、加速夭亡。所以世人能够像清人诸联那样，不把《红楼梦》视为"淫书（导淫之书）"而视之为"戒淫之书"者，堪称凤毛麟角。

警幻是作者为救度世人出欲（即帮助人类摆脱欲海而进入更高层次的欲界天②、色界天、无色界天）而设的角色。作者先写警幻仙子对贾宝玉为代表的世间欲根浅的人做了番"导淫"工作，使之能够更好地适应人间的生活而"行人道"；然后又对世间欲根深重之人贾瑞实施"白骨观"的教化。可惜贾瑞欲根深种而未能得到救度；于是后四十回又写了天质好、欲根浅，从而被"白骨观"救度成功的甄宝玉，以此来证明与甄宝玉一模一样的贾宝玉，如果在第5回见到贾瑞手中那面"风月宝鉴"镜子中的"白骨"，也会洗心革面。但作者如果真这么写的话，也就不会有《红楼梦》这部多情而精彩之书，所以作者不得不让贾宝玉不能领受警幻这番教化，让他仍能充分张扬其自由叛逆的个性，活出一种别样的人生，领受更深一层的别样觉悟，进入更高一层的觉悟境界。

警幻其实就是作者曹雪芹的又一笔名，这一名称表达了作者要以一片菩萨心肠，用佛法的戒淫法门"白骨观"来对治和消除公子王孙（即富家子弟、无能纨绔）对色欲的贪恋。即《红楼梦》书首"凡例"称自己这本书又名"风月宝鉴"，用意便是要"戒妄动风月之情"；也即第12回道人送此"风月宝鉴"之镜给贾瑞（实即象征作者赠此书给世人）时说的话："单与那些聪明俊杰、风雅王孙等……专治邪思妄动之症，有济世保生之功。"

曹雪芹本着佛法之旨，来探索人类的离欲之道。其"天人"、"白骨"两大法门只能对有慧根、资质佳者奏效，对于欲根重、资质劣的普通大众恐将无能

---

① 天质，天资、天赋。
② 天，即生活在天上的仙人。

为力，乃至会适得其反。笔者在此便本曹雪芹的"戒淫"之旨，探索世界各大宗教解脱欲望的法门，阐明富有宗教情怀的情爱观和情欲观。

① "节欲、戒淫"乃天理

佛言"忍色忍欲难"，见《四十二章经》所言的"人有二十难"。既然这么难，为何世界各大宗教及善人正士，只要不是入了魔道的邪教与"恶知识"[①]，都要来教化众生"勉为其难"地克制自己的欲望，教诫世人不要好色贪淫、贪恋五欲之乐。这岂非"大违人情"、有背常理，从而违背宗教人士所秉持的慈悲为怀？

为什么他们就不能本着"大慈大悲"之旨，让世人尽情享受上天赐予人类的五欲之乐？不用说，我们也能明白，因为我们看到太多的人因为色欲和贪婪，身陷囹圄、早夭谢世、倾家荡产，无不证明圣哲所揭示的欲望的可怖而当出离。那我们世人又如何才能修到"见色不起心、见欲不贪著"的地步呢？

无论是基督教（其前身为犹太教）的《圣经》，还是佛教典籍，乃至孔子的"纲常伦理、克己复礼"，老子的"道德无为、清心寡欲"，都早已把"节欲"的道理包含在内。而且所有的宗教全都本着同一旨趣而来（自天而来）、最终又汇入同一旨趣中去（升天而去），具有"殊途同归"同源性[②]，这就更加证明"节欲、戒淫"是普世适用的天道和真理。

基于以上认识，我们对世界各宗教学说做一比较。通过比较，我们发现：在"戒淫"与揭示"情欲"本质方面，我们不得不佩服佛教的义理最为显豁畅达，而基督教的主张则最切实用而可行。

● 一切感觉都是妄想、分别和执着

佛教阐述"戒淫"之旨最为显豁，而且直达根本。

佛教称世界上一切存在的事物和现象为"有为法"，《金刚经》指出"一切有为法，如梦、幻、泡、影"，说的便是：一切存在，从本质上看都是空虚不实的。"色（美色）"与"欲（五欲之乐）"也属于"有为法"的一种，因而在本质上也就像"梦、幻、泡、影"这四样东西般空虚不实。今试析如下：

①美色不过是眼球成相后带给人脑的一种感觉，这种感觉有赖于眼球的构造，所成之像并非永恒不变的实有之体。同一个美人，从人眼和鱼眼看上去便大相径庭，人眼中是美女，鱼眼中便是怪物而会吓得"沉鱼落雁"。我们显然不可以定人眼为是、而以鱼眼为非，其实这两者都是各自眼球所成之相，皆非真实，其真相不可知、不可言说[③]。

---

① 恶知识，佛学术语，与"善知识"对称，又称"恶友、恶师、恶师友"，指为人险恶、居心不良、缺乏道德、教导邪道的坏人。
② 即《易经·系辞下》所言的："天下同归而殊途，一致而百虑。"意为：天下人都有同一个归宿，但所走的道路却各不相同；天下都有同一个结论（即所谓的真理），但每个人、每个民族悟得这一道理的思路历程却多种多样。《周易》这句话可以概括到全人类的各种文化。
③ 千万不可以认为两者都是真实。能明白两者皆为不实，便是佛法。以其中任何一者为实，

②性爱中男女性器的交合，也不过是皮肤的触觉而已，其和美色一样，有赖于皮肤的构造，是皮肤浅表神经受挤压后涉及全身的一种官能性反应而已，这一反应同眼睛成相的原理一样，无有实处。

一切美色和欲乐的感受，都是造物主（大自然）所创造出来的肉体感觉器官的机能反应，这些官能反应之所以能组合成性爱中的一切美好享受，其实都来自于人心（即意根）的"妄想"和"分别"：

①一切感觉（包括性爱在内）都源于人的主观"妄想"。人在性爱中，"眼耳鼻舌身"五种感官原本都是单独而机械地各自作出反应，是靠人的第六根"意根"的意念作用——即大脑和心识的联想——把这五种感官的感受组合在一起，并赋予其"性"的意味，这本身就是一种"妄想"（性的幻想）而无有实处。

②一切感觉（包括性爱在内）都源于人的主观"分别"。"眼耳鼻舌身意"六种感官所作的反映本来都是中性的，无有好、坏之分，是人们根据自身的生理、心理状态，确定一个适度的范畴，在此范围内便是顺遂快乐，低于或超出这一范围便是拂逆不快，从而产生出所谓的"快乐的感觉（快感）"和"痛苦的感受（痛感）"来，这是"分别"的结果。美丑、苦乐，全都是人类心识所作的主观判断而无有实处。这就是《五灯会元》卷二《牛头山法融禅师传》四祖道信来南京"牛头山"点化法融时说的："境缘无好丑，好丑起于心。心若不强名，妄情如何起？妄情既不起，真心任遍知。"四祖说：供心感知的"境"本身并无好丑之分，好丑的分别由心造成。心如果不硬给所感之境起个名字叫作"好"与"丑"的话，有违真相的错误认识又怎会从心中产生？错误的认识既然没有从心中生起，真实的心性便可以自由完整地了解这世界的一切。可见"分别"心是"妄想（即妄情）"产生的根由所在。

"妄想"与"分别"这两种思维机制的相加，便产生出所谓的"性快感"来；究其实质，不过是两种本无实处的叠加，自然也就更加无有实处。（即：本无实处的"妄想"和本无实处的"分别"两相叠加出所谓的"性快感"来，叠加出来的快感便是"妄上加妄"而更虚妄。）然而，人类的心识又对这一本无实处的虚妄感觉认其为实而恋恋不舍，于是在"心识"中种下并染上习气，日渐熏习、难以自拔，这便是"执着"。

此即《金光明经》"空品第五"所言的：人之六根"眼根受色，耳分别声；鼻嗅诸香，舌嗜于味；所有身根，贪受诸触；意根分别，一切诸法：六情诸根，各各自缘，诸尘境界，不行他缘；心如幻化，驰骋六情，而常妄想，分别诸法。"说的便是六根（眼耳鼻舌身意）各自为政，应对六尘（色声香味触法）而生六识（眼识、耳识、鼻识、舌识、身识、意识），这六识全都是分别心导致的妄想：缘尘则生，离尘则灭，生灭无常，本无自体，故言"幻化"。

识心依靠身体的六根，终日奔驰在身外的六尘中，生起各种妄想、分别：顺境生贪，逆境生嗔，对于"既非顺、又非逆"之境则产生痴，由于有这"贪、

进而再认为两者都是真实，这便是物理学和科学的观点。

嗔、痴"心而取舍不已，便会导致"无明"。"无明"就是认识不到识心的虚幻，而把虚幻的心识当成真实不坏的"我"，不知道世界上的一切现象全都是"从诸因缘和合而有"（《金光明经》"空品第五"语），并没有实际上的永恒本体存在。就是那妄想因缘本身，也是和合而来，原本也没有永恒不变的自我本体存在（即妄想本身也是可以打破的）。人们误认为有那真实的本体存在（即把妄想出来的"我"的"身体、精神、灵魂"，与这精神灵魂所感知到的"美"和"快感"，视为一种真实的存在），凡有这种颠倒错误的认识，便被称作"无明"。"无明"就是不识真相而充满错误见解的愚痴。这就是《金光明经》"空品第五"所言的："无明体相，本自不有；妄想因缘，和合而有。无所有故，假名'无明'。"

"妄想"就是心灵妄为分别而执取的种种之相，《楞严经》言："一切众生，从无始来，生死相续，皆由不知常住真心性净明体，用诸妄想，此想不真，故有轮转。"所以释迦牟尼佛在菩提树下成"正等正觉"而证悟宇宙人生实相奥秘时说的第一句话便是："奇哉！奇哉！大地众生①皆具如来智慧德相，但因妄想、执着而不能证得。"这句话其实出自佛成道后第一次说法时所说的《大方广佛华严经》卷51："复次佛子，如来智慧无处不至。何以故？无一众生而不具有如来智慧，但以妄想、颠倒、执着而不证得；若离妄想，一切智、自然智、无碍智则得现前。……尔时，如来以无障碍清净智眼，普观法界一切众生而作是言：'奇哉！奇哉！此诸众生云何具有如来智慧，愚痴迷惑，不知不见？我当教以圣道，令其永离妄想、执着，自于身中得见如来广大智慧与佛无异。'"

这便是佛一语道破：所有众生本来和"我"这位佛平等无异，皆有佛性，都可成佛（因为"我"这位佛便是由普通人释迦牟尼彻悟而来，"我"的心性与众生的心性无有二致）。但由于众生怀有无法割舍的"妄想、分别、执着"的习气，原本可以用来明悟真相（即悟道）的真心，便被"根本烦恼"（"贪嗔痴"三毒）所遮蔽，于是所想之念、所行之事，无一不是颠倒；从而导致自己沉沦于生死苦海，在"六道"中轮回，永无出期。要想解脱色欲之门，便当断绝自己对色欲的"妄想"、"分别"和"执着"，回到最本初的心源（即"真心"）而究竟清净。②

① 指大地上的所有众生。

② 如何感发真心？首先便要明确真心为何物。参禅便旨在"明心见性"而成佛、作祖。所谓"明心见性"，就是体认自己的"真心"，从而能调动发挥起这个"真心"本来所具有的灵妙作用。这一"真心"便是成佛的关键，也即参禅的根本。何谓真心？佛教早已指出宇宙万物由"七大"组成：地大、水大、火大、风大、空大、见大、识大。此七物遍布宇宙，构成万有，无所不在，故名为"大"（人间以宇宙为最大，而此七物与宇宙一样广大无边，故名为"大"）。其中地、水、火、风这"四大"构成物质（佛教统称之为"色法"），加上空大便是"五大"，再加识大便称"六大"。"四大"形成万物（即物质世界），依空而建立，依见而有觉，因识而有知；前五者乃"非情"（非生物）所具足，而后二者乃"有情"（六道群灵）才具备。无所不在的"识大"体现在每个个体身上，便是每个个体的心灵。由于识大遍及宇宙，所以，能发六种神通者便有"他心通"的神通，也即由那遍布宇宙的"识大"、打通了不同个体的心识。当个体在禅定中能体认到：自己的"个体之心"能与遍及宇宙的识大完全合起拍来，这便是禅宗所谓的"印证到了真心"，也即禅宗所谓的"证悟、证道"。

　　此即《观普贤菩萨行法经》中偈语所说的："一切业障海，皆从妄想生。若欲忏悔者，端坐念实相。众罪如霜露，慧日能消除。是故应至心、忏悔六情根。"此言明：众生的眼、耳、鼻、舌、身、意六根所产生的"情识"这一妄想分别，是一切业障的根本。只要端坐，念一切"妄想分别"都是六根的虚妄幻觉而明悟到这一实相，便能获得智慧。这智慧一旦获得后，就能像太阳出来那般，一切烦恼如霜如露，马上消散，这便是真正的忏悔解脱法门。

●八风不动话心定

　　美色无可爱，淫欲不必乐①，正如"受骂不必嗔，八风吹不动"。

　　佛家所谓的"八风"是指利、衰，毁、誉，称、讥，苦、乐这"四顺、四逆"共八件事。顺利、成功为"利"，失败是"衰"；背后诽谤是"毁"，背后称赞是"誉"，当面赞美是"称"，当面漫骂攻击是"讥"；痛苦是"苦"，快乐是"乐"。佛家教导说：圣者应当修养到遇到"八风"中的任何一风时，情绪都不会为之所动，这就是所谓的"八风不动"。

　　唐释道宣所撰《续高僧传》之《法融传》称赞法融："而心用柔软，慈悲为怀。童稚之与耆艾，敬齐如一。屡经轻恼，而情忘瑕不顾。曾有同友，闻人私憾，加谤触身，詈以非类，乃就山说之。融曰：'向之所传，总是风气。出口即灭，不可追寻。何为负此虚谈，远传山薮？无住为本，愿不干心。'故其安忍刀剑，情灵若此。或登座骂辱，对众诽毁，事等风行，无思缘顾，而颜貌熙怡，倍增悦怿。是知斥者，故来呈拙，光饰融德者乎？"

　　即：法融他心存柔软，慈悲为怀，连对儿童和老人都一样恭敬。屡次受到别人的轻视和惹恼，内心从来都会忘掉别人的过错而不去想它。曾经有位同门的僧友，听说某人因私人间的怨恨，对他②施加毁谤，把他骂作"不是人"，于是来到山中诉说此事。法融说："你刚才所转告的事情，最终都会像风和气一样，一出口就消散得无影无踪，无法再去找寻。为何要怀抱这种毫无实在意义的话语而不放，还远远地传播到这深山密林中来呢？愿你把不执着于任何事相作为修行的根本，不要让这些事情干扰你的修行之心。"

　　作传者评论说：正因为法融能甘心忍受刀剑般的伤害，可见他的心性早已达到如此高的境界。有的人冲上法座，当着大众的面毁谤漫骂他，法融把这些事情都看成空中吹过的风，不想让心随它而动，事后也从来不去回想它。结果法融的容颜和乐而喜悦，面貌更加光润悦目。由此可见，那些前来责备法融的人，其实就是那种——通过让自己故意出丑来辉映装点法融道德光彩的人吧。

　　最后有此书编纂者释道宣所作的评价，揭开佛门中人"毁辱"与"赞誉"皆不为所动的奥秘便在于："陀那之风，审七触之安有？刹那之想，达四选之无

---

① 因为美与丑只是基因编码顺序的不同而已，本质都一样，等无差别；丑若可憎则美亦可憎，美若可爱则丑亦当可爱，由此可见："美、丑"是一而非二。肉体所产生的苦乐感受，其实不是人心的感受，而是肉体的感觉，"苦"与"乐"也与"美丑"那样，是"是一而非二"的关系。"是一而非二"的关系就是佛教所谓的"不二法门"。
② 他，有可能指法融，也有可能指法融那位僧友。当以作法融解为最恰。

停。"陀那，疑即"忧陀那"，指气息。审，意为"详知、明白"。七触，指脐、心、顶、喉、腭、舌、唇这七处发声部位。刹那，即"须臾"，是最小的时间单位。选，意为"行、进入"。四季交替着进入人间，故名"四选"，泛指四季更替的岁月时光。达，通达、通晓。

道宣说：修行之人通过观察用丹田之气来说话的现象，就能明白：那是气流冲过脐、心（胸）、顶（头腔、鼻腔）、喉、腭、舌、唇七处而发出种种声音；那声音不管是赞美的还是辱骂的，全都是虚幻不实的。修行之人通过头脑中的念头刹那刹那永不止息，便可明白人间"岁月四季更替、一刻也不停息"的道理。

这番话的意思是说：所有话语都不过是一连串音节的组合罢了，单独析成一个个字母便毫无意义，是我们的"意根"（即意识）把一个个字母的音节连在了一起，从而听出其中的含义。其实这些话语原本都是毫无意义的字母音节，是我们"意根"的妄想，把它们联系在一起而有了意义。因此无论是辱骂的话还是赞美的话，何必用我们的"意根"，来把这一个个原本独立的音节给串连起来加以妄想，从而感受其中诋毁或称誉的意思呢？

同理，所有的美色与性爱的快乐，原本也都是一个个孤零零的感觉，是我们的妄想把它们串连在一起而获得了美与快乐的感受，这其实和辱骂与称赞的话语一样，原本都毫无意义。既然毫无意义，那美色与性爱又有何可品、可乐之处？这就像诋毁与赞誉之词又有何可憎与可喜？

●淫欲事关人的堕落

在情欲问题上，诸大宗教唯有佛教能如此显豁畅达地直指根本，指明其中的逻辑道理（即佛教所谓的"因明"），而基督教则显得更切实用而可行，两者正可互相补充而不相违背。

根据佛法所说，人若心中怀有欲念，便会在男女交合时为之吸引而入母亲子宫成胎，降生在这欲界。其心识如果能不为欲界众生的男女交合所感动，便不会来此欲界受生，而会在更高境界的色界或无色界天受生。所以心识中的肉欲之念，便是这个人由天上堕落人间的根本所在，这显然是可羞耻之事（毕竟这是从天上往下堕落，故为可耻），所以基督教便将其称作"原罪"，佛家称之为"业力"。这便是第8回后人（实即作者）嘲讽"通灵宝玉"之诗所说的："失去幽灵真境界，幻来亲就臭皮囊。"甲戌本有侧批："二语可入道"，指明这句诗包含着极深的佛道两家的宗教哲理，揭示出众生下凡的根由便在于本性（"通灵真境界"）为肉欲所迷（"亲近臭皮囊"）。

佛法更指出：淫欲之念，人与畜生本质相同。人若耽于欲乐而不加节制，将来必因欲染深重而失去人身，堕为畜类。即《水陆仪轨会本》"第八、为下堂说冥戒"之"为六道行'大乘忏悔法'"所言的："若有深著五欲，不义取财，利己枉人，痴呆无知者，是为畜生业因，当得畜生趣报。更相残害，无能止息。"而要想来世为人，则当坚持一不杀生、二不偷盗、三不邪淫、四不妄语、五不饮酒①这五戒，即"为六道行'大乘忏悔法'"所言的："若夫慎守纲常，坚持五戒，是为人业因，当得人趣报。然人中有八苦，而复多造种种不善，死堕恶道。如是等罪，应须忏悔，灭除业障。"

总之，淫欲心重，便会失去人身，堕为畜类。具体来说：受生时，灵魂（佛教称之为"中阴身"②）如果对畜生交合动心者，便会降生为畜类，如果面对畜生交合能不动念，只对人类交合起心者，则会降生为人。交合时，中阴身的心识如果喜欢母亲，则为男胎，面朝母亲坐胎，其胎儿面朝母亲之背而向里；如果喜悦父亲的容貌行事，则成女胎，坐胎时背靠母亲、面朝父亲而向外。③

所以心中欲念的深浅、有无，直接关系到中阴身的投胎方向：中阴身无欲或少欲，便不会为人畜交合所惑，自然只会投胎为神；欲念较多但能节制者，可以不为畜生交合所感，从而投胎为人；欲念多而不知节制者，自然只能投胎为畜生；欲念更多者只能堕入地狱。"情欲"与清心寡欲之"想"两相均等者为人类，"情欲"比"清想"重者为畜生，"情欲"多而"清想"其少者堕落为饿鬼，见本节上文"二、（二）、2、（1）、①、（a）"所引的《楞严经》之文。

正因为此，上帝及其天使，神仙及佛菩萨等，无不悲悯人类会因肉身所致的欲念深重而堕落为畜生、饿鬼、地狱这三恶道，于是都在世上推行劝导人类清心寡欲、身心不为肉体所惑的教化，这是为了保全众人"人身"的考虑。而魔王、魔民便化身为"恶知识"，教人满足自己心中的欲念，恣行欲乐，他们的目的无非是要改变这个人的性情，使这个人变质而渐渐失去人性，堕落为鬼类和畜类。当今魔道盛行，淫风弥漫，物欲横流，鼓吹各种纵欲之法，这便是魔王、魔民、魔子弟欲使人类全部堕落为畜生，进而使整个人间堕落到危亡动乱的绝境中去。

这不由让人联想起美国中情局颠覆所有国家（包括中国在内）的《十条诫令》中的第一条："尽量用物质来引诱和败坏他们的青年，……替他们制造对色情奔放的兴趣和机会，进而鼓励他们进行性的滥交。让他们不以肤浅、虚荣为羞耻。一定要毁掉他们强调过的刻苦耐劳精神。"第三条："让他们的头脑集中于体育表演、色情书籍、享乐、游戏、犯罪性的电影，以及宗教迷信。"④

这便是犹太人谋划掌控全世界的《锡安长老会纪要》主张的落实，其言："13-3我们要通过娱乐、运动、色情等来吸引他们的注意，我们的媒体将开

---

① 饮酒，会使心志迷乱，疯狂、上瘾，在今天这个时代还包括吸毒、吸烟在内。

② 佛家认为：某个生命死后、尚未转变成为一生命之前的中间阶段称为"中阴身"，也即世俗所谓的"灵魂"。一般人死后都要经过中阴身阶段，唯有大善大恶者无：大善之人一死马上升天或刹那往生西方极乐世界，中间没有停留；大恶之人，一死就下地狱，或变畜生、饿鬼，也不用经过中阴身。

③ 见清人周安士《欲海回狂》卷三"决疑论"之"胎娠差别类（十二问、十二答）"："问：男中阴入胎，于母生爱，于父生嗔；女中阴入胎，于父生爱，于母生嗔：理则然矣，所据何在？答：据在胎形之向背耳！男胎向母而背父，女胎向父而背母，心既有异，故身亦随之，如《处胎经》说。经云：'若是男者，蹲居母腹右胁而坐，两手掩面，向脊而住；若是女者，蹲居左胁，两手掩面，背脊而住。"

④ 《美国中情局对华十条诫令》，http://tieba.baidu.com/p/5825939570。

始推动艺术、运动以及各个领域的竞赛，使他们沉迷于此。"①其目的就是要用性爱（"色情"）、享乐（"娱乐"）、肉体（旨在健身的"运动"）来分散和消灭人们的精神和灵魂。

上述理论的实践，便是当代美国极为著名的战略家布热津斯基的"奶嘴乐理论"。其论纲便是：人间富有和贫穷者的比例永远是二八开，20%的人占有了全社会80%的财富，如果延续过去的统治手法，迟早会再度发生一次你死我活的阶级冲突（中国每隔三百年就要改朝换代一次，便是其表现）。帮助20%的精英来麻弊80%的大众，其永远行之有效的方法，便是往那80%的大众嘴里塞一个"奶嘴"，让他们堕落。其堕落的方式有两大类：一种是发泄性娱乐，即色情产业、网络游戏、电视中的口水战（辩论、争吵）等，让人发泄其情绪；一种是满足性游戏，即肥皂剧、偶像剧，明星八卦、真人秀等大众娱乐性节目，让人满足其情感。用这两种令人陶醉的消遣性娱乐和感官刺激，便能填满他们的业余时间，让他们没有空闲，同时又能消磨光他们的斗志，让他们在不知不觉中丧失思考能力。于是这80%的人只要有口饭吃，有份工作，便会沉浸在自娱自乐中，无心挑战现有的统治阶级，从而造就出大量深陷困境的堕落者，比如网瘾少年、吸毒的瘾君子、沉迷于性的性罪犯，他们既贫困潦倒，又堕落无能，成为被社会抛弃的垃圾。即使他们当中有人如梦初醒，也会因为上瘾而难以自拔，更不可能在社会上有所作为来改变年少时便已铸定的荒唐人生。②今生成为衣冠禽兽，来世更是不容乐观。

这种社会安定的代价，便是大众的普遍堕落和异化。这也正是古人出于道德而不忍心采用的，今人却因道德沦丧而视之为治国大法。古人虽然如四季更替般每三百年便要动乱一次，但却英雄辈出；而今天的世界却将暮霭沉沉、永远沉沦，世风日下而"比屋可诛"。③

中国圣贤都说"人皆可以为尧舜"，这便早已指出：一切堕落者，都是社会放弃社会所应具有的教化与关怀职责所造就。因此，诱人堕落的社会制度令人细思恐极，有识之士当为之猛醒！因为人类道德的沦丧，便会导致世界的毁灭。何出此言？何以人类道德的普遍沦丧，会导致人世间堕落于危亡灭绝之境？

●社会的长治久安离不开节欲

---

① 《目标·纲领·手段——〈锡安长老会纪要〉》，
https://www.douban.com/group/topic/53834056/。
② 见《美国战略专家"奶头战略"正使无数国人沉迷其中！（细思极恐）》，
https://wenku.baidu.com/view/a092218951e2524de518964bcf84b9d528ea2cb1.html。
③ 比屋，一屋挨一屋，即"家家"之意。诛，杀戮。比屋可诛，指社会到了家家户户都恶贯满盈而全都可处以死刑的地步，形容世风日下，恶人众多。语出西汉陆贾《新语·无为》："尧舜之民，可比屋而封；桀纣之民，可比屋而诛者，教化使然也。"比屋可封，便指上古之世，教化遍及四海，家家户户都有堪受旌表的德行，全社会连刑罚都可以废除不用。

　　因为基督教的《圣经》载有上帝①之言："一座城市如果有十位义人，我便不会将其毁灭"②，可见"义人"是城市的元气，是城市福祉的根本，是城市"风调雨顺"而天灾不至的维系。

　　所以，古代地方官的重大任务便是发现善人并加以崇扬，因为扬善可以消弥天灾③。而每个地方都会建有寺庙、道观（在西方便是"修道院"），赖其中精勤修行的僧道（在西方便是所谓的"修道士"）来维持城市的安宁④。如果某一城市中的义人不足十位，则上帝必将毁灭此城（即所多玛城、蛾摩拉城、庞培城之类是也）。因此，神仙和正人端士都告诫世人当清心寡欲，为的就是让这座城市、这个社区不被上帝（也即大自然、造物主）从大地上抹除的原故。

　　由于恶人旁有善人共处，所以上帝不忍加诛恶人，以免祸及善人。由于恶行源于欲望，而人类欲无止境（人欲无涯），所以世风与道德只会日趋下流（熵

----

① 上帝即佛教的护法神"大梵天"。因为《圣经》中的犹太人祖先"亚伯拉罕"其实只是一种音译，其另一种音译便是"阿婆罗门"。"阿"为第一个字母，即"最"之意；"阿婆罗门"意为最虔诚的婆罗门教徒。这位"亚伯拉罕"（即最虔诚的婆罗门教徒）原本就生活在古印度，后来向西迁徙到今天的阿拉伯半岛，可见犹太教和婆罗门教同源。而婆罗门教中的正确部分佛教皆予承认（释迦牟尼年少时的老师"阿私陀"便是婆罗门仙，佛教并不排斥世界上其他任何宗教）。所以犹太教的上帝就是佛教、婆罗门教中的大梵天，而魔鬼撒旦就是佛教、婆罗门教中的魔王波旬，犹太教的地狱与佛教的地狱也大同小异，世界诸大宗教皆同源异流而殊途同归（同源于上天，同归于上天），正可以互补互证，真的不必囿于门户之见。
② 《圣经》"创世纪"："耶和华说，所多玛和蛾摩拉的罪恶甚重，声闻于我。我现在要下去，察看他们所行的，果然尽像那达到我耳中的声音一样吗？……亚伯拉罕近前来，说：'无论善恶，你都要剿灭吗？假若那城里有五十个义人，你还剿灭那地方吗？不为城里这五十个义人饶恕其中的人吗？将义人与恶人同杀，将义人与恶人一样看待，这断不是你所行的。审判全地的主，岂不行公义吗？'耶和华说：'我若在所多玛城里见有五十个义人，我就为他们的缘故饶恕那地方的众人。'于是亚伯拉罕又说那儿有四十五个、四十个、一直说到只有十个善人，上帝都说不毁灭那城，即："亚伯拉罕说：'求主不要动怒，我再说这一次，假若在那里见有十个呢？'他说：'为这十个的缘故，我也不毁灭那城。'"
③ 正如常州武进县的地方志《道光武进阳湖合志》卷36"摭遗志"载："嘉靖间，邑大旱，有司斋祷，就宿城隍庙，夜梦神告之曰：'必欲得雨，须孙好天、张大扇、朱自量'三人者来，方可奏请耳。'明日遍索不遇。三日后，乃皆得之。三人素不识长吏，状甚惶悚。令曰：'无他，吾邀公等为一邑请命耳。'因以梦告之。孙姓者曰：'吾无他，每晨起必拜天，感其生物之笃，故呼天必曰"好天"，人辄以是呼我耳。'张姓者，身患疴疾，恐遗溺露体，获罪三光，故出入必携一大扇自蔽。问朱姓者，则曰：'某，市人也，业米肆。人以金易米，我既衡其轻重，则我之粟自应听诸他人，故人以"朱自量"呼焉。'令大喜，力请升台，半日而霖雨大降，一邑沾足。"这说的是：人间的天灾由上天的主宰"上帝"所主管。常州嘉靖年间大旱，武进县城隍这一上帝任命在武进县的神界地方官，告诉人间的武进县令说：要请孙好天、张大扇、朱自量三位善人上告求雨方能得雨。于是县令访求这三位上天喜欢的人，找到了尊敬上天而称天为"好天"的孙姓之人，又找到以大扇遮蔽自己而不敢在"日月星"三光面前暴露秽体的张姓之人，又寻访到开米店、因自己称量过顾客金银、便应当让顾客自己称量所售之米的朱姓之人。县令听说这三人的善行后，知道他们都是上帝所喜欢的善人，于是礼请三人登台，相当于向全县人民表彰这三位善人的善行，于是上帝喜悦，武进全境普降大雨，消灾免难。
④ 即民国濮一乘所编《武进天宁寺志》卷六乾隆朝常州人刘纶《天宁寺饭僧田碑记》引天宁寺住持"沧洪际注"禅师每日告诫诸僧当精勤修行之语："一饭竟，会大雄殿，呗诵佛号无算，坐起膜拜无算，绕榻翔步、潮音，应节、严鼓。泆二时讫，则入室、上禅堂，从容参白。业所以为国祝釐，为民祈福。"常州一郡的天清地宁，正要仰仗天宁寺僧众的精进修为。

值这一混乱程度只会增加），必然是恶人增多而善人数目日益下降。但尽管善人只剩十位，上帝仍然会发善心，给予这座城市最后的悔过机会。但这座城市如果继续怙恶不悛，善人的人数继续减少而降到个位数时，这时上帝便可以运用善巧方便的办法，让这只有个位数的善人离开这座城市，这时便可以把这座城市里的所有恶人、恶行不加怜惜地灭绝。①

●百善孝为先

所多玛城②、蛾摩拉城、庞培城皆因为恣行淫欲，而被"火与硫磺"也即火山喷发所毁灭。为何上帝（也即造物主、大自然）特别痛恨淫欲呢？为什么中国古人要把淫欲排在各种恶行之首而称之为"万恶淫为首"呢？

那便是因为：上帝（造物主、大自然）造人，为欲界众生特设淫欲一道，本为生儿育女所设。而世人以其机心、偷心，滥用此道，偷享其中的淫乐，而不履行其中所负的生儿育女的使命。正如床原本用来安静睡眠，纵欲之人却使床不再成为睡觉安息之所，而变成淫乐不息的所在，这便失去最初制床的初衷。性欲原本用来繁衍后代，现在到了淫欲之人那儿，不再用来生殖而只是为了享

---

① 《圣经》"创世纪"中天使至所多玛城考察，果见全城行恶，于是带善人罗得一家离开所多玛，这时上帝"耶和华将硫磺与火从天上耶和华那里降与所多玛和蛾摩拉，把那些城和全平原，并城里所有的居民，连地上生长的，都毁灭了"。此是火灾灭绝。也有发大洪水灭绝人类的事例，如常州西南有滆湖，相传此处原为街镇"筛子街"，是富饶的"鱼米之乡"。由于来了姓马的十八个强盗，霸占粮田，强抢渔船，奸淫民女，无恶不作，善良的乡民只好背井离乡，躲开这是非之地，这儿便成了"十八家村"。只有一户姓肖的穷人，两个儿子被马家害死，只剩肖三，因老母瘫痪不能行走，只能给马家种地、捕鱼，受尽欺凌，母子两人抱头痛哭。肖三的一片孝心，惊动上苍。一天，观音菩萨路过此地，看到这儿怨气冲天，化身渔婆，前来调查此地之人是否真的邪恶，在路上遭马家痛打，被肖三救下。观音以三颗枣子答谢肖三母子。肖三吃了枣子力大无穷，肖母吃了枣子腿疾痊愈。观音告诉他们："快快离开筛子街，今晚二更就将惩罚马家十八子。"肖家母子收拾到一更天才动身，刚出门，只觉得耳边呼呼风响，刚走了三十多里，只听见身后"轰隆"一声巨响，回头一看，筛子街被观音娘娘一脚踏去，变成一片汪洋，今名"滆湖"。因是观音一脚踏出，所以滆湖的形状活像一只大的绣花鞋，地跨武进、宜兴两县。详见：
http://blog.cz001.com.cn/home.php?mod=space&uid=321204&do=blog&id=1342110。与之相类似的民间故事又有：某地人心坏透，神仙决定要毁灭这个地方。但是他决定先试探一下人心，看看还有谁可以得救。于是化作一个卖油翁，让大家免费打油。这地方的人全都贪得无厌，打了好多油也不给一文钱，只有一个老实的小伙子，循规蹈矩地给足了钱。于是神仙就对他说："当衙门口的石狮子眼睛流血的时候，就会发大水，你赶紧背起母亲往山上跑，不要回头看。"于是少年天天一大早来看石狮子，看了一个多月，被每天早起摆摊的屠夫看到，问知缘故，打算捉弄一下这个傻瓜，第二天把石狮子的眼睛涂成血红，少年大惊，大声叫道："石狮子眼睛流血了，大家快逃难啊。"屠夫在旁边乐得前俯后仰，眼泪都笑了出来，全城更是没有一个人信小伙子的话。小伙子刚背上老娘往山上逃，就听到后面"山呼海啸"般的声音，洪水平地而起。小伙子牢记神仙嘱咐，吓得都不敢回头看一眼，死命往山上跑。等他跑到山上，终于安全了，回头看时，家乡已成汪洋，一个人都没留下来。详见：
http://baijiahao.baidu.com/s?id=1583103844934009541&wfr=spider&for=pc。
② 依《旧约圣经·创世记》记载，索多玛是一个耽溺男色而淫乱、不忌讳同性性行为的性开放城市。在英文中，由"Sodom"一字派生出的词汇"Sodomy"便指男性之间的肛交，通常直译为"鸡奸"，是带有刑事和贬义的词语。蛾摩拉城在其旁，罪行相同，同被毁灭。

乐，这同样失去上帝创造"性爱"的本旨。所以这样的人、这种滋生淫欲的温床，也就要被上帝深恶痛绝。于是上帝便要毁灭违背其造人时所定宗旨而误入歧途的邪恶之人、邪恶之"性"、邪恶之床。

人类违背上帝造人的初衷，也就是人类不孝顺上帝的表现。设身处地，如果你创造了人类，而被你创造出来的人类有违你造人的初衷，你肯定也会愤怒地将其灭绝。这就像父亲生了儿子，将其养育成人，这个儿子却对父亲不再孝顺，这时父亲肯定会痛恨其子而欲将其毁灭；其中的道理，与上帝要毁灭那邪恶即失去本性的人类无有不同。

这就是中国古人所谓的：敬天、神、君王，其实与敬父母的"孝道"是一回事。上帝造了人，便如同父亲生了子；造物主（大自然）的初衷被其创造出来的人类所违背，就如同父亲生子后其子不孝，因为"孝"的本质就是"顺"，违背初衷便是不孝的重要表现。正因为此，中国古人要把"淫"与"孝"对立起来：视"淫"为不孝，因为其不顺天之初衷；视"孝"当不淫，因为人类作为天（大自然）的儿子，当合天道（自然之道）而不淫，从而说出中国盛传千古、而其他国家所未能说出的至理名言："百善孝为孝，万恶淫为首。"

《孝经》是中国古代"十三经"中最短的一部，只有 1903 个字。如此极短的篇幅，却能同万余字的《论语》、二万余字的《周易》《尚书》、三万余字的《孟子》《毛诗》、四万余字的《周礼》、近十万字的《礼记》、近二十万字的《左传》一同列为儒家的圣经（"九经"），足以证明此经所阐述的是儒家最最核心精要、最最至关重要的伦理思想，这也就是其书第一章"开宗明义"篇所称的："孝"是"先王"的"至德要道"；"夫孝，德之本也，教之所由生也"。

《孝经》这部经典阐述了"孝"这一儒家最核心的伦理思想，肯定"孝"是上天所规定的规范（即《三才章第七》所说的孝乃天经地义："夫孝，天之经也，地之义也，人之行也"），指出孝是诸德之本（见上引"夫孝，德之本也"），是最高的道德（即《圣治章第九》："人之行，莫大于孝"）。国君可以用孝来治国平天下、交通天地神明而消灾弥难（即《孝治章第八》："昔者明王之以孝治天下也，……是以天下和平，灾害不生，祸乱不作"），臣民能够用孝来修身齐家（即《开宗明义章第一》："身体发肤，受之父母，不敢毁伤，孝之始也；立身行道，扬名于后世，以显父母，孝之终也：夫孝，始于事亲，中于事君，终于立身"）。

更指出：孝能感通天帝，使天下太平（即《感应章第十六》："孝悌之至，通于神明，光①于四海，无所不通"）。这也就是古人在双亲病重将亡之时，为什么总会"割股疗亲"，即割下自己大腿或手臂之肉来熬汤给亲人服用，而常能收到起死回生的功效。这倒不在于人肉有什么药用价值，而在于孝能感天动地，凡人的这种"舍生取义"、"为亲牺牲"的高尚行为，连神明都会感到肃然起敬，焉能不前来赐病者以阳寿？

在中国古人心目中，总是把上天、君主和严父等同起来，指出要像孝敬严

---

① 光，广也，指孝道之光可以光照四方。

父般孝敬上天，即《圣治章第九》："天地之性，人为贵。人之行，莫大于孝。孝莫大于严父。严父莫大于配天。"又《感应章第十六》："昔者明王，事父孝，故事天明；事母孝，故事地察。"事君亦然，即《圣治章第九》称要像孝敬严父般事君："**父子之道，天性也，君臣之义也。父母生之，续莫大焉。君亲临之，厚**①**莫重焉。故不爱其亲而爱他人者，谓之悖德；不敬其亲而敬他人者，谓之悖礼。**"其意为：父子之间的恩情，乃是出于人类的天性（天生的本性），君主与臣属之间的义理关系也体现在这上面。父母生下儿女以传宗接代，没有比这更为重要的事了；威严的君主，和父亲一样居高临下地把自己的人民当成子女，所施的恩德再没有比这更厚重的了。所以，那种所谓的"不敬爱自己父母的人却能敬爱别人"，这其实是一种道德和礼法上都不存在的悖论。因为连父母都不孝顺的人，肯定不会爱戴官长、君主和上天。

难怪《五刑章第十一》孔子要说："五刑之属三千，而罪莫大于不孝。要②君者无上，非③圣人者无法，非孝者无亲，此大乱之道也。"说的便是：以下犯上是"目无君上之罪"，诽谤圣人是"不遵法度之罪"，非议别人孝行是"胸中没有父母双亲之罪"，以上三种便是所有罪行中最大的"不孝之罪"，是导致天下大乱的必由之路。孔子进而指出：人间所有刑法中（"五刑之属三千"），不孝要处以最大的"斩首"和"千刀万剐"这两种刑（"罪莫大于不孝"），因为不孝是人间一切大动乱的根由；孔子这番话更向世人明确指出：以下犯上、诽谤圣贤这两者在本质上和不孝顺父母是一样的。今天人们只把不孝当成道德层面的问题，不再上升到刑罚的高度，无疑是对古代伦理道德与治国思想的一次彻底颠覆。

总之，古人把"孝"至关重要的功用概括成一句最最深入人心的话："百善孝为先。"孝是立身之本，能生出众善。以之事天，便能敬重天理而不敢为非，不敢做出任何有违道德之事，视道德为天性、天理、天道。以之事君、事国，便能忠君爱国，做到岳飞口中所说的："文官不贪财，武将不怕死，不患天下不太平！"④以之事父母，便能孝顺，不敢在外做出任何不肖之行，以免玷污父母的声名。

而"淫"与之恰好相反。凡好淫之人必将不孝，必将违背天意，辜负天恩。因为：人只要好色贪淫，便会爱妻妾胜过父母，听信妻妾之言而忤逆双亲。好色贪淫之人更会嬖爱美色之人，连色衰的妻子都会形同陌路，更不用说年迈的双亲。恣行淫欲之人无论白天黑夜，头脑中全是淫欲的念头，纵欲都来不及，心中哪会再想到奉事父母这种会让美色在自己眼前短暂消失的败兴之事？他们连纵欲都来不及，哪还会有什么"昏定晨省"的礼节要做？正如贾珍、贾蓉心怀淫念，连在嫡亲生父与祖父贾敬的丧事中，都会迫不及待地行淫，足证淫念

① 厚，恩义之厚。
② 要（yāo），要胁、威胁，用武力胁迫。
③ 非，非毁、诋毁。
④ 语见《宋史》卷365《岳飞传》："或问：'天下何时太平？'飞曰：文臣不爱钱，武臣不惜死，天下太平矣！"

一起，孝心必衰！——正如上文所言，连自己亲生父母都不敬不爱的人，是不可能敬、爱其他人的，所以好淫之人肯定也就不会敬爱君上、国家、天地万物。碰到国难当头，他们想到的肯定是如何维系自己历来所拥有的一日不可或缺的一己之淫乐，于是便会贪生怕死，出卖国家、君主，为了维系一己那低级的饮食男女之欲乐而无所不用其极。每当改朝换代的国破家亡之际，这样的人数不胜数，延富贵而灭人性，沦为禽兽而狗彘不如。

淫之可怕，便在于"淫"代表了私欲的膨胀；而私欲膨胀之所以可怕，便在于它是各种恶行的起点，所以古人有言"万恶淫为首"，此话诚然而不假。

而"孝"的本质便是"克己尊人"，这儿的"人"便是指自己以外的别人，首先便是自己的双亲，然后扩大开来而指国君、上天、民胞物与。"克己尊人"的"孝"就是克制自己的私欲，从尊重孝敬自己的父母双亲开始，然后一步步扩展开来，尊重与父亲一样赐予自己生命和成功的君主国家、上天大地、社会同胞、自然万物。这样的人便会孝顺双亲、忠君爱国、畏天道、敬神明、遵循天理、保全天性。这样的人便会以"孝敬"和"畏天"来阻止自己各种私欲的膨胀。而私欲的收敛，便是各种恶行的终点；私欲的净尽，便是各种善行的起点，所以古人言"百善孝为先"，此话诚然而不假。

"孝"与"淫"势不两立。增益"孝道"，便能敬天尊亲、消除私欲、克制淫念，保住人之为人的天性。反之，增益心中的"淫念"，便会做出各种违背道德、悖逆伦常之事，丧失人之为人的天性。

总之，"淫"便是破坏孝的最大利器，"淫"就是不孝，"淫"是一切恶行发生的起点，是此人天性开始丧失的起点，难怪上帝（也即造物主）特别痛恨淫欲，要对淫欲做最为严厉的惩戒。

●万恶淫为首

万恶以"淫"为首恶，并不真的是指淫能生出众恶来[1]，乃是因为所有恶事中，"淫"直关内心，最容易滑向纵欲无度的深渊，"淫"会令每个自我私欲膨胀，为所欲为，不知孝敬生育人种的天地自然与造物主，不知孝敬生育自己的父母，所以最令"造物主"上帝所憎恶。难怪中国古人要把各种恶行，取"淫"字来作为其最大的代表，称之为"万恶淫为首"。

而且心怀淫念，私欲便会陡然盛起，必定会以各种不择手段的方式施行出来，或是强迫，或用引诱，来使他人与己行淫，以求一己欲念的满足。染上淫欲便会导致各种恶行深种于心田，就如同染上毒瘾愈染愈深，无可救药、难以自拔，只有死路一条，不死不休。所以上天对于"淫欲之行"要做最最严厉的惩戒，也就是希望沾染者能在深痛中感受这份警戒，从而回头是岸，这也就是曹雪芹在第12回"王熙凤毒设相思局"这一回中，让王熙凤"现三头六臂，并吃人心、喝人血之相，以警戒"贾瑞的旨趣。

这正如箕子看到纣王造了一双象牙筷便要哭泣，因为人的贪欲是无涯的，

---

[1] 淫无非是一己的享乐，本身并无多大的社会危害性。

不用竹筷而用珍奇之筷的奢侈者，必定会建造起华丽之床，而放置这床的肯定是座华美的大厦。于是不要多久，便会让民众负担沉重而活不下去，从而大失民心、国力大损。而所有欲望中淫欲最为深重，骄奢与淫欲必然相伴而生，此纵欲奢侈之人肯定会渔色来满足自己的好淫之念。然后肯定会用山珍海味豢养佳丽，又用各种壮阳之物乃至其他动物的性器来滋补自身以供淫乐，杀生造孽。庞培古城更取奴隶之肉饲养供奴隶主食用的海鳝，等同于"吃人"。其实细细想来，"淫"与"食人"本质上也没有区别①。所以骄奢与淫欲之念一起，无不触目惊心，天理难容，不到"破国亡家"绝不罢休；而且淫欲的报应还会留给子孙，可谓"死不罢休"。

前人都说性爱是"生我之门、死我之户"。因为所有人都通过父母的性爱，以及自己神识在父母交合过程中的起心动念，悦母为男而悦父为女，得以受胎、降临人世；任何人又都因为性爱而日渐丧失自己体内的精气神，走向衰老和死亡。

淫是"人兽关"，是成人还是成兽的关键：无欲为神仙，节制性爱则为人，淫乱而不加节制便沦为畜生。故淫的节制与否，是保证人之为人而不为禽兽的关键。而且禽兽在春情发动时，出于本能驱使，不知节制，知母而不知父，没有辈分的观念，还会发生父子共用母兽的"聚麀"情形。而人之为人、有别于兽，便在于人类知道性爱要加节制，节制的性爱有益于身心和社会伦常。节制的性爱首先就体现在辈分的不可紊乱，从而有别于禽兽，节制的性爱是人之为人而非禽兽的重要标志。而性爱不知节制的人，乱伦、聚麀的人，人们便称之为"禽兽行"，称行此事的人为"衣冠禽兽"——即表面上穿有人的服饰而貌似为人，其实就是现世的畜生，来世也必将堕落为畜生。这就是书中第11回"见熙凤贾瑞起淫心"时，王熙凤对着贾瑞远去的背影骂道："这才是知人知面不知心呢，哪里有这样禽兽的人呢！他如果如此，几时叫他死在我的手里，他才知道我的手段！"

正因为"淫欲"事关"人之为人"与城邦安危，所以连纵欲无度、妻妾成群的暴君秦始皇，仍不敢突破"教化世人不淫"的天理，只敢暗中淫乱而不敢公开宣淫。难怪秦始皇在他的《封禅文》中，特别写明自己对淫乱的严惩，即他临终前一年刻石会稽山（今浙江绍兴大禹陵），相当于是在仿照大禹在此会稽②而为自己的一生举办总结大会，秦始皇也在这同样的地方，为自己一生的功绩作会稽（会计）而"盖棺定论"，其中就提到自己政治教化方面的成绩是："防隔内外，禁止淫佚，男女洁诚：夫为寄豭③，杀之无罪，男秉义程；妻为逃嫁，子不得母，咸化廉清。"④"洁诚"就是不淫乱。这说的便是：敢于入室通奸者，格杀勿论；私奔之人不可以成为正妻，只可以做妾。如今只把"通奸"视为道

---

① 孟子言："食、色，性也。"食色相通，淫即以人为品尝对象。
② 按："会稽"即"会计"，古人把"会计"（总结）写成"会稽"。
③ 寄豭，借给别家传种的公猪，此处喻指进入他人家中淫乱的男子。
④ 见《史记》卷六《秦本纪》。

德问题而不上升到刑罚层面，也是对古代伦理道德的一次重大颠覆。

此前，秦始皇在泰山刻石纪功的碑文中，向上天奏告自己一统天下的丰功伟绩，以此来请求上天赐天命给自己，同样也说："贵贱分明，男女体顺，慎遵职事；昭隔内外，靡不清净，施于昆嗣。"①所说的"清净"就是不淫乱。他说：内外有别、男女有大防，唯有如此，方能把优良的美德传给子孙后代。所以《礼记·曲礼上》说："傲不可长，欲不可纵；志不可满，乐不可极。"淫欲之事不可以"宣"（"宣淫"即白昼行淫），不可以"纵"，非以生殖为目的淫欲当节制而不行。节欲而清贞，不贪色、不好淫，乃是不忘上帝②造物、造人的至孝之心的体现。

像秦始皇这样的淫暴之君，尚且要重申不淫的"礼防"，在社会上加以严防死守。足证"淫"是毁灭人类与社会的根源，"不淫"是社会长治久安的根本。或许正因为此，曹雪芹才会如此重视淫欲的危害，而要用自己的作品来为世人指明淫欲的惨祸，并为世人探索摆脱淫欲的法门。

《红楼梦》一书得以成为不朽的名著，便与其思想的纯洁、立意的高尚、宗教情怀的深切密不可分。曹雪芹乃善人正士，所以便把自己人生体悟到的、能用来教导世人"戒淫"的宗旨撰成此书。其书是一部教人"清心寡欲"之书，作者旨在借"红粉=骷髅"，又借"美色=阎王、夜叉"，点明我们所处的这个人世间"好事多魔"之旨。"红粉=骷髅"、"美色=阎王、夜叉"、"好事多魔"这三者都是为了劝导世人"戒色"而设，所以他要定此书的书名为"风月宝鉴"，其用意便是要"戒妄动风月之情"（见书首凡例），是要"单与那些聪明俊杰、风雅王孙等……专治邪思妄动之症，有济世保生之功"（见第12回道人送镜给贾瑞，也即作者赠此书给世人时说的话③）。

可惜世人欲根深种，道心日浅。笔者斗胆，特揭此旨，以开世人之眼，以脱后人因自己迷误而妄加给作者曹雪芹的大罪，有意在曹子论色欲祸害（"祸淫"）、明戒淫法门（"天人法、白骨观"）的基础上，援引各大宗教的圣哲之言，阐扬上天何以戒淫的道理。识见浅陋，瞽论无稽；语涉荒唐，贻笑大方。

②具有宗教情怀的"情爱观"与"情欲观"

《红楼梦》之所以感人，便在于作者写的就是我们每个人都曾经经历过的"爱与被爱"的故事。这一主题能让天下所有人都到书中来产生大共鸣。书中写的就是亘万古而不变的人性与人情，所以这部书是为全世界、全人类而写的

---

① 见《史记》卷六《秦本纪》。其中"男女体顺"之"体（體）"据原碑，《史记》作"礼（禮）"，两字古通。

② 上帝即天帝，是中国自古以来就有的最高神，与基督教所言的上帝是同一回事。所以基督教传入中华后，便翻译成"上帝"。中外皆信奉上帝，足证世界各大宗教都是上天（也即上帝）在人间垂化的法门，不当分彼分此，而当求同存异。

③ 所送之镜名为"风月宝鉴"，而《红楼梦》又名《风月宝鉴》，所以"送镜"就是"送书"。因此上述那番话，便是作者授书给世人时，对正在读此书的读者们说的、代表其创作主旨、旨在用来纠正读者误会的真心话。

不朽篇章。书中传神写照恋爱者的心理，达到了极致的境地，在世界文学史中也有其不可磨灭的艺术成就。

我们都是欲界众生，都有情有爱、多贪多欲。我们无论是男是女，都曾经经历过爱与被爱，都做过宝玉那样的施爱者，做过林黛玉那样的被爱者；或肚量狭小如黛玉，或肚量宏大似宝钗。总之，我们每个人都曾经亲身体验过书中主人公的经历，都会被其中的故事打动而产生震撼心灵的共鸣。

全书在"大旨谈情"的同时，曹雪芹又旨在通过自己的文学创作来净化世人的情欲心灵，笔者也本此宗旨，在下文标列佛教对世人情欲的认知，发人深省，以此来照应曹雪芹在书中用真情纯净人类心灵的旨趣。

●情中有大爱

"爱"是生命的根源。佛法称欲界众生为"有情众生"，可知人的本质便是富有情感和情爱的生命。佛法告诉我们："人从爱中来"，宋无为子杨杰为隋天台智者大师《净土十疑论》作序，第一句话便说："爱不重，不生娑婆①；念不一，不生极乐。"爱既是堕落降世之根，又是升华出世之本，关键便看这种爱是私爱还是大爱。

"爱"有不同的品质。有的爱属于"染污"的爱，有的爱属于"纯洁"的爱，有的爱是"占有"的爱，有的爱是"奉献"的爱。"爱"与"恨"其实是形影不离的难兄难弟，佛陀曾在南传佛教②"增支部"经典中开示："爱可生爱，亦可生憎；憎能生爱，亦能生憎。"爱与憎就像手心和手背，是一体的两面：爱得越深，则憎怨的可能性也会越大；反之，憎怨越深，一旦如愿，也就会爱得更深。凡夫的情爱往往狭隘而有限，是占有的、有相的爱，伏藏着憎恨。而圣贤的情与爱可以为国民、为真理、为孝道而忘己捐躯，是一种能够泯灭一切怨恨、化解一切仇恨的大爱，是一种至大无私的奉献之爱。

"爱"有不同的层次。我们每个人的爱，都从最初"呱呱坠地"时与父母结成的亲情、成年后基于性爱而结成的夫妻情爱这两者开始，然后又扩大到对兄弟姊妹的爱（"我相"），再扩大到对亲戚朋友的爱，扩大到对邻居乡亲、同胞国民、全人类的爱（"人相"），再进一步扩大到对一切动物、一切众生的爱（"众生相"）③。

---

① "娑婆"指我们生活的这个世界"娑婆世界"。娑婆，乃梵语音译，意译为"堪忍"，指此世界的众生堪能忍受十恶（杀生、偷盗、邪淫，妄语、绮语、恶口、两舌，贪欲、嗔恚、愚痴）及诸烦恼而不肯出离，故名"堪忍世界"。

② 南传佛教，又称上座部佛教，指现在盛行于东南亚越南、泰国、缅甸、老挝、柬埔寨以及我国云南省傣族地区的佛教。

③ 按《金刚经》："若菩萨有我相、人相、众生相、寿者相，则非菩萨。""我相"即以自我为尊而鄙视他人。"人相"即以人类为尊而鄙视其他生命。"众生相"即以生命为尊而鄙视非生物。"寿者"即灵魂，此处当指有寿命的事物，也即"万有"。打破"寿者相"就是打破有限（一切万有）和无限（永恒的佛性）的界限，认识到一切事物（或存在）都体现着佛性，经由一切事相皆可领悟佛法，有寿命的色相、事物、存在，与无寿命而永恒存在的佛性实无差别。

爱不能只限于男欢女爱，而应当扩大为那种"四海之内皆兄弟、自然万物皆手足"的"民胞物与"的博大胸怀，应当升华为爱护一切众生的无边慈悲，这样便能从凡夫的爱走向圣贤的爱，进而再升华到出世但又悲悯人世的罗汉情怀，而佛菩萨的情与爱则更为超越，进入到那广大无边的"无缘大慈、同体大悲"①的遍及全宇宙的境界。可见，爱是成凡成圣的关键。②

●欲中有正道

古印度这一佛法的起源地，认为人生有三大目标：法（对真理的了解）、利（对财物的蓄积）、欲（对性爱的享受）。对于后者，古印度有《爱欲经》这部书，是世界闻名的性爱指南。性欲是人类毫不亚于食欲的一种强烈本能，是人类繁衍的必由之路，是上天为人类特意创造出来的"人之为人"的"人道"，是"人之为人"的重要特征。但人类如果沉迷于欲乐，便会堕入魔道，沦为畜生、饿鬼，乃至在地狱中受煎熬。

《八十华严经》卷13言："众生流转爱欲海"，指明欲界众生因爱而有。《无量寿经》卷下指明爱欲的虚妄："爱欲荣华，不可常保。"《四十华严经》卷6则提出人生修行的目标就是要超脱爱欲："破烦恼山，竭爱欲海。"为此佛门制定了严格的戒律，以"淫"为"十恶"之一。《沙弥律》曰："在家五戒，惟制邪淫；出家十戒，全断淫欲。但干犯世间一切男女，悉名破戒③。"

大乘佛教由于在家信众参与了教团，禁止爱欲已成为不可能，于是对在家信众施以善巧方便的限制，规定何者为"正淫"而加以允许，把此外的一切性爱全部视为"邪淫"而严加禁止。同时又探索"烦恼即菩提"的法门，借助爱欲或其他能够动摇人类心志的本能，在个体心灵的不断干扰中，来让此个体修证真心、而进入"了生脱死"的悟境。

佛教规定的可以被允许的"正淫"仅限于夫妻之间的正当性爱，凡是有背于人伦的性爱均视为"邪淫"而严厉禁止。具体来说：与夫妻配偶以外的异性、同性、动物行淫，或自己行淫（手淫）、意淫，都是邪淫。

虽然夫妻配偶间的行淫为正当，但在不适当的时间、场所，通过不适当的

---

① "无缘大慈"指佛教主张不但要对跟自己有关系的人慈爱，如对自己的父母、亲戚、朋友等；同时对跟自己没有亲戚、朋友关系的人也要慈爱，如跟我从不交往或素不相识的人，也要同样地关怀爱护。用儒家《孟子》的话来说便是："老吾老以及人之老，幼吾幼以及人之幼。"也即孔子在《礼记·礼运》"大同篇"所说的"不独亲其亲、子其子"的意思。而"同体大悲"就是一种人饥己饥、人溺己溺的精神，把宇宙间一切众生看成自己身体的一部分，与之休戚与共、骨肉相连。这也就是儒家张载《西铭》所说的"民，吾同胞；物，吾与也"的"民胞物与"，即民为同胞、物为同类，所以要爱人和一切物类。这也就是《论语·颜渊》中子夏所说的："四海之内皆兄弟也。"以上全都是"同体大悲"的胸襟，而地藏王菩萨"我不入地狱，谁入地狱？"的悲愿深心，更是同体大悲的极致。"无缘大慈、同体大悲"与孔子的"大同思想"、共产党人的"共产主义信仰"也都是相通的。
② 此节参考《星云大师谈佛教的爱情观》，见
http://www.fjnet.com/jingpbw/tj/201408/t20140802_221337.htm。
③ 但，只要。干犯，侵犯，此处指性方面的侵害。此句指：只要性侵某一男子或女子，不管以何种方式，全都称之为"破戒"。

方式行淫（非支、非时、非处、非量、非理行淫），也都属于邪淫。具体来说：男女双方不得"非支（肢）"行淫，正淫只能行淫于产门，在口、手、肛门等处行淫都是邪淫。男女双方不得"非时"行淫，正淫只能在晚上进行，白天、月经、怀孕、哺乳、斋戒时行淫都是邪淫。正淫只能在卧室床上进行，在其他地方便是"非处"行淫，如在有神灵的庙宇中、在大众前行淫便是严重的邪淫。男女双方不得"非量"行淫，正淫一夜不得超过五次，过量而行也是邪淫。男女双方不得"非理"（违背伦理）行淫，自己纵欲或怂恿他人纵欲，都是邪淫。

正淫与邪淫虽然有别，但本质相同，正淫不节制就会滑入邪淫，其间的度要牢牢把持，而真心修道者则应断除包括正淫在内的一切淫欲，即《楞严经》说："若诸世界六道众生，其心不淫，则不随其生死相续。……淫心不除，尘不可出。"由于凡夫从本能上无法断除"正淫"，只有三果圣人才能断除，我们人类作为凡夫，只需遵守戒律断除邪淫便可。

●生殖是准绳

生殖，是判定性欲正当与否的关键准绳。生在人间，维持个体的生命要靠饮食，而延续种族的生命要靠淫欲，这两者便是孟子所说的："食、色，性也"，性是人类的天性和本能，是维系人类社会所必需。为了生殖而行的性欲是适合个体正常需要的，也是符合社会正常制度的，这不是罪恶。

性的初衷原本就是为了繁衍生息而设。造物主（即上帝、大自然）为人类等物种的繁衍，创造出了性器官，创造出了性器官机能所产生的性快感。性器官在性交过程中产生的愉悦兴奋，原本是为了促进繁衍之用，但不可避免会让个体生命对其产生渴望和依恋，上天以此来作为催促人类和物种进行性爱活动的生理动力，这就是"性欲"。

性欲的初衷原本是为了促进繁衍而设。人类如果不能奉行"中庸"之道，对性欲加以节制，便会走向纵欲，从而违背造物主创造性爱的本衷，把性爱视作享乐，不再把它视为生殖的手段，这便堕落为"淫"，原本圣洁的性爱便堕落成邪恶的魔道。〖今按：根据佛教与婆罗门教的说法，欲界天的主宰称"他化自在天"，"天"即天神之意。此天的天神居于欲界天的最高一层，是扰害正法的魔王，能"借他所化之乐事以成己乐"，能"夺他所化而自娱乐"，其中便包括把上天所创造的正当性爱引入歧途而专供淫乐之用，这也就是下文将要提到的"偷心（偷盗滥用之心）"，至邪而至淫。〗

凡是不以生殖为目的，只为贪求性快感的行为便是"淫"。"淫"的本意是深陷和贪爱、过多和过分。古有"淫雨"一词，指的就是久下不止的雨，可证"淫"是沉湎不休、不加节制意，其本质便是"贪"。事实上，生活中对任何一种贪爱的纵容（不光指淫欲）都是邪念，都是广义上的邪淫。

夫妻正淫也会堕入纵欲的误区，从而离开生育的目的越走越远，这同样也就变成了"淫"。"淫"便是在一步步背离造物主创造性爱的本意和正常的度（这个本意和正常的度，便相当于造物主创造性爱这个产品时的"说明书"），是对造物主所创造出来的性爱的一种深度滥用。

　　"淫"与"性"有本质的区别。"淫"便意味着不会有实质的利益，只是在消耗自己的生命和福德，是以生命的精气神、人生的好运福德，来兑换性欲发泄时的感官刺激和快感。

　　人如果再形堕落而更深度地滥用性爱，便会进入不择手段的地步，时时处处产生"淫"念，随时随地产生性欲冲动，千方百计地寻找各种对象和途径来发泄性欲，这便是所谓的"邪淫"。邪淫会让人为了追求生理上的释放，随意地"创造条件"来行乐，这种思想和行为模式早已没有正常的规则可言，违背了上天创造性爱的"说明书"，所以被称作"邪淫"。"邪"的本质就是偏离造物主（大自然）创造此物的本意和正常的度，只为了追求生理感官的刺激和快感，忘记了上帝（大自然）所规定的天理天道和人的天性①。

　　"正淫"因其符合天道而被允许（相当于遵循产品说明书来使用此产品），因为世界赖此传宗接代而使人类得以繁衍，祖宗赖此获得祭祀，社会赖此得以和谐延续。而"邪淫"则违背人伦，违反人道，是自我心性迷失的表现，是快速损耗自身福德、获得疾病烦恼、使自己命运不顺的行为，是来世堕入畜生、鬼道、地狱、魔道的行为。因为"邪淫"只是为了享乐而不以生殖为目的，有违造物主创造性爱的"说明书"，而且往往会为了一己私欲的得逞，而不顾对方意愿，强迫或引诱他人行淫，这种行为更加得不到父母、祖宗、社会、神明和造物主（造化、上帝）的认可，所以要严厉禁止。

●戒淫有律条

　　关于戒淫，佛教有最系统的律条和论述，涵盖面远超今天所有国家的法律条文，足证佛教社团是人类社会纪律最为森严的国度。

　　佛教有关戒淫的律条，集中归纳在后秦鸠摩罗什译的《梵网经卢舍那佛说菩萨心地戒品第十卷下》："若佛子，自淫、教人淫；乃至一切女人，不得故淫。淫因、淫缘、淫法、淫业。乃至畜生女，诸天鬼神女。及非道行淫。而菩萨应生孝顺心：救度一切众生，净法与人；而反更起一切人淫，不择畜生；乃至母女、姊妹、六亲行淫，无慈悲心者，是菩萨波罗夷罪。"

　　这便是佛为世人所制定的"淫戒"，含义深广，今略解如下：

　　◎身为佛子②，不论是自己亲身行淫欲之事，或是教会他人行淫欲之事，都应当禁止。

　　◎身为佛子，应当明白淫欲的作用机制而加以根除。淫欲的机制便是：心中的淫欲之念是淫事的根本之因，正如石头无念，所以永远不会行淫事。北俱卢洲的众生一生只起两次淫念，东胜神洲的众生一生只起一百次淫念，西牛贺洲的众生淫念微乎其微而几乎没有，唯有我们地球人所在的"南阎浮提"（即"南赡部洲"）众生，淫欲之念极为旺盛，达到数不清的地步，一天不知要动多少次；

---

① 人们都误以为性爱是人的天性。其实人刚诞生时洁白无瑕，性爱是后天因肉体才有的一种习气——正如有人身，便有了人身的淫乐模式；有动物身，便有了动物身的淫乐模式——从这个意义上说，人的天性恰是不淫，而淫是人有了身形以后天性的迷失和物化。

② 佛，是梵语音译，意译为觉悟者。佛子，即有志于觉悟人世真相的人。

但也并非人人如此，不修行者便会增加，修行者便可减少，直至为零。

有了淫因，又要有各种淫的助缘方能成就淫行，这些淫的助缘便是饮酒（含吸毒）后的以酒乱性，观看色情书籍（含影视）激起性欲，再加上和美色相会，或男女有共处的机会，有了这种因缘和合便能生成各种淫法。上述淫因、淫缘相会，便能达成性交这类淫事而得淫报。淫欲所得之报便是"铁床铜柱地狱"。

身为佛子，知晓了"淫因、淫缘、淫法、淫业"的淫欲作用机制，便会主动去除淫因（淫念），念念清净；便会远离各种淫缘（酒和毒品等乱性之物、色情书籍和影视、与美色相会共处等），不做各种淫法，从而使自己没有淫因、淫缘、淫法（淫事），自然也就不会有淫业的罪报。

◎身为佛子，不光要知道不能和他人（含一切男女、一切人类之外的母畜、乃至女性天神、女鬼等）行淫欲之事。也要知道不可以从阴道以外的大便道、口腔行淫欲之事。也要知道不可以在非处（即不适宜的处所）行淫，不可以在非时（即不合适的时间，如六斋日、三斋月，妇女怀孕、产后、哺乳时）行淫。

◎身为佛子，不可以对一切女人起淫欲的念头。菩萨不能与一切人行淫，不可以和人类之外的母畜乃至女性天神、女鬼等行淫欲之事。自然也就不能对一切同性的男性起淫欲的念头。因为菩萨以天眼观见：一切女人在我们过去无量数世中，都成为过自己的父母；是故一切女人是我母，一切男子是我父，出于孝顺心，我们又怎么忍心与一切女人或男子行淫欲之事呢？

◎身为佛子，当明白淫欲有违"慈悲救度众生"的意志。身为佛子，心中当兴起孝顺和慈悲救度一切众生的意志，以此来克制和消除淫欲之念。淫欲会让人受生死的束缚，佛子应当救度过去的父母，怎么可以让他们在今生的生死上，再增加一道生死的业因呢？菩萨只可以用善法来度人，不可以用恶法来系缚别人。众生一堕淫欲，便会被淫欲束缚而不得解脱，因此菩萨不可以用淫欲这一秽法来系缚他人。淫欲是不清净的，是生死的根本，不淫就是净法。心无淫念则心得清净而无烦恼，身不行淫事则身体清净而无污垢；一人不淫则一人离生死，多人不淫则多人了生死。菩萨当与人说清净梵行之法，令众生脱离生死之苦，怎么能和他人行淫欲之事、使自己与他人的心识和身体深受染污而不能够从生死苦海中解脱出来呢？[①]

◎身为佛子，当行菩萨道而对一切众生起孝顺心，慈悲救护一切众生，并为他们说清净之法，让他们得以解脱。现在反而违背清净无染的本性，自己起心动念与众生行淫，使得一切众生也起淫心、动淫念。由于自己淫欲烦恼之念太重，还会导致和母、女、姊妹等六亲眷属行淫的乱伦，甚至连畜生、异类都不放过。像这种毫无慈悲心的胡作非为，会令一切众生不快乐，会令一切众生受苦，会令一切众生心识受淫欲的污染而永受生死轮回的束缚。即便这种行为看似并不恼怒众生、而让对方也能获得性爱的快乐，但其过错便在于让自己和对方的身、心受到污染，又使自己和对方的心识深受欲望的系缚而无法解脱，所以也被视为极其重大的罪行。至于违背对方意志，让对方在受苦中满足自己

---

① 性爱过程中，身体各感官与心灵品尝到性爱的滋味而产生依恋，这便是对身、心的"染污"。

的性欲，其罪行更加不用说了。所以佛门把淫念与淫行视为犯了极恶的"菩萨波罗夷罪"。所谓"波罗夷"，音译即"断头"，在佛法戒律中是指犯了人间的砍头之刑而永远不可复生那般，生前被永远剥夺僧人的资格，摒弃于佛门之外，死后必定要堕入地狱。古代僧人犯淫戒，便要在寺中架火烧死，以应"波罗夷"砍头之意。①

●造物主创造了性爱但却无法左右人心的无奈

肆行淫欲的纵欲之人，全都是"自作聪明"之人。他们自以为自己在玩弄造化，并从中获得造化赐予的乐趣。他们不用那份敬慎之心来对待上天（造化、大自然）所创造的美色和性爱，用"偷心"、"苟且之心"来滥用造物主（大自然）所造的原本是用来繁衍后代的性爱，肆意榨取其中的快乐，把生育的职责与繁衍的使命当作糟粕来抛弃。他们自以为自己很聪明，可以把造化玩弄于股掌之间，不知道自己恰被造化所玩弄，不知道自己是标标准准的"欲令智昏"、痴呆无知，尚且还自以为聪明。因为他们不知道自己这么做，会让欲根深种于心性之内，福德日损于命运之中，今世、来生必将堕落成畜生而受大的苦报、孽报、罪报。其实，肆行淫欲的纵欲之人不用多久，现世的报应便会出现在眼前：元气夭损而百病丛生，性行有亏而身心不宁，福德折损而诸事不顺。淫欲如同毒瘾，不死不休，而且死后还会有恶报牵涉子女、后裔。以上便是造物主（上帝）以淫欲来司人"生、死、兴、衰"的权柄。

《楞严经》正告世人："偷心不除，尘不可出。"玩弄性爱的"偷心"、"苟且之心"正是偷盗之心的表现，这正是上帝（造物主、大自然）对人类滥用其所创造的性爱的一种无奈。

上帝的无奈便在于众生平等，众生的心识与上帝的心识，乃至与佛的心识全都平等无二，一模一样。世界上的一切心识全都一样，全都本来就有、亘万古而不灭。众生的心识不是上帝所创造，上帝这一造物主（大自然）只能创造人体而无法造人心。

世人根据佛教的"缘起"说，认定佛教肯定是在反对基督教所说的"万事万物乃上帝所造"，这其实是"只知其一而不知其二"的不达佛理的表现。佛在《楞伽经》中明确说过："三界唯识。"心识是世界的真相，是世界本有而不灭的真面目、真根源。佛是心识修行到佛境界的产物，上帝是心识修行到上帝境界的产物，六道群灵便是心识堕落为六道众生境界的产物。一切心识皆是本有而非创造。这世界除了心识这一真相外，其剩下的一切假象便是各种有形的物质存在，佛法统称之为"万有"，而这"万有"的假象却是上帝这个造物主（大自然）所创造出来。

但上帝（造物主、大自然）只能创造人类万物这"万有"的假象（即物质躯壳），上帝所造出来的人类万物，其"灵"（即精神、灵魂）却是本有的。换

---

① 以上参考《圣一法师讲菩萨戒之淫戒》，http://www.xuefo.net/nr/article3/25520.html。

句话说，上帝造的只是人类万物之身，操纵支配每个个体的心灵，却是前来暂居在这一体内的本有。上帝就像造好了汽车给人来开，我们的身体便是上帝这个造物主所创造的汽车，我们的心识便是那开车的人，这心识本来就有，亘古今而不灭。

上帝的悲哀便在于众生平等，众生可以修行而成为像上帝一般的、也能创造万物的神，乃至超出三界，达到比上帝这位佛教护法神"大梵天"还要高的境界；同时也会因为堕落而成为六道众生。换句话说：上帝所造的人，其心识并非上帝所创造，上帝所造之人可以用此心识不受上帝所造之体的染污而成为圣人，也可以用此心识而受上帝所造之体的染污而堕落为禽兽，这便是上帝的无奈。即：上帝造了人却无法造其心，无法支配其心灵的趋向。落实在性爱上同样如此：上帝创造了人类等物种赖以繁衍的性爱，却无法拘束人类的心灵，使人类按照性爱的说明书来履行性爱的职能而不滥用性爱、不受性爱的染污。

正是从这个角度来看，佛才说："这世界上没有造物主。"这不是说万物不是上帝创造的，而是说上帝造了万物，却造不了每个个体的心。因为心是不用造的，心才是这世界永远不变的真材料、真本原、真面目。某个心识修行到上帝的境界而拥有了造物的无边法力，于是就能创造出我们这个世界[①]；所以，世界从本原来看，仍是唯心所造的。在现实世界中，只有上帝这个心识能创造万物，其他心识只是赋形到上帝所创造的万物中来，陷于生死轮回之中，成为六道群灵。而造物的上帝本身也有其寿命，寿尽而"天人五衰"之相出现，也会沦堕为众生，而有新的心识通过修行来补上帝的职位，也有心识能像释迦牟尼那般超出三界而成佛。

佛所说的"不存在万能的上帝"，只是说上帝（造物主、大自然）在物质领域可以说是万能的，但上帝唯独改变不了人心、无法左右人心。如果上帝是万能的，他便能让所造之人的心灵全都按照上帝的意愿来行事，岂非人人都成了上帝的子民梵辅天、梵众天[②]，也就没有了六道群灵，也就不会有与上帝相抗衡的魔鬼了，也就不会有上帝所创造出来的人类其心灵会受魔鬼诱惑这种事情发生了。现在，上帝并不能让他所创造出来的每个人成为信奉其的子民，上帝所创造出来的反而与上帝相抗衡的魔鬼又存在于世，他所创造出来的人类的心灵[③]又会受魔鬼诱惑，所以便可证明上帝不是万能的。

因此正确的认识应当是：上帝是佛教等一切宣扬正道的宗教的护法神，上帝是大自然的造物主，物质领域的确是上帝所创造，而且上帝在物质领域的确万能；但同时佛教又指出：上帝只能造物而不能造心，上帝无法左右人心，上

---

① 正如我们现在的科学能揭示基因的奥秘，将来必定也能造出人类或动物的身体来；我们现在的科学揭示了电脑和人工智能的奥秘，将来必定也能造出大脑来。而上帝的心则不是靠科学技术来造物，科学技术只不过是在模仿上帝（造物主、大自然）的作品罢了。上帝的心识靠的是对宇宙真理的觉悟，而佛的觉悟比上帝更高，达到了最圆满的境界和作为。
② 佛教认为"色界"最底层的"初禅"分为大梵天、梵辅天、梵众天三层，三者就是王、臣、人民的关系。大梵天是主，梵辅天是大梵天的辅臣，而梵众天就如同大梵天的臣民。
③ 上帝创造了肉体，不能创造心灵。此是言其所创造出来的肉体所负载的、并非由其创造出来的心灵。

帝在心灵领域是无奈的。落实到性爱上来，上帝创造了美色和性爱的感官机能，但对于人类在美色和性爱方面沉溺的淫念是无奈的，他只能通过惩戒来让人感悔，如果人的心灵沉溺而不感悔，最终堕落到最底层的地狱，上帝也只能通过地狱的严刑峻法来加以严惩，无法拯救其心识与灵魂出离地狱，无法拯救众生的心识灵魂摆脱对他所创造出来的美色与性爱（即淫欲）的沉溺。

●人对色欲该如何立心，方不昧心

《红楼梦》是作者对人类通病"贪色好欲"的反思之作，并通过宝玉这一"意淫"的典范，探索如何纯洁并净化人类的情欲之心，让人们对于美色不再抱有玩弄的心态而加以尊重，这就是甄宝玉这一作者的化身在书中所说的名言："这'女儿'两个字极尊贵、极清净的，比那'阿弥陀佛'，'元始天尊'的这两个宝号还更尊荣无对的呢。"正如伊斯兰教教导人们看到美人，便当赞叹这是造物主（大自然）的杰作，对真主（也即上帝、造物主、造化、大自然）表示极大的尊重，从而净化世人的欲念。作者在此基础上，又探求最终能从色欲中解脱出来之路，也即书中第1回所说的空空道人"由色悟空（自色悟空）"而成为情僧的途径。

笔者愚见：遇见美色，人由于有私心杂念的存在，所以本能地会做满足一己私欲的性爱联想。而有虔诚宗教信仰的人，则私心日渐消减乃至无有，所以面对美色已不会本能地做满足一己之私的联想和反应，而会把美色与性爱放到大千世界、宇宙人生的背景中来，感悟这是上帝也即造物主、大自然的杰作，感悟美色是人福德的表征，是此人前世修"不淫欲"的清净梵行①所感得的果报。于是便能像孔子所说的"《诗》三百，一言以蔽之"那样"思无邪"②，并用这种"无邪之思"来净化自己的心灵、摆脱私欲。这种"风化之美"，便是我中华文化千载共谈的伦理道德的最高境界，是人之为人乃至可以成神③的人性的最高境界。

人貌相之美与性爱中的快乐，都是上帝也即造物主（大自然）的伟大杰作，原本就有其真实的用意在内。我们面对美色和性爱，应当理解造物主创造美色和性爱的本意，也即佛经《开经偈》所说的："我今见闻得受持，愿解如来④真实义。"当思量这美色的来处、性爱的目的，从而明了：造物主（大自然）创造万物并赐给万物以至美的形体容貌，赋予上至万物之灵的人类、下至鸟兽虫鱼这所有物种无所不适、皆臻完善的身体机能（包括性爱的机能），这其中没有一样不体现出造物主那种"至美、至善"的造物本意，从而体悟到其中所蕴藏的天心大道。从此告诫自己：面对美色与性欲之乐，万万不可泯却天理公心，被

---

① 梵行，佛教名词，意为清净、尊贵、值得赞叹的行为。也即清净、尊贵的出家人、修道士等清净者们的生活方式。
② 即《论语·为政》："《诗》三百，一言以蔽之，曰：'思无邪。'"是说：《诗经》中歌颂男欢女爱的爱情篇章，其实都可以做"比德"的处理，用无邪的眼光重新审视，从而获得别样的哲理。
③ 神，即有至高精神境界的人。
④ 如来，如其本来面目。

自己心中一己私欲所蒙蔽、而把美色与性爱当成供一己享乐之用的事物，忘却其中所体藏的人类使命与天地至公无私的正心大道。

从佛法看来，一言以蔽之，所谓"美色"，所谓"性爱的快乐"，空幻不实，其实都是上帝（造物主、大自然）创造的玩物。上帝所造的肉体生命（如人、如动物、如植物），与人类所创造的玩具，从本质上说没有区别，人类将来也可以发达到模仿上帝所造之物的天机来造人、造动物、造植物。上帝所造的人与人所创造的玩具这两者的差别，便在于上帝所造的人有心灵而玩具没有心灵。人若玩物丧志，迷失心性，沉迷于美色、欲乐，便与物无别，必为造人的造化（上帝、造物主、大自然）所嗤笑。

人类、畜生等欲界众生之所以对美色和淫欲有贪爱，一切根由便在于造物主（上帝、大自然、大梵天）为心灵所造的肉体（人体、身体）及其机能（含性功能）太美、太善，到了能让心灵沉迷其中而难以自拔的地步，从而迷失本性和真相，这便是曹雪芹《红楼梦》第一回所唱的："反认他乡是故乡。甚荒唐，到头来都是为他人作嫁衣裳！"而第25回作者说那无心识的石头尚且能被"声色、货利所迷"①，更不用说有心识的人类了。

人体不过是大自然（上帝、造物主）创造的一个玩具，人体的一切机能（包括性爱）不过是玩具的一项功能罢了。唯有主宰这人体的心灵，才是大自然不可以创造出的、原本就有的"本有"和"真有"。凡是自淫，便是把自身当作玩具，凡是与人行淫，便是以他身为玩具，这都是古人所谓的"玩物丧志"，是件完完全全可羞耻的事情。除按照性爱的说明书，为生殖目的而进行的性爱外，其他各种形式、各种对象的性行为都是迷失心性真相后的"玩物丧志"的表现，都是在沦心为物、沦人体为玩具的趋于下流的表现，必为造化（天魔撒旦、他化自在天）所嗤笑，必为上帝（造物主、大自然、大梵天）所愤忌。难怪古人行此事时，皆要暗中行之，不敢"宣淫"，以示此乃可羞耻之事。有识之士在这过程中，更是要尽量不让自己本有的真心为外物、物欲所同化，从而力保自己固有的本性不使失去，从而能不为物相所迷而勘破世界的真相；反之，小人（即普通人）则"肆无忌惮"②，在色欲与性爱中日渐沉溺，这便失去了"人之为人"的本性，堕落为畜生、饿鬼，乃至要下地狱。人间刑法对各种淫欲的惩戒，皆是牖导③人心之用的不得不然。

---

① 见第25回僧人说通灵宝玉"只因它如今被声色、货利所迷，故不灵验了。"甲戌本有夹批："石皆能迷，可知其害不小。观者着（zhuó）眼，方可读《石头记》。"
② 语出《礼记·中庸》引孔子曰："君子中庸，小人反中庸。君子之中庸也，君子而时中；小人反之中庸也，小人而无忌惮也。"即：君子中庸，小人违背中庸。君子之所以中庸，是因为君子随时能做到适中、恰当；小人之所以违背离开那"中庸"，便是因为小人肆无忌惮，无所顾忌。朱熹《中庸集注》对上句有注："小人不知有此，则肆欲妄行、而无所忌惮矣。"
③ 牖导，即"诱导"。牖民，即诱导人民。《诗·大雅·板》："天之牖民，如埙如篪。"毛《传》："牖，道也。"道，通"导"。孔颖达《疏》："'牖'与'诱'古字通用，故以为导也。"清谭嗣同《报贝元征书》："牖民于聪明之域。"

（4）曹雪芹超情、脱欲主旨在书中的又一彰显

《红楼梦》全书大旨谈情，旨在超情、脱欲。这一主旨，在书中宝玉欲窦初开、情欲肇端的第7、第8两回有明白的彰显。而书中的"秦"字既隐"情"字，又隐"芹"名，因此，第7回作者回前诗中的"家住江南本姓秦（芹）"句，其实也就点明此书的作者便是名带"芹"字的曹雪芹；这也就不打自招地交代清楚：书首"楔子"所谓的"全书增改者"曹雪芹，其实就是《石头记》全书的"原作者"。今详考如下：

① "秦业"是作者笔名，第7回回前诗便是"作者乃南京曹雪芹"的自道诗

第7回"送宫花周瑞叹英莲、谈肆业秦钟结宝玉"回首有作者亲笔题诗："题曰：<u>十二花容</u>色最新，不知谁是<u>惜花人</u>？相逢若问<u>名何氏</u>？<u>家住江南本姓秦</u>！"

此诗表面是在交代贾宝玉新结识了一位漂亮的男朋友，这位男朋友就是来自江南的姓秦的秦钟；他虽为男子，但其美貌在十二金钗（"十二花容"）中算得上最新鲜美丽。

其实作者在此更"一语双关"，其所真正想要交代的意思便是：此书①的作者②名带"芹"字③，他就是家住江南省城南京（"<u>家住江南</u>"）的"我"曹雪芹！

何以能作出这种"离奇"而出人意料之外的见解？今按第8回交代秦可卿、秦钟姐弟俩的父亲秦业时说："这秦业现任'营缮郎'。"甲戌本有夹批："官职更妙，设④云因情孽而缮此一书之意。"此批便直言不讳地点明：秦业其实就是作者的化身。因为秦业在书中的职务就是"营缮郎"，脂批点明作者设此"营缮郎"之职，并非说此职务是为皇宫建造房子，而是说此职务是在营缮这部以情欲为主题的书（"<u>设云因情孽而缮此一书之意</u>"）。所以作者笔底的"营缮郎"其实就是"著书人"这个职务。秦业担任此著书人的职务，所以秦业便是作者的化身。

事实上，秦业生养了秦可卿和秦钟，而秦可卿与秦钟全都是曹雪芹笔下创造出来的人物，所以秦可卿、秦钟便相当于是曹雪芹所生，曹雪芹自然也就是他俩的父亲秦业——这就更加能够证明"秦业"便是作者的又一笔名。

此诗既然是在问秦可卿与秦钟姐弟俩的出处，显然也就是在问其父亲秦业的出处，而秦业就是作者的化身，所以此诗其实也就是在询问并交代全书作者曹雪芹的出处。作者曹雪芹便是在借助此诗来"自问自答"地告诉大家：他就是"家住江南本姓秦（实指'名芹'，下详）"的曹雪芹。

---

① 第一句诗中的"<u>十二花容</u>"可以意指"十二金钗"，从而可指《金陵十二钗》这部书，详下。

② 第二句诗中的"<u>惜花人</u>"可以意指"惜春"，从而可指作者曹雪芹，详下。

③ 第三、四句诗中的"<u>名何氏</u>、<u>本姓秦</u>"，"秦"谐"芹"字之音，这两句遂有"名芹"之意。

④ 设，假设，假如。设云，好像是在说。

其诗首句"十二花容色最新",表面是写秦可卿与秦钟姐弟俩在"金陵十二钗"中最为美艳漂亮。但下文"不知谁是惜花人",而书中提到同时爱惜秦可卿、秦钟两人的人,便只有贾宝玉一个人了。而贾宝玉又是作者曹雪芹在书中的化身,所以爱惜可卿、秦钟两人之人便是作者自己。因此作者便是诗中所说的"惜花人";而事实上,又正是由他这位"惜花人",创作了这部旨在怜惜金陵老家诸女子(也即诸名花、诸金钗)的名为《金陵十二钗》的书。

诸名花就是诸金钗(因为古人比美人为花容月貌),所以"十二花容"其实就是以"十二金钗"来命名的《金陵十二钗》这部书。因此,"十二花容色最新,不知谁是惜花人"这句诗便可解作:"我"这部名为《金陵十二钗》的书,是古往今来所有小说中最新鲜亮丽的作品("十二花容色最新")。大家不知道创作这部书的作者"我"到底是谁("不知谁是惜花人");若问起作者"我"的名字是什么("相逢若问名何氏"),作者"我"便来回答你:"我"的家就住在江南省的省会南京城,"我"本名"芹"、也就是曹雪芹("家住江南本姓秦")!因此,第7回这首回前题诗,其实就是作者作书自道之诗。

一般人由于不了解笔者所揭示出来的作者"真事隐、假语存"的语言表达体系,所以很难在头脑中转过弯来(如"惜花=惜春=曹雪芹"),从而被曹雪芹字面上的意思(如"惜花")所蒙蔽,被曹子玩弄于股掌之间,无法识破其书字面下的真意而成为曹子的知音。

其实"不知谁是惜花人"的"惜花人"就是"惜春人"、也即书中的惜春(在古人的语词体系中,"惜花"就是"惜春",两者是同意词)。元春意为春之首("元"即首,今有"元首"一词),其为正月初一生日,正月为寅月,象征的便是作者想在书中述及的第一代"江宁织造"曹寅(作者的嫡亲祖父);而迎春二月初二生日,象征的便是作者想在书中述及的第二代江宁织造曹顒(作者的嫡亲生父);探春三月初三生日,象征的便是作者想在书中述及的第三代江宁织造曹頫(作者的叔父、同时也是养父);惜春四月初四生日,象征的便是理论上的第四代江宁织造曹雪芹(如果不抄家的话,曹顒遗腹子曹雪芹便是从曹寅开始的第四代江宁织造;但事实上曹雪芹因为抄家而未能做成江宁织造,所以此处便加上定语"理论上"这三个字)。因此,"不知谁是惜花人"这句话其实是在问:不知谁是因为怜惜美貌如花的诸女子(当然也会包括怜惜秦钟这样的美男子在内)、从而撰作了这部名为《金陵十二钗》书的作者;也即谁是"惜花人"这位书中"惜春"小姐所影射的原型?

其言"相逢若问名何氏",即作者设问:如果问起我的名字来,我便来回答你。请注意,原文用的是"名"字、而非用"姓"字来问"何氏"。其下文的回答,便是"答非所问"地不回答其名何,反而回答说是"姓秦"。我们其实应当根据发问之字"名",来判定其所答之语"姓秦"实乃"一语双关":既关字面上的"姓秦氏",更关提问所用"名"字的"名秦(情、芹)"意。"家住江南本姓秦"的意思就是:作者"我"这个生了(即创作了)秦可卿、秦钟这两个貌美如花女孩、男孩的"营缮郎"秦业(象征的便是营缮此书的作者),"我"的家就住在江南省城南京，"我"本人名带"芹"字。

"家住江南本姓秦（谐'情'、'芹'）"实为作者自道：一道自己住在江南省的省会南京城，二道自己这部书大旨谈情，三道自己的名字中带有"芹"字：总之，创作了这部"十二花容色最新"的《金陵十二钗》书的"惜花人"（即书中的"惜春"小姐）便是曹雪芹，他是性情中人而本名"芹"！

秦可卿与秦业全都是小说中的人物，本无实际之人，作者不会题此诗来说什么秦可卿、秦钟、秦业的老家在江南。作者文笔高妙，其题诗既有字面意，更有其字下之意："十二花容（十二金钗①）"就是《红楼梦》此书的别名《金陵十二钗》，也即《红楼梦》这部书。"惜花人=书中的惜春小姐=作者曹雪芹"。生了秦可卿、秦钟的"营缮郎"秦业，其实就是创造这秦氏姐弟而营缮此书的作者自己。题诗末两句"相逢若问名何氏？家住江南本姓秦"一问一答地来报秦可卿、秦钟、秦业的家门，其实也就是作者的自报家门，也即作者"自问自答"：创作了这部"十二花容"（即《金陵十二钗》）之书的"惜花人"（也即"惜春"小姐）是谁呢？他就是家住江南省城南京的本名"芹"的曹雪芹！

请注意其上句问的是"相逢若问名何氏"，虽然《汉语大字典》第583页有"名"训"姓"的解释，但都是上古之例，近古以来从未有过"名何氏"的用例，只有"姓何氏"的说法。总之，作者上句设问问的是"名"字，其设问的"氏"字固然是指姓，但狡猾的作者故意既用"名"字、又用"姓（氏）"字，其实重在"名"字，即下句"家住江南本姓秦"其实回答的是"名"而非姓。作者借此回答交代出作者名字中带有一个"秦"字，其"秦"字又谐"情、芹"两字之音，所以作者想说的便是：读者碰到我这本书，问起作书的"惜花人"名叫什么？"我"便来回答你："我"是老家在江南省省城南京的本名"芹"的人——曹雪芹——是也。

此批又点明秦业即"情孽"之意，全书便是以情和孽为主题（"因情孽而缮此一书"，故书末既有"情榜"，更有"孽榜"）。作者塑造秦可卿与秦钟都貌美而性淫，这两位都是作者用来引诱宝玉行淫、触发其欲窦的角色。前者引诱宝玉生平第一次在梦中和女子行淫，即第5回；后者引诱宝玉生平第一次和男子在被底行淫，即第15回。可证宝玉的堕落便都从宁国府中的人开始，即第5回秦可卿判词所言的："情天情海幻情身，情既相逢必主淫；漫言不肖皆荣出，<u>造衅开端实在宁</u>。"点明书中两个姓"秦（情）"的男女，与全书的男主角宝玉一相逢便会发生淫行出来。宝玉这位"古今不肖无双"之人固然是从荣国府走出来的（"漫言不肖皆荣出"），但他在淫欲方面的堕落却是从宁国府的秦可卿卧房开始，从宁国府秦钟身上的亲昵开始（这两者便是书中所谓的"造衅开端实在宁"）。而第5回秦可卿《红楼梦曲》又唱："家事消亡首罪宁，宿孽总因情"，即：贾宝玉在情欲上的造孽，导致他无法重振家业，其根由便从宁国府"二秦"身上开始。这其实也是作者曹雪芹一生痛定思痛：自己一生一事无成的根源就

---

① 古人均以"花容"、"金钗"来指女子。

在于此。

②补天实是补人欲无涯、风月无边之天

《红楼梦》全书开头有作者总结自己一生的偈语："无材可去补苍天，枉入红尘若许年。此系身前、身后事，倩谁记去作奇传？""入红尘"也就是堕落欲界天，"补苍天"也就是回归苍天得补天神之位，也即升天成为欲界天、色界天、无色界天之神，乃至超出三界之外而成佛。

其所言的"补苍天"一般都认为是通过科举来做官，从而实现济世救民之志，但考虑到全书以"情孽"为主题（"因情孽而缮此一书"）的"祸淫、戒淫"之旨，而第5回宝玉所见"太虚幻境"内"孽海情天"宫的对联是："厚地高天，堪叹古今情不尽；痴男怨女，可怜风月债难偿"，足见孽海无边、人欲无涯，所以"补天"更当是让爱欲滔滔之"孽海"枯竭，让人欲无涯的有漏"情天"得补[①]；也即上文所言的：通过修行，得以重新补上天仙之位。

曹子这部《红楼梦》便是帮世人出离人间（人欲）而上天（回归通灵本性）用的。全书借情欲之事说法，为世人指明一条超情脱欲、升天出世的佛法之路，故其书又名为《情僧录》。

③《红楼梦》红颜薄命、美色与淫乐乃空梦一场的旨趣

第7回宝玉初见秦钟时，在"方知他学名唤秦钟"句下，甲戌本有夹批："设云'情种'。古诗云：'未嫁先名玉，来时本姓秦。'二语便是此书大纲目、大比托、大讽刺处。"

诗出萧梁刘缓的宫体诗《敬酬刘长史咏"名士悦倾城"》，见《古诗纪》卷100（又见《艺文类聚》卷18，题作"梁刘缓《咏倾城人》诗"）。全诗是："不信巫山女，不信洛川神；何关别有物，还是倾城人。经共陈王戏，曾与宋家邻；未嫁先名玉，来时本姓秦。粉光犹似面，朱色不胜唇；遥见疑花发，闻香知异春。钗长逐鬓鬟，袜小称腰身；夜夜言娇尽，日日态还新。工倾荀奉倩，能迷石季伦；上客徒留目，不见正横陈？"

刘缓虚写、实写两种手法并用，前八句把前代多首名篇所咏的美女，以用典故的形式串联在一起，她们分别是：《高唐赋》中与楚王"阳台"相会的巫山神女，《洛神赋》中与陈王曹植相嬉戏的洛神，《登徒子好色赋》中偷窥美男子宋玉的邻家少女[②]，《前汉书》民歌"北方有佳人，绝世而独立。一顾倾人城，再顾倾人国。宁不知倾城与倾国，佳人难再得"所咏的汉武帝李夫人，《搜神记》卷16的吴王小女紫玉，《陌上桑》中"秦氏有好女，自名为罗敷。……行者见罗敷，下担捋髭须。少年见罗敷，脱帽著帩头。耕者忘其犁，锄者忘其锄。来

---

① "漏"是烦恼的别名。"有漏"就是有烦恼。"漏"含有"漏泄"和"漏落"二义：贪嗔痴等烦恼，日夜由"眼耳鼻舌身意"六根漏泄流注出来而不止；这种烦恼，能使人漏落（即堕落）于"三恶道"。世间的一切有为法，都是有烦恼的"有漏"法。与之相对的，涅槃、菩提和断绝一切烦恼根源之法，便称为"无漏"。
② 住在宋玉家东邻。

归相怨怒，但坐观罗敷"的秦罗敷。

　　作者用"不信"两字（"不信巫山女"），表明以上全都是耳听为虚，不如现在我们面前这位拥有"倾国倾城"貌的真实美人。于是中间八句，便由面前美人那粉光焕发的面色，比丹朱还红的嘴唇，花枝招展般的身形和芬芳体香，还有精美的发饰，紧细的腰身，动人的娇语，迷惑人的媚态：总之，诗人从其所能想像到的各个方面，来具体描绘面前这位真实的美人，表明其全身从上到下、由内到外的美，到了令人看上一百年也百看不厌的地步（"日日态还新"）。

　　随后两句再用《世说新语》"惑溺"类"荀奉倩与妇至笃"条①，"仇隙"类②"孙秀既恨石崇不与绿珠"条，借助这两个经典故事来写美女如何迷人到了让人色令智昏、与人为仇的地步。具体来说：荀粲（字奉倩）信奉"女子德行没有用，美貌最重要"的人生理念，娶了"骠骑将军"曹洪的女儿，既有美色，同时又妆扮得极其精工华丽。婚后，两人生活幸福美满；但没几年，其妻病亡，荀粲哀叹说："佳人再难得，亡妻虽然算不上拥有倾国之色，但像她这样的，也很难再碰上第二个。"于是哀悼得十分伤心，一年多便逝世，年仅29岁，令人惋惜。石崇（字季伦）则是因为拒绝权臣孙秀索取美妾绿珠，惨遭杀身之祸。

　　相传司马相如《好色赋》有"花容自献，玉体横陈"句，于是作者刘缓最后便写上一句："上客徒留目，不见正横陈？"即：美人们正在尽情展示自己的风采，贵客们千万不要错过这个大饱眼福的机会！极力渲染女性的美不过是为了一饱男人的眼福。

　　其所用典故中，荀粲为爱而英年早逝，石崇为爱而遭杀身之祸，这两则典故其实和《红楼梦》关系不大，但其上文提到的两则典故却与《红楼梦》关系密切，即甲戌本夹批所指出的："未嫁先名玉，来时本姓秦"这两句诗，其实就"是此"《红楼梦》之"书"的"大纲目、大比托、大讽刺处"！

　　"未嫁先名玉"即干宝《搜神记》卷16所载的：吴王夫差的小女紫玉，年十八，爱上家仆韩重，两人私订终身，因吴王不许，郁结于心而死，葬于阊门外。韩重往吊，紫玉芳魂从墓中飘出与之结合，赠明珠为信物。韩重持明珠见吴王，吴王认定他是盗墓所得；紫玉为救韩重而显灵于吴王面前，诉说始末。夫差夫人听到女儿回来，急忙趋前拥抱，紫玉立刻化作一缕青烟逝去，这就是著名的"玉生烟"的典故，是多情少女及少女因多情而早逝的故实。而《红楼梦》书中"茗玉"小姐（见第39回）实为黛玉的化身③，其名"茗玉"当出自此句"未嫁先名玉"的典故；而且黛玉又正是因为所爱不遂，以未嫁的处子之

---

① 惑溺，指人为美色等所惑而沉溺其中、不可自拔。人凡是沉迷于美色、财富、忌妒、情爱而不能自拔、执迷不悟、无所节制，均属"惑溺"。《世说新语》此"惑溺"类的第1、2则记迷于女色事（即"魏甄后惠而有色"条、"荀奉倩与妇至笃"条），第5则记女迷于男色而至于偷情事（即"韩寿美姿容"条），第3、4则记因忌妒起风波事（即"贾公闾后妻郭氏酷妒"条、"孙秀降晋"条），第6、7则记夫妇间惑于情爱事（即"王安丰妇常卿安丰"条、"王丞相有幸妾姓雷"条），其中第7则是宠幸而纵容小妾，因此受世人讥讽；第6则是怀有情爱可以不受礼法约束的观点，用情虽深，仍属惑溺。
② 仇隙，意为怨恨而人际关系有裂痕。
③ 笔者《红楼时间人物谜案》"第一章、第三节、第39回"有论。

身抑郁而亡，与紫玉完全相同：所以"未嫁先名玉"便是书中黛玉（也即"茗玉"）一生的总纲，这便是脂批所谓的"大纲目、大比托"。

而"来时本姓秦"，所言当是《陌上桑》中人见人爱、所以太守要垂涎三尺的美女秦罗敷。这并没有蕴含什么全书的"大纲目"在内，也看不出有什么"大比托、大讽刺"处；其中若真有"比托、讽刺"，便当把这两句话连起来理解："未嫁先名玉，来时本姓秦"，作者以"嫁人"比喻世人降生于欲界（也即人间）。世人在没有降生前，全都是一块无瑕的美玉，即书中所谓的"通灵宝玉"，其所象征的便是人心未受玷污的通灵本性，也即佛门所谓的"佛性"。这样纯洁无染的心识，因何会降生到这多贪多欲、肮脏污秽的人世间来？只因为"姓了秦"、即"性了情"（即性中有了情）。人因情欲而降生欲界，故称"来时本姓秦（情）"（意为：来此世上，便本原于内心有了情）。这其实揭示的便是一切欲界众生受肉体的诱惑而降世的这一可惭愧的过程。

秦钟之名谐"情种"之意，而书中秦可卿与秦钟便是诱惑宝玉与女子、男子行淫的根由，也即书中所谓的"情既相逢便主淫"——书中把这句话写成了宝玉碰到两个姓情（秦）的男女便会有淫事发生的情节。而且这句"情既相逢便主淫"其实又在讽刺：美色无论男女，都是供人泄欲的对象，朝秦而暮楚！这便是作者称这两句诗是"此书大纲目、大比托、大讽刺处"的讽刺意味所在！所以，世人见美色皆喜，而洞悉佛法真相之人，见美色当觉其可惧、可悲！

《红楼梦》的"梦"字脱胎于汤显祖"临川四梦"中《牡丹亭》女子因情感梦而亡，与黛玉为爱而死的主旨相通；又脱胎于"临川四梦"中的《黄粱梦》（《邯郸梦》）、《南柯梦》，指：人生繁华，如梦般一场空。而古人"红楼"一词与"青楼"相对，"青楼"指妓女，"红楼"便指大家闺秀，《红楼梦》其实就是"且无论妓女，就算是大家闺秀（'红楼掩面人'），也都难逃'红颜薄命'一场空"的意思，是一部专门描写女性与爱情悲剧的故事。

作者在创作时，有意把这场女性爱情悲剧，放到真实的家庭生活背景中来描写，旨在把自己这部书写成反映自己人生与家庭生活的百科全书。所以读《红楼梦》也就变成了读曹雪芹的人生，读他鲜活而全息得如同摄像机般再现出来的"康乾盛世"的繁华生活，而且更能读出摄像机所无法追魂摄魄表现出来的人物的心理描写。全书同时也熔铸进曹子一生追求"真善美"所获得的学识，所获得的艺术和人生的感悟，以及宗教、哲学思想。

曹雪芹在《红楼梦》这部书中，对人类的情欲有过如上深刻的反思，这一思想离不开佛法等宗教的熏陶，下来我们便要重点阐明《红楼梦》这部书深厚的"儒释道"三教的底蕴。

（三）归真道：后四十回标指佛法、归于佛法，符合前八十回所体现出的曹雪芹原意

后四十回最令人诧异的地方，莫过于第 116 回标举前八十回所未标榜过的佛法^①，即"警幻仙境"入口牌坊上的"太虚幻境"四个字，转到另一面去看，变成了"真如福地"这四个字；第120回又借甄士隐之口直接点明："太虚幻境即是真如福地。"而"真如"是佛教的最高名词^②，这等于是在用佛法来替代全书的主旨。在不了解前八十回深厚佛学背景之前，普通读者都会把后四十回标榜出的这一"真如佛法"，视为高鹗对曹雪芹本旨的篡改。

其实高鹗也是儒家者流，明清时的儒士全都以"毁佛、骂道"、独尊儒术作为自己无上光荣的事业来做，从来都不屑公开表明自己的佛教信仰，佛门请他们作序时，他们也都会用儒家之道来讥讽一下佛教，从来都不会主动放下自己儒家人士的优越感来奉承佛法。所以后四十回如果让高鹗来续写的话，我敢断言他肯定写不出如此"崇佛、媚道"的情节来。

事实上，前八十回虽然没有明白标示"真如福地"这四个字，但作者其实已处处表现出对佛法的崇敬，以及自己在佛法上的造诣。所以后四十回标举出的"真如福地"这四个字，的确就是曹雪芹的原稿。

书中所谓的"警幻仙境"，便是"警幻仙子"曹雪芹所营造的《红楼梦》这一"迷人的福地"。——说它"迷人"，便是《红楼梦》这一小说的国度描写到了各种精彩情节，作者将其总称为"太虚幻境"，"虚幻"就是迷人之意；说它是"福地"，便是这一小说国度，可以让人透过"太虚幻境"这一系列精彩幻相的描绘，领悟到"真如佛法"这一宗教福德。今详论前八十回佛法旨趣的体现。

（1）书名《情僧录》标明全书"归于佛法"的旨趣

作者早在开卷第1回便标榜自己这本《红楼梦》又名《情僧录》。"情僧"两字便可看出作者是以皈依佛法的居士自命，而"情僧录"的书名更可看出全书是以佛法为指归。

第1回的原文是：空空道人"方从头至尾抄录回来，问世传奇，<u>因空见色、由色生情，传情入色、自色悟空</u>，遂易名为'情僧'，改《石头记》为《情僧录》。""空空道人"、"情僧"都与流传此书有关，显然也就是创作并流传此书的作者曹雪芹的两个化身和笔名，是曹雪芹在不同的人生阶段（求悟与已悟）用到的两个名字。由曹雪芹给自己起这两个极具佛教色彩的"空空"、"情僧"的笔名，也可证明曹雪芹肯定早已崇信佛法。正因为此，曹雪芹才会在全书最后，让主人公贾宝玉出家，而"宝玉出家"正是曹雪芹皈依佛法的心境写照。

曹雪芹所标举的"因空见色、由色生情，传情入色、自色悟空"这十六个字，便记录他这块"顽石"堕落人世后，再度修行悟道的整个过程。这一过程便是：

空空道人也即作者本人"我"，由空见色（说的便是"顽石"这一每个人本

---

^① 前八十回虽然没有标榜过佛法，但不代表其中不蕴含佛法。本小节便充分揭示前八十回的佛学底蕴，以证明后四十回所标举的"真如福地"乃曹雪芹本意。
^② 真如，又译作"法性、佛性"等，是佛教的最高概念。是佛教用来概括宇宙一切"万有"的本体与根源的哲学名词，是佛教用来表达"宇宙间最高的、永恒不变的真理性存在"的一个哲学名词，相当于道教所谓的"道"。

具的"通灵本性"也即"佛性"①，由本已觉悟的佛界而堕落下凡到色界天，其过程便是佛门"十二因缘"中由"无明"而缘"名色"的过程②），由色生情（说的便是佛门"十二因缘"中由"名色"而缘"忧悲苦恼"的过程，言"顽石"又由色界天更往下堕落到了欲界的人间），由情入色（即顽石再本十二因缘"名色灭"而致"忧悲苦恼灭"的过程③，由欲界林林宗宗的事相，明悟到"欲"乃每个个体后来所有而非本有，于是得以超脱欲望而再度进入色界天），自色悟空（即顽石再本十二因缘"无名灭"而致"名色灭"的过程，由色界天进入无色界天，进而再超出三界，进入佛门的甚深禅定中、得到彻底的觉悟和解脱）。

空空道人因经历过"动情"这一劫难，但最后又证悟空旨而入佛门，所以改名为"情僧"，他所记录的《红楼梦》这部记载其悟道经过的书，也就因此而得名"情僧录"。空空道人上述这番悟道的过程，其实就是"顽石"（喻指每个人的"通灵本性"也即佛性）下凡入世后，经过一番锻炼，再度觉悟——即重新证得自己本有的心性、再度回到最本原的佛性状态——而出世的过程。

第120回末，空空道人赞此石头之言，与这一过程正相照应，其赞词说："方知石兄下凡一次，磨出光明，修成圆觉，也可谓无复遗憾了。"由于"石头"与"空空道人"都是作者的笔名，所以这句话其实就是作者本人在赞美自己：这部名为《红楼梦》的书在不断修改的过程中，作者"我"对佛法的领悟越来越深，书中植入的佛教内涵也越来越深广。

"空空道人=情僧=顽石（石头）"，这三者应当都是作者曹雪芹的笔名。"记"与"录"同意，"石头"与"情僧"又可画等号而成为同一个人也即作者本人，所以"情僧录=石头记"，两者含义完全相同，只不过"情僧录"之名细化了"石头记"中的"石头（也即作者）"如何悟道成为"情僧"过程。

总之，作者把"石头记"改名为"情僧录"的旨趣，便是要借"情僧"之名的这两个字，来点明作者这块石头"由色生情、然后再由色入空为僧"的"下凡历劫、而又悟道归真"的整个过程；同时也点明：原本是一部世俗的"'石头'也即作者身上'记'录的故事"，如何在历时十载的五次不断修改中，"磨出光明，修成圆觉"，把作者对佛法的领悟植入得越来越深，书中的佛教内涵也随之越来越深广的整个过程。

由作者笔名"情僧"，可知他在创作过程中皈依了佛法。这说明全书乃本佛法大旨而作，这就是第42回宝钗论男人当"读书明理，辅国治民，这便好了"句蒙王府本侧批所言的："作者一片苦心，代佛说法，代圣讲道，看书者不可轻忽。"回末戚序本又有总评："论诗书、讲画法，皆尽其妙，而其中隐语，惊人、教人，不一而足，作者之用心，诚佛菩萨之用心也。读者不可因其浅近而渺忽之。"两者均点明作者创作这部书旨在宣扬佛法，同时也旨在宣扬"圣门"儒

---

① 佛性，即"真如"。其赋形在每个人心识中便是"阿赖耶识"、"大圆镜智"。
② 指顺观十二因缘的流转：无明缘行，行缘识，识缘名色，名色缘六入，六入缘触，触缘受，受缘爱，爱缘取，取缘有，有缘生，生缘老、死、忧悲苦恼。
③ 指逆观十二因缘的还灭：无明灭即行灭，行灭即识灭，识灭即名色灭，名色灭即六入灭，六入灭即触灭，触灭即受灭，受灭即爱灭，爱灭即取灭，取灭即有灭，有灭即生灭，生灭即老、死、忧悲苦恼灭。

家①的四书五经之理。"作者之用心诚佛菩萨之用心也"，更点明此书貌似浅显易懂的小说、而容易被人忽视其"载道"之志，其实整部小说是为弘扬佛法（"代佛说法"）而作，是用小说情节来阐扬佛门"福善祸淫"宗旨的、极具宗教情怀的高尚之书。我们很有必要用佛学的观点来重新审视《红楼梦》，填补这一领域的研究空白。

（2）作者佛、道并重的思想

全书第1回"楔子"以和尚、真人引宝玉入世，第120回又奉"解铃还须系铃人"之旨，再度让这一僧一道来引导宝玉出凡。全书以佛道（一僧一道）起，又以佛道（一僧一道）结，并以佛道（一僧一道）贯穿全书，既可证明全书靠宗教来维系其格局，又可证明作者心目中早已存有"佛道合一、佛道不相上下"的宗教观念。

这一僧一道在书中数度出现，贯穿全书首尾：

①第1回僧道两人一同出现，在甄士隐梦中向他展示"通灵宝玉"即将下凡之事，并在甄士隐醒后，当面告知他女儿甄英莲（真应怜）"有命无运、累及爹娘"的厄运，预告两年后的元宵佳节，他们家即将发生火灾而被烧毁。

②第1回末疯跛道人独自出现，向甄士隐说唱《好了歌》，甄士隐顿悟而作《好了歌解》，随其出家，云游天下。

③第3回红楼四年林黛玉3岁时，癞头和尚独自出现，为黛玉治病，并向其父母预报她一生的命运。

④第7、8、28回称宝钗年幼时，癞头和尚独自出现，为她治病，传授"冷香丸"，并送她和宝玉婚配用的金锁，预言她将嫁给有玉之人贾宝玉的命运，即第28回："宝钗因往日母亲对王夫人等曾提过'金锁是个和尚给的，等日后有玉的方可结为婚姻'。"

⑤第29、120回称宝玉年幼时，癞头和尚独自出现，为宝玉治病，向贾母等诉说宝玉其所佩戴的"通灵宝玉"的好处，预言宝玉的命运便是晚娶。今详考如下：

第29回张道士为宝玉提亲，贾母说："上回有和尚说了，这孩子命里不该早娶。"第120回贾政说："便是那和尚道士，我也见了三次：头一次，是那僧道来说玉的好处。"可见宝玉幼小时，和尚来说宝玉所佩之玉的好处，并预言宝玉这个人不可以早娶。

又由第57回雪雁暗想："春天凡有残疾的人都犯病，敢是他（宝玉）犯了呆病了？"此回宝玉为黛玉即将回苏州而发疯，贾母骂紫鹃："你又知道他有个呆根子，平白的哄他作什么？"第29回也说："原来那宝玉自幼生成有一种下流痴病"，可证宝玉自小就有一种痴病，则和尚当是在他痴病发作时，来为他治病而出现的。

---

① 圣门，即儒家，因儒家祖师孔子被尊奉为孔圣人。

⑥第12回红楼十一年跛足道人独自出现，送"风月宝鉴"之镜给贾瑞，拯救未果。

⑦第25回红楼十三年"色迷"贾宝玉、"财迷"王熙凤，中了马道婆的魔法而将死，这时僧道两人从天而降，来为"被声色、货利所迷"的"通灵宝玉"持诵偈语，拯救二人。僧道两人一同出场，一是因为这次要救两个人（甲戌本夹批"僧因凤姐，道因宝玉，一丝不乱"），二是因为这次要救主角宝玉，所以两人当一同出现，以示解救对象身份的重要。

⑧第66回红楼十四年道人独自出现，柳湘莲在庙中被道人三言两语打破迷关而顿悟出家。

⑨第115回红楼十九年宝玉因为失玉而失心疯傻，由和尚一人单独来送玉，等于送那能中举的心智给宝玉。然后，和尚又在下一回第116回，带宝玉重游"警幻仙境"。第117回此和尚又来贾府索价，实是借此为名，当面告知宝玉：快快潜心学问，通过中举来了却世缘，然后才可以出家！

⑩第120回一僧一道超度宝玉后，带宝玉在常州"毗陵驿"附近拜别父亲贾政，做人间最后一别，了却尘缘。

这十次出场分别为：两人、道*、僧*、僧、僧*、道*、两人、道*、僧*、两人——或合出、或单出，单出时或僧、或道交替出现（加*者表示僧道交替出现）。这十次出场的安排，也充分体现出作者构思和布局时的巧妙用心。

在《红楼梦》的布局结构中，我们无法抹杀"一僧一道"这条贯穿全书的宗教性主线，证明作者心目中怀有深深的"佛道"情怀，而且还是"佛道并重"的情怀。

（3）作者崇儒、重道、敬释，具有"三教合一"的思想

《红楼梦》书中多处写到宝玉毁僧、骂道，但没有一处写到宝玉对孔子为代表的真儒家的毁谤。宝玉鄙视痛骂的只是贾雨村之流的功名禄蠹、伪君子、假儒家，即第19回袭人称：宝玉"背前背后乱说那些混话，凡读书上进的人，你就起个名字叫作'禄蠹'"，己卯本夹批："二字从古未见，新奇之至！难怨世人谓之可杀，余却最喜。"可见曹雪芹发明了"禄蠹"一词，指下文所说的"饵名钓禄"、贪求俸禄而不作为的社会蛀虫①。

第2回甄宝玉（也即贾宝玉的原型曹雪芹②）对跟随他的小厮们说："这'女儿'两个字，极尊贵、极清净的，比那'阿弥陀佛'、'元始天尊'的这两个宝号还更尊荣无对的呢！"甲戌本眉批："如何只以释、老二号为譬，略不敢及我先师儒圣等人？余则不敢以顽劣目之。"可证在作者心目中，儒家要比佛道两家更值得在人世间践行。

第19回"情切切良宵花解语"一回，由袭人之口，我们听到宝玉居然在说："只除'明明德'外无书，都是前人自己不能解圣人之书，便另出己意，混编

---

① 宋徐梦莘《三朝北盟会编》卷198："偷禄蠹民者或干以私。"
② 作者以其人之姓"贾"指假，即小说中的宝玉；以其人之姓"甄"指真，即真实世界中的宝玉原型曹雪芹。

纂出来的。"己卯本夹批："宝玉目中犹有'明明德'三字，心中犹有'圣人'二字，又素日皆作如是等语，宜乎人人谓之'疯傻、不肖'。"今按《大学》"开宗明义"章说过："大学之道，在明明德，在亲民，在止于至善"，"明明德"是《大学》"三纲"中的第一纲，对于"修身、齐家、治国、平天下"具有永恒的指导意义，贾宝玉唯独对这句话首肯，足见他早已深刻领会到这是儒家学术的枢机所在。而此处他唯独对孔子尊称为"圣人"，与他一惯毁僧骂道的作风（即第19回袭人劝宝玉"再不许毁僧、谤道"）形成鲜明对比，足证他对真儒家的思想，比对佛、道两家都要来得尊崇。

第73回写宝玉能背《大学》《中庸》《论语》[①]，"更有时文八股一道，因平素深恶此道，原非圣贤之制撰，焉能阐发圣贤之微奥，不过作后人饵名钓禄之阶。虽贾政当日起身时选了百十篇命他读的，不过偶因见其中或一二股内，或承起之中，有作的或精致，或流荡，或游戏，或悲感，稍能动性者，偶一读之，不过供一时之兴趣"，庚辰本特批："妙！写宝玉读书非为功名也。"宝玉读书不为功名，自然为的也就是追求真理（即追求儒释道三家所阐述的宇宙、人间的大道理）。正因为此，他对那种读书不为道义、而只为功名稻粱谋的"禄蠹"们深恶痛绝。足证其志趣高洁，是真儒士而非假道学。

第51回他自比"野坟圈子里长的几十年的一棵老杨树"，引得麝月笑他："要比就得比松柏，怎么把自己比作坟圈里的杨树呢？这也未免太下流了吧！"这时宝玉笑道："松柏不敢比。连孔子都说：'岁寒然后知松柏之后凋也。'可知这两件东西高雅，不怕羞臊的才拿它混比呢。"表明他深明儒家"知耻"之理[②]，处处践行儒家"修身处世"的行为准则，很有真儒士的修养。[③]

上已论全书"以佛教为归"之旨，接着又论作者"佛道两家并重"的思想，此处又论其"践行儒术"的本衷，由此三端便可看出：《红楼梦》全书充分体现出中国历来就有的"儒释道"三教合一的思想。

三教何以能合一？便在于中国古人历来都把佛法作为把握宇宙、人生的终极旨归（其旨趣是"出世"），把儒家作为修身治世的根本准则（其旨趣是"入世"），把道家作为法天象地、沟通神明的手段（其旨趣是沟通"出世"和"入世"），所以中国古人将此三教各取其优长而不偏废，《红楼梦》一书同样如此。

（4）曹雪芹的宗教信仰是明末清初盛行的"以儒为主、三教合一"的"三一教"

第13回超度秦可卿的榜文上写着："总理'虚无寂静'教门、僧录司正堂万虚，总理'元始、三一'教门、道录司正堂叶生等，敬谨修斋，朝天叩佛。"佛教主张"寂静虚无"，所以，"'虚无寂静'教门"肯定是佛教；"元始"当指道教主神元始天尊，而"三一"当指"三一教"。

---

① 原文作："肚子内现可背诵的，不过《学》、《庸》、两《论》，是带注背得出的。"《论语》分上下两册，故名"两《论》"。

② 即《孟子·尽心上》云："人不可以无耻。"

③ 本小节参考《红楼梦的佛教观》，见
http://www.hongloumengs.cn/hongloumeng/11/hongloumeng1537.htm。

　　"三一教"是明朝嘉靖三十年（1551）福建莆田人林兆恩所创立，盛行于明末清初，全盛时流行到福建、江西、浙江、湖北、安徽、南京、北京、河南、陕西、山东等地。南京是大明王朝的首都，肯定是"三一教"重点流行的地区，所以在南京出生并长大的曹雪芹，会在《红楼梦》这部书中提到这一教门。同时，这一提及也可证明曹雪芹本人接受了该教最核心的教义思想——"宗孔归儒、三教合一"。

　　林兆恩（下文尊称其为"林子"）本是家乡莆田县的县学生员（即"秀才"），因乡试不第而致力于"心身性命"之学而有悟，认为儒、道、释"其教虽三，其道则一"，于是创立"三教合一"的学说。其教法集中"儒、道、释"三教的精华，去除三教的糟粕。既不同于儒家，也不同于道、释二教，更不是宋儒所谓的"儒冠、道履、释袈裟"这种对三教全部加以继承的三教总和。

　　他主张"宗孔归儒"，反对道、释两家只求出世的人生观和修行法门，提出本教门简便易行的在家修行法门，宣传中国固有的儒家"纲常礼教"的传统，劝人勤业、行善，反对邪恶，并教育弟子："勿起邪心，勿为邪事，三教先生，教我如此。若不如此，便是心死；哀哉心死，孰若身死？住世百年，谁能不死？身死、心生，方为不死！""三一教"因推崇儒家而风行全国各地各阶层。当时瘟疫流行，林子率门徒传授百姓"九序心法"加以治病，许多官吏、士大夫登门或写信拜求此法，戚继光驱倭时不幸患病，也靠此法很快痊愈，出任该教的"总戒"以示谢忱。

　　林子著书几百万言，《林子本行实录》载其在"嘉靖二十九年庚戌"34岁时声称："为天下万世斯道虑，一生富贵非所志矣。"又载其43岁时的"嘉靖三十八年己未，楚人何心尹抵莆，谓教主曰：'昔儒、道、释三大教门，孔子、老子、释迦已做了，今只有'三教合一'乃第一等事业、第一大教门也，兹又属之先生。我即不能为三教弟子，愿为三教执鞭焉。'"

　　此教门以王阳明的"心学"为基础，以儒家纲常人伦为立教之本，以道教修身炼性为入门，以佛教虚无空寂为极则，以世间法与出世法一体化作为立身处世的准则，以"宗孔归儒"为宗旨，创立"三教同归于'心'"的思想体系，是中国古代"三教合一"思想的集大成者。

　　林子不仅继承我国历史上"三教合一"的思想，而且还对古代宗教进行改革，创立属于自己的新的宗教体系。其经典有《林子三教正宗统论》《夏午真经》《林子本行实录》等，核心义理便是：修炼"心身性命"之学，以"纲常道德"为日用，以"士农工商"为常业，推己及人、劝人为善，修之于家、行之天下。

　　信此教门的目的，便是通过教门戒规的修持，修己度人，达到最高的精神境界——"勿起邪心，勿为邪事，劝善、济危，扶持正气，爱国、爱民"；修之于心、行之于用，立德、立功、立言。

　　该教门主要的修道方式是在家修行，不提倡出家。但入教者必须在该教门的"祠堂"内履行入教仪式、焚烧启文，方能成为信徒，然后再按照教规修持、学道、诵经，修炼"心身性命"之学，以"九序心法"的气功修练来养生。

"三一教"教徒必须执行严格的戒律，自觉进行内外双修。其戒律以"三纲五常"为日用，以"入孝出悌"为实践，以"士农工商"为常业；明"义利"之辨，戒酒、气、色（戒饮过量之酒，戒斗气之勇，戒淫邪之行）；日搜己过，痛自忏悔；每日素食一餐。

"三一教"具备一般宗教的特征，并与儒、道、释三教有很多相似的基本要素。

由于林兆恩反对道、释两家"弃世出家"的出世观和修行法，提出了简便易行的在家修行法门，宣扬中国最传统的纲常礼教，劝人勤业、行善，反对邪恶，要求教徒以身作则地身体力行；同时还主张僧尼、道士均可婚嫁，都应从事生产劳动，不可因为信教而废业，因此广为大众信仰，入教受业者遍布城乡各地。①

上文我们已经分析出曹雪芹具有"儒释道"三教并重的"三教合一"思想，同时又尊崇孔子，即上引第2回说"女儿"两字比"阿弥陀佛、元始天尊"这两个宝号还要尊贵，却不敢说"女儿"两字比孔子崇高；第19回推崇《中庸》的"明明德"，在"毁僧、谤道"的同时独尊孔子为"圣人"，第51回又不敢自比孔子称颂过的松柏，这都与"三一教"的主旨"宗孔归儒、三教合一"完全吻合。

曹雪芹在《红楼梦》一书中写"祸淫"之事并教人"戒淫"，又与三一教门"戒淫邪之行"的戒律相合。《红楼梦》全书对僧尼、道士颇多讽刺，即第19回袭人说宝玉："再不许毁僧、谤道"，第120回中又让惜春出家后在家中的"栊翠庵"修行而没有离家修行，这都与三一教"反对释道两家单纯追求出世的修行法门，主张僧尼道士均可婚嫁并从事生产劳动，不可因为信教而废业"的主张完全相合。

总之，曹雪芹在书中体现出来的信仰宗旨，无一不和"三一教"相合。而且"三一教"在明末清初又盛行到首都南京，曹雪芹完全有可能受此教门的熏陶。加之曹雪芹在书中又特意把道教的全国最高机构"道录司"写成"元始三一教门"，"元始"两字是在点明道教教主"元始天尊"，而"三一"两字点明的便是作者想以"三一教"的主张来改造道教，或者说是作者有意在"道教"名号中加入自己所宗奉的"三一教"名号，以此来标榜自己是位"三一教"的门徒。

曹雪芹的宗教信仰是"三一教"，这是笔者此书的首次发现，对于该领域的研究还有待深入。对"三一教"的研究，必将有助于深化对曹雪芹本人思想及其作品思想的认识。

（5）全书以佛法为宗旨和归宿的证明

中国传统文化的核心便是"儒、释、道"三家的学说。就高妙而言，不得

---

① 以上参考"百度百科"之"三一教"条目，见：
https://baike.baidu.com/item/%E4%B8%89%E4%B8%80%E6%95%99/346618?fr=aladdin。

不推佛法为第一，所以"三一教"在宣称自己"三教并重、宗孔归儒"的同时，也以佛教的虚空之旨作为思想上的极则。信奉"三一教"的曹雪芹，同样在书中体现出这一点。即：《红楼梦》全书在思想上虽然"三教并重"，且明显尊崇儒家孔子而贬斥僧尼、道士，但全书确实是以佛法为旨归①，这在正文中有三处点明：

①是第5回《红楼梦曲》"第九支《虚花悟》：将那三春看破，桃红柳绿待如何？把这韶华打灭，觅那清淡天和。说什么，天上天桃盛，云中杏蕊多。到头来，谁把秋捱过？则看那，白杨村里人呜咽，青枫林下鬼吟哦。更兼着，连天衰草遮坟墓。这的是，昨贫今富人劳碌，春荣秋谢花折磨。似这般，生关死劫谁能躲？闻说道，西方宝树唤婆娑，上结着长生果。"末句戚序本有夹批："喝醒大众，是极。"

全书以宝玉来影写曹家有人出家而离家修行，又以惜春来影写作者自己皈依佛法而在家修行。上引惜春命运之曲《虚花悟》的末句，便能点明全书宗佛而以佛法归结全书的旨趣。

何以知道作者是以惜春来影写自己而做了性别上的男女互换？我们都知道：曹寅之"寅"意为正月，所以"元春"这春天第一个月，隐写的便是名为正月"寅"月这春天第一个月的第一代江宁织造"曹寅"。正因为此，其第5回的命运判词"三春争及初春景"句，甲戌本夹批要批上"显极"两字，指明："这句诗是在说曹寅是书中'三春'所隐写的三代江宁织造中最为富贵者，这简直写得太明显而快要露馅了，即快要让知情人由此看破《红楼梦》这本书是影射家事之书了！"既然元春隐写的是第一代江宁织造曹寅，则迎春便是在隐写第二代江宁织造曹颙，探春便是在隐写第三代江宁织造曹頫，惜春自然就是在影写曹颙的遗腹子、本书作者曹雪芹了（因为曹家如果不抄家的话，第四代江宁织造非曹颙之子曹雪芹莫属，所以用惜春来影写"第四代江宁织造"曹雪芹乃是非常合适的）。而惜春（也即曹雪芹）在家修行，正与上文揭示出来的曹雪芹的宗教信仰"三一教"的主张相合。

②是第18回元妃省亲的最后一幕："然后撤筵，将未到之处复又游顽。忽见山环佛寺，忙另盥手进去焚香拜佛，又题一匾云：'苦海慈航'。"己卯本夹批："寓通部人事。一篇热文，却如此冷收。"点明第18回这么一篇热热闹闹的省亲文字，最后却以归向"虚无空寂"的佛法来作结；象征《红楼梦》整部书中

---

① 这其实并不矛盾，即作者尊崇孔子但贬斥假儒家的"禄蠹"。同样，作者尊崇佛道两家中真正的修行者，鄙视那种堕落的僧尼、道士（如第15回"王熙凤弄权铁槛寺"中谋财害命的尼姑净虚）。作者信仰的是真儒家、真佛家、真道家，反对的是庸俗的假儒士、假僧人假尼姑、假道士假道姑。由于作者写的是闺阁家事，很少接触外部，所以书中更多写到的是能够进入府内的尼姑、道婆；偶尔也写到府外的清虚观张道士、天齐庙王道士。至于铁槛寺的僧人则未写到，这可能和作者敬重佛法有关。而且铁槛寺的原型就是曹雪芹曹家在南京的家庙"香林寺"，其方丈就是后来到常州天宁寺任住持的"大晓实彻"，是作者的佛学导师，所以作者也就不敢在书中唐突其佛学之源、"大晓实彻"为代表的香林寺僧人了。此外作者还塑造了贯穿全书的世外仙人一僧一道。

的所有人、所有事（"通部人事"）如此热闹繁华（"一篇热文"即一部热书），最后都当以佛法这一"空门"来收场（"如此冷收"）。这既隐寓整部书的故事（"繁华一梦"）要以贾府抄家这一"冷收"作结，又隐寓整部书的情节和人物都要以"宝玉出家"这一"冷收"来作结。

由于后四十回皇帝最终发还了家产（第119回："所抄家产全行赏还"），所以第5回所谓的"落了片白茫茫大地真干净"，与其说是贾府"一败涂地、一无所有"的抄家惨况，还不如说是主人公贾宝玉因爱情与荣华的幻灭（黛玉之死加上贾家被抄）而出家所证得的明心见性、看破红尘、了无牵挂、"撒手悬崖"时的心境。所以后四十回最终结局不写贾家一败涂地、一无所有，而写宝玉出家，也与第5回"落了片白茫茫大地真干净"之旨相合。

第5回所谓的"可怜食尽鸟投林，落了片白茫茫大地真干净"，不过是抄家失势后的文学描绘，并不意味着书中真要去写这种极清贫的场面。其实这句话也正艺术地收摄着后四十回中所写的贾府惨况：元春薨、王子腾卒，薛蟠囚、黛玉逝，宝玉疯、贾府抄——宝玉目睹这一系列惨痛情景而"自色悟空"、由繁华热闹得以回归寂静虚无。

这"落了片白茫茫大地真干净"并非眼前真的一无所有。如果眼前一片白而心中不白，仍未悟道。正如大雪之中，人人眼前都是白茫茫一片空白，又有几人能在茫茫雪景中悟道？唯有心地一片白了，则眼前无论有何物，心中也都会一片空寂；抄家后贾府再怎么复兴与再度繁华，宝玉之心也不再会为之所动，这才是真正的大彻大悟。

繁华以空门收结，这一旨趣在第18回脂批中也有相似的体现。即该回交代大观园完全建成后，"于是贾政方择日题本"，此时己卯本有夹批："至此方完大观园工程公案，观者则为大观园费尽精神，余则为若许笔墨却只因一个葬花冢。"批语批的是：作者以宝黛爱情为主线，大观园中的一切繁华，都是为陪衬宝玉黛玉两人在大观园中的生活所写。而宝玉、黛玉大观园生活中最最重要的一幕，便是宝玉听黛玉在"葬花冢"葬花时吟唱《葬花吟》的那一幕高潮（即第27回"埋香冢飞燕泣残红"）。所以，大观园中所有繁华场景全都是背景和陪客，唯有"葬花冢"才是主角和核心。这就点明大观园中的所有繁华都比不上那个"葬花冢"，透露出作者要写：人间的繁华盛景都将最终归宿于象征空幻的坟冢。这便是第1回跛足道人所唱的《好了歌》："世人都晓神仙好，惟有功名忘不了！古今将相在何方？荒冢一堆草没了！"这与全书满目繁华、柔情蜜意，最后却以"宝玉出家"这幕情节归入空门而作结的旨趣，完全相通。

更当指出的是，宝玉不论抄不抄家，都要出家，其出家其实与抄家可以无关。因为他向黛玉发过誓——"黛玉死了，他便出家做和尚。"如果他家不抄，他也会践行此誓言而出家，所以出家是全书主线"宝黛爱情"的必然结局，而非抄家的结果。

而且，宝玉如果心中不空的话，即便抄家也不会出家，其出家之根，作者其实早在全书最开头六分之一处的第22回便已伏下。此回"听曲文宝玉悟禅机"，宝钗点了《鲁智深醉闹五台山》的戏文，宝玉听到其中有"赤条条来去无牵挂"

句，因黛玉与史湘云闹矛盾，宝玉"方在中调和，不想并未调和成功，反已落了两处的贬谤。……因此越想越无趣。再细想来，目下不过这两个人，尚未应酬妥协，将来犹欲为何？"又因袭人笑着提起"大家彼此有趣"这六个字而大有感触，说道："什么是'大家彼此'？他们有'大家彼此'，我是'赤条条来去无牵挂'。"这时"宝玉细想这句话趣味，不禁大哭起来，（庚夹：此是忘机大悟，世人所谓疯癫是也。）翻身起来至案，遂提笔立占一偈云：<u>你证我证，心证意证。是无有证，斯可云证。无可云证，是立足境。</u>"画直线的脂砚斋的批语和宝玉的偈文，便是宝玉这个人早在第22回的红楼十三年、作者人生十岁时便已大彻大悟的实证。正因为早已明悟世界的空相，所以才会有第120回的宝玉出家；如果没有年少时的这层深悟，抄家后谁都会苟且偷安，何必出家？所以宝玉出家其实与抄家无关，是宝玉心路历程的必然结局；即便不抄家，他也会出家。

③是第41回"那大姐儿因抱着一个大柚子玩的，忽见板儿抱着一个佛手，便也要佛手。（庚夹：小儿常情，遂成千里伏线。）丫鬟哄她取去①，大姐儿等不得，便哭了。众人忙把柚子与了板儿，（蒙侧：伏线千里。）将板儿的佛手哄过来与她才罢。那板儿因顽了半日佛手，此刻又两手抓着些果子吃，又忽见这柚子又香又圆，更觉好顽，且当球踢着玩去，也就不要佛手了。（庚夹：柚子即今'香团'之属也，应与'缘'通。<u>佛手者，正指迷津者也。</u>以小儿之戏，暗透前后通部脉络，隐隐约约，毫无一丝漏泄，岂独为刘姥姥之俚言博笑而有此一大回文字哉？）"画线部分提到指点迷津用的"佛手"，这其实也就点明全书的大旨便是：借男女情爱的姻缘故事（"柚子即今'香团'之属也，应与'缘'通"），来为众生指点迷津、归入佛法（"佛手者，正指迷津者也"）。可惜世人罕有人能领会到这一点。

世人都把上引这段情节理解成：作者借巧姐②与板儿调换手中象征姻缘的"香橼"③，来暗示两人有姻缘之份。曹雪芹在天有灵，必当对此苦笑、摇头，因为这么解的话，"佛手"的象征含义又将何在？

世人为何会有巧姐与板儿成亲的臆说，进而再据此臆说得出更为荒谬的结论——今本后四十回不写板儿与巧姐成亲便是违背脂批，便非曹雪芹所著？这是因为第6回"刘姥姥一进荣国府"时，"来至东边这间屋内，乃是贾琏的女儿大姐儿睡觉之所"，这时蒙王府本有侧批："不知不觉先到大姐寝室，岂非有缘？"有什么缘呢？下来周瑞老婆叫刘姥姥："有什么难处只管向凤姐开口。"这时"刘姥姥会意，未语先飞红的脸，（蒙侧：开口告人难。）欲待不说，今日又所为何来？只得忍耻说道。"这时甲戌本有眉批："老妪有忍耻之心，故后有招<u>大姐之</u>

---

① 指哄大姐儿说："我们马上就去别的地方取来。"即："现场没有了，我们到有这东西的地方去取来，大姐儿你稍微等一下。"可是大姐儿等不及了，众人只好哄板儿把手中的佛手给大姐儿玩。
② 按：大姐儿在下一回第42回中便由刘姥姥改名"巧姐"。
③ 香橼，谐音"香缘"，象征美好的姻缘。

事。作者并非泛写，且为求亲靠友下一棒喝。""招大姐"三字极易让人认为这就像"招女婿"的"招"字，是招来（即娶来）媳妇之意，于是便把上一条"岂非有缘"给理解成板儿与大姐儿有姻缘之份。而且甲戌本这一回又有总批："此回借刘姬，却是写阿凤正传，并非泛文，且伏'二进'、'三进'及巧姐之归着（zhāo）。""归着"有"归宿"之意，这批又更像是在说：巧姐最后的"归宿"（也即"出嫁"①）便是到了刘家。而此处第 41 回巧姐把谐音"香缘"（美好姻缘）的香橼（柚子），与板儿的佛手相交换，庚辰本又批："小儿常情，遂成千里伏线"，更点明一个"情"字（"常情"），似乎在说两人有小儿女的姻缘之情。其实以上统统都是误会。

今按第 5 回巧姐的命运之图是："一座荒村野店，有一美人在那里纺绩。"图上巧姐的命运判词写的是："势败休云贵，家亡莫论亲。偶因济刘氏，'巧'得遇恩人。"点明刘姥姥是搭救巧姐的恩人，而非娶她为外孙媳妇的亲人！这也就点明巧姐不是刘姥姥家的人。

而且"招"字也未必有"娶媳妇"意，而当指主动招徕大姐上门的意思，也即第 119 回刘姥姥主动让大姐儿上自己家门避祸。

至于第 6 回刘姥姥与板儿入巧姐之屋而伏其有缘，伏的便是将来刘姥姥搭救巧姐之缘，并不意味着巧姐与板儿有什么婚姻之缘。至于刘姥姥"二进、三进荣国府"伏巧姐之归着，也并不是指巧姐嫁给刘家之意，而是指巧姐最后的下落（"归着"、归宿）便与刘姥姥的搭救有关，即第 119 回刘姥姥搭救巧姐后，全村人都来看望巧姐，周财主家的老婆想娶她为媳。换句话说，"归着"不是"归宿"、嫁人的意思，而是"下落②"的意思。因此后四十回中的第 119 回写刘姥姥偷偷救走巧姐和平儿，后来又把她俩送回，并为自己村上的周财主向贾府提亲娶了巧姐，这一切都和上述脂批不相矛盾。因此，上述脂批都不足以证明"今本后四十回有违脂批、而非曹雪芹所作"的结论。上批中"老妪有忍耻之心，故后有招大姐之事。作者并非泛写，且为求亲靠友下一棒喝。"是说刘姥姥未语先脸红，证明她有羞耻心，这种人才是有良心的人，才会在别人落难时相助（即贾府蒙难时，刘姥姥会主动招揽大姐儿上自己家门避祸），只有这种人才值得加以搭救。如果有人前来开口求助时脸也不红，这种人肯定没有羞耻之心、没有良心良知，将来必定不会感恩图报，所以这种人也就不值得搭救。

正如"招大姐"之"招"不指"招（娶）媳妇"，"巧姐之归着"之"归着"也不指女子的"归宿"——出嫁；同理，本处所谓的"小儿常情"，也根本就是在说：小孩子们见到好东西便要，乃是常见的事情，而不在说两人有姻缘之情、儿女之情，因为"常情"两字再怎么解释，也解释不出"姻缘"的含义来。所谓"伏线千里"，也不指伏下后文两个小孩有什么美好的姻缘（"香缘"），而是取"佛手"的"指点迷津"意，伏下第 118 回刘姥姥指点迷津，想出"掉包计"来救走巧姐和平儿，然后又为巧姐找到嫁给财主家秀才儿子的美好姻缘（香缘）。〖刘姥姥不让巧姐嫁给板儿，便是因为自己家穷，配不上巧姐那大家闺秀的身

---

① 女子的归宿通常就指出嫁。
② 按："归着（zhāo）"即"着（zhuó）落、归置"意，也即下落意。

份，这与她开口向凤姐借钱时脸红的性格相一致。如果她让板儿娶了巧姐，反倒是没有了"忍耻之心"，开口向凤姐借钱时便不可能脸红了。】

至于庚辰本夹批言："柚子即今香团之属也，应与'缘'通。佛手者，正指迷津者也。"柚子即"香橼"，又写作"香圆"，谐"香缘"之音，此处当指美好的姻缘，而并不是指与佛门点的香有什么缘分（即不指佛缘、做尼姑）。作者通过巧姐之手，把象征良缘的"香缘"，换成了指点迷津用的"佛手"，点明《红楼梦》全书的大旨便是要为儿女情长者指明"色空、情空、欲空"之旨而归向佛法。所以批语下来便要特别点明："以小儿之戏，暗透前后通部脉络，隐隐约约，毫无一丝漏泄，岂独为刘姥姥之俚言博笑而有此一大回文字哉？"即：作者写这么一段貌似无关紧要的小儿游戏般的换物情节，目的就是要在暗中透露出整部书的脉络主旨来。

由于透露得太过隐晦，一般人根本就看不出来，等于"虽透而实未透"，这就是批语所说的"毫无一丝漏泄"。作者撰写此回的一大目的，就是在这个夹杂在全回热闹情节中的、全回最不引人注意的犄角旯旮处，写出这段事关全书大旨、但又根本没有人会注意到的小细节。看热闹的人全都会忽视这段极冷僻的小情节，而去注意本回开头刘姥姥说的那段精彩笑话——"花儿落了结个大倭瓜"。

其实《红楼梦》的笔法总是这般出人意料。正如上例，作者把全书大旨，在众人都会加以忽视的、元妃游园结束时的全回最冷僻处点清，等于"虽点而实未点"。本回亦然，作者也是在众人全都忽视的最冷僻处，再度点明全书的最大旨趣。

总之，"香缘换佛手"绝对不是在伏什么巧姐与板儿的美好姻缘，而是在暗透作者创作全书的大旨，便是要借儿女情长的姻缘故事（"香缘"），来点明佛门的空旨（"佛手"）。书中所写的情欲文字，不过是领悟佛法的引子。因为世人都喜欢阅读情爱的文字，作者为了能让自己的思想广为流传，所以不得不投众生所好而写成情欲文字，用这种情爱的文字来作为引导众生明悟佛法的引子，实践"一切法（包括情欲在内）皆是佛法"、"佛法不离世间觉"[1]的宗旨。正如药苦而小孩子不愿服用，佛就不得不在药中加上点糖和蜜，让人在甜蜜的感觉中，不知不觉地服下这剂救世度人的良药；作者所写的情欲文字，便是作者弘扬佛法的药引。作者曹雪芹以此药引来指点迷津，让不懂世界真相的、小孩子般的欲界众生明悟情欲的空幻而归入佛法，这才是作者撰作《红楼梦》一书的本旨、本怀所在。

这便是后四十回中的第 116 回"薄命司"殿化作"引觉情痴"殿时所说的"引觉情痴"这四个字，其意即为引"情痴色鬼"步入觉悟的佛门。（按第 1 回楔子语："想这一千人入世，其情痴色鬼"云云。而"佛"为梵文音译，意译即"觉"。）

总之，"佛手"象征的便是作者指点迷津，来引"情痴色鬼"归于佛法之旨。作者所要宣扬的佛法本旨，便是上文所说的：书名"风月宝鉴"所点明的"好

---

[1] 唐代慧能《六祖坛经》："佛法在世间，不离世间觉。"

事多魔"的"祸淫、戒淫"之旨。

（6）全书"祸淫、戒淫，归于佛法"之旨

本节上文"二、（二）、1、（3）"揭示了全书"好事多魔"之旨包含着佛法"乐亦是苦"的"苦谛"。这一苦谛表现在其处"二、（二）、1、（4）"所详细指明的"一切淫欲皆当感得苦报"的"祸淫"主旨上。由于"淫、祸"两者紧密相连，所以又引出本节上文"二、（二）、2、（1）"与"二、（二）、2、（2）"的作者仿自佛法"白骨观、天人法"的"戒淫"法门和"戒淫"主旨来。

前者"好事多魔、祸淫"，是佛法中的"因果报应"观念的体现；而后者"白骨观、天人法"，更是佛家发明的其所独有的戒淫法门。因此，"祸淫"与"戒淫"这两者都带有很深的佛理内涵，都可以归入"佛法"的范畴，这也就能证明：作者曹雪芹作书时怀有"福善祸淫、戒淫离欲、终归佛法[①]"的主旨。

（7）通灵宝玉象征"人人皆有佛性"的佛法旨趣，意蕴无限

通灵宝玉象征人人原本皆有的"通灵本性"，也即所谓的"佛性"。

《红楼梦》前八十回中写佛法最致力的篇章便是第25回"魇魔法叔嫂逢五鬼，通灵玉蒙蔽遇双真"。而"通灵宝玉"象征的便是我们每个人本来就具有的佛性——"通灵本性"，而这一佛性正可以像"通灵宝玉"那样"除邪祟、疗冤疾、知祸福"。

书中第8回把以上三点"除邪祟、疗冤疾、知祸福"列为通灵宝玉的功用，实则说的便是我们每个人内心深处原本就具有的"佛性"的三大功用。但世人一旦蒙蔽了这一本性（"佛性、灵性"），上述三大功用便立即消失，从而会受各种邪魔的扰害而得病，会不知祸福（也即违背了老子所讲的"道"，从而沦落到孟子所谓的"失道寡助"局面）。五鬼之所以能够得逞，表面看，那是赵姨娘请马道婆施了魔法。但本性原本就不会被邪魔加害，为什么如今却能蒙受邪魔的扰害了呢？可见魔法只是外在的导火线，内因却是本性被迷。宝玉乃迷于声色——即"粉渍、脂痕"染污了通灵宝玉；王熙凤则是迷于货利——即贪财污染了性灵：于是"五鬼"这五欲之乐便有了可乘之机，遂使两人着了魔法、受到蛊惑。

作者秉持菩萨心肠，撰写此节文字，为的就是告诉大家：我们每个人的"自性"当中原本都有一片"大光明"；这个能够用来降服一切魔障、消除一切病况、预先察知一切祸福的"通灵宝玉"，就是我们每个人内心深处生来就有的"通灵本性"。这一"通灵本性"乃是我们每个人落胎时与生俱来，永生永世与我们相伴而不离不弃（这也就是第8回薛宝钗金锁正、反两面的文字"不离不弃、芳龄永继[②]"），"在圣不增、在凡不减"[③]，众生与佛无有差异，这个"通灵本性"

---

① 终归佛法，即"最终归于佛法"之意。
②"芳龄"即主人的美好年龄，"永继"即不断，"芳龄永继"也就是这金锁（象征人的佛性）与主人永生永世相伴随之意。
③ 指：此佛性圣人并不比凡人多一点，而凡人也并不比圣人少一些。

就是佛法所谓的"大圆镜智"和"佛性"。

每个人"自性"中原本就有佛性这一"大光明"，可以普照恒河沙，可除一切冤孽，可镇一切五鬼，这也就是"通灵宝玉"正面所刻的那三句话："通灵宝玉，莫失莫忘，仙寿恒昌"，即：不忘此佛性，或忘却后重新又再度体认到自己永生永世蕴藏在自己心识中的本有的佛性，便能永生而永顺（"仙寿"即如仙人般长生，"恒昌"即永远昌盛）。

大众齐来看此，牢记心头：通灵宝玉的铭文——"通灵宝玉，莫失莫忘，仙寿恒昌""一除邪祟、二疗冤疾、三知祸福"；宝钗金锁的铭文——"不离不弃、芳龄永继"：当作如是佛法之解，方才是作者的真知音，方才能得自己人生的大顺利、大福寿！

第25回是写贾环故意掀翻灯油烫伤宝玉脸庞，马道婆建议贾母用香灯的灯油来供奉"大光明普照菩萨"，因为这一"普照菩萨"可以保佑小辈康宁。然后又引出马道婆到各处闲逛，来到赵姨娘房，为赵姨娘设计，施展魔法，加害宝玉、王熙凤。于是便写到宝玉、熙凤两人被马道婆驱使的五鬼所迷，三天下来快要死亡，贾政已为二人治办好寿衣、棺材。这时"只闻得隐隐的木鱼声响"，甲戌本侧批："不费丝毫勉强，轻轻收住数百言文字，《石头记》得力处全在此处。以幻作真，以真作幻，看书人亦要如是看法为幸。"这批的便是曹雪芹最善于当详则详、当略则略，能用一两句话便收煞住前面的长篇宏文，开启另一段全新情节，其情节转换的艺术手段特别高妙。

这时只听得有和尚在念："南无解冤孽菩萨。有那人口不利，家宅颠倾，或逢凶险，或中邪祟者，我们善能医治。"贾母、王夫人听见，忙命人前去请进来。贾政原本反对信佛，但贾母之言岂敢违拗？况且贾政也因为深宅府第之内如何能听得这般真切，心中也感到稀奇而将信将疑。请来一看，见是一个癞头和尚和一个跛足道人。甲戌本夹批："僧因凤姐，道因宝玉，一丝不乱。"即凤姐与宝玉都是天神下凡，所以一僧一道这两位神仙特来救护。

为什么一僧一道要两个人一同前来？上文"（2）"处揭明：度化甄士隐（第1回）、柳湘莲（第66回）、宝玉（第115、117回）时，都是一个人度化一个人；救助生病的黛玉（第3回）、宝钗（第7、8回）、宝玉（第29回），也都是一个人救治一个人。唯有第1回宝玉入世、第120回宝玉出世，由于宝玉是全书这场下凡公案的罪魁祸首，是全书最大的主角，所以要分外郑重，让一僧一道同时出场。除此以外，一僧一道同时出场者，便只有这第25回，实在是因为这一次要救助两个人，而上文我们已经知道：作者总是一人救度一人，今有两个人要救助，所以应当两人同出。

这时僧人笑道："闻得府上人口不利，所以特地来医治。"贾政道："倒是有两个人中了邪，不知两位神仙有何符水？"道人笑道："你家现有希世奇珍，如何还问我们有符水？"（言下意：人人本有其佛性，彻悟便可了脱，佛法不假外求①那做佛事用的符水，仍要靠那施主内心的虔诚，方才能大奏其效。）贾政听了这话倒觉很有意思，早已被这两位神人说动了心，因而说道："小儿落草时虽带了一块宝玉下来，上面说能除邪祟，（庚侧：点题。）谁知竟不灵验。"

僧人道："长官，你哪里知道那物的妙用。只因它如今被声色、货利所迷，（甲夹：石皆能迷，②可知其害不小。观者着眼，方可读《石头记》。）故不灵验了。（甲侧：读书者观之。）你今且取它出来，待我们持颂持颂，只怕就好了。（庚侧：'只怕'二字是不知此石肯听持诵否？）"即只要通灵宝玉（实即我们每个人所本有的佛性③）肯听闻佛法，便能恢复其本性而避邪除魔、立地成佛。

贾政听说，便到宝玉颈上解下那玉递给两位神人。和尚接过来后，用手掌高高托起，长叹一声道："青埂峰一别，展眼已过十三载矣！（庚侧：正点题，大荒山手捧时语。）人世光阴，如此迅速；尘缘满日，若似弹指！（甲夹：见此一句，令人可叹可惊，不忍往后再看矣！）可羡你当时的那段好处：'天不拘兮地不羁，心头无喜亦无悲；（甲侧：所谓"越不聪明越快活"。）却因锻炼通灵后，便向人间觅是非。'可叹你今日这番经历：'粉渍脂痕污宝光，绮栊昼夜困鸳鸯。沉酣一梦终须醒，（甲侧：无百年的筵席。）冤孽偿清好散场！（甲侧：三次锻炼，焉得不成佛作祖？）'"

这话全是照应第1回"楔子"之语。第1回"楔子"是说这石原本无知无识（"心头无喜亦无悲"），因遭遇女娲锻炼而得以通灵，于是便向一僧一道请求到人间经历一番繁华，当时一僧一道便告诫他说："人世间虽然有些乐事，但却都短暂而不能永久、美中而有不足、好事而又多魔、乐极终究悲生，到头一梦、万境归空，倒不如不去的好。"而石头执意要来这人间一趟，于是一僧一道便让它趁神瑛侍者下凡之际，挟带在侍者口中前去经历一下，这块粗蠢的顽石便被两位神人幻化成贾宝玉出生时所衔、而后来所佩的那块精致小巧的"通灵宝玉"。

第18回石头经历最繁华的元妃省亲场景，书中写其自思："此时自己回想当初在大荒山中，青埂峰下，那等凄凉寂寞；若不亏癞僧、跛道二人携来到此，又安能得见这般世面？"这便是石头已经着了魔④，这才有了这第25回僧人对这石头所说的话："十三载入世，回想你当初何等自由、而无情欲之牵扯，如今为色欲所迷惑，失去自己可以避祟、去病、通灵的本性，多么可怜⑤。希望你这块石头能够梦醒而出世，回到本原的状态。"而高僧在上文中把自己说的这番话以"持颂持颂"相称，而"持颂（持诵）"在佛教而言，便是对佛法的称说诵习，可证高僧说的这番话便是佛法。

上引画线部分指明：这块石头在全书中一共经历过三次锻炼。今按：此石

---

① 假，借助。不假外求，即无须向外寻求，佛法就在每个人心中。
② 写尽上帝（造物主、大自然）造物所造出来的世界的迷人。
③ 所谓佛性，即指万事万物（包括我们人类在内）能够容受佛法而与佛法相应的本性。
④ 即僧人以大荒山的无拘无束为乐，而石头反以人间的繁华富贵、床笫温柔为乐。
⑤ 为色欲所困，以及为一切欲望所困的世人齐来看此！又此句点明"宝玉这块石头＝宝玉其人"之旨，因为"绮栊昼夜困鸳鸯"皆是贾宝玉的行为，现在却说成了通灵宝玉的行为，可证"贾宝玉（人）＝通灵宝玉（石）"，也即本章"第三节、一"所论的"人＝石"之旨。

在女娲处是其第一次锻炼，入世后这段人间的繁华迷梦便是第二次锻炼，那第三次锻炼又是什么呢？书中实在看不出来，好在后四十回给点明★，否则真是千古莫明！即：

第120回最后，空空道人赞此石头："方知石兄下凡一次，磨出光明，修成圆觉，也可谓无复遗憾了。"可见第三次锻炼便是贾宝玉出家，再度觉悟到自己本有的通灵本性（也即佛性）而成佛作祖。

因此，这三次锻炼分别是：第一次便是从"无知、自在"的状态"通灵"而有了欲望（"因空见色，由色生情"），第二次便是"通灵"因多欲而日渐失灵（"石皆能迷，可知其害不小"），第三次便是再度超欲出尘、彻悟真相而回归本原（"传情入色，自色悟空"）。

前八十回的文句必须要靠后四十回的情节来点明落实，这也就能证明：后四十回与前八十回乃同一人所写，就是曹雪芹的原稿。★

高僧念毕，又摩弄了一回，说了些疯话（其实是指高僧所说的话全都是众人无法听懂的、有违世情的玄机之言①），然后递与贾政道："此物已灵，不可亵渎，悬于卧室上槛，将他二人安在一室之内，除亲身妻母外，不可使阴人冲犯。（庚侧：是要紧语，是不可不写之套语。）三十三日之后，包管身安病退，复旧如初。"话还没说完，二人便已扭头就走（"说着回头便走了"）。庚辰本眉批："通灵玉除邪，全部百回只此一见，何得再言僧道踪迹虚实？②幻笔、幻想，写幻人于幻文也。壬午孟夏，雨窗。"

贾政赶上来要请两位仙人吃茶并送谢礼，两人早已扬长而去；贾母派人去追赶，早已不见了踪影。于是大家依照仙人的话去办，当晚宝玉和凤姐两人便苏醒过来，甲戌本有侧批："能领持诵，故如此灵效。"（这是作者点明每个人唯有念佛③，才能恢复本性而无病无灾。）几天后宝玉与凤姐精神渐长，邪祟稍退，大家这才放了心。甲戌本眉批："通灵玉听癞和尚二偈即刻灵应，抵却前回若干《庄子》及《语录》机锋偈子。正所谓'物各有所主'也。叹不得见玉兄'悬崖撒手'文字为恨！"可证脂砚斋作批时，全书末回"悬崖撒手"已失，而今天程高本的后四十回有这"悬崖撒手"而未失去——即第120回"宝玉出家"的文字，真可谓万幸（指程高二人比脂砚斋等人还要幸运）！

作者这一回（第25回）便是用高僧的偈语来唤醒"人人本有、原本明觉"

---

① 此是指：佛道两家之言乃出世之言，非世俗之人所能理解。正如上注所言：僧人以大荒山无拘无束为乐，人间反以此为苦；石头以人间繁华温柔为乐，而僧人反以之为苦。总之，出世者与入世者的世界观完全相反，故出世者要感叹举世皆迷，而举世之人又以出世僧道为疯言疯行。

② 即僧道完成他们使命后，书中也就不必再写僧道如何离开这件事了。正如其来时是从天而降——"只闻得隐隐的木鱼声响，……想如此深宅，何得听的这样真切，（贾政）心中亦希罕"，走时便也要霎那消失。书中正是用"说着回头便走了"这句话，一笔了结僧道而让其急速离开；下来便写贾政、贾母回过神来寻找僧道时，早已不见了踪影。作者笔下真有这种"来无影、去无踪"的高妙文笔，此即上文脂砚斋赞僧道从天而降时所称颂的《石头记》笔法（"《石头记》得力处全在此处"）。

③ 念佛，不光指口头念，更指心中念想。

的"大圆镜智"这一"佛性、通灵本性",也即人人与生俱来的"通灵宝玉"①。高僧持诵而收"立竿见影、即刻响应"的功效,远远胜过第22回那么多《庄子》和《禅宗语录》的禅语机锋,足证"佛经、咒语"可以直指人心。

通灵宝玉今世退失佛性,在持诵开示中便能再度恢复其莹洁本性,关于这一点,佛经中是有这种说法的。即刘宋朝求那跋摩译《菩萨善戒经一卷优波离问菩萨受戒法》称:众生信佛而受"菩萨戒"后,"有二因缘失菩萨戒:一者,退菩提心;二者,得上恶心。离是二缘,乃至他世地狱、畜生、饿鬼之中,终不失于'菩萨戒'也。'菩萨戒'者,不同'波罗提木叉戒',菩萨若于后世更受菩萨戒时,不名新得,名为'开示莹净'。"《水陆仪轨会本》"第八、为下堂说冥戒"引此解释说:"自非退菩提心,更学邪法。起上恶心,造十重业,未来他世,虽在三恶道,终不失戒。若于后更受菩萨戒时,不名新得,名为'开示莹净',盖谓:'重为开示其已闻之义,莹净其已得之体'而已。"即相当于洗净每人心底那块玉("通灵宝玉"),去除其表面的污垢、使之莹净即可。

上文高僧对贾政说:"长官您那是不知道这通灵本性②的妙用。这本性可以成佛,可以通一切法术,为何不灵验了?那只不过是因为被声色(即美色)、货利(即钱财)给迷住了,所以不再灵验。(言下意,一旦忏悔,肯听闻佛法,必将再度灵验!)"甲戌本有夹批:"连顽石都能被声色、货利给迷惑住,可见声色、货利迷人之深、害人之大,读者当于此处警醒,方可以说成是会读这《石头记》的人。"

作者此处象征的便是我们每个人都会被声色货利给迷住,所以我们每个人都会被五鬼(五欲之乐)所克制住。这不是五鬼(五欲)有灵,而是我们本性受迷的缘故;本性如果不受迷,则五鬼(五欲)不灵。只是人间没有不迷本性的人(不迷失本性也就不会降生于人间了),所以人间驱使鬼怪前来害人的巫术也就没有不奏效的了。

读《红楼梦》者,请一同来看高僧与脂批说的这话,便可明白我们每个人本来都具有原本明觉的"妙觉明心、空灵本性、大圆镜智",只是被"财、色"等欲望所迷,遂感招邪祟和报应,无法解脱。作者秉持菩萨心肠撰写这一回文字,借高僧之口棒喝世人,与第22回"听曲文宝玉悟禅机"宝玉续《庄子》之文、宝玉和黛玉参禅、宝钗说六祖惠能的语录公案这三者遥相呼应,是全书第二场阐扬佛法、普度众生之文(第22回是第一场)。不懂佛法或不用佛法来读这段文字的人,便可谓"失之交臂,入宝山而空回",甚辜负作者曹雪芹的盛心美意!

高僧又说:"你今且取那'通灵宝玉'出来,等我们持颂持颂③,只怕就好

---

① 即我们每个人都像贾宝玉那样有块"通灵宝玉",它与生俱来,就在心底;生死相随,不离不弃;可除祟镇邪、去病消灾、趋吉避凶而知祸福。
② 即我们人人本具的佛性。
③ 颂,古意即同"诵",意为朗读。持颂,即"持诵",诵习佛经与咒语。

了。"可见对治痴迷，使其恢复"通灵本性（佛性）"的法门，便是用佛法来加持（持颂），但前提是顽石（象征痴迷的世人）要肯听得进去方可救药，所以高僧要用"只怕"两字，怕就怕这顽石（象征世人）听不进那持诵之语（象征佛法的教海）。

于是高僧便对那块顽石说："青埂峰一别，展眼已过十三载矣！"实则点明作者从降生，到因抄家而觉悟，恰好十三年。今按：作者是曹颙遗腹子，曹颙卒于康熙五十三年（1714）底，作者生于康熙五十四年（1715）四月廿六，到雍正六年（1728）正月初抄家，实足正好十三年零九个月。所以作者写宝玉受魔法之难而奄奄一息，象征的便是：曹家惨遭抄家而大难临头，作者曹雪芹的繁华迷梦在自己人生的 13 周岁时，被抄家大难所唤醒！

高僧又说："你这块宝石为红粉、胭脂污秽了自己本有的灵光，所以才会沉酣不醒"云云，这些话在贾政等世人耳中便是"疯话"，而在觉悟者耳中，便是能让其得以顿悟的出世之语、佛法之语。高僧对顽石开示后，把它递给贾政说："除亲身妻子、母亲外，不可使阴人冲犯。"庚辰本侧批："是要紧语"，即不要再被赵姨娘、马道婆等恶毒女流所加害了，切莫再被四儿、晴雯、黛玉等聪明貌美女流所迷惑了。僧道完事便走，宝玉、凤姐两人果然如言康复。

回末甲戌本有总批三条："灯油引'大光明普照菩萨'，'大光明普照菩萨'引'五鬼魇魔法'，是一线贯成。""<u>通灵玉除邪，全部①只此一见，却又不灵；遇癞和尚、跛道人一点，方灵应矣。写利欲之害如此。</u>"（这句话调侃不小，指无情识的石头尚且能被迷住，就甭提有情识的人类了。所以色欲、利欲之迷人，世人很难突破，唯有大智者、毅力强者方能不为所惑。）"<u>此回本意是为禁三姑六婆进门之害难以防范②</u>。"戚序本回末总评："欲深、魔重复何疑？苦海、冤河解者谁？结不休时冤日盛，并天甚小性难移。"指明世人耽著于酒色财气等五欲之乐，便和井底之蛙只看到井口那方天空一样渺小和愚蠢！大智慧者打破五欲牢笼，便可享见"海阔凭鱼跃、天高任鸟飞"的自由之境，享见那全宇宙"喜茫茫空阔无边"的浩瀚之境！世人若想得到这般远超利欲的乐境，舍宗教而何由？

上文画线的第二条脂批含义最深，值得详析。第 8 回"通灵宝玉"所刻文字标明此玉可以解祟而镇压魔法，此"通灵宝玉"便象征我们每个人所本有的"佛性（通灵本性、大圆镜智）"可以解除迷幻而觉悟。此佛性本来无一物，不会沾染一丝尘埃，众生凭此心性可以成佛作祖，没有任何邪祟能坏苦、侵害它，它也没有什么邪祟不可以破除，可以避一切邪、治一切身心之病。但此心一旦

---

① 全部即全书。其书分前后两部，前部为前八十回，后部为后四十回，两者统称为"全部"书。此"全部"两字之批，足证脂砚斋作批时读完过《红楼梦》全书。据本章末尾"第八节"所论，脂砚斋是在第一次作批时读完过曹雪芹的第一稿《石头记》120 回，甲戌年第二次作批时只读过曹雪芹第五稿《金陵十二钗》的前八十回，而未能读到其后四十回。脂砚斋此处所言的"全部"，显然是指他所读到的第五稿的前八十回和第一稿的后四十回。
② 指三姑六婆进门之后，其害很难防范。

被财色等欲望所蒙蔽，失去其"不沾染一丝尘埃"的本性，这一每个人都具有的本性便不再通灵奏效，便不可以破邪、除祟，便会受"眼耳鼻舌身意"这本为养人而设的"五欲"之乐的侵害①。

但只要一听完佛教直指世间空幻本质的偈颂，便又可以再度明悟到自己蕴藏在心识深处的本性，达到消灾免祸、神完气足的地步。这就是佛法所谓的"佛、魔是一心：一念悟即是佛，一念迷则成魔"②，也即六祖慧能在《六祖坛经》中所说的"邪迷之时魔在舍，正见之时佛在堂"之谓。所以第25回"魇魔法叔嫂逢五鬼、通灵玉蒙蔽遇双真"的描写，证明了第116回让"太虚幻境"这一虚幻的此岸世界③一下子质变为真实的彼岸世界"真如福地"，千真万确就是曹雪芹的本意和手笔。

（8）作者"太虚幻境"即"真如福地"所传达的"佛法不离世间觉"的"不二法门"之旨

作者"'太虚幻境'即'真如福地'"所标榜出来的佛法大旨，便是"佛法不离世间觉"的"不二法门"。

第1回"甄士隐梦幻识通灵"写甄士隐梦见太虚幻境牌坊正中标榜"太虚幻境"四个字，两边的对联是："假作真时真亦假，无为有处有还无。"第5回宝玉梦游警幻仙境时，再度看到这一牌坊和对联，等于在读者脑海中再度强化了这一佛法理念。其文曰："有石牌横建，上书'太虚幻境'四个大字，两边一副对联，乃是：'假作真时真亦假，无为有处有还无。'"这时甲戌本有夹批："正恐观者忘却首回，故特将甄士隐梦景重一渲染。"（石牌，即石牌坊。）

作者接下去又写宝玉看到了第1回甄士隐梦中所未能看到的、牌坊内建筑所标榜出来的作者宗旨，即：宝玉"转过牌坊，便是一座宫门，也横书四个大字，道是'孽海情天'。又有一副对联，大书云：'厚地高天，堪叹古今情不尽；痴男怨女，可怜风月债难偿。'"

而后四十回中的第116回"得通灵幻境悟仙缘"贾宝玉重游这警幻仙境时，此坊、此宫已全部改观，即：宝玉随和尚"行了一程，到了个荒野地方，远远的望见一座牌楼，好像曾到过的。……那和尚拉着宝玉过了牌楼。只见牌上写着'真如福地'四个大字，两边一副对联，乃是：'假去真来真胜假，无原有是有非无。'转过牌坊，便是一座宫门。门上横书四个大字道'福善祸淫'。又有一副对联，大书云：'过去、未来，莫谓智贤能打破；前因、后果，须知亲近不

---

① 适可而止，发挥万事万物的功效而不贪爱，便是节制。其即《永乐大典·常州府》卷17引宋《江阴志》之丘崈《克斋记》所说的："子知夫饥食而渴饮乎？知夫不饥食、不渴而饮乎？夫不饥而食、不渴而饮，则吾不为也。吾所谓'克'者，其亦若是而已，焉知其它？""饥食、渴饮"便是养人，便是节制而保有素心，便是合乎天道；"不饥而食、不渴而饮"便是纵欲贪爱、而心志沉迷于物欲，便不合乎天道而当克制。这段话很能代表宋人的道学思想。

② 佛和魔都是一念所成：心念迷惘了，人便是魔；心念觉悟了，人便是佛。

③ 仙人仍在六道轮回中，所以仙境仍是此岸世界，远没有达到彼岸世界。"太虚幻境"的"虚、幻"两字便点明"仙境与尘世两者全都是虚幻"之旨。

相逢。'"

作者写得很清楚，在门外汉（即站在"太虚幻境"门外看，象征未入佛法之门的外人）眼中，便是"太虚幻境"牌坊正面所写的"太虚幻境"的题额和"假作真时真亦假，无为有处有还无"的对联；一旦入了门（象征入了佛法之门、成了信佛者），也即过了牌坊（即到了"太虚幻境"坊的背面，象征到了"彼岸世界"），回过头来再看那牌坊的背面，则写着"真如福地"的题额与"假去真来真胜假，无原有是有非无"的对联。正面乃未入门时，即未悟之时；反面便是入门之后，也即觉悟之后①。

可见：这人世间在未觉悟的迷人眼中，便是"太虚幻境"②；但在觉悟者"佛"③的眼中，便是"真如福地"。这也正是第12回"贾天祥正照风月鉴"时，疯跛道人所说的："千万不可照正面，（庚侧：谁人识得此句！）（己夹：观者记之，不要看这书正面，方是会看。）只照它的背面。（己夹：记之。）"即此书当看反面，莫看正面：正面全是男欢女爱的情欲之文，反面全是大慈大悲、大喜大舍、救苦度人的佛法之旨。正如此牌坊，正面是"太虚幻境"，反面是"真如福地"，所以上引第12回的文字和批语，是叫人读《红楼梦》这部"风月宝鉴"之书时，要透过正面的风月描写，洞察其反面的佛法大旨！

《红楼梦》第120回"甄士隐详说太虚情"也说："'太虚幻境'即是'真如福地'。"点明：世人如果没有觉悟的话，则世上的一切全都是虚妄，全都是"太虚幻境"；世人一旦开悟了，则世上的一切便都真实不虚，都是佛法的注脚，都是"真如福地"。这便是《六祖坛经》所谓的："邪迷之时魔在舍，正见之时佛在堂。"佛法不离世间觉（"道不远人"），世间法中包含佛法（"头头是道"），悟则世间一切法都是佛法；不悟，则佛法隐藏于世间万事万物中，天天与人"对面而不相逢"④。所以"太虚幻境"与"真如福地"不过是一念之间。

《六祖坛经》又言："佛法在世间，不离世间觉。离世觅菩提，恰如求兔角。"佛法就存在于世间万事万物中，求取正觉不需要离开世间，离开世间便求不到正觉。儒家《中庸》也说："道不远人，人之为道而远人，不可以为道也。"即大道从来都没有离开过人类社会一步，如果有人修行悟道而脱离了人类社会，那他的所作所为肯定也就不符合大道了。同理，如果一个人离开现实生活去寻觅成佛之道（即寻觅觉悟之路），这就好比到兔子头上去找牛角般不可能（指找错了方向、走错了路径）。

---

① 此即第95回"拐仙"（实即书中的跛足道人）对失玉的贾府诸人（含贾宝玉在内）说的乩语："入我门来一笑逢。"即入我佛法之门后，对于人间一切的悲欢离合、冤亲债主再度相逢时，便全都可以报之以一笑了之。
② 神仙与人类同在六道轮回之中，仙界与凡界都在此岸而未到达彼岸，所以"太虚幻境"名义上是天上的仙境，实则与人世的尘境没有本质的差别，两者全都是幻相。而"真如福地"才是"到彼岸"后的实相。由于"佛法不离世间"、"色不异空、空不异色"，所以在到彼岸的人的眼中，面前的"太虚幻境"便也质变成了"真如福地"。
③ "佛"是梵文的音译，意译即是"觉"、觉悟者。
④ 俗话说："有缘千里能相会，无缘对面不相逢。"即未觉悟者（即无缘分者），佛法与你天天面对面相亲近，你也不认识它，等于未相逢。正如人们时刻要呼吸空气、而不用意识到空气的存在。

《法华经》卷一"方便品"："唯佛与佛，乃能究尽诸法实相。所谓诸法如是相、如是性、如是体、如是力、如是作、如是因、如是缘、如是果、如是报、如是本末究竟等。"这是说，世间万事万相全都具足上述十种"如是"："相"即外在的形相，"性"即内在的本性（"相"是表相，"性"是本质）；"体"即具有某种性、相的主体，"力"是这一主体所具有的作用力的发挥，"作"是此力所造作的善恶业（"体"即本体，"力"即功用，"作"即作用结果）；"因"即身口意所种之因，"缘"即令因生果的助缘，"果"即由因缘催生的果实，"报"即由因招致的结果报应（"因"即内因，"缘"即外因，"果"即结果，"报"即事后的回馈）；"本末究竟等"即指以上从"如是相"到"如是报"全都归趣于同一实相而究竟平等，"如是"就是如其本来面目的意思。

佛法最有生命力的地方，便在于教导修行者能在自己一切日常生活中，从这十个方面来观照万事万物和各种境界的本来面目（"如是"），一旦因缘成熟，便能"头头是道、法法本圆"[①]，当下豁然大悟，明白"世间法"与"出世间法"是一不是二，烦恼与菩提是一不是二，生死与涅槃是一不是二，众生与佛是一不是二，这便是佛法所谓的"不二法门"。

"太虚幻境"的门联"假作真时真亦假，无为有处有还无"，是作者用佛法来观照世界万相所凝练出来的、涵及宇宙万事万物的至理名言，是作者曹雪芹佛学思想的最高结晶，也即戚序本赞此门联的夹批所说的："无极、太极之轮转，色空之相生，四季之随行，皆不过如此。"

此对联的下句是说：世界本无而称之为"无极"，因其分出阴阳而产生"有"，又由阴阳相互作用的"太极"状态而孕育形成"万有"（即林林总总的各种事物和存在），但最终因熵值（即混乱程度）越来越巨大而寿终正寝[②]，回归"本来就什么也没有"的最初之境。正如宇宙间能量守恒，不增不减，世界一切也都未增亦未减，回归空无。

此对联的上句是说：万相皆假，万有皆是"假有"。人心迷而执以为真，以之为"真有"，但这世人所认为的"真有"，用佛法来观照的话，终是"假有"。

曹雪芹本着佛法之旨，把世间的一切比作虚空迷梦，所以"太虚幻境"便是尘世（此岸世界）的象征。其"太虚幻境坊"上的这副对联说的是："尘世的一切都是虚幻，而世人视之为真实，这一世人所谓的真实其实都是'假有'的和合，终将归于虚无。""世上的一切都存在于虚空中，本质都是虚空而终将归于虚空。"

---

① 《续传灯录·慧力洞源禅师》："方知头头皆是道，法法本圆成。"头头是道，指道无所不在。

② 人类社会必将毁灭，便因为人欲无涯，招致造物主（也即大自然、上帝）的愤怒，以天灾人祸的形式，把人类从大地上抹除，然后重新创造新的人类生命，使熵值归零后重新开始，让被抹除形体的心识重新得以赋形肉体而繁衍于人间，从而再度开启新一轮因欲望而增加熵值的、从兴盛走向衰亡的轮回。任何宗教都旨在通过奉劝世人节欲，从而可以尽量延缓这一轮灭绝的到来。

牌坊后的宫门题作"孽海情天"，便是说欲界众生皆为情欲所迷，凡降生此欲界中的一切众生都有情、有欲，正因为有情欲才会堕落到这欲界中来，于是整个欲界里的所有众生，全都沉迷在无涯的情欲之海中，造出无边孽果、而还不尽情欲的业债，永远为情欲牵扯着沉沦于茫茫无边的欲界生死苦海而不得出离。

"孽海情天"便是第5回警幻口中所言的"深有万丈，遥亘千里"的生死轮回永无出期的"迷津"。想要超脱的话，只有一个法门，即清心寡欲，通过佛法①的修为，做到身如木石而心如死灰方能出离，也即警幻言此生死迷津"中无舟楫可通，只有一个木筏，乃木居士掌舵，灰侍者撑篙，不受金银之谢，但遇有缘者渡之"。

正如普通人彻悟后便可成佛，佛与普通人本来就无二致。一旦某人能像佛那般觉悟"世界乃虚空"的真相，便会发现眼前这原本肮脏的世界，与佛界净土其实没有任何区别。正如普通人彻悟后便可成佛，佛的身体与人的身体其实就是同一个人的身体，佛体原本就是人体质变而来；因此，人觉悟后，其眼前的这个"太虚幻境"也就顿时质变成了佛界的"真如福地"。

这"真如福地"坊对联"假去真来真胜假，无原有是有非无"的含义便是："世间一切假象破除后，便能顿时让人看到真相；觉悟者所明悟的真理，胜过世间一切的假有。虚无才是人间永恒的真理，这一真理绝非虚妄。"

"无原有是有非无"中的"是"指真理（"是=真=真理"），"无原有是"指一切世相皆为"假有"，但一切假有之中有真理："世界万相皆虚无"这一真相便是永恒存在的最高真理。

"有非无"的"有"指世界有真理，这个真理就是"万相皆虚无"；这一真理是"有"而不是没有，故言"有非无"。

此联"真胜假"是说真理不假而非无；"有非无"是说宇宙有此真理而非无此真理。

某人一旦明悟佛法，便能看到欲界众生无法出离的"孽海情天"的作用机制，无非就是"善恶报应"：以"孝（即不淫）"为首的各种善行得福报，而以"淫（即不孝）"为首的各种恶行皆得恶报。其"福善祸淫"宫的对联"过去、未来，莫谓智贤能打破；前因、后果，须知亲近不相逢"便是在说："无论过去、现在还是将来，因果报应这一人间真理，再有智慧的贤人都不能彻底明白；宣扬因果的佛法不可言说、难以揣度，众生愚顽，天天与之亲近、面对，却不相识，就好比时时呼吸的空气人们赖之为生，却根本不用知晓它存在，'道不远人'就在我们每个人的身边，可是人们却天天与大道见面而不知道'大道（也即佛性）'的存在天天亲近而不识，等于没相逢。"

后四十回"太虚幻境"牌坊与"孽海情天"宫门的质变，便体现出作者由"不悟"到"悟"后（即由门外汉到入了佛门后），对世界万事万物的认识有了

---

① 或道教及世界其他各种宗教。

质变和飞跃，即由"虚幻不实"到"真实不虚"，由"无明造孽"到明悟因果而再也不敢造孽（比如遵循"三一教"所主张的戒淫欲之行而不敢造情欲之孽）。

（9）第一回回目"梦幻识通灵"中的"不二法门"的佛法旨趣

"太虚幻境"说的是现实尘世的虚幻不实，看破其虚幻便能"转妄为真"化作"真如福地"而常乐我净①。所以后四十回中的第116回宝玉"重游太虚幻境"，与第5回"初游太虚幻境"正相呼应；而且第116回"太虚幻境"四字翻牌变成"真如福地"，这正是全书第1回回目所说的"梦幻识通灵"！

"梦幻"就是"太虚幻境"。"通灵"就是"真如本性"。第1回回目"梦幻识通灵"就是第116回"太虚幻境变成真如福地"之意，也就是第120回甄士隐所说的："'太虚幻境'即是'真如福地'"之旨。这两处便是能够用来证明后四十回与前八十回相合的关键字眼②！★

"通灵"即本性、真如，也即佛性，也即明心见性，也即第1回"楔子"空空道人这位修行者"因空见色，由色生情，传情入色，自色悟空"而成为觉悟了的"情僧"之旨，也即第1回"无为有处有还无"之旨③。

可见后四十回第116回拈出来的佛家"真如福地"之旨，完全符合前八十回第1回回目"梦幻识通灵"、第1回楔子"因空见色，自色悟空"、"无为有"而"有还无"的主旨★，这么深邃而直透全书佛学玄旨的"文眼"，肯定只可能是曹雪芹的原意和大手笔！

（10）全书历次参禅，禅机无限

书中多次参禅，深透佛学机锋，如甄士隐出家、柳湘莲出家、惜春参禅、宝玉参禅，详见下文才学部分的"三、（一）、4"有论。

（11）总结：正因为曹雪芹信佛，才有了中国古代唯一一部长篇悲剧小说的诞生

清末光绪三十年（1904），王国维发表了《〈红楼梦〉评论》一文，援引德国哲学家叔本华的悲剧理论等西方思想，从多方面阐发了《红楼梦》的悲剧性，指出《红楼梦》是中国古代文学史上唯一的一部真正悲剧，其言："《红楼梦》一书，与一切喜剧相反，彻头彻尾之悲剧也。""《红楼梦》者，悲剧中之悲剧也。其美学上之价值即存乎此。"

---

① 佛说此岸世界"无常、苦、无我、空"，而彼岸世界则反之，乃"常、乐、我、净"，而且此岸世界与彼岸世界是一非二：一念觉悟，则此岸世界即是佛国（彼岸世界）；一念迷妄，则心中净土顿成魔境（现实世界），这就是佛教所谓的"不二法门"。
② 字眼，即所谓的"文眼"。"文眼"是我国传统而独有的有关文章写作的术语，指文章中最能揭示全文主旨、升华意境、涵盖内容的关键性词句。凡是文章中能奠定文章感情基调、确定文章中心的字眼，便称之为"文眼"。
③ "由空见色"便是从无到有，而最后"自色悟空"便是从有到无。

王国维及王国维之前的清人，全都认为后四十回与前八十回是曹雪芹一人所作。但自从胡适 1921 年《红楼梦考证》一书判定后四十回非曹雪芹所作，在这一观点的误导下，从胡适此书开始，一直到笔者这本书问世之前，大家便全都认为《红楼梦》是部没有写完的书，后四十回是他人所续。

由于今人只把前八十回当成曹雪芹所写[①]，而前八十回又只写到繁华，没有写到结局，于是也就无法知道全书的结局到底是悲、还是喜，所以人们很难再把《红楼梦》看成是一部悲剧。

只有深入研究过《红楼梦》的人，才会根据第 1 回《好了歌解》、第 5 回 "薄命司" 诸女子 "红颜薄命" 的命运判词、命运之曲《红楼梦曲》，明白全书即便如胡适所言未写完（其实已经写完，所写即今本后四十回），全书其实也到处都在暗示 "大厦将倾、树倒猢狲散" 的家族悲剧，暗示 "红颜薄命、原应叹息" 的女性悲剧。

但由于全书没有写完的观点，自胡适以来已有百年三代人，可谓 "根深蒂固"，所以学术界也就只能把《红楼梦》视为我国古代一部 "未完成的悲剧小说"。

而笔者这本书，全面而充分地论证清楚 "后四十回与前八十回是一个完整的艺术整体，都是曹雪芹所创作"，这就证明《红楼梦》是我国古代小说史上由家族繁华写到衰败、由恋爱写到爱情幻灭的第一部也是唯一一部悲剧性的长篇小说，而且是已经完成了的悲剧小说，而不是没有完成的悲剧小说[②]。

中国古代的小说家非常顾及读者的阅读反应，明白 "先苦后甜" 的 "大团圆" 的圆满结局，更能让人精神愉悦。如果结局过于悲凉，会让读者的感情抑郁不畅，长久下来会有致病之患。于是，中国古代的小说全都以 "大团圆" 结局，极少有悲剧收场。而《红楼梦》独树一帜，这便是拜全书所体现出来的佛教信仰有关。

谁敢说曹雪芹不信佛呢？曹雪芹信佛可以毋庸置疑。因为他在第 1 回就写明自己号 "情僧"，而且是用极富佛教含义的话——"因空见色，由色生情，传情入色，自色悟空" 这十六个字来宣称：自己成为佛教徒 "情僧"，那是有自身深厚的佛法修为和深刻的悟道觉悟在内的，绝不是信笔给自己起一个佛教徒式的笔名而已。

不仅如此，他还把全书的书名由 "石头记" 改为 "情僧录"（第 1 回："改

---

① 即不敢把后四十回当成曹雪芹所写。

② 当然本章第八节会论证清楚，今本后四十回是曹雪芹的第一稿，今本前八十回是曹雪芹的第五稿，从前后 120 回皆是同一人所写的角度来说，《红楼梦》是一部完成了的悲剧小说。当然，从后四十回未定稿的角度来说，全书又似乎是 "未定稿的悲剧"。但未定稿也是有了成稿，便不能代表没有完成了，所以据此来把《红楼梦》说成是一部未完成的小说其实是欠妥的，我们只能把《红楼梦》称为 "已完成但未能完全定稿的小说"。其实《红楼梦》也不是未能完全定稿，而是作者完全定稿的后四十回在他逝世时佚失了，只有其第一稿的后四十回因保留在脂砚斋手中而传世。所失的后四十回定稿，与现存的第一稿也没有大的情节改动，说 "后四十回" 也即 "全书百二十回" 已经完成是完全合理的。

《石头记》为《情僧录》"），更加点明自己所创作的这部作品，有极深的佛教文化内涵在内。

由于《红楼梦》这部书是曹雪芹所写，他把书名改为"《情僧录》"，其实也就等于向世人宣称自己是位皈信佛门的僧人或俗家弟子（在家居士）。由于出家人不可以撰作小说①，曹雪芹敢于撰作虚构的小说，则"情僧"的笔名其实也就否定了他是位真的出家人、而应当是位佛门的俗家弟子（即在家居士）。

正因为曹雪芹信仰佛法，所以他才会把佛法的旨趣作为全书的主旨。而佛法指明人生如"梦、幻、泡、影"，作者便本此宗旨，认识到繁华如梦、人生如幻、爱情如影，从而把记载自己家族繁华、人生经历、恋爱心旅的这本书命名为"梦"。

佛门言四大皆空，作者曹雪芹便本此宗旨，在书中写下人间的一切②从本质上说都是："乱烘烘你方唱罢我登场，（甲眉：总收古今亿兆痴人，共历幻场，此幻事扰扰纷纷，无日可了。）反认他乡是故乡。甚荒唐，到头来都是为他人作嫁衣裳！"（第1回语。）都是："蜂采百花成蜜后，为谁辛苦为谁甜？"（第101回语。）

佛门言一切皆苦，连乐也是苦（见本节上文"二、（二）、1、（3）、②"），作者便要用小说来证明：人们所喜闻乐见的荣华富贵、男欢女爱，无论是低俗的淫，还是高尚的情，都在孕育人间的悲剧。作者曹雪芹正是认识到了这一点，才有了《红楼梦》这部中国古代小说史上唯一一部悲剧性长篇巨著的诞生，这完全是拜作者的佛教信仰所赐。

作者还本着佛家的因果报应之旨，设定"福善、祸淫"的全书主旨；又模仿佛家摆脱欲望的善巧法门，构思全书的"戒淫"之旨（"白骨观、天人法"）。全书的两大主旨"祸淫、戒淫"全都离不开作者对佛法的领悟和借鉴。

《红楼梦》全书以佛法作为自己的精神支柱，是一部极富宗教情怀的教世化人的高尚小说，其之所以能够不朽于世，便与作品精神信仰上的追求密不可分。

作者力图借助小说这一形式，以众人全都喜闻乐见的情欲文字作为方便法门，在其中注入佛法的旨趣和佛教的法门来超度世人。这也就是俄国人卡缅斯基称《红楼梦》这部书为"道德批判小说"的原因所在。

中国古代有两部书是"和尚"写就的千古名著，一部是刘勰的《文心雕龙》，非禅定不能阐发文思文心到此种地步；另一部便是曹雪芹的"情僧录"——《红楼梦》，写繁华、势力、财货、官位、美色、情爱的空幻如梦，非顿悟"性空"（本性空灵③）之旨，何能阐发"色空"（一切事相皆空）之旨？

《红楼梦》全书以佛法的"色空"与"苦谛"之旨架构全书，我国小说中

---

① 因为出家人不可以"打诳语"，而小说的本质是虚构，所以中国古代没有一部小说是和尚写的。
② 家族、人生、爱情等一切的一切。
③ 见第5回王熙凤的命运之曲《聪明累》："生前心已碎，死后性空灵。"

唯有《红楼梦》能以佛法来架构全书的整体框架。而其第 25 回，更纯粹是以佛法所说的"人人本具的佛性"来构思。佛教对于《红楼梦》这部书从主旨到情节都有全方位的笼罩。中国古代能以佛法旨趣来架构全书主旨和世俗情节者，《红楼梦》当是唯一的一部。

因此，后四十回以"真如福地"四字来点明全书主旨，这断然就是写就笼罩于佛学旨趣下的前八十回的曹雪芹的文字，而不可能是高鹗续写，因为高鹗作为正统的文人士大夫，怀有明清所特有的"反佛为荣"的时代习气。后四十回所点明的"真如福地"这一全书主旨，只可能是前八十回标榜自己是"情僧"的曹雪芹的本意，而不可能是高鹗（或其他无名氏）的强加或篡改。

作为读者，如果不懂佛法，便不能真正读懂《红楼梦》全书，便不能读懂曹雪芹的思想，也就不能读懂《红楼梦》第 22、25 等回充满佛学思想的情节。曹雪芹完全是用他那片菩萨心肠，来撰写此等千古慧文，开示佛法，教化众生，具有无量功德。第 32 回宝玉请黛玉"放心"，"林黛玉听了这话，如轰雷掣电，细细思之，竟比自己肺腑中掏出来的还觉恳切"，这时蒙王府本有侧批："何等神佛开慧眼，照见众生孽障，为现此锦绣文章，说此上乘功德法。"此批堪为曹雪芹撰作《红楼梦》全书的"盖棺定论"之批！

而本研究之所以能畅曹子"自色悟空"的"情僧"本怀，明"通灵宝玉"即众生"人人本具"的通灵本性，揭"补天"乃补欲海无边、人欲无涯的有漏之天，示"神瑛侍者"为西方灵河岸上的佛教侍者、金身罗汉，遂使全书佛教底蕴首度彰显于世，在此尤当感恩佛光注照，开我智慧，成就是书。

三、作者借助小说展露自己才学与高论之旨的前后照应

曹雪芹撰著《红楼梦》不光为了存史（家史）、明志（佛旨、度世），更为了纪念自己满腹的学问——腹笥[①]。

曹雪芹对人生和艺术看得很透彻，在一切重要问题上都有自己的独到见解，绝不人云亦云。他借助《红楼梦》这部小说来表露自己的才情，展露自己的学识，发表自己的高论，后四十回与前八十回在这一创作旨趣上也完全一致，证明两者乃同一人所作。林语堂先生《平心论高鹗》一书即指出："（八）高本作者才学、经验，见识、文章，皆与前作者相称。"

（一）才学与雅学

古人的才艺之学主要有"琴棋书画"、诗文、小说戏曲等。后四十回写才学与前八十回正为相通。

（1）琴棋书画

前八十回只写到"画"，"琴、棋"两者留在后四十回来写，在分工上，前八十回与后四十回正相配合。

---

① 笥，书箱。后人因称腹中记忆的书籍和拥有的学问为"腹笥"。

第 42 回上半回"蘅芜君兰言解疑癖"，让宝钗详谈读书之理；下半回"潇湘子雅谑补余音"，又让宝钗详论作画之道，此回"书、画"并举，是作者"对峙立局、对仗构思"的范例。

宝钗先论"应当读什么书"与"如何读书"的道理："所以咱们女孩儿家不认得字的倒好。男人们读书不明理，尚且不如不读书的好，何况你我？就连作诗、写字等事，原不是你我分内之事，究竟也不是男人分内之事，<u>男人们读书明理，辅国治民，这便好了</u>，只是如今并不听见有这样的人；读了书倒更坏了：这是书误了他，可惜他也把书遭塌了，所以竟不如耕种买卖，倒没有什么大害处。你我只该做些针黹纺织的事才是，偏又认得了字；既认得了字，不过拣那正经的看也罢了，最怕见了些杂书，移了性情，就不可救了。"蒙王府本于画线部分有侧批："作者一片苦心，代佛说法，代圣讲道，看书者不可轻忽。"大透作者创作《红楼梦》一书的主旨——便是要以小说的形式来阐扬佛学、来代孔夫子宣扬儒家思想。

此回接着又写宝钗论画："这园子却是像画儿一般，山石树木，楼阁房屋，远近疏密，也不多，也不少，恰恰的是这样。你就照样儿往纸上一画，是必不能讨好的。这要看纸的地步远近，该多该少，分主分宾，该添的要添，该减的要减，该藏的要藏，该露的要露。这一起了稿子，再端详斟酌，方成一幅图样。第二件，这些楼台房舍，是必要用界划的。……第三，要插人物，……"然后宝钗又叫惜春"和凤丫头要一块重绢，叫相公矾了"来作为画纸，并口授绘画用的器具清单，由宝玉笔录。大某山民眉批："观宝钗一番议论直是一个老画师，门外汉断不能道其只字。"[①]东观阁侧批其"深知画理"，又侧批："钗岂亦尝学画耶？何其知之详悉如此！"大某山民眉批："宝钗不会作画，如何有此等画具？想是不肯出手耳。"又眉批："竟是一个大画匠矣！"对宝钗也即作者的画学功底深表敬意。

前八十回仅写及画艺，而琴艺、棋艺则要留到后四十回来写。即第 87 回惜春、妙玉下棋时提到"倒脱靴势"，回末又写惜春研究棋谱："内中'荷叶包蟹'势、'黄莺搏兔'势，都不出奇；'三十六局杀角'势，一时也难会、难记；独看到'八龙走马'，觉得甚有意思。"第 88 回又写贾母与李纨打双陆，以上游艺活动其实都未展开来详写，后四十回真正大谈的是琴艺，见第 86 回：

作者让黛玉先详谈琴谱的各种标记符号，再论谈琴之道："'琴'者，'禁'也。古人制下，原以治身[②]，涵养性情，抑其淫荡，去其奢侈。若要抚琴，必择静室、高斋，或在层楼的上头，在林石的里面，或是山颠上，或是水涯上。再遇着那天地清和的时候，风清月朗，焚香静坐，心不外想，气血和平，才能与神合灵，与道合妙。所以古人说：'知音难遇。'若无知音，宁可独对着那清风明月、苍松怪石、野猿老鹤抚弄一番，以寄兴趣，方为不负了这琴。还有一层，又要指法好，取音好。若必要抚琴，先须衣冠整齐，或鹤氅、或深衣，要如古

---

① 指门外汉可以针对画画说上一大堆的话，但绝对说不到宝钗所说的一个字。
② 指古人先严于律己，然后再去控制和管理下属。

人的像表①，那才能称圣人之器②。然后盥了手，焚上香，方才将身就在榻边，把琴放在案上，坐在第五徽的地方儿，对着自己的当心，两手方从容抬起：这才心身俱正。还要知道轻重疾徐、卷舒自若、体态尊重方好。"宝玉听后，早已"对牛弹琴"般无法响应，只好说："我们学着玩，若这么讲究起来，那就难了。"此番黛玉谈琴的高论，与上文宝钗谈画的高论不相上下，显然应当是曹雪芹的才情之笔，断非高鹗等其他人所能续出。

第89回黛玉又与宝玉论琴，较为简略，宝玉由于不会弹琴，所以说："我想琴虽是清高之品，却不是好东西，从没有弹琴里弹出富贵寿考来的，只有弹出忧思怨乱来的。"黛玉论琴艺中的变化时说："这是人心自然之音，做到哪里就到哪里，原没有一定的。"并感叹："古来知音人能有几个！"对自己的"曲高和寡"和宝玉的"不知音"深表遗憾。

"琴棋书画"中的"书法"一门，仅在第40回描写探春"秋爽斋"时提到一笔："探春素喜阔朗，这三间屋子并不曾隔断。当地放着一张花梨大理石大案，案上磊着各种名人法帖，并数十方宝砚，各色笔筒，笔海内插的笔如树林一般。"可见探春临帖而擅长书法，故其丫头名叫"待书"（后四十回作"侍书"）。

第18回提到元妃"带进宫去的丫鬟抱琴"己卯本夹批点明："贾家四钗之鬟暗以'琴、棋、书、画'排行。"元春好琴，故其丫环名"抱琴"。迎春好棋，见第7回周瑞家的送宫花时："只见迎春、探春二人正在窗下围棋"，故其丫环名"司棋"。惜春善画，见第40回："贾母听说，便指着惜春笑道：你瞧我这个小孙女儿，她就会画"，故其丫环名"入画"。

（2）诗文

前八十回论诗，后四十回论时文。

古人有"诗画同源"之论，前八十回论画已见上引之第42回，而论诗则见于第48回"慕雅女雅集苦吟诗"，作者借香菱向黛玉学诗，通过黛玉论诗，阐发自己心目中的写诗和鉴赏诗歌的理论，出脱自己胸中多少诗论，值得初学写诗者好好借鉴。

大家若要学诗，请齐来看此处曹雪芹所写的心得：①作诗当立意为先，词句次之，格律则可有可无，即当按照"诗意（哲理）、文彩、声律"的顺序来写诗。②学诗千万不可先读宋人之诗，因为太浅近，学诗当按如下顺序去读：王维五律百首，老杜七律一二百首，李白七绝一二百首，然后再读陶渊明、应玚、谢朓、阮籍、庾信、鲍照的诗。③香菱所悟到的"诗的境界"（即世俗所谓的"诗意"）便是"口说不出但想得来"，此即佛家所谓的"直指人心"后的"只可意会不可言传"；二是"看似无理，细想有此情此理，乃入诗境"。今特征引其原文如下：

香菱因笑道："我这一进来了，也得了空儿，好歹教给我作诗，就是我

---

① 像表，当指样子。
② 指琴乃圣人所造的器具。

的造化了！"黛玉笑道："既要作诗，你就拜我作师。我虽不通，大略也还教得起你。"香菱笑道："果然这样，我就拜你作师。你可不许腻烦的。"黛玉道："什么难事，也值得去学？不过是起承转合，当中'承、转'是两副对子，平声对仄声，虚的对实的，实的对虚的，若是果有了奇句，连平仄虚实不对都使得的。"

香菱笑道："怪道我常弄一本旧诗偷空儿看一两首，又有对的极工的，又有不对的，又听见说'一三五不论，二四六分明'。看古人的诗上亦有顺的，亦有'二四六'上错了的，所以天天疑惑。如今听你一说，原来这些格调规矩竟是末事，只要词句新奇为上。"黛玉道："正是这个道理。词句究竟还是末事，第一立意要紧。若意趣真了，连词句不用修饰，自是好的，这叫做'不以词害意'。"

香菱笑道："我只爱陆放翁的诗'重帘不卷留香久，古砚微凹聚墨多'，说的真有趣！"黛玉道："断不可学这样的诗。你们因不知诗，所以见了这浅近的就爱，一入了这个格局，再学不出来的。你只听我说，你若真心要学，我这里有《王摩诘全集》，你且把他的五言律读一百首，细心揣摩透熟了，然后再读一二百首老杜的七言律，次再李青莲的七言绝句读一二百首。肚子里先有了这三个人作了底子，然后再把陶渊明、应玚、谢、阮、庾、鲍等人的一看。你又是一个极聪敏伶俐的人，不用一年的工夫，不愁不是诗翁了！"

香菱听了，笑道："既这样，好姑娘，你就把这书给我拿出来，我带回去夜里念几首也是好的。"黛玉听说，便命紫鹃将王右丞的五言律拿来，递与香菱，又道："你只看有红圈的都是我选的，有一首念一首。不明白的问你姑娘，或者遇见我，我讲与你就是了。"香菱拿了诗，回至蘅芜苑中，诸事不顾，只向灯下一首一首的读起来。宝钗连催她数次睡觉，她也不睡。宝钗见她这般苦心，只得随她去了。

一日，黛玉方梳洗完了，只见香菱笑吟吟的送了书来，又要换杜律。黛玉笑道："共记得多少首？"香菱笑道："凡红圈选的我尽读了。"黛玉道："可领略了些滋味没有？"香菱笑道："领略了些滋味，不知可是不是，说与你听听。"黛玉笑道："正要讲究讨论方能长进，你且说来我听。"香菱笑道："据我看来，诗的好处，有口里说不出来的意思，想去却是逼真的；有似乎无理的，想去竟是有理有情的。"

黛玉笑道："这话有了些意思，但不知你从何处见得？"香菱笑道："我看他《塞上》一首，那一联云：'大漠孤烟直，长河落日圆。'想来烟如何直？日自然是圆的：这'直'字似无理，'圆'字似太俗。合上书一想，倒像是见了这景的。若说再找两个字换这两个，竟再找不出两个字来。再还有'日落江湖白，潮来天地青'，这'白''青'两个字也似无理。想来，必得这两个字才形容得尽，念在嘴里倒像有几千斤重的一个橄榄。还有'渡头余落日，墟里上孤烟'，这'余'字和'上'字，难为他怎么想来？我们那年上京来，那日下晚便湾住船，岸上又没有人，只有几棵树，远远的几家人家作晚饭，那个烟竟是碧青，连云直上。谁知我昨日晚上读了这两句，倒像我又到了那个地方去了。"

正说着，宝玉和探春也来了，也都入坐听她讲诗。宝玉笑道："既是这样，也不用看诗。会心处不在多，听你说了这两句，可知三昧你已得了。"黛玉笑道："你说他这'上孤烟'好，你还不知他这一句还是套了前人的来。我给你这一句瞧瞧，更比这个淡而现成。"说着便把陶渊明的"暧暧远人村，依依墟里烟"翻了出来，递与香菱。香菱瞧了，点头叹赏，笑道："原来'上'字是从'依依'两个字上化出来的。"宝玉大笑道："你已得了，不用再讲，越发倒学杂了。你就作起来，必是好的。"

前八十回论诗，而后八十回便论"文"，所论的还是科举用的"八股时文"①，见第82回"老学究讲义警顽心"：

到了下晚②，代儒道："宝玉，有一章书，你来讲讲。"宝玉过来一看，却是"后生可畏"章。宝玉心上说："这还好，幸亏不是《学》《庸》。"问道："怎么讲呢？"代儒道："你把节旨句子细细儿讲来。"

宝玉把这章先朗朗的念了一遍，说："这章书是圣人勉励后生，教他及时努力，不要弄到——"说到这里，抬头向代儒一瞧。代儒觉得了，笑了一笑道："你只管说，讲书是没有什么避忌的。《礼记》上说：'临文不讳。'只管说，'不要弄到'什么？"宝玉道："不要弄到老大无成。先将'可畏'二字激发后生的志气，后把'不足畏'二③字警惕后生的将来。"说罢，看着代儒。

代儒道："也还罢了。串讲呢？"宝玉道："圣人说：人生少时，心思、才力，样样聪明能干，实在是可怕的，哪里料的定他后来的日子不像我的今日？若是悠悠忽忽，到了四十岁，又到五十岁，既不能够发达，这种人，虽是他后生时像个有用的，到了那个时候，这一辈子就没有人怕他了。"

代儒笑道："你方才节旨讲的倒清楚，只是句子里有些孩子气。'无闻'二字，不是不能发达做官的话。'闻'是实在自己能够明理见道，就不做官也是有闻了；不然，古圣贤有遁世不见知的④，岂不是不做官的人？难道也是'无闻'么？'不足畏'是使人料得定，方与'焉知'的'知'字对针⑤，不是'怕'的字眼；要从这里看出，方能入细，你懂得不懂得？"宝玉道："懂得了。"

---

① 六朝时把文章分"文、笔"两大类：有韵者为文，无韵者为笔。骈文讲究对偶，亦称"文"；如果还押韵的话，便是"骈赋"。"八股文"讲究对仗，故也用"文"字来相称。先秦文章大多散行，六朝文章大多骈偶，前者便称"古文"，六朝骈文便称"时文"，即时下流行的文体。其从六朝一直流行到唐宋、乃至明清，在明清便是八股文。八股文也讲究骈偶，故称"八股时文"。

② 下晚，近黄昏的时候。此处当指"下午"的后半段。

③ 二，程乙本改"三"。

④ 指不以名位为时人所知，但却以道德学问而为后人所知。

⑤ 对针，比喻密切相符，吻合、照应。

代儒道："还有一章，你也讲一讲。"代儒往前揭了一篇，指给宝玉。宝玉看是："吾未见好德如好色者也"。宝玉觉得这一章却有些刺心，便陪笑道："这句话没有什么讲头。"代儒道："胡说。譬如场中出了这个题目，也说没有做头么？"

宝玉不得已，讲道："是圣人看见人不肯好德，见了色，便好的了不得，殊不想德是性中本有的东西，人偏都不肯好它。至于那个色呢，虽也是从先天中带来，无人不好的，但是德乃天理，色是人欲，人哪里肯把天理好的像人欲似的？①孔子虽是叹息的话，又是望人回转来的意思。并且见得人就有好德的，好的终是浮浅，直要像色一样的好起来，那才是真好呢。"

代儒道："这也讲的罢了。我有句话问你：你既懂得圣人的话，为什么正犯着这两件病？我虽不在家中，你们老爷不曾告诉我，其实你的毛病我却尽知的。做一个人，怎么不望长进？你这会儿正是'后生可畏'的时候。'无②闻'、'不足畏'，全在你自己做去了。我如今限你一个月，把念过的旧书全要理清。再念一个月文章，以后我要出题目，叫你作文章了。如若懈怠，我是断乎不依的。自古道：'成人不自在，自在不成人。'你好生记着我的话。"宝玉答应了，也只得天天按着功课干去，不提。

又见第84回"试文字宝玉始提亲"：

一回儿，茗烟拿了来，递给宝玉，宝玉呈与贾政。贾政翻开看时，见头一篇写着题目是"吾十有五而志于学"。他原本破的是"圣人有志于学，幼而已然矣。"代儒却将"幼"字抹去，明用"十五"。

贾政道："你原本③'幼'字，便扣不清题目了。'幼'字是从小起，至十六以前，都是'幼'。这章书是圣人自言学问工夫与年俱进的话，所以十五、三十、四十、五十、六十、七十，俱要明点出来，才见得到了几时有这么个光景，到了几时又有那么个光景。师父把你'幼'字改了'十五'，便明白了好些。"

看到承题，那抹去的原本云："夫不志于学，人之常也。"贾政摇头道："不但是孩子气，可见你本性不是个学者的志气。"又看后句："圣人十五而志之，不亦难乎？"说道："这更不成话了！"然后看代儒的改本云："夫人孰不学？而志于学者卒鲜。此圣人所为自信于十五时欤？"便问："改的懂得么？"宝玉答应道："懂得。"

又看第二艺，题目是"人不知而不愠"。便先看代儒的改本云："不以不知而愠者，终无改其说④乐矣。"方觑着眼看那抹去的底本⑤，说道："你是什么？——'能无愠人之心，纯乎学者也。'上一句似单做了'而不愠'

---

① 理学工夫。
② 无，程乙本妄改"有"。
③ 本，根据。
④ 说，通"悦"。
⑤ 此描写仔细，是写贾政想看清楚贾代儒朱笔抹去的宝玉原稿。

三个字的题目，下一句又犯了下文君子的分界；必如改笔，才合题位呢。且下句找清上文，方是书理。须要细心领略。"宝玉答应着。贾政又往下看："夫不知，未有不慍者也；而竟不然。是非由说而乐者，曷克臻此？"原本末句"非纯学者乎"。贾政道："这也与破题同病的。这改的也罢了，不过清苦①，还说得去。"

第三艺是"则归墨"。贾政看了题目，自己扬着头想了一想，因问宝玉道："你的书讲到这里了么？"宝玉道："师父说，《孟子》好懂些，所以倒先讲《孟子》，大前日才讲完了。如今讲'上《论语》②'呢。"贾政因看这个破、承，倒没大改。破题云："言于舍杨之外，若别无所归者焉。"贾政道："第二句倒难为你。""夫墨，非欲归者也，而墨之言已半天下矣，则舍杨之外，欲不归于墨，得乎？"贾政道："这是你做的么？"宝玉答应道："是。"贾政点点头儿，因说道："这也并没有什么出色处，但初试笔能如此，还算不离。前年我在任上时，还出过'惟士为能'这个题目。那些童生都读过前人这篇，不能自出心裁，每多抄袭。你念过没有？"宝玉道："也念过。"贾政道："我要你另换个主意，不许雷同了前人，只做个破题也使得。"宝玉只得答应着，低头搜索枯肠。

贾政背着手，也在门口站着作想。只见一个小小厮往外飞走，看见贾政，连忙侧身垂手站住。贾政便问道："作什么？"小厮回道："老太太那边姨太太来了，二奶奶传出话来，叫预备饭呢。"贾政听了，也没言语，那小厮自去了。

谁知宝玉自从宝钗搬回家去，十分想念，听见薛姨妈来了，只当宝钗同来，心中早已忙了，便乍着胆子回道："破题倒作了一个，但不知是不是？"贾政道："你念来我听。"宝玉念道："天下不皆士也，能无产者亦仅矣。"贾政听了，点着头道："也还使得。以后作文，总要把界限分清、把神理想明白了再去动笔。你来的时候，老太太知道、不知道？"宝玉道："知道的。"贾政道："既如此，你还到老太太处去罢。"

宝玉答应了个"是"，只得拿捏着慢慢的退出。刚过穿廊月洞门的影屏，便一溜烟跑到老太太院门口。急得茗烟在后头赶着叫道："看跌倒了！老爷来了。"宝玉哪里听的见？刚进得门来，便听见王夫人、凤姐、探春等笑语之声。

第82回是说"串讲"，即讲解词句、串通文意，是为写八股文做准备。第84回是通过贾政评点贾代儒对宝玉文章的修改，来谈如何写作八股文章，所论也颇见才学功底。作者在第1回言自己："背父兄教育之恩，负师友规谈之德"，父兄师长的教育肯定会有"八股文"的内容在内，所以作者一定要在书中写一写教授自己"八股文"的老师和父亲，这一使命在前八十回中没有完成，但在后四十回中写到了，由于这是作者必定要写到的内容，这便也可以证明后四十

---

① 指贾代儒水平也一般，因为这一立意比较清苦。清苦，指诗文清峻寒苦。
② 《论语》分上下两册，此为上册，故名"上《论语》"。

回"谈八股"是曹雪芹的原稿。上引情节，其实就是曹雪芹把自己收藏的年幼时学写八股文的作业本给写到了书中。

前八十回黛玉论诗，后四十回贾政论文，两者正相对仗，有诗无文将是缺憾，这也可以证明后四十回乃曹雪芹原稿。

全书其他才艺之学还有三大端：

①第17、18回大谈"园艺"，借贾政、宝玉、元妃游园，把"大观园"所体现出来的中国古典园林中的园艺布置理论阐发得淋漓尽致。

②第56回谈"理财"，借探春整顿大观园的改革，大谈作者胸中包藏的经世致用之学。

③第1回、第54回谈"小说"，即第1回借石头向空空道人交代自己这部书与历来淫书、"才子佳人"小说的不同，又再度在第54回借贾母之口点评"才子佳人"小说的弊端，出脱作者胸中对"说部"中言情小说的许多针砭。

（3）入世之学：讽刺世情，后四十回堪称千古绝笔

书首作者亲笔写成的"凡例"称："此书只是着意于闺中，故叙闺中之事切，略涉于外事者则简，不得谓其不均也。""此书不敢干涉朝廷，凡有不得不用朝政者，只略用一笔带出，盖实不敢以写儿女之笔墨唐突朝廷之上也，又不得谓其不备。""开卷即云'风尘怀闺秀'，则知作者本意原为记述当日闺友闺情，并非怨世骂时之书矣。虽一时有涉于世态，然亦不得不叙者，但非其本旨耳。阅者切记之。"

今全书"有涉于世态"者，第3回写贾政帮贾雨村复出："便竭力内中协助，题奏之日，轻轻谋（甲侧：《春秋》字法。）了一个复职候缺，不上两个月，金陵应天府缺出，便谋补（甲侧：《春秋》字法。）了此缺，拜辞了贾政，择日上任去了。"这是用《春秋》笔法来影写官场上的不正之风，但这儿只有"只言片语"的描写。

作者长篇大段地讽刺世情，前八十回当以第4回"葫芦僧乱判葫芦案"中的"护官符"为大宗。"护官符"只写到官场的"官官相护"，而后四十回的第99回李十儿大谈"做官经"，描摹更为逼真，对话更为精彩。前者（指情节描摹）如李十儿对书办詹会软硬兼施，又以消极怠工的方式逼迫主人贾政听从其指挥；而后者（指对话）如李十儿口中的"并没见为国家出力，倒先有了口碑载道"，贾政口中的"猫鼠同眠"等。这段描写矛头直指整个封建吏治的腐败，细腻而深刻地描绘出"清者革职，浊者升迁"、"想做清官反倒无法立足"的官场大染缸，是明清诸小说中罕见之笔，达到了前八十回未曾有过的讽刺高度。如此逼真描摹世态人情、辛辣讽刺官场腐败的大手笔，也的确只有曹雪芹这样愤世嫉俗的大才子才写得出。

前八十回第4回的"护官符"情节共2846字（"如今且说雨村因补授了应天府……远远的充发了他才罢"），描写的是衙门中的门子；后四十回第99回的"做官经"2518字（"且说贾政带了几个在京请的幕友……漕务事毕尚无陨

越"），描写的是衙门中的幕僚。两者体量相当，主题相通（全都描写官场）；各有特色，互不相重（一是门子、一是幕僚，角色正可互补）。曹雪芹应当曾经做过一段时期的高官幕僚，才会如此洞悉官场的腐败。他把他自己亲见亲闻的官场内幕写入书中，前八十回的第4回安排官场中"门子"的艺术典型，在后四十回的第99回则安排官场中"幕僚"的艺术典型，两者一前一后形成绝配，以点带面地共同反映出清代官场的实况，这显然是曹雪芹构思全书情节时有意布下的"对峙立局"，应当是同一人所作的大手笔。★

（4）出世之学：以禅理说爱，后四十回又堪称千古绝笔

后四十回以禅理谈恋爱，比前八十回之参禅有过之而无不及，堪称将来也无人能够超越的千古绝笔。

第2回贾雨村因"智通寺"对联"身后有余忘缩手，眼前无路想回头""这两句话文虽浅近，其意则深"，认定该寺庙"其中想必有个翻过筋斗来的亦未可知"，甲戌本侧批："随笔带出禅机，又为后文多少语录不落空。"可见书中饱含禅机。第1回跛足道人对甄士隐说："世上万般，好便是了，了便是好。若不了，便不好；若要好，须是了"，便是其中一例。

前八十回中的参禅主要见于第22回"听曲文宝玉悟禅机"，宝玉因听见戏文中鲁智深"赤条条来去无牵挂"语，"谈及此句，不觉泪下。……宝玉细想这句趣味，不禁大哭起来，（庚夹：此是忘机大悟，世人所谓'疯癫'是也。）翻身起来至案，遂提笔立占一偈云：'你证我证，心证意证。是无有证，斯可云证。无可云证，是立足境。'"并作词曲："无我原非你，从他不解伊。肆行无碍凭来去。茫茫着甚悲愁喜，纷纷说甚亲疏密？从前碌碌却因何？到如今回头试想真无趣！（庚夹：看此一曲，试思作者当日发愿不作此书，却立意要作传奇，则又不知有如何词曲矣。[1]）"黛玉与宝钗、湘云读过后，作者写道：

> 三人果然都往宝玉屋里来。一进来，黛玉便笑道："宝玉，我问你：至贵者是'宝'，至坚者是'玉'。尔有何贵？尔有何坚？"（庚夹：拍案叫绝！大和尚来答此机锋，想亦不能答也。非颦儿，第二人无此灵心慧性也。[2]）宝玉竟不能答。三人拍手笑道："这样钝愚，还参禅呢。"
>
> 黛玉又道："你那偈末云：'无可云证，是立足境。'固然好了，只是据我看，还未尽善。我再续两句在后。"因念云："无立足境，是方干净。"（庚

---

[1] 指作者曲文写得如此好，如果当初下决心不写小说而写戏文的话，真不知会写出什么样的好戏文来。而本书第5回14支《红楼梦曲》，便是作者所拟的几首戏文，的确非同凡响。又，此批并不是说：作者当初决心要写戏文，而后来改变主意写成了小说；此批是在假设：作者如果写戏文的话，真不知会有何等好戏文写出来。作者曹雪芹何等精明，他早已料到，写戏文耗费精力而不通俗，远没有写成小说可以不胫而走，达到流传时间最长、流传范围最广的传播效果，因为小说比戏曲来得更为通俗易懂。所以曹雪芹虽然擅写曲文，但一开始就会决定把《红楼梦》写成小说而非戏文。

[2] 此可证黛玉有宿世慧根。则第一回写黛玉前世承蒙神瑛侍者用甘露水来浇灌她，便是神瑛侍者用佛教的甘露法水（象征佛法）来哺育她。由此可知：此侍者当是佛教高僧的侍者。则宝玉的前世"神瑛侍者"便当是罗汉，与黛玉一同拥有佛法方面的宿世慧根。

夹：拍案叫绝！此又深一层也。亦如谚云：'去年贫，只立锥；今年贫，锥也无'，其理一也。）

宝钗道："实在这方①悟彻。当日南宗六祖惠能，（庚眉：用得妥当之极！）初寻师至韶州，闻五祖弘忍在黄梅，他便充役火头僧。五祖欲求法嗣，令徒弟诸僧各出一偈。上座神秀说道：'身是菩提树，心如明镜台，时时勤拂拭，莫使有尘埃。②'彼时惠能在厨房碓米，听了这偈，说道：'美则美矣，了则未了。'因自念一偈曰：'菩提本非树，明镜亦非台，本来无一物，何处惹尘埃？③'五祖便将衣钵传他。（庚夹：出《语录》，总写宝卿博学宏览④，胜诸才人；颦儿却聪慧灵智，非学力所致：皆绝世绝伦之人也。宝玉宁不愧杀！）今儿这偈语，亦同此意了。只是方才这句机锋，尚未完全了结，这便丢开手不成？⑤"

黛玉笑道："彼时不能答，就算输了，这会子答上了也不为出奇。只是以后再不许谈禅了。连我们两个所知所能的，你还不知不能呢，还去参禅呢！"宝玉自己以为觉悟，不想忽被黛玉一问，便不能答，宝钗又比出"语录"来，此皆素不见她们能者。自己想了一想："原来她们比我的知觉在先，尚未解悟，我如何必自寻苦恼？"（庚眉：前以《庄子》为引，故偈继之。又借颦儿诗一鄙驳，兼不写着落，以为瞒过看官矣。此回用若许曲折，仍用老庄引出一偈来，再续一《寄生草》，可为大觉大悟矣。以之上承果位，<u>以后无书可作矣</u>。却又作黛玉一问机锋，又续偈言二句，并用宝钗讲五祖、六祖问答二实偈子⑥，使宝玉无言可答，仍将一大善知识，始终跌不出'警幻幻榜'中，作下回若干书。⑦真有'机心游龙不测'之势，安得不叫绝？且历来小说中万写不到者。己卯冬夜。）想毕，便笑道："谁又参禅，不过一时顽话罢了。"说着，四人仍复如旧。（庚夹：<u>轻轻抹去也</u>。"心静难"三字不谬。）

批者言：宝玉明明已悟（批中言其可以"上承果位"，即可以向上传承、继承、接续罗汉的果位），但这么一写，岂非等于就没以后宝玉与黛玉"情情爱爱"的文字了吗？（宝玉已悟，焉能再被情欲所迷而有谈情说爱的文字写出来？）所以作者不得不又写黛玉喝问而宝玉答不上来，再写黛玉续两句偈语来驳倒宝

---

① 方，方才是。
② 此是把人的佛性物化成为某种存在（即"万有"中的一"有"）。如同《红楼梦》用"通灵宝玉"来象征每个人本来都具有的佛性，故有染尘、拂拭等的比方出来。
③ 此把佛性由某种存在复归其本来的空无状态，即《红楼梦》中"无为有处有还无"之旨。
④ 作者在此处写《语录》，是为了显示宝钗的杂学旁收、"学富五车"。
⑤ 指还未让宝玉来回答黛玉对他的灵魂拷问："尔有何贵？尔有何坚？"
⑥ 指历史上实实在在发生过的真实事情中的悟道偈。
⑦ 指宝玉实已有悟，但作者故意让黛玉、宝钗把他比下去，把已悟之人写成未悟。如果写其已悟而有了果位（"上承果位"），后面便无《红楼梦》这部书了；为了要继续写宝玉的情节而使这部书继续下去，所以作者便不得不违心地用黛玉的偈语、宝钗的语录来压服宝玉，使他甘心未悟，从而可以有下文精彩的情爱故事写出来，最终仍然成为"警幻情榜"所能评到的仙人。作者一直要到全书最后一回的第120回才写其出家，从而成为跳出"警幻情榜"、超出三界之外的阿罗汉（"神瑛侍者"）。

玉,再写宝钗举出古人实际发生过的经典偈语,把宝玉所悟之物全部打压下去,仍然把宝玉这个本已悟道的"大善知识"写成"警幻情榜"中多情而未悟之人,只有这样才会有此回之后的 98 回文字,让他到第 120 回才再度证悟出家。故作者要让宝玉说出"谁又参禅,不过一时玩话罢了",来把他已经觉悟这件事给轻轻抹去,明言其未悟。

前八十回中参禅事又见第 66 回柳湘莲参话头而打破迷关、大彻大悟:

> 湘莲不舍,忙欲上来拉住问时,那尤三姐便说:"来自情天,去由情地。前生误被情惑,今既耻情而觉,与君两无干涉。"说毕,一阵香风,无踪无影去了。湘莲警觉,似梦非梦,睁眼看时,哪里有薛家小童?也非新室,竟是一座破庙,旁边坐着一个跏腿道士捕虱。湘莲便起身稽首相问:"此系何方?仙师仙名、法号?"道士笑道:<u>"连我也不知道此系何方,我系何人,不过暂来歇足而已。</u>[①]"柳湘莲听了,不觉冷然如寒冰侵骨,掣出那股雄剑,将万根烦恼丝一挥而尽,便随那道士,不知往哪里去了。

画线部分是大机关,讲明此方是空,我身亦空,都是心灵暂住的旅馆罢了。具体而言:"我"之外的这个世界,以及"我"本人的身体,这两者全是虚幻、都非永恒;其中只有一样东西真实不虚、永恒不变,那便是居住在"我"身体中的那颗心灵当中的"通灵本性"也即佛性。我们的佛性受了迷惑而前来受生,即便受生,我们的佛性仍在,去除心垢与迷妄,告别这暂住的尘世与肉体,告别心中习染上的并非本有的尘世习气,复归那本有的心灵本性,便可彻悟而成佛。

无独有偶,后八十回也有三处参禅悟道之语,一是第 87 回惜春下棋时参禅:

> 惜春还要下子,妙玉半日说道:"再下罢。"便起身理理衣裳,重新坐下,痴痴地问着宝玉道:"你从何处来?"

书中写宝玉:"忽又想道:'或是妙玉的机锋?'转红了脸,答应不出来。……惜春也笑道:'二哥哥,这有什么难答的?你没的听见人家常说的,<u>"从来处来"</u>么?这也值得把脸红了,见了生人的似的!'妙玉听了这话,想起自家心上一动、脸上一热必然也是红的,倒觉不好意思起来。因站起来说道:'我来得久了,要回庵里去了。'惜春知妙玉为人,也不深留,送出门口。妙玉笑道:'久已不来,这里弯弯曲曲的,回去的路头都要迷住了。'宝玉道:'这倒要我来指引指引,何如?'妙玉道:'不敢,二爷前请。'"妙玉口中所说的"迷"路,便是自己心中被貌美的宝玉所迷的象征。

后来惜春得知妙玉走火入魔后,大悟而作偈,即:"惜春听了,默然无语。因想:'妙玉虽然洁净,毕竟尘缘未断。可惜我生在这种人家,不便出家,我若出了家时,哪有邪魔缠绕?<u>一念不生,万缘俱寂</u>。'想到这里,蓦与神会,若有所得,便口占一偈云:'<u>大造本无方,云何是应住?既从空中来,应向空中去。</u>'占毕,即命丫头焚香。自己静坐了一回。"画线部分言明全书"无为有处有还无"

---

① 大似济公口吻。

之旨，即一切"有"皆从"无"生起（"无中生有"），"有"是暂有、假有，唯有"无"才是永恒不变的本体。这便回答了"从来处来"就是"从'空'中来"，所以最后又要"向'空'中去"，这便是作者曹雪芹借作品中自己的化身惜春这一人物形象，回答了古希腊伟大的思想家、哲学家柏拉图所提出的人类的终极问题——"我是谁？我从哪里来？我要到哪里去？"——的后两个问题。

二是第117回和尚借索银为名，逼出贾宝玉来面授"中举后出家"之旨，也提到惜春口中说到的"来处来"的机锋：

（宝玉）便说道："……弟子请问师父：可是从'太虚幻境'而来？"那和尚道："什么'幻境'，<u>不过是'来处来、去处去'</u>罢了。我是送还你的玉来的。我且问你，那玉是从哪里来的？"宝玉一时对答不来，那僧笑道："你自己的来路还不知，便来问我！"宝玉本来颖悟，又经点化，早把红尘看破；只是自己的底里未知，一闻那僧问起玉来，好像当头一棒，便说道："你也不用银子了，我把那玉还你罢。"那僧笑道："也该还我了。"

和尚点明众生连自己的来历都不知道，这是叫众生来参禅悟道、回归自己本性之意。（"来处来"就是回归本原之意。）

以上三例（第66、87、117回）都是就人的"来处"与"去处"参话头，可以归为一类。而后四十回中的第三处参禅，便是第91回借参禅来谈情说爱、高标爱情之旨，这便写出了人间绝顶空灵而唯美的文字：

黛玉看见宝玉这样光景，也不睬他，只是自己叫人添了香，又翻出书来，细看了一会。

只见宝玉把眉一皱，把脚一跺，道："我想：这个人，生他做什么？天地间没有了我，倒也干净！"黛玉道："原是有了我、便有了人，有了人、便有无数的烦恼生出来：恐怖，颠倒，梦想，更有许多缠碍。才刚我说的，都是玩话。你不过是看见姨妈没精打彩，如何便疑到宝姐姐身上去？姨妈过来原为她的官司事情心绪不宁，哪里还来应酬你？都是你自己心上胡思乱想，钻入魔道里去了。"

宝玉豁然开朗，笑道："很是，很是。你的性灵比我竟强远了，怨不得前年我生气的时候，你和我说过几句禅语，我实在对不上来①。我虽丈六金身，还借你一茎所化。"

黛玉乘此机会，说道："我便问你一句话，你如何回答？"宝玉盘着腿，合着手，闭着眼，嘘着嘴，道："讲来。"

黛玉道："宝姐姐和你好，你怎么样？宝姐姐不和你好，你怎么样？宝姐姐前儿和你好，如今不和你好，你怎么样？今儿和你好，后来不和你

---

① 指第22回时。按笔者《红楼时间人物谜案》"第一章、第三节、第22回"、"第二章、第二节、一"的考证，第22回在红楼十三年，作者人生的第10岁，此第91回在红楼十七年，作者人生的第12岁。按红楼纪元来说，第22回在第91回的四年前，即此处所说的"前年"是虚指；按作者真实人生来说，则为两年前，即"前年"乃实指。

好，你怎么样？你和她好，她偏不和你好，你怎么样？你不和她好，她偏要和你好，你怎么样？"

宝玉呆了半晌，忽然大笑道："任凭弱水三千，我只取一瓢饮。"

黛玉道："瓢之漂水，奈何？"

宝玉道："非瓢漂水：水自流，瓢自漂耳。"

黛玉道："水止珠沉，奈何？"

宝玉道："禅心已作沾泥絮，莫向春风舞鹧鸪。"

黛玉道："禅门第一戒是不打诳语的。"宝玉道："有如三宝。"黛玉低头不语。

只听见檐外老鸹"呱呱"的叫了几声，便飞向东南上去。宝玉道："不知主何吉凶？"黛玉道："'人有吉凶事，不在鸟音中。'"

此回回目"布疑阵宝玉妄谈禅"，点明这是黛玉"布疑阵"，旨在探明宝玉是否会移情别恋地爱上薛宝钗。参禅本是为了达到"无知无识"的境界以求"明心见性"而设，而宝玉反借参禅来表达自己对黛玉爱情的执着，借禅语来表明自己永不变心，这就完全背离了参禅的本意，所以回目要拟作宝玉"妄谈禅"。两人所谈皆关两人的后事。

宝玉说："宇宙间如果不生出人类来，便没了我，这方才算得上干净"，黛玉点化他："因为有了'我（自我）'的观念，才会有'人（人类）'的观念，'我'是一切烦恼的根本，打破我执、人相，便可以自在无碍。"宝玉赞她："我贾宝玉的丈六金身（通灵本性）需要借你林黛玉的一根草（绛珠仙草）来点化。"

黛玉下来假设宝钗与宝玉好与不好的各种情况，来试探宝玉的反应，于是问："别人（黛玉表面是说宝钗，其实也包括我黛玉之外的所有女子，故今以'别人'来替代宝钗）和你好，你会怎样？"宝玉思考了半天，忽然借禅语说道："我只取一瓢饮"，即人间美色多如海，我也只用我的瓢取一瓢水来喝，即我的心中永远只爱你一个。

黛玉问："可惜你这瓢随波逐流，见一个爱一个，叫我怎么信你？"宝玉答："水自流，瓢自漂，两者不相干，我这瓢不会为水所动。"因为不管漂到哪里，我的瓢里永远只有那么点水，而且还是最初舀到的水，所以不管怎样，我的体内永远只有初心，永远只爱最初的你！虽然瓢"身不由己"、为势所迫而流到其他水的身边，象征我宝玉可能会因形势所迫（指封建家长制下不由自己做主的包办婚姻），而与其他女子（如宝钗）结婚，但我的瓢其实与流到的水是分开的，必定不会为时势所改变；即不管流到哪里，我瓢里依然还是原来的水——不管我娶谁，我的心中依然只有你。这就伏下他后来和宝钗结婚后，心中仍然深爱着黛玉，即第5回《终身误》曲所唱的："空对着，山中高士晶莹雪（薛宝钗）；终不忘，世外仙姝寂寞林（林黛玉）。"

黛玉问："水止，即我林黛玉泪尽而逝；珠沉，即我这块黛玉被迫与水分离而与世无涉——这'水止'与'珠沉'都象征我黛玉逝世——请问：我死了，你会怎么办？"宝玉答："至死不变，我的心就像柳絮沾在泥地上再也飞不起来了"，即我从此以后不会再对你之外的任何人起爱慕之心，我再也不会对其他女孩子动心了。"禅心"两字也就意味着：你死后我便出家、顿入空门、心止于此。

黛玉说："出家人不可以骗人。"宝玉答："有如三宝"，即我请"三宝"来做证明，绝对不打诳语。即我说的这一切都是真的，绝对不骗你：如果你林黛玉死了，我便出家，"佛法僧"三宝可以为此做证明。"有如三宝"四字也意味着：你死后，我便入"佛法僧"三宝中出家。

作品中宝玉与贾府所在城市的原型便是南京，这时老鸦（即乌鸦）叫了几声飞向东南，便是预兆全书最后一回宝玉将在"作品的空间原型南京"东南方向不远处的常州"毗陵驿"告别贾政，回归"大荒山、青埂峰、无稽崖"。这其实也在暗示："大荒山、青埂峰、无稽崖"这一宝玉人生的结局地就在南京的东南方（详本书"第三章"宝玉挂单于毗陵常州"横山大林寺"的考论）。老鸦叫出的凶音，也预兆两人的这场恋爱结局凶险、无法成全。

第 92 回作者特地让宝玉自称上面那番对话是"打禅语"："宝玉将打禅语的话述了一遍"，然后又对袭人说："你不知道，我们有我们的禅机，别人是插不下嘴去的。"

第 91 回宝玉借禅宗的"参话头"向黛玉告白了爱意，大声宣扬自己"真爱唯一"的高尚的爱情观。

其借参禅之语来谈情说爱，显然是千古未闻的奇文奇想，这样的才情，中华文化史中也的确只有"才气卓绝"的曹雪芹才写得出！这是证明后四十回与前八十回禅旨相通的力证，也是证明后四十回乃曹雪芹大手笔的力证。★

（5）小结

第 21 回作者把宝玉的重情与贾琏的好淫写在同一回中，可证作者在创作构思时，非常注重美学上的对应。而后四十回正处处与前八十回做美学上的对应，"和而不同"。

《红楼梦》如同一场文化的盛筵，所上的菜品绝不相重而各具风味。全书既以"金陵十二钗"的金闺女子为主色，更以冯紫英、柳湘莲、蒋玉菡等豪爽男儿为间色，同时还会点缀豪迈粗犷的"大花脸"式的市侩倪二、义侠包勇[①]；在阴柔舒缓的情节中，又会突现柳湘莲暴打薛蟠、包勇勇退劫盗的武打场面。

同样，在展露自己才学主旨方面，作者让大家品味过"琴棋书画"，又来聆听其"医卜星相"的各种高论。前八十回只谈到诗、画，后四十回便要开讲文、琴。后四十回中第 99 回的"做官经"，更能接续前八十回中第 4 回"护官符"讽刺官场的旨趣，达到前所未有的空前高度；后四十回中的第 91 回又能接续前八十回中"听曲文宝玉悟禅机"的"无立足境、是方干净"继续参禅，参出有关爱情的新境界。若非曹子，谁能有此等才情与学识，令后半部精彩反胜于前？

---

① 倪二人称"醉金刚"。书中第 24 回"醉金刚轻财尚义侠"庚辰本有回前总批："夹写'醉金刚'一回，是书中之大净场，聊醒看官倦眼耳。然亦书中必不可少之文，必不可少之人。今写在市井俗人身上，又加一'侠'字，则大有深意存焉。""净"俗称"花脸"，此类角色是以各种色彩勾勒的图案化的脸谱化妆作为突出标志，性格粗犷、气质豪迈。

（二）杂学

除"琴棋书画"与"诗文、小说、园林"这些"雅学"外，作者还写到经济之道、官场人情，同时更写到"杂学旁收"的"医卜、扶乩、祈禳"等领域。

第8回宝钗评宝玉："宝兄弟，亏你每日家杂学旁收的"，甲戌本有侧批："着眼。若不是宝卿说出，竟不知玉卿日就何业。"宝玉是作者的化身，我们由此便可知道：作者曹雪芹早在年少时，便已天天"杂学旁收"而多才多艺。

（1）医

后四十回论医远胜于前，还特别写到前八十回伏下的"好脉息"那一段，可谓"伏线千里"，确乃曹公手笔！

前八十回写"医"处有：第10回"张太医论病细穷源"，论完病后，还在书中为秦可卿开了张药方；第51回"胡庸医乱用虎狼药"，开错药方而为宝玉识破、驳正，并请王太医重新诊治；第69回"弄小巧用借剑杀人、觉大限吞生金自逝"，写王太医从军效力，由胡君荣为尤二姐看病，再度乱用虎狼药而打下胎儿，此胡君荣当即第51回为晴雯看病的胡庸医，上回未能祸害成晴雯，此回便来祸害尤二姐而得逞，第69回与第51回正相对照，写出贾琏的不学无术，不能像宝玉那般明通医理而可把关，识破庸医误命。

前八十回中还有一处神采奕奕的医生描写，即第42回贾母陪刘姥姥秋游大观园后伤风感冒，"一时只见贾珍、贾琏、贾蓉三个人将王太医领来"为贾母看病，贾母得知其姓王，便说："当日太医院正堂王君效，好脉息[①]！"王太医忙躬身低头，含笑回答说："那是晚晚生家叔祖。"贾母听了笑道："原来这样，也是世交了！"看完贾母病后，王太医又到外书房为凤姐之女"大姐儿"看病，书中写：王太医"就奶子怀中，左手托着大姐儿的手，右手诊了一诊，又摸了一摸头，又叫伸出舌头来瞧瞧，笑道：'我说姐儿又骂我了，只是要清清净净的饿两顿就好了，不必吃煎药，我送丸药来，临睡时用姜汤研开，吃下去就是了。'"这番描绘生动传神，如在眼前。其言"姐儿又骂我了"，可证王太医常来府中诊病。

后四十回同样写到此良医良术，即第82回"病潇湘痴魂惊恶梦"宝玉、黛玉两人因梦得病后，第83回王太医当是从军回来了，先为宝玉看过病，然后来为黛玉看病，书中写："一时，贾琏陪着大夫进来了，便说道：'<u>这位老爷是常来的，姑娘们不用回避。</u>'"画线部分的这一细节，便与前八十回王太医常来府上看病的细节（指"姐儿又骂我了"语）完全吻合，一般人想不到要这么说，更不敢这么写。因为古代"男女有大妨"，医生诊病时，女子当从帐中伸手，不宜露面，其她丫环等内眷也当躲避帷幕之后，而不能让医生看到，所以一般人不敢续出贾琏上述那番话来。

贾琏让紫鹃述说黛玉病情，王大夫说："且慢说。等我诊了脉，听我说了，

---

① 中医切脉以呼吸为准则，因称脉搏为"脉息"。

看是对不对。若有不合的地方，姑娘们再告诉我。"诊过脉后，王大夫说："六脉皆弦，因平日郁结所致。"又说："这病时常应得①头晕，减饮食，多梦。每到五更，必醒个几次；即日间听见不干自己的事，也必要动气，且多疑、多惧。不知者疑为心情乖诞，其实因肝阴亏损，心气衰耗，都是这个病在那里作怪。——不知是否？"紫鹃点头对贾琏说："说的很是。"这近百字的描写，便是应验第 42 回贾母称赞王大夫一家"好脉息"的生动注脚。即：前八十回在第 42 回伏的脉，要到后四十回中的第 83 回才来写，这种细节显然只有原作者曹雪芹本人才能看得破、拎得出，更可证明：前八十回与后四十回是同一个人创作的、细节照应的艺术整体。★

读到这儿，我们不大敢相信后四十回是曹雪芹之外的人，看到前八十回不起眼处有"好脉息"三个字，便知道后四十回要为这三个字编个故事。这应当就是曹雪芹用"草蛇灰线"之法，在前八十回伏下"好脉息"三个字，留待 41 回之后的第 83 回再来写，这种"伏脉千里"的细节照应，远隔千山万水（隔了整整 41 回即全书的三分之一），恐怕不是其他人所能识破而续出的。

于是王大夫开药方，有"血随气涌，自然咳吐"语，贾琏忙问："血势上冲，柴胡使得么？"王大夫笑道："二爷但知柴胡是升提之品，为吐衄所忌，岂知用鳖血拌炒，非柴胡不足宣少阳甲胆之气；以鳖血制之，使其不致升提，且能培养肝阴、制遏邪火。所以《内经》说：'通因通用，塞因塞用。'柴胡用鳖血拌炒，正是'假周勃以安刘'的法子。"此等医论，比前八十回更为详实，更显高明。其行医时，"望闻问切"四诊法不用"问"，诊脉便知，作者写名医，可谓极尽生动传神之能事。此等高明之论、传神之笔，诚比前八十回有过之而无不及，显是曹公大手笔！

又：作者为了写出王大夫上述那番论柴胡的高论，也就不得不让第 69 回所写到的那位丝毫不通医理而不能把关的贾琏，这回居然出面来把了次关，说了句懂医道的行话，这显然是艺术虚构，不必当真。贾琏应当对医药一窍不通才是，若他真的通医药，则第 69 回的悲剧在他眼皮底下便当避免。

（2）卜与祈禳

第 102 回"宁国府骨肉病灾祲、大观园符水驱妖孽"，写到了"六爻占卦"与"大六壬"，又写到了众法师作法除妖的轰轰烈烈的大场面，这都是作者展露其胸中所怀杂学、眼前所见世面的大手笔。文长不引，读者请自按原文，而清人王希廉评此回："毛半仙'文王'②与'六壬课'说得有理、有象，作者殆亦半仙乎？"对作者的"占卜之学"深表钦佩，直欲以"曹半仙"称之。此亦唯有"杂学旁收"的曹雪芹方能有如此造诣，当非他人所能写出。此亦是作者用"对仗立局"之旨，将二法术写在同一回中；正如第 53 回"宁国府除夕祭宗祠、

---

① 指时常应该得到如下的症状。
② 毛半仙是用三枚铜钱占卦，古人称为"文王六爻算命术"，毛半仙占卜前有祷词："虔请伏羲、文王、周公、孔子四大圣人，鉴临在上，诚感则灵，有凶报凶，有吉报吉。"

荣国府元宵开夜宴"，把除夕祭祖与正月十五庆元宵两大场面写在同一回中，戚序本批者盛赞作者文心高妙："除夕祭宗祠一题极博大，元宵开夜宴一题极富丽，拟此二题于一回中，早令人惊心动魄，不知措手处。乃作者偏就宝琴眼中款款叙来。……噫！文心至此，脉绝血枯矣，谁是知音者？"

《礼记·中庸》："国家将兴，必有祯祥；国家将亡，必有妖孽。""黄金万斗大观摊"的大观园落到这种"兴妖作怪"的下场，真让人始料未及。后四十回极力描写大观园的荒废，正是为了写出贾府的下世光景，以此来为即将到来的抄家发个前兆。

（3）八字命理

第 86 回为娘娘算八字，更充分展露出作者深厚的命学功底。全书算命仅此一见，非曹子，谁能有此博学？

而且，据此第 86 回所说的八字，再据第 95 回所说的元妃薨逝之年，推算出元妃逝世时的年龄当为32 岁，与第 95 回字面所写的元妃逝世时的年龄 43 岁明显不合，这恰是证明此为曹雪芹原稿的有力证据。

今详引第 86 回作者的算命文字：

宝钗道："不但是外头的讹言舛错，便在家里的，一听见'娘娘'两个字，也就都忙了，过后才明白。这两天那府里这些丫头、婆子来说，她们早知道不是咱们家的娘娘。我说：'你们哪里拿得定呢？'她说道：'前几年正月，外省荐了一个算命的，说是很准。那老太太叫人将元妃八字夹在丫头们八字里头，送出去叫他推算，他独说："这正月初一日生日的那位姑娘，只怕时辰错了；不然，真是个贵人，也不能在这府中。"老爷和众人说："不管它错不错，照八字算去。"那先生便说："甲申年，正月丙寅，这四个字内，有'伤官'、'败财'。惟'申'字内有'正官'禄马，这就是家里养不住的，也不见什么好。这日子是乙卯，初春木旺，虽是'比肩'，哪里知道愈'比'愈好，就像那个好木料，愈经斨削，才成大器。"独喜得时上什么辛金为贵，什么巳中"正官"禄马独旺：这叫作"飞天禄马格"。又说什么"日禄归时"，贵重的很。'天、月二德'坐本命，贵受椒房之宠。这位姑娘，若是时辰准了，定是一位主子娘娘。"这不是算准了么？我们还记得说："可惜荣华不久；只怕遇着寅年卯月，这就是'比'而又'比'，'劫'而又'劫'，譬如好木，太要做玲珑剔透，本质就不坚了。"她们把这些话都忘记了，只管瞎忙。我才想起来，告诉我们大奶奶，今年哪里是寅年卯月呢？'"

关于这一八字的详细讨论，请见笔者《红楼时间人物谜案》"第三章、第二节、二、（三）、（3）"。

又第 95 回：

不多时，只见太监出来，立传钦天监。贾母便知不好，尚未敢动。稍刻，小太监传谕出来，说："贾娘娘薨逝。"是年甲寅年十二月十八日立春，元妃薨日是十二月十九日，已交卯年寅月，^①存年四十三岁。贾母含悲起身，只得出宫上轿回家。贾政等亦已得信，一路悲戚。"

元妃卒时虽为甲寅年十二月（丑月），但"八字算命术"以"立春"来定正月，过了立春便是新年正月，故其薨日实为"卯年寅月"的第一天，与算命先生推算的"寅年卯月"略为不准、大致不差。其为寅年底、卯年初逝世，所以与第5回元春判词所言的"虎兔相逢大梦觉"完全相合。其判词意为：虎年（寅）、兔年（卯）之交，元妃尘世的繁华迷梦觉醒、也即逝世返回天界之意。

康熙皇帝驾崩于康熙六十一年（1722）十一月十三日，为壬寅"虎"年，雍正于同月二十日继位，次年癸卯"兔"年改元称"雍正元年"，"虎、兔相逢大梦觉"表面是写贾府的朝中靠山元春薨于寅年、卯年相交之际，实则影写的是真实世界中的曹府女靠山"平郡王妃"曹佳氏薨逝于寅年年初二月的"寅年卯月"，上述算命语完全应验；另一男靠山康熙皇帝驾崩于寅年、卯年相交之际。作者不敢写明是寅年、卯年相交之际，故意以王子腾的名义写成卯年正月的一天^②，以避免人们联想起寅卯年相交之际的寅年十一月康熙皇帝之死。这都是曹雪芹撰写此书时不可告人的隐衷，后四十回如此写来（指写算命的说王妃要薨于寅年卯月，又写康熙化身王子腾驾崩于卯年寅月^③），只可能是曹雪芹原稿，绝不可能是他人所续。

又元妃死时的年龄实与八字相违。上文言元春生于"甲申年寅月"，死于乙卯年寅月，据六十甲子表推之，元春的年岁当是 32 岁，而非上文所写的"四十三岁"。如果元春的确生于甲申年寅月，死时活了 43 岁的话，则她应当死在"丁卯年寅月"；如果元春的确死在"乙卯年寅月"，死时存年 43 岁，则她必定生于"壬申年寅月"。

这对矛盾和错误是如何产生的？红学界历来无法作出合理解释。坚持"后四十回是续作"的论者认定：这一错误便是续作者（高鹗）作伪败露的明证。而反对者则认定：这一错误恰可证明后四十回绝非续作，因为续作者根本没必要在如此简单的年龄问题上犯下如此明显的错误。

---

① 第 95 回的时令叙述与第 94 回有矛盾。第 94 回言明："这花儿应在三月里开的，如今虽是十一月，因节气迟，还算十月"，即"月在十一月份而节气在十月"；则元妃薨逝时当是"月在十二月份而节气在十一月"为是，第 95 回写成"月在十二月份而节气在正月"，与之正为相反。我们根据第 92 回十一月初一日提到"外面下雪，……已是雪深一寸多了"，能有积雪出现，可见气温早已零度左右、乃至零度以下，故知第 95 回所言的"月在十二月份而节气在正月"（即节候偏冷）为是，而第 94 回所言的"月在十一月份而节气在十月"（即节候偏热）为非。作者书名标榜"梦"字，书中就得写有这种"初看不觉其非，细思才觉其荒唐"的梦境般的矛盾描写为宜。

② 王子腾卯年正月薨，见第 96 回。作者是以王子腾之死来影射康熙皇帝驾崩，原因便是"腾"字可以拆作"朕马"而康熙属马，论见笔者《红楼时间人物谜案》"第三章、第二节、二、（三）、（3）"的末尾。

③ 正月即寅月。康熙卒于"寅年、卯年"之交，作者故意写成"寅月卯年"之时，两者仅一字之差（指画线部分），甚为相近（指从字面上看仅一字之差，来去不大）。足见作者文笔之狡狯绝伦！

笔者《红楼时间人物谜案》"第三章、第二节、五、（2）"已详论其由，证明这是曹雪芹有意透露真相而故意留下的破绽，旨在用元妃43岁的年寿来影写自己曹家曹寅、曹颙、曹頫三代"江宁织造"的仕宦总年数，为全书打下本家族所特有的时间烙印，这就有力地证明后四十回断非他人所续而是曹雪芹所著的原稿。★

（4）扶乩、抽签、测字等

宝玉失玉后，第94回写测字，第95回写扶乩；第101回又写凤姐抽签算命，但都比较简略，此处不再具论。

（5）小结

全书中的杂学，前八十回仅写到医术，而"占卜、祈禳、八字、测字、扶乩、抽签"等算命术均未写及，都要留到后四十回来写，除原作者曹雪芹外，谁能有如此大的"杂学旁收"的才情？

而且后四十回写医术时，又能在细节上与前八十回遥相照应、伏线千里，所写医生神采奕奕、医论高妙，无论是在人物塑造艺术方面还是中医学理方面，都能达到前八十回所未曾达到过的高度。

这都充分证明后四十回在"杂学旁收"上远超前八十回。由于术业有专攻，小说家中能有如此杂学功底者，当数曹雪芹为第一。后四十回在"杂学旁收"上能超越前八十回，诚然当为雪芹手笔，而非他人所能望其项背。

（三）高论

作者曹雪芹撰写小说的一大初衷，便是借作品人物之口，吐胸中"不吐不快"的块垒，出脱自己满腹的才学和高论，标榜自己对人生和艺术的透彻见解。这一旨趣，后四十回与前八十回同样照应而相通。

前八十回曹雪芹的高论主要有二：一是"人才论"，二是"情欲论"。而后四十回中又进一步展露作者胸中的两大高论：一是第98回的"魂气论、阴司论"，二是第111回秦可卿对鸳鸯所说的那番"情论"。而妹妹秦可卿的"情论"又与前八十回中姐姐警幻仙子的"情欲论"相吻合①，的确就是同一作家的心志体现，这是证明后四十回与前八十回乃同一人所作的又一大依据。★

（1）情欲论

作者在前八十回与后四十回中都谈论到"情欲"，两者保持高度一致，而与流俗之论迥然不同，这是证明后四十回与前八十回乃同一人心志、同一人手笔的力证。

前八十回中警幻的"情欲论"，见第5回宝玉梦游"太虚"仙境时，警幻仙

---

① 可卿为警幻之妹，见第5回警幻对宝玉说："再将吾妹一人，乳名兼美、字可卿者，许配于汝。"故可卿与警幻论情而大旨相通，原因便是她俩原本就是一路之人。

子向其纵论人间"情、欲皆非"之旨，同时指明"情"比"淫"更可怕（"好色即淫，知情更淫"）、意淫比皮肉之淫更风流可惧（即警幻言：意淫的宝玉"乃天下古今第一淫人也"）：

　　忽警幻道："尘世中多少富贵之家，那些绿窗风月，绣阁烟霞，皆被淫污纨绔与那些流荡女子悉皆玷辱。（甲侧：真极！）更可恨者，<u>自古来多少轻薄浪子，皆以'好色不淫'为饰，又以'情而不淫'作案，</u>（戚夹：'色而不淫'四字已滥熟于各小说中，今却特贬其说，批驳出矫饰之非，可谓至切至当，亦可以唤醒众人勿为前人之矫词所惑也。）此皆饰非掩丑之语也。<u>好色即淫，知情更淫。是以巫山之会，云雨之欢，皆由既悦其色，复恋其情所致也。</u>（甲侧：'好色而不淫'，今翻案，奇甚！）吾所爱汝者，乃天下古今第一淫人也。"（甲侧：多大胆量敢作如此之文！）

　　宝玉听了，唬的忙答道："仙姑差了。我因懒于读书，家父母尚每垂训饬，岂敢再冒'淫'字？况且年纪尚小。不知'淫'字为何物。"（甲眉：绛云轩中诸事情景由此而生。①）

　　警幻道："非也。淫虽一理。意则有别。如世之好淫者，不过悦容貌，喜歌舞，调笑无厌，云雨无时，恨不能尽天下之美女供我片时之趣兴，（甲侧：说得恳切恰当之至！）此皆皮肤淫滥之蠢物耳。如尔则天分中生成一段痴情，吾辈推之为'意淫'。（甲侧：二字新雅。）<u>'意淫'二字，惟心会而不可口传，可神通而不可语达。</u>（甲侧：按宝玉一生心性，只不过是'体贴'二字，故曰'意淫'。）汝今独得此二字，在闺阁中，固可为良友，然于世道中未免迂阔怪诡，百口嘲谤，万目睚眦。今既遇令祖宁荣二公剖腹深嘱，吾不忍君独为我闺阁增光，见弃于世道，是特引前来，醉以灵酒，沁以仙茗，警以妙曲，再将吾妹一人，乳名兼美（甲侧：妙！盖指薛林而言也。）字可卿者，许配于汝。今夕良时，即可成姻。不过令汝领略此仙闺幻境之风光尚然如此，何况尘境之情景哉？而今后万万解释，改悟前情，将谨勤有用的工夫，置身于经济之道。"（戚夹：说出此二句，警幻亦腐矣，然亦不得不然耳。）说毕，便秘授以云雨之事，（戚夹：这是情之未了一着，不得不说破。）推宝玉入帐。

第120回甄士隐"情论"更点明"情"字沾染不得：

　　雨村……说道："宝玉之事，既得闻命。但②敝族闺秀，如是③之多，何元妃以下，算来结局俱属平常④呢？"士隐叹息道："老先生莫怪拙言！贵族⑤之女，俱属从天孽海而来。大凡古今女子，<u>那'淫'字固不可犯，只这'情'字也是沾染不得的。</u>所以崔莺、苏小，无非仙子尘心；宋玉、相

---

① 此批点明宝玉在闺房中之事貌似淫而实非淫，读者千万不可以淫念来读宝玉之行事而视之为淫。
② 但，程甲本原误"接"，据程乙本改。
③ 是，程甲本原误在上文"敝族"两字前，据程乙本移于此。
④ 常，程甲本原无，据程乙本补。
⑤ 贵族，对贾雨村"鄙族"而言，是指"您贾氏家族"。

如，大是文人口孽。<u>凡是情思缠绵的，那结果就不可问了。</u>"

第 66 回尤三姐自尽后，向柳湘莲显灵，述说自己对情欲的解脱，也点明"情"字沾染不得：

> 那湘莲……忽听环珮叮当，尤三姐从外而入，一手捧着鸳鸯剑，一手捧着一卷册子，向柳湘莲泣道："妾痴情待君五年矣，不期君果冷心冷面，妾以死报此痴情。妾今奉警幻之命，前往'太虚幻境'修注案中所有一干情鬼。妾不忍一别，故来一会，从此再不能相见矣。"说着便走。湘莲不舍，忙欲上来拉住问时，那尤三姐便说："<u>来自情天，去由情地。前生误被情惑，今既耻情而觉，与君两无干涉。</u>"说毕，一阵香风，无踪无影去了。

世人皆认为情比淫高尚，为何作者曹雪芹却说情比淫更可怕？这便是因为淫与情皆能导致人的沉迷不可自拔、不死不休，皆如同毒品一般，会让人成瘾而迷失心志。

书中提到一男一女两大典型为淫而丧生，男的便是贾瑞，女的便是秦可卿，而作者又树了一个为情而死的典型，便是黛玉。情与淫貌似两途，其实，在佛法看来，皆是"贪嗔痴"的表现，皆是欲界众生堕落的根本。

第 12 回贾瑞求道士相救："贾瑞一把拉住，连叫：'菩萨救我！'那道士叹道：'你这病非药可医！'"点明淫欲是心病，无药可医，唯有洗心革面，断除心中淫念方才可救，于是赐镜给他，希望他能看到"美色就是骷髅"之旨而根除色欲之念，可惜贾瑞资质浅陋，无可救药。

而第 90 回作者评黛玉之病也说："心病终须心药治。"黛玉因情深而致病，得悉宝玉要娶他人为妻便病重将亡，第 97 回又因听得此乃谣言、宝玉当和自己成亲，便霍然而愈。贾母看到她一会儿病，一会儿好，已明白是内心为情所迷的缘故，于是说："咱们这种人家，别的事自然没有的，这心病也是断断有不得的。林丫头若不是这个病呢，我凭着花多少钱都使得；若是这个病，不但治不好，我也没心肠了。"

黛玉情重而亡，与贾瑞淫重而亡，貌似不同，实乃一理，皆是不可救药的心病，故第 5 回警幻仙子要告诫宝玉："好色即淫，知情更淫。"所谓的"淫"就是沉迷、沦陷而难以自拔意。这句话便点明：贾瑞的好色贪淫而丧生，与黛玉重情贪恋而夭亡，两者没有本质的差别。这也就是第 120 回甄士隐点醒世人："大凡古今女子，那'淫'字固不可犯，只这'情'字也是沾染不得的。……凡是情思缠绵的，那结果就不可问了。"这都是作者与世俗迥异的、富有宗教情怀的独特的"情欲观"的体现。

上引第 5 回脂批："多大胆量敢作如此之文？"便是称颂作者借警幻口说出的这番与流俗迥异的"情欲"高论胆力绝伦。"淫"字的本意为深陷，"好色即淫，知情更淫"是指：好色便是深陷于眼睛所喜爱的美形美色这一顺境中，知情便是深陷于意识所贪恋的温柔体贴这一顺境中，"好色贪淫"与"知情贪爱"只是五十步笑一百步的差距而已，没有本质的区别。而且，好色深陷的是表相，而贪情深陷的是内在，两者都是心灵的受迷也即中毒，而后者扎根于内心，心灵受迷而沦陷的程度比前者更深，可谓"病入膏肓"，所以"知情"比"好色"更为可惧，故称"知情更淫（'淫'指深陷）"。正因为此，第116回宝玉重游警幻仙境，临末了时，癞头和尚最后点醒他的话便是："你见了册子，还不解么？世上的情缘，都是那些魔障！"此句话点明世界的真相、全书的主旨，即：沉迷于感官刺激的"淫"，与同样把心灵迷失在"贪嗔痴"当中的"情"（如黛玉对宝玉、宝玉对黛玉的痴情），都是人类堕落的根本！

第82回作者借老师贾代儒让宝玉讲解孔子"吾未见好德如好色者也"这句话时，大透自己"存天理、去人欲"的理学工夫，指明：每个个体的"德"乃本有，是人升天成仙的根本；而每个个体的"色欲、情爱"，乃后天赋形于此人间时因有肉身而沾染上的习气、并非本有之天性，是每个个体生命沉沦于下界"生死苦海"中不得超度出离的根本。这也和警幻、甄士隐说的"淫、情皆可怕"之旨相通。

宝玉当时如此解说道："是圣人看见人不肯好德，见了色，便好的了不得，殊不想：<u>德是性中本有的东西</u>，人偏都不肯好它。至于那个色呢，虽也是从先天中带来①，无人不好的，但是德乃天理，色是人欲，人哪里肯把天理好的像人欲似的？孔子虽是叹息的话，又是望人回转来的意思。并且见得人就有好德的，好的终是浮浅，直要像色一样的好起来，那才是真好呢。"老师趁机点醒他："你既懂得圣人的话，为什么正犯着这两件病？"

可证儒家也有其"节欲"理论。"子不语'乱、力、怪、神'"②，"《诗》三百，一言以蔽之，思无邪"③，儒家何必乞灵于道家的神道设教？何必宣扬佛家的因果报应？儒家纯从人的良知良能、良心、人性出发，用思想来阐明万事万物中的道理（即"道学"），娓娓而谈；以道德来感化众生，廉顽、立懦。其风化之美，可使人人得保其正性正命而不变质，可使人人皆为优品而非次品，可使人人得尽其天年而无横夭，可使天下万物皆保其天命而"同登寿域"，可使人间国度化为"人皆为尧舜、比屋而可封"的乐土。儒家阐明天地间"人之为人"的正道（让人既不出世为神佛，也不堕落为鬼畜，纯以人道为根本来永褒人生而不失），以"我善养吾浩然之气"④通贯天地，以"民胞物与"⑤来化小爱为大爱，以"人皆可以为尧舜"⑥的理想来让每个个体"无欲则刚"⑦，从而把人世间的每个人都造就成为可以"顶天立地"的大人君子。由于其以天下苍生为

① 此言不误，指好色乃前世积累下来的习气。但前世积累不代表其乃本有。每个个体的灵魂由无色界降生为低层次的色界、欲界生命体而首次赋形于色界形体、欲界肉体时，才开始具有这种习气的习染而不断积累；在未赋形体前，并无这种低层次生命的习气。
② 语出《论语·述而》。
③ 语出《论语·为政》。
④ 语出《孟子·公孙丑》。
⑤ 语出宋人张载《西铭》："民，吾同胞；物，吾与也。"
⑥ 语出《孟子·告子下》。
⑦ 语出《论语·公冶长》："子曰：'吾未见刚者。'或对曰：'申枨。'子曰：'枨也欲，焉得刚？'"

己任，入世而非出世，高尚而非堕落，对于人类社会乃布粟般不可或缺①，其在人间的风化之美，其实远远超出了佛、道两家，成为中华民族永远的脊梁和精神支柱，也即第 65 回尤二姐笑问兴儿："这样一个夜叉（凤姐），怎么反怕屋里的人（平儿）呢？"兴儿道："这就是俗语说的：'天下逃不过一个"理"字去'了②。"只要社会风气正，即便是大凶大恶、大奸大刁之人，也都忌惮公理舆论的评议而不敢公然为非，这就是儒家"宋明理学"对于治世和扶正人心的伟大功用。

作者借宝玉这番至理名言，为世人点明佛道两家之外的、儒家"理学"（即道学）摆脱色欲、超升上界的工夫，即：奉行儒家"克己复礼、以礼节情"之道，坚定自己的好德之心，便能"存天理、灭私欲"。

第 111 回主张"无情乃至情"，即秦可卿赞"无情"的鸳鸯乃是"天下真性至情之人"，点明：真情不为淫欲而发；为天地间正义而发的情，方是"真情至性"（也即"真性情"）：

鸳鸯……端了一个脚凳，自己站上，把汗巾拴上扣儿，套在咽喉，便把脚凳蹬开。可怜咽喉气绝，香魂出窍。正无投奔，只见秦氏隐隐在前，鸳鸯的魂魄疾忙赶上，说道："蓉大奶奶，你等等我。"那个人道："我并不是什么'蓉大奶奶'，乃警幻之妹可卿是也。"鸳鸯道："你明明是蓉大奶奶，怎么说不是呢？"

那人道："这也有个缘故，待我告诉你，你自然明白了：我在警幻宫中，原是个钟情的首坐，管的是风月旧债；降临尘世，自当为第一情人，引这些痴情怨女，早早归入情司，所以该当悬梁自尽的。③因我看破凡情，超出情海，归入情天，所以太虚幻境'痴情'一司，竟自无人掌管。今警幻仙子已经将你补入，替我掌管此司，所以命我来引你前去的。"

鸳鸯的魂道："我是个最无情的，怎么算我是个有情的人呢？"那人道："你还不知道呢。世人都把那淫欲之事当作'情'字，所以作出伤风败化的事来，还自谓风月多情，无关紧要。不知'情'之一字，喜怒哀乐未发之时，便是个'性'；喜怒哀乐已发，便是'情'了。至于你我这个情，正是未发之情，就如那花的含苞一样。欲待发泄出来，这情就不为真情了。"鸳鸯的魂听了，点头会意，便跟了秦氏可卿而去。……

宝玉死命的才哭出来了，心想："鸳鸯这样一个人，偏又这样死法！"又想："实在天地间的灵气，独钟在这些女子身上了。她算得了死所。我们究竟是一件浊物，还是老太太的儿孙，谁能赶得上她？"……

贾政因她为贾母而死，要了香来，上了三炷，作了一个揖，说："她是殉葬的人，不可作丫头论，你们小一辈的都该行个礼。"宝玉听了，喜不自

---

① 指对于人类社会而言，就像白布与稻米是一日不可或缺的生活必需品那般。
② 理学工夫。
③ 指：我为了第一个死去（即充当所谓的"第一情人"），所以要上吊来自己早早了断尘世的幻缘，从而可以导引这些痴情怨女们早归情司。

胜，走上来恭恭敬敬磕了几个头。……宝钗……说道："……她肯替咱们尽孝，咱们也该托托她，好好的替咱们伏侍老太太西去，也少尽一点子心哪。"说着，扶了莺儿走到灵前，一面奠酒，那眼泪早扑簌簌流下来了。奠毕，拜了几拜，狠狠的哭了她一场。众人也有说宝玉的两口子都是傻子，也有说他两个心肠儿好的，也有说他知礼的，贾政反倒合了意。

鸳鸯此人"无欲则刚"，看似无情（无志婚娶），却主"痴情司"，可谓"道是无情情至真"了，所以她能殉主而代表天地间的正气所在。

人间之真情原本就不为男女而发，不为"满足一己私欲"而发；真情当为他人而发，可以为主人发（忠臣之忠）、为父母发（孝子之孝）、为丈夫发（节妇之节）、为国家发（烈士之烈）、为普世大众发（佛菩萨的慈悲——"无缘大慈、同体大悲"）。故至情之人可以为主人、为父母、为夫君、为君国、为众生舍身殉命。正因为此，宝玉、宝钗夫妇要拜鸳鸯；而不解之人（即"无情之人"）反倒要嘲笑宝玉夫妇的做法太有失自己的主子身份而太傻；正如烈士为国家、为救人而死，也有不少贪生怕死之人会笑其好名轻身而太傻。

《红楼梦》全书大旨谈情，警幻仙子所说的"情欲论"，与后四十回秦可卿向鸳鸯所作的"情欲"之论旨趣完全相通。而秦可卿又是警幻之妹，故两人论调一致。甄士隐论的"这'情'字也是沾染不得"，第116回高僧口中所说的"世上的情缘都是那些魔障"，与警幻仙子"好色即淫，知情更淫"也如出一辙，显然是同一人的口吻和手笔。

事实上，甄士隐与贾雨村皆可视为作者的化身，一个是觉悟后的化身，一个是世俗中的化身。甄士隐是作者化身，故作者要借第1回的甄士隐出家来写宝玉出家，后四十回中的第120回便用不着再详写宝玉出家的过程了；贾雨村是作者化身，故第2回要借雨村之眼来写南京"宁荣二府"的空宅光景，这正是作者曹雪芹在抄家后某年某月故地重游时的写照。

全书第1回称此书又名《风月宝鉴》，而第12回指明"风月宝鉴"的制造者是警幻仙子，可见警幻仙子又是作者的另一个笔名。于是甄士隐与警幻仙子便都是作者的代言人，其"情欲"观点的相合乃是自然之至。

由此可见，后四十回秦可卿、甄士隐所论的"情欲观"，与前八十回警幻仙子的"情欲论"完全相通，都是作者曹雪芹本人心志的发露。

（2）人才论

作者的"人才论"仅见于前八十回，即第2回借贾雨村之口，讲正邪二气钟聚而孕育出各种异人来："天地生人，除大仁、大恶两种，余者皆无大异。若大仁者，则应运而生；大恶者，则应劫而生。……此皆易地则同之人也。"王希廉评此回："邪、正二气夹杂而生，所论最有意思。"

（3）魂气论、阴司论

作者的人才论仅见于前八十回，后四十回也有其后四十回所独有的"魂气

论、阴司论",见第98回:

　　宝钗听了这话,便又说道:"实告诉你说罢:那两日你不知人事的时候,林妹妹已经亡故了!"宝玉忽然坐起来,大声诧异道:"果真死了吗?"宝钗道:"果真死了,岂有红口白舌咒人死的呢?老太太、太太知道你姊妹和睦,<u>你听见她死了,自然你也要死</u>,所以不肯告诉你!"宝玉听了,不禁放声大哭,倒在床上,忽然眼前漆黑,辨不出方向。①心中正自恍惚,只见眼前好像有人走来。

　　宝玉茫然问道:"借问此是何处?"那人道:"此阴司泉路。你寿未终,何故至此?"宝玉道:"适闻有一故人已死,遂寻访至此,不觉迷途。"那人道:"故人是谁?"宝玉道:"姑苏林黛玉。"那人冷笑道:"林黛玉生不同人,死不同鬼,无魂无魄,何处寻访?<u>凡人魂魄,聚而成形,散而为气,生前聚之,死则散焉。</u>常人尚无可寻访,何况林黛玉呢?汝快回去罢。"

　　宝玉听了,呆了半晌,道:"既云死者散也,又如何有这个阴司呢?"那人冷笑道:"那阴司,<u>说有便有,说无就无。皆为世俗溺于生死之说,设言以警世</u>,便道:'上天深怒愚人:或不守分、安常;或生禄未终,自行夭折;【所言即宝玉此时之事。】或嗜淫欲,【此言本节"二、(二)、1、(4)"之"祸淫"所论诸人,以贾瑞为代表。】尚气逞凶,【指被薛蟠打死的冯渊与酒店侍者是也。】无故自殒者,特设此地狱,囚其魂魄,受无边的苦,以偿生前之罪。'汝寻黛玉,是无故自陷也。且黛玉已归'太虚幻境',汝若有心寻访,潜心修养,自然有时相见;如不安生,即以自行夭折之罪,囚禁阴司,除父母之外,欲图一见黛玉,终不能矣。"

　　那人说毕,袖中取出一石,向宝玉心口掷来。宝玉听了这话,又被这石子打着心窝,吓的即欲回家,只恨迷了道路。正在踌躇,忽听那边有人唤他。回首看时,不是别人,正是贾母、王夫人、宝钗、袭人等围绕、哭泣叫着,自己仍旧躺在床上。见案上红灯、窗前皓月,依然锦绣丛中、繁华世界。定神一想,原来竟是一场大梦。浑身冷汗,觉得心内清爽。仔细一想,真正无可奈何,不过长叹数声而已。

画线部分便是作者的另外两大高论:

一是"魂魄为气论",此非作者创论,乃是宋儒(也即宋代道学、理学家们)的观点,见朱熹《朱子语类》卷三:"鬼神只是气,屈伸往来者气也。天地间无非气,人之气与天地之气常相接无间断,人自不见。人心才动,必达于气,便与这屈伸往来者相感通。"又其《晦庵集》卷47《答吕子约》"游魂为变之义如何":"精,魄也;(耳目之精明为魄。)气,魂也。(口鼻之嘘吸为魂。)二者合而成物。精虚、魄降,则气散、魂游而无不之矣。魄为鬼,魂为神。"

---

① 果如上文画线部分宝钗所言"你听见她死了,自然你也要死",宝玉获悉黛玉死了便马上心疼而死(好在最后被大家抢救过来而没死成)。何以见得宝玉死了过去,便是下文作者写他走在了去往阴曹地府的路上,引出一番"阴司"之论。

　　第二大高论居然是说"阴司"原本没有，乃圣人"神道设教"的产物。"神道"就是有关"神明"的道理，以及有关"鬼神"与"祸福"的学说。凡是利用鬼神及因果报应之说来作为教育手段，便可称之为"神道设教"。

　　据作者这一高论而言，似乎阴司并不存在，只不过是为了教化愚人而虚设的教化之词罢了。但下文作者又特地言明宝玉"如不安生，即以自行夭折之罪，囚禁阴司"，则阴司又当实有。所以作者的意思应当是说：阴司"说有便有，说无就无"。这也不是作者的创论，其论当本之于佛教所言的"三界皆为一心所造"之理，也即《华严经》所说的："若人欲了知，三世一切佛，应观法界性，一切唯心造。"

　　心起善念而行善果，便升天堂；心起恶念而造恶业，便下地狱。心若明悟，便能出世而成佛作祖；心若迷暗，便会入世而为六道众生。众生行恶，一切恶行如镜中相，存于自己的心识之中；由此恶行而感得地狱诸报，使心受苦，自作自受。所谓"自作自受"，指仅其一人的心识受此魔境，别人无法感知或代替。正如人在睡梦中，有人持刀杀他，醒来后仍心有余悸，其实并无任何肉体的伤害，但在梦中分明被屠杀、被戳刺而痛苦万分；地狱亦复如是：心在梦中受种种酷刑，而睡于其旁的人，虽然紧靠其旁也毫无波及，根本就不知道身旁之人正在梦中受刑。在觉悟的佛菩萨看来，诸人所见的大千世界，以及地狱受刑的种种景象，其实都是自己心灵的化现：无论是荣华富贵之喜还是地狱酷刑之惨，都和睡觉时做的梦无有差异。此即本节"二、（二）、2、（2）、④"所引佛经《大庄严法门经》中说的："三界悉虚妄，如幻皆不实。……如梦中欲乐，踊跃大欢喜。痴人著欲乐，如梦等无异。"

　　所以佛教便认为：天堂、地狱的鬼神，乃至欲界、色界、无色界的六道生灵都是"非有非无、亦有亦无"，全都是心灵所变现，全在人的一念之间：一念明悟，则出世间而为佛，天堂、地狱、三界六道刹那消失；一念迷妄，则入世而为众生，此时世界、众生应此念而一一成立。一念起善，则感得福报，从而获得天堂或天堂般的生存状态；一念起恶，则感得恶报，从而获得地狱或地狱般的受刑状态。故"三界唯心所造"，全在一念间。

　　心善，则地狱之鬼眼前地狱消失，其身得以降生人间或天堂，阴司便化作乌有；心恶，则非地狱众生的眼前地狱出现，于是便有了阴司：足证阴司之有无，全在人一念之间。

全不见半熙轻狂

警

幻

第六节 全书创作手法上的前后相合

一、借所演之戏来预示人物结局

后四十回借所演之戏来预示人物结局，与前八十回所体现出的曹雪芹这一才气横溢的艺术大手法完全相同。

前八十回用戏来预示全书结局的事例甚多，如第 29 回贾母等在清虚观打醮：

> 贾珍一时来回："神前拈了戏，头一本《白蛇记》。"贾母问："《白蛇记》是什么故事？"贾珍道："是汉高祖斩蛇方起首①的故事。第二本是《满床笏》。"贾母笑道："这倒是第二本上？也罢了。神佛要这样，也只得罢了。"又问第三本，贾珍道："第三本是《南柯梦》。"贾母听了便不言语。贾珍退了下来，至外边预备着申表、焚钱粮、开戏。

这便是神明用戏来概括贾府的整个家族史：由祖上创业，到后辈富贵，再到最后抄家而"南柯一梦"。此回王希廉有总评："神前拈戏，第一本《白蛇记》，汉高祖斩蛇起事，是初封国公已往之事。第二本《满床笏》，是现在情形。第三本《南柯梦》，是后来结局。所以贾母默然，止演第二本。"画线部分言"只演第二本"，是把贾母说的"这倒是第二本上"这句话误解为只演此第二本，其实贾母是说："《满床笏》这么吉利的戏，为什么反倒在第二本上，而不在第一本上？也只好罢了，因为神佛要这么安排，所以也只好如此了。"

"第三本是《南柯梦》。贾母听了便不言语"句，东观阁侧批："隐结全书。"成语"南柯一梦"形容大梦一场，后人用来比喻梦幻和空欢喜。所以这第三本《南柯梦》便象征：作者最终明白了人生如梦而梦醒，从而创作出这部伟大的作品《红楼梦》来。

贾母看的《南柯梦》，应当是汤显祖《临川四梦》中的《南柯记》，是根据唐代李公佐《南柯太守传》改编而来。描写的是淳于棼酒醉后，梦入"槐安国"（即蚂蚁国）招为驸马，后任南柯太守，政绩卓著。公主死后，召还宫中，加封左相，权倾一时，淫乱无度，最终被逐。醒来却是一梦，被契玄禅师度化出家，正与后四十回宝玉最终梦醒而出家相合。可见：作者是以这出戏来暗示后四十回宝玉出家的结局。

---

① 方起首，方才起来带头起义。

又如第 18 回元妃省亲时点四出戏，伏下全书抄家、元妃死、黛玉死、送玉这四大关键情节：

　　第一出《豪宴》；（己夹：《一捧雪》中。伏贾家之败。）

　　第二出《乞巧》；（己夹：《长生殿》中。伏元妃之死。）

　　第三出《仙缘》；（己夹：《邯郸梦》中。伏甄宝玉送玉。）

　　第四出《离魂》。（己夹：伏黛玉死。《牡丹亭》中。所点之戏剧伏四事，乃通部书之大过节、大关键。）

后四十回把这四大关节中的"抄家、元妃死、黛玉死"三者全都写到了（分别在第 105 回、95 回、98 回），似乎只有"甄宝玉送玉"没写到。其实后四十回和尚送玉正发生在第 115 回"证同类宝玉失相知"这甄宝玉与贾宝玉相见之回的后半回，脂批是说："伏甄宝玉那回和尚前来送玉。"其说详见本书"第一章、第三节、六"。

后四十回同样以戏来预示全书重大结局，即第 85 回"花朝节"所演五部剧中的三部剧，预示后文重大的情节发展，这也是《红楼梦》前八十回曹雪芹的惯用手法（正如上引第 18 回元妃所点的四出戏伏全书四大关键情节），这是前八十回与后四十回创作手法相同的显例。★

第 85 回贾政升官宴正逢二月十二"花朝节"黛玉生日。《清嘉录》卷二"二月十二"条下载："土俗，以十二日天气清朗，则百物成熟。谚云：'有利、无利，但看二月十二。'"可见花朝节可以判断一年的吉利与否。第 85 回贾政升官，合家欢喜，贾府"闹闹攘攘，车马填门，貂蝉满坐。真是：花到正开蜂蝶闹，月逢十足海天宽"。然而"月满则亏，水满则溢"（第 13 回秦可卿语），就在此花朝节演剧的"众人正在高兴时，忽见薛家的人满头汗闯进来，向薛蝌说道：'二爷快回去，并里头回明太太也请速回去，家中有要事。'"于是薛蝌"也不及告辞，就走了"；薛姨妈"见里头丫头传进话去，更骇的面如土色"，原因是薛蟠在外头打死了人，惹上人命官司。"有利、无利，但看二月十二"，这回所写的"花朝节"，显然因为薛蟠之事，给薛家以及与薛家"一荣俱荣、一损俱损"的贾府等"贾王史薛"四大家族，全都蒙上了重大阴影。

第 86 回又写到贾母梦到元妃辞行而疑心元妃有可能出事了，结果元妃还真的开始病重而宣贾府的诰命夫人入宫探视，贾母等诰命夫人尚未出宫，宫中又传出某位贵妃薨逝，宫外的贾府便谣传说是自家的贵妃逝世，等探视元妃的贾母等人出宫回到家，大家才知道是周贵妃薨逝而元妃只是病重。

总之，贾政升官、花朝节演剧，把贾府由繁盛推向了最高潮，同时又以"否极泰来，荣辱自古周而复始"（第 13 回秦可卿语）的叙事逻辑，暗伏悲谶，这与《红楼梦》前八十回的总体构思吻合一致。

此回所演的五出戏中的三出戏，同前八十回中的第 18 回一样，暗含全书下来的后四十回重大情节的发展，其所演戏是：

外面已开戏了。出场自然是一两出吉庆戏文。及至第三出，只见金童玉女，旗幡宝幢，引着一个霓裳羽衣的小旦，头上披着一条黑帕，唱了一回儿进去了。众皆不知。听见外面人说："这是新打的《蕊珠记》里的《冥升》。小旦扮的是嫦娥，前因堕落人寰，几乎给人为配。幸亏观音点化，她就未嫁而逝。此时升引月宫。不听见曲里头唱的：'人间只道风情好，哪知道秋月春花容易抛？几乎不把广寒宫忘却了！'"第四出是《吃糠》。第五出是达摩带着徒弟过江回去，正扮出些海市蜃楼，好不热闹。

众人正在高兴时，忽见薛家的人满头汗闯进来，向薛蝌说道："二爷快回去！并里头回明太太，也请速回去！家里有要事。"

此回王希廉总评："《蕊珠记》'冥升'一出，是黛玉夭亡影子。'吃糠'是宝钗暗苦影子。'达摩带徒弟过江'是宝玉出家影子。"所言甚是，今对其阐述如下：

第三出《冥升》是影射黛玉未及成婚便夭逝。嫦娥影射的是黛玉，观音影射的是警幻仙子，"嫦娥下凡"影射的便是绛珠仙草下凡为林黛玉；"未及成婚便被观音点化升仙"，便是影射黛玉未婚便以处子之身仙逝，警幻仙子接其返回太虚幻境。故此回黛玉参加宴席时，作者特地写道："黛玉略换了几件新鲜衣服，打扮的宛如嫦娥下界，含羞带笑的，出来见了众人"，直接把黛玉与"嫦娥"画上了等号。又第100回宝玉问探春黛玉死时的景况："宝玉因问道：'三妹妹，我听见林妹妹死的时候，你在那里来着。我还听见说：林妹妹死的时候，远远的有音乐之声。或者她是有来历的，也未可知。'探春笑道：'那是你心里想着罢了。只是那夜却怪，不似人家鼓乐之音，你的话或者也是。'宝玉听了，更以为实。又想前日自己神魂飘荡之时，曾见一人，说是：'黛玉生不同人，死不同鬼'，必是哪里的仙子临凡。忽又想起那年唱戏做的嫦娥，飘飘艳艳，何等风致。"画线部分更点明：第85回戏中以处子之身仙逝的"嫦娥"，影射的便是第97回的黛玉以处子之身逝世。

《蕊珠记》当是元人吴昌龄杂剧《辰钩月》的改编本。吴昌龄杂剧《辰钩月》今已失传，明初朱有燉有杂剧《张天师明断辰钩月》，讲述秀才陈世英偶逢八月十五中秋节月蚀，遂央求他的好友、原是上天娄宿的娄大王救月，使得月儿复圆。嫦娥为了报恩，嘱咐东岳增添陈世英的阳寿。但是陈世英不晓，暗怪嫦娥知恩不报。陈世英书院的西园，有一株七百多年的桃树成精，遂幻化为嫦娥的形状，被陈母识破，认为世英惹上妖邪，于是请来李法官驱邪捉鬼。法官书写神符，驱使山神、土地到月宫勾嫦娥赴法坛对证。嫦娥遂邀封姨（即风姨）、雪天王，外加四季名花牡丹、荷、菊、梅四仙（以上凑满"风花雪月"，"月"指月宫中的嫦娥），同往张天师处诉冤。张天师惩办了桃精，为嫦娥洗雪了冤屈。

据朱有燉所作的《张天师明断辰钩月引》："夫后土地祇、上元夫人，河洛之英、太阴之神，若此者不一，是皆天地之间至精至灵、正直之气，安可诬以荒淫、配之伉俪，播于人耳、声于笔舌间也？暇日因见元人吴昌龄所撰《辰钩月》传奇，予以为幽明会合之道，言之木石之妖或有此理；若以阴阳至精之正气与天地而同行化育者，安可付之歌喉、为风月解嘲焉？"可知朱有燉此剧是为嫦娥翻案而作。

由朱有燉的杂剧可以推测：吴昌龄的《辰钩月》杂剧当是写嫦娥为了报恩，下凡与凡人陈世英为配，中间还穿插有牡丹、梅、菊、桃、桂花等众花仙的戏份。吴昌龄另有杂剧《花间四友东坡梦》，剧中亦穿插有梅、竹、桃、柳等仙子，风格相同，堪为佐证。作者以嫦娥下凡，百花仙子相随，影射的便是《红楼梦》第1回"楔子"所写的黛玉追随神瑛侍者下了凡，而牡丹花神薛宝钗为首的百花仙子们便追随黛玉下凡①；因此，作者取《蕊珠记》这部戏剧来影射黛玉下凡非常吻合，的确只有曹雪芹本人才想得到。②

第四出《吃糠》是元末南戏高明《琵琶记》第21出《糟糠自厌》，写蔡伯喈赴科举一去不回，家乡亢旱，其妻赵五娘侍奉公婆，自己忍饥挨饿，甚至偷吃糠团，省下食物来孝敬双亲。此赵五娘便是宝钗的影子。即宝玉与宝钗婚后，赴举得中，却随僧道一去不返，宝钗独自孝敬双亲。

由于第19回脂批提及："补明宝玉自幼何等娇贵，以此一句留与下部后数十回'寒冬噎酸斋，雪夜围破毡'等处对看"，而此处又有戏文《吃糠》，故后人极易据此两者来断言《红楼梦》原本当写宝钗"吃糠"，即"寒冬噎酸斋"是宝钗事，而"雪夜围破毡"当是宝玉之事。"噎酸斋"与"围破毡"二事不可能全是宝钗事，否则无法与"宝玉自幼何等娇贵"语相对照。由于今本后四十回只有宝玉中举一去不返事，而无宝钗"吃糠"的"噎酸斋"事，也没写到宝玉"围破毡"事，故有人据此认定"后四十回不是曹雪芹的原稿"。

今按，此说言宝钗"吃糠"当非。此《吃糠》只是以蔡伯喈中举不返来影射宝玉赴举后的一去不返，以赵五娘孝养双亲而自己吃糠来影射宝钗的孝敬公婆，丝毫无意来影射宝钗要吃糠。因为后四十回贾府还没有败落到"吃糠"的地步。因此"寒冬噎酸斋、雪夜围破毡"当是宝玉出家后随僧道一路追寻父亲贾政之船加以拜别的途中之事。为了一洗宝玉的公子习气，让其适应出家的生活，所以作者会写上这类情节。

今本后四十回没写到宝钗吃糠，不能证明后四十回不是曹雪芹原稿。至于今本后四十回没写到宝玉"噎酸斋"与"围破毡"二事，也不能证明后四十回不是曹雪芹原稿，当是"今本后四十回乃曹雪芹原稿略为不全的残稿"所致。

---

① 第63回"寿怡红群芳开夜宴"通过红楼诸艳抽花名签的形式，点明红楼诸艳是天上的百花仙子下凡。

② 以上参考储著炎《百廿回本〈红楼梦〉第八十五回〈蕊珠记〉考论》，《红楼梦学刊》2010年第二辑。

第五出"达摩带徒弟过江回去"①显是宝玉出家的影子。而"正扮出些海市蜃楼，好不热闹"显是贾府"泰极否来"，气数将尽的写照。因为"海市蜃楼"与"黄粱一梦"同意，均指繁华易谢、盛世不再。

此戏当是清代常州府无锡人杨潮观所作杂剧《大葱岭只履西归》，见杨潮观《吟风阁杂剧》卷四，写禅宗初祖达摩传教中华完毕后，返回印度的灵山，经过大葱岭（今新疆的克什米尔地区）的"龙潭"，古人谓之"西海"。剧中言："前面已到葱岭了，那山顶龙潭上，可以卓锡片时。"达摩观其水而言："你看它：澄清澈底，俺从中华浊世而来，可借此寒潭止水，一照俺本来面目，如何？"此海当是黄河与长江之源。

此杂剧的情节便是：达摩西归途中，偶然遇到出使西域而取经归来的北魏宋云，达摩向他阐扬一番教义后，踏上西归之路。这时有海中龙神等，在"龙潭"恭候达摩，以瞻圣容。

杨潮观，康熙五十一年至乾隆五十六年（1712—1791）人，字宏度，号笠湖，江苏常州府金匮县（今无锡市）人，是清代著名戏曲作家，乾隆朝举人。曹雪芹与之差不多为同龄人，看到他所创作的戏剧当也在情理之中。

剧中"可借此寒潭止水，一照俺本来面目"正是禅宗"明心见性"之语，作者借此影射宝玉中举后随僧道出家，渡过长江，止于镇江府"龙潭"镇，故后来便在其东不远处的常州"毗陵驿"告别贾政，到大荒山、青埂峰"撒手悬崖"而大彻大悟。今本后四十回宝玉中举后出家，只写到"毗陵驿别贾政"，未写到脂批所言的"撒手悬崖"场景，但书末"我所居兮青埂之峰，我所游兮鸿蒙太空。谁与我逝兮吾谁与从？渺渺茫茫兮归彼大荒"之歌，便是宝玉在自己人生的悬崖边勒马的"撒手悬崖"的意境，只是字面上并未点明"悬崖撒手"四个字罢了。

后四十回没写到脂批所提到的"寒冬噎酸齑，雪夜围破毡"的出家境况，又没写到这第五出戏所影射的宝玉在镇江"龙潭"睹长江水而悟道，这便是程伟元、高鹗所言的"他们所找到的后四十回缺了几回"，而这便是其中缺掉的一回，但"寒冬噎酸齑，雪夜围破毡"恐非回目中语而脂砚斋得见其稿（见本书"第一章、第三节、七"有论），是写宝玉随僧道出家后，从中举的"长安"（实即南京）赶到毗陵驿（今常州）贾政船头向父亲做当面一别时，一路所经历的情境，其中必有在"镇江龙潭"睹水而明心见性的悟道之事。

由此可见，后四十回必是曹雪芹原稿且为残稿。因为后四十回如果是他人来续写的话，此戏剧影射的事情甚明，此续书人如何不把自己所续戏文的影射

---

① 有人说此戏是明朝人张凤翼《祝发记》中的《渡江》一折，写达摩与徒弟法整相约"招提寺"，因被志公和尚认出达摩是观音大士到世上来传佛心印，便"一苇渡江"避地江北。但达摩这是渡江北上传法，不是"回去"，与书中"达摩带徒弟过江回去"的"回去"两字不合，故知非是。而清代与曹雪芹同时代的常州府无锡人杨潮观的杂剧《大葱岭只履西归》正是写达摩带徒弟过江回去，写到海中兵将、天龙八部，也近乎是海市蜃楼。又储著炎《百廿回本〈红楼梦〉第八十五回折子戏〈达摩渡江〉考论》（见《红楼梦学刊》2015 年第二辑），考这出戏是阮大铖《牟尼合》第 26 出"芦渡"，写达摩与徒弟萧思远一苇渡江回去，见到海市蜃楼。笔者暂取杨潮观说。

之事充分写明？由此一端，也可想见今本后四十回乃残稿而非续书。残稿因残缺，故其情节便会"发了源头而无下文"；若是续书，则所有情节皆是同一人所续，焉能首尾无应？

又妙玉遭劫事，第 112 回言："且说那伙贼原是何三等邀的，……大家且躲入窝家，到第二天打听动静，知是何三被他们打死，已经报了文武衙门，这里是躲不住的。便商量趁早归入海洋大盗一处去，若迟了，通缉文书一行，关津上就过不去了。"而海洋大盗与上引第 86 回唱戏所言的"正扮出些海市蜃楼"的"海"字亦相吻合。又此杂剧是达摩至葱岭的"龙潭"西海，而《红楼梦》是说"第五出是达摩带着徒弟过江回去"，达摩显然影射的是癞头和尚，这场戏是达摩回老家天竺，影射的便是癞头和尚带着新收的徒弟贾宝玉回老家（即回"太虚幻境"警幻仙子处归案）。

书中的假话体系是说贾府在"长安"，在天子脚下的北京①；书中的假话体系又说贾府的老家在金陵南京②，在江南。于是在假话体系中，从"长安（北京）"回老家南京便要过长江，所以这出戏影射的便是：癞头和尚带着新收的徒弟贾宝玉过长江回江南甄家（真家）、也即江南老家"南京"。而过长江时，必须得（děi）从扬州的瓜州走，对岸就是镇江京口。从京口到金陵江宁要过"龙潭"。其处之江古称"扬子大洋江"，正在江海交接处。

靠近大陆架的大海称"海洋"，"江洋"即江海交接处，因此长江与东海交会处的镇江到南通一带的长江江面上的海盗，便被称作"江洋大盗"；上引第 112 回称之为"海洋大盗"，由其做"海洋大盗"，也可明白妙玉最后当被劫往"龙潭"附近的镇江京口。

第 112 回："却说这贼背了妙玉，来到园后墙边，搭了软梯，爬上墙，跳出去了，外边早有伙贼弄了车辆在园外等着。那人将妙玉放倒在车上，反打起官衔灯笼，叫开栅栏，急急行到城门，正是开门之时。门官只知是有公干出城的，也不及查诘。赶出城去，那伙贼加鞭，赶到二十里坡，和众强徒打了照面，各自分头奔南海而去。不知妙玉被劫，或是甘受污辱，还是不屈而死，不知下落，也难妄拟。""南海"即南方的大海，好像在今天的广州。其实观世音菩萨的道场就在"南海普陀山"，而普陀山正对钱塘江口，可见长江口与钱塘江口处的海洋今天称为"东海"，而古代则称为"南海"。由此可见，那伙贼人抢到妙玉后，是加入到长江口处的"江洋大盗"中去。（按"江洋大盗"即书中所称的"海洋大盗"，乃一回事。）

第 113 回："渐渐传到宝玉耳边，说：'妙玉被贼劫去。'又有的说：'妙玉凡心动了，跟人而走。'宝玉听得，十分纳闷：'想来必是被强徒抢去。这个人必不肯受，一定不屈而死。'但是一无下落，心下甚不放心，每日长嘘短叹，还说：'这样一个人，自称为"槛外人"，怎么遭此结局？'又想到：'当日园中何

---

① 其实，真话体系贾府就在南京。
② 其实，真话体系贾府现在就在南京。即书中所写的南京就好比是镜像中的南京，而原型的南京就好比是镜子外的南京，两者都在南京。

等热闹，自从二姐姐出阁以来，死的死，嫁的嫁。我想她一尘不染，是保得住的了，岂知风波顿起，比林妹妹死的更奇。'由是一而二、二而三，追思起来，想到《庄子》上的话，虚无缥缈，人生在世，难免风流云散，不觉的大哭起来。"由于强人劫妙玉入了"江洋大盗"，故妙玉当来到镇江一带，而宝玉最后随癞头和尚到镇江龙潭来时又会经过瓜州，或在此处能碰到坐在船头被劫后成了"压寨夫人"的妙玉，真是"槛外人"妙玉最后身陷红尘，而"槛内人"宝玉却出了家，堪称世情如鬼、讽刺深刻。

但第 117 回言明妙玉未做压寨夫人，而且死在宝玉出家到龙潭之前：

众人又道："里头还听见什么新闻？"两人道："别的事没有，只听见海疆的贼寇拿住了好些，也解到法司衙门里审问。还审出好些贼寇，也有藏在城里的，打听消息，抽空儿就劫抢人家。如今知道朝里那些老爷们都是能文能武，出力报效，所到之处，早就消灭了。"众人道："你听见有在城里的，不知审出咱们家失盗了一案来没有？"两人道："倒没有听见。恍惚有人说是有个内地里的人，城里犯了事，抢了一个女人下海去了。那女人不依，被这贼寇杀了。那贼寇正要跳出关去，被官兵拿住了，就在拿获的地方正了法了。"众人道："咱们栊翠庵的什么妙玉，不是叫人抢去，不要就是她罢？"贾环道："必是她！"众人道："你怎么知道？"贾环道："妙玉这个东西是最讨人嫌的。她一日家①捏酸，见了宝玉就眉开眼笑了。我若见了她，她从不拿正眼瞧我一瞧。真要是她，我才趁愿呢！"众人道："抢的人也不少，哪里就是她？"贾芸道："有点信儿。前日有个人说：她庵里的道婆做梦，说看见妙玉叫人杀了。"众人笑道："梦话算不得。"邢大舅道："管她梦不梦，咱们快吃饭罢。今夜做个大输赢。"

此第 117 回点明妙玉最后的下场未做"压寨夫人"，而且因为不愿顺从劫贼②，在出海关前夕被杀；而这伙贼人是在海疆被逮住正法的，所以妙玉当在海疆附近被杀，而镇江京口与龙潭正是江防、海防的双重要塞。第 119 回宝玉出家后来到龙潭时，妙玉已死，但会听到当地人所说的妙玉遭遇而有一番感慨与哀悼。

故第 5 回妙玉之画是："画着一块美玉，落在泥垢之中。"其判词是"欲洁何曾洁，云空未必空。可怜金玉质，终陷淖泥中。"其《红楼梦曲》是："第七支《世难容》：气质美如兰，才华阜比仙。（甲侧：妙卿实当得起。）天生成孤僻、人皆罕。你道是：啖肉食腥膻，（甲侧：绝妙！曲文填词中不能多见。）视绮罗俗厌。却不知：太高人愈妒，过洁世同嫌。（甲夹：至语。）可叹这、青灯古殿人将老，辜负了、红粉朱楼春色阑。到头来，依旧是风尘肮脏违心愿。好一似，无瑕白玉遭泥陷；又何须，王孙公子叹无缘。"所有人看过后，都可以想见妙玉的结局便是身陷贼窟，但很少有人会料到她在贼窟中不屈而死、未受玷污。由于妙玉是配角，作者便将她的结局一笔带过，借第 117 回众人之口说一下便算

① 一日家，整日里。
② 关于妙玉因不从而未受玷污，详见本书"第二章、第四节、二、（五）"论妙玉结局时的页底小注。

交代完毕。

又靖藏本第 41 回妙玉不收刘姥姥喝过的成窑杯这一节，有眉批："妙玉偏辟处，此所谓'过洁世同嫌也'。他日瓜州渡口劝惩，不哀哉。屈从红颜，固能不枯骨各示■。"然靖藏本有作伪之嫌，故不敢采信。考其作弊之线索当是：后四十回提及妙玉被强盗劫持后出海，而《红楼梦》原型又在南京（其名"石头记"，便意味着全书是记载发生在石头城的作者曹雪芹的年少往事，故知全书故事发生的地点当在石头城南京），其旁的镇江位于江海之交，是海防、江防的双重要塞；镇江对岸的瓜州又是妙玉被劫后出江入海的必经之地，作伪者或涉此而猜想后四十回当有妙玉"瓜州渡口"的情节，遂伪造出上述批语。这一逻辑过程仍属有迹可寻，故靖藏本此批未必可信（即很可能是杜撰、伪造）。

二、借鉴戏剧的创作手法来写小说

作者善于借鉴戏剧的创作手法来写小说。如：戏剧中常借人物对话来把情节交代给读者，而用不着再把情节表演给观众，书中同样借鉴这一手法，通过人物的对话来交代情节，不用再对这一情节做具体描写，这是作者为了突出全书的"主旨、主线（宝黛爱情）"，而将次要情节一笔带过的惯用手法，就像绘画中的白描那般，寥寥数笔便传神写照、不事铺陈。

比如第 2 回"冷子兴演说荣国府"，借其口来交代全书的人物关系。

今本后四十回中第 104 回并没有展开来写回目所标示的"醉金刚小鳅生大浪"的具体情节，真让人误会这是高鹗找到的后四十回稿子有残缺的缘故。其实曹雪芹只想借"醉金刚"倪二的嘴，把他如何撼倒贾府的预谋，在前一晚上说一遍而已，此后便再也不写他如何按照这些步骤来实施，其实就是按照上述的既定计划付诸实施，作者文笔可谓"笔扫千军"。

同理，第 105 回只正面描写荣府如何抄家，而宁府如何抄家便借焦大之口来做交代，这也是"一笔带过"，以免与荣府的抄家犯重，同时又可节省大量的篇幅。此回也没有写到回目中所标举的"骢马使弹劾平安州"的具体情节，只是借薛蟠之嘴，把他打听来的御史如何参劾此事给交代一下而已，也可谓"一笔带过"。

第 117 回仍是运用这一戏剧笔法，通过赖、林两家子弟的嘴，交代"贾雨村扛枷锁"的狼狈模样及其所犯罪状。

以上都是作者的"不写之写"，可以省去大量篇幅，突出更为精华的内容，这种手法便是脂批所批的"《石头记》得力处"之一。为何要做这种略写？便是因为全书的主线情节是"宝黛爱情"，此外的人和事全都是"虚陪"，作者无不奉行"能省则省、一笔带过"的原则，借助人物之口交代描述一下，纯用白描的笔法，而不用工笔彩绘来具体描写其情节。

至于前八十回与后四十回的手法相通处还有许多，例如曹雪芹"随事立名"的起名法，本书"第二章、第二节、二、（一）"已有详论。又如"伏笔暗示法"，见笔者《宁荣府大观园图考》"第三章、第五节、七、（5）"之"●后四十回之

第 111 回"。又如"重作轻抹法"①，见笔者《红楼时间人物谜案》"第一章、第三节、第 117 回"。

三、附论：前八十回所体现的创作手法举例

第 1 回石头向空空道人自述自己身上的这段故事有何与众不同时，提到本书"不敢稍加穿凿，徒为供人之目而反失其真传者"，甲戌本眉批指出此书中运用到的作者亲自发明的小说手法有："事则实事，然亦叙得有间架、有曲折、有顺逆、有映带、有隐有见、有正有闰，以致草蛇灰线、空谷传声、一击两鸣、明修栈道、暗渡陈仓、云龙雾雨、两山对峙、烘云托月、背面敷粉、千皴万染诸奇。书中之秘法，亦不复少。余亦于逐回中搜剔刮剖，明白注释，以待高明，再批示误谬。"今试对其中三法谈谈自己的理解：

（一）两山对峙法

此"两山对峙"法即"对峙立局、对仗构思"，书中应用甚多。因为古代章回小说上半回与下半回的回目应当对仗，作者为了让回目对仗起来，有时会把可以对仗的事情并到一回来写。换句话说，改稿时，为了保证回目对仗，会把有关情节移到一处来写，这就导致全书一回之中"对峙立局、对仗构思"的例子很多。同时也会改变事件原型的时序。

如第 42 回戚序本总评："摹写富贵，至于家人、女子无不妆点，论诗书、讲画法，皆尽其妙，而其中隐语，惊人、教人，不一而足，作者之用心，诚佛菩萨之用心也。读者不可因其浅近而渺忽之。"即此回借宝钗教育黛玉什么书可以看，什么书不可以看，表达了作者对"诗书"的一番高论；然后又借众人为惜春参谋如何绘制大观园图，又把作者心中对绘画的一番高见，借宝钗之口尽数说出，此一回既讲书，又讲画，显然就是"书"与"画"对峙立局。

又如第 44 回"变生不测凤姐泼醋、喜出望外平儿理妆"，写贾琏与鲍二家的偷欢被凤姐抓奸，牵怒平儿，平儿到"怡红院"避难，因哭泣而需要理妆，于是便在"怡红院"补妆，脂批点明作者是在借平儿来展示"怡红院"中诸艳如何化妆事。此回回末戚序本有总评："富贵少年多好色，哪如宝玉会风流？"点明此回也是对峙立局。即：上半回是写贾琏的皮肤滥淫，下半回便写宝玉喜出望外地能在自己房内看到平儿理妆，别是一种风流，两者形成鲜明对比，表现出贾琏与宝玉在情爱问题上的本质区别，即书中所写的：宝玉"忽又思及贾琏惟知以淫乐悦己，并不知作养脂粉。"点明贾琏好淫而寡情（"惟知以淫乐悦己"），而宝玉则多情而不淫（知道如何"作养"即调养培育、珍惜爱护"脂粉"女子）。

① 见第 27 回"只见宝钗、探春正在那边看仙鹤"，庚辰本有眉批："《石头记》用'截法、岔法、突然法、伏线法、由近渐远法、将繁改简法、重作轻抹法、虚敲实应法'种种诸法，总在人意料之外，且不曾见一丝牵强，所谓'信手拈来无不是'是也。"

再如第 63 回"寿怡红群芳开夜宴、死金丹独艳理亲丧"亦是对峙立局，即回末戚序本总评："宝玉品高性雅，其终日花围翠绕，用力维持其间，淫荡之至，而能使旁人不觉，被人不厌。贾蓉不分长幼微贱，纵意驰骋于中，恶习可恨。二人之形景天渊，而终归于邪，其滥一也，所谓五十步之间耳。持家有意于子弟者，揣此以照察之可也！"即此回上半回写宝玉庆生夜宴有众芳相伴，仅其一男，可谓风流至极；而下半回写贾蓉丧服中与姨娘、丫环调戏，淫荡至极，两人形成鲜明对照。批者又点明两人本质皆为淫滥（宝玉是意淫而贾蓉是肉欲之淫），两者是五十步笑一百步，正是警幻"知情更淫"、意淫（重情）与肉淫（多欲）皆"淫"（此用的是"淫"字的深陷意）之旨的体现。

另一类"两山对峙"法，便是不同回之间的对比构思，如第 80 回写天齐庙的住持道士王一贴，与第 29 回"清虚观"的住持张道士两者各不相同，故第 80 回庚辰本有夹批："王一贴又与张道士遥遥一对，特犯不犯。"亦体现出作者"对峙立局、对仗构思"的旨趣。又黛玉与宝钗两人作为全书最重要的一对女主角，情节、戏份不相上下，两人处处对峙立局，如第 3 回黛玉入贾府，与第 4 回宝钗入贾府两相对峙；又如第 38 回"林潇湘魁夺菊花诗、薛蘅芜讽和螃蟹咏"，上半回黛玉菊花诗得第一，下来便写宝钗咏螃蟹第一，才情不相上下。

（二）云龙雾雨法

云雾中的龙，每处只露一小块，而非尽展众人眼前。

第 74 回"惑奸谗抄检大观园"戚序本回前总批："司棋一事，在七十一回叙明，暗用山石伏线，七十三回用绣春囊在山石上一逗便住，至此回可直叙去，又用无数曲折渐渐逼来，及至司棋，忽然顿住，结到入画①，文气如黄河出昆仑，横流数万里，九曲至龙门，又有孟门、吕梁峡束，不得入海。是何等奇险怪特文字，令我拜服！"

所言即作者第 71 回"鸳鸯女无意遇鸳鸯"写司棋与潘又安在假山石后苟合而为鸳鸯撞破。作者故意等到第 73 回"痴丫头误拾绣春囊"，来写傻大姐"忽在山石背后得了一个五彩绣香囊"，即捡到潘又安慌乱逃走时不慎遗失的东西。然后作者又要到第 74 回，方才彻底写到司棋与潘又安约会的"大红双喜笺帖"被追查到。其笔法犹如黄河入海，曲曲折折，从不平铺直叙，正是那种不是一眼就能看穿的"雾雨"中的"云龙"模样。笔法高妙，令人佩服。

（三）三染法

"三染法"即一件事分在三处、乃至更多处，从不同侧面来描写。

第 2 回"冷子兴演说荣国府"甲戌本回前总批："此回亦非正文，本旨只在冷子兴一人，即俗谓'冷中出热，无中生有'也。其演说荣府一篇者，盖因族大、人多，若从作者笔下一一叙出，尽一二回不能得明，则成何文字？故借

---

① 指惜春丫环入画被查抄到一包男人衣物和一大包金银，其实是她哥寄存在她那儿的。

用冷子一人，略出其大半，使阅者心中，已有一荣府隐隐在心，然后用黛玉、宝钗等两三次皴染，则耀然于心中、眼中矣。此即画家三染法也。"

这说的便是第2回"冷子兴演说荣国府"交代清楚贾府的人员构成，第3回"黛玉进贾府"交代清楚贾府的空间布局，第4回贾雨村审薛蟠案，借"护官符"交代清楚贾府的社会关系网，这便是贾府的"三染"，为的就是全方位地立体展示故事的背景信息——人员背景、空间背景、社会背景。

此批言明第2回非正文，则与之功能相同的第3、4回也非正文便可知矣。所以根据这条批语便可得知：第1~4回皆是引子、而非正文；全书正文当从第5回开始，其回目"开生面梦演《红楼梦》、立新场情传幻境情"特地用"《红楼梦》""开""场"这五个字，来标明《红楼梦》全书正式开场于这一回。

今再举一例，即甄家抄家事，作者以此来影射自己的真家（曹家）如何先自己抄家而成了真要被抄家的引子，然后自己的真家（曹家）又如何在抄家后转移财产的这一真事。

第71回凤姐说："内中只有江南甄家一架大屏十二扇"，庚辰本夹批："好，一提甄事。盖真事将显，假事将尽。"指明"假事将尽，真事将显"之旨。第74回"抄检大观园"时，探春说："你们今日早起不曾议论甄家：'自己家里好好的抄家，果然今日真抄了。'咱们也渐渐的来了。可知这样大族人家，若从外头杀来，一时是杀不死的，这是古人曾说的'百足之虫，死而不僵'，必须先从家里自杀自灭起来，才能一败涂地！"说着，不觉流下泪来。"自己家里好好的抄家，果然今日真抄了"句，庚辰本有夹批："奇极！此曰甄家事。"即言真家（也即我曹家）就是这样先自己抄起家来、自杀自灭、加速完蛋，然后再是外面来抄家；庚辰本此批无非是言："抄检大观园"是真事（甄家事=真家事=真的自己家的事），曹家就是先自己抄家后不久而被抄家，自己抄家便是自己家要被官府抄家的先兆。

第75回尤氏想到王夫人上房处去，老嬷嬷说："才有甄家的几个人来，还有些东西，不知是作什么机密事。奶奶这一去恐不便。"尤氏说："昨日听见你爷说，看邸报甄家犯了罪，现今抄没家私，调取进京治罪。怎么又有人来？"老嬷嬷说："正是呢。才来了几个女人，气色不成气色，慌慌张张的，想必有什么瞒人的事情也是有的。"于是尤氏便往李纨处来。庚辰本夹批："前只有探春一语，过至此回又用尤氏略为陪点，且轻轻淡染出甄家事故，此画家未落墨之法也。"

又此回次日配凤对尤氏说贾珍在外吃早饭（即中午饭）："爷说早饭在外头吃，请奶奶自己吃罢。"这时尤氏问："今日外头有谁？"配凤答："听见说外头有两个南京新来的，倒不知是谁。"可以想见是甄府前来寄存；因事情机密，故不敢公开来人的身份。何以知晓第75回王夫人处有甄家的人来送东西便是寄存？这就得靠后四十回中的第107回贾母说："江南甄家还有几两银子，二太太那里收着"来交代清楚。

以上便是同一件事情作者经常不一次性挑明，而是多次渲染，这就是脂砚斋所说的"画家三染法"。

第七节　对"后四十回高鹗或其他无名氏所续"说的反思

一、《红楼梦》全书 120 回肯定已写完，今天流传的是前八十回的定稿加后四十回的初稿

　　曹雪芹生前肯定已把《红楼梦》120 回全稿写完。因为《红楼梦》第 1 回言曹雪芹在"悼红轩"中把这书"增删五次，批阅十载，纂成目录，分出章回"，可见他定稿花了十年工夫。这一定稿的过程，其实就是把此前草创之稿连改五遍，形成第五稿这一定稿。

　　由于是七八十万字的长篇巨著，每一稿不编目录那是不可想象的，所以他每一稿都应当编有目录，因此"纂成目录，分出章回"并非是在说最后第五稿才如此，而应当是一至五稿全都如此。

　　由其"五易其稿"时目录已经定好，便可证明《石头记》全书 120 回已经完稿。因为全书如果没有写完，只写了八十回，作者是不可能去做分章回的编目工作的[①]；只写完八十回，放着后四十回不去写，就来修改五遍，那更加不可能。据此来看，曹雪芹生前《红楼梦》120 回的书稿肯定已经完成。

　　甲戌本第一回的眉批："壬午除夕，书未成，芹为泪尽而逝。"画线部分是说全书尚未完全定稿，并不是说全书 120 回的第五稿尚未完成。从"甲戌本"来看，曹雪芹在甲戌年便已完成前八十回第五稿的定本工作，到"壬午年除夕"逝世又有整整九年时间，后四十回第五稿定稿的完成，从时间上来看，也显得绰绰有余。因此后四十回肯定是在曹雪芹逝世前便已完全定稿，只不过作者生前没让人传抄流传，只有一个孤本保存在家中，死后便因家人保管不善而最终遗失。程伟元与高鹗找到的后四十回，应当是能抄到作者原稿的脂砚斋等人手中流出，而且是作者定稿前的某一稿，或定稿前某几稿的混合稿。

　　作者为何不愿流传后八十回？其原因历来认为有二：一是怕惹文字狱而不敢流传，二是创作过程中有所残缺而无法流传。

　　作者之所以只愿流传前八十回，便是因为后四十回写到了抄家，政治敏感性太强，不敢向外流传。而且最初稿结局可能写得太惨（"落了片白茫茫大地真干净"），家人传阅时，甚感这种写法预示着家族没有了复兴的希望，而且写得太惨，也会让人感到其中有对皇上的不满和怨恨，容易遭受文字狱的追究。再者，悲剧会令读者的心情郁闷不畅，不利于读者的身心健康；而大团圆的喜剧

---

　　① 在书没写完的情况下，任何作者都是没有心情去做全书的编目工作的。

结尾，如作者在抄家惨况后的第119回加上一笔"所抄家产全行赏还"，便可以让人扬眉吐气，有利于读者的身心健康。

所以在亲友的好心规劝下，作者不得不把结局改成"兰桂齐芳、家道复初"，而且还在书中加了些颂圣语，如第1回言："然后好携你到那昌明隆盛之邦"，又称此书："君仁臣良、父慈子孝，凡伦常所关之处，皆是称功颂德，眷眷无穷，实非别书之可比。"再如第13回秦可卿佛事榜文："四大部州至中之地，奉天承运太平之国。"又如第18回贾政见元妃时所说的颂上之语"今上启天地生物之大德，垂古今未有之旷恩，虽肝脑涂地，臣子岂能得报于万一"等。

后四十回除了怕招惹文字狱而未流传外，脂批又提到某位曹家的至亲好友在借阅时，弄丢了其中"抄家、狱神庙、花袭人"那几回。即第26回脂批："狱神庙红玉、茜雪一大回文字惜迷失无稿"，第20回脂批："'花袭人有始有终'……与'狱神庙慰宝玉'等五六稿被借阅者迷失"，第27回脂批："此系未见'抄没'、'狱神庙'诸事"。残缺不全，也可能是导致后四十回虽然写完但却未能流传的一大原因。

有人把上述遗失说成是曹家家长的有意扣留。即：曹家家长命令曹雪芹把故事改成好的结局后，仍怕后四十回的抄家情节流传出去后，会引起皇上的猜忌，于是正告曹雪芹："这后四十回务必等我们全死了才能流传！"后四十回在作者生前便罕有流传了。曹家家长还特地把"抄家"那几回扣留下来，这样的话，作者也就无法把不全的后四十回给流传出去，连作者最亲密的脂砚斋和畸笏叟都无法看到被扣留的那几回。

这一想法在未证明脂砚斋就是曹家最高家长曹頫的情况下，有一定的合理性。即：家长和脂砚斋是两个人，家长扣留后，脂砚斋便看不到了。但笔者《宁荣府大观园图考》"第一章、第二节、五"通过书中内证，证明脂砚斋就是曹頫，这就意味着曹家最高家长与脂砚斋其实是同一个人。家长脂砚斋扣留时，肯定能读到所扣留的那几回情节，脂批却写明自己没读到过那几回文字，这就证明"扣留"说不能成立。这几回应当还是脂批所说的：作者某位好友在脂砚斋未读到之前的誊清阶段，便把曹雪芹那几回的稿子给借走弄丢了，这就导致后四十回迟迟不能面世。

那程伟元、高鹗为什么又能找到迷失了的"袭人有始有终"、"抄没"那两回？这便是因为第五稿定稿虽然迷失了这几回，但作者此前几稿中有这两回，其稿在作者生前便已被脂砚斋以外的、作者另一位或另几位好友抄出，在极小范围内流传，后来被程高二人千方百计给收集到了。这作者定稿前的后四十回在脂砚斋那边未有流传，脂砚斋誊清的是作者后四十回的定稿而迷失了几回，脂砚斋在作者死后，之所以不把手中的后四十回定稿流传出来，便因为其稿有所残缺的原故。

需要指出的是，本章"第八节"推翻了上述的猜测。笔者经过"第八节"的研究，认定脂砚斋根本就读不到第五稿的后四十回。而且除作者本人外，应当没有一个人能读到第五稿的后四十回。这第五稿的后四十回不是脂批所说的迷失几回的问题，而是全部迷失了。脂砚斋读到并拥有的是第一稿的后四十回，这一后四十回后来落到程伟元手中，也就是今天我们所读到的后四十回。

第五稿的后四十回定稿脂砚斋读不到，而且还是所有人都读不到，因此脂砚斋也就无从知晓其中是否有迷失，脂批所说的迷失了几回，其实说的是他誊录到的第一稿有几回迷失了。

脂批所说的迷失了几回，不是第五稿的迷失，而是第一稿的迷失，而且还只是脂砚斋那儿有迷失，并不代表其他人那儿也迷失。因为其他人完全可以在脂砚斋过录前的第一稿尚未残缺时抄到第一稿，他们也可能会过录到第二至第四稿中的后四十回。程高二人收集到脂批所说的已迷失的"袭人有始有终"、"抄没"那两回，便是从脂砚斋以外的其他人手中得来；其为第一至第四稿都有可能，"似乎"应当不大可能是第五稿，但我们也不能排除其中会有少量是第五稿残稿的可能（详后"第八节、三"小注言曹雪芹第五稿被当作纸钱焚烧、抛撒时，可能会有部分未做成纸钱烧掉、抛掉，或被有心人在抛掉后又从路上拾回）。

二、程高之序声称后四十回是曹雪芹原稿为可信

乾隆五十六年辛亥（1791），程伟元用活字印刷出版了120回《红楼梦》的程甲本，书首有程伟元、高鹗两人分别作的序。

程伟元在其程甲本序言中说："《红楼梦》小说本名《石头记》，作者相传不一，究未知出自何人，惟书内记'雪芹曹先生删改数过'。好事者每传抄一部，置庙市中，昂其值，得数十金，可谓不胫而走者矣。然原目一百廿卷，今所传只八十卷，殊非全本。即间称有全部者，及检阅，仍只八十卷，读者颇以为憾。不佞以是书既有百廿卷之目，岂无全璧？爰为竭力搜罗，自藏书家，甚至故纸堆中，无不留心。数年以来，仅积有廿余卷。一日，偶于鼓担上得十余卷，遂重价购之，欣然繙阅，见其前后起伏，尚属接笋，然漶漫不可收拾。乃同友人细加厘剔，截长补短，抄成全部，复为镌板，以公同好，《红楼梦》全书始至是告成矣。书成，因并志其缘起，以告海内君子。凡我同人，或亦先睹为快者欤？小泉程伟元识。"

程伟元提到他亲自看到过《红楼梦》全书120回目录，这便从理论上证明作者肯定写完全书，后四十回肯定存在（因为回目一般都是在书稿完成后，为总结全书情节而编；没有人会不写完全书情节，便来编纂回目）。而程伟元最终又搜集到后四十回的三十几卷残稿，更以物证的形式证实了这一点，同时也表明他收集并出版的今本后四十回不是高鹗所作，而是曹雪芹的原稿。

至于有人怀疑程伟元上了当、受了骗，误把自己找到的三十几卷后四十回当成是曹雪芹的原稿，其实是他人的伪续。则笔者《宁荣府大观园图考》《红楼时间人物谜案》，以及本书《后四十回完璧归曹》，已全方位、多角度、成系统地论证清楚：从空间到时间、从主旨到细节、从脂批等各个方面来看，后四十回与前八十回都是同一个人所作的无法割裂的完整的艺术整体。因此程伟元没有上当受骗，他找到的后四十回就是曹雪芹的原稿，而不是其他别有用心者（某

"无名氏",包括曹雪芹家的某人)依傍后四十回回目或前八十回脂批所作的伪续。

如果今本后四十回真是他人依傍前八十回脂批所作,便不会出现本章"第一节、十三"所论的"大局不续、细节全合"的怪异情况,故知今本后四十回绝对不是他人依傍前八十回脂批所作的续书。

如果今本后四十回真是他人依傍《红楼梦》全书120回回目中的后四十回回目续作,那就应该一下子全部提供,而不可能煞费苦心地分成若干次提供(程伟元序指出:后四十回是他分若干次收集到的),而且还缺掉两三回。既然这造伪者是根据当时流传于世的后四十回回目续作,便不可能在伪续时还有意把回目改掉,程高二人在刊刻时更没理由要把回目改掉,因为看得到后四十回回目的人很多,不改回目便能和众人看到的完全相同,从而更能证明此稿为真而非伪,主动改易回目岂非让人怀疑其稿有伪?既然伪续者与出版者都不可能改易后四十回回目,则看到过《红楼梦》全书120回回目的裕瑞,便不应当说他看到过的回目与今本后四十回回目不同。由裕瑞言其不同,而且还说是"迥然不同"①,便无可辩驳地证明:今本后四十回绝对不可能是他人依傍众人所能看到的后四十回回目来伪续。

高鹗在程甲本的序言中说:"予闻《红楼梦》脍炙人口者,几廿余年,然无全璧,无定本。向曾从友人借观,窃以'染指尝鼎'为憾。今年春,友人程子小泉过予,以其所购全书见示,且曰:'此仆数年铢积寸累之苦心,将付剞劂、公同好。子闲且惫矣,盍分任之?'予以是书虽稗官野史之流,然尚不谬于名教,欣然拜诺,正以波斯奴见②宝为幸,遂襄其役。工既竣,并识端末,以告阅者。时乾隆辛亥、冬至后五日、铁岭高鹗叙并书。"

68天后的乾隆五十七年壬子岁(1792),程高二人又出版了程乙本,并合写了《引言》,其中提道:"书中后四十回,系就历年所得,集腋成裘,更无它本可考。惟按其前后关照者,略为修辑,使其有应接而无矛盾。至其原文,未敢臆改,俟再得善本,更为厘定,且不欲尽掩其本来面目也。……壬子花朝后一日小泉、兰墅又识。"

以上两篇序言都再次强调:《红楼梦》后四十回书稿是程伟元搜集到的曹雪芹的原稿,不是高鹗续写,程高二人只是做了"略为修辑"的编辑工作,而且他们还一再强调自己对原文"未敢臆改"。

根据以上三篇序言便可明白:书商程伟元知道,在世人只能读到《红楼梦》前八十回的情况下,一旦找到并出齐全本《红楼梦》必能获利。他于是根据《红

---

① 见清人裕瑞《枣窗闲笔》之"《后红楼梦》书后":"八十回书后,唯有目录,未有书文。目录有'大观园'、'抄家'诸条,与刻本后四十回'四美钓鱼'等目录迥然不同。"
② 见,当读"现",两字古通。现宝,即献宝。按:"波斯人献宝、进宝"是吉祥的题材,明清以来以此为题材的工艺品层出不穷。古人便以"波斯献宝"指故意向人炫耀自己的宝物、好东西或才华、才能,包含讽刺意味。

楼梦》120 回的目录，竭力到藏书家那儿去寻找，特别是到与曹雪芹、脂砚斋有关的人士家中去寻找。功夫不负有心人，数年来终于找到二十余卷，有一天又从货郎担上一下子获得十余卷，于是重价买下，合起来共有三十余卷。曹雪芹被友人借失的那几回很可能不复存在，整个人间估计也就只剩这三十几卷了，程伟元这才在自己的寻找工作中放弃努力，进入书稿的编辑阶段。这些书稿漶漫而难以收拾，于是程伟元聘请高鹗补缀，匀成 40 回，修订了回目，用木活字出版了"程甲本"，公诸同好，《红楼梦》从此得以成为全书，程高二人功不可没。

关于上述三篇序言，程伟元、高鹗同时代的人很少有人怀疑，清人续《红楼梦》全都从第 120 回续起，没有从第 80 回续起的，这便是很好的证明。如果程伟元、高鹗所言有假，是不可能如此"一手遮天"的，而好事者更不会买程高二人的账而从第 80 回续起。既然当时人全都没有大的异议，说明这三篇序言已经经过当时公众和学人们的审查而被采信，则这三篇序言所说之事，今人在没有确凿证据的情况下，便不可以轻易否定而认定程高二人在撒谎。

前八十回的脂批多处提到后四十回的内容（"伏线千里"），如果后四十回没有写完，脂砚斋在批阅前八十回时，是不可能知道后四十回中的具体情节的。之所以今天只有前八十回流传，不是说后四十回没有写完，而是说：前八十回定稿先传，后四十回仍在改稿中；后四十回虽然定稿未能流传，但其初稿已为脂砚斋拥有并读到；后四十回并非没有写完，而是已经写完，只不过仍在改定中而未定稿罢了。

后四十回第五稿虽然未能定稿或定稿后未能流传，但由于后四十回其实已成稿，所成的第一至第四稿会在作者最亲密的朋友圈中，以极小的范围流传，程伟元得到后四十回中某一稿或某几稿杂合稿的可能性完全存在，因此程高二人序中所言当属可信。

吴晓铃先生所藏舒序本前有"乾隆五十四年……舒炜元序"："惜乎《红楼梦》之观，止于八十回也：全册未窥，怅神龙之无尾；阙疑不少，隐斑豹之全身。……漫云用十而得五，业已有二于三分。……核全函于斯部，数尚缺夫秦关。""秦关百二"一词见《史记·高祖本纪》，这里用其"一百二十"之意，因此画线部分便能清楚证明：乾隆五十六年（1791）程伟元出版"程甲本"时，所作序言中提到的《红楼梦》全书 120 回目录（"是书既有百廿卷之目"）完全存在而非谎言。

清人周春《红楼梦随笔》中的"《红楼梦》记"亦言："乾隆庚戌秋，杨畹耕语余云：'雁隅以重价购钞本两部：一为《石头记》八十回，一为《红楼梦》一百二十回，微有异同。爱不释手；监临省试，必携带入闱，闱中传为佳话。'时始闻《红楼梦》之名，而未得见也。壬子冬，知吴门坊间已开雕矣。"可见乾隆五十五年（1790）庚戌，就有人买到过 120 回本的《红楼梦》抄本，其前八十回的部分，与当时流行的前八十回本"微有异同"。这一记载足以证明：乾隆五十六年程伟元获得《红楼梦》120 回中的后四十回残稿，这也是完全合乎情理的。

程伟元是苏州人，程甲本、程乙本是用木活字出版于苏州的书坊"萃文书屋"，即周春所谓的"壬子冬，知吴门坊间已开雕矣"，壬子即乾隆五十七年（1792），正是程乙本出版之年，而"吴门"便是苏州，正是"萃文书屋"所在地，只不过周春听到的传言略有讹误，即：程乙本是活字版印行，而不是他所说的雕版印刷（"开雕"）。或苏州又有书坊得"程甲本"后，在程甲本出版那年冬天的次年，也即程乙本出版那年（乾隆五十七年）的冬天，用雕版印刷的方式来出版《红楼梦》这部书。

由于有上述两条史料证明程高二人序言中所说的"《红楼梦》全书有 120 回回目、后四十回实有其书——'是书既有百廿卷之目，岂无全璧'"完全可信。因此，在找不到任何实质性证据证明程高二人序言撒谎之前，程、高序中所言的"后四十回是曹雪芹原稿、高鹗只做了补缀编辑的工作"便无可辩驳。我们便应当尊重他俩的序言，相信同时代公众舆论的监督和大家学者们的鉴定、首肯，老老实实地承认《红楼梦》后四十回不是高鹗所作，而是程伟元搜集到的曹雪芹写的原稿。

白先勇在《晶报》专访时即说："后来程伟元和高鹗把残稿整理出来了，可能是进行了修订。所以后世都揣测是高鹗续写的，其实他可能是在修补而已。""那时候那么多人在看《红楼梦》，如果是高鹗续作的，会有很多人群起而攻之，可是并没有那样。""我并不认为后四十回是出自他人之手，我觉得后四十回非常精彩，非常重要。""全书悲剧的重点都在后面，像黛玉之死，宝玉出家这些，前面都是铺排，为后四十回准备的，后面才是重点。"①

三、胡适开创，鲁迅、俞平伯继而发扬的"后四十回非曹雪芹原稿"说的主观臆断

（一）胡适的论据皆为主观臆断

俞平伯在他的《红楼梦辨·辨原本回目只有八十》中写道："《红楼梦》原书只有八十回，是曹雪芹做的；后面的四十回，是高鹗续的。这已是确定了的判断，无可动摇。读者只要一看胡适之先生底②《红楼梦考证》，便可了然。"

上述论断并非俞平伯一人之见，而是 1921 年胡适《红楼梦考证》一书出版的民国以来、直至今日，整个"红学界"历时一百年③的几乎公认的事实。以至于近百年来，出版《红楼梦》时，全都把署名由"曹雪芹独著"改为"曹雪芹著、高鹗续"。近年来，又因为高鹗无此才情或创作时间，被迫改成"曹雪芹著、无名氏续"。总之不愿把后四十回的著作权断给曹雪芹一个人，从而把《红楼梦》

---

① 《白先勇细说红楼：你们读的是另一个梦》，深圳《晶报》2017 年 4 月 8 日专访，https://wx.abbao.cn/a/7653-5d0ee9d556160610.html。
② 底，的。
③ 今年 2020 年距胡适 1921 年出版《红楼梦考证》为虚岁 100 年，实足 99 周年。

腰斩为前八十回、后四十回这前后两部分而无法"破镜重圆"。

《红楼梦》后四十回不是曹雪芹原稿而是高鹗所补，这一观点的始作俑者便是胡适，论证这一观点的各种论据也几乎全都源自胡适1921年出版的《红楼梦考证》，后人只不过在其基础上略有增补罢了。

胡适认为后四十回是高鹗所补的第一条依据便是："《红楼梦》最初只有八十回，直至乾隆五十六年以后始有百二十回的《红楼梦》。这是无疑义的。"这是说：高鹗补上后四十回的程甲本出现之前，人间根本就不存在120回的《红楼梦》。这已然被上引舒炜元序、周春随笔这两条史料给证伪了。

胡适的其他证据也都是没有事实依据的主观臆断，无一可靠。如其第三条证据："程序说先得二十卷后又在鼓担上得十余卷。此话便是作伪的铁证，因为世间没有这样奇巧的事。"这种论断显然大为主观，不值一辩。

其第四条证据："高鹗自己的序，说得很含糊，字里行间都使人生疑。大概他不愿完全埋没补作的苦心，故引言第六条说：'是书开卷略志数语，非云弁首，实因残缺有年，一旦颠末毕具，大快人心；欣然题名，聊以记成书之章。'因为高鹗不讳他补作的事，故张船山赠诗直说他补作后四十回的事。"这也太过主观，因为我们读不出高鹗在《红楼梦》序言中有一丝一毫自己补续的说法或意思在内。

胡适的第五条证据便是后四十回与前八十回的内容不符，而本书第一章及本章已一一有论，证明清楚无论是脂批，还是书中正文，其所体现出来的全书大旨与细节，后四十回与前八十回全都相合而无有不合。

胡适唯一看似可信的依据其实只有第二条，即：

俞樾的《小浮梅闲话》里考证《红楼梦》的一条说：《船山诗草》有"赠高兰墅鹗同年"一首云："艳情人自说《红楼》。"注云："《红楼梦》八十回以后，俱兰墅所补。"然则此书非出一手。按乡会试增五言八韵诗，始乾隆朝。而书中叙科场事已有诗，则其为高君所补，可证矣。

（1）今先对"乡会试增五言八韵诗"讨论如下

第97回提到"李纨正在那里给贾兰改诗"，由于贾兰是用功读书的孩子，不可能有闲情逸志来作诗，现在既然作诗，那肯定是科举考试要考的缘故。可见这句话说的便是乡会试要考诗歌了。第118回说得更明显：宝玉在乡试前夕为应考做准备，"命麝月、秋纹等收拾一间静室，把那些语录、名稿及应制诗之类，都找出来，搁在静室中，自己却当真静静的用起功来。"画线部分便是乡试要考诗歌的确证。

所谓"语录"，有人认为是康熙皇帝的《圣喻广训》[1]。今按：考童生的县试、府试、院试都要默写《圣谕广训》，而乡试、会试、殿试都不用考《圣喻广训》了，可见其说非是。

---

[1]《试帖诗不能证明红楼梦创作或续作于乾隆年间》，见
http://www.360doc.com/content/17/0318/23/9742787_638040865.shtml。

所谓"语录",仍当是指宋儒讲学时,门徒所记录的老师言辞,即《宋史·艺文志四》所载的程颐、刘安世、谢良佐、张九成、尹焞、朱熹等诸家语录是也。

所谓"名稿",当指有名的八股范文,例见清代《钦定四书文》"凡例":"启、祯杂家余习,至于国初,犹未能尽涤。<u>一时名稿中,颇有脍炙人口,而按以文律,求以题义,则未能吻合,不可以为法程者,必严辨而慎取之。</u>"

所谓"应制诗",就是奉皇帝之命作的诗,内容多为歌功颂德,分为宫廷游宴的应制诗和科举考试用的"省试诗",后者因写在"试帖"(考卷)上,故又名"试帖诗",因题前经常冠以"赋得"两字,故又名"赋得体"。"试帖诗"始于唐代的格律诗,宋代熙宁后废止,清代乾隆朝又开始恢复"试帖诗"这一考试项目,并将其八股化为八股形式的试帖诗,格律要求是:乡、会试用五言八韵,童试用五言六韵,均限官韵,全用仄起格。

清代乾隆朝《钦定大清会典则例》卷66"礼部仪制清吏司、贡举上"载:乾隆"二十二年谕:前经降旨:乡试第二场止试以经文四篇,而会试则加试表文一道,……嗣后,会试第二场表文可易以五言八韵唐律一首。……〇是年覆准:乡试自乾隆己卯科为始,于第二场经文外,一体试以五言八韵唐律一首。其所出诗题限用官韵,即照会试之例,于场中将本韵别刻一纸给发。"

可见从乾隆二十二年(1757)丁丑科会试开始,第二场表文改"五言八韵唐律一首";从乾隆二十四年(1759)己卯科乡试开始,第二场加试"五言八韵唐律一首"。

甲戌本前八十回定本于乾隆十九年甲戌岁(1754)。而曹雪芹逝世于乾隆二十七年壬午岁除夕(1763年2月12日,考见笔者《宁荣府大观园图考》"第一章、第二节、十")。宝玉参加的是乡试而非会试,而胡适所说的"乡试增五言八韵诗"发生在曹雪芹逝世的前四年,故后四十回中记及当时科举加试律试的新制度。

由此可证,后四十回第97、118回情节的最后改定当在乾隆二十四年(1759)后,距离作者逝世尚有四年。这也就意味着,程高二人所找到的后四十回稿子中,有一部分还真的是甲戌年之后的曹雪芹第五稿的定稿。

宝玉参加的是乡试,而乡试增加律诗是在曹雪芹去世的前四年,这期间,正是曹雪芹不断改定后四十回第五稿的定稿之际。不光高鹗知道科举考试要考"五言八韵诗",曹雪芹生前也肯定知道。因此,胡适用这一点来证明"后四十回为高兰墅所补"其实也就靠不住了。

换个角度来看,后四十回提到乡试考律诗,是《红楼梦》由能够活到乾隆二十四年(1759)的曹雪芹创作的铁证。这就意味着凡是考证《红楼梦》全书120回的作者是乾隆二十四年之前逝世的康熙、雍正朝人便靠不住了。

(2)今再对俞樾的《小浮梅闲话》提到的张问陶诗做分析

张问陶《船山诗草》中《赠高兰墅鹗同年》诗"艳情人自说《红楼》"句注:"《红楼梦》八十回以后,俱兰墅所补。"此"补"字根据高鹗与程伟元的序来说，应当理解为编辑时的增补工作，而非胡适所理解的从无到有的"续作、创作"之"作"。

高鹗修改了书中一些个别地方，这不足以否定曹雪芹后四十回的著作权。高鹗不是小说作家，没有小说家的才情，也没创作过一部小说作品，因此，从创作小说的技术层面来说，他续写《红楼梦》的可能性可谓微乎其微。

今本后四十回的诸多细节只可能由原作者写出，而不可能由他人来续出，笔者《红楼时间人物谜案》"第一章、第三节"末尾"小结（四）"所开列的四十余处细节相合，以及本章第一节"后四十回与前八十回的'细节接榫'"，便能清楚地证明这一点。

我们认为：曹雪芹写完了后四十回的第五稿定稿，但后来迷失了，今本后四十回是较前一稿或较前几稿的拼凑稿，其中也有部分是第五稿定稿。今本后四十回作为未定稿，肯定没有第五稿定稿的前八十回完善、精工；但由于两者仍是同一人写就，所以今本后四十回的用语习惯、造语风格其实和今本前八十回没有差异，两者的区别只是初稿和定稿的区别而已，并非是两个人所作之稿的差别。总之，今本后四十回是曹雪芹所著，高鹗只是做了整理补缀的编辑工作。

（二）鲁迅、俞平伯的"主旨不合"说也是主观臆断

鲁迅《中国小说史略》"第二十四篇、清之人情小说"，尽管承认后四十回写到了"落了片白茫茫大地真干净"的景象："后四十回虽数量止初本之半，而大故迭起，破败死亡相继，与所谓'食尽鸟飞独存白地'者颇符，惟结末又稍振。"但鲁迅仍然赞同胡适上面所举的那条证据，认定后四十回是高鹗所续：

> 言后四十回为高鹗作者，俞樾（《小浮梅闲话》）云，"《船山诗草》有《赠高兰墅鹗同年》一首云：'艳情人自说《红楼》。'注云：《红楼梦》八十回以后，俱兰墅所补。'然则此书非出一手。按乡会试增五言八韵诗，始乾隆朝，而书中叙科场事已有诗，则其为高君所补可证矣。"

> 然鹗所作序，仅言"友人程子小泉过予，以其所购全书见示，且曰，'此仆数年铢积寸累之辛心，将付剞劂，公同好。子闲且惫矣，盍分任之。'予以是书……尚不背于名教，……遂襄其役。"盖不欲明言己出，而寮友则颇有知之者。

> 鹗即字兰墅，镶黄旗汉军，乾隆戊申举人，乙卯进士，旋入翰林，官侍读，又尝为嘉庆辛酉顺天乡试同考官。其补《红楼梦》当在乾隆辛亥时，未成进士，"闲且惫矣"，故于雪芹萧条之感，偶或相通。

> 然心志未灰，则与所谓"暮年之人，贫病交攻，渐渐的露出那下世光景来"（戚本第一回）者又绝异。是以续书虽亦悲凉，<u>而贾氏终于"兰桂齐芳"，家业复起，殊不类茫茫白地，真成干净者矣。</u>

这就指出：后四十回不合曹雪芹主旨的最明显的地方，便是《红楼梦》第5回已经提到"落了片白茫茫大地真干净"，何以后四十回又去写那"兰桂齐芳、家道复初"？曹雪芹本人绝对不会这么写。

鲁迅先生的这一高论见胡适所未见，俞平伯先生的《红楼梦研究》之《后四十回底研究》第36页本此而继续发挥："（3）贾政袭荣府世职，后来孙辈兰桂齐芳。贾珍仍袭宁府三等世职。所抄的家产全发还。贾赦亦遇赦而归。（第一百七，一百十九，一百二十回。）这也是高氏利禄熏心底①表示。贾赦贾珍无恶不作，岂能仍旧安富尊荣？贾氏自盛而衰，何得家产无恙？"

可以说，后人反驳"后四十回曹作"而定其为"高续"的最有"说服力"的证据，便是鲁迅揭示、俞平伯发扬的这一点：《红楼梦》开头第5回已提到全书最终的结局是"落了片白茫茫大地真干净"，何以后四十回写到了"兰桂齐芳、家道复初"？曹雪芹绝对不会在后四十回中这么写。

这条理由所谓的"后四十回与前八十回主旨不合"，其实完全可以驳倒。因为曹雪芹的最后定稿就是要写"兰桂齐芳、家道复兴"，这从李纨判词中便可以清楚地看出来（详本章"第四节、二、（四）、（2）"有论）。由此可证，后四十回的"兰桂齐芳、家道复兴"正是雪芹原意，高鹗言"后四十回乃取曹氏原稿编纂润饰而来"纯属可信；后四十回名虽"高续"、"高补"，实乃曹著，不光是曹氏原意，更是曹氏原书，大家尽可放心读之，从此以后，千万不要再受胡适、鲁迅等民国大家们的蒙蔽而只读腰斩本《红楼梦》，另起炉灶来探后四十回之佚。

其实曹子最初草稿可能会写"落了片白茫茫大地真干净"的真实结局，但在族人的强烈要求下，为了躲避文字狱，为了给家族一个看得见的复兴希望，曹雪芹不得不违心地在结局处加上一两句话，把原本凄惨的结局点化为"兰桂齐芳、家道复兴"，然后再把真实的结局，根据书名"梦"字所标榜的"梦幻写实主义风格"，根据梦中时序可以倒流的特点，在全书最开头的第1回中，借名为"真事隐"的甄士隐唱过即罢，借第5回最后一支名为"收尾"的《红楼梦曲》艺术地唱过即罢。然后又把家中诸女子"红颜薄命"的真实结局，在第5回中借红楼诸艳的命运判词、命运之图、命运之曲艺术地点到为止，而在全书结尾则全都一笔带过即罢。

至于后四十回文笔不如前八十回，理由也很简单，即：曹雪芹后四十回第五稿的定稿本因为作者溘然永逝，家人保存不善而最终湮灭，程伟元、高鹗找到的是后四十回定稿前的某一稿（据本章第八节考，实为第一稿），故不如前八十回定稿那般文笔优美、情节完整。

（三）反思

现在所有的语文教科书全都采用胡适、鲁迅两位大家的观点，以后四十回并非曹雪芹所作而是高鹗续写，但考其理由，无非四点：

一是以程高之序为撒谎，而我们上文已经援引史料证明其序言可信而不假。

二是以张问陶所言的"补"为补作之意，而我们上文已言："补"可以是编辑时略加修补之意，并非从无到有的创作、续作之"作"。

---

① 底，的。

三是依据前八十回言明的全书主旨就是要写"落了片白茫茫大地真干净"的悲惨结局，而后四十回却写"兰桂齐芳、家道复初"，故可以视为主旨不合。而我们上文根据李纨判词，言明作者本意就是要在全书最后写"兰桂齐芳、家道复初"的结局。

四是依据读到后四十回情节的脂砚斋在脂批中提示出来的后四十回情节与今本后四十回不合来立论。而本书"第一章"已详细论明：脂批与后四十回无有不合。

总之，以上反对"后四十回曹著"的四点理由，皆以主观判断为依据，缺乏客观实证。胡适之书名义上是《红楼梦考证》，开创了"考证派"红学，在"《红楼梦》前八十回作者是曹雪芹"这一点上，的确坚持了考证主义的精神，得出了经典的结论，如中流砥柱般亘万古而长存；但在"《红楼梦》后四十回作者非曹雪芹"这一点上，却未能坚持清代"乾嘉考据学派"的考证精神，因主观臆断而得出了错误结论，谬种流传、贻害无穷。

本书第一章已然证明今本后四十回是曹子原著，脂批又显然看到过后四十回，因此只要能证明今本后四十回与脂批相合而不违背，便可证明"今本后四十回乃曹子原著"这一结论。

有人会说后四十回原本就是依傍脂批来续书，所以后四十回与脂批相合不足为据。但事实上，百年红学研究下来，却只看到后四十回与脂批的矛盾，而看不到两者有一丝一毫的相合之处。而众位"探佚"大家们，根据脂批得出的所谓"曹雪芹后四十回原稿"的大局、大旨、情节，与今本后四十回大相径庭、毫不相同，这已然证明今本后四十回不是依傍脂批所作的续书。因此，一旦我们能证明今本后四十回与脂批相合而不相违背，便可证明"今本后四十回乃曹子原著"的结论，其中的道理显而易见。

我们便遵循这一研究思路，尤其重视对此前两位大家俞平伯、周汝昌先生认识到的今本后四十回与脂批的他们所谓的"不合处"[1]重加研析，发现除迷失者无可研判外，其余均与脂批相合或不背，遂可确信上论的第一与第四两点，即"程高之序为可信而非谎言"，"今本后四十回与脂批相合而无有不合"。

然后我们再来研判上论第三点所谓的"主旨不合"，便可发现：其实这也是诸家的主观见解，前八十回行文中早已有"家道复兴、香菱为妻"等的伏线，因此即便从前八十回的文旨来看，后四十回也与之无有不合。

最后我们再来看上论的第二点，便可以更加确信张问陶口中的高鹗"补"《红楼梦》，当是"小修、小补"，而非从无到有的"补续、创作"。

于是，本书加上笔者前两部书《宁荣府大观园图考》《红楼时间人物谜案》，遂能证明今本后四十回与前八十回在"空间上、时间上、脂批上"，以及"正文主旨主线上、正文细节上、正文创作手法上"等正文的各个方面，全都是一个艺术精妙的统一完整的整体，从而证明今本后四十回的确就是曹雪芹原稿，而不可能是他人续作。

---

[1] 其实相合。

　　而下面更有一重前人未曾言及,唯有我常州本地人士方能考证出来的力证,即曹雪芹佛学方面的导师就在常州(详见本书下一章的详论)。这一《红楼梦》与常州独特的佛学渊源,无疑可以强有力地证明:后四十回以"出了家的宝玉在常州毗陵驿拜别生父贾政"作为全书故事与主人公宝玉人生的大结局,应当就出自与常州有佛学联系的曹雪芹之手![1]

---

[1] 而不可能出自与常州没有丝毫佛学联系的高鹗之手。

第八节 《红楼梦》的成书与批书过程综考

本节主要针对《红楼梦》的成书过程、批书过程做一综考，判定今本后四十回应当就是脂砚斋手中曹雪芹"增删五次"过程中的第一稿《石头记》。

一、《红楼梦》的成书过程

由于史料匮乏，我们主要还是依据作者笔下所写的《红楼梦》本文来做考证，即第 1 回：

石头化作"通灵宝玉"这块玉入世后，又复归本位，还原成原来那块顽石，这同时也象征"神瑛侍者"下凡成为贾宝玉这个人后返回仙界，然后作者写："后来，又不知过了几世几劫，因有个空空道人访道求仙，忽从这大荒山无稽崖青埂峰下经过，忽见一大块石上字迹分明，编述历历。空空道人乃从头一看，原来就是无材补天，幻形入世，蒙茫茫大士、渺渺真人携入红尘，历尽离合悲欢炎凉世态的一段故事。"所说的"一段故事"，便是《红楼梦》这部书。这段故事就记载在石头身上，意味着这段故事就是石头身上的故事，也就意味着是外号为"石头"的贾宝玉这个人身上的故事（石头＝宝玉）①，所以此书得名为"石头记"。

然后空空道人把这"《石头记》（甲侧：本名。）再检阅一遍，方从头至尾抄录回来，问世传奇，因空见色，由色生情，传情入色，自色悟空，遂易名为'情僧'，改《石头记》为《情僧录》。至吴玉峰题曰《红楼梦》。东鲁孔梅溪则题曰《风月宝鉴》。后因曹雪芹于悼红轩中披阅十载，增删五次，纂成目录，分出章回，则题曰《金陵十二钗》。并题一绝云：'满纸荒唐言，一把辛酸泪！都云作者痴，谁解其中味？'至脂砚斋甲戌抄阅再评，仍用《石头记》。"

笔者在《红楼时间人物谜案》"第二章、第二节"考明：《红楼梦》是以全书十九年的小说故事，来隐写作者抄家时十四岁的真实人生，则作者便是雍正六年（1728）抄家时 14 岁的、康熙五十四年（1715）所生的曹颙遗腹子曹雪芹。

由于全书是以贾宝玉 19 岁抄家来隐写作者曹雪芹 14 岁抄家，所以全书贾宝玉的故事记载的便是作者曹雪芹的故事，因此"石头＝宝玉＝作者曹雪芹"便据此来定论，然而再由此结论得出全书第一稿《石头记》乃曹雪芹所作②，则第二至四稿《情僧录》《红楼梦》《风月宝鉴》便也都是曹雪芹所作。

---

① 贾宝玉小名宝玉，宝玉就是一块石头（玉石），所以宝玉的外号就是石头、石兄。
② 因为"石头＝宝玉＝作者曹雪芹"，所以"石头记＝曹雪芹记＝别名为《石头记》的《红楼梦》就是曹雪芹也即石头所创作"，即《红楼梦》的第一稿《石头记》的书名证明了曹雪芹

我们丝毫没有相信作者曹雪芹在上引第 1 回"楔子"中说的那番骗人鬼话（"假语存"）：这书是他曹雪芹在前人已成之稿《风月宝鉴》的基础上删改（"披阅、增删"）而来。

因为脂砚斋在"谁解其中味"后有批："若云雪芹披阅增删，然则开卷至此这一篇楔子又系谁撰？足见作者之笔，狡猾之甚。后文如此者不少。这正是作者用画家烟云模糊处，观者万不可被作者瞒蔽了去，方是巨眼。"这是全程参与全书创作、深知作书底细之人在揭明：作者曹雪芹说自己只是"披阅、增删"乃是"画家烟云模糊"之笔，也即"瞒蔽"众人之词，大家千万不可以相信这句话。这便交代清楚：全书及"楔子"全都是曹雪芹一人所写，曹雪芹就是初稿《石头记》的作者"石头"。

而且脂砚斋其下又批："书未成，芹为泪尽而逝。余尝哭芹，泪亦待尽。每意觅青埂峰再问石兄，奈不遇癞头和尚何！怅怅！今而后，惟愿造化主再出一芹一脂，是书何幸，余二人亦大快遂心于九泉矣。甲午八月泪笔。"雪芹是作书者，如果他只是改书者，则原稿具在，何来"雪芹逝世后此书便不存于世"之感？而且曹雪芹逝世后，脂砚斋便要到天外去寻找"石兄"（即作者"石头"），这也就不打自招地承认曹雪芹就是石头——由于曹雪芹逝世了（也就是书中宝玉"返本还原"成青埂峰的石头了），所以人间再也找不到这位作书的"石兄"了。

有人言：脂砚斋是曹雪芹的叔父，何以称曹雪芹为"石兄"？实不知全书的主角是"石头"也即"宝玉"，批书者入了戏，进入了书中描写的场景和世界，尊重这一全书最主要的人物（石头、宝玉）而尊称之为"兄"（石兄、玉兄[①]），这有何不可？

脂砚斋只是称作品中的主人公"石头"也即"宝玉"为"兄"，并无意称现实世界中的侄儿曹雪芹为"兄"。正好曹雪芹就是作品中主人公"石头"也即"宝玉"的原型，所以脂砚斋便因此而称自己的侄儿曹雪芹为"兄"。这其实是两重话语体系：脂砚斋批书时用的是入了戏的话语体系而称作者也即作品主人公为"兄"，没有用生活原型中的称呼体系来称作者为"侄儿"。总之，脂砚斋入戏时称自己侄儿为"兄"，不必大惊小怪。

其批又言："惟愿造化主再出一芹一脂，是书何幸，余二人亦大快遂心于九泉矣。"而脂砚斋是批书人，曹雪芹与之相提并论，便不可能是改书人而当是作书人。脂批是说：曹雪芹如果能把书写完后再死，他也就可以瞑目九泉了；现在他第五稿的后四十回没有定稿便死去，显然也就无法瞑目于九泉。而"我"脂砚斋同样也是如此——因为此书没写完，"我"无法见到后四十回的定稿，这个遗憾"我"到死都无法弥补了。由"一芹一脂"语，我们也可以看出曹雪

是"批阅十载、增删五次"的《红楼梦》五稿的唯一作者。

[①] 脂批称宝玉为玉兄，见第 2 回《冷子兴演说荣国府》"不想后来又生一位公子（贾宝玉）"句的甲戌本眉批："一部书中第一人却如此淡淡带出，故不见后来玉兄文字繁难。"指借冷子兴之口来交代宝玉那块"通灵宝玉"的由来，可以省去下文宝玉出场时交代其玉由来的繁琐文字。

芹是作书人而非改书人。

笔者《宁荣府大观园图考》第一章、第二节"四、《红楼梦》开笔和开批都在乾隆九年国家与曹家的'百年祭'"论：

甲戌本言此书"后因曹雪芹于悼红轩中披阅十载，增删五次，纂成目录，分出章回，则题曰《金陵十二钗》。并题一绝云：'满纸荒唐言，一把辛酸泪！都云作者痴，谁解其中味？'至脂砚斋甲戌抄阅再评，仍用《石头记》。"即到乾隆十九年甲戌年（1754），作者已披阅了十载，增删过五次，即整整创作了十年。这句话其实也表明作者的<u>正式创作</u>始于乾隆九年（1744），与上面的考证也完全吻合。

并在画线部分的"正式创作"四字下加有小注：

作者在乾隆九年之前肯定会有更为草创的草稿和构思，此乾隆九年乃是其正式创作的开始。

今对此再做一详细的说明：曹雪芹"披阅十载，增删五次"，所列书名不多不少正好又是五个，这也就证明：这五个书名应当就是曹雪芹五易其稿时每一稿的书名；由"披阅、增删"语可证：从乾隆九年到乾隆十九年甲戌岁这十年当中，曹雪芹是改书，则之前当有此书更为草创的草稿，其应创作于此"十载改书"之前的作者14岁抄家后、30岁正式创作前[①]。其"披阅十载，增删五次"过程中的第一稿，不光是一般意义上的改书，同时也是一个点铁成金、化草稿为正稿的再创作的质变过程，所以我们定作者《红楼梦》全书的开笔（即正式创作）是在乾隆九年"家国（曹家与清朝）百周年祭"的作者而立之年的三十岁时，而不把其三十岁之前的草创工作视为《红楼梦》的开笔（即正式创作）；而其后四稿则更主要是一般意义上的改书，再创作的成分可能不会太大。这增删五稿的过程具体来说：

第一稿是"空空道人"自己写作，自己题写书名《石头记》，"空空道人"其实就是作者第一稿时用过的笔名。这一稿《石头记》120回完成后，曹雪芹便把它交给脂砚斋第一次作批，替自己来交代书中字面上不能写出来的创作意图和家事真相。

第二稿是"空空道人"在书中加入更深的佛教内涵而顿悟佛法大旨，改名为"情僧"，从而以佛法的思想和宗旨来改稿、再创作，书成后也由自己本人题写书名《情僧录》，"情僧"便是作者第二稿时用的笔名。

第三稿当署"曹雪芹"的名字，书成后送给好友吴玉峰鉴赏，请他题写书名《红楼梦》。这书名其实也是作者曹雪芹自己所起，只不过请好友题写一下而已。

第四稿仍署"曹雪芹"的名字，由好友孔梅溪鉴赏，并请他题写书名《风月宝鉴》。这书名其实也是作者曹雪芹自己拟好后请好友题写。

第五稿仍署"曹雪芹"的名字，由曹雪芹自己题写书名《金陵十二钗》。甲戌年这第五稿定稿后，曹雪芹便把其中的前八十回，交给脂砚斋做第二次抄

---

① 按曹雪芹生于康熙五十四年（1715），至乾隆九年（1744）虚岁为30岁。

阅批评，而后四十回则需要倾注自己更大的创作心血尚未定稿，故未交付脂砚斋。脂砚斋批阅时，把作者曹雪芹所定的第五稿的书名《金陵十二钗》，仍然改回他所赞赏的、第一次作批时曹雪芹所拟的第一稿书名《石头记》。

二、今本后四十回是脂砚斋手中作者第一稿的判定

由"至脂砚斋甲戌抄阅再评"之语，便可知道脂砚斋第一次批评是在甲戌年定本的第五稿之前，那究竟是第一至第四稿中的哪一稿呢？笔者《宁荣府大观园图考》"第一章、第二节、四"考明：《红楼梦》开笔与开批都在乾隆九年（1744）国家与曹家"百周年大祭"时。换句话说，脂砚斋第一次批的是作者第一稿《石头记》，而不是第二稿《情僧录》、第三稿《红楼梦》、第四稿《风月宝鉴》，所以他要写下"至脂砚斋甲戌抄阅再评，仍用《石头记》"这句话，以此来表明自己批阅的第一稿书名是《石头记》，这个书名非常好，所以"我"脂砚斋第二次作批时，仍然沿用"我"第一次作批时所见到的作者亲笔拟定的书名《石头记》。因此他"至脂砚斋甲戌抄阅<u>再评，仍用《石头记》</u>"这句话其实说清楚了：他第一次作批的书稿是曹雪芹所作的第一稿《石头记》。到甲戌年的甲戌本，他是再批（"至脂砚斋甲戌抄阅<u>再评</u>"），即第二次批书。

这脂砚斋第一次作批的第一稿《石头记》应当有"秦可卿淫丧天香楼"的情节，脂砚斋特地命令作者加以删除，故第五稿《金陵十二钗》中便没有了这一情节。笔者《红楼时间人物谜案》"第三章、第一节、一、（三）、（2）"引民国朱衣《秦可卿淫上天香楼》一文，提到其家所藏的前八十回抄本《红楼梦》（"余家有祖遗八十回之抄本红楼梦"）有这段情节，而且该"抄本回目则为'秦可卿淫上天香楼'"。据此便可确定：朱衣家所藏的这一抄本很可能就是脂砚斋所看到的第一稿，但也不排除是曹雪芹的其他好友抄出的第二至第四稿。总之，这一有"秦可卿淫丧天香楼"情节的本子，不可能是今天我们所读到的第五稿前八十回，而是曹雪芹第一至四稿中的某一稿。如果这一本子不是第三稿的话，则其书名便是根据后来最通行的书名改题为"《红楼梦》"；如果它就是第三稿的话，则其书名"《红楼梦》"便是原来所题。

由于本章"第二节"考明今本后四十回存在一系列"匪夷所思"的低级错误、显为曹雪芹的初稿，这就意味着今本后四十回明显就是今本前八十回之前的某一稿。而今本前八十回据脂批所言，是甲戌年间的第五稿定本，则今本后四十回便应当是第五稿之前的本子；那究竟是前四稿中的哪一稿呢？由于本书"第一章"已经考明今本后四十回就是脂砚斋所见之本，换句话说，程伟元、高鹗所得到的今本后四十回，其绝大多数就源自脂砚斋之手①。而脂砚斋又言明第五稿的前八十回是第二次批评了（即"再评"），上面已经考明：他第一次批评之本显然只可能是第一稿。因此，今本后四十回便是脂砚斋手中流传出来

---

① 因为作者后四十回的稿子只可能在其周围的极个别人中流传，脂砚斋便是其中一位，故今本后四十回是程高二人得自脂砚斋之手的可能性非常大。

的曹雪芹的第一稿 120 回本《石头记》中的后四十回。

可以想见，作者甲戌年定本的第五稿书首开列有 120 回回目，但只把前八十回给脂砚斋过录，后四十回尚未改定；但脂砚斋有之前第一稿的 120 回本，所以脂砚斋仍能读到后四十回的情节，并在前八十回的脂批中屡屡加以提及。当然，脂砚斋手中的后四十回缺了"五六稿"即五六回。

第一回脂砚斋写入"楔子"末尾的话："至脂砚斋甲戌抄阅再评"，第 20 回庚辰本眉批："余只见有一次誊清时，与'狱神庙慰宝玉'等五六稿被借阅者迷失"，由脂砚斋这些话便可以看出，脂砚斋是把作者原稿过录（"誊清"、"抄"）一份后，再来加以阅读（"阅"）和做批语（"评"）。

如果脂砚斋能读到第五稿定稿的后四十回，而他肯定又是在过录一份后才来阅读作批，则脂砚斋手中必定会有第五稿定稿后的后四十回，则曹雪芹逝世后，脂砚斋便肯定会把这后四十回的第五稿定稿流传出来。由此后四十回的第五稿未有流传，便可证明甲戌年曹雪芹只把第五稿的前八十回交给脂砚斋作批，后四十回尚未定稿或不欲流传，所以没有交给脂砚斋过录和批阅。因此第20回的眉批说的便不可能是第五稿后四十回的迷失，而只可能是脂砚斋派人过录第一稿的后四十回时迷失。

曹雪芹逝世后，由于脂砚斋没有第五稿的后四十回，手中的第一稿后四十回又与后来定稿的第五稿前八十回矛盾甚多而且还缺了几回，无法流传，所以也就没有把第一稿的后四十回给人传抄问世。

总之，我们想说的是：由于前八十回脂批中大量提到后四十回的情节，证明脂砚斋的确看到过后四十回的内容。从前八十回的脂批来看，脂砚斋是把作者原稿过录一份后再来阅读、作批，则他能批出后四十回中的内容，证明他一定过录有后四十回的稿子。如果脂砚斋手中过录到了作者后四十回的第五稿，他提示的后四十回的情节便是第五稿的情节，则他手中的后四十回的第五稿哪怕缺了几回，他在作者曹雪芹逝世后，也肯定会把这后四十回的第五稿给人抄出传世，后四十回的第五稿也就不会失传于世了，他也不会在第一回批语中说出"书未成，芹为泪尽而逝。……今而后，惟愿造化主再出一芹一脂，是书何幸，余二人亦大快遂心于九泉矣"的话来了；由后四十回第五稿的失传，便可证明脂砚斋手中的后四十回绝对不可能是第五稿。

根据"至脂砚斋甲戌抄阅再评"之语，我们便可知道脂砚斋第一次作批是在第五稿之前；根据《红楼梦》开笔与开批都在乾隆九年（1744）国家与曹家"百周年大祭"时，可知脂砚斋第一次批的是作者的第一稿"石头记"；其"至脂砚斋甲戌抄阅再评，仍用《石头记》"，等于写明：自己第一次作批的是作者名为《石头记》的第一稿①，这个书名非常好，所以"我"第二次作批时（所批为第五稿），仍然沿用"我"第一次批阅过的作者亲定的第一稿的书名《石

---

① 事实上作者曹雪芹亲笔写就的书首"楔子"正写明此书第一稿名为"《石头记》"，后来（实即第二至五稿）依次改名为"《情僧录》《红楼梦》《风月宝鉴》《金陵十二钗》"而不再用第一稿"《石头记》"之名。

头记》。由于脂砚斋肯定是抄录其书后才来阅读、作批，其第一次作批的既然是作者的第一稿，则他手中肯定就过录有第一稿的后四十回。根据本书"第一章"的考证，今本后四十回就是脂砚斋所读见之本，作为第一稿，作者肯定不会有意扩大其流传，应当只有脂砚斋一个人能得到这一初稿，则今本后四十回应当只可能从脂砚斋手中流出。由于是第一稿，其与今本前八十回这第五稿肯定会有很多不合之处，这就是本章"第二节"所揭示出来的今本后四十回那一系列唯有用初稿才能解释得通的"匪夷所思"的低级错误来。

脂砚斋过录作者前八十回的第五稿定稿时，第64、67两回这第五稿的定稿有他不可理解的时间矛盾，他便把抄来的这两回摒弃在自己的评本之外（见笔者《红楼时间人物谜案》"第三章、第三节、二、（三）"）。至于后四十回，由于还没有过录到第五稿，他更加不会把手中原有的第一稿传世，因为一本书经过四次大改，第一稿与第五稿显然会有大的情节矛盾，后来程伟元在万般无奈的情况下，把第一稿的后四十回与第五稿的前八十回一同传世，于是造成本章"第二节"所说的那些"匪夷所思"的低级错误；况且，脂砚斋手中的这第一稿后四十回本身还缺了五六回，脂砚斋更加不会将其传抄问世。这就导致脂砚斋手中虽然有120回的稿子（前八十回是既有第一稿又有第五稿，后四十回则只有第一稿），但仍然只把书首120回回目和前八十回中的78回文字给流传出去，第64、67回、后四十回则有目无文。

脂砚斋甲戌年作批九年后的壬午除夕，曹雪芹不幸亡故，后四十回的第五稿在这九年中应当可以定稿，可惜由于曹雪芹的亡故而遗失。脂砚斋因第64、67回再也无人能改，也只好把他认为有矛盾的这两回允许别人抄在前八十回中流传出去，至于后四十回则因为没有第五稿，而第一稿的后四十回肯定又会和第五稿的前八十回有大量矛盾牴牾之处，同时这第一稿的后四十回还缺了几回，所以仍然没有给人传抄出去。后来脂砚斋亡故，其手中的后四十回便辗转流落到程伟元、高鹗手中，程高二人当然视同拱璧，没有脂砚斋那种顾忌，而且他们也不一定意识到这是第一稿，在他们刚拿到时更加不会发现其与第五稿的前八十回有什么大的不合，于是便就将其用活字版刊印传世，使《红楼梦》成为完书，于是产生出本章"第二节"所说的那些"匪夷所思"的低级错误来。

他们出版这程甲本时，肯定还不知道这后四十回其实是第一稿、而前八十回是第五稿，两者会有牴牾之处，因为他们还没有来得及仔细阅读过。等到他们出版时细细校阅之际[①]，方才发现其中有不少矛盾，于是由高鹗进行弥缝之改，这便是稍后出版的程乙本。笔者《红楼时间人物谜案》"第二章、第一节、二、（三）"考明程乙本是在程甲本排印后68天便开始印行，可证程伟元命令高鹗做此弥缝之改的天数大概就是68天左右，全书120回，高鹗相当于一天改两回，这在时间上也是足够的。

这后四十回当与前八十回一样，有脂砚斋初次批评时的批语，程伟元、高鹗出版时，因是活字版，难以摆排天头的眉批、文中双行夹注形式的夹批、正文旁的侧批等脂砚斋等人所作的批语，遂将前八十回的脂批全部删去，所以后

---

① 活字排版时肯定要仔细校对原稿，这一过程也就相当于仔细阅读了原稿。

四十回的脂批在出版时肯定也要删去。

因此，今本后四十回可以确信其几乎全部是脂砚斋手中的第一稿，并有脂砚斋的批语。其中也会有一小部分是程伟元、高鹗千方百计、拾遗补缺找来的第二至第五稿，如本章"第七节、三、（一）、（1）"根据乾隆朝乡会试增五言八韵诗，考明第97、118回当是第五稿。

以上的考证就意味着：作者曹雪芹第一稿刚开始正式创作①，便让脂砚斋开始批评。如果作者30岁才开始创作这部书，这显然是"匪夷所思"的。所以更为合理的解释便是：作者在自己30岁之前便已积累下大量的小说素材，使这部小说的草稿已经初具规模，从30到40岁便是五易其稿——即作者亲口所说的"披阅十载，增删五次"。曹雪芹是从乾隆九年（1744）开笔，到乾隆十九年（1754）甲戌年定稿，给脂砚斋再度作批，相距年数虚算是11年，实足的确就是"十载"。

"披阅十载，增删五次"这八个字其实也说清楚：曹雪芹这十年其实做的是"增删"工作，而非创作工作；则其创作显然是在这十年前的二十几岁时便已开始。换句话说，作者所创作的最草之稿，在他30岁之前便已完成。作者曹雪芹从30岁开始，每写完10回便给脂砚斋做批语，借脂砚斋之手点出书中隐含的家族内幕——"真事隐"。

根据下文的考证，这第一稿写了整整六年（从30岁写到36岁，虚算是七年），下来的四稿却是每年改一稿（从37岁至40岁，虚算是四年），其中第二至四稿改定后都没有给脂砚斋过录、批阅，到40岁的甲戌年第五稿正式定稿，才把其中的前八十回给脂砚斋过录，并命脂砚斋第二次作批，而后四十回则仍然在改定之中，作者到死都没有再把后四十回交付给脂砚斋，这也就是脂砚斋在第1回作批时引以为"死不瞑目"之恨的"书未成，芹为泪尽而逝。……今而后，惟愿造化主再出一芹一脂，是书何幸，余二人亦大快遂心于九泉矣"！

由于脂批提到后四十回的情节，并且还和今本后四十回完全相合（见本书第一章的考证），说明脂砚斋作批时肯定看到过后四十回。由于第五稿定稿时，作者如果把后四十回交给脂砚斋过录、批阅，则后四十回便不会失传，脂砚斋也批不出第1回中所说的"书未成"的话来；今已失传，证明作者只把第五稿的前八十回交给脂砚斋过录，后四十回仍在改定中，则脂砚斋所看到的后四十回显然只可能是第一稿的后四十回。

换句话说，第一稿作者每写完10回便交给脂砚斋作批，是把全书120回分12次全都交付给脂砚斋的。只是脂砚斋过录时，因为自己某个好友想先睹为快，借走了脂砚斋手中尚未誊录备份的曹雪芹原稿，归还时不慎迷失了其中的五六回，导致脂砚斋手中第一稿的后四十回没能抄到这迷失到的五六回。可能正是这一遗失，影响到曹雪芹第二至五稿的创作，令曹雪芹对其叔父脂砚斋有所不满。

---

① 之前还有更为草创之稿的创作。

三、识破曹雪芹对自己成书过程所作描述的真真假假

在第 1 回"楔子"中，作者故意把自己说成是在第四稿《风月宝鉴》完成后再来做"披阅十载、增删五次、分出章回目录"的工作，这显然是不可能的。如果完成第四稿后再来增删五次、五易其稿而最终定稿，其书便一共有了九稿，则第五至第八这四稿的书名何在？现在作者历数诸稿之名不多不少正好五稿，这便可证明，所谓的"披阅十载、增删五次、分出章回目录"便是指创作并改定这五稿的过程，而不是在第四稿基础上"五易其稿"的过程。换句话说，前四稿中早已分出章回目录来。

而且，从常理上说，前四稿的正式书名都有了，第四稿还有棠村作的序（引文见下），其书显然都要分出章回目录来。作为一部七八十万字的大书稿，如果不分出章回目录，一则无法阅读，二则也无法改稿、完稿。现在曹雪芹居然说：只到第五至第九稿才分出章回；这显然是不可能的。根据第一至第四稿当有章回目录，便可以证明这第一至四稿就在作者所说的"于悼红轩中披阅十载，增删五次，纂成目录，分出章回"的过程中，这就意味着：此书第一至四稿都是曹雪芹创作和改定。

而且第三稿名为《红楼梦》，作者曹雪芹的书斋名为"悼红轩"，显然是因为他创作《红楼梦》而起了这个书斋名，这就更加证明第三稿《红楼梦》在"曹雪芹于悼红轩中披阅十载，增删五次，纂成目录，分出章回"的创作过程中，于是也就更加证明《红楼梦》第一至五稿全都在"曹雪芹于悼红轩中披阅十载，增删五次，纂成目录，分出章回"的创作过程中，其书的创作和改定过程只有五稿，并没有众人理解出的"九易其稿"之说。换句话说，曹雪芹口中所谓的"九易其稿"，其实又是他最擅长说的骗人鬼话——"假语存"。

脂砚斋在甲戌本第 1 回提到第四稿书名的"东鲁孔梅溪则题曰《风月宝鉴》"上有眉批："雪芹旧有《风月宝鉴》之书，乃其弟棠村序也。今棠村已逝，余睹新怀旧，故仍因之。"首先，这个"有"字当作"著书"解还是"拥有"解？若作"拥有"解，即"曹雪芹拥有过这本名为《风月宝鉴》之书，其书为曹雪芹弟弟曹棠村作序"，一般人不会这么说。因为作为一本书，便不可能没有作者，既然把作序的人都点明了，说明这书肯定就是与作序人有亲密关系的人所作，而作序人是曹雪芹的弟弟，则与作序人有亲密关系的作书人曹雪芹肯定是可以知晓的，那曹雪芹为何不一同把作书之人也给点明出来？由其并不点明作书人之名，显然这就是曹雪芹所作之书，因此"雪芹旧有《风月宝鉴》之书"说的就是：曹雪芹旧时写过《风月宝鉴》这本书，然后请自己同辈分的弟弟曹棠村来作序，并请同一辈分的好友孔梅溪来题名；如果此书是曹雪芹之前的某人所写，比如是曹雪芹家长写的书，焉能令晚辈——曹雪芹的弟弟来作序？长辈的书请晚辈作序固然有这种可能，但藏书人"雪芹"点明了，作序人"棠村"点明了，为何不一同把作书人给点明？

因此细读其文，"有"字实当作"著作"解，即曹雪芹旧时写有第四稿《风月宝鉴》，其书是请他弟弟曹棠村作的序。现在曹棠村逝世了，脂砚斋"我"

看到这崭新的第五稿，缅怀为第四稿作序而付出过心血的自己曹家的亲人曹棠村，所以仍然要在批语中顺便提一下这件事。"因"字当作"顺随、顺便"解。

脂砚斋提到第四稿是曹雪芹所作、其弟弟曹棠村作序，并不意味着脂砚斋第一次作批是在这一稿上。这一稿曹雪芹请他弟弟曹棠村作了篇序，书名请孔梅溪题写，孔梅溪、曹棠村，以及吴玉峰、作批的脂砚斋，便是最初读到这部书不同稿次的那批人，但不同的是：脂砚斋第一次作批的是第一稿，再批（第二次作批）的是第五稿，第四稿他其实没有读到过，他只是听曹雪芹说起那一稿是请曹棠村作的序，现在由于棠村已经谢世，脂砚斋想让自己家的这位棠村在《红楼梦》中留一个名字，所以便把第四稿是他作序的这件事，在这句批语中趁机（"因"）给点了出来。

至于另外四稿何人作序，脂砚斋为何不加涉及，单单只涉及为第四稿作序的曹棠村？这便在于作序者是我曹家的人，我脂砚斋曹頫才会提及；作序者如果不是我曹家的人，我脂砚斋才懒得在批语中提及。所以他要写"故仍因之"这四个字："因"有"因袭"意，即我为了纪念我家的棠村，所以把他为第四稿作序的这一情况给"因袭"也即"继承、承袭"在第五稿这条批语中，顺便把他的名字给提一下而让后人知晓。

因此，作者笔下的"后因曹雪芹于悼红轩中披阅十载，增删五次，纂成目录，分出章回，则题曰《金陵十二钗》"当作这样的理解：作者之前改了四稿，到第五稿时总计已披阅了十年，增删了五稿，编定好了最终的回目，题写其书名"金陵十二钗"。其实第一至四稿也在"披阅十载、增删五稿"的范畴内，也都分为120回而编定好了回目。作者曹雪芹在30岁开始动笔创作第一稿之前，草稿其实已经全部写好。他应当会取材于自己年少时的日记、学写八股文的课本①、二十岁左右开始书写的回忆录，然后他在自己二十几岁时，便把这些材料由零星的草稿，草创成比较完整的小说书稿。正因为此，他从30岁开始的第一稿的再创作（即正式创作）的过程便可以被称作"披阅、增删"，而不视为"创作"了。如果不善于理解上面那段话，便会得出几个错误的结论：

一是误会曹雪芹之前的某个家中长辈或家外前辈写了某部草稿，曹雪芹在30至40岁这十年中将其改了五遍，分出章回目录，曹雪芹只是全书的改编者、编定者，而不是之前那个草稿的作者，从而没有完整的著作权。

二是误会曹雪芹要从第四稿开始，方才"披阅十年、增删五稿、编定回目"，即此书共有九稿。

其实作者文笔狡狯，总会在撒千万句谎言后，有意在不起眼处说一两句真话以返真相；或是借助脂砚斋之手，批上一两句"点睛之笔"来点破真相。不识作者此旨，迷于作者所写的铺天盖地的谎言，便看不到他的点睛之笔、脂砚斋的露旨之批，便会被作者玩弄于股掌之间，得出错误的结论。

正如胡适、鲁迅、俞平伯等大家，因为第1回甄士隐《好了歌解》、第5回判词与《红楼梦曲》的原故，误会后四十回当写"落了片白茫茫大地真干净"

---

① 课本事，参见本章"第五节、三、（一）、（2）"。

的"一穷二白",以此来怀疑今本后四十回不是曹雪芹原著,这便是被曹雪芹玩弄于股掌之间的经典实例。他们没有认识到作者的创作思路就是要写"黛玉一死宝玉便要出家"——即便家族不抄家宝玉也会出家,"落了片白茫茫大地真干净"其实是第22回宝玉参禅时所证悟到的"赤条条来去无牵挂"的心境,而非真的要把眼前那抄家后的家族境况写到"一穷二白"的地步。此处同样如此,我们要在脂砚斋点睛之笔的揭示下,识破曹雪芹说自己只"披阅、增删"那是"画家烟云模糊"的"瞒蔽"之笔,从而认定本书以及"楔子"中提到名字的那五部书稿全都是曹雪芹一人所写。

其实,善于理解第1回"楔子"的人便能明白,作者在30岁前便已完成了草稿,从30岁开始连改五稿,每一稿都有一个书名,分别是:

第一稿《石头记》120回,署"空空道人"的笔名,书名作者自题。此120回是每创作十回便给脂砚斋作第一次批评。作者每写完十回给脂砚斋作评时,有意要把自己这十回的创作主旨详细透露给脂砚斋,等于借脂砚斋之手来说自己不宜在字面上写的话。之所以要每十回便给脂砚斋一次,原因便在于要借脂砚斋之手来批内情,如果120回整体交付,作者很多创作构思便会一下子反应不过来而想不起来。所以每作十回(即每半年)便让脂砚斋来自己这儿取一下稿子、听一下讲授,最为合宜。其后四十回少了五六稿也即五六回,当是脂砚斋过录时发现少了,显然作者手里会有更早的草稿,所以这缺掉的五六回对于第二稿的创作可能会有影响,但也不至于有太大的影响。又由于脂砚斋知道作者马上就会去写第二稿,所以第一稿缺掉的五六回也就不用急着去补抄,要补抄也没得抄了,直接看第二稿就行。脂砚斋也会因为自己闯下这迷失之祸,而不大敢去补抄第二至第四稿中自己弄丢的那几回,所以他便不清楚第一稿那遗失的五六回的内容。未曾料到,作者第五稿定稿时,只给脂砚斋抄前八十回,后四十回尚未定稿,所以第一稿缺掉的那五六回的内容,脂砚斋仍然未能看到,而且是至死未能看到,脂砚斋和畸笏叟引为终身遗憾。

第二稿《情僧录》,署"情僧"的笔名,书名作者自题。未给脂砚斋过录批阅,其原因当是:与第一稿相比,情节应当没有太大变化,只是文句更加优美。而且作者还打算再改三四遍,这一稿作为中间稿,显然没必要给人抄录后作批。而了解曹雪芹创作意图的脂砚斋也知道此稿是中间稿,抄来后不久,作者便会有更新的改稿出现,所以也就不必去抄录过来作批了。

第三稿《红楼梦》,署"曹雪芹"的大名,书名请吴玉峰题。此本未给脂砚斋过录批阅,原因同上。

第四稿《风月宝鉴》,署"曹雪芹"的大名,请棠村作序,书名请东鲁孔梅溪题。此本未给脂砚斋过录批阅,原因同上。

总之,第二至第四这三稿当因为是中间稿的原故,与第一稿相比,情节应当没有大的变动,只是文句更加精雕细琢,描写更为丰满立体,全都没有给脂砚斋过目、誊抄和批评。

第五稿《金陵十二钗》,署"曹雪芹"的大名,书名作者自题。作者在自己40岁的甲戌年，把这第五稿的定本交给脂砚斋做第二次批评，但这次只给脂砚斋过录前八十回的正文，其前一并开列有全书120回的回目，等于后四十回是有目无文。后四十回的第五稿定稿在曹雪芹死后彻底湮灭。①

脂砚斋在抄录第五稿定稿的前八十回时，觉得《金陵十二钗》的名字没有自己第一次作批时作者亲定的第一稿书名《石头记》好，于是仍旧沿用自己第一次作过批的第一稿书名"《石头记》"。事实上"金陵"指南京，人所共知，过于直白，不符合作者"真事隐"的创作旨趣；而"石头"指石头城，暗点南京，除南京人以外，一般人全都看不出来，而且所有人（包括有能力看破"石头"指"石头城南京"的南京人）都会惑于"楔子"所说的：此书是"石头"贾宝玉身上的故事，而不知道"石头"更可以指"石头城"南京的故事；况且知道石头城是南京的人本身就不多，知道石头城是南京后，又能看破《石头记》中的"石头"两字当加个"城"字来理解为"石头城"的人更是没有。再者，全书虽然以女子之事为主，但并不仅限于此，作"石头记"则内容涵盖更广，对全书的概括更为完整准确。当是出于以上这一系列的考虑，脂砚斋便改《金陵十二钗》为《石头记》。

"至脂砚斋甲戌抄阅再评，仍用《石头记》"这句话唯有甲戌本有，己卯本因缺而不知其有否，照理甲戌本是脂砚斋二阅之本，己卯本是三阅之本，当有。庚辰本是四阅之本，由于今天的庚辰本前十回没有脂批，可证这是原本有缺，后人补抄白文无批之本所致，因此今天的庚辰本没有此句，不能证明脂砚斋四

① 其湮灭过程可参考吴恩裕著《有关曹雪芹十种》"九、记关于曹雪芹的传说"，采访自张永海老人："乾隆二十八年的中秋节前，他儿子闹嗓子，得了白口糊，到中秋那天就死了。曹雪芹晚年得子，儿子死了非常悲痛，天天到地藏沟他儿子的坟上去哭他。鄂比时常到他家劝解他，也没有效果。他喝酒喝得更厉害了，心里又不痛快，不久自己也病了。到了快过年的时候，他的病越来越重，鄂比去看他，劝他好好养病；他对鄂比说：'我该骂的也骂了，该说的也说了，我这病是治不了啦，怕过不了初一。我那部书请你给我传出去！'到除夕那天他就死了。他一死，他的续妻只管哭，一点没办法。大过年的，谁没有个事儿，幸亏同院的街坊老太太来帮些忙。老太太对曹雪芹续妻说：'他活着的时候对你那么好，他死了你连个纸钱都不给他烧！'就找把剪子拿起桌上整叠的字纸剪了许多纸钱给烧了。曹雪芹死后，人人都说：他和他儿子的死日子，占了两个'绝日'，一个是八月节，一个是除夕。初一那天鄂比给曹雪芹的朋友们报丧。敦敏、敦诚都来探丧，丧事都是敦家哥俩和鄂比他们给办的。灵停了四天或是七天，乾隆二十九年正月初几就出殡了，葬在他原先住的正白旗本旗的义地地藏沟。那时正白旗的正式坟地在朝阳门外，离得很远；香山地藏沟是给穷的、孤寡没有后人的用的义地。送葬回来后，鄂比看到沿路的纸钱，一面有字，拾起来一看，是《红楼梦》的底稿。鄂比就连忙沿路捡，捡起一大堆纸钱，包了一包。回到曹雪芹家一看，原来是《红楼梦》后四十回的稿子。又在桌屉里发现包好了的前八十回的原稿和一百二十回的目录。后来鄂比想给补，因为他极熟悉后四十回的事儿。可是他的文才不够，好几年没续成。又过些年，他的过继儿子高鹗长大了，才给续成了后四十回。"（北京：中华书局1963年版，第110至111页。）其实《红楼梦》"怨而不怒"，根本就没有什么骂世之旨，上引"该骂的也骂了"当是误传，曹雪芹必不会说这番话。其又言曹雪芹儿子先死他才死，恐亦讹传，事实真相当是曹雪芹死后其子才死，论见笔者《宁荣府大观园图考》"第一章、第二节、十、（二）"。画线部分言曹雪芹第五稿定稿的后四十回被人剪成纸钱烧掉，这应当是事实。鄂比得到了后四十回第五稿定稿的部分残稿，因其残破得不成样子，所以肯定无法续成，但会转交给养子高鹗。但今本后四十回应当绝大部分都是程伟元、高鹗得自脂砚斋手中的第一稿，极少量会用残破得不成样子的第五稿。

阅本真的没有这句话。而其余的列藏本、舒序本、甲辰本、蒙府本、梦稿本、戚序本全都没有这句话，这便可证明，这句话是脂砚斋故意写入书中，打上自己整理本的独家烙印。因此这句话应当是曹雪芹原稿所无，是脂砚斋第二次作批时有意加上去的，用来表明：作者第五稿的定名是《金陵十二钗》，但脂砚斋"我"仍然沿用第一稿的《石头记》之名。

联系到甲戌年时，脂砚斋只批阅过两个本子[①]，一个是第五稿，其名为《金陵十二钗》，则另一个便当是名为《石头记》的第一稿。而本书"第一章"考明今本后四十回与脂批吻合，当出自脂砚斋之手，本章"第二节"又考明后四十回一系列"匪夷所思"的低级错误证明其为曹雪芹初稿。现在既然弄明白脂砚斋有第一稿《石头记》的后四十回、而不可能有第五稿《金陵十二钗》的后四十回，所以我们便可以判定：今本后四十回主要是脂砚斋手中流出的、作者第一稿《石头记》的后四十回，其中当然会有极少部分是第二至第五稿。

四、常州元素对判定《红楼梦》成书与批书过程的贡献

本书下一章"四"将考明：作者的佛学导师"大晓实彻"禅师，在作者曹雪芹创作《红楼梦》的后五年——即曹雪芹 36~40 岁时——来常州天宁寺任方丈，这是作者曹雪芹把宝玉出家后、拜别父亲贾政的地点定在常州"毗陵驿"的关键原因所在。

由于脂砚斋看到的第一稿中已有宝玉出家的情节，我们看到的今本后四十回就是脂砚斋所见到者，下一章"五"将考明：第 91 回宝玉借助禅语向黛玉表达爱意时，书中最后写"只听见檐外老鸹呱呱的叫了几声，便飞向东南上去"，便是预示宝玉在黛玉死后，应当出家于贾府所在地"南京"东南方向上的常州，可见脂砚斋所见到的第一稿后四十回肯定已有宝玉出家后在常州别父的情节。

曹雪芹之所以会把宝玉出家后的首次露面地，同时也是其在人间的最后消失地定在常州，便是因为他的佛学导师"大晓实彻"在常州的原故。而大晓是在他 36 岁时才到常州来，所以不出意外的话，曹雪芹的第一稿 120 回的《石头记》这部七八十万字的大书，当从其 30 岁一直写到 36 岁，一共创作了实足六年，平均每年创作 20 回，每半年创作 10 回，每月创作 1.67 回，每 18 天也即半个多月创作一回。

下来四稿的改定工作要快很多，从 36 岁到 40 岁，平均每年改一稿，正因为改稿频繁，脂砚斋肯定不会去抄他那频繁改动的稿子，只会抄其最终大定之稿——第五稿。

如此看来，第一稿占作者"正式创作"期十年的一半多（六年），而二至五稿只占其"正式创作期"十年的另一半（四年），这也是符合小说创作规律的。因为第一稿虽然有 30 岁之前的草稿存在，但作为第一次定稿，那肯定是"筚路蓝缕"、非常艰辛而费时。正因为有了第一稿长达六年的扎实创作，第二、三、四、五稿修改起来才会"势如破竹"、时间节奏大为加快。作者能安心创

---

① 见"至脂砚斋甲戌抄阅再评"语可知。

作六年，然后再用四年时间"四易其稿"，这也是拜他拥有"旗人"的身份所赐。作为旗人，他可以领到国家发给的粮饷而安心创作。

作者曹雪芹的佛学导师"大晓实彻"，在曹雪芹36岁时来到常州，这也证明全书120回是曹雪芹所写，而不是曹雪芹在前人基础上编改而来。因为如果是编改，其书从30岁开始编改，40岁时最终编定完毕，历经五次编定，平均两年编改一次即可，则首次编改当在32岁时完成。脂砚斋批的是第一稿，今本后四十回就是脂砚斋手中的第一稿，其时大晓禅师尚未来到常州，第120回也就不会出现"宝玉出家后在常州毗陵驿拜别父亲"的情节。

今本后四十回第91回出现"乌鸦东南飞"情节来预兆宝玉将要出家于常州，第120回又出现宝玉出家后在常州别父的情节，这也就证明第一稿一定要创作到曹雪芹36岁时，则第一稿的创作期便应当长达六年，另四稿的编改则仅需一年便能改完一稿，这就意味着曹雪芹的第一稿是创作而非编改。虽然曹雪芹在自己30岁之前已有草稿素材，但草稿素材的首次定稿显然与一般的编改不可同日而语，应当是非常艰辛费时的再创作（即正式创作）。

正因为其第一稿是长达六年的创作，第二至五稿是平均每年一改的改稿，这也就证明他从三十岁开始不是编改前人成稿，而是自己独立创作属于自己的稿子。我们也就不可以把"楔子"中的创作过程，理解为曹雪芹是在前人《风月宝鉴》基础上花了十年时间、改了五稿；而应当理解为：他在自己二十几岁时所写的草稿基础上，花了六年时间，深度创作为第一稿《石头记》，然后再花四年时间连改四稿《情僧录》《红楼梦》《风月宝鉴》《金陵十二钗》。

由其第一稿创作了六年，等于120回每年创作20回，约半个月创作一回。而下来的四稿只改了四年，等于一年改一稿，效率大大提高，相当于一个月改十回，三天便改完一回。

第一稿是半个月创作一回，后四稿是三天改一回，由此便可看出：第一稿重在情节塑造，形成毛坯；而后四稿由于改得如此顺利迅速，显然重在字句的锤炼和语言的雅化。据此可知：后四稿的情节当与第一稿差不多，但文字描写因历经四次改稿而炉火纯青。由此便可得出一个结论：今本后四十回作为第一稿，其与已经佚失的第五稿的后四十回，在情节上应该没有大的变化，但从语言的润饰、描绘的丰满、细节的精工等方面来看，第五稿会有大的飞跃。换句话说，今本后四十回作为第一次定稿，那是"毛坯"；而今本前八十回作为第五次定稿，那是"精品"。

或言今本后四十回已有很深的佛教内涵，而据作者"楔子"所言，当是第二稿才加入大量的佛教内涵从而命名为"《情僧录》"，这似乎意味着：今本后四十回应当是第二或第三、四稿。其实今本后四十回的佛教内涵还比较粗糙，作者只是定下了所要写到的佛教主旨的基调，有待于第二至第五稿的点染、升华，第五稿[①]的后四十回如果能传世的话，定然会有更精彩的佛旨抒发，可惜今天我们全都看不到了。

---

① 乃至第二至四稿。

五、《红楼梦》成书与批书过程综述

不少人可能还是相信"楔子"中语，认为第一至四稿不是曹雪芹所写，曹雪芹是 30 岁至 40 岁时，在第四稿《风月宝鉴》的基础上修改十年、五易其稿，曹雪芹要到这十年的后五稿中才分出章回目录，之前的一至四稿没有分出章回目录。

出于这种认识，再加上我们考明的新事实，即：曹雪芹作书与脂砚斋批书全都始于曹雪芹 30 岁，脂砚斋在甲戌年曹雪芹 40 岁之前仅批过唯一的一次，而脂砚斋这第一次作批的后四十回稿，就是我们今天所能读到的程伟元、高鹗收集到的稿子。今本后四十回的最后一回，出家后的宝玉在常州"毗陵驿"告别其父亲，等于全书主人公贾宝玉人生的圆满和《红楼梦》全书的圆满，这两个圆满全都落在了常州！本书的下一章更将着力考明：这是因为曹雪芹的佛学导师"大晓实彻"在曹雪芹 36 岁时来到了常州，曹家的祖坟就在常州城东的"小坡"横山。由于大晓实彻要到曹雪芹 36 岁时才来常州，这便意味着曹雪芹第 120 回当写在 36 岁时。由于脂砚斋批书与曹雪芹写书始于同一年，换句话说，脂砚斋批的是曹雪芹所改五稿中的第一稿（也即《红楼梦》成书过程"九稿"中的第五稿），则曹雪芹第一稿当从 30 岁改到 36 岁。之前的四稿《石头记》《情僧录》《红楼梦》《风月宝鉴》全都没有"宝玉出家后在常州告别其父亲"的情节，或者有，也是告别在不是常州的另外一个地方。

总之，脂砚斋批的是曹雪芹 30 岁至 36 岁的第一次改稿。换句话说，脂砚斋最后定的书名《石头记》和曹雪芹最后定的书名《红楼梦》[①]，居然全都出自曹雪芹改稿以外（或说是"之前"）的手稿[②]，曹雪芹只是做了编辑工作。

其实光凭"楔子"中作者说的话，我们的确无法判定他是否在撒谎。我们唯一能证明他在撒谎的依据，便是书中写明：这故事是"石头"也即"宝玉"身上的故事（所以其书名为《石头记》），而书中贾宝玉这个人抄家时 14 岁（作者以 19 年故事隐写其 14 岁人生），曹雪芹又正好是雍正六年（1728）抄家时 14 岁之人，由此便可知"石头=贾宝玉=真宝玉曹雪芹"，据此而知《石头记》绝对只可能是曹雪芹所写，从而认定曹雪芹 30 岁至 36 岁完成第一稿《石头记》，36 岁至 40 岁每年改一稿，完成《情僧录》《红楼梦》《风月宝鉴》《金陵十二钗》这四稿。所谓"作者在某一无名氏的第四稿以后才开始动手改十年、易五稿、分回目"，这全都是曹雪芹撒的谎言——"假语存"。

因此，脂砚斋所批评的第一稿便是《石头记》，而非曹雪芹在《风月宝鉴》上改出来的第一稿，所以脂砚斋第二次批评时，看到《金陵十二钗》的书名不含蓄，于是仍然改用自己批过的曹雪芹第一稿的书名《石头记》，这便全部连

---

① 《红楼梦》书首"凡例"第一条言"《红楼梦》旨义：是书题名极[多，一曰《红楼]梦》，是总其全部之名也。"可证作者最欣赏的书名是《红楼梦》。

② 因为第 1 回的"楔子"似乎在说：曹雪芹 30 岁之前的四稿已有《石头记》《红楼梦》之名，而曹雪芹 30 岁开始改十年、共五次的稿子名为《金陵十二钗》，其不是《石头记》《情僧录》《红楼梦》《风月宝鉴》这四个书稿。

贯起来。（如果脂砚斋第一次批的是《风月宝鉴》基础上改来的第一稿，则他第二次作批时怎么会想到要用《石头记》的书名？毕竟他没读到过《石头记》的内容，他又怎么知道他人写的第一稿《石头记》，与这曹雪芹写的《金陵十二钗》的情节内容没有什么大的区别、从而可以用其书名来冠名呢？）

至于作者曹雪芹每写十回就让脂砚斋抄录批阅，则证明曹雪芹早已"胸有成竹"。换句话说，曹雪芹30岁之前草稿已具规模，30岁时因为这一年是国家与本家族的"百周年祭"，所以要把这一年作为正式创作的开笔之年。而曹雪芹能六年写一稿，后四年改四稿，等于全副身心投入创作①，则曹雪芹显然不用劳动，不用养家糊口，则他的确有可能就是《五庆堂曹氏宗谱》和《钦定八旗满洲氏族通谱》上记载的有"州同"这一功名身份的曹天佑。即像书中的贾琏那样，在家族未抄家前（即14岁之前）捐了个同知之衔②。但我认为这只是空衔③，他之所以能够从事创作，并不是靠这"州同"的空衔，主要还是靠其一直所拥有的"旗人"身份，可以凭此来领一份皇粮。唯有如此，他才能在二十几岁时积累素材，30至40岁时五易其稿。是人民养育了曹雪芹这位伟大作家，而曹雪芹也的确没有辜负人民的养育，他用自己的作品来记录他所处的时代，为今人保留下没有摄像机可以来记录的、他那个时代的鲜活一幕。这是一笔极其珍贵的历史资料，是中华文化最后集大成时代④的百科全书，没有他的创作，我们对古代社会的了解将会损失很多、很多。

脂砚斋最后定的书名是《石头记》。曹雪芹在书首"凡例"中最为欣赏、其实也是他本人最后定下的书名是《红楼梦》。这两个书名其实也足以证明："楔子"中提到的《石头记》《红楼梦》这两稿也只可能是曹雪芹所作，而不可能是曹雪芹之前的某人（无名氏）所创作。因为：曹雪芹的书斋是"悼红轩"，这就证明《红楼梦》是他在这个名带"红"字的书斋中创作；曹雪芹生长在石头城，书中记录的正是"石头城"的年少往事，这就证明是他这位"石头城里的南京人"创作了这部名为《石头记》的书。书中又处处点明《风月宝鉴》之名，这也是曹雪芹本人的创作构思，因为曹雪芹作为"江宁织造府"的公子，如果不抄家便是第四代"江宁织造"，其家生活奢华，有理由为普天下"无能纨绔"创作这部旨在告诫他们不要沉迷在"男欢女爱"中的醒世书。

由《石头记》《红楼梦》《风月宝鉴》这三稿皆为曹雪芹所作，便可知晓第1回"楔子"所提到的五个书稿名《石头记》《情僧录》《红楼梦》《风月宝鉴》《金陵十二钗》全部都是曹雪芹本人所创作，是他30至40岁时连改十年、共易五稿、分出回目而来的五次书稿；第1回的"楔子"绝对不是说：只有《金陵十二钗》那一稿是他的改稿，之前的其余四稿都是前人之稿。而且《石头记》《情僧录》《红楼梦》《风月宝鉴》《金陵十二钗》这五个书名也一脉

---

① 如果曹雪芹要为生计奔波，是不可能在六年中完成120回大书、四年中又将其改四稿的。
② 抄家后肯定没钱捐官了。
③ 捐官的人太多，而官位有限，所以捐了官未必能上任，和书中的贾琏一样，是空衔。
④ 即所谓的"康乾盛世"。

贯通^①，不像是两个人分别写定，而应当就是同一个人的创作构思升华发展而来。

作者曹雪芹康熙五十四年（1715）生，乾隆九年（1744）三十岁开笔创作《红楼梦》，每作十回，便面授机宜给脂砚斋作批，故脂砚斋动笔开批于同一年，但要晚上半年。乾隆十五年（1750）曹雪芹36岁时的夏天，南京曹雪芹家的家庙"香林寺"的方丈"大晓实彻"，出任常州天宁寺住持，作者通过书中"宝玉出家后在常州别父"的情节，把自己人生中的佛学导师"大晓实彻"到常州任方丈的事情，暗地里写入书中。

今本后四十回就是脂砚斋作批的第一稿，其第120回已写有出家后的贾宝玉在常州"毗陵驿"辞别人间生父贾政的情节，第91回"乌鸦东南飞"情节预兆贾宝玉要出家于南京东南的常州，足证《红楼梦》最后一回当写在乾隆十五年（1750）曹雪芹36岁时。这便意味着《红楼梦》全书120回的第一稿从曹雪芹30岁写到36岁，写了整整六年，平均每年写20回。曹雪芹每半年写完十回后，便交给脂砚斋过录、作批，则脂砚斋作批虽然同步于作者创作，但要比其晚半年，因此脂砚斋开批于乾隆九年（1744）的下半年，批完当在乾隆十六年（1751）的上半年。

从乾隆十六年（1751）开始，作者又对第一稿增删了四次，到乾隆十九年（1754）40岁时，《红楼梦》第五稿改完而定稿，定名为《金陵十二钗》，但作者只愿把前八十回给脂砚斋做第二次批点。脂砚斋嫌第五稿书名《金陵十二钗》不能在含义上笼罩全书，所以仍然改回第一次作批时读到的作者第一稿的书名《石头记》。其时，后四十回尚未定稿，还在修改创作中，可证曹雪芹在后四十回中倾注的心血要比前八十回多得多。从乾隆十六年到十九年这四年中，作者连改四稿，平均每年改一稿，每月改十回，每三天改一回。

乾隆二十七年壬午岁的除夕（1763年2月12日）曹雪芹逝世，而后四十回的第五稿定稿未能得到妥善保管或移交而佚失。脂砚斋手中的第一稿后四十回，在脂砚斋死后，最终被程伟元、高鹗得到并出版，也就是今天我们所能读到的后四十回。

因此，我们大致可以排出作者曹雪芹的创作年表及相应的脂砚斋作批年表：

梦儿相逢

---

① 见本章"第三节、一"有论。

《曹雪芹的创作年表及相应的脂砚斋作批年表》		
	康熙五十四年乙未岁（1715）四月廿六日，曹雪芹诞生，1岁	
	雍正六年戊申岁（1728）年初，曹家抄家，曹雪芹14岁	
最初创作	疑是雍正十二年甲寅岁至乾隆八年癸亥岁（1734—1743），曹雪芹20~29岁，其最初创作的上限也可能是抄家之岁	30岁之前创作草稿
"批阅十载，增删五次"，形成五稿。同时，脂砚斋对第一稿和第五稿两次作批	乾隆九年甲子岁至十五年庚午岁（1744—1750），曹雪芹30~36岁	创作第一稿《石头记》120回，脂砚斋同步但滞后半年做第一次批阅，形成"初评"庚午本《石头记》120回
	乾隆十六年辛未岁（1751），曹雪芹37岁	改完第二稿《情僧录》120回
	乾隆十七年壬申岁（1752），曹雪芹38岁	改完第三稿《红楼梦》120回
	乾隆十八年癸酉岁（1753），曹雪芹39岁	改完第四稿《风月宝鉴》120回
	乾隆十九年甲戌岁（1754），曹雪芹40岁	改完第五稿《金陵十二钗》前八十回，脂砚斋开始对其做第二次批阅，仍用其所批过的第一稿书名《石头记》
	乾隆二十年乙亥岁至二十七年壬午岁除夕（1755—1763年初），曹雪芹41~48岁逝世	改完第五稿《金陵十二钗》后四十回，因曹雪芹逝世而佚失
	乾隆十九年甲戌岁（1754）以后，脂砚斋作第三、四、五次批	甲戌（乾隆十九年，1754）再评，形成"甲戌本"前八十回
		丙子至己卯（乾隆二十一至二十四年，1756—1759）三评，形成"己卯本"前八十回
		庚辰（乾隆二十五年，1760）秋月四评定本，形成"庚辰本"前八十回
		壬午（乾隆二十七年，1762）畸笏叟大量作批，此年除夕雪芹逝世
		甲午（乾隆三十九年，1774）有"甲午八日泪笔"的最后脂批

六、程甲本前八十回中也有部分取自脂砚斋手中曹雪芹第一稿的判定

作者第一稿《石头记》是后四十回与前八十回一同创作，并未割裂成两段，只创作前八十回，而放着后四十回不去创作。作者下来的四次改稿，也不可能只改前八十回、不改后四十回。作者曹雪芹肯定是全书120回通盘创作、改定、再创作。

因此脂砚斋第一次批的《石头记》肯定是120回稿，而不可能仅有前八十回。同理，作者第二至第四次的改定稿也肯定都是120回稿。第五次定稿的情况有点特殊，即只有前八十回定了稿，后四十回尚未来得及改定，可证作者花在后四十回中的心血远比前八十回来得多。而且，即便是作者交付脂砚斋第二次作批的前八十回，其中也有少量未定的部分，如第75回庚辰本有回前批："乾隆二十一年五月初七日对清。缺中秋诗，俟雪芹。"

除此以外，第22回末惜春"海灯"谜语之后，庚辰本也有缺，这其实不是作者没写完，而当是脂砚斋有意不过录。其情形当同第64、67回庚辰本有缺一样，是曹雪芹第五稿定稿原本有之，而脂砚斋认为其有误待改而未抄，后来曹雪芹逝世，无人能改，脂砚斋只好把第64、67回的第五稿原稿再给人抄出，论见笔者《红楼时间人物谜案》"第三章、第三节、二、（三）"。

第22回惜春所制的"海灯"谜语后，庚辰本有眉批："此后破失，俟再补。"又有批："暂记宝钗制谜云：'朝罢谁携两袖烟，琴边衾里总无缘。晓筹不用鸡人报，五夜无烦侍女添。焦首朝朝还暮暮，煎心日日复年年。光阴荏苒须当惜，风雨阴晴任变迁。'此回未成而芹逝矣，叹叹！丁亥夏。畸笏叟。"

列藏本也有缺，而戚序本、舒序本、蒙王府本则有，即下引画线部分"贾政道：'这是佛前海灯嗄'"开始的文字，今以戚序本为底本，做校记如下：

> 阶下儿童仰面时，清明妆点最堪宜。
>
> 游丝一断浑无力，莫向东风怨别离。
>
> 贾政道："这是风筝。"探春笑道："是。"又看道是：
>
> 前身色相总无成，不听菱歌听佛经。
>
> 莫道此生沉黑海，性中自有大光明。
>
> 贾政道："这是佛前海灯嗄。"惜春笑答道："是海灯。"贾政心内沉思

道："娘娘所作爆①竹，此乃一响而散之物②。迎春所作③算盘，是打动乱如麻④。探春所作风筝⑤，乃飘飘浮荡之物。惜春所作海灯，一⑥发清净孤独⑦。今乃⑧上元佳节，如何皆用此不祥之物为戏耶？"心内愈思愈闷，因在贾母之前，不敢形于色，只得仍勉强往下看去。只见后面写着七言律诗一首，

---

① 爆，舒序本、蒙王府本作"炮"。
② 指其人能享荣华富贵、声震天下，但寿命不长久。
③ 作，蒙王府本作"破"，破解，即揭示出来的谜底。
④ 指其人命运算错了，即嫁错了人。
⑤ 指其人远嫁。
⑥ 一，舒序本、蒙王府本作"益"。
⑦ 指其人要出家。
⑧ 乃，蒙王府本同。舒序本作"系"。

却是宝钗所作，随念道：

朝罢谁携两袖烟？琴边衾里总无缘。

晓筹不用鸡人①报，五夜无烦侍女添。

焦首朝朝还暮暮，煎心日日复年年。

光阴荏苒须当惜，风雨阴晴任变迁。②

贾政看完，心内自忖③道："此物还倒④有限。只是小小之⑤人作此诗⑥句，更觉不祥，皆非永远福寿之辈。"想到此处，愈觉烦闷，大有悲戚之状，因而将适才的精神减去十之八九，只垂头沉思。

贾母见贾政如此光景，想到或是他身⑦体劳乏亦未可定，又兼⑧恐拘束了众姊⑨妹不得高兴顽耍，即对贾政云："你竟不必猜了，去安歇罢。让我们再坐一会，也好散了。"贾政一闻此言，连忙答应几个"是"字，又勉强劝了贾母一回酒，方才退出去了。回至房中只是思索，番来复去竟难成寐，不由伤悲感慨，不在话下。

且说贾母见贾政去了，便道："你们可自在乐一乐罢。"一言未了，早见宝玉跑至围屏灯前，指手画脚，满口批评，这个⑩这⑪一句不好，那一个做⑫的⑬不恰当，⑭如同开了笼的猴⑮子一般。宝钗便道："还像适才坐着，大家⑯说说笑笑，岂不斯文些儿？"凤姐自里间忙出来插口道："你这个人⑰，就该老爷每日令你寸步不离方好！适才我忘了，为什么不当着老爷，撺掇叫你也作诗谜儿。若⑱如此，怕不得这会子正出汗呢⑲。"说的宝玉急

---

① 人，蒙王府本误"声"。鸡人，《周礼》所录周代官名，掌供办鸡牲；凡举行大典，则报时以警夜。

② 宝钗之谜写其与宝玉的婚姻有名无实。后四十回写宝玉中举后宝钗守活寡，正是谜语中所谓的"焦首朝朝还暮暮，煎心日日复年年"，这也是后四十回与前八十回相合的例证★。上引庚辰本眉批已经言明宝钗此"更香"谜为曹雪芹原文。其实除此以外的文字也不是他人所能续作，乃是曹雪芹的原文而为后人补得。即惜春所制"海灯"谜之后的所有文字，并非后人根据脂批提示的"更香"谜补作。

③ 忖，蒙王府本误作"村"。

④ 倒，舒序本、蒙王府本作古字"到"，两字古通。

⑤ 此字蒙王府本同。舒序本无。

⑥ 诗，舒序本、蒙王府本作"词"。

⑦ 身，蒙王府本误脱。

⑧ 此处舒序本、蒙王府本有一"之"。

⑨ 姊，蒙王府同。舒序本作"姐"。

⑩ 二字蒙王府本同。舒序本无。

⑪ 此字舒序本同，蒙王府本无。

⑫ 做，当据蒙王府本作"破"。

⑬ 三字舒序本作"句"。

⑭ 此处舒序本同，蒙王府本有一"就"字。

⑮ 猴，舒序本同，蒙王府本作"雀"。

⑯ 二字舒序本无。

⑰ 四字舒序本作"宝兄弟"。

⑱ 此处舒序本有一"果"字。

⑲ 此字舒序本无。

了，扯着①凤姐儿②，扭股儿糖似的只是厮③缠。贾母又与李宫裁并众姊④妹说笑了一会，也觉有些困倦起来。听了听已是漏下四鼓，命将食物撤去，赏散与众人，随起身道："我们安歇罢。明日还是节下，该当早起。明日晚间再顽罢。"且听下回分解。

与上述诸脂本相比，程甲本与之大异。而甲辰本与程甲本一致，今以程甲本为底本，以程乙本、甲辰本相校：

> 阶下儿童仰面时，清明妆点最堪宜。
> 游丝一断浑无力，莫向东风怨别离。——打一⑤物。⑥

贾政道："好像风筝。"探春道："是。"

贾政再往下看，是黛玉的，道⑦：

> 朝罢谁携两袖烟？琴边衾里两无缘。
> 晓筹不用鸡人报，五夜无烦侍女添。
> 焦首朝朝还暮暮，煎心日日复年年。
> 光阴荏苒须当惜，风雨阴晴任变迁。——打一⑧物⑨

贾政道："这个莫非是更香⑩？"宝玉代言道："是。"

贾政又看道：

> 南面而坐，北面而朝。
> "象忧亦忧，象喜亦喜。"⑪——打一⑫物。⑬

贾政道："好，好！如猜⑭镜子，妙极！⑮"宝玉笑回道："是。"贾政道："这一个却无名字⑯，是谁做的？"贾母道："这个大约是⑰宝玉做的？"贾政就不言语。

往下再看宝钗的⑱，道是：

> 有眼无珠腹内空，荷花出水喜相逢。

---

① 二字舒序本作"在"。
② 儿，舒序本作"前"。
③ 厮，舒序本、蒙王府本作"斯"，两字古通。
④ 姊，舒序本作"姐"。
⑤ 此处程乙本有一"顽"字。
⑥ 此处甲辰本有批："此探春远适之谶也。"
⑦ 四字甲辰本误脱。
⑧ 此处程乙本有一"用"字。
⑨ 此处甲辰本有批："此黛玉一生愁绪之意。"
⑩ 更香，旧时为夜间按时打更而特制的一种线香，每燃完一支恰为一个更次。
⑪ 此句是《孟子·万章上》中语。
⑫ 此处程乙本有一"用"字。
⑬ 此处甲辰本有批："此宝玉之镜花水月。"指姻缘如"镜中花、水中月"般虚幻不实。
⑭ 如猜，甲辰本作"大约是"。
⑮ 二字甲辰本无。
⑯ 七字甲辰本无。
⑰ 此字甲辰本无。
⑱ 三字甲辰本无。

梧桐叶落分离别，恩爱夫妻不到冬。——打一①物。②

③贾政看完，心内自忖道："此物还倒有限，只是小小年纪，作此等言语，更觉不祥。看来皆非福寿之辈。"想到此处，愈觉烦闷，大有悲戚之状，只是垂头沉思。

贾母见贾政如此光景，想到他身体劳乏，又恐拘束了他众姊妹，不得高兴玩耍，便对贾政道："你竟不必在这里了，安歇④去罢。让我们再坐一会子，也就散了。"

贾政一闻此言，连忙答应几个"是"，又勉强劝了贾母一回酒，方才退出去了。回至房中，只是思索，番⑤来复去，甚觉悽惋。

这里贾母见贾政去了，便道："你们乐一乐罢。"一语未了，只见宝玉跑至围屏灯前，指手画脚，信口批评："这个这一句不好。""那个破的不恰当。"如同开了锁的猴子一般。黛玉便道："还像方才大家坐着，说说笑笑，岂不斯文些儿？"凤姐自里间屋里出来，插口说道："你这个人，就该老爷每日合你寸步儿不离方⑥好。刚才我忘了，为什么不当着老爷，撺掇⑦叫你作诗谜儿？这会子不怕你不出汗呢。"说的宝玉急了，扯着凤姐儿厮缠了一会。

贾母又和李宫裁并众姊妹等说笑了一会子，也觉有些困倦，听了听，已交四鼓了。因命将食物撤去，赏与⑧众人，遂起身道："我们安歇⑨罢。明日还是节呢，该当早⑩起⑪。明日晚上再顽罢。"于是众人⑫散去。⑬且听下回分解。

两相对照，便可发现：脂本有惜春"海灯"之谜与宝钗的"更香"之谜。而程甲本则无惜春"海灯"之谜，宝钗"更香"之谜变成了黛玉做的灯谜，但却有脂本没有的宝玉"镜子"之谜、宝钗"竹夫人"之谜。

程甲本当出自脂砚斋手中的第一稿，其稿中探春"风筝"谜语之后是黛玉"更香"谜、宝玉"镜子"谜、宝钗"竹夫人"谜，据甲辰本的脂批，这三者暗伏三人命运，显然不可或缺。由于脂砚斋看到其中漏了惜春之谜，故命曹雪

---

① 此处程乙本有一"用"字。
② 此处甲辰本有批："此宝钗金玉成空。"
③ 此下之文甲辰本仅作如下两句："贾政看到此谜，明知是'竹夫人'，今值元宵，语句不吉，便佯作不知，不往下看了。于是夜阑，杯盘狼藉，席散，各寝，后事下回分解。"
④ 安歇，程乙本作"歇着"。
⑤ 番，程乙本作"翻"，两字古通。
⑥ 方，程乙本作"才"。
⑦ 此处乙本有一"着"字。
⑧ 与，程乙本作"给"。
⑨ 安歇，程乙本作"歇着"。
⑩ 此处程乙本有一"些"字。
⑪ 此处程乙本有一"来"字。
⑫ 此处程乙本有"方慢慢地"四字。
⑬ 此处程乙本有"未知次日如何"四字。

芹补撰一下。于是曹雪芹便在第五稿中补撰了惜春"海灯"之谜，反倒把"更香"之谜改归宝钗，又把宝玉"镜子"谜、"竹夫人"谜给删落了，黛玉与宝玉二人遂无谜。脂砚斋肯定觉得这么一改，反倒比原来更加少了两人，于是认为这是作者定稿时有残缺的缘故，所以批下"此后破失，俟再补"。即要等作者补上黛玉与宝玉之谜后再来抄录。其实脂砚斋面前的誊清稿并无残破，当是曹雪芹的稿子是脂砚斋叫人抄录过来的，并非是他自己亲自抄录的。脂砚斋看到命人抄录来的定本中少了黛玉、宝玉二人之谜，便以为是原稿残缺，抄手没有意识到此处有残缺而连篇抄下，导致面前的誊清稿看上去不缺，其实原稿有缺，于是想有空亲自到曹雪芹那儿查对原稿加以补抄。

后来由于作者曹雪芹逝世，这缺的地方自然也就无从补起了，畸笏叟便把脂砚斋手中第五稿原稿中、他和脂砚斋误认为有残缺的文字（其实并不缺）中的宝钗"更香"谜给抄在了批语中；宝钗灯谜后诸本所抄录的贾政反应，畸笏叟以其为未定稿的缘故而不抄。

正如第 64、67 两回脂砚斋判定原稿有误，虽然手头有其原稿，仍未抄录，后来由于曹雪芹逝世而无人能改，也就只好把第 64、67 回他误会有误（其实无误）的原稿给人抄了出来。

此处第 22 回亦然，当是因为曹雪芹逝世后，无人能补改，所以脂砚斋便把他误会有缺（其实不缺）的文字给人抄了出来，于是庚辰本以后的诸本便有了第 22 回结尾的文字，这肯定是曹雪芹第五稿的定稿，而不像今天众人所猜测的后人补稿。

而程甲本所录的，应当是根据脂砚斋手中的曹雪芹第一稿《石头记》中的猜谜文字，其缺惜春"海灯"谜。而脂本缺"镜子、竹夫人"两谜，其实只要把脂本的惜春"海灯"谜补给程甲本，或把程甲本的"镜子、竹夫人"两谜补给脂本、并把"更香"谜改归黛玉，便可相得益彰，而曹雪芹的原意便全然具在了。

今按："更香"谜提到"琴边衾里总无缘"，而后四十回第 87 回宝玉与妙玉在潇湘馆外同听黛玉抚琴，第 89 回宝玉对黛玉说："可惜我不知音，枉听了一会子。"而黛玉答道："古来知音人能有几个？"正是为这句"琴边……总无缘"而写的情节。两人最终又未能婚配，正是此句所言的"衾里总无缘"。而第 109 回宝玉受五儿点拨，晚上与宝钗同房："自过门至今日，方才如鱼得水，恩爱缠绵，所谓'二五之精，妙合而凝'的了。此是后话。"则宝钗不可以称为"衾里总无缘"了；加上书中又只写黛玉抚琴，没写到宝钗抚琴，由此可见："琴边衾里总无缘"句，程甲本作为黛玉之谜而伏黛玉命运★，比脂本作宝钗之谜而伏宝钗命运更为贴切。

至于"更香"谜提到的"焦首朝朝还暮暮，煎心日日复年年"句，固然可以视为宝钗在宝玉出家后守寡的情形，但也和黛玉那种翘首期盼自己能成为宝玉妻室而最终落空的焦心相吻合，也即甲辰本所批的"此黛玉一生愁绪之意"，由此可见，甲辰本此处的这一系列批语，很可能就是脂砚斋在前八十回第一稿上作的脂批。由此"焦首朝朝还暮暮，煎心日日复年年"句也可证明：此"更香"谜程甲本作为黛玉之谜、而伏黛玉命运，这是非常贴切的。

而程甲本所独有的宝钗"竹夫人"之谜："恩爱夫妻不到冬"，与宝钗结婚第二年，宝玉在冬季来临前的八月中秋"乡试"出场时，随一僧一道出家而消失相吻合★；比脂本的"更香"之谜更符合宝钗的命运。

总之，程甲本"更香"之谜完全吻合黛玉命运，"竹夫人"之谜完全吻合宝钗命运，而脂本却把符合黛玉命运的"更香"谜划给宝钗而与宝钗命运实不吻合，又去删掉符合宝钗命运的"竹夫人"谜，这显然就是曹雪芹第五稿改稿也会出现反不如第一稿初稿合理的铁证。①

至于"程甲本"独有的宝玉"镜子"之谜，点明了贾宝玉这个人其实就是书中的一个"镜像"，也即作者曹雪芹在书中的化身。这与笔者《宁荣府大观园图考》第一章第一节"十二"与"十一"所证明的作者的创作主旨——"贾宝玉和甄宝玉是一模一样的镜像关系""贾府与甄府是一模一样的镜像关系"——完全吻合★；也与其书"第一章、第三节"所考明的作者的创作主旨——《红楼梦》中的小说空间"宁荣二府大观园"写的就是作者曹雪芹在南京的老家"江宁织造府"（江宁行宫）"南北不动、东西相反"的镜像——完全吻合★。

而且其诗句："南面而坐，北面而朝"，表面是写人照镜子时，人与镜中影像的朝向相反：人若面朝南，则影像面朝北；人若面朝北，则影像面朝南。这其实是在透露作者在书中的另一重玄机之旨，即：作者书中贾府所在的城市名义上写在天子脚下的北京，其实就在没有天子的南京②；因此：宝钗"上京选秀"名义上写的是上贾府所在之城，其实上的却是离开贾府所在之城的北京，所以一路上要走一年多，由于没有选上而返回贾府来竞争宝二奶奶的位置③；第69回贾珍扶贾敬灵柩，第116回贾政扶贾母灵柩，名义上都是回老家南京安葬，其实都是回曹家北边的老家"北京"，安葬在北京附近"通县"的曹家祖坟④，因此第33回宝玉挨打后，书中名义上让贾母气着说要回老家南京："我和你太太宝玉立刻回南京去！"其实这儿就是南京，贾母说的其实是回北京的老家。这就是宝玉"镜子"谜所透露出来的全书"南北互换"的镜像之旨★。即：

作者写贾府府内空间时，遵循"南北不动、东西互换"的镜像之旨；而写贾府所在城市这一点上，则遵循"南（京）、北（京）互换"之旨：书中贾府所在的天子脚下的"北京"恰是南京，而他们口口声声所说的"回老家南京安葬、受气回老家南京"，其实就是回老家北京安葬、受气回老家北京。

由此可证，程甲本宝玉"镜子"之谜，的确就是曹雪芹代表其创作主旨的

---

① 相同的例子又如：脂本五儿已死而程高本五儿未死，后者其实比前者更为合理。详见本章"第二节、一、（三）柳五儿未死"："程高本第77回五儿母女看望晴雯，冲散了晴雯嫂子对宝玉的勾引，应当是曹雪芹的初稿（据本章第八节考，当是脂砚斋首次作批的曹雪芹第一稿中的情节）；不知何故，我们今天读到的脂砚斋第二次作批的作者第五次定稿本的前八十回，反而将这一合情入理的情节给删改掉了。"
② 请参见笔者《宁荣府大观园图考》"第一章、第三节、四"的页底小注。
③ 请参见笔者《红楼时间人物谜案》"第一章、第三节、第116回"的页底小注。
④ 请参见笔者《红楼时间人物谜案》"第二章、第二节、六、（二）"的页底小注。

神妙的点睛之笔。因此，程甲本有宝玉"镜子"之谜的第22回这段迥然不同于脂本的猜谜文字，绝对不是他人所能补写得出，千真万确就是曹雪芹的原稿，不出意外的话，应当就是脂砚斋手中的前八十回的第一稿。

总之，脂砚斋手中既有曹雪芹第一稿的120回（即有第一稿的前八十回和第一稿的后四十回），又有第五稿的前八十回。今本后四十回是程伟元得到的脂砚斋手中的后四十回的第一稿，程高本的前八十回中，也有部分是根据程伟元所得到的、脂砚斋手中的前八十回的第一稿来补改。所以，程甲本前八十回与脂本的异文，同样值得我们分外珍视。

七、毫不犹豫的结论——后四十回是曹雪芹所著

后四十回非他人所续——既非熟悉曹家家事的曹家之人所续，也非高鹗所续，更非其他无名氏所续。后四十回应当就是曹雪芹所著！

得出这一结论的关键理由便是：作者"批阅十载、增删五次"，肯定是120回一起写完后方才能这么做。脂砚斋在甲戌年第二次作批，只获得前八十回的定稿，但他在批语中又一再提到后四十回的情节，他能读到的后四十回的情节，显然只可能是他第一次作批的曹雪芹第一稿的120回本《石头记》中的后四十回。

既然脂砚斋手中有后四十回的第一稿，则后四十回便不用其他人来续了，曹家人更是不用续了，因为他们手头就有这后四十回的初稿。脂砚斋生前因为知道手中的后四十回是初稿，手中的前八十回是定稿，两者之间有"四易其稿"的差异而会有牴牾，而且其中还缺了几回，所以脂砚斋不敢把后四十回抄在前八十回后面一同传世。

到了程伟元与高鹗的时代就不同了，他们要比曹雪芹小一两辈，在第五稿定稿本后四十回找不到的情况下，找到的哪怕是第一稿的后四十回也行，因为"有聊胜于无"。于是程伟元便到脂砚斋后人手中找到了这部后四十回的初稿，刊印传世；一并还得到了脂砚斋手中前八十回的第一稿（全部或部分），用它来补改通行的前八十回的第五稿。

今本后四十回作为第一稿，比较粗糙，但却千真万确就是曹雪芹的原稿。因为笔者《宁荣府大观园图考》《红楼时间人物谜案》这两部书，以及本书《后四十回完璧归曹》，从全书空间与时间上的前后吻合，以及后四十回能在众人全都看不出的细节方面完全与前八十回合榫，但就是不去续众人都能看明白的、也即任何续书人都会去续的第1回、第5回所揭示出来的"一穷二白"的大局，从而证明后四十回绝对只可能是曹雪芹所著。

笔者《红楼时间人物谜案》"第二章、第二节、一"，在编制完成《红楼梦作者用"十九年故事"隐写自己"十四岁人生"的叙事简表》后，得出如下结论：

作者通过书中"明写过年"与"暗写换年"的手法，来暗示哪些年是

真年（即作者真实人生中的一岁），哪些年是虚年（即由作者真实人生中的某一岁拆分出来的故事中的虚增之年；在作者的真实人生中，此拆分出来的虚年当归并入其上的真年、从而恢复出作者真实人生中的一岁）。我们便是根据这类内证，得出作者"以十九年故事隐写自己十四岁人生"的结论，与"曹学"考证出来的"曹雪芹是曹颙遗腹子，生于康熙五十四年，到雍正元年正月元宵节前夕抄家时正好十四岁"的结论完全吻合。这可以证明两点：一是我们根据"暗写换年"合并出的作者"十四岁的真实人生"符合作者原意；二是写出本书"以十九年故事隐写十四岁人生"的人，应当就是抄家时十四岁的曹雪芹，而不可能是其他人。

后一结论便意味着写《红楼梦》的人只可能是曹雪芹，而不可能是曹家其他人，更不可能是曹家以外的人；由于后四十回与前八十回在空间和时间上是一个艺术整体，所以写今本后四十回的人也只可能是曹雪芹，而不可能是高鹗或其他无名氏、乃至曹家的其他人。笔者《宁荣府大观园图考》证明《红楼梦》描写的空间"宁荣二府大观园"就是南京曹雪芹家"江宁织造府"大行宫的镜像，这也能证明创作《红楼梦》这部书的人只可能是曹雪芹，但无法排除曹家其他人，通过此处的结论，便能完全排除曹家的其他人而只可能是曹雪芹。

判定这一结论的另一条关键证据，便是曹雪芹 36 岁时，其佛学导师——也即其家庙南京"香林寺"的方丈"大晓实彻"——来常州天宁寺任住持。下一章便要详细考明这条证据的来龙去脉，借助富有常州元素的证据链，再度证明"后四十回是曹雪芹所著"这一结论，使《红楼梦》前八十回与后四十回破镜重圆。

第三章　常州《梦》圆录

《红楼梦》后四十回结束于常州"毗陵驿"，本章便旨在揭示常州与曹雪芹深厚的佛学关系和家姓渊源，这种佛学联系和家族渊源在高鹗的人生中找不到，从而能有力地证明后四十回乃曹雪芹所著。本章因用常州元素来让《红楼梦》前八十回与后四十回"破镜重圆"，故名"常州《梦》圆录"。

一、本章解题

（一）《红楼梦》的故事、贾宝玉的人生均圆结于常州

《红楼梦》第1回："空空道人……从头至尾抄录回来，问世传奇，因空见色，由色生情，传情入色，自色悟空，遂易名为'情僧'，改《石头记》为《情僧录》。""空色"两字点明全书的主旨便是以佛法来观照人生，"情僧"两字便点明作者是领悟佛门空旨的佛教信徒。

作者命名全书为"红楼梦"，"红楼"既是繁华的象征，更是"红楼掩面人"这一红颜美人的象征，作者以"梦"字来命名全书，表明自己早已从繁华与美色这场"黄粱迷梦"中清醒过来，领悟了佛门的空旨，深感佛教对世界的理解和把握才是人生的真正归宿。

在作者看来，自己的一生便是为"悟道"这一结果而设，书中描写的一切都是为"宝玉出家"这一结局而设，所以"宝玉出家"便是全书所有情节的归宿，便是全书最为关键的一幕。

宝玉的修行"功德圆满"于常州、《红楼梦》全书的故事"圆满完结"于常州，这影写的便是作者曹雪芹佛学方面的精神导师"大晓实彻"禅师在常州！这影写的便是作者曹雪芹对人生"大彻大悟"的佛学修为的圆满，离不开常州！

（二）《红楼梦》破镜重圆于常州

大晓实彻是乾隆朝常州天宁寺的"中兴之祖"，是曹家南京家庙"香林寺"的住持，是亲眼目睹作者曹雪芹，从十来岁开始在佛学方面不断成长起来的精神导师。常州天宁寺与曹家的这层深切关系，加上曹家同宗祖先曹横坟墓又在常州城东的横山，这便是常州与《红楼梦》割不断的"法乳之恩"和"血浓于水"的深切联系。《红楼梦》后四十回最后、同时也是全书最重要的一幕落在

常州"毗陵驿",贾宝玉最终消失在常州城外的小坡（横山）后面,便是"后四十回乃曹雪芹所著"的又一重有力证据。

正因为常州与曹雪芹有佛学与家祖这两层深切由衷的关系,曹雪芹才会把全书最后、同时也是最为关键的一回"宝玉出家"写在常州,而高鹗或其他无名氏与常州没有这两层佛学法脉和家族渊源上的植根内心、深切由衷的关系。所以,后四十回让全书主线"宝黛爱情"的最后一幕"宝玉出家"功德圆满于常州,便能证明这是曹雪芹所写,而非高鹗或其他无名氏所续。

而民国胡适、鲁迅、俞平伯认为后四十回乃高鹗所著,今人又以高鹗无此才情而另疑脂砚斋或其他某位深通曹家内情的无名氏或曹家人士所著,遂把后四十回与前八十回割裂为二,也正要靠本章所揭示的常州与《红楼梦》作者曹雪芹本人的这两层"佛学上的铭心刻骨的关系"和"家族渊源上的血脉相连的关系"而"破镜重圆"。

（三）"《红楼梦》后四十回曹著"定案于常州

笔者前两部书和本书的前两章分别从"空间、时间、脂批、正文"四大方面论明"《红楼梦》后四十回是曹雪芹的手稿,高鹗只是做了编辑工作"。既然后四十回是曹雪芹原稿,那么《红楼梦》结局于常州"毗陵驿"便也是曹雪芹的本意。

本章又据作者写不到常州而起特笔写到常州,乃是因为他人生的佛学导师"大晓实彻",在其创作《红楼梦》的乾隆年间,正好就在常州天宁寺任住持。在大晓禅师的住持下,常州天宁寺成为不光建筑至大,而且宗风最好的名副其实的"东南第一丛林"。天下参学衲子在此云集,曹家当有某位作者的至亲,因抄家而彻悟人生的"苦空无常",出家于常州天宁寺大晓禅师法座之下,挂单①修行于常州城东"青明峰"（即曹家同宗祖先曹横坟墓所在的横山）下的大林寺,而被作者曹雪芹写到"宝玉出家"这一幕中,最后借"只听得他们三人口中不知是哪个作歌曰",来点明书中宝玉最后所唱之歌,其实就是这位曹姓出家人的悟道偈。

由于常州与曹雪芹有如此密切的双重佛学联系:一是常州天宁寺住持是见证其在佛学方面成长的精神导师;二是常州有其看破红尘的至亲族人,出家修行于常州城内的"天宁寺"和祖坟前的坟庵横山"大林寺"——而高鹗或其他无名氏都不可能同时具有这两层关系,所以,《红楼梦》圆结于常州,便是能够用来证明"后四十回乃曹雪芹所写"的又一力证。

笔者前两部书和本书的前两章旨在证明"《红楼梦》后四十回乃曹雪芹所作",便是为本章的结论"《红楼梦》全书圆结于常州乃曹雪芹原意"服务。同时,本章也可以"反哺（即反过来证明）"这一结论,使民国以来被胡适等大家割裂为二的《红楼梦》得以"破镜重圆"于常州,使"《红楼梦》后四十

---

① 古称僧人云游居于某寺为"挂单"。

回乃曹雪芹所作"这一结论，因为有常州元素的加入，而更加令人信服地得以定案，为常州将来复原"大观园"提供无可争辩的实在依据。

二、常州"毗陵驿"是《红楼梦》故事正式开场后唯一明写的地点

常州"毗陵驿"既是《红楼梦》的归结之地，更是《红楼梦》故事正式开场后唯一明写之地。

《红楼梦》写家族之事，其空间舞台自然都在其家所在之城。书中正式故事开场后，唯有一处把空间舞台搬到了此城之外，那便是最后一回，写出家后的宝玉在常州"毗陵驿"拜别其父亲。

作者笔下所写的其家所在的城市，出于"讳知者"的考虑，用了"真事隐、假语存"的笔法，不敢点明，只敢拟古称作"长安"，以表明其"京都"的地位。清代承袭明代地名，天下共有两个京都：一是北京，二是南京，作者到底写的是哪一京？我们根据作者的暗示，便可知道他写的绝对是南京而非北京。何以见得？第69回凤姐让旺儿杀掉尤二姐的前夫张华，旺儿不忍犯下这人命大罪，便向凤姐谎称张华已死："只说张华是有了几两银子在身上，逃去第三日在京口地界，五更天已被截路人打闷棍打死了。他老子唬死在店房，在那里验尸掩埋。凤姐听了不信，说：'你要扯谎，我再使人打听出来敲你的牙！'自此方丢过不究。"这便证明小说发生的京都绝对不可能是北京，而只可能是南京。因为张华生活在贾府所在之城，从南京到京口（今江苏镇江）慢点走的话是要三天，而从北京到京口的话，最快也要十来天。作者通过这一情节已向大家交代清楚："宁荣二府大观园"其实不在北京而在南京，说贾府在天子脚下那是假话。这与作者一贯的文风相符：作者总会在撒完无数句谎言后，说一两句关键的真话。作者虽然处处避讳"南京"两字而写作"长安"，但却仍在不经意中透露这么一处，为的就是让有心人看破他写的是南京而非北京的真相来。

除南京外，第1回写甄士隐住在苏州，即："当日地陷东南，这东南一隅有处曰姑苏，（甲侧：是金陵。）有城曰阊门者，最是红尘中一二等富贵风流之地。"这似乎写到了苏州，但画线部分的脂批已经点明：这同样是作者的"狡狯"谎言，其实甄士隐全家就住在金陵南京，作者此处所写的"姑苏"仍是影射南京。因为甄士隐在梦中亲眼看到一僧一道携宝玉下凡，而宝玉降生在南京的贾府，甄士隐是凡人，没有"魂游异地"的神通，其梦魂不可能由苏州跑到南京，故画线部分的脂批特地点明他做梦的地点作者表面上故意写成苏州，其实仍在南京。

此外，第2回冷子兴是在扬州向贾雨村演说荣国府，但这一回只是全书的引子而非正式故事。作者借助第5回回目"开生面梦演红楼梦、立新场情传幻境情"中的"红楼梦"三字、"开生面、立新场"两词，点明"《红楼梦》全书正式开场于这第5回"的信息。此前的第1回交代宝玉、黛玉下凡这一全书的"楔子"，而第2回以下是正文的"铺垫"，即第2回借"冷子兴演说荣国府"来交代全书的人物关系，第3回借"林黛玉进贾府"来交代全书的空间格局，第4回"葫芦僧乱判葫芦案"借"护官符"来交代贾府的社会背景与社会

关系网，这三回全都在为第 5 回开场的全书正式情节做铺垫，都不是正文，这便是第 2 回甲戌本回前总批所言的："此回亦非正文，……其演说荣府一篇者，盖因族大人多，若从作者笔下一一叙出，尽一二回不能得明，则成何文字？故借用冷子一人，略出其大半，使阅者心中已有一荣府隐隐在心，然后用黛玉、宝钗等两三次皴染，则耀然于心中、眼中矣。此即'画家三染法'也。"所言便是：冷子兴为第一染，即第 2 回借"冷子兴演说荣国府"来交代贾府的人员；黛玉为第二染，即第 3 回借"林黛玉进荣国府"来渲染贾府空间；宝钗为第三染，即第 4 回借宝钗入贾府的起因"葫芦僧乱判葫芦案"，用"护官符"来渲染贾府的社会背景。此条脂批足以证明第 2、3、4 三回皆非正文，都是第 5 回开始的全书正式故事的铺垫。

总之，《红楼梦》全书的正式故事是从第 5 回到第 120 回。所以可以这么说：全书正式故事只写到了两个地方，一个是宝玉生活的南京，另一个便是最后宝玉出家拜别生父的常州"毗陵驿"。由于宝玉生活的南京作者并未明写，而用假话"长安"来暗写，需要我们借助第 69 回的暗示才能识破，而其写宝玉出家别父的常州"毗陵驿"却是明写。所以说，《红楼梦》的正式故事只在两个地方"南京（金陵）"与"常州（毗陵）"展开情节，而其明写的地方却只有一处，即"常州（毗陵）"。

换句话说，《红楼梦》正式故事中由作者唯一指实的地点只有常州"毗陵驿"。这无疑让我们感到常州在曹雪芹心目中的分量和地位，让我们感到常州与《红楼梦》的关系非同寻常，同时也更让我们惭愧地感到常州在《红楼梦》这一领域还存在三大不足：一是除民国藏书大家常州人陶湘、董康、陶洙外，常州对《红楼梦》的研究贡献还很不够！二是常州在弘扬《红楼梦》文化方面的努力还很不够！三是常州对《红楼梦》文化旅游资源的开发还很不够！

三、贾政走不到常州，《红楼梦》结束于常州是作者所起的特笔

判定常州在曹雪芹心目中具有极高地位的依据，便是全书最后一回贾政根本就走不到常州；换句话说，《红楼梦》完结于常州，那是作者曹雪芹所写的特笔！

何以见得贾政走不到常州？书中第 120 回写："且说贾政扶贾母灵柩，贾蓉送了秦氏、凤姐、鸳鸯的棺木到了金陵，先安了葬。贾蓉自送黛玉的灵也去安葬。贾政料理坟基的事。一日，接到家书，一行一行的看到宝玉、贾兰得中，心里自是喜欢；后来看到宝玉走失，复又烦恼，只得赶忙回来。……一日，行到毗陵①驿地方。"贾政是到南京安葬完毕贾母、秦可卿、王熙凤、鸳鸯这四口

---

① 按：程甲本原作"昆陵"（简体字作"昆陆"），程乙本特地改作"毗陵"（简体字作"毗陵"），这便是程乙本《红楼梦引言》开头所说的："故初印时不及细校，间有纰缪。今复聚集各原本详加校阅，改订无讹，惟识者谅之。"末署："壬子花朝后一日小泉、兰墅又识。""小泉"即程伟元之号，"兰墅"即高鹗之号。原本作"昆陵"，程伟元、高鹗改作"毗陵"，一般人看到"昆陵"两字是联想不到要改"毗陵"的，这也就证明程伟元、高鹗这一改动当有其底本依据，不是其自作主张、拍拍脑袋想出来的臆改，当是初排程甲本时，排版工人辨

棺材，然后因为买坟田的事逗留南京，在此期间又派贾蓉护送林黛玉棺材回苏州安葬，后来因为收到家信而急忙赶回家，某日途经常州的"毗陵驿"。

上文我们引第 69 回旺儿的话，已然证明作者写的贾府其实就在南京，但作者在书中处处给人造成写的是"天子脚下北京"的假象，此处同样如此，即书中字面是写贾政从北京扶贾母灵柩回南京安葬，此时到达"毗陵驿"便是葬毕返京途中。而从南京回北京是用不着经过常州的，作者为什么不顾常理，特地写到常州？

唯一合理的解释便是：常州在其心目中实在太为重要了，常州与"宝玉出家"这一结局密切相关；所以作者也就要用特笔，写到返京途中根本走不到的常州。这是任何续书人都不敢续出来的荒诞情节[1]，后四十回居然胆敢这么写，便能证明：这根本就不可能是高鹗或其他无名氏所续的情节，而应当就是作者曹雪芹本人才敢写出来的情节。

作者起特笔写常州的原因是什么呢？其原因便是：常州天宁寺有其佛学的源头——"大晓实彻"这位精神导师，作者的曹家有位作者的至亲，追随这位"大晓实彻"禅师在常州天宁寺出家修行，后来又在常州城东"青嶂"峰曹家祖坟前的坟庵大林寺内挂单修行，成为作者创作《红楼梦》时佛学方面的良师益友。

四、常州天宁寺有作者的佛学之师、佛学之友

（一）脂砚斋曹頫是扶大晓实彻禅师登上住持高位的恩公

民国濮一乘所编《武进天宁寺志》卷七有清人撰写的《大晓彻禅师行略》，称大晓实彻："由是出山，闻'香林'月祖行道钟山，即往亲近进堂。……祖微叹而已，从此契合，付以南涧源流。未几祖有微疾，退位，织造部堂曹大护法同本寺耆宿请师继席。祖示寂，师守龛心丧三年，力行祖道。十有二载[2]，金山量祖退席，织造海公奏明同镇海大人，同请往金山江天寺。……住十六春，退隐润州。毗陵士庶久钦师德，因天宁虚席，扶功大师，暨众护法，敦请出山。师本不欲受请，念其千里往还，勉力应允。入院后，百废俱兴。十有六春，圣驾南巡，幸寺，问契圣心。丁丑复幸，钦命赐紫，优渥复胜。是岁仲夏、望后七日，示微疾，书偈云：……偈毕以终，世寿七十二，戒腊四十九，塔于金陵紫金山。"[3]

雍正六年（1728）正月曹家抄家，隋赫德继任江宁织造，见《江南通志》

识原稿不清而误排，排程乙本时特地纠正过来。如果是高鹗续书，就不大可能有这种"第一次连自己写的字都认识不清，要到第二次排印时才加以纠正"的情况发生。

[1] 无论是从南京到北京还是从北京到南京，其实都经过不了常州。

[2] "十有二载"不是指大晓实彻禅师担任香林寺住持的年数，而是指他出任金山寺的雍正十二年（1734），因为下引《天涛法师行略》言明："雍正十二年甲寅，师翁（大晓实彻）奉旨，住持'金山'。"

[3] 民国濮一乘编《武进天宁寺志》，台北：明文书局 1980 年影印的《中国佛寺史志汇刊》第 1 辑第 35 册，第 178 至 179 页。

卷105"江宁织造"题名："曹寅，满洲人康熙三十一年任。曹颙，满洲人，康熙五十二年任。曹頫，满洲人，康熙五十四年任。隋赫德，满洲人，雍正六年任。"①大晓实彻在月潭明达祖师示疾而尚未逝世时，便已继任"香林寺"住持之位（月祖"有微疾退位"），且又是"织造部堂曹大护法"而非隋赫德拥戴其任住持，故知其任住持必在雍正六年正月隋赫德受命来抄曹家前的雍正五年（1727）或五年之前。上引史料言其雍正十二年（1734）出任镇江金山寺住持（"十有二载……同请往金山江天寺"），则其任香林寺住持至少为八年。

那么大晓实彻何年担任香林寺住持？今按《正源略集》卷12"香林月潭达禅师"："师于雍正己酉（七年，1729）示寂。"②月潭明达禅师从"有微疾"到"示寂"不会相隔太久，所以大晓实彻任香林寺住持当在雍正四年或五年为宜，以五年的可能性为最大。敦请其担任香林寺住持的"织造部堂曹大护法"显然就是曹頫，而非曹寅或曹颙。因为《江南通志》载明曹颙康熙五十二年至五十四年（1713至1715）任江宁织造，如果是曹颙礼请大晓实彻任香林寺方丈，则月潭明达禅师从生病到逝世岂非长达14至16年之久？这显不合宜。

"大护法"就是向寺庙施舍财物的大施主，吴新雷先生《曹雪芹江南家世考》之《〈香林寺庙产碑〉和曹寅的〈尊胜院碑记〉》，曾抄录有《香林寺庙产碑》："一、香林寺奉前织造部堂曹大人买施秣陵关田二百七十余亩，和州田地一百五十余亩。"③《红楼梦》第15回所言的"原来这铁槛寺原是宁荣二公当日修造，现今还是有香火地亩布施，以备京④中老了人口，在此便宜寄放"⑤，两书引文中的画线部分正相契合，可知《红楼梦》中所写的"铁槛寺"的原型应当就是南京的"香林寺"，这便可证明大晓实彻与曹頫也即曹家、曹雪芹关系的密切。又《江南通志》卷105"苏州织造"的题名："海保，镶黄旗人，奉宸苑郎中，雍正八年任。"⑥则敦请大晓禅师任镇江金山寺住持的"织造海公"当是海保⑦。

---

① 清·赵弘恩等修《江南通志》，台湾"商务印书馆"影印"文渊阁四库全书"本，卷105第13页。

② 清·释达珍编《正源略集》，台北：新文丰出版公司1987年影印日本"卍新纂续藏经"第85册，第75页。

③ 吴新雷、黄进德《曹雪芹江南家世考》，福州：福建人民出版社1983年版，第56页。

④ 京，指南京。作者把故事表面上写在天子脚下的北京，又在书中不起眼处点明贾府其实就在南京的真相，即第69回凤姐让旺儿杀掉尤二姐前夫张华，此时张华正和凤姐同处一城。旺儿不忍犯下人命罪案，于是向凤姐谎称张华已死，即书中所写的：旺儿"只说张华是有了几两银子在身上，逃去第三日，在京口地界，五更天已被截路人打闷棍打死了。"从南京到京口（今镇江）70多公里，不急着赶路慢慢走的话的确要三天。而从北京到京口路途甚远，两三天根本走不到，最快也要十来天或半个月。作者通过这一情节，已经非常明确地交代清楚贾府其实不在北京而在南京。书名《石头记》说的也是石头城（南京）里的石头（即宝玉、也即作者自己）的故事。上引第69回的文字，见人民文学出版社1975年版《脂砚斋重评石头记（庚辰本）》第1682页。

⑤ 清·曹雪芹《脂砚斋重评石头记（庚辰本）》，北京：人民文学出版社1975年版，第309页。

⑥ 清·赵弘恩等修《江南通志》，文渊阁四库全书本，卷105第14页。

⑦ 清代江苏有两个省会，一是江宁（南京），一是苏州，"江苏"二字便取两者的首字而来。与"两江总督"同城的"江宁布政使"辖江宁、淮安、扬州、徐州四府，通、海二州，以及海门厅，这"四府二州一厅"便成为"两江总督"的直辖地；而与"江苏巡抚"同城的"江

从普通僧职到住持那是一个质的飞跃，这就意味着该僧人从此有资格担任所有寺院的住持，而扶大晓实彻登上住持高位的恩公便是曹頫。

（二）大晓实彻来任常州天宁寺住持是《红楼梦》创作的后五年

大晓禅师的法嗣是天涛际云，《武进天宁寺志》卷七收有清代僧人了信所撰《天涛法师行略》："时，月潭太师翁主化江宁之'香林'，炉韝赤甚。大晓师翁，职班首，重师举止庄重，多方提掣，发明衲衣下事。……雍正十二年甲寅，师翁奉旨，住持'金山'。……庚午（乾隆十五年）夏，师翁以常州绅衿请，住'天宁'。"[1]可证雍正十二年（1734），天涛际云的师翁（即老师）大晓实彻到镇江金山寺来但任住持，乾隆十五年庚午岁（1750）夏天，前往常州天宁寺担任住持，这么看来，大晓禅师好像在镇江金山寺担任住持十七年（古人虚算），但上引《大晓实彻禅师行略》言明"住十六春，退隐润州"，可证他应当是在乾隆十四年（1749）退位，次年接受常州士民之请而来常州天宁寺但任住持，一直到乾隆二十二年丁丑岁（1757）逝世（见上引《大晓彻禅师行略》："丁丑……是岁仲夏望后七日，示微疾，……偈毕以终"），他在常州天宁寺担任住持八年（1750至1757年）。

《红楼梦》甲戌本言明作者曹雪芹"批阅十载、增删五次，……至脂砚斋甲戌抄阅再评，仍用《石头记》"[2]，红学界基本认定这话是乾隆十九年甲戌年（1754）定本时所写。据常理来看，作者不可能写完80回后，放着后四十回不写，就去增删五次。所以甲戌年定本时，《红楼梦》全书120回当已定稿，即曹雪芹当是从乾隆九年到十九年（1744—1754）创作了《红楼梦》[3]。因此大晓实彻担任常州天宁寺住持期间，正好就是曹雪芹创作《红楼梦》这十年中的后五年（1750—1754年，曹雪芹36~40岁），《红楼梦》第120回完结于常州"毗陵驿"，当是拜作者创作到第120回时，大晓禅师已经或刚刚驻锡常州天宁寺所赐。

（三）大晓实彻是曹雪芹的佛学启蒙导师

大晓禅师在曹家抄家前夕任曹家家庙"香林寺"的住持，此前是该寺"班首"（见上引释了信《天涛法师行略》："大晓师翁职班首"）。禅宗丛林在"住持"职位之下设有"四大班首"，他们分别是"首座、西堂、后堂、堂主"，由戒腊长、威望高的僧人担任，与方丈共同组成掌管丛林事务的核心领导班子。由大晓能继任住持来看，他继任住持前所担任的"班首"一职应当是仅次于住持的第二把交椅"首座"。而住持僧年老后不可能再掌管事务，所以大晓禅师在继任香林寺住持前，便已在"首座"位置上接管了全寺事务，成为香林寺的实际掌

苏布政使"辖江南"四府（苏松常镇）、一州（太仓）"，这儿便成为"江苏巡抚"的实控区。故镇江金山寺的住持要由苏州而非南京的织造来任命。

① 《武进天宁寺志》第 183—184 页。
② 《脂砚斋重评石头记（甲戌本）》卷一/8ab。
③ 乾隆十九年为甲戌年，正是"甲戌本"定本之年。关于《红楼梦》的创作是从乾隆九年到十九年，详笔者《宁荣府大观园图考》"第一章、第二节、四"。

门人。

笔者《红楼时间人物谜案》"第二章、第二节、一"的考证，用《红楼梦》书中的内证，完全证实了红学界所认定的"曹雪芹就是康熙五十四年（1715）所生的曹頫遗腹子"的结论，从而确凿无疑地认定曹雪芹的生年是康熙五十四年。在我上文所判定的大晓禅师出任香林寺方丈的雍正四年或五年（1726、1727），曹雪芹是虚岁12岁或13岁。换句话说，大晓禅师是在曹雪芹十二三岁时开始担任其家庙"香林寺"的住持，而之前曹雪芹能记事且开始形成佛学思想的十至十一二岁时，大晓禅师其实也已经是曹家家庙"香林寺"实际主持教化工作的掌门人"班首"。（上引《天涛法师行略》："大晓师翁，职班首，……多方提挈，发明衲衣下事"便可证明：寺院由"班首"一职来主持对全寺僧人的教化工作。）

《红楼梦》第一次写到主人公贾宝玉对禅宗的领悟是第22回"听曲文宝玉悟禅机"。从作者一惯奉行的"真事隐、假语存"的笔法来看，这应当影写的是作者人生中的首次佛学参悟。据笔者《红楼时间人物谜案》"第二章、第二节、一"的考证，此年在全书十九年故事中是红楼十三年、宝玉13岁，而在作者真实的十四岁人生中则为雍正二年（1724）的10岁。而宝玉影写的就是作者曹雪芹，其时的家庙方丈虽然还是月潭明达祖师，但正如上文所言，月潭祖师必定因为年老多病而不能理事，由"班首"（即首座）大晓实彻禅师主持全寺事务，包括主持对僧众与居士们的教化启发工作，因此大晓实彻应当就是作者曹雪芹幼年时期佛学方面的启蒙老师，这一点当可毋庸怀疑。

总之，大晓实彻以其佛学造诣与戒腊、威望担任作者家庙"香林寺"实际掌权人"班首"与"住持"两职期间，正是作者十来岁佛学思想逐渐形成并不断成长的关键时期[①]。《红楼梦》作者声称自己"因色悟空"而成"情僧"，又改书名《石头记》为《情僧录》，这都是在标榜全书怀有极深的佛学底蕴，同时也在标榜自己怀有极深的佛学底蕴。《红楼梦》书中所体现出的深厚的佛学背景，应当深受大晓这位高僧大德在作者曹雪芹年幼时所给予的佛学引导和熏陶；而大晓禅师担任常州天宁寺住持之时，又正逢曹雪芹创作《红楼梦》的"批阅十载、增删五次"中的后五年，这也正是曹雪芹一定要让出家后的宝玉在常州告别父亲的原因所在，其目的就在于纪念此时的常州有自己年幼时的佛学启蒙导师。大晓禅师与曹雪芹、《红楼梦》、脂砚斋，可谓缘深而情厚。

（四）大晓实彻使常州天宁寺成为江浙地区修行最好的"东南第一丛林"

上引《大晓彻禅师行略》提到：乾隆皇帝于十六年春（1751）首次南巡时，亲临常州天宁寺，大晓禅师的回答符合皇帝心意；乾隆皇帝于乾隆二十二年丁丑（1757）第二次南巡时，再度亲临常州天宁寺，赐予大晓禅师紫色袈裟，礼遇更加优厚。可见大晓禅师是当时公认的有道高僧。

常州天宁寺在大晓禅师到来之前并无全国影响，大晓禅师担任住持后，常

---

① 按：作者10岁之前尚是幼童而非少年，其佛学思想的形成当在十来岁的少年时期，而不可能更早。

州天宁寺才开始名震全国，成为东南地区禅风最好的丛林，人称"东南第一丛林"，大晓禅师也被誉为常州天宁寺的"中兴之祖"。这一盛况一直延续到常州天宁寺住持"冶开清镕"出任民国"中国佛教会"会长，历时长达200年之久。

清人对此盛况多有记载，如《武进天宁寺志》卷六清人庄受祺《天宁寺重建禅堂记》："圣清膺箓，象教愈崇。翠华载临，琳琅贲焕。则有大晓禅师，振锡兹土，爰究、爰度，高甍四接，灿焉各新。始规后楼中室为禅堂，<u>俾十方法侣陆时参学</u>。"①说的便是乾隆十五年（1750）大晓实彻任常州天宁寺住持后，常州天宁寺成为东南禅宗极有名望的大丛林。

卷七清人陆鼎翰《善净如禅师塔铭》："常州天宁，为禅宗学海。轮下之众，恒数千指。居是位者，非大福德、大智慧，莫克胜任。自临济三十五传至大晓禅师，由'金山'移席'天宁'，大畅宗风。大祖授'纳川海'禅师，纳祖授'净德月'禅师，净祖授'恒赞如'禅师，恒祖授'雪岩洁'禅师，雪祖授'普能嵩'、'定念禅'禅师。"②这一记载概括了大晓禅师担任住持后，常州天宁寺声震全国的盛况，以及其法脉传承。

卷八光绪朝天宁寺住持冶开清镕所作的《〈庚申同戒录〉序》称："吾'天宁'，自唐牛头融禅师开山，累代宗传，十方参证，大抵以律辅禅，垂为家法。最近，自清初'大晓彻'祖而下，我'恒赞如'祖、'雪岩洁'祖，皆两次开坛说戒。而律宗泰斗，如'见月体'祖，亦亲莅行化；'香雪润'祖，且住持此间：一时门庭，震铄宇内。"③言常州天宁寺在大晓实彻任住持期间，开坛说戒而弟子遍满天下，声震宇内。

大晓实彻来常州天宁寺后，天宁寺便成为江浙地区（即东南部中国）修行最好的禅宗寺院，人称"东南第一丛林"，这一称号不光指天宁寺殿宇宏大、僧侣众多，更指该寺的住持德行高洁、教化有方，僧人们在此参学修行，最容易成就道果，相当于是东南地区排名第一的僧人最高学府。而曹家又与大晓禅师有深交，曹家如果有族人在抄家后看破红尘选择出家修行的话（这种可能性显然是很大的），定然会首选常州天宁寺。

《红楼梦》最后一回写贾政在南京安葬完贾母后，让贾蓉去苏州安葬黛玉，自己则回天子脚下首都（北京）。而从南京到北京根本就走不到常州，作者之所以要让出家了的宝玉在常州的"毗陵驿"，与人间的生父作最后一别，让《红楼梦》最后完结在贾政根本就走不到的常州，这说明常州在作者曹雪芹心目中的地位极其重要，其重要性便是前面所说的：这儿有其年幼时的佛学启蒙导师，这儿又有其抄家后看破红尘而出家修行的曹氏至亲族人。正因为曹雪芹与常州有这么深的佛学联系，而高鹗身上找不到与常州一丁点儿佛学联系，这便是曹雪芹笔下的《红楼梦》最后一回一定要圆满结束在常州的历史依据所在，同时也是《红楼梦》第120回乃至所有后四十回都是曹雪芹手笔的有力证据。

---

① 《武进天宁寺志》第137页。
② 《武进天宁寺志》第217页。
③ 《武进天宁寺志》第292至293页。

七十二世大晓實徹禪師

大晓实彻禅师像（此图出自民国释虚云编《佛祖道影》卷二）

（五）曹雪芹当有曹姓至亲出家修行于常州天宁寺

作者让《红楼梦》完结于贾政回京途中根本走不到的常州，我们已然证明这是曹雪芹的本意而非他人所续写①，这是作者专门"为写常州而写"的特笔，反映出作者与常州，"宝玉出家"与常州均有着密切联系。

作者与常州的密切关系，由上述论证已可想见，即：《红楼梦》一书以佛

---

① 因为笔者前两部书及本书前两章分别从"空间、时间、脂批、正文"四大方面论明《红楼梦》后四十回乃曹雪芹所著"这一结论。这便意味着《红楼梦》结局于常州"毗陵驿"乃是曹雪芹的本意。

学为背景①，而作者的佛学来源，也即作者佛学上的精神导师——大晓禅师，在其正式创作《红楼梦》的那十年的后半期（1750—1754年），已经由南京、镇江来到常州，所以作者要起特笔，把"宝玉出家"这宝玉人生与《红楼梦》全书主线情节的最后一幕，专程落到常州而不是其他城市来写。

《红楼梦》全书标榜"真事隐、假语存"之旨，所写故事全都影写家事，如以"元妃省亲"影写姑姑平郡王妃省亲，以秦可卿之葬影写平郡王妃之葬等，则最后一回"宝玉出家"肯定也影写真事，据此便可揣知，另一层"宝玉出家"与常州的关系便是：曹家有人抄家后顿悟人生而入了空门，"宝玉出家"这幕情节便是影写此人此事。

这倒不是说宝玉的原型就是这个人。由作者以19年小说故事来隐写自己14岁的真实人生，而作者曹雪芹抄家时又正好14岁，可知宝玉的原型肯定就是作者曹雪芹本人，而不可能是其他人。作者是把曹家某位至亲族人的出家之事写到以自己为原型的宝玉身上，这是一种艺术的综合，并不意味着宝玉的原型就是这位至亲族人。

全书最后一回，宝玉在贾政船头拜别父亲后作歌而别，与一僧一道云游天下，乃是影写这位至亲族人在某年脂砚斋和作者曹雪芹坐船，由运河路经常州城时，特来船头探望并分手的情景。宝玉口中所唱的歌，应当出自这位至亲族人的悟道偈，因为他唱的是："谁与我逝兮，吾谁与从？渺渺茫茫兮，归彼大荒！"其中的"渺渺"当指跛足道士"渺渺真人"，而"茫茫"便指癞头和尚"茫茫大士"。此歌是言："有谁和我一同离开这人间，回到那大荒山的'太虚幻境'？那便是渺渺真人和茫茫大士。"则作歌者显然就不可能是渺渺真人、茫茫大士，而应当是宝玉。此时书中居然写道："只听得他们三人口中不知是哪个作歌曰"，这便是在说：此歌搞不清楚是否为宝玉所唱。

此歌字面上早已表明不是渺渺真人、茫茫大士所唱，则此歌除了宝玉外，还能由谁来唱？这歌肯定是作者所写，作者在作品中的代言人便是宝玉，所以作者在此绝对不是在说："这歌不是宝玉唱的，是我作者写的。"而且作者也肯定不会在说："这歌是出家后的宝玉作的，其已返回神瑛侍者的本相，与世俗的那个宝玉已有不同。作者我这么写，是想说：这是悟道的宝玉唱的，不是世俗那个宝玉唱的，因为两个宝玉已有'出尘'和'在尘'的本质区别，已非同一个人，所以称作'不知哪一个'。"作者如果真这么说，未免太过牵强，因为书末最后一回言："天外书传天外事，两番人作一番人"，点明天上仙人与其下凡转世投胎后的俗人乃是同一个人，不必分此、分彼。所以"不知是哪个作歌"这句话，作者肯定不是在说此歌乃悟道的宝玉而非俗家的宝玉所唱。

---

① 书中第1回"楔子"言明是"空空道人"将此书流传人间，最后由色悟空，入了空门而成为"情僧"，全书又以一僧一道贯穿始终，由此可见：《红楼梦》一书以佛学为背景，善巧方便地宣扬因果报应，教人戒淫，明"福善而祸淫"之旨，弘扬佛法。这也就是俄国人卡缅斯基在其所购置的程高本《红楼梦》上"用十八世纪旧式笔法书写的题词：'道德批判小说'"的由来（引文详列藏本书首李福清、孟列夫《列宁格勒藏抄本〈石头记〉的发现及其意义》第2页）。

此歌既然不是一僧一道所唱，又非尘世与出世的宝玉所唱，作者又不想说这是我作者自己所唱，那到底是谁在唱这首歌呢？联系上面所说的宝玉出家另有原型，即作者某位至亲族人在常州天宁寺出家修行，则这首歌便应当是这位出家的至亲族人所作的《悟道偈》。

此《悟道偈》本意是借修行路上何人为伴的设问，来表达无人为伴之旨（"渺渺茫茫"便是空旷无人之意）；作者受此《悟道偈》文字的点拨，突发灵感，把"渺渺、茫茫"四字点化成为全书的两个纲领性人物"一僧一道"，自然要在全书结尾处点清原作者以表深谢，于是便用"不知是哪个作歌"来点明非作者"我"、非宝玉、非僧道，而是作者"我"的至亲族人这一"宝玉出家于常州"的原型创作了这首歌。

总之，作者最后一回之所以要写出家后的宝玉在常州辞父，其真实用意便是想告诉世人：我曹雪芹有位至亲族人，在抄家后顿悟红尘之空幻，在我们曹家家庙方丈大晓实彻所住持的常州天宁寺出家修行，并作《悟道偈》，为我创作《红楼梦》的故事结局，提供了一个极好的素材，直接启迪了书中"一僧一道"这两个纲领性人物的命名和塑造。

《武进天宁寺志》卷十有大晓实彻乾隆十七年壬申（1752）所作的《天宁寺"念佛堂"、"安乐堂"功德芳名碑》，有乾隆二十一年丙子（1756）所作的《天宁规约碑》，皆是其任住持期间的乾隆十四年至廿二年（1750—1757）所作。而《红楼梦》"批阅十载、增删五次"的创作是从乾隆九年到十九年（1744—1754）。作者创作《红楼梦》的十年中的后五年（1750—1754），正好就是大晓实彻任常州天宁寺住持之际。其间，曹雪芹肯定会随叔父脂砚斋曹頫来常州，而与天宁寺出家的这位至亲族人相见，并把这一幕写入《红楼梦》的最后一回，作为宝玉出家后在常州"毗陵驿"拜别贾政的原型来源。

至此，"曹雪芹有至亲出家于常州天宁寺"，便因三点理由而由"或然"变成"必然"、由"可能"变成"定论"，这三点理由便是：①曹家与天宁寺住持大晓禅师是世交，曹家人拜大晓为师大晓无法拒绝。②其时常州天宁寺宗风在南京周围属于最好，人称"（中国）东南（部地区、也即吴越地区）第一丛林"，大晓又是位有道高僧，曹家人愿意追随其来到常州天宁寺修行办道。③《红楼梦》结束于"宝玉出家"，而出家后的宝玉最后现身于常州，作者总是奉行其"真事隐、假语存"的创作主旨，所以，作者肯定是以这幕情节来影写自己曹家有人在抄家打击下出家，然后追随大晓禅师在常州修行。由此三点理由，遂使上述结论由可能变成事实、由或然变成定论。

在此强烈建议：常州天宁寺建"大晓祖堂"，内塑大护法脂砚斋曹頫与比其小12岁的年轻居士曹雪芹聆听大晓禅师说法的塑像，于祖堂外又塑"毗陵驿"宝玉船头拜别贾政的情景，以此来纪念《红楼梦》功德圆满于常州这一文化佳话。

五、宝玉出家于南京东南方向常州的内证

第 91 回 "布疑阵宝玉妄谈禅"，黛玉以禅语布疑阵，来试探宝玉对己是否真心：

> 宝玉呆了半晌，忽然大笑道："任凭弱水三千，我只取一瓢饮。"
>
> 黛玉道："瓢之漂水，奈何？"
>
> 宝玉道："非瓢漂水：水自流，瓢自漂耳。"
>
> 黛玉道："水止珠沉，奈何？"
>
> 宝玉道："禅心已作沾泥絮，莫向春风舞鹧鸪。"
>
> 黛玉道："禅门第一戒是不打诳语的。"
>
> 宝玉道："有如三宝。"黛玉低头不语。
>
> 只听见檐外老鸹呱呱的叫了几声，便飞向东南上去。
>
> 宝玉道："不知主何吉凶？"黛玉道："'人有吉凶事，不在鸟音中。'"

此是黛玉布疑阵，而宝玉用禅语来作答，所谈乃爱情。禅宗主张明心见性、摆脱欲望，宝玉居然用参禅悟道之语来表达自己对黛玉的真爱，显然有违参禅宗旨，故回目拟作"宝玉妄谈禅"。

宝玉对黛玉说："虽然世界上有无数女子，但我用我这瓢，只舀起你这勺水，只喝你这勺水。"黛玉说："你见一个爱一个，就像瓢漂在水上，漂到哪儿是哪儿，从来都没有留恋过一滴水。"宝玉说："虽然瓢会身不由己地随波逐流、漂来漂去，但瓢永远面孔朝上，瓢中所有的还是最初的那点水，那就是你。虽然我和所有的女孩子都处得来，看上去好像'见异思迁'、'见一个爱一个'，其实我心中仍然只有你一个。"黛玉说："我这个人为你把泪流尽而死，我黛玉这块'玉'为你珠沉玉碎而亡，到时候你会怎么办？"

宝玉回答之句来自两处：一是苏东坡请妓女向自己的好朋友参寥子要首诗，诗僧参寥拿起笔来就写："多谢尊前窈窕娘，好将幽梦恼襄王。禅心已作沾泥絮，不逐东风上下狂。"[①]即美女当去寻找好色的楚襄王，莫要来找我这个参禅之僧。因为我的心就像飞在空中的杨花（柳絮），早已落地而被大地粘住，再也飞不起来，我再也不会为任何美色所动心。

二是唐人郑谷《席上贻歌者》："花月楼台近九衢，清歌一曲倒金壶。座中亦有江南客，莫向春风唱《鹧鸪》。"[②]鹧鸪鸟的鸣声是"不如归去"，当时流行的《鹧鸪曲》曲调哀婉清怨，含"不如归去"之旨。郑谷为江西宜春人，他写此诗是说：长安的酒席上如果唱起《鹧鸪曲》这种流行之歌，便会勾起"我"这个远在异乡的江南人的思乡之情而让我难过，所以请求不要在"我"面前唱这种曲、提这种话。

宝玉取此二诗，表明我不会再为别人动心，你也不要再说让我难过的话。

黛玉听后仍然不很放心，便试他可是至诚的真心，于是说："佛门第一戒便

---

① 见宋赵德麟《侯鲭录》卷三："东坡在徐州，参寥自钱塘访之。坡席上，令一妓戏求诗，参寥口占一绝云：'多谢尊前窈窕娘，好将幽梦恼襄王。禅心已作沾泥絮，不逐东风上下狂。'"
② 见《全唐诗》卷 675。

是不可撒谎。"古人发誓时会请天地、日月、江河来做证明，如《诗经·王风·大车》："谷则异室，死则同穴；谓予不信，有如皦日。"这便是对天发誓。《左传·僖公二十四年》："公子曰：所不与舅氏同心者，有如白水！"这便是对着滔滔大河发誓。此处宝玉说"有如三宝"，便是请"佛法僧"三宝来做证明，也就是对"佛法僧"三宝郑重发誓说：刚才所说的一切都是真心实意！这时黛玉见他已经发重誓加以证明，便无话可说地完全相信了。

宝玉说："黛玉一旦真的'水尽珠沉'而死后，自己便'禅心'不动，不会为任何美色动心"，这其实就是第30回红楼十三年五月初四日，宝玉对黛玉说过的"你死了，我做和尚"之誓的再度重申。当时这句话尚是13岁小儿女的口出戏言，谁会当真？而且一天后的第31回五月初五，宝玉又在黛玉面前安慰受气的袭人说："你死了，我作和尚去。"书中这时写："林黛玉将两个指头一伸，抿嘴笑道：'作了两个和尚了。我从今以后都记着你作和尚的遭数儿。'"点明宝玉口中的"你死了，我做和尚"不像是句誓言，更像是他经常挂在口头的"口头禅"，所以愈发不可当真。正因为此，作者才要写这第91回，让佛法僧"三宝"为做证明、而再度重申这一重誓："你死了，我做和尚！"总之，这一回无非就是点明宝玉在黛玉死后一定会出家。

这时书中写道："只听见檐外老鸹呱呱的叫了几声，便飞向东南上去。宝玉道：'不知主何吉凶？'黛玉道：'"人有吉凶事，不在鸟音中。"'"黛玉之言出自明末清初褚人获《坚瓠首集》卷二"壁诗四绝"①："敖东谷（英），一日山行，午饭农家，见壁上四绝句，意甚警策，或曰晦翁诗也：'鹊噪未为吉，鸦鸣岂是凶？人间凶与吉，不在鸟声中。'（一。）'耕牛无宿草，仓鼠有余粮。万事分已定，浮生空自忙。'（二。）'翠死因毛贵，龟亡为壳灵。不如无用物，安乐过平生。'（三。）'雀啄复四顾，燕寝无二心。量大福亦大，机深祸亦深。'（四。）"又见明人罗懋登《三宝太监西洋记》第59回："鹊噪非为吉，鸦鸣岂是凶？人间吉凶事，不在鸟音中。"表面是说这乌鸦叫没什么凶意，其实这是作者让乌鸦来报丧，暗示"黛玉将亡而宝玉出家"的凶信，作者故意用黛玉语将这一主旨又轻轻抹去。这一轻轻抹去的笔法，的确是曹雪芹的惯用笔法，笔者《红楼时间人物谜案》"第一章、第三节、第117回"有详论。

关键是这儿乌鸦往东南方向飞，而不往其他七个方向飞，而其又是在宝玉谈自己出家事时来报征兆，故其所飞方向应当就是宝玉出家的方向。其在贾府东南，而我们已经考明作者所写的贾府就在南京，常州正在南京的东南方向，所以这一情节正是暗示第120回宝玉出家后，在常州"毗陵驿"告别贾政。由于第120回写宝玉消失在常州一座"小坡"后面，而此处又以乌鸦往东南飞暗示其出家在南京的东南方向，两相结合便可断言：宝玉出家修行于南京东南方向常州的一座"小坡"后面。这座"小坡"应当就是常州城正东12公里处的横山。其海拔仅百米，不可以称作大山；贾政在常州城东郊望见此山时，又因为隔了整整12公里，所以书中也就写成了"小坡"两字。其山西面有"大林寺"，

① 下引文字中加括号者为原书小注。

东面有"白龙观",正符"一僧一道"之旨。

或曰:黛玉死后棺材回苏州安葬,苏州也在南京东南,故此"乌鸦东南飞"是来报黛玉棺归苏州。但上述谈话并未涉及到黛玉死后返葬之事,但却涉及到黛玉死后宝玉出家之事,可见往东南飞的不可能指黛玉返葬东南方向的苏州,而应当指宝玉前往南京的东南方向,出家于乾隆朝号称天下宗风最好的"东南第一丛林"常州天宁寺,因为那儿有引导并见证曹雪芹从十来岁开始在佛学方面不断成长起来的精神导师"大晓实彻";最终又落足于如"青埂"(绿色长城)般的横山,因为那儿一僧一道"大林寺、白龙观"之间的山背后,有曹氏同宗之祖曹横墓这一曹家祖坟,此山便因此而得名"横山"。

江南大地上很难找到有名的曹氏遗迹,唯此曹操后裔、东晋右将军曹横的遗迹幸存在江南大地上,而且还巍然屹立在举世瞩目、交通便捷的"京杭大运河"北岸的山林中,名声显赫。所以,《红楼梦》最后写宝玉追随一僧一道消失在常州城外一座"小坡"之后,便是作者曹雪芹的曹姓至亲,因为抄家而看破红尘,最后出家修行于横山祖坟前"大林寺"的艺术写照,相当于叶落归根,意境邈远。

六、宝玉出家后归宿于常州横山的内证

书中第 22、第 91 等回作者写宝玉、黛玉两人参禅悟道,其实离不开作者家庙"香林寺"住持"大晓实彻"的佛学启蒙和熏陶。而书中一再提及的宝玉出家归隐处"青埂峰、大荒山",更可视为常州城东横山"青明峰、芳茂山"的艺术表达。

第 95 回宝玉失玉后,众人让邢岫烟请妙玉扶乩:"只见那仙乩疾书道:'噫!来无迹,去无踪,青埂峰下倚古松。欲追寻,山万重,入我门来一笑逢。'书毕,停了乩,岫烟便问:'请是何仙?'妙玉道:'请的是拐仙。'岫烟录了出来,请教妙玉解识。妙玉道:'这个可不能,连我也不懂。你快拿去,她们的聪明人多着哩。'岫烟只得回来。……便将所录乩语递与李纨。众姊妹及宝玉争看,都解的是:'一时要找是找不着的,然而丢是丢不了的。不知几时不找便出来了。但是青埂峰不知在哪里?'李纨道:'这是仙机隐语。咱们家里哪里跑出青埂峰来?必是谁怕查出,摞在有松树的山子石底下,也未可定。独是'入我门来'这句,到底是入谁的门呢?'黛玉道:'不知请的是谁?'岫烟道:'拐仙。'探春道:'若是仙家的门,便难入了。'袭人心里着忙,便捕风捉影的混找,没一块石底下不找到,只是没有。回到院中。""拐仙"即书中所写的跛足道人"渺渺真人",而非"八仙"中的铁拐李。"拐仙"说"青埂峰下倚古松",固然是在说第 1 回"楔子"所交代的"通灵宝玉"的前身是"大荒山、无稽崖、青埂峰"下倚着古松的一块顽石。其实这儿也在暗示宝玉出家处为"青埂峰"。书中大家都在找青埂峰,却找不到在哪里。

第 117 回癞头和尚"茫茫大士"以索送玉之价为名再度进入贾府,叫出宝玉,当面授以中举后出家之旨,这时王夫人、宝钗命人打听两人说些什么话,"那小厮回道:'我们只听见说什么"大荒山",什么"青埂峰",又说什么"太

虚境"、"斩断尘缘"这些话.'王夫人听了也不懂。宝钗听了，唬得两眼直瞪，半句话都没有了。"可证宝玉出家后归宿于大荒山、青埂峰，而大荒山、青埂峰又与"太虚幻境"连在一起。

全书最后一回第120回，当即脂批所言的"悬崖撒手"那一回，出家后的宝玉在常州"毗陵驿"贾政船头前向贾政拜别，"贾政又问道：'你若是宝玉，如何这样打扮跑到这里？'宝玉未及回言，只见船头上来了两人，一僧、一道，夹住宝玉说道：'俗缘已毕，还不快走？'说着，三个人飘然登岸而去。贾政不顾地滑，疾忙来赶，见那三人在前，哪里赶得上？只听见他们三人口中不知是哪个作歌曰：'我所居兮青埂之峰，我所游兮鸿蒙太空。谁与我逝兮吾谁与从？<u>渺渺、茫茫兮归彼大荒！</u>'贾政一面听着，一面赶去，转过一小坡，倏然不见，贾政已赶得心虚气喘，惊疑不定。回过头来，见自己的小厮也是随后赶来，贾政问道：'你看见方才那三个人么？'小厮道：'看见的。奴才为老爷追赶，故也赶来。后来只见老爷，不见那三个人了。'贾政还欲前走，只自见茫茫一片旷野，并无一人。贾政知是古怪，只得回来。"宝玉在常州"悬崖撒手"[①]而消失时所唱的歌，表明他归宿于青埂峰、大荒山。由于他是在常州一"小坡"后消失在第5回所唱的"落了片白茫茫大地真干净"中。可证宝玉就消失在常州的某座小山坡后，则"青埂峰、大荒山、太虚境"的入口处便在常州这座小山坡后当可无疑。

何以见得"青埂峰、大荒山、太虚境"在常州那座小山坡处？便是因为书中第1回写明：贾宝玉这块顽石是从大荒山青埂峰出来的，第95回又交代清楚贾宝玉这块顽石最终要回到其发源地"青埂峰下倚古松"，而最后一回第120回又交代清楚贾宝玉消失在常州的一个小坡后面，这一系列表述便足以证明"大荒山青埂峰"就在常州，是常州郊外的一个小坡。

我们之所以对这一点敢这么自信，还因为两点：一是全书首末的镜像对照，二是作者全书的"归源"、"返本还原"之旨。

本书"第二章、第四节、一"的"（一）"和"（二）"证明了全书首末两回、全书第5回与倒数第5回均呈镜像一般的前后照应。即：第5回贾宝玉梦游"太虚幻境"，而第116回贾宝玉再度魂游此警幻仙境（即警幻仙子所主掌的太虚幻境），宝玉第5回看到的牌坊上的"太虚幻境"四个字翻牌为"真如福地"，宫殿上的"孽海情天"四字变成了"福善祸淫"，"薄命司"殿这三个字化作了"引觉情痴"殿，这两回完全呈镜像对照的格局。

又：第1回写甄士隐看到一僧一道手中顽石所化的通灵宝玉，然后一僧一道携此玉入了"太虚幻境"的牌坊，交给警幻仙子让其入世，而第120回写甄士隐度化英莲到警幻仙子案前销号后，从"太虚幻境"牌坊走出来，迎面碰上一僧一道携通灵宝玉前来销号，然后送回原位；第1回最开头"空空道人"读到复归原位的顽石身上的故事，而第120回写空空道人再度读到顽石身上故事：以上两者也完全呈镜像对照的格局。

---

① "悬崖撒手"不是说宝玉真在悬崖边撒手，而是说宝玉在其人生中悬崖勒马，顿悟出家。

笔者《宁荣府大观园图考》第一章第一节"十"至"十三"充分论证清楚作者笔下的甄宝玉与贾宝玉是一对镜像、书中的贾府（假府、即小说中的府）与甄府（真府、即真实世界中的曹府）是一对镜像，第三节又充分证明书中的贾府（宁荣二府大观园）就是曹府（江宁织造府行宫）的镜像，书中贾府所在的长安就是真实世界中南京的镜像。而且曹雪芹在谋篇布局时又擅长"对峙立局、对仗构思"，因此曹雪芹让《红楼梦》全书首尾做镜像对照，绝不是空穴来风，而是符合其一惯的创作风格的。

正因为《红楼梦》全书首末两回、第五回与倒数第五回均呈镜像般前后照应的格局，因此全书第一回与最后一回关于贾宝玉的出处和归宿之文便可以"互文见意"，这就意味着：宝玉就出自末回所说的常州；末回所说的宝玉消失的常州那座小坡，便是首回所言的大荒山、青埂峰。或有人拘泥于这小坡太小，怀疑其是否能作为《红楼梦》所提到的故事出处——"女娲炼石补天"的所在？愚以为："山不在高，有仙则名；水不在深，有龙则灵。"[①]而横山正有仙人王八百升天的登仙馆（即大林寺），又有龙神显灵的白龙观，绝非凡庸之山。

我们只要能证明后四十回是曹雪芹所写，根据上文所揭示的曹雪芹谋篇布局时所擅长的"镜像对照"的构思原则，则宝玉的归宿与出处之地"大荒山、青埂峰"的原型，便可以锁定在常州近郊之山——也即下文所说的横山！

其关键便是要能证明后四十回是曹雪芹所著[②]，一旦证明了这一点，而全书120回又呈严整的镜像对照格局，第一回宝玉的出处便可以和最末一回宝玉的归宿呈镜像对照关系，两者便可以"互文见意"：宝玉消失在常州，也就意味着宝玉出处在常州。我们之所以对这一点这么确信，还在于书中的脂批两次提到"归源"。

笔者《宁荣府大观园图考》第三章第六节"八、'沁芳闸'处'埋花冢'"指出：作者把黛玉与宝玉两人埋葬鲜花的"花冢"设在"沁芳闸"这一"沁芳溪"的源头处，其意便是要把象征"薄命红颜"的落花，全都归葬在全园的水源处，这便是"归源"之意。

"万艳同悲，千红一哭"，红颜老后收葬在源头，也就是归葬在第27回黛玉《葬花吟》歌中所唱的"质本洁来还洁去、强于污淖陷渠沟"的本源之处。甲戌本在这第27回末有总批："'埋香冢'[③]葬花，乃诸艳归源；《葬花吟》，又系诸艳一偈也。"庚辰本此回前有总批："《葬花吟》是大观园诸艳之归源小引。"

笔者《宁荣府大观园图考》"第三章、第一节、三"之"（二）大观园水脉考"也指出：整个大观园水系从"东北角"入，又从"东南角"出，其从东入而又从东出，也正符合黛玉《葬花吟》所唱的"质本洁来还洁去"之旨，也即"源头就是归宿"的意思，脂批称之为"归源"。

作者创作此书旨在哀悼红颜薄命，而红颜（包括诸艳之首的宝玉）都逃不脱黛玉《葬花吟》所唱的"归源"主旨。可证"归源"正是作者贯穿全书的一

---

① 唐刘禹锡《陋室铭》。
② 笔者前两部书和本书的前两章已能充分证明这一点。
③ 埋香冢，即"花冢"的美称。

大创作主旨。这"归源"两字便是上文所说的"归葬于源头"之意，其实也就是"还原"之意，意味着一切都要回到原点、回到原来的最初状态，这也就是全书最末一回的第 120 回末尾"空空道人"所说的石头（即宝玉这块顽石、同时又指宝玉这个人）"返本还原"是也[1]，也就是该回所说的"天外书传天外事，两番人作一番人"所讲明的：以宝玉为首的所有红楼诸艳全都要回归本原。

正因为作者有"归源"这一创作主旨，更加可以证明：贾宝玉这一诸艳之首的最后消失处便当是其源头之处，则其最后消失的常州那座小坡，无疑便是全书"缘起（即楔子）"所提到的宝玉出处——大荒山、青埂峰！

常州全境一平如砥，无山无坡。即便有坡，也高不过三五米，遮不住三位仙家的飘逸形踪。唯有城东 12 公里处百米高的"横山"，其分东西两峰，西名"青明峰"，东名"芳茂山"，当是作者曹雪芹笔下宝玉消失的"小坡"原型。（因为常州郊外仅此一座山峰，故三位仙家消失的小坡只可能是此处。）

之所以称此山为"坡"，乃是其距常州有 12 公里，贾政在常州城下遥望此山，故称之为"坡"；又因为此山高仅百米，不可以称大，故称之为"小"。而且，正如上文所言"山不在高，有仙则名；水不在深，有龙则灵"，常州这座城东的横山虽然只有百米高，但却有两口龙井、两座龙潭（详下文"七"、"九"），历来就是向龙神祈雨的圣地（详下文"九"引谢应芳诗《过横山龙祠作》），而且又有曹雪芹的同宗祖先——东晋的右将军曹横在此斩蛇除妖，又有梁代仙人"王八百"在此登仙而留有"丹井"（炼丹井），这儿历来又相传是常州"人界"与"神界"的切换之地，宝玉由此山切换入"太虚幻境"正为合宜。

此横山只有百米高，形如一道百米高的青色长城，如埂一般绵延往东（见封面后勒口处的横山照片），然后又往北，朝向常州最神圣的 4200 年前大舜驻扎过的"一年而所居成聚，二年成邑，三年成都"[2]的舜过山，是常州得名"延陵"的由来。

正因为其山如百米高的青色长埂、长墙，这便是《红楼梦》中"青埂峰"的原型；而芳茂山又与"大荒山"发音接近，其山芳草萋萋之景又与荒莽之景意象相通，当是"大荒山"的由来。今分"七"至"十一"共五点详考如下。

七、常州城东的"芳茂山"、"青嶂"峰，以及康熙朝闻名全国的"大林庵"、"横林镇"

常州城正东 12 公里处的横山，有东、西两峰。东峰为"芳茂山"，笔者曾询问当地父老，皆言此山向来无树，一派"芳草萋萋"的茂盛景象，故名"芳茂山"。

其西峰为"青明山"，以青翠明亮而得名，宋人胡宿在诗中称其为"青嶂"，

---

[1] 空空道人的原话是："我从前见石兄这段奇文，原说可以闻世传奇，所以曾经抄录，但未见返本还原。不知何时复有此一佳话？方知石兄下凡一次，磨出光明，修成圆觉，也可谓无复遗憾了。"

[2] 《史记·五帝本纪》语。

并称山有紫气（"紫氛"，均详下引《咸淳毗陵志》），所以主峰名叫"紫霞峰"（见《道光武进阳湖县合志》书首"安丰南乡"图中标有此名）。其峰高约百米，南麓有大林寺，梁代道士王八百在此炼丹成仙，留有"丹井"，陈代立为"登仙馆"，宋代改称"冲虚观"，明初改建为佛寺"大林庵"，后代升格为寺，故今天称之为"大林寺"。

《咸淳毗陵志》卷15"山、晋陵①"有此横山的详细记载："横山，在县东北三十五里。南唐徐锴《碑》云：旧名'芳茂'，晋时尝有紫气，右将军曹横葬此，易今名。三茅山人张存有'当时不葬曹横墓，千古犹称芳茂山'之句。胡文恭宿《诗》云：'此地横青嶂，当年动紫氛。''将军精爽在，可解勒《移文》？'《风土记》云：'有大横岘以承众流'，即此山也。东南有芙蓉湖，山横其间，故曰'大横'。今运河北岸有横林，去县二十七里，与山遥望，意昔有林木，故亦以名。南麓有龙井。"古代此横山山麓之林当向南延伸十余里到运河岸上，故名"横林"。

又《道光武进阳湖县合志》卷2"山、阳湖"："横山，《隋书·地理志》：'毗陵郡晋陵县有横山。'《太平寰宇记》作'二横山'，云：'二山相连续，并在州东北四十二里。'……旧《志》：'在县东三十五里，跨丰南、丰北二乡，冈阜相属，延袤二十余里。今南二峰名"横山"，北一峰犹名"芳茂"。'"载明"横山"可以细分为"横山"与"芳茂山"两峰。而据上引《咸淳毗陵志》，则两峰合称为"芳茂山"，其偏西一峰因葬曹横而得名"横山"。

《咸淳毗陵志》卷25"观寺、晋陵"载有"大林寺"前身"冲虚观"的记载："冲虚观，在横山。梁有王八百修道得仙，陈朝以州东北为鬼道，因筑道馆以镇之，名'登仙'。中遭毁荡，唐乾宁初，道流张皎然等重建。开宝七年，大加营缮，徐内史锴为《记》。大中祥符二年改赐今额。"其地位居常州州境的东北，是鬼道所在，也即"神出、鬼没"之地。据"九"所引曹横斩蛇的故事，横山下的"内、外龙潭"处有"登仙台"，王八百在"冲虚观"炼丹后服丹登仙，故其观又名"登仙馆"。

此道观明初改为佛寺，见《道光武进阳湖县合志》卷14"祠庙下、阳湖、安丰北乡"："大林庵，即'冲虚观'旧址，明洪武初建，……崇祯十六年，僧重庵重修。国朝康熙四十四年，圣驾南巡，寺僧秉岳，于扬州高旻寺接驾，钦赐唐诗一首，挂对一联，云：'竹里寻幽径，云边上古堂。'"康熙皇帝所赐之诗出自唐代诗人张乔《游歙州兴唐寺》②。康熙朝"大林庵"住持秉岳有资格前往扬州接驾，并得到康熙皇帝御笔对联，可证"大林庵"在当时佛教界影响不可谓小。故曹家至亲在常州天宁寺出家后，挂单修行于此横山大林庵也就不足为怪了，因为这儿原本就不是什么默默无闻之地。再联系到康熙四十四年（1705）

---

① 唐以前，常州城下为晋陵县，从唐武则天朝开始，分其西境设武进县，故常州城下东境为晋陵县，西境为武进县，明代方才合为一县，称武进县。清代雍正四年（1726）又分其东境立阳湖县，相当于古之晋陵县，民国又并入武进县。故横山之地明以前属晋陵县，明代属武进县，雍正四年后又属阳湖县，民国属武进县。

② 诗见《全唐诗》卷638。

正是曹寅在高旻寺行宫接驾之际[①],则曹家与大林寺关系的深厚密切也就不言而喻了。曹家之所以和大林寺关系深密,便拜这儿是其同宗祖先曹横墓所在,相当于是曹家祖坟前的坟庵所在,下有详论。

横山的名望还拜山南不远处的"横林"古镇所赐。"横林镇"地处常州、无锡交界处,是"京杭大运河"常州段的东大门,天下人路过常州段运河时,都会行经此地而熟知这一名镇。此镇与横山相望(即上引"今运河北岸有横林,⋯⋯与山遥望"),古代当有森林相接,即横山的绿林一直铺陈到运河北岸的"横林"处,其间的距离有十三四里,故其镇名为"横林"。

在横林镇的运河船上,抬头便可以看到横山的景色,横山上的大林寺、白龙观如在面前。于是横山的青明峰、芳茂山、大林庵也就借此"横林镇"之名而闻名全国,曹雪芹将之影写成"青埂峰、大荒山"也就不足为怪了。

曹家人对"横林"古镇丝毫不陌生,因为曹雪芹祖父曹寅的《楝亭诗钞》两次提到横林,一是卷三《发横林未到锡山六十里示同舍》,二是卷四《横林逆风口号》。

此书卷四《毗陵舟中雪霁》诗又提到曹寅坐船经过常州毗陵时正逢下雪,其诗共四联,其前两联曰:"寒雨淹旬不肯晴,毗陵夜雪坎轲平。晨窗旋启飞花入,卯酒微醺坐盹成",与《红楼梦》第120回的故事背景颇为相合,两者都是恰逢下雪之际,乘船路过毗陵常州;这很可能为曹雪芹创作第120回宝玉雪中辞父情节提供了灵感。但考虑到古人长途跋涉大都坐船,冬日行舟又会遇雪,所以曹雪芹创作宝玉雪中船头别父,也未必是受祖父这首诗的影响。

八、曹家祖先曹横在横山,大林寺是曹家祖坟的坟庵

曹家人与横山的深切渊源还在于上引《咸淳毗陵志》所指出的:横山原名"芳茂山",因东晋右将军曹横安葬于此而得名"横山",这儿便等于是曹家祖先的圣地。

由于曹氏祖先曹参、曹操、曹霸、曹彬都是中原人,江南大地上很难找到有名的曹氏遗迹。横山这儿有曹操后裔、东晋右将军曹横的遗迹幸存,在很难找到曹氏有名遗迹的江南大地上,便显得难能而可贵,给创作《红楼梦》的曹雪芹全家、曹雪芹祖父曹寅留下了极为深刻的印象。

而且曹横又贵为右将军,又是曹魏皇室的嫡裔,还有为民"斩妖、降魔"的神奇传说,引曹横为自己的先祖,并没有辱没"江宁织造府"曹家之处。于是,就靠这座曹横墓,锁定住了"江宁织造府"曹家与常州横山的不解之缘。

---

① 见《宁荣府大观园图考》"第一章、第一节、十"引《振绮堂丛书初集·圣祖五幸江南全录》所载的康熙四十四年(1705)第五次南巡盛况,提到曹寅在扬州"三汊河"宝塔湾行宫三月份恭迎、五月份恭送康熙皇帝两度接驾。而"三汊河"宝塔湾行宫就是高旻寺行宫,见《南巡盛典》(四库全书本)卷84"名胜":"高旻寺,在城南十五里之茱萸湾。其水北承淮流,西达仪征,南通瓜步,故亦名'三汊河'。寺踞其上,有塔曰'天中',琳宇嵯峨,遥临俯瞰,洵江皋揽胜之地。"

　　而且横山西麓有大林佛寺，东麓有白龙道观，正符合宝玉追随"一僧一道"消失在常州城外某一"小坡"之后的旨趣。当是曹家有人因为抄家而看破红尘，最后出家修行于横山祖坟前那原本是道观、而后来又化作为佛寺的"大林寺"，相当于是叶落归根、息心世外，同时又亦僧亦道、三教圆融。

　　难怪《红楼梦》最后要圆结于常州，除了作者曹雪芹的佛学导师大晓祖师，在常州城的天宁寺弘法而曹家有人出家于此常州天宁寺这层法脉关系外，还有一层极深的血缘浓情，便是曹家祖坟在此常州东境的横山。所以那位出家了的曹家人，便最后要"叶落归根"——也即书中所写的消失、驻足在横山背后。由于作者奉行全书如镜像般首尾圆照之旨（即全书的开头和结尾如同镜子的镜外物与镜中像那般圆满照应之旨），所以《红楼梦》开篇的宝玉出处"大荒山、青埂峰"，其实也就是书末宝玉所消失的常州城外那座"小坡"——横山之后。

（一）曹横墓在常州横山的文献记载

　　曹横墓就在横山，这有明确的历史记载。除上引《咸淳毗陵志》卷15"山水"的记载外，其书卷26"陵墓、晋陵"又载："晋、曹将军横墓，在横山冲虚观后。襄因乱离，盗发冢圹，令潘洞得巨砖，有'咸康八年右将军散骑常侍'字。详见'山水'。"东晋成帝咸康八年即公元342年。这便证明：曹横葬此不光有文献记载，更有北宋人的出土文物为证。〖按《咸淳毗陵志》卷十晋陵县令题名："潘洞，景德二年（1005）八月，试秘书省校书郎。"〗

通靈寶石

絳珠仙草

玉

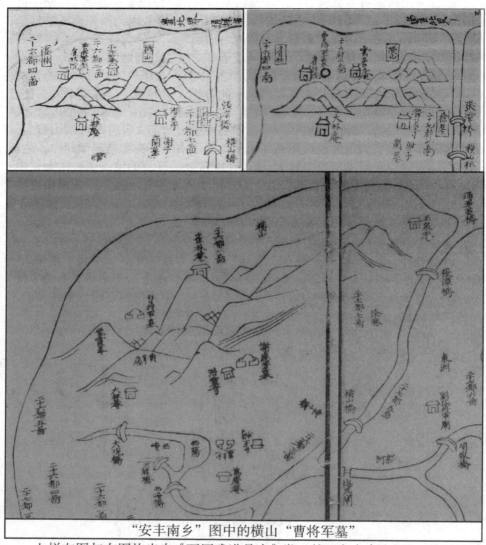

"安丰南乡"图中的横山"曹将军墓"

上栏左图与右图均出自《万历武进县志》卷一的"安丰南乡图",左图是万历朝原刻本,右图是"常州市图书馆"所藏的清抄本。下栏之图出自《乾隆阳湖县志》书首的"丰南乡图"。这三幅图中都标明"曹将军墓"在横山"大林庵"的背后,大林庵(即古登仙馆)与潜灵寺(即白龙庙)便相当于是曹横墓前的坟庵。

是志成《江苏常州"横山"(芳茂山)缘起》一文①记载了曹横在横山的传

① 是志成《江苏常州"横山"(芳茂山)缘起》,

说与考古遗迹：

曹横【曹横墓】：……史志上有记载，民间口头也有传说。曹横孝母斩蛇除妖①的故事在横山桥地区广为流传。曹横究竟何许人也？据传，曹横系曹魏后裔。当年，司马炎从曹操后代曹奂手中夺得天下，继而三家归晋，一统天下，做了两晋开国皇帝。因惧怕曹家族大势众，遂将曹家子孙分散迁居各地。其中，有一支来到晋陵，定居在芳茂山南麓、三山港畔，世称"曹巷"。

曹氏定居曹巷后，越二代，出了个曹横。曹横自幼聪颖，过目成诵，诸子百家，无所不通。成年后，身体魁梧，腰圆膀粗，又喜习武，弓马娴熟，青年从军，成为一名文武双全的将军。西晋末年，烽火四起，战火连年；曹横在平定赵王司马伦谋皇篡位，王弥、刘元海举兵叛乱，东海王司马越起兵谋反等战争中屡立军功，擢升至右将军。东晋成帝时敕封为散骑常侍，经常在皇帝身边参与朝政。

咸康年间，燕王慕容遑起兵伐晋。传说曹横引兵迎战，亲冒矢石，奋勇杀敌，不幸血洒疆场；事后，清理战场，仅存尸身，不见头颅和双手。皇帝念其保国有功，嘉其忠诚神勇，赐以金头玉臂。亲人抚尸回到家乡，将带有金头玉臂的棺木埋葬在芳茂山南麓，盗墓者风闻墓葬中有金头玉臂和其它宝物，墓遂被盗。

晋康帝追念曹横战功卓著，为国壮烈捐躯，恩荫其子孙世袭为官，举家迁往京都建邺②；现曹巷遂无曹氏，曹巷尚存东西马槽、八角古井遗迹，还传说有尚方宝剑遗留在八角井内。

1997年，横山西南麓建造福寿庵时，发现有晋砖砌成的古墓甬道；墓道较深且长，但墓可能早已被盗过，仅发现铜境、碗盆之类。此地疑为曹横的墓地。

上世纪90年代初，武进博物馆进行横山文物调查，发现奚巷村的奚巷桥是花岗岩石平桥，系清代建筑，桥两端连接河岸的桥墩是解放后砌筑的，就在桥墩一面意外发现一整块青石画像石，浅浮雕，画面是出巡图（或出征图），最前面是一四角凉亭，其后是两位士兵持旗开道，最后是两位武将骑在马上。

据此分析，这一画像石仅是一组画像石内容之一，时代应是东晋，出土于东晋画像石砖室大墓。再对照宋代发现"咸康八年右将军散骑常侍"墓砖等资料，曹横墓应是葬于横山南峰。宋天圣二年进士、授枢密副使胡宿有诗曰："此地横青嶂，当年耸紫氛。将军精爽在，可解勒移文。"

---

http://www.360doc.com/content/16/0421/13/12662774_552566054.shtml。
① 笔者按：指曹横因孝敬母亲而斩蛇除妖事，其事见下文"九"。
② 笔者按：建邺，即"建业"，今南京。曹雪芹祖上任"沈阳中卫指挥使"，在努尔哈赤攻破沈阳后，曹家投降，沦为奴隶。由于曹家祖上任"沈阳中卫指挥使"之前的由来在江南、在山东皆有可能。所以迁往南京的曹横后裔，与南京的曹雪芹曹家是否有家族渊源上的血脉联系，这也是不能轻易得出否定的结论。

今按《横山桥公社志》①第 16 页有："曹巷大队：……由曹巷村、……等八个自然村组成。"

总之，横山是曹雪芹家祖先曹横的安葬地，大林寺在曹横墓之前（上引《咸淳毗陵志》卷 26 "晋、曹将军横墓，在横山冲虚观后"，冲虚观即大林寺），相当于是曹横墓前的家庙坟庵。曹寅作为曹家的后人不可能不知道这一点；即便他不知道，擅长于广结善缘的大林寺方丈秉岳，也会主动把这一信息告知曹寅，这恐怕也正是"康熙四十四年，圣驾南巡，寺僧秉岳，于扬州高旻寺接驾"的内中原因所在。由于此次就是曹寅在高旻寺行宫接驾，所以大林寺方丈秉岳显然是结识了曹寅后，才能得到康熙皇帝的接见，则曹家与大林寺的关系早在曹雪芹作书之前便已非同寻常。所以曹家抄家后有人出家，随师傅"大晓实彻"修行于"东南第一丛林"天宁寺毕业后，很有可能就被"大晓实彻"禅师派到城东横山桥的曹家祖坟"曹横墓"前的"大林寺"来担任住持，继续修行，这是完全顺理成章的事，这也正应了《红楼梦》"玉带林中挂"的预言。

《红楼梦》第 5 回"玉带林中挂"的预言诗固然是在说"林黛玉"的谐音（即"玉带林"倒过来谐"林黛玉"之音），从而指黛玉不得其所（即玉带是不可以挂在林子中的）；其实更一语双关，又指明：贾宝玉这块玉、这根玉带，最终要挂到有"林"字的地方。也即出家后的宝玉，最终要"挂单"修行于常州地界上带有"林"字的寺庙中。而常州带"林"字的寺庙有二：一个便是其师傅"大晓实彻"所在的"东南第一丛林"天宁寺，这是贾宝玉的出家修行之地；另一个便是横山桥曹氏祖坟"曹横墓"前的坟庵"大林寺"，这是宝玉继续修行和住持之地。

（二）民间传说告诉我们：贾宝玉的原型曾住持过曹横墓所在的横山大林寺

"宝玉住持大林寺"一说出自杨水根 1993 年写的《（一）论〈红楼梦〉续作及贾宝玉出家毗陵驿别父》《（二）贾宝玉出家毗陵何寺？》，见奚玉平、杨汉平主编《横山在腾飞》，南京：江苏年鉴杂志社 1995 年版，第 605 至 617 页。

后来，奚玉平主编的《大林禅寺》这一小册子第 25—26 页节选杨水根《贾宝玉出家毗陵何寺》作为"附录"，题作《贾宝玉出家大林寺》，其中提道：

> 1988 年，常州市运河疏浚箄箕巷改造工程胜利竣工，建亭立"毗陵驿"碑，背面记载《红》第 120 回故事情节，真具有"沉思近水阁，恍惚梦红楼"，"毗陵古驿源流长，写入《红楼》扬八方"之感觉了。……
>
> 宝玉经过天宁寺的习禅、听法、听经，逐渐成为得道高僧、具有大学问的高僧。一日早餐后，宝玉出得天宁寺，径直向东，中午到达咸墅堰，抬头北望，见青山若隐若现，岗阜延绵，打听行路人，说是芳茂山、清明山②、舜过山、石堰山、鸡笼山、凤凰山等九山。其中有个酷似学者的人说，因东晋右将军散骑常侍曹横葬此，因此芳茂山又名横山。宝玉大喜，三步并作两步，一口气走到横山脚下，但见山环水绕，修竹茂林之处，隐隐有

---

① 横山桥公社编史修志领导小组 1983 年 7 月编。

② 笔者按：宜作"青明山"。

座寺院，寺内香火旺盛，诵经余音缭绕，门前有额："大林禅寺"。大林寺乃踞横山西麓山腹，相传南朝梁代有道士王八百在此修道升仙，陈代建有登仙馆，至今院内留有古井一眼，相传为王八百炼丹之处。宋时曾改名冲虚观，元时被毁，历经沧桑。宝玉所见实为明代崇祯年间重修。大林禅寺历时近一千五百年，佛道相间，既是佛宇，又曾是道观，正应一道所说："佛佛道道、千年古庙"，寺内古银杏乃枯木逢春，稀世珍宝。

　　宝玉踏进山门，见寺庙气势雄巍。……宝玉进大林寺先是挂褡（暂住），住些时日，再经知客师及各执事们的考查通过，然后经过讨褡（长住）、讨海褡（进禅堂修学）两道手续批准，就成为大林寺的正式清众了。大林寺住持禅海法师治寺有方，常以"一日不作，一日不食"之语勉励后代，宝玉为禅海法师的精神所感动，……①这时，这位得道高僧禅海法师已届耄耋之年，……推选贾宝玉当住持和尚。因见寺墙东侧，竹林成荫，秀玉初实，竿青欲滴，翠绿生凉，想起前人"不谢东君意，丹青独立名，莫嫌疏叶淡，终究不凋零"的诗句②，遂赐名贾宝玉为修篁禅师。从此修篁禅师正眼法藏③，涅槃妙心，终成圆明清净的大觉。

　　网上有"天目湖客"据大林寺所藏资料④撰写的《贾宝玉是怎样出家常州大林寺的？》一文⑤，署名"天目湖客整理"，今移录如下：

　　一九八八年，常州市在疏浚篦箕巷运河改造工程竣工时，建亭立毗陵驿碑，碑文详细记载了贾宝玉在常州大林寺出家的故事，今日读来仍令人唏嘘不已。特留下一诗慨之：

　　登仙沉思近水阁，身处虚观梦恍惚。

　　方知毗陵近京陵⑥，禅寺竟连红楼廓。

　　据红楼梦第120回描述，贾宝玉是在考场作完试卷并且交卷之后，才离家出走的，而贾政却是在常州（毗陵）和宝玉分别的，那是一个下雪的天气，贾政来到常州驿站，他的船在大运河的一处清净处停泊，那当是在怀德桥旁的篦箕巷附近⑦，贾政正在船舱内写家书，书到宝玉时，便放下笔，向船舱外白茫茫的雪地望去，这一望使他呆若木鸡，只见宝玉在船头上光

---

① 笔者按：此处杨水根《（二）贾宝玉出家毗陵何寺？》有：宝玉与禅海谈论五祖向慧能传法事时，"宝玉一口气说完后，回想起往昔悟禅机时的提笔立偈：'你证我证，心证意证。是无有证，斯可云证。无可云证，是立足境。无立足境，是方干净。'想起后两句为黛玉所作，补作的又那么好，于是触景生情，骤然泪下。"此节文字为《大林禅寺》这一小册子所节，今特补明。

② 笔者按：此是关羽咏竹之诗。

③ 笔者按：当作"正法眼藏"。

④ 笔者按：当即上引《大林禅寺》这一小册子中的资料。

⑤ 天目湖客整理《贾宝玉是怎样出家常州大林寺的？》，http://blog.sina.com.cn/s/blog_a0acc8760102x06u.html。

⑥ 笔者按：京陵，宜作"金陵"，《红楼梦》的原型地。

⑦ 笔者按：据笔者下文考明，实是过了"毗陵驿"的、常州东郊天宁寺旁，唯有此处方能有茫茫郊野雪原、而可以望见城东的"小坡"横山。

头赤脚，身上披着一领大红猩猩的斗蓬，一声不响，便向贾政倒身拜了四拜，贾政大惊，忙问话宝玉，你不是在考场考试吗？[①]如何一人来到此处？宝玉未及回答，便被一僧一道夹住，飘然登岸而去。

贾政慌忙弃船上岸追赶宝玉，但始终无法追上，转过一小坡后，宝玉及僧道二人，已杳然不见，眼前竟是一片白茫茫大地，哪里还有三人的影子？雪地上连三人行走的脚印路痕都没有了。贾政知道自己已经无法追上，也无路可以追赶，只得黯然返回到船上。

后人传说这一僧一道，正是常州大林寺的高人，大林寺前身是一道观，叫登仙馆，又名冲虚观，相传梁代有道士葛洪之弟子王八百，在庵中修身炼丹，大林寺院至今留有炼丹之井，王道士修道成仙后，乘鹤而去，不再归来。登仙庵之名想必由此而来。冲虚观系宋代命名，元代被毁，在明代洪武年间（1368—1398 年间），有少林寺高僧慧能重修寺院，由洪武帝御赐命名为大林禅寺，可谓佛道之间，重重叠叠；千年古庙，佛佛道道，既是道观，又是佛寺，故大林寺来接持宝玉出家的，便是僧道两人矣。

宝玉离家出走后，来到毗陵，遍访常州寺院道观，先后走游了横兴寺、正觉寺、崇法寺、蓼峨寺、吴王寺、慈福寺、胥城寺、西林寺、宝相寺、万佛阁、旃檀寺、清凉寺等众多名庵寺院，他在每个寺院停留的时间长短不一，少则一宿三餐，多则短住时日，看寺院佛事活动及学习所需而定，在常州众多的寺院的佛事活动中，贾宝玉学会了用正确的音调与节奏，来朗读佛教的经文，掌握转读的要领，学习歌咏法言，以求掌握梵呗音调，与佛经结下了不解之缘。贾宝玉在常州天宁寺居留的时间最长，天宁寺院宏大，珍藏佛经最全最多，佛事活动最繁忙，宝玉在天宁寺所学也最多，从习禅、听法、听经，逐渐成为得道高僧，这是他学佛入寺道路上最重要的一站，也为他日后进入常州大林禅院，打下了坚实的佛学基础。在这里，他开启了自己皈依的佛学之门。

一日早晨，宝玉独自一人从天宁寺外出向东郊出游，不久就到了戚墅堰，宝玉抬头北望，只见由西向东，青山横亘绵延，若隐若现在云雾之中，便向行人打探询问，那是什么山啊？路人告诉他，那山叫横山，宝玉问道，莫非是东晋大将曹横下葬此处吗，路人答曰，正是，此山原名芳茂山，只因曹横葬于此山，后人便称为横山了，宝玉又问，此山可有寺观？路人说，大林寺院就在山中，宝玉大喜，心想大林禅寺乃明太祖御匾赐名之寺，且待我今日访来。

原来芳茂山乃此山中的一峰，还有清明山[②]、舜过山、石堰山、鸡笼山、凤凰山等共九座山峰，婉延连绵数十里，宝玉一口气赶到横山脚下，但见山环水绕，有座寺院，掩隐在修竹茂林之处，但见寺内香火缭绕，钟声袅

---

① 笔者按：此是作者的误会。宝玉早在八月中秋时便已考完，笔者《红楼时间人物谜案》"第一章、第三节、第 120 回"考明：宝玉在常州"毗陵驿"辞别贾政是在阴历十月，而宝钗十月下旬的分娩期尚未到。
② 笔者按：宜作"青明山"。

臬，诵经之声不断传来，门前果有一金字匾额：大林禅寺，为明太祖所书御赐，宝玉额首称庆：果是好山好水，修身养性的福寿之地是也。

宝玉踏进山门，见寺庙气势雄巍，弥勒慈颜，金刚威严，如来庄重，便伏身拜佛，口中诵经，住持禅海法师知是来了高僧，便邀宝玉挂褡，宝玉一听，正合心意，便一口应承下来。

宝玉在大林寺一住数日，有心长住下去，便与寺内知客僧相告，也是他与住持禅海法师相识有缘，禅海法师便准其由挂褡改为讨褡，即由暂住变为长住了，自此宝玉便成了大林寺正式清众了，他与禅海法师两人谈经论道，赋词作诗，更是珠联璧合，相得益彰，十分投缘。禅海法师为人严谨敦厚，治寺有方。宝玉与其它僧众一样，跟着法师修行律己，深得禅海法师赏识器重，日积月累，宝玉对佛经、道学、诸子百家、散文、骈文、诗赋、词曲、书法、对联、诗谜、星相、医卜、礼节、仪式等都领悟透彻，行得规范，讲得真实，寺内其他僧众，竟是无人可及。禅海赐宝玉为修篁禅师名号，自此修篁大师正眼法藏，涅槃妙心，终成圆明清净的大觉，为常州大林禅寺留下传奇神彩的一笔。后人赞曰：

不谢东君意，丹青独立名。

莫嫌疏叶淡，终究不凋零。

天目湖客于 2016.7.3 日据大林寺院藏资料整理而成。

肖飞先生也对宝玉出家大林寺有过简明扼要的总结：

再看《红楼梦》的描述，贾宝玉在常州毗陵驿站向父亲贾政倒身拜了四拜，便被一僧一道夹持飘然而去的。而南朝四百八十寺，唯有常州的大林寺具备"佛佛道道、千年古庙"的禅机。

大林寺前身是一道观，叫登仙馆，又名冲虚观，相传梁代有道士葛洪之弟子王八百，在庵中修身炼丹，大林寺院至今留有炼丹之井，王道士修道成仙后，乘鹤而去，不再归来，登仙庵之名由此而来。冲虚观系宋代命名，元代被毁，在明代洪武年间（1368—1398），有少林寺高僧慧能重修寺院，由洪武帝御赐命名为大林禅寺，可谓"佛道之间，重重叠叠；千年古庙，既佛又道"。据此推理，一僧一道把宝玉"请"进有"双重身份"的大林寺便是出乎意外而又合乎情理了。

后来，贾宝玉在常州众多的寺院参加佛事活动，其中在常州天宁寺居留的时间最长，他从习禅、听法、听经，逐渐成为得道高僧。宝玉长归大林寺后，深得住持禅海法师赏识器重，被赐为修篁禅师名号。自此，修篁大师正眼法藏，涅槃妙心，终成圆明清净的大觉，为常州佛学界留下了极富传奇神彩的一笔。[①]

---

① 肖飞《常州拥有"红楼"原版蓝图》，
http://blog.cz001.com.cn/index.php?c=Blog&m=detail&id=63488。

（三）常州天宁寺、横山大林寺与曹雪芹祖父曹寅的密切关系

今按民国《武进天宁寺志》卷一"建筑"："康熙五年丙午夏，■觉（法钟海觉）自苏州来主寺；……轮（过庵纪轮）于三十一年壬申退休，而延'祥符'（太湖中马迹山的祥符寺）寺主纪荫（湘雨纪荫）执拂，适有檀护曹廷俊施助，遂复缔造，而正殿及两庑乃成，郡守大兴于琨有《记》。无何，纪荫退席，寺又不振。乾隆九年甲子，住持际圆（德洪际圆）接席，念寺为古名刹，衰堕已甚，自顾力薄，商之各院，因于十五年庚午，公延'江天'（镇江金山江天寺）方丈实彻（大晓实彻）来主法席，而己退为都监。"可证湘雨纪荫是康熙三十一年（1692）来任常州天宁寺的住持。

《关于江宁织造曹家档案史料》第29页录有康熙四十三年（1704）十二月初十日《江宁织造曹寅奏以僧纪荫住持高旻寺摺》："高旻寺伏蒙皇上钦赐金佛，梵宇光隆，永垂不朽。但寺内无僧主持，臣寅到任后，访得马迹山有臣僧纪荫，避世焚修，可以胜任。臣寅，会同臣李煦，率扬州文武官员和商民人等，具启延请，……臣寅同臣李煦，遴于十二月初八日，率领文武官员商民人等，迎请入院。"可证常州天宁寺方丈纪荫与曹雪芹祖父曹寅关系密切。而纪荫十二月任高旻寺住持的次年三月，曹寅便在高旻寺行宫接康熙南巡的大驾，五月又在高旻寺行宫恭送康熙皇帝回京，曹寅完全是为了接驾而安排纪荫任高旻寺住持，可证纪荫是康熙皇帝赏识的高僧。

任常州祥符寺[①]与常州天宁寺两寺方丈的纪荫编有《宗统编年》，卷一有题名："震泽祥符寺沙门释纪荫编纂，参学门人秉呙、秉岳、秉岱、秉叡等同校录。[②]常州天宁寺沙门释清如重校"，可证秉岳是纪荫的弟子。纪荫康熙四十三年（1704）十二月任扬州高旻寺方丈，次年康熙四十四年春夏时节，秉岳便到高旻寺迎接康熙南巡，其由来当是：曹寅与纪荫关系深密，而曹寅祖坟又在横山大林寺，天宁寺是常州全境诸寺的首刹，故曹寅请纪荫派其高徒担任自己祖先坟庵"大林寺"的住持，后来又向康熙皇帝推荐纪荫任高旻寺方丈，负责高旻寺行宫的接驾，同时又让自己祖坟前"大林寺"的方丈一同接驾，并请康熙皇帝赐以御笔对联和唐诗，以此来大大提高自己祖先坟庵"大林寺"在全国佛教界的声誉。

由此可见，曹雪芹家从祖父曹寅开始，便与常州天宁寺住持纪荫、其徒弟大林寺住持秉岳结有深厚的关系，而曹雪芹叔父脂砚斋曹頫又与常州天宁寺住持大晓实彻结有深厚的关系，则曹家抄家后有人追随大晓实彻出家于天宁寺，其后又来大林寺挂单修行，也就非常自然了。总之，常州城的天宁寺与常州城东横山大林寺，与曹雪芹曹家从其祖父曹寅到其父辈曹頫这两辈人的关系都极为密切。

---

① 即今无锡马山（灵山）"灵山大佛"所在地的祥符寺，民国及以前属于常州武进县。
② 此上是原书署名，此下是光绪十三年（1887）常州天宁寺方丈善净清如用活字重校印行时的题名。

（四）曹寅家谱载其祖上是曹彬后裔可能出于美化

大林寺建于曹横坟前，相当于是曹横的坟庵之寺。那曹雪芹曹家的始祖，到底和这位东晋右将军曹横有没有关系？

冯其庸先生《曹雪芹家世新考》（上海：上海古籍出版社1980年版）第13页引有记载到曹雪芹家族的《五庆堂重修曹氏宗谱》，其言曹雪芹家的始祖是"明初开国功臣"曹良臣，并言："据史书记载，曹良臣是安徽安丰①人"，"投朱元璋于应天（南京）"。则曹良臣原本是普通百姓，元末随朱元璋起义而发家。作为普通百姓，其先世自然无从稽考②。其书第84页至139页载第九世曹锡远，第10世曹振彦，第11世曹玺、曹尔正，第12世曹寅、曹荃、曹宜，第13世曹颙、曹頫、曹頎，第14世曹天佑（即曹颙遗腹子，也即曹雪芹，谱名写作曹天佑）。

《康熙江宁府志》卷17"宦迹"有："曹玺，字完璧，宋枢密武惠王裔也。及王父宝，宦沈阳，遂家焉。父振彦，从入关，仕至浙江盐法道，著惠政。公承其家学，读书洞彻古今，负经济才，兼艺能，射必贯札。补待卫之秩，随王师征山右建绩。世祖章皇帝拔入内廷二等待卫，管銮仪事，升内工部。康熙二年，特简督理江宁织造。……又奉旨以长子寅仍协理江宁织造事务"云云③。

又《康熙上元县志》卷16"人物传"："曹玺，字完璧④。其先出自宋枢密武惠王彬后，著籍襄平。大父世选，令沈阳有声。世选生振彦，初，扈从入关，累迁浙江盐法参议使，遂生玺。玺少好学，沉深有大志，及壮，补待卫，随王师征山右有功。康熙二年，特简督理江宁织造。……子寅，字于⑤清，号荔轩。七岁能辨四声，长，偕弟子猷讲性命之学，尤工于诗，伯仲相济美。玺在殡，诏晋内少司寇，仍督织江宁。特敕加通政使，持节兼巡视两淮盐政。期年，疏贷内府金百万，有不能偿者，请豁免，商立祠以祀。奉命纂辑《全唐诗》、《佩文韵府》，著《练⑥亭诗文集》行世。孙颙，字孚若，嗣任三载，因赴都染疾，上⑦日遣太医调治，寻卒。上叹息不置，因命仲孙頫复继织造使。頫字昂友，好古嗜学，绍闻衣德，识者以为曹氏世有其人云。"⑧

而府县志显然是过录其人《碑传》之文，而《碑传》中的始祖由来显然出自其家的家谱，由此可见，曹雪芹家的《曹氏家谱》记载自己这一支是曹彬的

---

① 今属安徽寿县。

② 小民没有家谱。

③ 清·于成龙纂修《康熙江宁府志》，卷17第27页。见《金陵全书》甲编、方志类、府志第16册，南京：南京出版社2011年版，第463、464页。其书以康熙二十二年（1683）精抄本为底本。

④ 壁，宜作"璧"。

⑤ 于，宜作"子"。

⑥ 练，宜作"楝"。

⑦ 上，皇上。

⑧ 清·唐开陶等纂修《康熙上元县志》卷16第10页，见《金陵全书》甲编、方志类、县志第3册，南京：南京出版社2011年版，第499、500页。其书影印日本内阁文库藏康熙六十年（1721）刻本。

后裔，而曹彬不是曹操的后代，见网上《曹振铎公至彬公世系曹氏族谱》①，其载明：一世祖"受姓鼻祖曹叔振铎"，其后裔之第30世曹参"平阳祖参公，字敬伯，配陶氏，碏公子，子：窑"，其后裔之第40世曹褒"褒公，字叔通，充公子，子：逸、融、严、玥、费"。而曹褒长子曹逸后裔之第44世有："度公，字公亮，配孔氏，赐公长子。子：宸"，其后裔之第71世便是曹彬："太祖武惠王彬公，字国华，配高氏，云公子。子八：璨、琮、玮、珝、玹、琦、珣、玘。"

而曹褒第三子曹严后裔的第44世有："嵩公，字巨高，配郭氏，腾公子，子：操、德。"可见曹操与曹彬五百年前是一家，皆是曹振铎、曹参、曹褒的后代，但从曹褒开始分为两支谱系，曹彬是曹褒长子曹逸的后裔，而曹操是曹褒第三子曹严的后裔。而常州横山的曹横是曹操的皇室后裔，便与曹雪芹好像不同宗了。

但上文已言，由明初开国大臣曹良臣再往上追溯其祖先由来的话，由于曹良臣是小民，所以应当只有传说而无确切的《家谱》记载。而南宋以来，由于《三国演义》盛行，曹操成为篡夺汉室江山的奸雄典型，所以曹姓后裔开始把成为曹操后代作为一种耻辱，于是都把自己的祖先来源挂靠到北宋名将曹彬名下。所以，曹雪芹家的家谱宣称自己是曹彬的后裔，其实也不一定可靠。

（五）曹寅与曹雪芹朋友的诗文证明其家是文学世家"三曹"的后裔

清代八旗诗人敦诚《四松堂集》卷一《寄怀曹雪芹（霑）》："少陵昔赠曹将军，曾曰魏武之子孙。君又无乃将军后，于今环堵蓬蒿屯。"指出曹雪芹有可能是杜甫（号少陵）所歌咏的曹将军曹霸的后人。

明朱谋垔撰《画史会要》卷一载："曹霸，魏曹髦之后，官至左卫将军。天宝末，每诏画御马及功臣。杜工部有《丹青引》赠之。"同卷又载："韩干，京兆人，官至大府丞。天宝中，召入供奉。上令师陈闳画马，帝怪其不同，因诘之，奏云：'臣自有师。陛下内厩之马，皆臣之师也。'干盖初师曹霸，后自独擅，杜甫赠霸《画马歌》云：'弟子韩干早入室，亦能画马穷殊相。'"可见曹霸是曹魏皇帝曹髦的后人。而曹魏皇帝曹操的籍贯是沛国谯县（今安徽亳州）人，与曹良臣籍贯安徽相同，曹良臣的确有可能就是曹霸也即魏武帝曹操的后代。

曹霸是唐玄宗时期的画家，能文善画，大诗人杜甫（号少陵）作《丹青引》诗，题下有注："赠曹将军霸"，开篇即言："将军魏武之子孙，于今为庶为清门。"指明曹霸是魏武帝曹操的后代。杜甫又作《韦讽录事宅观曹将军画马图》诗加以称赞②。著名画家韩干与陈闳都是曹霸的弟子。

《三国志·魏志》："太祖武皇帝，沛国谯人也。姓曹，讳操，字孟德，汉相国参之后"，称魏武帝曹操是汉代著名宰相曹参的后裔。因此，如果敦诚所言不虚的话，则曹寅、曹雪芹很可能就是汉曹参、魏曹操、曹髦和唐曹霸的后代。

自南宋以来，曹操一直以负面形象出现在官方及民间，这一形象在罗贯中

---

① 《曹振铎公至彬公世系曹氏族谱》，http://blog.sina.com.cn/s/blog_14737bd8b0102xqcl.html。
② 两诗均见唐·杜甫《九家集注杜诗》卷八。

完成《三国演义》后，更达到登峰造极的地步。人们在谈论曹操时，总是一副鄙夷的神情。

相传《续琵琶》传奇戏是曹寅所作（但也有人认为不是），舍弃了《三国演义》中曹操割须弃袍、左慈戏弄等有损曹操形象的说词，让向来是戏曲中奸雄形象的曹操，在第36出《歃血》中说出了："今各路诸侯合兵百万，足以寒奸贼之胆，动忠义之心"这样忠正之语。在铜雀台大宴的第31出《台宴》中有一支"大红袍"，概括了曹操《观沧海》《龟虽寿》《短歌行》《让县自明本志令》等诗文的内容。其前又有一支"北醉花阴"唱道："人道俺，问鼎垂涎汉神器。叹举世、焉知就里？俺待要武平归去解戎衣，不知几处称王、几人称帝？今日里，高会两班齐，对清樽，要吐尽英雄气！"从而把曹操成功地塑造成有智谋、有魄力、求贤若渴、维护统一的英雄形象。如果《续琵琶》的确是曹寅所作，则曹寅不遗余力地为曹操翻案，很可能就是他认曹操为自己祖先的缘故。

关于《续琵琶》传奇戏是否为曹寅所作，《红楼梦》第54回贾母指着史湘云说："我像她这么大的时节，她爷爷有一班小戏，偏有一个弹琴的凑了来，即如《西厢记》的《听琴》，《玉簪记》的《琴挑》，《续琵琶》的《胡笳十八拍》，竟成了真的了。"据笔者《红楼时间人物谜案》"第二章、第一节"《红楼梦叙事共十九年简表》，此回为"红楼第十四年、宝玉十四岁"，黛玉比宝玉小一岁为13岁，史湘云称黛玉为"林姐姐"（见第20回末），则至多为13岁。则贾母说的便是自己13岁左右的事，其书"第三章、第二节、六、（2）"考明贾母大概是13岁出嫁，其对应的原型便是曹寅妻，则曹寅其年大概也就十五六岁。而史湘云是贾母的孙子辈，史湘云的爷爷便是贾母的兄弟辈，与曹寅同辈，所以贾母说了个半天，回到原型中来，便是说：自己当年嫁给曹寅时，曹寅有个小戏班子，当时有个会弹琴的戏子在内，表演需要戏中人弹琴的《西厢记》《玉簪记》《续琵琶》时，这才称得上完全能够胜任剧情的要求，真的就在戏中弹奏起琴来，而不像其他戏班由于没有会弹琴的戏子，表演这些戏时，只能象征性地装模作样地比划一下弹琴的样子就算表演完弹琴了。

其书"第三章、第二节、六、（3）"的小注又引《红楼梦》第4回"原来这梨香院即当日荣公暮年养静之所"，第18回"将梨香院早已腾挪出来，另行修理了，就令教习在此教演女戏。又另派家中旧有曾演学过歌唱的众女人们，如今皆已皤然老妪了"，证明其所提到的"荣公"暮年创建戏班，是曹寅父亲曹玺辈的事，而非曹寅事。因为曹寅卒于康熙五十一年（1712），其暮年豢养的戏子肯定年仅十余岁，到《红楼梦》所描写的曹雪芹十余岁时，也不过三十多岁，不可以称作白发苍苍的"老妪"。而《续琵琶》这出戏在曹寅妻嫁入曹家时便已开演，则此戏很可能不是十余岁的曹寅所创作，应当是曹寅父辈所作的专供本家族演的戏，所以后人记载时便误会为是曹寅创作。

此《续琵琶》传奇剧本之抄本，收藏于国家图书馆，《古本戏曲丛刊五集》影印出版①。卢前《读曲小识》序云："四卷，岁乙亥，前②在涵芬楼作也。是

---

① 上海：上海古籍出版社1986年版。
② 前，卢前。

年涵芬楼购得怀宁①曹氏所藏钞本戏曲都七十种。海盐张菊生、闽县李拔可两先生介前②董理，费时半年，抉择始定。后理札记成此书。"③乙亥年即公元 1935年。

刘廷玑《在园杂志》卷三"商丘宋公记任丘边长白为米脂令时"条：

……曹银台子清（寅）……复撰《后琵琶》一种，用证前《琵琶》之不经。故题词云"琵琶不是那琵琶"，以便观者着眼。大意以蔡文姬之配偶为离合，备写中郎之应征而出，惊伤董死④，并文姬被掳，作《胡笳十八拍》，及曹孟德追念中郎，义敦友道，命曹彰以兵临塞外，胁赎而归。旁入铜爵⑤大宴，祢衡击鼓，仍以文姬原配团圆，皆真实典故，驾出《中郎女》⑥之上，乃用外扮孟德，不涂粉墨。说者以银台同姓，故为遮饰，不知古今来之大奸大恶，岂无一二嘉言善行足以动人兴感者？由其罪恶重大，故小善不堪挂齿。然士君子衡量其生平，大恶固不胜诛，小善亦不忍灭，而于中有轻重区别之权焉。夫此一节，亦孟德笃念故友，怜才尚义豪举，银台表而出之，实寓劝惩微旨。虽恶如阿瞒，而一善犹足改头换面，人胡不勉而为善哉？若前《琵琶》则高东嘉⑦撰于处州郡城之西姜山上"悬蓼阁"中。⑧

又萧奭《永宪录·续编》载：

寅，字子清，号荔轩，奉天旗人，有诗才，颇懂风雅。……寅演《琵琶》传奇，用蔡文姬故事，以正伯喈之诬。内装潢魏武之休美，或谓其因同姓，然是举实阿瞒一生好义处。⑨

今国家图书馆抄本《续琵琶》第一出《开场》中的《西江月》词上阕云："千古是非谁定？人情颠倒堪嗟。琵琶不是这琵琶，到底有关风化！"标明自己这部《续琵琶》与元末高明的《琵琶记》不同。正是刘廷玑所言的曹寅所撰《后琵琶》开篇点题时有词"琵琶不是那琵琶"，则《续琵琶》当即《后琵琶》，其乃曹寅所作似可定论。又国家图书馆抄本《续琵琶》第 27 出《制拍》，叙写蔡文姬在塞外感怀身世、思念故土，作《悲愤诗》，并弹琴吟唱《胡笳十八拍》：

（旦）……俺今制成《胡笳十八拍》，可作琴操弹之。

（老旦）婢子愿闻。

（旦取琴弹介）《一拍》：我生之初尚无为，我生之后汉祚衰。……

与上引《红楼梦》第 54 回言"《续琵琶》"戏中有"弹琴"唱"《胡笳十八拍》"的情节也相吻合，更加可以证明《红楼梦》中所说的就是这部国家图书馆

---

① 怀宁，今安徽省安庆市怀宁县。
② 前，卢前。
③ 卢前《读曲小识》，出自《卢前曲学四种》，中华书局 2006 年版，第 93 页。
④ 指为董卓死而受惊并哀伤，因此招来杀身之祸。
⑤ 指铜雀台。
⑥ 指清代南山逸史所撰的杂剧《中郎女》三折。
⑦ 指撰南戏《琵琶记》的高明，其为永嘉人，永嘉亦称"东嘉"，故人称高明为"高东嘉"。
⑧ 清·刘廷玑《在园杂志》，《历代笔记小说大观》与清宋荦的《筠廊偶笔、二笔》合为一册，上海：上海古籍出版社 2012 年版，第 140-141 页。
⑨ 清·萧奭《永宪录》，朱南铣点校，中华书局 1959 年版，第 390-391 页。

抄本《续琵琶》。此剧与曹家关系密切，旨在歌颂曹家祖先曹操，故《在园杂志》言"乃用外扮孟德，不涂粉墨。说者以银台同姓，故为遮饰"，又《永宪录续编》言"内装潢魏武之休美，或谓其因同姓"，所以曹家人对此剧特别关注。其作者如果上文考证不误的话，似乃曹寅之前的父辈便开始排演此戏，而曹寅又加以完善定型，未必是曹寅从无到有的创作。

通过曹家喜欢上演为曹操翻案的《续琵琶》传奇戏，也透露出曹雪芹家族可能与曹操有家族上的渊源。曹寅在南京任江宁织造时，阎若璩赠诗："汉代数元功，平阳十八中，传来凡几叶，世职少司空。"[1]曹寅挚友纳兰成德为曹寅《楝亭图》题小词《满江红》，首句便云："籍甚平阳，美奕叶，流传美誉。"[2]张渊懿为此图题诗，也说："高门衍世泽，贵胄属平阳。"[3]可见曹寅是西汉相国、汉"平阳侯"曹参的后人。而曹参后裔有可能是曹操的后裔，也有可能是曹彬的后裔，徐秉义在《楝亭图》上的题诗便直接点明曹寅乃曹操后人："曹公种德垂无穷，清门济美班资崇；谯国一家光黼黻，江南两地补山龙。"[4]这里的"曹公"指的就是曹寅，"清门"典出上引杜甫《丹青引赠曹将军霸》"将军魏武之子孙，于今为庶为清门"，"谯国"便是曹操的籍贯。这首诗便把曹寅赞颂为曹操的子孙。

曹参虽然也很有名望，是西汉的开国功臣，但在民间的名气与曹操相比还是相去甚远，年代又比曹操早了几百年，为什么前引诸人都说曹寅是曹参的后代，而不肯说他是曹操的后人呢？笔者认为，这恐怕还是因为曹操的名声在民间实在太坏，所以朋友们更愿意把曹寅和汉代有"萧规曹随"美誉的贤相曹参做比附，而不愿意把曹寅和奸雄曹操挂上钩。但敦诚《寄怀曹雪芹（霑）》诗言："少陵昔赠曹将军，曾曰魏武之子孙。君又无乃将军后"，便讲清楚：曹雪芹及其祖父曹寅都是曹参、曹操、曹霸的子孙后代，或者说：曹寅与曹雪芹都以曹参、曹操、曹霸的子孙后代自居。

曹操文采风流，武略盖世，虽遭后人忌妒诟病，但历史功绩不容抹杀。特别是他和儿子曹丕、曹植合称"三曹"，是当时的文坛领袖，也是中国文学史上赫赫有名的文学世家，其子孙曹雪芹创作出《红楼梦》这一古今一流的小说，或许便与祖上这一诗文基因和文化渊源有关。《红楼梦》第2回"冷子兴演说荣国府"中，作者曹雪芹借贾雨村之口，把曹操说成是"应劫而生"的"大恶"

① 转引自周汝昌《红楼梦新证》第七章"史事稽年"之"一六九六、康熙三十五年、丙子"第312页引"阎若璩《潜丘札记》卷六"叶五十《赠曹子清侍郎四律》"。"叶"指"页"，下同。

② 转引自周汝昌《红楼梦新证》第七章"史事稽年"之"一六八五、康熙二十四年、乙丑"第242页引"纳兰成德为词题楝亭并作记"，其词见《小重山房丛书·饮水词集》叶七十二《满江红（为曹子清题其先人所构楝亭，亭在金陵署中）》"。

③ 转引自周汝昌《红楼梦新证》第七章"史事稽年"之"一六九一、康熙三十年、辛未"第274页引"《楝亭图》第一卷"之"张渊懿跋诗"。

④ 转引自周汝昌《红楼梦新证》第七章"史事稽年"之"一六九一、康熙三十年、辛未"第276页引"《楝亭图》"第三卷图七严绳孙绘图"之"徐秉义跋诗"。

之人，认为其"大恶者，挠乱天下"，"残忍乖僻，天地之邪气，恶者之所秉也"，和桀、纣等暴君，王莽、桓温、安禄山、秦桧等乱臣贼子相并列，与其祖父曹寅要为曹操翻案大相径庭。而后代子孙一般都不会污蔑自己的祖先，有人便据此认定《红楼梦》当非曹寅、曹雪芹这一支曹操后人所著，因为："如果说曹雪芹果真就是曹寅的孙子，而曹寅一族是以曹操后人自居而且引为自豪的，那么曹雪芹就实在没必要这样埋汰自己的祖先曹操。"①其实这种认识真是太小看曹雪芹的格局和气度了。作者曹雪芹著书立说采天下人的舆论，这正体现出曹雪芹秉公而不徇私情的伟大之处。

曹雪芹母亲姓马，见《宁荣府大观园图考》"第一章、第二节、五"引《江宁织造曹頫代母陈情摺（康熙五十四年三月初七日）》"奴才之嫂马氏"，证明曹雪芹就是曹頫妻马氏所生的曹頫遗腹子。曹雪芹故意在书中，让第25回谋害宝玉的道婆姓"马"，这便是他施的"苦肉计"，为的是不让人看出他是马氏的儿子。

同理，曹雪芹父姓为曹，所以曹雪芹要在全书一开头的第2回便痛骂曹操，这同样也是"兵不厌诈、正话反说"的不让人看破他是曹操后代的狡狯之笔。

而清人陈康祺《郎潜纪闻三笔》"圣祖赐曹寅母御书匾额"条，载曹玺妻孙氏为康熙奶妈，也即曹家富贵之源，其文曰："康熙己卯夏四月，上南巡回驭，驻跸于江宁织造曹寅之署。曹（寅）……爰奉母孙氏朝谒。上见之色喜，且劳之曰：'此吾家老人也。'"曹雪芹便特意要在第80回痛骂"孙绍祖一味好色，好赌酗酒，家中所有的媳妇丫头将及淫遍"，这同样是在撇清自己和曾祖母"杭州织造府"孙家的关系，不让人看出他这位《红楼梦》的作者就是"江宁织造府"曹家的后人。

由曹雪芹骂母姓、曾祖母姓来看，曹雪芹骂自己的祖宗曹操同样是撇清自己和"江宁织造府"曹家的"苦肉计"的需要，是不想让人识破他写的就是自己"江宁织造府"曹家之事而释放出来的"真话假说"的烟幕弹。我们千万不可以因为曹雪芹骂曹操，就认定他肯定不是曹操的后人而是曹彬的后人。我们千万要根据曹雪芹骂自己嫡亲的母家马氏、嫡亲的曾祖母家孙氏，而定他骂的曹操，恰恰就是他嫡亲的祖先为是！

（六）曹横与曹寅同为曹操后裔，即便不是曹寅的嫡亲祖先，也是同宗祖先

正如上文所说，由于曹良臣是明初靠军功起家，祖上未必发达，也即很可能没有直接的谱系可以追溯到曹霸、曹操、曹参，所以其祖先曹参、曹操、曹霸很可能也是攀附得来，故敦诚用"君又无乃将军后"以示存疑，因为祖上的事情实在是久远而不可考。

现在曹横又是曹操的后人，西晋灭曹魏，把魏武帝曹操的子孙散居各地，固然不会让曹横这一支居住在东吴的首都建业（今南京）那儿，而要让他们这一支定居在其旁边的晋陵县（今常州城）东的芳茂山。东晋朝，这支曹氏定居

---

① 《曹雪芹会骂自己祖宗吗？》见：
https://baijiahao.baidu.com/s?id=1591750711098568685&wfr=spider&for=pc。

后的第三代，终于出现了曹横这个人物，凭借其军功而任右将军，整个家族才得以迁居东晋的首都建康（南京），从而获得更好的发展平台。

曹横这一支在建康的发展态势，显然要比局限在晋陵县发展得更好。其子孙便可以通过做官的形式，由首都再向东晋全境发展迁徙，于是，曹霸、曹良臣是曹横的子孙也是有可能的。

《红楼梦》第2回湖州人贾雨村对冷子兴说"若论荣国一支，却是同谱"，已暗示作者的曹家当源出江南的湖州一带，而常州的横山离湖州并不远，考虑到数千年中的人口迁移，曹寅祖上由江南吴地的常州迁到东晋的首都"建康"南京，再播迁到曹操的祖居地安徽，其可能性也是完全存在的。

即便曹霸、曹良臣不是曹横的子孙，但他们都是曹操的后人。曹寅任"江宁织造"时，得知横山因曹横得名，大林寺后有曹横之坟，曹横与自己的祖上都是曹操的后人，属于是本家；而且攀附上东晋的大将军曹横作为自己的祖先，也没什么不光彩之处。总之，曹寅很可能会把横山视为自己祖先或同宗祖先的坟墓所在，把曹横坟前的"大林寺"视为自己嫡亲祖先或同宗祖先的坟庵所在。（按："庵"不一定是佛教的修行地，道家也会结茅庵修行。明代之前的大林寺是道观，也是可以作为曹横坟庵的。）

九、横山白龙观是曹家祖先斩蛇圣迹之所在

（一）曹横斩蛇是其荣华富贵之源

曹家人与横山的深切渊源还在于横山"白龙观"是其祖先曹横斩蛇的圣地所在。

"大林寺"坐落在横山西麓，而"白龙观"（古又称"白龙庵、白龙庙"）坐落在横山东麓。大林寺有"龙母井"，而白龙观也有"龙井"，相传白龙之母从"龙母井"处投井，从白龙观中的"龙井"中涌出，腹中胎儿化作两条白龙，扶母飞升为仙。白龙观前还有内、外两个"龙潭"，而大林寺没有。大林寺虽有三棵银杏，但白龙观中的两棵银杏比之更为粗大，年代更为久远。由于白龙观有"登仙台"，而大林寺又立有"登仙馆"；白龙观是曹横斩蛇的圣迹，而大林寺（古名"登仙馆"）又是曹横坟庵所在，这都说明"白龙观"和"大林寺（登仙馆）"两者在古代很可能是连为一体的宗教圣地。

"白龙观"古名"潜灵庙"，南宋绍兴七年正式列入官方祀典，之前是民间私祀，《咸淳毗陵志》卷14"诸庙、晋陵"载："潜灵庙，在县横山东，有龙井，祀嘉山[①]白龙之母，祷旱辄应。绍兴七年以进士吕喆等请，封赐今额。"此庙向来以求雨灵验著称，见《道光武进阳湖县合志》卷14"坛庙志二、祠庙下、阳湖、安丰南乡"："潜灵寺，俗名'白龙庵'，在横山南麓。有'龙井'，祀白龙母，祷旱辄应。绍兴七年，州学正吕喆等请封，赐今额。明时，登载祀典，命有司每以春、秋仲月，用豕一致祭，因加修葺。成化七年，岁旱，知府龙晋，祷雨刻应，重建。嘉靖辛卯岁大旱，知府赵兑，步行躬祷祠下，汲井泉以还，

---

① 嘉山，在今武进西北的孟城之西，地处武进、丹阳交界处。

中途雨骤至，沾溉三日，是年有秋。自后，凡旱，辄往请水，皆得雨。其屋栋下墙常穿，土人以为龙之来去由此。万历七年，白龙至庙觐母，起自漏湖，四、五十里间，阔三里余，大雨雹，田禾垂成，席卷而尽①，其殿晏然不动云。乾隆十八年，重修，〔知府事胡文伯《记》〕曰：……。道光十二年，秋旱，祷雨奇验，知武进县姚莹，倡捐重修。"

元代谢应芳《龟巢稿》卷10有《横山白龙祠修造疏》，卷16有《过横山龙祠作》诗："横山龙母祠前路，人说今年祭龙苦"云云。其卷17有《横山白龙祠》诗："神母何年生白龙？曹横一墓绕龙宫。蜿蜒灵物望如在，寂寞古井清若空"云云，画线部分说明：曹横墓虽说是在"大林寺"背后，但其实也在"白龙观"背后。从上文所附的"安丰南乡"图来看，曹横墓（"曹将军墓"）位于"大林寺"与"白龙观"之间的山背后，离白龙观也相近而不远，"白龙观"与"大林寺"应当都是曹横墓前的坟庵。

白龙观处的"内、外"两座龙潭来自"曹横斩蛇"的神奇传说，事见《横山桥公社志》第273页"第三十二章、民间传说"：

在黄猫岭东有一个较深的河潭，相传在晋代，潭里常浮现一朵巨大的莲花，人坐在上面，莲花就慢慢下沉，过了一会儿，莲花又现出水面，人则"羽化登仙"去了，因此远近善男信女，都争着前来"登仙"。

当时曹横的母亲笃信佛教，也想成仙。曹横一是舍不得母亲离开人间，二是觉得这事有些蹊跷，就到潭边，察看实情。他看到坐在莲花上正在登仙的人面带痛苦之状。他为了探索一下究竟，就叫属下用蒲包包了生石灰，再在外面裹上猪肉，放在浮现水面的莲花上，象往常一样，莲花慢慢地下沉了。约摸过了一顿饭工夫，只见离潭十余丈处，出现了一条吊桶般粗的大蛇在翻滚挣扎，把泥土、石块搅得四散飞溅，形成一个深坑。曹横见状，挥剑斩了这条大蛇。

原来所谓莲花，是蛇舌所化。出现深坑的地方，是大蛇穴居的地方。蛇吞吃了猪肉包裹的石灰后，回到洞穴栖息，石灰爆涨，疼痛难受，翻滚挣扎，把洞穴翻成了一个深坑，日久积水成潭。

赵宋时建"潜灵观"，又称白龙庙。后人把白龙庙围墙内的水潭称内龙潭，围墙外的河潭称为外龙潭。

另一种版本的"曹横斩蛇"的传说是：

蛇墩位于横山桥镇西崦社区东部，相传此墩与横山桥镇的由来有密不可分的关系。话说晋朝时，在当地的芳茂山紫霞峰南麓的黄猫岭东有一个小水凼，凼中有一莲花，传说登上莲花之人即可"羽化成仙"，因此，又名登仙台。一时间，附近不知多少人前去争相登莲。此事越传越奇，后被晋右将军散骑常侍曹横知晓，觉得很是蹊跷。曹横吩咐军士买了几十斤猪肉，剁成肉末。他又找来蒲包一只，在蒲包底部装上一担多生石灰，上面用肉

---

① 此指龙来时有"龙卷风"出现。

末盖上，命军士将蒲包轻步搬上莲台。没过多久，莲台上突然升起一缕青烟，又听一声惨叫，如同山崩地裂。随后，只见尘土飞扬，黑云遮天。众人惊见一条吊桶般粗的巨蛇，双眼暴突，龇牙咧嘴，在黑烟中翻滚而出，上腾下窜，左扑右撞。曹横明白，是生石灰进了蛇肚，使蛇无法忍受膨胀和高温之痛。曹横瞅准机会，一剑向蛇砍去，但见寒光一闪，利剑指处蛇血横飞，巨蛇断为两截。不一会儿风停尘息，众人眼前突现两个大坑，便是现今白龙观前的内、外龙潭。扬起的尘土，纷纷扬扬向南而去，越过烧香浜，飘落到今天的西崦社区东部，积土成墩，后人称之为"蛇墩"。曹横斩蛇，为民除害，传为千古佳话。他死后，人们将其葬于芳茂山麓。为纪念曹横，遂将此山易名"横山"，这就是横山桥的由来。[①]

可见曹横在白龙观前"登仙台"处斩蛇，形成内外两个"龙潭"，则"白龙观"当是曹横留下的斩蛇圣迹处的宗教纪念地。撇开传说的神奇因素，回到现实中来，这说的肯定就是：曹横年轻时在横山斩掉过一条大蟒蛇，显示出过人的胆识。他后来能领兵作战、建功立业、获得荣华富贵，显然也拜这天赋的胆略所赐。

（二）《红楼梦》中用"高祖斩蛇"之戏象征其家族创业之端

无独有偶，《红楼梦》第29回"清虚观"打醮演戏："贾珍一时来回：'神前拈了戏，头一本《白蛇记》。'贾母问：'《白蛇记》是什么故事？'贾珍道：'是汉高祖斩蛇方起首的故事。第二本是《满床笏》。'……又问第三本，贾珍道：'第三本是《南柯梦》。'贾母听了便不言语。"这便是神明用戏来概括贾府的家族史：由祖上创业（"斩蛇起首"），到后辈富贵（"满床笏"），再到最后抄家而"南柯一梦"。

起首，即起头，也即带头起义。汉高祖"斩蛇起义"事见汉司马迁《史记·高祖本纪》："高祖以亭长，为县送徒骊山，徒多道亡，自度比至，皆亡之。到丰西泽中止饮，夜乃解纵所送徒，曰：'公等皆去！吾亦从此逝矣。'徒中壮士愿从者十余人。高祖被酒，夜径泽中。令一人行前，行前者还报曰：'前有大蛇当径，愿还。'高祖醉，曰：'壮士行何畏？'乃前拔剑击斩蛇，蛇遂分为两，径开。行数里，醉因卧。后人来至蛇所，有一老妪夜哭。人问：'何哭？'妪曰：'人杀吾子，故哭之。'人曰：'妪子何为见杀？'妪曰：'吾子，白帝子也，化为蛇，当道，今为赤帝子斩之，故哭。'人乃以妪为不诚，欲笞之，妪因忽不见。后人至，高祖觉，后人告高祖。高祖乃心独喜，自负，诸从者日益畏之。秦始皇帝尝曰：'东南有天子气。'于是因东游以厌之。高祖即自疑，亡匿，隐于芒砀山泽岩石之间。吕后与人俱求，常得之。高祖怪问之？吕后曰：'季所居，上常有云气；故从往，常得季。'高祖心喜。沛中子弟或闻之，多欲附者矣。"

这说的便是：汉高祖刘邦做沛县亭长时，为县里押送一批农民到骊山修筑秦始皇的陵墓。途中大部分人都逃走了。刘邦自己估计：快要到骊山时，剩下

---

① 孙晓峰《盘点武进那些和"蛇"相关的地名》之"墩名——蛇墩"，http://www.wj001.com/news/wanxiangwujin/2013-02-06/135092.html。

的人也都会逃走；因为按照秦代的法律，到达的人也会受逃亡者连坐而全部被杀掉。于是他带大家走到丰县西的沼泽那儿停了下来，喝得大醉，晚上把剩下的农民全都给放走了。他说："你们全走吧，我从此也要流亡了。"这些农民中有十几个人愿意跟着刘邦一起流亡。刘邦带着醉意走在这丰县西部的沼泽中，让一个人到前面去探路，此人回报说："前面有条大蛇挡路，我们还是回头吧"。刘邦趁着酒劲说道："大丈夫当独步天下，有什么可以害怕的？"于是走到前面，拔剑把蛇给一斩两段。

刘邦走了几里路后，终于醉倒在地。后面的人走过斩蛇的地方，看到有一个老太婆在路边放声痛哭，说儿子被人杀死了。又说："我儿子是白帝的儿子，化作大蛇横在路上，被赤帝的儿子给杀了，所以我很伤心。"人们以为她在妖言惑众，正想打她，她便忽然消失了。后面的人把这件事告诉给酒醒的刘邦，刘邦心里很得意，跟随他的人也越来越敬畏他。秦始皇曾经说过："中国东南部的吴越之地有会导致天子出现的王气。"秦始皇于是东游来亲自镇压。刘邦便怀疑秦始皇说的是自己，便躲到荒凉的芒砀山深山老林中。他的老婆吕雉每次都能找到他，刘邦询问其中的原因，吕雉说："你藏的地方，头上总会有云气笼罩，我们根据这一现象便能找到你了。"刘邦听了更为高兴，沛县的百姓得知后，有不少人都来归附刘邦，刘邦凭此组成起义军，逐鹿中原，建立了汉室江山。

《红楼梦》第 29 回"汉高祖斩蛇方起首的故事"，固然说的是汉高祖刘邦"斩蛇起义"的事。联系到曹家祖先曹横也曾斩蛇于常州横山，曹横是否为曹雪芹家族的始祖虽然待考，但我们上文已经确凿无疑地考明：他即便不是曹寅家的嫡亲祖先，至少也是曹寅家的同宗祖先。因此《红楼梦》第 29 回"汉高祖斩蛇方起首的故事"，未尝不是在影写曹雪芹自家祖先曹横的神奇经历。曹家与横山的联系也就因此而更为增加了一层，显得更为源远流长；曹家后人抄家后出家并隐居于横山，曹雪芹在横山"白龙观"留有足迹，也就更加顺理成章，而不再是那种"空穴来风"的无稽之谈了。

（三）横山的曹雪芹传说与遗迹

《武进日报》2019 年 4 月 12 日第 5 版《大型话剧〈曹雪芹与白龙观〉将搬上舞台》，其报道中提道：

> 晚清民国时期横山桥地区知名教育家杨焕昇的幼子、现年 80 岁的杨锡龙告诉记者，曹横、曹雪芹、曹玉山①这三位曹姓知名人士都在横山桥留下了印迹，被称为横山桥的"三曹"。其父杨焕昇遗留的笔记中有一段文字——"据友言，曹雪芹曾到过横山白龙观，待考"。
>
> 杨锡龙说，年少时的他还听当地人说起过，少年时代的曹雪芹在白龙观期间，每天用白龙观龙井的"聪明水"洗脸，还敲过观里的钟，寓意"一

---

① 朝鲜人曹友鹤，字玉山，以字行，因朝鲜为日本吞并而奋起反抗，1911 年被迫流亡中国，在常州人邓春澍帮助下，住在横山白龙观。吴之光有《伤心万里无归客——朝鲜老人曹玉山流亡常州轶事》一文，载《江苏地方志》2001 年第 4 期第 54 至 56 页，详考此事。需要说明的是：其人与曹雪芹并无关系。

记高中"。曹雪芹经常在观里的戏楼上练武、作画、嬉戏，一次还在千年古银杏旁的青石板上滑了一跤，脚上出血，道士用香灰给他止血。

……

上世纪 80 年代，陈东平曾在中央戏剧学院函授进修两年，进入新世纪后陆续在省级刊物上发表剧作。10 多年前，陈东平在常州的一本旅游杂志上看到一篇文章，内容为贾宝玉在毗陵驿拜别父亲后到过横山桥。2016 年，经过与杨锡龙的交流，陈东平对曹雪芹是否来过横山桥产生了浓厚兴趣，并由此酝酿写一部关于曹雪芹与横山桥的剧本。他与省作协会员周丽合作，用一年半的时间查找资料，考察横山风土人情，并从当地王焕金老先生处了解到了曹雪芹避乾隆皇帝的传说。

陈东平、周丽创作的话剧《曹雪芹与白龙观》载于"横山桥镇文联文学创作协会"编《芳茂文苑》第二辑第 179 至 211 页。笔者寻访陈东平和周丽本人，得到其收集到传说是：

《曹雪芹在横山桥十房村著书的传说》

刘国忠

清朝乾隆年间有一次乾隆皇帝下江南来到常州府，闻听府东南横山桥芳茂山很有名气，唐宋著名诗人刘长卿、杨万里都有诗作留存，元末明初布衣大儒谢应芳更是倾慕横山风光而卜居、终老于此，便带着军师微服私游芳茂山。

中午时分君臣两人在山顶浏览风景之时，忽然听到一阵阵炮仗、爆竹之声，便觉来了兴趣。下山循声来到放炮仗的村庄——芙蓉圩中的十房村，看看也无人家上梁架屋，也无人家聚亲嫁女，便找到村中长者了解。村中长者一看来人气势非凡，一脸富贵相，立即呼来家人招待他们，并告诉原因：

这村中有一姓曹的先生，因是本村人家亲戚，隔些年总会来此住上些时日，今年住得特别长，每天都在写书。昨天曹先生突然对亲戚说，明天午时有天下极贵之人到此，他只好走了。村上都有些不信，他便掏出一两银子对他们说，你们明天用这银子全部买来炮仗、鞭炮，在日昼午时全部放起来，不出半个时辰，贵人必至。现在看来他还真能掐会算，你们真的来了，你们跟他也是亲戚吧？

君臣两人旁顾左右而言其他，问道：他是写的什么书。老人支吾着不肯说，军师马上从兜里掏出一锭银子给老人，称：我们只是好奇，讲讲又何妨。老人犹豫片刻后说道：他临走前关照过不要对外人讲他在此写书的事，但我想想这也不犯法吧。我只知道他写的叫什么石头的事，其他还真不清楚，有时候看见他写着写着就眼泪汪汪的，也奇怪这写石头还有啥好哭的，我们也不好问呀！该不会是脑筋子坏了！军师说：这一定是脑筋坏了，你把他写的书我们看看。老人说：都带走了，一张也没留下。

乾隆和军师一看也问不出什么来了，只好打道回府了。后来就渐渐传开了曹雪芹在十房村写的是红楼梦，而当初就叫石头记。

十房村在横山北侧的"芙蓉圩"中。皇帝微服私访这种事，肯定是传说而不可信。曹雪芹在十房村停留过，光凭这一孤证固然也不可信。但上文我们已经言明：常州天宁寺有曹雪芹的佛学导师"大晓实彻"在，横山大林寺有其出家的曹家至亲在此守祖坟，白龙观又有其祖先曹横斩蛇的圣迹，其祖父曹寅时便已和常州天宁寺、横山大林寺结下密切关系，现在再加上上引报纸所披露的曹雪芹在横山、在白龙观的其他一系列传说，于是曹雪芹在横山住过，并在此汲取小说创作的素材，这些传说也就不再是孤证而显得可信起来。

大林寺与白龙观一西一东，大林寺在横山西麓，白龙观在横山东麓，联系到曹雪芹在《红楼梦》中写"一僧一道"携出家了的贾宝玉消失在常州城外的小坡后，而常州一平如砥，近城方圆五六十里内，唯独城东有座横山，此外别无他山，而且其山又正好有一座佛寺和一座道观，则：出家的宝玉修行于常州城东的横山，便与《红楼梦》最后的描写完全吻合，无有不合。

再联系到曹寅与常州天宁寺方丈湘雨纪荫，及其弟子横山大林寺方丈秉岳的密切关系，曹家祖坟曹横墓又在大林寺，则曹寅孙子曹雪芹年幼时来佛寺大林寺后的曹横墓祭祖，一并来大林寺东不远处的道观白龙庙，寻访祖先曹横斩蛇的"登仙台"圣迹，并在这儿摔过跤、撞过钟、做过梦（详下），也都是完全有可能的。

雍正六年（1728）曹家抄家后，曹雪芹返回北京，但也肯定会有机会来老家江宁南京，顺道走京杭大运河，拜访江南常州城天宁寺内自己的佛学导师大晓禅师，又再沿着京杭大运往东走"三山港"水路到横山祖坟，拜望在此坟庵修行的至亲族人，凭吊白龙观处的祖先遗迹，在横山东北的"十房村"亲友处驻足停留、短暂居住，然后再回京杭大运河，往东到苏州城的亲戚家小住，这也都是有可能的。

常州市道教协会会长、白龙观住持孔新芳道长还告诉我们：横山桥"白龙观"所奉祀的"白龙娘娘"的信仰遍及江南全境，江南有好几座"白龙庙"，全都以横山桥的"白龙观"为祖庭。苏州与杭州的百姓每年都会坐船，由京杭大运河从横林上岸，来白龙观烧香。每年八月初一的横山"白龙观"庙会香火鼎盛，从戚墅堰的运河船上，便能望见"白龙观"的山门。曹雪芹在白龙观时，不光在观中不小心摔过跤，道长用香灰为他止过血，还在观内古戏台上午睡而做了一个好梦。

十、横山"青明峰"当即"青埂峰"的原型

青明峰，不宜写作"清明峰"，与清明时节要来此山踏青游玩没有关系。因为此山离常州城有12公里之遥，常州人踏青只会到城旁的东郊，也即今天"红梅公园"处的天宁寺"尘外楼"、玄妙观"飞霞楼"、太平寺"文笔塔"这三个地方登高眺远，不会来此城外12公里处的横山踏青。

　　"青明峰"意为"青翠明目的山峰"①。其山往北绵延至"舜过山",然后再往东绵延至江阴城,长达数十里,绵延起伏,是常州古称"延陵"的得名由来。此数十里之遥的山脉高仅百米,不很壮观,形似青色的土埂,又似百米高的青色长城,故可以视为"青翠明目的如埂之峰",正合"青埂峰"之意。宋人胡宿以"此地横青嶂"的诗句来描绘此山(见上引《咸淳毗陵志》卷15"横山"的画线部分),可见其在古代又名"青嶂",与"青埂"之音更为接近。"青明峰、青嶂峰"两者与"青埂峰"可谓音义俱通,当是"青埂峰"的原型。

　　而且横山青明峰又是常州东北的"鬼道"(见上文"七"引《咸淳毗陵志》卷25"冲虚观"的画线部分),是神鬼出没人间的通道所在(即不光是"鬼道",同时也是"神道"),故梁代王八百在此炼丹而羽化升天,留有丹井,陈代立为"登仙馆",宋代改名"冲虚观",明初改为佛寺"大林庵",神学脉络渊源有自。康熙朝"大林庵"住持秉岳有前往扬州接驾的资格,而且还获得康熙皇帝御笔唐诗、对联之赐,足证"大林庵"在曹雪芹祖辈、父辈时便已名闻天下,曹家有人出家后,在此寺挂单修行,这是完全有可能的。

　　书中写宝玉与渺渺真人、茫茫大士最终应当归宿于青埂峰(见宝玉最后出世时所唱之歌"我所居兮,青埂之峰"),而书中最后写此三人消失在常州小坡(即横山青明峰)之后,这又意味着"横山青明峰"就是"青埂峰"。横山青明峰又是常州地区神鬼出没的门户所在,作者把宝玉三人在人间消失而返回"太虚幻境"的"神人切换"之门,设在常州城外的这座山坡处,根据便在于此,这更加可以证明"横山青明峰"是"青埂峰"的原型。

十一、横山"芳茂山"当即"大荒山"的原型

　　相比于"青明峰","芳茂山"更是名闻天下。因为元末明初,东南部中国的大学者谢应芳,以90岁高寿的"德高望重"之誉,隐居于芳茂山授徒为业,其《龟巢稿》卷17有《负暄》诗:"峨峨芳茂山,为我遮朔风。南陆日杲杲,南檐暖融融。盘飧豆粥软,箕踞藁席重。追思古羲皇,首出开鸿蒙。宫居食而衣,生民藉轩、农。勋、华②教明伦,三代礼乐隆。尼山集大成,斯文万世宗。兰③也幸知此,不与禽兽同。年纪近百岁,心源犹四通。三字、四字句,经训授蒙童;七言、五言诗,大音鸣寸衷。时无鸡窠儿,自号'龟巢翁'。负暄乐如此,人言少如侬。侬亦自知足,作诗谢天公。"

　　有此高士在此隐居,天下遂景慕"芳茂"之名。其书同卷《寿万拙斋》诗之三:"芳茂山前种玉田,芙蓉湖上采莲船。东邻、西舍连花竹,浑是桃源一洞天。"更是写到了此地"芳茂山"与"芙蓉湖"湖山相依的清美风光。

　　其卷10又有《大林庵佛像装金法事疏》,首句便是"芳茂山'大林'道场,

---

① 《江苏省武进县地名录》(武进县地名委员会1984年编)第461页:"青明山,在横山桥乡,以青翠明亮之意得名。"
② 指黄帝轩辕氏、炎帝神农氏,放勋(帝尧)与重华(大舜)。
③ 谢应芳(1295—1392),字子兰,号龟巢。

鼎新革故；补陀岩圆通法会，妆假成真"，大林庵早在明初便有此等天下名望之士为其作《疏》，幸甚至哉！从中也可以看出其山虽然不高，寺庙虽然不大，但却名气不小。更重要的是，此疏文首句"真、假"并举，佛理无限，直启曹雪芹"假作真时真亦假"的佛门玄旨。

而晚生于曹雪芹38年的常州人孙星衍，乾隆五十二年（1787）殿试高中榜眼，名震天下，因仰慕先贤谢应芳高风峻节而自号"芳茂山人"，并把自己的诗集命名为《芳茂山人诗录》，"芳茂山"之名借此人此书更加盛传于天下。

芳茂山，顾名思义，即山上芳草萋萋，一派荒莽景象。笔者曾实地寻访过村居父老，都说此芳茂之峰（即横山东面之峰）与青明峰（即横山西面之峰）不同，自古以来不长一树，芳草茂盛，可见其"芳茂"之名果不虚传。

而"大荒山"顾文思义，便是一片荒莽景象。而"荒莽"便是荒芜而杂草丛生的意思，与"芳茂山"的名称、旨义正相符合。而且"芳茂"之音又与"荒莽"相近、而为一声之转。由此可知，"芳茂山"当即"荒莽山"，难怪会成为曹雪芹笔下"大荒山"的原型。

书中第1回："原来，女娲氏炼石补天之时，于大荒山无稽崖炼成高经十二丈、方经二十四丈顽石三万六千五百零一块。娲皇氏只用了三万六千五百块，只单单的剩了一块未用，便弃在此山青埂峰下。"可见青埂峰是大荒山之一峰，其山多石。而横山古名"芳茂山"（见上文"七"引《咸淳毗陵志》卷15"横山"的画线部分），后方细分西峰为"青明"，东峰为"芳茂"，则芳茂山原本就包括青明峰在内①，这便又与书中所说的大荒山有峰为青埂峰相吻合。

而谢应芳《龟巢稿》卷17《和〈游大林庵〉韵》："石头数里横山路，丹井多年羽士家。圣代重开新宇宙，禅林乃易旧烟霞。沿阶细草龟毛绿，护竹疏篱象眼斜。更有庭前松柏树，潮音也似学楞伽。""楞伽"当指楞伽山，即今锡兰岛、斯里兰卡。此诗首句便点明大林寺所在的横山"青明峰"多石头，又与《红楼梦》以青埂峰下的石头作为主角堪称吻合。

总之，"芳茂山"当即大荒山的原型。作者采入书中时，根据其命名之旨"荒莽山"而写作"大荒山"，以寓《红楼梦》书名中"梦"字所标榜的"荒唐无稽"意，于是又凭空虚陪出一个"无稽崖"来。

十二、"毗陵驿"宝玉别贾政的再解读

笔者前两部书和本书的前两章已然证明后四十回乃曹雪芹原稿，则《红楼梦》结局于常州"毗陵驿"便是曹雪芹的本意。今详引第120回"甄士隐详说

---

① 《江苏省武进县地名录》第471页："横山，在横山桥乡，山名。据清道光志中说，此山原为芳茂山之南二峰，因晋右将军曹横葬此而更名横山。宋张存芳茂山诗有'当时不葬曹横墓，千古犹存芳茂山'之句。横山之东为青明山。"第472页："芳茂山：跨横山桥、新安二乡，山名。北起石堰山，南至横山、青明山，其间十余峰通称芳茂山，以主峰芳茂得名。"其载明"十余峰通称芳茂山"，便可证明芳茂山有大荒山的格局，而非孤伶伶仅一座山峰。

太虚情、贾雨村归结《红楼梦》"中的这幕情节略加分析，【】内便是我所作的按语：

　　且说贾政扶贾母灵柩，贾蓉送了秦氏、凤姐、鸳鸯的棺木到了金陵，先安了葬。贾蓉自送黛玉的灵，也去安葬。贾政料理坟基的事。一日，接到家书，一行一行的看到宝玉、贾兰得中，心里自是喜欢；后来看到宝玉走失，复又烦恼，只得赶忙回来。【此句可以证明贾政是由南京回北京，按理不应当经过常州，今写常州是起特笔而故意写到常州，证明常州在其心目中非常重要。其重要性便是前文所论证的：常州天宁寺有其佛学导师和出家的至亲族人，横山有其祖坟而大林寺是此祖坟的坟庵，而且常州与横山早在其祖父曹寅时，便与自己曹家结下了深厚关系。】

　　在道儿上又闻得有恩赦的旨意，又接家书，果然赦罪复职，更是喜欢，便日夜趱行。一日，行到毗陵驿地方，那天乍寒下雪，泊在一个清静去处。贾政打发众人上岸投帖，辞谢朋友，总说即刻开船，都不敢劳动。【此句便可证明常州有曹家的亲朋好友。曹家在天宁寺出家、在横山大林寺挂单的族人收到音信后，便会来停泊在天宁寺旁的贾政原型"脂砚斋"曹頫的船头拜见，告辞时，贾政的原型曹頫目送他东归横山大林寺——这便是作者下文所写的"宝玉来船头拜别贾政"这幕情节的原型。】

　　船中只留一个小厮伺候，自己在船中写家书，先要打发人起早到家①。写到宝玉的事，便停笔。抬头忽见船头上微微的雪影里面一个人，光着头，赤着脚，身上披着一领大红猩猩毡的斗篷，向贾政倒身下拜。

　　贾政尚未认清，急忙出船，欲待扶住问他是谁。那人已拜了四拜，站起来打了个问讯。贾政才要还揖，迎面一看，不是别人，却是宝玉。贾政吃一大惊，忙问道："可是宝玉么？"那人只不言语，似喜似悲。贾政又问道："你若是宝玉，如何这样打扮，跑到这里？"宝玉未及回言，只见船头上来了两人，一僧一道，夹住宝玉说道："俗缘已毕，还不快走？"

　　说着，三个人飘然登岸而去。贾政不顾地滑，疾忙来赶，见那三人在前，哪里赶得上？只听见他们三人口中不知是哪个作歌曰："我所居兮，青埂之峰；我所游兮，鸿蒙太空。谁与我逝兮，吾谁与从？渺渺茫茫兮，归彼大荒！"贾政一面听着，一面赶去，转过一小坡，倏然不见。

　　贾政已赶得心虚气喘，惊疑不定。回过头来，见自己的小厮也是随后赶来，贾政问道："你看见方才那三个人么？"小厮道："看见的。奴才为老爷追赶，故也赶来。后来只见老爷，不见那三个人了。"贾政还欲前走，只见白茫茫一片旷野，并无一人。【这便是照应第 5 回最后一支《红楼梦曲·收尾》所唱的："落了片白茫茫大地真干净。"这是后四十回与前八十回相合的又一实例★。而且这幕场景便落幕在常州东郊天宁寺西侧的"东城濠"处（详下"十四"）。】

　　贾政知是古怪，只得回来。众家人回船，见贾政不在舱中，问了船夫，

———————————
① 起早，很早就起身，此处当指提前动身。贾政要把家信早点赶完，然后好叫人提前把信送到家。

说是老爷上岸追赶两个和尚、一个道士去了。众人也从雪地里寻踪迎去，远远见贾政来了，迎上去接着，一同回船。【此可见贾政赶出去甚远。】

贾政坐下，喘息方定，将见宝玉的话说了一遍。众人回禀，便要在这地方寻觅。贾政叹道："你们不知道！这是我亲眼见的，并非鬼怪。况听得歌声，大有元妙！【元妙，即'玄妙'，清人避康熙讳而书'玄'为'元'。】那宝玉生下时，衔了玉来，便也古怪，我早知不祥之兆，为的是老太太疼爱，所以养育到今。便是那和尚、道士，我也见了三次：头一次，是那僧道来说玉的好处；【前八十回从未提到过这件事，仅第29回清虚观张道士为宝玉提亲时，贾母说："上回有和尚说了，这孩子命里不该早娶，等再大一大儿再定罢。"可见僧道的确是来贾政、贾母面前预言过宝玉之事，但说的并非是玉的好处。当然我们可以机动灵活地理解为：僧道那次来时，既说玉的好处，又说宝玉不可早娶。但前八十回并未如此写明。前八十回从来都没提到过和尚前来说玉好处这件事，此处敢这么写的人，肯定只有曹雪芹本人，这是证明后四十回乃曹雪芹所写的又一证据。疑是作者前八十回的最初稿中有和尚第一次来见宝玉事，在后来的不断改稿中删节了；今天我们看到的前八十回是第五稿，已无此情节。】第二次，便是宝玉病重，他来了，将那玉持诵了一番，宝玉便好了；第三次，送那玉来，坐在前厅，我一转眼就不见了。我心里便有些诧异，只道宝玉果真有造化，高僧、仙道来护佑他的。岂知宝玉是下凡历劫的，竟哄了老太太十九年！如今叫我才明白！"说到那里，掉下泪来。

众人道："宝二爷果然是下凡的和尚，就不该中举人了。怎么中了才去？"贾政道："你们哪里知道？大凡天上星宿、山中老僧、洞里的精灵，他自具一种性情。你看宝玉何尝肯念书？他若略一经心，无有不能的。他那一种脾气，也是各别另样！"说着，又叹了几声。众人便拿"兰哥得中，家道复兴"的话解了一番。

贾政仍旧写家书，便把这事写上，劝谕合家不必想念了。写完封好，即着（zhuó）家人回去，贾政随后赶回。暂且不提。……

王夫人叫贾兰将书子念给听。贾兰念到贾政亲见宝玉的一段，众人听了，都痛哭起来，王夫人、宝钗、袭人等更甚。大家又将贾政书内叫"家内不必悲伤，原是借胎"的话解说了一番："与其作了官，倘或命运不好，犯了事，坏家、败产，那时倒不好了。宁可咱们家出一位佛爷，倒是老爷、太太的积德，所以才投到咱们家来。不是说句不顾前后的话：当初东府里太爷，倒是修炼了十几年，也没有成了仙。这佛是更难成的！太太这么一想，心里便开豁了。"【这是众人从贾政信中安慰王夫人的话出发，又想了了一套说辞来劝解王夫人，故称"老爷、太太"云云。由其称"老爷、太太"，故知这段话不是贾政信中的话。】

王夫人哭着和薛姨妈道："宝玉抛了我，我还恨他呢！我叹的是媳妇的命苦，才成了一二年的亲，怎么他就硬着肠子，都撂下了走了呢！"……

那宝钗却是极明理，思前想后："宝玉原是一种奇异的人，夙世前因，自有一定，原无可怨天尤人。"……

次日，贾政进内请示大臣们，说是："蒙恩感激。但未服阕，应该怎么谢恩之处，望乞大人们指教。"众朝臣说是代奏请旨。于是圣恩浩荡，即命陛见。贾政进内谢了恩。圣上又降了好些旨意，又问起宝玉的事来。贾政据实回奏。圣上称奇，旨意说：宝玉的文章固是清奇，想他必是过来人，所以如此，若在朝中，可以进用；他既不敢受圣朝的爵位，便赏了一个"文妙真人"的道号。……

士隐道："宝玉，即'宝玉'也。【此言宝玉这个人便是那块'通灵宝玉'下凡。】那年荣、宁查抄之前，钗、黛分离之日，此玉早已离世：一为避祸，二为撮合。从此凤缘一了，形质归一。又复稍示神灵，高魁、子贵，方显得此玉那天奇地灵、锻炼之宝，非凡间可比。前经茫茫大士、渺渺真人携带下凡，如今尘缘已满，仍是此二人携归本处：这便是宝玉的下落。"

雨村听了，虽不能全然明白，却也十知四五，便点头叹道："原来如此，下愚不知。但那宝玉既有如此的来历，又何以情迷至此，复又豁悟如此？还要请教。"士隐笑道："此事说来，先生未必尽解。太虚幻境，既是真如福地。两番阅册，原始要终之道，历历生平，如何不悟？仙草归真，焉有'通灵'不复原之理呢？"……

这士隐自去度脱了香菱，送到太虚幻境，交那警幻仙子对册。刚过牌坊，见那一僧一道缥缈而来，士隐接着说道："大士、真人，恭喜！贺喜！情缘完结，都交割清楚了么？"那僧道说："情缘尚未全结，倒是那蠢物已经回来了。还得把它送还原所，将它的后事叙明，不枉它下世一回。"士隐听了，便拱手而别。那僧道仍携了玉到青埂峰下，将"宝玉"安放在女娲炼石补天之处，各自云游而去。

第1回言宝玉是神瑛侍者下凡，所有人看到"侍者"两字，都会认为是天上的童子，是道家的仙人，没有一个人会认为那是在说光头的和尚。所以后四十回如果是他人来续的话，一定不敢说出宝玉是和尚下凡的话来，而上引文字中居然写的是："众人道：宝二爷果然是下凡的和尚"，而"侍者"两字一般人都理解不出和尚的意思来，这便可证明后四十回绝对不是他人所续，而当是曹雪芹亲笔所写。

事实上"侍者"正有和尚意，佛门中侍候长老的僧人便称作"侍者"。我们唯有看到第120回"宝二爷果然是下凡的和尚"这句话时，才会明白曹雪芹在第1回所写的"神瑛侍者下凡"，本意就是要把宝玉塑造成罗汉凡心偶炽而下凡，并非想把宝玉塑造成某位道家神仙凡心偶炽而下凡。如果没有第120回"宝二爷果然是下凡的和尚"的话，我们只可能把宝玉理解为是道家神仙下凡。

同理，第1回提到的侍者"日以甘露灌溉"那绛珠仙草的甘露，在没有读到第120回"宝二爷果然是下凡的和尚"的话时，我们便会想当然地把它理解成天上的甘露，而想不到其中正有佛教的"甘露法水"之意。

佛教用"甘露"一词喻指佛法、涅槃等，如《法华经·药草喻品》称："为大众说甘露净法。"这也就可以明白：

第22回宝玉写下悟道偈："你证我证，心证意证。是无有证，斯可云证。无可云证，是立足境。"而黛玉更为之作评道："你那偈末云：'无可云证，是立足境。'固然好了，只是据我看，还未尽善。我再续两句在后。"因念云："无立足境，是方干净。"

据笔者《红楼时间人物谜案》"第二章、第一节、一"考，此年宝玉13岁。13岁这么小的年纪，便能参出如此高深的佛法见解，定然不是今世读书读来。而黛玉比之还小一岁，居然能"百尺竿头、更进一步"，翻出更深的佛法见解来。这便是宝玉前世为罗汉，而黛玉受其"甘露法水"的佛法熏陶，方能有如此慧根。

关于宝玉是罗汉下凡，书中还有一处内证，即第91回宝玉盛赞黛玉对他佛学方面的点拨时说："我虽丈六金身，还借你一茎所化。"宝玉所用的佛教典故出自《五灯会元》卷四"赵州从谂禅师"语录："上堂：如明珠在掌，胡来胡现，汉来汉现。老僧把一枝草为丈六金身用，把丈六金身为一枝草用。佛是烦恼，烦恼是佛。""丈六金身"是佛所化现的高约一丈六尺的、真金色的佛身，亦指佛像。"一茎草"，形容微细之物，常与梵刹或"丈六金身"对举，以示：在佛法看来，两者并无差别。

《武进天宁寺志》卷八屠寄所作《冶开禅师寿言》："迷则丈六金身作一茎草用，悟则一茎草作丈六金身用。"指为尘境所迷惑的话，则一丈六尺高的佛像金身不过是根无知的草木；明心见性而觉悟了的话，则一根草便是一丈六尺高的成佛金身。这说的就是佛法与世界法是一非二的"不二法门"之旨。

我们已经知道黛玉是仙草下凡，则"你一茎"便符合黛玉的前世是"一茎"仙草，那"我虽丈六金身"便当符合宝玉的前世。而宝玉前世是"神瑛侍者"，由此便可知"神瑛侍者"就是宝玉自己口中的"丈六金身"也即金身罗汉，所以宝玉是罗汉下凡，"侍者"是僧人之意。

其实，不光宝玉的前世出自佛门，书中第1回与第3回便写明黛玉也出自西天佛国，即第1回写明："只因西方灵河岸上三生石畔，有绛珠草一株，时有赤瑕宫神瑛侍者，日以甘露灌溉"，古人皆以"灵河"指银河，如隋萧琮《奉和月夜观星》："灵河隔神女，仙羁动星牛。"此处其实用的是西天佛国"灵山"的典故，称其山下之河为"灵河"，因此"灵河岸上"所指当是西天佛国之山，而"甘露"便是喻指佛法的甘露法水，由画线部分便可知晓宝玉与黛玉两人全都出自西天佛国，深受佛法滋养；而第3回宝玉为黛玉起字号为"颦颦"时，特地引《古今人物通考》上说："西方有石名黛"，点明黛玉出自西方、也即西天佛国！

"神瑛侍者"这位光头的罗汉由一僧"茫茫大士"（即癞头和尚）、一道"渺渺真人"（即跛足道人）引领下凡，最后又随此僧此道复归天界，修成正果，而被皇帝封为"文妙真人"。贾政肯定会对皇帝讲起宝玉已做了和尚，而皇上仍以"真人"之号称之，可见皇上所赐的"真人"称号当指僧人、而非道士。

一般人看到"真人"两字又都会本能地想到是道家的仙人，根本就想不到是佛家的僧人。其实佛教也称阿罗汉为"真人"，因为"阿罗汉"是音译，其意译便是"应真"，即证真理、得真道的人。故唐玄应《一切经音义》卷八："真人，是'阿罗汉'也，或言'阿罗诃'，经中或言'应真'，或作'应仪'，亦云'无著果'，皆是一也。"难怪皇帝可以封已成为僧人的宝玉为"真人"。

第1回说宝玉是天上的罗汉（即"侍者"、佛的随从）下凡，此第120回又说他证得罗汉果位而出世（即"真人"、应真、阿罗汉）。前八十回之"侍者"有道、释两意而暗用其释家之意，而后四十回的"真人"也有道、释两意也暗用其释家之意，这种前后完全照应的文笔，的确只可能出自同一人之手，这也是证明后四十回是曹雪芹所著的一个例证。★

十三、"玉带林中挂"——宝玉挂单于常州丛林"天宁寺"、横山"大林寺"的文化因缘

宝玉一行三人消失在常州的一座"小坡"之后，而常州之地一望空阔，全都是平地，无有丘陵；更不可能放眼过去，一个小坡便能遮住远去行人的行踪。唯有城东横山是离城最近之山，距城12公里，站在常州东城门口的东郊——也即今天的天宁寺与红梅公园处——往东便可望见，而且其山绵延如青埂，可以遮住远去者的行踪。则宝玉与一僧一道消失在常州那座"小坡"后，便是消失在横山，这是比较合理的解释。

宝玉最后所唱的："我所居兮，青埂之峰；我所游兮，鸿蒙太空。谁与我逝兮，吾谁与从？渺渺、茫茫兮，归彼大荒！"表面唱的是宝玉"我"将要居住在青埂峰、回归于大荒山，其实说的就是宝玉"我"居住在常州城外的芳茂山、青明峰。因为横山古名"青明山"，与"青埂峰"含义无有差别（"青明"就是青翠明目意）；古名"芳茂山"，其音也和"荒莽"相近而与"大荒山"旨趣相通（"大荒"就是芳草萋萋、一片荒莽），一般人都会视此为天然巧合，经过上文的考证，便可知道两者的吻合绝对不是纯属巧合，而是作者有意取"芳茂山、青明峰"为原型而构思出"大荒山、青埂峰"所致。

此外《红楼梦》第5回有判词："玉带林中挂，金簪雪里埋"，固然是在隐写林黛玉、薛宝钗之名[1]，寓其"处非其所"的不祥命运（甲戌本此句有夹批："寓意深远，皆非生其地[2]之意"）。但其首句未尝不是"语涉双关"：既关林黛玉之名，更关宝玉结局。即：宝玉出家后，挂于"林"（禅林、丛林）中。因此，这一判词也可谓"伏线千里"，横亘115回，遥指第120回宝玉最后挂单于其所消失的常州这座城市的"林"（禅林、丛林）中。

而常州城内正有"东南第一丛林"天宁寺，寺的称号带"林"字；常州横

---

[1] "玉带林"倒过来便是"林带玉"而谐林黛玉之名。"金簪雪"倒过来便是"雪金簪"，"金簪"便是宝钗，故谐指薛宝钗之名。

[2] 非生其地，宜作"生非其地"。

山又有"大林寺",寺名更是直接带有"林"字:曹雪芹某位至亲族人这一"宝玉出家"的原型,应当就出家于常州的"禅宗丛林"天宁寺"大晓实彻"法座之下,然后又挂单于名带"林"字的横山"大林庵"中修行办道。

宝玉出家于常州丛林"天宁寺"、挂单于横山"大林寺",与第5回"玉带林中挂"的判词堪称吻合,从而获得《红楼梦》书中的宝贵内证。(即第5回"玉带林中挂"的判词就是宝玉出家于常州丛林天宁寺与横山大林寺的宝贵内证。)

相对于"白龙观"有曹雪芹撞钟的钟楼、做好梦的戏台等遗迹,横山大林寺却没有一丁点儿曹雪芹的遗迹,在此建议横山大林寺建"情僧殿",内塑宝玉这位证果的阿罗汉,旁塑一僧一道,与白龙观一同纪念《红楼梦》结局于常州横山"这一文化佳话。

十四、宝玉别贾政处,当在过"毗陵驿"的东郊天宁寺旁

书中写明贾政是从南京葬毕贾母,然后再来常州,自然是由西往东前来常州。因为贾政如果是由东往西来常州的话,便是从苏州来常州。而书中写明贾政是叫贾蓉到苏州去安葬林黛玉,自己没有去,所以他不可能从苏州那个方向来常州,也就不可能从东往西来常州。

弄明白贾政是自西往东来常州,这很重要。这时书中写贾政之船"行到毗陵驿地方,那天乍寒下雪,泊在一个清静去处"。请注意,贾政是停船在"毗陵驿"的一个清静去处,而事实上,毗陵驿太繁华,几乎没有清静的地方,唯有过了毗陵驿的东郊才有"清静去处"。

今按《道光武进阳湖县合志》卷五"营建志、驿站":"毗陵驿,在朝京门外百步。<u>前为皇华亭,三楹,面前。</u>"其驿在常州城西门"朝京门"外一百步,即今"怀德桥"下俗称"表场"的地方。"表"即"表里如一"之"表",意为外表,此处意为"城门口处的城外城墙根处"。由此地名,便可看出常州人起地名时的文雅有据。

据上引画线部分的记载:"毗陵驿"门口有接官亭,名为"皇华亭",面阔三间。引文中的"面前",是指此亭"面朝南"之意。(古人坐北朝南,以南为前,以北为后。)

毗陵驿在常州城西门"朝京门"门口。"京"指首都北京、南京,常州城的西门通往南、北两京,故名"朝京门"。

毗陵驿是江南地区南来北往、客商云集的大码头,旧时有"豆市河、米市河"两大集市,是仅次于南京"金陵驿"的江南第二大驿,其繁华热闹的程度自不待言。贾政想找个"清静去处"停船靠岸,显然不大可能。因为运河里船来船往是不可以停船的,而"毗陵驿"附近的运河支流只有一条"护城河",河形狭窄,早已船满为患,护城河两岸又全都是商铺,更显嘈杂。因此贾政想在"毗陵驿"附近找一个清静去处实难如愿,所以贾政不得不继续往前开船,由运河入城去找。

而从"土龙嘴"处的西水关入常州城后,"西瀛里—青果巷—麻巷"一线的

古运河两岸更是人烟稠密的繁华市井。古运河旁边虽然有两三条小河浜如"红杏桥浜、西庙沟、乌衣桥浜"可以停船，但都不僻静，即便真有僻静处可以泊船，而书中下来描写的是荒野景象（下文有引），而常州城内非常繁华，全是民居、市廛，没有荒野，可见贾政所泊处必定只可能在穿常州城而过的"东门"外的僻静处。所以贾政只好再由"元丰桥"出东门"通吴门"（"吴"指当时的省会苏州，常州城东门通此省会，故名）。

　　而一出东门便是常州天宁寺，这儿古称"东郊"，比起西门的"毗陵驿"一下子清静很多。而且古代这儿只有沿运河北岸的那条长街"东门外直街"比较繁华（运河与此长街平行而两者皆为东西走向），其余全都是空落落的城外荒地：
　　运河街北的荒郊野地，便是今天的"红梅公园"所在；运河南边的荒郊野地，便是今天的"桃园"所在。这与书中所描写的、宝玉拜别贾政后的那片空旷而荒野的景象正相吻合："三个人飘然登岸而去。贾政不顾地滑，疾忙来赶，见那三人在前，哪里赶得上？……转过一小坡，倏然不见。……贾政还欲前走，只见白茫茫一片旷野，并无一人。"
　　总之，书中写"行到毗陵驿地方"泊船，未必就在毗陵驿处，贾政应当自西往东[①]过西门的"毗陵驿"，在城东门外、天宁寺西侧、运河北岸支流"东城濠"处泊船。贾政想要清静的话，更当再往北多划几桨，离城门口稍远一些，这便到了今天红梅公园的西侧。古代这儿是一片旷野，直接可以往东遥望到那12公里处的百米高的横山，了无房舍，一片苍茫，大雪过后正是书中所描写的"白茫茫一片旷野"，唯有一座"小坡"横山，挺立在正前方。

　　贾政在此处泊船，离城门很近，所以可以让家人上岸禀告常州城内的好友。家人送到口信后返回需要一段时间，贾政因等在船上无聊而写起了家书。这时，出了家的宝玉来到船头，向这人间的生身父亲作最后一次拜别。贾政追上岸来，由于下来是往空旷处追，显然只可能往东追去，因为西侧是城市，不空旷。宝玉作歌而别，歌词便是告知贾政："我住在大荒山的青埂峰，与我在一起的是修行的僧人'茫茫大士'和道士'渺渺真人'。"前已证明大荒山就是芳茂山，青埂峰就是青明峰（青嶂峰），所以这等于向贾政宣告他修行的寺院便是常州城东"芳茂山青明峰上的大林庵"。
　　由于是仙家，自然空灵飘逸，贾政两条腿肯定追赶不上，越赶反而离得越远，只能眼睁睁地望着他们往东消逝。书中写："三个人飘然登岸而去。贾政不顾地滑，疾忙来赶，见那三人在前，哪里赶得上？只听见他们三人口中不知是哪个作歌曰：……贾政一面听着，一面赶去，转过一小坡，倏然不见，贾政已赶得心虚气喘，惊疑不定。回过头来，见自己的小厮也是随后赶来，贾政问道：'你看见方才那三个人么？'小厮道：'看见的。奴才为老爷追赶，故也赶来。后来只见老爷，不见那三个人了。'贾政还欲前走，只自见茫茫一片旷野，并无

---

① 上文已考明贾政是自西往东而来常州，是先到常州西门的毗陵驿，再到常州东门；而不可能是自东往西而来，先到常州的毗陵驿，再到更西的荒郊野外（西郊）。

一人。贾政知是古怪，只得回来。"可见贾政是听到宝玉唱歌告诉他归宿之地，然后眼睁睁地看到他们忽然转过了一个小坡，等贾政追上来时，发现坡后一片"白茫茫大地真干净"，三位仙家早已消失不见。

横山离常州有 12 公里，而贾政追上去至多一二公里便已不错，显然尚未能追到横山，可见这"小坡"肯定不是横山了。其实作者是在写小说，"尺幅可以千里"，"以小可以见大"，其写宝玉与一僧一道消失在常州城东"小坡"后面，便是消失于常州城东横山、挂单于山中"大林寺"的艺术象征，我们不必斤斤苛求其山的实际大小与距离远近。事实上，常州城外一望皆平，无有另外的山丘，能遮住远方行人踪迹的"小坡"，也唯有这座城东的横山。

十五、常州与《红楼梦》的密切关系

《红楼梦》与常州的密切联系便在于《红楼梦》全书 120 回完结于常州"毗陵驿"，主人公贾宝玉的人生圆结于常州"毗陵驿"。

在此之前，这一情节被认为是高鹗续作，不能代表曹雪芹原意。而笔者前两部书和本书的前两章，从空间到时间，据脂批及正文，由主旨到细节，辨风格与手法，通过方方面面的多重证据，证明了"后四十回乃曹雪芹所著"这一结论，则《红楼梦》与常州的密切关系，即《红楼梦》全书主线情节的句号、主人公贾宝玉人生的句号圆满地画在了常州，这便是曹雪芹的原意。

曹雪芹为什么要让《红楼梦》全书也即主人公贾宝玉的人生圆结于常州？这并非其随意虚构，当有其生活原型。即曹家抄家后，曹雪芹有位至亲族人看破红尘、顿悟空旨，出家于其家庙南京"香林寺"方丈"大晓实彻"禅师的法座之下，后又追随大晓禅师来常州天宁寺出家修行，最后又挂单修行于常州城东"横山"的大林寺。而且我们还考明：早在康熙朝，常州天宁寺方丈"湘雨纪荫"、大林寺方丈"秉岳"，便与曹雪芹祖父曹寅有过密切的交往，横山是曹家祖先曹横的坟墓所在，大林寺是曹家祖先的坟庵，白龙观有曹家祖先曹横斩蛇的圣迹——"登仙台"，难怪曹雪芹从幼年到成年，都曾在横山与白龙观一带留下过足迹和传说。

乾隆九年（1744）《红楼梦》开笔，六年后的乾隆十五年（1750）夏天"大晓实彻"禅师住持常州天宁寺。应当就在这一年[①]，曹雪芹与其叔父脂砚斋曹𫖯，在冬天大雪时路过常州"毗陵驿"，泊船在过了"毗陵驿"的常州东郊天宁寺旁。他们的那位追随大晓禅师出家于常州天宁寺的至亲族人得到消息后，特地前来船头拜见。告别时，曹雪芹与其叔父脂砚斋，目送他和他的道友们，返回大雪皑皑中的城东横山的两峰"青明峰、芳茂山"，这横山两峰便是书中"青埂峰、

---

① 因为曹雪芹创作《红楼梦》一共十年，其四易其稿起码要四年，所以第一稿最多只可能写六年。而大晓禅师在其创作的第六年来到常州，书中能写到"出家后的宝玉别父于常州"便拜此所赐。既然《红楼梦》第一稿的第 120 回已经写到宝玉别父于常州，所以曹雪芹来江南看望大晓禅师，只可能在大晓禅师刚来常州的那一年，若再晚，便不可能把"在常州修行的曹姓族人来别"作为书中"宝玉别父于常州"这一情节，写到第一稿的末尾了。

大荒山"的原型。此后，这位至亲族人写成自己"悬崖撒手"①后的悟道诗，作者采之入书而加以润改，成为宝玉最后了凡出世时所咏之诗。当然，我们并不是说贾宝玉的原型就是曹雪芹的这位至亲族人，而是说曹雪芹把自己亲眼目睹的这位至亲族人出家后，与自己和叔父脂砚斋告别时的那幕情景，写到了以自己为原型的小说主人公贾宝玉身上。

最后，我们把常州与《红楼梦》的密切关系总结为如下十点：

（1）曹雪芹的佛学导师大晓实彻在常州天宁寺任住持。

民国《武进天宁寺志》卷七乾隆朝常州天宁寺方丈的传记《大晓彻禅师行略》，称其由"织造部堂曹大护法"任命为香林寺住持。吴新雷先生《曹雪芹江南家世考》考明南京"香林寺"是曹雪芹的家庙。传记中大晓禅师到常州天宁寺任住持的年份可考，为乾隆十五年（1750）夏天，住持时正是曹雪芹创作《红楼梦》的乾隆九年至十九年（1744至1754）的后五年（虚算五年，实足四年），曹雪芹把出家后的宝玉安排在常州"毗陵驿"别父，便是拜此所赐。

（2）《红楼梦》全书也即主人公宝玉人生的句号圆满地画在了常州，这是曹雪芹的原意。

《红楼梦》最后一回结束于常州"毗陵驿"，之前都认为是高鹗续书，不能代表曹雪芹原意，其实不然。因为书中写贾政到南京葬毕贾母，又派贾蓉送黛玉棺材至苏州，自己收到家信后赶忙返回北京，这时途经常州"毗陵驿"。可是从南京回北京是到不了常州的，作者不顾常理，特意写到常州，显然只可能是常州在其心目中实在太重要、常州与"宝玉出家"这一结局太密切的缘故，其原因便如上文指出，其佛学导师、家庙方丈，在他创作《红楼梦》的后五年来到了常州天宁寺任住持。

正因为曹雪芹与常州有这么深的佛学联系而高鹗没有，正因为任何续书人都不敢续出从南京到北京要经过常州的情节来，我们便是凭这两点来断言："常州毗陵驿宝玉别贾政"这幕情节是曹雪芹的原意，是曹雪芹本人所写而非他人所续，从而为"后四十回是曹雪芹所著"找到了富有常州元素的全新铁证！★

---

① 脂批所谓的"悬崖撒手"是比出家为人生的"悬崖勒马"，并非指贾宝玉真要在悬崖面前撒手。今按：第25回和尚把着魔的宝玉救醒后，"一家子才把心放下来"，这时甲戌本有眉批："叹不得见玉兄'悬崖撒手'文字为恨。"可证出家那回脂砚斋未能看到，而今本有此出家情节，当是程伟元、高鹗两人千方百计所收集到的脂砚斋藏稿以外的稿子。第1回甄士隐随疯跛道人出家，"士隐便笑一声：'走罢！'"甲戌本眉批："'走罢'二字，真悬崖撒手，若个能行？"甄士隐并未在悬崖面前撒手，可证"悬崖撒手"四字便是"悟道弃世"之意，并非真要在悬崖面前撒手。第21回宝玉"便权当她们死了，毫无牵挂，反能怡然自悦"，庚辰本夹批："宝玉有此世人莫忍为之毒，故后文方有'悬崖撒手'一回。"貌似后四十回回目中有"悬崖撒手"四字。但上文已言"悬崖撒手"乃象征悟道出世，不是真的要在悬崖之巅撒手，所以回目中即便真有此"悬崖撒手"四字，也不见得书中真要去写什么宝玉在悬崖之巅撒手的情节。更何况回目中，完全有可能就没有这"悬崖撒手"四字。

（3）曹雪芹当有至亲的曹姓族人出家于常州天宁寺、挂单于横山大林寺。

从曹雪芹"真事隐"的笔法来看，其最后所写的"宝玉出家于常州"肯定有其隐藏的真事，则曹家肯定有人在抄家后看破红尘，追随大晓禅师来常州天宁寺出家修行。大晓禅师来常州任天宁寺住持那一年的冬天，曹雪芹路过常州，这位曹姓族人特来船头拜别，曹雪芹便把这幕情景写成《红楼梦》最后一回中的"宝玉出家"，从而使常州成为《红楼梦》全书也即宝玉人生的功德圆满地。

（4）贾政目睹宝玉与一僧一道消失在常州郊外茫茫雪原中的"小坡"之后，应当就是城东的横山。

书中写明贾政是从南京来常州，自然是自西往东而来。他在过了"毗陵驿"的一个僻静去处，亲眼目睹宝玉与一僧一道消失在常州城外"白茫茫一片旷野"中的一个"小坡"之后。而常州城从"毗陵驿"开始，往东一路繁华，唯有天宁寺旁的东城濠处开始进入东郊而有"茫茫旷野"可见，即今天的"红梅公园"。因此《红楼梦》最后落幕地便在此处。这儿往东可以看到常州城外仅有的一座山"横山"，由于山高仅百米，相隔有 12 公里，在常州城下东望，的确就是书中所写茫茫雪原中的一个"小坡"。其山南麓西有"大林寺"，东有"白龙观"，正符书中"一僧一道"伴随宝玉而不离其左右之旨。

（5）横山青明山与芳茂山是书中青埂峰与大荒山的原型。

只要能证明《红楼梦》后四十回是曹雪芹所著，而《红楼梦》全书 120 回又是一个首回与末回、第 5 回与倒数第 5 回均呈镜像对照的统一严整的艺术整体。这就意味着：第 1 回宝玉的出处之地"大荒山青埂峰"，与第 120 回宝玉的归宿地常州城外的"小坡"后面是同一个地方，这正是脂批所点明的作者让全书归宿于源头的"归源"之旨的体现。因此，宝玉与一僧一道所消失的常州城东横山的"青明峰（青嶂）"便是青埂峰的原型，"芳茂山"便是大荒山的原型。

横山分东西两峰，西为"青明峰"、东为"芳茂山"。青明峰应当就是青埂峰的原型。《武进县地名录》第 461 页载青明山"以青翠明亮之意得名"。其山北延数十里至舜过山、江阴城，高仅百米，不很壮观，形似青色土埂和绿色长城，故可视为"青翠明目的如埂之峰"，正合"青埂峰"之意。而且北宋胡宿又以"此地横青嶂"的诗句来描绘此山，可见此山古代又名"青嶂"，与"青埂"之音更为接近。因此，"青明峰、青嶂峰"与"青埂峰"音义俱通，当是其原型。

相比于青明峰，芳茂山更是名闻天下，因为谢应芳在此授徒，孙星衍以此为号。其山顾名思义，便是山上一派芳草萋萋的荒莽景象，正与"大荒山"荒芜而杂草丛生的含义相合。而且"芳茂"之音又与"荒莽"相近。由此可知，"芳茂山"当即"荒莽山"，难怪会成为曹雪芹笔下"大荒山"的原型。

（6）曹雪芹祖先坟墓在横山，"横山"得名于其祖先曹横，大林寺是其祖先曹横坟墓的守坟之庵，白龙观有其祖先曹横的斩蛇圣迹。

横山原名"芳茂山",因安葬东晋右将军曹横而改名"横山"。曹横是曹操子孙,西晋代替曹魏后,把曹操子孙分散各地,曹横一支来横山定居。曹雪芹好友敦诚有《寄怀曹雪芹(霑)》诗:"少陵昔赠曹将军,曾曰魏武之子孙。君又无乃将军后",言明曹雪芹一家是魏武帝曹操的后人,则曹横即便不是其嫡亲祖先,也是其同宗远祖,曹横坟遂可视为曹家祖坟。横山大林寺正是看守这一曹家祖坟的坟庵。

横山白龙观前又有内外两个"龙潭",相传是曹横斩蛇的圣迹。《红楼梦》第29回"清虚观"打醮演戏:"头一本《白蛇记》,……是汉高祖斩蛇方起首的故事。第二本是《满床笏》。……第三本是《南柯梦》。"这便是神明用戏来概括贾府也即曹家的发家史:由祖上创业("斩蛇起首"),到后辈富贵("满床笏"),再到最后抄家而"南柯一梦"。"斩蛇起首"固然说的是汉高祖起义的故事,回到家族原型中来,曹家祖先曹横也斩过蛇,所以作者未尝不是以此来影写自家祖先的神奇由来。

(7)《红楼梦》第5回"玉带林中挂"的预言和第91回乌鸦在宝玉发誓出家后向东南飞,预言出家后的宝玉最后要挂单在常州带"林"字的地方。

《咸淳毗陵志》卷26载曹横墓在大林寺后,则大林寺便是守曹家祖坟的坟庵,难怪最后一回曹家那位出家人要消失在常州城东的小坡"横山"之后。《红楼梦》第5回判词"玉带林中挂"一语双关,既关林黛玉之名,又关宝玉结局。即宝玉出家后,挂单在带有"林"字的禅林中,应当就是常州城内的"东南第一丛林"天宁寺、城东横山的大林寺。

出家后的宝玉在常州城拜别生父而消失在常州城东的小坡后,影写的便是"宝玉出家"的原型——曹雪芹那位至亲族人,出家于常州城内"东南第一丛林"天宁寺大晓禅师法座之下,然后又挂单修行于自家祖坟所在的横山"大林庵"。第91回乌鸦在宝玉发誓出家后向东南飞,便预兆宝玉最终出家地是在《红楼梦》空间原型地南京东南方向的常州天宁寺和横山大林寺。

(8)常州天宁寺与横山大林寺早在康熙朝便与曹雪芹祖父曹寅结成了深厚交情。

《武进天宁寺志》卷一"建筑"载湘雨纪荫禅师康熙三十一年(1692)任常州天宁寺住持。曹寅保举其任扬州高旻寺住持,见《关于江宁织造曹家档案史料》第29页康熙四十三年(1704)十二月《江宁织造曹寅奏以僧纪荫住持高旻寺摺》。纪荫有《宗统编年》,书首题名中有其弟子秉岳之名,而秉岳就是大林寺方丈,见《道光武进阳湖县合志》卷14"大林庵":"国朝康熙四十四年,圣驾南巡,寺僧秉岳,于扬州高旻寺接驾,钦赐唐诗一首,挂对一联。"联系到此时正是曹寅在扬州接驾,大林庵又是其家祖坟所在,则曹寅与横山的密切关系由此可见。曹家至亲在常州天宁寺出家后,挂单修行于横山大林庵也就不足为怪了。

（9）谢应芳的横山诗文启迪了《红楼梦》的主旨和构思。

横山最出名的文人是明初的谢应芳，他在横山的诗文同样对曹雪芹创作《红楼梦》有所启发。其《龟巢稿》卷十《大林庵佛像装金法事疏》首句"补陀岩圆通法会，妆假成真"，"真、假"并举，佛理无限，直启《红楼梦》"假作真时真亦假"的佛门玄旨。卷17《和游大林庵韵》首句"石头数里横山路，丹井多年羽士家"，点明横山（青明山）多石头，又与《红楼梦》以青埂峰下的石头为主角正相吻合。

（10）横山白龙观和十房村有曹雪芹的遗迹与传说。

早在曹雪芹祖父时，曹家便与横山结下深厚交情，则曹雪芹肯定会到常州天宁寺和横山祖坟游玩。相传：年幼的曹雪芹在白龙观游玩时摔过跤，道长用香灰为其止过血，他还在白龙观撞过钟，在戏台上午睡做过好梦；而且曹雪芹不光年幼时来横山白龙观游玩，成年后还来横山脚下的十房村修改过《石头记》的书稿，上面九点的考证使得这一系列的传说不再是空穴来风的无稽妄说，而是完全合乎情理的口述历史。

《红楼梦》又名"石头记"，是自小在江南生长的南京人曹雪芹，在北京所追忆的自己这位"石头城"第一公子的繁华往事。作为江南人写江南事，其"大荒山、青埂峰"取材于石头城东南不远处的运河北岸的常州横山"芳茂山、青明峰"又何足为怪？

而且曹雪芹又时常由南京前往苏州探亲，每次都走大运河路过常州，必然要经过横林，横山耸立在不远处的北岸，如同青埂长城，曹家祖坟就在此山北麓，祖父曹寅又与守坟的大林寺方丈交深情厚，曹雪芹必定会仰慕此山的秀美，书中以这座青翠明亮的如埂之峰作为宝玉出处"青埂峰"的原型，又何足为怪？曹雪芹亲自涉足，在此山留下遗迹和传说，更是理所当然之事。

十六、常州有资格、有责任复建《红楼梦》人文艺术空间、弘扬华夏文化

《红楼梦》全书正式开场后的故事只写到南京和常州两地，而南京是暗写，明写的其实只有常州一处。

北京是《红楼梦》故事的"原创地"，南京是《红楼梦》故事的"原型地"，常州便是《红楼梦》故事的"圆结地"。常州与《红楼梦》关系之深，是除北京、南京之外的其他任何一座城市都比不上。

由于《红楼梦》全书首尾呈镜像对照的艺术格局，脂批又点明作者创作时有归宿于源头的"归源"之旨，则书中最后一回写宝玉消失在常州横山，便能证明：书首第1回宝玉出处"太虚幻境"，就在曹家江南祖坟所在地的常州横山一带。"宁荣二府大观园"及"太虚幻境"复建于常州，便是有书可据的曹雪芹的原意。常州作为曹雪芹亲定的《红楼梦》圆满句号和原点出处，有责任肩负起弘扬《红楼梦》文化、复兴华夏文明的重任。

有人会说，"江宁行宫"在南京，常州没必要"越俎代庖"地抢南京的资源、代南京人复建。其实不然。

我们《宁荣府大观园图考》"第三章、第六节、三"证明：《红楼梦》的空间"宁荣二府大观园"是"江宁行宫"东西相反的镜像，作者写入书中时，仅此行宫与南京城做了东西相反的镜像处理，天地日月均未作镜像处理。换句话说，南京在原地复建"江宁行宫"那是正像，而我们建的是镜像，唯有镜像方才符合《红楼梦》的描写。

而且南京寸土寸金，不可能把"江宁行宫"原址所在的"大行宫"那四百米见方的黄金地段，用来复建"江宁行宫"的正像。因此南京要恢复《红楼梦》空间也是异地移建。既然是移建，建在南京郊外与建在常州郊外，便只有五十步与一百步的差距，没有质的区别。

而且常州是曹雪芹亲定的《红楼梦》的圆结地、出处地，全书呈现首末两回两相照应、互文见义的镜像格局，贾宝玉出于此又归于此又完全符合曹雪芹创作时的"归源"之旨，因此《红楼梦》第120回宝玉归于常州，便等于《红楼梦》第1回宝玉源自常州。将《红楼梦》所营构的小说艺术空间"宁荣二府大观园"，建在宝玉消失的"青埂峰"这一曹家江南祖坟所在地的常州城东"横山"，顺理而成章。

而且我们《宁荣府大观园图考》"第一章、第四节、七"论明《红楼梦》中的"宁荣二府大观园"描写的是康熙雍正两朝的"江宁行宫"，而存世的三幅"江宁行宫"图已是乾隆朝格局："典图"的府第部分与《红楼梦》描述的康熙雍正朝"江宁行宫"合，"彩图"的园林部分与《红楼梦》描述的康熙雍正朝"江宁行宫"合。换句话说，按照存世的三幅乾隆朝"江宁行宫"图复建"江宁织造府"，都不能与《红楼梦》所描述的"宁荣二府大观园"完全吻合，需要用"典图"的府第加上"彩图"的园林。因此，我们在常州所要复建的《红楼梦》"宁荣二府大观园"，将与三幅乾隆朝"江宁行宫"图都有所不同，更与南京在历史上存在过的正像的"江宁行宫"有镜像之别。

总之，小说是源于现实而又高于现实的艺术创作，小说的空间早已不能和现实世界中存在过的原型——南京"江宁行宫"画上等号。我们完全可以遵照小说中的话语体系，把小说的人文艺术空间落在作者曹雪芹在书中写明的《红楼梦》的"圆结地"同时也即"原点地"。

至于"太虚幻境"就是以南京的"小行宫"汉府为原型。南京的汉府，常州何必来造？其实不然。其原因正如上文所论：一是书中的"太虚幻境"是"汉府"的镜像而非正像。二是南京"汉府"原址寸土寸金而不可能旧址复建，既然要移建郊外，则建在其他城市又有什么不可以？何况《红楼梦》中的"太虚幻境"只是借用南京"汉府"的建筑空间，在这个空间壳子中注入全新的内涵主题，与汉府旧有的"江宁织造局"功能迥异。总之，我们不宜把小说的人文艺术空间与其原型的历史建筑混为一谈。

因此要牢牢记住：我们在曹雪芹亲定的《红楼梦》的"圆结地"同时又是"原点地"复建起来的是《红楼梦》中的人文艺术空间——"宁荣二府大观园"

和"太虚幻境"。而绝对不可以误认为是在复建其空间原型——南京的"大行宫"和"汉府"！

毗陵城格录——代后记

人有人格，城有城格。"毗陵"两字便代表了常州这座城市的城格，而《红楼梦》圆结于常州"毗陵驿"，更让常州这座名为"毗陵"的城市拥有了另一种非凡的城格魅力。

江苏省常州市，位居南京、上海两市的最正中，自古管辖武进、无锡、宜兴、江阴、靖江五县，是江南中部的核心都市，有"中吴要辅、八邑名都"的美誉。

城东 12 公里处的横山，就是本书所讨论的"青埂峰、大荒山"的原型"青明峰、芳茂山"。此横山山脉如绿色长城迤逦北去，到达这一山脉的主峰"高山"，也就是"高山仰止、景行行止"①的德高望重之山；此山脉延伸在古"上湖"中，也就是姜尚垂钓的"不事王侯、高尚其事"②的高尚之湖③。山、湖以"高、尚"命名，拜舜帝所赐。

古代"横山（青埂峰）—芳茂山（大荒山）—舜过山（高山）"山脉绵延起伏在"芙蓉湖（上湖）"中，宛如龙游池沼，湖山相依，风光清美，谢应芳称之为"芳茂山前种玉田，芙蓉湖上采莲船"④。山下方圆百里的常州之地，便拜此山此水的秀丽风光所赐而得名"延陵"，"延"即绵延不绝、长生不衰意，这一嘉称是常州历史上的第一个名号，掀开了常州高古的人文篇章。

一、大舜过化"延陵"，山高水长，天下同仰

4200 年前，大舜诞生于浙江上虞、余姚，让家、弃国，北迁至此"高山"之地，以"让德"教化此"延陵"之地的百姓"耕者让畔、渔者让居"。

舜生于江南余姚、上虞，见《史记·五帝本纪》"虞舜者名曰重华"句《史记正义》之注征引《尚书》孔安国说解：舜之父"瞽瞍姓妫，妻曰握登，见大虹，意感而生舜于姚墟，故姓姚"，言舜生于"姚墟"。墟，古字作"虗"⑤或"丘"，

---

① 语出《诗经·小雅·车辖》。
② 语出《周易·蛊卦·上九》。
③ 延陵山下的古上湖是古太湖往长江泄水形成的次级湖沼，古代盛大而浩淼，一直通到常熟的虞山"尚湖"，而虞山"尚湖"得名于姜子牙在此垂钓。
④ 见谢应芳《龟巢稿》卷 17《寿万拙斋》诗之三。
⑤ 虗，今简化字作"虚"。

"姚墟"即《太平寰宇记》卷 96 "越州、余姚县"所言:"姚丘山,在县西北六十里。周处《风土记》云:'舜生于姚丘妫水之内。今上虞县县东也。'"

舜在江南躬耕的"历山"便是无锡惠山。见东汉班固《汉书》卷28上《地理志》"会稽郡":"无锡,有历山,春申君岁祠以牛。莽曰'有锡'。"则至少在汉代,无锡惠山便已名叫"历山"。同时代东汉初年的历史学家袁康《越绝书》卷二"外传记、吴地传"亦载:"无锡历山,春申君时盛祠以牛,立无锡塘,去吴百二十里",则至少在战国春申君时代,惠山便已名叫"历山";由此更可想见,其名"历山"之名当比战国更为久远。同卷又载春秋时吴国,乃至更早时期此吴地,有一条极为重要的陆路"吴古故陆道":"出胥明,奏出土山,度灌邑,奏高颈,过犹山,奏太湖,随北顾以西,度阳下溪,过历山阳龙尾西大决,通安湖。"其所言"历山阳龙尾"即同卷所载的:"无锡西龙尾陵道者,春申君初封吴所造也,属于无锡县,以奏吴北野胥主嚠。"《后汉书》卷32《郡国志》"吴郡、无锡"亦引:"《越绝》曰:'县西龙尾陵道,春申君初封吴所造。'"据此可见:战国春申君时代,以及更早的春秋吴国,乃至更早期的江南吴地,无锡惠山即名"历山"。此历山旁有"舜过山"(后人因其有两峰而分为两山,即今无锡"舜山、柯山"),其北不远处的常州、江阴交界处又有上文所说的被人尊奉为"高山"的舜过山。这两座"舜过山",加上无锡惠山之"历山",可以想见,江南大地便是大舜过化之地,常州府无锡县"历山"之名当源于大舜。

舜在江南教化渔人的"雷泽"即今太湖。因太湖本名"震泽",八卦中"震"为雷,在古人心目中"震、雷"两字意同,故"震泽"就是"雷泽",太湖北侧的无锡有大小雷山,太湖南侧的长兴有大小雷山,也可证明太湖古名"雷泽"。《太平寰宇记》卷 94 "湖州、长兴县":"大雷山,在县东北六十里,高一百二十丈。周处《风土记》云:'太湖中有大雷、小雷二山,相距六十里,其间即"雷泽",舜所渔处也。'《尚书释言》云:'在震泽。'"画线部分更直接言明:舜所渔的"雷泽"就是今天的震泽太湖。其湖由松江通海,松江古代非常宽阔,东海的潮水由松江涌入太湖,所以太湖是感潮之湖,湖水一日有两番潮汐震荡,故名"震泽"。

舜在江南教化制陶工匠的地方便在宜兴。宜兴以陶器闻名天下,人称"陶都",而紫砂壶便是其陶艺作品的杰出代表,此当是大舜"陶于河滨"、传授制陶技艺使"器不苦窳"处,因为《舆地纪胜》卷六"两浙西路、常州、风俗形胜"引"周处《风土记》曰:'阳羡本名"荆溪",吴郡之境,虞泽之会。"即以太湖为虞舜打鱼的"渔泽",故可简称"虞泽"。而宜兴近旁长兴县有大舜教化的"诸渔浦",见《太平寰宇记》卷 94 "长兴县":"余渔浦,在县东北四十二里,周处《风俗记》云:'余渔浦,一名"余吾溪",即阳羡之东乡也。吴、越之间"渔""吾"同音。昔舜渔于雷泽,此乡之人一时化之,其捕鱼之人来居此浦,故名。'"《路史》卷27《国名纪》亦引周处此条:"余虞,即'虞吴',今长兴东北四十二①有余虞浦。(阳羡之东乡。)周处云:'诸渔浦,一名"余吴溪",舜虞时,人化之,徙居。'故《记》每作'余渔',非也。"末句是

---

① 《路史》交代里数时皆省"里"字,此即四十二里。

言前此诸书转录的周处《风土记》皆作"余渔浦，一名'余吴溪'"，而《路史》作者宋人罗泌所读到的善本《风土记》其实是作"诸渔浦，一名'余吴溪'"，与下文"其捕鱼之人来居此浦，故名"相合。即"诸渔^①"（诸捕鱼人）来居，故名"诸渔浦"。

以上便是大舜在江南的三大教化事迹，也即《史记》所总结的："舜耕历山，渔雷泽，陶河滨，……舜耕历山，历山之人皆让畔；渔雷泽，雷泽上人皆让居；陶河滨，河滨器皆不苦窳。一年而所居成聚，二年成邑，三年成都。"故世人把大舜所都的常州这座"高山"称为"舜过山"。"过"不是简单的经过、一走了之，而是"过化"之意，即：过而教化，大舜的让德精神流传百代，古人谓之"过化存神"。明张宁《王道君子赋》对此有颂："夫耕历山而田者让畔，陶河滨而器不苦窳，宾四门而穆穆，纳百揆而时叙，此非虞舜过化之事乎！"^②常州有文字而可考实的历史，便当从《史记》所记载的大舜对江南的上述教化开始，距今已有 4200 年的高古历史。（比起今天常州官方所认定的：常州有文字记载的历史当从季子让国而受封于延陵邑算起的 2600 年，要早 1600 年。）

二、泰伯归心遥奔，让国江南，厚吴之基

正因为常州延陵之地是大舜的龙兴之基，故 3000 年前，与舜同为长子而父亲宠爱幼子的泰伯，仰慕大舜之风，让国奔此；避不敢居大舜所都之山，居于东南"巽（逊）"位百里处的"上湖（芙蓉湖）"中的"梅里之墟"，取虞舜族号之"虞"建立"吴"国（"虞、吴"古字通假），故史称"泰伯奔吴"。其不言"泰伯创吴"，也可证明：泰伯到来之前，江南已有"吴地"之名，其当源于大舜的国号和族号"虞"。

今人以泰伯所在的陕西岐山距离江东之吴过于遥远，定泰伯所奔的是岐山附近的山西之吴，或陕西吴山。其实泰伯不可能奔山西之吴，因为那是把泰伯所代表的周王朝的势力扩展逼近到商王朝的核心统治区，不被商王朝所容许；泰伯也未止步于陕西的吴山，因为泰伯以"断发文身"为借口让出国位，陕西吴山同岐山的周原一样，无"断发文身"之俗，而且留在陕西吴山乃不免觊觎周家国君之位的嫌疑，出于避嫌，泰伯也当远离陕西吴山之地。天下只有三吴，此二吴泰伯既然不可能奔，则泰伯只可能奔江东之吴。今人认为江东太远，泰伯局于当时的交通迁徙能力，不可能远奔至此。但《史记·秦始皇本纪》载：秦始皇南巡会稽是三十七年十月出发，十一月便到达了云梦（相当于今天的武汉），次年正月便到达了大越（今绍兴），"泰伯奔吴"由汉中走水路从汉水入长江，一路上顺流而下，便有那种"千里江陵一日还"^③的迅捷、不可阻挡的交通优势。所以我们千万不要小看古人的迁徙能力，更何况有大志如泰伯者更不当小视。

---

① 渔，渔者，打鱼人。
② 明张宁《方洲集》卷三。
③ 见《全唐诗》卷 181 李白《早发白帝城》诗。

泰伯奔吴乃是处处仿效大舜：首先泰伯与舜的处境相同，舜父宠爱幼子，泰伯之父同样如此；二是大舜离家而成为更大地区的部落联盟首领，最后成为天下之主，"泰伯奔吴"就是要仿效大舜开辟属于自己的新国度；三是大舜的根在江南吴地，江南吴地是大舜德化的根本所在，所以泰伯要奔江南之吴。

泰伯让国之所以感人，便在于他用各种"不孝"的理由来剥夺自己的继承权、成全父亲与弟弟季历：其一，"父母在，不远游"，泰伯故意远游、不养老送终为不孝；其二，"身体发肤，受之父母，不敢毁伤"，泰伯故意毁伤身体、发肤，断发文身，把自己等同于刑余之人而为不孝；其三，"不孝有三，无后为大"，泰伯不育绝后为不孝。泰伯的三"不孝"恰是泰伯的至孝与至悌，这就是"泰伯奔吴"的悲剧美所在。

泰伯立国于江南绝不靠武力，而是起城三百里，所起之城不是防御用的军事之城，而是围湖造田用的水利大坝，让人民耕田其中，在无锡湖（即古"上湖"、也即古"芙蓉湖"）东境（其即今天的无锡东境、苏州西北境）围湖成田，为江南的富庶繁荣、礼乐文明打下了基础，从而受到江南吴地人民永远的怀念。

三、季子仰慕来归，民风更厚，得名"毗陵"

2600 年前，泰伯后裔季子，又仿大舜与先祖泰伯，再让吴君之位，避而不居吴都"梅里"，隐居"舜过山"北趾，封于此地，名为"延陵邑"。此是常州延陵之地的开邑鼻祖

季子让国之根不仅源于泰伯的"让国家风"，更源于大舜的"让德之化"。季子仰慕大舜，躬耕"舜过山"下，其一生的四个标志性事件：让国、躬耕、论乐、退兵，都是在模仿和实践大舜之德。大舜崇让而让家、让族、让天下[①]，季子慕之而让国、让富贵。大舜躬耕化民，自食其力，贵为官长，仍葆有劳动人民的本色；季子学之而躬耕垄亩，与百姓同甘共苦，"一日不作，一日不食"，毫无后世剥削阶级的思想。大舜以夔为典乐，命其以音乐教育子弟，议论精辟；大舜命夔所作的音乐教化显然远及后世，季子也深受其遗教化育，在出使鲁国时请观周乐，对音乐修身养德的评论达到极高造诣。大舜德服三苗，而季子学之，率兵救陈，不战而退楚司马子期之兵。故季子的思想文化、道德情操，无一不受舜帝的熏陶教化，是大舜在他那个时代的具体而微。

延陵季子以其"仁义礼智信"五绝感动天下。司马迁《史记·吴太伯世家》末尾对季子盛赞曰："延陵季子之仁心慕义无穷、见微而知清浊，呜呼，又何其闳览博物君子也！"即本孔子表彰季子墓的"十字碑"而来，则孔子表季子墓断然非伪，只不过不是镇江丹阳延陵镇九里村的季子庙中所树立的"呜呼有吴延陵君子之墓"这十个字，而应当是《淳化阁法帖》卷五"鲁司寇仲尼书"所作的十二字碑："乌'延陵封邑、有吴君子之墓'乎！"

孔子到过江南来吗？答案是的。《越绝书》卷八："孔子从弟子七十人，奉先王雅琴，治礼往奏。"《吴越春秋》卷六："孔子闻之，从弟子，奉先王雅琴礼

---

① 让家让族，是让于其弟而离家出走；让天下便是禅让大禹。

乐，奏于越。"越，即越国首都，今绍兴。《太平御览》卷370"指"："《吴越春秋》曰：夫差闻：孔子至吴，微服观之。"宋张君房《云笈七签》卷三《灵宝略纪》："孔子愀然不答。良久乃言曰：丘闻童谣云：'吴王出游观震湖'"云云。明孙毂《古微书》卷32"太湖中洞庭山林屋洞天"也记载孔子听闻江东童谣事。孔子弟子中便有江南吴地的虞山（今常熟）人子游，子游每年放寒暑假必定要省亲，可证齐鲁与江南来往便捷，不似后人想象中那样壁垒森严。而且江南之秀美自古皆然，春光明媚之际，一定会吸引孔子在学生子游的向导下前往旅游，故孔子常至江东而题字季子墓必为不虚。明代张衮《嘉靖江阴县志》卷二"古迹、十字碑"引《延陵乘》（当是延陵季子的家乘、家谱），更明言孔子亲自来常州祭拜季子墓、并为其题墓表："衮今据《延陵乘》载孔子铭墓之事云：'周简王■年，孔子因适楚，舣舟春申港。闻季子墓在，于是登岸，展墓再拜，铭之而去。后遂足不履吴国。'则铭，真孔子书也。"由以上珍贵史料，便能充分证实孔子亲至江南，来为德盛天下的季子题墓。吾常州"延陵"这方圆仅百里之地，连出三位不朽于世的圣人——大舜、泰伯、季子，道德之高华（高峻瑰丽），堪称是天下同仰的"让德名邦"！

秦汉统一天下，因北方"代郡"已设"延陵县"（今山西天镇县）①，故改此江南会稽郡之"延陵"为"毗陵"县。"延"为绵延不绝意，"毗"乃毗连不绝意，两意相通。"延"为长，"毗"为厚，见《诗经·小雅·节南山》"天子是毗"句毛《传》："毗，厚也。"足证"毗"乃"厚实"意。从长江远眺江南，此地土厚水深，比起东边的苏州、上海来说，海拔要渐高，地势开始显得厚实。"毗"有厚实意，其实又是在说：此地深受大舜、泰伯、季子这三位后世永远

---

① 秦汉统一天下，北方的"代郡"设有"延陵县"，治所在今山西天镇县北60里的新平堡，位于山西、内蒙、河北三省的交界处。这个地处北方的延陵县，其实就是延陵季子后人在吴国被越国消灭后，逃难到晋国所建立的聚居地，他们孝心不忘本，仍以祖先季子的最初封地"延陵"（今常州）来作为自己的姓氏和新聚居地的邑名。故其南500公里处的山西省晋中市榆社县出土了全国唯一一把"吴季子剑"。他们之所以不远万里西迁晋国，便因为晋、吴两国早在吴王寿梦与晋国大夫申公巫臣的时候起，便缔结了一同进攻楚国的同盟关系；而且季札出使晋国时，又与申公巫臣的女婿叔向等人建立起良好的人脉关系，所以季子后人中的这支，便不远万里远迁晋国。由于晋国对外来部族肯定怀有防范之心，所以恩准他们定居在北部边境上的这个荒凉地区。后来晋国大夫智伯联合韩、魏两家进攻赵氏，延陵生帮助赵襄子困守孤城晋阳，在敌强我弱的形势下，成功地采用反间之计，联合韩、魏两家消灭了智伯，随后三家分晋（事见《韩非子》卷三"十过第十"：赵襄子"乃召延陵生，令将军车骑，先至晋阳"），延陵生因此得到赵襄子封赏，声名鹊起，居住的"延陵"也升格成为赵国的正式城邦"延陵邑"。延陵生死后，其子延陵钧继续效忠赵国，成为廉颇手下一员大将（见《史记》卷43《赵世家》：赵孝成王"十八年，延陵钧率师，从相国信平君助魏攻燕"）。秦统一天下后设置郡县，代郡治下有18县，"延陵"县正式成为其中之一，这其实也是延陵季子德荫后人的结果。唐人林宝撰《元和姓纂》卷五有复姓"延陵"，言："吴王子季札居延陵，因氏焉。赵襄子有谋臣延陵正，是其后也。"有注："案：《韩非子》：赵襄子时，有延陵生。"南朝与唐代也有姓"延陵"的历史人物。今按：正，即君长、官长，《尚书·说命下》："昔先正保衡，作我先王"，孔《传》："正，长也。""先正"即前代的君长，《礼记·缁衣》引逸《诗》："昔吾有先正，其言明且清"，郑玄注："先正，先君长也。"后人便用"先正"一词来泛指前代贤臣、前代贤人，与"先生"含义渐无差别。因此"延陵正"当即延陵邑的封主或邑长，也即"延陵生"，意为"延陵先生"，也即"延陵邑"的正人君子或姓"延陵"的正人君子。

景仰的让德圣贤的涵育，民风淳厚。故常州作为季子后裔的吴姓人家，有"延陵世泽、让国家风"的门联。"延"、"毗"皆为嘉称，与此方水土之平衍、民风之深厚相合。

常州风化之美，古来传诵。常州现存最古老的宋代地方志《咸淳毗陵志》卷13"风俗"引《文选》卷五左太冲《吴都赋》："有吴之开国也，造自太伯，宣于延陵。盖端委之所彰，高节之所兴。建至德以创洪业，世无得而显称；由克让以立风俗，轻脱躧于千乘。"其实，泰伯之让国奔吴，季子之让国躬耕，皆源自常州东北与江阴交界处的、大舜过化而后人永远为之"高山仰止"的"高山"——舜过山的让德教化。《隋书》卷31"地理志、扬州"条即称颂："毗陵川泽沃衍，有海陆之饶。珍异所聚，故商贾并凑。其人君子尚礼，庸庶敦庞。""敦庞"两字意为敦厚朴实，这便是在称颂"毗陵"常州的民风淳厚。

四、"日进、比德、求恒"的州名精神，与三圣让德一脉相承

西晋末年又以国号来命名常州这方土地，改"毗陵"为"晋陵"。《尔雅·释诂下》："晋，进也。"此地非但因国号而尊贵，更被赋予"日进不已"的嘉义！

东晋、南朝又于此地侨置"南兰陵郡"，出齐、梁两朝皇帝。两朝帝皇同出一里，华夏历史堪称仅有，亦可证此地"南兰陵"之名尊贵非凡。君子比德于兰，故后世常州城的"武进县治"前竖有"兰陵花茂"坊，称颂此"南兰陵"之地君子辈出、芬芳如兰。

隋文帝改郡为州，北方已有晋州（今太原），此晋陵郡不宜改称"南晋州"，遂命晋陵郡旧时属县"常熟县"所在的"信义郡"改"常州"，然后将此新设"常州"的常熟县立即划归苏州，移"常州"之名于晋陵郡，故晋陵得名"常州"便是拜隋文帝所赐。唐代名士李华《常州刺史厅壁记》称颂"常州"这一得名由来时说："当楚越之襟束，居三吴之高爽。其地常穰，故有嘉称。领五县，版图十余万。望高、地剧，比关外名邦！"[1]宋代大文豪陆游《奔牛闸记》亦引当时名谚："苏、常熟，天下足。"[2]这都是在称颂我们常州地力肥沃、水利得宜。因为过高如宁镇则易旱，过低如苏沪则易涝，唯我常州居江南之中部，地势不高也不低，无水旱之虞，其地常穰（常丰收），故赐"常州"之嘉称。

常州之"常"得名于永远丰收的"常穰（即常熟）"，其意为"永恒"，我们今日仍称数理化中的恒值为"常量"。而老子曰："道可道，非常道；名可名，非常名"，"常"字便代表宇宙间最高的哲学境界；孔子言"三纲五常"，"常"字便代表儒家最高的伦理道德境界；释迦牟尼称此岸世界为"苦、空、无常、无我"，而称成佛后的彼岸世界为"常、乐、我、净"，"常"字居首，代表佛教最高的修行境界（也即佛教所谓的成佛的境界，是人生的最高境界）：故我常州的"常"字代表了"儒释道"三家最高的哲学境界、道德境界、人生境界，是人间最有境界、最为美好的字眼之一。

---

① 《全唐文》卷316。
② 见陆游《渭南文集》卷20《常州奔牛闸记》。

而我常州先贤，"立德"有大舜、泰伯、季子，"立功"有齐高、梁武二帝，"立言"有宋元明清以来人才辈出之盛况，具体而言：明有唐荆川的"唐宋派"古文运动，清初有恽南田的"常州画派"，乾嘉两朝有庄存与的"今文经学派"，张惠言的"常州词派"，恽敬的"阳湖文派"，晚清有费伯雄、马培芝的"孟河医派"等，洪亮吉、黄仲则、李兆洛、孙星衍等常州高才无不名动海内；于是，清人龚自珍对常州有"天下名士有部落，东南无与常匹俦"之美誉①。古人言："太上有立德，其次有立功，其次有立言：虽久不废，此之为不朽。"②以此律之，我常州也丝毫无愧于隋文帝所赐"常"字的这一嘉称，是一座名副其实的追求永恒与不朽的历史文化名城，历代常州人早已把"求恒"与"不朽"内化为自己的精神境界。

五、近代红学的奠基人常州陶洙

常州人自古以来追求"立言而不朽、立德以处世"，以人格、学问取胜于当时，扬美名而流传于后世，天下提及"常州"两字无不肃然起敬。乾嘉以来，常州更是文化鼎盛。而晚清民国《红楼梦》的流传中，同样有两位常州人的身影，而且全都是常州城内"青果巷"走出来的人物：一位是陶洙，其兄陶湘的故居"涉园"就在青果巷"八桂堂"的东首；一位是董康，也住在青果巷，董康和陶湘还是有姻亲关系的"亲家"。

《红楼梦》"己卯本"是从怡亲王弘晓府中流向社会，为武裕庵所得，后为董康收藏。董康，字授经，号诵芬室主人，富藏书，并以刻书知名于世，著有《书舶庸谭》，编纂《曲海总目提要》。己卯本后来归陶洙，出售给国家图书馆。陶洙之兄陶湘，字兰泉，号涉园，藏书三十万卷，陶洙为其六弟，字心如，号"忆园"。由于己卯本残缺严重，陶洙便据手中"庚辰本"的照相本进行补抄，并过录"甲戌本""庚辰本"的批语，其目的是想让这部残缺之书得以抄补齐全，但却把己卯本的原貌给破坏了。

2001年，北京师范大学图书馆又发现陶洙以"庚辰本"为底本，参考甲戌本、己卯本、戚序本、甲辰本、程甲本等诸本校抄整理出来的一个《红楼梦》本子。陶洙以传统的古籍校勘方式，广搜诸本，对脂评本《石头记》做校改、增补、誊清等工作，堪称是脂评本《红楼梦》汇校汇抄的第一人，其筚路蓝缕之功异常艰辛，同时也颇有丰富而独到的校勘成果，是《红楼梦》研究史上开时代风气之先的人物。

民国红学大家胡适研究《红楼梦》时，脂本与程高本并重，并不因脂批而否定程高本，也不以程高本来否定脂批。后人不达先贤"兼容并蓄"的达观之旨，日益走向偏执。主张脂批为真者，以程高本后四十回为伪续；而主张程高本后四十回为曹雪芹原著者，又攻击脂批为伪造。几十年红学研究下来的最大弊端，便是造成脂批与程高本的日益对立。主张脂批为真的人，视程高本后四

---

① 见龚自珍《〈常州高材篇〉送丁若士（履恒）》。
② 见《左传·襄公二十四年》。

十回为伪续，视程高本前八十回为高鹗大加篡改之本（程乙本确实如此，但程甲本完全不是）。而主张程高本后四十回为真之人，又视程高本为真、为优，把所有脂本都视为民国人伪造；他们根据"己卯本"陶洙补抄部分、"庚辰本"这两者的字迹和北师大陶洙整理本的字迹相同，从而认定：包括己卯本、庚辰本在内的所有脂本，全都出自陶洙一人的伪造；甚矣！[①]

本书的研究证明：①脂批与程高本后四十回并不对立；②脂砚斋所见到的后四十回与今天程高本的后四十回相同；③程高本后四十回与脂本前八十回在时间上反倒统一，而与自己程高本的前八十回反倒不相统一。由此得出结论：①脂本前八十回与脂批两者皆为真，绝非伪造；②程甲本后四十回亦非伪续、而是曹雪芹原稿，程甲本前八十回亦非高鹗篡改、而是据曹雪芹第一稿校改。

至于庚辰本、己卯本的陶洙补抄部分、北师大陶洙整理本这三者字迹相同，则庚辰本显然也就是陶洙所抄，让人感到庚辰本确有"造伪"之嫌，其中必有隐情，笔者有待研究，本不欲置喙，但事关乡贤人格，故不得不在此勉为考证。

庚辰本相传是晚清状元、协办大学士徐郙（号颂阁）旧藏，1933 年胡适从徐郙之子徐星署处得见此抄本，1930 年 11 月 27 日撰长文《跋乾隆庚辰本〈脂砚斋重评石头记〉钞本》："今年在北平得见徐星署先生所藏的《脂砚斋重评石头记》全部，凡八册。"[②]1961 年 5 月 18 日胡适在《跋乾隆甲戌〈脂砚斋重评石头记〉影印本》一文中说："果然，甲戌本发现[③]后五六年，王克敏先生就把他的亲戚徐星署先生家藏的一部《脂砚斋重评石头记》抄本八大册借给我研究。……此本我叫做'乾隆庚辰本'。……这八册抄本是徐星署先生的旧藏书，徐先生是俞平伯的姻丈，平伯就不知道徐家有这部书。后来因为我宣传了脂砚甲戌本如何重要，爱收小说杂书的董康、王克敏、陶湘[④]诸位先生方才注意到向来没人注意的《脂砚斋重评本石头记》一类的抄本。大约在民国二十年，叔鲁[⑤]就向我谈及他的一位亲戚家里有一部脂砚斋评本《红楼梦》。直到民国二十二年我才见到那八册书。"[⑥]

2003 年 5 月 22 日《光明日报》"书评周刊"刊发周汝昌长文《评北京师范大学藏〈石头记〉抄本》，写其向友人齐徽细问"北大庚辰本"的由来："他[⑦]从北大本原藏者徐星曙先生的女婿陈善铭先生亲访得知：<u>北大庚辰本自 1932 年购于隆福寺后</u>，从未转手出让过，只有抗战期间曾留在周绍良先生家一年，<u>直至1949 年 5 月，由郑振铎先生的介绍，直接售与燕京大学。</u>所有经过一清二楚。"可见庚辰本不是徐星署先人徐郙的旧藏，胡适先生说的"徐星署先生的旧藏书"恐受徐家欺蒙，其书是 1932 年从隆福寺购得，次年便借胡适一阅。

---

① 指这种说法说得太过分了！
② 《胡适红学研究资料全编》第 268 页。
③ 指 1927 年胡适从胡星垣手中购得此书。
④ 董康、陶湘，皆是常州人，他们在胡适建议下，开始收藏各种版本的《红楼梦》旧本。
⑤ 王克敏，字叔鲁，祖籍杭州，生于广东。
⑥ 《胡适红学研究资料全编》第 443 页。
⑦ 指齐徽。

　　而陶洙之兄陶湘 1915 年在北京"隆福寺街"东头路出资开设"修绠堂"，1956 年"公私合营"时并入"中国书店"，隆福寺街过去曾是书铺较多的地方，仅次于城南的琉璃厂，徐星署购得此书未必是从"修绠堂"获得，但既然其字迹是陶洙的字迹，则当可判定此庚辰本是从"修绠堂"陶湘弟弟陶洙手中流出，故陶洙有其照相版。

　　周汝昌在《一代名士张伯驹》的"序"中又写："我与陶心如（洙）先生结识，是由于张先生的中介，而我们三个是在胡适之先生考证红楼版本之后，廿余年无人过问的情势下，把'甲戌本'、'庚辰本'的重要重新提起，并促使'庚辰本'出世，得为燕大图书善本室所妥藏。"①也点明：庚辰本的发现并出售给徐家（即周先生所言的"出世"），然后又入藏燕京大学，这整个过程都与陶洙有关。

　　周汝昌在 1986 年 4 月 25 日为王毓林所著《论石头记己卯本和庚辰本》作的序言中写道："陶心如先生本来也是与我素不相识的，有一次忽然来访，见到我的《甲戌》过录本，视为异珍，立即借去，答应将庚辰本的照相本借给我。他藏有'半部己卯本'，也答应借我一用。庚辰照相本给了我极大的便利，我深为感谢他。但己卯本他就不肯拿出来了。几经恳洽，最后对我说，己要卖给公家，不好借出了，云云。这样，我始终无缘目睹此本。等到己卯本归于北京图书馆了，我那时已然顾不及亲自研阅了，便全由家兄祜昌代为校证去了，他为此苦跑图书馆……"②

　　周汝昌所撰的《陶心如》一文也提道："不知是哪一次，他又透露：'我还藏有半部'己卯本'。''己卯本'？我吃了一惊，真是闻所未闻！己卯比庚辰又早了一年。不知其本何似？这使我梦寐思念不置。再后来，将'甲戌本'钞本借与了他，我也求到了他的'庚辰本'照像本。及至我再向他求借'己卯本'时，他说：'已然讲妥，要卖与公家，不好再借出了。'以后得知，此本归为北京图书馆的了。"

　　周汝昌曾借胡适的甲戌本抄录过一个副本，陶洙用庚辰本的照相本与之交换，过录甲戌本的内容。由此可证，"甲戌本"与董康、陶湘、陶洙三人当无关系，故陶洙才要向周汝昌商借此本。又董康、陶湘、陶洙三人都是藏书家，收藏到己卯本、庚辰本也在情理之中。己卯本后来归北京图书馆，即今"国家图书馆"，而庚辰本则出售给徐家，1948 年夏徐家又出售给"燕京大学"，成为今天"北京大学图书馆"的藏书。③

　　何以庚辰本会是陶洙的字迹？很可能庚辰本属于北京某一大户人家的藏

---

① 任凤霞著《一代名士张伯驹》，北京：当代中国出版社 2006 年版，引文见周汝昌先生序的第 3 页。

② 王毓林著《论石头记己卯本和庚辰本》，北京：书目文献出版社 1987 年版，引文见周汝昌先生序的第 2 页。

③ 以上七小节及其所引史料除注明出处者外，均参考并出自陈林先生《百年红学诈骗，胡适带头造假》，见：http://www.360doc.com/content/16/0830/12/18625050_586996229.shtml。

书，陶洙抄了一个过录本，原本仍在故主手中。有人会认为：原本就在陶洙或陶湘手中，二陶为了垄断真本，由陶洙抄了一个抄本，冒充真本出售给徐家，这种可能性为小。至于那个故主，笔者认为很可能就是徐家。即徐家为了垄断祖传的这一真本，有意让隆福寺"修绠堂"的陶洙另抄一本，抹杀此真本乃其祖上徐郙留传下来的事实，只说此抄本是从"隆福寺"处的古书市场买入，后来便把真本藏好，把陶洙所抄之本出售给"燕京大学"，这种可能性不是没有。

至于徐郙传下来的真本，今天已不知何在，很有可能毁于"文化大革命"了。总之，尽管庚辰本是陶洙笔迹，但我们在研究中发现：庚辰本的文本内容与脂批的确代表作者曹雪芹的原意，其脂批与《红楼梦》的文本内容、曹雪芹的家世情况完全暗合且密切相关，从内容上说，断非后人所能伪造。所以，我们不能根据其为陶洙笔迹，就断定庚辰本内容为伪；更不能因为庚辰本是陶洙笔迹，断定所有脂本全都是陶洙伪造。因为字迹有假，并不能证明所抄内容有假，只能证明这个本子是真本的陶洙过录本罢了。

希望本书的研究，能有助于重新认识脂批非伪、后四十回非续、脂本前八十回为真、程甲本比程乙本更真，从而能让世人"兼容并蓄"地看待脂本与程高本两者"高度的统一性"而非"对立性"，并对笔者家乡人陶洙在传抄、整理、研究《红楼梦》过程中的巨大作用有清楚的认识，还笔者乡邦人士陶洙应有的清白名誉。

六、承前启后，翻开常州红学新篇章

百年前，以 1921 年胡适著《红楼梦考证》为标志，开创了"新红学"。新红学的研究基础便是脂批，而脂本中回数最全、抄录批语最多的本子便是"庚辰本"。换句话说，新红学的文本基础就是庚辰本。

而我们今天读到的这个"庚辰本"，其实就是我们常州人陶洙的过录本，真本可能已经不存于世。这便意味着：当代红学的材料基础、文本基础，其实是常州人陶洙打下来的。

而且陶洙还是广搜诸本，对脂评本《石头记》做汇校、汇抄工作的第一人，是当代红学研究中开时代风气之先的一大先驱。加上上一章我们又考证清楚常州与"江宁织造府"曹家曹寅、曹頫、曹雪芹这三代人的密切联系，常州城东横山"青明山、芳茂山"就是《红楼梦》"青埂峰、大荒山"的原型，则常州与《红楼梦》关系之深切著明，由此便可定案于世！

"毗陵"之"毗"民风厚实，故民国董康、陶湘、陶洙三位常州学人的学风定然真诚而不伪；"常州"之"常"意为永恒不朽，而此三人无论为人还是从政、治学，是否经得起时代的检验，对得起中华的后人，历史自有公论。

笔者作为常州毗陵人，承先乡贤整理研究《红楼梦》的遗绪，特撰此研究《红楼梦》的著作，为的就是再度证明"毗陵常州"与华夏这部"国之重宝、千古永传"的世界名著《红楼梦》，又有一件不朽于世、彪炳千秋的人文佳话："毗陵驿宝玉别贾政"是曹雪芹的原意，宝玉人生、《红楼梦》全书"圆结"于常州！

参考文献

●说明

◎台北：台湾"商务印书馆"1983 年影印"文渊阁四库全书"本，简称"《文渊阁四库全书》"。

◎上海：上海古籍出版社 2002 年影印"续修四库全书"本，简称"《续修四库全书》"。

◎台北：台湾新文丰出版公司 1966 年版"大正新修大藏经"本，简称"《大正新修大藏经》"。

◎笔者考明《红楼梦》120 回皆是曹雪芹所著，后四十回高鹗只做了编辑工作，下面《红楼梦》署名作"曹雪芹、高鹗著"者，皆是保留其书版权页上的署名而未改，特此说明。

●●《红楼梦》文本篇

●脂本影印本

◎清·曹雪芹著《脂砚斋甲戌抄阅再评石头记》（甲戌本），上海：上海古籍出版社，1985 年版。

◎清·曹雪芹著《脂砚斋甲戌抄阅再评石头记》（甲戌本），上海：中华书局上海编辑所 1961 年朱墨双色影印。

◎清·曹雪芹著《脂砚斋重评石头记》（己卯本），上海：上海古籍出版社，1981 年版。

◎清·曹雪芹著《脂砚斋重评石头记》（庚辰本，双色套印），北京：人民文学出版社，1975 年版。

◎清·曹雪芹著《戚蓼生序本石头记》（戚序本），北京：人民文学出版社，1975 年版。

◎清·曹雪芹著《蒙古王府本石头记》（蒙府本），北京：书目文献出版社，1986 年版。

◎清·曹雪芹著《石头记》（列藏本），北京：中华书局，1986 年版。

◎清·曹雪芹著《甲辰本红楼梦》（甲辰本），北京：书目文献出版社，1993 年版。

◎清·曹雪芹著《红楼梦》（舒序本），"古本小说丛刊"第一辑，北京：中华书局，1985年版。

◎清·曹雪芹著《乾隆抄本百廿回红楼梦稿》（梦稿本），上海：上海古籍出版社，1984年版。

◎清·曹雪芹著《郑振铎藏残本红楼梦稿》（郑藏本），北京：书目文献出版社，1991年版。

◎清·曹雪芹著《卞藏脂本红楼梦》（卞藏本），北京：北京图书馆出版社，2006年版。

●程本影印本

◎清·曹雪芹、高鹗著《程甲本红楼梦》，北京：书目文献出版社，1992年版。

●脂本点校本

◎清·曹雪芹著《脂砚斋评批红楼梦》，济南：齐鲁书社，1994年版。

◎清·曹雪芹著，邓遂夫校订《脂砚斋重评石头记甲戌校本》（甲戌本），北京：作家出版社，2001年版。

◎清·曹雪芹著，红楼梦研究所校注《红楼梦》（以庚辰本为底本），北京：人民文学出版社，1982年版。

◎清·曹雪芹著，俞平伯校订、王惜时参校《红楼梦八十回校本》（以戚序本为底本），北京：人民文学出版社，1958年版。

◎清·曹雪芹著，霍国玲、紫军校勘《脂砚斋全评石头记》（以戚序本为底本），北京：东方出版社，2006年版。

◎清·曹雪芹、高鹗著，周书文点校《稀世绣像珍藏本红楼梦》（以列藏本为底本），北京：北京图书馆出版社，1999年版。

◎清·曹雪芹、高鹗著《红楼梦》（以梦稿本为底本），长沙：岳麓书社，2001年版。

●程本点校本

◎清·曹雪芹著，启功等整理《红楼梦》（以程甲本为底本），北京：北京师范大学出版社，1987年版。

◎清·曹雪芹、高鹗著，启功等整理《红楼梦》（以程甲本为底本），北京：中华书局，2001年版。

◎清·曹雪芹、高鹗著《红楼梦》（以程乙本为底本），北京：人民文学出版社，1957年版。

●脂本汇校本

◎清·曹雪芹著、高鹗续，郑庆山校《脂本汇校石头记》，北京：作家出版社，2003年版。

◎清·曹雪芹原著、脂砚斋重评，周祜昌、周汝昌、周伦玲校订《石头记会真》，郑州：海燕出版社，2004年版。

●脂批汇校本

◎冯其庸主编，红楼梦研究所汇校《脂砚斋重评石头记汇校》，北京：文化艺术出版社，1987年版。

◎法国·陈庆浩编著《新编石头记脂砚斋评语辑校（增订本）》，北京：中国友谊出版公司，1987年版。

◎朱一玄编《红楼梦脂评校录》，济南：齐鲁书社，1986年版。

● **脂本、程本以外的红楼梦批点本**

◎清·曹雪芹、高鹗著，护花主人王希廉、大某山民姚燮、太平闲人张新之评《红楼梦（三家评本）》，上海：上海古籍出版社，1988年版。

◎清·曹雪芹著，冯其庸纂校订定《八家评批红楼梦》（王雪香、妙复轩、王希廉、姚燮、张新之、二知道人、诸联、涂瀛、解盦居士、洪秋蕃评），北京：文化艺术出版社，1991年版。

◎清·曹雪芹著《新增批评绣像红楼梦》，嘉庆十六年辛未岁（1811）重镌，东观阁梓行，文畬堂藏板。

◎清·陈其泰评，刘操南辑《桐花凤阁评〈红楼梦〉辑录》，天津：天津人民出版社，1981年版。

◎清·蒙古族哈斯宝著，亦邻真译《〈新译红楼梦〉回批》，呼和浩特：内蒙古人民出版社，1979年版。

● **冯其庸瓜饭楼整理本**

◎清·曹雪芹著，冯其庸纂校订定《重校八家评批红楼梦》（王雪香、妙复轩、王希廉、姚燮、张新之、二知道人、诸联、涂瀛、解盦居士、洪秋蕃评），青岛：青岛出版社，2015年版。

◎清·曹雪芹著，冯其庸重校批注《瓜饭楼重校评批红楼梦》，沈阳：辽宁人民出版社，2005年版。

◎清·曹雪芹著，冯其庸评批点校《瓜饭楼重校评批红楼梦》，青岛：青岛出版社，2012年版。

◎清·曹雪芹著，冯其庸评批点校《瓜饭楼手批甲戌本红楼梦》，青岛：青岛出版社，2012年版。

◎清·曹雪芹著，冯其庸评批点校《瓜饭楼手批己卯本红楼梦》，青岛：青岛出版社，2012年版。

◎清·曹雪芹著，冯其庸评批点校《瓜饭楼手批庚辰本红楼梦》，青岛：青岛出版社，2012年版。

● **红楼梦的其他整理本**

◎清·曹雪芹著，蔡义江校注《红楼梦》，杭州：浙江文艺出版社，1993年版。

◎清·曹雪芹著，周汝昌校订《红楼梦》，郑州：海燕出版社，2004年版。

● **红楼梦续书**

◎清·吕星垣《后红楼梦》，"古本小说集成"本，上海：上海古籍出版社，1994年版。

●●《红楼梦》史料篇

●红楼梦资料

◎一粟编著《红楼梦书录》,上海:上海古籍出版社,1981 年版。

◎一粟编《红楼梦研究资料汇编》,北京:中华书局,1964 年版。

◎朱一玄编《红楼梦资料汇编》,天津:南开大学出版社,1985 年版。

◎吕启祥、林东海主编《红楼梦研究稀见资料汇编》,北京:人民文学出版社,2001 年版。

◎清·富察·明义撰《绿烟琐窗集》、爱新觉罗·裕瑞撰《枣窗闲笔》,上海:上海古籍出版社,1984 年版。

◎清·爱新觉罗·敦敏撰《懋斋诗钞》、爱新觉罗·敦诚撰《四松堂集》,上海:上海古籍出版社,1984 年版。

◎清·爱新觉罗·敦诚撰《四松堂集、鹪鹩庵笔麈、鹪鹩庵杂志》付刻稿本,国家图书馆藏善本。

◎清·张宜泉著《春柳堂诗稿》、清·高鹗著《高兰墅集》,上海:上海古籍出版社,1984 年版。

●曹家史料

◎冯其庸著《曹雪芹家世新考》,上海:上海古籍出版社,1980 年版。

◎故宫博物院明清档案部编《关于江宁织造曹家档案史料》,北京:中华书局,1975 年版。

◎吴新雷、黄进德著《曹雪芹江南家世考》,福州:福建人民出版社,1983 年版。

◎《圣祖五幸江南全录》,"振绮堂丛书初集十三种"本,《丛书集成续编》第279 册,台北:新文丰出版公司,1989 年版。

◎《钦定八旗满洲氏族通谱》,《文渊阁四库全书》第 455 至 456 册。

◎《爱新觉罗宗谱》,徐丽华主编《中国少数民族古籍集成(汉文版)》第 46 册,成都:四川民族出版社,2002 年版。

●红学词典

◎冯其庸、李希凡主编《红楼梦大辞典》,北京:文化艺术出版社,1990 年版。

◎冯其庸、李希凡主编《红楼梦大辞典(增订本)》,北京:文化艺术出版社,2010 年版。

◎周汝昌主编《红楼梦辞典》,广州:广东人民出版社,1987 年版。

◎蔡义江著《红楼梦诗词曲赋全解》,上海:复旦大学出版社,2008 年版。

◎蔡义江著《红楼梦诗词曲赋鉴赏》,北京:中华书局,2001 年版。

◎孙逊著《红楼梦鉴赏辞典》,上海:汉语大词典出版社,2005 年版。

◎贺新辉主编《红楼梦诗词鉴赏辞典》,北京:紫禁城出版社,1990 年版。

◎李楠解译《红楼梦诗词全鉴》,北京:中国纺织出版社,2016 年版。

◎上海市红楼梦学会、上海师范大学文学研究所编《红楼梦鉴赏辞典》,上海:上海古籍出版社,1988 年版。

◎施宝义等编著《红楼梦人物辞典》，南宁：广西人民出版社，1989 年版。
◎周定一主编《红楼梦语言词典》，北京：商务印书馆，1995 年版。

● 红楼图录

◎清·孙温绘《清·孙温绘全本红楼梦》，北京：作家出版社，2008 年版。

●● "红学"研究篇

● 胡适、俞平伯、周汝昌、冯其庸四位先生的红学研究

◎胡适著《红楼梦考证》，北京：北京出版社，2015 年版。
◎宋广波编注《胡适红学研究资料全编》，北京：北京图书馆出版社，2005 年版。
◎宋广波著《胡适与红学》，北京：中国书店，2006 年版。
◎人民文学出版社编辑部编胡适文章六篇《红楼梦研究参考资料选辑·第一辑》，北京：人民文学出版社，1973 年版。
◎俞平伯著《红楼梦辨》，北京：商务印书馆，2010 年版。
◎俞平伯著《红楼梦研究》，上海：棠棣出版社，1952 年版。
◎俞平伯著《红楼梦研究》，北京：人民文学出版社，1973 年版。
◎俞平伯著《俞平伯论〈红楼梦〉》，上海：上海古籍出版社，1988 年版。
◎人民文学出版社编辑部编俞平伯文章十六篇《红楼梦研究参考资料选辑·第二辑》，北京：人民文学出版社，1973 年版。
◎周汝昌著《曹雪芹小传》，天津：百花文艺出版社，1980 年版。
◎周汝昌著《红楼梦与中华文化》，北京：工人出版社，1989 年版。
◎周汝昌著《红楼梦的真故事》，北京：华艺出版社，1995 年版。
◎周汝昌著《红楼访真——大观园在恭王府》，北京：华艺出版社，1998 年版。
◎周汝昌著《红楼梦新证》，北京：华艺出版社，1998 年版。
◎周汝昌著《红楼梦真貌》，北京：华艺出版社，1998 年版。
◎冯其庸著《论庚辰本》，上海：上海文艺出版社，1978 年版。
◎冯其庸著《梦边集》，西安：陕西人民出版社，1982 年版。
◎冯其庸著《曹学叙论》，北京：光明日报出版社，1992 年版。
◎冯其庸编《曹雪芹墓石论争集》，北京：文化艺术出版社，1994 年版。
◎冯其庸著《石头记脂本研究》，北京：人民文学出版社，1998 年版。
◎冯其庸著《论红楼梦思想》，哈尔滨：黑龙江教育出版社，2002 年版。
◎冯其庸、李广柏著《红楼梦概论》，北京：北京图书馆出版社，2002 年版。
◎冯其庸著《冯其庸点评红楼梦》，北京：团结出版社，2004 年版。

● 其他研红诸先生的著述

◎鲁迅著《中国小说史略》，北京：人民文学出版社，1973 年版。
◎鲁迅著《集外集拾遗补编》，北京：人民文学出版社，1993 年版。

◎白先勇著《白先勇细说红楼梦》，桂林：广西师范大学出版社，2017年版。
◎郑庆山著《立松轩本石头记考辨》，北京：中国文联出版公司，1992年版。
◎张爱玲著《红楼梦魇》，上海：上海古籍出版社，1995年版。
◎周绍良著《红楼论集：周绍良论红楼梦》，北京：文化艺术出版社，2006年版。
◎林语堂著《平心论高鹗》，《林语堂名著全集》第26卷，长春：东北师范大学出版社，1994年版。
◎赵冈、陈钟毅著《红楼梦新探》，北京：文化艺术出版社，1991年版。
◎杨兴让著《红楼梦研究》，西安：三秦出版社，2002年版。
◎陈林著《破译红楼时间密码》，南京：江苏美术出版社，2006年版。
◎吴恩裕著《有关曹雪芹八种》，上海：古典文学出版社，1958年版。
◎吴恩裕著《曹雪芹的故事》，北京：中华书局，1962年版。
◎吴恩裕著《有关曹雪芹十种》，北京：中华书局，1963年版。
◎吴恩裕著《考稗小记——曹雪芹红楼梦琐记》，香港：中华书局香港分局，1979年版。
◎吴恩裕著《曹雪芹丛考》，上海：上海古籍出版社，1980年版。
◎吴恩裕著《曹雪芹之死》（连环画），天津：天津人民美术出版社，1983年版。
◎吴恩裕著《曹雪芹佚著浅探》，天津：天津人民出版社，1979年版。
◎吴恩裕等著《曹雪芹在北京的日子》，西安：陕西人民出版社，2008年版。
◎吴恩裕著《〈废艺斋集稿〉丛考》，北京：当代中国出版社，2009年版。
◎胡文彬编《红楼梦叙录》，长春：吉林人民出版社，1980年版。
◎胡文彬、周雷编《红学世界》，北京：北京出版社，1984年版。
◎胡文彬著《〈红楼梦〉在国外》，北京：中华书局，1993年版。
◎胡文彬编《红楼梦说唱集》，沈阳：春风文艺出版社，1985年版。
◎胡文彬著《红边脞语》，沈阳：辽宁人民出版社，1986年版。
◎胡文彬著《红楼放眼录》，北京：华艺出版社，1995年版。
◎胡文彬著《红楼梦与中国文化论稿》，北京：中国书店，2005年版。
◎胡文彬著《红楼梦人物谈——胡文彬论红楼梦》，北京：文化艺术出版社，2005年版。
◎红楼梦研究集刊编委会编《红楼梦研究集刊》第一辑至第十四辑，上海：上海古籍出版社，1979年版至1989年版。
◎阿英编《红楼梦戏曲集》，北京：中华书局，1978年版。
◎刘梦溪编《红学三十年论文选编·上卷、中卷、下卷》，天津：百花文艺出版社，1983、1984、1984年版。
◎《北方论丛》编辑部编《〈红楼梦〉著作权论争集》，太原：山西人民出版社，1985年版。
◎巴金等著《我读〈红楼梦〉》，天津：天津人民出版社，1982年版。
◎蔡义江著《论红楼梦佚稿》，杭州：浙江古籍出版社，1989年版。
◎蔡义江著《蔡义江点评红楼梦》，北京：团结出版社，2004年版。

◎蔡义江著《蔡义江解读红楼梦》，桂林：漓江出版社，2005年版。

◎邓云乡著《红楼识小录》，太原：山西人民出版社，1984年版。

◎邓云乡著《红楼风俗谭》，北京：中华书局，1987年版。

◎邓云乡著《红楼梦忆——电视剧〈红楼梦〉拍摄散记》，成都：巴蜀书社，1988年版。

◎邓云乡著《红楼梦导读》，成都：巴蜀书社，1991年版。

◎邓云乡著《红楼风俗名物谭：邓云乡论红楼梦》，北京：文化艺术出版社，2006年版。

◎欧阳健著《红楼新辨》，广州：花城出版社，1994年版。

◎梁归智著《石头记探佚——〈红楼梦〉探佚学初阶》，太原：山西古籍出版社，2005年版。

◎孙玉明主编《〈红楼梦〉本事之争》，沈阳：辽宁古籍出版社，1997年版。

◎民国·吴克岐辑《忏玉楼丛书提要》，北京：北京图书馆出版社，2002年版。

◎李希凡著《沉沙集：李希凡论红楼梦及中国古典小说》，北京：文化艺术出版社，2005年版。

◎陈维昭著《红学通史》，上海：上海人民出版社，2005年版。

◎陈维昭著《红学与二十世纪学术思想》，北京：人民文学出版社，2000年版。

◎陈毓罴、刘世德、邓绍基著《红楼梦论丛》，上海：上海古籍出版社，1979年版。

◎陈诏著《红楼梦小考》，上海：上海古籍出版社，1985年版。

◎戴不凡著《红学评议·外篇》，北京：文化艺术出版社，1991年版。

◎单世联著《人与梦——〈红楼梦〉的现代解释》，广州：广东旅游出版社，1995年版。

◎邓遂夫著《草根红学杂俎》，北京：东方出版社，2004年版。

◎杜奋嘉著《〈红楼梦〉探究》，桂林：广西师范大学出版社，2002年版。

◎杜景华著《红学风雨》，武汉：长江文艺出版社，2002年版。

◎端木蕻良著《说不完的〈红楼梦〉》，上海：上海书店，1993年版。

◎高阳著《曹雪芹别传》，北京：生活·读书·新知三联书店，2001年版。

◎高阳著《红楼一家言》，北京：生活·读书·新知三联书店，2001年版。

◎郭豫适著《红楼研究小史稿》，上海：上海文艺出版社，1980年版。

◎周雷、刘耕路、周岭改编《红楼梦——根据曹雪芹原意新续》，北京：中国电影出版社，1987年版。

◎周策纵著《红楼梦案——周策纵论红楼梦》，北京：文化艺术出版社，2005年版。

◎吕启祥著《红楼梦寻——吕启祥论红楼梦》，北京：文化艺术出版社，2005年版。

◎白盾主编《红楼梦研究史论》，天津：天津人民出版社，1997年版。

◎任明华编著《红楼人物百家言·红楼男性》，北京：中华书局，2006年版。

◎周远斌编著《红楼人物百家言·薛宝钗》，北京：中华书局，2006年版。

◎王毓林著《论石头记己卯本和庚辰本》，北京：书目文献出版社，1987 年版。
◎皮述民著《红楼梦考论集》，台北：联经出版事业公司，1984 年版。
◎侯会著《红楼梦贵族生活揭秘》，北京：新华出版社，2010 年版。
◎曹祖义著《红楼梦与大孤山》，北京：中国文联出版社，2006 年。

● 红学论文

◎徐恭时《红楼残梦试追寻——曹雪芹〈红楼梦〉八十回后原稿考索之一》[J]，《红楼梦研究集刊》第七辑，上海：上海古籍出版社，1981 年版。
◎徐恭时《红楼残梦试追寻——曹雪芹〈红楼梦〉八十回后原稿考索之二（上）》[J]，《红楼梦研究集刊》第九辑，上海：上海古籍出版社，1982 年版。
◎徐恭时《红楼残梦试追寻——曹雪芹〈红楼梦〉八十回后原稿考索之二（下）》[J]，《红楼梦研究集刊》第十辑，上海：上海古籍出版社，1983 年版。
◎木示《俞平伯的晚年生活》[J]，《新文学史料》1990 年第 4 期。
◎张书才《曹雪芹蒜市口故居初探》[J]，《红楼梦学刊》1991 年第 2 辑。
◎李致忠《永嘉函询论红楼》[J]，《文献》1998 年第 1 期。
◎梅玫、阎大卫《红楼梦后四十回中有曹雪芹的手笔》[J]，《铜仁师范高等专科学校学报》，2003 年第 2 期。
◎郑铁生《从〈红楼梦〉文本叙事反观程本与脂本回目的异同》[J]，《红楼梦学刊》2003 年第 3 辑。
◎储著炎《百廿回本〈红楼梦〉第八十五回〈蕊珠记〉考论》[J]，《红楼梦学刊》2010 年第 2 辑。
◎储著炎《百廿回本〈红楼梦〉第八十五回折子戏〈达摩渡江〉考论》[J]，《红楼梦学刊》2015 年第 2 辑。
◎贾海建《从回目看杨本〈红楼梦〉前八十回的版本性质》[J]，《长安大学学报》2010 年第 4 期。
◎周岩壁《〈红楼梦〉的两餐制与清代宫廷风习》[J]，《中州大学学报》2010 年第 6 期。
◎沈畅《关于"萃文书屋"木活字本〈红楼梦〉摆印的两个问题》[J]，《红楼梦学刊》2013 年第 5 辑。
◎陈志烨《〈石头记〉靖本第五十三回回前批新解——兼证毛国瑶不诬》[J]，《东华理工大学学报（社会科学版）》2014 年第 2 期。
◎白先勇《白先勇细说红楼：你们读的是另一个梦》，深圳《晶报》2017 年 4 月 8 日专访。
附：◎王木南《关于清工部营造尺》[N]，《中国文物报》2006 年 6 月 14 日第 7 版。
附：◎吴之光《伤心万里无归客——朝鲜老人曹玉山流亡常州轶事》[J]，《江苏地方志》2001 年第 4 期。

●●《红楼梦》空间研究资料篇

●三幅江宁行宫图

◎《江南省行宫座落并各名胜图》，乾隆朝彩绘，5 册，国家图书馆藏本。

◎《南巡临幸胜迹图》，清乾隆嘉庆间刻本，4 册，国家图书馆藏本。

◎清·高晋等编纂《南巡盛典》120 卷，乾隆三十六年刻本，48 册，日本早稻田大学图书馆藏本。

◎清·高晋等初编，萨载等续编，阿桂、傅恒等合编《钦定南巡盛典》120 卷、首 2 卷，乾隆四十九年本，《文渊阁四库全书》第 658 至 659 册。

◎清·高晋等编纂《南巡盛典名胜图录》，苏州：古吴轩出版社，1999 年版。

●南京古旧地图

◎清·邓启贤编刻"江宁省城"地图，咸丰三年（1853）之前，朱墨双色套印，大英图书馆藏本。

◎清·袁青绶绘制《江宁省城图》，清咸丰六年（1856）墨刻本，大英图书馆藏本。

◎清·光绪《陆师学堂新测金陵省城图》，上海里虹桥东首宝仁里采章五彩石印局印，1903 年印。

●红楼梦建筑研究

◎明·计成著《园冶》，北京：中国建筑工业出版社，2018 年版。

◎文化部文学艺术研究院红楼梦研究室编《大观园研究资料汇编》，北京：文化部文学艺术研究院红楼梦研究室，1979 年版。

◎顾平旦主编《大观园》，北京：文化艺术出版社，1981 年版。

◎顾平旦主编《大观园（修订本）》，北京：华夏出版社，1990 年版。

◎黄云皓著《图解红楼梦建筑意象》，北京：中国建筑工业出版社，2006 年版。

◎刘黎琼、黄云皓著《移步红楼》，北京：生活·读书·新知三联书店，2010 年版。

◎关华山著《〈红楼梦〉中的建筑与园林》，天津：百花文艺出版社，2008 年版。

◎李艳芳著《红楼梦里梦红楼——贾府及大观园平面布局研究》，河北工程大学硕士学位论文，2015 年。

◎清华大学建筑学院段智钧、王贵祥《江宁行宫建筑与基址规模略考》[C]，见王贵祥主编《中国建筑史论汇刊》第三辑，北京：清华大学出版社 2010 年版。

◎王世仁、雷允陆《曹园简说——江宁织造署为〈红楼梦〉荣国府原型推测》[J]，《古建筑园林技术》1995 年第 2 期。

●●方志类文献

●总志与省志

◎宋·乐史撰，王文楚点校《太平寰宇记》，北京：中华书局，2008 年版。

◎宋·王象之撰《舆地纪胜》，《续修四库全书》第584至585册。
◎清·陈梦雷编《古今图书集成》，北京：中华书局，1985年版。
◎清·赵弘恩等修、黄之隽等纂《江南通志》，《文渊阁四库全书》第510册。

●**南京地方志**

◎清·于成龙纂修《康熙江宁府志》，《金陵全书》甲编、方志类、府志第16册，南京：南京出版社，2011年版。
◎清·唐开陶等纂修《康熙上元县志》，《金陵全书》甲编、方志类、县志第3册，南京：南京出版社，2011年版。
◎清·吕燕昭等修《嘉庆新修江宁府志》，"中国地方志集成"本，南京：江苏古籍出版社，1991年版。
◎清·武念祖修《道光上元县志》，"中国地方志集成"本，南京：江苏古籍出版社，1991年版。
◎清·莫祥芝等修《同治上江两县志》，"中国地方志集成"本，南京：江苏古籍出版社，1991年版。
◎南京市地名委员会1984年编《江苏省南京市地名录》（内部出版物）。

●**常州地方志**

◎宋·史能之纂《咸淳毗陵志》，"宋元方志丛刊"本，北京：中华书局，1990年版。
◎宋·史能之纂《咸淳毗陵志》，《续修四库全书》第699册。
◎清·沈琬纂《道光武进阳湖县合志》，道光二十三年原刻本，国家图书馆藏本。
◎王继宗点校《〈永乐大典·常州府〉清抄本校注》，北京：中华书局，2016年版。
◎武进县地名委员会1984年编《江苏省武进县地名录》（内部出版物）。
◎横山桥公社编史修志领导小组1983年编《横山桥公社志》（内部出版物）。
◎奚玉平、杨汉平编《横山在腾飞》，南京：江苏年鉴杂志社，1995年版。
◎奚玉平编《大林禅寺》（内部出版物）。
◎陈东平、周丽撰《曹雪芹与白龙观》（话剧），"横山桥镇文联文学创作协会"2018年编《芳茂文苑》第二辑（内部出版物）。

●●经部文献

●十三经

◎《周易》，阮元校刻《十三经注疏》本，北京：中华书局，1980年版。
◎《尚书》，阮元校刻《十三经注疏》本，北京：中华书局，1980年版。
◎《诗经》，阮元校刻《十三经注疏》本，北京：中华书局，1980年版。
◎《礼记》，阮元校刻《十三经注疏》本，北京：中华书局，1980年版。
◎《春秋左传》，阮元校刻《十三经注疏》本，北京：中华书局，1980年版。

◎《论语》，阮元校刻《十三经注疏》本，北京：中华书局，1980 年版。

◎《孟子》，阮元校刻《十三经注疏》本，北京：中华书局，1980 年版。

◎《尔雅》，阮元校刻《十三经注疏》本，北京：中华书局，1980 年版。

◎宋·朱熹著《孟子集注》，上海：上海古籍出版社，1987 年版。

●语言文字类

◎汉·刘熙撰《释名》，《文渊阁四库全书》第 221 册。

◎宋·陈彭年等纂《广韵》，《文渊阁四库全书》第 236 册。

◎宋·丁度等纂《集韵》，《文渊阁四库全书》第 236 册。

◎梁·顾野王撰《玉篇》，《文渊阁四库全书》第 224 册。

◎《宋拓淳化阁法帖》，清宣统三年（1911）影印本。

◎汉语大字典编辑委员会编《汉语大字典》，成都：四川辞书出版社，1986 年版。

●●史部文献

●正史典籍

◎汉·司马迁撰《史记》，北京：中华书局，1959 年版。

◎汉·班固撰《汉书》，北京：中华书局，1964 年版。

◎刘宋·范晔撰《后汉书》，北京：中华书局，1965 年版。

◎晋·陈寿撰《三国志》，北京：中华书局，1959 年版。

◎唐·房玄龄撰《晋书》，北京：中华书局，1974 年版。

◎唐·李延寿撰《南史》，北京：中华书局，1975 年版。

◎唐·魏征撰《隋书》，北京：中华书局，1973 年版。

◎晋·刘煦撰《旧唐书》，北京：中华书局，1975 年版。

◎元·脱脱撰《宋史》，北京：中华书局，1977 年版。

◎清·张廷玉撰《明史》北京：中华书局，1974 年版。

◎民国·赵尔巽撰《清史稿》，北京：中华书局，1976 年版。

◎清乾隆朝《钦定大清会典》，《文渊阁四库全书》第 619 册。

◎清乾隆朝《钦定大清会典则例》，《文渊阁四库全书》第 620 至 625 册。

◎清乾隆朝《钦定皇朝通典》，《文渊阁四库全书》第 642 至 643 册。

◎《清实录》第 6 册、《圣祖实录》第 3 册，北京：中华书局，1985 年版。

◎《清实录》第 7 册、《世宗实录》第 1 册，北京：中华书局，1985 年版。

◎《清实录》第 19 册、《高宗实录》第 11 册，北京：中华书局，1985 年版。

◎宋·朱熹著《资治通鉴纲目》，《文渊阁四库全书》第 689 至 694 册。

●杂史料

◎汉·袁康撰，李步嘉校释《越绝书校释》，武汉：武汉大学出版社，1992 年版。

◎汉·赵晔撰《吴越春秋》，南京：江苏古籍出版社，1999 年版。
◎宋·罗泌撰《路史》，《文渊阁四库全书》第 383 册。
◎唐·许嵩撰《建康实录》，《文渊阁四库全书》第 370 册。
◎明·吕毖撰《明宫史》，《文渊阁四库全书》第 1040 册。
◎明·刘侗等撰《帝京景物略》，《续修四库全书》第 729 册。
◎清·萧奭撰《永宪录》，朱南铣点校，北京：中华书局，1959 年版。
◎清·陈康祺撰，晋石点校《郎潜纪闻初笔、二笔、三笔》，北京：中华书局，1984 年版。
◎清·震钧撰《天咫偶闻》，《续修四库全书》第 730 册。
◎清·顾禄撰《清嘉录》，《续修四库全书》第 1262 册。
◎清·刘廷玑撰《在园杂志》，《续修四库全书》第 1137 册。
◎清·宋荦撰《筠廊偶笔、二笔》、清·刘廷玑撰《在园杂志》，"历代笔记小说大观"本，上海：上海古籍出版社，2012 年版。
◎清·钱大昕撰《恒言录》，《续修四库全书》第 194 册。
◎清·王有光撰《吴下谚联》，《续修四库全书》第 1272 册。
◎清·李元复撰《常谈丛录》，清道光间敦仁堂刻本。
◎清·缪荃孙编《续碑传集》，清宣统二年（1910）江楚编译书局刻本。
◎民国·杨钟义撰《雪桥诗话续集》，《丛书集成续编》第 203 册，台北：新文丰出版公司，1988 年版。
◎民国·陈垣撰《二十史朔闰表》，北京：古籍出版社，1956 年版。
◎《百家姓》，南昌：江西人民出版社，1981 年版。
◎任凤霞著《一代名士张伯驹》，北京：当代中国出版社，2006 年版。
◎高建军编著《山东运河民俗》，济南：济南出版社，2006 年版。

●●子部文献

◎汉·陆贾撰《新语》，《文渊阁四库全书》第 695 册。
◎汉·刘安撰，顾迁注《淮南子》，北京：中华书局，1960 年版。
◎汉·东方朔撰《神异经》，《文渊阁四库全书》第 1042 册。
◎三国魏·王肃编《孔子家语》，上海：上海古籍出版社，1990 年版。
◎晋·干宝撰《搜神记》，北京：中华书局，1979 年版。
◎前秦·王嘉撰，梁·萧绮编《拾遗记》，《文渊阁四库全书》第 1042 册。
◎唐·张鷟撰《朝野金载》，《文渊阁四库全书》第 1035 册。
◎唐·段成式撰《酉阳杂俎》，《文渊阁四库全书》第 1047 册。
◎宋·李昉等撰《太平御览》，北京：中华书局，1960 年版。
◎宋·庞元英撰《谈薮》，"丛书集成初编"本，北京：中华书局，1991 年版。
◎宋·龚颐正撰《芥隐笔记》，《文渊阁四库全书》第 852 册。
◎宋·赵令畤撰《侯鲭录》，《文渊阁四库全书》第 1037 册。

◎元·陈绎撰《翰林要诀》，"元代古籍集成"本，北京：北京师范大学出版社，2016年版。

◎明·陶宗仪编《说郛》120卷，《文渊阁四库全书》第876至882册。

◎明·朱谋垔撰《画史会要》，《文渊阁四库全书》第816册。

◎明·孙毂撰《古微书》，《文渊阁四库全书》第194册。

◎明·杨慎撰《丹铅总录》，《文渊阁四库全书》第855册。

◎明·褚人获撰《坚瓠集》，《续修四库全书》第1260册。

●●集部文献

◎战国·屈原著，宋·洪兴祖补注《楚辞补注》，北京：中华书局，1972年版。

◎梁·萧统编《文选》，北京：中华书局，1977年版。

◎元·左克明编《古乐府》，《文渊阁四库全书》第1368册。

◎唐·欧阳询编《艺文类聚》，北京：中华书局，1965年版。

◎明·张溥编《汉魏六朝百三家集》，《文渊阁四库全书》第1412至1416册。

◎清·董诰编《全唐文》，北京：中华书局，1983年版。

◎清·曹寅编《全唐诗》，北京：中华书局，1960年版。

◎梁·江淹著，宋·胡之骥注《梁江文通集》，《续修四库全书》第1304册。

◎唐·李白著《李太白文集》，《文渊阁四库全书》第1066册。

◎唐·杜甫著《九家集注杜诗》，《文渊阁四库全书》第1068册。

◎唐·杜甫著《补注杜诗》，《文渊阁四库全书》第1069册。

◎唐·元稹著《元氏长庆集》，《文渊阁四库全书》第1079册。

◎唐·白居易著《白氏长庆集》，《文渊阁四库全书》第1080册。

◎唐·李商隐著《李义山诗集》，《文渊阁四库全书》第1082册。

◎后蜀·赵崇祚编《花间集》，《文渊阁四库全书》第1489册。

◎宋·李清照著《漱玉词》，《文渊阁四库全书》第1487册。

◎宋·苏轼著《东坡全集》，《文渊阁四库全书》第1107至1108册。

◎宋·陈师道著《后山集》，《文渊阁四库全书》第1114册。

◎宋·释觉范著《石门文字禅》，《文渊阁四库全书》1116册。

◎宋·许景衡著《横塘集》，《文渊阁四库全书》1127册。

◎宋·朱熹著《晦庵集》，《文渊阁四库全书》第1143至1146册。

◎宋·黎靖德辑《朱子语类》，《文渊阁四库全书》第700至702册。

◎宋·范成大著《石湖诗集》，《文渊阁四库全书》1159册。

◎宋·陆游著《剑南诗稿》，《文渊阁四库全书》1162至1163册。

◎宋·陆游著《渭南文集》，《文渊阁四库全书》1163册。

◎金·元好问著《遗山集》，《文渊阁四库全书》1191册。

◎元·谢应芳著《龟巢稿》，《文渊阁四库全书》1218册。

◎明·张宁著《方洲集》，《文渊阁四库全书》第1247册。

◎明·唐寅著《唐伯虎先生外编》,《续修四库全书》第 1334 册。

◎清·康熙皇帝著《圣祖仁皇帝御制文集》,《文渊阁四库全书》1298 至 1299 册。

◎清·乾隆皇帝著《御制诗集》,《文渊阁四库全书》第 1302 至 1311 册。

◎清·曹寅著《楝亭书目》,《辽海丛书》本,沈阳:辽沈书社,1934 年版。

◎清·曹寅著,胡绍棠笺注《楝亭集笺注》,北京:国家图书馆出版社,2010 年版。

◎清·曹寅著《楝亭文钞》,《清代诗文集汇编》第 201 册,上海:上海古籍出版社,2010 年版。

◎清·曹寅著《楝亭集》(据上海图书馆藏清康熙刻本影印),上海:上海古籍出版社,1978 年版。

◎清·施瑮著《随村先生遗集》,《四库存目丛书》集部第 272 册,济南:齐鲁书社,1996 年版。

◎清·张云章著《朴村诗集》,《四库禁毁书丛刊》第 168 册,北京:北京出版社,1997 年版。

◎清·高士奇著《归田集》,《四库未收书辑刊》第 9 辑第 16 册,北京:北京出版社,1997 年版。

◎清·尤侗著《艮斋倦稿》,清刻本,国家图书馆藏本。

◎清·邓汉仪著《诗观初集十二卷、二集十四卷、闺秀别卷一卷、三集十三卷、闺秀别卷一卷》,乾隆朝刻本,国家图书馆藏本。

◎清·袁枚著《随园诗话》,《续修四库全书》第 1701 册。

◎清·孙星衍著《芳茂山人诗录》,《孙渊如先生全集》本,清光绪十年(1884)吴县朱氏槐庐家塾刻。

◎清·龚自珍著《龚定庵全集》,《续修四库全书》第 1520 册。

◎清·方苞编《钦定四书文》,《文渊阁四库全书》第 1451 册。

●●宗教信仰类文献

●佛教

◎后秦·佛陀耶舍共竺佛念译《长阿含经》,《大正新修大藏经》第 1 册。

◎姚秦·鸠摩罗什译《金刚般若波罗蜜经》,《大正新修大藏经》第 8 册。

◎姚秦·鸠摩罗什译《妙法莲华经》,《大正新修大藏经》第 9 册。

◎唐·般若译《大方广佛华严经》40 卷,《大正新修大藏经》第 10 册。

◎唐·实叉难陀译《大方广佛华严经》80 卷,《大正新修大藏经》第 10 册。

◎曹魏·康僧铠译《佛说无量寿经》,《大正新修大藏经》第 12 册。

◎北凉·昙无谶译《大般涅槃经》,《大正新修大藏经》第 12 册。

◎北凉·昙无谶译《金光明经》,《大正新修大藏经》第 16 册。

◎后汉·迦叶摩腾共竺法兰译《四十二章经》,《大正新修大藏经》第 17 册。

◎隋·那连提耶舍译《大庄严法门经》,《大正新修大藏经》第 17 册。

◎元魏·瞿昙般若流支译《正法念处经》,《大正新修大藏经》第 17 册。

◎唐·般刺蜜帝译《大佛顶如来密因修证了义诸菩萨万行首楞严经》,《大正新修大藏经》第 19 册。

◎后秦·鸠摩罗什译《梵网经卢舍那佛说菩萨心地戒品第十卷上、下》,《大正新修大藏经》第 24 册。

◎唐·玄奘译《阿毗达磨俱舍论》,《大正新修大藏经》第 29 册。

◎刘宋·求那跋摩译《菩萨善戒经一卷优波离问菩萨受戒法》,《大正新修大藏经》第 30 册。

◎隋·智𫖮说《净土十疑论》,《大正新修大藏经》第 47 册。

◎唐·法海集《六祖大师法宝坛经》,《大正新修大藏经》第 48 册。

◎梁·僧佑撰《释迦谱》,《大正新修大藏经》第 50 册。

◎明·居顶撰《续传灯录》,《大正新修大藏经》第 51 册。

◎唐·玄应撰《一切经音义》,《续修四库全书》第 198 册。

◎宋·普济撰,苏渊雷点校《五灯会元》,北京:中华书局,2007 年版。

◎清·达珍编《正源略集》,日本"卍新纂续藏经"第 85 册,台北:新文丰出版公司,1987 年影印。

◎清·纪荫编《宗统编年》,清光绪十三年(1887)常州天宁寺木活字印本。

◎《水陆仪轨会本》,上海佛学书局(内部出版物)。

◎民国·虚云编《佛祖道影》,北京:中华书局,2016 年版。

◎民国·濮一乘编《武进天宁寺志》,《中国佛寺史志汇刊》第 1 辑第 35 册,台北:明文书局,1980 年影印。

◎玛欣德尊者译《汉译巴利三藏·经藏:增支部、一集巴利(巴汉对照)》,西双版纳州佛教协会 2015 年版(内部出版物)。

●道教

◎春秋·李耳著,晋·王弼注《老子》,台北:台湾"中华书局",1970 年版。

◎清·魏源著《老子本义》,北京:中华书局,1955 年版。

◎战国·庄周著,孙通海注《庄子》,北京:中华书局,2007 年版。

◎宋·张君房编,李永晟点校《云笈七签》,北京:中华书局,2003 年版。

●三一教

◎《林子本行实录》,东山祖祠 1995 年重印(内部出版物)。

◎明·林兆恩著《林子三教正宗统论》,北京:宗教文化出版社,2016 年版。

◎《夏午真经》,悟原堂光绪十九年(1893)木刻本。

●民间信仰的劝善书

◎明·洪应明撰《菜根谭》,北京:线装书局,2010 年版。

◎清·周安士编《欲海回狂》,庐山东林寺(内部出版物)。

●基督教

◎《新约全书、旧约全书(圣经)》,北京:中国基督教协会,1989 年版。

●●小说戏曲类文献

●小说

◎明·兰陵笑笑生著《金瓶梅词话》，北京：人民文学出版社，1992 年版。

◎明·吴承恩著《西游记》，北京：人民文学出版社，1980 年版。

◎明·罗懋登著《三宝太监西洋记》，西安：三秦出版社，1996 年版。

◎清·吴敬梓著《儒林外史》，北京：人民文学出版社，1985 年版。

●戏曲

◎元·王实甫著《西厢记》，北京：人民文学出版社，1993 年版。

◎元·王实甫著，王季思校注《西厢记》（附录：元稹《会真记》），上海：上海古籍出版社，1978 年版。

◎元·高则诚著《琵琶记》，《续修四库全书》第 1774 册。

◎明·朱有燉著《张天师明断辰钩月》，民国影印明永乐二年手抄孤本。

◎明·张凤翼著《祝发记》，《六也曲谱贞集》第 6 册，朝记书庄 1922 年原版石印本。

◎明·吕天成著《曲品》，《续修四库全书》第 1520 册。

◎明·汤显祖著《牡丹亭还魂记》，《续修四库全书》第 1774 册。

◎明·汤显祖著《紫钗记》，《续修四库全书》第 1769 册。

◎明·汤显祖著《邯郸记》，北京：中华书局，1960 年版。

◎明·汤显祖著《南柯记》，《续修四库全书》第 1770 册。

◎明·阮大铖著《怀远堂批点燕子笺》，《续修四库全书》第 1775 册。

◎明·阮大铖著《遥集堂新编马郎侠牟尼合记》，明末毛恒所刊刻《石巢传奇》四种本，中国国家图书馆藏本。

◎明·袁于令著《西楼记》，《续修四库全书》第 1771 册。

◎清·李玉著《一笠庵新编一捧雪传奇》，《续修四库全书》第 1775 册。

◎清·洪升著《长生殿传奇》，《续修四库全书》第 1775 册。

◎清·邹式金（南山逸史）著《杂剧三集·中郎女》，《续修四库全书》第 1765 册。

◎清·杨潮观著《吟风阁杂剧》，《续修四库全书》第 1768 册。

◎明·冯梦龙辑《山歌》，《续修四库全书》第 1774 册。

◎清·无名氏著《续琵琶》，《古本戏曲丛刊五集》，上海：上海古籍出版社，1986 年版。

◎清·蒲松龄著《聊斋俚曲集》，济南：齐鲁书社，2018 年版。

◎卢前著《卢前曲学四种》，北京：中华书局，2006 年版。